犀の角のようにただ独り歩め

——「スッタニパータ」

データで読む　教育の論点

晶文社

装丁　佐藤直樹＋菊地昌隆（アジール）

まえがき

タイトルの『教育の論点』とはよく言ったものですが、本書は教育に関する書籍です。といっても、真新しい説を書いているわけではありませんし、育児をどうすべきかといった「ハウツー」に重きを置いているわけでもありません。申し訳ないですが、本書を読みながらワクワクしたり、「目から鱗」というようなことはあまりないと思います。

本書で述べていることの多くは、賢明な皆さんにとってはおそらく「既知」のことでしょう。しからば、この本の取柄は何なのか。一言でいうなら、客観的なデータを提示していることです。既に知られていること、誰もが肌感覚で感じていることを、データを使ってできるだけ丁寧に「見える化」しています。

「貧困家庭の子どもは、裕福な家庭の子どもに比して学力が低い」「貧困家庭からは非行少年が出やすい」。こういうことが言われますが、「何か根拠があるのか？　データは？」と問うたら、多くの人が口をつぐむか「そんなの常識で分かるだろ」と逆ギレするかのどちらかでしょう。

居酒屋談義ならそれでもいいですが、政策決定の場ではそうはいきません。「貧困家庭の子どもに対する支援を！」と握り拳をあげて熱弁したところで、説得力はゼロです。上記のツッコミにちゃんと答えないといけません。いみじくも、現代は「エビデンス」の時代。世論を説得し、資源の配分が認められ、具体的な政策につなげるには、その必要性を根拠づけるエビデンス（データ）が求められます。よく言われる「エビデンス・ベイスド・ポリシー」とは、このことです。

本書の102ページでは、47都道府県の保育所在所率と児童虐待相談率の相関図を掲げています。都道府県単位のラフデータですが、前に私の個人ブログで公開したところ、「議会質問に使わせてほしい」という議員さんからの依頼が数件寄せられました。保育所不足は子どもの命に関わるという危機感を抱きながらも、それを可視化できないでモヤモヤしている議員さんがおられるのだな、と思った次第です。

しからば、こういうデータを集めた本を出すのは意義あることではないか。「常識だ、そんなの分かり切っている」とあやふやに語られている事象を、あえてデータで可視化する（地味な）仕事も必要なのではないか。実はそれが私のライフワークで、その成果を個人ブログ「データえっせい」(http://tmaita77.blogspot.jp/) で世に発信し続けています。本書は、需要が高いと思われる作品をそこから取り出して編集したものです。

といっても、これまで書いた記事の単なる寄せ集めではありません。章の構成、テーマの配列に意を用い、全体の底流にテイストが通るようにしました。目次をご覧いただいて分かるように、本書は5つの章からなります。順に「子ども」、「家庭」、「学校」、「若者」、そして「社会」です。

まずは、教育を受ける主体である「子ども」についてです。学力と逸脱という2本の柱を立て、11のテーマを盛り込みました。学力の階層格差、貧困と少年犯罪、子どもの悪さの今昔比較などに関するデータをお見せします。

その次は「家庭」です。家庭（家族）は子どもが最初に属する集団で、血縁に由来する情緒的な関係が支配的な第1次集団です。こうした「濃い」集団の中で、子どもは基礎的な社会化を施されます。しかし近年、家族の機能障害や逆機能が生じています。児童虐待などは、その最たるもの。小規模化・核家族化、さらには共働き化といった家族の構造変化が生じていますが、それに呼応する社会的な受け皿が整っていない（保育所の整備など）。こうしたギャップに由来する「家族病理」の様が、データでもって示されます。

第3章は「学校」。子どもは学齢に達すると学校に通い始め、組織的・体系的な教育をみっちりと施されます。その期間も伸びており、現在の大学進学率は50％超、同世代の半分が22歳まで学校で過ごす社会です。今や日本は世界でも有数の教育大国ですが、その中身を解剖すると「綻び」がちらほら見えてきます。上級学校進学率の階層格差、形式的就学、高学歴者の供給過剰など……。その様をデータでみていただきましょう。最近問題になっている、教員の過労問題についても触れています。

続く第4章は「若者」について。子どもはやがて学校を卒業し、社会の中で役割を果たすことが求められるようになります。職業人としての役割、家庭人としての役割などですが、近年、そのような移行（就職、結婚……）が一筋縄ではいかなくなっている。本書では、少子化に直結する未婚化の問題に焦点を当てています。加えて、若者と高齢者の意識の世代断層も取り上げています。「ジェネレーション・グラム」という、異世代理解のためのユニークな図法も紹介しています。

最後の5章では、1~4章でみた一連の教育事象を規定する土台条件としての「社会」の有様を描写します。その観点はいろいろありますが、学歴社会と格差社会の2本立てでいきましょう。受験競争が過熱するのは日本が学歴社会だからですし、子ども期の教育格差が生じるのは、社会全体で富の格差が大きくなっているからであるのは自明。「教育は社会に規定される」「社会を知らずして、教育を語るなかれ」とは、教育社会学の基本テーゼです。

本書の内容をプロローグ風に示すと、こんな感じでしょうか。5つの章のもと、合計で72のテーマが盛られていますが、それぞれ内容は完結していますので、どのテーマから読んでいただいても構いません。目次を見て「おお」というテーマがありましたら、どうぞそのページに飛んでください。

本書の読者層としては、教育に関心を持つ一般の方全てを想定しています。難しい理屈や数式を並べ立てた本ではありませんので、中学生や高校生にも読んでいただけるかと思います。統計がたくさん載っていますが、その操作としては四則演算しか使われていません。中学校レベルの数学力で十分理解できる内容です。ひるむなかれ。

本書で使っているのは、公開されている公的機関の調査データばかりです。私が独自にやったアンケート調査のデータなどは含まれていません。したがって、皆さんはその気になれば、本書に載っている統計データの再現可能性を「追試（test）」することができます。億劫な作業かもしれませんが、それをやってくれる人が出てくることを願います。公的統計資料を使いこなせる人が増えることになるからです。大学の調査統計法の作業課題としてもいいのではないでしょうか。

この本を世に送り出す意図と内容のプロローグは以上です。ではどうぞ、興味を持たれたテーマからお読みください。

データで読む　教育の論点　目次

3 学校

4 若者

5 社会

1　子ども

学力

幼少期のコンピュータ利用と学力の関連

現在は情報化社会で、21世紀に生まれた子どもは、生まれた時からコンピュータやネットに囲まれている「デジタル・ネイティブ」世代です。

幼少期からコンピュータに触れさせていいものか、という懸念をお持ちの親御さんも多いでしょうが、他国の子どもはもっと早くからパソコンに触れています。OECDの国際学力調査「PISA 2015」では、15歳生徒に対し、「初めてコンピュータを使ったのは何歳の時か」と尋ねています。**図1‐1**は、主要国の回答分布です。

日本は、就学前の幼少期にコンピュータに触れたという生徒が最も少なくなっています。たった10.7%です。対して北欧諸国では半分近くになっています。

さもありなんという結果ですが、本題はここから。実は日本のデータでみると、パソコンの使用開始年齢が、「PISA 2015」で測られる学力水準と相関しているのです。「PISA 2015」では、15歳生徒の数学的リテラシー、読解力、科学的リテラシーを測定していますが、その平均点は、初めてコンピュータを使った年齢によって違っています。

図1‐2は、その関連をグラフにしたものです。学力は家庭環境に強く規定されますので、

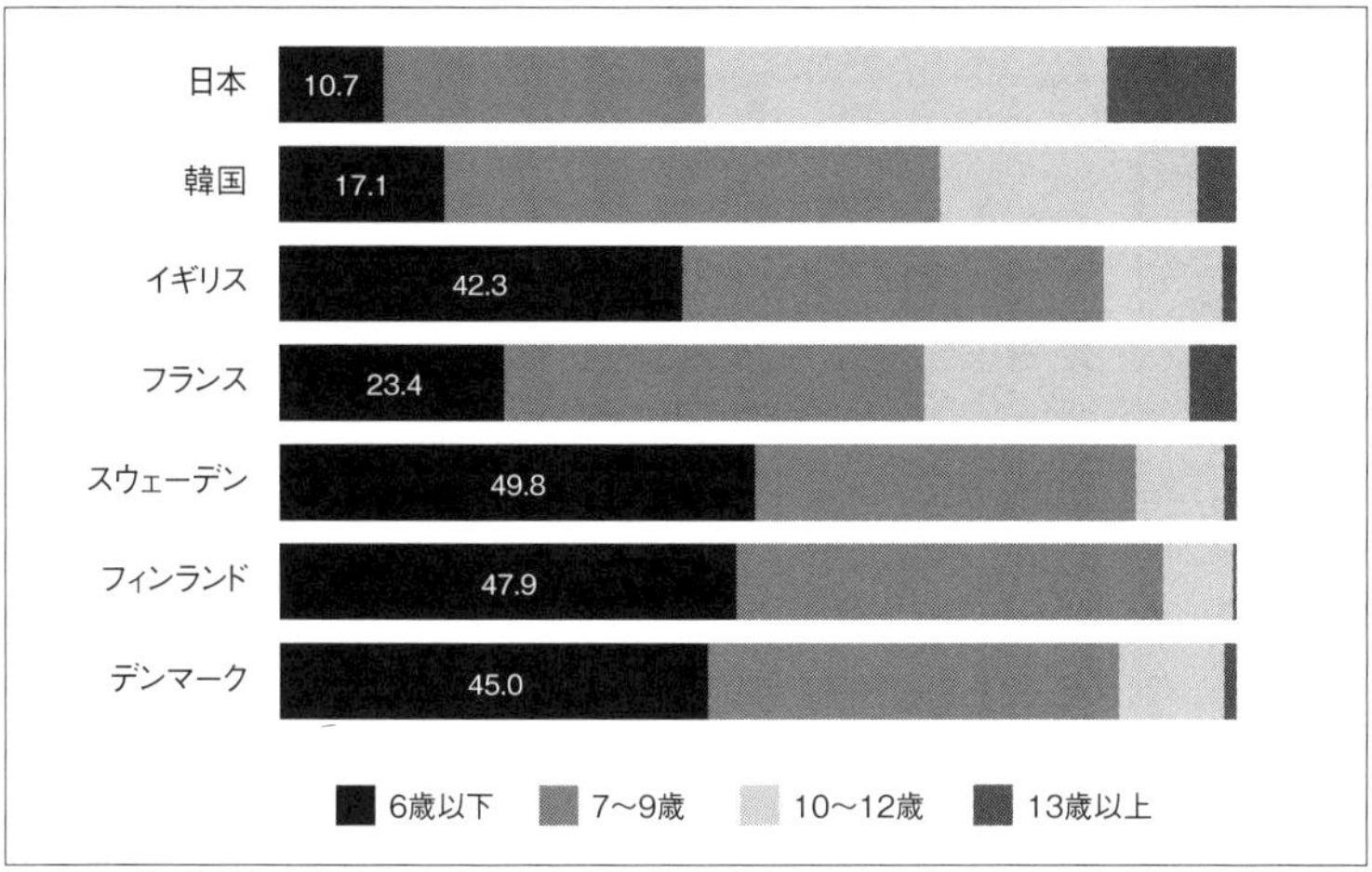

図1-1　初めてパソコンを使ったのは何歳か？
15歳生徒の回答による。
OECD「PISA 2015」より作成。

その影響を除くべく、父親が大卒以上の生徒に限っています。本当は家庭の年収を統制したほうがいいのですが、それはできませんので、次善の策として親の学歴を揃えた次第です。

どの面の学力をみても、コンピュータの使用開始年齢が早かった群ほど、平均点が高くなっています。数学的リテラシーでいうと、6歳以下の乳幼児期にコンピュータを使い始めた群の平均点は576点ですが、7〜9歳の群は569点、10〜12歳の群は565点、中学校に入って初めて使い始めた群では540点、という具合です。

全く攪乱のない、きれいな相関関係ですね。幼少期にパソコンに触れさせることは、ゲーム脳を作る、よからぬことを覚えるというように、否定的に捉えられることが多いのですが、学校に上がった後の学力とこ

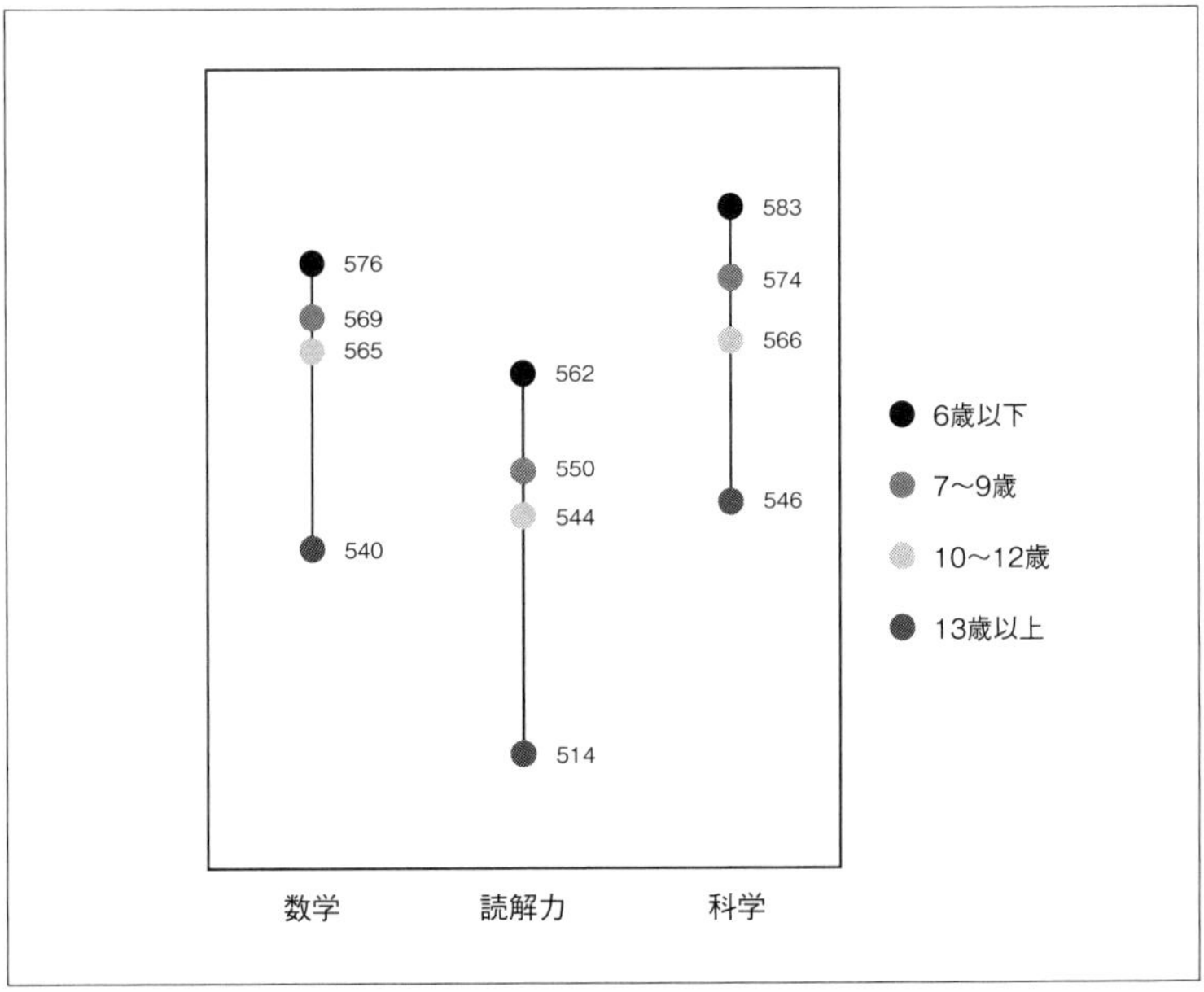

図1-2　コンピュータ使用開始年齢と学力
父親が大卒以上の15歳生徒のデータ。
OECD「PISA 2015」より作成。

うも相関しているとは。

パソコン使用は高学力につながる、という調査レポートもあります。ウィンドウズ・デジタルライフスタイルコンソーシアムの調査結果（２０１６年７月公表）によると、高偏差値の中高生のパソコン所有率は31％で、それ以外の生徒（22％）よりも高いのだそうです。

子どもにパソコンを使わせた親御さんに尋ねても、「ＩＴへの理解が増した」「情報収集力が高まった」「資料作成力が高まった」「勉強意欲が高まった」「様々なことに対する興味が高まった」という声があるとのこと。

なるほど、ＰＩＳＡ型学力の問題解決能力につながるような要素が盛りだくさんですね。コンピュータを使って、自分の創作物を発信することなどは、何のために勉強するかという意欲を高めることにもなるでしょう。いろいろなフィードバックをもらえますからね。

ネットから受ける刺激は、本やテレビからのそれよりもはるかに広範で、子どもの興味の幅を広げてくれるでしょう。子ども、とりわけ乳幼児の場合、生活世界が狭いのがネックなのですが、コンピュータの画面の向こうに広がる世界は無尽蔵です。頭が柔らかい年少の子どもがそれに接することは、いい効果をもたらすのかもしれません。

しかし言わずもがな、ネットの情報は玉石混交です。幼児はそれをジャッジする能力（フィルター）を持っていませんので、よからぬことも吸収してしまう恐れはあります。使わせるなら「フィルタリング」つきのパソコンにするなど、保護者の適切なコントロールが必要です。

ＩＴ化が進んだ現在では、子どもと大人の境界は取っ払われていますが、必要な境界は維持されねばなりません。こういう留意事項を守って、パソコンという文明の偉大な発明品を使わせるなら、子どもの発達にとって大いにプラスになることでしょう。

学力

家庭環境と学力の関連

毎年、文科省が『全国学力・学習状況調査』を実施しているのはご存知かと思います。小学校6年生と中学校3年生の国語と算数（数学）の学力を計測し、指導の改善に役立てようという意図です。

結構なことですが、教育社会学の立場からすると、学力を規定する要因、とりわけ家庭環境と学力の関連に興味が持たれます。学校現場ではこの手の問題はタブー視されている感がありますが、格差社会化が進んでいる今日、現実をデータで明らかにし、対策を講じる必要があるでしょう。

当局もこういう認識を持ったようで、2013年度の調査では、子どもの学力や生活習慣に加えて、家庭環境も調査事項に加えられました。一部の児童・生徒を対象にした「特別調査」の枠においてです。

お茶の水女子大学の研究チームが、この特別調査の個票データを使って、学力に影響を与える家庭環境の要因を分析しています。結果は、『全国学力・学習状況調査（きめ細かい調査）の結果を活用した学力に影響を与える要因分析に関する調査研究』という報告書にまとめられ

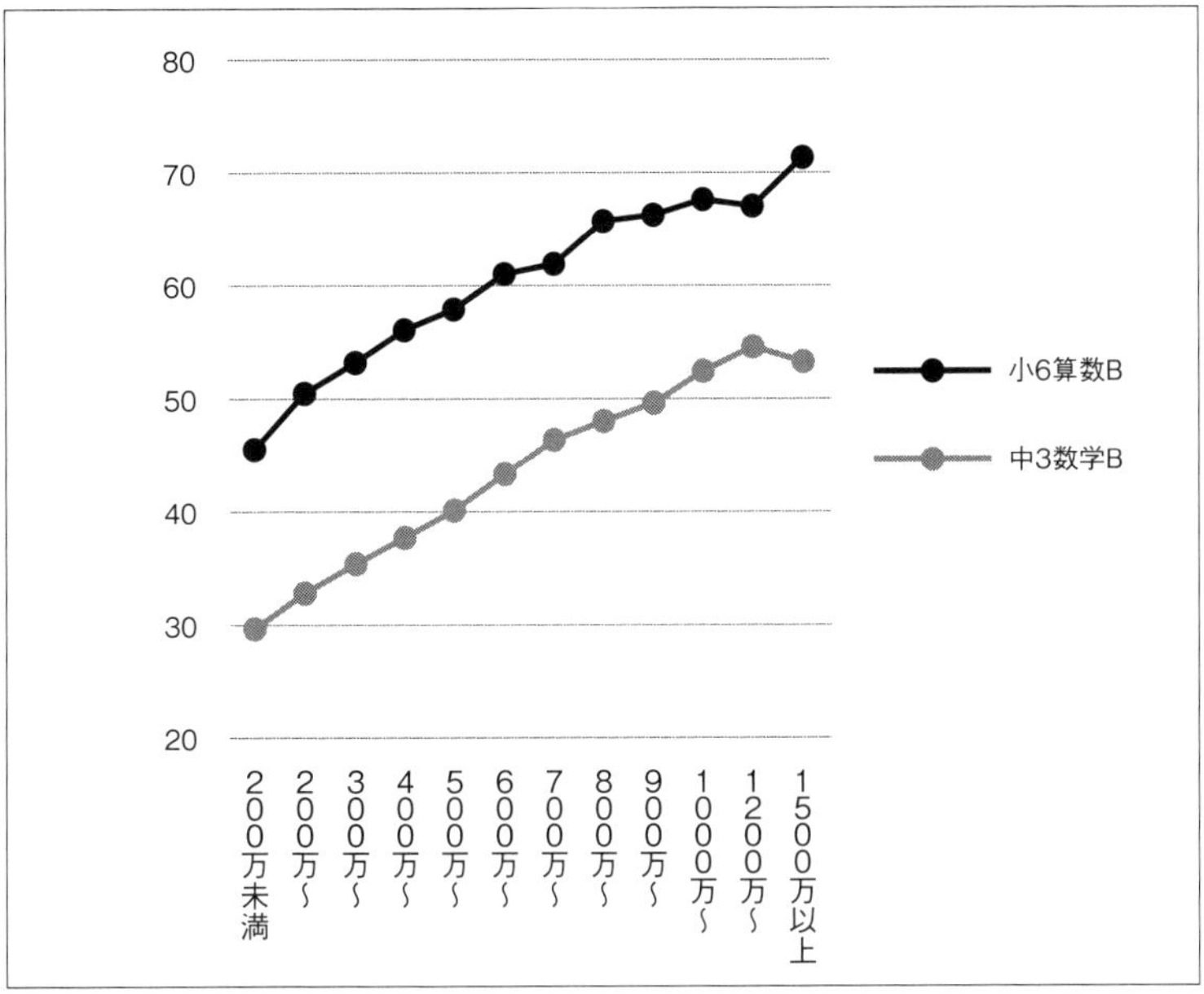

図2-1　家庭の年収別の平均正答率（%）
『平成25年度　全国学力・学習状況調査（きめ細かい調査）の結果を活用した学力に影響を与える要因分析に関する調査研究』（お茶の水女子大学）より作成。

ています。当該の報告書は、インターネット上で閲覧することが可能です。

報告書を紐解くと、興味深いデータが盛りだくさんです。とくに、家庭の年収別に教科の平均正答率を集計した表が面白い。正答率の分散（散らばり）が大きい、算数Ｂ（小６）と数学Ｂ（中３）の結果をグラフにすると、**図２-１**のようになります。Ｂとは、知識の活用力を試すもので、知識の量を測るＡよりも難易度が高くなっています。

ほう。年収が高い群ほど正答率が高い傾向がみられます。右上がりになるのは間違いないと思っていましたが、ここまでクリアーに出るとは驚きです。モヤモヤしていた印象がはっきりと「見える化」されました。

参考書や通塾の費用負担能力、自室といった勉学環境の有無……。家庭の経済力と子どもの学力の関連経路は、いろいろ想起されます。

また、文化的要因も無視できません。抽象度の高い「学校知」に親しみやすいのは、どういう家庭の子どもか。自宅に蔵書が多く、美術鑑賞などの文化的活動に頻繁に連れて行ってもらえる……。こんな家庭でしょう。フランスの社会学者のP・ブルデューは、こうした文化資本を媒介にして、親から子へと地位が「再生産」される過程を暴き出したのでした（文化的再生産）。

家庭の文化嗜好のレベルは、父母の学歴によって推し量ることができるでしょう。上記の報告書には、父母の学歴別に平均正答率を集計した表も載っていますので、それを視覚化してみました。（図2-2）

小6の算数B、中3の数学Bとも、父母の学歴が高い群ほど平均正答率が高くなっています。親が高学歴の子どもほど、諸々の文化的環境（働きかけ）により、学校で教授される（抽象的な）知識への親和性が高くなる。その結果、高いアチーブメントを収める……。このような経路もあることでしょう。

父と母の曲線を比べると、後者のほうが少し傾斜が急になっています。やはり、子どもと接する時間の長い母親の影響力が大きいのでしょうか。とりわけ、母親が大卒以上であるかが分岐点のようです。

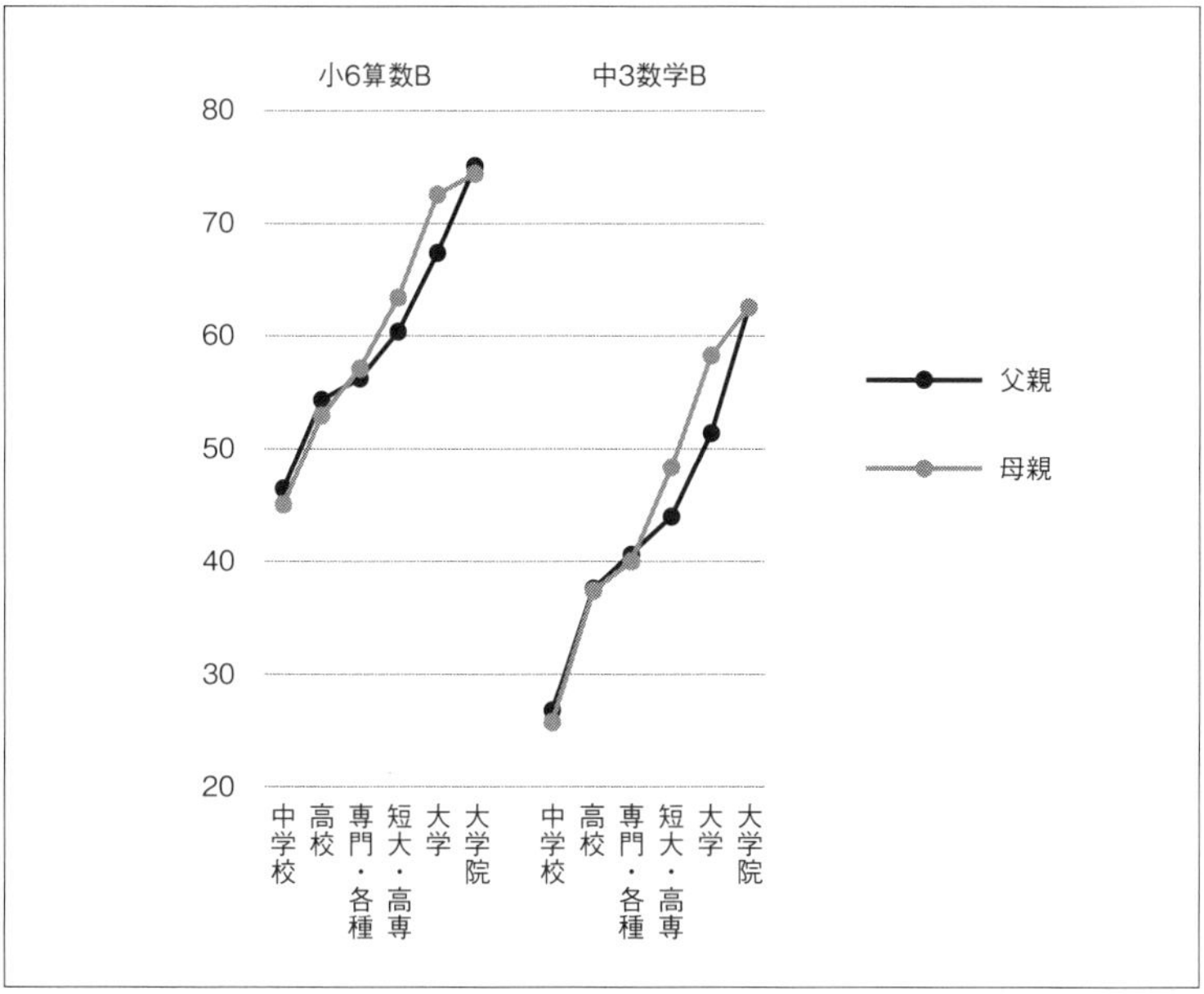

図2-2　父母学歴別の算数・数学の平均正答率

『平成25年度　全国学力・学習状況調査（きめ細かい調査）の結果を活用した学力に影響を与える要因分析に関する調査研究』（お茶の水女子大学）より作成。

しかるに、学力は１００％家庭環境によって規定されるのではありません。家庭の条件が悪くても、高いアチーブメントを出している子どももいます。実践の観点からみて重要なのは、こういう問題です。お茶の水女子大学の報告書では、この問題も追究されています。本書でも、違ったアプローチから同じ問題を検討することにいたしましょう。詳細は30～35ページをご覧ください。

学力

勉強の得意度と自尊心の関連

日本の子どもは自尊心（self-esteem）が低いといわれますが、その傾向は学年を上がるにつれて強くなります。

国立青少年教育振興機構『青少年の体験活動等に関する実態調査』（2014年度）によると、「今の自分が好きだ」という項目に「とてもそう思う」と答えた者の割合は、小4で28・9%、小5で24・4%、小6で22・4%、中2で9・3%、高2で7・8%というように、どんどん下落していきます。

小学校と中学校の落差が大きいようですが、高校受験を見据えたテストの連続で、周囲と比した自分の相対位置を思い知らされることが多くなるためでしょう。よって自尊心の程度が、勉強のでき具合に規定される度合いが高まってくるとみられます。

私は、上記調査のローデータ（個票データ）を使って、この2つの関連を調べてみました。発達段階によって関連の仕方は異なるでしょうから、小4と高2の時点のクロス集計表を作成しました。**図3-1**は、何の加工も施していない実数の原表です。

「勉強の得意度×自尊心の程度」のクロス表です。太字は縦方向の最頻値ですが、勉強の得意

		A 勉強は とても得意	B 勉強は 少し得意	C 勉強はあまり 得意でない	D 勉強は全く 得意でない
小学校4年生	自分がとても好き	**242**	316	142	64
	自分が少し好き	176	**365**	281	66
	自分があまり好きでない	65	193	**286**	98
	自分が全く好きでない	30	74	112	**137**
	合計	513	948	821	365
高校2年生	自分がとても好き	**112**	95	124	78
	自分が少し好き	46	**476**	674	230
	自分があまり好きでない	34	337	**1449**	**604**
	自分が全く好きでない	13	88	338	575
	合計	205	996	2585	1487

図3-1　勉強の得意度と自尊心の関連
国立青少年教育振興機構『青少年の体験活動等に関する実態調査』(2014年度)より作成。

度が下がるにつれ、下の方に落ちてきます。勉強がとても得意なA群では「自分がとても好き」が最も多いのですが、勉強が全く得意でないD群では「自分が全く好きでない」者が最多であると。高校2年生でも同じような傾向がみられます。

この表のデータを視覚化してみましょう。群ごとの自尊心レベルの分布をタテの帯グラフにしますが、ヨコの幅を使って、それぞれの群の量も表現しています。(図3-2)

勉強が不得意な群ほど自尊心が下がる傾向ですが、学年を上がるにつれ、A～Dの相対量が変わることにも要注意です。高校2年生になると、勉強がとても得意なA群はわずかになりますが、量的に少ないこの群の自尊心が飛び抜けて高くなります。自尊心の占有化とでも形容できる現象です。

わが国では、青年期の入口に差し掛かると、

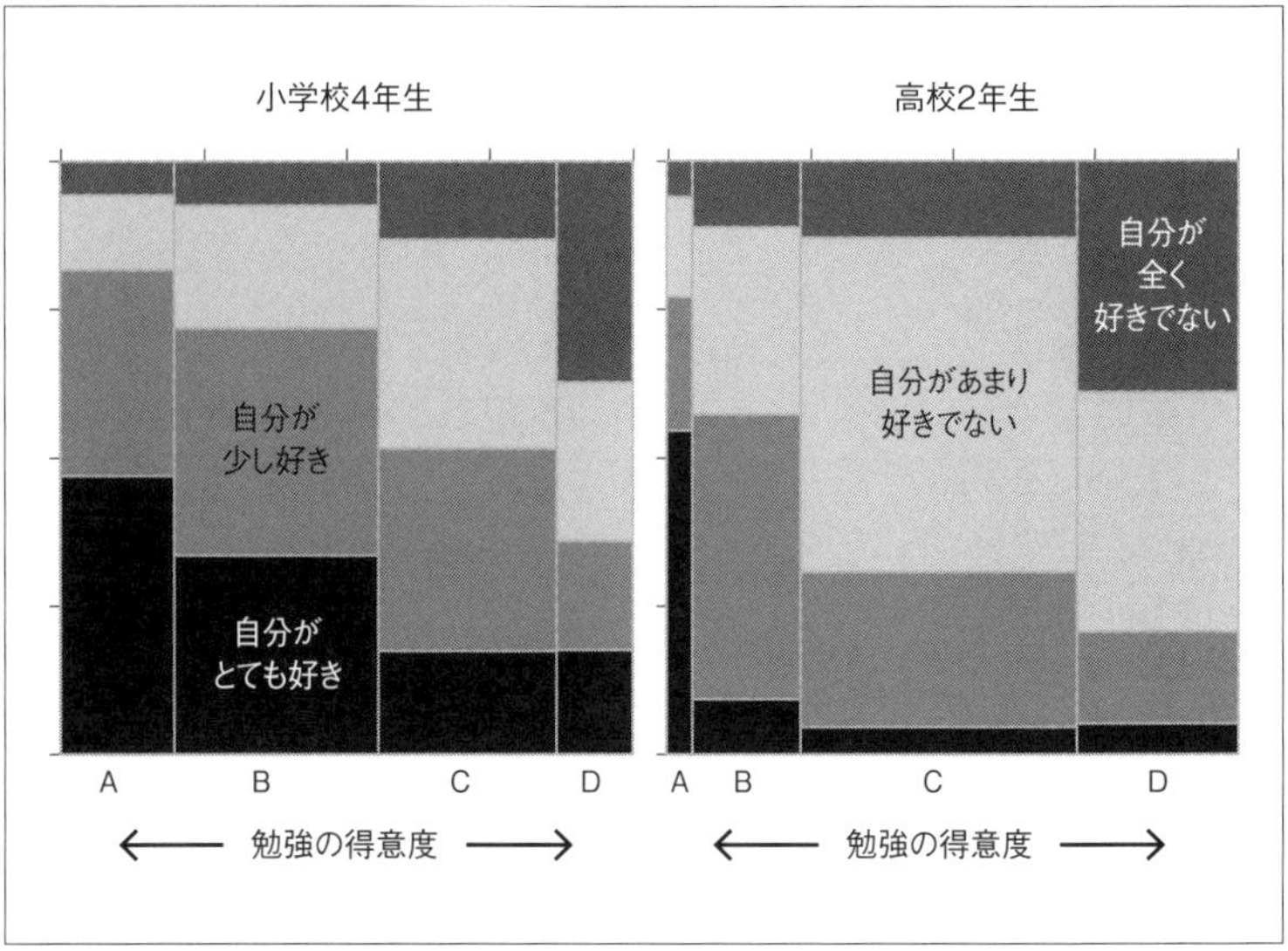

図3-2　勉強の特異度と自尊心の関連
国立青少年教育振興機構『青少年の体験活動等に関する実態調査』(2014年度)より作成。

ごく一部の勉強が得意な層だけが高い自尊心を保持し、他の大多数の層がそれを剝奪される現象がみられます。大学進学規範が強い日本の特徴であるように思えますが、他国でも上記のような図柄になるのでしょうか。

自尊心の基盤というのは、加齢とともに多様化していくのが望ましいのですが、今の日本社会では、それが勉強の得意・不得意に一元化（収束）される傾向にあります。青年期とは、興味・関心・適性が多様化し始める時期と考えると、上図に描かれている様は、一種の病態を表しているといえるでしょう。

入学者を選抜する試験では相対評価も止むを得ませんが、日々の学校生活では、できない子を強制的に「作り出す」相対評価だけでなく、あくまで目標への到達度を重視する絶対評価、さらには当人の以前の状態と比した個人内評価なども、もっと取り入れるべきです。近年では、こういう方針が推奨されていますが（中教審「児童生徒の学習評価の在り方について」２０１０年）。

これから先、ただでさえ減っていく子ども人口を、学校教育の中で人為的に潰していくような事態（学校の逆機能）は、何としても避けねばなりません。

学力

東京都内23区の学力の推計

学力テストは国レベルだけでなく、自治体レベルでも数多く行われています。東京都の学力調査は『児童・生徒の学力向上を図るための調査』と題するもので、都内の公立小学校5年生と公立中学校2年生が対象です。

公表されている結果報告書には、都全体のデータしか載っていませんが、都教委に情報公開申請することで、都内の地域別の平均正答率を知ることができます。私は前にこれをやり、2013年度調査の市区別のデータを入手しました。

想像がつくと思いますが、都内の地域別の平均正答率は、社会経済指標と非常に強く相関しています。後者が分かれば、前者をほぼ正確に予測できるほどです。その様を見ていただきましょう。都内23区について、3つの社会経済指標を計算し、学力との相関をとってみました。

まずは、平均世帯年収です。地域住民の富裕度を表す指標ですが、おそらく学力と強く相関しているでしょう。通塾するにもお金がかかりますからね。2013年の総務省『住宅土地統計』のデータから、独自に計算しました。

その次は、高学歴人口率です。親の教育熱心度や文化嗜好と関わるものであり、こちらも学力と強く関連していると思われます。大卒以上の学歴の者が、住民の何％かです。学生と学歴不詳者は、分母から除いて率を計算しました。資料は、２０１０年の総務省『国勢調査』です。

あと一つの要因として、教育扶助受給率を出してみました。教育扶助とは生活保護の一種で、学齢の子がいる生活困窮世帯に支給されます。貧困と学力の関連はよく指摘されますが、この指標も学力を強く規定していることでしょう。教育扶助受給率は、２０１３年度の教育扶助受給世帯数を、同年5月時点の公立小・中学生数で除して算出しました。分子の出所は『東京都福祉・衛生統計年報』、分母は都教委の『公立学校統計調査』です。

図4-1は、公立小学校5年生の算数の平均正答率と、今説明した3つの社会経済指標の一覧です。最高値と最低値にはマーク（網掛け）をつけています。算数の平均正答率を取り上げているのは、この教科の成績の地域差が最も大きいからです。

大都市という基底的特性を同じくしながらも、学力や社会経済指標の値は大きく違っています。平均年収は７９３万円から４３２万円、高学歴人口率は53・4％から19・9％まで、幅広く分布しています。スゴイですねえ。

算数の平均正答率と3要因の単相関係数を出すと、年収とは＋０・７５６９、高学歴率とは＋０・９０１２、教育扶助率とは－０・７９３９となります。いずれも1％水準で有意です。高学歴率との相関はスゴイ。どちらかというと、家庭の経済資本よりも文化資本が効くようです。

都内の23区でみると、子どもの学力には地域差があり、それは社会経済特性の差と強く関連していることを知りました。実のところ、後者が分かれば前者をほぼ正確に推し量ることがで

	2013年 算数平均正答率 %	2013年 平均世帯年収 万円	2010年 高学歴人口率 %	2013年 教育扶助受給率 ‰
千代田区	70.2	793.0	53.4	6.9
中央区	67.2	702.7	48.7	3.7
港区	67.9	779.0	52.2	8.6
新宿区	67.6	547.8	43.9	19.3
文京区	72.1	614.2	51.5	5.1
台東区	60.9	520.4	33.1	9.9
墨田区	59.4	476.5	28.4	21.3
江東区	64.8	545.3	32.8	12.8
品川区	67.5	579.8	38.3	7.6
目黒区	69.6	638.1	45.4	5.8
大田区	63.6	516.3	34.0	15.5
世田谷区	68.5	620.4	47.7	6.9
渋谷区	67.1	631.9	47.2	6.7
中野区	63.4	468.2	38.5	12.7
杉並区	69.1	530.8	47.1	6.5
豊島区	62.3	529.9	39.8	11.3
北区	61.4	474.6	29.9	16.1
荒川区	62.5	497.9	27.2	16.3
板橋区	58.8	454.2	29.8	30.3
練馬区	63.6	519.1	38.2	19.3
足立区	60.6	431.7	19.9	27.4
葛飾区	58.6	478.6	23.6	19.2
江戸川区	58.4	488.3	24.9	22.0

図4-1　都内23区の学力と社会経済指標
東京都の公的統計より作成。

きるほどです。

重回帰分析という手法を使って、3つの変数から各区の算数の平均正答率（Y'）を予測する式を作ると、以下のようになります。Aは平均年収、Bは高学歴率、Cは教育扶助率です。

$$Y' = -0.0016A + 0.3154B - 0.1197C + 55.0793$$

各要因の規定力の強さは係数の絶対値から分かりますが、それぞれの単位を考慮して標準化した値（β値）にすると、Aが－0・0382、Bが＋0・7626、Cが－0・2143となります。高学歴率の影響がダントツですね。やっぱり、保護者の教育熱心度が効くのでしょう。

ちなみに、この回帰式の精度を表す決定係数は0・8284であり、学力の区別分散の83％が、これらの3つの要因だけで説明されることになります。簡単にいえば、A～Cの3要因が分かれば、各区の子どもの学力をほぼ正確に予測できる、ということです。

上記の式を使って、各区の算数平均正答率の予測値（期待値）を出し、**図4-1**の実測値と照合してみます。**図4-2**は、両者の残差をとったものです。

ほとんどの区が、±2ポイントの範囲内に収まっています。予測の精度はたいしたものです。年収、高学歴率、教育扶助率だけで、ここまで予測できちゃうのですから。

しかるにここで注目すべきは、地域条件から期待されるよりも高い結果を出している区です。足立区は、実測値が期待値を3ポイント以上上回っています。「がんばっている」区と評して

	a 予測値	b 観測値	b−a 残差
千代田区	69.8	70.2	0.4
中央区	68.9	67.2	-1.7
港区	69.3	67.9	-1.4
新宿区	65.7	67.6	1.9
文京区	69.7	72.1	2.4
台東区	63.5	60.9	-2.6
墨田区	60.7	59.4	-1.3
江東区	63.0	64.8	1.8
品川区	65.3	67.5	2.2
目黒区	67.7	69.6	1.9
大田区	63.1	63.6	0.5
世田谷区	68.3	68.5	0.2
渋谷区	68.1	67.1	-1.0
中野区	64.9	63.4	-1.5
杉並区	68.3	69.1	0.8
豊島区	65.4	62.3	-3.1
北区	61.8	61.4	-0.4
荒川区	60.9	62.5	1.6
板橋区	60.1	58.8	-1.3
練馬区	64.0	63.6	-0.4
足立区	57.4	60.6	3.2
葛飾区	59.4	58.6	-0.8
江戸川区	59.5	58.4	-1.1

図4-2　算数平均正答率の推計
東京都の公的統計より作成。

よいでしょう。

地域別の学力テストの結果は、こういう視点からも読むべきでしょう。平均正答率の実測値だけが問題にされますが、それはある意味、アンフェアというもの。地域の条件も考慮すると、違った側面も浮かび上がってきます。足立区は、正答率の水準は低いものの、地域の社会経済条件から期待される水準に比せば高い結果を出している、「がんばっている」区となるわけです。

この区でどういう取組が行われているのか気になりますが、区のホームページを見たところ、経済的理由による通塾が叶わない子どもを対象とした「足立はばたき塾」や、学習支援ボランティアを活用した学力向上施策が実施されているようです。

なるほど、こういう「下」に手厚い実践の成果といえるでしょう。その成果は、実測値だけでは分かりにくいですが、地域条件から演繹される期待値との残差という数値によって可視化できます。

実測値をそのまま読むのではなく、地域条件から期待される理論値と照合し、両者の差（残差）によって、各地域のガンバリ度を評価する。さらに、「がんばっている」地域でどういう実践が行われているかを観察し、それを広めていく。この仕事は、社会的不平等を教育の力で克服することにもつながると思います。

学力テストの地域別（学校別）のデータの公表は嫌がられるのですが、その利用法は、週刊誌がやるようなランキングだけではありません。今回紹介したような用途もあることにかんがみ、データの公開を躊躇し過ぎてはいけないと思います。

学力

年収と子どもの育ちの関連

総務省『住宅土地統計』から、市区町村別の平均世帯年収を計算できるのですが、教育社会学をやっている人間として、この指標が各地域の子どもの育ちとどう関連しているかを知りたくなります。

学力との相関は前項でみましたが、学力と並んで能力の重要な要素である体力との相関はどうか。さらには、病気にかかる頻度との関連は如何。これらを統計で明らかにすることは、学力格差、体力格差、健康格差という現象を「見える化」することと同義です。

個々の子どもの間で学力や体力に差があるのは当たり前ですが、それが当人の努力ではどうにもならない外的条件と結びついたものであるならば「格差」ということになり、人為的な働きかけによって是正すべき性質のものになります。ここでいう外的条件として、家庭環境は最たるものです。

私は、東京都内23区のデータを使って、この問題に接近することとしました。大都市という基底的特性を同じくするとともに、それぞれの区ごとで、社会階層による住み分けが明瞭であるからです（橋本健二『階級都市』ちくま新書、2011年）。不遜な言い方ですが、子ども

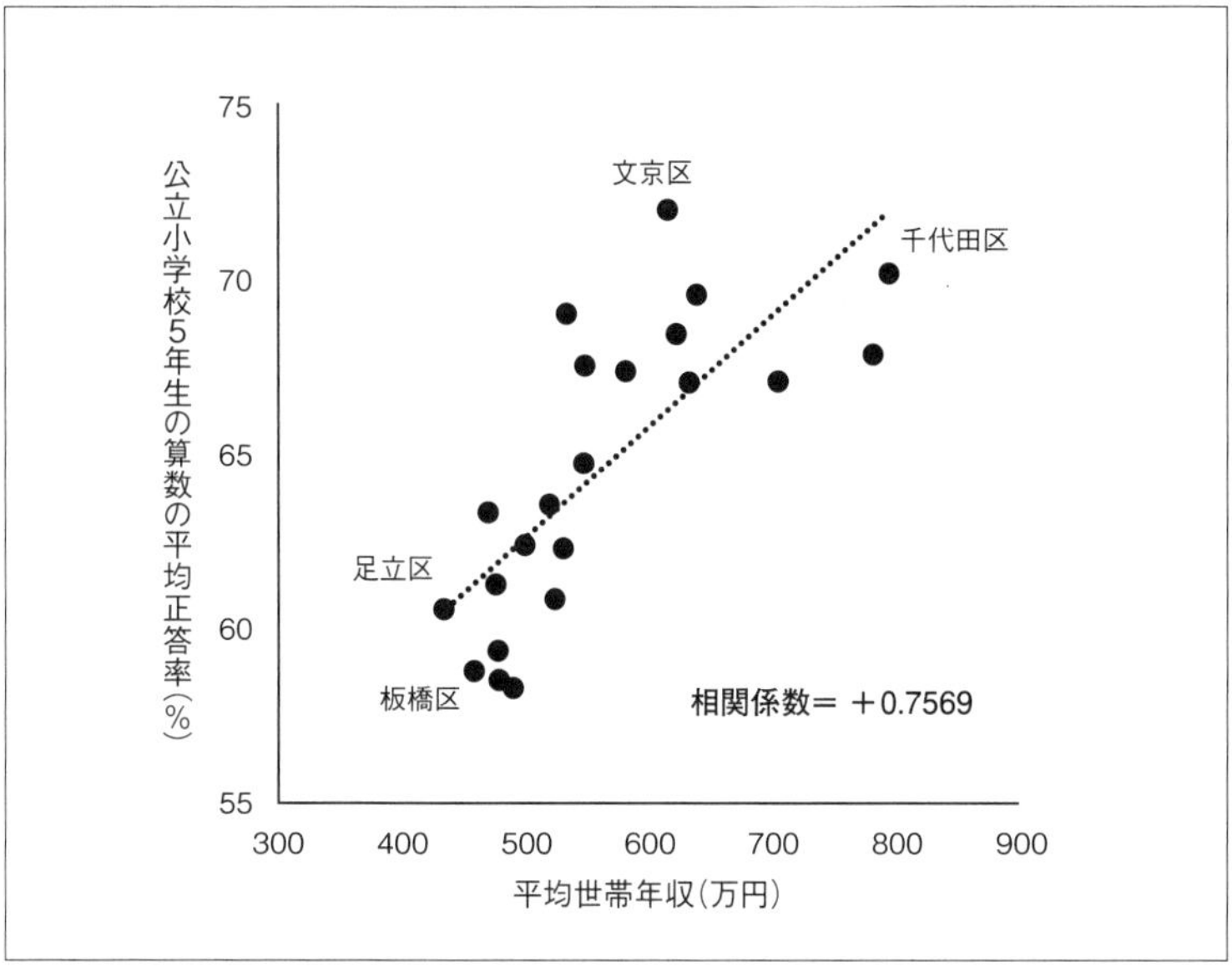

図5-1　平均年収と学力の相関(東京都内23区)
総務省『住宅土地統計』(2013年)、都教委『児童・生徒の学力向上を図るための調査』(2013年度)より作成。

の育ちの社会的規定性を解明するに当たって、最高のフィールドであるといえましょう。

では、順にみていきましょう。前項の繰り返しになりますが、まずは学力との関連です。都教委が毎年実施している『児童・生徒の学力向上を図るための調査』(2013年度)から、公立小学校5年生の算数の平均正答率を区別に収集し、各区の平均世帯年収との相関をとってみました。年収は、2013年度の『住宅土地統計』から計算したものです。(図5-1)

前項でも見ましたが、明瞭なプラスの相関です。年収が高い区ほど、算数の正答率が高い傾向にあります。相関係数は+0.7569であ

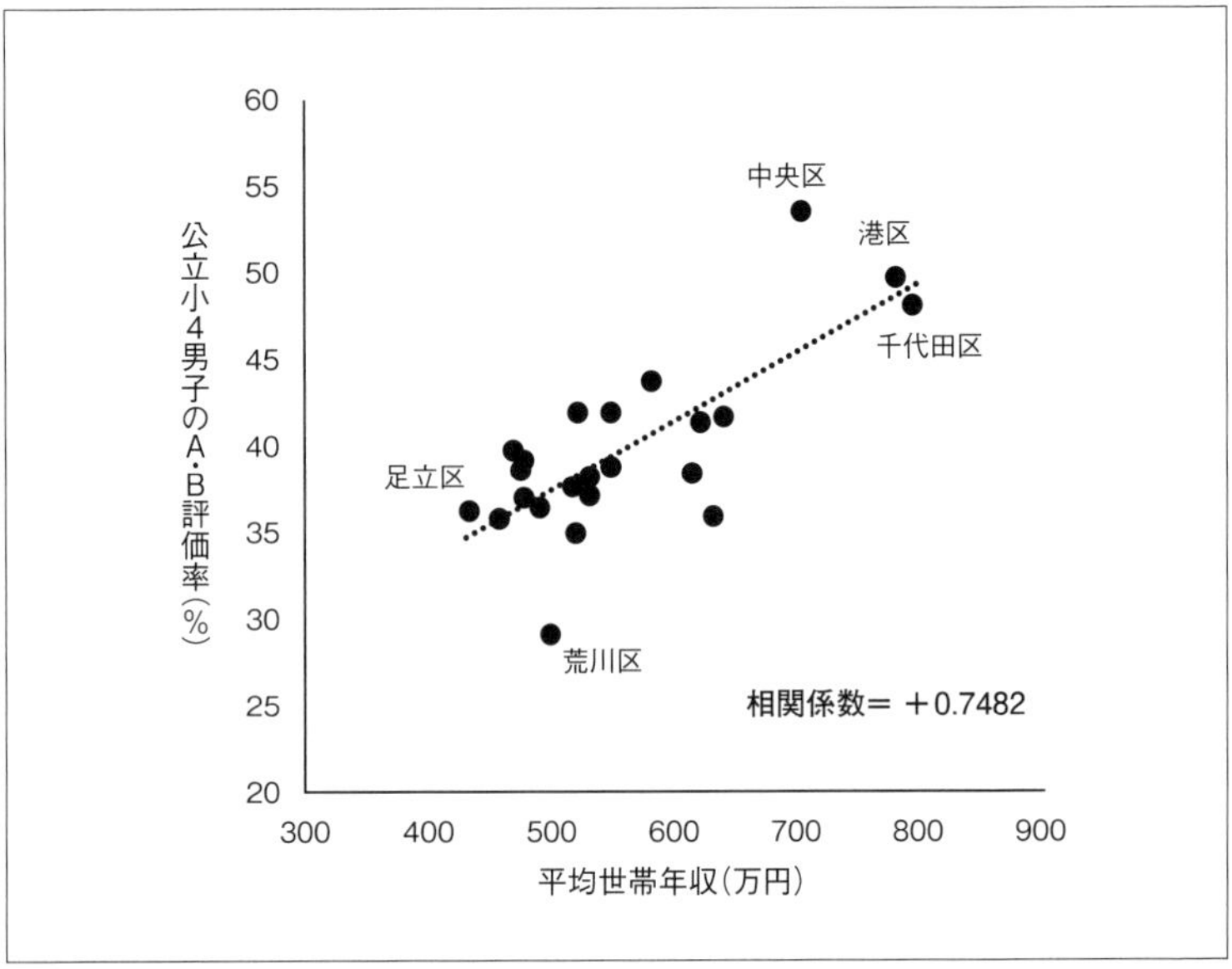

図5-2　平均年収と体力の相関(東京都内23区)
総務省『住宅土地統計』(2013年)、都教委『児童・生徒の学力向上を図るための調査』(2013年度)より作成。

り、1%水準で有意です。

通塾や参考書購入の費用を賄えるか、落ち着いて勉強できる環境があるか、というような要因が想起されます。また、家庭の文化的環境と学校のそれとの距離という問題もあるでしょう(ブルデュー)。個人単位のデータでみても、子どもの学力は家庭の年収と強く相関していることは、**図2-1**(23ページ)からも分かることです。

次に、年収と体力の相関関係です。都教委は、都内の公立学校を対象に、毎年体力テストも行っています。複数の種目の合計点をもとに、A〜Eの5段階の総合評価をつける形式です。私は、公立小学校4年生男子のうち、AもしくはBの評価を得た児童が何％いるかを区別に計算しました。10歳という代表的な発達段階である、この学年に注目した次第です。

さて、体力テストで良好な評価を得た児童の割合は、地域の平均年収とどう関連しているか。**図5-2**は、先ほどと同じ形の相関図です。

ほう、体力のほうも地域の平均年収と強く相関しています。相関係数は＋０・７４８２であり、学力と同じくらい、社会的な規定を被っています。

体力にしても、学校外教育への投資がモノをいう面があるかと思います。スポーツの習い事をさせるにしても、それなりの費用がかかります。当然、通塾率と同じく階層差があり、水泳の習い事をしている12歳児の割合は、年収２００未満の家庭では４・３％ですが、年収８００万以上では32・６％にもなります。テニスに至っては階層差がもっと顕著で、順に３・８％、40・1％という次第です（厚労省『21世紀出生児縦断調査』第12回、２０１３年）。**図5-2**の傾向は、こういう差の反映ともいえるでしょう。

また、最近は子どもを狙った犯罪が多発しているので、子どもだけでの外遊びを禁止している学校もあるのだとか。サンマ（時間、空間、仲間）の減少により、子どもの自発的な外遊びが減ってきていることも考えると、子どもが体を動かす機会（場）がおカネで買われる時代になっているのかもしれません。こうみると、上図に描かれている年収と体力の相関も分かろうというものです。

学校教育法第１３７条では、学校の施設を「社会教育その他公共のため」に利用させることができると定めていますが、こうした学校開放をもっと進めるべきかと思います。

最後に、健康の指標との相関です。私は、年少児童の虫歯率と肥満率を区別に計算しました。健康診断を受けた公立小学校1・2年生のうち、未処置の虫歯がある者、学校医によって肥満傾向と判定された児童の割合です。資料は、都教委の『東京都の学校保健統計』（2013年度）です。

これらの指標は、各区の世帯年収とどう相関しているか。左は年収と虫歯、右は年収と肥満の相関図です。肥満率のほうは、単位が‰（千人あたり）であることに注意してください。

学力や体力とはうって変って、右下がりの負の相関です。貧困な区ほど、虫歯や肥満の子どもが多い傾向です。低学年の虫歯率と年収の相関係数は、－0・8204と絶対値が大変高くなっています。

貧困家庭は子どもを歯医者にやれない、という事情がまっさきに思い浮かびますが、都内23区では義務教育修了までの医療費は無料ですので、この面を強調するのは憚られます。それよりも、子どもの健康に対する保護者の関心、歯磨きなどの生活習慣の躾の差とみられます。一人親世帯にあっては、親が仕事で忙しくて子を医者に連れて行けない、ということもあるでしょう。

肥満率のほうも、地域住民の富裕度と強く関連しています。アメリカでは、貧困と肥満の関連はよくいわれます。貧困層は安価で高カロリーのジャンクフードに依存しがちであるため、肥満になりやすいと。海を隔てた大国の話ですが、わが国でも、似たような状況がないとは限

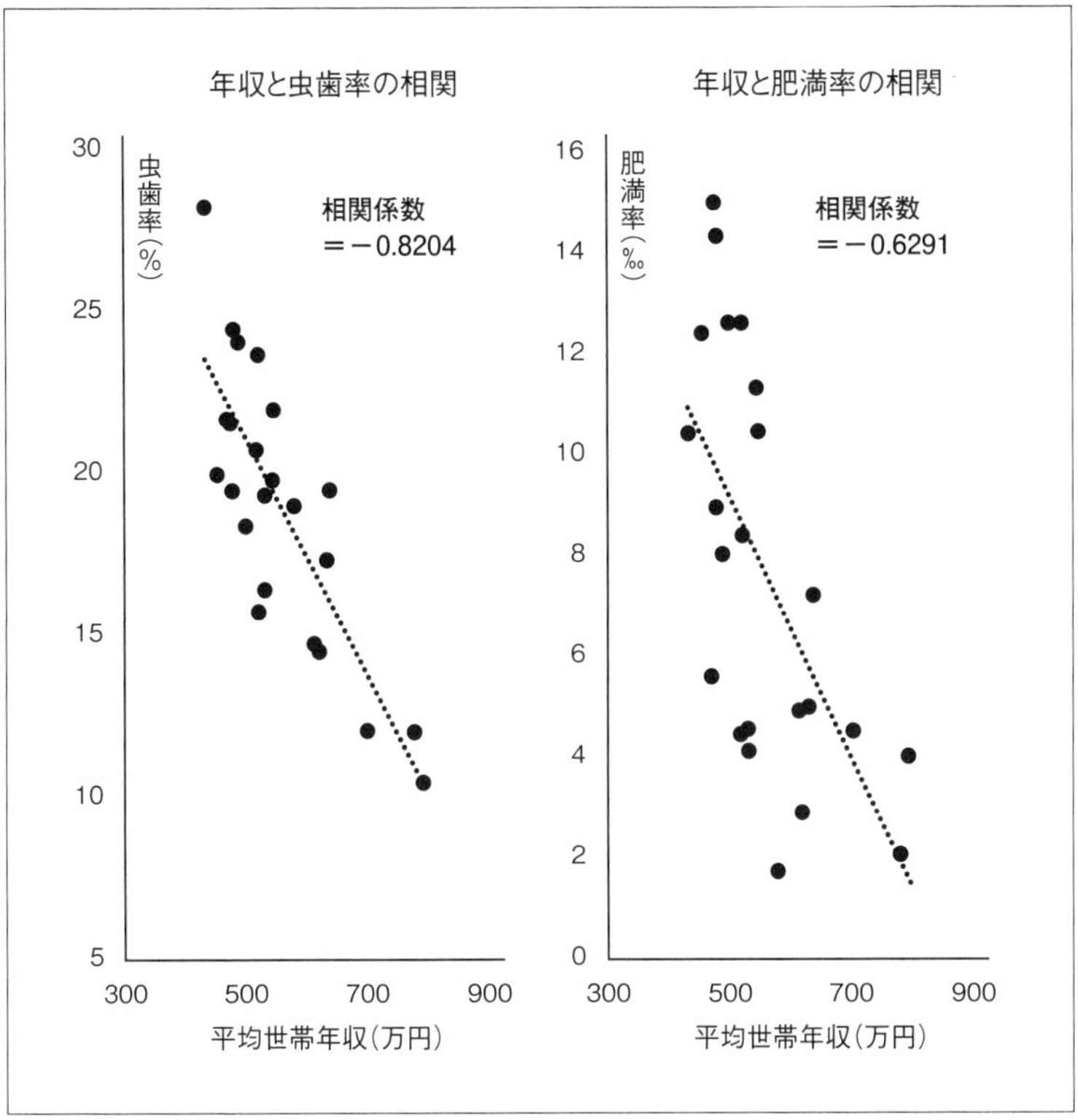

図5-3　平均年収と虫歯・肥満の相関（東京都内23区）
総務省『住宅土地統計』（2013年）、都教委『東京都の学校保健統計』（2013年度）より作成。

りません。母子世帯の貧困を特集した番組で、来る日も来る日も、１００円ハンバーガーやポテトチップを夕食代わりにする子どもの姿を見たときはショックでした。

子どもの相対貧困率は16・３％、一人親世帯に限ると54・６％（内閣府『子供・若者白書』２０１５年版）。今述べたような子どもがネグリジブル・スモール（無視できる水準）であると、誰が断言できるでしょう。

学校に上がって間もない低学年児童のデータですが、学校における食育の重要性が強調されねばなりません。学校で行われる保健指導は、場合によっては保護者をも対象とすると規定されていますが（学校保健安全法第９条）、こうした機会を通じて、保護者の意識を高めていくことも求められます。子ども、とりわけ年少の子どもは、生活の大半を家庭で過ごすわけですから。

東京都内23区という局地のデータですが、家庭環境とリンクした学力格差、体力格差、さらには健康格差が厳としてある可能性が示唆されます。西の大阪など、他の地域での追試もしたいところですが、この手の作業ができるのは、情報公開に積極的な東京だけです。他の自治体も、ぜひ追随していただきたいと思います。

学力

就学前教育と学力・体力の相関

これまでは学齢以降の子どもの話でしたが、小学校に上がる前の乳幼児を対象とした就学前教育もあります。それを担う機関として、幼稚園、保育所、認定こども園が想起されます。後2者は、学校ではなく児童福祉施設としての性格も持っていますが、広義の就学前教育の機関と考えてもよいでしょう。

近年、幼稚園の無償化、保育所の義務化など、就学前教育（保育）の拡張の必要がいわれています。その根拠としていわれるのが、乳幼児期の過ごし方が人間形成に大きく影響する、ということです。

乳幼児期の発達課題は、群れ遊びなどにより、社会生活の原初形態を経験し、社会的存在としての自我を刻み込むことです。昔は、家庭や地域社会においてこのタスクを遂行することができました。しかし核家族化が進み、地域社会も崩壊した今日では、そうもいかなくなっています。最近問題になっている「小1プロブレム」などは、こういう状況の所産であるともいえるでしょう。

そこで保育所を義務化すべきであると。古市憲寿さんの『保育園義務教育化』（小学館）には、こういうことが書いてあったかと思いますが、乳幼児期の幼稚園ないしは保育所等の在所経験が、その後の能力形成とどう関連しているかも興味深いところです。

志水宏吉教授の『福井県の学力・体力がトップクラスの秘密』（中公新書ラクレ）では、福井の子どもの体力が高い要因として、充実した就学前保育という点が指摘されています。ある視察レポートによると、県内の某保育所では子どもが盛んに体を動かしており、小1児童の体育と遜色ない運動量なのだそうです。

運動量だけでなく、聞く、話す、読む、数えるなど認知能力の形成に関わる経験も、幼稚園あるいは保育所等に在所している乳幼児のほうが多いでしょう。そうである以上、就学以後の学力との関連も示唆されます。

私はこの問題をマクロ的に吟味するため、都道府県別の就学前の幼稚園・保育所等在所率と、小学生の学力・体力の相関関係を出してみました。就学前の幼稚園・保育所等在所率とは、幼稚園・保育所・認定こども園の在所者数が0～5歳人口の何%かです。2015年の在所者数を、同年10月時点の0～5歳人口で除して算出しました。**図6-1**は、県別数値の一覧表です。

小学校に上がる前の乳幼児のうち、幼稚園ないしは保育所等に通っている子の割合は、県によってかなり違っています。最低の54.0%から最高の79.6%までのレインヂです。沖縄では半分ちょいですが、島根では8割近くになっています。太字は上位5位ですが、北陸の2県がランクインしています。文科省の全国調査において、子どもの学力ならびに体力が毎年上位にある県ですよね。

	a 0〜5歳人口	b 幼稚園児数	c 保育所等利用者数	(b+c)／a 在所率(%)
北海道	225,760	58,100	70,802	57.1
青森県	52,253	6,533	33,174	**76.0**
岩手県	54,170	8,687	27,807	67.4
宮城県	107,507	30,704	32,166	58.5
秋田県	36,896	3,481	23,720	73.7
山形県	48,916	8,885	22,296	63.7
福島県	81,604	21,724	26,515	59.1
茨城県	132,566	28,413	50,330	59.4
栃木県	93,368	22,384	33,556	59.9
群馬県	89,994	18,019	41,661	66.3
埼玉県	344,204	106,391	93,897	58.2
千葉県	285,026	86,946	84,829	60.3
東京都	627,171	165,348	205,280	59.1
神奈川県	440,612	129,500	119,199	56.4
新潟県	101,709	9,633	60,916	69.4
富山県	46,167	5,228	29,305	74.8
石川県	55,136	7,347	34,700	**76.3**
福井県	37,886	3,337	25,212	**75.4**
山梨県	36,839	4,974	19,669	66.9
長野県	97,468	10,477	48,894	60.9
岐阜県	97,416	22,502	39,269	63.4
静岡県	178,484	52,466	56,186	60.9
愛知県	396,812	92,332	145,863	60.0
三重県	86,133	18,269	38,324	65.7
滋賀県	77,599	15,934	29,020	57.9
京都府	117,646	26,924	50,411	65.7
大阪府	413,775	102,095	137,405	57.9
兵庫県	264,352	61,818	86,573	56.1
奈良県	61,237	14,983	22,761	61.6
和歌山県	42,461	6,912	18,884	60.8
鳥取県	27,660	2,210	17,112	69.9
島根県	32,564	3,783	22,136	**79.6**
岡山県	93,544	18,001	40,584	62.6
広島県	145,264	29,847	61,614	63.0
山口県	63,185	15,907	24,309	63.6
徳島県	32,162	6,798	15,263	68.6
香川県	45,449	13,157	20,391	73.8
愛媛県	62,756	15,188	24,242	62.8
高知県	30,555	3,434	19,568	**75.3**
福岡県	266,093	65,240	104,305	63.7
佐賀県	43,523	5,562	21,650	62.5
長崎県	67,048	10,858	34,783	68.1
熊本県	93,532	12,640	51,430	68.5
大分県	55,579	10,742	23,187	61.0
宮崎県	57,329	7,959	31,332	68.5
鹿児島県	85,117	13,770	38,253	61.1
沖縄県	99,148	17,006	36,563	**54.0**
全国	6,031,675	1,402,448	2,295,346	61.3

図6-1　乳幼児の幼稚園・保育所等在所率(2015年)
総務省『国勢調査』、文科省『学校基本調査』、厚労省『社会福祉施設等調査』より作成。

は て、上表の幼稚園・保育所等在所率は、各県の小学生の学力・体力とどういう相関関係にあるでしょうか。まずは学力から。２０１５年度の文科省『全国学力・学習状況調査』の結果とリンクさせてみましょう。**図6-2**は、公立小学校６年生の国語Ａの正答率との相関図です。

乳幼児期に幼稚園ないしは保育所に通っている子が多い県ほど、小学生の学力が高い傾向にあります。相関係数は＋０・５７７２であり、１％水準で有意です。他の科目の正答率との相関係数は、国語Ｂが＋０・５４２０、算数Ａが＋０・３９２４、算数Ｂが＋０・３８１８、理科が＋０・５３０４です。乳幼児期の在所率は、いずれの科目の正答率とも有意な相関関係にあります。

体力との相関はどうでしょう。２０１５年度の文科省『全国体力・運動能力、運動習慣等調査』から、公立小学校５年生男女のＡ・Ｂ評価率を県別に出し、同じく乳幼児期の幼稚園・保育所在所率との相関をとってみました。算出された相関係数は、男子のＡ・Ｂ評価率とは＋０・４３３０、女子のそれとは＋０・４６９４です。男子よりも女子の体力と相関していますが、女子の場合、非在所児は自発的に外遊び（運動）する機会が乏しいためでしょうか。

都道府県単位の統計では、就学前の幼稚園・保育所等在所率と、小学生の学力・体力の間にプラスの相関関係が見受けられます。これが因果関係を意味するとは限りませんが、近年の教育経済学の研究成果や、先ほどの志水教授の著作でいわれていることを勘案すると、その可能性を全面否定することはできないように思います。

しかるに、「乳幼児期の過ごし方次第で人生の全てが決まる」という極論を振りかざし、この時期の子どもの生活均衡を破壊することがあってはなりません。私は、子どもの健全な成長・発達の条件として、家庭・学校・地域という生活の場が「均衡・充実」していることが重要と考えています。

乳幼児の経験や運動を豊富にする術は、四角いハコに入れることだけではないでしょう。ただ乳幼児期の過ごし方は、その後の社会化過程に影響する可能性がある。秋田や福井のヒミツは、そこにあるのではないか。マクロデータから、この点をうかがうことはできます。文科省の『全国学力・学習状況調査』の質問紙において、就学前の生活経験の設問を組み込み、学力との相関を個票データで検討したらどうでしょうか。マクロの知見がミクロで傍証されたとき、説得力は大きく増すことになります。

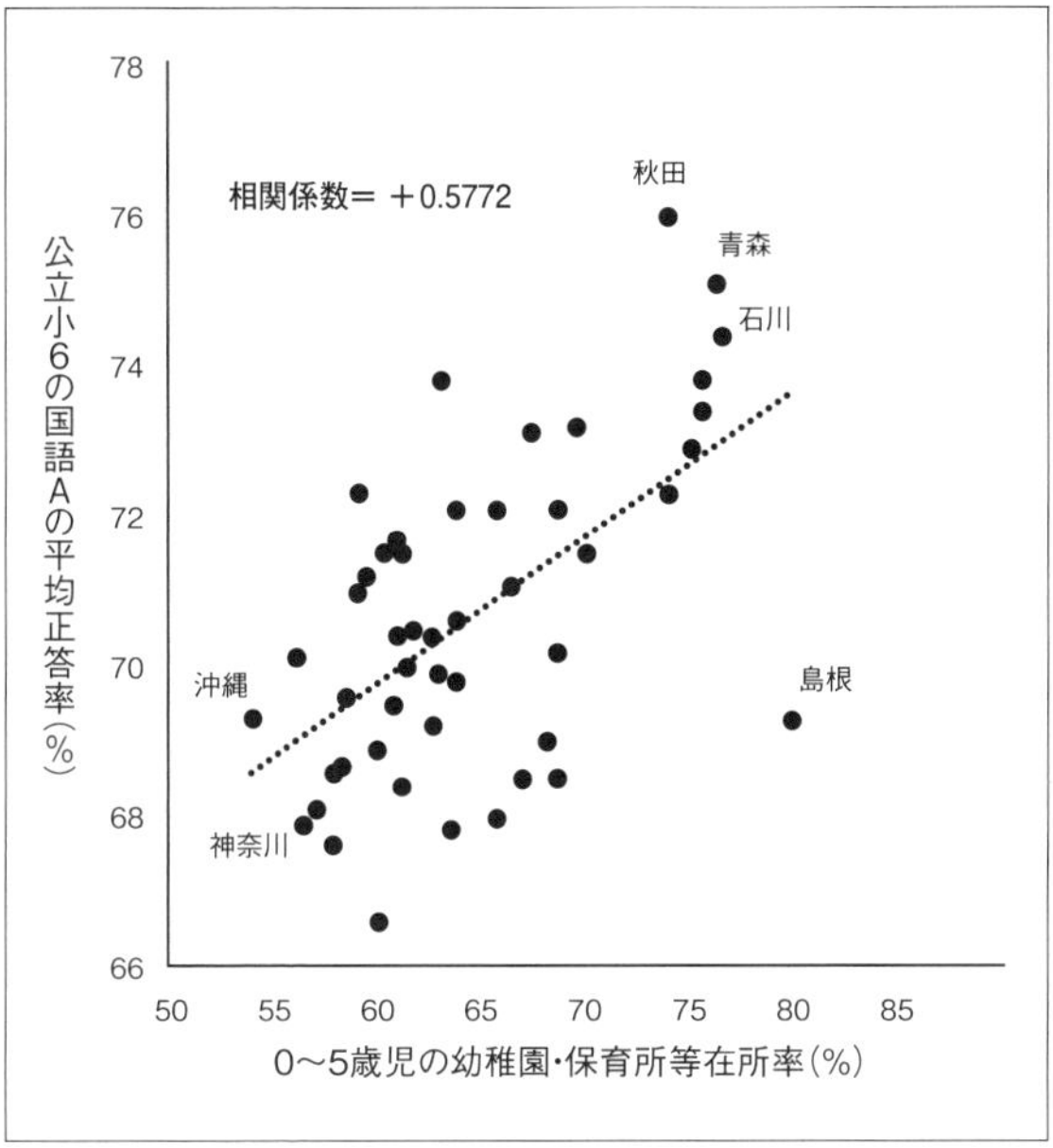

図6-2　就学前教育と学力の相関（2015年）
図6-1と同じ資料より作成。

逸脱

児童相談所の相談事由

児童相談所の統計を使って、子どもの問題行動を俯瞰してみましょう。児童相談所とは、児童福祉に関する相談に応じ、必要に応じて、当該の児童や家庭に対し調査や指導を行う機関です。2016年4月1日時点でみて、全国に209あります。平均すると、一つの県につき4~5というところです。

2015年度の厚労省『福祉行政報告例』によると、同年度中に児童相談所に寄せられた相談の件数は43万4210件だそうです。1997年度間では、32万6515件でした。相談件数が増えていることが知られます。

上記の厚労省の資料では、子どもの年齢別に相談件数が集計されています。2015年度に寄せられた相談のうち最も多いのは、14歳の子どもに関連する相談です。その数は2万8775件で、全体の6・6%を占めています。14歳といったら、思春期の只中に位置する難しいお年頃です。それだけに、子育てにまつわる保護者の苦労や悩みも多い、ということでしょう。

なお、一口に相談といっても、いろいろな事由があります。**図7-1**は、主な8つの事由の

	児童虐待	障害	非行	性格行動	不登校	適性	育児・躾	いじめ	合計
0歳	7,248	779	0	15	0	21	445	0	8,508
1歳	6,984	3,283	0	101	0	46	749	0	11,163
2歳	7,200	9,182	0	283	3	157	**1,380**	1	18,206
3歳	**7,318**	15,090	0	748	15	263	1,191	5	24,630
4歳	6,960	12,716	3	722	20	259	976	13	21,669
5歳	6,455	**15,392**	10	923	16	536	775	11	24,118
6歳	6,736	11,834	52	1,198	97	508	446	25	20,896
7歳	6,680	9,800	192	1,577	182	559	400	51	19,441
8歳	6,272	8,679	327	1,517	233	489	394	44	17,955
9歳	5,920	8,416	409	1,741	296	503	246	82	17,613
10歳	5,822	8,652	572	2,031	395	444	232	103	18,251
11歳	5,528	9,754	887	1,991	468	548	191	92	19,459
12歳	5,358	10,075	1,597	2,232	710	553	197	95	20,817
13歳	5,424	10,819	**4,043**	**2,759**	**1,149**	451	164	**134**	24,943
14歳	4,838	12,348	3,207	2,467	1,065	**612**	168	106	24,811
15歳	3,913	10,919	1,664	1,926	665	494	197	57	19,835
16歳	3,205	9,349	1,186	1,520	403	297	94	63	16,117
17歳	2,462	11,399	776	1,132	191	484	159	52	16,655

図7-1　年齢別の主な児童相談件数(2015年度)
厚労省『福祉行政報告例』(2015年度)より作成。

相談件数を、当該の子どもの年齢別に整理したものです。①児童虐待、②障害、③非行、④性格行動、⑤不登校、⑥適性、⑦育児・躾、⑧いじめ、に関する相談件数の一覧表です。

8つの事由の相談件数が多いのは、3歳と13～14歳となっています。奇しくも、発達心理学がいうところの第1次反抗期と第2次反抗期に相当します。

前者は、体を自由に動かせるようになった幼児が親の全面的な支配や干渉に反抗し出す時期です。「イヤ!」という言葉を頻繁に発するようになります。3歳児の相談では、障害を除くと虐待が多くを占めていますが、それまで従順だったわが子がいきなり抵抗し出したことに対する、保護者の戸惑いや葛藤の表れとみられます。

後者の第2次反抗期は、子どもと大人の中間期（青年期の入り口）にさしかかった子どもが、親からの独立を志向し出すことによります。言うことを聞かないだけでなく、親に暴言を吐く、場合によっては暴力を振うなど、手荒い悪さもしでかすようになります。体も大きくなっていますしね。

表をみても、14歳では非行や性格行動に関わる相談の比重が高くなっています。ちなみに文部科学省の統計によると、生徒間暴力や対教師暴力といった暴力行為の件数のピークも14歳です（『児童生徒の問題行動等生徒指導上の諸問題に関する調査』）。青年心理学者のホールがいうように、まさに「疾風怒濤」の時期といえるでしょう。

次に角度を変えて、それぞれの相談事由がどの年齢で多いのかをみてみましょう。たとえば、いじめや不登校は相対的にどの年齢で多発するか。0～17歳までのいじめ相談の件数は934件ですが、このうち134件（14・3％）は13歳のものです。

各年齢の件数が全体に占める割合を出し、それらをつないだ折れ線グラフをつくってみました。**図7-2**は、8つの相談事由の年齢別内訳を表す折れ線を描いたものです。見やすくするため、グラフは2つに分けています。

虐待や障害相談の曲線はフラットで、年齢による差はあまりないようですが、鋭利な山を持っている曲線もみられます。特定の年齢に集中しているということですが、育児・しつけ相談は2歳で多くなっています。体を動かせるようになり、自我も芽生えてきた子どもが言うことを聞かなくなる頃です。初めてブチ当たる壁といいますか、この年齢に育児・しつけ相談のピー

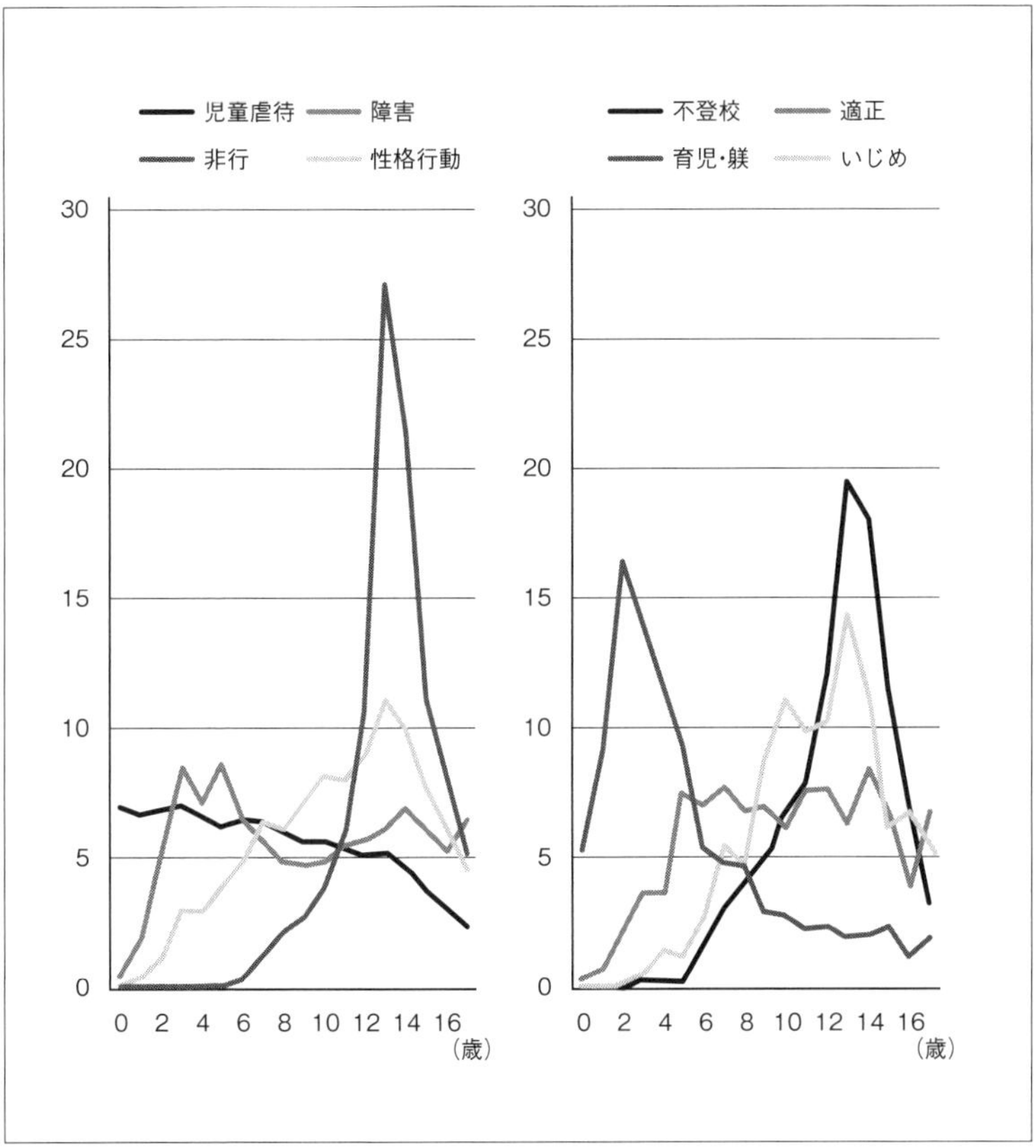

図7-2　児童相談件数の年齢別の内訳(%)
厚労省『福祉行政報告例』(2015年度)より作成。

クがあるのは頷けます。

非行・いじめ・不登校といったメジャーな問題行動は、13歳に集中しています。非行に至っては、この年齢の相談が全体の4分の1以上を占めています。まさに「魔の13歳」です。第2次反抗期の到来によりますが、小学校から中学校に上がることに伴う「中1ギャップ」の表れともみられます。小学校では手とり足とり指導してくれますが、中学校はそうではありません。制度として、この落差をなだらかなものにする必要があるでしょう。わが子と接する保護者は、彼・彼女たちの自立志向を抑えつけるのではなく、それを援助し伸ばしていくという構えが求められます。

子どもの発達段階別に問題行動の様相がどう変わるかを、児童相談の統計でみてみました。「大変な年齢」は、大よそ2〜3歳と13〜14歳であるようです。この年齢の子がいるご家庭は大変でしょうが、わが子だけが異常であるなどと思うのは間違いです。この年齢の危機は、多かれ少なかれどの子どもも経験することであり、危機はやがて過ぎ去り、再びやってきてはまた過ぎ去る……。こうした長期的な展望を持つことが重要かと思います。それがないと、現状に対する焦りやいらだちばかりが昂じ、虐待や家庭内暴力のような病理現象も起こりやすくなるでしょう。

狭い生活世界を生きている個々人に、マクロな俯瞰的な視野を与えてくれること。統計の効用はこういうところにある、ということは知っておいてよいでしょう。

逸脱

学業成績と非行の関連

問題行動の全貌を眺めたところで、では、その代表格の非行からみることにしましょう。非行とは、未成年者による法の侵犯行為をいいます。

非行について論じる際は、いろいろな切り口がありますが、ここでは学業成績と非行の関連に焦点を当てます。この2つは、カレーライスと福神漬のごとく切っても切れない関係にあり、互いに強く関連しています。「成績不振→非行」という因果経路は、誰もがピンとくるでしょう。学歴社会のわが国では、なおさらのこと。学校での成績が振るわないことは、将来展望閉塞をもたらし、当人を非行へと傾斜せしめるのに十分な要因となり得ます。それはいつの時代でもそうだろうといわれるかもしれませんが、最近になって、両者の関連が強まっているのではないか。こういう仮説を持って、データを分析してみることにしましょう。

内閣府『非行原因に関する総合的研究調査』(2010年3月)では、一般少年と非行少年に、クラス内の成績がどの辺りかを自己評定させています。非行少年とは、刑法犯・特別法犯で警察に検挙・補導された、12歳以上の犯罪少年・触法少年です。非行が多い中学生男子について、回答分布の変化を示すと、**図8-1**のようになります。無回答が若干いますので、3つの%値

		良好	普通	不良
a	1977年	15.3	56.7	28.0
一般少年	1988年	13.4	50.0	35.0
成績分布(%)	1998年	16.0	47.6	33.8
	2009年	16.4	46.5	35.6
b	1977年	6.8	45.3	**47.9**
非行少年	1988年	5.3	33.8	**59.9**
成績分布(%)	1998年	3.3	20.7	**74.9**
	2009年	4.3	15.7	**79.0**
b/a	1977年	0.444	0.799	1.711
輩出率	1988年	0.396	0.676	1.711
	1998年	0.206	0.435	2.216
	2009年	0.262	0.338	2.219

図8-1　一般少年と非行少年の成績分布(中学生男子)
クラス内の成績の自己評定による。
内閣府『第4回・非行原因に関する総合的研究』(2010年3月)より作成。

の合計が100%になるとは限りません。

これをみると、一般少年はこの30年間でさほど変わっていませんが、非行少年のほうは成績不良者が明らかに増えてきています。不良の割合は1977年では47・9%でしたが、2009年では79・0%、8割近くにも達しています。グラフにすると、事態の変化がより分かりやすいでしょう。(図8-2)

このように、両群で成績分布の乖離が大きくなっていることは、学業成績が振るわない者から非行者が出やすくなっていることを示唆します。

一般少年と非行少年の数値を照らし合わせることで、この点を可視化してみましょう。最初の表によると、2009年の一般少年の成績不良率は35・6%、非行少年のそれは79・0%です。よって、成績不良者からの非行者の出現確率は、79・0/35・6≒2・219、という数

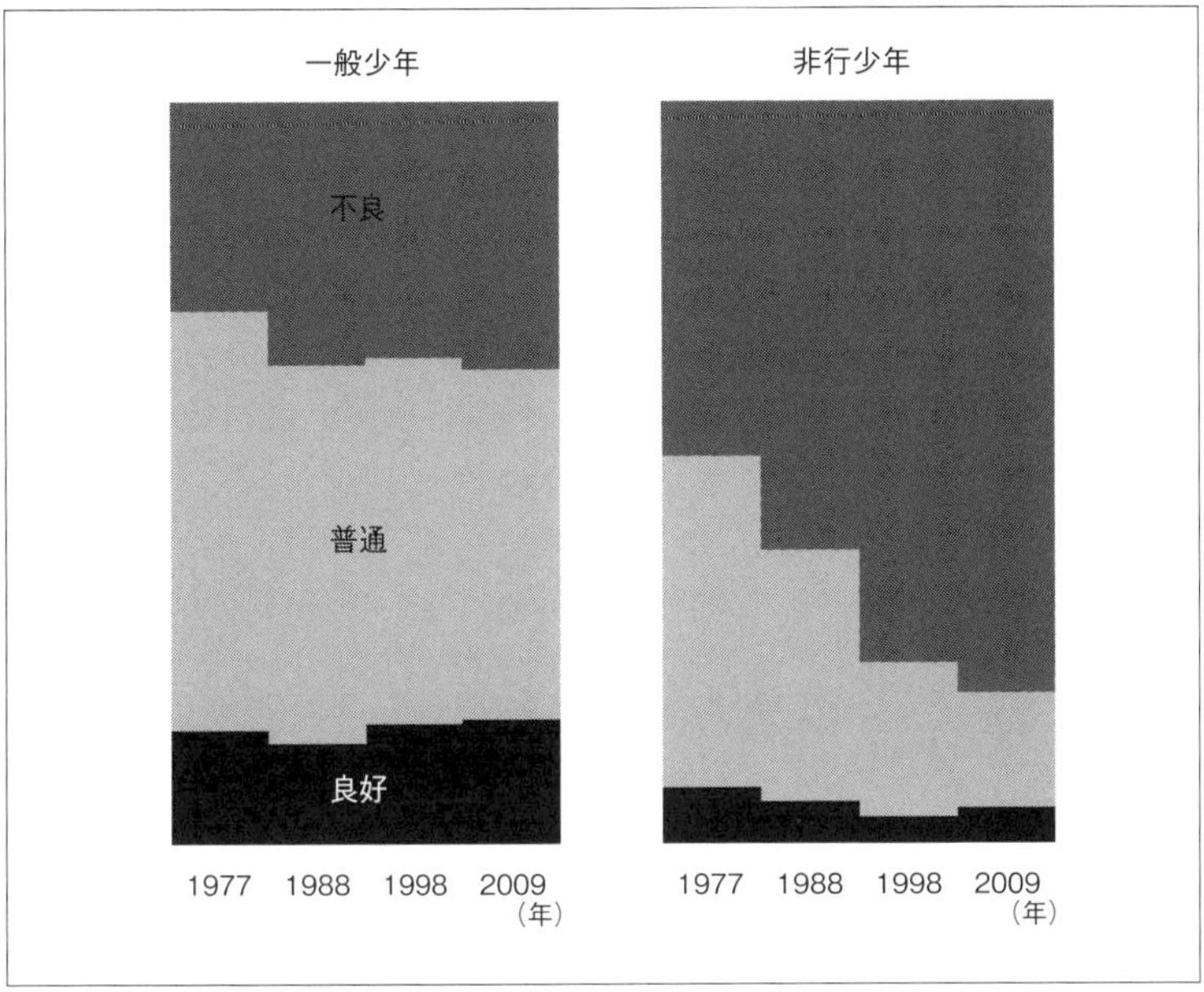

図8-2　一般少年と非行少年の成績分布
中学生男子のデータ。クラス内の成績の自己評定による。
図8-1と同じ資料より作成。

値で測られます。

図8-1の最下段に、この数値を掲げています。非行少年の中での割合を、一般少年のそれで除した値です。それぞれの成績群から、非行少年が出る確率のメジャーとして使えるでしょう。ここでは、非行少年の輩出率と呼ぶことにします。図8-3は、各群からの非行少年輩出率がどう変わってきたかを、折れ線グラフにしたものです。ジェンダーの差もみるため、女子のデータもつくりました。

成績良好群と普通群からの輩出率は減っていますが、不良群からの輩出率は一貫して上昇してきています。この傾向は、男

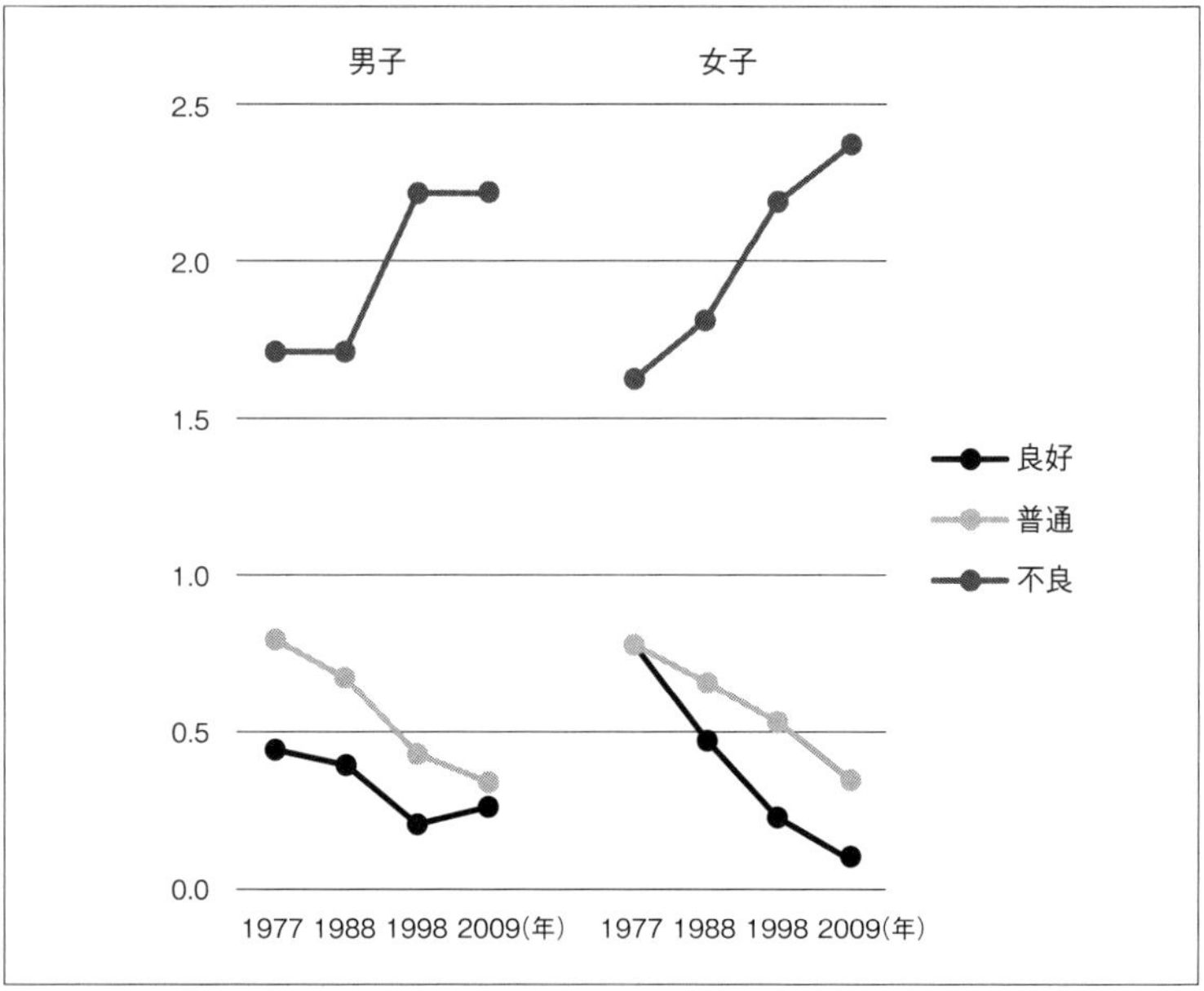

図8-3　成績別の非行少年輩出率
計算式＝非行少年の中での割合／一般少年の中での割合。
図8-1と同じ資料より作成。

子よりも女子で顕著です。

　ポストモダンとか価値観の多様化とか盛んにいわれるようになり、学業成績に重きを置かない子どもが増えている、という指摘を何かの記事で読んだことがあります。しかし現実は図のとおりで、学業成績は未だに子どもの自我の強いよりどころであり、その善し悪しが非行に影響する経路があるようです。むしろ最近では、それが強まっているとすらいえます。

　調査の始点の1977年では、大学進学率は26・4%でしたが、終点の2009年では50・2%にまで高まっています。マーチン・トロウ流にいうと、高等教育のユニバーサル段階への突入です。大量進学体制はますます強まり、上級学校への非進学という選択肢は取りにくくなっています。こうした状況のなか、成績如何が自尊心はく奪や将来展望不良を媒介にして、非行につながるという因果経路が太くなっているのではないでしょうか。

26ページでみたように、勉強の得意度と自尊心は強く関連しており、学年を上がるほどそれは明瞭になってきます。しかるに、自尊心や将来展望の基盤は、年齢を上がるにつれて多様化すべきものであり、その逆であってはなりません。青年期にもなれば、興味や関心が分化してくるのは当然であり、子どもがどの道を志向しようとも、頭ごなしに否定されるべきではありますまい。

少子化により、量的に少なくなった子どもに対する、親や周囲からの期待圧力が高まっていることにも要注意。早期受験の進行はその表れに他なりません。子どもに過剰な期待を寄せ、彼らを圧し潰すことがあってはなりません。学校の成績が全てではないことを言い聞かせましょう。今の時代、生き方の「オルタナティブ」はいろいろ開けているのですから。

逸脱

少年問題の変遷

「今の子どもはおかしい」という不安が広がっています。しかるに、少年の凶悪犯罪は実数でみても出現率でみても昔のほうが多かったことは、犯罪学を少しかじった人間なら、誰しも知っていること。

ここでは歴史的な視点を据えることとし、今回は、少年の問題行動指標の長期変化をたどってみようと思います。問題行動には、人を殺《あや》める・殴るなどの反社会的なものもあれば、社会的存在たる人に非ざる非社会的なもの、さらには、現存の社会から離脱する脱社会的なものまで、多様なバリエーションがあります。

私は、このような枠組みを念頭に、少年の問題行動を測る指標（measure）として8つを考えました。①殺人率、②強盗率、③性犯罪率、④傷害率、⑤窃盗率、⑥詐欺率、⑦長期欠席率、⑧自殺率、です。①～⑥は反社会的逸脱、⑦は非社会的逸脱、⑧は脱社会的逸脱に対応すると考えます。メジャーな反社会的逸脱については、対人犯罪（①～④）と、遊び的な要素がありながらも社会の秩序を揺るがすもの（⑤～⑥）を取り上げました。

それぞれの指標の計算方法について説明します。①～⑥は、各罪種の少年の検挙・補導人員

（触法少年含む）を10代人口で除した値です。分子には10歳に満たない年少児童も含まれますが、数としてはごくわずかですので、問題ないでしょう。③の性犯罪とは、強姦とわいせつを指します。分子は『犯罪白書』（2015年度）、分母は総務省『人口推計年報』から得ました。

⑦の長期欠席率は、中学生の年間50日以上欠席者が、生徒全体の何％いるかです。1999年以降は年間30日以上欠席者の数しか分かりませんが、前年の1998年の「50日以上欠席者／30日以上欠席者」の比（0・754倍）を適用して、50日以上欠席者の数を推し量りました。分子・分母とも、出所は文科省『学校基本調査』です。

⑧の自殺率は、10代の自殺者数を当該年齢人口で除した値です。2015年でいうと、10代の自殺者は536人、10代人口は1142万人ほどですから、10万人あたりの自殺率は4・7となります。分子は厚労省『人口動態統計』、分母は総務省『人口推計年報』より採取しました。

少年問題を可視化する8つの指標を、1950年から2015年の65年間について計算しました。**図9-1**は、推移の一覧です。指標によって単位が異なることに留意ください。観察期間中の最高値と最低値にはマーク（網掛け）をしています。殺人率だと、最高値は1951年の2・55、最低値は1980年の0・28です。

細かくて見づらいですが、最高値の分布に注意すると、戦後初期の1950年代前半に4つあります。殺人や強盗のような凶悪犯罪のほか、今問題になっている詐欺少年も当時のほうがはるかに多かったようです。中学生の長欠もこの頃がマックスでした。ただ、当時の長欠の多くは経済的理由によるものでした。食うや食わずの大変な時代でしたので、中学生にもなれば

	殺人 対10万	強盗 対10万	性犯罪 対10万	傷害 対10万	窃盗 ‰	詐欺 対10万	長欠 %	自殺 対10万
1950年	2.14	16.78	11.50	**	6.46	36.88	**	7.60
1951年	2.55	12.52	10.70	**	7.25	27.85	**	8.46
1952年	2.21	10.99	12.41	47.87	5.86	27.84	3.58	9.01
1953年	2.13	8.79	10.79	44.42	4.92	27.09	3.04	10.77
1954年	2.25	10.00	13.31	50.23	4.44	23.54	2.73	13.88
1955年	1.90	11.05	14.43	56.96	4.45	21.42	2.48	15.57
1956年	1.82	11.39	14.86	**	4.52	17.49	2.17	13.88
1957年	1.70	12.08	19.31	**	4.68	18.03	2.07	13.83
1958年	1.91	12.56	29.73	83.22	4.36	14.93	1.62	14.43
1959年	2.11	13.10	28.52	81.92	4.83	12.72	1.50	11.62
1960年	2.15	13.59	27.41	80.03	5.45	11.75	1.29	11.21
1961年	2.19	11.94	27.10	84.08	6.22	11.40	1.13	9.60
1962年	1.68	11.30	26.73	79.18	6.47	9.16	1.00	7.14
1963年	1.93	10.53	26.86	75.24	6.69	8.75	0.95	5.34
1964年	1.80	9.90	29.27	83.08	6.77	8.88	0.92	4.50
1965年	1.85	9.97	30.55	78.73	6.41	8.54	0.82	4.25
1966年	1.82	9.42	30.00	80.39	5.85	8.94	0.76	5.04
1967年	1.77	7.74	28.62	78.80	5.37	7.67	0.72	4.64
1968年	1.54	6.81	25.91	67.71	5.41	5.76	0.68	5.00
1969年	1.50	6.78	21.99	61.49	5.43	4.71	0.65	4.46
1970年	1.17	6.45	20.21	60.34	6.29	4.27	0.62	4.47
1971年	0.90	5.28	18.61	51.61	6.23	3.82	0.57	4.72
1972年	0.91	4.83	17.02	43.35	6.32	3.43	0.52	5.51
1973年	0.69	4.36	14.77	48.99	6.90	3.01	0.53	5.62
1974年	0.63	4.20	13.73	45.20	7.24	2.59	0.50	5.29
1975年	0.59	4.51	12.48	44.97	7.20	3.18	0.50	5.27
1976年	0.50	3.85	10.32	43.21	7.27	3.24	0.52	4.98
1977年	0.47	3.23	10.12	44.94	7.32	2.88	0.54	4.94
1978年	0.55	3.14	10.17	42.82	8.46	3.29	0.52	5.19
1979年	0.57	3.39	9.68	41.64	8.68	2.99	0.56	5.35
1980年	0.28	4.57	9.88	52.59	10.02	3.22	0.58	3.78
1981年	0.34	4.41	10.23	59.00	11.18	3.05	0.62	3.47
1982年	0.48	4.46	9.41	64.34	10.99	3.27	0.68	3.15
1983年	0.47	4.26	8.68	61.62	10.91	3.58	0.76	3.52
1984年	0.40	3.66	7.80	61.48	10.10	3.95	0.80	2.92
1985年	0.53	3.01	7.57	55.91	10.05	4.05	0.83	2.81
1986年	0.49	3.65	6.57	55.94	9.16	3.59	0.85	4.03
1987年	0.41	3.13	5.95	51.70	8.97	4.29	0.93	2.88
1988年	0.43	2.97	5.76	53.03	9.18	5.41	1.03	2.89
1989年	0.62	3.12	5.21	52.83	7.93	3.68	1.17	2.68
1990年	0.38	3.20	4.62	50.45	7.04	3.35	1.24	2.30
1991年	0.42	3.81	4.33	49.08	6.76	6.20	1.39	2.24
1992年	0.47	4.05	4.42	49.99	5.87	5.77	1.50	2.78
1993年	0.44	4.26	4.13	50.51	6.16	4.16	1.60	2.41
1994年	0.47	5.65	4.58	48.31	6.21	3.33	1.73	3.19
1995年	0.50	5.44	4.54	50.47	6.17	2.84	1.86	3.05
1996年	0.62	6.94	4.54	53.38	6.64	2.99	2.11	2.98
1997年	0.49	11.20	6.08	63.41	7.81	3.79	2.37	2.89
1998年	0.79	10.59	6.21	67.03	8.20	4.55	2.50	4.75
1999年	0.77	11.40	6.16	64.12	7.18	3.54	2.54	4.25
2000年	0.75	11.86	5.78	81.81	6.60	3.81	2.67	3.89
2001年	0.79	12.34	5.53	79.57	6.95	3.51	2.81	3.94
2002年	0.62	11.99	5.10	74.10	7.26	4.39	2.65	3.33
2003年	0.73	13.72	5.90	67.22	7.32	5.34	2.64	4.32
2004年	0.48	10.15	4.68	54.57	7.05	8.63	2.63	4.28
2005年	0.58	9.28	4.95	54.65	6.69	8.41	2.67	4.39
2006年	0.59	7.34	4.47	53.76	6.00	9.85	2.84	4.63
2007年	0.53	6.40	4.90	51.50	5.65	8.90	2.90	4.09
2008年	0.45	6.05	5.22	48.33	5.27	8.82	2.85	4.65
2009年	0.43	5.93	5.74	45.74	5.55	9.01	2.69	4.26
2010年	0.37	4.84	5.99	46.95	5.38	7.71	2.64	4.29
2011年	0.49	5.10	6.00	46.03	4.94	7.57	2.58	4.86
2012年	0.39	5.14	7.44	47.63	3.99	7.42	2.58	4.91
2013年	0.46	4.76	7.64	44.76	3.48	6.85	2.68	4.61
2014年	0.44	4.00	6.49	39.44	3.07	7.41	2.73	4.56
2015年	0.54	3.61	7.37	31.28	2.58	7.39	2.87	4.70

図9-1　少年問題の指標の長期変化
公的統計より作成。

働いて家計を助けないといけない生徒も少なくなかったわけです。ちなみに今では、長欠の事由の大半は不登校です。

時代をちょっと下って60年代になると、性犯罪や傷害といった暴力犯罪がピークを迎えます。時代は高度経済成長期。当時は、10代後半の少年は学生・生徒と勤労少年に二分され、都市部にあっては、地元組と地方からの上京組（集団就職者等）が混在していました。こうした異質な群の同居・接触に伴う、葛藤（コンフリクト）の表れだったのではないかとみられます。

少年犯罪の最も多くを占める窃盗のピークは1981年。非行第3のピークを迎える83年のちょっと前です。この頃になると、派手な暴力犯罪はなりを潜め、スリルを求めて店先の商品を失敬するというような「遊び型」の非行が多くなります。当時は、私服警備員を商店に多く配備するなど、少年の万引きをきつく取り締まったために、検挙・補導人員が跳ね上がったという、統制側の要因があったことにも注意しましょう。「少年の万引き増→統制強化→万引き増→統制強化」というようなループです。

おっと、あと一つ自殺がありました。10代少年の自殺率のピークは1955年（昭和30年）。映画『ALWAYS 三丁目の夕日』で美化される時代ですが、そういうイメージとは裏腹に、少年にとっては「生きづらい」時代であったようです。戦前・戦後の新旧の価値観が入り混じっていた頃ですが、両者に引き裂かれ、生きる指針に困惑した少年（青年）も多かったことでしょう。当時の自殺原因の首位は、「厭世」というものでした。世の中が「厭《いや》」になったということです。今と違って、スケールが大きいですね。

以上が8つの指標の長期推移ですが、これらを総動員して、各時期の少年問題の様相を多角プロフィールの形で描いてみましょう。同列の基準で処理できるように、それぞれの指標の値を0・0～1・0までのスコアに換算します。観察期間中の最高値を1・0、最低値を0・0とした場合、どういう値になるかです。次の計算式を使います。

相対スコア＝（当該年の値－観察期間中の最小値）／（最高値－最小値）

殺人率でいうと、観察期間中の最高値は1951年の2・55、最低値は1980年の0・28です。よって、2015年の殺人率（0・54）をスコアにすると、以下のようになります。

（0.54 － 0.28）／（2.55 － 0.28）＝ 0.11

このやり方で、各年の8指標の値を0・0～1・0でのスコアに換算しました。**図9－2**は、大よそ10年間隔の年次のスコア一覧です。

スコア0・5以上の数値は太字にしていますが、昔のほうがヤバかったようです。1960年は、8つのうち5つ太字になっています。この頃の少年は激しかったのですなあ。この表のデータを視覚化してみましょう。問題行動の8極のチャート図にしてみました。終戦後から現在までの8つの時点における、少年問題の断面図をご覧ください。（**図9－3**）

	殺人	強盗	性犯罪	傷害	窃盗	詐欺	長欠	自殺
1952年	**0.85**	**0.58**	0.31	0.31	0.38	**0.74**	**1.00**	**0.51**
1960年	**0.82**	**0.77**	**0.88**	**0.92**	0.33	0.27	0.26	**0.67**
1970年	0.39	0.25	**0.61**	**0.55**	0.43	0.05	0.04	0.17
1980年	0.00	0.12	0.22	0.40	**0.87**	0.02	0.03	0.12
1990年	0.04	0.02	0.02	0.36	**0.52**	0.02	0.24	0.00
2000年	0.20	**0.64**	0.06	**0.96**	0.47	0.04	**0.71**	0.12
2010年	0.04	0.14	0.07	0.30	0.33	0.15	**0.69**	0.15
2015年	0.11	0.05	0.12	0.00	0.00	0.14	**0.77**	0.18

図9-2　少年問題の指標の相対スコア
計算式＝(当該年の値－観察期間中の最小値)／(最高値－最小値)
公的統計より作成。

始点の1952年では詐欺と長欠が突出していますが、1960年になると右向きの風が吹き、性犯罪と傷害が出っ張ります。今から半世紀以上前の断面図ですが、他の時期に比して、図形の面積が大きいですね。1970年になると図形の面積は小さくなり、80年では窃盗の極が尖った型になります。暴力型から遊び型という、非行のシフトです。

バブル期の90年では窃盗の極も凹み、図形が最も小さくなります。私が14歳だった頃ですが、私の世代って大人しかったんだなあ。しかし世紀の変わり目の2000年になるや、強盗や傷害といった暴力犯罪が一気に増えます。この頃、「キレる子ども」なんて言われました。当時の非行の担い手は、80年代半ば生まれ世代ですが、多感な思春期とITの普及期がもろに重なった世代です。

2010年には、長欠の項だけが突き出た型になり、2015年にはそれがより顕著になります。学校に行かないことが、100％人に非ざる行いだとは思いません。

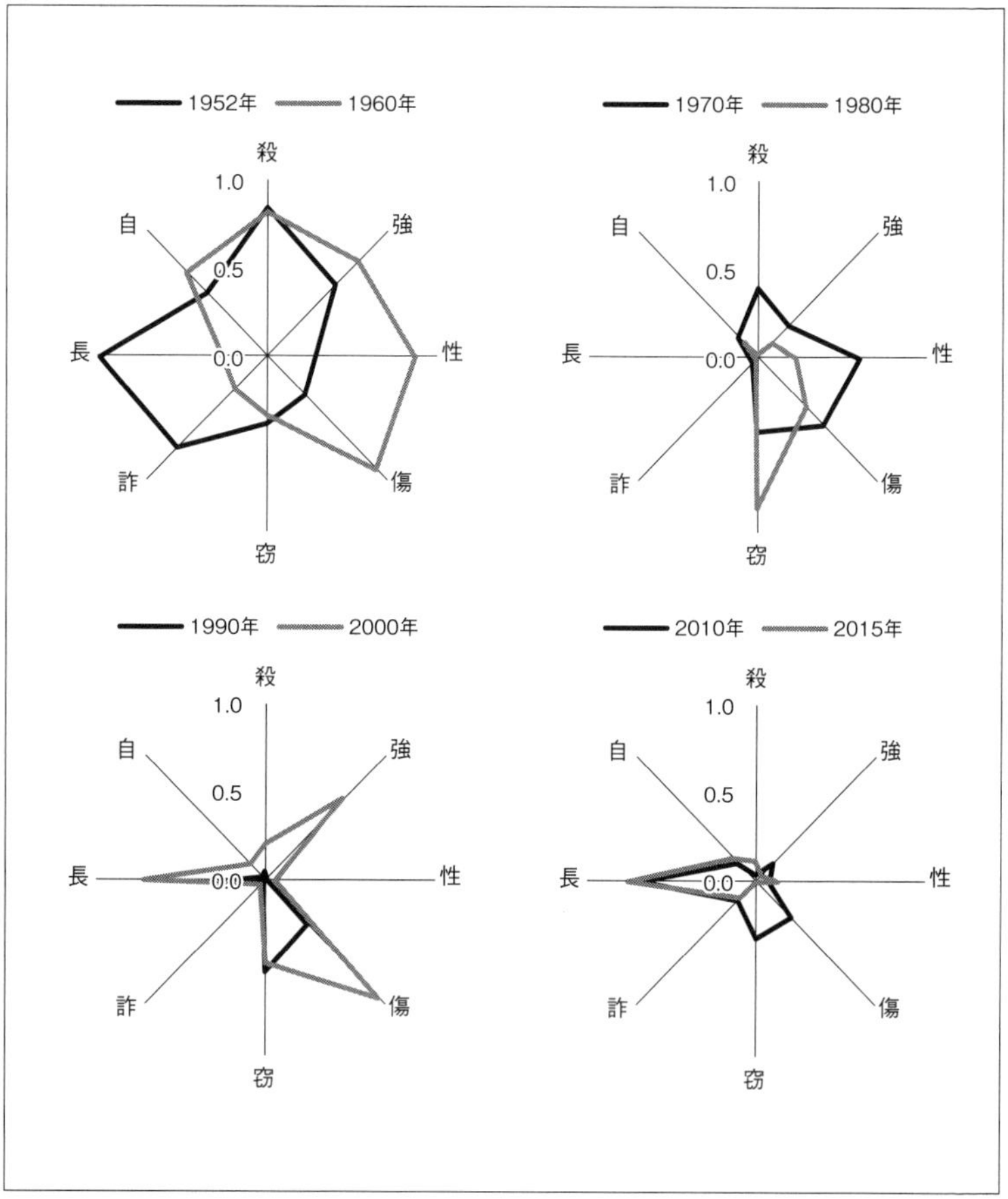

図9-3　少年問題のプロフィールの変遷
公的統計より作成。

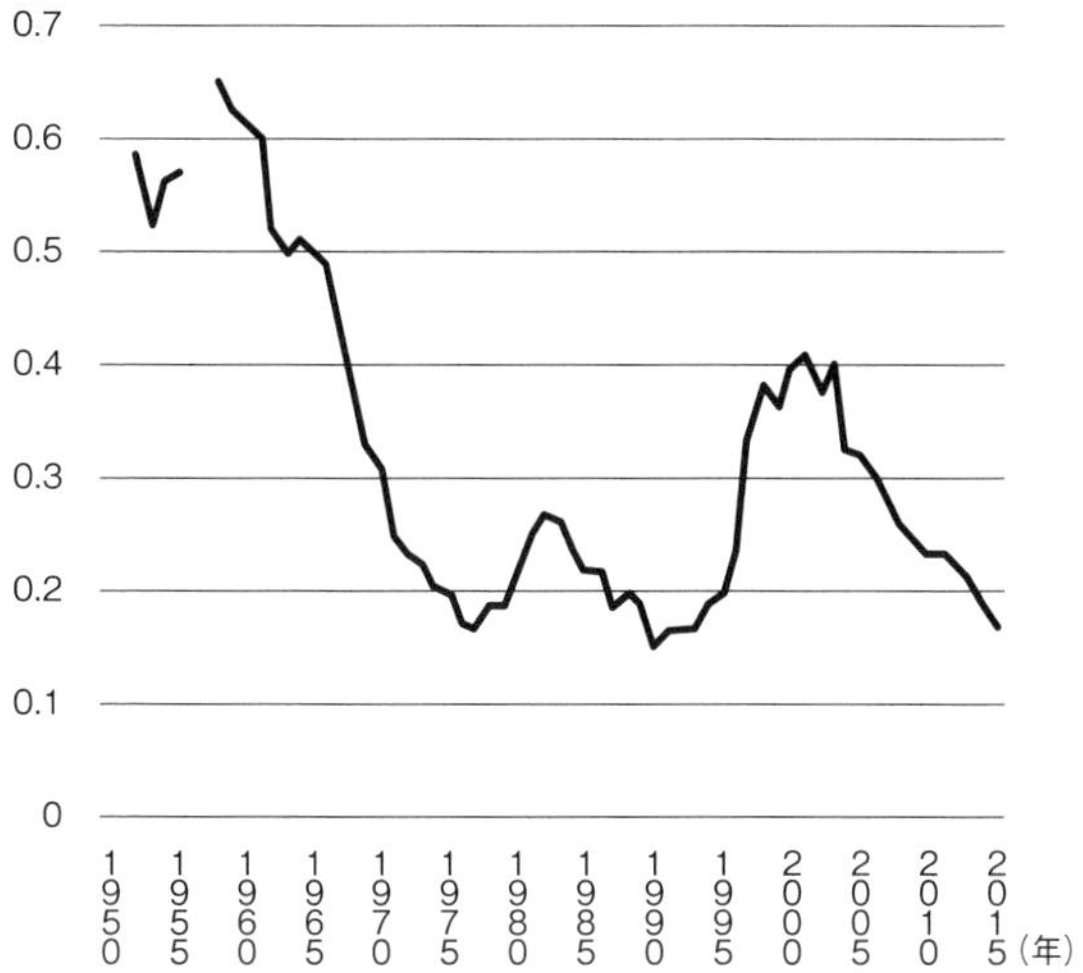

図9-4　少年問題スコアの推移
8指標の相対スコアの平均値。
公的統計より作成。

情報化が進んだ現在では、学校という四角い空間だけが教育を独占できると考えるのは誤りでしょう。近年の図形は、現存のシステムに修正を促す警告と読むべきではないでしょうか。折しも2016年に、学校以外の場における教育の重要性を認める「教育機会確保法」が成立し、不登校の子どもに対する見方が、だいぶ柔軟になりました。今後の動向が注目されます。

最後に、8つの問題指標のスコアを均した値の推移図を掲げておきます。いろいろな角度の指標を合成した、少年問題の深刻度の総合スコアです。指標に抜けがある1950～51年と56～57年は、値は出していません。（図9-4）

波状を描きつつも、大局的には低下してきています。こんな感じになるでしょうね。昔のほうが大変だったのですよ。この図を見たら、「今の子どもは悪くなった」などと言って、子どもイジメを生き甲斐にする道徳起業家の声も封じられることでしょう。

2015年の学習指導要領一部改訂で、小・中学校の道徳が教科となり、当局の検定教科書が使用されることになりました。戦前の教科「修身」の復活のように思えますが、この改革を支持するエビデンスは、一体どういうものだったのでしょうか……。

逸脱

貧困といじめ被害・不登校の関連

厚労省は、『21世紀出生児縦断調査』を実施しています。2001年に生まれた子ども約3万人を追跡し、各年齢時点での生活状況を把握する調査です。2015年に実施された第14回調査では、14歳になった子どもの状況が把握されています。学年でいうと、中学校2年生ですね。

思春期の難しい年頃であるだけに、親御さんの悩みもさぞ多いことでしょう。上記の調査結果によると、14歳の子がいる親御さんのうち、「子育ての負担や悩みがある」と答えたのは75・0%、4分の3にもなります。

では、具体的にどういう悩みが多いか。複数回答の選択率が高いものを拾うと、1位は「子どもの将来（進路）のこと」で43・3%、2位は「子どもの成績に関すること」で39・2%、3位は「子育ての出費がかさむこと」で37・8%、4位は「子どもの反抗的な態度や言動」で21・8%、となっています。どれも、さもありなんですね。トップの子育て費用については、14歳にもなれば塾通いもするようになり、出費もかさむでしょうし。

子どもの反抗的な態度・言動ですが、14歳といえば反抗期の盛りの時期です。親からの独立を志向し始め、親の言うことに反抗するようになります。体が大きくなっているにもかかわらず、一人前の役割を与えられない。昔に比べて現在では、そのギャップがますます大きくなってきています。第2次反抗期は、それに由来する心的葛藤の表われです。親や教師は、そうしたあがきを抑えつけるだけではなく、それを伸ばしていく構えも求められるでしょう。52ページでも言いましたが、そうした危機は一過性のものであり、いつまでも続くのではありません。ピークを過ぎると、潮が引くかのように静まります。

ちなみに上記の悩みの率は、男子か女子かによって違います。男子の親は女子の親よりも、子どもの成績や将来のことで悩んでいる者の率が高くなっています。これなどは、子どもに対する教育期待のジェンダー差の表われとみてよいでしょう。

しかるに、子どものジェンダーによる違いよりも注目されるのは、家庭の年収による違いです。**図10-1**は、両親の年収総額別に、14歳の親の悩みがどう変化するかを整理したものです。数値は、それぞれの項目の悩みを抱いている親の割合です。

同じ14歳の子を持つ親であっても、家庭の年収階層によって、悩みの率が異なっています。おおむね、どの悩みも貧困層で多いようで、14項目のうち8項目の率が、年収200万未満の層で最も高くなっています（太字）。

ところで私が注目したいのは、アミかけの項目の傾向です。わが子のいじめ被害、不登校のことで悩んでいる親の率が、貧困層ほど高くなるという、リニアな傾向があるのです。学力についてはこういうデータをよく見かけますが、問題行動についてもこうしたクリアーな傾向が

	200万未満	200万〜	400万〜	600万〜	800万以上
子育ての出費がかさむ	40.6	41.5	**42.6**	40.0	31.9
配偶者が子育てに無関心	3.4	4.0	**4.9**	3.9	3.6
ほかの保護者との付き合いが煩わしい	**6.1**	5.9	5.1	4.2	3.2
気持ちに余裕をもって子どもに接することができない	11.5	**11.6**	9.8	8.6	8.6
子どもの反抗的な態度や言動	**25.2**	22.6	22.0	20.9	21.6
子どもの暴力に関すること	**1.6**	0.9	0.5	0.5	0.6
子どもの成績に関すること	41.8	**42.5**	41.4	39.2	37.1
子どもの将来(進路など)に関すること	48.9	**49.2**	45.7	43.3	39.4
子どもがいじめられている	**2.8**	1.7	1.2	1.0	0.9
子どもが学校に行きたがらない(行かない)	**4.9**	4.8	2.8	2.5	2.4
子どもが病気がちである	**2.4**	2.2	1.8	1.6	1.7
子どもの交友関係に関すること	**10.9**	10.7	10.8	9.7	8.1
子どもの異性との交際に関すること	**1.9**	1.5	1.7	1.4	1.2
その他	4.0	4.3	3.6	3.6	**4.3**

図10-1　14歳の子を持つ親の悩み(父母の年収総額別)
厚労省『第14回・21世紀出生児縦断調査』(2015年)より作成。

出るとは、ちょっと驚きです。いじめ被害と不登校で悩んでいる親の率を、棒グラフにしておきましょう。(図10-2)

いじめ被害や不登校の率は、貧困層の子どもほど高いことをうかがわせるデータです。おそらく学校での友達との軋轢に関する原因が多いと思いますが、経済的理由からスマホなどが持てず、つまはじきにされてしまうのでしょうか。

高校生にもなれば自分でバイトしてカバーすることも可能ですが、中学生ではそれも不可。いわゆる「スクール・カースト」の決定要因として、家庭の経済状況が関与する度合も大きいと思われます。

上記の調査に回答した、14歳の保護者のサンプル数によると、年収200万未満は5・2%、200万以上400万未

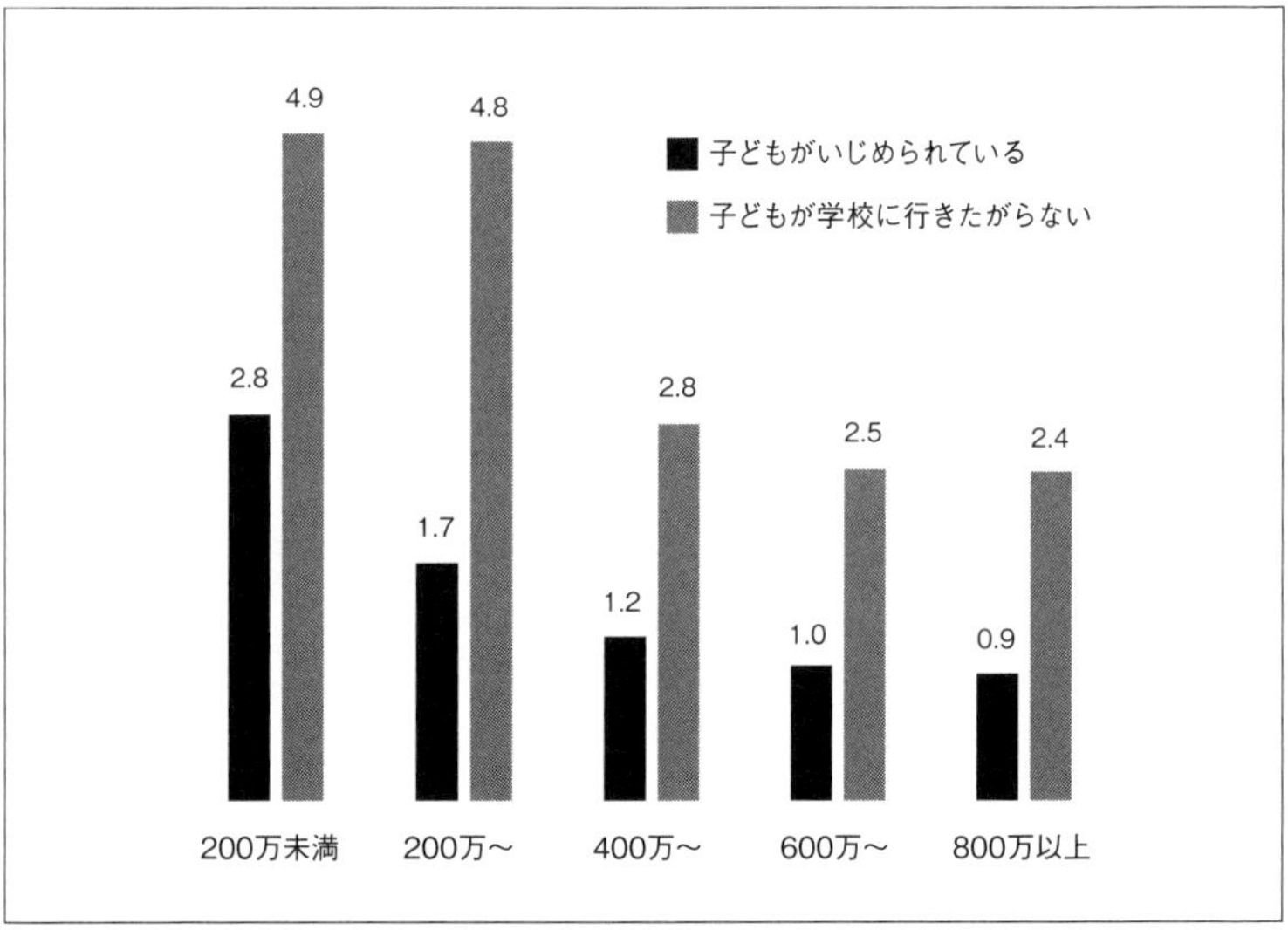

図10-2　年収別のいじめ被害・不登校の悩み
14歳の父母のうち、当該の悩みを持つ者の割合。
厚労省『第14回・21世紀出生児縦断調査』（2015年）より作成。

満が11・8%、４００万以上６００万未満が24・0%、６００万以上８００未満が24・6%、８００万以上が34・4%、という分布です（年収不明は除外）。年収２００万未満の貧困層は、20人に1人です。まさに「豊かさの中の（少数の）貧困」という地位に置かれているわけですが、それだけに、この層が抱く相対的剥奪感は相当なものでしょう。それは、多感な思春期の子どもの自我を傷つけるのに十分です。

私の恩師の松本良夫先生（東京学芸大学名誉教授）は、大都市・東京のデータをもとに、豊かな地区の中の貧困家庭から非行少年が多出する傾向を明らかにされています（松本良夫「最近の東京における少年非行の生態学的構造」『犯罪社会学研究』第3集、

1978年）。これなども、上記の心理効果から解釈される現象といえそうです。この伝でいうと、貧困といじめ被害・不登校の関連は、東京のような大都市に限ったら、もっとクリアーに出るのではないかと推測されます。「豊かさの中の（少数の）貧困」の地位にある家庭には、支援（配慮）の重点が置かれるべきでしょう。

学力のみならず、問題行動にも社会的規定性があることは、押さえておかねばならない事実です。

逸脱

女子中高生の性犯罪被害が増える文脈

子どもを狙った性犯罪には、胸が痛みます。子どもを教え導く存在たる教員が加害者であることも、しばしばです。性犯罪の被害者はほぼ１００％女性ですが、被害率を年齢別にみると、若年女性、とりわけ10代の少女で高くなっています。10代少女の被害率は、昔に比して上昇していることも知られます。

女子中高生の性犯罪被害率の時系列カーブを見ていただきましょう。中高生が被害者である強姦・強制わいせつ事件の認知件数を、ベースの女子中高生数で除した値です。２０１５年中の事件認知件数は２２９９件、同年5月時点のベースは３３４万人ですから、10万人あたりの被害件数は68・８件となります。この値を性犯罪被害率とします。

分子の事件件数は警察庁『犯罪統計書』、分母の生徒数は文科省『学校基本調査』から得ました。**図11-1**は、１９７５年から２０１５年までの推移図です。

昔に比べて増えていますね。１９９０年代後半からの増加が著しいようですが、ネットの普及に伴う、出会い系サイトなどの増殖によるものでしょう。被害率は２００３年にピークに達した後は低下していますが、２００９年に増加に転じ、最近はまた微減しています。

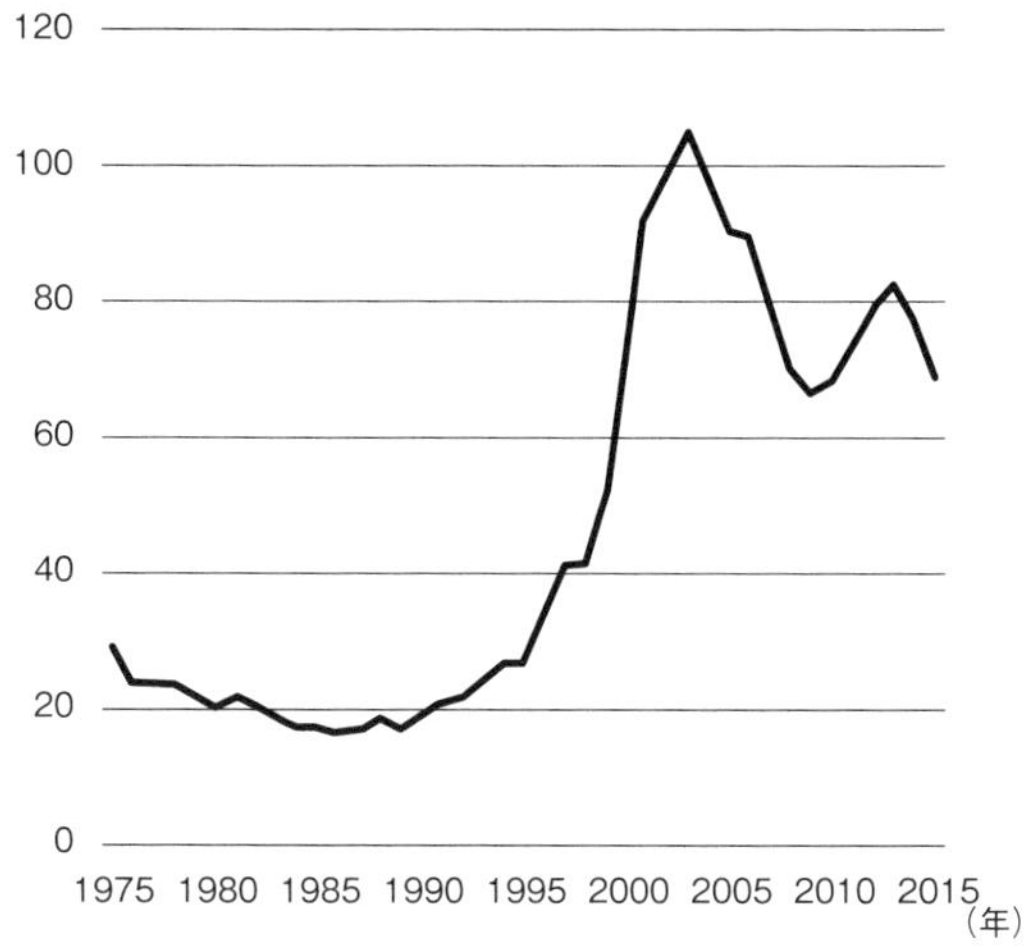

図11-1　中高生の性犯罪被害率（10万人あたりの事件数）
分子＝中高生が被害者となった、強姦・猥褻事件の認知件数。分母＝中学・高校の女子生徒数
警察庁『犯罪統計書』、文科省『学校基本調査』より作成。

性犯罪は親告罪ですので、積極的に被害を訴える生徒が増えた、ということかもしれませんが、この点は置くとして、可憐な女子生徒が被害に遭う構造的条件が出てきてもいます。何のことはありません。人口構造の変化です。

被害者層を13～18歳の女子、加害者層を成人男性に見立てると（失礼！）、両者の量はどう変わったか、今後どうなると見込まれるか。政府の人口統計によると、13～18歳の女子人口は、1950年が520万人、2015年が349万人で、2050年には206万人にまで減ると予測されます。加害者層の成人男性は、1950年が2155万人、2015年が5056万人、2050年が4000万人です。

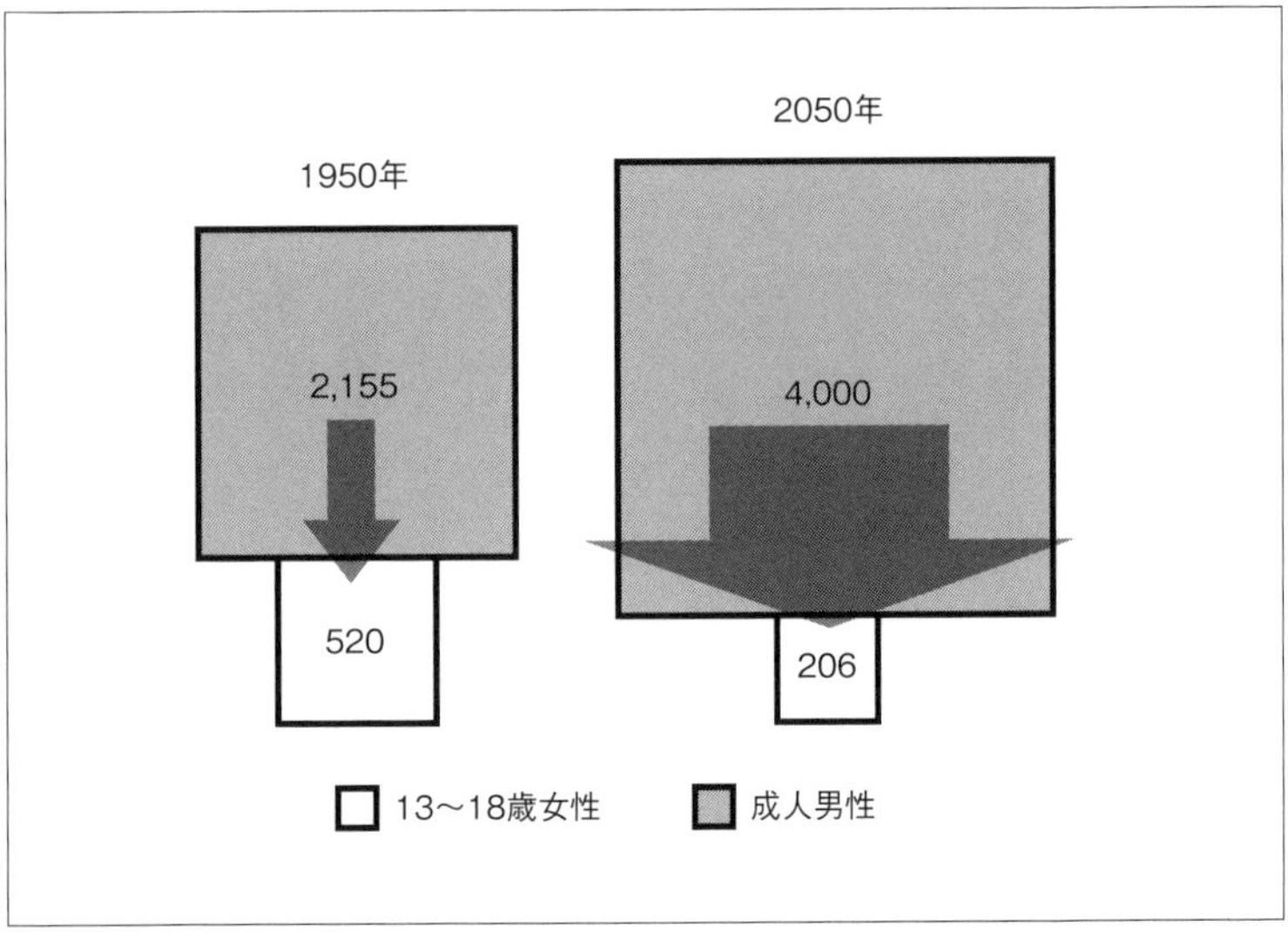

図11-2　女子中高生の性犯罪被害が増える文脈
数値は人口（万人）である。
総務省『人口推計年報』、国立社会保障・人口問題研究所『将来推計人口』（2012年）より作成。

少子高齢化により、被害者層が減り、加害者層が増えています。その結果、女子生徒1人あたりの成人男性数も増えています。戦後初期の1950年では4・1人でしたが、2015年現在では14・5人です。今日では、女子生徒1人に対し、14・5人のオトナ男性の眼差しが注がれていることになります。2050年には、この値は19・4にまで高まることが予想されます。女子生徒1人につき、20人近くの成人男性という事態です。

文章ではピンとこないでしょうから、状況の変化を図で表現してみましょう。1950年と2050年について、被害者層と加害者層の人口量（万人）を正方形で表してみました。100年間の構造変化図です。（図11

-2)

下（被害者層）が小さくなり、上（加害者層）が大きくなっています。後者から前者に注がれる眼差し量の変化も一目瞭然（矢印）。人口統計をちょっといじれば分かることですが、こういう基底的な条件があることを押さえておくべきかと思います。

今述べたことは、少年問題全般を考える上でも、知っておくべきことでしょう。少子高齢化の進行により、子どもが減り、成人が増えていきます。2050年には、「子ども1：大人9」に近い社会になります。1人の子どもに対し、大人9人の（ウザい）眼差しが注がれるわけです。

現在もそうですが、暇を持て余した大人たちによって、「＊＊問題」「＊＊問題」というような子ども問題が社会的に構築される。こういう事態がますます増えるかもしれません。教育現場に対しても、「＊＊教育をやれ」というクレームが増える可能性もあります。未来の学校は、暇を持て余した多くのクレーマーに包囲された、息の詰まる場になっているかもしれませんね。

未来の日本は、子どもが手厚く保護される反面で、彼らにとってさぞ「生きにくい」社会になるのでは……。私はこういう危惧を持ちます。

著名ブロガーのちきりんさんが、「教育に関心があるなどと言い出したら、その人の成長は終わりだということ」とおっしゃっていましたが、全くその通りだと思います。これからのオトナたちが、肝に銘じるべき名言かと。

量的にますます少なくなっていく子どもを「いじめ」るようなことはしないで、まずは自分のことをしようではありませんか。ウザい説教を垂れるよりも、無言の「背中」を見せるほうがよいでしょう。

私は教育学を勉強している人間ですが、「教育に関心がある」などと公言するのは控えたいと思っています。そうではなく、社会の下位システムとしての教育が社会にどのような影響を及ぼすか、逆に社会によっていかに規定を被っているか。明らかにしたいのは、こういうことです。

2

家庭

家庭環境

子どもの孤食率

共働き世帯や一人親世帯が増えていますが、それに伴う問題として、子どもの孤食がよく指摘されます。字のごとく、一人でご飯を食べることです。私などは年中孤食ですが、人格形成の途上にある子どもにとって、孤食ばかりというのは好ましくありません。

机の上にワンコインが置かれ、「これで何か買って食べなさい」では、菓子パンやファーストフードなどに依存しがちになり、栄養も偏ることになります。子どもの肥満と貧困は関連しているのですが、こういう事情もあるのかもしれません。

そこで最近では、各地で「子ども食堂」の実践がなされています。一人でご飯を食べざるを得ない子どもを集めて、みんなで楽しく食べる。栄養バランスを考えた、手作りの料理が出されます。今後、ますます増えてくる地域密着人口（退職高齢者など）の力も借りて、こうした実践が広まってほしいものです。

さて、孤食をする子どもはどれくらいいるのでしょう。実践の方途を考える前に、まず実態を把握することが望ましいのですが、こういうデータはあまり見かけません。私は、総務省『社会生活基本調査』（２０１１年）のデータを加工して、率を試算してみました。それをご覧にいれようと思います。

上記調査では、15分刻みの時間帯別の行動を調査しています。また、当該の行動を誰とやったかも記録してもらっています。私は、「食事」をした者の率と、「一人で食事」をした者の率に注目しました。

小学生（10歳以上）でいうと、平日の朝7時～7時15分の時間帯に食事をした者は38・28％、一人で食事をした者は1・82％となっています。よって、この時間帯の孤食率は後者を前者で除して、4・75％と算出されます。およそ21人に1人。小学生の朝食の孤食率は、こんなものでしょうか。

もう少し、観察対象の時間帯を広げましょう。朝食は6時30分～7時30分、昼食は12時～13時、夕食は18時30分～19時30分の各1時間をみてみます。**図1-1**は、平日の小学生について、朝・昼・夕の時間帯別の孤食率を出したものです。

孤食率は、朝が最も高いのですね。親が帰ってこない夕食かと思いきや、そうではありませんでした。朝も、親が早く出てしまうのでしょうか。それとも、朝は家族みんなバタバタしていて、一緒に食卓を囲んでいないとか。

昼は給食がありますので、孤食率は低くなっています。でも給食を実施していない学校もありますので、そういう学校では昼の孤食もあり得るでしょう。夕の孤食は、朝ほどではありませんが、ちょっと多くなります。

4つの時間帯の孤食率の平均を出すと、朝が5・3％、昼が0・9％、夜が1・6％です。

		a 食事をしている者 (%)	b 一人で食事をしている者 (%)	b/a 孤食率 (%)
朝食	6:30〜	20.87	1.29	6.18
	6:45〜	28.63	1.38	4.82
	7:00〜	38.28	1.82	4.75
	7:15〜7:30	35.13	1.85	5.27
昼食	12:00〜	18.90	0.21	1.11
	12:15〜	39.98	0.27	0.68
	12:30〜	58.76	0.51	0.87
	12:45〜13:00	49.22	0.45	0.91
夕食	18:30〜	23.15	0.53	2.29
	18:45〜	23.78	0.39	1.64
	19:00〜	33.87	0.34	1.00
	19:00〜19:30	33.13	0.45	1.36

図1-1　小学生の孤食率（平日）
総務省『社会生活基本調査』（2011年）より作成。

これをもって、平日の小学生の孤食率とみなしましょう。これは小学生のデータですが、他の学校段階の数値も出してみました。**図1-2**は、同じやり方で計算した、3食の孤食率をグラフにしたものです。

発達段階を上がるほど、孤食率は高くなります。大学生では朝・夕の孤食率が2割を超えてますが、一人暮らしが多くなるので、そうなるでしょう。高校生の朝の孤食率は12・3%。電車の中でカロリーメイトをぱくついている生徒を見かけますが、これもその中に含まれるでしょう。

夕食の孤食率は、小学生で1・6%、中学生で3・7%です。これを、2016年5月時点の全児童・生徒数に乗じると、夕飯を一人で食べる小学生は10・4万人、中学生は12・6万人、合わせて23・0万人と見積もられます。私が前に住んでいた多摩

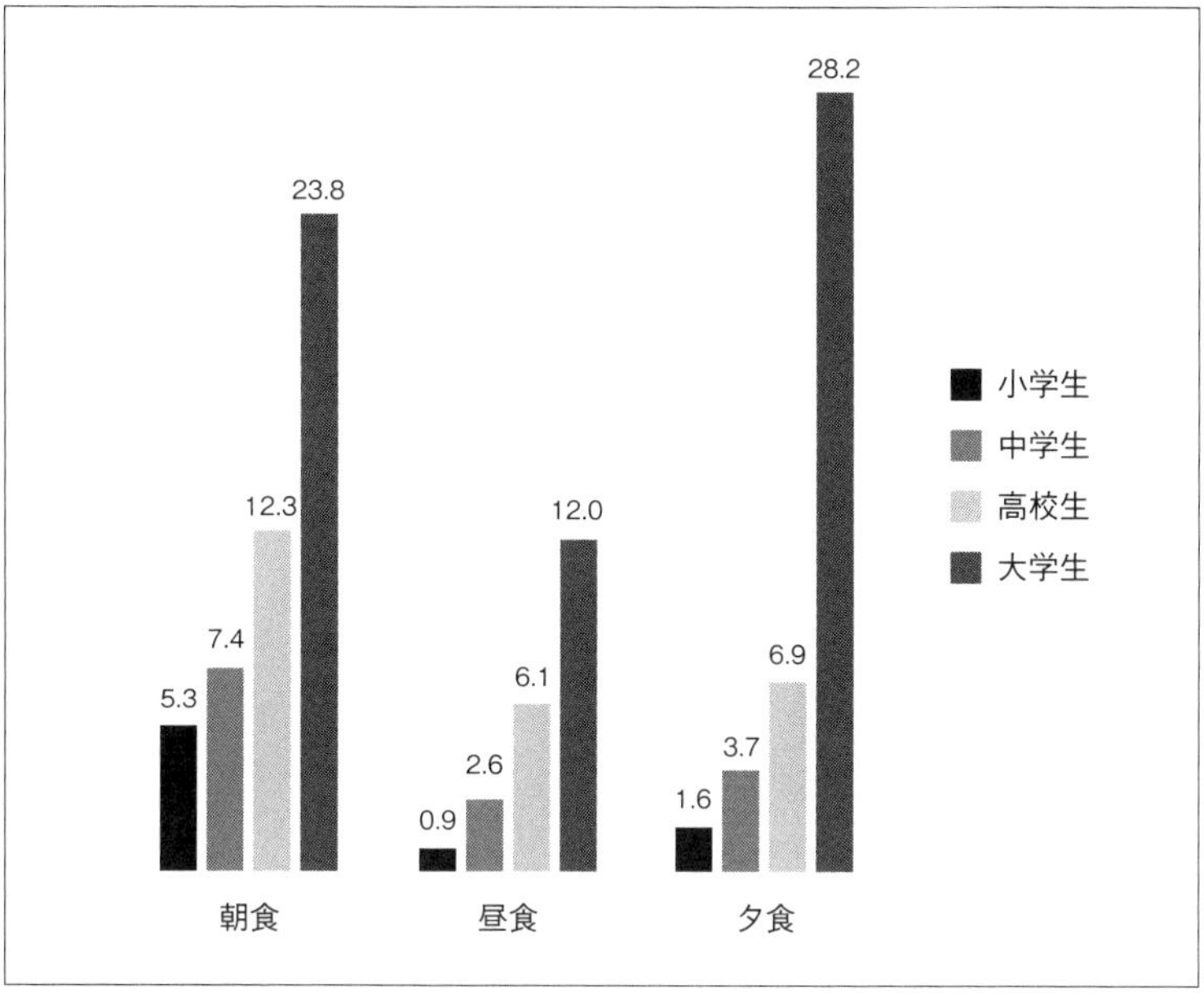

図1-2　平日の孤食率(%)
総務省『社会生活基本調査』(2011年)より作成。

市の人口より多し。「子ども食堂」の類の救いを求めている子どもは、全国にかなりいると思われます。

これは全国の試算値ですが、気になるのは地域差。おそらく、核家族の共働き世帯や一人親世帯が多い都市部では、この値は高いことでしょう。文科省の『全国学力・学習状況調査』の質問紙調査にて、孤食の状況も尋ねてほしいものです。東京のような大都市では、市区別のデータもほしい。こういう情報があることで、限りある資源をどこに注入すべきかも見えてくるでしょう。

家庭環境

都道府県別の有業者の朝食欠食率

食生活の歪みの問題として、孤食に加えて「欠食」もあります。唐突ですが、朝食をきちんと食べていますか。朝食は1日の活力の源ですが、近年、国民の間で朝食欠食傾向が強まっているといわれます。厚労省『国民健康・栄養調査』（2014年）によると、20代前半の有業男性の朝食欠食率は37・0％にもなります（平日）。4割近くです。

社会に出て間もない年齢層ですが、深夜まで働いて朝は出勤ギリギリまで寝ているため、時間がないのでしょうか。女性にあっては、太りたくないという痩身願望から、意図的に朝食を抜く人もいるかと思います。

しかるに、朝食を抜くと昼食時に摂取したカロリーが過剰に蓄積されるため、肥満につながりやすいといわれます。また、朝食を食べたり食べなかったりする人はメタボになる確率が高いのだそうです。

朝食を抜くと、いいことはなさそうです。当局も、国民の朝食欠食傾向には懸念を持っているようであり、「早寝早起き朝ごはん運動」なるものを展開すると同時に、毎年、朝食欠食率のような統計指標を公表して注意を呼び掛けています。

ところで、都道府県別の欠食率は出せないでしょうか。全国値だけでなく、自分の地域の状況を知りたい、という関心を持っているのは私だけではありますまい。いろいろ探査したところ、総務省『社会生活基本調査』のデータを加工することで、県別の有業者の朝食欠食率を出せるようです。その結果をご紹介します。

２０１１年の『社会生活基本調査』の結果によると、10月中旬の調査日（平日）において、朝食摂取行動をとった有業者の比率は78・９％となっています（A調査、平均時刻編）。よって、朝食欠食率は、これを裏返して21・１％となります。本調査の対象は10歳以上の国民ですが、仕事を持っている有業者の場合、ほとんどが成人と考えてよいでしょう。有業成人の朝食欠食率は約2割、まあこんなものかと思います。

私はこのやり方にて、47都道府県の有業者の朝食欠食率を明らかにしました。図2-1は、値が高い順に並べたランキング表です。

最高の25・３％（東京）から最低の13・５％（和歌山）までのレインヂがあります。倍近くの開きですね。大都市・東京では遠距離通勤が多いためでしょうか。隣接する千葉や神奈川の値も高くなっています。

なお、女性でみると順位構造はちと違っていて、沖縄が最も高くなっています。沖縄は女性アイドル産出県といいますが、若い女性の痩身願望が強いのでしょうか。でも、先ほど述べたように、朝食欠食は肥満につながりやすいことを認識すべきかと思います。

予想通りといいますか、朝食欠食率は県によって異なっています。各県の都市性の程度と

東京都	**25.3**	福島県	18.8
神奈川県	**25.3**	三重県	18.5
千葉県	**24.6**	群馬県	18.4
沖縄県	**24.5**	山形県	18.3
福岡県	**23.4**	新潟県	18.2
大阪府	23.2	静岡県	18.2
熊本県	22.5	鹿児島県	18.1
北海道	22.4	愛媛県	17.9
茨城県	21.9	京都府	17.7
広島県	21.9	福井県	17.6
埼玉県	21.7	山梨県	17.6
大分県	21.5	長崎県	17.2
宮城県	21.1	宮崎県	17.1
奈良県	20.9	青森県	16.7
佐賀県	20.9	鳥取県	16.7
高知県	20.7	滋賀県	16.6
栃木県	20.6	富山県	16.3
徳島県	20.0	岩手県	16.1
兵庫県	19.9	**秋田県**	**16.1**
愛知県	19.8	**島根県**	**15.8**
岡山県	19.4	**岐阜県**	**15.4**
香川県	19.3	**長野県**	**14.5**
石川県	19.2	**和歌山県**	**13.5**
山口県	19.2	全国	21.1

図2-1　平日の有業者の朝食欠食率(%)
総務省『社会生活基本調査』(2011年)より作成。

直線的に相関しているというような、単純な構造でもありません。各県の啓発活動の有様など、多様な要因が関与していることでしょう。過去の『社会生活基本調査』のデータと接合させることで、時代変化も明らかにできます。自県の数値が10年前（2001年）と比してどう変わったかを調べ、それをもとに、この間に実施した政策の効果を検討する。こういう課題も考えられますね。

あと一つの作業をしましょう。文科省の『全国学力・学習状況調査』のデータから、小・中学生の朝食欠食率を県別に計算することができます。「朝食を毎日食べているか」という設問に、「あまり

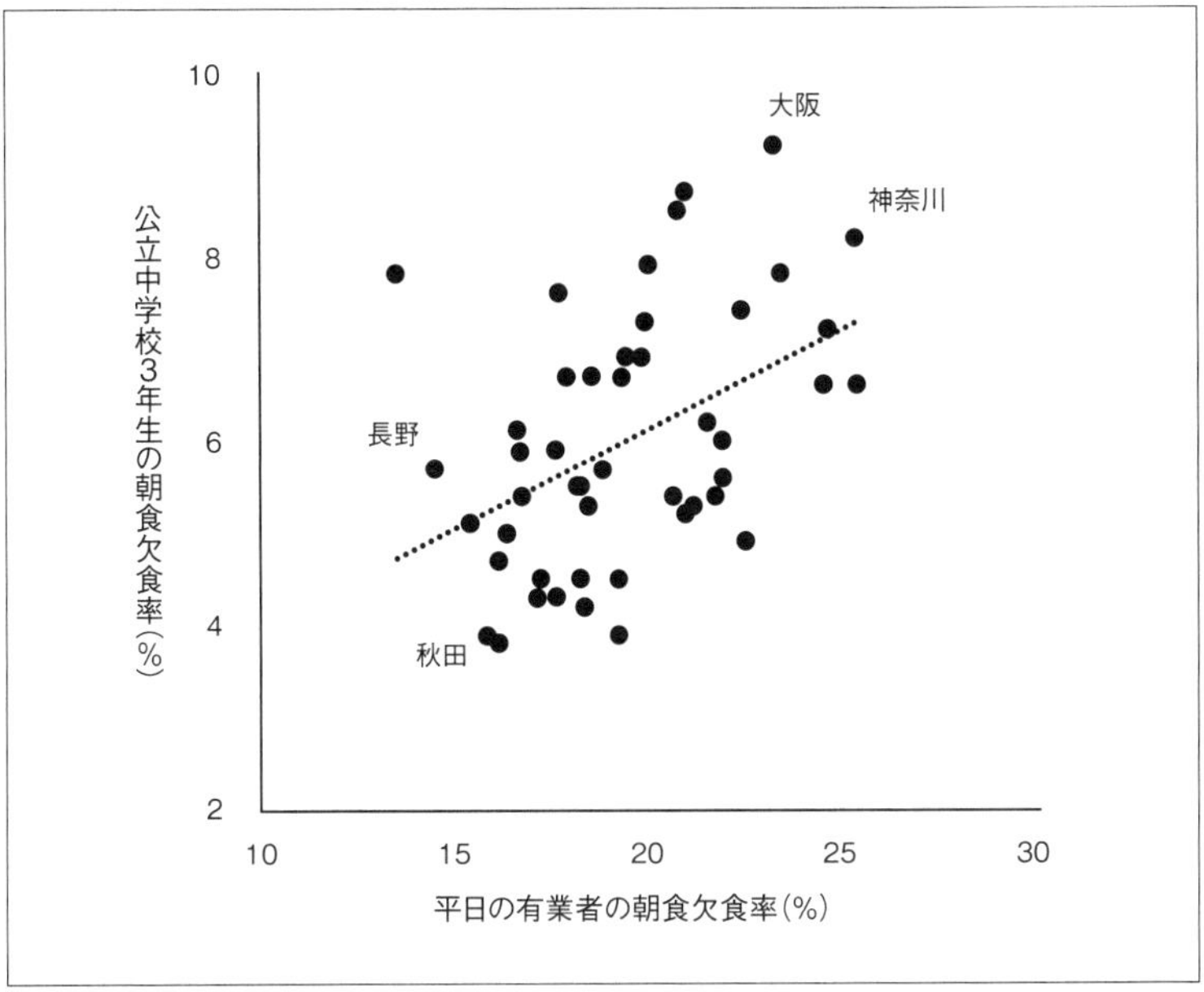

図2-2　有業者と中学生の朝食欠食率
総務省『社会生活基本調査』(2011年)、文科省『全国学力・学習状況調査』(2015年度)より作成。

していない」ないしは「全くしていない」と答えた生徒の比率です。

は て、子どもの朝食欠食率は、**図2-1**の大人のそれとどう関連しているのでしょうか。**図2-2**は、有業者と公立中学校3年生の朝食欠食率の相関図です。

攪乱はありますが、大人の朝食欠食率が高いほど、子どものそれも高い傾向にありますね。相関係数は+0.4465であり、1%水準で有意です。

子どもは大人の鏡といいますが、やはり連動するものですね。健全な食習慣は早いうちからと、今の学校現場では食育の実践が盛んですが、朝食も食べないで慌ただしく出ていく親の姿を子どもが

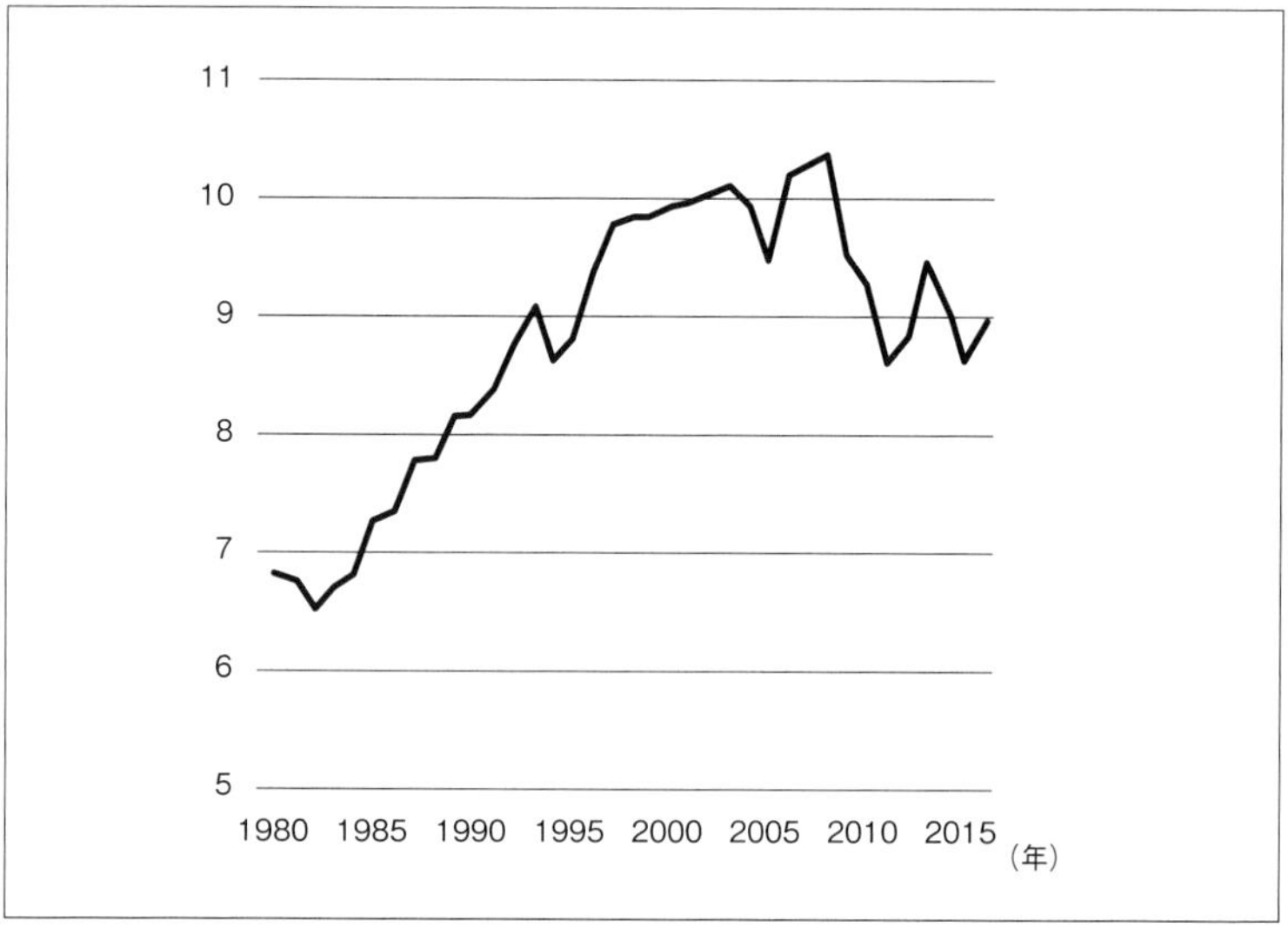

図2-3　10歳児の肥満傾向児出現率の推移(%)
文科省『学校保健統計』より作成。

日々目にするようでは、その効果は半減してしまいます。大人がしっかりとした範を示す必要がありそうです。

「食」は人間の基本的な営みですが、現在ではこの部分が疎かにされています。朝食欠食率は上昇傾向で、塾通いの子どもが夕食をファーストフードで済ますのは日常茶飯事。これでは頭が訓練されても、カラダは蝕まれる一方です。子どもの肥満率の増加(図2-3)は、そうした歪みの表れに他なりません。食育の成果か、最近は改善されていますが。

学力だの「＊＊教育」だのやかましく言う前に、生活の最もプライマリーな部分を見直さねばなりますまい。

家庭環境

虐待に影響するのは、同居か？ 共働きか？

家庭の問題を論じる上で、児童虐待を取り上げないわけにはいきません。唐突ですが、まずは一枚のグラフから見ていただきましょう（図3-1）。

乳幼児がいる世帯の共働き率と、乳幼児が被害者である虐待相談件数の相関図です（47都道府県）。後者は、0～5歳人口千人あたりの数にしています。2015年度間の相談件数を、同年10月時点の0～5歳人口で除した値です。

共働き世帯率と虐待相談率の間には、有意なマイナスの相関関係がみられます。傾向としては、共働きが多い県ほど、虐待の相談件数が少ない。これが因果の関係を含むならば、育児ストレスの解放のような事態を想起できます。

しかし、本当の要因は3世代世帯率ではないか、とも思われます。同居の親のサポートがないと、イライラが募り虐待が生じやすい。あり得る事態です。この要因を考慮しても、共働き率の虐待抑止効果がみられるか。

この問題を検討すべく、県別の虐待相談率を目的変数、共働き世帯率と3世代世帯率を説明変数に立てた重回帰分析をやってみました。共働き世帯率と3世代世帯率は、6歳未満の子が

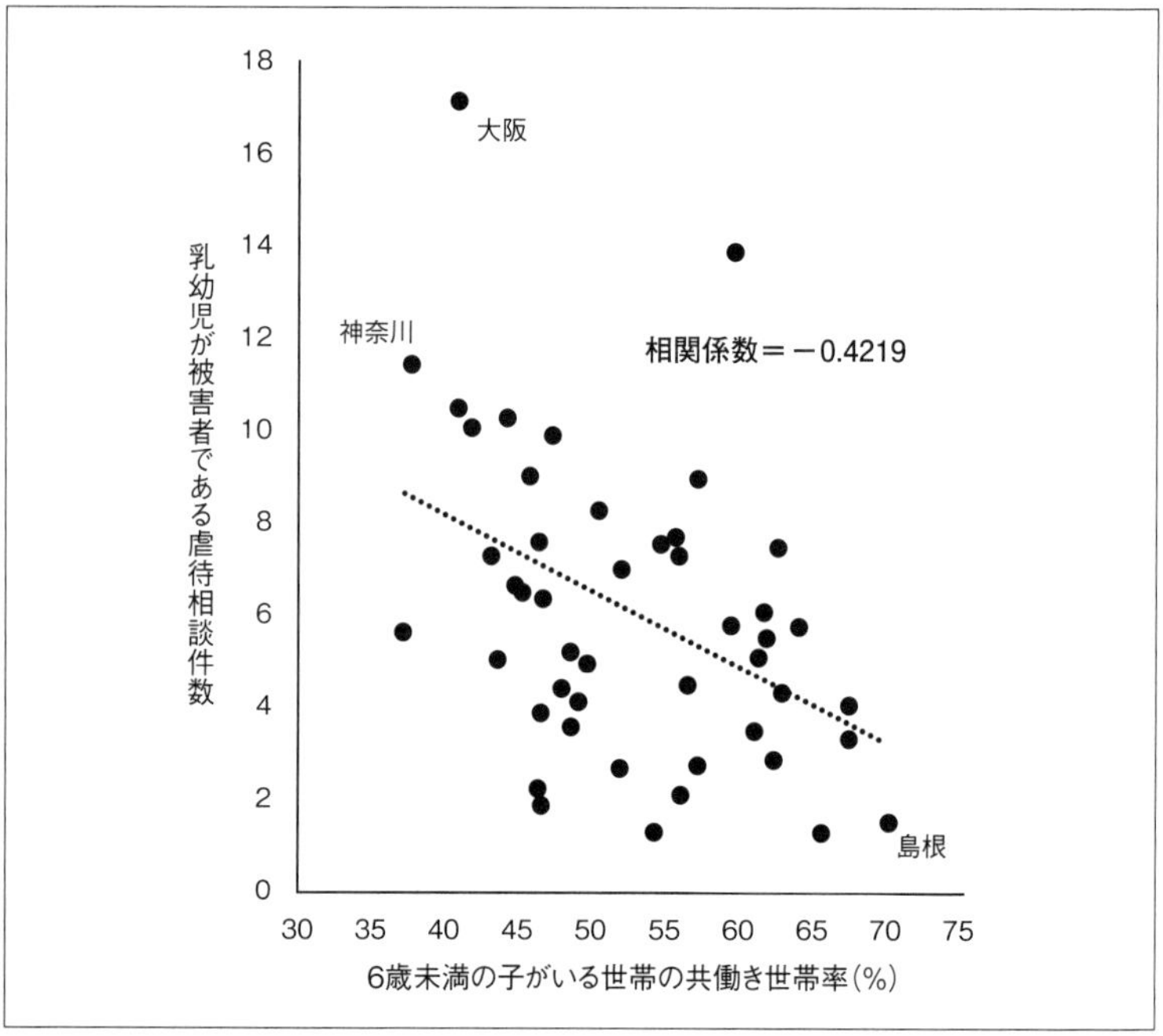

図3-1　共働きと虐待の相関
横軸は2012年、縦軸は2015年のデータ。縦軸は、0～5歳人口千人当たりの件数。
総務省『就業構造基本調査』（2012年）、厚労省『福祉行政報告例』（2015年）、総務省『国勢調査』（2015年）より作成。

いる世帯（一人親世帯は除く）の中での比率です。2012年10月時点の値で、総務省『就業構造基本調査』のデータより計算しました。

　分析に使うデータを全部見ていただきましょう。47都道府県の指標の一覧です。繰り返しますが、虐待相談率とは、就学前の乳幼児が被害者である虐待相談が、0～5歳人口千人あたりでみて何件かです。分子は2015年度間、分母は同年10月時点の数値を使って算出しました。（図3-2）

	虐待相談率(‰)	共働き世帯率(%)	3世代世帯率(%)
北海道	7.3	43.1	5.4
青森県	7.5	62.5	18.7
岩手県	3.5	60.8	21.4
宮城県	6.4	46.5	14.2
秋田県	4.3	62.6	22.6
山形県	3.3	67.2	30.1
福島県	2.7	51.8	19.3
茨城県	3.9	46.4	15.1
栃木県	4.4	47.9	16.5
群馬県	4.5	56.4	10.2
埼玉県	10.5	40.9	6.3
千葉県	10.0	41.7	6.4
東京都	6.5	45.2	3.8
神奈川県	11.4	37.6	3.7
新潟県	5.8	59.2	25.0
富山県	2.9	62.2	18.2
石川県	5.7	63.8	14.4
福井県	4.1	67.2	25.5
山梨県	9.0	57.1	12.8
長野県	7.5	54.5	16.9
岐阜県	4.1	49.1	18.0
静岡県	5.2	48.3	13.2
愛知県	6.7	44.7	6.6
三重県	7.0	52.0	8.9
滋賀県	5.0	43.6	11.1
京都府	7.6	46.3	6.1
大阪府	17.1	40.9	3.6
兵庫県	5.6	37.2	5.1
奈良県	10.3	44.1	7.0
和歌山県	9.0	45.7	8.9
鳥取県	1.3	65.3	18.5
島根県	1.5	69.8	22.1
岡山県	3.5	48.5	9.3
広島県	9.9	47.2	5.2
山口県	2.2	46.3	5.0
徳島県	7.7	55.6	12.4
香川県	7.3	55.8	8.2
愛媛県	5.0	49.6	6.3
高知県	5.5	61.7	5.4
福岡県	1.9	46.4	6.1
佐賀県	13.9	59.4	18.1
長崎県	2.1	55.9	9.8
熊本県	5.1	61.1	12.6
大分県	8.3	50.5	6.8
宮崎県	6.1	61.5	3.7
鹿児島県	1.3	54.1	3.5
沖縄県	2.7	57.0	4.4
全国	7.3	46.8	8.3

図3-2　重回帰分析に使うデータ
図3-1と同じ資料より作成。

　最高値と最低値にはマークをしましたが、どの指標も大きな都道府県差があります。47都道府県のデータを使って相関係数を出すと、虐待相談率と共働き世帯率は－0・4219、虐待相談率と3世代世帯率は－0・3194となります。共働きと3世代の同居……。いずれも、虐待を抑止する方向に働いています。

　単相関係数で見る限り、虐待相談の多寡は、3世代世帯率よりも共働き世帯率と強く相関しています。しかし単相関係数でもって、目的変数に対する影響度を知ることはできません。両者が重なっている可能性もあります。そこで2つを同時に投入して、目的変数への影響度を個別に析出する必要があります。

そのために使われるのが、重回帰分析です。重回帰分析とは、複数の説明変数から目的変数を予測する式を作る手法です。共働き世帯率（X_1）と3世代世帯率（X_2）から、虐待相談率（Y）を予測する式を作ると、以下のようになります。

$$Y = -0.1452X_1 - 0.0351X_2 + 14.0948$$

この式から出される虐待相談率の理論値と、上表にある実測値の相関係数は＋0・4255で、それを二乗した決定係数は0・1810です。この係数から、目的変数の都道府県分散の2割ほどが、ここで投入した2つの要因で説明されることが知られます。2要因の単純モデルとしては、この予測式の精度は合格です（$p < 0.05$）。

係数の符号から、共働き世帯率と3世代世帯率ともマイナスの影響を有していることが知られます。係数の絶対値から、共働き世帯率の影響が大きいように見えますが、X_1とX_2では単位が違いますので、この値をそのまま読んではダメです。

そこで2つの要因の単位を考慮し、同列で比較できるように係数を標準化します。これが標準化偏回帰係数（β値）であり、目的変数への独自の影響度は、この値の絶対値でもって測られます。**図3-3**の右欄は、標準化されたβ値です。

	単相関係数	β値
X_1 共働き世帯率	-0.4219**	-0.3734*
X_2 3世代世帯率	-0.3194	-0.0736

図3-3 重回帰分析結果
＊＊は1%水準、＊は5%水準で有意。

β値の絶対値から判断すると、各県の虐待相談率の規定力としては、3世代世帯率のマイナス効果より、共働き世帯率のマイナス効果のほうがずっと大きくなっています。

簡単な言い回しで言うと、虐待防止に際しては、3世代の同居よりも共働きの促進のほうが効果的ということです。そのための最良の戦略が、保育所の増設であることは言うまでもありません。

このモデルは単純すぎる、もっと多くの要因を投入すべきだという意見もあるでしょうが、都市化率、県民所得、保育所在所率などを同時投入すると、多重共線が生じ、重回帰式の予測の精度が落ちてしまいます。共働き世帯率と3世代世帯率の組み合わせがベストなので、これらに絞ったことを申し添えます。

「同居か？　共働きか？」。都道府県単位のマクロ統計から分かる、ジャッジの判断材料をここに提示いたします。

家庭環境

3世代同居の国際比較

昔に比して減っているとはいえ、わが国では、3世代同居の世帯が結構みられます。幼子の世話や老人の介護に都合がいいということで、3世代の同居を推奨しようという向きもあります。

しかるに、3世代の同居というのは、国際的にみたら普遍的でも何でもありません。むしろ、特異な世帯タイプに属します。ここでは、3世代同居世帯の比率の国際比較をやってみましょう。子どもがいる30〜40代の父母のうち、自分の親と同居している者は何%かを国ごとに計算してみました。3世代同居の量を測る指標になるでしょう。

資料は、2010〜14年にかけて、各国の研究者が共同で実施した『世界価値観調査』です。この調査のローデータ（個票データ）を使って、上記の率を国別に計算してみました。

日本の子持ちの30〜40代サンプルは565人ですが、このうち親と同居しているのは135人となっています。比率にすると23・9%、およそ4人に1人です。米独は5%ほど、北欧のスウェーデンに至っては1%もいません。欧米では、成人したら親元を離れるのがフツーですからね。

北欧では、成人した子が親と同居するのは、すこぶる嫌われるようです。スウェーデンでは、12歳以下の子を持つ親の7割以上が、「将来、子どもにしてほしくない家庭生活像」として、「自分と同居」という項目を選んでいます（国立女性教育会館『家庭教育に関する国際比較調査』2006年）。日本ではわずか1割ほどですが、この違いはスゴイ。

比較の対象を増やし、世界全体での日本の位置を明らかにしてみましょう。上記の『世界価値観調査』の対象となった58か国について、同じ値を計算し、高い順に並べたランキング表にしてみました。（図4-1）

子育て年代の親同居率は、アジア諸国で高くなっています。インドが6割でダントツのトップ。人口がべらぼうに多い国ですが、それだけに住宅事情が厳しいのでしょうか。日本は、58か国の中で8位です。

わが国の3世代同居の量は、世界的にみても多いことがうかがわれます。公的な保育や介護サービスが十分に供給できないので、3世代同居を促し、家族間でそれをまかなってもらおう、という方針が出されています。わが国の、こうした「私」依存体質は相変わらずです。

3世代同居をしたければすればいいですが、それを強いられるのはまっぴらごめん。お盆や正月に帰省して、その思いを強くするママさん・パパさんも少なくないと思います。

日本では、家族に絶対的な信頼が置かれがちですが、最近は負担が限界に達しつつあるのか、家庭が危険な空間となりつつあります。介護殺人や虐待死が頻発していることからも、それがうかがえます。2015年中に検挙された殺人事件803件のうち、394件（49・1%）は

インド	59.97	スロベニア	15.22
パキスタン	45.23	**韓国**	**14.06**
タイ	45.10	ヨルダン	13.84
台湾	36.82	ガーナ	13.37
クウェート	33.21	ベラルーシ	12.90
アルジェリア	32.60	マレーシア	12.40
中国	27.07	ブラジル	11.42
日本	**23.89**	バーレーン	11.27
アルメニア	23.15	ロシア	10.90
アゼルバイジャン	22.99	アルゼンチン	10.68
ウズベキスタン	22.70	チュニジア	9.96
シンガポール	22.04	ジンバブエ	9.36
カタール	21.91	ウルグアイ	9.12
モロッコ	20.61	チリ	8.85
ペルー	20.44	ナイジェリア	8.62
ポーランド	20.00	レバノン	8.45
コロンビア	19.20	エストニア	7.59
メキシコ	19.01	パレスチナ	7.09
フィリピン	18.55	トルコ	6.71
ウクライナ	17.98	エジプト	6.18
リビア	17.38	オーストラリア	5.45
キルギスタン	17.35	キプロス	5.37
ルーマニア	17.34	スペイン	5.05
イラク	16.36	**アメリカ**	**4.79**
カザフスタン	16.28	**ドイツ**	**4.54**
エクアドル	16.11	ニュージーランド	3.35
南アフリカ	15.81	オランダ	3.09
トリニダード	15.64	**スウェーデン**	**0.93**
イエメン	15.37	ルワンダ	0.75

図4-1　子がいる30～40代の親同居率(%)
『世界価値観調査』(2010-14)より作成。

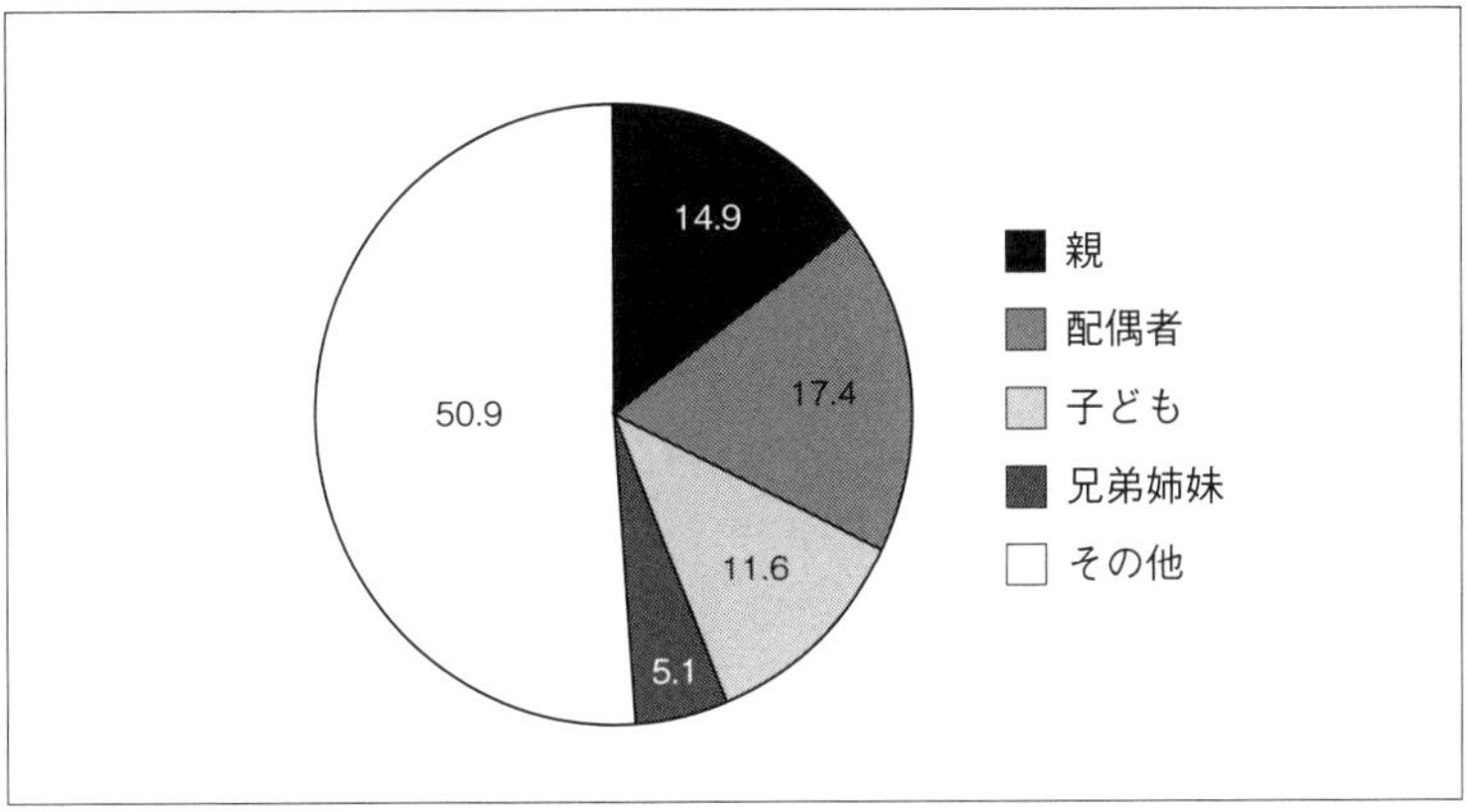

図4-2　殺人事件の被害者の内訳(%)
2015年中に検挙された殺人事件803件の内訳。
警察庁『犯罪統計書』(2015年)より作成。

家族間殺人です（警察庁『犯罪統計書』）。（図4-2）

昔に比べて家族の小規模化、核家族化が進んでいます。家族の構造は変わっているのです。にもかかわらず、期待される機能は昔のまま、いやもっと増えている。こうしたギャップに耐えるのも、そろそろ限界のようです。

家族に信頼を寄せすぎない、「私」依存体質を改める。社会保障政策、教育政策の根底に、こういうテイストが流れるようになってほしいと思います。

保育

都道府県別・年齢別の保育所在所率

毎年2月になると、小さい子がいる親御さんの悲鳴が全国各地で上がります。認可保育所の受け入れ可否の通知がなされる時期だからです。

共働き世帯の増加によって、保育所への需要が著しく高まっていますが、就学前の乳幼児のどれほどが保育所に入れているかは、地域によって異なります。保育所の在所者数を乳幼児人口で割った「保育所在所率」には、かなりの地域差があります。

乳幼児といっても年齢に幅がありますが、保育所在所率を年齢別に出したらどうでしょう。いわゆる「0歳保育」が多いのはどこか。こういう関心もあろうかと思います。

私は47都道府県について、年齢別の保育所在所率を計算してみました。各年齢の認可保育所在所児数を、当該年齢人口で除して%を出しました。分子・分母とも、2014年10月時点の数値を使いました。分子の出所は厚労省『社会福祉施設等調査』、分母は総務省『人口推計年報』です。

分母の年齢は、県別の数値は5歳刻みの推定人口となっています。そこで、1~4歳人口は、0~4歳人口を5で割った値を使いました。5歳人口は、5~9歳人口の5分の1を充てま

	0歳	1歳	2歳	3歳	4歳	5歳
北海道	5.5	22.5	29.0	32.8	34.4	33.1
青森県	16.1	49.8	59.2	64.7	67.6	62.6
岩手県	10.4	38.9	46.4	51.9	54.0	50.2
宮城県	3.9	23.0	27.9	30.4	31.6	29.3
秋田県	16.0	46.5	56.4	61.1	63.4	57.1
山形県	10.1	31.9	40.2	46.1	50.4	45.1
福島県	6.3	28.0	32.4	35.1	31.2	27.5
茨城県	4.4	26.0	33.7	39.7	41.1	38.9
栃木県	5.3	28.7	33.6	37.9	38.7	37.2
群馬県	5.5	32.4	43.0	52.0	53.8	51.3
埼玉県	2.5	18.3	24.4	27.9	29.8	29.1
千葉県	3.6	21.3	27.1	31.7	33.4	32.0
東京都	3.7	23.3	30.5	34.1	34.9	37.2
神奈川県	3.0	20.6	25.8	28.9	29.8	28.6
新潟県	6.7	38.4	52.1	65.5	72.5	69.0
富山県	4.9	44.2	58.9	67.8	73.6	67.5
石川県	8.6	48.0	60.0	66.2	70.8	67.7
福井県	5.8	41.6	59.4	71.7	76.2	70.5
山梨県	4.5	30.0	43.4	56.0	64.6	60.9
長野県	2.3	20.6	33.8	54.9	73.6	67.5
岐阜県	2.3	18.9	30.5	46.7	57.4	53.7
静岡県	3.4	22.3	28.5	32.4	34.5	33.5
愛知県	2.5	18.8	27.5	39.7	48.4	49.2
三重県	3.7	25.8	38.7	49.9	54.9	50.3
滋賀県	3.3	24.4	32.7	41.3	44.9	45.1
京都府	6.0	31.7	40.8	46.9	49.7	48.0
大阪府	4.3	24.7	32.6	35.9	36.4	36.1
兵庫県	3.1	21.3	28.9	35.0	37.3	34.9
奈良県	4.5	26.2	34.3	40.1	42.9	36.3
和歌山県	3.8	23.9	39.5	53.6	60.4	60.0
鳥取県	8.0	44.5	56.7	65.9	64.4	64.9
島根県	13.9	56.0	65.2	68.8	68.7	63.8
岡山県	6.1	32.6	41.2	46.4	50.2	49.9
広島県	4.8	29.5	38.8	46.7	50.0	50.1
山口県	4.7	28.4	35.3	44.6	46.4	45.3
徳島県	6.2	36.3	51.8	60.9	52.1	36.2
香川県	6.9	38.2	48.5	48.6	46.0	41.2
愛媛県	4.1	26.8	36.1	41.3	43.1	41.0
高知県	6.3	46.0	61.3	67.8	70.6	67.2
福岡県	6.5	31.1	37.0	41.0	41.8	43.0
佐賀県	8.0	34.7	42.4	47.5	50.4	49.4
長崎県	11.6	42.2	49.7	50.9	51.1	48.6
熊本県	10.5	44.5	52.2	56.6	59.0	58.9
大分県	7.1	35.8	43.7	47.9	47.5	41.0
宮崎県	12.8	45.0	52.9	54.9	56.9	53.6
鹿児島県	8.3	35.3	43.0	46.6	46.8	46.9
沖縄県	7.8	35.7	42.3	44.7	44.7	29.3
全国	4.9	26.9	34.8	40.6	43.1	41.7

図5-1　都道府県別・年齢別の保育所在所率(%)
計算式＝2014年10月時点の認可保育所在所者数／同時点の推定人口
厚労省『社会福祉施設等調査』(2014年)、総務省『人口推計年報』(2014年)より作成。

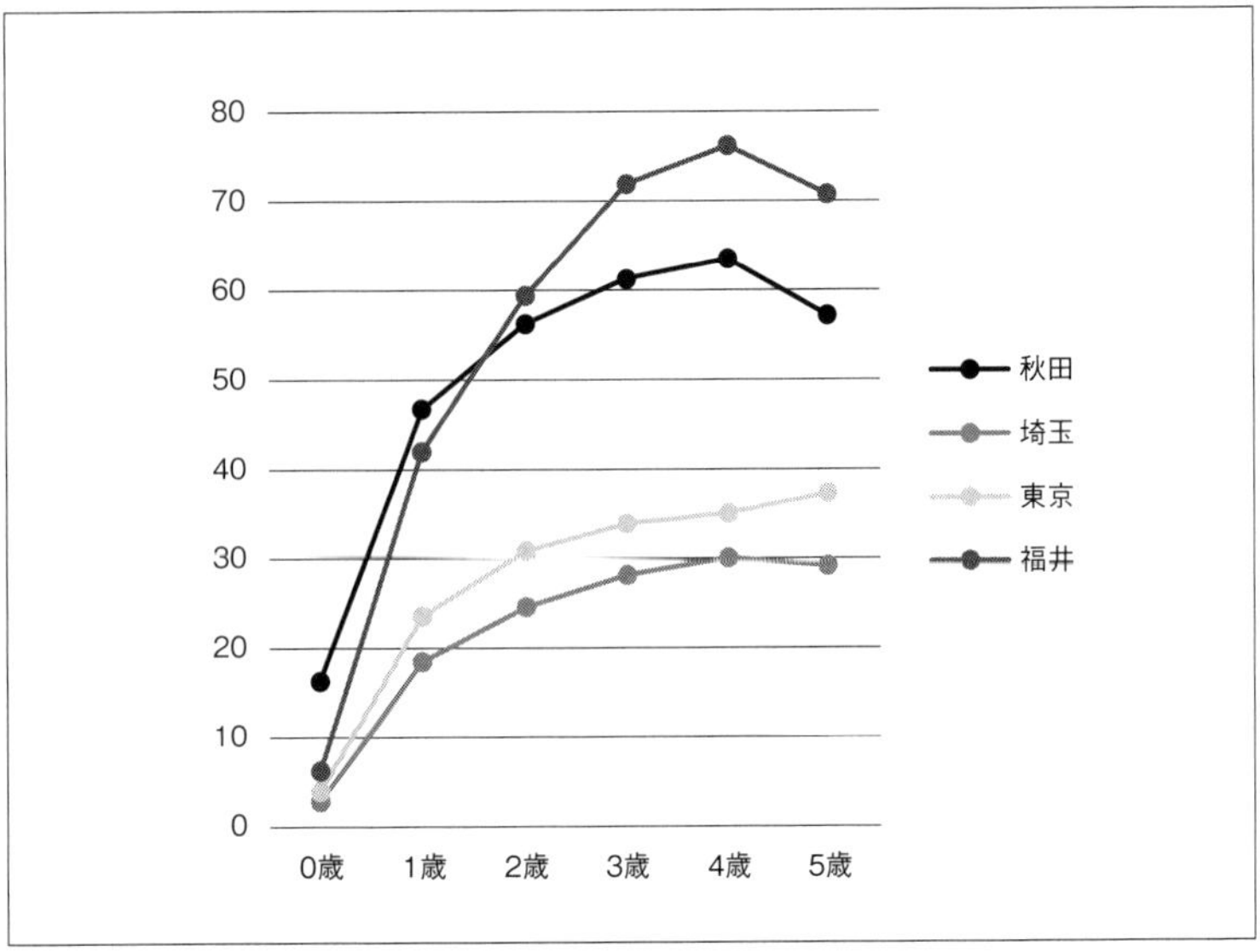

図5-2　年齢別の保育所在所率（%）
2014年のデータ。図5-1と同じ資料より作成。

した。やや粗い便法ですが、大まかな傾向を把握する分には許されるでしょう。**図5-1**は、結果の一覧です。最高値と最低値には網掛けしています。

0歳の在所率トップは青森の16・1%、その次は秋田で16・0%となっています。生後間もない乳児の7人に1人が、認可保育所に預けられていると。1~2歳の在所率トップは島根、3~5歳は福井で最も高くなっています。首都圏は、どの年齢も在所率が低し。保育所が不足しているためです。

目ぼしい県の年齢別在所率をグラフにしましょう。**図5-2**は、秋田、埼玉、東京、福井の年齢グラフです。

違うものですね。秋田と福井を比べると、後者は「スロー・スターター」型です。3~5歳では、7割が保育所に通っています。埼玉や東京では、この年齢になると幼稚園に籍を置く子どもが多くなります。学齢期と違って、乳幼児期の過ごし方は個々の家庭や地域によって多様です。その違いが、後々の人間形成（学力、体力……）とどう相関するか。重要な分析課題です。大規模な追跡調査をする価値はあると思います。

本書の43～47ページでは、都道府県単位のマクロ統計を使った検討はしています。分かったのは、就学前教育を受けている乳幼児の率が高い県ほど、小学生の学力や体力が高い傾向です。就学前教育の効果を支持するものですが、**図5-2**の秋田と福井のカーブからもそれはうかがえます。福井の子どもの体力の高さは、小学校に上がる前の時期に、保育所で目いっぱい体を動かしているからかもしれません（志水宏吉、前馬優策『福井県の学力・体力がトップクラスの秘密』中公新書ラクレ、２０１４年）。

冒頭の話に戻りますが、今はツイッターなどのＳＮＳがあるので、保護者の悲痛な叫びがリアルタイムで伝わってきます。どうにでも操作できる「待機児童数」に安堵しきっている政治家に喝を入れるためにも、この手のツールを使って声を上げていきましょう。これぞ、現代型の社会運動です。

保育

保育所在所率と虐待相談率の相関

87ページでは、都道府県単位のデータを使って、共働き世帯率と虐待相談率の相関関係を分析しました。結果は、有意なマイナスの相関です。共働きが多い県ほど、虐待相談の件数が少ない。逆をいえば、一方の親（母親）が一人家に籠って育児をしている県ほどヤバい、ということです。これがなぜかについては、取り立てて書くまでもないでしょう。

共働きを促すために必要となるのが保育所の増設なのですが、前項でみたように、保育所に入れている乳幼児の率は、地域によって大きく違っています。それが虐待の発生頻度とどう相関しているか。保育所の効果を検証する重要なデータです。同じく都道府県単位の統計を使って、この問題にアプローチしてみましょう。

私は、以下の3つの数値を都道府県別に収集しました。＊は出所です。政令指定都市の分は、当該市が立地する県の中に含めています。

a　２０１４年10月時点の0～5歳人口　＊総務省『人口推計年報』（２０１４年）

b　２０１４年10月時点の認可保育所在所者数　＊厚労省『社会福祉施設等調査』（２０１４年）

c　2014年度間に児童相談所が対応した虐待相談件数（就学前の児童が被害者のもの）

＊厚労省『福祉行政報告例』（2014年度）

この3つの数値を使うことで、各県の乳幼児の保育所在所率と虐待相談率（≒被害率）を出すことができます。

たとえば東京でいうと、認可保育所在所者数(b)は18万8888人で、0～5歳人口(a)は63万人ですので、保育所在所率（b／a）は30・0％となります。2014年度間の虐待相談件数(c)は3174件ですので、虐待相談率（被害率）は、0～5歳の乳幼児人口1万人あたり50・3となります（c／a）。

さて、この2つの指標はどういう相関関係にあるのか。横軸に保育所在所率、縦軸に虐待被害率をとった座標上に47都道府県を配置すると、**図6-1**のようになります。

バラけていますが、傾向は右下がりです。保育所に入れている乳幼児の率が高い県ほど、虐待相談が少ない。相関係数は－0・3528であり、5％水準で有意です。相関が因果を意味するとは限りませんが、マクロ統計でこういう傾向が出てくるのは注目されます。

丸囲いのようなクラスターが出てくることにも注意しましょう。保育所が少なく虐待が多い都市部（左上）と、その逆のタイプ（右下）。両者のコントラストが鮮やかです。個人レベルで解釈するならば、幼子を保育所に預け、社会進出が叶っているママほど、育児ストレスに苛まれにくい、ということでしょうか。

ちなみに女性の「イライラ」は、子育て期で最も高くなっています。厚労省『国民生活基礎

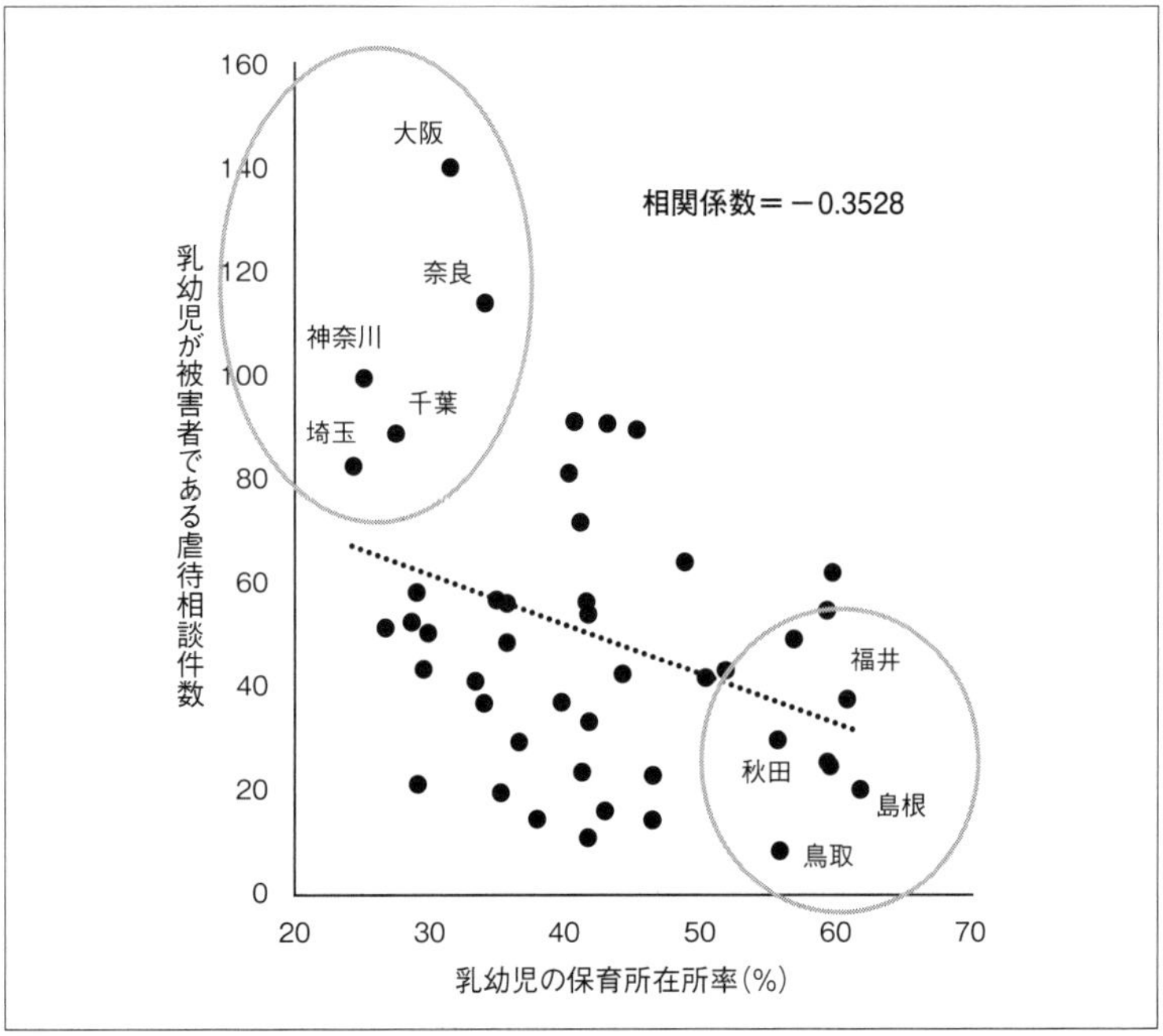

図6-1　乳幼児の保育所在所率と虐待相談率
2014年の統計より作成。縦軸は、0～5歳人口1万人当たりの件数。
厚労省『社会福祉施設等調査』、同『福祉行政報告例』より作成。

調査』（2013年）によると、女性の有訴者のうち、最も気になる症状として「イライラする」という項目を選んだ者は、30代後半で最も多くなっています。（図6-2）

有業率のM字カーブの底とピッタリ重なっています。わが子を保育所に入れられず、キャリアの中断を余儀なくされた母親の場合、イライラの火柱はもっと高くなるのではないでしょうか。当然、わが子への虐待に連鎖することは十分あり得ます。そのことは、今回のマクロデータからも

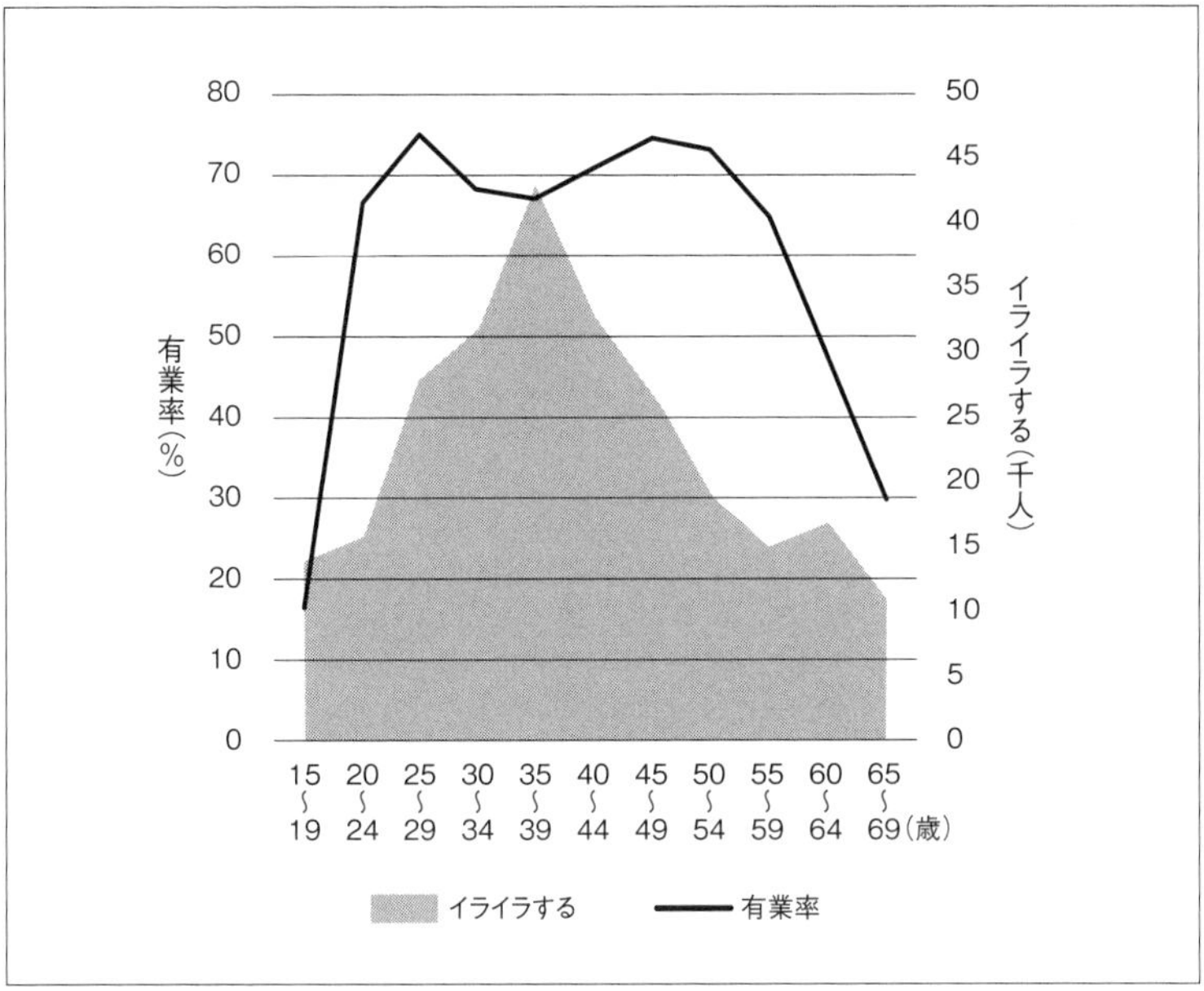

図6-2　女性の有業率とイライラ
総務省『就業構造基本調査』（2012年）、厚労省『国民生活基礎調査』（2013年）より作成。

うかがえるところです。

ＮＰＯ法人フローレンス代表の駒崎弘樹さんがツイッターでつぶやいておられましたが、「保育所を広げることは、親を救うだけでなく、子どもの命をも救うということ」。この言は、決して大げさではないように思えます。

「図6‐1のグラフを使わせてほしい」という声を各地の議員さんからいただいています。保育所拡張を支持するエビデンスとして使っていただければと存じます。

保育

子どもの預けやすさと女性の有業率の相関

子どもの預けやすさと女性の有業率は、おそらくは強く相関していることでしょう。都道府県単位の統計を使って、実証データをつくってみようと思います。

まず、子どもの預けやすさですが、内閣府『地域における女性の活躍に関する意識調査』(2015年)の中に、該当する設問があります。高校生以下の子がいる成人男女(20~60代)に対し、「お住まいの地域では、子どもを保育所や学童保育、親族などに預けやすいと思うか」と尋ねています(Q15)。これに対し、「預けやすい」と答えた者の割合を使うことにしましょう。

女性の有業率は、子育て期の30~40代女性のうち、働いている者(有業者)が何%かに着目します。資料は、2015年の総務省『国勢調査』です。

横軸に子どもの預けやすさ、縦軸に女性の有業率をとった座標上に、47都道府県をプロットすると、**図7-1**のようになります。

非常に強い正の相関関係がみられます。相関係数は+0.7877にもなります。正の相関が出るとは予想していましたが、ここまで強い相関になるとはちょっと驚きです。ちなみに、30~40代女性の正規職員率とは+0.7036という相関です。

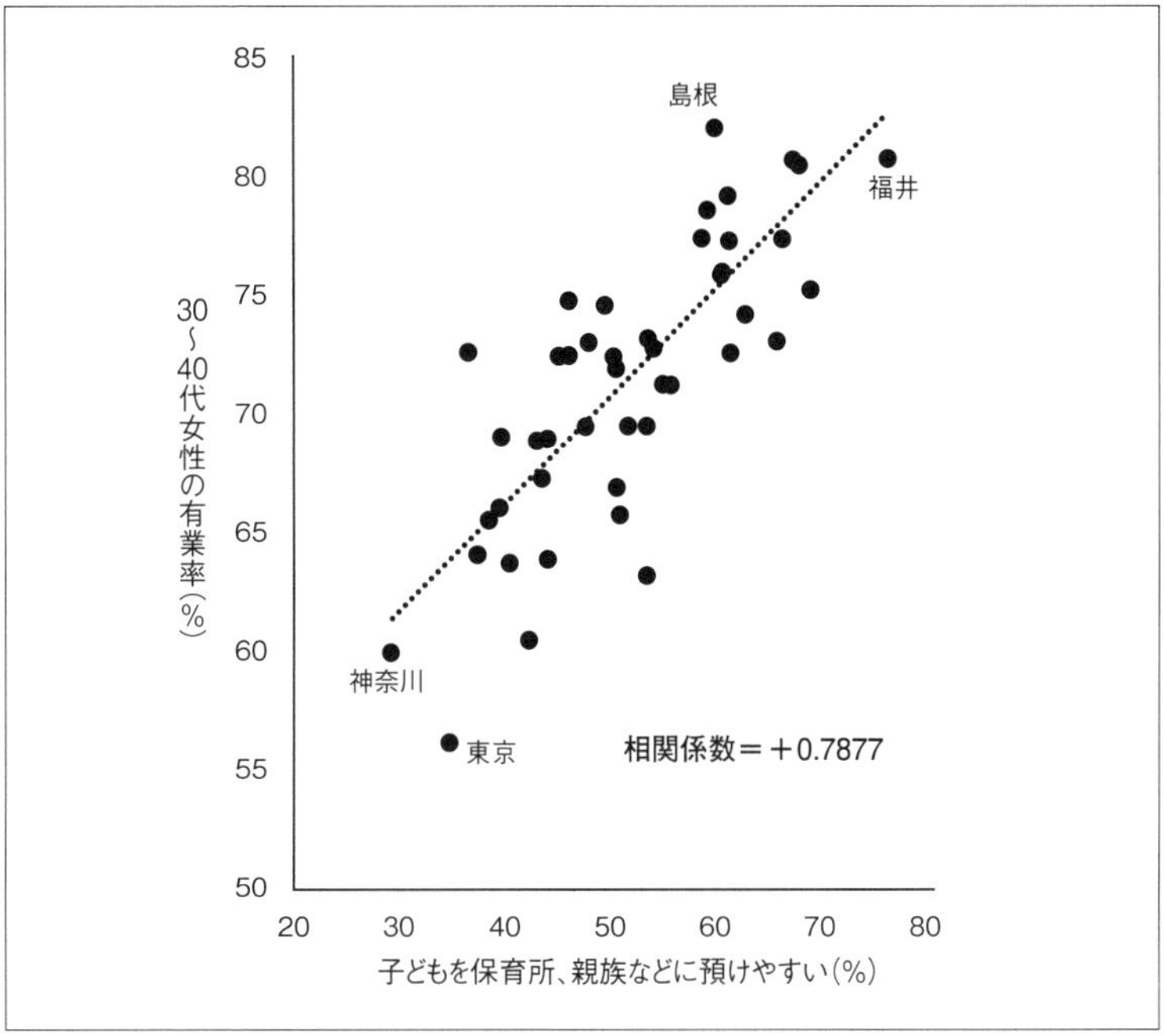

図7-1　子どもの預けやすさと、子育て期の女性の有業率の相関
横軸は、高校生以下の子がいる成人男女の肯定率。
内閣府『地域における女性の活躍に関する意識調査』（2015年）、総務省『国勢調査』（2015年）より作成。

子を預けやすい県ほど、子育て期の女性の有業率が高い、という傾向です。まあこれは分かり切ったことですが、もう少し深めてみましょう。横軸の預けやすさを、保育所（学童保育）への預けやすさと、親族への預けやすさに分解し、どちらが女性の有業率と強く相関しているかを検討してみます。抽象度を上げていうと、「公」と「私」のどちらの効果が強いかです。

上記の内閣府調査では、先の設問に「預けやすい」と答えた者に対し、その理由を複数選択で聞いています（Q15‐1）。「近くに保育所や学童保育があるから」と「近くの親族に預かってもらえるから」という理由の選択率を、上図の「預けやすい」率に乗じれば、子がいる対象者全体のうち、保育時（学童保育）に子を預けやすいと思っている者、子を親族に預けやすいと思っている者が何％かを出すことができます。

たとえば東京都でいうと、「子どもを保育所や学童保育、親族などに預けやすい」と思っている者は34・8％で、このうち、その理由として「近くに保育所や学童保育があるから」を選んだ者は82・5％、「近くの親族に預かってもらえるから」を選んだ者は35・0％です。よって保育所（学童保育）に預けやすいと考えている者は、子がいる対象者全体ベースでみると、34・8×0・825＝28・7％、親族に預けやすいと考えている者は、34・8×0・350＝12・2％となります。

私はこのやり方で、保育所（学童）への預けやすさ率、親族への預けやすさ率を県別に計算しました。**図7‐2**は、その一覧です。最高値と最低値にはマークをつけ、上位5位の数字は太字にしました。

これら2つの「預けやすさ」指標と、子育て期の女性の有業率・正社員率との相関係数を出してみました。（**図7‐3**）

親族への預けやすさよりも、保育所（学童保育）への預けやすさのほうが、女性の有業率・正社員率と強く相関しているようです。正社員率との相関では、係数の差が大きくなっています。

	保育所や学童保育に預けやすい（%）	子どもを親族に預けやすい（%）	30〜40代女性の有業率（%）	30〜40代女性の正社員率（%）
北海道	32.6	22.4	66.1	26.4
青森県	58.8	**35.9**	75.2	36.4
岩手県	51.2	32.5	77.2	38.5
宮城県	33.1	17.7	69.0	31.8
秋田県	54.0	29.8	77.3	40.7
山形県	59.2	30.8	80.6	**44.2**
福島県	40.4	19.3	72.5	35.7
茨城県	39.2	26.9	69.6	28.3
栃木県	34.9	22.8	69.0	28.4
群馬県	44.0	25.2	72.7	29.7
埼玉県	31.6	16.7	65.6	25.5
千葉県	27.7	19.0	64.1	26.0
東京都	28.7	12.2	**56.3**	25.4
神奈川県	**26.1**	12.3	60.0	25.2
新潟県	53.4	28.6	79.1	39.3
富山県	59.8	32.4	80.4	42.8
石川県	50.4	23.0	78.6	38.3
福井県	**63.6**	35.6	80.7	41.6
山梨県	50.7	33.8	73.0	29.3
長野県	53.0	28.6	75.9	31.4
岐阜県	47.8	35.3	74.2	28.2
静岡県	32.2	29.6	73.0	29.7
愛知県	37.7	25.2	66.9	25.2
三重県	41.5	26.3	71.2	28.5
滋賀県	36.3	21.1	68.9	27.6
京都府	36.0	22.9	67.3	26.3
大阪府	34.1	14.3	60.5	**24.2**
兵庫県	32.6	19.0	63.8	26.2
奈良県	32.9	24.3	63.9	26.3
和歌山県	33.8	30.0	69.6	27.1
鳥取県	55.4	27.7	79.1	40.5
島根県	51.6	28.2	**81.9**	42.6
岡山県	32.8	**10.7**	72.6	32.6
広島県	40.6	27.1	69.5	30.2
山口県	47.0	23.2	71.3	32.9
徳島県	31.9	20.7	72.5	36.5
香川県	33.3	28.1	72.5	33.7
愛媛県	34.4	28.6	71.9	31.6
高知県	53.5	32.9	72.5	38.0
福岡県	38.4	21.0	65.8	28.7
佐賀県	46.3	31.5	77.3	36.0
長崎県	38.3	28.7	74.5	35.3
熊本県	38.5	23.0	74.7	35.3
大分県	44.3	25.4	73.1	33.6
宮崎県	51.1	24.8	75.8	35.5
鹿児島県	27.6	25.8	72.3	32.4
沖縄県	41.5	24.0	63.3	27.4
全国	42.1	25.4	66.6	28.6

図7-2　子どもを保育所・親族に預けやすいか
図7-1と同じ資料より作成。

	近くに保育所や学童保育がある		子どもを親族に預かってもらえる
30〜40代の女性の有業率	0.7764	＞	0.6895
30〜40代の女性の正社員率	0.7560	＞	0.5166

図7-3　保育所か親族か

都道府県単位の単相関分析の結果ですが、親族への預けやすさよりも保育所（学童保育）への預けやすさのほうが、女性の有業率アップに寄与するのではないかとみられます。受け皿の効果の大きさは、「私」より「公」なのですね。昔は違ったのでしょうが、核家族化が進んだ現在では、こういう状況になっているのでしょう。

育児にせよ介護にせよ、わが国では「家族依存型」の伝統が強いのですが、家族構造の変化により、それを賄うのが難しくなってきています。舵を切らねばならない時期に来ているのは明白で、その必要性も認識されているのですが、目下、それに向けた過渡期の段階です。今の保育所不足、待機児童問題は、こうした変動期の危機が反映されたものといえるでしょう。

保育

女性の社会進出の国際比較

男女共同参画社会に向けての取組が開始されて久しいですが、わが国の女性の社会進出はどれほど進んでいるのか。ごく簡単な問いのようですが、これに対し、実証的に答えてくれるデータというのは、あまり見かけません。

社会進出とは、字のごとく社会に出ていくことですから、その程度を測るには、成人女性のうちフルタイム就業が何%、専業主婦が何%というような、就業状態に注目するのがよいと思います。この点は『国勢調査』のデータから分かりますが、それだけでは「ふーん」でおしまいです。「わが国の女性の社会進出はどれほど進んでいるのか」を見極めるには、他の社会との比較が必要です。

米英独仏のような主要国との比較は、当局の白書等でなされているのでしょうが、より多くの社会を見据えた広い布置構造の中で、わが国はどのあたりに位置づくのか。過去からどう動いてきたか。こういうことを知りたく思うのです。

各国の研究者が共同で実施している『世界価値観調査』では、各国の調査対象者の就業状態を調べています。用意されている回答カテゴリーは、①フルタイム、②パートタイム、③自営・

	実数		構成比（%）	
	日本	スウェーデン	日本	スウェーデン
Full time	161	117	38.3	67.2
Part time	97	27	23.1	15.5
Self employed	25	6	6.0	3.4
Retired	0	0	0.0	0.0
Housewife	114	1	27.1	0.6
Students	3	10	0.7	5.7
Unemployed	9	6	2.1	3.4
Other	11	7	2.6	4.0
total	420	174	100.0	100.0

図8-1　30〜40代女性のすがたの日瑞比較
『世界価値観調査』（2010〜14）より作成。

自由業、④定年退職・年金、⑤主婦専業（働いていない）、⑥学生、⑦失業、⑧その他、です。

私は、最新の第6回調査（2010〜14年）の個票データを分析して、58か国の30〜49歳女性の回答分布を明らかにしました。それぞれの社会について、「性×年齢層×就業形態」の3重クロス表を作成したわけです。

最初に、日本と北欧のスウェーデンとで、当該年齢の女性のすがたがどう違うかをみてみましょう。**図8-1**は、無回答・無効回答を除く有効回答の分布を示したものです。日本は2010年、スウェーデンは2011年の調査結果です。

両国ともフルタイムが最も多いですが、日本では、フルタイム、パートタイム、および専業主婦が拮抗して多くなっています。まあ、日常感覚に照らしてみても、こんなところだろう、という感じです。

しかるに比較対象のスウェーデンでは、同年齢の女性の7割近くがフルタイム就業です。日本で多くを占める専業主婦はほぼ皆無です。

同じ中年期の女性であっても、日本とスウェーデンでは、そのすがたが大きく異なっています。子育て期の最中の年齢というのは、両国とも同じです。後者の社会では、子育て期の女性がフルタイム就業できる条件が整っているほか、そもそも育児の負担は夫婦均等に分かつべきという考え方が浸透していると聞きます。なるほど、さもありなんです。

それでは、比較の対象を全世界の58か国に広げましょう。私は、各国の回答分布表を一通り眺めた上で、「フルタイム就業」と「専業主婦」の比重に注目するのがよい、と考えました。この2カテゴリーの量を明らかにすることで、女性の社会進出の程度をざっくりと把握できると思います。

有効回答中のフルタイム就業率と専業主婦率のマトリクス上に、58の社会を配置してみました。統計の年次は国によって違いますが、2010～14年のいずれかであることを申し添えます。

日本、アメリカ、スウェーデンの3つの社会については、1980年代初頭からの位置変化も分かるようにしました。80年代初頭に実施された初回の『世界価値観調査』のデータと比較することによってです。矢印のしっぽは80年代初頭、先端は2010～14年の位置を表します。

（図8－2）

図の左上にあるのは、中年女性のフルタイム就業率が高く、専業主婦率が低い社会であり、女性の社会進出が進んでいると評されます。右下に位置する社会は、その反対です。

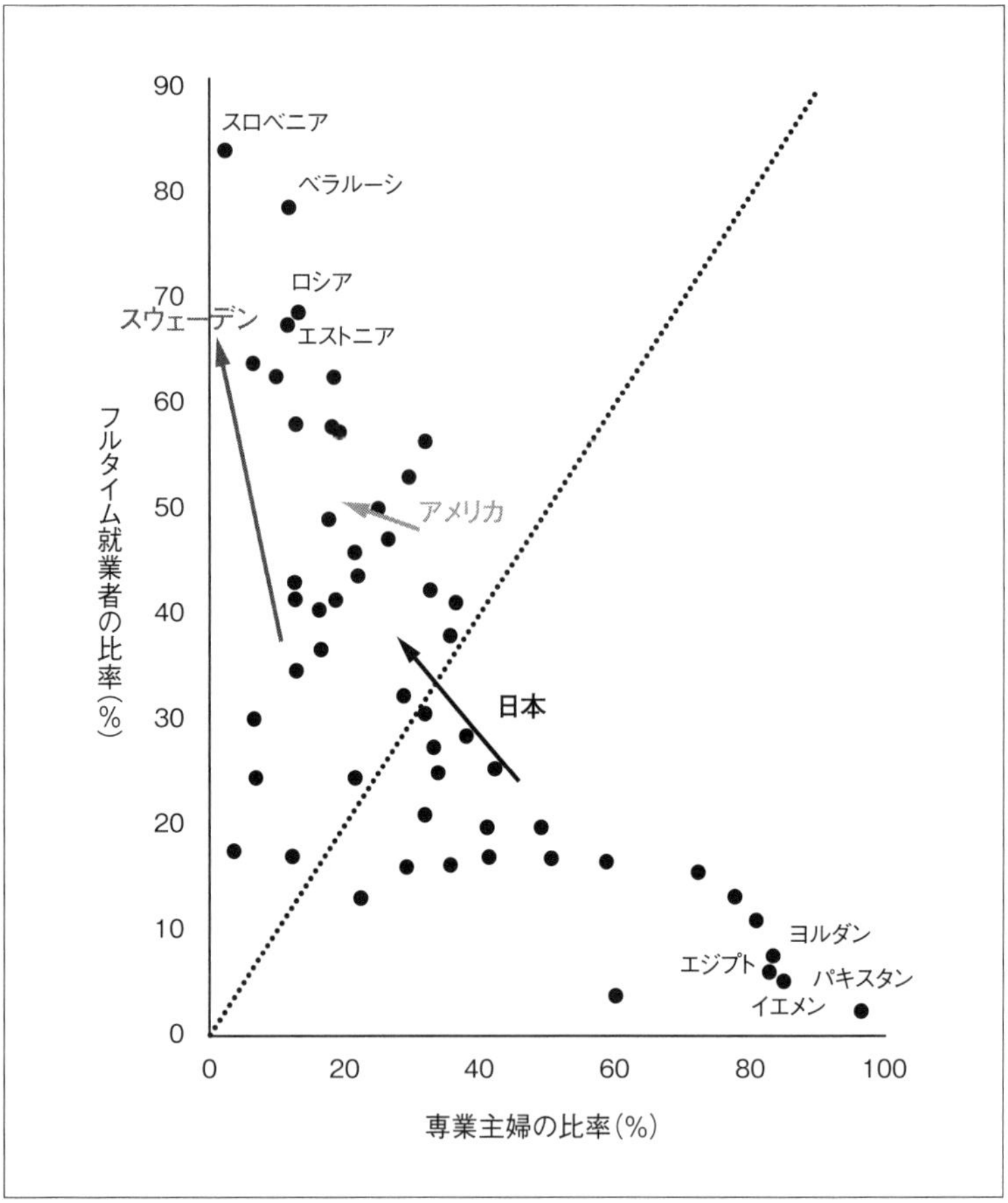

図8-2　女性の社会進出の国際比較
30〜40代女性のデータによる。
『世界価値観調査』(2010〜14)より作成。

左上には、ロシアをはじめとした旧共産圏の社会が多く位置しています。国民皆労働の伝統が強いので、男女問わず働くべし、という考えが強いのでしょう。

右下には、イラク、イラン、トルコ、およびエジプトといったイスラーム諸国が位置しています。フルタイム就業率が低く、専業主婦率が高い社会です。イスラーム国家では、女性はあまり外に出ないといいますが、こういう文化的な要因も大きいと思われます。

次に、わが国を含む主要国の傾向ですが、3つの社会とも、右下から左上に動いています。これは専業主婦が減り、フルタイム就業が増えたという変化であり、女性の社会進出が進んだことを表します。1980年代初頭以降、女性差別撤廃条約の発効（日本は85年に締結）を皮切りに、最近では男女共同参画に向けた実践も各国で行われています。こういう状況変化の所産であると思われます。

しかるに変化の幅は国によって違っていて、スウェーデンは日本よりも矢印が長くなっています。日本は2010年になってようやく、専業主婦よりフルタイム就業の方が多い社会に仲間入りしたというところ（斜線の均等線よりもちょっと上）。80年代のアメリカやスウェーデンにも及ばない位置です。広い国際的な布置構造でいうと、今の日本の女性の社会進出度は、ちょうど真ん中あたりというところでしょう。

現在、第7回の『世界価値観調査』が実施中とのことですが、より近況でみた日本の位置はどうなっていることか。この点についてですが、最新の『男女共同参画社会に関する世論調査』によると、最近、伝統的性役割観の支持率が高まっているそうです。こうした傾向は、とりわけ20代の若年層で顕著であるとか。もしかしたら右下に逆戻りしていたりして……。

私は、専業主婦が悪いなどと主張するのではありません。ただ、職域をはじめとした家庭外のさまざまな場においても、男女双方の視点が必要であるという考えを持っています。世の中には男女が半々ずついますが、わが国の職域、とりわけ指導的地位にある人間の集団が、未だに男性だらけであることはよく知られています。こういう状態はよろしくありません。その意味で、上図における日本の位置がもっと左上にシフトすることを願うものです。

保育

夫の家事・家族ケア分担率の国際比較

共働き夫婦の皆さん、家事や育児の分担はどうなさっていますか。理想の分担割合は「1：1」ですが、現実には「妻4：夫1」なんていう家庭が多いのではないでしょうか。これでは妻の不満が高まるだけでなく、「家事は女性がするもの」というジェンダー観念を子どもに植え付けてしまうことになります。子どもが日々目にする役割モデルの効果というのは、結構大きいものです。

しかし、他国はそうではないでしょう。北欧では、女性の社会進出と同時に男性の「家庭進出」も進んでいて、夫婦の家事分担割合はほぼ均等という話をよく聞きます。北欧と比べるのは酷かもしれませんが、より多くの国も含めた国際ランキングでみて、日本の夫の家事分担率はどこら辺なのでしょうか。こういう国際比較のデータは見かけませんので、ここにてそれをご覧に入れましょう。

ＩＳＳＰ（国際社会調査プログラム）の「家族とジェンダーに関する調査・第4回」（2012年）にて、有配偶の対象者に対し、自分とパートナーの家事、家族ケア時間を尋ねています。週当たりの家事時間と家族ケア（育児、介護等）時間です。私は、自分もパートナーも有

	10%未満	10%〜	20%〜	30%〜	40%〜	50%以上
日本	**37.9**	20.7	16.1	10.3	2.3	12.6
アメリカ	1.2	3.6	18.1	19.3	**34.9**	22.9
イギリス	4.0	6.0	20.0	26.0	16.0	**28.0**
ドイツ西部	3.5	14.2	18.6	**34.5**	11.5	17.7
フランス	2.8	7.7	11.9	23.1	25.2	**29.4**
スウェーデン	3.7	2.5	11.1	18.5	28.4	**35.8**

図9-1　夫の家事・家族ケア分担率の分布(%)
妻がいる25〜54歳男性の回答より計算。自分も妻も有業の者に限る。
計算式＝自分の時間／(自分の時間＋妻の時間)
「Family and Changing Gender Roles IV - ISSP 2012」より作成。

業である、25〜54歳の夫の回答に注目しました。生産年齢の、共働き夫婦の夫に対象を絞った次第です。

日本の場合、自分と妻の家事・家族ケア時間の全てを答えた夫は87人です。条件を細かく設定したのでサンプルが少なくなりましたが、この87人について、家事・家族ケア分担率を計算してみました。当人の時間とパートナーの時間の合算に占める、当人の時間の比重です。たとえば自分が21分、妻が112分の人の場合、分担率は、21／(21＋112)＝15・8%となります。

他の主要国（米・英・ドイツ西部・仏・スウェーデン）についても、同じ条件の夫を取り出し、家事・家族ケア分担率の分布をとってみました。サンプル数は、米が83、英が50、ドイツ西部が113、仏が143、スウェーデンが81です。お隣の韓国は、サンプル数が50を割りましたので、分析から除いています。少ないケース数ではありますが、共働き夫婦の夫の家事・家族ケア分担率（以下、家事分担率）の分布は、**図9・1**のようになっています。

他国に比して、日本は家事分担率が低い人が多いようで

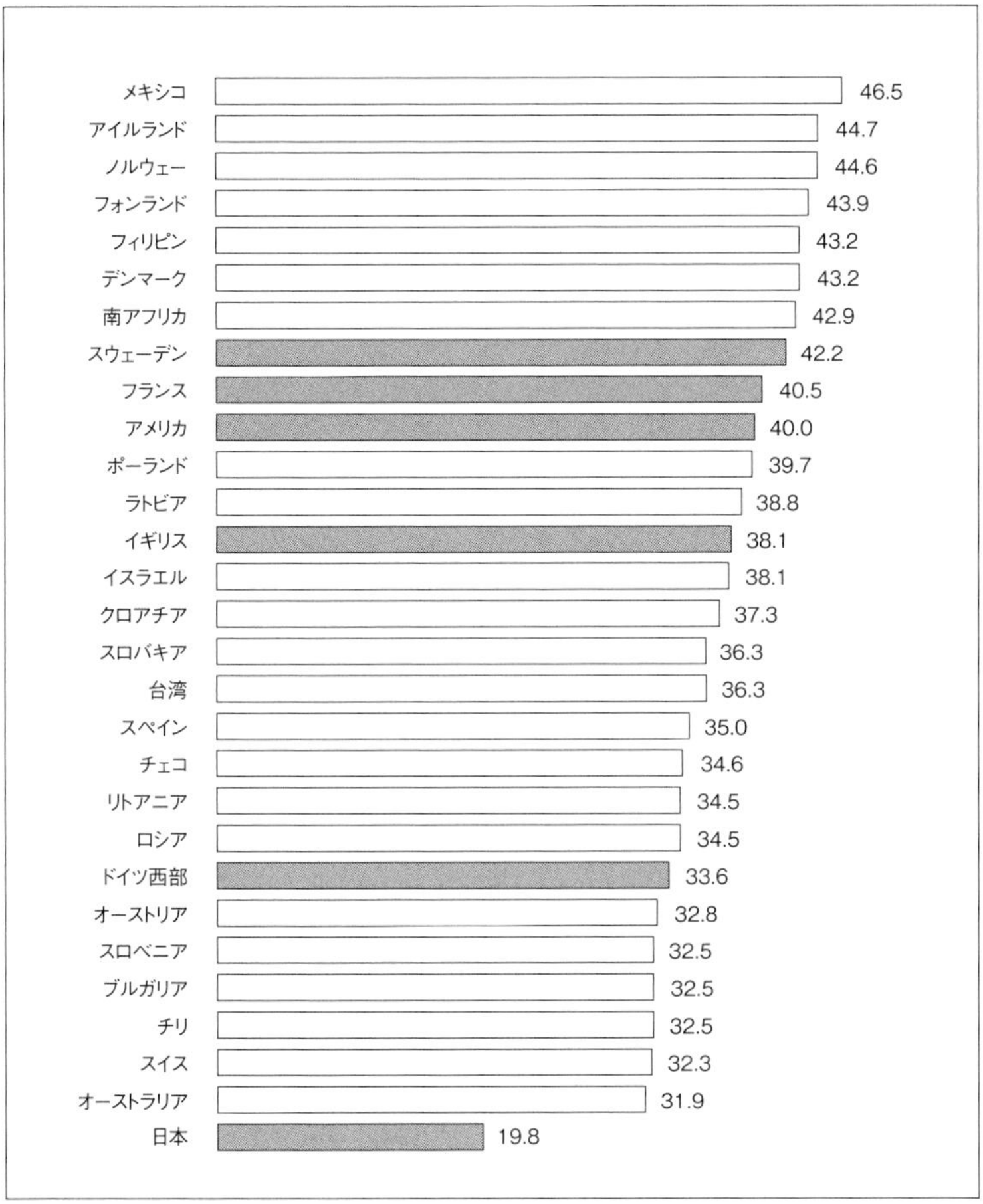

図9-2　夫の家事・家族ケア分担率の平均値
注釈・資料は図9-1と同じ。

す。最も多いのは、10％未満となっています（太字）。しかし他国はそうではなく、米は40％台、独は30％台、英仏瑞は50％以上、つまり半分以上自分がしている夫が最多です。

以上は分布ですが平均値（average）を出すと、日本の87人は19・3％です。アメリカは40・0％、イギリスは38・1％、ドイツ西部は33・6％、フランスは40・5％、スウェーデンは42・2％となります。DUAL夫婦の夫の家事分担率は、日本では2割ですが、欧米では4割ほどが普通のようです。違うものですねえ。

これら6か国以外の平均値も出してみました。図9－2は、値が高い順に並べたランキング図です。分析対象のサンプル数が50を超える国に限っていることを申し添えます。

わが国の19・8％は、ダントツの最下位です。夫の分担率が4割という国が多く、最高のメキシコでは46・5％とほぼ半分です。この国では、夫婦とも同じくらいの割合で家事・家族ケアを分担するのが普通のようです。

フィリピンや南アフリカも上位にあります。大家族が多く、家事・育児・介護等の負担が大きいためでしょうか。あるいは、男性の失業率が高く、長時間在宅している夫が多いためか。北欧諸国の夫の家事分担率が高いのは、よく指摘されるところです。

今回の統計は、妻の就業形態（フルタイム、パート……）の差を反映しているともいえます。しかし、パート就業の妻が多いことを差し引いても、日本の共働き夫婦の夫の分担率は低い、と言わざるをえません。国際標準と大きく水を開けられています。

なぜ日本の夫は家事をしないかについては諸説がありますが、私は、男女の家事スキル格差という点に関心を持ちます。夫に分担の意思があっても、スキルが低く戦力にならず、妻が一手に担うことになる。これは、学校における家庭科教育にかかわる問題でもあります。

あまり知られていませんが、若い男性の家事実施意欲は高いのですよ。20代の男女でみると、「男性も家事・育児を行って当然」という回答割合は、女性より男性で高いくらいです（内閣府『女性の活躍推進に関する世論調査』２０１４年）。

近年のジェンダー・フリー教育の効果かどうかは分かりませんが、共働き世帯の夫の家事・育児分担率が高まる素地はできているようです。これに家事スキルアップや仕事時間の短縮という条件が加われば、男性の家庭進出はかなり促進され、ひいては女性の社会進出も大きく進展することでしょう。言わずもがな、両者は同じコインの裏と表です。

保育

都道府県別の保育士・介護職員の年収

保育所不足が深刻化していますが、土地・建物・人のうち、確保に最も難儀しているのは「人」、すなわち保育士でしょう。保育士が集まらない原因としてよくいわれるのは、待遇の悪さです。保育士の年収が低いことは、よく指摘されます。介護職も然りです。

しかるに、様相は地域によって違うでしょう。厚労省『賃金構造基本調査』の公表統計の中に、都道府県別・職種別に一般労働者の賃金をまとめた表があります。私はこれを使って、保育士の年収を都道府県別に計算してみました。今回は、その一覧をお見せしようと思います。ついでに、保育士と並んで需要が増している介護職員の年収も出してみます。

資料は、２０１５年の厚労省『賃金構造基本統計』です。この資料には、同年6月の諸手当て込みの月収（①）と、前年（２０１４年）の年間賞与額（②）が職種別に掲載されています。短時間労働者を除く、一般労働者のデータです。

①を12倍した値に②を足せば、推定年収が出てきます。保育士は①が21・9万円、②が60・3万円ですから、推定年収は３２３・３万円となります。介護職員は３１６・１万円です。

ちなみに、同じやり方で全職種の推定年収を出すと４８９・2万円です。よって、これを1・

0とした相対水準にすると、保育士は0・661、介護職員は0・646となります。保育士と介護職員の年収は、全職種の6割くらいであると。予想通りですが、安いですね。

これは全国の値ですが、保育士と介護職員の年収とその相対水準は、県によって大きく違っています。**図10-1**は、算出された推定年収と、全職種を1・0とした場合の相対水準の一覧表です。47都道府県の最高値と最低値にはマークをしました。

どうでしょう。保育士の年収は201・5〜383・3万円、介護職員は250・7〜403・3万円のレインヂが観察されます。

しかるに、県によって一般的な収入水準が違いますので、保育士と介護職員の待遇の良し悪しを知るには、右側の相対水準を見るのがよいでしょう。全職種の年収を1・0とした場合、どれくらいになるかです。

保育士の収入の相対水準をみると、最高の秋田では全職種の9割ほどですが、最低の鳥取では半分ほど。これは苦しい。東京も0・566で、保育士の待遇の悪さが際立っています。介護職員のレインヂは0・613〜0・804で、保育士に比して待遇のバラツキは小さくなっています。

この値はおそらく、各県の保育士や介護職員の求人倍率や離職率などと相関しているのではないでしょうか。すぐ出せる値を紹介すると、保育士の年収の相対水準は、平均勤続年数と+0・6067という相関関係にあります（1%水準で有意）。待遇の良し悪しと職場定着の因果関係を推測させるデータですね。この点については、次の項で触れます。

	推定年収（万円）		相対水準（全職種＝1.0）	
	保育士	介護職員	保育士	介護職員
北海道	296.0	288.9	0.721	0.704
青森県	294.0	262.5	0.820	0.732
岩手県	276.1	287.0	0.745	0.774
宮城県	310.9	316.2	0.698	0.710
秋田県	319.5	280.7	0.881	0.774
山形県	251.2	296.9	0.668	0.790
福島県	281.0	292.5	0.685	0.713
茨城県	306.8	312.2	0.631	0.642
栃木県	318.8	292.2	0.681	0.624
群馬県	315.5	325.7	0.693	0.715
埼玉県	301.7	336.5	0.633	0.706
千葉県	333.0	326.7	0.683	0.670
東京都	352.9	383.9	0.566	0.616
神奈川県	367.6	403.3	0.675	0.741
新潟県	299.6	311.1	0.744	0.772
富山県	293.4	314.0	0.674	0.722
石川県	305.6	305.5	0.700	0.700
福井県	280.5	343.3	0.657	0.804
山梨県	324.0	300.7	0.715	0.663
長野県	315.5	325.4	0.708	0.730
岐阜県	308.1	316.0	0.704	0.722
静岡県	320.5	325.2	0.688	0.699
愛知県	383.3	345.8	0.709	0.640
三重県	285.6	327.4	0.596	0.683
滋賀県	335.3	330.5	0.704	0.694
京都府	347.7	317.8	0.713	0.652
大阪府	343.5	327.8	0.650	0.621
兵庫県	326.6	327.6	0.672	0.674
奈良県	294.8	342.2	0.647	0.751
和歌山県	318.7	307.8	0.727	0.702
鳥取県	201.5	267.1	0.546	0.724
島根県	305.1	282.2	0.765	0.707
岡山県	280.1	277.8	0.618	0.613
広島県	348.8	331.2	0.763	0.725
山口県	315.9	301.2	0.730	0.696
徳島県	355.4	302.0	0.802	0.681
香川県	298.5	300.9	0.694	0.700
愛媛県	329.4	293.3	0.816	0.727
高知県	297.8	250.7	0.753	0.634
福岡県	359.3	295.4	0.829	0.682
佐賀県	221.7	294.4	0.579	0.769
長崎県	284.1	275.4	0.726	0.704
熊本県	302.0	305.6	0.746	0.755
大分県	276.8	300.1	0.701	0.760
宮崎県	297.6	277.7	0.803	0.749
鹿児島県	271.3	299.6	0.689	0.761
沖縄県	267.4	253.9	0.752	0.714
全国	323.3	316.1	0.661	0.646

図10-1　保育士・介護職員の推定年収

年収の計算式＝（2015年6月の月収×12）＋2014年間の年間賞与

厚労省『賃金構造基本統計』（2015年）より作成。

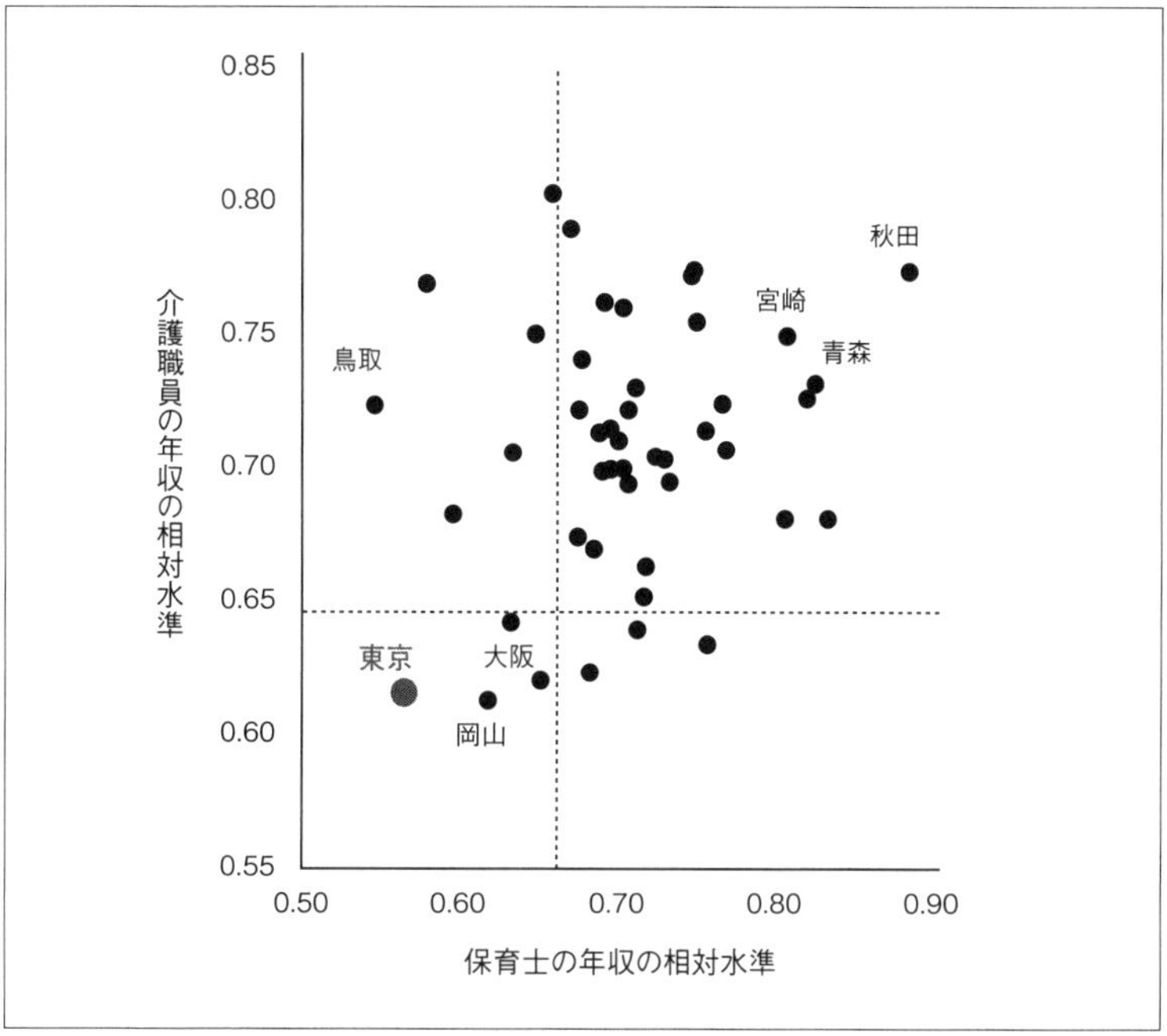

図10-2　保育士・介護職員の年収の相対水準
図10-1と同じ資料より作成。

表の右欄の相対水準値をグラフにしておきましょう。**図10-2**は、横軸に保育士、縦軸に介護職員の年収の相対水準値をとった座標上に、47都道府県を配置したものです。

図の見方はお分かりですね。右上は、重要な福祉職の待遇が相対的に良好な県、左下はその逆です。

保育士や介護職員の薄給は、イヤというほど指摘されますが、細かい地域別にみると様相が違っています。この手のデータも公開し、地域レベルでの状況改善につなげていきたいものです。

保育

保育士の離職率

２０１６年2月、「保育園落ちたの私だ!日本死ね」という匿名ブログが注目されましたが、「保育士辞めたの私だ!」というツイッター投稿にも関心を持ちます。辛いのは親御さんだけではない、子を預かる保育士も同じだと。

保育士の待遇が劣悪なのは、よく知られていること。保育所の設置には、土地・建物・ヒトが必要ですが、一番不足しているのは最後の「ヒト」ではないでしょうか。都市部では、物理的な空きがあるのに入れない事態になっているようです。

保育士が来てくれない問題と同時に、出ていく（辞めてしまう）問題も大きいでしょう。「保育士辞めたの私だ!」という人は、統計でみてどれくらいいるのか。ここでは、保育士の離職率の計算結果をご覧に入れようと思います。

２０１４年の厚労省『社会福祉施設等調査』には、調査時点の前の1年間における、常勤保育士の離職者数が計上されています。２０１３年10月〜14年9月の離職者数です。その数、３万２４０６人。1年間で、３万人超の常勤保育士が辞めているのですね。結婚・出産による離職も多いでしょうが。

この期間の始点（２０１３年10月時点）の常勤保育士数は32万１９６人。よって、上記の１年間における、常勤保育士の離職率は、３２４０６／３２０１９６＝10・１％と算出されます。ちょうど１割です。最近では、常勤保育士の10人に１人が１年間で辞めていることになります。

この離職率を公私別に出すと、公立は５・４％、私立は12・０％となります。公私では、保育士の離職率に倍以上の差があります。

これは全国の数値ですが、都道府県別に計算することもできます。常勤保育士の離職率が高いのは、どの県でしょう。**図11‐1**は、計算結果の一覧です。最高値と最低値にはマークをし、上位５位の数値は太字にしました。政令指定都市の分は、当該市がある県に含めて計算しています。

まず総数をみると、常勤保育士の離職率は全国では10・１％ですが、県別にみると５・４％から14・6％までのレインヂが観察されます。鳥取は、保育士の離職率が低いですねえ。公立・私立の別でみても、軒並み最下位です。

離職率トップの徳島は、公立の離職率が高くなっています（17・３％）。私立より公立が高い珍しい県ですが、何か特殊事情でもあったのでしょうか。

量的に多い私立保育所でみると、こちらは、都市部で離職率が高い傾向がみられます。トップは奈良で、埼玉、神奈川、大阪といった都市県が太字になっています。保育所不足が深刻で、定員をかなり超えた幼児を収容している保育所も少なくないだけに、業務負担も大きいゆえでしょうか。都市部では、保護者からの要求が厳しい、ということもありそうです。

	総数	公立	私立
北海道	**13.6**	**11.9**	**14.3**
青森県	10.9	7.7	11.1
岩手県	10.8	9.7	11.2
宮城県	11.1	8.4	13.4
秋田県	7.5	4.6	8.7
山形県	7.7	7.7	7.7
福島県	8.1	7.6	8.6
茨城県	11.5	**10.4**	12.1
栃木県	8.9	6.4	10.8
群馬県	8.5	5.3	9.5
埼玉県	9.5	5.2	13.0
千葉県	10.0	5.7	**14.2**
東京都	9.5	3.7	13.5
神奈川県	**12.3**	6.0	**14.3**
新潟県	7.0	5.0	8.9
富山県	7.8	5.6	9.4
石川県	8.0	5.3	9.4
福井県	7.5	5.1	9.0
山梨県	7.7	5.3	10.0
長野県	7.1	5.7	11.7
岐阜県	8.8	6.6	11.6
静岡県	9.3	8.4	9.9
愛知県	10.0	7.5	13.3
三重県	9.1	6.8	11.6

	総数	公立	私立
滋賀県	9.4	8.2	10.3
京都府	8.9	7.3	9.6
大阪府	**13.1**	**10.4**	**14.1**
兵庫県	11.8	7.7	13.9
奈良県	11.9	9.5	**14.6**
和歌山県	8.9	7.0	11.2
鳥取県	5.4	3.4	7.6
島根県	7.7	5.9	8.1
岡山県	9.7	6.0	12.1
広島県	9.2	5.7	12.4
山口県	10.3	9.0	11.1
徳島県	**14.6**	**17.3**	11.7
香川県	10.8	8.9	12.6
愛媛県	8.9	7.5	10.2
高知県	11.2	9.9	12.5
福岡県	12.4	8.5	13.1
佐賀県	12.2	**11.4**	12.4
長崎県	8.6	10.0	8.5
熊本県	9.5	5.6	10.3
大分県	8.1	3.6	8.9
宮崎県	11.0	8.7	11.2
鹿児島県	11.6	6.9	12.2
沖縄県	8.8	6.6	9.3
全国	10.1	5.4	12.0

図11-1　常勤保育士の離職率（%）
分子＝2013年10月～2014年9月の離職者数。分母＝2013年10月時点の保育士数
厚労省『社会福祉施設等調査』より作成。

これは想像ですが、統計で可視化される事実（fact）があります。私立保育所の常勤保育士の離職率が、保育士の給与水準と相関していることです。後者は、保育士の年収が全職業の何倍かという倍率で、２０１３年の厚労省の統計から県別の値を出しました。計算の方法は前項と同じです。

この指標を横軸、先ほど計算した私立の保育士の離職率を縦軸にとった座標上に、47都道府県を配置すると、**図11‐2**のようになります。保育士の給与水準と離職率の相関図です。

明瞭ではないですが、保育士給与の相対水準が低い県ほど、

私立の保育士の離職率が高い傾向にあります。相関係数は－０・４１３１８で、１％水準で有意です。

大都市・東京では、保育士の給与は全職業の半分ちょいですが、こうした状況は、保育士らの不満を高めるのに十分でしょう。図の左上には、こういう県が位置しています。福島は、震災という特殊事情を考慮する必要があるかと思います。

マクロ統計から明らかになる、保育士の給与と離職率の相関。保育士の給与を数千円上げたところで、問題が解決されることにはなりますまい。保育士の「やりがい感情」によりかかっているばかりでは、いつ保育所内で悲劇が起きるか分かりません。やりがい疲労が内に向くのが離職としたら、外に向くのは……。考えるだけでも、恐ろしいこと。

私が考えているのは、保育士の待遇改善のための公的な基金を設けることです。非利用者から反発が出ること必至ですが、保育サービスを充実できるか否かは、社会の維持存続にかかわることです。上の世代は誰もが、老後は下の世代の世話になります。わが国の人口ピラミッドは「下」がやせ細っていますが、この部分に養分（資源）を傾斜配分し、太らせることが不可避です。保育士の待遇改善は、その政策の一環に他なりません。

冒頭の「保育園落ちたの私だ！日本死ね」「保育士辞めたの私だ！」という叫びですが、いずれもネットによるものです。現在ではインターネットのおかげで、誰もがこういう声を全世界に発信し、共有の輪を広げることができます。それが運動に発展することもしばしばで、現に「保育園落ちたの私だ！日本死ね」の匿名ブログは、政治を動かすまでになりました。

これぞ、現代型の社会運動です。ネットという文明の恩恵を活用し、どんどん声を上げていきたいものです（駒崎弘樹ブログ「『保育園に入りたい』を可視化しよう」２０１７年２月２日）。

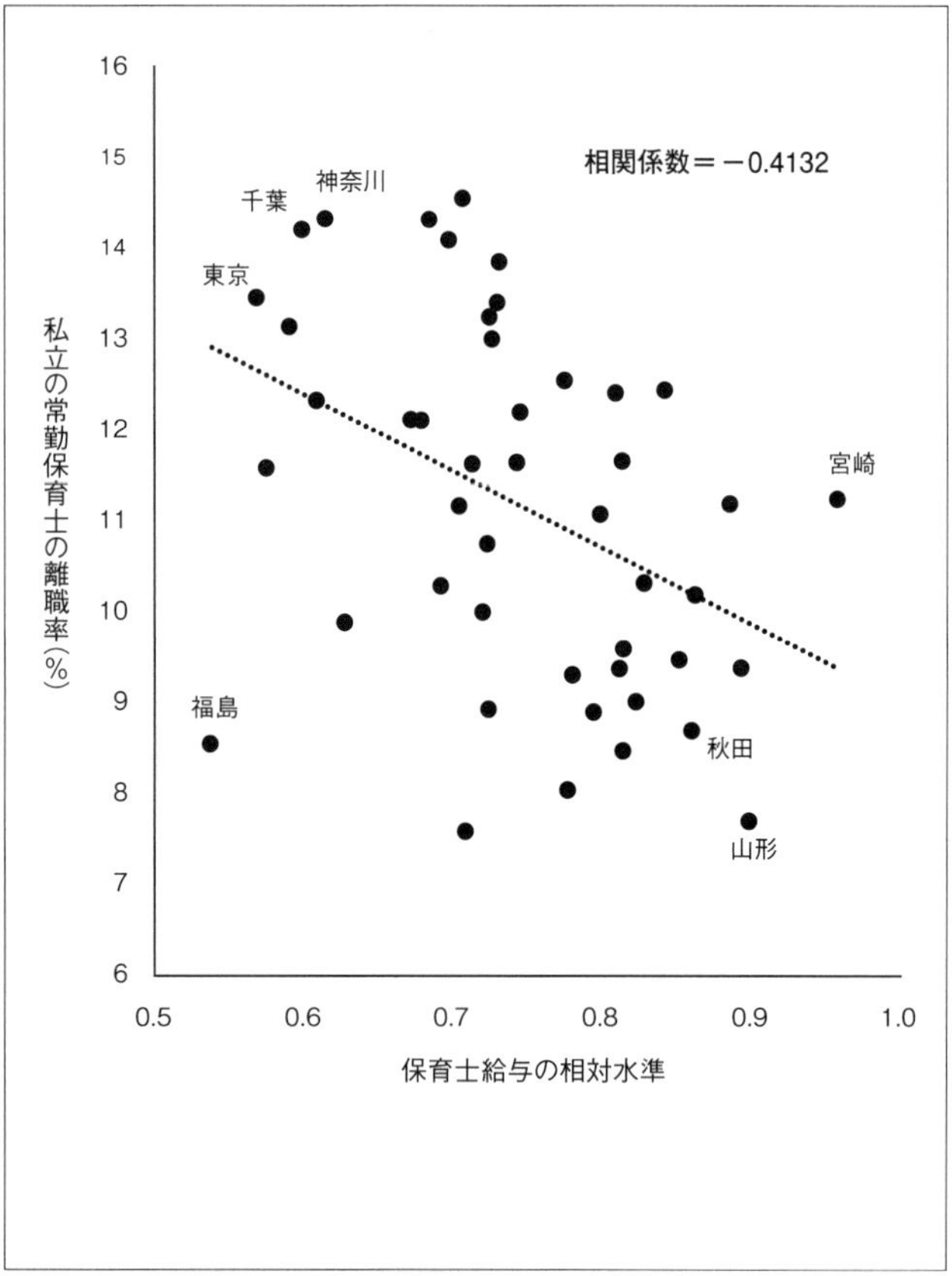

図11-2　保育士の給与と離職率の相関
横軸は、保育士の年収が全職業の何倍かを表す倍率。
図11-1の資料と、厚労省『賃金構造基本統計』（2013年）より作成。

受験

東京の中学受験地図の変化

「受験」というと、私の頃は15歳の春に始まったものですが、今はそうではありません。受験が始まる年齢はどんどん下がってきており、都市部ではとくにそうです。「早期受験」「お受験」といった言葉が、育児雑誌を賑わせています。

大都市の東京に焦点を当てると、早期受験の浸透の度合いが統計で鮮やかに可視化されます。しかるに、地域による違いも伴っている。私は、都内の中学受験率の地域変化を可視化してみました。早期受験の進行により、中学受験をする子どもが増えているといいますが、それは地域的な偏りがあるのではないか。こういう仮説においてです。

私は、都教委の『公立学校統計調査（進路状況編）』にあたって、公立小学校卒業生の国・私立中学進学率を、都内の市区町村別に明らかにしました（島嶼《しょ》部は除く）。1980年、1985年、1990年、1995年、2000年、2005年、2010年、2016年のデータです。

各年の地域別データをランキング表にし、上位10位と下位10位の平均を計算しました。2016年の上位10位は、文京区（44・9％）、港区（38・4％）、千代田区（37・8％）、中央

	国・私立中学進学率（%）		対1980年の伸び幅	
	上位10位	下位10位	上位10位	下位10位
1980年	16.1	1.1	0.0	0.0
1985年	16.3	1.4	0.2	0.3
1990年	22.3	3.0	6.2	1.9
1995年	27.6	4.8	11.5	3.7
2000年	31.8	4.5	15.7	3.4
2005年	33.4	5.6	17.3	4.5
2010年	33.1	5.1	17.0	4.0
2016年	35.3	4.1	19.2	3.0

図12-1　公立小学校卒業生の国・私立中学進学率
都内地域別の上位10位・下位10位の平均値である。
都教委『公立学校統計調査（進路編）』より作成。

区（36・8％）、目黒区（36・8％）、世田谷区（33・5％）、渋谷区（33・4％）、新宿区（31・2％）、杉並区（30・8％）、豊島区（29・3％）ですから、これらの平均をとって35・3％となる次第です。（**図12-1**）

図12-1は30年余りの変化の過程ですが、上位10位の群は20ポイント近く伸びていますが、下位10位のほうは一ケタのままです。右欄の数値は、1980年に比してどれほど伸びたかを示しています。この指標をグラフ化してみましょう。（**図12-2**）

上位10位と下位10位の群の違いが明らかです。う～む、早期受験の進行は都内でも特定地区に集積しているようですね。最近では、上位群は伸び、下位群は下がっていますので、差が開いています。

最後に、1980年と2016年の国・私立中学進学率地図を掲げておきます。この30年における、東京の中学受験率地図の変化です。（**図12-3**）

この期間中、都全体の国・私立中学進学率は7・4％

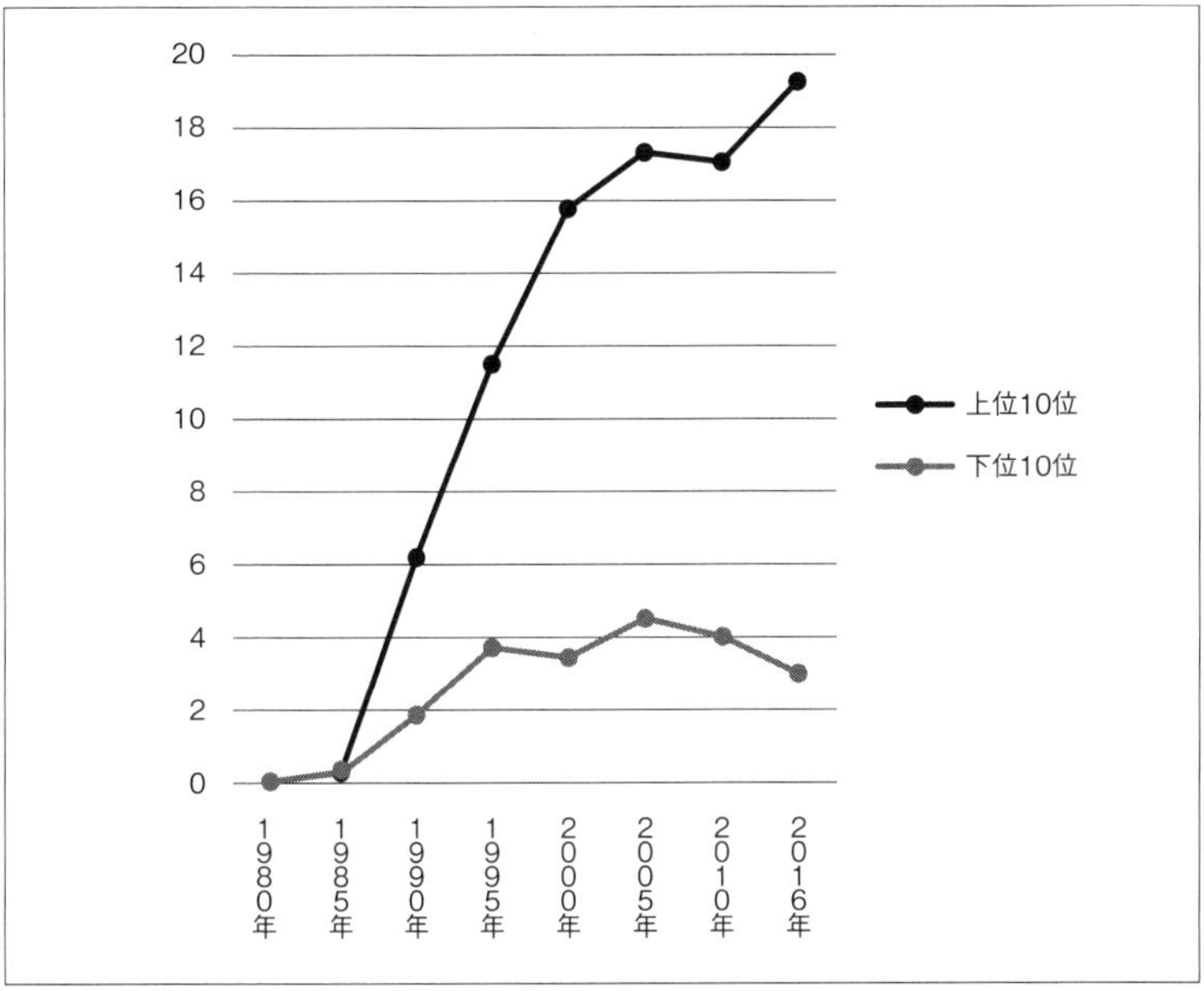

図12-2　国・私立中学進学率の伸び幅
1980年に対する、平均値の伸び幅である。
都教委『公立学校統計調査（進路編）』より作成。

から17・5％へと上昇しましたが、伸び幅は地域によって一様ではありません。色が濃くなっているのは東部の特別区がほとんどで、西の市群は相変わらず白いままです。

中学受験の進行に地域的な偏りがあることが分かりました。国・私立中学進学率の伸びが大きい地域は、富裕層が多く住んでいる地域であることは言うまでもありません。東大などの有力大学合格者の中に、国・私立校出身者が多いことはよく知られていますが、教育を媒介にした、親から子への富の「密輸」が強まっていることを示唆するデータでもあります。

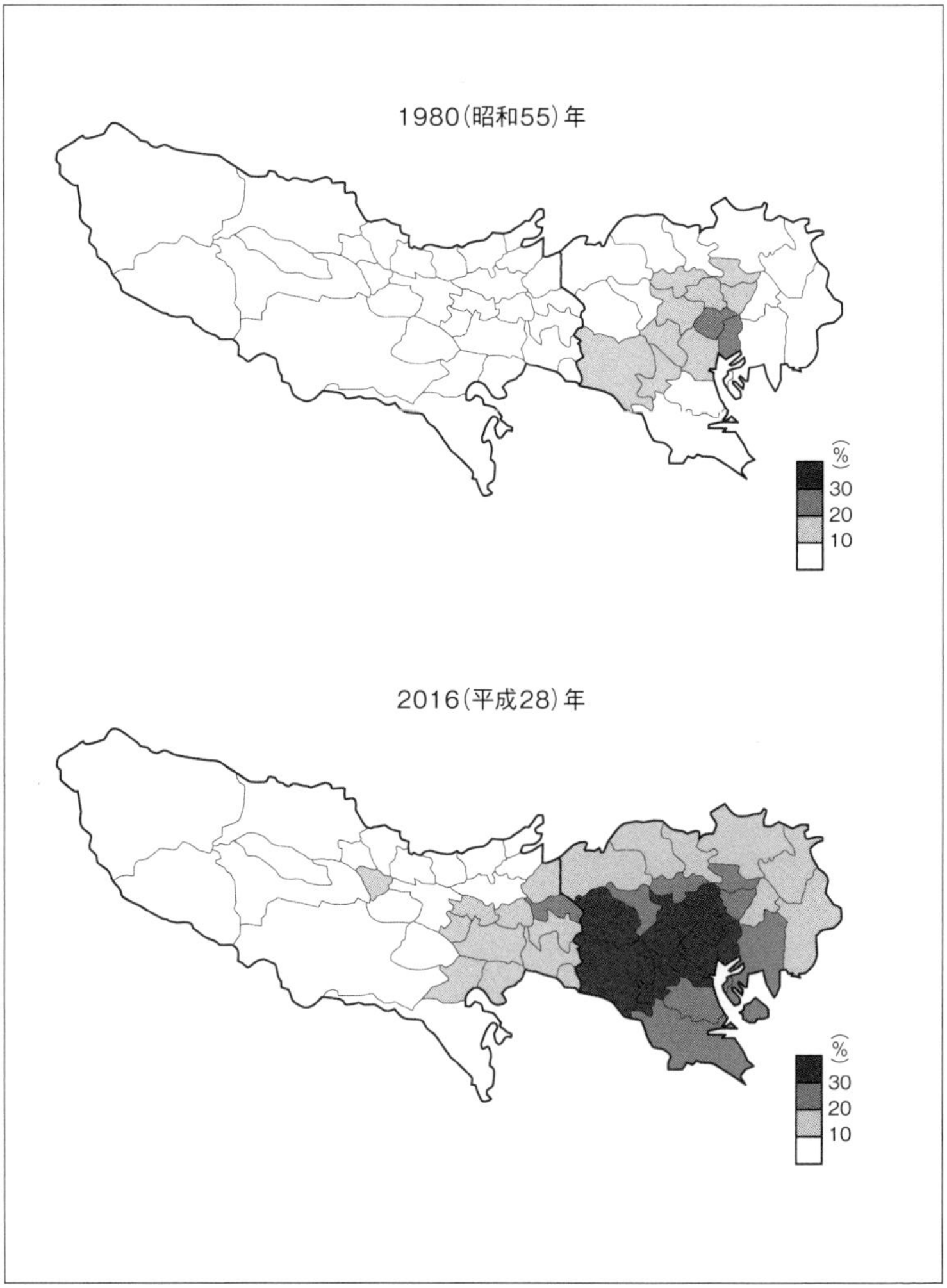

図12-3　公立小学校卒業生の国・私立中学進学率マップ(東京都)
都教委『公立学校統計調査(進路編)』より作成。

受験

生まれが「モノ」をいう社会

近代以降の社会では、人間の社会的地位は、出自ではなく能力によって決まることになっています。「何であるか」よりも「何ができるか」が重視される、言うなれば「属性主義」から「能力主義」への転換です。

しかるにこれは建前であって、能力主義の理念が100％具現されている社会というのは存在しないでしょう。現実の社会は、属性主義と能力主義を両極とした線上のどこかに位置しています。

はて、日本はどの辺りに位置づくのか。言い換えれば、能力主義（平等主義）の理念がどれほど実現されているか。この点については、社会移動に関する膨大な先行研究がありますが、ここではシンプルに、国民の意識に注目してみましょう。

ISSPが2009年に実施した『社会的不平等に関する国際意識調査』では、対象国の国民（18歳以上）に対し、出世に際して重要と思う条件を答えてもらっています。

「裕福な家庭に生まれること」と「高学歴の親を持つこと」を重要と考える国民が、全体の何％いるかに注目してみましょう。横軸に前者、縦軸に後者の比率をとった座標上に、調査対象の41か国を配置すると、図13-1のようになります。「Essential（不可欠）」ないしは「Very important（とても重要）」と答えた者の比率です。ドイツは、東西に分けて回答が集計されています。

右上には、中国が位置しています。この大国では、国民の8割が、出世に際しては裕福な家庭に生まれ、高学歴の親を持つことが重要と考えています。その次は南アフリカで、イスラームのトルコや東欧諸国も、ライフチャンスの社会的規定性についてセンシティブです。人々の生き方への社会的統制が強いので、こういう結果になるのでしょう。

左下はその逆の社会ですが、日本と北欧諸国が該当するようです。人々の意識の上では、生まれに関係なく、ライフチャンスが開かれていると考えられている社会。

私はこれまで、数々の国際的な布置図を作成してきましたが、日本と北欧諸国が同じゾーンに位置するのはとても珍しいことです。教育や福祉の基本的性格が、日本は「私」型、北欧は「公」型なので、両者は対峙することがほとんどなのですが、次頁の図では仲良く近隣に位置しています。

北欧は教育にカネを使う社会で、大学の学費も原則無償。よって、図から分かるように、ライフチャンスの階層的規定性は現実面でも大きくはないように思えますが、日本については、そうは思えません。

ご存知のように、教育費はバカ高。教育の機会均等を具現する策である奨学金も、実質ローン（それも有利子が大半）。教育にカネを使わない社会だからです。私の感覚では、図の真ん

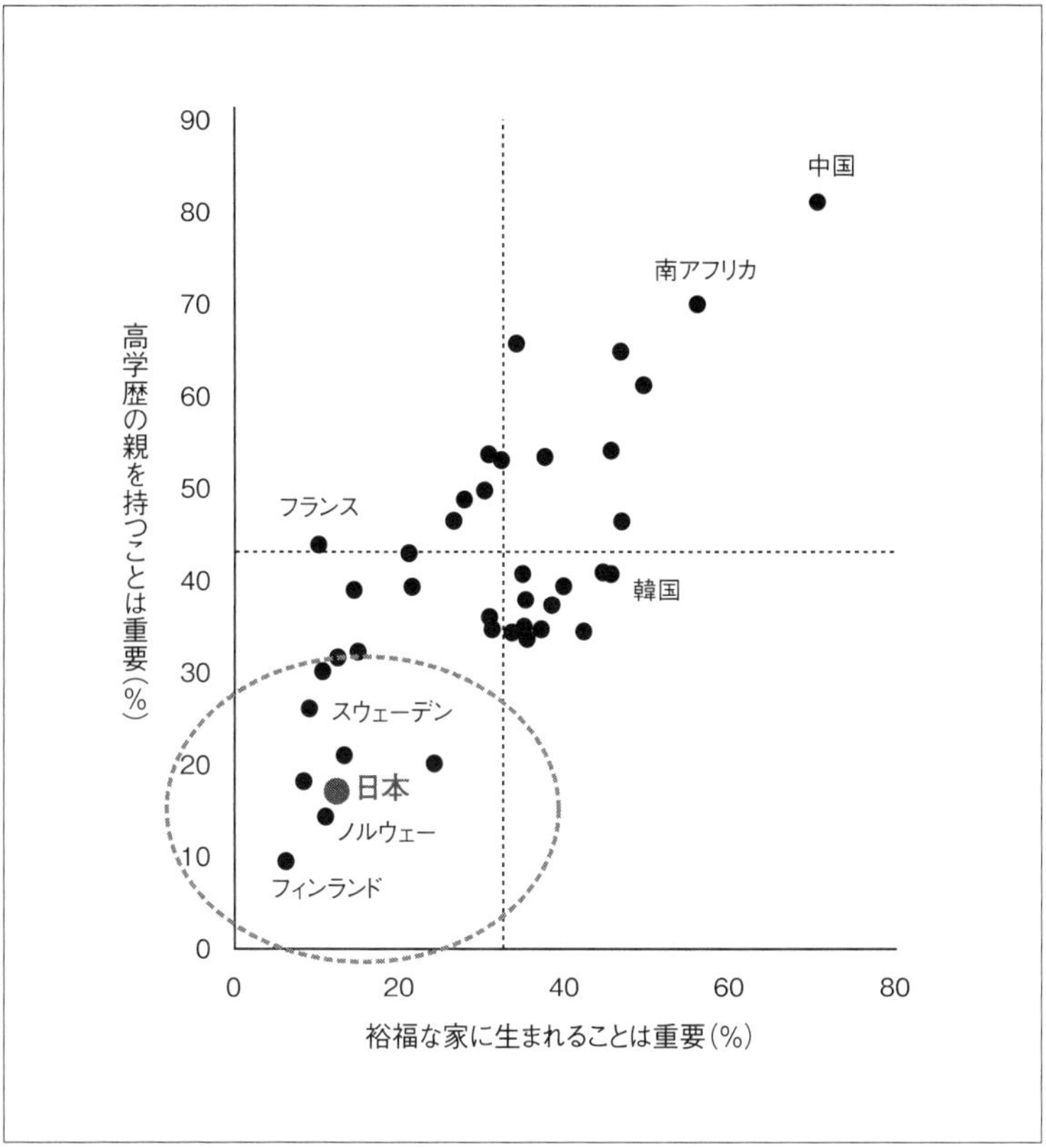

図13-1　出世に際して重要なこと
「Essential」+「Very important」の回答比率。
「Social Inequality IV - ISSP 2009」より作成。

中辺りに位置づいてもいいのではないかと思ったりしますが、そうなっていません。

日本の特異性が分かる図を作ってみましょう。**図13-2**は、公的教育支出額の対GDP比と、「出世に際して裕福な家庭に生まれることは重要だ」の回答比率の相関図です。双方が分かる26か国のデータをもとに作成しています。

教育費支出が多い国ほど、ライフチャンスの階層的規定性を感じる国民が少ない傾向にあります。相関係数は－0.664であり、1％水準で有意です。教育は、社会移動（social mobility）の重要な経路ですので、さもありなんです。

しかし日本は、傾向から外れた所に位置しています。教育費支出が最下位にもかかわらず、ライフチャンスの階層的規定性に対する意識が薄い。そういう奇異な社会です。誤謬があるかもしれませんが、お上にとって都合のよい事態になっているといえるでしょう。

最近、教育と貧困・格差の問題がメディアで多く取り上げられ、この問題への関心が高まってきました。日本でも、ライフチャンスは「生まれ」によってかなり制約されているのではないかと。図の縦軸は2009年、今から7年も前のデータですが、近年では、日本ももっと上に位置しているでしょうか。そうでなければなりますまい。

最初の図では、日本と北欧諸国が近隣にありますが、2つ目の図では両者が乖離している。この事実から、社会の怠慢が巧みに隠蔽されている、日本の病理が見て取れるように思います。それは、最高学府の学生の出自からもうかがうことができます。次項では、東大生の家庭の年収分布をみてみましょう。

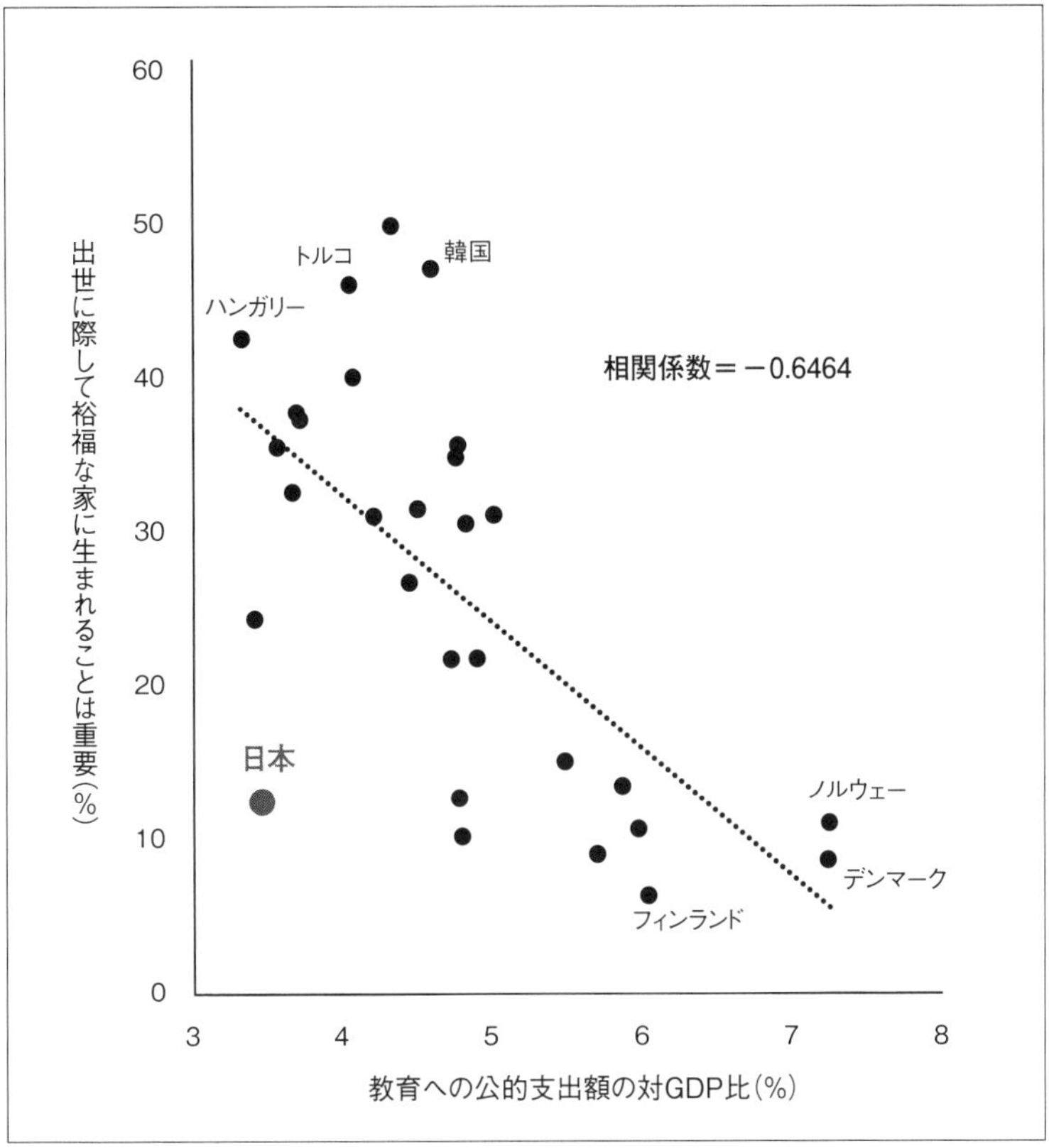

図13-2　教育費支出とライフチャンス意識
横軸は2013年のデータである。
「Social Inequality IV - ISSP 2009」、OECD『Education at a Glance 2016』より作成。

受験

東大生の家庭の年収分布

日本の大学の学費が「バカ高」なのは、よく知られています。今や国立でも年間授業料は50万円超、私立では設備費等も合わせると年間100万円を超えるのが普通です。下宿生となると家賃等もかかりますから、家庭の費用負担はもっと大きくなります。

こういう事情もあってか、大学生の家庭には富裕層が多くなっています。大学生の24・4%（4人に1人）が、年収1000万以上の家庭の子弟です（日本学生支援機構『学生生活調査』2014年度）。この値は私立では24・2%、国立では27・0%となります。平均年収は、私立が826万円、国立が839万円です。大学生くらいの子がいる世帯全体に比して、明らかに高くなっています。

学費が安い国立大生の家庭の年収が高くなっていますが、国立大学は入試の難易度が高く、幼少期より多額の教育投資（塾通いなど）が求められるためと思われます。

国立大学の中でも難関を極めているのが東京大学ですが、この最高学府の学生（約1万3000人）の出自はどうなっているのでしょう。家庭の年収分布は如何。パンドラの箱を開けるようでちょっと怖いですが、データをみてみましょう。

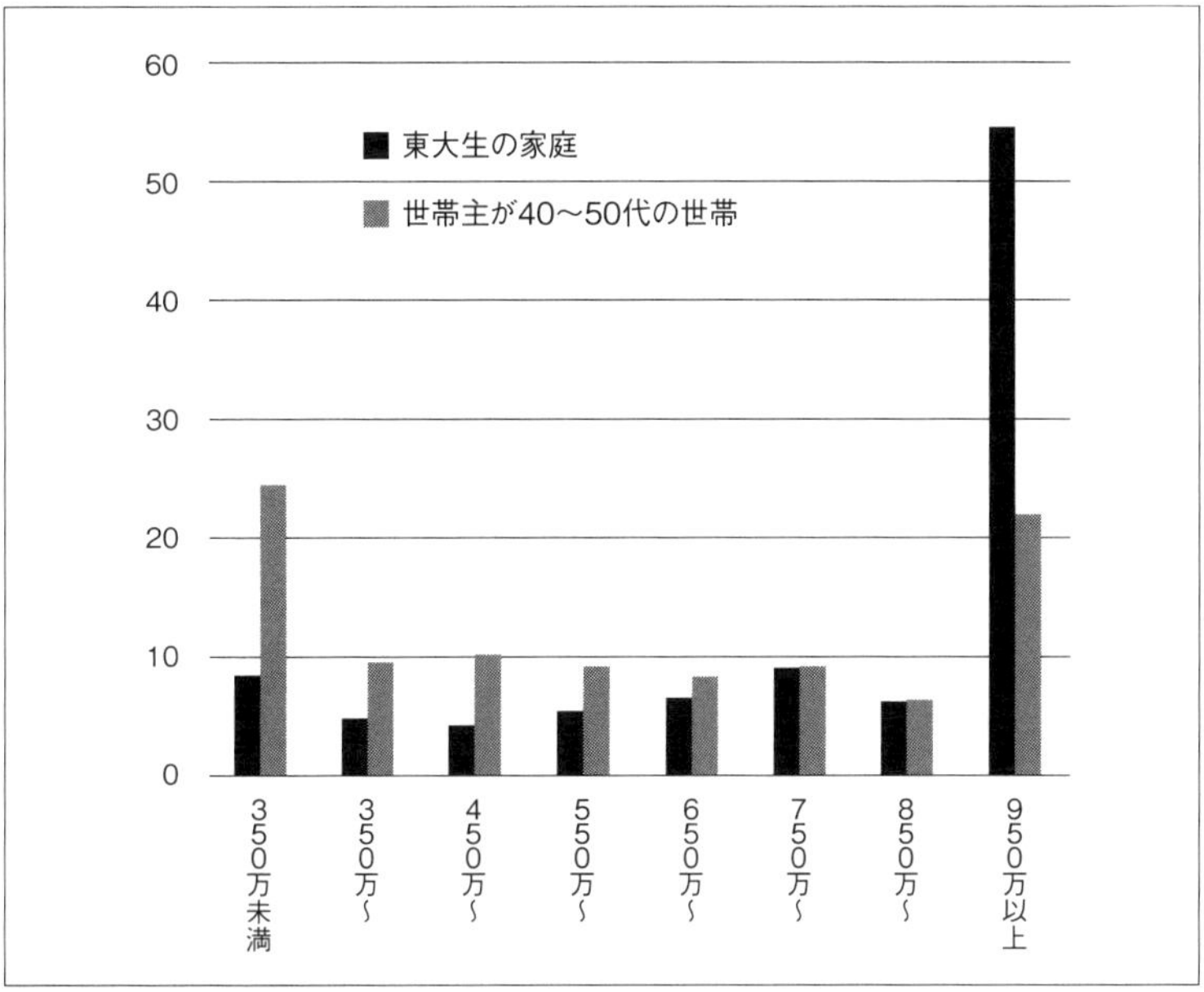

図14-1　東大生の家庭の年収分布（%）
『東京大学学生生活実態調査』（2014年度）、厚労省『国民生活基礎調査』（2014年）より筆者作成。

資料は、２０１４年度の『東京大学学生生活実態調査』です。同大学の学部学生に、家庭の年収を尋ねた結果が掲載されています。東大生の特徴を知るために、大学生くらいの子がいる世帯全体（一般群）の年収分布との対比もしましょう。

図14‐1は、両群の年収分布を帯グラフにしたものです。年収階級の区切りがやや不自然ですが、東大調査の区分に合わせていることを申し添えます。

２つの群の違いが火を見るより明らかです。東大生の家庭では年収９５０万超が54・8％を占めています。一般群では22・0％でしかないことを考慮すると、東大

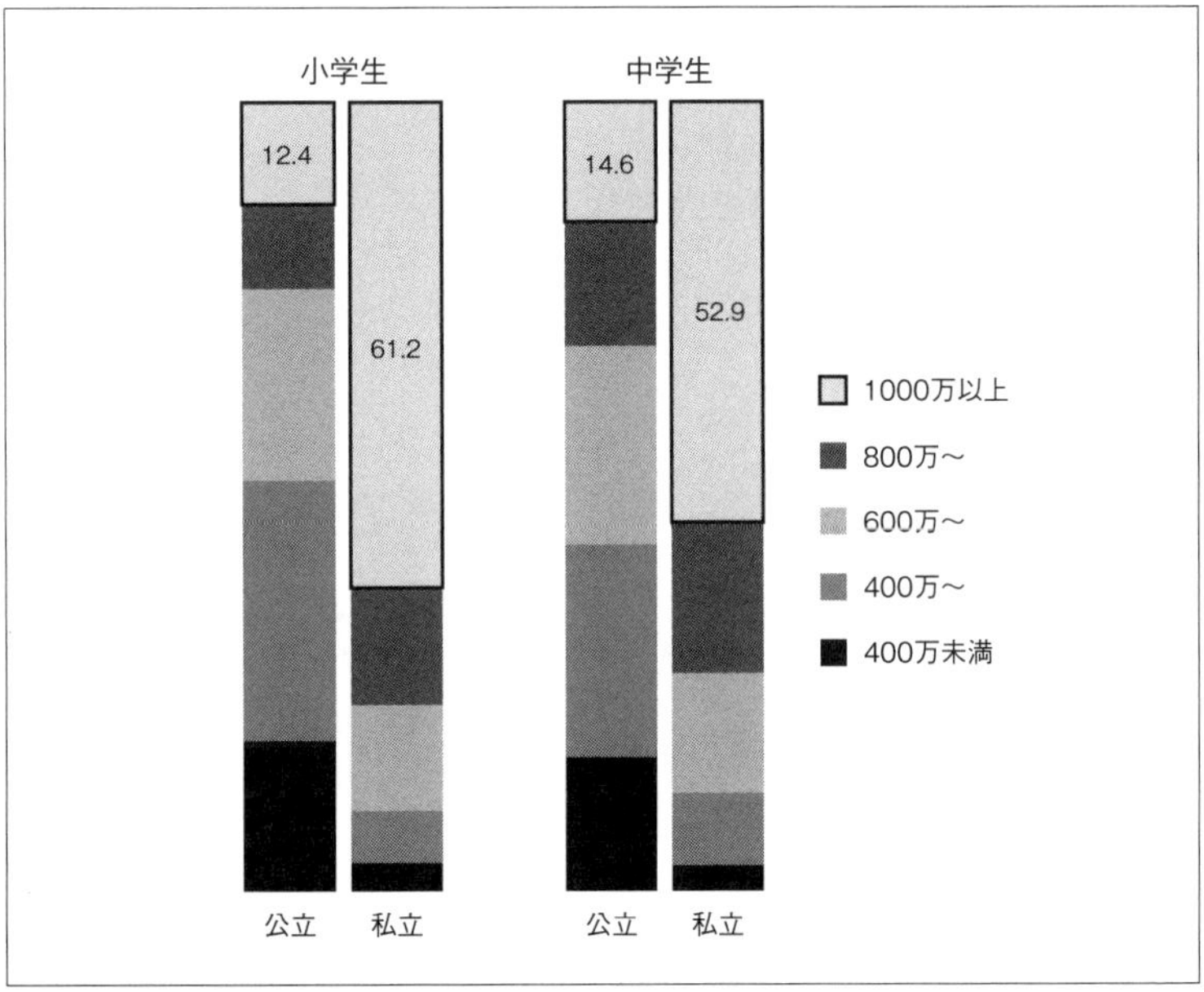

図14-2　小・中学生の家庭の年収分布（%）
文科省『子供の学習費調査』（2014年度）より作成。

生は富裕層に著しく偏しているといえます。逆をみると、年収350万未満の低収入層は一般群では24・5%ですが、東大生では8・7%しかいません。

東大生の家庭の年収分布が一般群と大きく隔たっていること、富裕層に著しく偏っていることが分かりました。まあ巷でよく言われることですが、グラフで見てしまうと唖然とするものがあります。ちなみに東大生の父親の73・2%は管理職・専門技術職で、こちらも一般群と大きく乖離しています。

社会の指導者予備軍の階層構成が、国民全体と大きく異なっていると。私は、両者はなるべく近似するのが望ましく、政治家の何％かは層化抽出（くじ引き）で選んだらどうかと考えていますが、図14‐1をご覧になって皆さんはどう思われたでしょうか。

それはさておき、東大生に富裕層が多いのは、幼少期より多額の教育投資が求められるためでしょう。ちょっと古いですが、2013年春の東大・京大合格者の半分は、国・私立高校の出身者です（拙稿「子供の学力より経済力が学歴を決めるという真実」『プレジデント・ファミリー』2014年5月号）。高卒者全体では3割であることを考えると、最高学府の合格者輩出率は、公立よりも国・私立高校で明らかに高いといえます。多くが、（小）中高一貫の私立です。

言わずもがな、これらの学校に通うには多額の費用がかかります。早期受験が盛んになっていますが、小・中学生の家庭の年収分布を公立と私立で比べると、図14‐2のようになります。私立中では52・9％、私立小では実に61・2％が、年収1000万以上の家庭の子弟です。スゴイですねえ。奇しくも、図14‐1でみた東大生の家庭の年収分布と近似しています。

富裕層は、子を早いうちから私立校に入れ、有力大学に送り込む。そしてやがては、高い社会的地位につかせる。業績主義を建前とする現代社会にあっても、親から子への富（地位）の「密輸」があることに、われわれは気づかないといけません。早期受験（お受験）は、そのツールとして機能している面もあるのです。132ページの東京の中学受験地図も、もう一度ご覧いただけたらと思います。

受験

子ども1人育てるのにいくらかかるか？

タイトルの問いですが、子育て中の親御さんなら、誰しも関心のあること。銀行や生命保険会社による、いろいろな試算レポートもあります。しかるに、官庁統計を使って計算したらどうなるでしょう。

『子どもの学習費調査』という資料があります。文科省が隔年で実施している調査で、幼稚園児から高校生の子がいる保護者に対し、子ども1人あたりの年間教育費を尋ねています。授業料、ＰＴＡ会費、通学費などの学校教育費、学校給食費、学習塾費や習い事月謝などの学校外教育費までをも含む、広義の教育費です。

原資料には、学年ごとの年間教育費の平均値が載っています。幼稚園3歳から高校3年生までを合算すると、高校を卒業させるまでにかかる教育費総額を試算できます。私は2014年度の資料に当たって、学年別の年間教育費を採取し、高卒までにかかる教育費の総額を出してみました。**図15-1**をご覧ください。

高校3年生までの累積をみると（右欄）、オール公立は523.1万円、オール私立は1769.9万円。結構かかるものですねえ。

	年間教育費（万円）		累積（万円）		
	公立	私立	公立	私立	標準＊
幼3歳	18.0	49.1	18.0	49.1	49.1
幼4歳	20.0	47.8	38.1	97.0	97.0
幼5歳	25.4	52.3	63.5	149.3	149.3
小学1年	35.7	186.3	99.2	335.6	185.0
小学2年	24.4	131.2	123.6	466.8	209.3
小学3年	27.7	134.8	151.3	601.6	237.1
小学4年	30.4	146.8	181.7	748.4	267.5
小学5年	32.7	155.9	214.4	904.3	300.2
小学6年	41.5	166.5	255.9	1070.8	341.7
中学1年	46.2	162.0	302.1	1232.9	387.9
中学2年	40.7	115.2	342.8	1348.1	428.6
中学3年	57.6	124.4	400.4	1472.5	486.2
高校1年	48.8	117.9	449.2	1590.4	535.0
高校2年	39.3	93.9	488.5	1684.4	574.3
高校3年	34.6	85.6	**523.1**	**1769.9**	608.9
大学1年	64.8	136.2	587.9	1906.1	745.0
大学2年	64.8	136.2	652.6	2042.2	881.2
大学3年	64.8	136.2	717.4	2178.4	1017.4
大学4年	64.8	136.2	782.2	2314.6	**1153.5**
合計	**782.2**	**2314.6**	＊＊	＊＊	＊＊

図15-1　学年別の年間教育費（2014年度）
標準コースは、「幼稚園は私立、小学校から高校は公立、大学は私立」のコース。
文科省『子どもの学習費調査』（2014年度）、『学生生活調査』（2014年度）より作成。

これは高校までの総額ですが、大学進学率が50％を超えている今日、大学まで出すにはナンボかも気になります。大学の教育費は、上記の文科省調査には載っていませんが、日本学生支援機構の『学生生活調査』（2014年度）によると、国立大学の年間学費（授業料、学納金、課外活動費、通学費等）は64・8万円、私立は136・2万円となっています。

大学の全学年とも同じと仮定すると、「幼稚園から高校まで公立、大学は国立のコース」の総額は782・

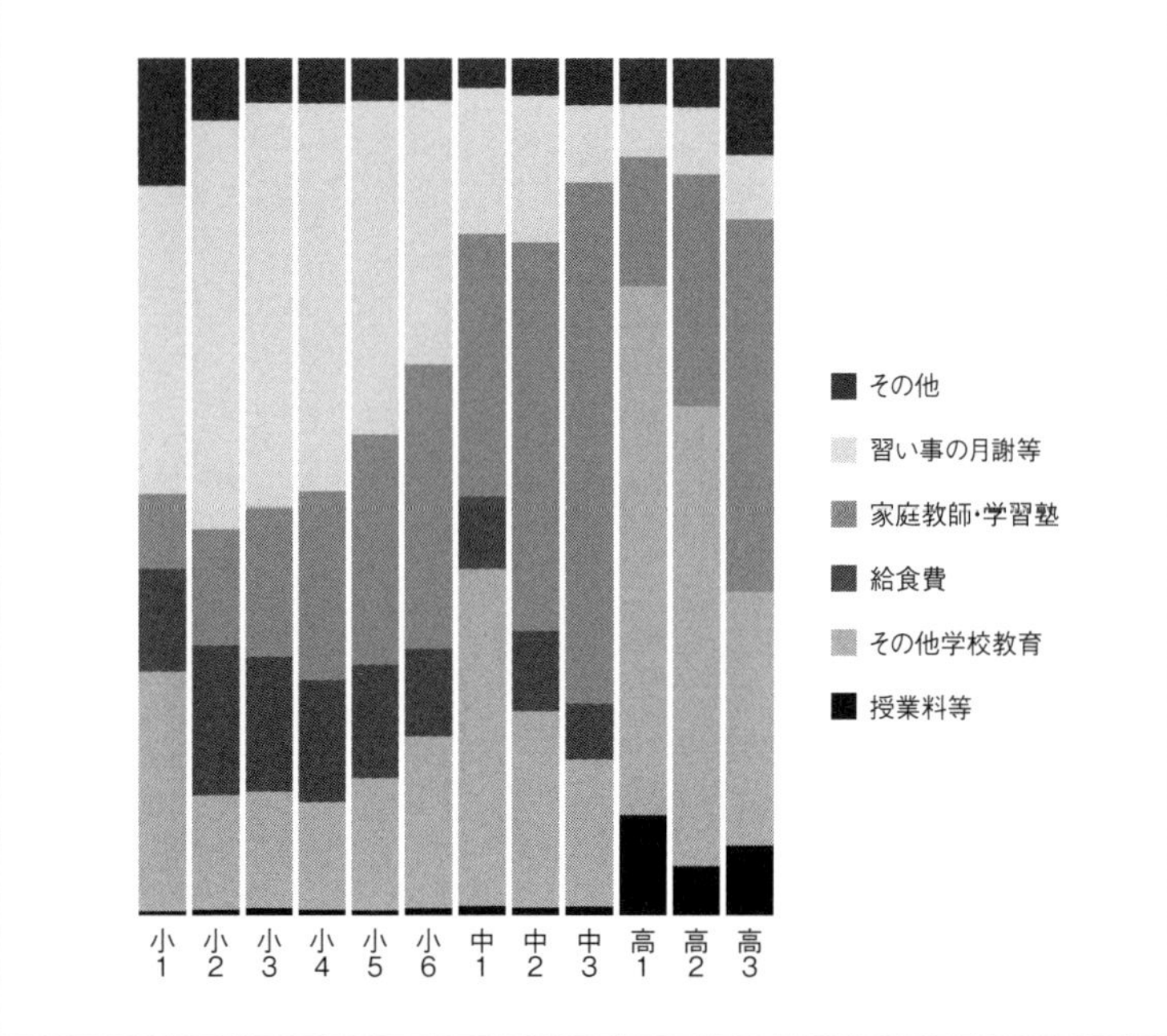

図15-2　年間教育費の内訳（公立学校）
図15-1と同じ資料より作成。
「その他学校教育」とは、PTA会費、学用品費、通学費、制服費など。

２万円、「幼稚園から大学まで私立」のコースは２３１４・６万円と見積もられます。大学までオール私立だと、２０００万円を超えると。まあ、そうなるでしょうね。

しかるに、多くの子どもがたどる標準コースは「幼稚園は私立、小学校から高校は公立、大学は私立」というものでしょう。この標準コースの教育費総額は、マークの数値を合算すれば出せます（累積欄の右端）。総計＝１１５３・５万円なり。

この試算値には大学の初

年度納付金が含まれていませんので、実際はもう少し高くなると思われます。しかし、標準コースで1000万超えとは……。巷でいわれるウン千万というのはオーバーにしても、「高いなあ」というのが印象です。

東京では、「幼稚園は私立、小・中学校は公立、高校・大学は私立」というコースも多いでしょうが、これだと総額は1328・2万円です。他にも、「中学から私立」、「大学だけは私立」など、いろいろなバリエーションが想起されます。子育て中のママさん・パパさん、お子さんの想定コースの総額を試算してみてください。

なお一口に教育費といっても、その中身は多様です。小学校1年生から高校3年生の学年別に、主な費目の組成が分かるグラフをつくってみました。公立学校の児童・生徒のものです。（図15-2）

教育費の内訳は、学年によって違います。中学生では、家庭教師・学習塾の比重が高いですね。中3では、教育費全体の6割をも占めます。平均実額は、年間35万円ほどです。1か月あたり3万円ほどでしょうか。各学校の1年生で「その他学校教育費」の比重が高いのは、制服費や通学用品費などがかさむためです。

話がそれましたが、本記事のタイトルの問いに対する答えとして、標準コースで見積もった場合、大学まで出すのに約1154万円かかる、という答えを記しておきます。低く見積もった試算値です。

受験

子ども期の体験格差

いつだったか、子ども時代の体験の多寡が将来の年収に影響するという趣旨の記事を見かけたことがあります。

「何事も経験」といいますが、各種の体験は子どもの人格形成に好ましい影響を及ぼすであろうことは、疑い得ないところです。豊かな体験は、見せかけではない、生きた学力（文科省がいう「確かな学力」）の源泉にもなり、高い教育達成をもたらし、ひいては将来の成功にもつながる。こういう経路も想起されます。

言わずもがな、子ども期の体験の量は人によって違いますが、それが当人の意向や自発性とは別の外的な条件によって規定される場合、単なる差ではなく、「格差」という問題事象であることになります。体験の中には、お金のかかるものもあります。また、保護者の文化的な嗜好によって、アクセスの可能性（頻度）が大きく制約されるものもあるでしょう。

私は育ちが悪いと自認していますが、子どもの頃、美術館や音楽会などに連れて行ってもらったことはありません。家族での海外旅行経験もゼロ。大学に入り、教育社会学を勉強するようになって、「ああ、こういうことだったんだな」と、自分の子ども期を理解しました。

は て、子どもの体験量の差は、家庭環境と関連しているのか。この問題を解いてみたいと思い、総務省『社会生活基本調査』(2011年)の公表統計を眺めたところ、ズバリ関連するデータがありました。小学生の各種行動の実施率を、家庭の年収別に集計した表です。

いくつかの行動を取り出してグラフをつくってみたところ、きれいな「右上がり」の折れ線ができるものが多々ありました。目ぼしい15の行動のグラフをご覧に入れましょう。図16-1は、家庭の年収別にみた、小学生(10歳以上)の過去1年間の体験率です。Ⅰは年収300万未満、Ⅱは300万~、Ⅲは500万~、Ⅳは700万~、Ⅴは1000万~、Ⅵは1500万以上の家庭です。

学校の授業や宿題とは別の自発的な学習、スポーツ(学校の授業は除く)、芸術鑑賞(テレビやDVDは除く)、読書、海外旅行の実施率ですが、富裕層の子弟ほど率が高いことが分かります。この図で描かれているのは、家庭環境と結びついた体験格差の一断面です。

海外旅行経験の階層差は経済力の反映でしょうが、学習・読書・芸術鑑賞のそれは保護者の文化嗜好の差によるでしょうね。

あと、スポーツ実施率の階層差にも注目。水泳の実施率は、Ⅰの層では46・6%ですが、マックスのⅥの層では66・4%にもなります。費用のかかるスポーツクラブ等への加入率の差によるのかもしれません。私は都内23区の統計を使って、子どもの体力格差現象を明らかにしたことがありますが(拙稿「子どもの体力・健康と家庭の経済力の相関関係」『体育科教育』大修館、2015年5月号)、そこでの知見とも合致します。

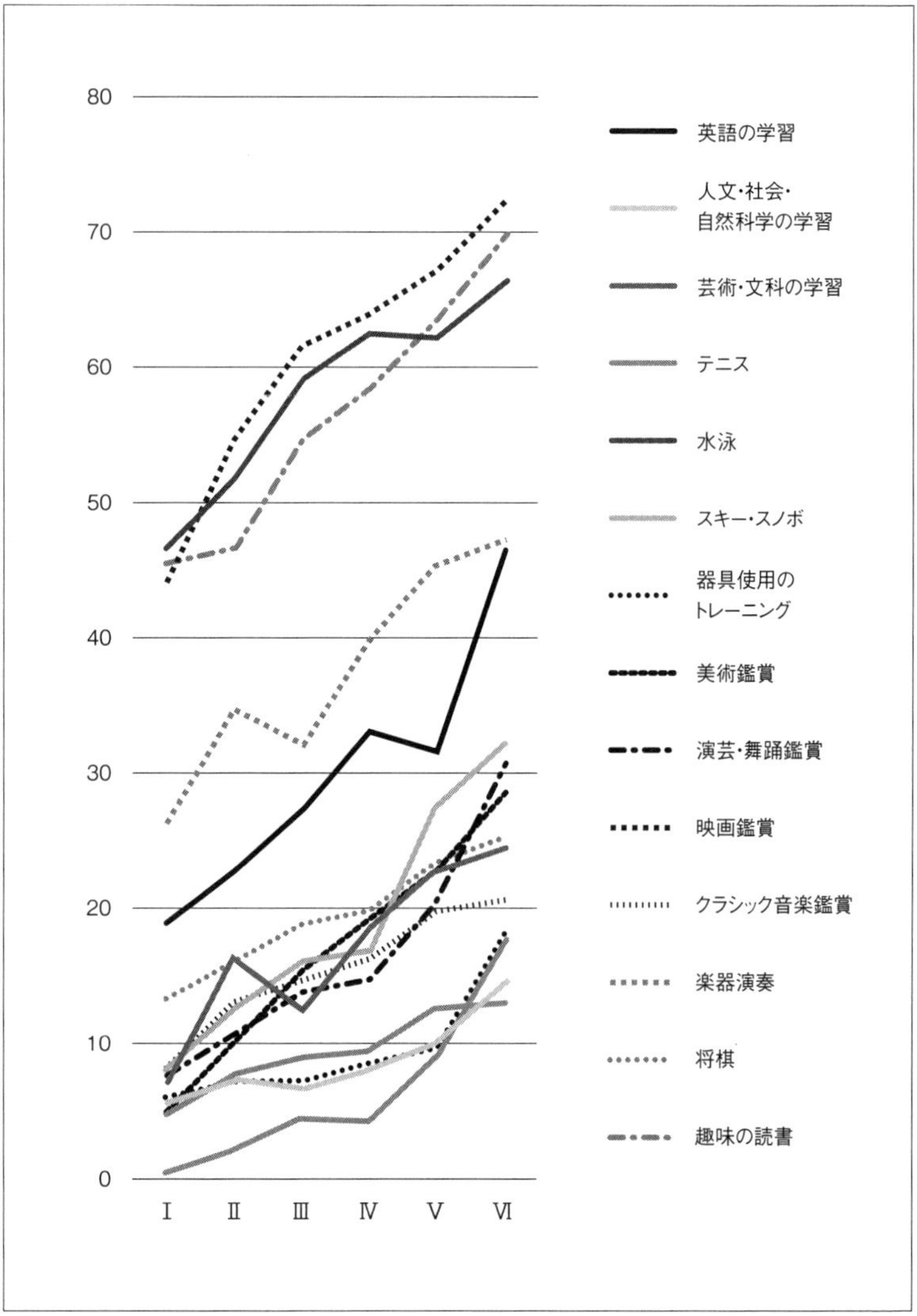

図16-1　小学生の体験格差
過去1年間の実施率である。
総務省『社会生活基本調査』(2011年)より作成。

学力や体力だけでなく、体験という側面においても、社会階層と結びついた格差が存在することが示唆されます。「①高い社会階層→②豊かな体験→③確かな学力→④高い教育・地位達成」というループも存在していそうです。

①と③の狭間には、通塾などの教育投資や教育熱心な養育態度などが挿入されがちですが、ペーパーで測られる学力の規定因子としては、確かにそれらが強いでしょう。しかし最近は、行動力や問題解決力などをも包含する「確かな学力」が重視されています。こういう意味の学力の育成には、上記のような「豊かな体験」がモノをいう度合いが高いのではないでしょうか。

これから先、社会階層と学力の関連を橋渡しする媒介要因として、今回取り上げたような体験格差の側面に注意する必要があるように思います。今後、大学入試も人物重視の方向に切り替えられるそうですが、面接で評される仕草や立ち振る舞いというのは、幼少期からどういう体験を積んできたかに規定されるもの。ペーパーの学力よりもはるかにです。

最近、貧困家庭の子弟の通塾を援助する実践が行われていますが、全ての子どもに対し、さまざまな体験の機会を意図的に提供すること。こちらのほうにも重点をおくべきではないかと、個人的には思います。学校の特別活動などは、この点において重要な役割を果たすべきでしょう。誤解されがちですが、遠足や修学旅行といった学校行事も、れっきとした授業です。

受験

富裕層と貧困層の体験格差

体験格差について、もう少し深めてみましょう。体験格差とは、家庭環境とリンクした、子どもの生活行動の格差をいいます。子どもは皆違って当たり前で、暮らしに違いがあるのは当然ですが、それが家庭の富裕度など、本人では如何ともし難い外的条件とつながっている場合、是正を要する「格差」としての性格が出てきます。学力格差、体力格差、健康格差などの言葉には、こういう意味合いが込められています。

ここでみるのは、学習、スポーツ、趣味・娯楽、ボランティア、旅行・行楽の頻度が、家庭の所得階層によってどう違うかです。これらをひっくるめて、体験格差ということにしましょう。人間形成には各種の体験が重要であるといいますが、それをどれだけ積めるかは、家庭環境と関わっている。

私は、小学生（10歳以上）の各種の行動実施率が、富裕層と貧困層でどう違うかを調べました。前者は年収1500万以上、後者は年収300万未満の家庭の子弟です。手始めに、大雑把な行動分類の実施率からみてみましょう。過去1年間の実施率で、学校の授業等によるものは含みません。（図17-1）

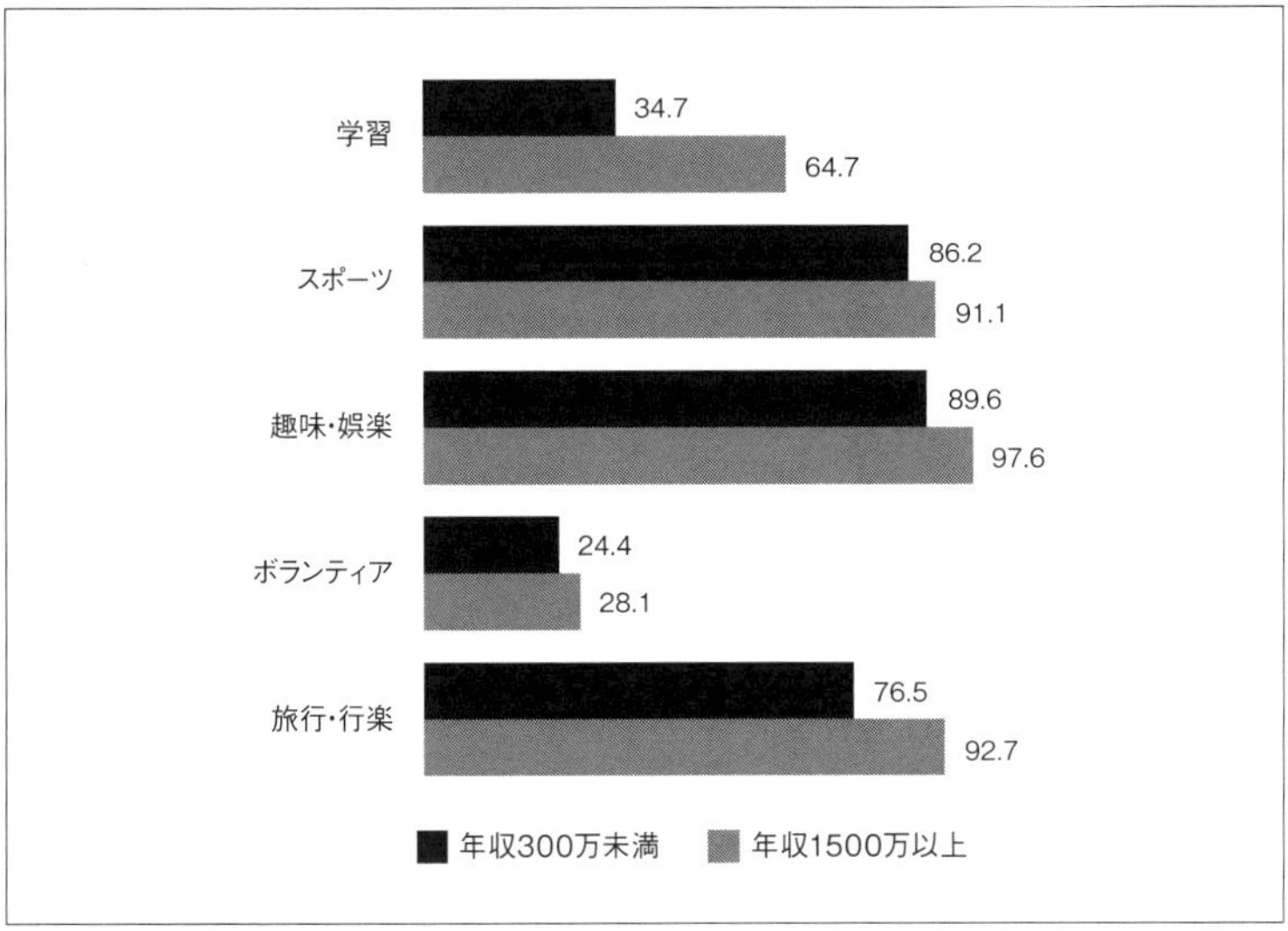

図17-1　小学生の体験の実施率（%）
過去1年間における実施率。学校の授業等によるものは含まない。
総務省『社会生活基本調査』（2011年）より作成。

どのカテゴリーの実施率も、プアよりリッチで高くなっています。学校の学業以外で何らかの学習をしたという小学生の率は、プアでは34・7%ですが、リッチでは64・7%です。その差は、実に30ポイントにもなります。富裕層は教育熱心で、早いうちから外国語などの習い事をさせるのでしょう。むろん、そのための経済資本もバッチリ備えている。

他の大カテゴリーでは、実施率にさほど大きな階層差はありません。それは当然で、スポーツや趣味などは、家庭の富裕度と関係なく、ほとんどの小学生が何かしらのものはやりますので。

しかるに、より細かい具体的な項目でみると、実施率の差が甚だ大きいものが少なくありません。たとえばスポーツのうち、スキー・スノボの実施率は、プアが8・2%、リッチが32・3%で、4倍近くの差があります。そこでやるサッカーなどと違い、これはおカネがかかりますからね。

プアとリッチの実施率が倍以上違う項目を拾い、カテゴリーごとに整理すると、図17-2のようになります。

該当するのは19項目です。太字は4倍以上の差があるものですが、海外観光旅行などは格差が凄まじい。プアは0・6%、リッチは17・7%で、およそ30倍の差です。遠出が必要なボランティア経験の差も大きいですね。

芸術鑑賞経験の差も顕著です。自宅でのDVDなどではなく、実際に美術館やコンサートなどに足を運んでの鑑賞経験ですが、家庭環境の影響が色濃く出ています。これはおカネのような経済資本ではなく、保護者の芸術嗜好といった文化資本の差によるでしょう。親の学歴差でみたら、差はもっと大きいと思われます。ブルデューの文化資本論にも通じます。

スポーツも、場所や道具が要る種目は、実施率の階層差が大きくなっています。そこでできるサッカーは、階層差は小さいです（プア：27・6%、リッチ：33・8%）。

上表のような体験格差が、学校でのアチーブメントの違いに転化するであろうことは、想像に難くありません。大学入試などでも、従来型のペーパーの比重は小さくし、人物をみる面接が重視される方向ですが、そうなった時、幼少期からの体験がモノをいうようになるでしょう。話題の豊富さ、立ち振る舞い……。体験格差を介した、家庭環境の影響が色濃くなるのではな

		a プア	b リッチ	b/a 倍率
学習	英語	19.0	46.4	2.44
	人文・社会・自然科学	5.8	14.5	2.50
	芸術・文化	7.3	24.6	3.37
スポーツ	バレーボール	7.4	15.3	2.07
	バスケットボール	9.8	21.0	2.14
	テニス	4.8	13.1	2.73
	ゴルフ	3.7	8.3	2.24
	スキー・スノボ	8.2	32.3	3.94
	器具を使ったトレーニング	6.0	18.0	3.00
趣味・娯楽	**美術鑑賞**	**5.1**	**28.6**	**5.61**
	演芸・演劇・舞踊鑑賞	7.8	30.7	3.94
	クラシック音楽鑑賞	8.2	20.6	2.51
	ポピュラー音楽・歌謡曲鑑賞	**2.8**	**12.0**	**4.29**
	洋舞・社交ダンス	**0.7**	**3.7**	**5.29**
	陶芸・工芸	4.1	9.9	2.41
ボランティア	自然や環境を守る活動	5.5	12.7	2.31
	災害関係の活動	**1.8**	**8.0**	**4.44**
	国際協力関係の活動	**0.6**	**2.8**	**4.67**
旅行・行楽	**海外観光旅行**	**0.6**	**17.7**	**29.50**

図17-2　小学生の体験格差（差が大きいもの）
過去1年間における実施率（%）。学校の授業等によるものは含まない。
プア＝年収300万未満、リッチ＝年収1500万以上。
総務省『社会生活基本調査』（2011年）より作成。

いか、という懸念を持ちます。

また気がかりなのは、体験格差が拡大の傾向にあることです。階層差が大きい美術鑑賞と海外旅行の経験率が、この5年間でどう変わったか。プアとリッチで分けてみると、**図17-3**のようになります。

どちらもプアでは減り、リッチでは増えている。その結果、差が開いてしまっています。2008年の学習指導要領改訂では、「生きる力」の重要性が改めて強調されました。富裕層はそれに反応し、各種の体験を子どもに積ませるようになったのでしょうか。

貧困層で減っているのは、超

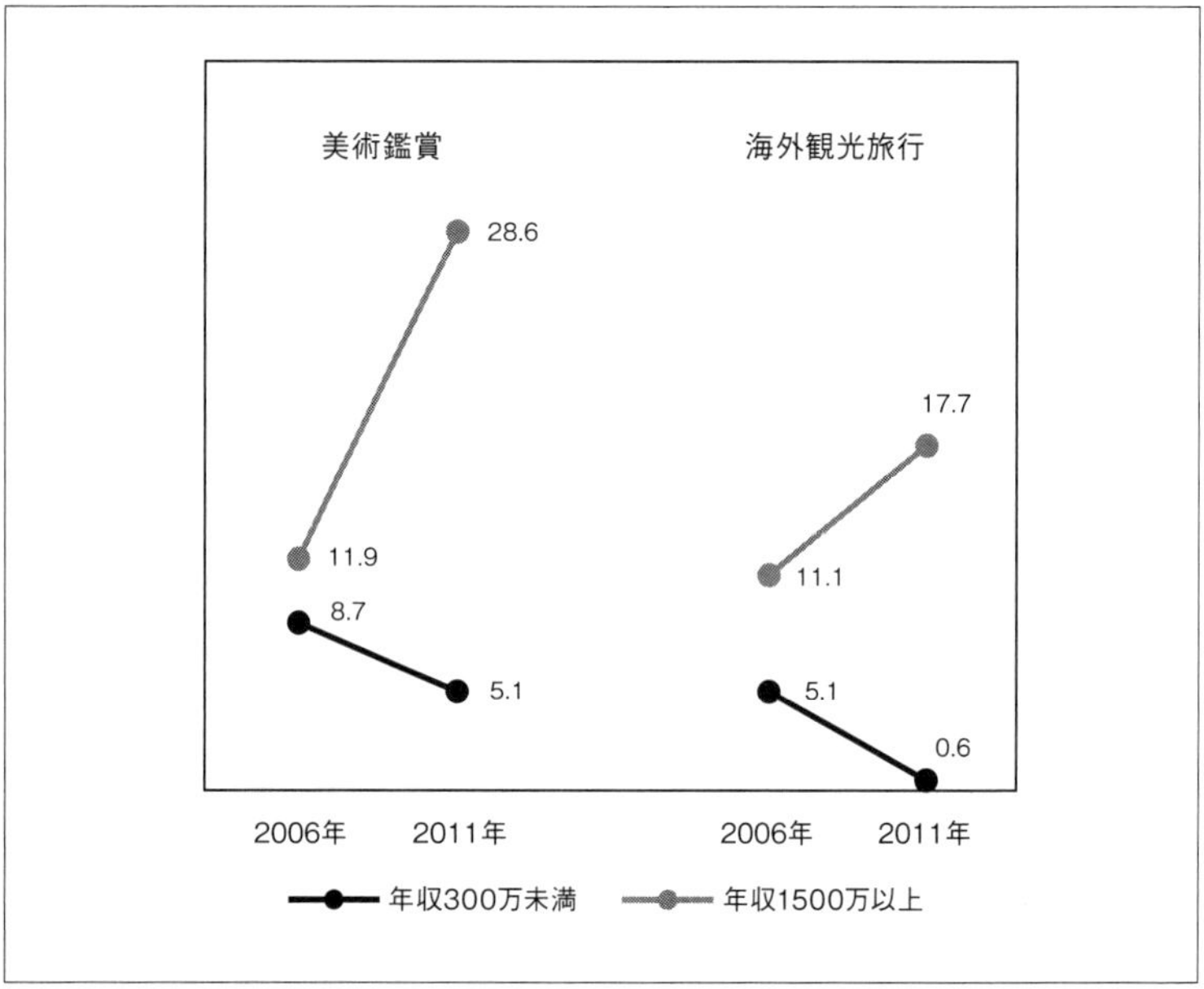

図17-3　小学生の体験格差の拡大
過去1年間の実施率である。
総務省『社会生活基本調査』より筆者作成。

プアの比重が高まっているためかもしれません。年収300万どころか、200万にも届かない世帯が増えているのではないか。そういう世帯は、芸術の嗜みや海外旅行など高嶺の花です。

われわれは、見えざる形で進行している、子どもの体験格差に注意を向けないといけません。それは、「現代型」の学力の階層格差が出ることの条件となるからです。これを是正するにあたって、学校の特別活動や地域のNPO団体などが一役買ってもいいでしょう。

受験

自尊心格差

日本の子どもの自尊心（self-esteem）が低いのはよく知られています。これは謙虚な国民性の裏返しでもありますが、自尊感情に乏しいことはマイナスの面を多く伴います。弱い自我を防衛するために尊大な態度をとる、ちょっとのことでキレて相手を威嚇するなど。

ところで、教育社会学の観点から次のような問いを立てることができます。自尊心が低いのはどういう子どもか、です。22ページにて、学力と家庭環境が強く関連していることをみましたが、実は自尊心というメンタルの面も、当人の出身階層と強くリンクしています。まさに「自尊心格差」とでも言い得る現象ですが、それが厳として存在することをデータで示してみましょう。

国立青少年教育振興機構『青少年の体験活動等に関する実態調査』（2014年度）では、小学校4～6年生の児童に対し、「今の自分が好きか」と尋ねています。また、家庭の年収も調査しています。**図18‐1**は、この2つの変数のクロス集計結果をグラフにしたものです。

各群とも、十分なサンプルサイズです。グラフによると、年収が高い家庭ほど、「自分を好き」と考える子どもが多い傾向にあります。「とても思う」という強い肯定の割合は、年収200

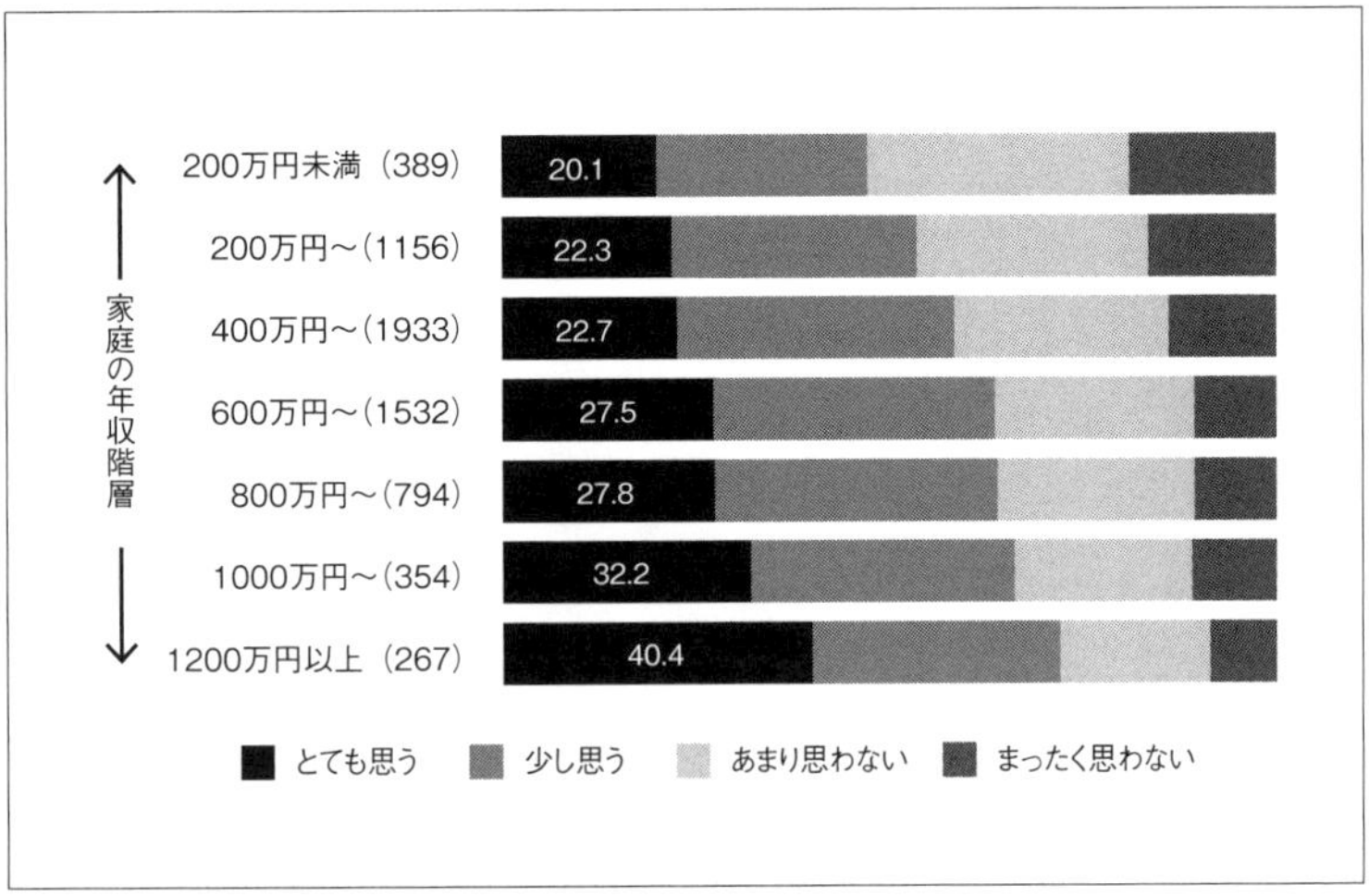

図18-1　今の自分が好きだ（小学校4～6年生）
（　）内はサンプルサイズ。カイ二乗値＝116.1777、df＝18、p＜0.001
国立青少年教育振興機構『青少年の体験活動等に関する実態調査』（2014年度）より作成。

万未満の貧困家庭では20・1％ですが、年収1200万超の富裕層では倍の40・4％となっています。

日本の子どもの自尊心が低いのはよく知られていますが、家庭の年収とこうも明瞭に関連しているとは。家庭環境とリンクした、自尊心格差なる現象があることがうかがえます。

自尊心というのは、他者から認められる経験を積むことで育まれますが、それがどれほど得られるかは家庭環境で異なる面はあるでしょう。勉強や運動の出来も、家庭の経済水準と関連しています（学力格差、体力格差）。よって褒められる経験の量が違い、上記のような自尊心格差となって表れる。こういう事態も想起されます。

家族病理の影響も考えられます。生活苦（貧困）は虐待やDVなどを生じせしめる条件になり得ますが、こういったトラブルに遭遇した子どもの自尊心が低いことは、よく指摘されるところです。虐待を受けた子どもは自尊心を剝奪され、「褒める」指導が通用しなくなる。想像をめぐらすとキリがありませんが、日本の子どもの場合、やはり学校の成績が自尊心の基盤になっていることは否めないでしょう。それは、学年を上がるほど、家庭の年収と自尊心の関連がクリアーになることから知られます。「今の自分が好きだ」という項目に「とても思う」と回答した児童の割合が、家庭の年収階層に応じてどう変化するか。小学校4年生と6年生を比べると、様相は異なるのです。（図18-2）

4年生では関連がクリアーではないですが、6年生になると、富裕層の家庭の子どもほど自尊心が高いという傾向が明瞭になります。図18-2の傾向は、「高年収→高学力（成績）→高自尊心」という因果経路の表現かと思います。中学生、高校生になったら、右上がりの傾斜はもっと強くなると予想されます。

学力の相対評価にさらされる機会が多くなり、かつその出来が将来の進路に影響する。こういう社会では、年齢が上がるにつれて、青少年の自尊心の基盤が成績に矮小化されてしまうのは、無理からぬこと。他国でもこういう傾向があるのか、ぜひ知りたいものです。

子どもの興味・関心は、年齢を上がるほど分化してきます。よって普通に考えると、年齢を上がるにつれて自尊心の基盤は多様化していくはずですが、現実にはその逆になっている。

小学校高学年や中学生にもなれば、「こういうことをしたい、こういう道に行きたい」と表明する子どもも増えてきます。いささか突飛なものでも、「そんなことができて何になる」な

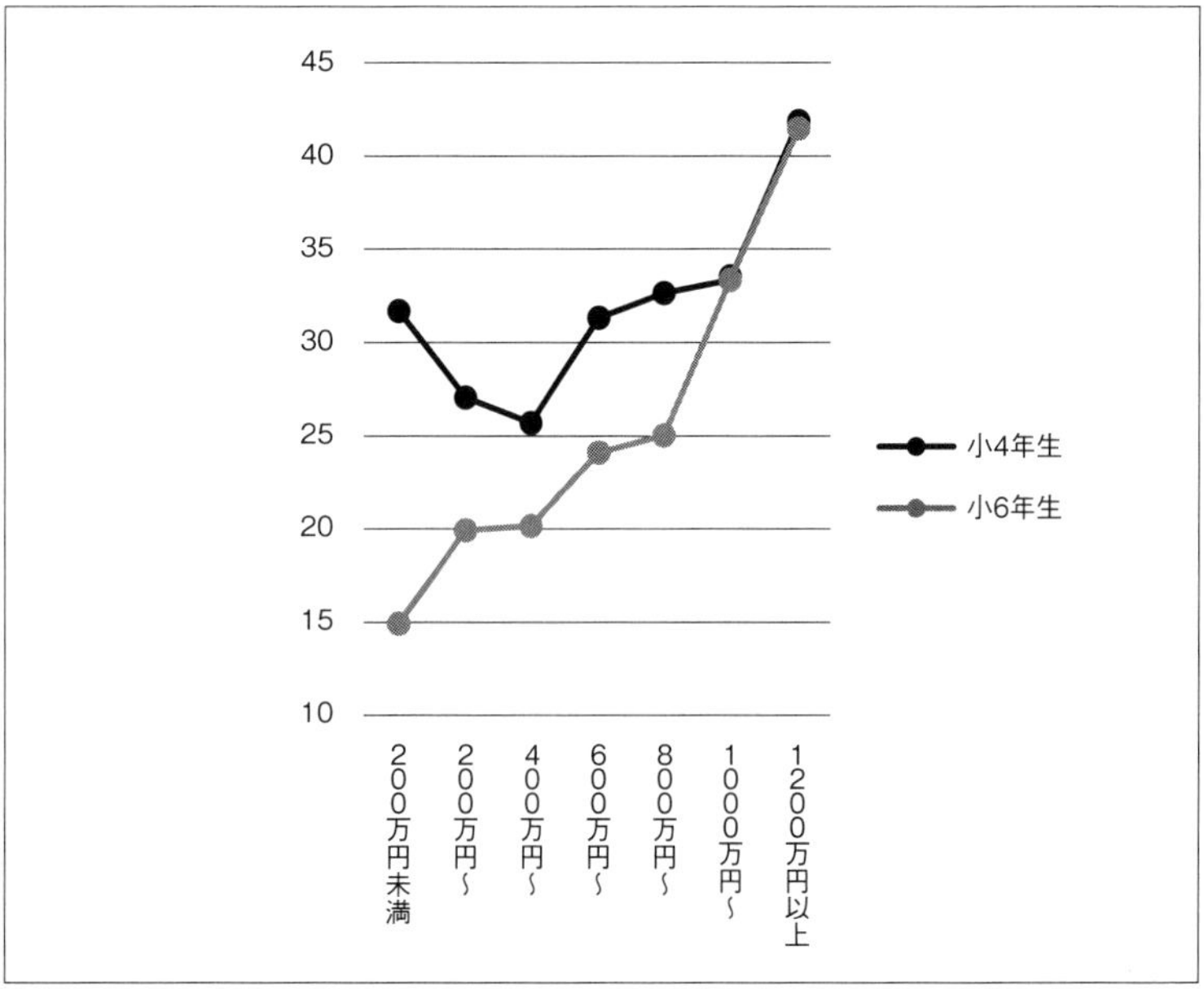

図18-2　今の自分がとても好きだ(%)
図18-1と同じ資料より作成。

ど頭ごなしに否定しないで、それを伸ばしていく構えも持ちたいものです。嫌がる子を無理に大学に行かせ、当人が大卒ニートになった時、それに気づく親御さんも多いと思います。

自尊心は、人として生きていくための基盤になるものですが、それまでもが社会階層に規定されるというのは、憂うべき事実です。学力格差、体力格差、健康格差、体験格差、そしてここで見たような自尊心格差。「教育格差」という現象は、多角的な視野において検討されねばなりません。

コラム1

見かけの相関に注意

「朝食パワーで学力アップ!」。こんな標語を掲げたポスターをよく見かけます。そこで提示されているのは、朝食を食べる子どもほど学力が高い、という調査データです。たとえば、以下のような帯グラフです。

朝食の摂取頻度によって児童を4つの群に分かち、算数B(算数の応用科目)の四分位成績分布がどう違うかを図示しています。Aは上位4分の1、……Dは下位4分の1です。

これによると、朝食を食べる群ほど成績良好なAの割合が高いことが知られます。食べる群では36・6%、どちらかといえば食べる群では23・6%、あまり食べない群では17・4%、食べない群では14・1%とリ

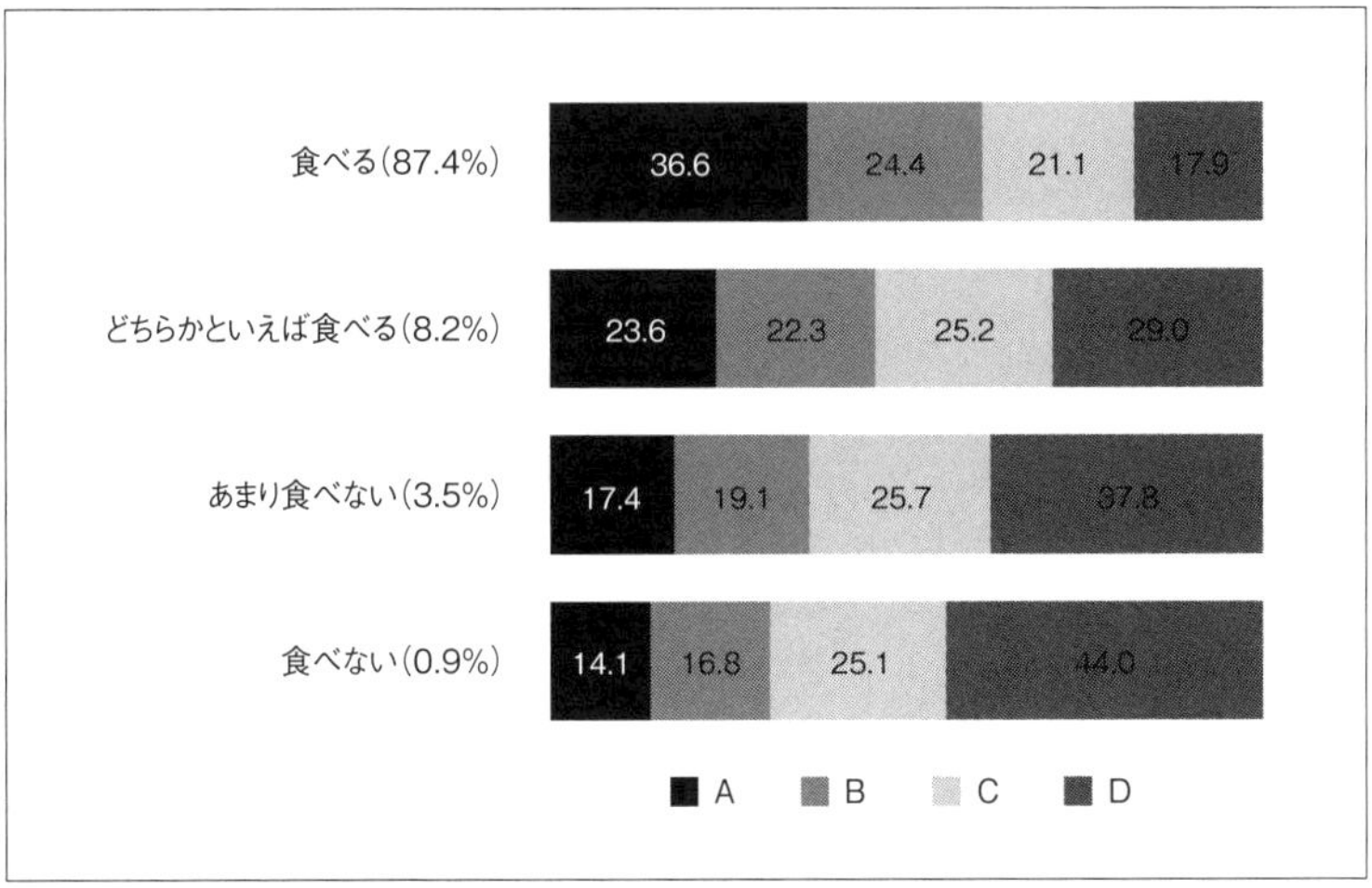

朝食摂取頻度と算数Bの四分位成績分布の関連
小学校6年生102万9819人のデータによる。(　)内は全体の中での構成比。
文科省『全国学力・学習状況調査』(2016年度)より作成。

ニアな傾向が出ています。成績不良のDの割合はその逆です。朝食を食べる群では17・9％であるのに対し、食べない群では44・0％もいます。

なるほど、「朝食パワー、恐るべし」という感じですね。朝食を食べないと頭に血が回らず、授業に集中できない。よって成績に影響する。こういうことは考えられます。しかし注目すべきは、4つの群の量的な内訳です。グラフの（　）内の数値によると、朝食を食べる児童が大半で、食べない児童は少数です。最も頻度が低い「食べない」という群は、全体のたった0・9％しかいません。

ここまで少数派であることは、朝食も満足に食べられない貧困家庭の児童なのではないかと思われます。この群の成績が芳しくないことの真因は貧困なのではないか（参考書購入や塾通いの費用が賄えない、落ち着いて勉強できる環境がない……）。グラフに描かれた朝食摂取頻度と学力の相関は、貧困という要因を介した「見かけ」のものではないのか。こういう疑いが持たれます。専門用語でいうと疑似相関です。

この疑いを晴らすには、家庭の経済力を揃えた比較をする必要があります。同じくらいの家庭環境（出身階層）の児童に限っても、先ほどのグラフと同じような模様になるのであれば、「朝食パワー」の効果をある程度支持してもよいでしょう。

新聞や政府の白書で、2変数の相関関係を示したグラフが提示されることが多いですが、その相関関係が因果関係を意味するとは限らないこと、背後に第3の真因が存在する可能性があることを念頭に置かないといけません。

まあそれも程度問題で、「相関と因果は違う」「他にも要因があるのではないか」と突っ込んでばかりで、何も政策提言をしない（できない）というのは生産的でありません。現象の要因は複雑多岐にわたり、真因を言い当てることができる人などいません。

ただ、「平均年収は男女でこんなに違う！」という記事に接した時、「年齢や企業規模を揃えているのか、正社員同士を比べているのか？」といった疑問が出てくるようにならないといけません。こういうリテラシーは持っておきたいものです。

3 学校

教育機会

教育にカネを使わない国、ニッポン

教育を受けることは、国民の権利です。日本国憲法第26条第1項では、「すべて国民は、法律の定めるところにより、その能力に応じて、ひとしく教育を受ける権利を有する」と定められています。

この権利が、生まれ落ちた家庭の家柄や経済力によって制約されることがあってはなりません。そこで教育基本法第4条では、教育の機会均等原則が定められており、第1項では「すべて国民は、ひとしく、その能力に応じた教育を受ける機会を与えられなければならず、人種、信条、性別、社会的身分、経済的地位又は門地によって、教育上差別されない」といわれています。

さらにこの原則を具現するため、同条文の第3項にて「国及び地方公共団体は、能力があるにもかかわらず、経済的理由によって修学が困難な者に対して、奨学の措置を講じなければならない」と規定されています。

このように法律では立派なことが定められているのですが、現実がお寒い状況であるのはよく知られています。上記の条文がいう「奨学の措置」の代表的なものは奨学金ですが、実質は返済義務のあるローンです（173ページを参照）。大学の授業料も高額で、能力があるにもかかわらず、大学進学を諦める生徒も少なくありません。

その原因の一端は、国が教育にカネを使っていないことにあります。この点は、新聞等でよく報じられるのでご存知かと思いますが、最新のデータで日本の国際的な位置をみてみましょう。よく使われる統計指標は、公的な教育費支出額が一国のGDPの何％かです。図1 - 1は、OECD加盟の33か国のランキングです。

日本は3・5％で、OECD加盟国の中で下から3位となっています。毎年のことですので「またか」という感じですが、まさに「教育にカネを使わない国、ニッポン」です。

少子化が進んだ日本では子どもが少ないからだろうといわれますが、教育の対象は子どもだけではありません。いみじくも現代は、生涯学習の時代。大人が学校から締め出されるいわれはありません。

上記のデータは、日本の学校が未だに子どもや若者の占有物になっていることの証左とも読めるでしょう。上位の北欧諸国は、学校の門戸が成人にも開かれている社会です。8位のイギリスは、大学開放（university extension）の発祥の国。

ちなみに教育機関に公的支出がどれほどされているかは、段階によって違っています。日本は対象が初等・中等教育段階に偏していて、その前後、つまり就学前教育と高等教育への公的支出がなおざりになっています。

幼稚園等の就学前教育費と、大学等の高等教育費の公費割合をみると、日本は順に44・5％、

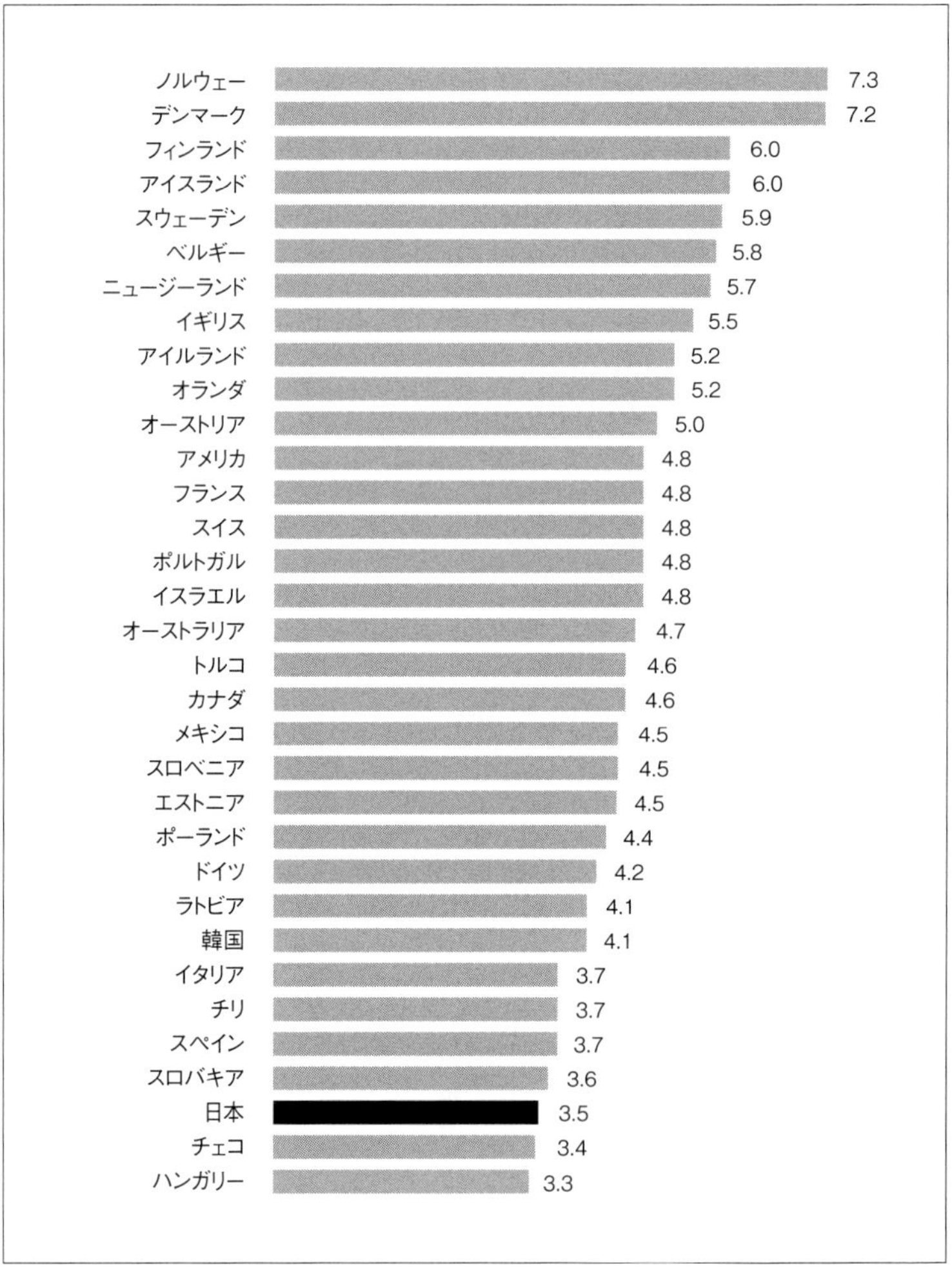

図1-1　教育機関への公的支出額の対GDP比
2013年のデータ。
OECD「Education at a glance 2016」より作成。

35・2%となっています(2013年、上記OECD資料)。ウラを返すと、残りは私費負担、つまり個々の家庭が支払う授業料等で賄われていると。

「義務教育じゃないんだし、他の国もそんなものじゃないの」と思われるかもしれませんが、さにあらず。横軸に就学前教育の公費比率、縦軸に高等教育のそれをとった座標上に、双方が分かる29か国を配置すると、図1-2のようになります。

日本は就学前教育、高等教育の費用とも、公費負担割合が低くなっています。まさに、「私」依存型の社会です。日本は教育が普及した社会ですが、それは、家計に大きな負担を強いることで成り立っているといえます。

対して北欧の諸国(右上)では、就学前教育・高等教育とも、9割以上が公費で維持されています。ノルウェーでは、大学の授業料はタダだそうですが、さもありなん。

教育史の授業で習うことですが、日本は「私」の教育の伝統が強い社会です。江戸期の私塾に象徴されるように、篤志家が塾を開いて弟子を教育する。わが国の学校のルーツはこれです。近代以降も、義務教育の小学校は別として、就学前教育や高等教育は、私立学校に依存する形で発展してきた経緯があります。今でも幼稚園や大学の大半が私立であるのは、そのためです。

だからといって、国が何もしなくてよいということにはなりません。義務教育でないからといって、その費用の多くを家庭に負担させるのは異常ですし、日本の現状が国際標準から大きく外れていることは、このグラフを見ても分かること。

それに伴う問題も出てきています。日本の大学の学費はバカ高、おまけに奨学金制度は貧弱。

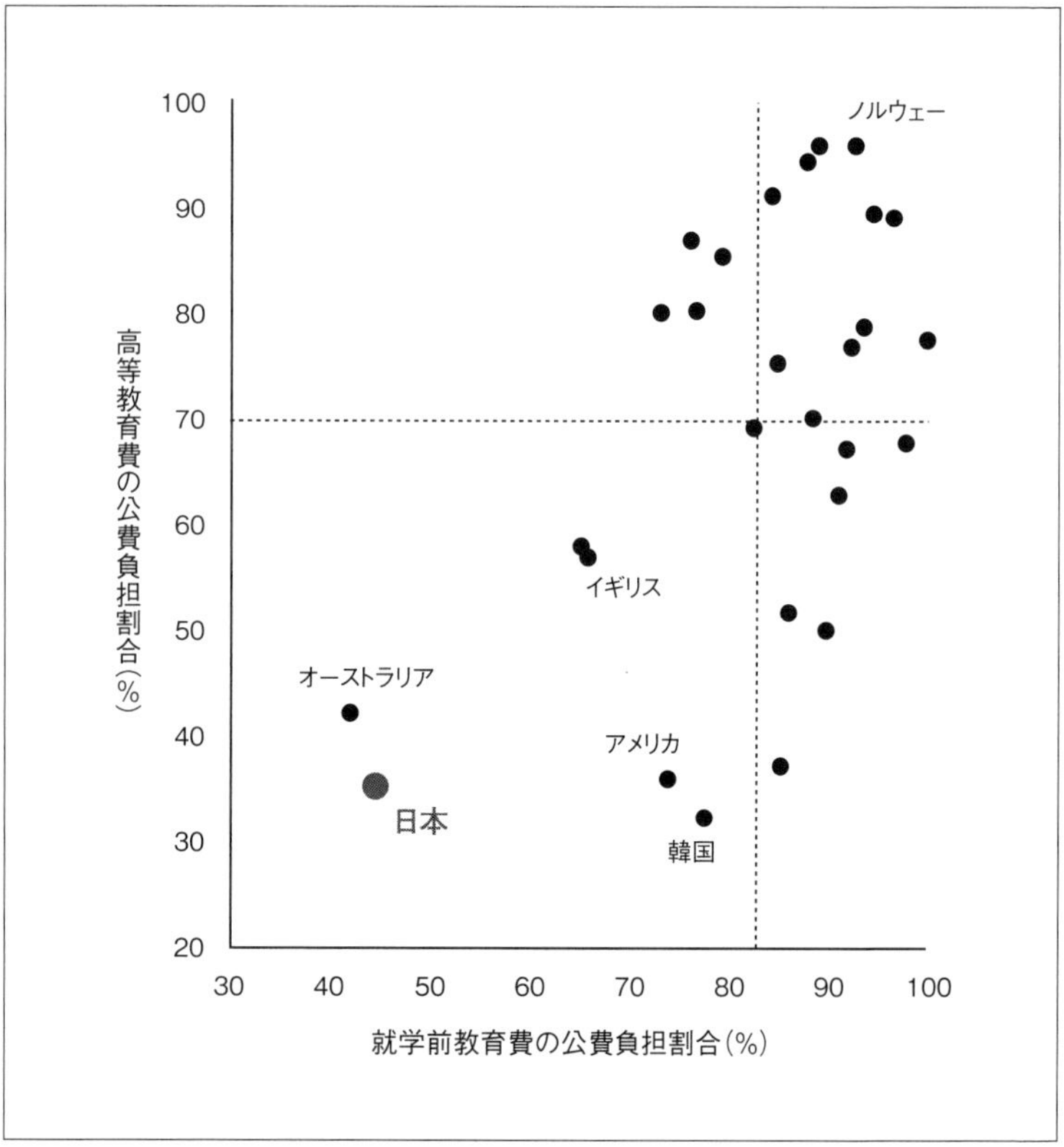

図1-2　就学前教育・高等教育費の公費負担割合
2013年のデータ。点線は、OECD平均を意味する。
OECD「Education at a glance 2016」より作成。

よって多くの学生がバイトせざるを得ず、産業界の人手不足の要求と相まって、「ブラックバイト」のような問題が生じていると。

ごく一部の限られた階層しか大学に進学しなかった時代では、私費負担型も維持できたのでしょうが、大学のユニバーサル化の段階に入っている今では、それが不可能なのは明らかです。

高等教育の便益は個人に帰されるのだから、その費用は当人が負担すべしという考えもあります。しかし、多くの人が高等教育を受けることで、高度な知識が普及する、知に裏付けられた道徳心が増す、犯罪が減るなど、社会的な便益も期待できます。その計測は容易ではありませんが、知識基盤社会を標榜する日本では、こちらの面が強いことにも注意すべきでしょう。

国際的にみても異常な、「私」依存型の日本の高等教育。その費用負担の構造を見直す時期に来ています。冒頭で引用した法律の条文を、為政者は絶えず読み返さないといけません。教育の機会均等原則の重要性は、どれほど強調しても足りることはないのです。

教育機会

高校就学支援金制度の効果

高校は義務教育ではないですが、高校進学率が95％を超えている現在、国民の共通教育機関としての性格を色濃くしてきています。この段階までの教育機会は公的に保証しようということで、２０１０年度から高校無償化政策が実施されています。

２０１４年度には、高校就学支援金制度という名称に変わり、制度設計に変更が加えられました。新制度では、対象者に所得制限を設ける代わりに、浮いた財源で「下」に対する支援を手厚くすることとされました。全日制高校では月額９９００円の支援金が支給されますが、私立の場合、世帯の収入に応じて、額が１・５～２・５倍されます。たとえば、年収２５０万未満の貧困世帯の場合、月額９９００円を２・５倍し、年額29万７０００円が支給される、という具合です。

はて、一連の政策の効果は如何。２００８年のリーマンショック以降、学費稼ぎのバイトに明け暮れる高校生、経済的理由による高校生の中退問題がたびたびメディアで報じられました。これを受け、２０１０年度より一連の就学支援政策が施行された経緯です。

施行前年の２００９年度と、データが分かる最新の２０１５年度で、経済的理由による高校中退者数はどう変わったか。文科省の統計によると、２００９年度が１６４７人、２０１５年度が１３４０人です。３０７人の減、およそ2割弱の減少です。しかし、公立と私立に分けてみると、様相が違っています（図2-1）。

経済的理由による高校中退者数は、公立では減っていますが、私立では増えています。政策の効果は、私立高校には届いていないのでしょうか。まあ私立の場合、年額11万８８００円（９９００円×12か月）では足りないかもしれません。私立は高い授業料のほかに、設備費とかもありますしね。

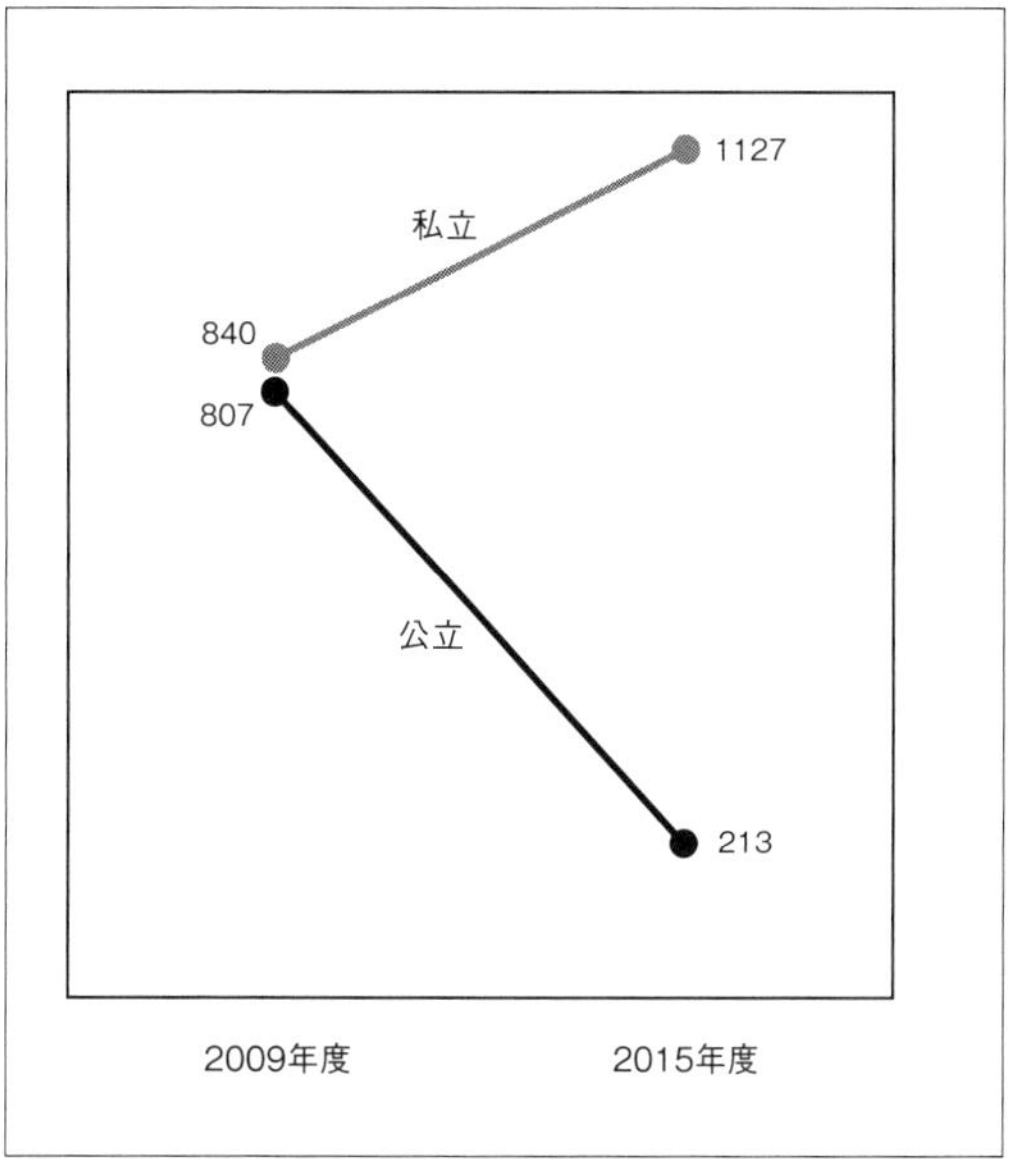

図2-1　経済的理由による高校中退者数
文科省『児童生徒の問題行動等生徒指導上の諸問題に関する調査』より作成。

高校でかかる教育費総額を、本制度による就学支援金はどれほどカバーしているのでしょう。この点に関するデータを作ってみました。**図2-2**をみてください。

生徒１人にかかる教育費年額は、学年によって違います。１年時にお金がかかるのは、制服代などがかさむためです。私立の場合は、入学金もバカ高。

		a 教育費総額	b 支援金年額	c 支援金年額マックス	b/a 支援金年額のカバー率(%)	c/a 支援金年額マックスのカバー率(%)
公立	1年	488,134	118,800	**	24.3	**
	2年	392,965	118,800	**	30.2	**
	3年	345,724	118,800	**	34.4	**
私立	1年	1,178,991	118,800	297,000	10.1	25.2
	2年	939,161	118,800	297,000	12.6	31.6
	3年	855,640	118,800	297,000	13.9	34.7

図2-2　高校就学支援金の教育費カバー比率
教育費総額は、文科省『子供の学習費調査』(2014年度)による。

支給される高校就学支援金の標準年額は11万8800円ですが、教育費全体のどれほどをカバーしているかというと、公立では2～3割、私立では1割くらいです。私立の場合、貧困世帯には割増されますが、マックスの29万7000円でも、教育費総額の2～3割を賄うにすぎません。

私立の場合、教育費の絶対額が多額ですので、貧困世帯でも大きな負担が課せられることになります。私立高校に子を通わせる家庭は、支援金をマックスもらっても、1年時で88万円、2年時で64万円、3年時で56万円を負担しないといけません（aからcを差し引いた額）。

こうみると、制度の恩恵が私立高校に届いていないというのは、分かる気もします。うろ覚えですが、どこかの新聞で、私立高校の教員による「今の就学支援金制度では不十分だ」という趣旨の投稿を目にしたことがあります。

この制度の有効性については、現場はどう考えているか。意識調査を実施し、必要とあらば、設計を見直すことも求められるでしょう。

教育機会

奨学金タイプの国際比較

教育基本法第4条第3項は、「国及び地方公共団体は、能力があるにもかかわらず、経済的理由によって修学が困難な者に対して、奨学の措置を講じなければならない」と定めています。ここでいう「奨学の措置」の代表的なものは、いわゆる奨学金です。

しかし日本の奨学金は返済義務のあるローンのようなもので、「スカラシップ」と言い得るには程遠いのが現状です。借金を背負うのは嫌だと、利用を躊躇《ためら》う学生も数多し。教育の機会均等を具現する策として、あまり機能していません。

他国と比較すると、日本の特異性がはっきりします。そのデータをご覧に入れましょう。OECDの教育白書『Education at a Glance 2014』では、高等教育機関への公的支出額の中で奨学金が何%を占めるかを、国ごとに集計しています。日本の場合はちょうど3割で高いほうですが、その内訳をみると驚かされる。**図3-1**は、32か国の比較のグラフです。

注目されるのは、割合がナンボよりも、奨学金のメインが給付型か貸与型かです。日本は大半が貸与型。国際標準から大きくずれています。「これはおかしいだろ」と誰もが日ごろ感じていることが、データではっきりと可視化されていますね。

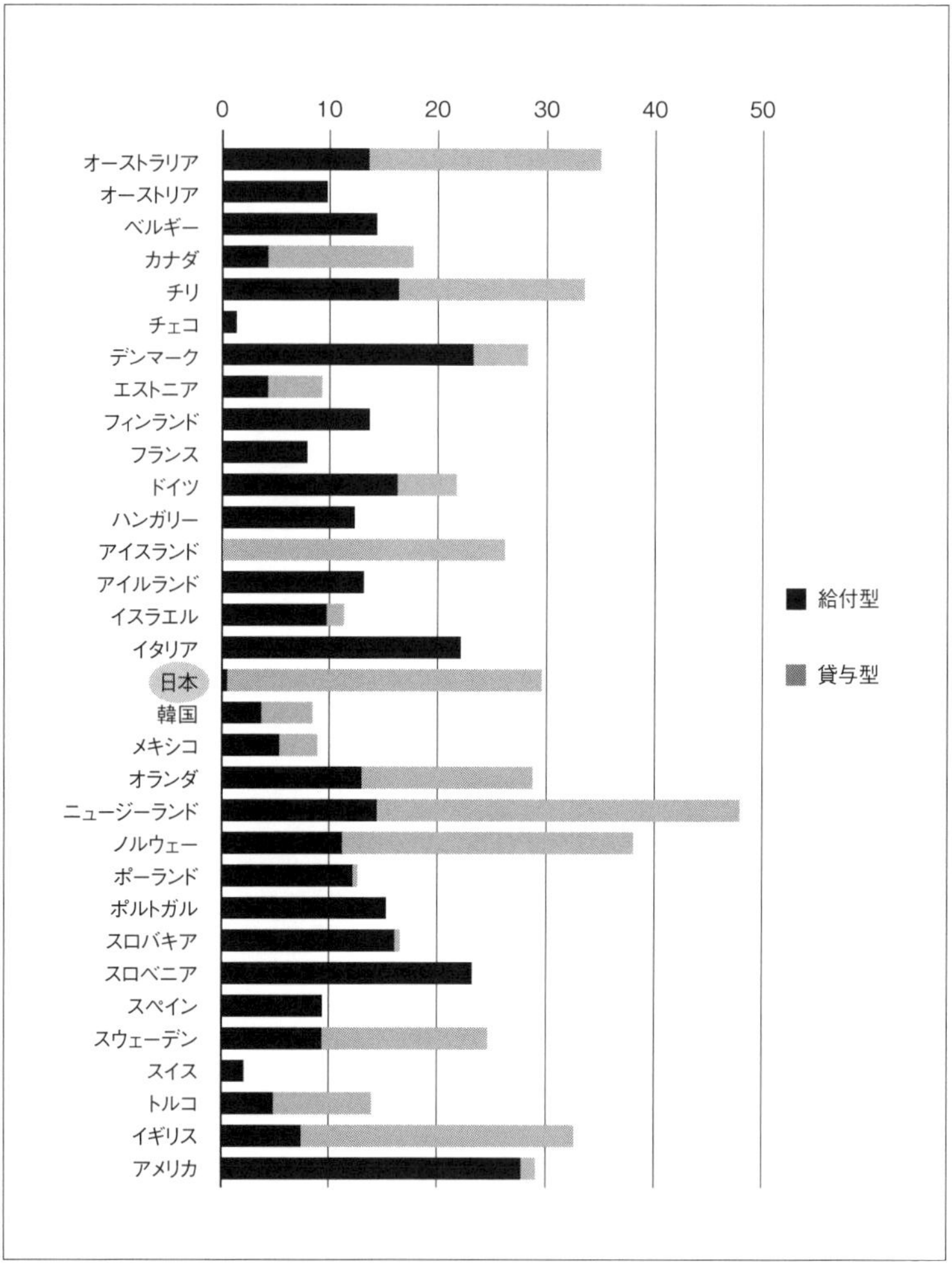

図3-1　高等教育への公的支出のうち、奨学金が占める割合(%)
2011年のデータ。
OECD「Education at a Glance 2014」より作成。

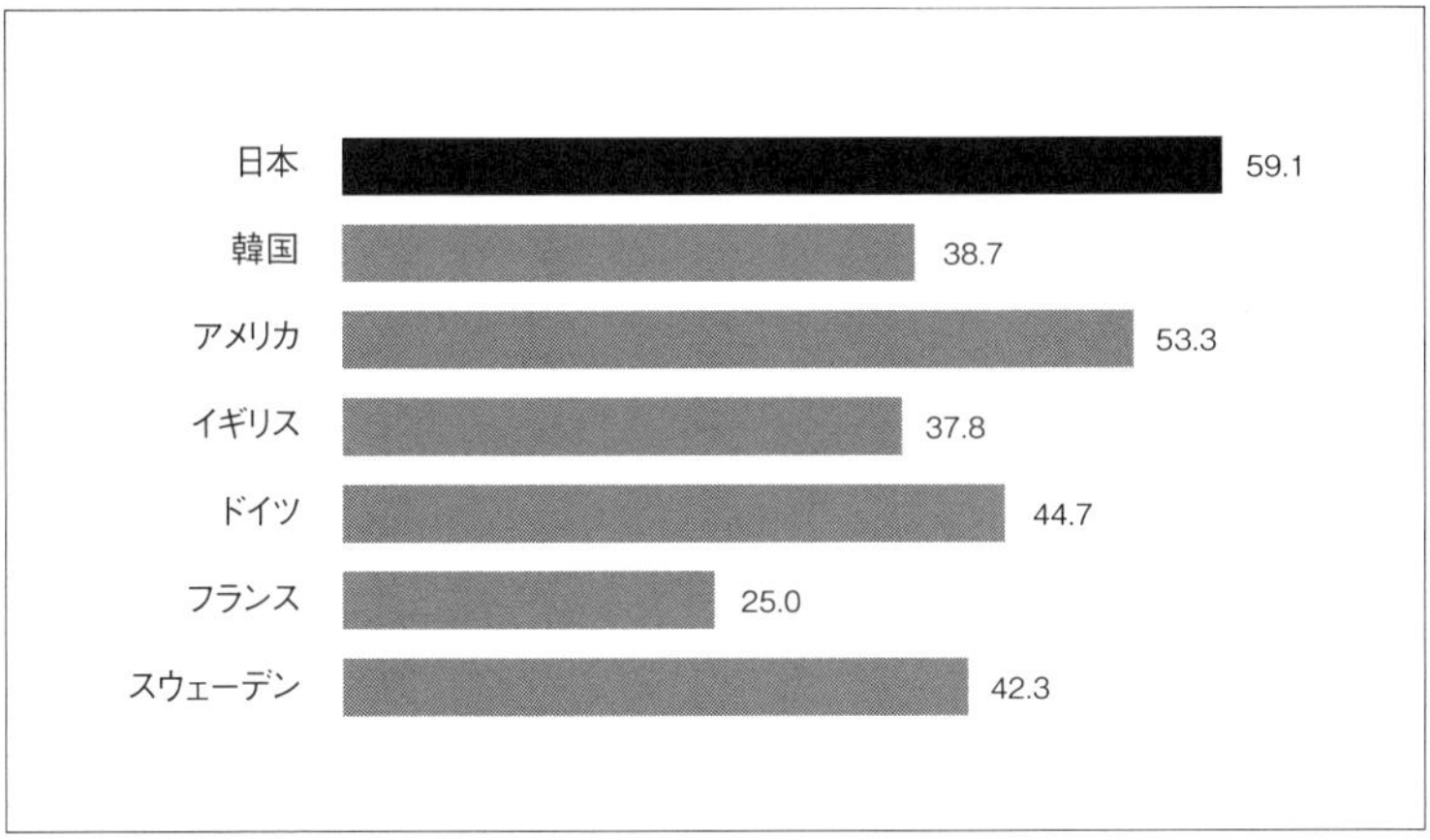

図3-2　大学生のアルバイト実施率（%）
フルタイム就業の学生は分母から除外して率を計算。
内閣府『我が国と諸外国の若者の意識に関する調査』（2013年）より作成。

わが国の奨学金は、貸与依存型。アイスランドもそうですが、この国は、国公立大学の授業料はタダ。授業料が高いアメリカは、給付型の奨学金がメインとなっています。

「授業料バカ高&奨学金は返済義務あり」のダブルパンチを食わせているのは、日本だけではないでしょうか。このような貧弱な学生支援では学生も過重なバイトをせざるを得ず、人手不足の産業界の要求と相まって、「ブラックバイト」のような問題が蔓延《はびこ》るのも頷けます。ちなみに日本は、大学生のバイト実施率が6割で、主要国では最も高くなっています（**図3-2**）。

バイトの目的も一昔前とは変わってきている。**図3-3**は、マンモス私大の日本大学のデータですが、90年代では遊興費を稼ぐ目的が多かったのが、最近では生活費稼ぎがメインになってきています。家計の逼迫により、仕送り金が減ってきていることも大きいでしょう。

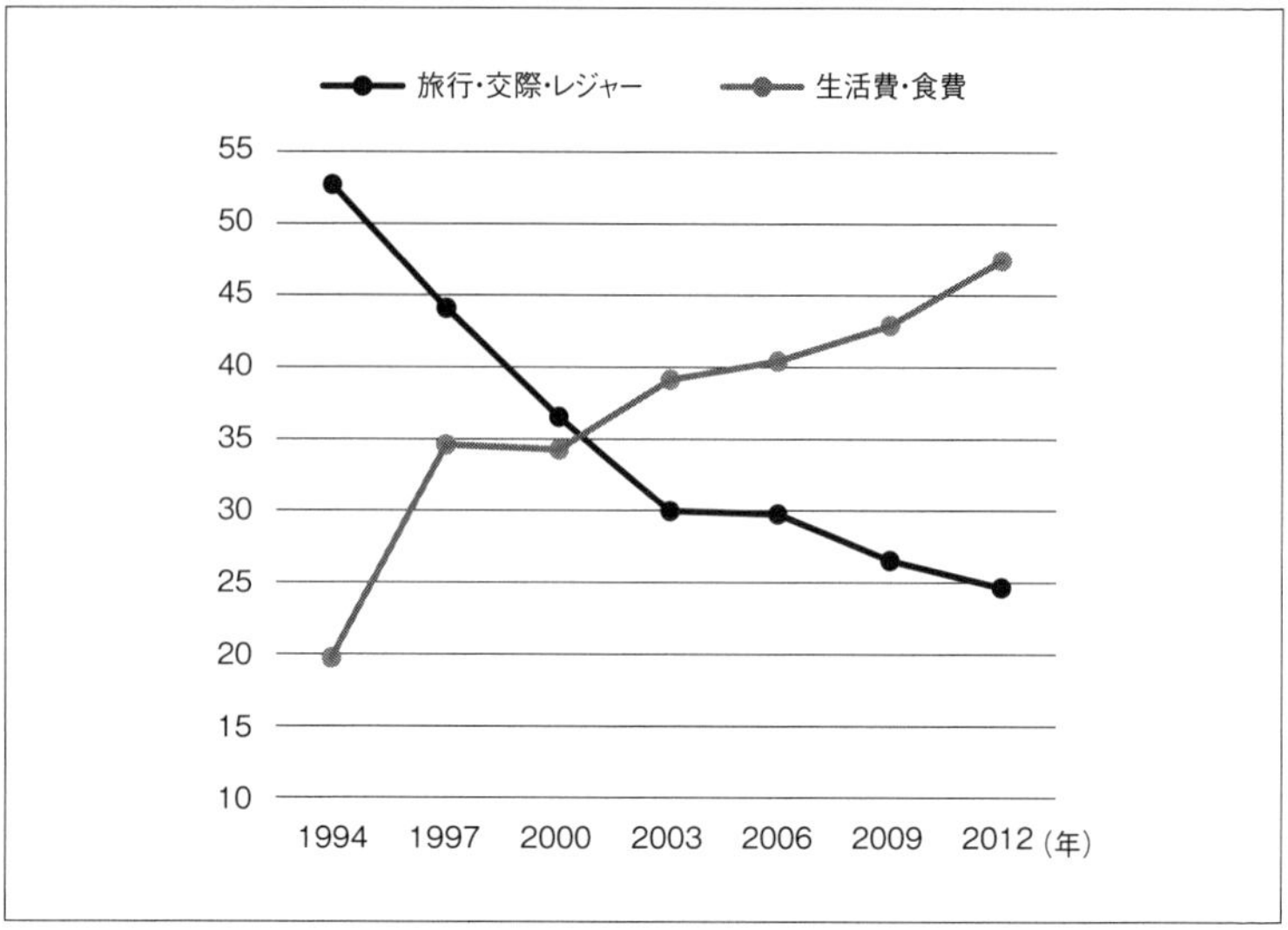

図3-3　大学生のバイト目的の変化(%)
複数回答の選択率である。
日本大学『学生生活実態調査』より作成。

日本は教育が普及した社会ですが、それは家計に大きな負担を強いることで成り立っています。大学では、バイトに精を出すあまり、ただ籍を置くだけという「形式的就学」も広がっています。私自身、そういう学生を何人も見てきました。

教育大国の中身を解剖すると、このような病理が検出されるのは確かです。

教育課程

高校生の家庭環境・学力・学校適応

わが国の高校は、有名大学への進学可能性に依拠して精緻に階層化されています。「上位校」「中位校」「底辺校」といった言い回しを聞いたことがあるかと思います。私が中学の頃は、教師の口からこういう言葉がポンポン出ていましたが、今はどうなのでしょう。どの高校に入ったかで、卒業後に進むことができる進路が制約される。この現象を、教育社会学の用語で「トラッキング」といいます。

しかるに、階層構造上の位置に応じて異なるのは、卒業後に選択可能な進路だけではありません。生徒の家庭環境、学力、果ては問題行動の発生頻度も大きく違っています。横浜国立大学の渡部真教授は、階層構造の中で下位に位置する高校において、非行に親和的なカルチャー(非行下位文化)が蔓延っていることを明らかにしています(「高校間格差と生徒の非行的文化」『犯罪社会学研究』第7号、1982年)。

まさに制度的社会化とでも呼べる現象ですが、国際学力調査「PISA 2009」のデータを使って、それを可視化してみましょう。この調査の対象は15歳生徒であり、日本では、高校1年生が回答しています。

本調査は、読解力、数学的リテラシー、科学的リテラシーといった学力に加えて、対象生徒の家庭環境や学校生活の状況も調べています。後者の生徒質問紙のデータをもとに、高校1年生生徒の家庭環境をみてみましょう。

ここでの関心は、在籍する高校のランクによる違いです。ランクを明らかにするのは容易ではないですが、高い学力をつけることに対して、保護者からどれほど期待があるかに注目して、対象者の在籍高校を3群に分けてみます。以下の①を上位校、②を中位校、③を下位校と見立てます。各高校の校長の回答です。

① 非常に高い学業水準を設定し、生徒にこれに見合った高い学力をつけさせていくことを期待する圧力を常に多くの保護者から受けている。
② 生徒の学力水準を高めていくことを期待する圧力を、少数の保護者から受けている。
③ 生徒の学力水準を高めていくことを期待する圧力を、保護者から受けることはほとんどない。

生徒数（総計6088人）の比でいうと、上：中：下の比重は「3：5：2」というところです。下がやや少ないですが、歪《いびつ》というのではなく、中央が厚いノーマル分布です。

図4-1は、父親が大卒以上の者、父親が熟練ホワイトカラーの者、ひとり親世帯の生徒の割合のグラフです。無回答を除外して、%を出しています。

下位校ほど、大卒や熟練ホワイトカラーの生徒が少なく、ひとり親世帯の生徒が相対的に多くなっています。後者の割合は、上位校では9・5%ですが、下位校はその倍を超える20・6%

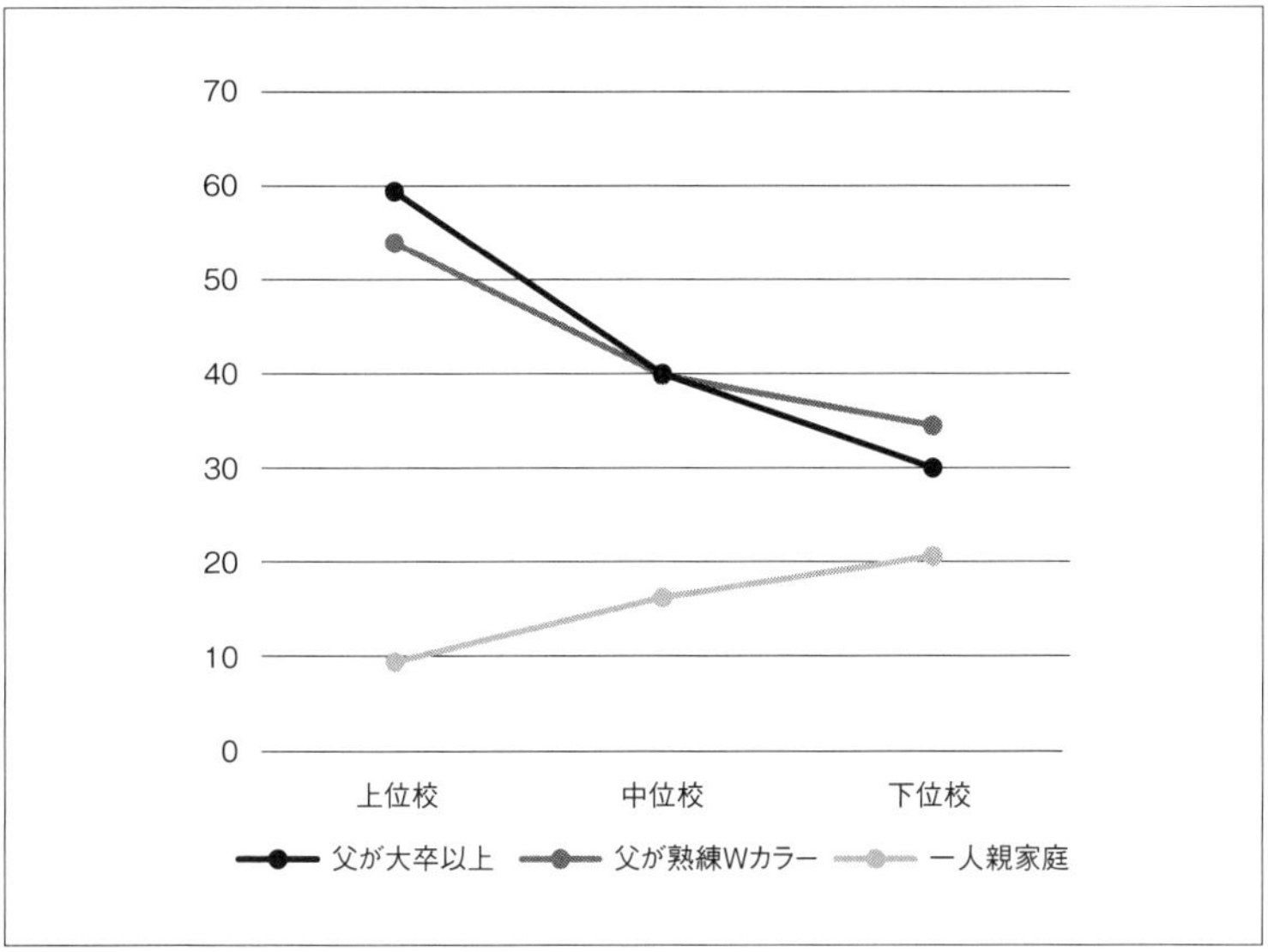

図4-1　高校生の家庭環境（%）
OECD「PISA 2009」より作成。

です。

上位校に入るには塾通いなどをする子が有利ですが、貧困家庭ではそれが難しい。こういう条件の差が出ているとみられます。どの高校に入ったかで、卒業後の進路が制約される「トラッキング」という現象がありますが、「貧困家庭→下位校→低い教育達成→当人も貧困」という、再生産のループの一端を構成しているようです。

次に、学校生活の内実をみてみましょう。上記の「PISA 2009」では、対教師関係と授業の様子（反学校文化）について尋ねています。各項目の肯定率を、タイプごとに整理してみました。対教師関係の5項目は、「とても当てはまる」＋「あてはまる」の比率です。反学校文化の5項目は、「全

カテゴリー	項目	上位校	中位校	下位校
家庭環境（%）	父が大卒以上	**59.5**	40.3	30.1
	父が熟練ホワイトカラー	**53.8**	39.7	34.6
	ひとり親家庭	9.5	16.2	**20.6**
学力（平均点）	読解力	**575**	500	489
	数学的リテラシー	**586**	508	499
	科学的リテラシー	**594**	521	507
対教師関係（%）	たいていの先生とうまくやっている	**78.4**	71.3	71.0
	多くの先生は、私が満足しているかに関心がある	**32.4**	26.8	25.0
	たいていの先生は、こちらが言うべきことをちゃんと聞いている	**69.4**	61.1	58.2
	必要なときは、先生が助けてくれる	**69.3**	62.3	58.3
	たいていの先生は、私を公平に扱ってくれる	**79.4**	73.0	71.1
反学校文化（%）	生徒は、先生の言うことを聞いていない	47.4	61.9	**65.1**
	授業中は騒がしくて、荒れている	27.1	47.0	**51.5**
	先生は、生徒が静まるまで長い時間待たないといけない	25.0	39.7	**42.0**
	生徒は、勉強があまりよくできない	42.1	59.0	**60.9**
	生徒は、授業が始まっても勉強になかなかとりかからない	27.8	44.1	**47.5**

図4-2　高校生の家庭環境・学力・学校適応
OECD「PISA 2009」より作成。

てorほとんどorいくつかの授業でそうだ」の割合です。無回答を除いて%を出しました。

前後しますが、その前の段には、読解力、数学的リテラシー、科学的リテラシーの平均点も入れています。

太字は3タイプの中での最高値ですが、学力と対教師関係の良好度は「上>中>下」、反学校文化は「上<中<下」となっています。例外がない、見事な傾向です。私の頃に比べて弱まっているとはいいますが、高校進学時において、学力に依拠した精緻な「輪切り」選抜が未だに機能していることが知られます。

対教師関係も学校タイプ差がありますが、「どうせ、ウチの高校だから……」と、教師たちが暗に低い期待（眼差し）を寄せていることはないでしょうか。生徒は、それを敏感に察知するものです。

下段の反学校文化も、明瞭な学校差があります。授業中荒れていると感じる生徒の比率は、上位校では27・1％ですが、下位校では51・5％と半分を超えます。「朱に交わると赤くなる」といいますが、この傾向は、2年、3年と学年が進行するにつれ顕著になると思われます。教育社会学でいう「組織的社会化」です。

わが国では、青少年の自我や資質を大きく水路づける巨大な社会的装置が存在します。高校階層構造です。認めたくはないですが、その影響は、現場の実践を凌ぐとすらいえます。

それを解体するのはもはや困難ですが、われわれが心がけるべきは、「あの高校だから……」と偏した眼差しを向けないこと。どの高校の生徒も、無限の発達可能性を秘めた、若き青少年です。このことを認識することが、まずは必要なのではないかと思います。

教育課程

教科の得意率の階層差

学校の成績に階層格差があるのは、教育社会学で繰り返し明らかにされていることですが、勉強に対する意識にも同じような「格差」がみられます。国立青少年教育振興機構『青少年の体験活動等に関する実態調査』（2014年度）のローデータを使って、この点に関する実証データを作ってみましょう。

本調査の対象は、小学校4～6年生、中学校2年生、高校2年生ですが、小学生については保護者調査も合わせて実施し、家庭の年収も訊いています。小学生のサンプルを使って、家庭の年収と勉強の得意意識のクロスをとると、**図5-1**のようになります。無回答は除いた、回答分布です。

年収が高い群ほど、「勉強はとても得意」と評する児童の比率が高くなっています。年収200万未満の貧困層では10・0％ですが、年収1000万超の富裕層では29・5％、およそ3倍です。逆に、最も強い否定の回答比率は、貧困層ほど高くなっています。

攪乱が全くない、きれいな傾向です。家庭の経済資本や文化資本の差の反映であることは、言うまでもありません。

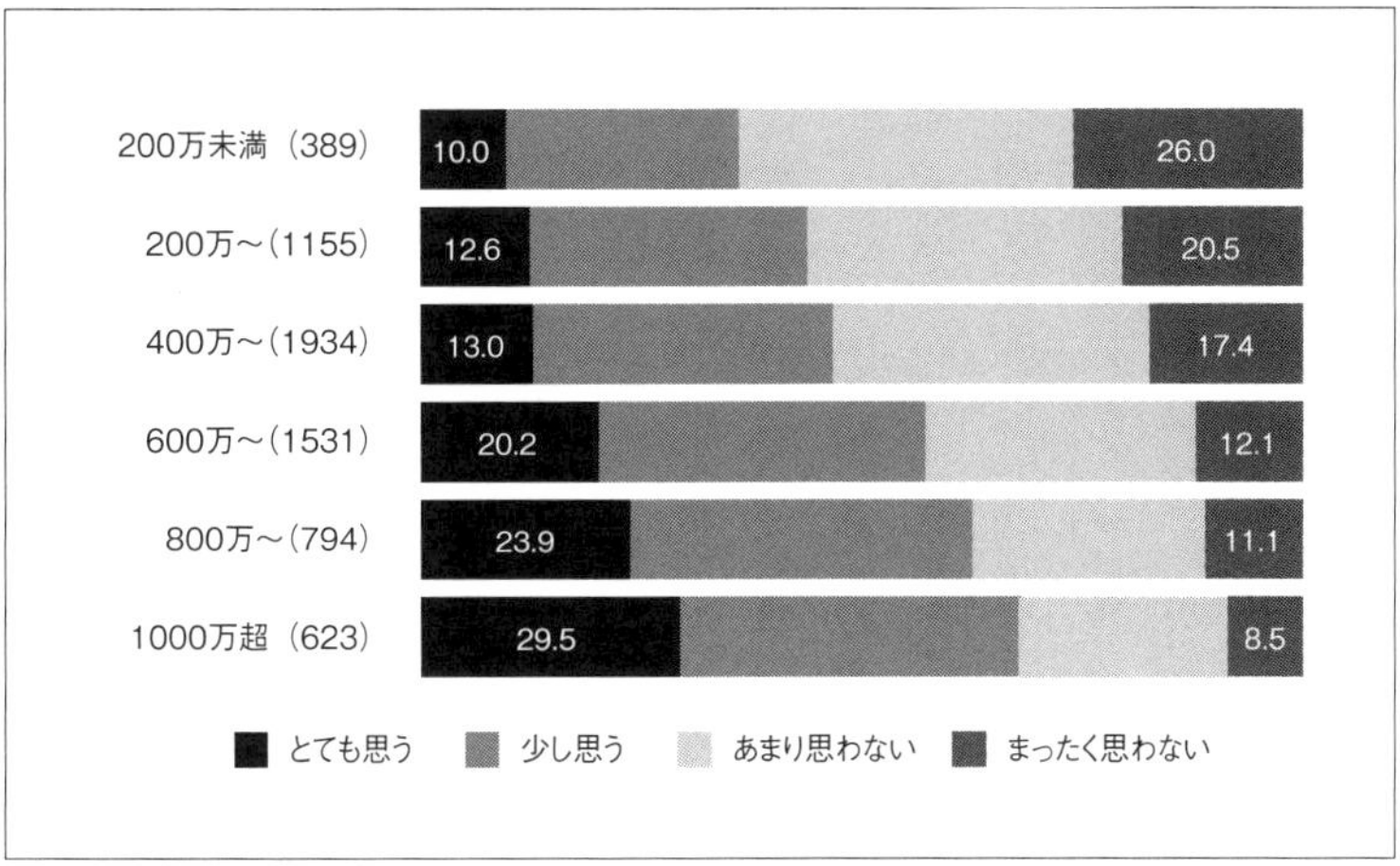

図5-1　勉強は得意なほうだ
家庭の年収階層別の回答分布（%）である。（　　）内はサンプルサイズ。
国立青少年教育振興機構『青少年の体験活動等に関する実態調査』（2014年度）より作成。

ところで、一口に勉強といっても、内容は多岐にわたります。たとえば学校には複数の教科がありますが、得意度が家庭環境要因と関連するレベルは、教科によって異なると思われます。

上記の調査では、対象の小学生に対し、8つの教科と外国語活動が得意か否かを訊いています。最高学年の6年生のサンプルを取り出し、算数と家庭の得意率が、家庭の年収によってどう変わるかをグラフにすると、**図5-2**のようになります。当該の教科が「得意」と答えた児童の割合です。

算数の得意率は、家庭の年収ときれいに比例しています。しかし家庭科はそうではなく、むしろ年収が低い層のほうが得意率は高くなっています。家庭科の内容は、裁縫や料理など、実生活に即したものですが、低収入層の子どもは、自宅でそれをする（させられ

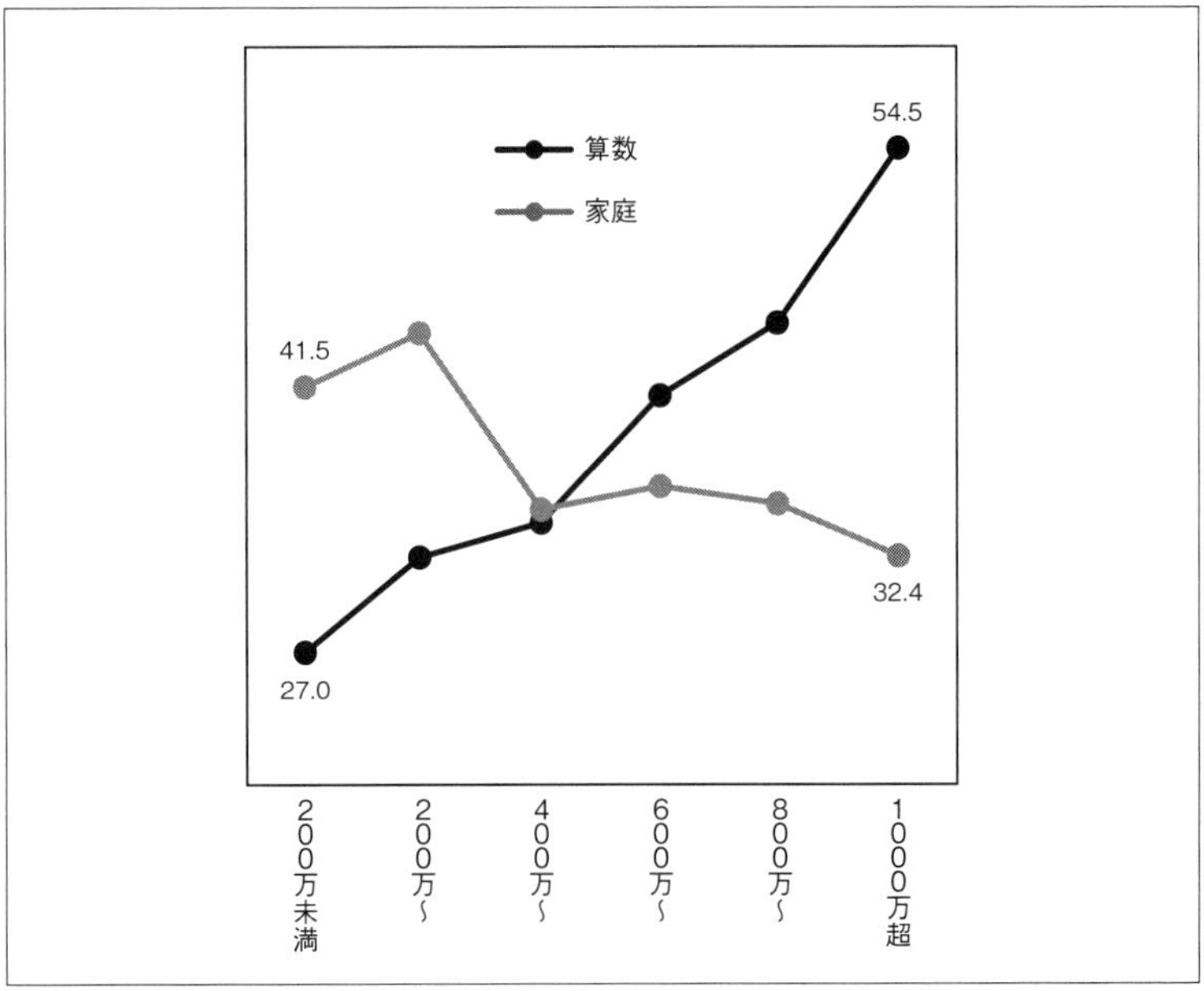

図5-2　小学校6年生の得意率(%)
家庭の年収階層別の得意率である。
図5-1と同じ資料より作成。

る）機会が多いので、得意率が高いのでしょうか。

これは6年生の算数と家庭の傾向ですが、他学年や他教科ではどうでしょう。4〜6年生の各教科について、年収階層の両端（200万未満、1000万超）の得意率を出し、表に整理してみました。貧困層と富裕層の比較です。**（図5-3）**

教科によって、得意率の階層差の様相は違っています。おおむね、座学の教科では富裕層の方が高く、実技系ではその逆になっています。算数は前者、家庭は後者の典型例です。

太字は、富裕層の得意率が貧困層の1・2倍以上であること

		a 200万未満	b 1000万超	b／a 倍率
小4	国語	25.0	33.2	**1.33**
	社会	24.2	26.8	1.11
	算数	29.0	50.2	**1.73**
	理科	46.8	52.2	1.12
	音楽	44.4	46.8	1.06
	図工	65.3	61.0	0.93
	家庭	20.2	17.1	0.85
	体育	59.7	56.6	0.95
	外国語活動	15.3	25.4	**1.66**
小5	国語	20.0	33.3	**1.67**
	社会	23.5	34.7	**1.48**
	算数	26.1	51.9	**1.99**
	理科	38.3	48.6	**1.27**
	音楽	42.6	39.4	0.92
	図工	50.4	44.9	0.89
	家庭	47.8	38.9	0.81
	体育	60.9	60.2	0.99
	外国語活動	26.1	39.4	1.51
小6	国語	30.8	35.2	1.14
	社会	26.4	41.8	**1.58**
	算数	27.0	54.5	**2.01**
	理科	34.0	39.4	1.16
	音楽	42.8	36.2	0.85
	図工	46.5	41.8	0.90
	家庭	41.5	32.4	0.78
	体育	51.6	47.4	0.92
	外国語活動	20.1	28.2	**1.40**

図5-3　貧困層と富裕層の得意率(%)
図5-1と同じ資料より作成。

を示します。階層格差が大きい教科ですが、要注意はやはり算数ですね。4年生では1・73倍、5年生では1・99倍、6年生では2・01倍というように、学年を上がるにつれて、階層差が開いていく傾向もあります。内容が高度化し、塾通いなどができる子が有利になる、ということだと思われます。

外国語活動（英語）は、階層差が学年を経るにつれ小さくなってきます。やり始めの4年生では、幼少期の英語教室通いの違いなどが反映されるのでしょう。

学力の階層差を縮めようという実践がされていますが、観察される格差は、教科によって異なるようです。「個に応じた指導」の重点の置き具合も、教科によって違ってきます。データで要注意の部分を析出し、個別指導の力点の傾斜を設けるなど、一様ではない対策も求められます。

蛇足ですが、富裕層の家庭科の得意率が低いことは、生活構造の歪みの投影といえるかもしれません。過度の塾通いなど。他者への共感のない勉強（ガリ勉）は、エゴの増幅にしかなりません。お手伝いもしっかりさせましょう。

教育課程

数学得意率と数学得点の相関

国際学力調査としては、ＯＥＣＤが３年おきに実施している「ＰＩＳＡ」が有名ですが、ＩＥＡ（国際教育到達度評価学会）が４年おきに実施している「ＴＩＭＳＳ」もよく知られています。各国の数学と理科の学力を計測する調査です。対象は、小学校４年生と中学校２年生です。日本の児童・生徒の理系学力は高い水準にあります。これは当局の報告書でもいわれていますが、教科の得意度と絡めてみると、「はて？」という傾向が出てきます。中学校２年生の数学に着目して、それを紹介しましょう。

上記調査では、「数学が得意だ」という項目に、自分がどれほど当てはまるかを訊いています。「とてもそう思う」ないしは「そう思う」と答えた生徒の率を、数学得意率とします。この指標を横軸、数学の平均点をとった座標上に、調査対象の42か国を配置すると**図6－1**のようになります。２０１１年調査のデータをもとに作図しました。

数学が得意な生徒が多い国ほど数学学力が高いと思いきや、現実は逆になっています。相関係数は、－０・７１５８にもなります。

右下の発展途上国は、数学学力は低いが、数学得意率が際立って高い。日本をはじめとした

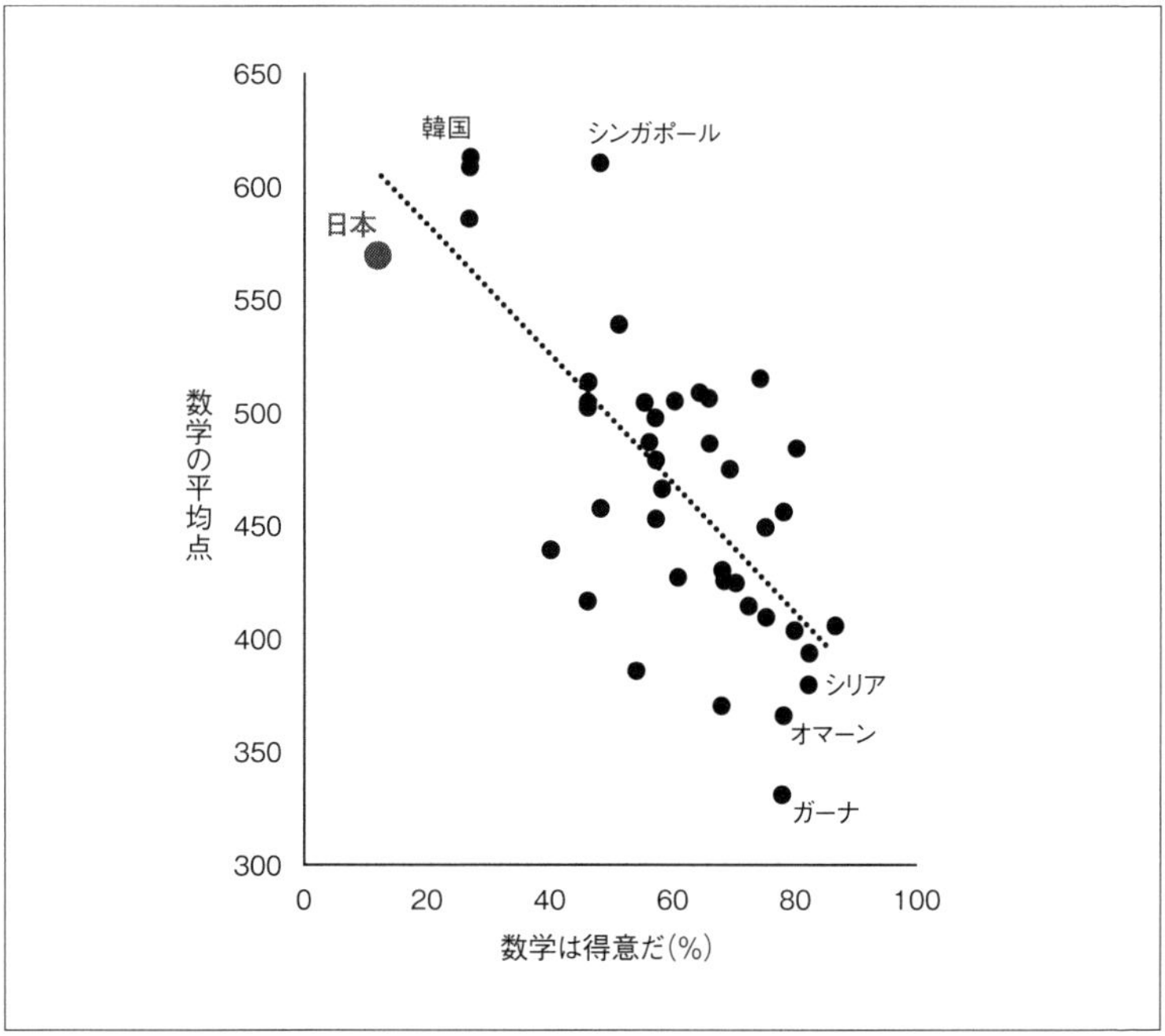

図6-1　数学の得意率と平均点
中学校2年生のデータである。横軸は、「とても当てはまる」+「少し当てはまる」の回答比率。
IEA「TIMSS 2011」より作成。

アジア諸国はその逆。教科の内容や、要求される到達水準の差によるのでしょうが、右下の社会の生徒のほうが幸福度は高そうですね。

私の中学校の数学教師が、こんな愚痴をこぼしていました。「本当は、教科書の後ろの問題ができれば十分なんだよ。でも、社会生活を送れるんだよ。でも、高校入試で選り分けないといけない、それには奇問難問を出さないといけない。〝できない子〟が強制的に生み出される。困ったもんだよ」と。

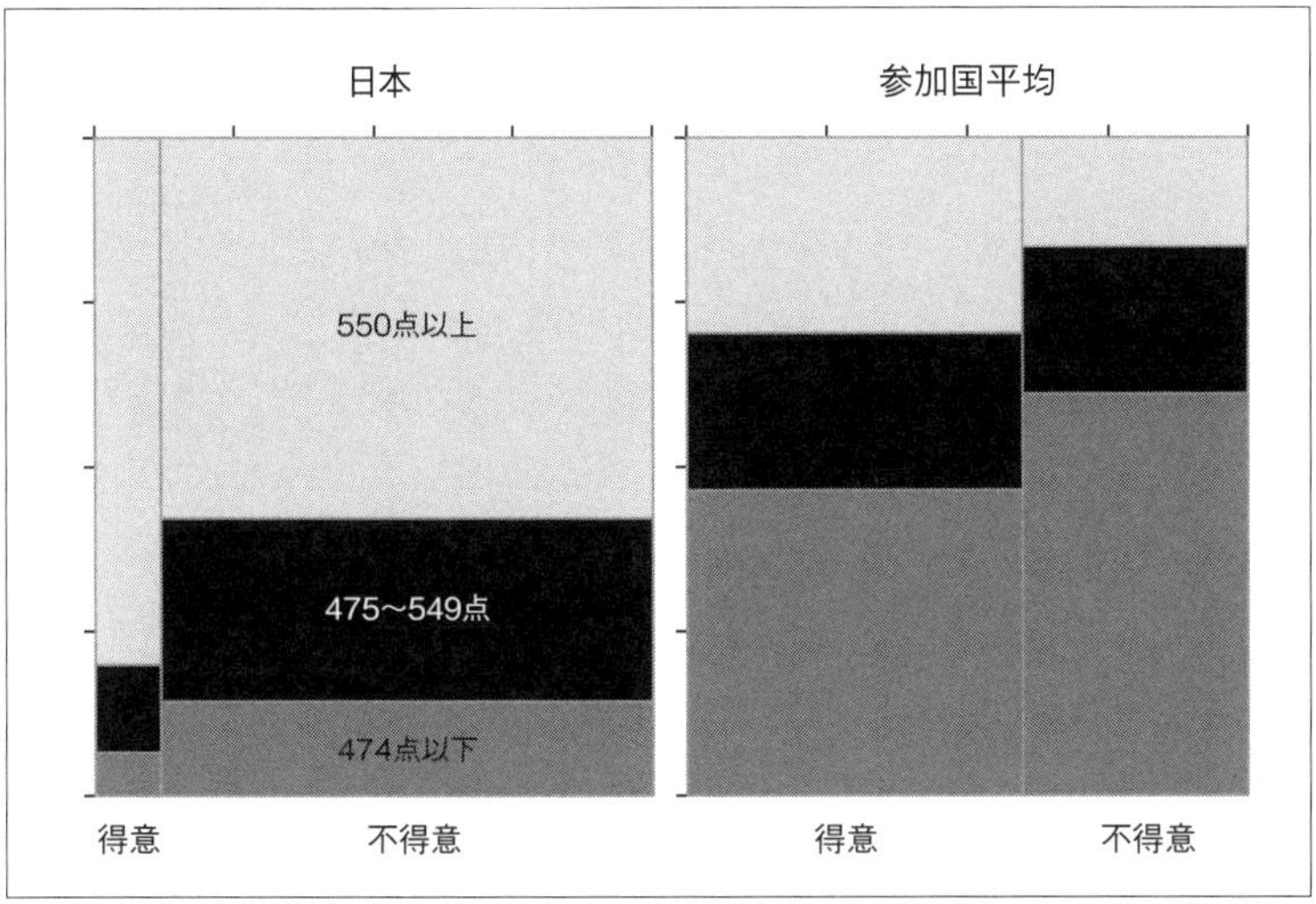

図6-2　数学得意・不得意と数学得点分布の関連
中学校2年生のデータである。
IEA「TIMSS 2011」より作成。

「みんな100点では困る、順位をつけないといけない」。こうした相対テストを日本の生徒は何度も受けさせられるのですが、それでは「出来の絶対水準」とは無関係に、自尊心（自信）を剝奪される生徒が多くなるのも、無理からぬことです。

近年では、相対評価はあまりよくないということで、絶対評価や個人内評価が重視されるようになっています。後者は、前と比べてどうかというように、当該個人内部の基準（過去、他教科……）に依拠する評価方式です。

他人との比較にばかり晒されている日本の生徒さん、自分の指導に自信をなくしている先生方に先ほどの図を見ていただきたいのですが、あと一つの図を掲げておきましょう。数学得意度と数学得点のクロス集計結果です。左は日本、右は国際平均の図です。横幅によって、得意群・不得意群の比重も表現しています。

日本は不得意群が大半なのですが、その多くが、国際標準でみた高い水準（550点以上）に到達しています。他国の得意群よりも、はるかに高いアチーブメントです。

理系学力が高い生徒を育てること、理系教科に得意感（親近感）を持つ生徒を育てること。国の科学力を強化するに際してはどっちも大事ですが、現実には相反することが多いようです。しかし日本は、後者があまりに弱い。理系学力を鍛えても、それを活かして理系職を望む生徒が少ない（とくに女子）。何とももったいないことです。

過密カリキュラムをちょっと緩めること、入試で度の過ぎた奇問難問を出すのを禁じ、科学に対する意欲・態度の面をもっと重視すること……。今進んでいる大学入試改革は、この方向に動いていますが、良いことだと思います。人員増員といった条件整備と並行して、ぜひとも具現してほしいものです。

国際比較をやってみると、国内しか見渡せないって、本当に不幸だと感じます。自分の置かれた状況を相対視できない。その檻から自らを解き放ち、改革の筋道（可能性）を示してくれる。国際比較の意義というのは、こういうことです。

日本の生徒はもっと自信をもっていい。このことは、間違いなく言えると思います。

理系リテラシーのジェンダー差

学力の階層格差の問題が関心を集めていますが、性別による違いもあります。とくに理系教科の学力は、男女の差が顕著です。

これをどう見るか。男女の違いは、生物学的なものと社会的なものに分けられますが、理系学力の性差は、前者の視点から解釈されることが多いように思います。曰く、「女子の脳は男子に比して理系向きにできていない」と。よって、男女の理系学力の差は仕方ないことだというわけです。

私は、医学や生理学については素人ですが、確かにそういう面はあるでしょう。しかるに、そればかりを強調するのは誤りだと思います。なぜなら、理系学力の性差がどういうものかは、社会によって異なるからです。

そのデータをご覧に入れましょう。OECDの国際学力調査「PISA」では、15歳生徒の数学的リテラシーと科学的リテラシーを計測しています。最新の2015年調査のデータを使って、双方の平均点の男女差を国ごとに出してみます。新聞では、男女トータルの平均点の国際順位が取り上げられますが、男女差の国際比較をしてみると面白い。**図7-1**は、主要8

	数学的リテラシー			科学的リテラシー		
	男子	女子	性差	男子	女子	性差
日本	539.3	525.5	13.8	545.1	531.5	13.6
韓国	520.8	527.8	-7.0	511.2	520.8	-9.6
アメリカ	473.9	465.4	8.5	499.6	492.9	6.8
イギリス	498.2	486.6	11.6	509.6	508.8	0.7
ドイツ	514.1	497.5	16.6	514.3	503.8	10.5
フランス	495.9	490.0	6.0	495.9	494.0	1.9
スウェーデン	492.8	495.1	-2.2	491.2	495.7	-4.6
フィンランド	507.5	515.0	-7.5	521.5	540.5	-19.0

図7-1　理系リテラシーのジェンダー差(8か国)
15歳生徒のデータ。性差とは、男子の平均点から女子のそれを引いた値。
OECD「PISA 2015」より作成。

か国のデータです。

数学・科学の平均点とも、日本は高い水準にありますが、ここでの関心は男女差です。日本は、「男子＞女子」の傾向がはっきりしています。数学・科学とも、男子は女子よりも14ポイント近く高くなっています。米英独仏も、「男子＞女子」の社会です。

しかしお隣の韓国と北欧の2国では、男子よりも女子の平均点が高くなっています。フィンランドではそれが顕著で、科学的リテラシーでは、女子の平均点が男子よりも19ポイントも高いと。

われわれの感覚では、理系の学力は「男子が女子より高い」ですが、その反対の社会もあります。自分たちの固定観念が揺さぶられますねえ。これが、国際比較の面白いところです。

上表は8か国のデータですが、全世界を見渡すならば、「男子＜女子」の社会はもっとあります。「PISA2015」からは73か国のデータを得ることができます。横軸に数学的リテラシー、縦軸に科学的リテラシーの性差をとった座標上に、73の社会を配置すると図7‐2のようになります。性差とは、男子の平均点から女子のそれを差し引いた値です。

右上にあるのは双方とも値がプラス、つまり数学・科学とも「男子∨女子」の社会です。わが国はこれに当てはまります。対極の左下は、数学・科学とも女子が男子を凌駕している国です。左下には、ヨルダン、アラブ首長国連邦、カタールなど、イスラームの国が多くなっています。宗教上の理由により、女性はあまり外に出ない社会ですが、国力増強のため、理系の分野では、女子も男子と同じように勉強するチャンスが開かれているのだそうです。しかし、ヨルダンはすごい。科学的リテラシーの平均点は、男子が389点、女子が428点と、女子のほうが40ポイント近くも高くなっています。

女子の理系学力が男子より高い社会もあり、その数は決して少なくはありません（グラフの左下）。こういうデータをみると、「女子の脳は男子に比して理系向きにできていない」という説の普遍性を疑いたくなります。

日本の理系学力の性差は生物学的なものではなく、社会的なものなのではないか。後者を、社会学の専門用語で「ジェンダー（gender）」といいます。社会的に作られた性、いわゆる「男らしさ、女らしさ」というようなものです。

私が中学の頃、数学がバリバリできた女子生徒がいましたが、担当教師から「お前、嫁のもらい手がなくなるぞ」と冷やかされていました。四半世紀以上も前の話ですが、数学や理科が得意な女子、理系に進む女子って変わっている……。こういう（見えざる）眼差しがあるのは

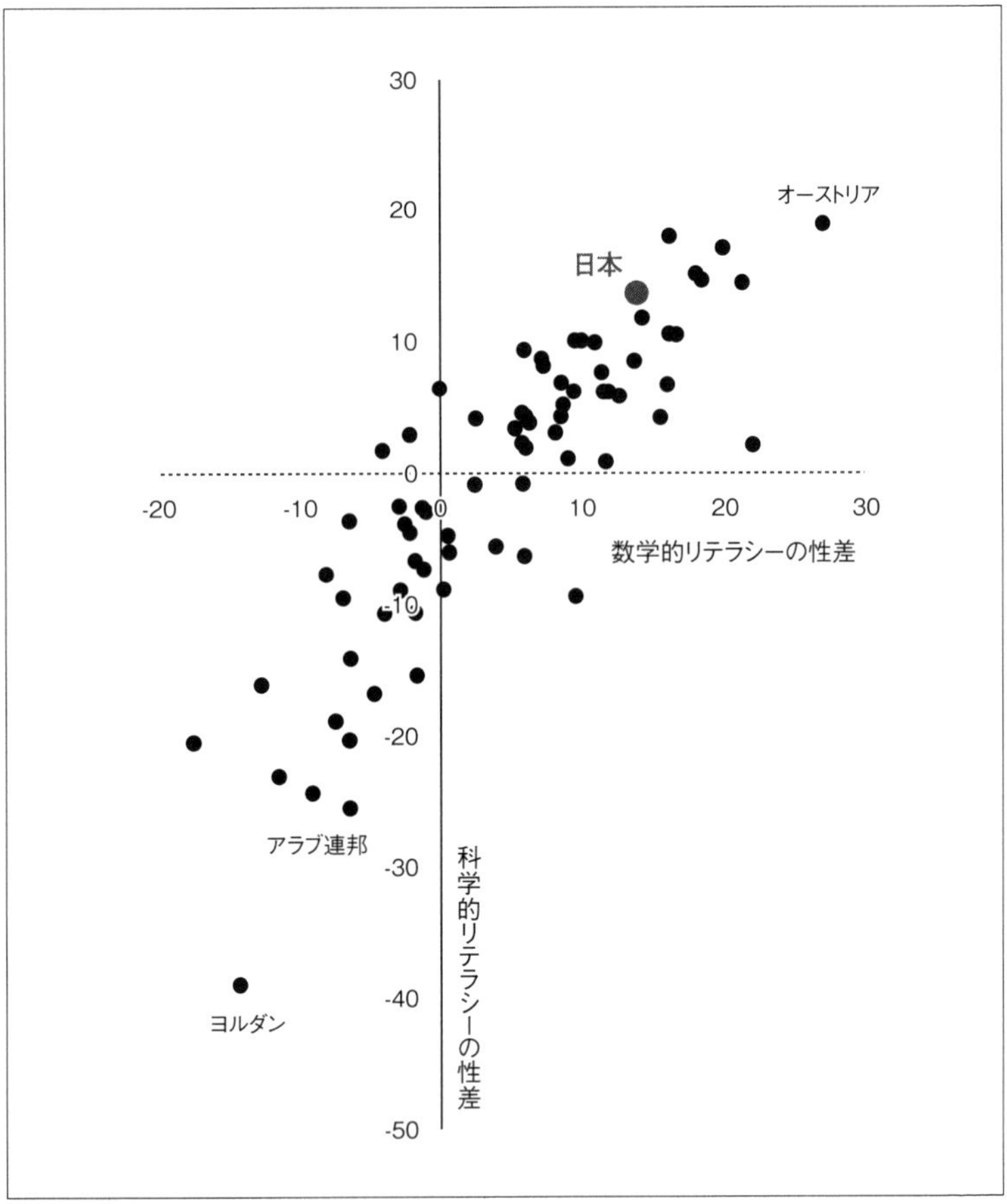

図7-2　理系リテラシーのジェンダー差
15歳生徒のデータ。性差とは、男子の平均点から女子のそれを引いた値。
OECD「PISA 2015」より作成。

否めないでしょう。

村松泰子・東京学芸大学名誉教授の調査結果によると、理科でよい成績をとることを期待されていると感じる生徒の割合は、女子より男子で高いそうです（『学校教育におけるジェンダー・バイアスに関する研究』東京学芸大学、２００２年）。女子は、無意識に自分を抑えてしまっている。理系教科の嗜好（成績）がいつも「男子＞女子」であるのは、このことと無関係ではないでしょう。

教師は、日々の教授活動の中で、子どもに向ける眼差しにゆがみ（バイアス）が生じていないかどうか、絶えず反省的でないといけません。また、女子生徒にとっての役割モデルの提供も重要。中学・高校の理系教科担当教員の女性比率を（意図的に）高めることも、リケジョを増やす戦略として考えられてもよいでしょう。

「人間は社会的に作られる」。教育社会学の基本テーゼですが、理系学力のジェンダー差のデータは、それが事実であることを教えてくれる恰好の教材です。

小・中・高校生の読書実施率

2001年に「子どもの読書活動の推進に関する法律」が制定され、子どもの読書を促す取組がなされてきています。この法律の2条では、次のようにいわれています。教員採用試験でもよく出題される重要条文です。

「読書活動は、子どもが、言葉を学び、感性を磨き、表現力を高め、創造力を豊かなものにし、人生をより深く生きる力を身に付けていく上で欠くことのできないものである」（子どもの読書活動の推進に関する法律第2条）。いいこと書いてますねえ。「人生をより深く生きる力」ですか。子どもが接する親や教師はありきたりのことしか言いませんが、本にはいろんなことが書いてありますからね。

では、当の子どもはどれほど本を読んでいるか。本項では、小・中・高校生の読書実施率を取り上げようと思います。「趣味として」実施するものです。学校の朝の10分間読書などで強制されるものは含みません。

2011年の総務省『社会生活基本調査』によると、調査日（2011年10月1日）から遡った過去1年間において、趣味として読書を実施した者の割合は、小学生で53・1％、中学生で

51・3%、高校生で43・7%となっています。

青年期は「内」にこもる時期。青年は読書を好む。青年心理学のテキストにはこんなことが書いてありますが、発達段階を上がるにつれ読書実施率は上がるかと思いきや、実態は逆です。とくに中学生と高校生の落差が大きく、51・3%から43・7%へとダウンします。おそらく受験のためでしょうが、多感な思春期・青年期に本に触れる機会が少ない、果ては減少するというのは、いかにも問題です。青年期の課題は、自我同一性（アイデンティティ）を確立することですが、その達成を阻む要因にもなるでしょう。

今みたのは全国の値ですが、都道府県別に出すこともできます。趣味としての読書実施率の都道府県差をみてみましょう。下表はその一覧ですが、右端には変化の型を記号で示しています。発達段階を上がるにつれ率が上がるか、下がるか、山（谷）がどこにあるかに依拠して出した、変化のタイプです。

＞＝小＞中＞高（下降型）
▲＝小＜中＞高（中学生が山）
▽＝小＞中＜高（中学生が谷）
＜＝小＜中＜高（上昇型）

右の4タイプですが、県によって読書実施率の変化型は多様です。図8-1もみていただければと思います。網掛けは、47都道府県中の最高値と最低値です。

最高値は、小学生は岩手、中学生は神奈川、高校生は香川です。中学生のマックスが、受験塾などが多い神奈川とは、ちょっと意外です。塾通いの電車の中で、本を読んだりするのでしょうか。香川は、中学生から高校生にかけて36・0％から60・7％へと激増します。最低値はどの段階も九州で、宮崎は、中高生の読書実施率が最も低くなっています。

次に右端の変化型ですが、全国傾向は「∧」なのですが、県別では中学生がピークの「▲」が最多です。ちょっと安堵させられます。中学生は青年期の入口ですが、この時期における本へののめり込み（逃避）を咎めるのではなく、大人への必要な道程として、大らかに見守りたいものです。

ただ、東京や大阪といった大都市では、明らかな下降型（＞）となっています。東京は小学生が66・4％、中学生が55・5％、高校生が43・9％というように、ガクン、ガクンと落ちていきます。

それぞれの段階にて、自県の位置はどこか、という関心もあるでしょう。段階ごとに、読書実施率が高い順に並べたランキング表も示しておきます。（図8－2）

白抜きは東京、マークは私の郷里・鹿児島の位置変化です。東京は下降型、鹿児島はV字型となっています。この表から、読書実施率の絶対値の変化とともに、全県内でも相対位置の変化も見て取れます。ご自分の県を丸で囲み、線でつないでみてください。大都市の神奈川は、がんばっていますね。子どもの読書先進県です。

小学生		中学生		高校生	
宮城県	67.2	神奈川県	61.7	香川県	60.7
東京都	66.4	千葉県	58.2	群馬県	55.9
群馬県	63.3	愛知県	58.1	長崎県	55.1
静岡県	61.6	福島県	57.6	神奈川県	52.7
長野県	60.4	宮城県	56.5	奈良県	52.1
北海道	59.3	長野県	55.6	千葉県	51.9
神奈川県	58.4	鳥取県	55.6	長野県	51.5
宮崎県	55.6	愛媛県	55.6	滋賀県	51.3
埼玉県	55.5	東京都	55.5	愛知県	50.2
三重県	54.5	埼玉県	54.4	宮城県	50.0
愛知県	54.1	静岡県	54.4	鳥取県	50.0
茨城県	53.7	石川県	54.1	鹿児島県	49.2
兵庫県	52.4	奈良県	52.5	岡山県	49.0
和歌山県	52.2	岐阜県	52.2	徳島県	47.8
香川県	52.0	福井県	52.0	栃木県	45.9
千葉県	51.9	広島県	51.9	福島県	45.2
富山県	51.9	滋賀県	51.1	茨城県	44.9
山口県	51.6	三重県	50.9	福井県	44.4
奈良県	51.5	青森県	50.0	山梨県	44.4
鹿児島県	51.4	山形県	50.0	和歌山県	44.1
滋賀県	51.4	群馬県	50.0	東京都	43.9
福島県	51.0	山梨県	50.0	山口県	43.6
秋田県	50.0	兵庫県	50.0	三重県	42.9
福井県	50.0	山口県	48.8	福岡県	42.4
鳥取県	50.0	富山県	48.4	佐賀県	42.3
島根県	50.0	京都府	48.4	山形県	41.7
福岡県	49.6	秋田県	48.3	島根県	41.7
大阪府	49.1	徳島県	47.8	兵庫県	41.5
岐阜県	49.0	長崎県	47.7	富山県	40.6
京都府	48.6	島根県	47.6	青森県	40.4
長崎県	48.5	鹿児島県	47.3	石川県	40.0
石川県	48.1	茨城県	46.6	広島県	39.7
山梨県	47.6	栃木県	46.6	愛媛県	39.5
広島県	47.1	新潟県	46.4	埼玉県	39.2
岩手県	46.7	福岡県	46.4	大分県	38.7
岡山県	44.2	佐賀県	46.2	北海道	38.6
徳島県	43.8	大阪府	45.8	大阪府	38.4
佐賀県	43.5	大分県	45.5	熊本県	38.3
青森県	43.3	北海道	43.9	岐阜県	38.0
山形県	41.9	和歌山県	43.3	京都府	37.8
愛媛県	41.9	岩手県	42.5	岩手県	37.8
栃木県	41.9	熊本県	42.3	秋田県	37.5
沖縄県	41.5	沖縄県	42.3	沖縄県	34.0
熊本県	41.3	高知県	42.1	新潟県	33.3
高知県	41.2	岡山県	40.0	静岡県	33.0
新潟県	40.4	香川県	36.0	高知県	31.6
大分県	35.7	宮崎県	35.3	宮崎県	27.0

図8-2　趣味としての読書実施率のランク（%）
過去1年間の実施率である。
総務省『社会生活基本調査』（2011年）より作成。

	小学生	中学生	高校生	変化型
北海道	59.3	43.9	38.6	＞
青森県	43.3	50.0	40.4	▲
岩手県	46.7	42.5	37.8	＞
宮城県	67.2	56.5	50.0	＞
秋田県	50.0	48.3	37.5	＞
山形県	41.9	50.0	41.7	▲
福島県	51.0	57.6	45.2	▲
茨城県	53.7	46.6	44.9	＞
栃木県	41.9	46.6	45.9	▲
群馬県	63.3	50.0	55.9	▽
埼玉県	55.5	54.4	39.2	＞
千葉県	51.9	58.2	51.9	▲
東京都	66.4	55.5	43.9	＞
神奈川県	58.4	61.7	52.7	▲
新潟県	40.4	46.4	33.3	▲
富山県	51.9	48.4	40.6	＞
石川県	48.1	54.1	40.0	▲
福井県	50.0	52.0	44.4	▲
山梨県	47.6	50.0	44.4	▲
長野県	60.4	55.6	51.5	＞
岐阜県	49.0	52.2	38.0	▲
静岡県	61.6	54.4	33.0	＞
愛知県	54.1	58.1	50.2	▲
三重県	54.5	50.9	42.9	＞
滋賀県	51.4	51.1	51.3	▽
京都府	48.6	48.4	37.8	＞
大阪府	49.1	45.8	38.4	＞
兵庫県	52.4	50.0	41.5	＞
奈良県	51.5	52.5	52.1	▲
和歌山県	52.2	43.3	44.1	▽
鳥取県	50.0	55.6	50.0	▲
島根県	50.0	47.6	41.7	＞
岡山県	44.2	40.0	49.0	▽
広島県	47.1	51.9	39.7	▲
山口県	51.6	48.8	43.6	＞
徳島県	43.8	47.8	47.8	＜
香川県	52.0	36.0	60.7	▽
愛媛県	41.9	55.6	39.5	▲
高知県	41.2	42.1	31.6	▲
福岡県	49.6	46.4	42.4	＞
佐賀県	43.5	46.2	42.3	▲
長崎県	48.5	47.7	55.1	▽
熊本県	41.3	42.3	38.3	▲
大分県	35.7	45.5	38.7	▲
宮崎県	55.6	35.3	27.0	＞
鹿児島県	51.4	47.3	49.2	▽
沖縄県	41.5	42.3	34.0	▲
全国	53.1	51.3	43.7	＞

図8-1　趣味としての読書実施率（%）
過去1年間の実施率である。
総務省『社会生活基本調査』（2011年）より作成。

各県の子どもの読書実施率（趣味）は、都市か田舎か、あるいは住民の所得や階層構成がどうかというような、社会経済指標とは無相関です。各県の政策の影響が大きい、ということでしょう。これは、子どもの読書志向を人為的に変えられるという希望的事実に他なりません。

朝の10分間読書のような「上」からの押し付けだけでなく、学校図書館の利用時間を延ばすなどの条件整備も進めていただきたいと思います。学校図書館の整備充実の必要性がいわれ、学校司書という専門スタッフも置かれることになりました（文科省「学校図書館の整備充実について」２０１６年11月）。このスタッフの采配も注目されます。

生徒の理系志向と理科の授業スタイルの関連

生徒の理系離れがいわれていますが、日本の生徒の理系職志望率は国際的にみて低い水準にあります。ＯＥＣＤの国際学力調査「ＰＩＳＡ ２００６」によると、「30歳の時点で理系関連の職に就いていると思う」と答えた15歳生徒の割合は、日本はたった８％で、世界で最下位です。

なぜこうなのかについては諸説がありますが、学校の授業の在り方に起因する面もあるのではないでしょうか。数学が何たるものか、理科が何たるものかを生徒が学ぶのは、学校での日々の授業を通してです。そうである以上、理系教科の授業スタイルがどういうものかも看過できない要因です。

私自身、高校の頃受けた理科の授業に、あまりいい印象は持っていません。教科書の内容は2年までの間に終わらせて、３年時の授業は大学受験のための補習に充てるような高校でしたので、スーパー「詰め込み」授業でした。まあ当時は、理科なんてこんなもんだろうと、諦めていたのですが。

しかし、大学に入ってから受けた「理科教育法」の授業で、認識が変わりました。担当の教授曰く。「物理学というのは、空がなぜ青いのかを教えてくれる学問である。それなのに、日本の理科の授業では、数式や公式をがむしゃらに教え込んでいる。これでは、この学問が嫌われても仕方がない」。全くその通りだと思いました。

「なぜ＊＊なんだろう」という、初発の問題意識を生徒の内に喚起させることをしない（それを生徒が持っていても度外視する）。実験や討議のような、知識に至るまでの科学的な道程を経ることもしない。ただ、既製の知識を湯水のごとく注ぎ込むだけ。これでは、理科嫌いの生徒が多くなろうというものです。

理科に限らず、日本の授業スタイルは知識の「注入型」が主流ですが、それに対峙するスタイルとして「開発型」があります。課題探求力のような、生徒の諸能力の開発に重きを置く教授スタイルのことで、理科の授業だと、実験や討議などが重視されます。

わが国の生徒の理系志向が少ないのは、こうした授業スタイルに由来する面があるのかもしれません。データでこの点を検討してみましょう。

最初に、各国の理科の授業がどれほど開発主義的なものかを数量化してみます。PISA2006の生徒質問紙調査では、対象の15歳生徒に対し、「理科の授業で、次のようなことがどれくらいあるか」と尋ねています。（図9-1）

生徒のアイディアを尊重する、実験や討議を行うなど、いずれも開発主義型の授業に関連する項目です。この17項目への反応を合成して、各国の理科の授業の開発主義度を測る尺度をつくります。

「1」という回答には4点、「2」には3点、「3」には2点、「4」には1点のスコアを付与

	いつもそうだ	たいていそうだ	たまにある	ほとんどない
①生徒はアイディアを説明する機会を与えられる	1	2	3	4
②生徒は実験室での実験に時間を費やす	1	2	3	4
③生徒は、理科の問題を実験によってどう検証するかを吟味することが求められる	1	2	3	4
④生徒は、理科の知識を日常生活の諸問題に適用することを求められる	1	2	3	4
⑤授業では、生徒の意見が尊重される	1	2	3	4
⑥生徒は、自分たちが行った実験から結論を引き出すことを求められる	1	2	3	4
⑦教師は、理科の発想がさまざまな現象にいかに当てはまるかを説明する	1	2	3	4
⑧生徒は、独自の実験を立案することを認められる	1	2	3	4
⑨ディベートやディスカッションが行われる	1	2	3	4
⑩教師による実験のデモンストレーションが行われる	1	2	3	4
⑪生徒は、独自の調査を実施する機会を与えられる	1	2	3	4
⑫教師は、理科を通して、学校の外の世界を生徒に理解させる	1	2	3	4
⑬生徒は、主題に関する議論を行う	1	2	3	4
⑭生徒は、教師の指導によって実験を行う	1	2	3	4
⑮教師は、科学的知識が生活とどう関わるかを明確に説明する	1	2	3	4
⑯生徒は、自分たちのアイディアを検証するための調査を行うことを求められる	1	2	3	4
⑰教師は、学校の理科が社会とどう関わるかを示すため、技術の応用の例を紹介する	1	2	3	4

図9-1　理科の授業スタイルに関する設問
OECD「PISA 2006」より作成。

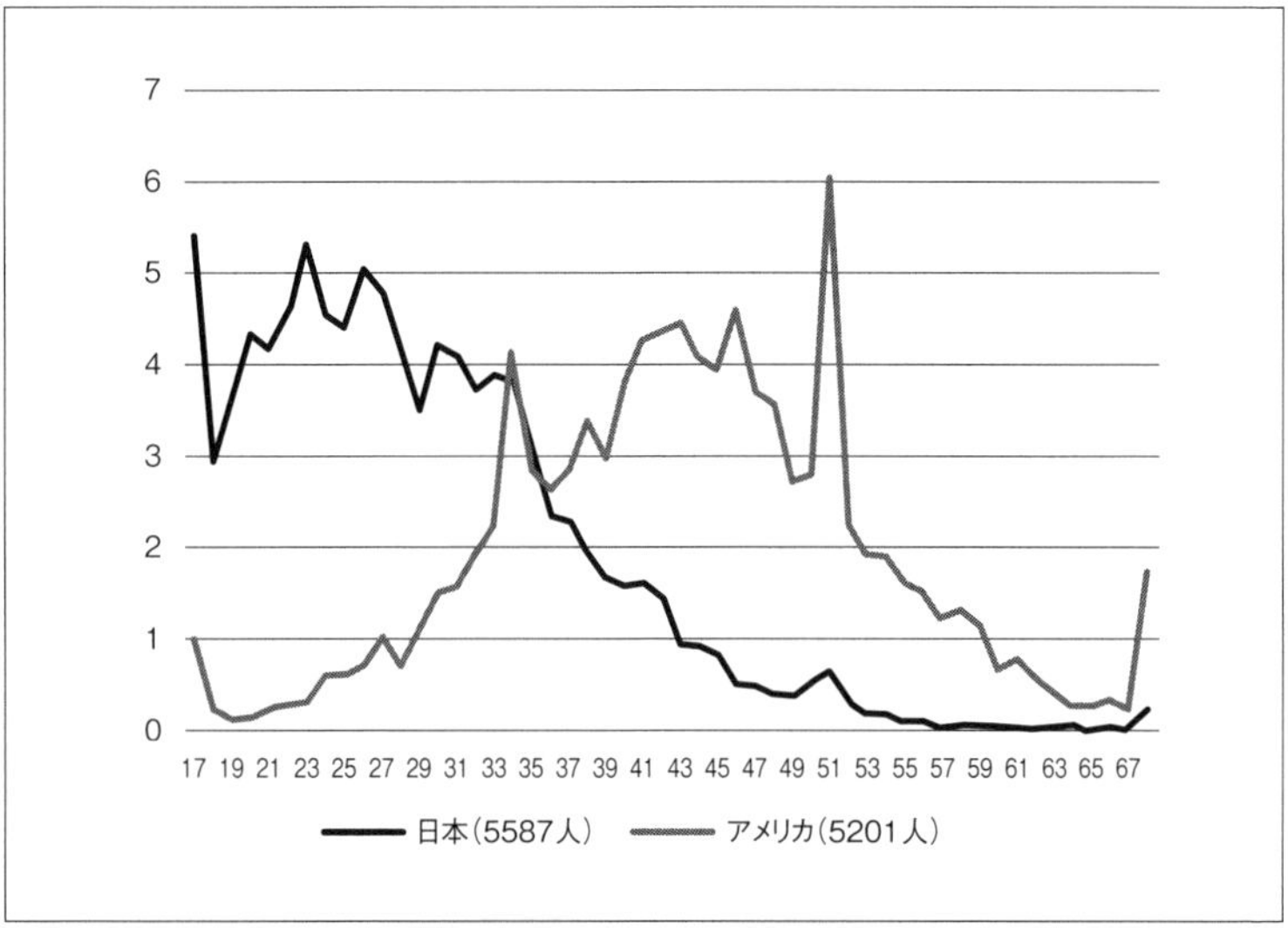

図9-2　理科授業の開発主義スコアの分布(%)
15歳生徒の回答による。
OECD「PISA 2006」より作成。

します。これによると、各生徒が受けている理科の授業の開発主義度は、17点から68点までのスコアで測られます。全部1に丸をつける、バリバリの開発主義授業を受けている生徒は68点です（4点×17＝68点）。その対極の最低点は17点となります（1点×17＝17点）。

私は、上記調査のローデータを使って、調査対象の57か国、33万8590人の生徒について、このスコアを計算しました。17項目のすべてに漏れなく有効回答を寄せた生徒たちです。**図9-2**は、日本とアメリカの生徒のスコア分布です。

日本は低得点層が多く、アメリカは高得点層が多くなっています。ピークは、アメリカは51点ですが、日本は最

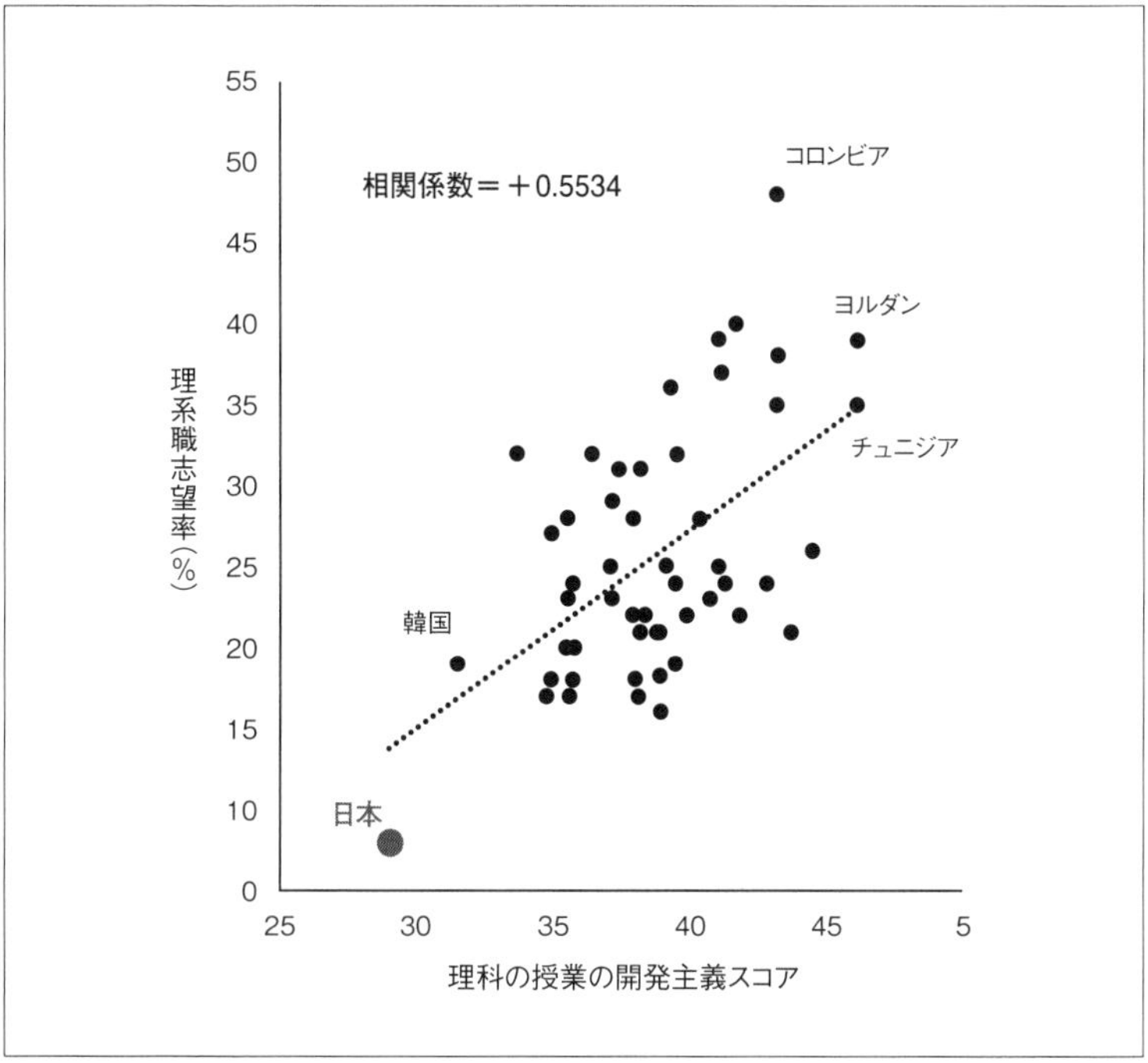

図9-3　理科の授業スタイルと理系志向
15歳生徒の回答による。
OECD「PISA 2006」より作成。

低の17点です。

　上図の分布から平均点を出すと、日本は29・1点、アメリカは43・5点となります。両国では、理科の授業の開発主義度が大きく違います。アメリカでは、わが国と比して、実験や討議を重視する開発主義型の理科の授業が行われていることがわかります。57か国について、同じスコアの平均値を計算すると、最高はカザフスタンの48・7点、最低は日本の29・1点なり。

　わが国の値が最低なの

はさておいて、理科の授業の開発主義度スコアが、生徒の理系職志望率とどう相関しているかをみてみましょう。後者は、「30歳の時点で理系関連の職に就いていると思う」と答えた生徒の比率です。同じく「PISA 2006」に回答した15歳生徒のデータです。（図9 - 3）

結果は、強い正の相関です。実験や討議に重きを置く、開発主義的な理科の授業を行っている国ほど、生徒の理系志向が高い傾向です。相関係数は＋0・5534あり、1％水準で有意と判断されます。

生徒の初発の問題意識を尊重し（問題意識を植えつけ）、そこから出た仮説を実験や討議で検証し、知識へと至る……。こういう科学の醍醐味を生徒が頻繁に味わっている国ほど、生徒の理系志向が高くなるというのは、ある意味、道理です。上図は、それを実証するデータの一つです。むろん、ある社会において、理科の授業が開発主義的であることと、生徒の理系志向が高いことは、根を同じくする現象である可能性も否定できませんが。

今年の春に公示された新学習指導要領のキーワードは、「アクティブ・ラーニング」です。理科の授業も、これまでの知識注入型から開発型へと方向転換がなされます。図9 - 3は2006年の散布図ですが、日本の位置がより右上にシフトしていることは間違いないでしょう。いや、そうでなければいけません。

教育課程

教育のＩＣＴ化の国際比較

私は前に、ＯＥＣＤ「ＰＩＳＡ ２００９」のデータを使って、日本の生徒のパソコンスキルが世界的にみて最低であることを明らかにしたことがあります（拙稿「日本の学生のパソコンスキルは、先進国で最低レベル」『ニューズウィーク日本版』２０１５年9月9日）。

あくまで自己評定の結果で、わが国の生徒の多くが謙虚な回答をしたためかもしれませんが、パソコンの所持率が低いこと（次項参照）を考えると、そうでもなさそうです。当然ですが、パソコンに実際に触れないと、スキルは身に付きませんから。

なぜ日本の生徒がパソコンを持たないかというと、必要ないからでしょう。今の社会ではネットは不可欠ですが、仲間と交信したり、ちょっとした情報収集をしたりするだけならスマホで十分。机の上に鎮座しているパソコンと向き合う必要はないわけです。

しかし、教育のＩＣＴ化が進んだ国ではそうはいきません。授業でコンピュータを使う頻度が高く、提出物もネットでやり取りするような国では、否が応でも自分専用のパソコンが必要になるでしょう。米国では、小学生でもパワポでのプレゼンがザラ。この国からの帰国子女が驚くのは、日本では作文を手書きで書かされることだそうです。

今回は、教育のICT化のレベルを国ごとに比べてみようと思います。教育のICT化とは、学校での教授活動において、コンピュータ等のICT機器が重要な役割を果たすようになることをいいます。高度情報社会では、当然の成り行きです。社会が情報化している以上、教育も情報化しないといけません。

それぞれの国では、学校での教授活動において、デジタル機器がどれほど使われているのか。OECDの「PISA 2015」のICT調査では、15歳の生徒に対し、学校内外での学習に際して、デジタル機器をどれくらいの頻度で使うかを尋ねています。（図10‐1）

学校外は12項目、学校内は9項目について、使用頻度を5段階で問うています。これらへの回答を合成して、学校外、学校内の学習におけるデジタル機器の利用頻度を測る尺度(measure)を作ってみます。

やり方は簡単で、選択された数値を合計するだけです。上段の学校外でいうと、全部「5」に丸をつけるスーパーICT少年は35点（5×12＝60）となり、全部「1」を選ぶ生徒は12点となります。つまり、学校外の学習でのデジタル機器利用頻度は12～60点までのスコアで測られるわけです。学校内の利用頻度スコアは、9～45点の分布をとることになります。

上記調査のローデータを分析して、各国の15歳生徒のスコア分布を出してみました。手始めに、学校外の利用度スコア分布の例をお見せしましょう。図10‐2は、日本の生徒6014人と、北欧のデンマークの生徒5354人の点数分布です。分析対象は、表の全項目に有効回答を寄せた生徒です。

		滅多にしない	月に1・2回	週に1・2回	ほぼ毎日	毎日
学校外	インターネットで課題をする。	1	2	3	4	5
	インターネットで授業の補助学習を行う。	1	2	3	4	5
	課題について、他の生徒とメールで交信する。	1	2	3	4	5
	課題について、教師とメールで交信する。	1	2	3	4	5
	課題について、他の生徒とSNSで交信する。	1	2	3	4	5
	教師とSNSで交信する。	1	2	3	4	5
	学校のサイトから時間割や教材等をダウンロードする。	1	2	3	4	5
	学校のサイトで、伝達事項等をチェックする。	1	2	3	4	5
	コンピュータで宿題をする。	1	2	3	4	5
	モバイル機器で宿題をする。	1	2	3	4	5
	モバイル機器で、学習用のソフトをダウンロードする。	1	2	3	4	5
	モバイル機器で、科学の学習用のソフトをダウンロードする。	1	2	3	4	5
学校内	チャットを使う。	1	2	3	4	5
	メールをする。	1	2	3	4	5
	課題をするのにネットを使う。	1	2	3	4	5
	校内サイトから教材等をダウンロードする。	1	2	3	4	5
	作品を学校のサイトに載せる。	1	2	3	4	5
	シュミレーションをする。	1	2	3	4	5
	外国語や数学のドリル等をする。	1	2	3	4	5
	学校のコンピュータで宿題をする。	1	2	3	4	5
	学校のコンピュータで宿題をする。グループワークをする。	1	2	3	4	5

図10-1　デジタル機器の利用度の設問
OECD「PISA 2015」より作成。

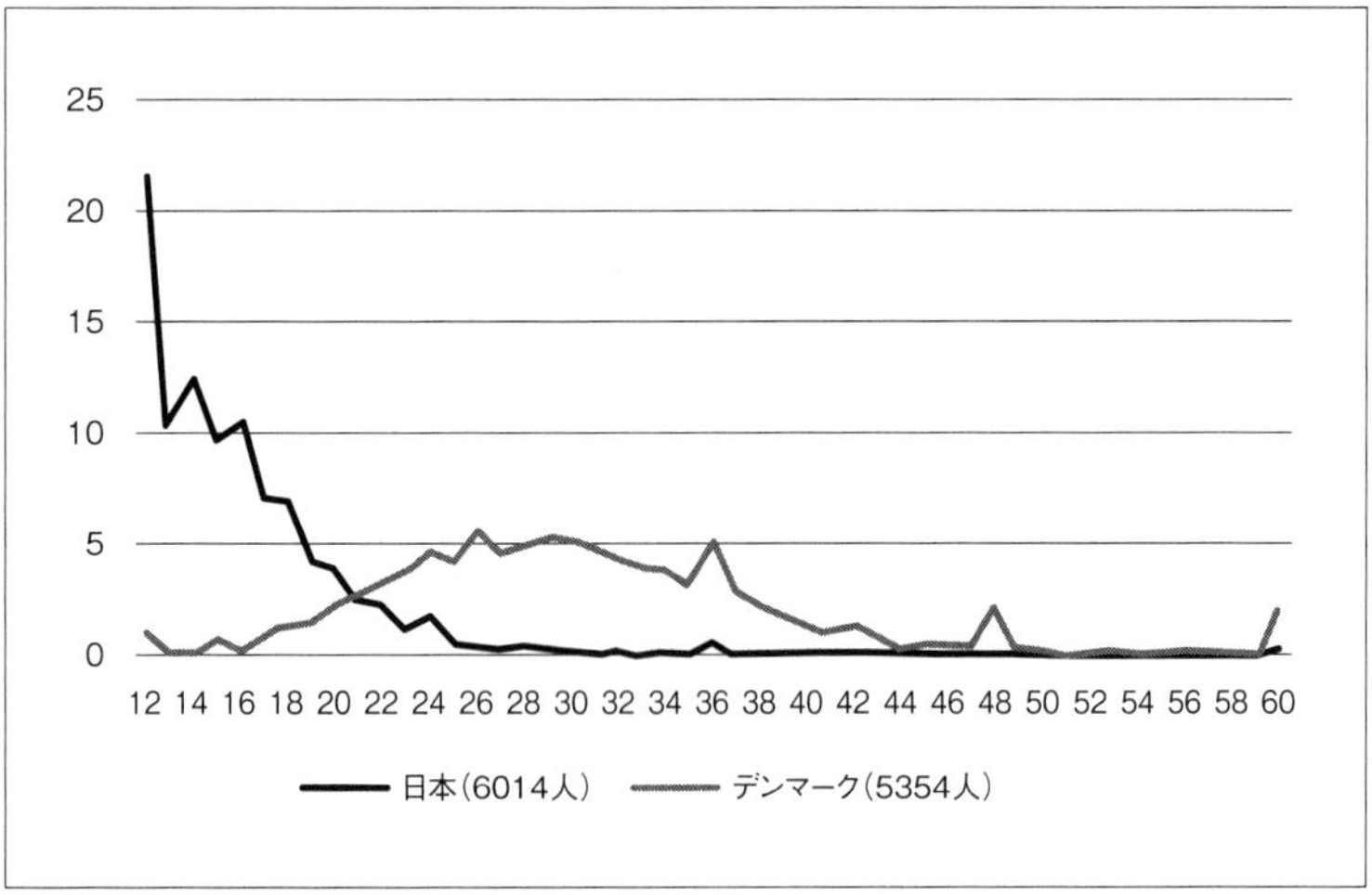

図10-2　学校外のデジタル機器利用度スコアの分布
15歳生徒の回答による。
OECD「PISA 2015」より作成。

日本は、最低の12点が最も多くなっています。12項目すべてに「滅多にしない」と答えた生徒が21・5％、5人に1人もいます。デンマークは26点がピークとなっています。おおむね、どの項目も「月に1〜2回」はやるレベルです。

この分布から平均点を出すと、日本は16・5点、デンマークは30・7点となります。この値は、学校外でのデジタル機器のコンピュータ利用頻度の指標として使えます。これでみると、北欧と比した日本の低さが一目瞭然です。

上記調査の対象となった47か国について、この値を軒並み計算してみました。学校外・内の平均スコアのランキング表を載せてもいいですが、日本の位置を手っ取り早く知れる散布図にしましょう。横軸に学校外、縦軸に学校内の利用度スコアの平均

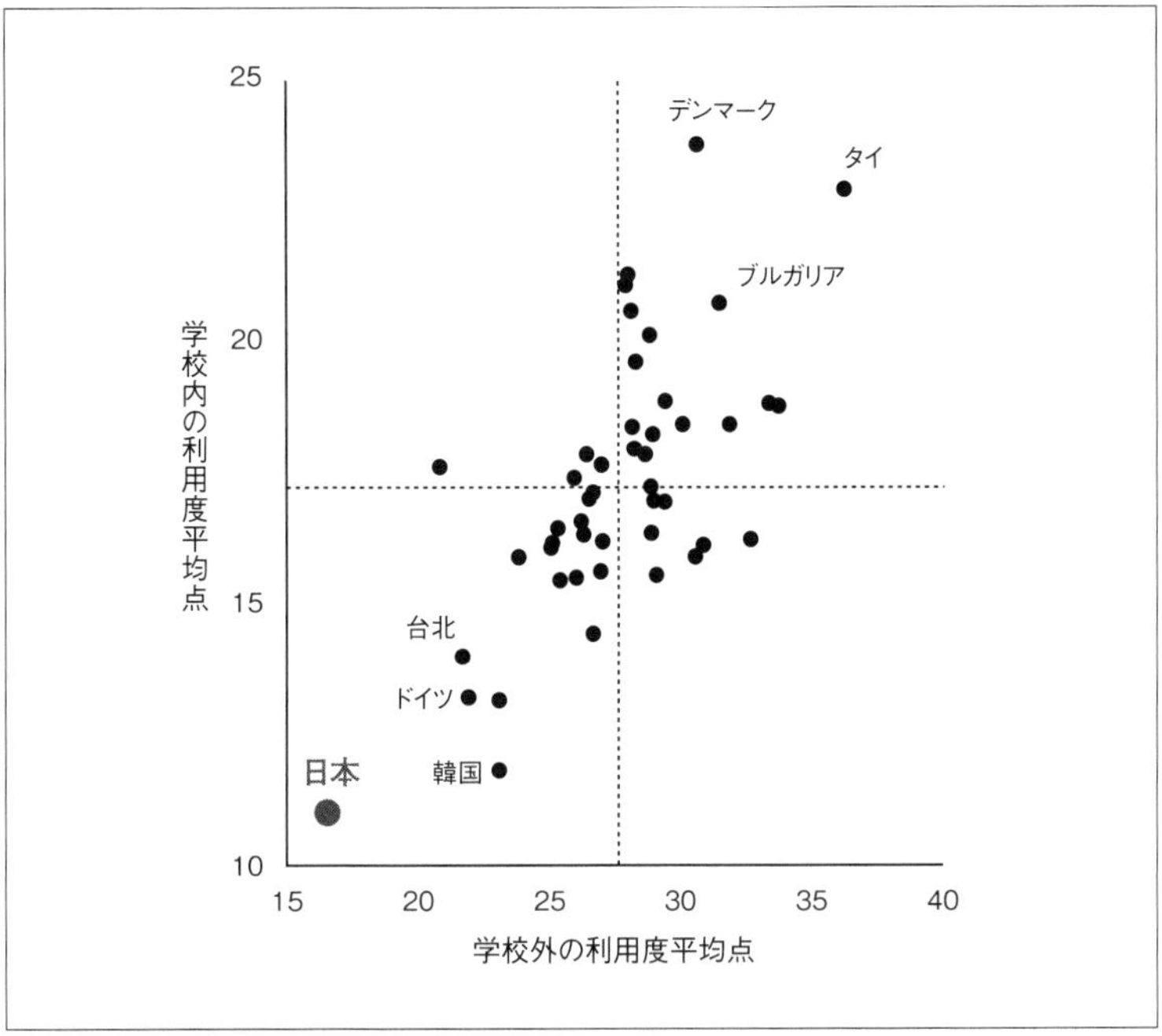

図10-3　デジタル機器の利用スコア
15歳生徒の回答による。点線は，47か国の平均値。
OECD「PISA 2015」より作成。

点をとった座標上に47の国を配置すると、**図10-3**のようになります。

日本は最も左下にあり、学校外・学校内とも、デジタル機器の利用度が最下位です。教育のICT化の最後進国。想像はしていましたが、こうやって数値で可視化されると、ぐうの音も出ません。

右上には、タイや先ほど比べたデンマークなどが位置しています。デンマークは、教育のICT化の先進国です。2010年の『情報通信白書』では、この国のICT教育のスゴさについて触れられています。曰く、「デンマークの学校教育においては、ICTは決して特別なものではなく、子どもたちの日々の学校生活に溶け込んでいる」のだそうです。

こうみると、日本の生徒のパソコンスキル最低というデータは、あながち謙虚な回答のためばかりとはいえないようです。なすべきことは、教育のICT化をより押し進め、生徒たちをして、パソコンに触れる必要にさらすことでしょう。図10-3を見ると、その余地は多分にあるとみられます。

考えてみれば、日本は世界でも有数の高度情報社会ですが、学校だけがその時勢から取り残されています。こういうところにも、学校と社会の間にある敷居の高さがうかがわれます。デューイ流にいうと、学校が社会から断絶した「陸の孤島」状態にある、ということです。

このような状況を変革し、生徒をして、情報化社会の現実に触れさせる必要があります。もちろん、学校にパソコンをばらまくというようなハード面の整備だけでは足りず、それを使いこなす教員のICTリテラシー向上を図る研修も不可欠であることは、言うまでもありません。

新学習指導要領のもとでは、学習者が能動的に参加する「アクティブ・ラーニング」が推奨されていますが、それにはICT機器の活用が不可欠となります。スマホの校内持ち込みを禁止している学校が多いですが、こうした機器を授業でもっと活用してもよいでしょう。

マイナス面ばかりが強調されるスマホですが、皆で瞬時に情報を発信・共有できる、偉大な発明品です。この文明の恩恵を上手く使うならば、教授活動の能率は飛躍的に高まることは間違いありません。

教育課程

10代のスマホ・パソコン所持の日米比較

前項にて、日本の生徒のパソコン所持率は低いと書きました。内閣府『我が国と諸外国の若者の意識に関する調査』(2013年)によると、日本の10代のノートパソコン所持率は43・3%、デスクトップパソコン所持率は18・5%です(自分専用の所持率)。

この値は、諸外国と比べると格段に低くなっています。海を隔てた大国・アメリカと比較すると、以下のようになります。%の母数は、日本が508人、アメリカが403人です。

ノートパソコン所持率	43・3%(日本)	72・5%(アメリカ)
デスクトップパソコン所持率	18・5%(日本)	51・6%(アメリカ)
両方とも所持率	7・1%(日本)	35・5%(アメリカ)

それぞれの比重を正方形の面積比重で表すと、**図11-1**のようになります。ノートとデスクトップの重複部分が両方所持です。ノートのみとデスクトップのみは、それぞれの所持率から両方所持率を差し引いた値です。日本のノートのみ所持率は、43・3−7・1=36・2%となります。

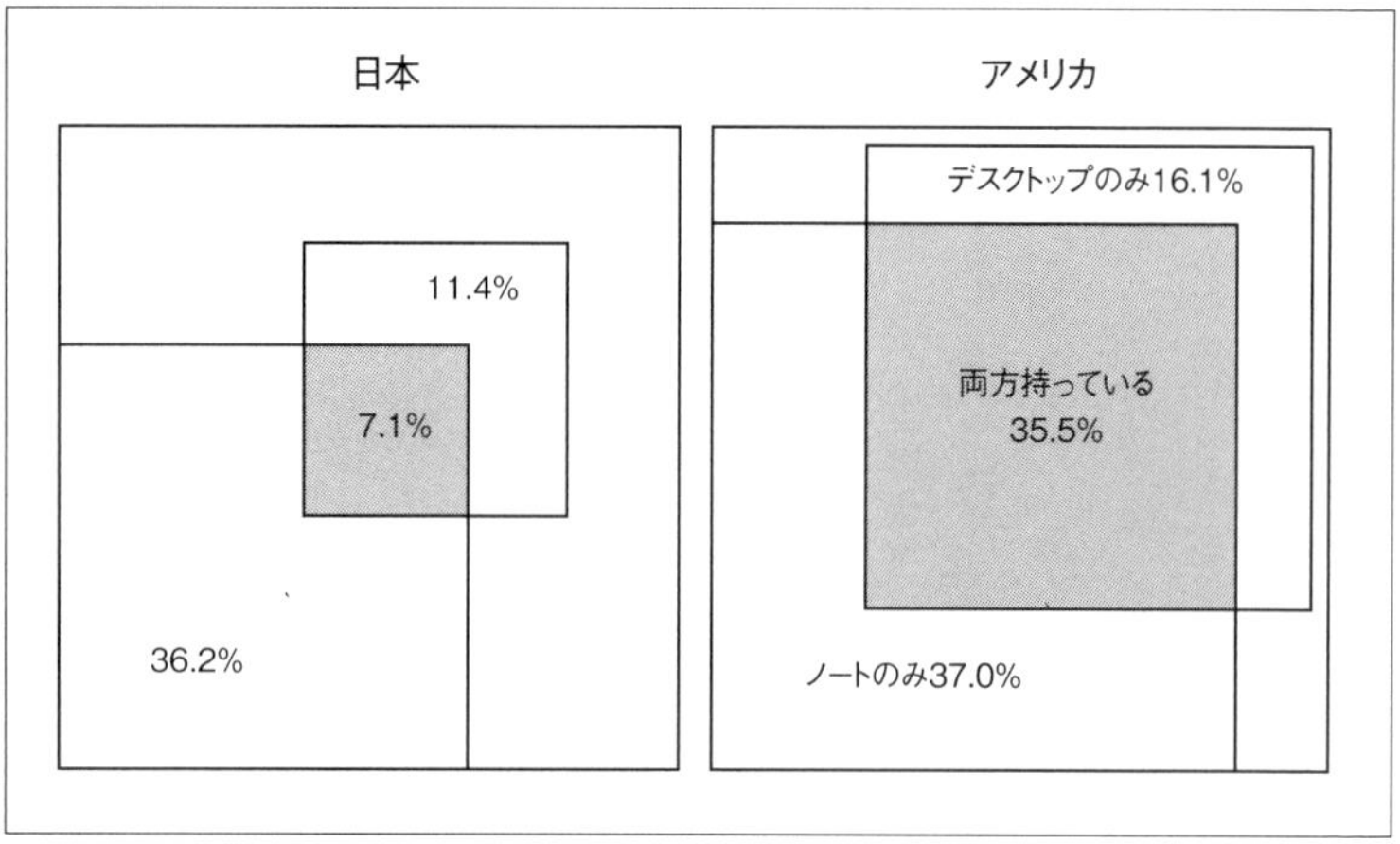

図11-1　10代のパソコン所持率の日米比較
内閣府『我が国と諸外国の若者の意識に関する調査』（2013年）より作成。

アメリカのほうが、パソコン所持率が高いことがわかります。アメリカでは、10代少年の35・5％（3人に1人）が、自分専用のノートとデスクトップの両方を持っています。

3つの数値の合算が、ノートないしはデスクトップを持っている者、つまり広義のパソコン所持率ですが、日本は54・7％、アメリカは88・6％です。残りは、自分のパソコンを持っていない者ですが、日本では45・3％と半分近くになります。

この中には、ケータイやスマホを持っている者が多いことでしょう。仲間との交信や受動的な情報収集なら、パソコンでなくとも掌サイズのスマホで事足ります。そこで、これらの小型機器の所持率も絡めてみましょう。

上記内閣府調査のローデータを分析して、日米両国の10代のケータイ・スマホ所持率、パソコン所持率を出しました。後者は、ノートない

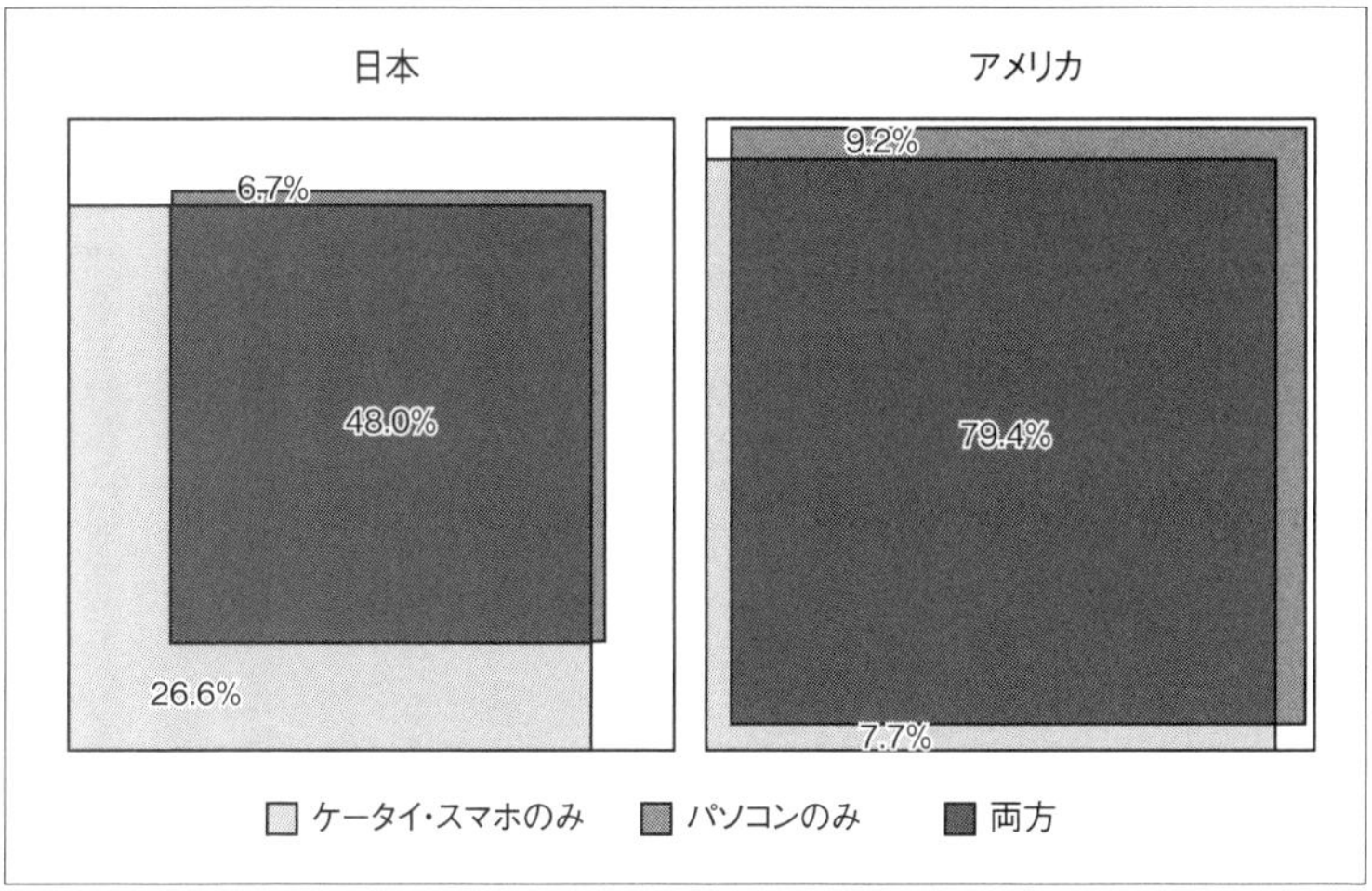

図11-2　10代のパソコン・スマホ所持率の日米比較
内閣府『我が国と諸外国の若者の意識に関する調査』（2013年）より作成。

しはデスクトップを有している者の割合です。上述のように、日本は54・7％、アメリカは88・6％です。

ケータイ・スマホ所持率は日本が74・6％、アメリカが87・1％となっています。こちらもアメリカのほうが高いのですね。ケータイ・スマホとパソコン（ノートorデスク）の両方を持っている者は、日本が48・0％、アメリカが79・4％なり。

これらの情報を面積図で表すと、**図11-2**のようになります。わが国では、パソコンは持たずともスマホだけを持つ者が結構います。その比率は26・6％、4人に1人です。

この「スマホだけ族」というのは日本だけに多い人種で、諸外国ではほとんどいません。アメリカでは7・7％、欧米先進国でも同じようなものです。先述のように、仲間との交信やちょっとした情報収集（発信）ならスマホで十分ですが、それでは、情報の加工・創造のスキルが身に付かない懸念も持たれます。日本では、スマホもパソコンも持たない者が18・7％、およそ5人に1人います。これは「リア充族」と解していいのでしょうか。いや、そんなことはないですよね。家庭の経済的事情で、持とうにも持てないのかもしれません。最近のわが国の子どもの貧困率は6人に1人といいますが、この比率と似通っていることも象徴的です。

日本の10代の特徴は、パソコン所持率が低いこと、スマホだけ族が多いことです。これは、パソコンを使う必要に迫られないためでしょう。日本は教育の情報化（ICT化）が最も遅れている国で（図10 - 3）、授業でもコンピュータが使われることは滅多にないですし。先にも述べましたが、アメリカからの帰国子女が驚くのは、日本では作文を手書きで書かされることだそうです。

生徒がパソコンを持っていない、では補助金を交付して彼らに強制的に持たせればよい、という話ではありますまい。なすべきは、教育の情報化を推し進め、コンピュータを使う必要にさらすこと。提出物のやり取りをネットで行うことにするだけでも、事態は大きく変わるのではないでしょうか。

しかし、社会は変わります。日本の若者はパソコンを持たず、スキルも低いと咎められますが、スマホの扱いは慣れたもの。あの小型機器でレポートを仕上げる学生もいます。あと10年もすれば、「パソコンを使えない若者」ではなく「スマホで仕事ができない中高年」が問題視されるようになるかもしれません。

進路

文系と理系の年収比較

教育で教えられる内容は、子どもの発達段階によって異なります。早い段階では皆が共通の内容を教えられますが、年齢が上がるにつれて内容は分化してきます。自分の興味・関心に応じて異なる教科（科目）を履修することになりますが、大まかには文系か理系かという枠で分けられるのが一般的です。

教育社会学では、「教育の効果」に関する研究が多くなされています。それをどういうメジャーで可視化するかは難しいのですが、収入の多寡に注目されることが多いようです。学歴によって平均年収ないしは生涯賃金がどう違うかなどは、その典型です。

しかるに、学生時代にどういう専攻を修めたかで、当人の収入がどう変わるかにも興味が持たれます。たとえば、文系出身者と理系出身者では年収がどれほど異なるか。30代の大卒男性というように、年齢、学歴、性別を揃えれば、その効果を検出することは可能でしょう。

国立青少年教育振興機構の『子どもの読書活動の実態とその影響・効果に関する調査研究』（2013年）のローデータを加工して、上記の問いに答えるデータをつくってみました。この調査は、読書の頻度と生活意識の関連を明らかにすることを主眼としたもので、対象は20～60代

	20代		30代		40代		50代	
	文	理	文	理	文	理	文	理
	〈127〉	〈60〉	〈155〉	〈101〉	〈153〉	〈87〉	〈180〉	〈125〉
無収入	6.3	3.3	1.9	1.0	3.3	1.1	1.7	3.2
100万円未満	15.0	11.7	0.6	3.0	1.3	5.7	3.3	4.0
100万円〜	15.0	8.3	3.2	6.9	6.5	1.1	3.3	4.8
200万円〜	**20.5**	23.3	11.6	9.9	14.4	9.2	6.1	7.2
300万円〜	18.1	**25.0**	27.1	11.9	13.7	9.2	10.0	7.2
400万円〜	15.0	21.7	23.2	23.8	10.5	16.1	10.6	7.2
500万円〜	7.9	5.0	**23.9**	**27.7**	**30.7**	**25.3**	**26.7**	**25.6**
750万円〜	2.4	1.7	5.8	8.9	11.1	23.0	24.4	**25.6**
1000万円〜	0.0	0.0	1.9	2.0	4.6	2.3	7.8	9.6
1250万円〜	0.0	0.0	0.0	2.0	2.0	2.3	2.2	2.4
1500万円以上	0.0	0.0	0.6	3.0	2.0	4.6	3.9	3.2
合計	100.0	100.0	100.0	100.0	100.0	100.0	100.0	100.0

図12-1　大卒男性の年収分布（%）
＜　＞内はサンプルサイズ。学生は含まない。
国立青少年教育振興機構『子どもの読書活動の実態とその影響・効果に関する調査研究』（2013年）より作成。

の成人です。細かい属性も尋ねており、性別や年齢はもちろん、学歴、現在の年収、さらには最終学校での専攻まで問うています。これらの変数を多重クロスにかけることで、目当ての分析をすることが可能です。

私は、大卒男性のサンプル（20〜50代）を取り出し、在学時の専攻と現在年収の関連を明らかにしました。専攻は、人文科学・社会科学・教育を文系、理学・工学・農学・医歯薬学を理系としました。取り出されたサンプル数の総計は、文系が615人、理系が373人です。

これらを4つの年齢層に分かち、それぞれの年収分布をとってみました。図12-1は、構成比による分布表です。年収が不明の者は分析対象に含めていません。

どうでしょう。グラフでないので分かりにくいかもしれませんが、どちらかといえば理

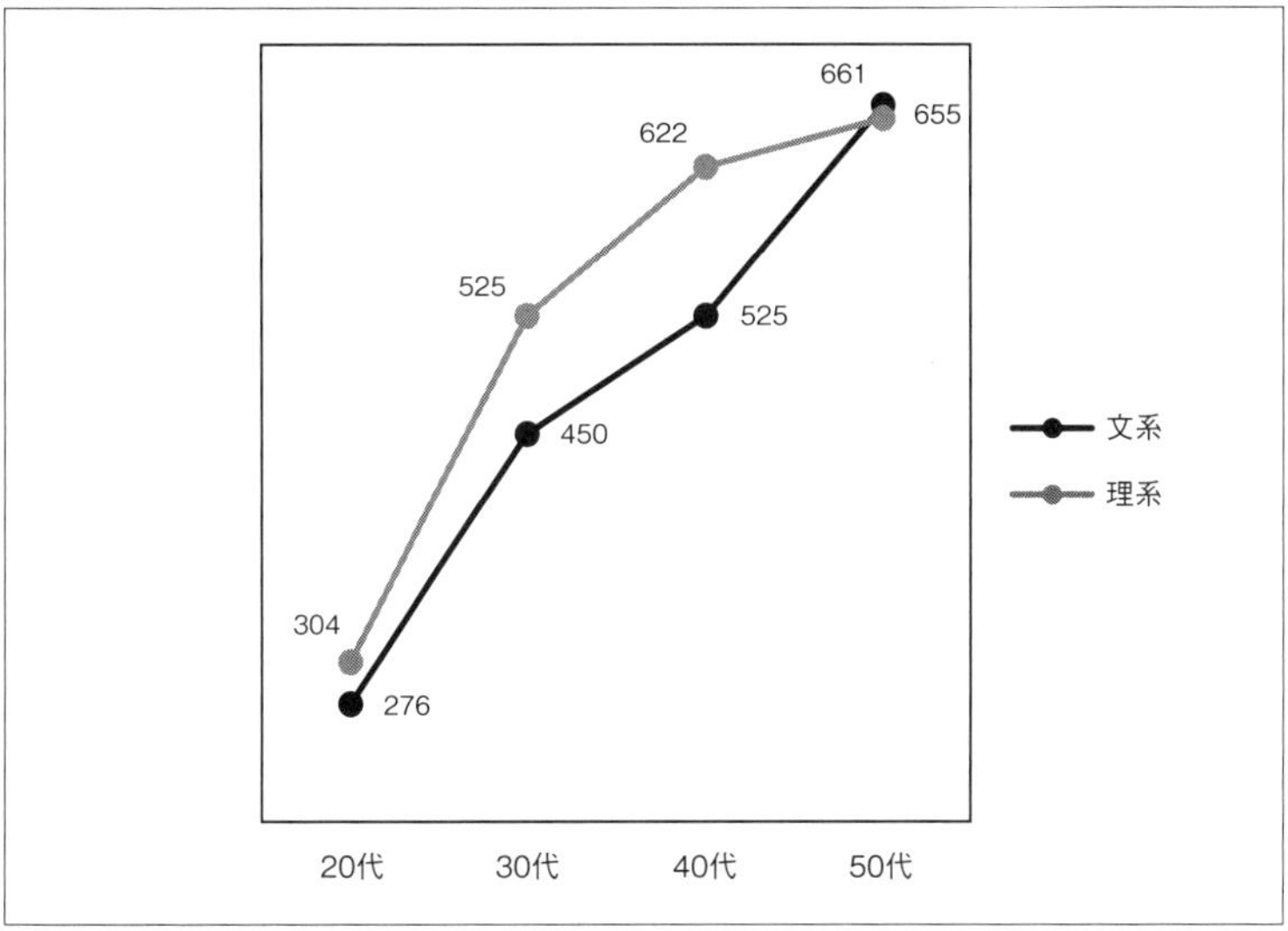

図12-2　大卒男性の平均年収（万円）
図12-1と同じ資料より作成。

系の方が高いゾーンに多く分布しています。20代では、文系の最頻階級は200万円台ですが、理系は一段上の300万円台です。私の年齢層の40代でみると、年収750万超の者の比率は、文系では19・6％ですが、理系では32・2％と、10ポイント以上も開いています。

上記の分布を、一つの代表値で簡約してみましょう。各階級の中間の値（階級値）を使って、平均値を計算します。年収1500万超の階級は、ひとまず一律2000万円と仮定しましょう。**図12-2**は、得られた平均値を折れ線グラフにしたものです。

加齢とともに「理＞文」の差が広がり、働き盛りの40代では100万円近くの差がつくに至ります。しかし引退間際の50代では逆転し、文系のほうが高くなりま

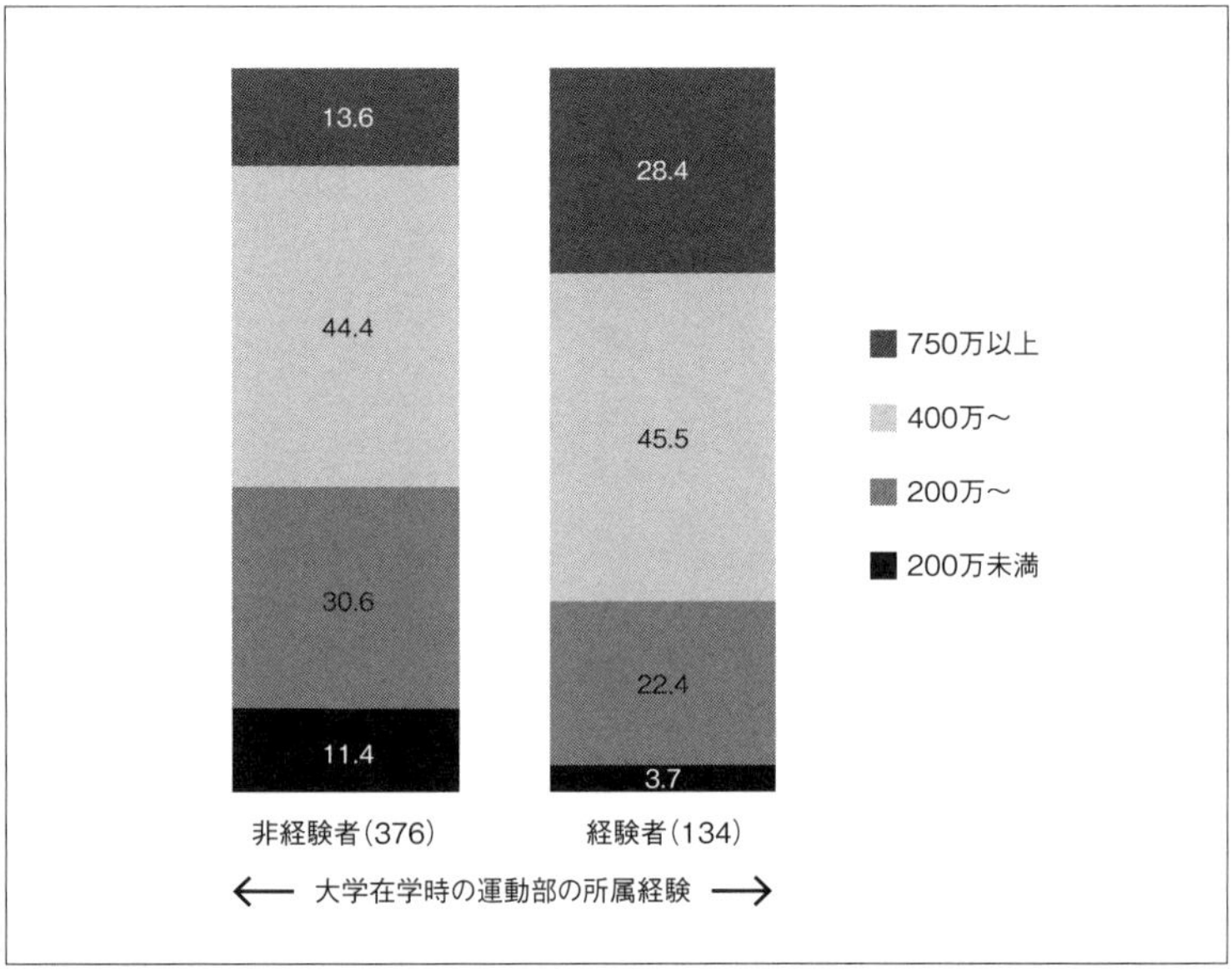

図12-3　大卒男性の年収分布(%)
30〜40代のデータ。(　　)内はサンプルサイズ。
図12-1と同じ資料より作成。

す。社長さんとかが多くなるのでしょうか。

あまり明らかにされたことのない、文系出身か理系出身かによる年収の違いは、こんな感じです。蛇足ですが、あと一つのデータを紹介しましょう。30〜40代の大卒男性の年収が、運動部経験者か否かでどう違うかです。(図12-3)

学生時代に運動部に入っていた群のほうが、そうでない群よりも年収は高いようです。年収750万以上の割合は経験群で28.4%、非経験群で13.6%と、倍以上の差があります。大企業は体育会系の学生を好んで採るという話を聞いたことがありますが、従順性や協調性、忍耐力などが評価されるのでしょうか。

しかし、ブラック労働を厭わないメンタリティが植え付けられているならば、それは問題です。労働に対する意識を尋ねたら、運動部経験群では「滅私奉公」の意識が非経験群よりも強いのではないか、と予想されます。

「ブラック部活は、ブラック企業に通じる学校」というフレーズがありますが、近年、行き過ぎた部活動に対する批判が高まっています。部活は、日本企業の高いパフォーマンスを支える労働者の産出に寄与していますが、陰の側面があることも忘れてはなりません。

学校時代に受けた教育によって、後々の人生がどう決まるか。簡単な問いのようですが、それに答えてくれるデータというのは、そう多くありません。こういう主題の場合、特定の個人を追跡する調査が望ましいのですが、回顧形式の調査法でも、ある程度のことは明らかにできます。

ここで使った、国立青少年教育振興機構の『子どもの読書活動の実態とその影響・効果に関する調査研究』（2013年）は、貴重な調査データです。申請すれば、ローデータを誰でも分析することができます。多くの人が多様な観点から分析することで、子ども時代に受けた教育と成人後の人生の関連が、より一層明らかになるでしょう。この点については、355ページのコラム「ローデータを活用しよう」もご参照下さい。

進路

大学入学の地元志向

大学入学に際しては、地域移動を伴うことが多々あります。実家を離れ、一人暮らしをすることです。かくいう私も、鹿児島の高校から東京の大学に進学しましたので、それをやった人間の一人です。

しかるに最近、実家から通える、地元の大学に行こうという志向が高まっているとのこと。2016年5月1日の朝日新聞に、「地方高校生に東京離れ　仕送り負担、地元志向強まる」という記事が載っていますが、仕送り等の経済的負担がキツイので、子どもに地元の大学に行ってほしいという親が増えているのでしょう。

高校生自身も、地元の大学に行きたいという志向が強まっているとのこと。甲南大学の阿部真大准教授は、「東京で苦学するより、親の経済力に頼れる地元にいる魅力が大きいのだろう」(上記記事)と指摘していますが、なるほど、そういうこともあろうかと思います。

地方はただでさえ所得水準が低く、大学の学費負担だけでも大変なのに、さらに家賃や生活費等も加わる「ダブル・パンチ」とあっては、たまりません。最近、学生のブラックバイトや奨学金借入による生活破綻が問題になっていますが、その多くは、地方から都市に出てきている「苦学生」なのではないか、と思ったりします。

上記の記事には、地域移動の統計は出ていませんでしたが、大学入学の地元志向は本当に高まっているのか。『学校基本調査』のデータで吟味してみましょう。

私は、4年制大学入学者のうち、自分が出た高校と同じ県内の大学に入った者が何%かを計算してみました。この値は、大学入学の地元志向のメジャーとして使えるでしょう。

バブル末期の1990年と2016年と数値を比べてみます。90年代以降の時代変化は「失われた20年（25年）」とよく形容されますが、経済状況が悪化する前の頃と、最近の状況を比較してみたいと思います。

上記の文科省統計によると、1990年春の4年制大学入学者は48万6946人、2015年春は60万1863人となっています（浪人生含む、海外の学校等出身者は含まない）。大学進学率が高まっているので、大学入学者の絶対数は増えています。

このうち、出身高校と同じ県内（地元）の大学に入った者はどれくらいか。図でみていただきましょう。入学者の数を、正方形の面積で表したグラフです。（図13-1）

この四半世紀で、地元大学入学者率は35・9％から43・7％へと高まっています。激増というほどではありませんが、大学入学の地元志向は強まっているようです。

しかし、私の郷里の鹿児島でみると、県内大学入学者比率は36・6％から32・3％へと減少しています。逆に新潟のように、地元入学者率が17・3％から34・9％へと倍増した県もあります。様相は地域によって多様です。そこで同じ値を都道府県別に計算し、1990年から2

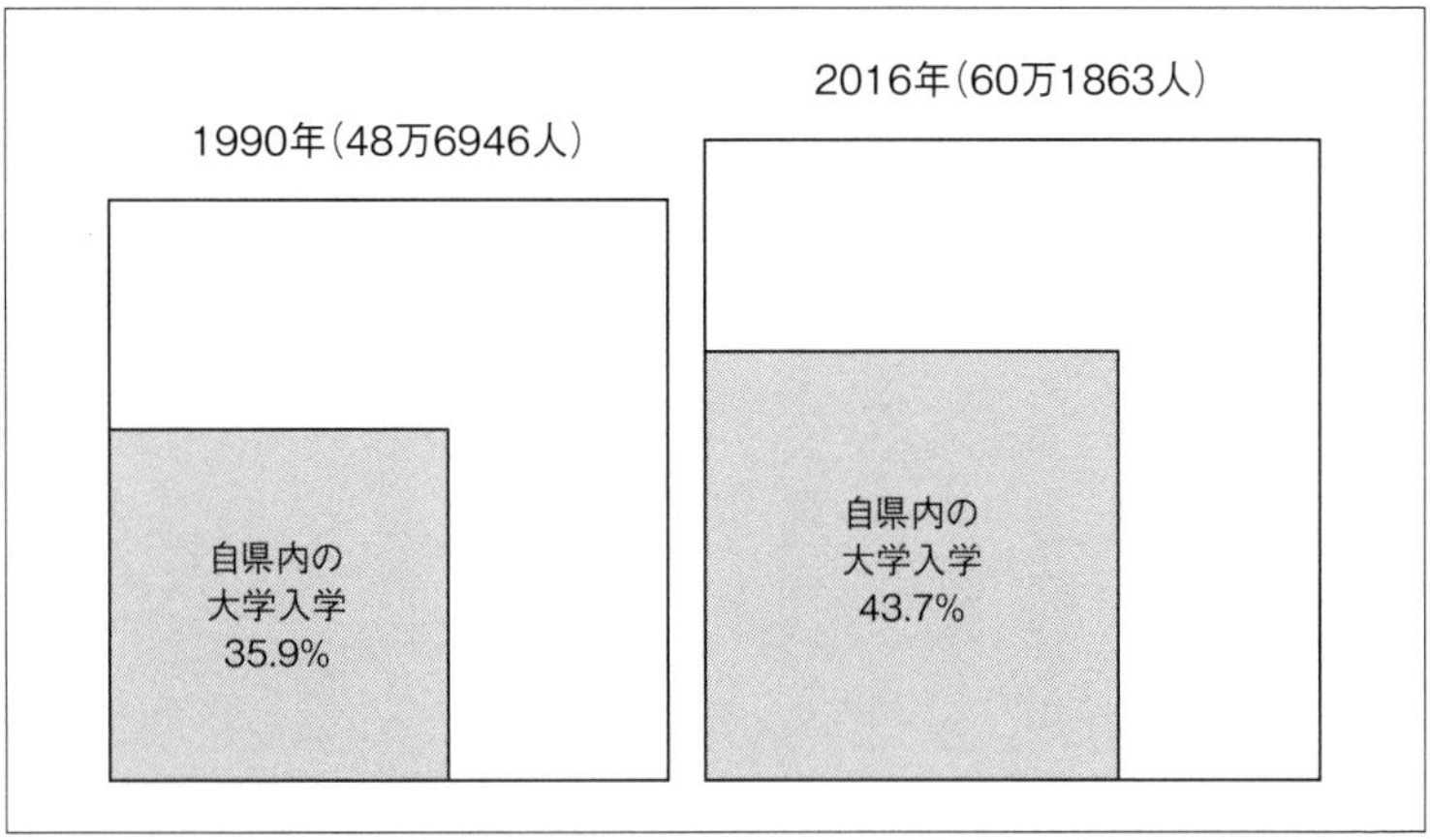

図13-1　大学入学者の自県内入学者率
（　　）内は、全国の大学入学者数。海外の学校等出身者は含まず。
文科省『学校基本調査』より作成。

０１５年にかけての増加ポイントをとってみました。（図13－2）

ほとんどの県で、地元大学入学率は増えていますが、減っている県もあります。南端の沖縄は62・０％から54・３％へと、７・７ポイントの減です。

地元志向の高まりが最も顕著なのは、先ほど述べたように新潟。ほか、群馬、静岡、愛知、岡山、広島、徳島、長崎といった県で、地元率の増加が大きくなっています（網掛け、15ポイント以上増）。

地元に魅力的な大学ができた、学費の安い公立大学ができたなど、いろいろなリージョナル・ファクターがあるかと思いますが、若者の定住を促すヒントが込められているかもしれません。もっとも、冒頭の朝日新聞の記事でいわれているように、家庭の経済的苦境の要因が大きいとは思いますけど。

	1990年	2016年	増分		1990年	2016年	増分
北海道	70.3	67.1	-3.2	滋賀県	6.1	20.9	14.7
青森県	23.9	37.3	13.4	京都府	49.1	50.9	1.7
岩手県	24.4	25.7	1.3	大阪府	46.6	56.3	9.6
宮城県	56.7	57.4	0.8	兵庫県	35.0	45.6	10.5
秋田県	25.2	23.4	-1.8	奈良県	13.2	15.1	1.9
山形県	18.9	20.2	1.2	和歌山県	5.8	11.2	5.4
福島県	18.0	18.9	0.9	鳥取県	13.1	13.3	0.2
茨城県	14.9	19.1	4.2	島根県	14.4	15.9	1.5
栃木県	15.6	22.0	6.4	岡山県	25.5	43.2	**17.7**
群馬県	13.1	29.2	**16.1**	広島県	34.8	52.5	**17.6**
埼玉県	22.1	31.0	8.9	山口県	15.0	26.6	11.6
千葉県	22.6	32.5	9.9	徳島県	21.3	37.5	**16.3**
東京都	62.2	65.7	3.5	香川県	14.0	17.6	3.6
神奈川県	35.2	40.5	5.2	愛媛県	26.8	30.6	3.8
新潟県	17.3	34.9	**17.6**	高知県	11.0	20.9	9.9
富山県	21.4	17.7	-3.8	福岡県	61.3	64.6	3.3
石川県	30.1	43.3	13.2	佐賀県	14.0	13.9	-0.1
福井県	18.2	28.8	10.6	長崎県	18.2	33.5	**15.3**
山梨県	15.8	26.6	10.8	熊本県	39.5	45.0	5.5
長野県	7.6	17.1	9.4	大分県	14.1	23.1	9.0
岐阜県	13.7	18.9	5.2	宮崎県	15.9	26.1	10.2
静岡県	11.0	27.9	**17.0**	鹿児島県	36.6	32.3	-4.3
愛知県	54.3	71.4	**17.1**	沖縄県	62.0	54.3	-7.7
三重県	15.5	20.3	4.8	全国	35.9	43.7	7.9

図13-2　自県内大学入学者率の変化
全国値は、海外の学校等出身者は含めないで計算。
文科省『学校基本調査』より作成。

大学入学の地元志向の強まりが顕著な県の分布を、地図に落としてみましょう。網掛けの県は、自県内大学入学者率が、この四半世紀で10ポイント以上高まった県です。（図13-3）

北陸、東海、中国南部というように、地域性もちょっと見受けられます。ただ石川や福井は、北陸新幹線の開通によって、今後どうなることか。高速交通網の整備は、地方から都市へと人を吸い上げる機能を果たしてしまうのも事実です。

大学入学時の地元志向が、少しばかり強まっていること

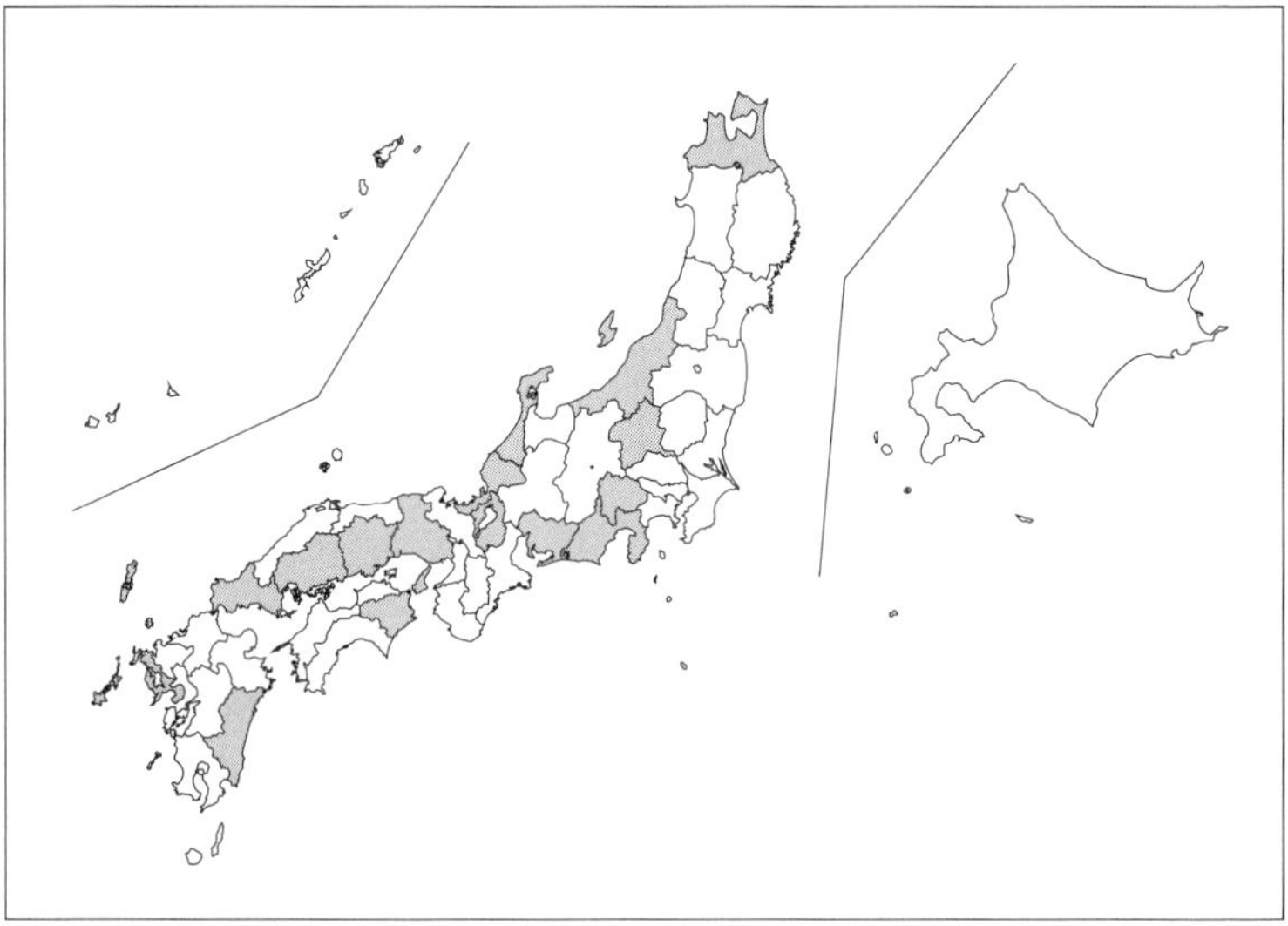

図13-3　大学入学の地元志向が強まっている県
色付きは，自県内大学入学者率が，1990年から2016年にかけて10ポイント以上増えた県。
文科省『学校基本調査』より作成。

を知りました。次なる関心は、大学卒業時の地元帰還（Uターン）志向の変化です。都会の大学で学んだ高度な知識やスキルを、地元の発展に活かしてくれるか。大事なのはこっちのほうですが、あいにく、当局の公表統計では大卒者の地域移動を明らかにすることはできません。文科省の『学校基本調査』で、大卒就職者の地域移動（就職先の県）の統計を出してもらえたらな、と思います。

日本は地域間の不均衡発展が顕著な国ですが、大学進学時と就職時の2時点における、若者の流出が効いています。それぞれのステージにおける地域移動（mobility）の様を、データで明らかにし、対策を立てる必要があるのは、言うまでもないことです。

進路
新規学卒就職者の組成の変化

教育の役割（機能）は、社会が求める人材を育て、送り出すことですが、学校から送り出される人材の組成は昔に比して変わってきています。

大雑把に学校段階別にみると、昔は義務教育卒（中卒）がマジョリティーだったのですが、今は超マイノリティーです。代わって、以前はわずかしかいなかった大卒者が多くを占めるようになっています。社会が高度化したためですが、「こんなに大卒が必要なのか」と腹の底では思っている人も多いでしょう。

つまらない推測を挟む前にデータをみてみましょう。高度経済成長期の只中の1960年、そして2016年現在について、中卒、高卒、大卒の就職者数を調べ、その内訳をとってみました。資料は、文科省の『学校基本調査』です。各年3月卒業の就職者数（就職進学含む）です。

高卒は普通科と専門学科（普通科以外）、大卒は文系と理系に分けています。図14-1は、これら5つの群でみた、新規学卒就職者の組成の変化です。学校から社会に送り出される就職者には、専門学校卒、短大卒、大学院卒もいますが、大まかな変化を把握する分には、メジャーな3段階（中卒、高卒、大卒）を拾えば十分でしょう。

		人数	構成比(%)
1960年	中卒	683,697	**40.8**
	高卒(普通科)	261,027	15.6
	高卒(専門学科)	630,373	37.6
	大卒(文系)	73,171	4.4
	大卒(理系)	26,535	1.6
	合計	1,674,803	100.0
2016年	中卒	3,259	0.5
	高卒(普通科)	66,180	10.8
	高卒(専門学科)	122,950	20.1
	大卒(文系)	308,286	**50.5**
	大卒(理系)	109,809	18.0
	合計	610,484	100.0

図14-1　新規学卒就職者の組成の変化

高卒の専門学科は、普通科以外をさす。大卒の理系は、理学・工学・農学・保健系統をさす。

文科省『学校基本調査』より作成。

中卒・高卒・大卒の就職者の数は、１９６０年では１６７万人、２０１５年では61万人です。少子化もあり、社会に送り出される若き労働力は大幅に減っています。

組成をみると、昔は中卒が４割を占めていました。「金の卵」と重宝され、地方から都市へと、大量の中卒就職者が集団就職列車で移動したことはよく知られています。その次に多いのは高校専門学科卒（当時でいう職業学科）で、こちらも４割ほど。高度経済成長を担う中堅技術者を育てようという意図から、当時の高校では専門学科の比重が高かったことと対応しています。

それから56年の歳月を経た現在では、学校から社会に送り出される人間の組成は大きく変わりました。２０１６年春では、文系の大卒者が半分となっています。人文・社会系を中心に、大学進学率が上昇していることを思えば、さもありなんです。

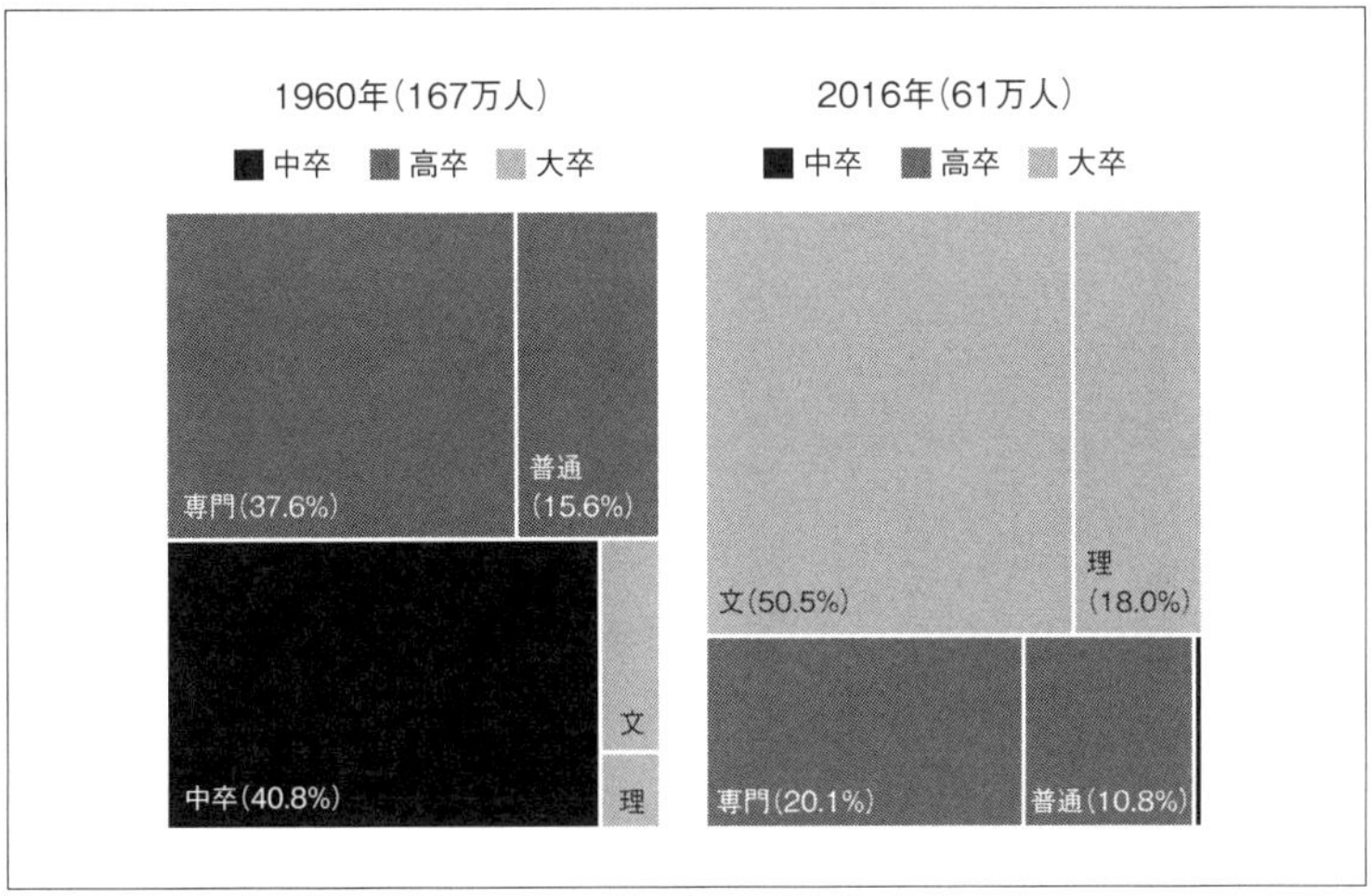

図14-2　新規学卒就職者の組成の変化
高卒の専門学科は、普通科以外をさす。大卒の理系は、理学・工学・農学・保健系統をさす。
文科省『学校基本調査』より作成。

表の組成をビジュアル化してみましょう。ツリーマップという統計グラフを使います。1960年と2016年の組成図を左右に並べてみました。（図14-2）

数の激減もさることながら、学校から社会に送り出される若き労働力の組成も大きく変わっています。先ほど述べたように、最近では文系の大卒が半分。果たしてこれは、社会が高度化した故なのかどうか……。

教育というのは、社会の機能的必要とは無関係に自己増殖する傾向も持っています。それに踊らされ、一人前になるためのハードルが（無意味に）引き上げられ、保護者にすれば子どもを育てるのにかかる教育費が高騰する。今の日本は、こういう状態です。

時計の針を巻き戻すことはできません

が、1960年のような組成図になったら、出生率はさぞ上がるだろうなと思います。教育費がかからなくなるからです。社会の機能的必要とも、それほど大きくはズレていないと感じます（さすがに高卒学歴は要るでしょうが）。ズレているのは、右側の現在の組成ではないか。

選挙権の付与年齢が20歳から18歳に引き下げられましたが、18歳時（高卒）での就職・自立を意図的に促してもよいのではないか。無職博士を雇ったら500万円とかいう政策がありましたが、高卒者に適用したらどうでしょう（高卒者を雇ったら報奨金など）。

ちなみに、専門高校の正社員就職率は高い水準にあります。2016年春でいうと、大学等への進学者を除いた非進学者ベースの正社員就職率は、工業科は96・1％、水産科は95・9％、福祉科は93・0％と健闘しています。大学の理系学部と比しても遜色ありません。建築や介護の人材需要が著しく高まっているためでしょう。

大学は、後から行けるようにすればいい。いわゆるリカレント教育（社会人が、再び学校に戻って学び直すこと）ですが、これを阻んできた日本的条件（終身雇用、年功序列賃金）は徐々に崩れてきています。個々の労働者が自分のスキルをウリにして、複数の組織を渡り歩くような時代もやってきます。

人生の初期に教育機会が集中しない、本当に必要を感じたときに学べる。こうなったら、どれほど素晴らしいことか。学校から社会に送り出される新卒労働者の組成図（上記）において、もっと高卒者の比重が増えていい。大卒のゾーンがいたずらに広がってはならない。こんなふうに思います。

専攻別の大学卒業者の進路

「授業のひまつぶしに最適な鉛筆の芯アート」（GIZMODO、2015年7月28日）という記事に興味を持ちました。授業中の退屈しのぎに鉛筆をカッターでガリガリやる子どもは多いですが、彼らが作るにはあまりにハイレベルな作品例が示されています。

私が中学の頃、国語の授業中、鉛筆の全体を削ってトーテムポールを作っている男子生徒がいました。これがなかなかの出来栄えで、1本もらったのを覚えています。聞くところによると彼は美大に行ったとのことですが、今はどうしているのやら……。

芸術の道は厳しいといいますが、美大の卒業後の進路というのは、全体に比して惨憺たるものだと思われます。文学や哲学といった人文系の専攻も、無業率が高そうですねえ。逆に理系の専攻は、正社員就職率が高そうです。

文科省の『学校基本調査』から、大卒者の進路構成を専攻別に知ることができます。最新の2016年春のデータを作ってみましょう。この資料で設けられている進路カテゴリーは、以下の8つです。

①：進学者

②：正規の職員の就職者
③：正規の職員でない就職者（非正規就職者）
④：臨床研修医
⑤：専修学校・外国の学校等入学者
⑥：一時的な仕事に就いた者
⑦：左記以外の者（その他）
⑧：不詳・死亡

これら8つの内訳をとるのは煩瑣なので、5つに簡略化しました。①と⑤を足して「進学者」、②と④を足して「正規就職」、⑦と⑧を足して「その他・不詳」とした次第です。あとは同じです。

2016年春の大学卒業者全体（55万9678人）でみると、進学が12・1%、正規就職が73・0%、非正規就職が3・4%、一時的な仕事が1・8%、その他・不詳が9・7%、となっています。新聞等で報じられている数値と近いですね。進学でも就職でもない「その他・不詳」は1割強で、これもよくいわれる数値と合致しています。

同じ内訳を、細かい専攻別に出してみました。**図15-1**は、その一覧です。卒業生数が100人に満たない専攻は除いています。

正規就職率が8割以上と、その他・不詳率が1割以上は太字にしました。前者をみると、社会科学系は強いですね。社会学専攻は81・7%と、なかなか健闘しています。多いのは、マスコミとかでしょうか。「社会学は何をやっているのか分からん」とネガティブな声も聞きますが、

		進学	正規就職	非正規就職	一時的な仕事	その他・不詳
人文科学	文学	4.3	74.8	5.6	2.8	**12.4**
	史学	7.7	70.2	4.6	3.2	**14.2**
	哲学	11.5	68.7	3.5	3.2	**13.1**
	その他	6.4	75.1	4.2	2.5	**11.7**
社会科学	法学・政治学	6.4	78.0	1.0	1.4	**13.3**
	商学・経済学	2.7	**83.5**	1.2	1.6	**11.0**
	社会学	3.4	**81.7**	3.5	1.7	9.8
	その他	3.3	**82.3**	1.7	1.3	**11.4**
理学	数学	28.4	52.9	7.4	1.8	9.5
	物理学	55.9	34.9	2.0	0.7	6.5
	化学	51.9	40.0	1.8	0.7	5.5
	生物学	44.9	46.1	1.7	0.8	6.4
	地学	37.6	50.3	2.4	1.2	8.5
	その他	39.8	49.4	2.7	0.9	7.2
工学	機械工学	39.7	55.2	0.6	0.4	4.1
	電気通信工学	35.1	59.4	0.6	0.5	4.5
	土木建築工学	27.0	68.3	0.4	0.4	4.0
	応用化学	51.9	42.8	0.7	0.6	4.0
	応用理学	58.3	32.1	0.7	0.4	8.5
	繊維工学	71.6	26.0	0.0	0.0	2.3
	船舶工学	49.7	47.0	0.0	0.0	3.3
	航空工学	25.3	64.4	1.8	0.4	8.0
	経営工学	19.3	72.1	1.4	0.8	6.4
	工芸学	10.2	74.1	2.7	0.2	**12.9**
	その他	37.9	53.8	1.2	0.7	6.4
農学	農学	26.0	64.0	1.6	1.0	7.5
	農芸化学	31.1	63.6	0.9	0.4	4.0
	農業工学	12.2	75.6	2.3	1.8	8.1
	農業経済学	8.4	**85.6**	1.0	0.3	4.6
	林学	33.9	55.6	0.8	0.8	8.8
	獣医学畜産学	10.4	76.6	1.4	1.4	**10.2**
	水産学	25.6	65.1	1.2	0.9	7.2
	その他	27.3	62.7	2.0	1.4	6.7
保健	医学	0.6	**93.8**	0.0	0.0	5.6
	歯学	0.7	69.2	0.0	0.0	**30.1**
	薬学	11.8	72.6	1.0	0.2	**14.4**
	看護学	4.0	**92.4**	1.0	0.3	2.2
	その他	6.4	**81.1**	3.0	1.1	8.3
家政	家政学	3.3	**82.5**	4.9	2.0	7.3
	食物学	3.3	**86.7**	4.2	0.9	4.9
	被服学	4.0	71.1	6.8	5.7	**12.3**
	住居学	16.9	68.3	2.5	1.6	**10.7**
	児童学	2.4	75.3	17.8	0.7	3.8
教育	教育学	6.1	65.4	15.9	4.4	8.1
	小学校課程	10.7	58.7	14.0	7.3	9.4
	中学校課程	17.4	52.7	17.4	0.0	12.5
	中等教育学校課程	11.9	50.8	16.7	9.3	11.2
	体育学	5.8	65.7	13.0	5.9	9.5
	特別支援教育課程	11.3	59.8	18.5	3.6	6.8
	その他	6.9	69.2	13.7	3.3	6.8
芸術	美術	18.4	45.0	6.4	5.6	**24.7**
	デザイン	6.6	61.9	6.3	3.8	**21.4**
	音楽	20.6	36.1	12.5	7.8	**23.1**
	その他	7.8	55.3	8.1	7.0	**21.8**
その他	教養学	6.6	75.1	3.2	2.5	**12.6**
	総合科学	23.6	70.7	0.0	0.0	5.7
	人文・社会科学	5.5	75.3	4.2	3.3	**11.7**
	国際関係学	4.3	**80.0**	2.9	1.8	**11.2**
	人間関係科学	6.8	71.6	9.7	1.9	**10.0**
	その他	9.6	74.1	3.6	2.0	**10.8**
合　計		12.1	73.0	3.4	1.8	**9.7**

図15-1　2016年春の大学卒業者の進路(%)

卒業生数が100人に満たない専攻は記載していない。
文科省『学校基本調査』(2016年度)より作成。

視野は広いですからね。侮るべからず。少子高齢化もあって、需要が高まっている看護も正規就職率は高し。92・4％にも達しています。

次に、おめでたくない右端の数値をみると、予想通り、芸術系は厳しくなっています。進学でも就職でもない者、ないしは進路が定かでない者の割合ですが、芸術系の4専攻はいずれも2割を超えています。まあ、留学準備の人とかが多いのかもしれませんが。人文系も比較的高いですね。史学専攻では14・2％なり。

なお「その他・不詳」率が最も高いのは歯学専攻で3割を超えます。今やコンビニより多く、ワーキングプアも珍しくないと言われる歯医者さんですが、こういう状況の反映なのでしょうか。

ところで表によると、就職に強いと思われる理系の専攻の正規就職率が軒並み低くなっています。このことの理由はお分かりですね。大学院への進学者が多いからです。

就職率というのは厳密には、就職の意思のない進学者を分母から除外して出す必要があります。たとえば機械工学専攻の正規就職率をこのやり方で計算すると、55・2／（100・0－39・7）＝91・6％となります。卒業生ベースの55・2％とは大違いです。

分母から進学者を除いて出した正規就職率を横軸、その他・不詳率を縦軸にとった座標上に、表の60の専攻を配置すると**図15－2**のようになります。

左上にあるのは、正社員就職率が低く、無業率が高い専攻です。ゲージュツの道は厳しい。よく言われることは可視化されています。右下はその反対で、工学や医療系の専攻が多く位置

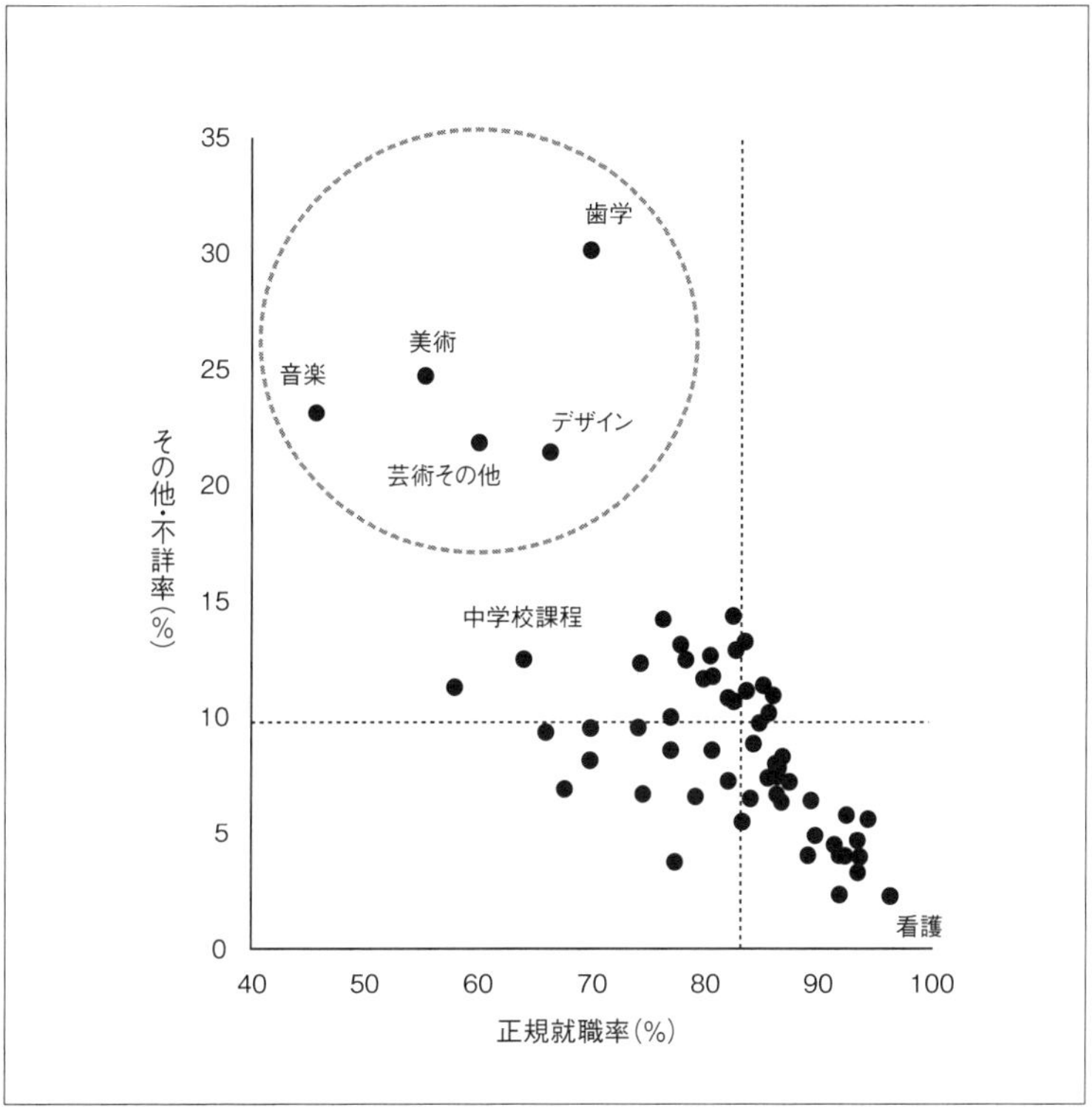

図15-2　専攻別の大卒者の進路

正規就職率は、分母から進学者を除外して計算。点線は、卒業生全体でみた値。

文科省『学校基本調査』(2016年度)より作成。

看護学	96.3	商学・経済学	85.8	文学	78.2
医学	94.3	獣医学畜産学	85.5	哲学	77.6
土木建築工学	93.5	家政学	85.3	児童学	77.2
農業経済学	93.4	社会科学その他	85.1	応用理学	76.9
船舶工学	93.4	社会学	84.6	人間関係科学	76.8
総合科学	92.5	林学	84.1	史学	76.1
農芸化学	92.3	生物学	83.8	教育その他	74.4
繊維工学	91.8	国際関係学	83.5	被服学	74.1
機械工学	91.6	法学・政治学	83.3	数学	73.9
電気通信工学	91.4	化学	83.2	体育学	69.8
食物学	89.6	工芸学	82.5	教育学	69.7
経営工学	89.4	薬学	82.3	歯学	69.7
応用化学	89.0	住居学	82.2	特別支援教育課程	67.4
水産学	87.5	理学その他	82.0	デザイン	66.3
保健その他	86.7	その他	81.9	小学校課程	65.7
工学その他	86.6	地学	80.6	中学校課程	63.8
農学	86.4	教養学	80.4	芸術その他	60.0
航空工学	86.3	人文科学その他	80.3	中等教育学校課程	57.7
農学その他	86.3	人文・社会科学	79.7	美術	55.1
農業工学	86.1	物理学	79.1	音楽	45.5

図15-3　専攻別の大卒者の正規就職率(%)
分母から進学者を除外して計算。
文科省『学校基本調査』(2016年度)より作成。

しています。統計というのは、正直なものです。

参考までに、横軸の正規職員就職率のランキング表を掲げておきます。専攻選びの資料として使えるかもしれません。(図15-3)

進路

ニート率の推移

心理学者エリクソンによると、青年期の発達課題は、自我同一性（アイデンティティ）を確立することだそうです。自分は何者か、自分は社会の中で何ができるかをはっきりさせることです。簡単にいえば、進路選択、職業選択ということになるでしょう。

しかし最近、この課題を達成することができずに、自我の拡散状態に陥ってしまう若者が多いと聞きます。自分は何がしたいのか、何ができるのかを思い定めることができず、いつまでたっても、明確な役割（role）を取得できない人間が増えているように感じます。

いわゆるニート（NEET＝Not in Education、Employment or Training）などは、その典型でしょう。教育も受けておらず、働いてもおらず、職業訓練も受けていない。要するに、何をしているか分からない人間のことです。

私は、このような生き方を１００％否定するつもりはありません。現在の（病んだ）企業社会に過剰適応し、心身ともに荒んでいくというのは、ご免こうむりたいもの。それに、「ぶっとんだ」生き方をしている人間の中から、社会を変革するカリスマが生まれてくる可能性も否定できないところです。

しかるに、社会全体が「ぶっとんだ」人間だらけになるというのは考えものです。程度の問題ではありますが、若者のニート率があまりに高くなるというのは、よろしくないことでしょう。ここでは、15〜34歳の若者のうち、ニートがどれほどいるかを数で明らかにしてみようと思います。

2015年の総務省『国勢調査』によると、15〜34歳人口のうち、働く意志がない非労働力人口は約801万人です。このうち、専業主婦（夫）でも学生でもない者はおよそ40万人。この40万人が、上記の意味でのニートに近いものと思われます。

この40万人は、この年の15〜34歳人口（約2567万人）の1・56%に相当します。およそ64人に1人という水準です。このニート率は、過去からどう推移してきたのでしょうか。1970年からの変化を跡づけてみました。『国勢調査』は5年ごとに実施されるので、5年刻みの統計になっています。（図16 - 1）

ニート率は、1970年から1990年まで下降しますが、90年代以降、増加に転じています。2000年にはニートの数は75万人に膨れ上がり、人口中の比率も2・18%まで上がります。当時の不況の反映でしょうか。この年の3年前の1997年に山一證券が倒産し、翌年の98年に自殺者が3万人台に突入したことはよく知られています。

私は99年に大学を出たのですが、当時の就職戦線の厳しさといったら、もうハンパじゃありませんでした。教員採用試験の競争率も、現在よりもはるかに高かったと記憶しています。新卒枠での就職に失敗、以後、既卒枠で就職活動を継続するがうまくいかず、そのうち就労意

	a 人口	b ニート	b／a 率（%）
1970年	37,157,660	360,725	0.97
1975年	37,079,945	300,185	0.81
1980年	35,926,357	271,117	0.75
1985年	34,058,127	268,325	0.79
1990年	34,665,606	256,231	0.74
1995年	35,367,555	293,616	0.83
2000年	34,476,544	750,784	**2.18**
2005年	31,953,884	390,006	1.22
2010年	28,124,988	309,355	1.10
2015年	25,667,005	400,138	1.56

図16-1　15～34歳人口のニート率の推移
ニートとは、非労働力人口のうち家事でも通学でもない者。
総務省『国勢調査』より作成。

欲を失いニートに……。こういうパターンも多かったのではないでしょうか。われわれの世代が「ロスト・ジェネレーション」といわれる所以です。

その後、不況がいくぶんか緩和したためかニート率は下がりますが、最近5年でまた上昇に転じ、２０１５年は1・56％となっています。

次に、15～34歳人口を男性と女性に分解し、各々のニート率を出してみます。１歳刻みのニート率も計算してみましょう。**図16-2**をご覧ください。最新の２０１５年の統計から計算しています。

男性と女性で比べると、ニート率は男性で高くなっています。男性は女性の１・５倍です。１歳刻みの年齢別にみると、ピークは19歳となっていますが、大学受験浪人が多いためでしょう。20歳以降は、ほぼ１・６％前後の水準が一貫して保たれています。高齢になるほど、

	a 人口	b ニート	b/a 率(%)
男性	13,072,272	244,527	1.87
女性	12,604,733	155,611	1.23
15歳	1,195,559	16,600	1.39
16歳	1,196,987	14,196	1.19
17歳	1,214,737	14,241	1.17
18歳	1,206,550	18,542	1.54
19歳	1,194,555	22,528	1.89
20歳	1,209,293	20,592	1.70
21歳	1,200,645	19,133	1.59
22歳	1,176,156	18,775	1.60
23歳	1,192,480	19,304	1.62
24歳	1,189,553	19,142	1.61
25歳	1,212,699	19,590	1.62
26歳	1,242,780	20,140	1.62
27歳	1,284,897	20,485	1.59
28歳	1,321,987	20,657	1.56
29歳	1,347,249	21,307	1.58
30歳	1,402,069	22,143	1.58
31歳	1,448,934	22,559	1.56
32歳	1,471,831	23,122	1.57
33歳	1,475,341	23,367	1.58
34歳	1,492,703	23,715	1.59

図16-2　性別・年齢別のニート率(%)
ニートとは、非労働力人口のうち家事でも通学でもない者。
総務省『国勢調査』(2015年)より作成。

率は減じていくものと思っていましたが、そうではなさそうです。ニートは、尾を長く引く現象であることがうかがわれます。

細かい数値を出しましたが、15〜34歳のニート率は1・56%、およそ64人に1人というのがファインディングです。冒頭でも述べましたが、社会を変革するのは、いつの時代でも「ぶっ飛んだ」人間です。若者の64人に1人くらい、「ぶっ飛んだ」生き方をしている者がいてもいいのではないかという気もしますが、どうでしょう。

逆をいえば、100人中100人が会社勤めをするような社会のほうが異常です。そういう社会は多様性も活気もないし、社会の歪みを正し、社会を変革しようという機運はなかなか生まれにくい。

私は、ニートの就労支援の取組を止めろとは思っていません。しかしわが国では、働くことのハードルがとても高いのですよねえ。若年の生活保護受給者に就労指導が入る際、いきなり8時間のフルタイム（正規）就業を求められるといいますが、週幾日かの短時間就業は、各種の社会保障を受けるに値しないと考えられていることの証左です。このことが、日本には「過労死するほど仕事があり、自殺するほど仕事がない」という奇異な状況をもたらしています。

このような極端な考え方を幾分なりとも是正することで、ニートの量はかなり減じるのではないでしょうか。それは、仕事に打ち込む「職業人」としての顔と同時に、社会的な関心をも持つ「社会人」としての顔も併せ持った人間が増える過程でもあります。

進路

純ニートの出現率比較

無業かつ就業非希望。しかもその理由が、通学、家事・育児、進学準備、ボランティアというような、一般に想定されるものでもない。統計をみると、働き盛りの年齢層でも、こういう人間が結構います。

20〜40代人口を有業者と無業者に分け、後者を就業希望者と就業非希望者(a)に分割し、さらにaの層を就業非希望の理由別に分解した組成をみてみましょう。**図17-1**は、2012年の総務省『就業構造基本調査』から作成したものです。

ここで注目したいのは、アミをかけた部分です。働き盛りの年齢層のうち、無業かつ就業非希望であり、そのことの理由が定かでない者は49万3千人となっています。ベース人口で除した比率にすると1・02%、およそ100人に1人です。

就業せず、教育も職業訓練も受けていない。これがよくいわれるニート（NEET）ですが、上記の約50万人は、就業意欲すら有しておらず、かつ、その理由が明確でない者です。「なんとなく（だるいから）働きたくね〜」。こんな感じでしょうか。ネーミングが適切か分かりませんが、ニートの純度がより高いという点にかんがみ、ひとまず純ニートと呼んでおくことに

			実数	構成比(%)
有業者			38,303,100	79.59
無業者	就業希望		5,703,900	11.85
	就業非希望	(出産・育児)	1,024,700	2.13
		(介護・看護)	73,800	0.15
		(家事)	308,600	0.64
		(通学)	1,145,800	2.38
		(病気・けが)	461,000	0.96
		(高齢)	5,700	0.01
		(進学・資格取得準備)	64,800	0.13
		(ボランティア)	25,000	0.05
		(仕事をする自信がない)	110,800	0.23
		(その他)	345,000	0.72
		(特に理由なし)	493,000	1.02
総　数			48,124,100	100.00

図17-1　20〜40代人口の内訳(2012年10月)
総数には、就業状態や就業希望の有無が不詳の者も含む。
総務省『就業構造基本調査』(2012年)より作成。

しましょう。

2012年では、20〜40代の純ニートはおよそ50万人であり、ベース人口あたりの出現率は1・02%ですが、この統計量を5年前と比較すると、**図17-2**のようになります。ジェンダー差もみれるようにしました。

この5年間にかけて、純ニートの出現率が増えています。男性でみても女性でみても同じですが、出現率の水準は女性で高いようです。

専業主婦の場合、出産・育児や家事という理由カテゴリーに収まるでしょうから、ここでいう純ニートには含まれないと思われます。家事すらお手伝いさんに任せている有閑マダムでしょうか。それとも、親同居の未婚パラサイト女性か。あるいは「引きこもり」か。

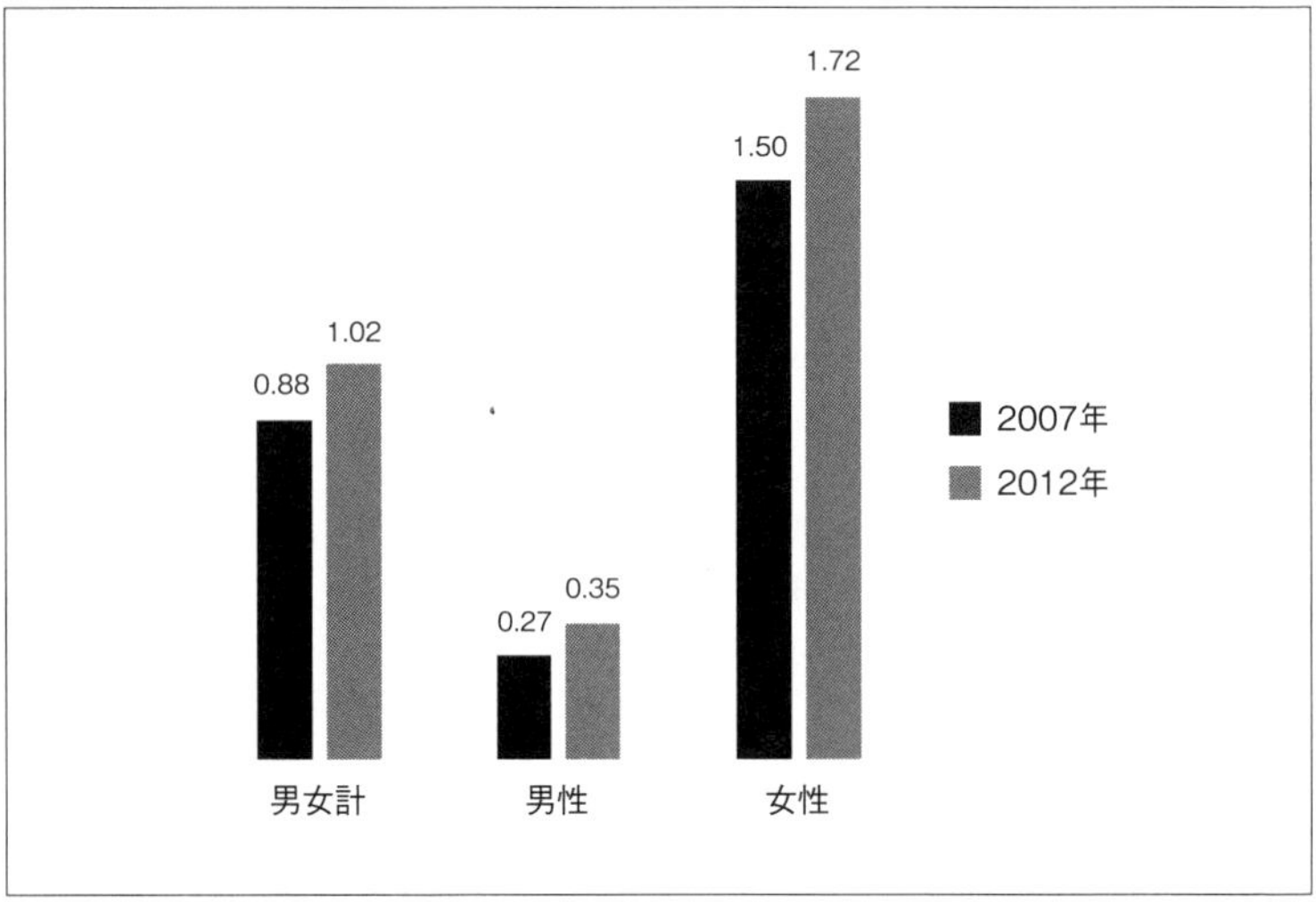

図17-2　20〜40代の純ニート出現率(%)
総務省『就業構造基本調査』より作成。

いろいろ想像をめぐらすことができますが、図の出現率が属性条件によってどう変わるかを観察することで、事態を少しは正確に推定できるようになるでしょう。ちょっとばかり試行してみたところ、学歴による差がクリアーであることを知りました。**図17-3**をご覧ください。

性を問わず、低学歴群ほど純ニートの出現率が高くなっています。きれいな傾向です。中卒女性の場合、母集団あたりの出現率は2・93%、34人に1人です。

若者の純ニート化は、学歴による疎外(差別)、もっと広くいえば労働市場からの疎外の問題を色濃く含んでいるような気がします。中学時代の不登校経験者や高校中退者がニート化する確率が一般群に比して格段に高い、という調査結果もあります(毎日新聞、2009年5月16日)。

		a 人口	b 純ニート	b／a 出現率（%）
男性	中卒	1,508,900	16,900	1.12
	高卒	9,984,400	30,900	0.31
	短大・高専卒	2,646,300	4,500	0.17
	大卒	7,415,400	8,000	0.11
	大学院卒	1,069,900	400	0.04
女性	中卒	979,900	28,700	2.93
	高卒	9,404,600	189,900	2.02
	短大・高専卒	7,021,600	112,400	1.60
	大卒	4,693,600	57,300	1.22
	大学院卒	295,200	1,800	0.61

図17-3　20～40代の学歴別の純ニート出現率（%）
総務省『就業構造基本調査』（2012年）より作成。

「ニート＝怠け、平和ボケ」という解釈からは、うざったい説教論や精神論しか出てきません。求められるのは、階層的な要因とも関連があることをも見越した、社会的な視座でしょう。政府の白書の類では「階層」という言葉は滅多にでてきませんが、これはおかしなことではないかと思うのです。

二神能基さんの『ニートがひらく幸福社会ニッポン――「進化系人類」が働き方・生き方を変える』（明石書店、２０１２年）を読んで、ニートはこれからの日本を変える「進化系人類」だ、という考えを持ちました。上記のような明瞭な学歴差がないなら、それが補強されたのでしょうが、現実はそうではないようです。まだまだ、「社会的排除」の要素を含んだ問題であることに気づかされます。

進路

大学院博士課程修了者の大学教員採用率

大学院とは、大学学部の上に位置する教育機関で、2年間の修士課程と3年間の博士課程からなります。修士課程は高度専門職業人の養成機能を持ち、最近は大学卒業後、この段階まで進む人も増えてきています。

その上の博士課程となると、研究者の養成が主で、ここまで進む人の大半は大学教員等の研究職志望者です。しかし昨今、大学教員への就職が非常に厳しくなっていることは、業界の人間なら誰だって知っています。少子化に伴う学生減で、経営難に瀕している大学も少なくないですからね。当然、新規の教員採用も控えられています。

その一方で、90年代以降の大学院重点化政策により、博士課程の修了者は増えてきている。採用の口は少なくなっているにもかかわらず、それを奪い合う人間は増えていると。今や、大学教員市場は完全な「買い手市場」です。

文科省『学校教員統計』によると、大学院重点化政策が実施される前の1988年度では、新規学校卒の大学本務教員の採用者(b)は1626人でした。それが2012年度では、999人にまで減っています。それとは裏腹に、大学院博士課程修了者(a)は同じ期間にかけて533

0人から1万6260人に増えています。

bをaで除した大学教員の採用率は、1988年度の30・5%から2012年度の6・1%まで下がっていることになります。それもそのはず。分母(a)が増えているのに対し、分子(b)は減っているのですから。前者は90年代以降の大学院重点化政策、後者は少子化により採用ポストが減っているためです。新卒時の断面ですが、近年の大学教員市場の閉塞化が、はっきりと可視化されますねえ。

様相は専攻によっても違います。図18-1は、同じ計算を専攻別にやってみたものです。専攻を問わず、状況が悪化しているのは同じです。家政系の採用率が高いのは、学部卒や修士卒の採用が多いためでしょう。人文・社会系は減少幅が大きく、人文科学は26・5%から4・9%、社会科学系は39・0%から7・0%への下落です。大学院重点化政策前は、社会系ドクターの4割は、修了と同時に専任ポストをゲットできていたのですね。最近では、たった7・0%(14人に1人)。状況は変わったものです。

社会科学専攻の変化の様相を、視覚化しておきます。分子・分母の量を、正方形の面積で表した図です。(図18-2)

この表は、修了時点の断面を観察したものです。近頃は、非常勤講師やポスドク(ポストドクトラルフェロー=博士課程修了者に一時的に当てがわれる研究員等)など非正規からキャリアをスタートし、数年後に専任職を得るパターンが一般化していますので、その影響もあるかと思います。

		a	b	b／a
		大学院博士課程修了者	大学本務教員の新規学校卒採用者	採用率(％)
1988年度	人文科学	695	184	**26.5**
	社会科学	518	202	**39.0**
	理学	589	140	23.8
	工学	721	300	41.6
	農学	295	49	16.6
	保健	2,301	648	28.2
	家政	7	23	328.6
	教育	162	74	45.7
	芸術	17	6	35.3
	その他	25	0	0.0
	合計	5,330	1,626	**30.5**
2012年度	人文科学	1,334	66	**4.9**
	社会科学	1,239	87	**7.0**
	理学	1,358	71	**5.2**
	工学	3,561	126	3.5
	農学	1,004	26	2.6
	保健	5,261	427	8.1
	家政	83	53	63.9
	教育	391	91	23.3
	芸術	148	31	20.9
	その他	1,881	21	1.1
	合計	16,260	999	**6.1**

図18-1　大学院博士課程修了者の大学教員採用率
博士課程修了者には、単位取得満期退学者も含む。
文科省『学校基本調査』、『学校教員統計』より作成。

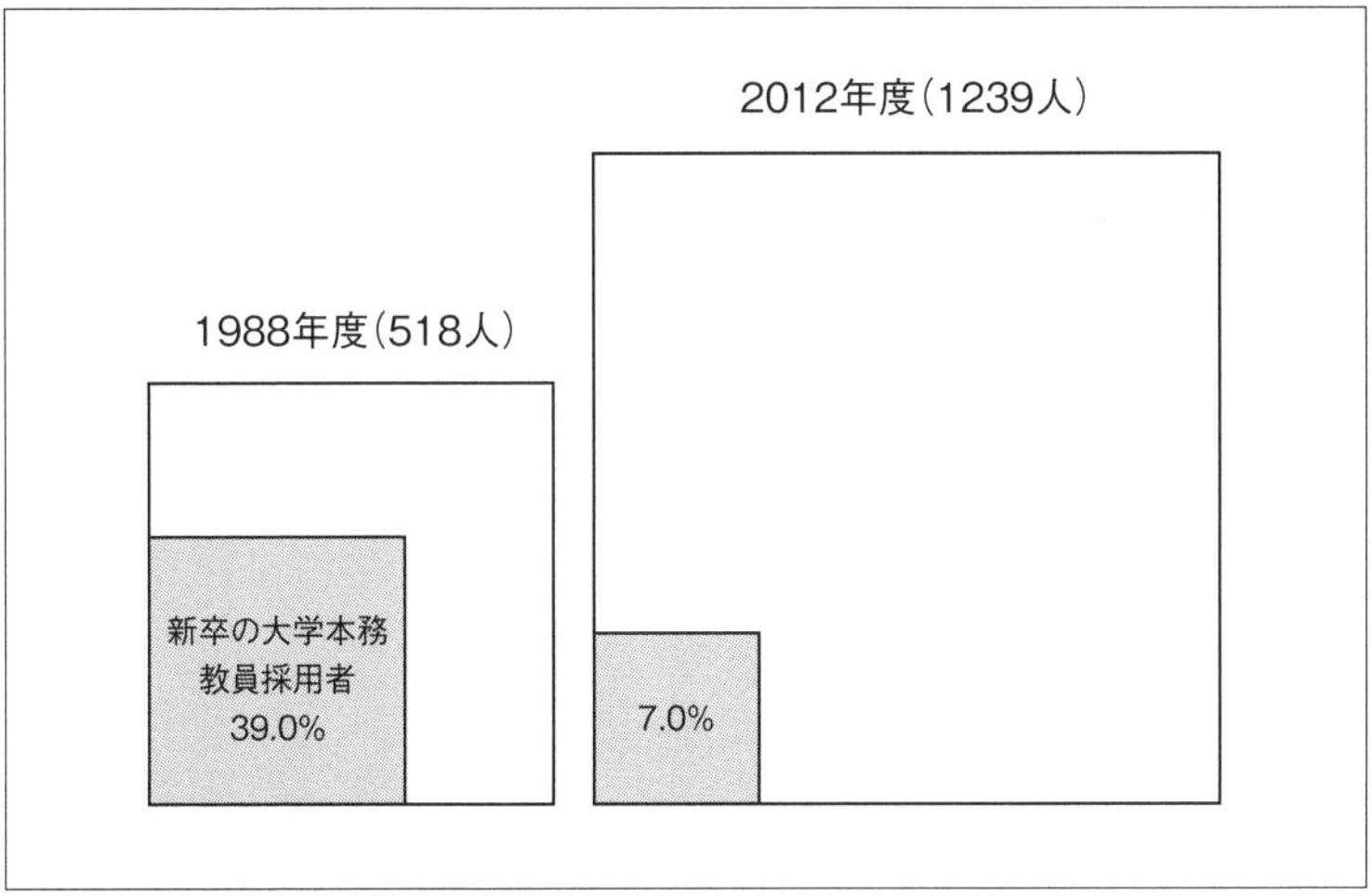

図18-2　社会科学専攻の博士課程修了者の大学教員採用率
博士課程修了者には、単位取得満期退学者も含む。
文科省『学校基本調査』、『学校教員統計』より作成。

また、大学教員以外の職に就く者が増えていることも考えられます。そもそも、90年代以降の大学院重点化政策は、それを想定してなされたものでした。産業界から、高度な人材に対する需要が高まるであろうと。

それは、『学校基本調査』の進路統計からも分かります。博士課程修了の就職者のうち、科学研究者、大学・短大教員以外の職に就いた者の割合を計算してみました(図18-3)。『学校基本調査』の進路統計の就職者には、非正規就職者も含まれます。

全体や理系ではさほど変わってませんが、人文社会系や教育系では増えています。社会科学では、12・7%から42・3%へと、倍以上にアップしています。『学校基本調査』の原統計をみると、「その他専門・技術職」というカテゴリーの比重が増えてい

		a	b	(a−b)／a
		就職者	うち科学研究者，大学・短大教員就職者	研究職以外の割合(%)
1988年度	人文科学	302	208	**31.1**
	社会科学	314	274	**12.7**
	理学	298	168	43.6
	工学	492	256	48.0
	農学	173	132	23.7
	保健	1,797	636	64.6
	家政	5	5	0.0
	教育	63	44	30.2
	芸術	6	5	16.7
	その他	14	11	21.4
	合計	3,464	1,739	49.8
2012年度	人文科学	402	248	**38.3**
	社会科学	619	357	**42.3**
	理学	938	605	35.5
	工学	2,688	1,398	48.0
	農学	609	398	34.6
	保健	4,300	1,483	65.5
	家政	43	27	37.2
	教育	236	161	31.8
	芸術	44	25	43.2
	その他	1,058	624	41.0
	合計	10,937	5,326	51.3

図18-3　博士課程修了就職者の研究職以外の割合
文科省『学校基本調査』より作成。

るのですが、具体的にどういう職かは分かりません。大学教員を諦めて予備校講師になる、という院生も増えているのかもしれませんが。

大学院は研究者養成を主たる機能としていますが、これから先は、そればかりを強調していては、己の存在意義を分かってもらえそうにありません。機能の拡張・多角化が求められます。研究職以外の高度専門職養成機能、リカレント学生の受け入れなど、生涯学習社会のセンターとしての機能……。いろいろ想起されますよね。

この点については、雑誌『教育』２０１４年12月号に書きました（拙稿「データでみる大学院のいま」）。興味ある方は、ご覧いただけますと幸いです。

教員

教員の職業満足度の国際比較

現在は教職危機の時代といわれますが、その度合いは、離職率のような統計指標によって教えられます。教員の離職率については、次の項で紹介することにしましょう。

ここでは国際比較をやってみようと思います。教員の危機状況は社会によってどう違うか、国際的な布置構造の中で日本はどういう位置にあるか。オーソドックスな問いですが、これに答えてくれるデータを目にしたことはありません。

こういう側面を可視化するには、離職率のような行動の指標がベストなのですが、あいにく国際統計は存在しません。ですが、教職という自らの仕事についてどう思っているかという意識は国別に知ることができます。

わが国の教員が世界一働いている（働かされている）ことを暴露してくれた、OECDの国際教員調査「TALIS 2013」ですが、本調査には職業満足度を問う設問が盛られています。対象となった各国の中学校教員に対し、以下の10の項目が提示されています。教員質問紙調査のQ46です。（図19-1）

いずれも職業満足度（Job Satisfaction）に関わる項目ですが、これらへの反応を合成するこ

	全くそう思わない	そう思わない	そう思う	とてもそう思う
①教員という仕事のメリットは、デメリットを補って余りある。	1	2	3	4
②もう一度仕事を選べるとしても、教員を選ぶ。	1	2	3	4
③可能ならば、他の学校に移りたい。	1	2	3	4
④教員になるのを決意したことを後悔している。	1	2	3	4
⑤この学校で働くのが楽しい。	1	2	3	4
⑥別の仕事を選んだほうがよかったのではと思う。	1	2	3	4
⑦今の学校は、働くのにはよい場所だと勧められる。	1	2	3	4
⑧教職は、社会的意義のある仕事だ。	1	2	3	4
⑨この学校での自分の仕事ぶりに満足している。	1	2	3	4
⑩総合的にいって、教員という仕事に満足している。	1	2	3	4

図19-1　中学校教員の職業満足度を測る設問
OECD「TALIS 2013」より作成。

とで、各国の教員の職業満足度を計測する総合スコアを出してみようと思います。

上表の選択肢の番号は、職業満足度を測る点数として使えます。「1」は1点、……「4」は4点です。網掛けをした3項目（③、④、⑥）はネガティブ項目ですので、スコアを反転させます。「1」を選んだ場合は4点、……「4」を選んだ場合は1点を与えます。

この場合、対象となった中学校教員各人の職業満足度は、10〜40点のスコアで測られることになります。全項目とも1点の超不満足教員は10点、全項目とも4点のスーパー満足教員は40点となる次第です。いずれかの項目に無回答がある教員は、スコアの正確な計算ができないので、分析から除外します。

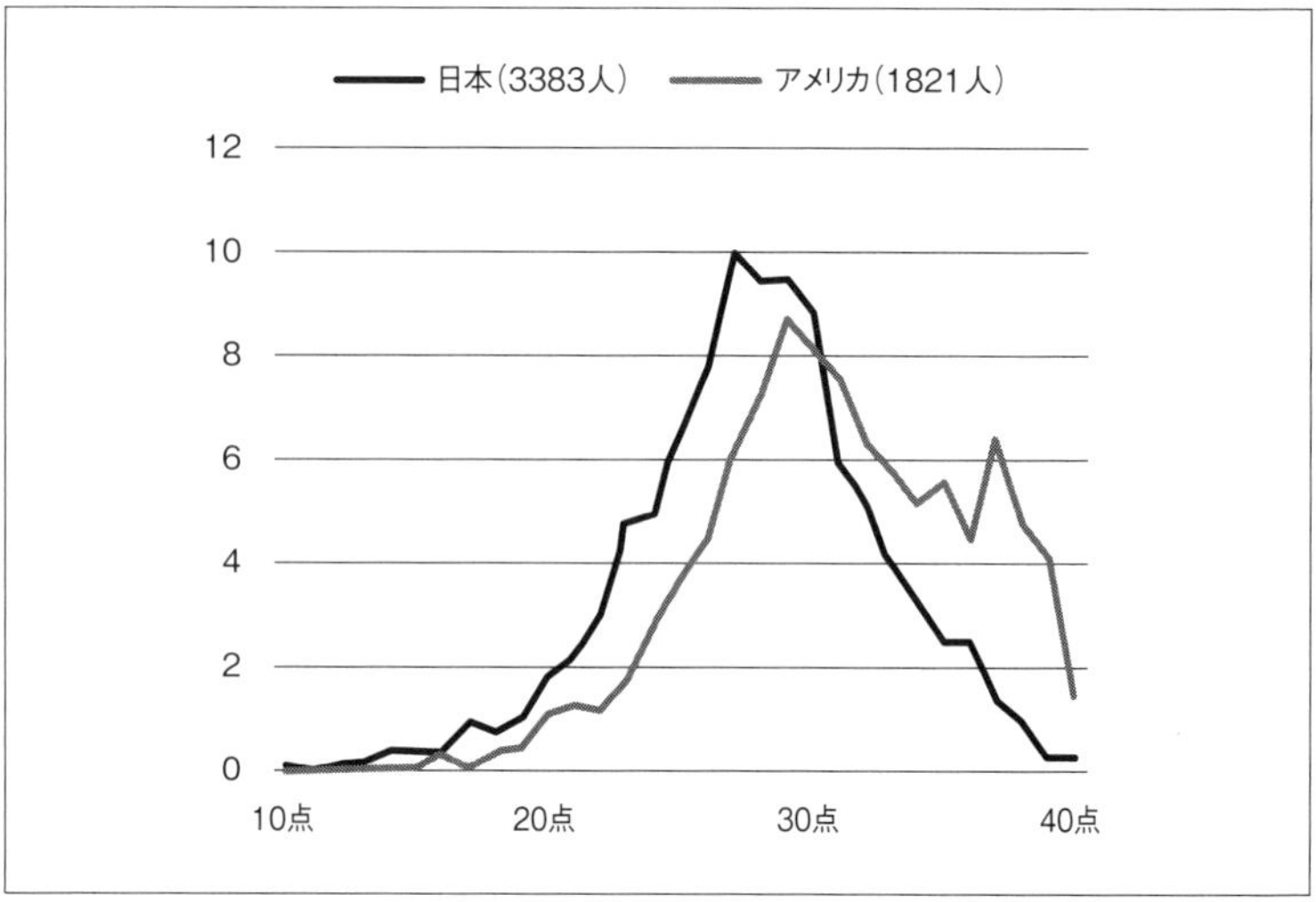

図19-2　中学校教員の職業満足度スコアの分布（%）
OECD「TALIS 2013」より作成。

　私はこのやり方で、32か国９万７０４６人の中学校教員の職業満足度スコアを計算しました。ローデータが手元にありますので、こういう操作も自由自在です。ローデータは、ＯＥＣＤのサイトにてダウンロードできます。いやはや、便利になったものです。

　手始めに、日本の３３８３人とアメリカの１８２１人のスコア分布をみていただきましょう。**図19-2**は、百分比の折れ線による分布曲線です。

　両国ともノーマルカーブに近い型ですが、アメリカのほうが高い側に分布しています。30点以上の者の比率をとると、日本は35・５%ですが、アメリカでは59・９%もいます。

　この分布を単一の代表値（平均値）で読みとると、日本は27・９点、アメリカは

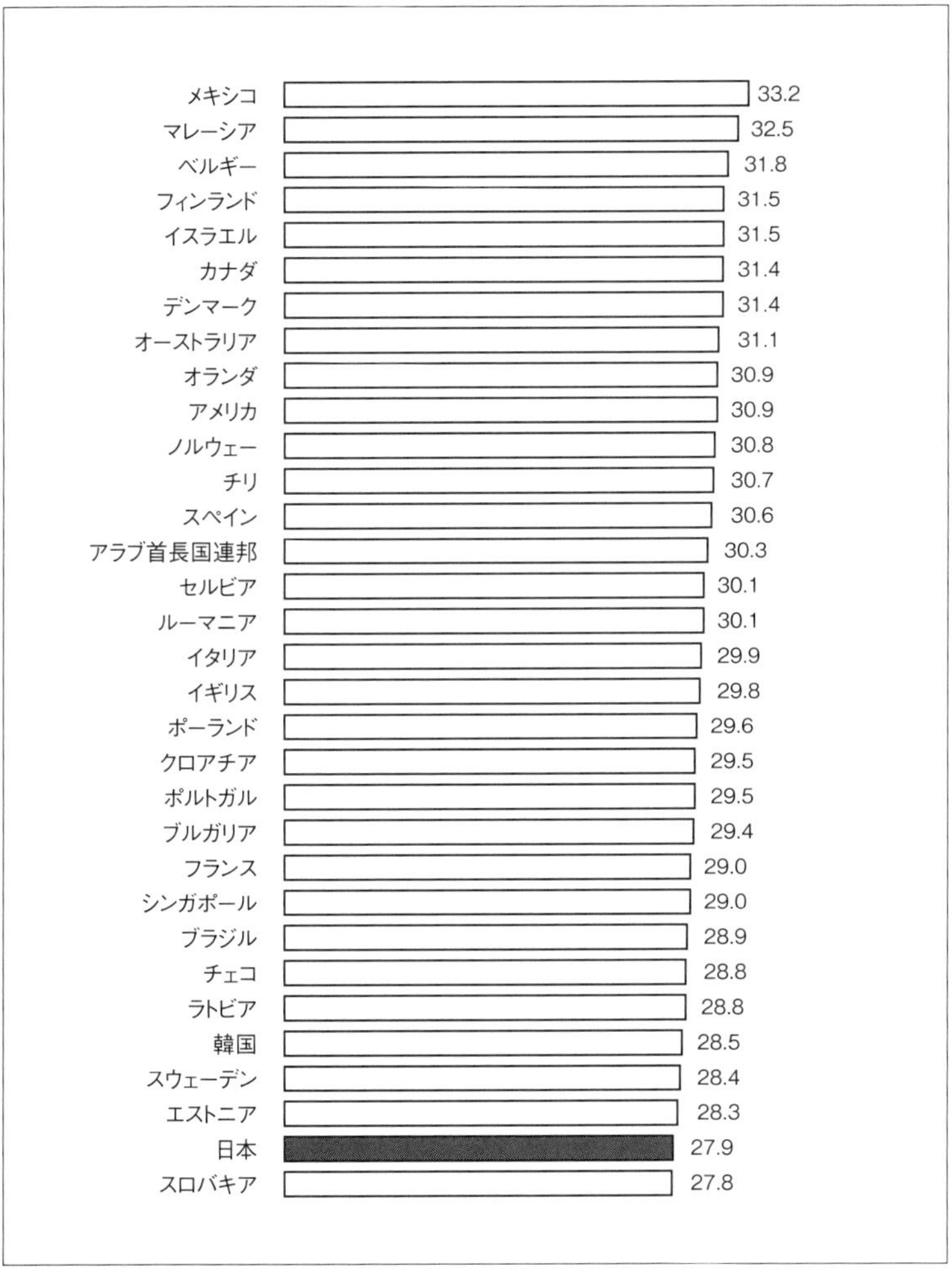

図19-3　中学校教員の職業満足度スコア
10〜40点のスコアの平均点である。
OECD「TALIS 2013」より作成。

30・9点となります。中学校教員のトータルな職業満足度は、海を隔てた米国のほうが高いようです。

私は同じ分布データを32か国について作成し、平均値を出してみました。この値でもって、各国の中学校教員の職業満足度（裏返すと職業危機度）を比べてみましょう。図19-3は、値が高い順に並べたランキング図です。

どうでしょう。日本は下から2位という位置です。27・8～33・2というレインヂの相対位置による判定ですが、日本は世界の中で教員の職業満足度が低い社会であることが知られます。先ほどサシで比較したアメリカが中央よりちょっと上くらいで、トップは中米のメキシコです。

まあ、日本人はこの手の調査に対してはニュートラルな回答をする傾向がありますので、いくらか割り引いて考える必要がありますが、統一的な手続きで割り出した、教職危機の国際統計とみていただければと思います。しかし、最近のわが国の教員が置かれた状況からして、「さもありなん」という印象を持たれた方も少なくないでしょう。

教員

教員の病気離職率

前項では、教職危機の指標として職業満足度を取り上げましたが、ここでは職を辞す教員の出現率、いわゆる離職率に注目することにしましょう。文科省が3年おきに実施している『学校教員統計』という資料にて、前年度間の本務教員の離職者数が集計されています。

離職理由の多くは定年退職ですが、ここで注目するのは「病気」という理由による離職者数です。想像がつくと思いますが、その多くは精神疾患による離職です。心身を病んで離職する教員の率はどれほどか。これこそ、教職危機のレベルを可視化する最良の指標といえましょう。

２０１３年度の文科省『学校教員統計』によると、前年度（２０１２年度）間に、病気という理由で離職した公立小学校教員は５８９人となっています。２０１２年５月時点の公立小学校本務教員数は41万２１５４人。よって２０１２年度の病気離職率は、本務教員１万人あたり14・３人となる次第です。

この値はどう推移してきたか。上の段階の中学校・高校ではどうか。図20－1は、公立小・中・高校教員の病気離職率の長期推移です。

80年代では、中学校教員の病気離職率が高かったようです。「金八先生」が放映されていた

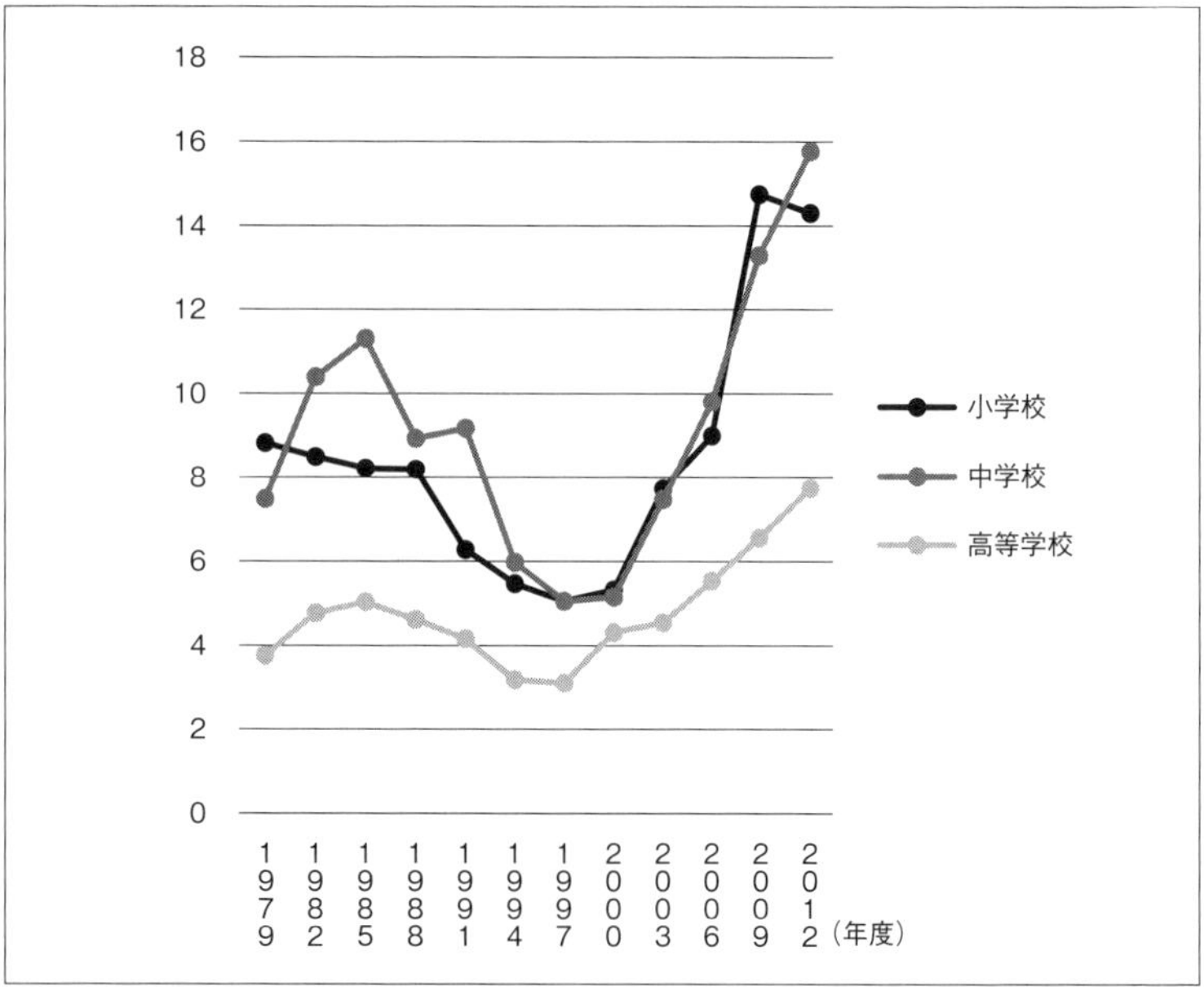

図20-1　教員1万人あたりの病気離職者数
計算式＝当該年度の病気離職者数／当該年5月時点の本務教員数
文科省『学校教員統計』、『学校基本調査』より筆者作成。

頃で、全国的に学校（とくに中学校）が荒れていた時代です。校内暴力の発生件数も、現在の比ではありませんでした。当時の中学校教員の離職率が高かったというのは、肯けます。

その後、反抗を力で抑えつける方針がとられ、学校の荒れは沈静化します（代わって、生徒間のいじめが深刻化するのですが）。そのためかは分かりませんが、教員の病気離職率は低下し、前世紀の末にはボトムとなります。しかし今世紀になるや病気離職率は上昇に転じ、近年はどの校種も過去最高となっています。

21世紀の初頭は、様々な教育

改革が矢継ぎ早に実施されました。2007年の教育三法改正により副校長や主幹教諭といった職階が導入され、学校組織の官僚制化が進行し、また全国学力テストの再開により、教員の多忙化に拍車がかかりました。教育課程の国家基準の学習指導要領をみても、2002年施行の「ゆとり」から2011年施行の「脱ゆとり」へと急転換され、現場は翻弄されています。こうした改革が教員の病気離職率増加につながっているとしたら、何とも皮肉なことです。

学校と外部社会の関係も変わってきています。2004年に学校運営協議会制度が導入され、学校運営に際して、保護者や地域住民等の意向を聞くことが義務づけられました。まっとうな意見を言ってくれるのならよいのですが、最近は、学校に無理難題を突き付ける「モンスター・ペアレント」もいます。長年異なる状況下で教職生活を送ってきた年輩教員にすれば、戸惑いはさぞ大きいことでしょう。

年輩教員という言葉が出ましたが、病気離職率は年齢によって違っています。図20－2は、2012年度の公立小・中・高校教員の病気離職率を年齢層別に計算したものです。分母ですが、当該年の本務教員数を年齢層別に知ることはできませんので、翌年の数値で代替しています。

入職して間もない20代前半と、定年間際の50代後半で高く、グラフにするときれいなU字型になります。教職生活の初めと終わりの危機。これをどうみたものでしょう。

年輩教員は体力の衰えもあるでしょうが、先ほど述べたように、時代の変化に対する戸惑いや不適応も大きいのではないでしょうか。彼らが入職したのは80年代の初頭あたりですが、当時と現在では状況が大きく変わっています。

	a 2013年10月時点の 本務教員数	b 2012年度間の 病気離職教員数	b／a 病気離職率 （1万人あたり）
25歳未満	25,129	71	28.3
25〜29歳	77,703	127	16.3
30〜34歳	81,075	72	8.9
35〜39歳	80,384	78	9.7
40〜44歳	89,937	71	7.9
45〜49歳	111,699	104	9.3
50〜54歳	145,067	179	12.3
55〜59歳	132,681	346	26.1

図20-2　公立小・中・高等学校教員の病気離職率
文科省『学校教員統計』、『学校基本調査』より筆者作成。

若年教員は、入職したてで右も左も分からないためでしょう。それはいつの時代も同じですが、最近は先輩教員からのサポートを得るのが難しくなっています。今の学校現場は忙しく、新人教員を手とり足とり指導するヒマがありません。近年の教員採用試験で即戦力人材が求められるのは、そのためです。

２００４年に、静岡県磐田市の小学校で新人女性教員（24歳）が自殺する事件がありました。原因は、学級で続発する諸問題への孤軍奮闘による鬱だったそうですが、先輩に助けを求めても「バイトじゃねえぞ、まじめにやれ」とどやされただけ。全国の学校が似たような状況だとしたら、空恐ろしい思いがします。

あと一つ、若年教員の危機を考える視点として、教員集団の構造に目を向けてみましょう。人口の年齢構成変化により、若年層が上の世代から被る圧力が強くなってきています。現在のわが国の人口ピラミッドをみると、逆ピラミッド型とまではいきませんが、上が厚く下がやせ細った型になっています（つぼ型）。そ

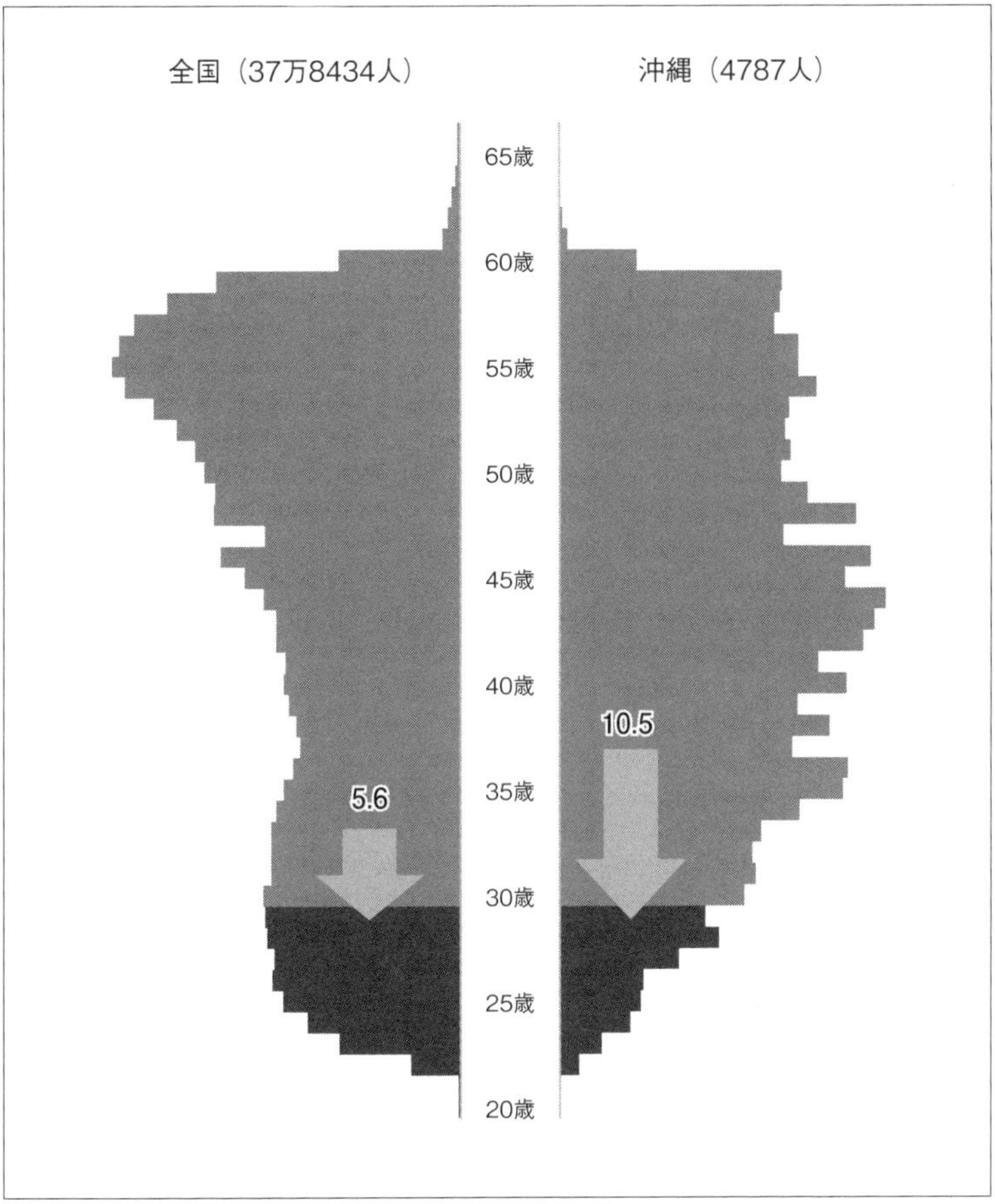

図20-3　公立小学校教員の年齢ピラミッド
文科省『学校教員統計』(2013年度)より作成。

こで見出されるのは、量的に少ない若年層が多数の上世代を支えている様、いや後者に押しつぶされている様です。

実をいうと、教員の世界では、こうした事態がもっと顕著です。団塊世代の大量退職によって最近は増えているものの、財政難から教員の新規採用は抑制されていますしね。２０１３年度の『学校教員統計』のデータを使って、同年10月時点の公立小学校教員の年齢ピラミッド図をつくってみました。本務教員のものです。（図20‐3）

いかがでしょう。教員の量（マグニチュード）からして、20代の若年教員はやせ細っています。比率でいうと全国は15・２％ですが、この値が最小の沖縄ではたったの８・７％です。

この上に、多数の年輩教員が乗っかっているわけですが、彼らが自分たちよりも下の若年教員をサポートする存在になるのか、あるいは逆に重荷になるのか。これについては見方が分かれるでしょうが、後者の側面もあるのではないでしょうか。

前にも書きましたが、「上は支えられる存在、下は支える存在」、「上は指導する存在、下は指導される存在」というように、日本は年齢による役割規範が強い社会です。官僚制化の度合いが強い教員組織にあっては、それがひときわ顕著である、という見方もできます。

仮にこちらの面をとるとすると、若年教員が上の年輩教員から被る圧力の強さは、頭数を比べることで数値化することができます。図中の数値がそれです（圧力係数）。30歳以上の教員数が20代の何倍かですが、全国では５・６倍、沖縄では10・５倍にもなります。当県の若年教員の状況はどういうものなのでしょう。

ここにて客観的に明らかにしたのは、①教員の病気離職率が最近高まっていること、②それはとりわけ若年教員で顕著であること、です。その背景として、近年の教育改革や外部社会の変化に加えて、教員集団の構造変化があるのではないか、という仮説を提起したいと思います。

図の数値を圧力係数ではなく、「サポート係数」と読めるようにしなければいけないのは、言うまでもありません。

教員

中学校教員の年齢層別の課外活動指導時間

教員の過労は誰もが知っていますが、中高の教員の場合、部活指導が重荷になっているといわれます。

最近、学校現場でいろいろ取りざたされている部活ですが、その指導負担の重さに耐えかねた教員らが動き出したようです。部活顧問をするかどうかの選択権を教員に与えるべきと、公立中学校の若手教員がネット署名を募っています（2016年4月26日、毎日新聞）。

部活は課外活動に属し、正規の授業には含まれません。よって、教員免許を持つ教員が指導に当たる必要はないのですが、日本ではその指導の多くを教員が担っており、過労・多忙の大きな原因となっています。

それはとくに深刻なのは、若手でしょう。体力のある若手教員は運動部の指導を任され、練習や試合の引率などで、土日や長期休暇も返上になる。平日においても、朝練や夕方遅くまでの練習など。こういう声は、至るところで聞かれます。

2013年にOECDが実施した国際教員調査「TALIS 2013」によると、日本の中学校教員の課外活動指導時間（週平均）は7・7時間で世界一です。これは若手や年輩も含めた全教員の平均ですが、今回は、年齢層別の平均指導時間を出してみようと思います。若手ほど長いことは誰もが肌感覚で知っていますが、数値でそれを表してみましょう。

上記の調査では、各国の中学校教員に対し、週間の課外活動指導時間を尋ねています。直近の1週間の指導時間（H）を記入してもらう形式です。私は本調査のローデータを使って、主要6か国の年齢層別の平均値を計算してみました。**図21-1**は、それをグラフにしたものです（ドイツは調査に不参加）。「瑞」とは、スウェーデンを指します。

どの年齢層も、日本がトップです。日本の場合、そのほぼ全ては部活指導でしょう。しかし北欧のスウェーデンは、全然違いますねえ。どの層も、この手の課外活動指導にはほぼノータッチ。学校での部活という概念がなく、日本でいう運動部の活動などは、地域のスポーツクラブに委ねられています。

日本国内でみると、予想通り、若い層ほど週間の平均指導時間が長くなっています。20代が9・6時間、30代が8・9時間、40代が7・8時間、50代が5・7時間です。上記の署名活動の担い手が若手というのも、分かる気がします。

お国柄も反映してか、年齢差が大きいことが日本の特徴。20代は9・6時間、50代は5・7時間で、4時間近くも違います。対して他の先進国では、さほど年齢差はないようです。

こうした若手と年輩の距離を可視化してみましょう。課外活動指導時間だけでなく、授業なども含めた総勤務時間の差も考慮します。横軸に後者、縦軸に前者の平均週間時間をとった座標上に、主要国の20代と50代のドットを配置すると**図21-2**のようになります。

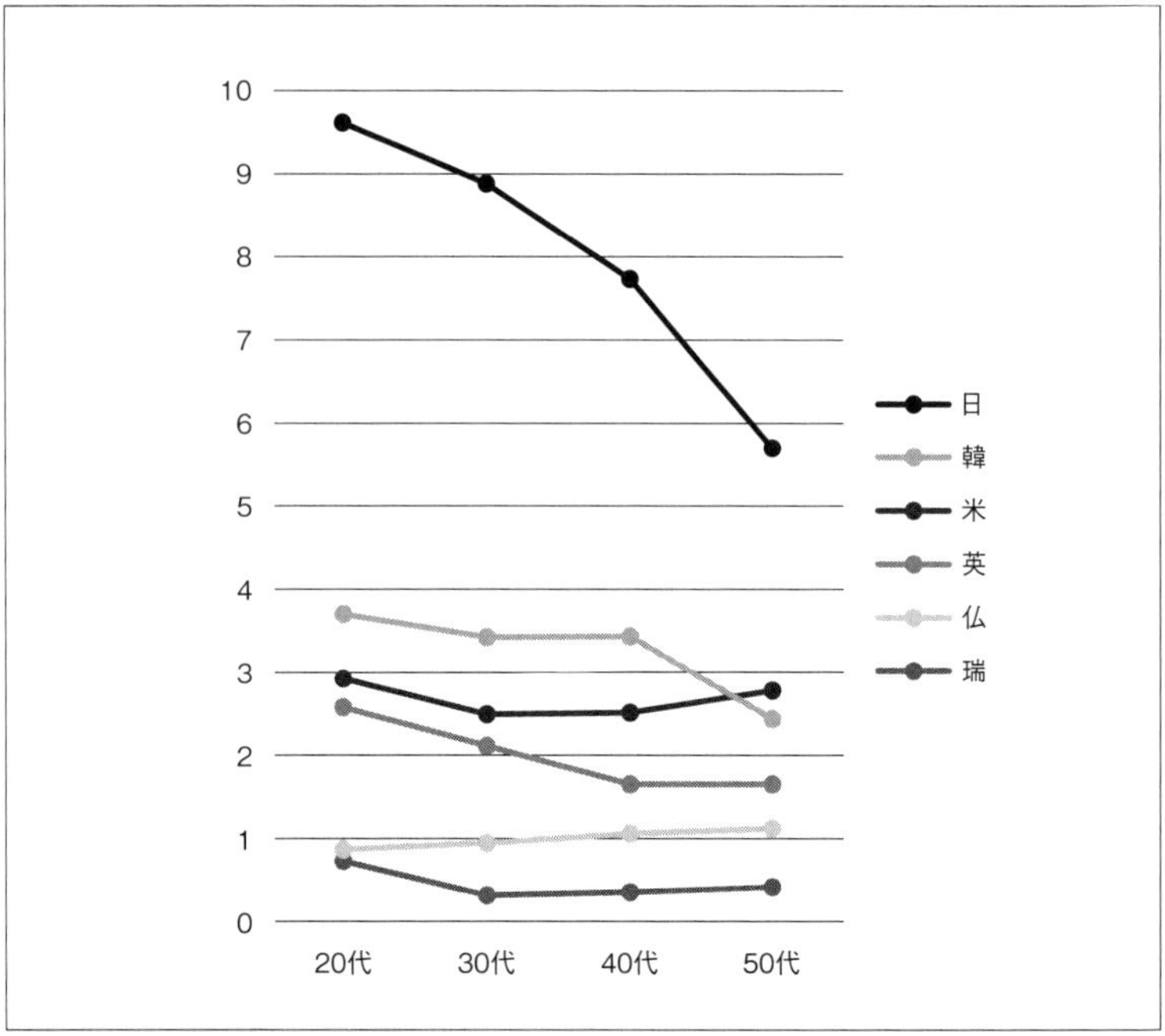

図21-1　中学校教員の課外活動指導時間
週間の平均指導時間（H）である。
OECD「TALIS 2013」より作成。

各国の線分の長さが、若手と年輩の距離に相当します。役割差の大きさの表現といってもよいでしょう。主要国でみると、日本の線分が飛びぬけて長くなっています。年齢による役割規範が大きい風潮が表われていますね。欧米では、こうした違いはほとんどありません。フランスでは、線分が見えないほどです。

いつの時代も同じといえばそうなのですが、最近は教員集団の年齢構成も逆ピラミッド型になっていることから、少数の若手に負荷が凝縮される構造になって

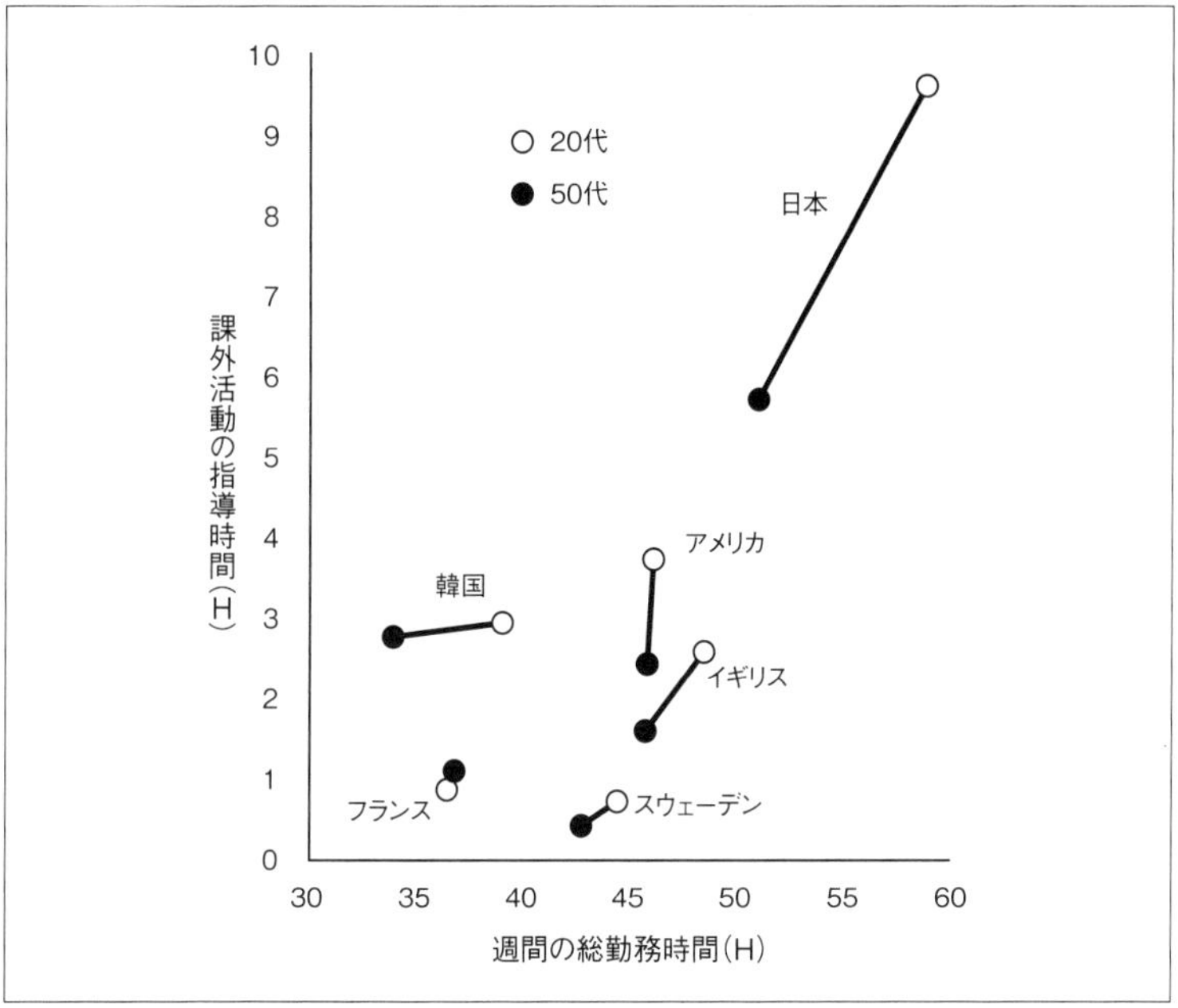

図21-2　中学校教員の勤務時間の年齢差
週間の平均指導時間(H)である。
OECD「TALIS 2013」より作成。

いるともいえるでしょう。

257ページでみたように、教員の病気離職率は、近年では20代で最も高くなっています。この層に対するサポート、負担緩和が必要であることは、既に指摘しました。上の世代は、下の世代の重荷になるのではなく、サポート資源にならないといけません。でないと、2004年に起きた新人女性教員の自殺事件のような悲劇が、また繰り返されます。

部活の話から逸れましたが、課外活動の指導を教員が一手に担う日本の現状は、国際的にみたら特異です。年齢層別にみると、それにより若手に大きな負荷がかかっているのは明らか。冒頭で紹介した若手教員の運動は、こうした異常事態に対する「ＮＯ」の声の表れに他なりません。

改革の策は、既に示されています。「チーム学校」という人材組織を学校に導入することです。その中には部活動支援員というスタッフも含まれ、部活指導や試合の引率等を任せるとされています。こうした人的資源の活用により、国際標準から隔たった日本の学校現場が変わることを願います。

4 若者

就労

新卒就職者の非正規化

雇用の「非正規化」とは、わが国の社会変化を言い表すキータームの一つです。若者の就労を論じるにあたって、避けては通れない主題です。まずは、この動向を統計で可視化してみましょう。ここでは新卒就職者の非正規化に焦点を当てます。

資料は、総務省『就業構造基本調査』です。２０１２年の同調査では、卒業年と初職のクロス表が公表されています。この表から、各年の卒業者が最初にどういう形態の職に就いたのかを知ることができます。卒業後しばらくしてから就職する者もいますが、ここでは「卒業後１年未満の間に就職した者」に限ることとします。大半が、卒業後直ちに職に就いた新卒就職者とみてよいでしょう。

この方式で、高卒と大卒の新卒就職者の初職変化を明らかにしました。正規が何％、非正規が何％というデータです。ジェンダー差も見るため、男女で分けました。２×２の４つの面グラフをご覧ください。１９８３～２０１２年の30年間の変化図です。（**図１-１**）

時とともに、非正規雇用の領分が広がってきています。大卒男子でみると、１９８３年の非正規率はたった３・６％でしたが、２０１２年の卒業者では実に25・３％、４分の１にも達し

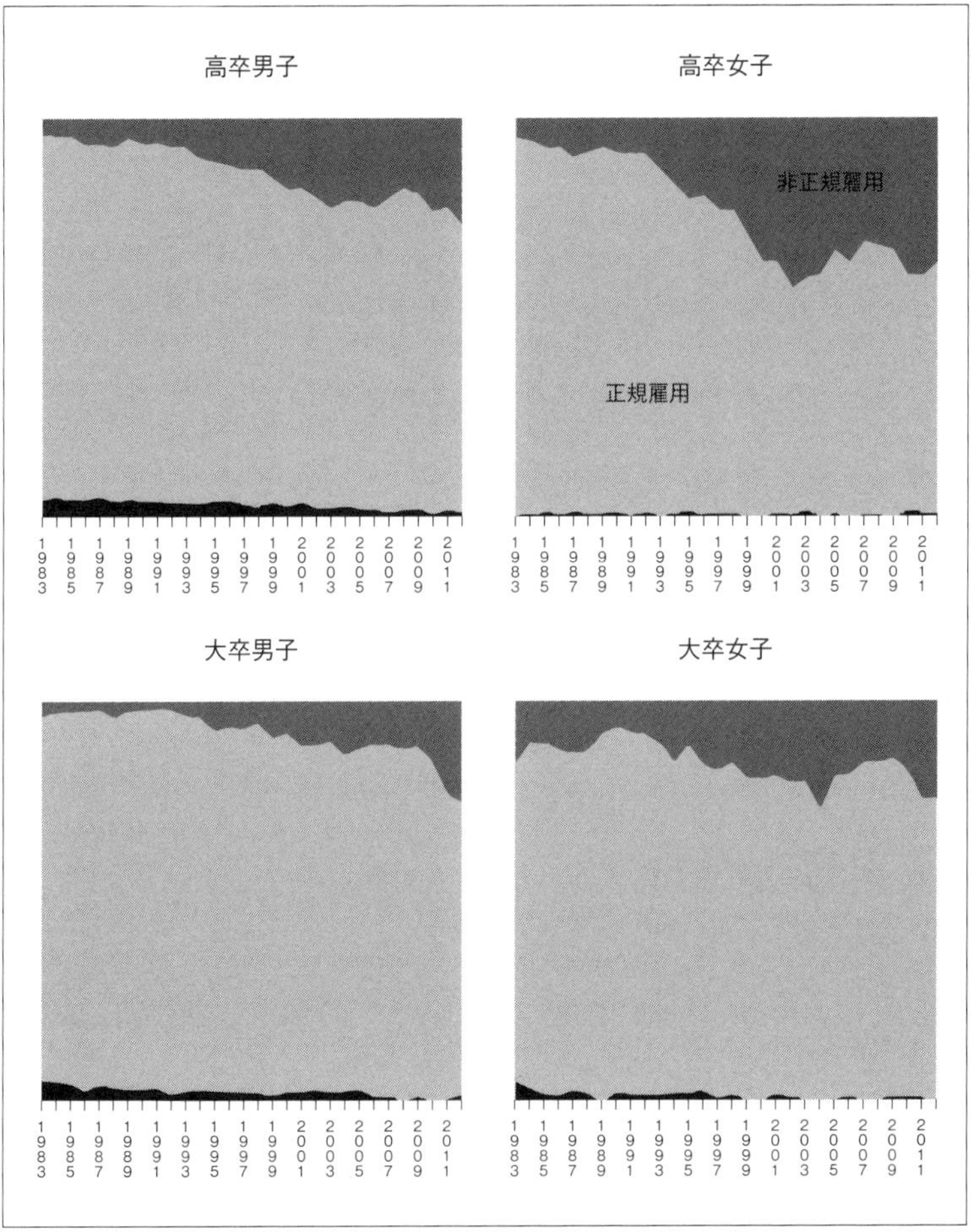

図1-1　卒業年別の就職者の初職

卒業後1年未満の間に就職した者のデータ。一番下は、自営・家族従業・役員である。

総務省『就業構造基本調査』より作成。

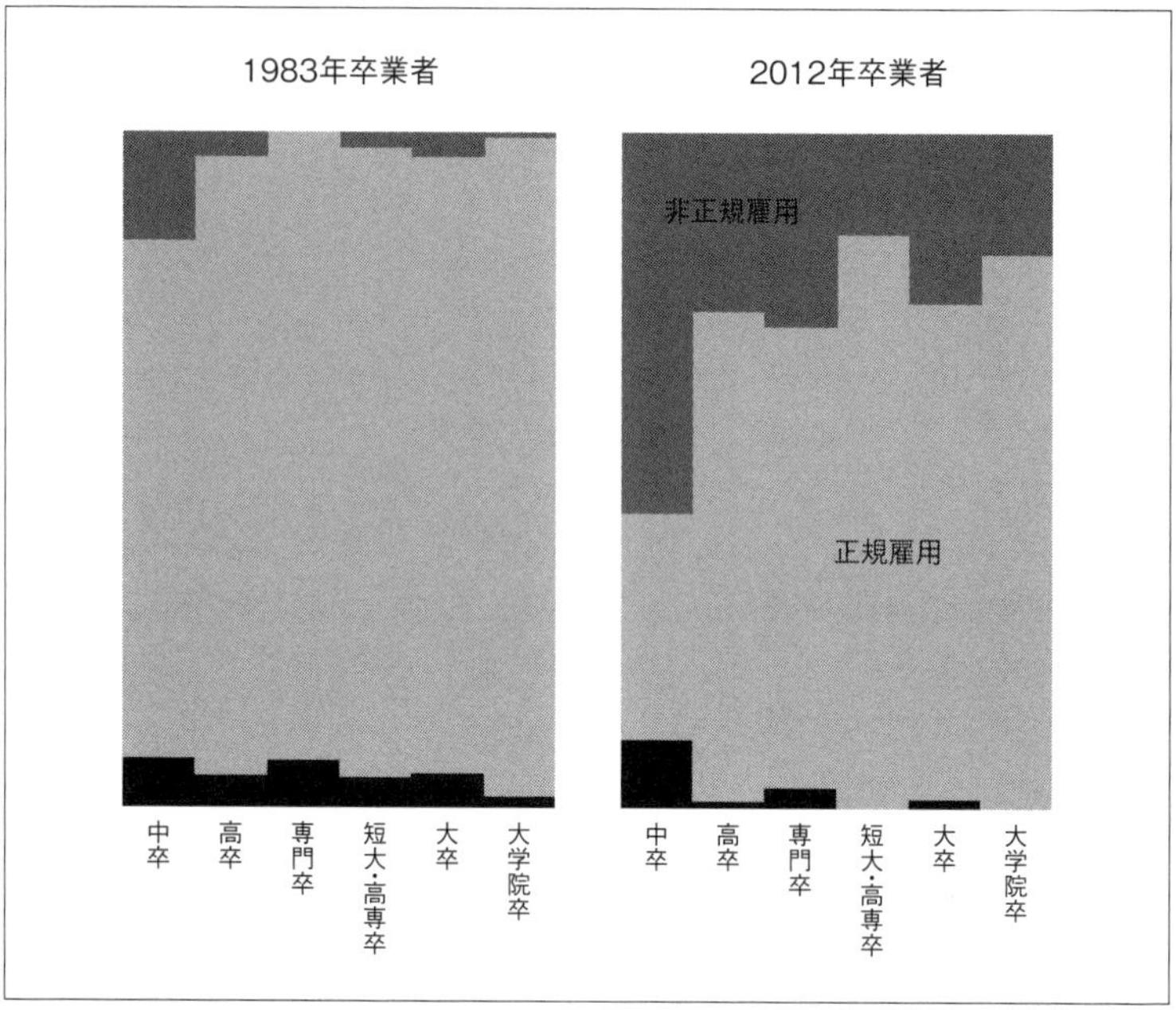

図1-2　卒業年別の男性就職者の初職
卒業後1年未満の間に就職した者のデータ。一番下は、自営・家族従業・役員である。
総務省『就業構造基本調査』より作成。

ています。高卒では非正規率はもっと高く、男子で26・4%、女子では35・7%です。

私は１９９９年の卒業生で、いわゆるロスジェネといわれる世代ですが、私なんかの頃よりも非正規比重が増えているのだなあ。まあ最近では、事態はちょっとばかり改善しているのでしょうけど。

以上は高卒と大卒の図ですが、他の学校卒業者はどうかという関心もあるでしょう。６つの学歴カテゴリーの初職内訳図をつくってみました。１９８３年と２０１２年の断面図を並べてみます。**図１-２**に掲げるのは、男性のデータです。

どの群でも非正規の比重が増してきています。最近の大学院卒では2割ほどが非正規ですが、オーバードクター問題の深刻化の表れでしょう。

初職が正規雇用からスタートしないといけない、という決まりはありません。諸外国では、キャリアは非正規からスタートし、徐々に正規に移行していくのが通例であると聞きます。今回みたのは卒業直後の時点の静態図ですが、問題とすべきは、その後において非正規から正規への移動可能性がどれほど開かれているかです。

しかし、そうしたモビリティのチャンスはあまり開かれていないようです。２０１２年の『就業構造基本調査』によると、同年10月時点の25～34歳の正規職員数は７８６万２５００人ですが、このうち初職が非正規雇用であった人は75万２５００人（９・６％）しかいません。わが国では未だに、新卒時に正社員になれるかどうかで全てが決まる「新卒至上主義」が幅を利かせています。

毎年、労働市場に求職者がどっとなだれ込んできますが、新卒だろうが既卒だろうが、われわれのような「ロスジェネ」だろうが同じ人間。何も違うところはありません。22歳時のシューカツで全てが決まる新卒至上主義は、まずもって撤廃すべきだと思います。

人手不足の中、ピチピチの新卒者を簡単に雇えるような時代はとうに終わっていますので、状況は変わっていくとは思いますが。

20代のワープア化・非正規化

現代の雇用の歪みとして、ワーキングプア化とか非正規化とかがいわれますが、それが確実に進行していることは、日常感覚からも首肯できるところです。その程度が分かる、具体的なデータを提示しようと思います。

就業者の年収や雇用形態が分かる基礎資料は、総務省の『就業構造基本調査』です。5年間隔で実施されているものであり、現時点では2012年までの調査結果が公表されています。

私は、有業者のうち年収が200万円に満たないワーキングプアの比率、ならびに非正規雇用者の比率を明らかにしました。非正規雇用者とは、パート、アルバイト、派遣社員、契約社員、および嘱託等を合算したものです。

20代の若年有業者は、バブル崩壊直後の1992年では1350万人でしたが、2012年では982万人となっています。少子化により絶対数が減っていますが、その内訳も変わっている。年収200万未満のワーキングプアの比率は27・4%から37・0%に増え、非正規雇用者の比率も11・7%から34・7%に膨れ上がっています。最近では、働く若者の3人に1人が非正規雇用者です。

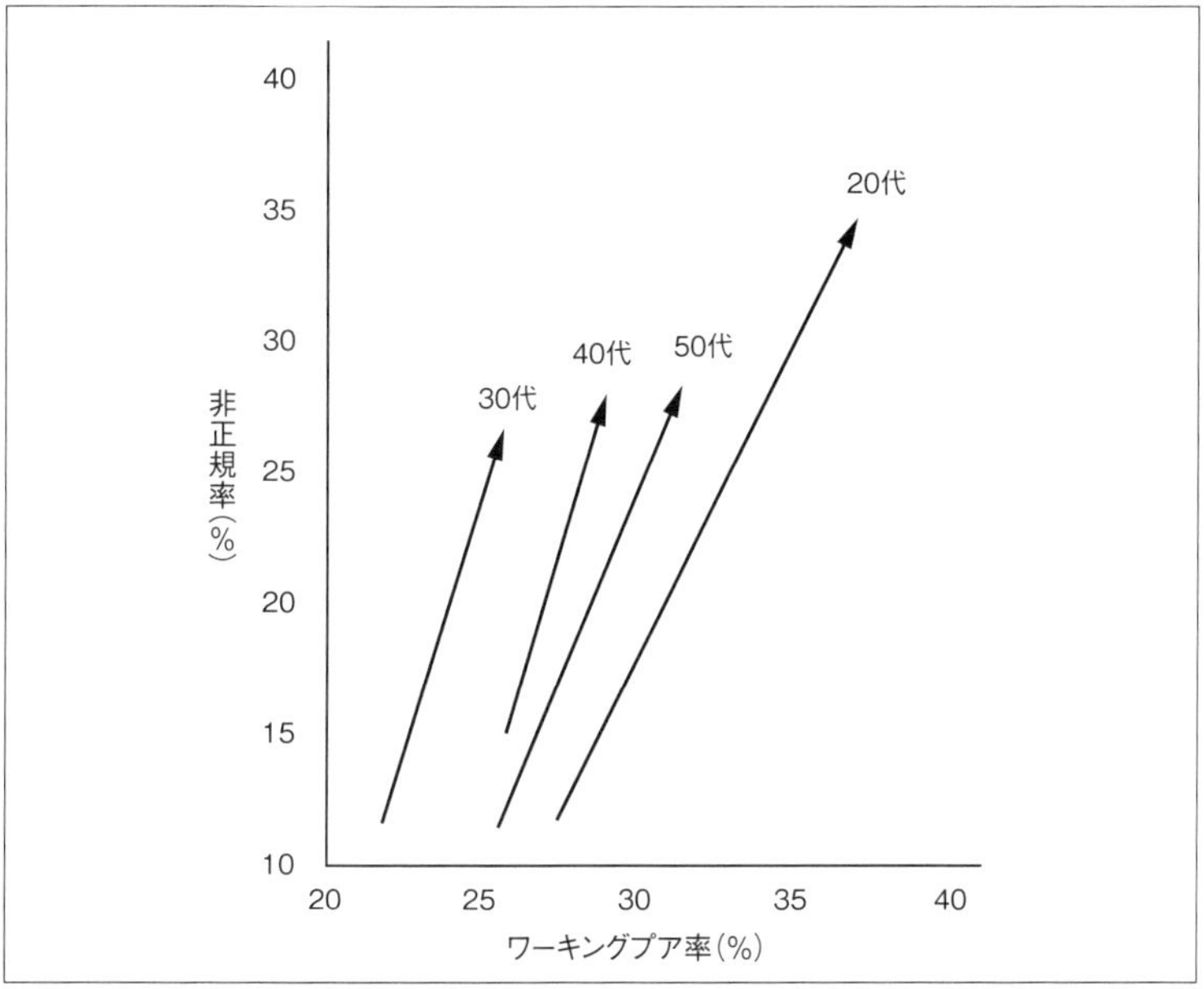

図2-1　有業者のワープア化・非正規化
矢印の末尾は1992年、先端は2012年の位置を示す。
総務省『就業構造基本調査』より作成。

これは20代の変化ですが、他の年齢層ではどうでしょう。横軸にワーキングプア、縦軸に非正規雇用者の比率をとった座標上に、各年齢層の1992年と2012年のドットを置き、線でつないだグラフにしてみました。**図2-1**をご覧ください。

どの年齢層も、右上のゾーンの方向に動いていますが、変化の幅は20代で最も大きくなっています。ワープア率、非正規率とも、他の年齢層に比して大幅に伸びた、ということです。

90年代以降の「失われた20年」にかけて、有業者のワープア化と非正規化の進行が最も著しいのは、20代の若者であることが

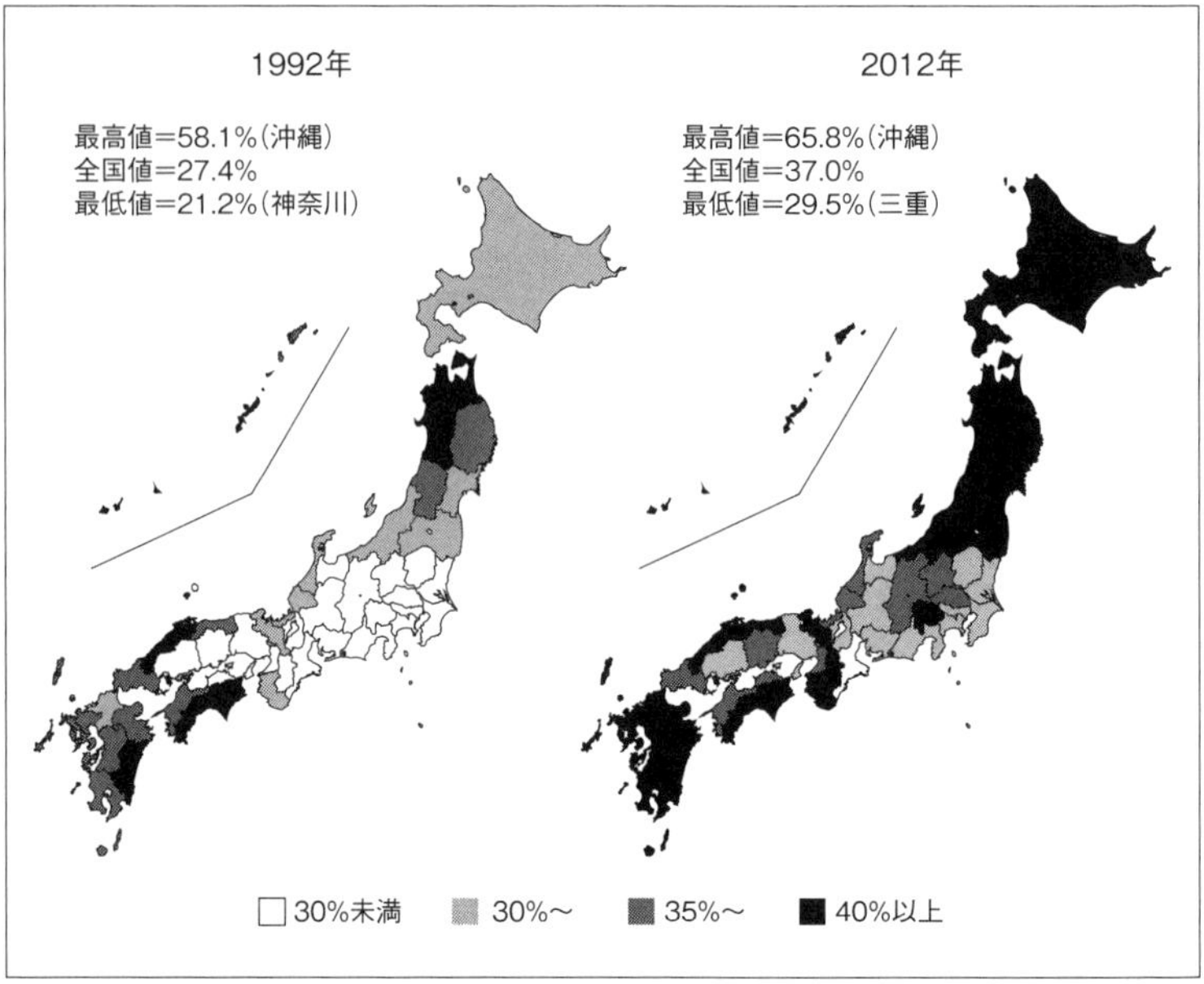

図2-2　20代有業者のワーキングプア率の変化
総務省『就業構造基本調査』より作成。

知られます。バブルの余韻が漂う90年代の初頭において、こうした変化が起きることを誰が予測したでしょう。

以上は全国統計ですが、様相は地域によっても違っています。20代有業者のワーキングプア率の地図を1992年と2012年で比較すると、絶句するような変化が見て取れます。**図2-2**をご覧ください。

むうう。この20年間にかけて、若年労働者のワーキングプア化が全国的に進んでいることが知られます。ワーキングプア率が4割を超える「ブラック」のゾーンが広がってきています。言葉がよくないですが、病気の感染が広がってきているかのようです。これが「失われた20年」のリアルです。

こういう状況では、若者が実家を出て自立するのは難しいだろうなと思います。近年、「パラサイト・シングル」と呼ばれる若者が増えてきています。学校卒業後も実家に居座り、基礎的生活条件を親に依存し続ける独身者、すなわち親に寄生（パラサイト）する独身者です（山田昌弘『パラサイト・シングルの時代』ちくま新書、１９９９年）。

こうしたパラサイト・シングルの増加が未婚化・少子化の原因であるとして、「親同居税」を課し、若者の離家を促すべきという主張もありますが、そればかりというのは酷でしょう。

ここでみたような経済条件の変化が、若者の自立を阻んでいることは間違いありません。彼らに対する経済的支援、とりわけ生活の基盤である「住」の面に重点を置いた支援が求められます。

欧米では低家賃住宅が政府によって提供されるが、わが国ではそれが非常に少ない。賃貸住宅に占める公営住宅の割合も低い。若年層を対象とした、公的な住宅支援が求められるところです。それは、新たな居を構える際に必要な家財の消費増加、結婚・出産の増加となって、社会全体に返ってくるでしょう。

若者のパラサイト化の進行の背景には、この20年で急激に悪化した経済状況があることは間違いありません。自立したくてもできない若者。彼らがこうした現状から脱却できるよう、自立を促す条件を整えることが社会の責務です。

就労

職業別のブラック度の可視化

わが国の就労を語る上で避けて通れないのが「ブラック労働」です。法律など度外視のメチャクチャな働き方をしている労働者ですが、当局の就業日数と就業時間の統計を使って、このような人がどれほどいるかを可視化してみましょう。

総務省『就業構造基本調査』では、就業者の年間就業日数と週間就業時間のクロス表が公表されています。２０１２年の正規職員（正社員）のデータは、**図３‐１**のようになっています。規則的就業でない者が多い年間２００日未満就業者を除いた、３０９２万人の分布表です。

数の上では、「年間２００～２４９日就業」×「週35時間以上43時間未満就業」の者が５４１万人と最も多くなっています。このセルだけで、全体の17％ほどを占めます。

左上の網をかけたゾーンは、おおよそ法律の規定に合致するホワイト就業者です（年間２００～２４９日・週43時間未満）。その数は５９６万人、全体の19・３％です。法定の働き方をしている正社員は、およそ5人に1人ということになります。

その一方で、法律なんぞクソ喰らえのメチャクチャな働き方をしている者もいます。右下のブラックゾーンです。年間３００日以上・週60時間以上働いているブラック就業者ですが、そ

			年間就業日数		
			A	B	C
			200〜	250〜	300以上
週間就業時間	a	15未満	107,400	108,600	32,200
		15〜	28,700	30,400	13,400
		20〜	40,000	23,900	8,200
		22〜	98,800	65,800	15,400
		30〜	278,400	167,500	37,500
		35〜	**5,408,800**	4,303,900	435,600
	b	43〜	2,065,300	2,283,300	240,900
		46〜	1,454,900	2,417,900	384,300
		49〜	2,096,800	3,768,700	655,000
	c	60〜	510,400	1,341,700	400,800
		65〜	199,500	722,300	353,300
		75以上	94,600	334,100	386,900
合計			12,383,600	15,568,100	2,963,500

図3-1　正規職員の就業日数・週間就業時間の分布
年間就業日数が200日以上の正規職員のデータ。
総務省『就業構造基本調査』（2012年）より作成。

の数は114万人、全体の3・7%ほどです。これに隣接するゾーンは、グレーゾーンと性格づけることができます。

上記の表のデータを視覚化してみましょう。タテの週間就業時間は3カテゴリー（a〜c）に簡略化し、3×3の領分の比重図にしてみました。正社員全体の図に加えて、私が興味を持つ5つの職業の図もつくってみました。管理公務員、医師、教員、介護サービス、そして飲食調理です。（**図3-2**）

ヨコのA〜Cは年間就業日数の3区分、タテのa〜cは週間就業時間の3区分です。「A×a」はホワイト、「C×c」はブラックの領分を意味します。

全正社員3092万人の図は「まあ、こんなものだろう」という感じですが、職業ごとにみると色が出ていて、医師で

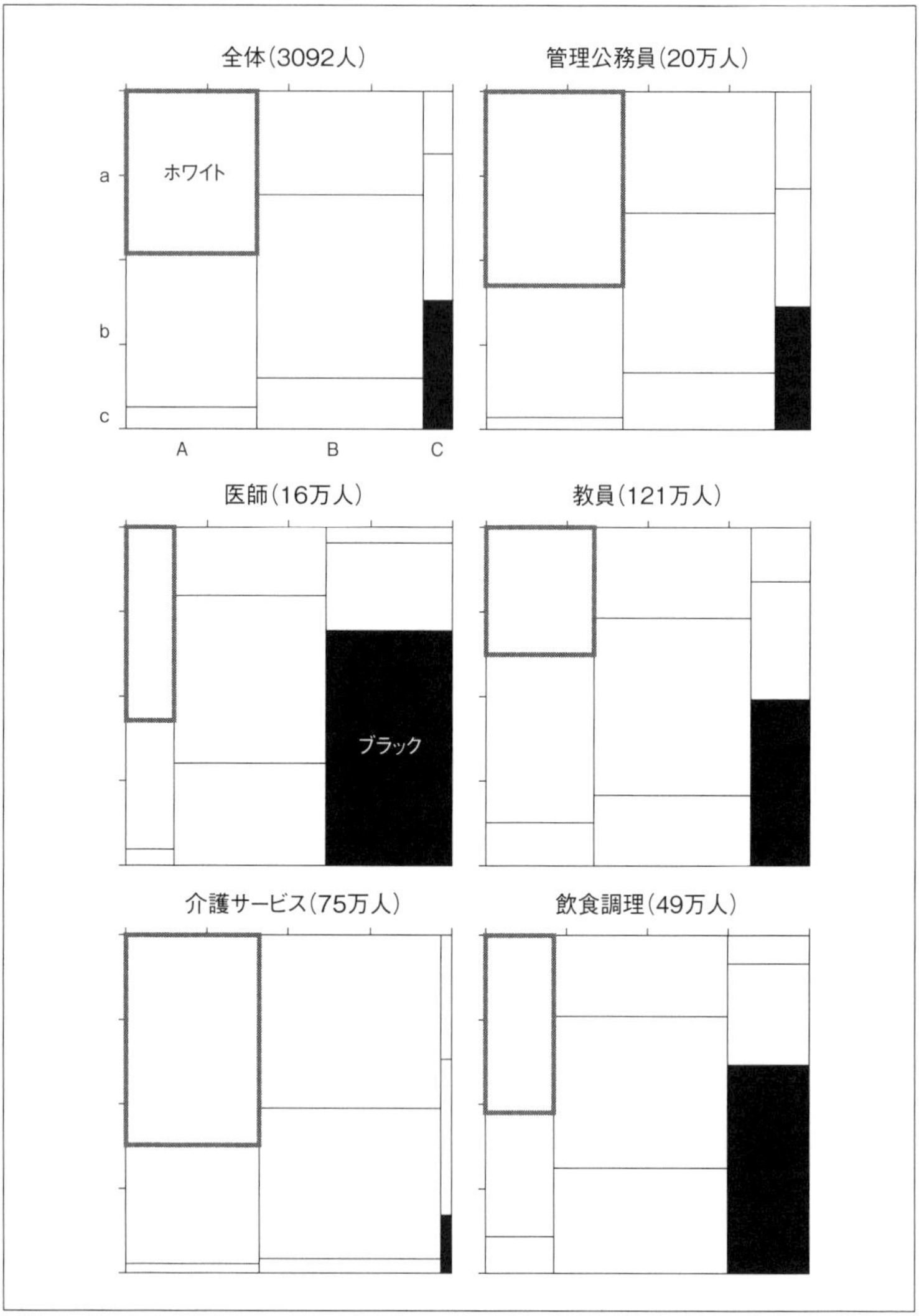

図3-2　正規職員の就業日数・週間就業時間の比重図

年間就業日数が200日以上の正規職員のデータ。

総務省『就業構造基本調査』(2012年)より作成。

はブラックゾーンが広くなっています。ブラック就業者率は27・1%で、4分の1を超えます。後でも触れますが、これは全職業の中で最高です。勤務医の過労がよくいわれますが、さもありなんです。

キツイといわれる飲食、多忙が社会問題化している教員も、ブラックないしはグレーの比重が大きくなっています。対して右上の公務員は、法定のホワイトの領分が広くなっています。介護サービス職のホワイトの比重が高くなっていますが、給与という軸を据えたら、図柄はガラリと変わると思われます。

以上は5つの職業の図ですが、他の職業はどうでしょう。2012年の『就業構造基本調査』から68の職業のデータを作ることができますが、これら全部の組成図を書くことはできません。そこで、左上のホワイト就業者と右下のブラック就業者の比率を出し、この2変数のマトリクス上に、それぞれの職業をちりばめてみました。(図3-3)

左上にあるのは、ホワイトが少なくブラックが多い「ブラック職業」、右下に位置するのはその反対の「ホワイト職業」といえます。

先ほどみた医師と宗教家が左上のかっ飛んだ位置にあります。宗教家は、昼夜問わずの布教活動などによるとみられます。

飲食調理、芸術家、バスやタクシーなどの自動車運転手も斜線より上にあり、「ブラック∨ホワイト」の職業であることが知られます。教員も、あとちょっとでこのラインを超えるところ。教員定数削減の方針が打ち出されていますが、あと数年したら、教員もブラック職業の仲

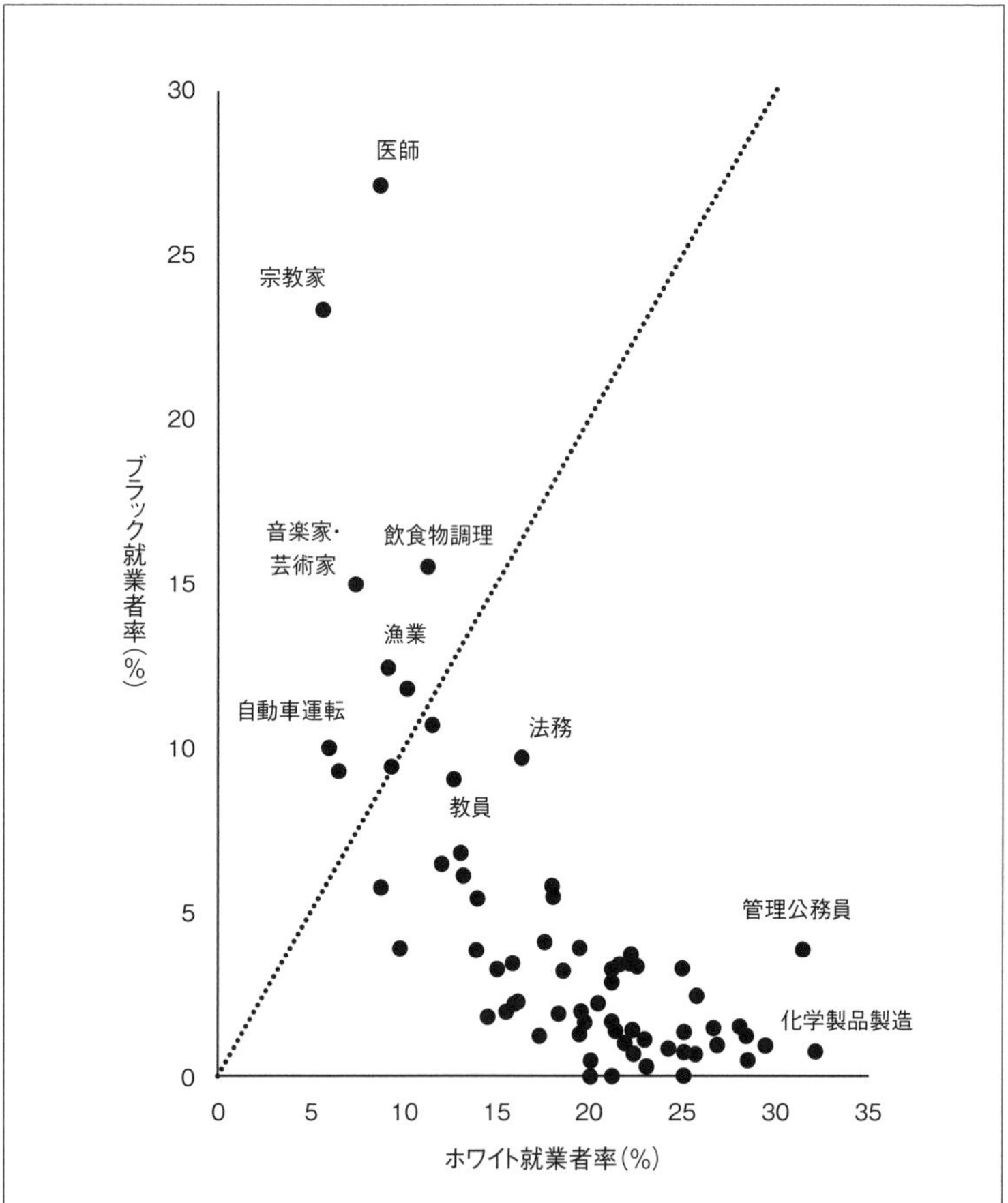

図3-3　正規職員のホワイト・ブラック率

年間就業日数が200日以上の正規職員のデータ。斜線は均等線。
総務省『就業構造基本調査』(2012年)より作成。

間入りを果たすかもしれません。

国を挙げてブラック労働撲滅に向けた施策が実施されていますが、状況は職業によって異なります。今回のようなデータを定期的に公開し、業界ごとの自浄作用を促すのも一つの手です。先ほどの面積図をみて、医師会はどういう反応をすることか。「さもありなん」で笑い飛ばせることではありません。

2015年の暮れに、大手広告代理店・電通の若手社員が過労の末に自殺する事件が起きました。報道によると、月当たりの残業時間は100時間にも及んでいたそうです。日本人のワーカホリックは治癒するどころか、悪化の向きさえ感じられます。少子高齢化による人手不足も、それを後押ししているでしょう。

今回のデータから察するに、電通の悲惨な事件が、決してイレギュラーなケースではないことがうかがえます。世間の耳目を引く「悲劇」の下には、膨大な予備軍が潜んでいるのが常です。それを統計で可視化し、注意を喚起するのも重要な仕事といえるでしょう。

就労

若者の自殺の増加

ここでは、10代後半から20代くらいの年齢層を想定して「若者」という言葉を使っていますが、発達心理学の上では「青年」というタームがよく使われます。平たくいうと、子どもと大人の中間の存在です。

子どもでもなければ大人でもない、マージナルな段階であるだけに、心的な葛藤も多く伴います。進路選択や職業選択といったイベントもあり、人生の中で最も悩み苦しむ時期といえるかもしれません。

そうした試練を乗り越えて大人になるのですが、近年、それが一筋縄ではいかなくなっているようです。「自分は何者か」「社会の中でどういう役割を果たすべきか」を明確にできない、自己アイデンティティを確立できない若者が増えているように思えます。ニートや引きこもりの増加は、その表れといえるでしょう。

社会参加を忌避して内に籠るだけならまだいいですが、最悪の場合、自らを殺めるような行為に走る者も出てきます。いわゆる「自殺」です。実は青年と自殺は深く結びついており、青年心理学や若者論の本を開くと、たいてい「自殺」というチャプターが設けられています。上述のように、悩み苦しむ発達段階であるからです。

近年、景気が上向いてきたこともあってか、わが国の自殺率は低下をみています。人口10万人あたりの自殺者数は、前世紀末の1999年では25・0人でしたが、2015年では18・5人となっています（厚労省『人口動態統計』）。

これは人口全体の自殺率ですが、年齢別にみるとどうでしょうか。最近は、当局の公表資料がとても充実してきており、分母の人口、分子の自殺者数とも、1歳刻みの年齢別に得ることができます。前者のソースは総務省『人口推計年報』、後者は厚労省『人口動態統計』です。

私は、1999年と2015年について、年齢別の自殺率を計算し、各々の点をつないだ自殺率年齢曲線を描いてみました。自殺率とは、ベースの人口10万人あたりの自殺者が何人か、という意味です。2015年では私は39歳でしたが、この年の39歳人口は177・8万人、自殺者は351人なので、10万人あたりの自殺率は19・7となる次第です。

では、両年の2本の折れ線をみていただきましょう。（図4-1）

全体の傾向と同様、ほとんどの年齢で自殺率は下がっていますね。とくに50代の中高年層で、自殺率の低下が顕著です。1997年から98年にかけて日本の経済状況は急激に悪化し（98年問題）、自殺者数が一気に3万人台に増えました。その増分の多くが、リストラに遭った中高年男性であったことはよく知られています。

1999年といったら、この「魔の年」の翌年です。50代の部分が大きく突出しているというのは頷けます。最近は景気回復により、そうした事態がやや緩和されている、ということで

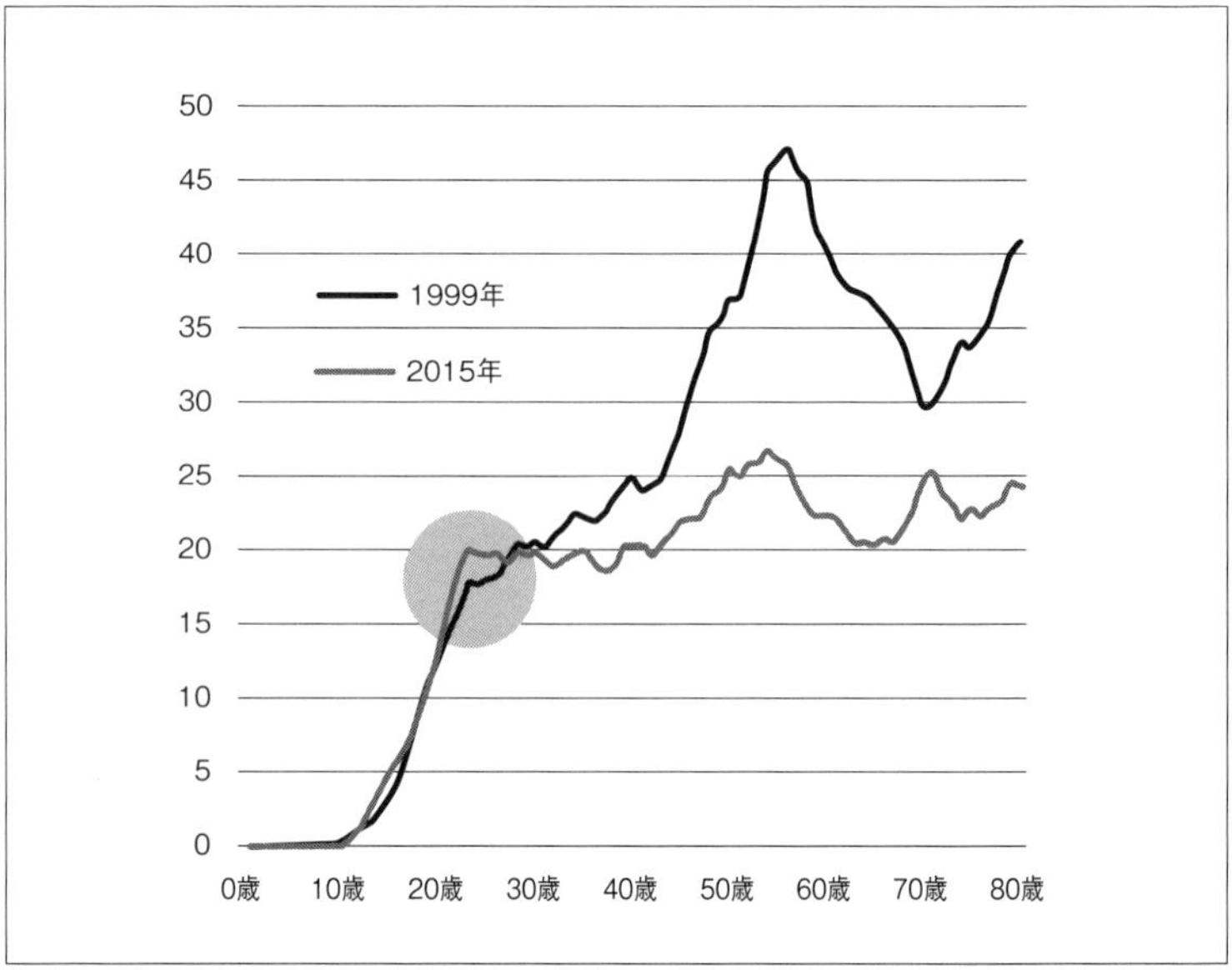

図4-1　年齢別の自殺率の変化
10万人あたりの自殺者数である。
厚労省『人口動態統計』、総務省『人口推計年報』より作成。

しょう。

　しかるに、全体の傾向とは裏腹に、この期間中に自殺率が増加している層があります。20代の若年層です。この層だけは、２０１５年の曲線が１９９９年よりも上にあります。

　就職失敗を苦に自殺する大学生が増えていることや、若者を低賃金で死ぬほど働かせる「ブラック企業」の増殖などを思うと、さもありなんです。自殺率が高まっているのは若年層だけというのは、あまり知られていないのではないかと思います。

　この現象を、もう少し仔細に解剖してみましょう。私は、20代の自殺率の増加が著しいのはどうい

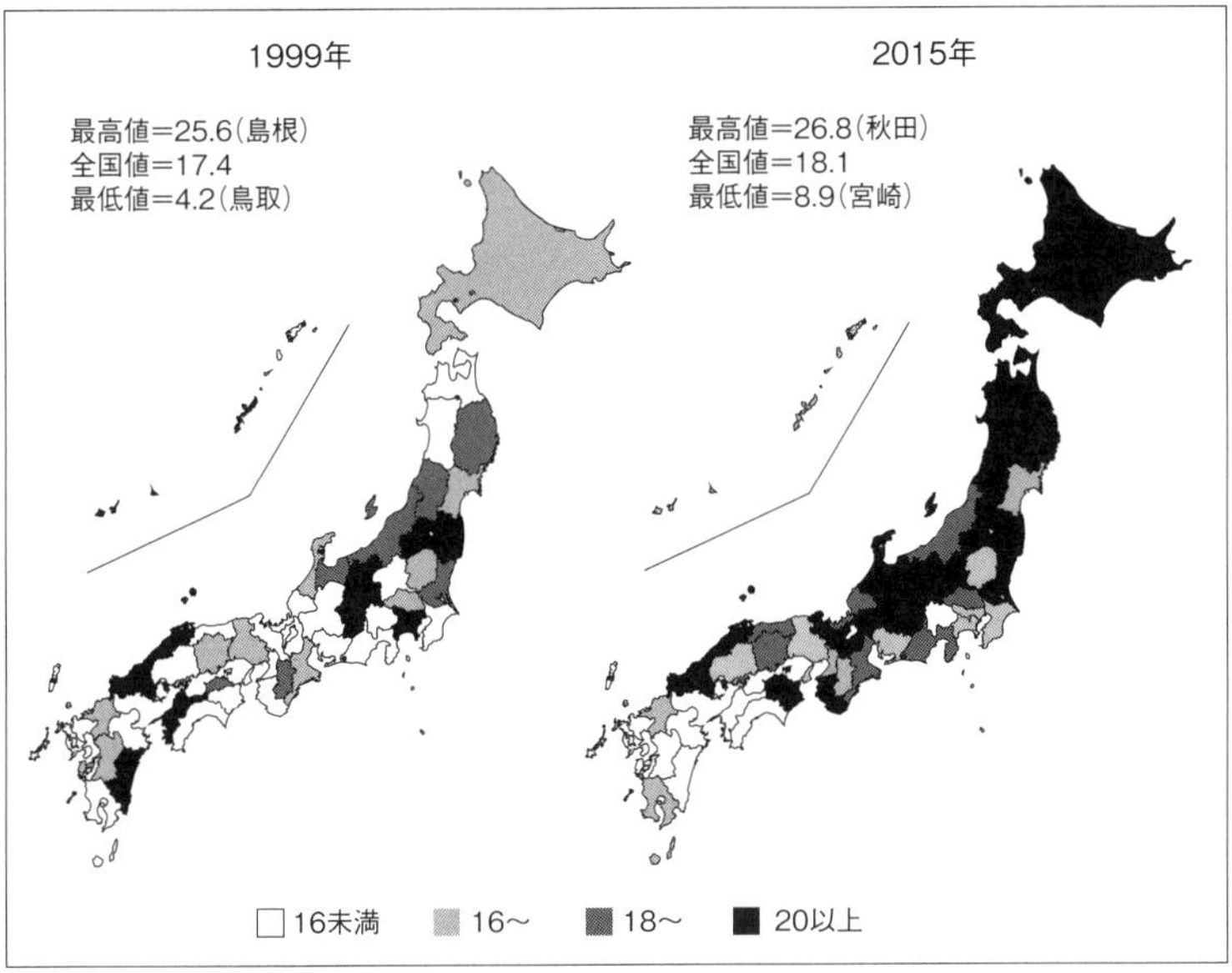

図4-2　20代の自殺率マップの変化
10万人あたりの自殺者数である。
厚労省『人口動態統計』、総務省『人口推計年報』より作成。

う地域かに興味を持ち、この年齢層の自殺率を都道府県別に明らかにしました。20代の自殺者数（2015年では2286人）を47都道府県別に分けたら、かなり少なくなるだろうと言われるかもしれませんが、無理を承知で率を出してみました。

図4-2は、1999年と2015年の都道府県別の自殺率を同じ基準で塗り分けた地図です。

人口全体の自殺率マップの模様は薄くなっていますが、若者の図はさにあらず。全国的に怪しい色が広がってきています。たとえがよくないですが、病理の広がりです。

しかるに、この期間にかけて20

徳島県	**15.70**	北海道	1.61
鳥取県	**14.14**	山梨県	1.38
秋田県	**12.24**	栃木県	1.37
和歌山県	**9.91**	岡山県	1.33
群馬県	**8.17**	愛知県	1.15
茨城県	7.47	埼玉県	1.11
石川県	7.06	福岡県	0.88
滋賀県	7.03	新潟県	0.82
岩手県	6.07	高知県	0.46
富山県	5.98	佐賀県	0.25
岐阜県	5.85	大阪府	-0.53
鹿児島県	5.52	大分県	-0.62
青森県	5.40	兵庫県	-0.83
千葉県	5.28	宮城県	-1.55
福井県	4.42	熊本県	-1.73
山形県	4.35	奈良県	-2.02
広島県	3.60	東京都	-3.57
山口県	3.51	長崎県	-3.77
静岡県	3.45	**神奈川県**	**-5.43**
長野県	3.27	**島根県**	**-5.64**
福島県	2.16	**沖縄県**	**-7.24**
京都府	2.02	**愛媛県**	**-7.48**
三重県	1.86	**宮崎県**	**-12.85**
香川県	1.61	全国	0.70

図4-3　20代の自殺率の増加ポイント
1999年から2015年にかけての増加ポイント。
図4-2と同じ資料より作成。

代の自殺率が減った地域もあります。たとえば東京では、20代の自殺率は１９９９年から２０１５年にかけて、20・６から17・０へと減っています。３・６ポイントの減少です。私の郷里の鹿児島は逆に、５・５ポイント増えています（12・３↓17・８）。

１９９９年から２０１５年にかけて、20代の自殺率が何ポイント増えたか。増加ポイントが高い順に47都道府県を並べると、**図４-３**のようになります。

21世紀になって若者の自殺率が増えている県が多いですが、その反対の県もあります。東京、神奈川、大阪といった都市部では値がマイナスで、20代の自殺率が減っていることが知られます。景気回復により、学生の就職市場も売り手市場になっているといいますが、それは雇用機会が豊富な都市部の話で、地方にはその恩恵が届いていないのでしょうか。

今回みたのは、人口中の1割ほどを占めるに過ぎない20代の自殺率ですが、社会の局所の問題とみるべきではありますまい。未来を担う若年層の危機状況は、まぎれもなく社会全体にとっての危機をも意味します。

最後に、若者の自殺動機の変化もみておきましょう。20代の自殺の増加は分かりましたが、どういう動機（事由）での自殺が増えているのか。この点も気になります。

私は、警察庁の動機別自殺者の統計にあたって、数を明らかにしてみました。警察庁の『自殺の概要資料』では、2007年版より、細かい動機別の自殺者数を計上しています。52もの動機カテゴリーが設けられ、各々に該当する自殺者の数が掲載されています。なお、一人の自殺者の動機が複数にわたることもありますので、原表に載っている数値は延べ数であることに留意ください。

図4‐4は、20代の動機別自殺者数を、2007年と2015年とで比較したものです。

2015年の自殺者数が50人以上で、2007年から2015年にかけて1・2倍以上増えている項目にアミをしました。これによると、親子関係の不和、就職失敗、生活苦、仕事の失敗といった動機での自殺が有意に増えていることが分かります。どれも痛々しいですねえ。

「シューカツ失敗自殺」。2010年頃に流布した言葉ですが、「お祈りメール」なるものを何

		a 2007年	b 2015年	b／a 増加倍率
家庭問題	親子関係の不和	36	69	1.92
	夫婦関係の不和	69	62	0.90
	その他家族関係の不和	29	29	1.00
	家族の死亡	15	23	1.53
	家族の将来悲観	27	40	1.48
	家族からの躾・叱責	26	29	1.12
	子育ての悩み	16	9	0.56
	被虐待	0	0	＊＊
	介護・看護疲れ	2	2	1.00
	その他	28	33	1.18
健康問題	身体の病気	107	56	0.52
	うつ病	698	378	0.54
	統合失調症	232	126	0.54
	アルコール依存症	9	5	0.56
	薬物乱用	10	4	0.40
	その他精神疾患	186	170	0.91
	身体障害の悩み	11	8	0.73
	その他	24	20	0.83
経済・生活問題	倒産	0	1	＊＊
	事業不振	6	8	1.33
	失業	47	27	0.57
	就職失敗	60	88	1.47
	生活苦	37	71	1.92
	多重債務	119	61	0.51
	連帯保証債務	5	0	0.00
	その他負債	100	67	0.67
	借金取り立て苦	8	4	0.50
	自殺による保険金支給	0	1	＊＊
	その他	22	45	2.05
勤務問題	仕事の失敗	45	82	1.82
	職場の人間関係	117	114	0.97
	職場環境の変化	36	42	1.17
	仕事疲れ	104	123	1.18
	その他	73	76	1.04
男女問題	結婚をめぐる悩み	28	16	0.57
	失恋	141	120	0.85
	不倫の悩み	23	24	1.04
	その他交際をめぐる悩み	130	75	0.58
	その他	13	15	1.15
学校問題	入試に関する悩み	14	7	0.50
	その他進路に関する悩み	65	72	1.11
	学業不振	58	65	1.12
	教師との人間関係	1	5	5.00
	いじめ	3	1	0.33
	その他学友との不和	8	14	1.75
	その他	17	17	1.00
その他	犯罪発覚等	24	16	0.67
	犯罪被害	0	4	＊＊
	後追い	6	6	1.00
	孤独感	55	49	0.89
	近隣関係	1	1	1.00
	その他	100	71	0.71

図4-4　20代の動機別自殺者数の変化
警察庁『自殺の概要資料』より作成。

十通、何百通も受け取り、自我を大きく傷つけられ、今後の不安に押しつぶされて自らを殺める若者たち。

前から思うのですが、このタイプの自殺は、わが国に固有の社会病理現象なのではないでしょうか。個々の学生の資質云々の問題ではありますまい。それを象徴しているのが、新卒重視の採用慣行です。

「卒業後3年までは新卒として扱ってほしい」などと、文科省がこの（奇妙な）慣行の是正を経団連に求めたことがありますが、状況変化の兆しは一向にありません。新卒時の一本勝負ではなく、再チャレンジ可能な社会への移行が強く求められます。

生活苦による自殺の増加も、昨今の若者を取り巻く状況が厳しくなっていることの証左です。「仕事の失敗」という動機での自殺も大きく増えていますが、人手不足の中、どの職場も若手を手取り足取り指導する余裕がなく、新人に対する寛容のレベルが下がっているのでしょうか。

本項での分析の知見をまとめます。

① 近年、若者の自殺だけが増えている。
② 若者の自殺増加が著しいのは、都市よりも地方である。
③ 増えている動機は、就職失敗や生活苦といったもの。

既存統計で詰めることができるのはここまでですが、病巣がどこにあるのかをより精緻に明らかにし、そこに重点を置いた対策が求められるところです。

結婚

若者の「恋人なし」率の国際比較

政治家や著名人の不倫報道が世間を騒がせていますが、今の若者は総じて「性」に対しては淡白です。

大学生の性交経験率をみると、男子はピークの1999年では62・5%でしたが、2011年では54・4%にまで下がっています。女子はピークの2005年の61・1%から2011年の46・8%と、この6年間で15ポイント近くも低下しています（日本性教育協会『青少年の性行動調査』）。こうした変化は、若者の「草食化」として知られています。

最近では、恋人すらいない若者が増えているようです。この点については国際データがありますので、国ごとの比較をしてみましょう。**図5-1**は、主要国の10代と20代の若者に、婚姻状況・恋人の有無をたずねた結果をグラフにしたものです（内閣府『我が国と諸外国の若者の意識に関する調査』2013年）。「瑞」とは、北欧のスウェーデンをさします。

日本は、恋人なしの比重が高くなっています。10代では90%、20代でも57%が恋人なしです。10代の少年期では欧米でも恋人なし率は高いですが、20代になると、結婚（事実婚）している者、恋人ありの者が多くなります。この年代でも恋人なし率が半分を超えるのは、日本と韓国

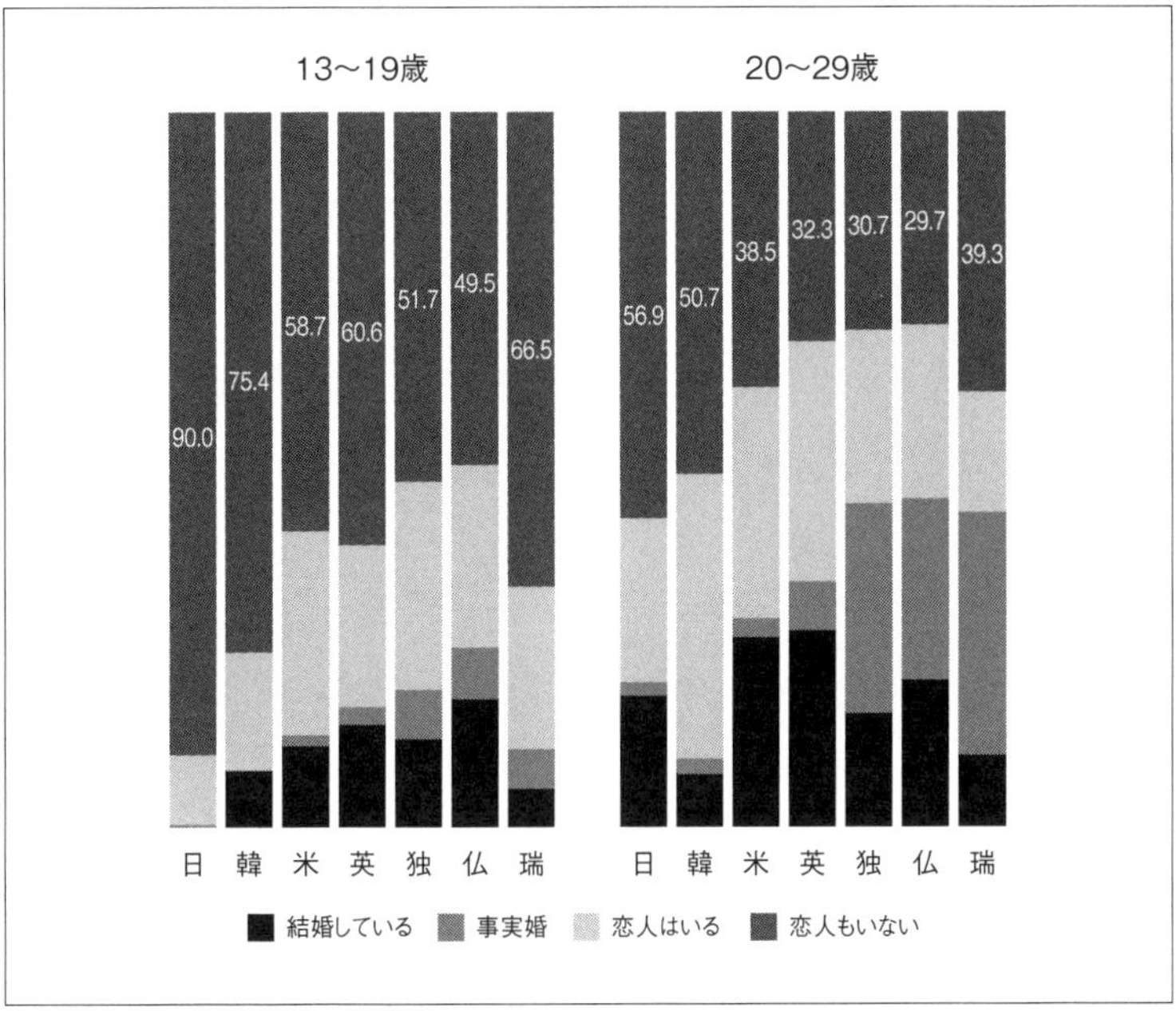

図5-1　若者の婚姻・恋人の有無の国際比較
「死別・離別」は量的に少ないので除外。
内閣府『我が国と諸外国の若者の意識に関する調査』(2013年)より作成。

だけです。

独仏瑞の3国は、事実婚のシェアが高いですね。これらの国では、法律上の結婚に踏み切る前に、同棲のお試し期間があるといいますが、その表れでしょう。

恋愛に消極的な若者の増加については、諸説があります。よく指摘されるのは、SNSにより交際中の行動が衆人に筒抜けになるので、いろいろと気を遣わねばならないことです。「恋愛なんて面倒」という心理の底には、こうした束縛に対する抵抗があるでしょう。

また過度の親子密着によ

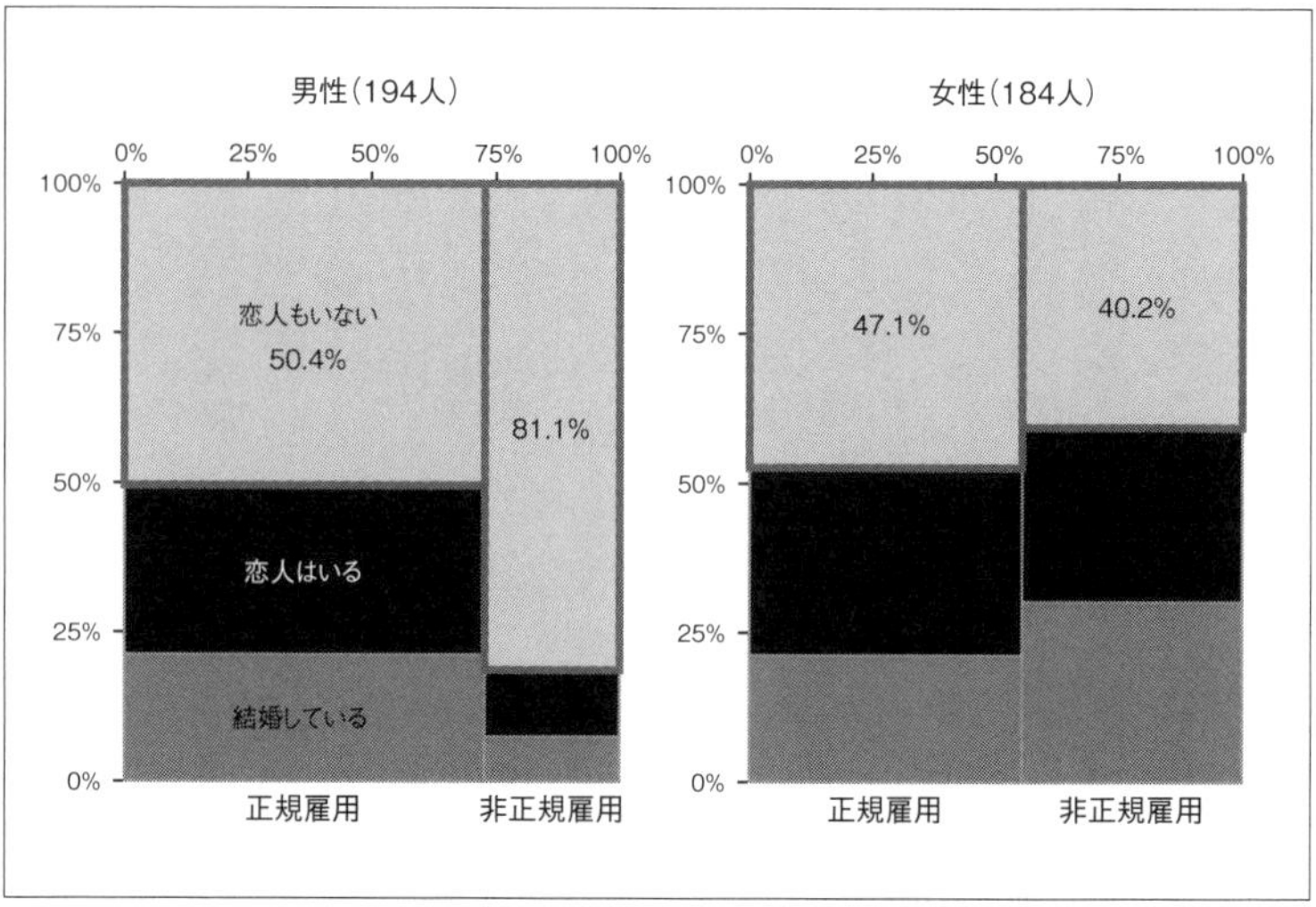

図5-2　正規・非正規別の婚姻状況・恋人の有無
20代の学校卒業者のデータ。結婚には、事実婚も含む。「死別・離別」は量的に少ないので除外。
内閣府『我が国と諸外国の若者の意識に関する調査』（2013年）

り、性的自立に遅れが生じているためでは、という説もあります（「親子でお風呂、抵抗感なし？　恋愛に消極的な若者たち」朝日新聞、２０１６年１月６日）。少子化の進行に伴い、確かにこのような傾向は強まっていると思います。欧米諸国ではみられない日本特有の現象なので、**図５‐１**の国際差を説明する論としては、こちらが有力かもしれません。

しかし、それだけではありますまい。近年の若者の状況変化とも関連しているでしょう。現在では雇用の非正規化が進んでいますが、婚姻状況や恋人の有無は、正規と非正規で異なっています。日本の20代男女を正規・非正規に分け、回答の分布をとると、**図５‐２**のようになります。横幅を使って、２つの群の比重も表現しました。

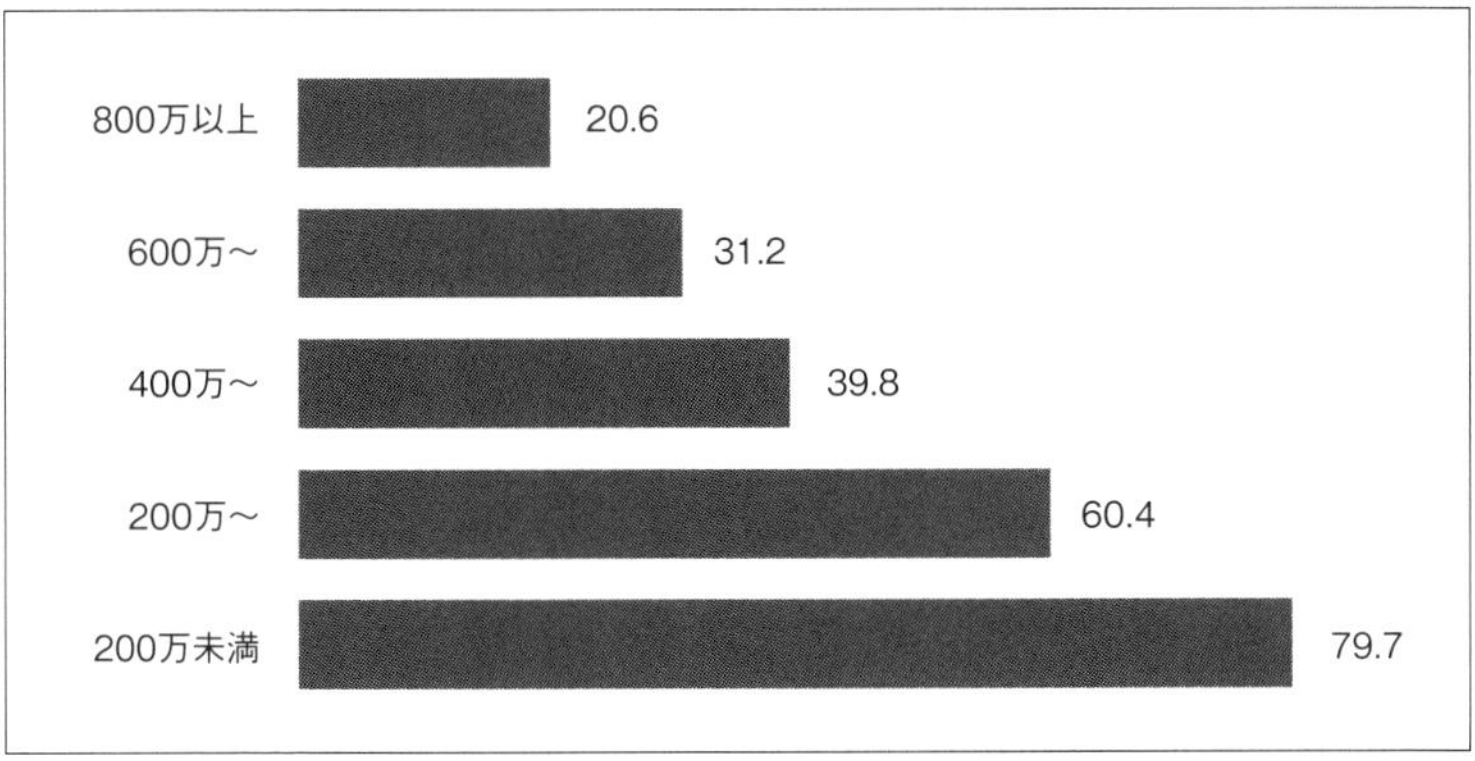

図5-3　25～34歳男性の年収別の未婚率（%）
総務省『就業構造基本調査』（2012年）より作成。

男性でみると、恋人がいない者の割合は正社員では5割ですが、非正規職員では8割にもなります。男性には一家を養う経済力が求められるという、わが国のジェンダー観念の影響を見て取れますね。ちなみに男性の場合、年収と未婚率（既婚率）はきれいにリンクしています（図5-3）。女性では、こういう傾向はみられません。

恋人がいない若者の増加は、上記のようなメンタリティ要因で説明されることが多いのですが、彼らの生活状況とも関連しています。考え方や価値観の変化だから仕方ないと、一蹴されてはならないでしょう。

あと一つ気がかりなのは、奨学金返済との関連です。今や高等教育機関の学生の半分が奨学金を借り、数百万円の借金（有利子）を背負うのですが、それが恋愛や結婚の足かせになっていないか。奨学金を借りている人との交際を、親から禁じられる学生もいるといいます（「お金ないから大学いけない　国立でも授業料年54万　40年前比15倍」毎日新聞、2016年2月4

日）。家計負担依存型の高等教育は、教育機会の階層格差のみならず、恋愛・結婚格差をも生じさせていることになります。

若者の恋愛減少や未婚化は、経済状況とリンクした「格差」の問題としても捉える必要があるでしょう。

パラサイト・シングルの不幸感

お気楽といわれているパラサイト・シングル。親に寄生（パラサイト）し続けている独身者（シングル）ですが、最近、彼らの苦労や困難を指摘するネット記事が目につきます。

最近の記事では、藤田孝典氏の「家を借りることがリスクな時代――檻のない『牢獄』と化した実家」（２０１５年2月4日、ヤフー個人配信ニュース）というのがあります。リッチと思われているパラサイト・シングルですが、フタを開けてみると所得が低く、家を出ようにも出られない人が多いのだそうです。

１９９９年に出た山田昌弘教授の『パラサイト・シングルの時代』（ちくま新書）では、リッチで生活満足度も高いというふうに描かれていましたが、最近では様相が変わっているみたいです。

実家を出て一人暮らしするにもお金がかかります。雇用の非正規化も進んでいるなか、その費用を捻出できない者もいることでしょう。そこで仕方なく、親に小言を言われるのを我慢しながら実家に居続ける。出るのを遮る檻があるわけではないが、出たくても出られない。なるほど、藤田さんの「檻のない『牢獄』」という比喩は上手いですね。

		20代	30代	40代
全体	パラサイト・シングル	183	82	42
	その他	77	332	371
うち不幸を感じている者	パラサイト・シングル	23	22	12
	その他	3	21	43
出現率(%)	パラサイト・シングル	12.6	26.8	28.6
	その他	3.9	6.3	11.6

図6-1　不幸を感じている者の出現率
『世界価値観調査』(2010-14)より作成。

こういう状況ですので、パラサイト・シングルの意識も変わってきていることでしょう。『世界価値観調査』(2010‐14)のデータを使って、最近の状況を観察してみましょう。この調査では、配偶関係や親との同居状況を尋ねていますので、パラサイト・シングル(未婚の親同居者)を取り出すことが可能です。

私は、日本の20~40代のサンプルを使って、パラサイト・シングルとその他の群で、不幸を感じる者の比率を比較してみました。「あなたはどれほど幸福か」という問いに対し、「あまり幸福でない」もしくは「まったく幸福でない」と答えた者の割合です。

20代のサンプルは260人で、このうちパラサイト・シングル(親同居の未婚者)は183人です。よって、残りの77人がその他の群となります。はて、この183人と77人では、不幸を感じる者の割合がどう違うか。30代、40代ではどうか。こういうことを明らかにしてみました。**図6‐1**は、計算の原表を掲げます。

どの年齢層でも、不幸感はパラサイト・シングルのほうが大きくなっています。パラサイト・シングルの場合、30代になると率がぐんと大きくなり、40代では3割近くになります。加齢に伴い不幸感が増すのはその他の群も同じですが、伸び幅が違いますね。

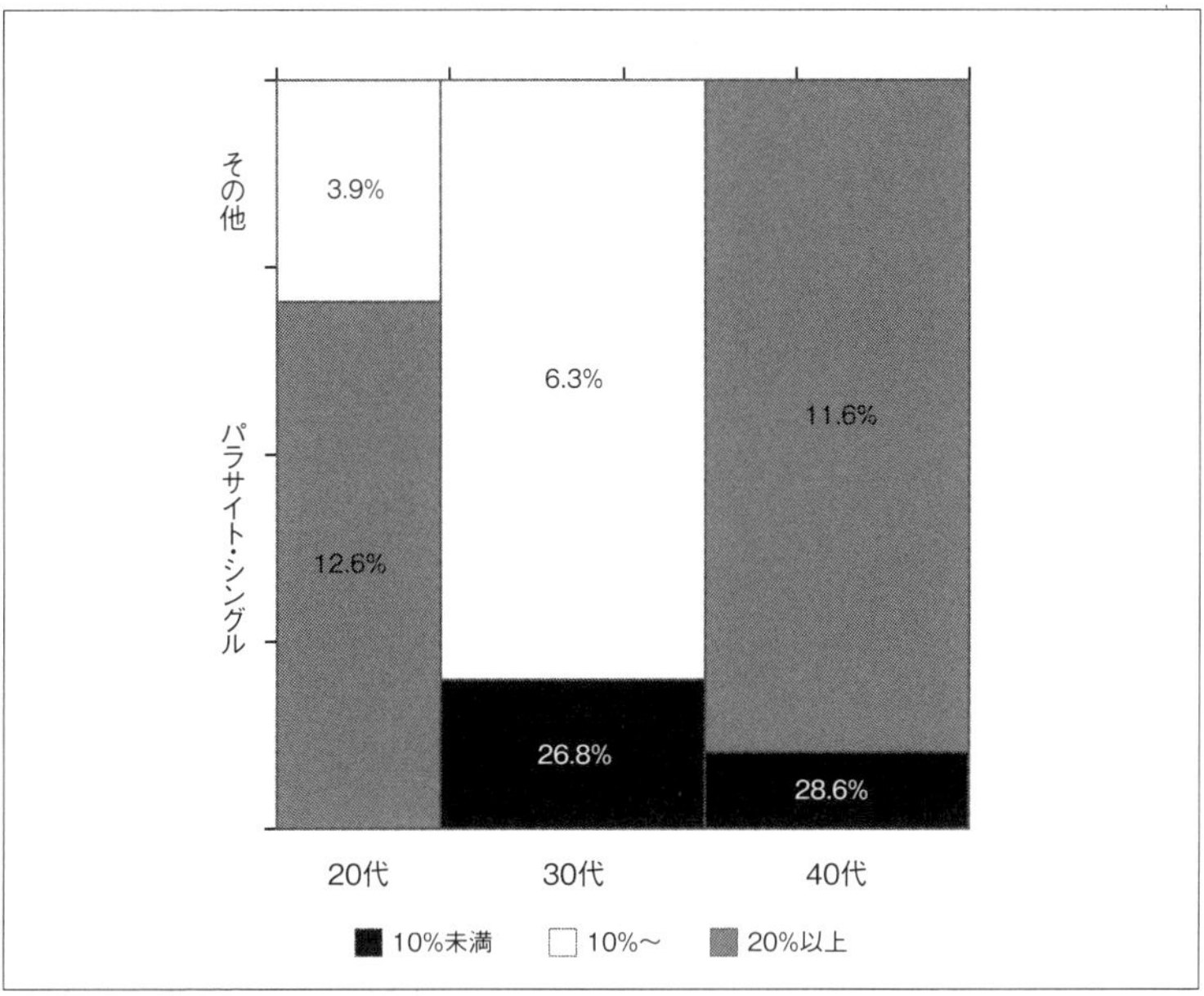

図6-2　パラサイト・シングルの不幸感
『世界価値観調査』（2010-14）より作成。

さすがに30代や40代になるまでパラサイト生活を続けていると、将来への不安が頭をもたげてくることでしょう。今は世話をしてくれている親も、やがては逆に世話が必要な存在になります。いつ要介護状態になるか、はては亡くなってしまうか……。山田教授の喩えを借りると、これまで浸かっていた心地よい「ぬるま湯」がだんだん冷たくなってくることに対する、焦りの表れともとれます。

また、同年代の中でどんどんマイノリティー化してくるという文脈変化の影響もあると思われます。20代ではパラサイト・シングルのほうが多数派ですが（２６０人中１８３人）、40代になると４

13人中42人というように1割ほどになってしまいます。こういう位置変化も、先ほど述べたような焦燥感を駆り立てるのではないでしょうか。

このようなことも勘案しつつ、加齢に伴う事態の変化をビジュアル化してみましょう。上表の6群（2群×3年齢層）の量的比重を四角形の面積で表現し、それぞれを不幸感の比率の水準で塗り分けた図をつくってみました。（図6-2）

パラサイト・シングルは年齢を上がるにつれ少なくなってきますが、その分、不幸が凝縮されてくる様が見受けられます。先述のように、40代の高年パラサイト・シングルでは、不幸を感じている者が3割近くになります。

基礎的生活条件を親に依存しつつ、リッチな生活を送っているパラサイト・シングル……。こういうイメージがありますが、最近の状況はそれとは逆であることが知られます。

未婚の親同居者の性格変化がみて取れます。パラサイト・シングルというと親の脛をかじり続ける独身者ですが、「閉じ込められた独身者」の意味の英訳を充てたらどうかという気がします。

結婚

結婚しなくても子どもが持てる社会

人生はいくつかの段階（ステージ）に分かれますが、日本では「児童期→教育期→仕事期→引退期」という、直線型のライフコースが支配的です。

今の社会は変化のスピードが非常に速く、人生の初期に学校で学んだ知識や技術など、すぐに陳腐化してしまいます。よって仕事期に入った後でも、必要に応じて学校に戻り、学び直せるシステムを作ることが求められます。いわゆる、リカレント（還流）型のシステムの構築です。また「人生100年の時代」といわれる現代にあって、高齢期を「引退期」としてしか過ごせないことは、厄災以外の何物でもないでしょう。生物学的に高齢になっても、欲するならば教育を受け、働き続ける。こういうことが可能になるならば、「人生100年」という贈り物は恩恵になります（リンダ・グラットン『ライフ・シフト――100年時代の人生戦略』東洋経済新報社、2016年）。

ところで、直線的なのはライフコースだけではありません。進学、就職、結婚、出産というイベントも、直線的に順序だてられています。とくに「結婚→出産」という順序を経るべしという考えが根強く、これを逸した場合、好奇（偏見）の眼差しに晒されることになります。わが国では、未婚や事実婚の親が少ないことは、よく知られていること。

しかし、世界に目を転じれば、そうでない社会が結構あります。タイトルに書いたような、結婚せずとも子どもが持てる社会です。この点に関するデータをご覧に入れましょう。まずは、子育て年代の配偶関係構成を観察することから始めましょう。日本は未婚もしくは既婚が大半ですが、海外では同棲（事実婚）も結構います。

２０１０～14年に、各国の研究者が共同で実施した『世界価値観調査』のローデータを分析し、30～40代の配偶関係構成を国別に明らかにしました。原資料の6カテゴリーを4カテゴリーにまとめています。同棲は、英語表記で「Living together as married」となっていますので、婚姻の意志があって同居し、周囲からも夫婦と認知されている「事実婚」であるとみられます。

図7-1は、日韓、欧米、そして南米のコロンビアの帯グラフです。英仏は、本調査の対象になっていないことを申し添えます。

東洋の日韓は既婚が多くを占めますが、地球の裏側のコロンビアでは、同棲が38％と最も多くなっています。他の欧米3国は、この中間です。

わが国では、同棲という形態は非常に少なく、不道徳だという偏見を向けられることも少なくないのですが、そういう社会は国際的にみればマイノリティーであることが知られます。調査対象国全体を見渡すと、とくに北欧や南米の国々では、同棲（事実婚）の比重が相対的に高くなっています。

さてここでの関心は、結婚というイベントを経ないで子どもを持てる社会の存在を確かめる

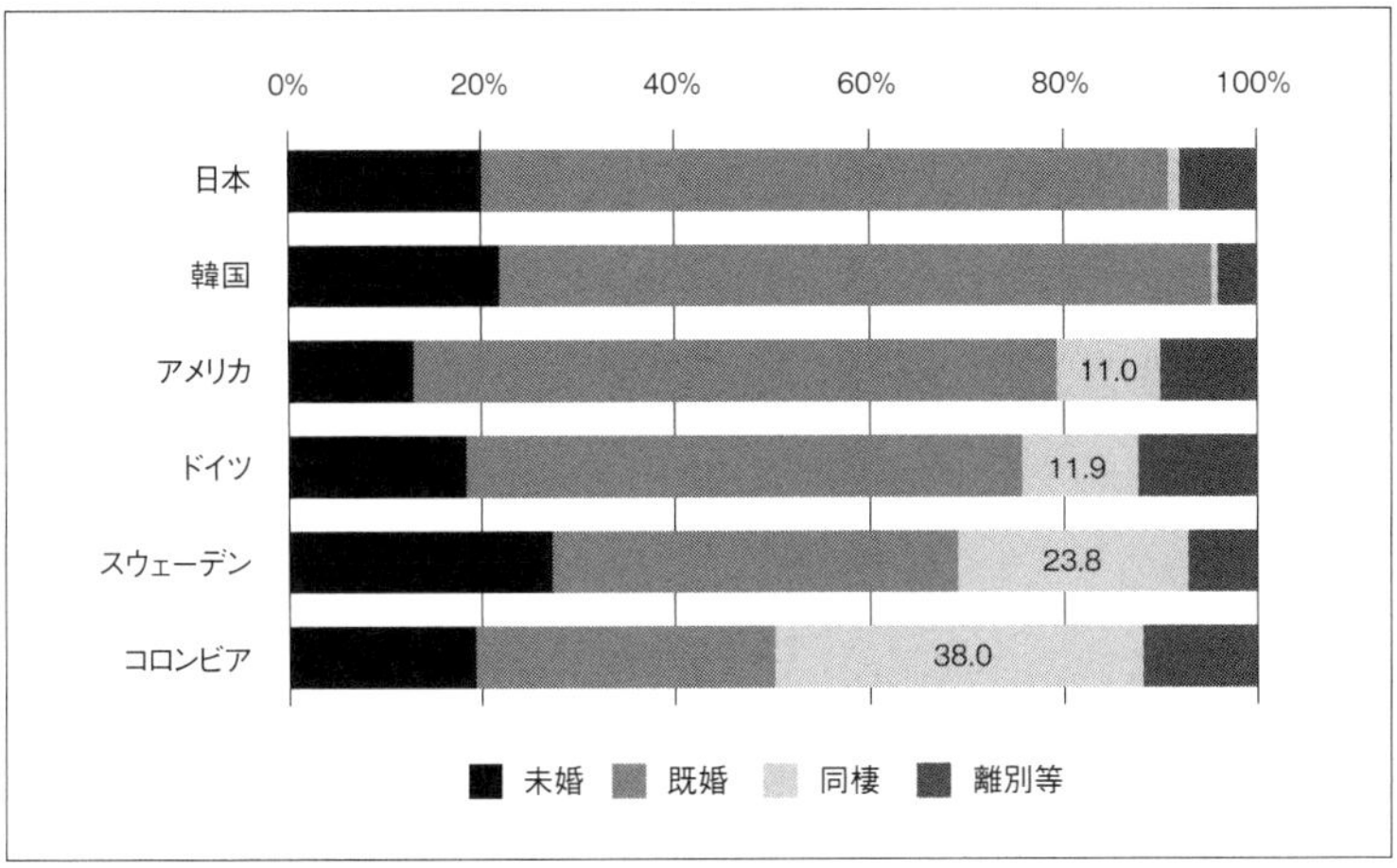

図7-1　30〜40代の配偶関係構成（%）
『世界価値観調査』（2010-14）より作成。

ことです。私は、30〜40代の未婚者ないしは同棲（事実婚）者のうち、子どもがいる者の割合を計算してみました。

日本の場合、該当者177人のうち、子がいる者はわずか8人（4・5%）です。予想通りといいますか、少ないですねぇ。しかし、値が高い社会もあります。**図7-2**は、高い順に配列したランキングです。%の母数が50人に満たない国は、分析から外しています。

トップは、コロンビアの79%です。上位には、南米やアフリカの諸国が並んでいます。南米では家族以外にも愛人をつくることが多く、その関係上、未婚の出産も多いとのこと。アフリカではレイプ被害などによる、婚外出産も多いと思われます。

スウェーデンとドイツは約半分、アメリカは4割ほどです。スウェーデンでは、同棲（事実婚）はれっきとした家族制度とみなされ、法的な保

コロンビア	**79.1**	アメリカ	38.0
ウルグアイ	**77.8**	カザフスタン	32.5
ルワンダ	**76.6**	ベラルーシ	31.7
エクアドル	**75.3**	タイ	30.6
ブラジル	**73.3**	スペイン	26.7
南アフリカ	**73.3**	ナイジェリア	25.6
トリニダード	**70.9**	ポーランド	20.0
メキシコ	**70.5**	シンガポール	14.8
ペルー	69.7	キプロス	10.6
チリ	69.7	バーレーン	6.3
アルゼンチン	66.5	日本	4.5
エストニア	66.1	トルコ	3.2
フィリピン	58.0	リビア	2.9
ガーナ	55.3	台湾	2.0
ニュージーランド	55.2	マレーシア	1.3
スロベニア	50.3	モロッコ	1.2
スウェーデン	49.4	レバノン	0.9
ドイツ	46.6	インド	0.8
ウクライナ	44.6	韓国	0.8
ロシア	43.7	チュニジア	0.8
オランダ	41.2	アルジェリア	0.0
ジンバブエ	41.1	香港	0.0
オーストラリア	38.9	クウェート	0.0
ルーマニア	38.2	カタール	0.0

図7-2　30〜40代の未婚・同棲者のうち、子どもがいる者（%）
『世界価値観調査』(2010-14)より作成。

護や権利が与えられているそうです（サムボ法）。いってみれば婚姻に至るまでの「お試し期間」ですが、この段階においても安心して出産できる。そういう社会です。

対して日本は4・5％、韓国は0・8％で、イスラーム国はほぼ皆無です。これは宗教上の理由からでしょう。

社会状況を同じくする先進国の中でみると、日本は外れた位置にあることが分かります。少子化をめぐる議論で、「日本は結婚という形態にとらわれ過ぎではないか」「他国はそうではない」という声がよく聞かれますが、データでもそれは裏づけられています。

わが国の少子化進行の要因としては、結婚した夫婦が子を産まなくなったことよりも、結婚しない人が増えたこと（未婚化）が大きいようです。逆にとれば、結婚のようなタイトな形態をとらずとも、子どもを安心して産めるようになれば、事態は変わるのではないか、という展望も持たれます。上述のサムボ法の規定は、その例です。

社会の変化に伴い、家族の形態も多様化しないといけないのは、言うまでもないことです。さしあたり、同棲（事実婚）に対する法的保護を与えることから議論をすべきかと思います。

結婚

女性が結婚相手に求める条件

未婚化が進んでいますが、その原因としてよく言われるのは、結婚相手に求める条件と現実のギャップです。たとえば、女性は高年収の男性を望むが、現実にはそういう男性はわずかしかいません。

30代の未婚男女でみると、女性の7割が年収400万以上の男性を望んでいますが、そのレベルの年収のある男性は、全体の3割弱しかいません。この年齢の未婚男性の半分は、年収300万未満であるのが現実です（明治安田生活福祉研究所『結婚・出産に関する調査』、2013年）。

これにより、女性は実家にパラサイトしながら、理想の相手に出会えるのを待ち続ける。この行いの集積により、社会全体の未婚化が進行する。そこで、親同居税を取ったらどうかと。前述の山田昌弘教授の『パラサイト・シングルの時代』（ちくま新書）には、こういうことが書いてあります。

しかし、女性が結婚相手に求める条件は、収入（income）だけではありません。複数の条件を比較すると、収入以上に重視されている条件があります。それは、家事・育児の能力・姿

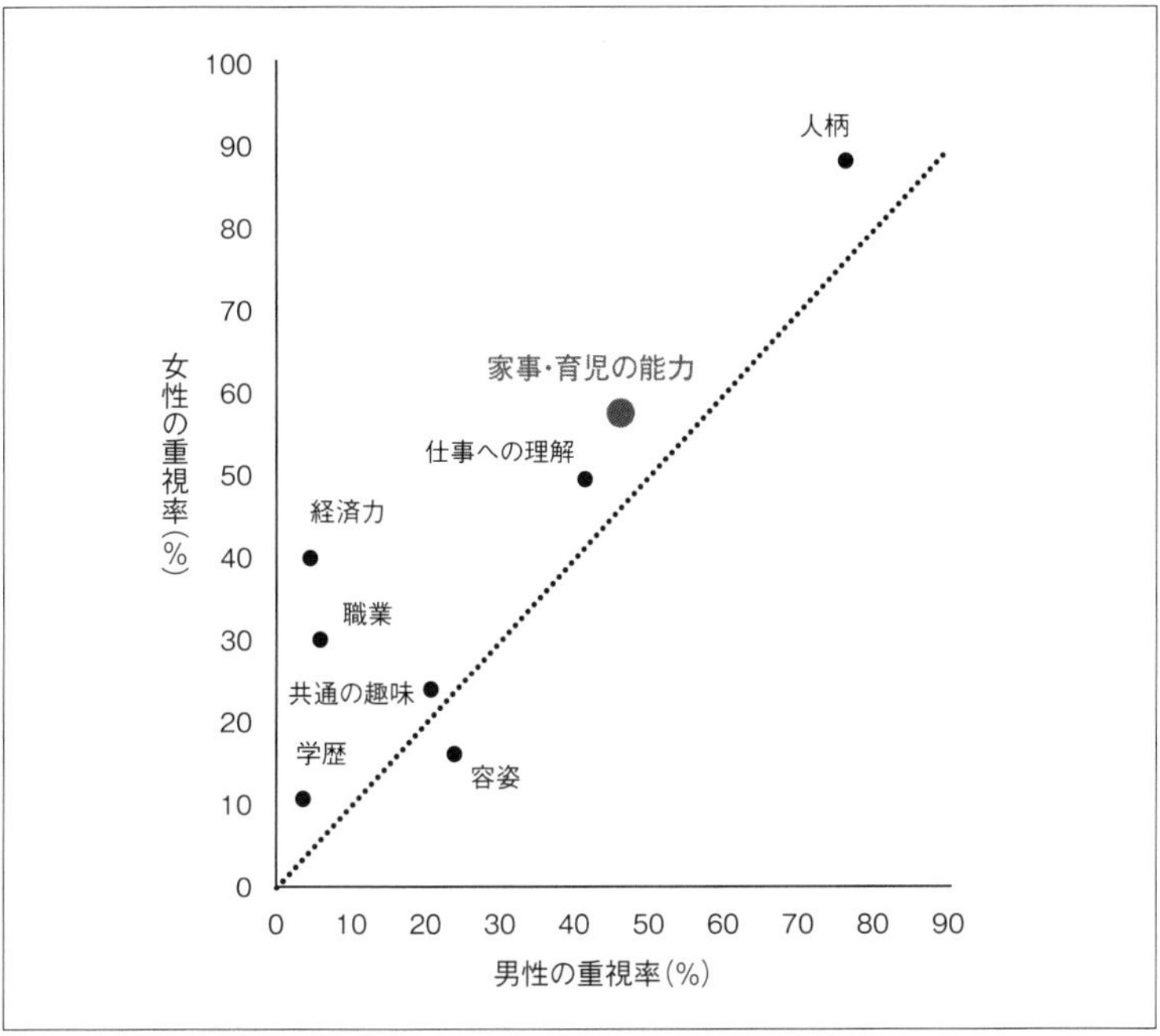

図8-1　結婚相手の条件として重視するもの
18〜34歳の未婚者の「重視する」という回答割合。
厚労省『出生動向基本調査』（2015年）より作成。

勢です。

厚労省の『出生動向基本調査』では、18〜34歳の未婚男女に対し、結婚相手に求める条件を尋ねています。8つの項目を提示し、「重視する」「考慮する」「あまり関係ない」から選んでもらう形式です

私は、「重視する」の回答比率を拾ってみました。**図8-1**は、最新の2015年調査のデータをもとに作成したグラフです。横軸に男性、縦軸に女性の重視率をとった座標上に、8つの項目をプロットしています。斜線は均等線です。

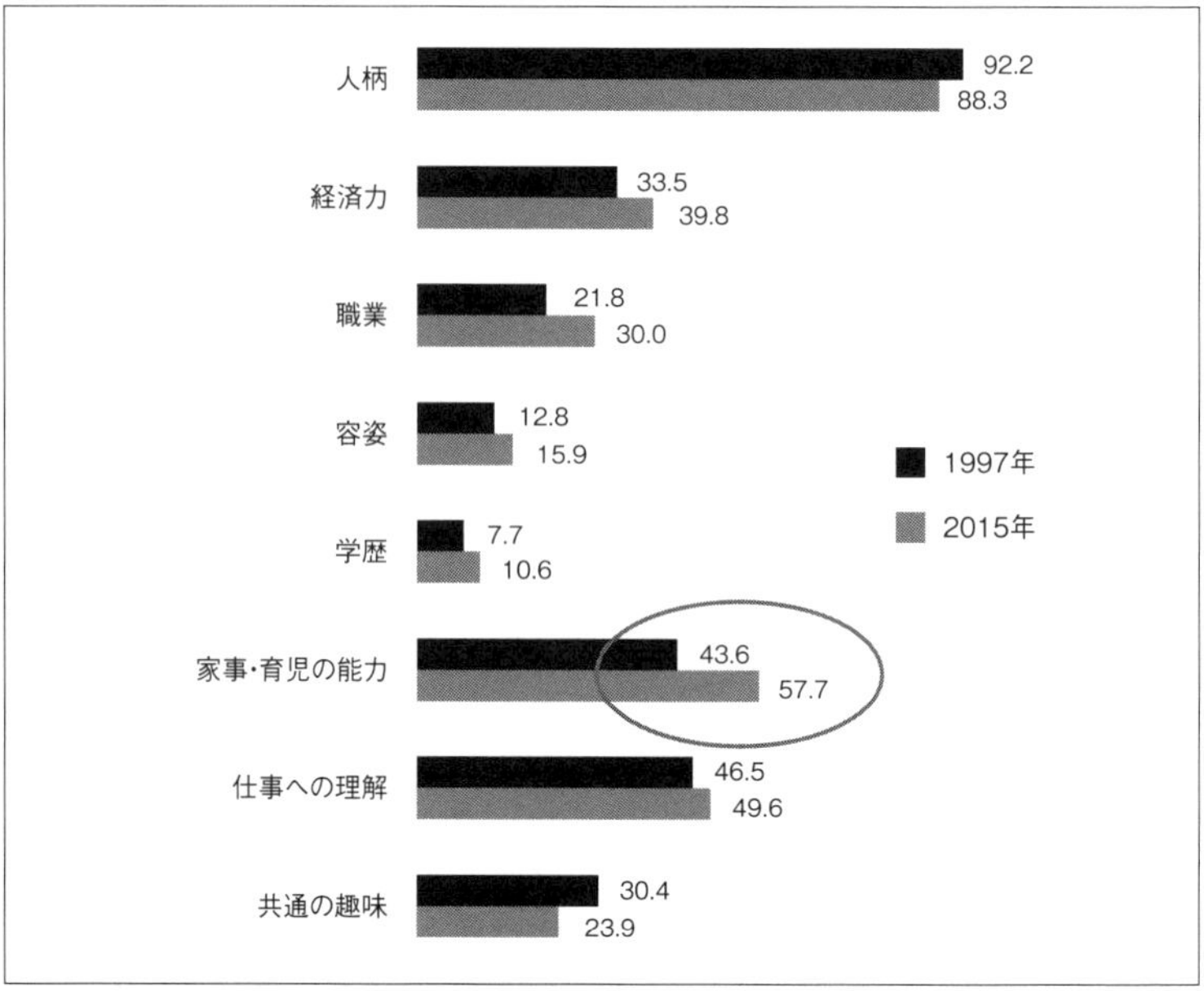

図8-2　女性が結婚相手の条件として重視するもの
18〜34歳の未婚女性の「重視する」という回答割合。
厚労省『出生動向基本調査』より作成。

７つの項目が、斜線の上に位置しています。女性のほうが、相手に強く求める条件が多いようです。その中では人柄がトップですが、その次に重視率が高いのは、家事・育児の能力・姿勢です（５７・７％）。３番目は、自分の仕事に対する理解度（４９・６％）。

　こういうソフト項目のほうが、収入学歴・職業といったハード項目より重視されているのですね。時代変化をみると、**図8-2**のようになります。未婚女性の重視率が、１９９７年から２０１５年にかけてどう変わったか。

　さして大きな変化はないです

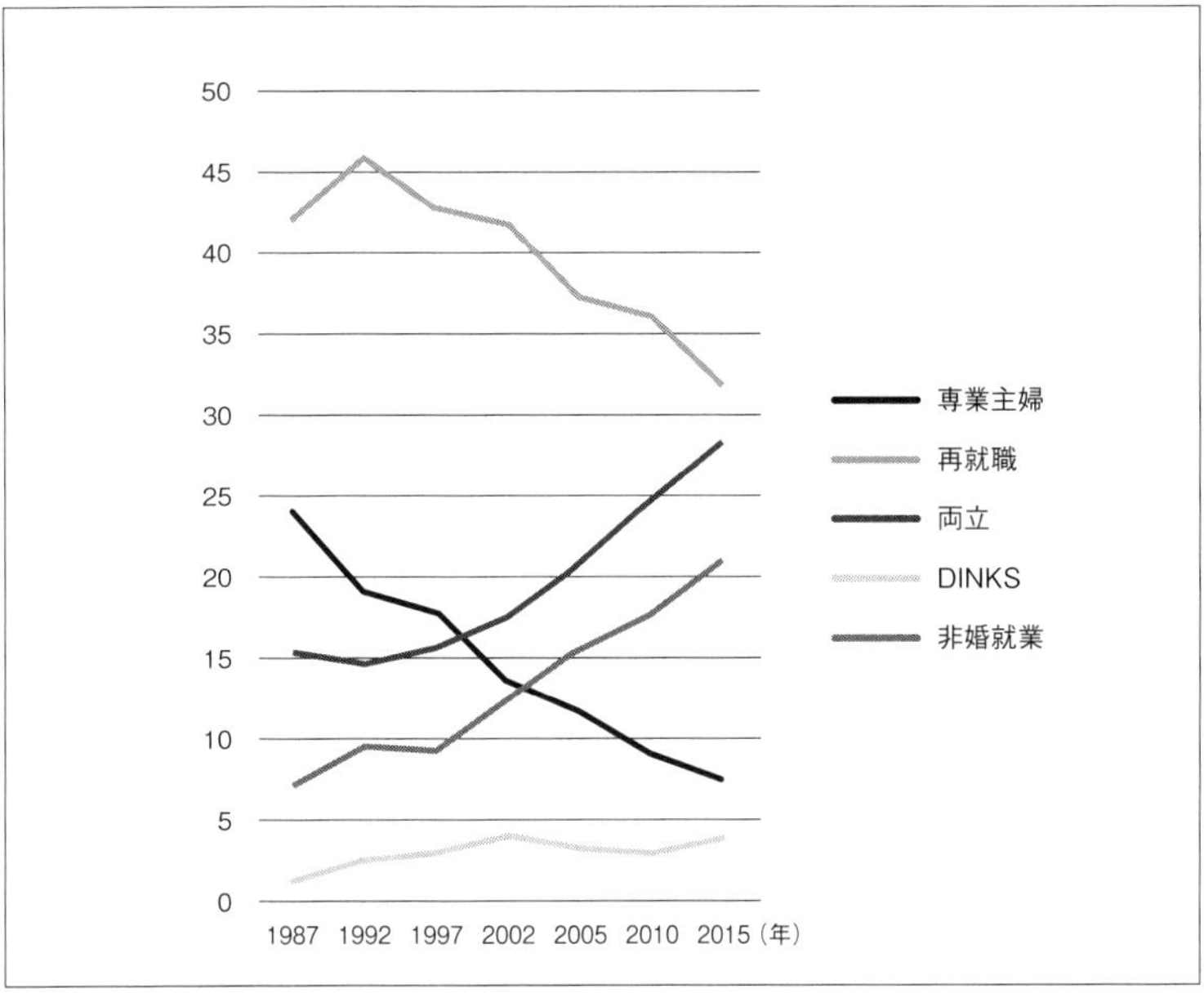

図8-3　未婚女性の予定のライフコース(%)
18〜34歳の未婚女性の回答。
厚労省『出生動向基本調査』より作成。

が、家事・育児の能力・姿勢の重視率が15ポイント近くも上昇しています。家事メン・イクメンを求める女性が増えていることがうかがわれます。

これは、女性の社会進出志向が強まっているためでしょう。1999年に男女共同参画基本法が制定され、今世紀になってから、それに向けた取り組みが実施されているのは、よく知られていること。

未婚女性の予定ライフコースをみても、主婦コースや再就職コースが減り、家庭と仕事の両立コースの比重が増えています。(図8-3)

収入も大事だが、自分が仕事

を続けることに理解を示し、家事・育児を分担する。こういう女性が増えているというのは、頷けます。

未婚化の真因は、女性が求める年収と男性の年収のギャップというよりも、女性が求める家事・育児能力・意識と、男性の現実のそれの隔たりかもしれません。男性の年収が低くとも、二馬力で稼げば何とかなるのですから。

そうした二馬力就業の条件となるのが、男性の家事・育児分担であることは、言うまでもありません。しかし悲しいかな、日本の夫の家事・育児分担率は世界で最低レベルです。未婚化に歯止めをかけようと思うなら、こうならざるを得ない条件（男性の長時間労働）を改革しなければなりますまい。

結婚

オトコが結婚するのに「収入」がモノをいう社会

長ったらしいタイトルになりましたが、この項の記事で明らかにしたいことです。先ほどの話と違うようですが、女性が結婚相手の男性に求める条件として「収入」が大きいことは現実としてあります。

これは、女性たちの依存気質への批判につなげるべきではなく、男女の給与格差が大きいこと、女性にすれば結婚・出産が、バリバリ働くことを妨げる足かせになること、という現実と関連して考えるべきです。

こういうわけから、男性にあっては、収入と未婚率（既婚率）は強く相関しています。収入が低い男性ほど、未婚率が高い。それは、295ページ図5-3でもみたところです。

しかるに、これは日本の現実です。どの国でも、男性の収入と結婚チャンスは関連しているでしょうが、その程度は国によって異なるでしょう。予想ですが、共稼ぎが主流で女性もバリバリ働く北欧では、関連は小さいのではないかと思われます。

ここでは、その関連のレベルを国別に可視化してみようと思います。タイトルに記した、「オトコが結婚するのに、収入がモノをいう社会」はどこかです。まあ、答えは大体分かり切って

	実数		相対度数		累積相対度数	
	未婚	既婚	未婚	既婚	未婚	既婚
0(万円)	2	2	0.03	0.01	0.03	0.01
50	5	3	0.07	0.02	0.10	0.03
150	11	7	0.15	0.05	0.25	0.08
250	22	10	0.30	0.07	0.55	0.14
350	18	33	0.25	0.22	0.79	0.36
450	5	22	0.07	0.14	0.86	0.50
550	5	22	0.07	0.14	0.93	0.65
650	2	19	0.03	0.12	0.96	0.77
750	0	12	0.00	0.08	0.96	0.85
850	1	10	0.01	0.07	0.97	0.92
950	0	6	0.00	0.04	0.97	0.95
1100	1	1	0.01	0.01	0.99	0.96
1350	1	4	0.01	0.03	1.00	0.99
2000	0	2	0.00	0.01	1.00	1.00
合計	73	153	1.00	1.00	**	**

図9-1　25〜54歳男性の未婚・既婚者の年収分布(日本)
「Family and Changing Gender Roles IV - ISSP 2012」より作成。

いますが、客観的な数値を出してみましょう。

ＩＳＳＰが２０１２年に実施した「家族と性役割に関する意識調査」のデータを使って、25〜54歳の未婚男性と既婚男性の年収分布を出し、両者がどれほどズレているかを明らかにします。**図９-１**は、日本のデータです。

年収が判明する未婚者73人、既婚者１５３人の分布です。原資料では、年収区分が階級値で示されています。たとえば年収２５０万とは、年収２００万円台を意味します。

当たり前ですが、両群の年収分布は大きく異なっています。相対度数をみると、年収２００万未満の割合は、未婚者では54・８％と半分を超えますが、既婚者ではわずか14・４％です(アミかけの部分)。

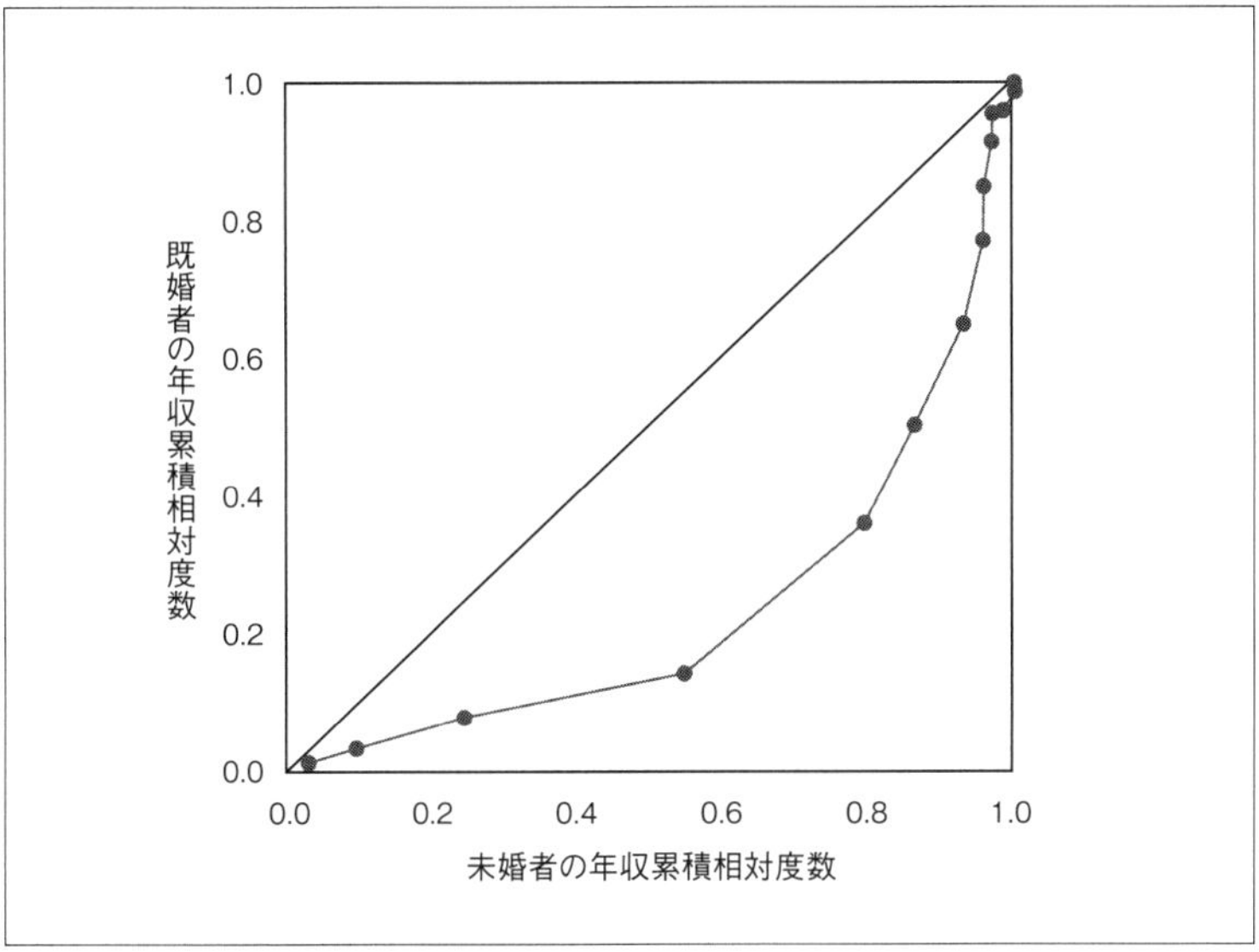

図9-2　男性の結婚ローレンツ曲線（日本）
25～54歳男性の未婚・既婚者の年収分布より計算。
「Family and Changing Gender Roles IV - ISSP 2012」より作成。

年収500万以上の比重は、これとほぼ逆になっています。

　両群の年収分布のズレは、右端の累積相対度数をグラフにすることで「見える化」されます。横軸に未婚者、縦軸に既婚者の年収累積相対度数をとった座標上に、14の年収階層のドットを配置し、線でつなぐと**図9-2**のようになります。統計学の素養がある方はご存知の、ローレンツ曲線です。ひとまず、結婚ローレンツ曲線と名付けておきましょう。

　この曲線の底が深いほど、未婚男性と既婚男性の年収分布のズレが大きいこと、つまり、結婚に際して「収入」がモノをいう度合いが高いことになります。

　色付きの面積を2倍したジニ係数

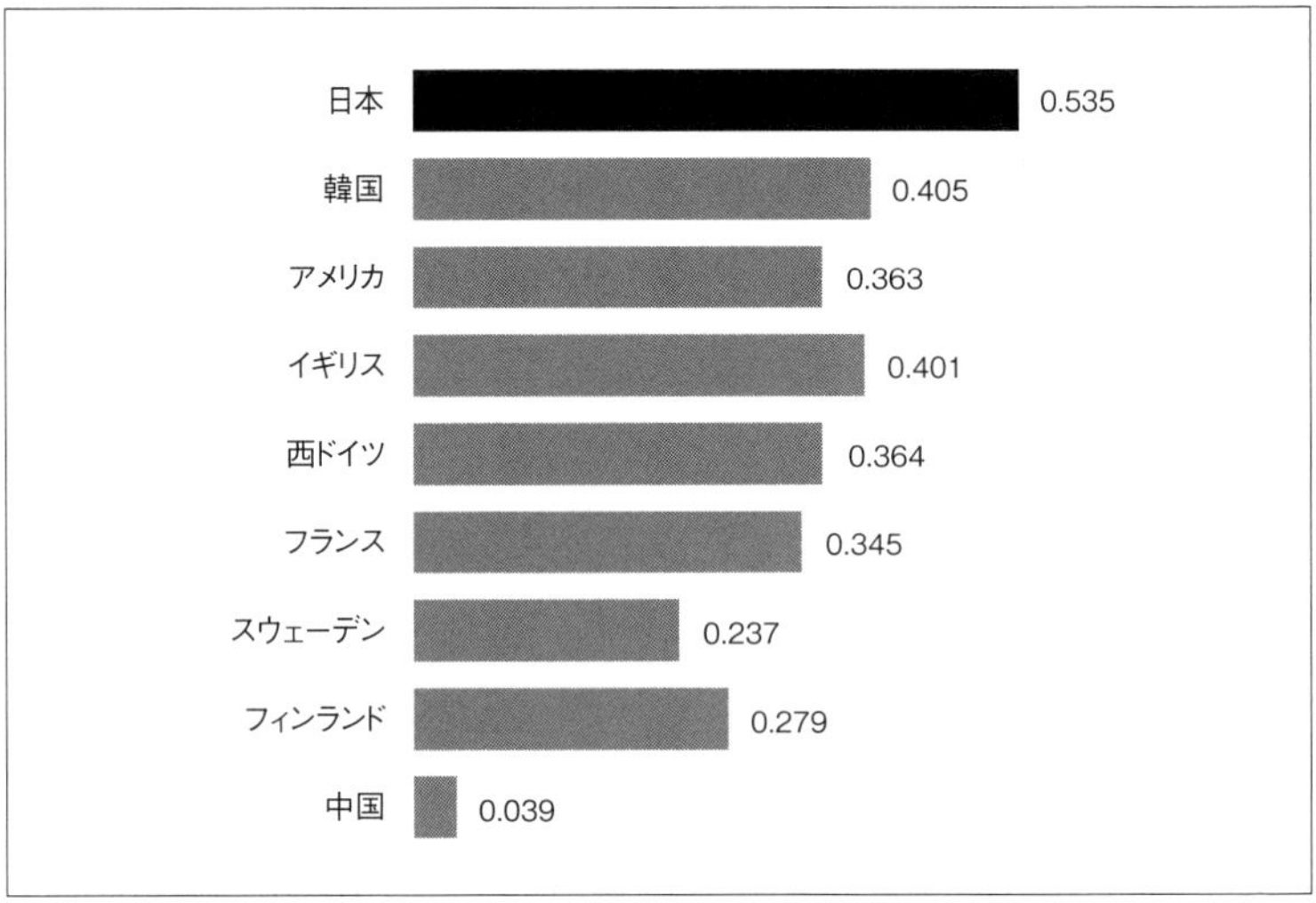

図9-3　男性の結婚ジニ係数
25〜54歳男性の未婚・既婚者の年収分布より計算。
「Family and Changing Gender Roles IV - ISSP 2012」より作成。

を出すと、0・535になります。年収と結婚チャンスの関連の強さを教えてくれる数値です。この結婚ジニ係数を、他の目ぼしい国についても出してみました。上記のISSP2012調査の対象は38か国ですが、計算に手間がかかるので、現段階で算出した9か国のデータを紹介します。（**図9-3**）

日本の0・535という値は、9か国の中ではトップです。主要国の比較では、オトコが結婚するのに収入がモノをいう社会は、わが国であるようです。その次は、お隣の韓国。

予想通り、共働きが主流の北欧は係数値が低くなっています。既婚女性でもガツガツ稼ぐチャンスが開かれているので、こうなるのでしょうか。中国などは、もっとそうです。この大国では、オトコ

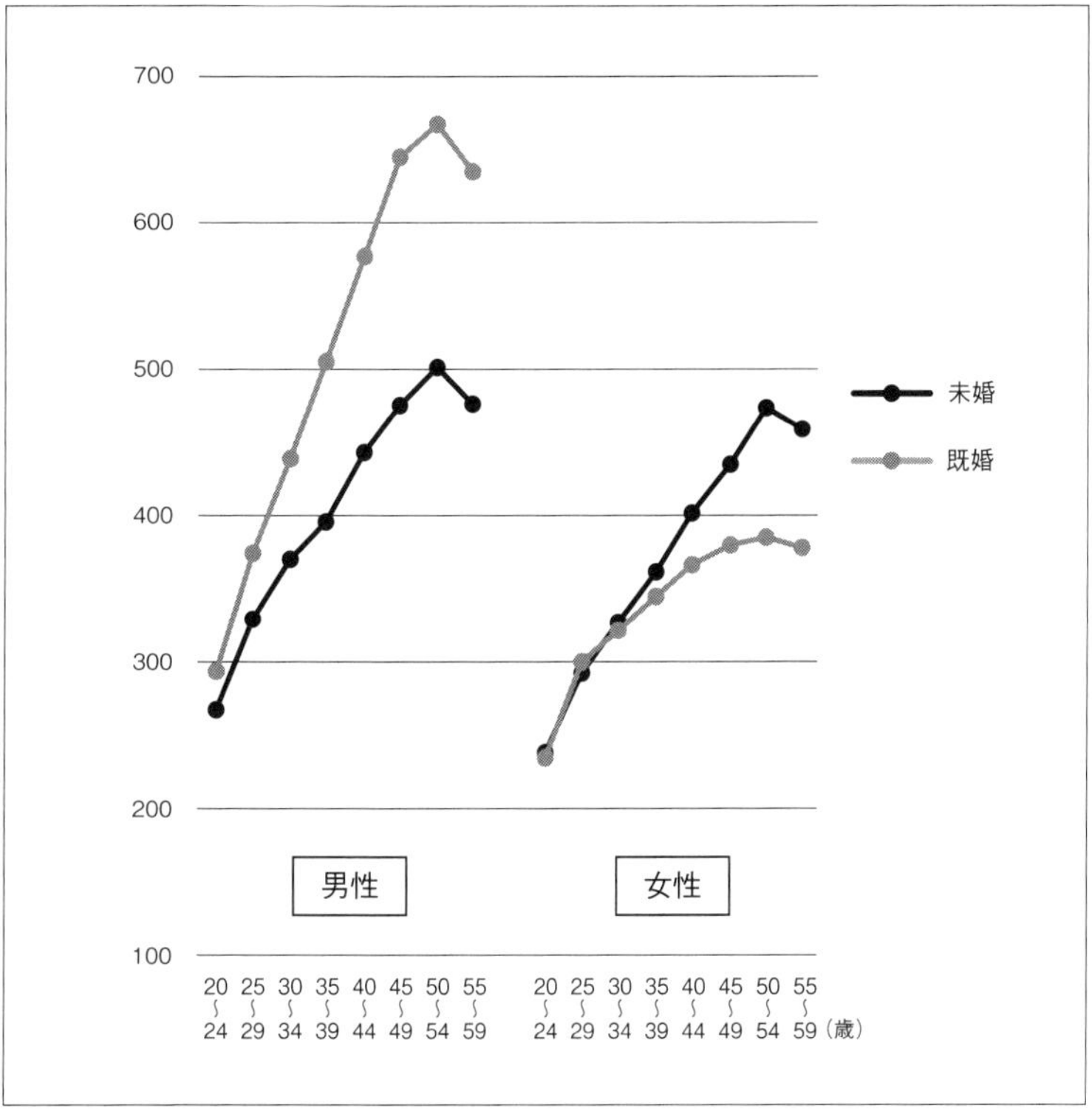

図9-4　正社員の年齢別の平均年収(万円)
総務省『就業構造基本調査』(2012年)より作成。

が結婚するのに収入はほとんど関係ないようです。国民皆労働（社会主義）のお国柄が出ていますね。

　このデータをどうみるかですが、「女性は旦那を頼って、けしからん」などという解釈は筋違いです。同じ仕事をしても給与に性差がある。女性にとって、結婚・出産が仕事の足かせになる……。こういう現実を変えろ、というメッセージと読むべきでしょう。

　図9－4をご覧下さい。正社員男女の平均年収のグラフですが、男性は未婚者より既婚者が高いのに対し、女性はその反対になっています。同じ正社員であっても、女性は結婚するとガシガシ稼ぐのが難しくなると。結婚がキャリアに及ぼす影響は、男女ではっきり違っています。未婚者では、ジェンダー差がほとんどないことにも注目です。

　グラフの折れ線の男女差が、今後どれほど接近するか。未婚化・少子化の解決可能性を見て取る、重要なバロメーターといえるでしょう。

結婚

職業別の生涯未婚率

本章の図5-3（295ページ）では、若年男性の年収別の未婚率を出したのですが、稼ぎの少ない層ほど未婚率が高い、という残酷な現実が露わになってしまいました。誰もが肌感覚で感じていることですが、データで可視化されるとショッキングです。

今の日本では未婚化が加速度的に進んでいますが、社会学をやっていると「結婚できないのは誰か？」という問いを立てたくなります。自由意志で行う結婚も、外的条件に制約されることがしばしばです。意志があっても結婚できない、いや結婚しようという希望そのものが削がれてしまう……。収入などは、結婚チャンスを規定する条件の最たるものです（とくに男性）。

しからば、職業別の未婚率というのはどうでしょう。職業とは社会の中で果たしている役割ですが、それは人間のアイデンティティの源泉で、当人の意識や価値観を強く規定しています。声高には言えませんが、収入や威信にも傾斜がつけられています。当然、未婚率は職業によって大きく異なると思われます。

2012年の総務省『就業構造基本調査』のデータをもとに、職業別の生涯未婚率を計算してみました。生涯未婚率とは、字のごとく生涯未婚にとどまる者の割合で、50歳時点の未婚率で代替されます。この年齢を過ぎたら結婚する者はほぼ皆無だろう、という仮定を置くわけです。

5歳刻みの官庁統計のデータからこの指標を出す場合、40代後半と50代前半の未婚率を平均するという便法がとられます。上記の資料によると、40代後半の男性有業者の未婚率は19・4％、50代前半は13・4％ですので、男性有業者の生涯未婚率はこの平均をとって16・4％となります。およそ6人に1人です。女性有業者は11・3％と、男性よりは低くなっています。

これは有業者全体の生涯未婚率ですが、職業別にみると大きく違っている。図10-1は横軸に男性、縦軸に女性の未婚率をとった座標上に、63の職業を配置したグラフです。

右上は男女とも生涯未婚率が高い職業ですが、事務用機器操作員は高いですね。男性は39・7％、女性は20・1％です。パソコン操作員や電子計算機オペレーターなどですが、昼夜問わず不測の事態への対応を迫られるので、激務なのでしょうか。

美術家・デザイナー、著述家・記者・編集者、音楽家・舞台芸術家といった創作系の職業も生涯未婚率が高くなっています。仕事へのコミットメントの度合いが高く、生活も不規則（不安定）になりがちだからでしょう。私が関わっている編集者さんでも、未婚の方が結構おられるなあ。

斜線より上にあるのは、女性の生涯未婚率が男性より高い職業です。医師は性差が大きくなっています。男性が3・6％なのに対し、女性は19・3％です。高収入ということがあるでしょうが、超激務ゆえに家事・育児との両立が困難なためと思われます（女性）。

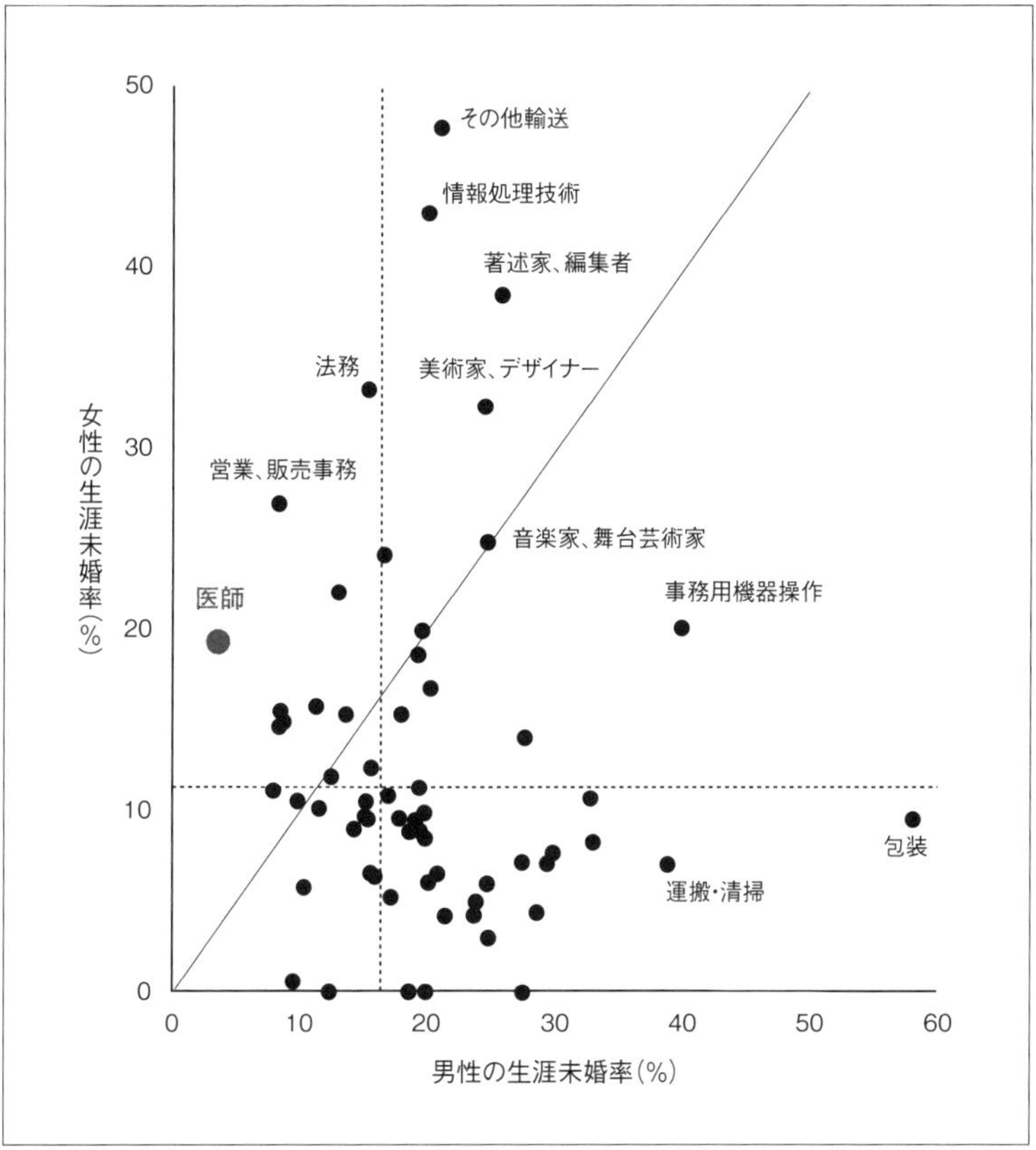

図10-1　職業別の生涯未婚率
点線は全職業の生涯未婚率、斜線は男女の均等線。
総務省『就業構造基本調査』(2012年)より作成。

聞くところによると、大病院の医局などでは、妊娠した女性医師へのマタハラがすさまじいそうです。仕事か、家庭か。医師は、こうした選択を迫られる度合いが高い職業といえるでしょう。未婚率のジェンダー差、さもありなんです。営業・販売事務職や法務職（弁護士等）も性差が大きくなっています。

右下は男性の生涯未婚率が高いゾーンですが、少数の例外を除くと、サービス職や労務職が多くなっています。

生涯未婚率の職業差をみましたが、これが自由意志の差と考える人はいないでしょう。個々人の意向とは別の、外的条件による制約（拘束）を強く被っていると思われます。

たとえば、年収との相関はどうでしょう。図10‐1によると、男性の生涯未婚率が最も低いのは高給の医師です。先に書きましたが、収入は結婚チャンスを規定する条件の最たるもの。男性の職業別の平均年収と生涯未婚率の相関図を描くと、図10‐2のようになります。平均年収は、それぞれの職業の年収分布から独自に計算したものです。

ドットの配置は右下がりで、職業別の平均年収と生涯未婚率はマイナスの相関関係にあります。年収が高い職業ほど、生涯未婚率が低い傾向です（統計的に有意）。

男性の場合、稼げる職業に就いているほど結婚しやすい。身も蓋もない言い方をすればこういうことですが、男性の年収と未婚率がマイナスの相関関係にあるのは、図5‐3でも明らかになったこと。

しかるに女性では、構造が違っている。図10‐3は、年収と生涯未婚率の相関図の女性バー

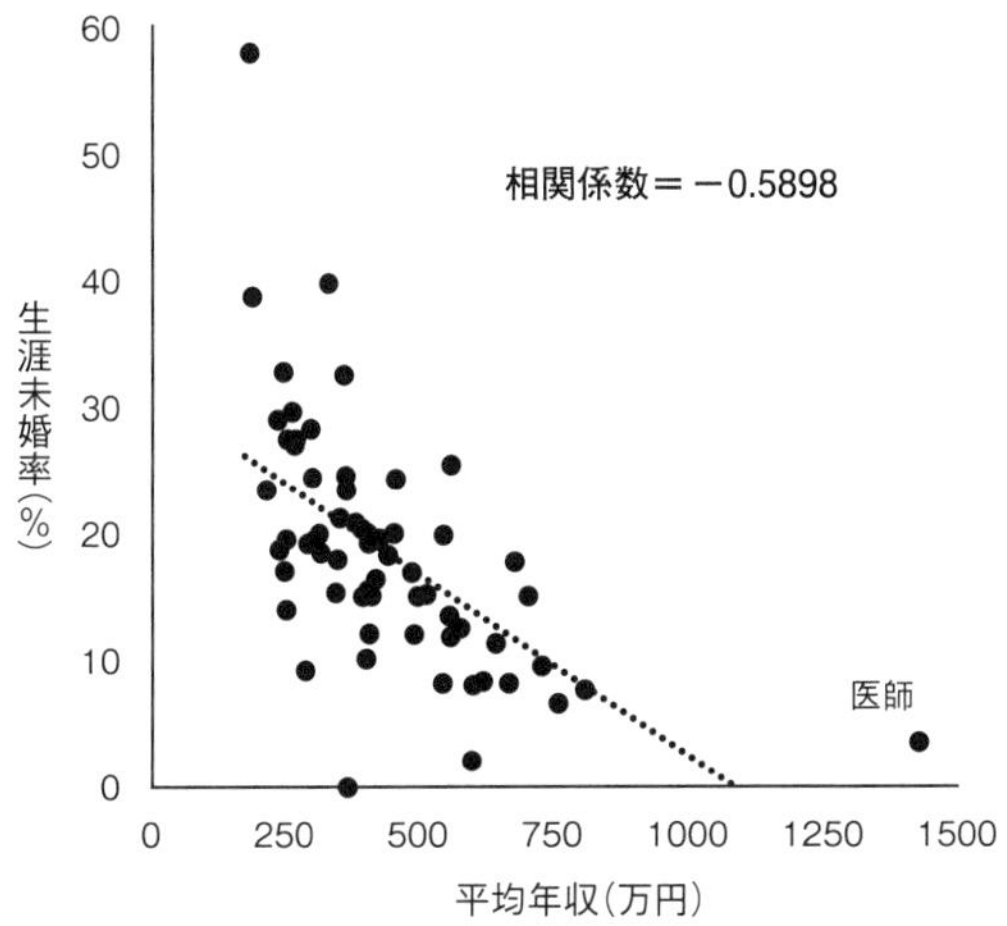

図10-2　平均年収と生涯未婚率の相関（男）
男性の67職業のデータによる。
総務省『就業構造基本調査』（2012年）より作成。

ジョンです。

女性の場合、男性とは逆に年収が高い職業ほど生涯未婚率も高い傾向です。相関係数は＋0・4223で、こちらも統計的に有意と判断されます。医師を外れ値として除くと、相関係数は＋0・4795ともっと高くなります。

女性にあっては、収入が多い高度専門職は、家庭生活との両立が難しいためと思われます。あと、「結婚したら家庭に入るべし」というジェンダー観が未だに根強いこともあるのではないでしょうか。

こんな話を聞いたことがあります。30歳を過ぎて大学教員になった女性で、交際中の彼（この人も研究者）の実家に挨拶に行ったところ、親御さん

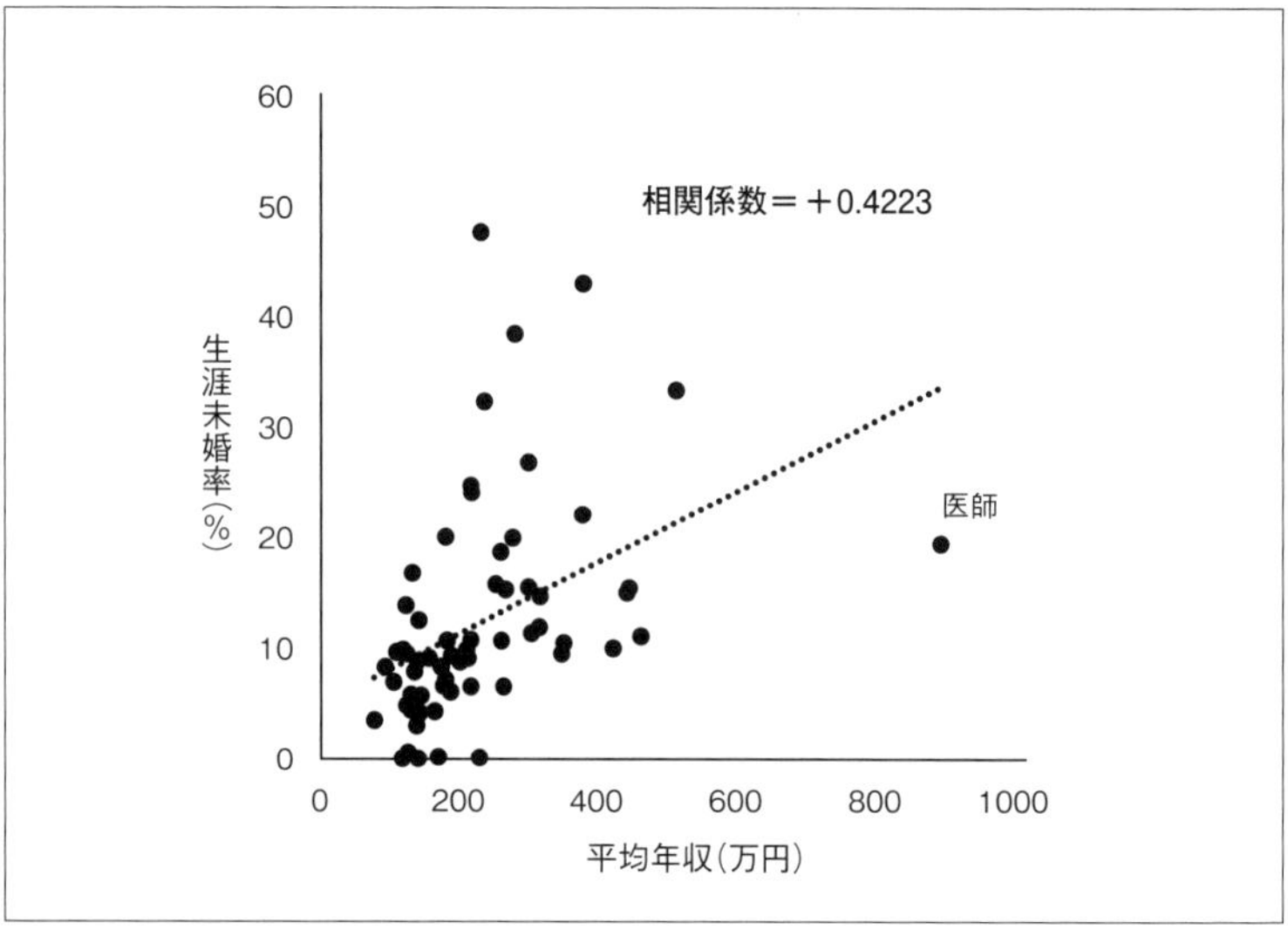

図10-3　平均年収と生涯未婚率の相関（女）
女性の64職業のデータによる。
総務省『就業構造基本調査』（2012年）より作成。

から「結婚したら仕事を辞めることも視野に入れてほしい」と言われたのだそうです。

30過ぎまで、高いカネと時間をかけて大学院で高度なトレーニングを受け、やっと大学教員になれたのに、「結婚したら辞めろ」などと言われたら、たまったものではありません。アメリカだったら、侮辱罪で訴えられるのではないでしょうか。こういう話を聞くと、専門職の女性の未婚率が高いというのは頷けます。

- 男性は、年収が高い職業ほど未婚率が低い。
- 女性は、年収が高い職業ほど未婚率が高い。

分かったのは、ジェンダーによる反対の構造です。「男は仕事、女は家庭」

「男性が一家を養うべし」という性別役割観は、昔に比して薄れていると言われます。世論調査のデータでも、そうした意識の変化はみられます。しかし建前は別として、結婚の統計からは旧来のジェンダー観が未だに根強いことが見えてくる。口先の意見ではなく、人間が実際にどう動いているかの統計は本当に正直です。

ちなみに、働いて家計を支えるのは女性という社会もあります。第6回『世界価値観調査』(2010〜14年)によると、タイでは、30〜40代の有配偶女性の56・8%が、自分が「主たる家計支持者」と答えています(ドイツは27・1%、アメリカは20・1%)。日本はたったの5・0%です。わが国の常識が普遍的などと考えてはいけません。

リンダ・グラットン教授の『ライフ・シフト』に書いてあったと記憶していますが、人生の各ステージにおいて、主たる家計支持者が柔軟にチェンジできるようになればいいですよね。こういうスタイルを普及させることも、未婚化や少子化に歯止めをかける戦略といえましょう。

社会の側にすれば、高度な教育で育て上げた女性のハイタレントを十分活用することにつながります。日本の労働生産性の低さは知られていますが、人口の半分を占める女性の社会進出が制限されていることにもよるでしょう。データの提示は省きますが、日本の高学歴女性のフルタイム就業率は世界でも最低レベルです。ただでさえ労働力が減っているのに、こんな「ムダ」をしている場合ではありますまい。

意識

子どもの政治的関心の階層差

間接民主制の社会では、国民は選挙で代表者を選ぶことを通して政治に参画します。しかるに、わが国の若者の投票率が低いことはよく知られていること。

少子化でただでさえ若者が減り、投票率に年代差があるものですから、投票所に足を運ぶ人間の年齢構成は完全に「逆ピラミッド型」になっています。投票所は、白髪の老人だらけです。これでは、若者の意向は政治に反映されません。反映されるのは、高齢者のそればかりです。

これではいけない、社会が変わらない。若い感性を政治に反映させようという意図からか、選挙権の付与年齢が20歳から18歳に引き下げられ、高校生にも、社会を動かす主体として振舞う途が開かれました。

しかしまだ18歳の少年ですので、政治意識は未熟であるのが常。それを高めようと、高校ではいろいろな取組がなされていると聞きます（模擬選挙など）。各政党も、政策を分かりやすく伝える漫画などを作成している模様です。

ところで、子どもは一枚岩の存在ではありません。教育社会学では階層差に焦点を当てますが、学力の階層差があるのはよく知られていること。しからば、政治への関心はどうでしょう。

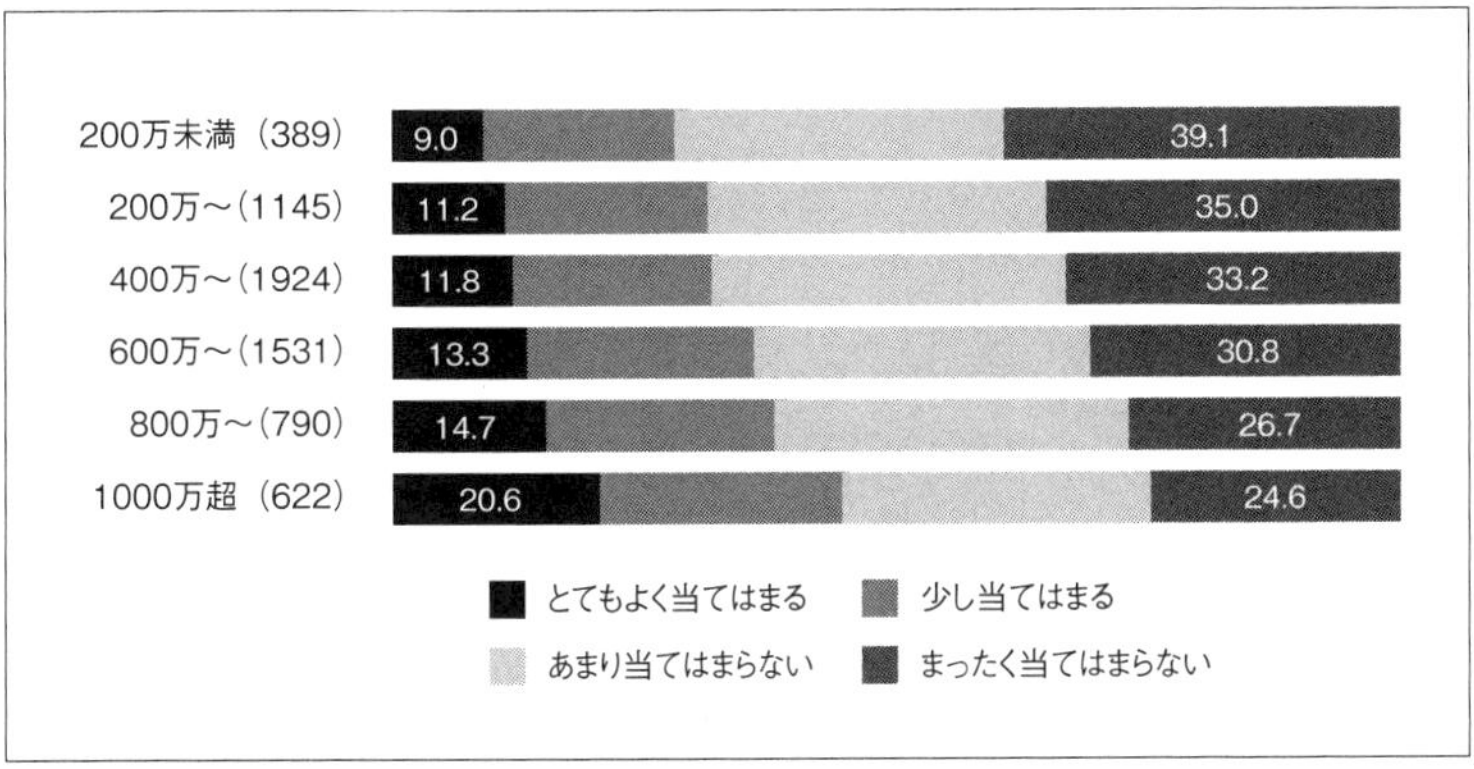

図11-1　政治や選挙に関心がある（小４～６年生）
家庭の年収別の回答分布である。（　　）内はサンプルサイズ。カイ二乗値＝79.12、df＝15、p＜0.01
国立青少年教育振興機構『青少年の体験活動等に関する実態調査』（2014年度）より作成。

国立青少年教育振興機構『青少年の体験活動等に関する実態調査』（２０１４年）のローデータを使って、この点を吟味してみましょう。**図11-1**は、小学校４～６年生の政治関心が、家庭の年収によってどう違うかをグラフにしたものです。

小学生のデータですが、年収が高い家庭の児童ほど政治的関心が高いという、きれいな相関がみられます。最も強い肯定の回答割合は、年収２００万未満の貧困層では９・０％ですが、１０００万超の富裕層では20・６％と倍以上です。

学力や勉学嗜好と同じく、こういう面の社会的規定性もあることを知っておかねばなりません。なぜこういう差が出るかですが、家庭においてどれほど政治の話をするか、ニュースをどれほどみるか、新聞をとっているか、といった要因に影響されるでしょう。

ちなみに新聞を購読しているかどうかは、家庭の年収と関連しています。小学生の親世代（30～40代）

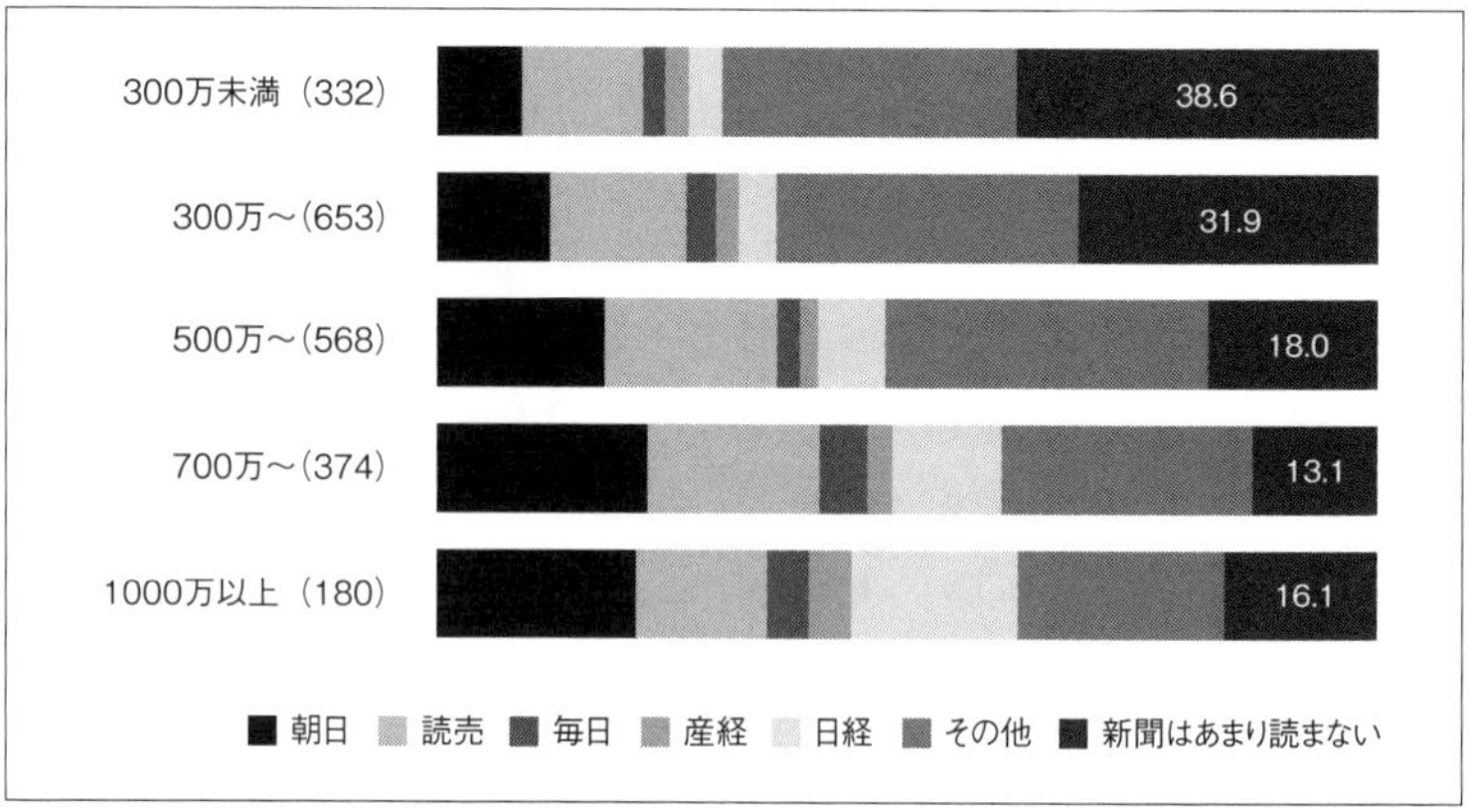

図11-2　世帯年収と新聞購読の関連（30～40代）
世帯年収別の回答分布である。（　）内はサンプルサイズ。カイ二乗値＝183.22、df＝24、p＜0.01
国立青少年教育振興機構『子どもの読書活動の実態とその影響・効果に関する調査研究』（2013年）より作成。

の新聞購読状況を世帯年収別にみると、図11-2のようになります。同じく国立青少年教育振興機構が実施した、『子どもの読書活動の実態とその影響・効果に関する調査研究』（2013年）のローデータから作成したグラフです。

年収が高い世帯ほど朝日新聞を読んでいるという傾向はさておき、ここで注目すべきは、新聞を読まない層（右端）の比重です。おおむね、年収が低い層ほど新聞を読まない傾向が見受けられます。

小学生の親世代のデータですが、こういう違いが子どもの政治的関心に投影される可能性は否めないでしょう。

しかしそれよりも重要と思われるのは、やはり親のモデルです。保護者の政治的関心が高く、当たり前のように毎回投票する姿を目にする子どもは、自ずと政治的関心も高くなるでしょう。図11-3は、小学生の親世代の投票行動の階層差をグ

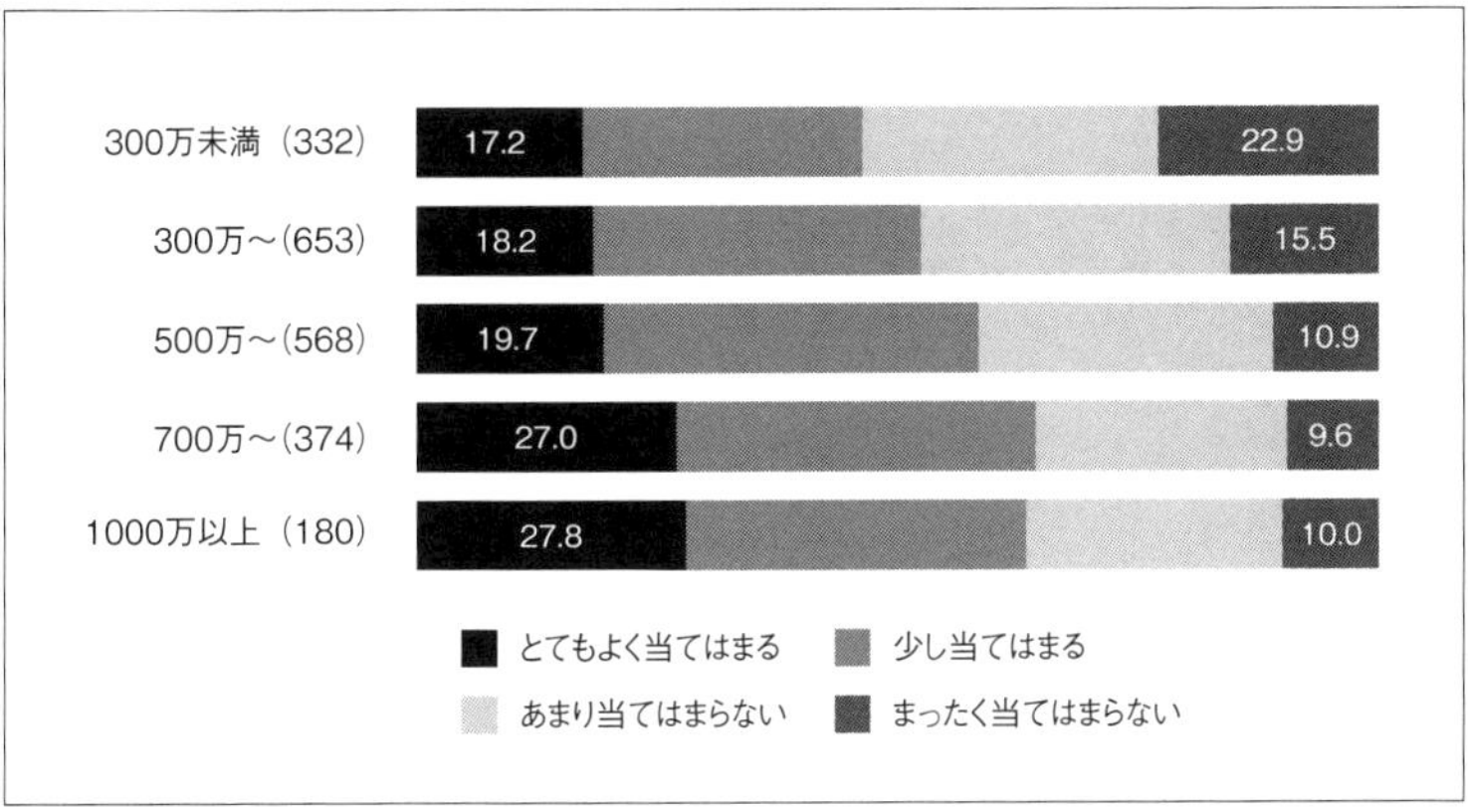

図11-3　全ての選挙で投票する（30～40代）
世帯年収別の回答分布である。（　）内はサンプルサイズ。カイ二乗値＝56.20、df＝12、p＜0.01
国立青少年教育振興機構『子どもの読書活動の実態とその影響・効果に関する調査研究』（2013年）より作成。

ラフにしたものです。

「すべての選挙で投票する」の肯定率は、年収が高い層ほど高い傾向にあります。最初にみた小学生の政治的関心の階層格差は、親世代の投票行動のそれを反映したものである可能性も大です。

政治意識（行動）の階層差ですが、これがあまりに強くなると「強者による強者のための政治」になり、既存の体制が再生産されやすくなります。

貧困に象徴されるように、厳しい生活条件に置かれている者ほど、社会問題に対する鋭い関心を持っているものです。それは政治的関心に昇華されてはじめて、社会変革に結び付くことができます。学校の政治教育でなすべきは、それを促すことです。

言わずもがな、社会変革の合法的な手段は政治参画（投票）であって、暴動やテロなどではありません。しかし現状では、貧困層のパワーが後者のよからぬ方向に向いてしまう可能性がある。あるいは、政治に見切りをつけ、自分たちの内に閉じこもり、結果として社会分裂が生じる恐れもありです。

学校の政治教育では、彼らが現に直面している問題を取り上げ、それは政策によって解決できることを、具体例をもって提示するとよいと思います。その点で私は、高等学校において「社会問題」科という教科を作ったらどうかと思っているのですが、いかがでしょう。今回の学習指導要領で新設された、説教臭い「公共」科よりもです。

それはさておき、政治教育の目標の一つは、生徒たちの政治的関心を高めることですが、その階層格差を縮めることにも注意する必要があるでしょう。最初のグラフは、小学校4～6年生の政治的関心の階層差ですが、これが中学生や高校生になったら、どういう模様になるか。階層差は消えているかどうか。この点も、政治教育の成果を測る重要な指標です。

国立青少年教育振興機構『青少年の体験活動等に関する実態調査』（２０１４年）では、小学生しか保護者調査が実施されてないのが残念です。中学生や高校生についてもそれを実施し、今回みたような政治意識をはじめ、自尊心や将来展望の階層差が、学校教育を通じてどう変わるかを解明できるようにしてほしいです。

身体の成長も含め、子どものドラスティックな分化（segregation）が生じてくるのは、思春期以降です。好ましい方向に動くのは誰か？　社会階層との関連を明らかにするのは、教育社会学のきわめて重要な課題といえます。

意識

若者の政治活動の国際比較

社会を変える合法的な手段は政治参画ですが、一般市民がなし得る術としては、選挙での投票と政治活動があります。日本人、とりわけ日本の若者の投票率が低いことは分かっていますが、後者の政治活動のほうはどうでしょう。

私は、「デモ」の意味を知らない学生さんに出会い、ちょっと驚いた覚えがあります。社会問題への関心が強く、「社会を変えたい」と息巻いている男子でしたが、デモのような合法的な手段ではなく、過激な（非合法な）手段に訴えやしないかと心配になりました。

政治活動にはデモの他に、署名活動、集会参加、政治家への陳情などいろいろありますが、代表的な政治活動の経験率を国ごとに知れる調査データがあります。ＩＳＳＰ（国際社会調査プログラム）の「シティズンシップに関する意識調査」です。調査実施年は２０１４年で、34か国が対象となっています。

ＩＳＳＰ調査は、ローデータも合わせて公開されるので、とてもありがたい。これを使えば、20代の若者だけを取り出した比較が可能です。ここにて、若者の政治活動経験の国際比較をやってみようと思います。

	過去1年以内にやったことがある	やったことがある	したことはないが，するつもりだ	したことないし，するつもりもない
署名活動	1	2	3	4
商品のボイコット（政治的・倫理的・環境的理由による）	1	2	3	4
デモへの参加	1	2	3	4
政治集会への参加	1	2	3	4
意見表明を目的とした政治家への接触	1	2	3	4
寄付，政治活動のための基金創設	1	2	3	4
意見表明を目的としたメディアへの接触	1	2	3	4
インターネットでの政治的意見の表明	1	2	3	4

図12-1　政治活動の経験の設問
「International Social Survey Programme: Citizenship II - ISSP 2014」による。

この調査では、8つの政治活動（political action）の経験を尋ねています。以下のような形式です。（**図12-1**）

この8つの設問への回答を合成し、政治活動経験のトータルなレベルを測る尺度を作りましょう。「1」という回答を4点、「2」を3点、「3」を2点、「4」を1点とし、それを合計します。全部「1」に○をつけたバリバリの活動家は32点（4点×8＝32点）となり、その対極は8点です（1点×8＝8点）。ゆえに、調査対象者の政治活動レベルは、8〜32点のスコアで測られます。

34か国全体でみると、上記の設問すべてに有効回答を寄せた20代の若者は6844人です。この6844人のスコア分布をとると、**図12-2**のようになります。

数の上では、最低の8点が最も多くなっています。1035人で、全体の15・1％です。この部分を除けば、おおむね真ん中辺りが厚いノーマル

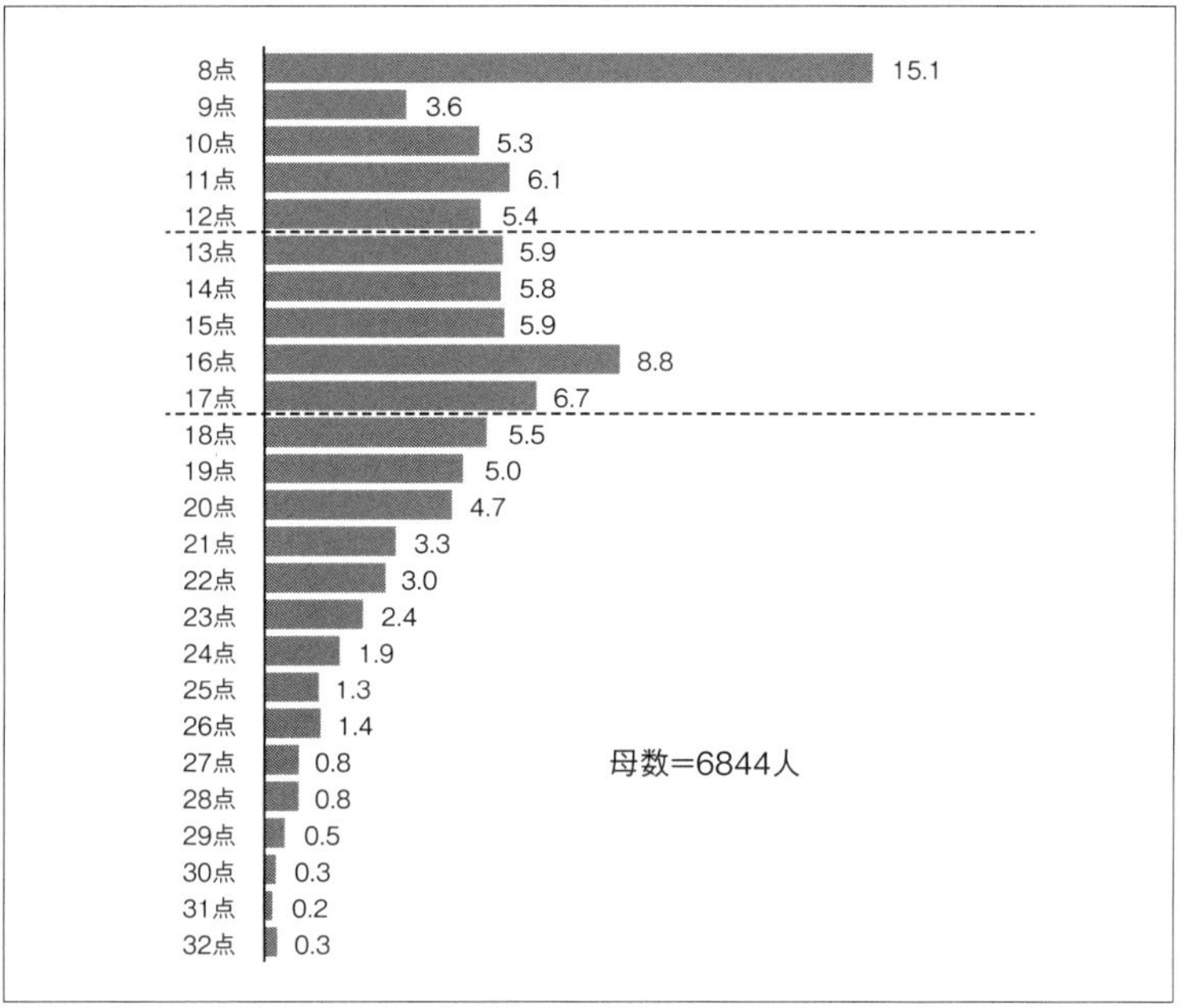

図12-2　20代の政治活動スコアの分布（％）
「International Social Survey Programme: Citizenship II - ISSP 2014」より作成。

分布になっています。

　この分布に依拠して、スコア低群、中群、高群の3つに対象者をグループ分けしましょう。3群の量がなるべく等しくなるようにするなら、8～12点を低群、13～17点を中群、18点以上を高群にするのがよいかと思います。こうすると、低群が35・5％、中群が33・2％、高群が31・3％というように、ほぼ3分になります。

　この3群の分布は国によって大きく違っています。日本の20代（サンプルサイズ＝111人）でいうと、低が61・3％、中が33・3％、高はたった5・4％です。選挙での投票率の低さか

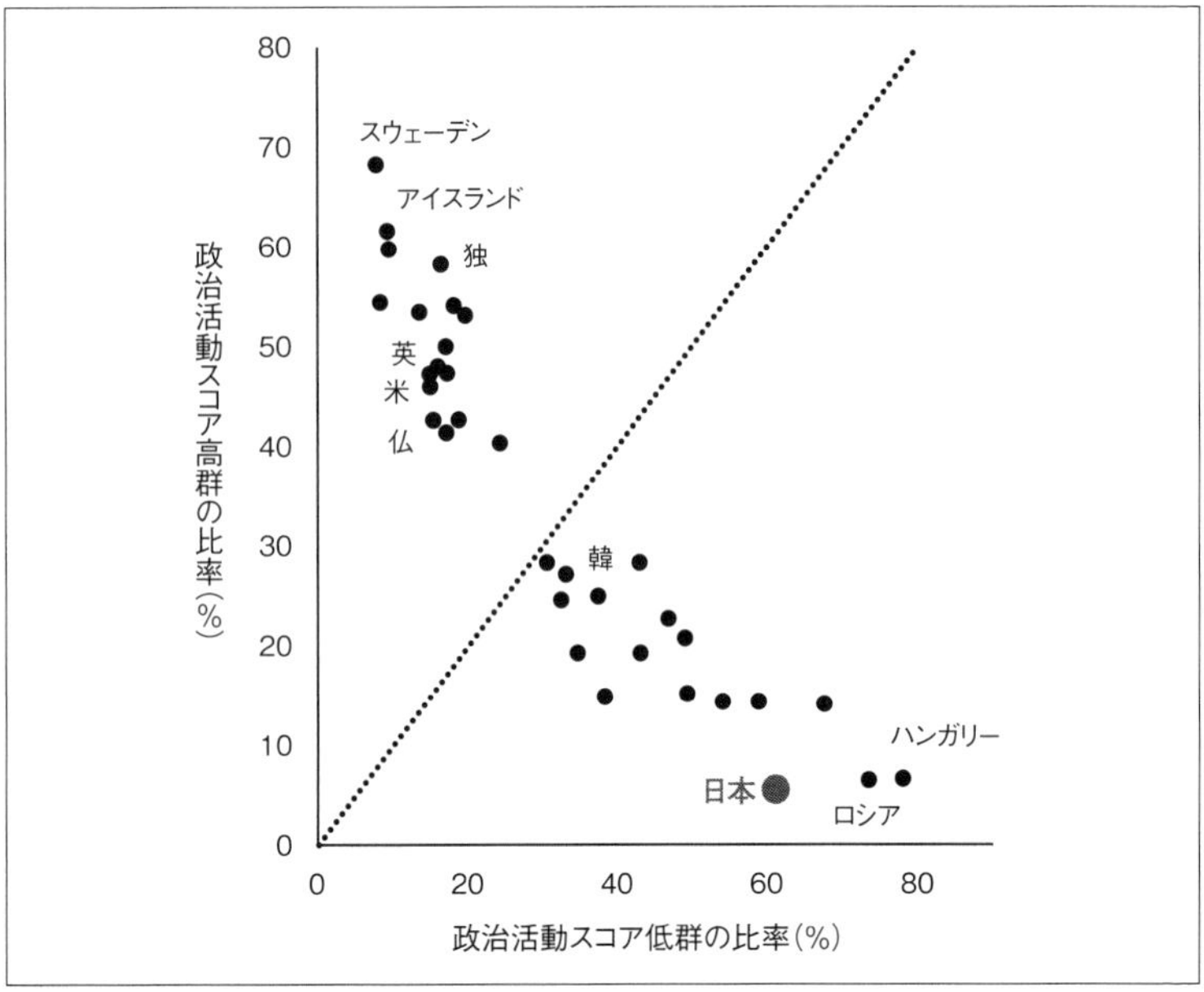

図12-3　20代の政治活動スコアの国際比較
斜線は均等線。この線より上の場合、横軸より縦軸の値が大きい。
「International Social Survey Programme: Citizenship II - ISSP 2014」より作成。

ら予想されることですが、若者の政治活動は活発でないようです。対してアメリカ(154人)は、低が14・9%、中が39・0%、高が46・1%と、高が最も多くなっています。日本と対照的です。

34か国を見渡すと、アメリカよりもっとスゴイ国があります。その布置図を描いてみましょう。横軸に低群、縦軸に高群の比率をとった座標上に、34の社会を配置してみました。**図12-3**をご覧ください。

左上にあるのは低群が少なく高群が多い、つまり若者の政治活動が活発な国です。右下はその逆で、日本はこのタイプに属しています。社会的統制が強いためか、旧共産圏の国ではもっと低迷のようです。斜線は均等線で、このラインより上にある場合、低群より高群が多いことを意味します。欧米の主要国は軒並みこの線を超えていますね。若者の政治活動が最も活発なのは、北欧のスウェーデン。この国の高福祉は、国民の運動によって勝ち取られたものなのでしょうか。予想されたことですが、日本では、若者の投票行動のみならず、政治活動も不活発であることが分かってしまいました。

しかるに、日本の若者は社会への関心は持っています。この内の思いが、合法的な手段でなく、非合法の手段で具現されるとなったら怖い。過激な暴動やテロ、ネットでの不法な振る舞いなどを目にするたびに、こういうことを思います。

社会への関心を熱弁する一方で、「デモ」の意味を知らない学生さんには驚きましたが、社会を変える合法手段としてこういうものがある、ということを政治教育でしっかり教える必要もあるのではないでしょうか。

今はネット社会で、ネット上で自分の意見表明をすることも可能です。この恩恵を政治活動のツールとして使えるようになると強い、しかし、ルールはある。この文明の発明品を合法的に使う「情報モラル」の指導の重要性は、学習指導要領でも言われています。

青年はいつの時代でも高い理想を掲げ､現実の社会がそれと隔たっている様を見ては失望し、社会を変えたいという炎を燃やすもの。それを正しい方向に仕向けられるなら社会は大きく変わる可能性があり、それを促すのは大人の役割です。

意識

子どもの将来展望観の国際比較

この章では「若者」について論じていますが、生物有機体の比喩でいうと、日本はもう「若く」はありません。発展（成長）の山をとうに超えており、後は縮むだけ。それは国民の将来展望にも反映されており、「これから先、生活は悪くなる」と考える者が増えてきています。

子どもの将来を悲観する者も多し。アメリカのピュー研究所が２０１４年に実施した国際意識調査では、「子どもの将来の暮らし向きは、親世代よりもよくなるか、悪くなるか」と尋ねています。これに対する日本人の回答をみると、79％が「悪くなる」と答えており、「よくなる」は14％しかいません。

まさに希望閉塞ですが、それは万国共通ではなく、上記の設問への回答は社会によって大きく違っています。横軸に「よくなる」、縦軸に「悪くなる」の比率をとった座標上に調査対象の44か国を配置すると、**図13-1**のようになります。

きれいなクラスターに分かれます。希望が開けている社会と、そうでない社会。日本や欧米諸国は後者です。発展を遂げてしまい、後は悪くなるだけという、先進国の悲哀が感じられますねえ。

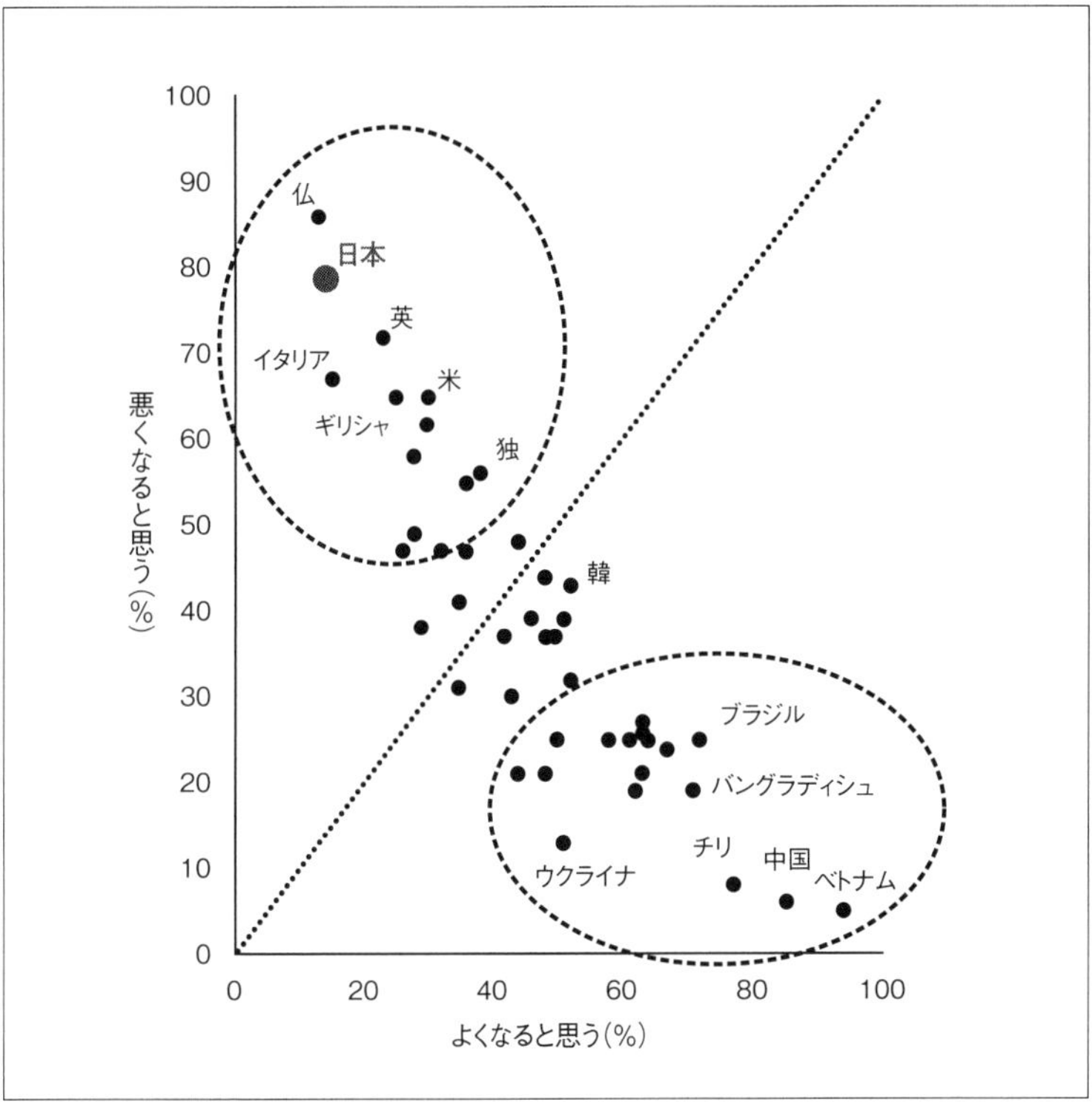

図13-1　子どもの将来の暮らし向きは、親世代よりも・・・

18歳以上の国民の回答。斜線は均等線。

ピュー研究所『Global Attitude Survey Spring 2014』より作成。

対極の右下には、発展途上国が多く位置しています。字のごとく発展の途上にあり、まだまだこれからという社会。昨今の経済発展が著しい中国やインドネシアも、この中に含まれています。図の配置には、それぞれの社会の性格が如実に表れています。日本も高度経済成長期の頃は右下にあったのでしょうが、現在では左上に昇天してしまっている……。

ちなみに各国の位置は、高齢化のレベルとも関連しています。日本では少子高齢化がますます進行し、未来の現役層の負担が大きくなると見込まれます。子どもの将来を悲観する国民が多いのも、無理からぬこと。イタリアやギリシャも事情は同じでしょう。

実際に働いている者に尋ねても、「父親を超えられていない」という回答が日本では多くなっています。**図13-2**は、ＩＳＳＰ（国際社会調査プログラム）が２００９年に実施した『社会的不平等に関する国際意識調査』のデータをグラフにしたものです。

日本の30代男性就業者の6割が、「今の仕事の地位レベルは、14~16歳の頃の父親よりも低い」と答えています。他国では「父親よりも高い」という回答が多いのと比べると、わが国の特異性が際立っていますねえ。まさに、子が親を超えられない社会です。

子どもはこのような状況をよく認識しているが、親世代はそうではなく、親子間の軋轢が生じています。親は、自分と同等ないしはそれ以上の会社にわが子が就職することを望み、自分よりも稼げる男性に娘を嫁がせようとする（それは、未婚化の進展とも関連しているでしょう）。

しかし、時代は変わっているのです。上のグラフはあくまで主観評価ですが、収入の減少や非正規化など、客観的な生活条件そのものが変わっています。上の世代は、自分たちが歩んで

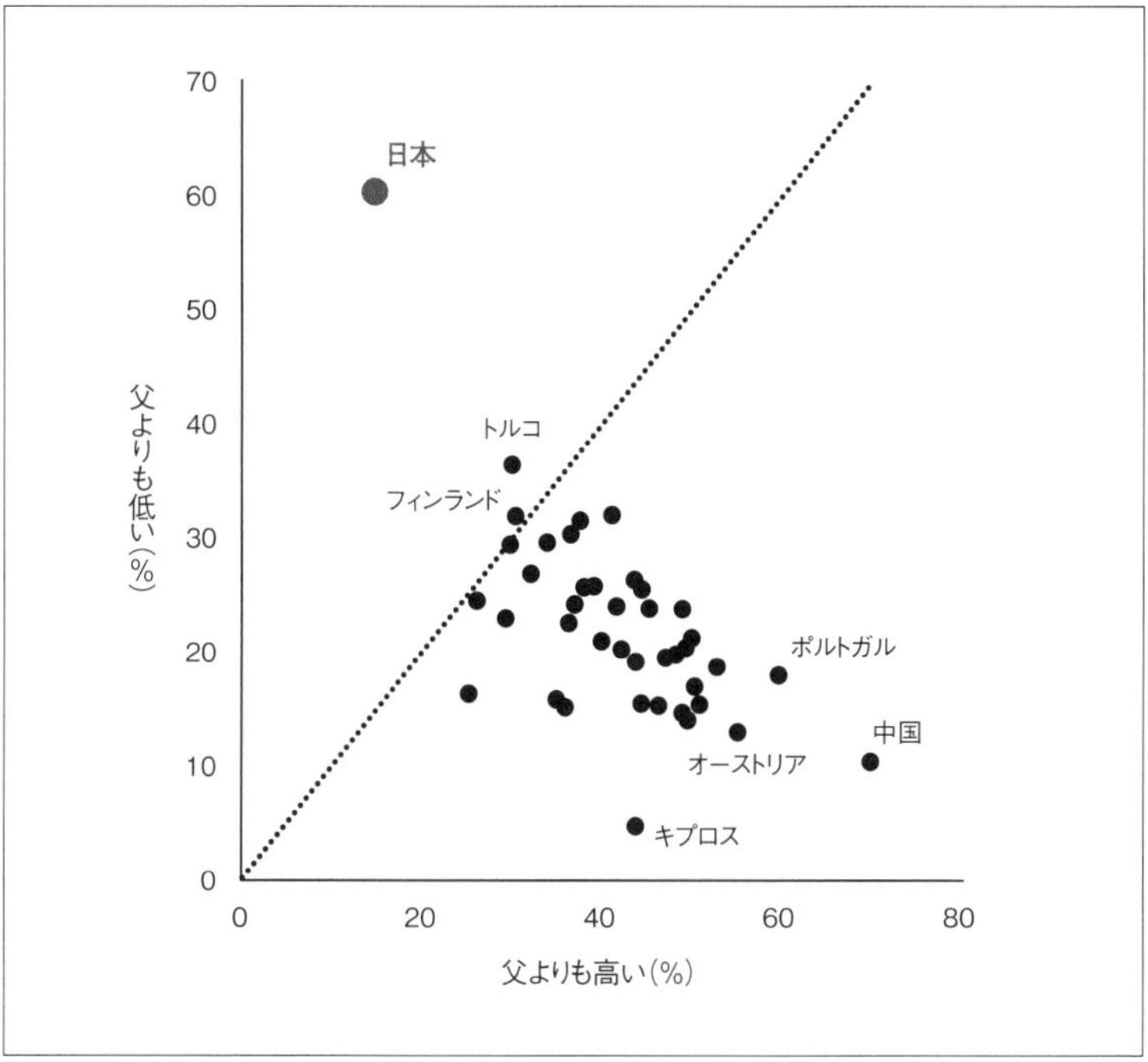

図13-2　今の仕事のレベルは、14～16歳の頃の父と比してどうか
仕事に就いている30代男性の回答。斜線は均等線。
『Social Inequality IV - ISSP 2009』より作成。

きたコースを、後続世代が子羊のように大人しくついてくる(これる)と思ってはいけない。「一人前」の定義一つをとっても、自分たちと子ども世代では異なるのです。

戸梶圭太さんの『西東京市白光団地の最凶じいちゃん・イワオ(74)』第3巻の最後に、こんなくだりが出てきます(391ページ)。いつまでも一人前になれない孫の直人を、イワオが小馬鹿にしたところ、直人は反論。それに対しイワオは……、

直人「じいちゃんの時代と俺の時代はぜんぜん違うんだよ、就職して彼女作って結婚して子ども作るとか、もう不可能なんだよ、それが現実なんだよ」

イワオ「なにもそのコースだけが一人前になるってことじゃない。勘違いするな。じゃあ半人前でもいい」。

一人前の見方の変更、場合によっては「半人前」でもいい……。上の世代に求められるのは(うざったい)説教ではなく、時代状況を見越した大らかな構えです。それがないと、若者との溝は深まるばかり。繰り返しますが、自分たちが歩んだコースを、後続世代が子羊のように大人しくついてくると思ってはいけない。

こうした認識を共有することが、下の世代の緊張を緩和し、彼らなりのやり方での自立を促すことにもなるでしょう。「働け、働け」と言ってくる親を息子が殺害。こういう家庭内の悲劇の報道に接するたびに、ここで申したようなことを思うのです。

意識

若者のクリエイティヴ・冒険志向の国際比較

「最近の若者は冒険心がない、萎縮している」などといわれます。いつの時代でも年長者が好んで口にすることですが、『世界価値観調査』（2010〜14年）にて、関連する事項が尋ねられています。

〈冒険すること、リスクを冒すこと、刺激ある生活は大切であると考える〉

上記の項目に自分はどれほど当てはまるかを、6段階の尺度で答えてもらう形式です。日本とアメリカについて、5歳刻みの年齢層別の回答分布を面グラフにすると図14-1のようになります。「当てはまる」は、「とてもよく当てはまる」と「よく当てはまる」の合計です。

チャレンジの国・アメリカのほうが肯定の回答が多いようですが、グラフ模様が左と右でつながっているようにも見えます。加齢に伴い冒険嗜好が萎んでいくのは常ですが、日本の若者の冒険志向は、アメリカの高齢者と同じくらいなのですね。

これは日米比較ですが、他の社会はどうかも気になります。また、あと一つ興味深い項目がありますので、これに対する回答の国際比較もしてみようと思います。以下の項目です。

〈新しいアイディアを思いつくこと、創造することは大切であると考える〉

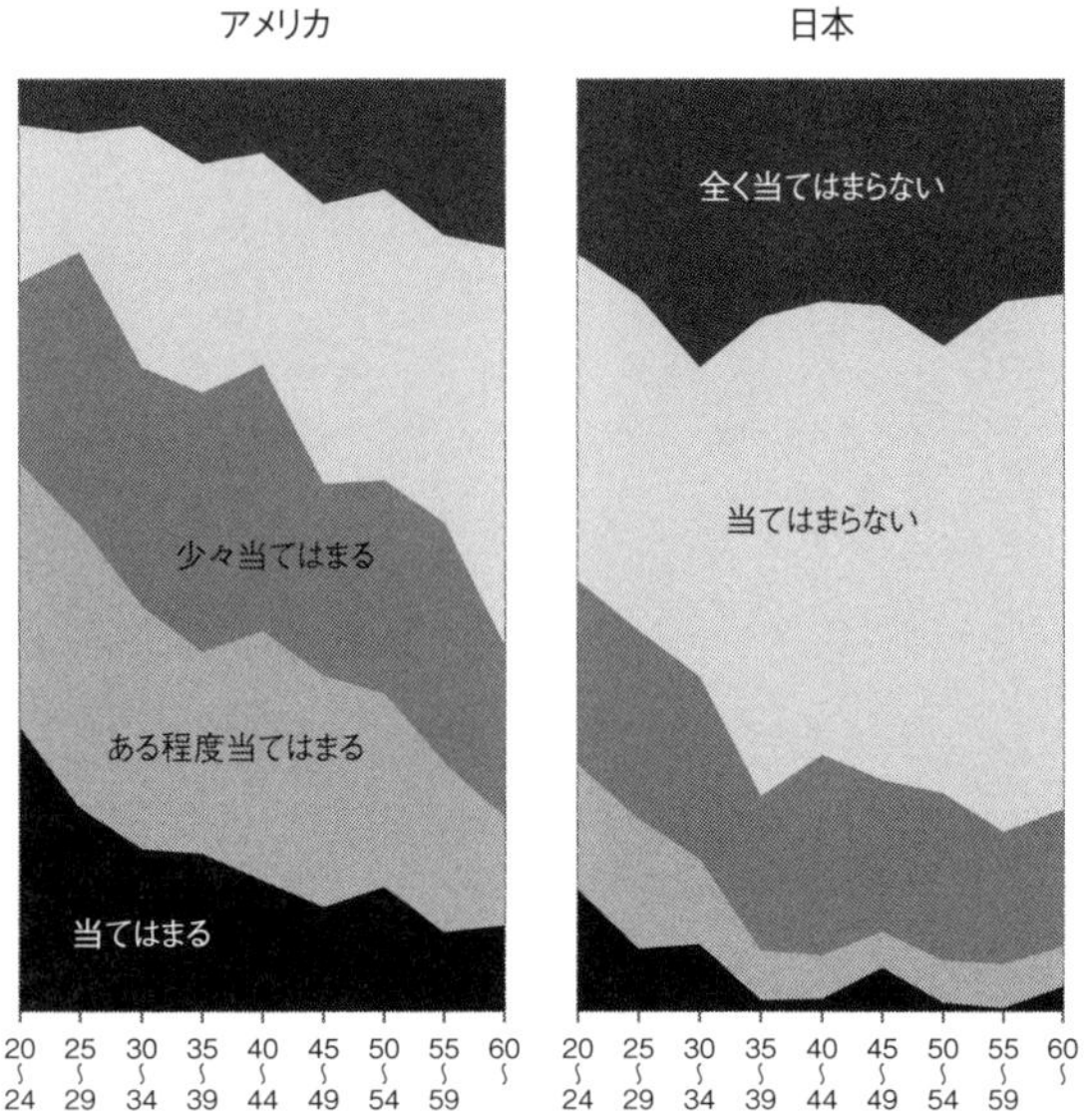

図14-1　冒険やリスクを冒すこと、刺激ある生活は大切だ
「当てはまる」は、「とてもよく当てはまる」と「当てはまる」の合算。
『世界価値観調査』(2010-14)より作成。

こちらは、クリエイティヴ志向の程度を測る設問です。21世紀では、この面の資質も重要となります。あくせく働いてモノを大量生産する時代は終わり、斬新なアイディアがモノをいう時代になっているのですから。

先ほどの冒険志向と同様、この項目についても、自分がどれほど当てはまるかを6段階で答えてもらっています。肯定のレベルを測る単一の尺度を作ってみましょう。①「とてもよく当てはまる」に6点、②「よく当てはまる」に5点、③「ある程度当てはまる」に4点、④「少々当てはまる」に3点、⑤「当てはまらない」に2点、⑥「全く当てはまらない」に1点を与えた場合、平均点が何点になるかです。

たとえば日本の20代でいうと、クリエイティヴ嗜好の設問に対する回答分布は、①は28人、②と③が47人、④が68人、⑤が42人、⑥が8人です（合計240人、無効回答は除外）。よってクリエイティヴ嗜好の平均スコアは、以下のようにして求められます。

｛（6点×28人）＋（5点×47人）＋……（1点×8人）｝／240≒3・70点

日本の20代のクリエイティヴ嗜好は、3・70点という数値で測られることになります（自己評定ですが）。目ぼしい国の同じ値は、韓国が4・13点、アメリカが4・25点、ドイツが4・37点、スウェーデンが4・73点、中国が4・18点です（英仏は調査対象外）。わが国の若者は、他の主要国よりも創造嗜好が小さくなっています。

このやり方で、59か国の20代のクリエイティヴ志向の平均点を算出しました。下に掲げるのは、その一覧表です。（**図14-2**）

トップは北アフリカのナイジェリアで、上位には発展途上国が多くなっています。「これからよくなる」という展望が開けていますので、創造性を働かせて社会を創っていこうという意欲が、若者の間で強いのでしょう。そういう人材への評価が高いこともあるでしょう。

日本はというと最下位で、若者のクリエイティヴ嗜好が最も低い社会であることが知られます。

ナイジェリア	5.289	スペイン	4.408
ガーナ	5.081	ブラジル	4.373
チリ	4.916	パレスチナ	4.371
ジンバブエ	4.869	ドイツ	4.368
チュニジア	4.858	イエメン	4.359
カタール	4.850	オーストラリア	4.356
キプロス	4.850	ロシア	4.355
トルコ	4.847	リビア	4.322
パキスタン	4.748	マレーシア	4.316
エクアドル	4.734	シンガポール	4.262
スウェーデン	4.729	アメリカ	4.249
コロンビア	4.720	メキシコ	4.242
イラク	4.699	ベラルーシ	4.236
ポーランド	4.656	香港	4.232
南アフリカ	4.643	中国	4.176
トリニダード	4.640	アルメニア	4.170
キルギスタン	4.633	エジプト	4.147
アルジェリア	4.608	タイ	4.146
アルゼンチン	4.586	エストニア	4.138
ヨルダン	4.575	韓国	4.127
ウルグアイ	4.567	オランダ	4.092
クウェート	4.528	インド	4.083
レバノン	4.528	台湾	4.071
フィリピン	4.521	モロッコ	3.988
ニュージーランド	4.500	カザフスタン	3.946
ペルー	4.495	ウクライナ	3.924
バーレーン	4.482	アゼルバイジャン	3.904
スロベニア	4.480	ウズベキスタン	3.723
ルーマニア	4.426	**日本**	**3.696**
ルワンダ	4.418		

図14-2　20代のクリエイティヴ志向の平均点
『世界価値観調査』(2010-14)より作成。

ぐうの音も出ない結果ですが、最初にみた冒険志向も合わせてみるとどうでしょう。クリエイティヴ志向と冒険志向。いずれも、若者にとって重要な資質です。20代の冒険志向についても、6段階の程度尺度の平均スコアを国ごとに計算してみました。

横軸にクリエイティヴ嗜好、縦軸に冒険嗜好の平均点をとった座標上に、59の社会を配置すると**図14-3**のようになります。

クリエイティヴ嗜好、

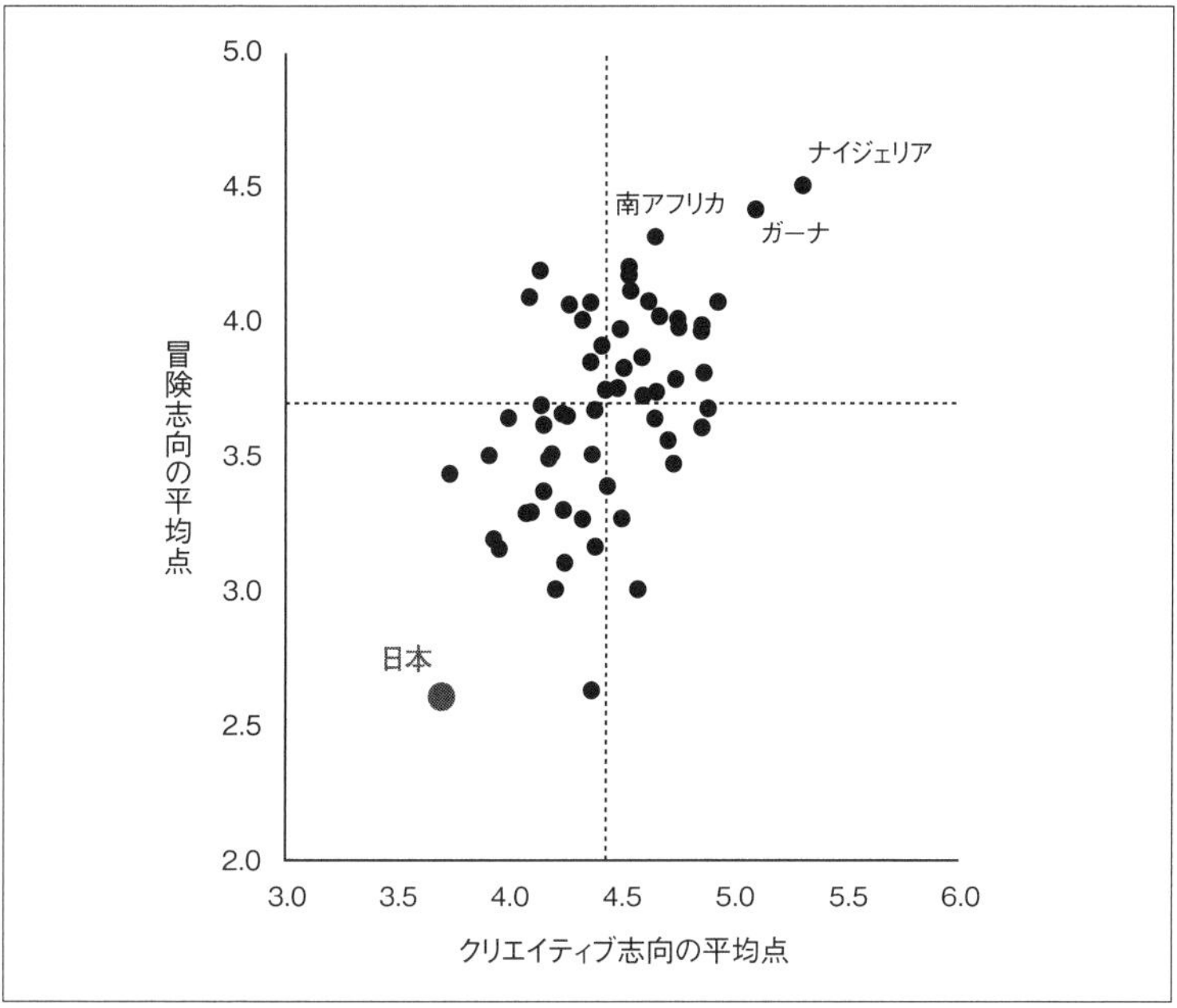

図14-3　20代のクリエイティヴ・冒険志向
点線は、59か国の平均値である。
『世界価値観調査』(2010-14)より作成。

冒険嗜好ともに最下位の日本は、左下の極地にあります。国際比較から浮かび上がる、わが国の若者の現実です。

冒険志向の多寡は、臆病とか慎重とかいう個人の気質と同時に、チャレンジや失敗に対する社会の寛容度を反映しているともいえるでしょう。言わずもがな、日本はそれがあまり高くない社会です。一度落ちたら這いあがれない、非正規から正規への移動可能性も狭い……この点を実証する材料は数多くあります。

若者のクリエイティヴ志向の低さは、年長者が若者を押さえつけていることにもよるのではないでしょうか。城繁幸さんの『3年で辞めた若者はどこへ行ったのか』（ちくま新書、2008年）に、商談で（自分の判断で）イニシアチブをとった若手社員が、上司にどやされるというエピソードが載っていました。「出る杭は打たれる社会」。これについても、われわれが日々感じていることです。

今回のデータをもって、冒険心や創造性をはぐくむ教育をしろなどと、学校現場に注文をつけるのは間違いでしょう。個々人の資質や学校教育だけの問題と見るべからず。そうではなく、この2つの資質を実は歓迎しない（摘み取る）社会のクライメイトの問題であると思います。

ジェネレーション・グラム

社会学の使命は時代比較や国際比較により、今自分たちが生きている社会を「相対化」することです。言わずもがな、若者の有様やそれを規定する生活条件は、時代によって大きく異なっています。

社会は、育った時代状況を異にする人々(異世代)の集合体ですが、それぞれの世代の「若き頃」を時代状況との関連で比較してみると面白い。この手の世代論の本はいくつもありますが、複数の世代が生きた軌跡を一望のもとに俯瞰できる図法を、私の恩師の松本良夫先生(東京学芸大学名誉教授)が考案されています。「ジェネレーション・グラム」というものです。横軸に人間の年齢、縦軸に時代(年)をとった座標上に、各世代の軌跡線を描き込むものです。ひとまず、現物をみていただきましょう(**図15-1**)。

電車の時刻表に載ってるアレに似ているな、と思われた方が多いと思いますが、その通り。電車のダイヤグラムでは、何時何分頃、この電車はどこ辺りを走っているかが分かりますよね。この図法の応用であることにちなんで、「ジェネレーション・グラム」と命名されたそうです。

図中には、6つの世代の軌跡線が引かれています。①1924年生まれ、②1935年生まれ、

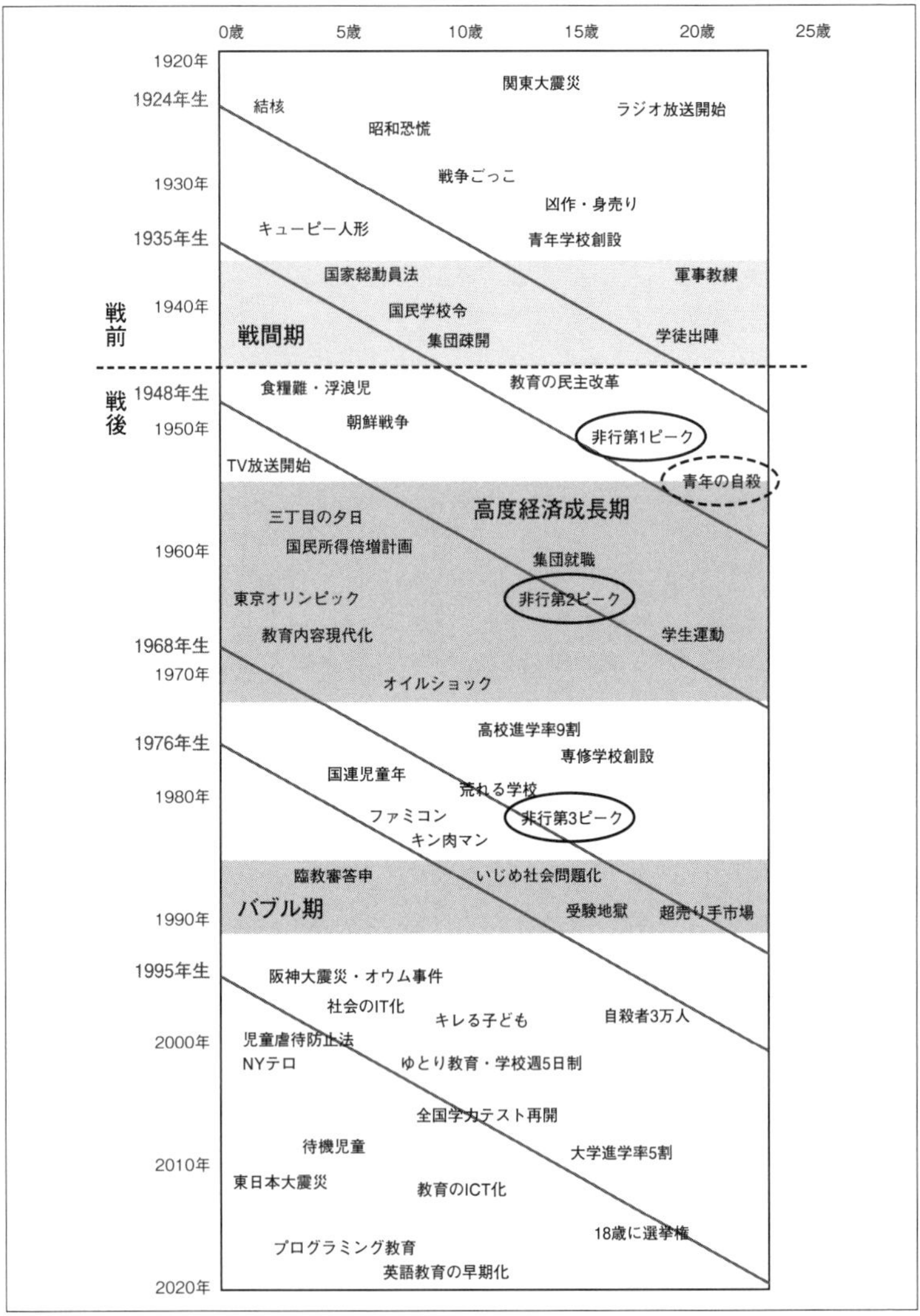

図15-1　ジェネレーション・グラム（青年期まで）
筆者作成。

③１９４８年生まれ、④１９６８年生まれ、⑤１９７６年生まれ、⑥１９９５年生まれ、です。②は松本先生の世代、③は団塊世代、⑤は私（舞田）の世代です。

上記の図を材料にして、この６つの世代の子ども期・青年期がどういうものであったかをみてみましょう。図の中には、主な出来事や教育政策などを書き込んでいます。

まずは、一番上の１９２４年生まれ世代です。ご覧のように、幼少期から青年期までを戦前の軍国主義の中で生きてきました。子どものころは戦争ごっこに興じ、学校では戦争美談集を読まされる日々。軍事教練や国民体力令という言葉から想起されるように、教師の体罰も日常茶飯事。昭和初期の新聞を見ると、教師が掛け軸で児童を殴り殺す、教師の体罰を恐れて小学生が自殺といった類の記事が目につきます。

16歳のとき（１９４１年）に太平洋戦争が始まり、男子は戦場に駆り出されます。片道の燃料しかない特攻機に最も多く乗ったのは、恐らくこの世代でしょう。学校も授業どころではなく、戦争の物資や兵器を生産する工場になってしまいます（学校工場化）。教育の機会を潰された「灰色」の青年期でした。

次に、１９３５年生まれ世代。学校（当時は国民学校）に上がった年に戦争が始まり、児童期を戦火の中で過ごします。徴兵されることはなかったですが、授業を潰して農作業をさせられたり、食糧買い出しに行かされたりしていました。空襲の激しかった都市部では、多くの子どもが親元を離れて田舎に疎開しましたが（集団疎開）、疎開先での生活も大変だったそうです。食糧増産のための強制労働、粗末な食事、地元の子どもとのいさかいなど……。10歳時（１９

45年）に終戦となりますが、その後も数年間は、食べ物がない混乱期が続いたことはよく知られています。

食べ盛り・育ち盛りの時期に、ロクに食べられなかった世代です。私の叔父・叔母がこの世代なのですが、招かれて自宅に行くと、ものすごい量の料理を出されます。残しちゃ悪いと無理して平らげると、「まだ足りないか」と追加を出されへきえきするのですが、子ども期の欠乏体験が投影されているのかもしれません。「食」のありがたみを肌身で知っている世代だと思います。

なお、青年期にも大きな困難に直面しています。わが国の歴史上、青年の自殺率が最も高かったのは1955（昭和30）年なのですが、まさにこの世代です。1935年生まれということは、20年後の1955年には20歳ですしね。図15-2は、20代前半の青年の自殺率がどう推移してきたかをグラフにしたものです。

ご覧のように、1955年では青年層の自殺率がべらぼうに高くなっています。現在の3倍以上です。当時は、高齢者も含む人口全体よりも、青年の自殺率が高かったことにも注目。映画『ALWAYS 三丁目の夕日』では美しく描かれている時代ですが、青年にとっては最も「生きづらい」時代だったようです。

ではどういう動機での自殺が多かったのか。最近では学業不振、失恋、就職失敗といったものでしょうが、当時は違っていて、自殺動機の首位は「厭世」、つまり世の中が「厭《いや》」になったということです。いつの時代でも青年は高い理想を掲げ、現実の社会がそれと大きく隔たっ

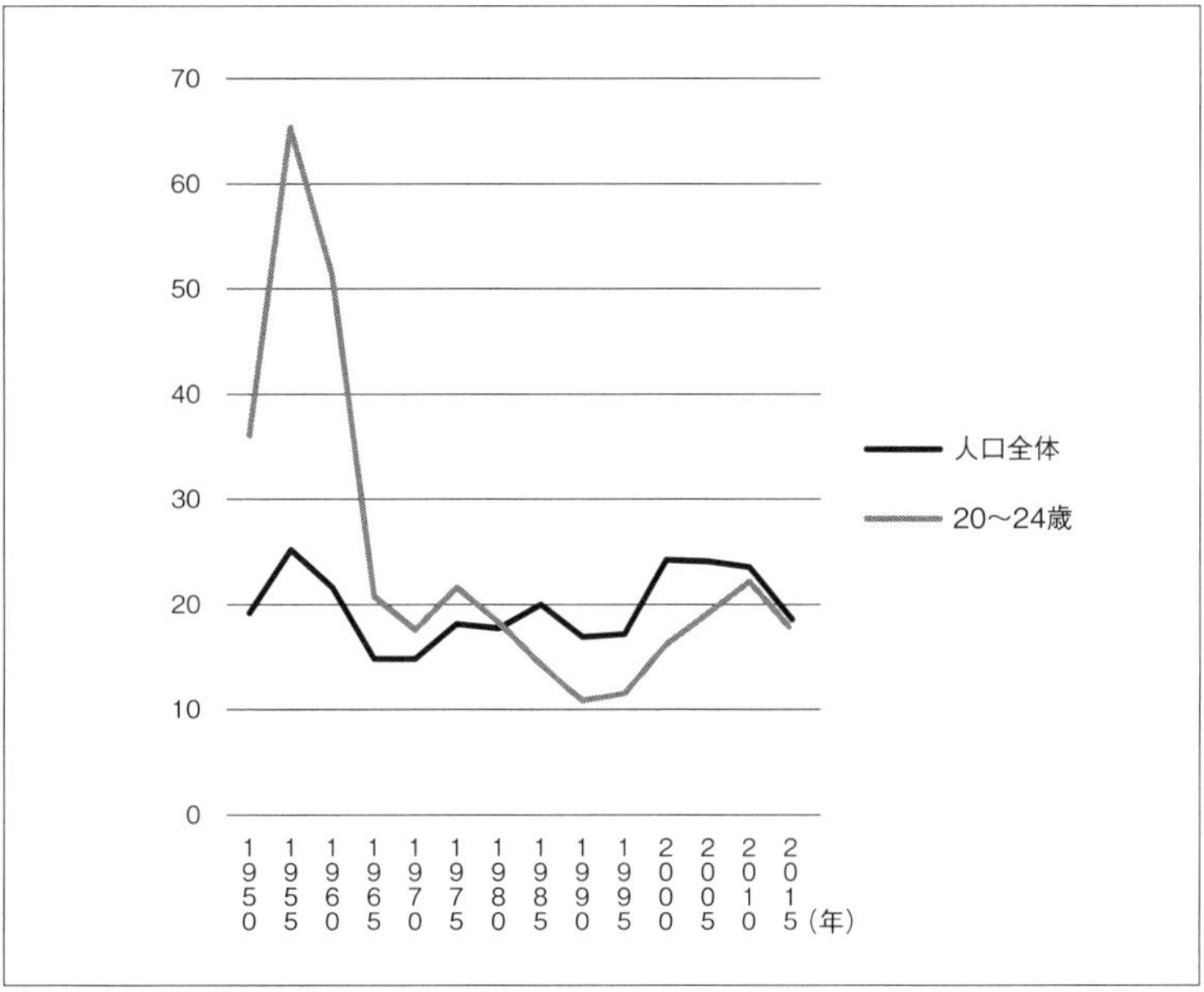

図15-2　自殺率の推移
10万人あたりの自殺者数。
厚労省『人口動態統計』より作成。

ていることに失望するものですが、当時はその度合いが高かったと思われます。

当時は戦争が終わり約10年経ったころ。戦前と戦後の新旧の価値観が混在していて、生きる指針を見いだせない青年も少なからずいました。相思相愛にもかかわらず、旧来の「イエ」の慣習から結婚を阻まれ、無理心中に身を焦がす男女も数多くいたのです。これなども、時代の過渡期にあった当時の悲劇といえるでしょう。

青年期は心の動揺が激しい時期ですが、それが社会の激変期と重なっていたわけです。1955年の青年の自殺率の高さにはこうした背景があり、その不幸に見舞われたのが、1935年生まれ世代であったのです。児童期は「欠食」、青年期は「厭世」……。最も大変だった（ツイてなかった）のは、この世代かもしれません。現在は82歳になっていますが、苦境の時代をどう乗り越えてきたか。この世代に学べることは多いと思います。

その次が、1948年生まれ世代。戦後初期のベビーブーム期に生まれた団塊の世代です。乳幼児期は戦後動乱の大変な時期でしたが、小学校に上がるころから成長の時代の兆しが見え始めます。8歳になった1956年の『経済白書』で「もはや戦後ではない」と言われ、高度経済成長の時代に突入。行け行けムードの中で、児童期・思春期・青年期を過ごしました。自分自身の成長と社会の成長がピッタリ重なった、幸運な世代です。

しかし若気に対する追い風が強過ぎたのか、ハイティーンのころは非行をしでかし、改造バイクで走り回り（カミナリ族）、大学に入ったら学生運動で大暴れするなど、色々やってくれました。最近、高齢者の暴力犯罪が激増しているのですが（暴走老人）、いみじくもこの世代です。定年退職したことで、若きころの血気が再燃しているのでしょうか。

続いて、1968年生まれ世代。環境問題や公害など、高度経済成長のゆがみが顕在化してきた時期に生まれ、物心がついたころにオイルショックが起き、人々が血眼でトイレットペーパーを奪い合う光景を目の当たりにしました。

人格の礎が築かれる幼少期を、こういう時代状況で過ごしたことの影響かは分かりませんが、思春期になった80年代初頭に学校で大暴れし、戦後の「非行第3ピーク」の主な担い手になりました。言葉がよくないですが、この世代は、非行少年の量が最も多かった「非行世代(delinquent generation)」です。

ただこの世代は、社会に出る時はラッキーだったようで、大学卒業時がバブル期の只中の「超売り手市場」でした。1990年上映の『就職戦線異状なし』は、当該世代の華やかなシューカツを描いた作品です。

その下の1976年生まれは、私の世代です。この世代が生まれたのは、高度経済成長が終焉した後です。上の世代によって、何もかも作り上げられた時代。今の子ども達と同じく、私達も生まれながらの「消費者」でした。インターネットこそ無かったものの、カラーテレビがほとんどの世帯に普及し、人気歌手・山口百恵さんの歌声がお茶の間に流れていました。

われわれが小学校に上がったのは80年代の初頭です。押さえておくべきは、私達も「ゆとり世代」だったということ。高度成長期の詰め込み教育が反省され、1977年に「ゆとり・内容精選」の方向で学習指導要領を改訂。1980年度より、それが施行されたのでした。私は漢字の書き取りが苦手で、よく居残りをさせられましたが、「ちょっと前までは、覚える漢字がもっと多かったのよ」と、担任の先生に言われた記憶があります。

遊び(娯楽)はというと、マンガを貪り読み、テレビをよく見ていました。ネットなど無かったですから、これらの視聴時間は今の子どもよりもはるかに長かったと思われます。

それと、われわれは真正の「ファミコン世代」、テレビゲーム第一世代です。ファミコンが発売されたのは83年ですので、私たちの児童期はファミコンと共にあったといえます。ドラクエなどは大ヒットし、発売日には学校サボっておもちゃ屋に並ぶ子どもが続出。プレーの順番をめぐって兄弟間で殺人事件が起きるなど、社会問題にもなりました。80年代後半はバブル期で親の財布のヒモも緩んだのか、派手な消費をした児童期だったと言えるかもしれません。

ちょうど10歳くらいの頃に、いじめの社会問題化という事態に当面したことにも注目。80年代初頭の「荒れた学校」を立て直すべく、生徒の問題行動を力で鎮圧する管理教育が横行した結果、攻撃の矛先が上の世代（教師など）から同世代（級友）に向いたためではないか、と言われています。

われわれも経験してきたのですよ、「いじめ」ってやつを。あらゆる世代がそうなのかもしれませんが、いじめがおおっぴらに社会問題化（顕在化）した時代に児童期を過ごしたという点で、いじめの第一世代と言えるかもしれません。こうした学校病理に対応すべく、個性重視や生涯学習体系への移行を掲げた教育改革案（臨時教育審議会答申）が公表されたのは、1987年のことでした。

次に青年期ですが、われわれの青年期はバブル崩壊と共にスタートします。年期の一大イベントの大学受験が最も激しかったのは、18歳人口がピークを迎えた90年代初頭ですが、私達のころ（1995年受験）も結構大変でした。

しかしもっと大変だったのは、入口よりも出口です。私が大学を出たのは1999年ですが、経済不況が最も深刻化していたころです。1997年に大手の山一證券が倒産し、翌年の98年にかけてわが国の経済状況は急激に悪化（98年問題）、年間の自殺者が3万人の大台に乗りま

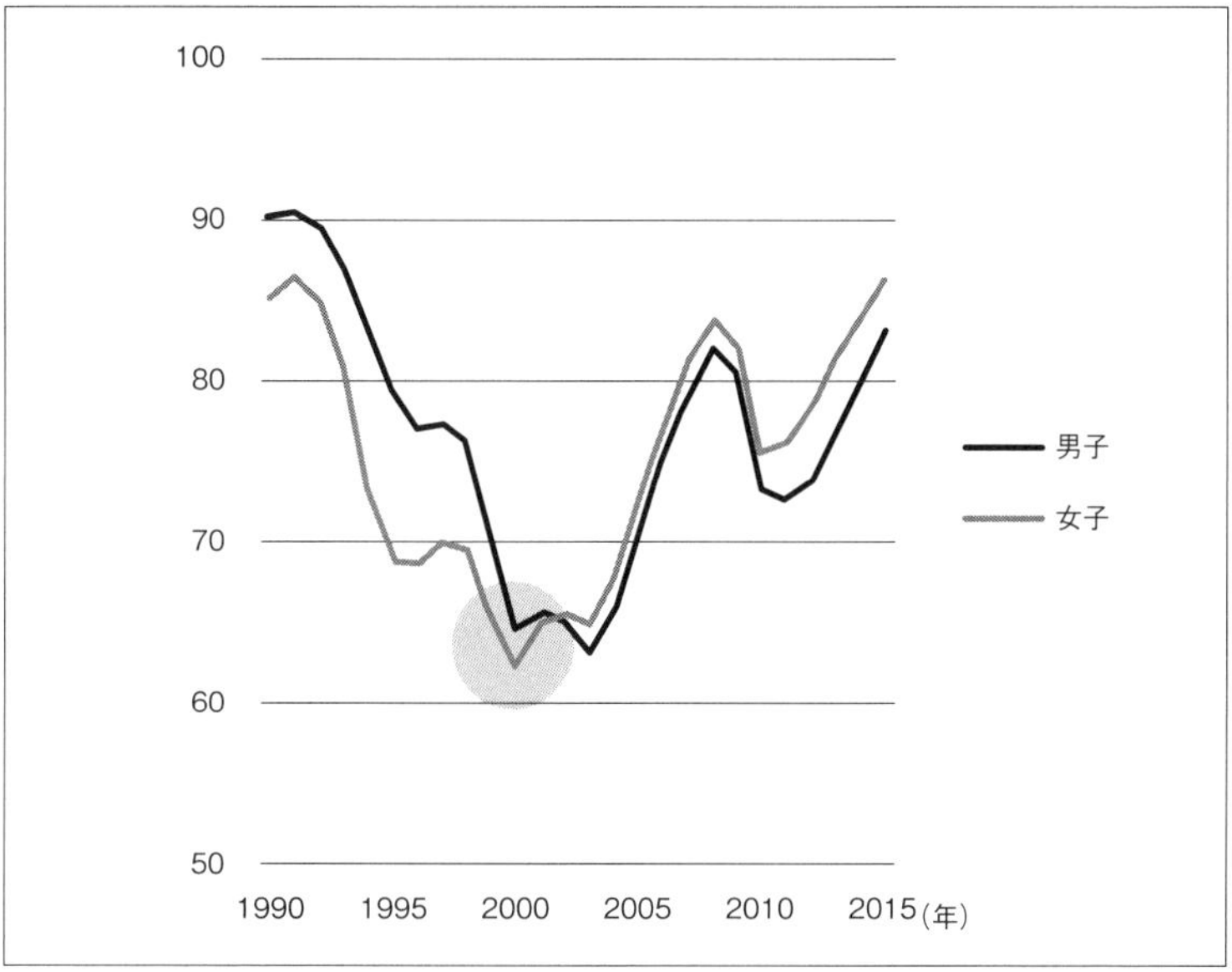

図15-3　大卒者の就職率の推移(%)
計算式＝(就職者数＋研修医数)／(卒業者数－進学者数)
文科省『学校基本調査』より作成。

した。その多くが、リストラの憂き目に遭った中高年男性であったことはよく知られています。

学生の就職戦線も厳しく、大卒者の就職率もどん底でした(図15-3)。その結果、われわれの世代には非正規雇用者が多く滞留しているといわれます。「ロスト・ジェネレーション(ついてない世代)」と呼ばれるゆえんです。

自分の世代ですので記述が長くなりましたが、最後に1995年生まれ世代です。この世代にはいろいろなネーミングがあり、ゆとり学習指導要領(2002年施行)で育った「ゆとり世代」とか、不況期で育ったことから欲を持たない「さとり世代」とか言われます。

しかし最も大きな特徴は、乳幼児期よりＩＴに慣れ親しんだ「デジタル・ネイティブ世代」であることでしょう。ネットでコミュニケーションをする世代で、スマホという小さな物体を四六時中眺めています。その一方、固定電話でのやり取りの仕方を知らぬ者もおり、上の世代を驚かせてくれます。

この世代は今、大学を卒業し社会に入ってきたばかりですが、ＩＴを駆使した、新たな働き方を提案してくれるでしょう。就労の世界だけでなく、家族や世帯の形態をも変えてくれるでしょう(事実婚、同性婚、シェアハウスの広がりなど)。この世代の力をどれだけ引き出せるかに、今後の日本の命運はかかっており、「理解できない異物」などと抑えつけるようなことをしてはなりません。

以上、ジェネレーション・グラムを素材にして、６つの世代の「若き頃」を振り返ってみました。生まれる家庭は選べないといいますが、生まれる「時代」も選べません。世代による「運・不運」も結構あるのだなという感想を持ちますが、皆さんはいかがでしょうか。

わが国は短期間で激しい社会変化を遂げたので、物の考え方や価値観の「世代差」が大きくなっています。大切なことは、それぞれの世代がどういう時代を生きてきたか、何を背負っているのかを知り、異世代間の理解を図ることです。ここで紹介した「ジェネレーション・グラム」は、そのための格好のツールです。より洗練したものを作って、異文化理解教育ならぬ「異世代理解教育」に役立てていただければと思います。

コラム2

ローデータを活用しよう

本書で「個票データ」という言葉が頻出しますが、「何だろう?」と思われた方はいませんか。何の加工も施されていない、原数値が入力された段階のデータで、「ローデータ（raw data）」ともいいます。統計表の形に加工される前の「生データ」です。

写真は、OECD「PISA 2015」の個票データ（一部）です。73か国・52万人の生徒の回答データが未加工のまま入力されています。エクセルファイルに落とすと240MB！ 私の（安物の）パソコンでは開くのにも時間がかかりますが、これがあると強い。任意の変数を多重クロスしたり、複数の変数を合成し

	A	B	C	D	E	F	G	H	I	J	K	L
1	PISA 2015											
2												
3	CNTRYID	CNT	ST001D01T	ST003D02T	ST003D03T	ST004D01T	ST005Q01TA	ST006Q01TA	ST006Q02TA	ST006Q03TA	ST006Q04TA	ST007Q01TA
4	392	JPN	10	11	1999	1	1	2	1	2	7	1
5	392	JPN	10	11	1999	2	3	2	2	2	7	3
6	392	JPN	10	7	1999	2	1	2	2	1	7	2
7	392	JPN	10	11	1999	1	1	2	2	2	7	1
8	392	JPN	10	1	2000	1	1	2	2	1	7	1
9	392	JPN	10	10	1999	2	1	2	2	2	7	3
10	392	JPN	10	9	1999	2	1	2	2	2	7	1
11	392	JPN	10	11	1999	2	1	2	1	2	7	1
12	392	JPN	10	2	2000	1	1	2	2	1	7	1
13	392	JPN	10	7	1999	1	1	2	2	1	7	1
14	392	JPN	10	3	2000	2	1	2	2	2	7	1
15	392	JPN	10	8	1999	2	1	2	1	2	7	1
16	392	JPN	10	10	1999	1	1	2	2	2	7	1
17	392	JPN	10	8	1999	1	1	2	2	1	7	1
18	392	JPN	10	6	1999	2	1	2	1	2	7	1
19	392	JPN	10	4	1999	2	1	2	2	2	7	1
20	392	JPN	10	9	1999	1	1	2	1	2	7	1
21	392	JPN	10	2	2000	2	1	2	2	1	7	1
22	392	JPN	10	12	1999	2	1	2	2	2	7	1
23	392	JPN	10	2	2000	2	2	2	2	2	7	1
24	392	JPN	10	12	1999	1	1	2	2	2	7	2
25	392	JPN	10	11	1999	2	1	2	1	2	7	1
26	392	JPN	10	5	1999	2	1	2	2	2	7	1
27	392	JPN	10	7	1999	2	2	2	2	2	7	2
28	392	JPN	10	12	1999	1	1	2	2	2	7	1
29	392	JPN	10	9	1999	2	1	2	2	2	7	1
30	392	JPN	10	12	1999	2	1	2	2	1	7	1
31	392	JPN	10	7	1999	2	2	2	2	2	7	2
32	392	JPN	10	12	1999	2	2	2	2	2	7	2
33	392	JPN	10	4	1999	2	1	2	2	2	7	2

OECD「PISA 2015」の個票データ

て単一の尺度を作ったりと、自分の意に適う操作・加工を自由自在に行うことができます。211ページのICT利用度の国際比較データは、これをもとに独自に作成したものです。

昔は、こういうローデータは一部の関係者しか得ることができなかったのですが、今は違います。この「PISA 2015」のローデータは、OECDのサイトから誰でもダウンロードできます。国内の統計調査も、結果報告書と合わせて個票データが提供されることが少なくありません。サイトの片隅に「ローデータを希望の方はご連絡ください」と書いてあったりしますので、目を凝らしてみましょう。

個票データが提供されるのはいいことです。調査の実施者だけでなく、複数の人が様々な視点からデータを分析することで、いろいろな知見を引き出すことができます。公的機関が税金を使って行った調査のデータは「公共財」なのですから、希望者にはローデータが提供されて然るべきでしょう。

見た所、十分な分析をされないまま、その価値を眠らせてしまっている公的な調査データが結構あります。たとえば、国が毎年実施する『全国学力・学習状況調査』です。この調査では教科の学力に加えて、対象児童・生徒の生活状況も調べています。言わずもがな、ローデータがあれば多種多様な分析をすることができます。

私がこのお宝を入手したら、理系教科の学力のジェンダー差を明らかにしますね。192ページで理系学力が「男子＜女子」の国が結構あることを示しましたが、国内でも地域や学校によってはこういうケースがあるかもしれない。それを突き止め、当該の地域や学校でどういう実践がされているかを詳細に明らかにする。リケジョの増やす具体策を考えるに当たって、重要な研究テーマといえるでしょう。

この点については、朝日新聞の紙上で主張したことがあります（「全国学力調査 生データ、研究者に広く公開を」朝日新聞、２０１６年４月28日）。それが通じたのか、上記調査の個票データが研究者に提供されることになりました。公的調査のローデータの利用が、オープンになることを願います。

5 社会

学歴社会

生涯賃金の学歴格差

学歴社会とは、地位や富の配分に際して「学歴」がモノをいう度合いが高い社会です。日本人は教育熱心で、わが子を上級学校に進学させようという家庭が多いのですが、この国が学歴社会という現実を知っているからでしょう。

それを端的に示すのが、学歴による給与格差です。同性・同年齢の正社員でも給与に学歴差があるのは誰もが知っていますし、それを累積した「生涯賃金」となると、額の差はとてつもないものになります。ここでは、その「生涯賃金」の学歴格差を明らかにしてみようと思います。

生涯賃金を出すには、特定の世代の稼ぎを追跡する必要があります。早い人は中学校を出てすぐ働き始めますから、スタートは15歳、ゴールは定年前の59歳がよいでしょう。この現役期間を通じて、稼ぎの総決算がナンボだったかをみるわけです。

厚労省の『賃金構造基本統計』には、標準労働者の所定内月収と年間賞与額が1歳刻みで出ています。そういう細かい統計は、1976年版の資料からとられているようです。観察のスタートは15歳ですが、この年に15歳であったのは、1961（昭和36）年生まれ世代です。よって、この世代の男性を観察対象としましょう。

やり方は簡単です。１９７６年の15歳の年収、77年の16歳、78年の17歳……というように、当該世代の各年齢時の年収を合算するだけです。年収は、所定内月収を12倍した値に年間賞与額を足して推し量ります。

ちなみに、本資料に載っている1歳刻みの月収・年間賞与額は、標準労働者のものです。学校卒業後直ちに就職し、調査時点も同じ会社に勤めている者です。雇用の流動化が進んでいる現在にあっては、必ずしも「標準」とはいえませんが、この世代が就職したのは、70年代後半から80年代初頭ですので、まあ標準とみてもよいでしょう。

なお、厚労省の『賃金構造基本統計』は２０１６年版までしか出ていません。よって、１９６１年世代の場合、55歳時点までしか追跡できませんが、それ以降の56～59歳までは、最新の２０１６年版に載っている数値を使います。よって、この部分は仮定値であることに留意ください。

では、結果をみていただきましょう。計算のイメージを持っていただくため、各年齢時点の年収をもれなく掲げます。（図1-1）

どの学歴群も、加齢とともに年収が高くなりますが、学歴差も大きくなります。25歳時をみると、中卒が２６９万円、高卒が２７９万円、大卒が２９０万円だったのが、55歳時では順に５８５万円、７４１万円、９５６万円と、中卒と大卒では３７０万円以上の開きが出ます。学歴社会ニッポンの可視的な表現です。

ここでの関心は現役期間の稼ぎの総決算ですが、右欄の年収累積をみるとそれが分かります。

			推定年収(万円)			累積年収(万円)		
			中卒	高卒	大卒	中卒	高卒	大卒
現実値	1976年	15歳	77			77		
	1977年	16歳	102			179		
	1978年	17歳	123			302		
	1979年	18歳	135	113		438	113	
	1980年	19歳	154	151		591	264	
	1981年	20歳	184	185		775	449	
	1982年	21歳	210	205		985	654	
	1983年	22歳	205	222	167	1,191	875	167
	1984年	23歳	218	237	198	1,409	1,112	365
	1985年	24歳	247	256	254	1,656	1,368	619
	1986年	25歳	269	279	290	1,925	1,647	909
	1987年	26歳	278	295	314	2,203	1,942	1,223
	1988年	27歳	289	320	346	2,492	2,262	1,569
	1989年	28歳	306	345	378	2,798	2,607	1,948
	1990年	29歳	329	408	430	3,127	3,015	2,378
	1991年	30歳	404	423	471	3,530	3,438	2,849
	1992年	31歳	399	447	517	3,929	3,885	3,366
	1993年	32歳	422	473	551	4,351	4,358	3,917
	1994年	33歳	441	497	579	4,793	4,855	4,496
	1995年	34歳	464	514	612	5,256	5,369	5,109
	1996年	35歳	448	526	639	5,704	5,895	5,747
	1997年	36歳	485	558	674	6,189	6,452	6,421
	1998年	37歳	510	571	711	6,699	7,023	**7,132**
	1999年	38歳	512	586	718	7,211	7,609	7,850
	2000年	39歳	508	595	743	7,718	8,204	8,592
	2001年	40歳	509	608	785	8,228	8,812	9,378
	2002年	41歳	562	603	784	8,790	9,414	10,162
	2003年	42歳	516	598	794	9,306	10,012	10,956
	2004年	43歳	523	629	791	9,829	10,642	11,747
	2005年	44歳	478	633	843	10,306	11,275	12,590
	2006年	45歳	460	655	891	10,766	11,930	13,481
	2007年	46歳	513	681	906	11,279	12,612	14,387
	2008年	47歳	686	684	904	11,965	13,295	15,290
	2009年	48歳	542	697	898	12,507	13,992	16,189
	2010年	49歳	595	685	859	13,102	14,677	17,048
	2011年	50歳	466	680	873	13,569	15,357	17,921
	2012年	51歳	554	732	951	14,123	16,089	18,872
	2013年	52歳	849	721	928	14,972	16,810	19,800
	2014年	53歳	622	724	978	15,594	17,534	20,779
	2015年	54歳	619	740	948	16,213	18,274	21,727
	2016年	55歳	585	741	956	16,798	19,015	22,683
仮定値	2016年	56歳	568	747	959	17,365	19,762	23,642
	2016年	57歳	604	748	944	17,969	20,510	24,586
	2016年	58歳	661	721	919	18,630	21,231	25,504
	2016年	59歳	595	744	879	**19,225**	**21,974**	**26,383**

図1-1　1961年生まれ世代の男性の生涯賃金推定
標準労働者の統計。56〜59歳は、2016年の数値を使用。年収＝(所定内月収×12)＋年間賞与額
厚労省『賃金構造基本統計』より作成。

低学歴者のほうが早く働き始めるので、若い頃は、「中卒＞高卒＞大卒」となっています。

大学生のみなさん、ごらんなさい。あなた方が大学で勉強している間、中卒者は９８５万円（15～21歳）、高卒者は６５４万円（18～21歳）稼いでいるのですよ。みなさんは、こういう稼ぎ分を放棄して、大学で学んでいるわけです。授業料とは別個に、こういう費用（機会費用）も払っていることになります。それを取り戻せるよう、しっかり勉強しましょうね。

まあ現実には、スタートの遅れ分を大卒者は取り戻せるようで、37歳の時点で中卒と高卒を追い越し、その後ぐんぐん差をつけていきます。

定年直前の59歳時点の累積総額はどうなっているか。これが現役時の生涯賃金です。右欄の一番下をみると、中卒が１・92億円、高卒が２・20億円、大卒が２・64億円となっています。退職金を含みませんが、これが現役期間の稼ぎの総額と見積もられます。巷でよくいわれる額と近似しており、違和感はありません。しかし、高卒と大卒の段差が大きいですね。

15～59歳までの稼ぎの累積変化をグラフにしておきましょう。図１‐２のように、きれいな曲線になります。

年収を規定する要素としては、性別や学歴に加えて、あと一つ大きなものがあります。企業規模、大企業か中小企業かです。厚労省の資料でもこの点が認識されており、企業規模別に集計表が分かれています。大企業（１０００人以上）、中企業（１００～９９９人）、小企業（10～99人）という分類です。

私は同じやり方で、これら３群ごとに、学歴別の生涯賃金を出してみました。図１‐３は、

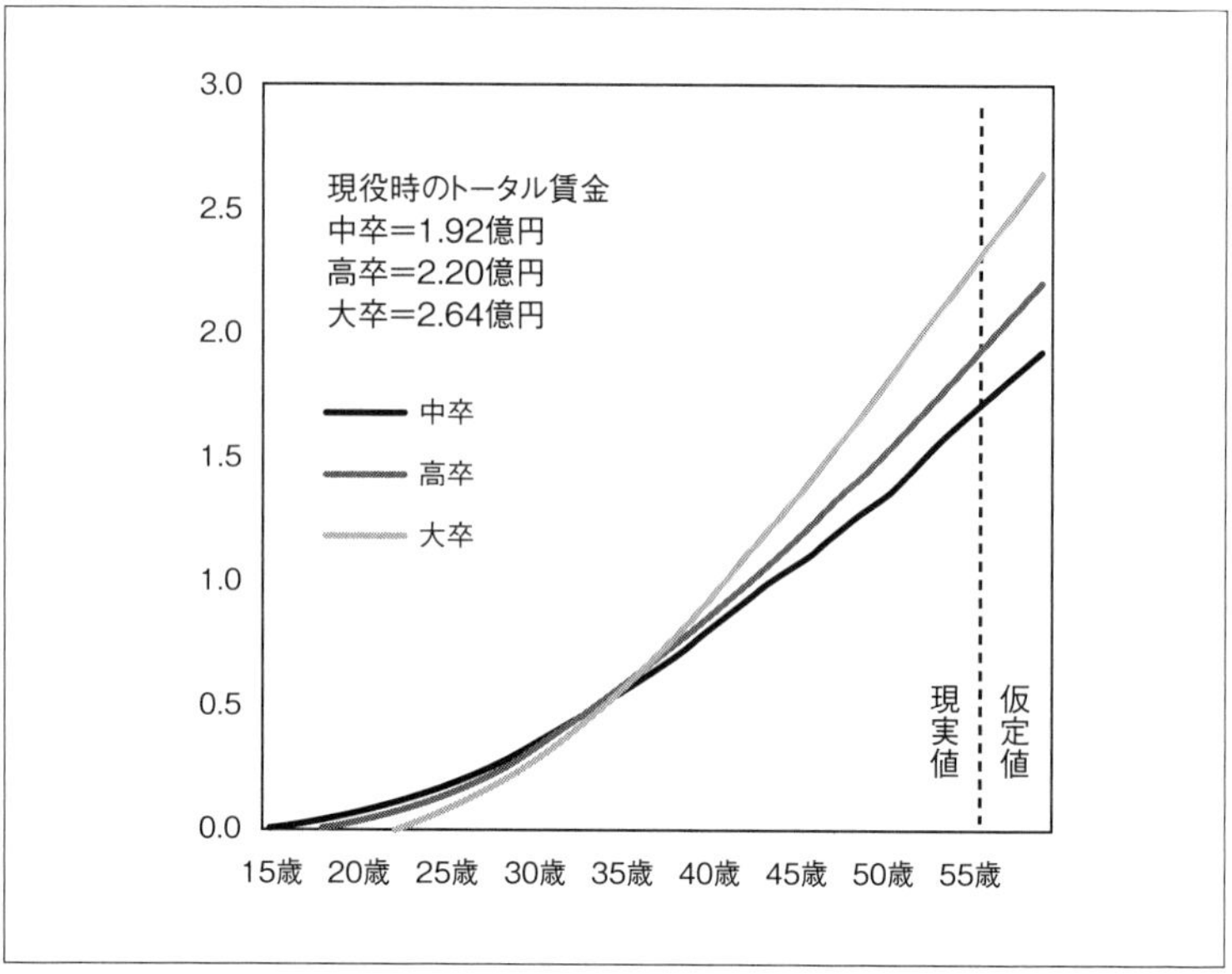

図1-2　男性の年収累積曲線（億円）
1961年生まれ世代の15〜59歳までのデータ。
図1-1と同じ資料より作成。

計算の結果です。

どの学歴グループでも、現役時の生涯賃金は大企業ほど高くなっています。同じ大卒男性でも、大企業勤務者の生涯賃金（2・923億円）は小企業の1・4倍です。

むろん学歴差もありますが、「大卒／中卒」と「大企業／小企業」の倍率を比べると、微差ではありますが、後者のほうが高いようです。学歴か企業規模かと問うならば、後者の効果が大きいとみられます。

仕事に就くことを「就職」といいますが、日本ではそれよりも「就社」という言葉がふさわしい。ジョブ型雇用ではなく、メンバーシップ型雇用である日本の特性が出て

	中卒	高卒	大卒	大卒／中卒
10〜99人	1.590	1.799	2.100	1.320
100〜999人	1.740	2.034	2.330	1.339
1000人以上	2.196	2.382	**2.923**	1.331
大企業／小企業	1.381	1.325	1.392	＊＊

図1-3　1961年生まれ世代の男性の生涯賃金推定（億円）
図1-1と同じ資料より作成。

いるような気がします。労働者が自分のスキルを売りにして複数の会社を渡り歩く欧米では、こうはならないでしょうね。

ここで分かった注目の数字は、２・６４億円。大卒男性の現役時代の生涯賃金です。私のような無精者は、逆立ちしても、こんな大金は稼げそうにありません。これは１９６１年生まれ世代男性の試算値ですが、最近の世代は、稼ぎは減っていることと思います。

世代を下って、私の世代（１９７６年生まれ）の試算もしたいのですが、私たちはまだ41年しか生きていませんので、まだまだ待たないといけません。

学歴と犯罪

先に書いたように日本は学歴社会で、それを最も明瞭に可視化するのは所得の学歴差ですが、逸脱行動の統計からもその様を明らかにできます。

たとえば、犯罪率の学歴差です。このテーマは「社会階層と犯罪」という、犯罪社会学の古典的テーマに連なるものですが、最近の日本の状況を既存統計から浮き彫りにしてみましょう。法務省が毎年刊行する『矯正統計年報』という資料に、重罪を犯して刑務所に入った人間の数が学歴別に計上されています。2012年の統計によると、同年中に刑務所の門をくぐった新受刑者（刑法犯）は、男性が1万4782人、女性が1278人となっています。やはり、女性より男性のほうがはるかに犯罪率は高いようです。

原資料には、この新受刑者の学歴の内訳が載っているのですが、それによると、男性は中卒が6072人で最も多く、このカテゴリーだけで全体の4割を占めています。女性で最も多いのは高卒の520人で、こちらも全体に占める割合は4割ほどです。

これは、国民全体の学歴構成からかなり乖離しています。高校進学率・大学進学率が上昇した現在では、15歳以上の男性人口の中で、最終学歴が中卒の者は15％ほどしかいません。にもかかわらず、男性の刑務所入所者の中では4割も占めていると。

刑務所に入るのは高齢者が多いからではないか、という疑問もあるでしょう。昔は、高校進学率が高くなく、中学校を終えてすぐに社会に出る人も少なくありませんでしたから。しかるに同じ２０１２年の統計でみると、男性の刑務所入所者の4割は、血気盛んな20〜30代の若者です。刑務所入所者の学歴構成が低いのは、高齢者が多いからではなさそうです。

この事実は、刑務所入所者の出現率が学歴によってかなり異なることを示唆しています。小学校・中学校卒、高校卒、大学卒の刑務所入所者数を拾い、それをベースの学歴人口で除して、学歴別の刑務所入所率を試算してみましょう。

『矯正統計年報』の刑務所新入所者の学歴カテゴリーは、①小学校中退、②小学校卒業、③中学校中退、④中学校卒業、⑤高校在学、⑥高校中退、⑦高校卒業、⑧大学在学、⑨大学中退、⑩大学卒業、⑪不就学、⑫不詳、となっています。このうちの②〜⑥の合算を小・中卒、⑦〜⑨の合算を高卒、⑩を大卒とします。

割り算の分母に使う、ベースの学歴人口は、２０１２年の『就業構造基本調査』に載っている、15歳以上の学歴別人口を使うことにしましょう。同年10月時点の数値です。

この要領で、２０１２年中の学歴別の刑務所入所者数（分子）と、同年10月時点の学歴別人口(分母)を得ました。**図2-1**は、割り算をして学歴別の刑務所入所率を出した結果です。ベース人口10万人あたりの刑務所入所者数です。

予想通り、刑務所の入所率には凄まじい学歴差があります。男性の小・中卒の率が際立って

		a 人口	b 刑務所入所者	b／a 入所率
男性	小・中卒	8,094,000	9,323	115.2
	高卒	21,546,900	4,635	21.5
	大卒	16,418,500	778	4.7
	合計	53,413,200	14,782	27.7
女性	小・中卒	10,020,300	588	5.9
	高卒	24,639,100	552	2.2
	大卒	14,052,100	115	0.8
	合計	57,401,900	1,278	2.2

図2-1　学歴別の刑務所入所率（刑法犯）
刑務所入所率の単位は10万人あたり。合計には、在学者や学歴不詳者も含む。
分母の大卒人口には、短大・高専・大学院卒業者も含む。
資料：総務省『就業構造基本調査』（2012年）、法務省『矯正統計年報』（2012年）

高く、10万人あたり115・2人です。この値は全体の4・2倍、大卒者の24・5倍にもなります。

女性でみても刑務所入所率には学歴差がありますけど、男性ほどではありません。性別によって学歴差の様相が違うのは、男性のほうが社会に出る度合いが高いためでしょう。

なお一口に犯罪といっても、コソ泥のような窃盗犯もあれば、シリアス度の高い凶悪犯もあります。こうした罪種によっても、刑務所入所率の学歴差の様相は違っています。先ほどと同じやり方で、3つの学歴群（男性）の刑務所入所者出現率を、罪種別に算出してみました。**図2-2**をみてください。

罪種を問わず、小・中＞高＞大、という傾向になっています。しかし、学歴差の程度は罪種によって違っています。小・中卒者の値が、大卒者の何倍かに注意すると、粗暴犯では71倍にもなりますが、風俗犯では6倍というところです。シリアス度の高い凶悪犯（殺人、強盗、強姦、放火）は16倍となっています。

	凶悪犯	粗暴犯	窃盗犯	知能犯	風俗犯
小・中卒	7.3	14.7	60.5	14.4	2.2
高卒	2.0	1.4	10.5	3.6	1.0
大卒	0.5	0.2	1.8	1.1	0.4
合計	2.1	2.9	14.0	4.0	0.9

図2-2　男性の学歴別の刑務所入所率（包括罪種別）
人口10万人あたりの刑務所入所者数。
図2-1の資料より作成。

図2-3は、大卒の刑務所入所率を1・0としたとき、小・中卒と高卒のそれがいくらになるかをグラフにしたものです。

線の傾斜が急なほど、学歴差が大きいことを意味します。これによると、粗暴犯の学歴差が最も大きいようです。粗暴犯とは、暴行、傷害、脅迫、および恐喝の総称ですが、この手の暴力犯罪による刑務所に入る確率は、学歴による違いが大きいことが知られます。

その次は窃盗ですが、これは、小・中卒者が高齢者に多いためかもしれません。生活苦から万引きを繰り返し刑務所に入るというのは、高齢者に多いと思われます。窃盗の学歴差は、各群の年齢差の反映であるとみられます。

一方、風俗犯の折れ線は傾斜が緩くなっています。つまり学歴差が比較的小さい、ということです。賭博とわいせつですが、この手の罪は、高学歴者も結構やらかしますしね。学歴による差が小さいというのも肯けます。

当局の資料から割り出せる、学歴別の刑務所入所率は以上ですが、年齢の影響を除去できたらなと思います。たとえば20代の若者だけでみたら、学歴差はもっと大きくなるのではないでしょうか。

というのも、この年齢層では中卒者は完全なマイノリティーです。

上級学校進学率が低かった上の世代と比べて、諸々の偏見や社会的圧力を被る度合いは増していることでしょう。この点をデータで明らかにし、社会的な対応を促していくことが、「学校化」された子どもの世界に風穴を開けることにもつながると思います。早い段階で、社会に出ることができるようにもなる。

私は、不登校や高校中退はれっきとしたオルタナティヴだと考えています。情報化が進んだ現在、学校の教室という四角い空間の中でなくとも勉強はできます。しかし、こうした見方はまだ共有されていないようで、早期に標準レール（上級学校進学）を外れた者に対する仕打ちが殊に厳しいというのが、わが国の現状です。これなどは、学歴社会の典型的な病理といえましょう。

ここでみた学歴別の犯罪率は、日本がこうした病気にかかっていることの診断書に他なりません。

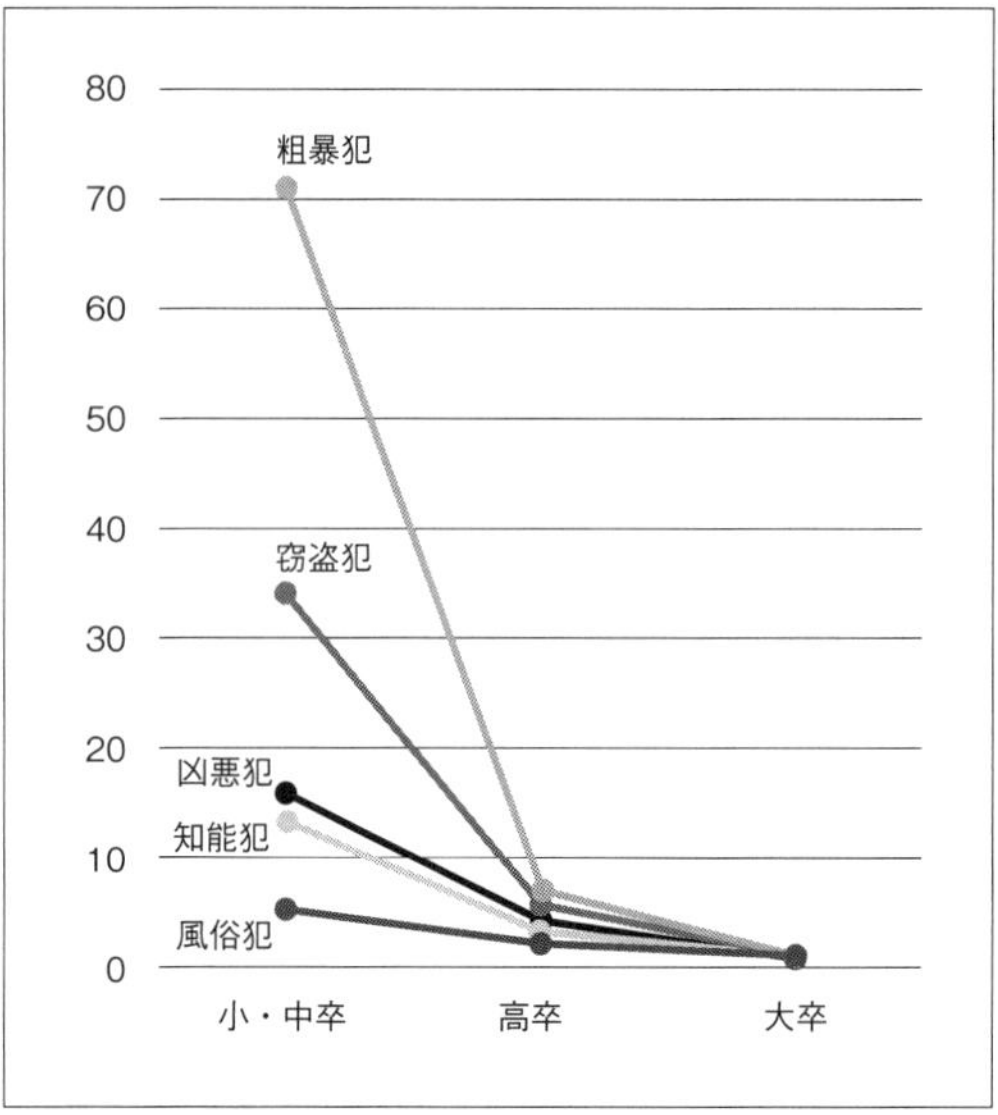

図2-3　男性の刑務所入所率の学歴差
大卒＝1.0とした時の刑務所入所率。
図2-1の資料より作成。

学歴社会

飢餓経験の分布

日本は飢餓とは無縁の国と思われていますが、最近にあっては、そうでもないことがしばしば指摘されています。餓死の報道に接することはよくありますし、統計でみても「食料の不足」が原因の死亡者（餓死者）は存在します。

死には至らずとも、飢餓状態で苦しんでいる人、十分な食料がない状態で過ごしている人まで射程に入れれば、相当の数にのぼるのではないでしょうか。格差社会化、孤族化という近年のわが国の社会変化を考えると、こういう懸念が持たれます。

２０１０～14年にかけて世界の研究者が共同で実施した『世界価値観調査』にて、この点がダイレクトに尋ねられています。「この1年間、十分な食料がない状態で過ごしたことがある」という項目を提示し、４段階で頻度を答えてもらう設問です。

日本の回答者２４４３人（18歳以上）のうち、この項目に「しばしばある」ないしは「時々ある」と答えた者は１２１人となっています。よって、飢餓経験率は５・０％と算出されます。国民20人に１人です。

この比率を人口の概数（1億2千万人）に乗じると、６００万人となります。結構な数です

		30歳未満	30〜40代	50歳以上
人数	高等教育卒	122	231	219
	中等教育卒	138	520	747
	義務教育卒	28	59	325
うち飢餓経験者	高等教育卒	7	6	5
	中等教育卒	8	28	29
	義務教育卒	5	10	21
経験率（%）	高等教育卒	5.7	2.6	2.3
	中等教育卒	5.8	5.4	3.9
	義務教育卒	17.9	16.9	6.5

図3-1　年齢・学歴別の飢餓経験率
飢餓経験者とは、過去1年間に十分な食料がない状態で過ごしたことのある者。
『世界価値観調査』（2010-14）より作成。

ね。東京都の人口の約半分が飢えを経験していることになります。ネグリジブル・スモールではありません。

これは国民全体の数値ですが、問題とすべきは、飢餓経験が社会的にどのように分布しているかです。おそらくは、社会的な不利益を被りやすい層に多く分布していることでしょう。

私は、年齢と学歴という軸で国民を9つの層に分かち、各層の飢餓経験率を計算してみました。日本は世界でも有数の学歴社会ですが、低学歴層ほど飢餓経験率は高いことでしょう。また年齢という基本属性も重要で、最近は若者の貧困がよくいわれていますが、そういう傾向がみられるか。このような関心においてです。

図3-1は、計算の原表です。

年齢3カテゴリー、学歴3カテゴリーをクロスして9つの群を設定し、各群の飢餓経験率を出しています。予想通り、若年層・低学歴層ほど経験率が高くなっています。30歳未満の義務教育卒の群では、該当者の

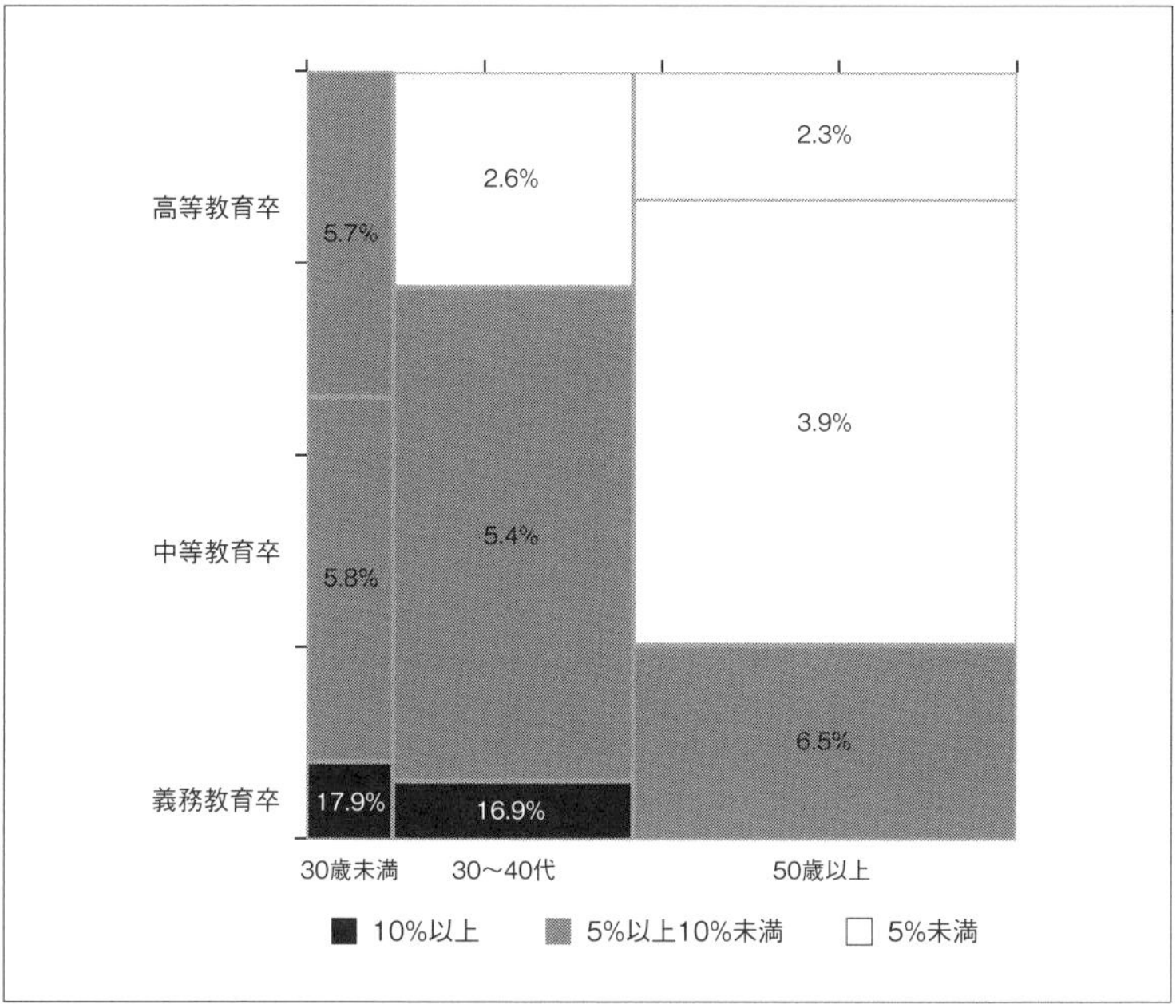

図3-2　飢餓経験率の分布
飢餓経験者とは、過去1年間に十分な食料がない状態で過ごしたことのある者。
『世界価値観調査』（2010-14）より作成。

17・9％（6人に1人）が飢餓を経験しています。

この群はサンプルの上では28人であり、全体（2389人）の中では完全にマイノリティーです。こうした全体の中での位置、文脈をも同時に観察しなければなりません。ここで、面積図という図法が役に立ちます。9つの群の量的規模を四角形の面積で表現し、飢餓経験率に応じて、3段階で塗り分けた図をつくってみました。（図3-2）

どうでしょう。若年の低学歴層に飢餓経験が集中している様が見てとれます。抽象度を上げていうと、少数の層に困難が凝縮されている、ということです。少子高齢化、高学歴化が著しく進んだ現代日本における飢餓経験の分布図です。

日本は、生存が脅かされるようなことはない社会であるといわれます。確かに、飢餓率や犯罪被害率のような指標の低さは、世界でもトップレベルです。しかしそれは国民全体でみた話であり、社会的な層ごとに観察すると、違った様相が見出されることがしばしばです。

日本は豊かな社会ですが、それだけに、少数の不利な層の状況が見えにくいともいえるでしょう。貧困や福祉に関わる施策のエビデンスになるのは、国民全体の貧困率が＊％というようなデータだけではありません。階層別のデータも備わることで、より説得力が高いものになります。

残念ながら、政府の白書等でこういうデータを目にすることはあまりありません。あまりに残酷なので、提示が控えられているのでしょうか。しかし、現実を見ずしては対策の立てようがありません。綺麗ごとの「なあなあ」では済ますことができないほど、問題は深刻化しています。

現実を余すところなく提示し、国民の意識を掻き立て、政策につなげる。白書の制作担当者には、こういう気概を持っていただきたいと思います。

格差社会

ジニ係数の国際比較

「格差社会」というのも、現代日本社会を言い表すキータームの一つです。この四字熟語を聞いたことがない人は、おそらくいないでしょう。

いかなる社会であれ、得られる（有している）富の量には差がありますが、それが社会の維持・存続を脅かすまでに拡大している場合、「格差社会」という語が当てがわれることになります。はて、今の日本はこのような病理的な状態に達しているのかどうか。他国と比してどうなのか。ある社会内部の富の格差を測る指標として、ジニ係数というものがあります。名称は、イタリアの統計学者ジニが考案したことに因んでいます。

私は、このジニ係数を国ごとに計算し、比較してみました。資料は、ＩＳＳＰが２０１２年に実施した『家族と性役割の変化に関する調査』です。各国の18歳以上の国民に対し、自分が属する世帯の年収を問うています。

データは、度数分布の形で国ごとに知ることができます。これを使って、各国内部における富の格差の大きさを測る、ジニ係数を計算してみました。国民の富の格差を可視化するには、個々人の収入ではなく、共に暮らし、生計を同じくする世帯（household）の収入分布に注目

階級	階級値	実数 人数	実数 富量	相対度数 人数	相対度数 富量	累積相対度数 人数	累積相対度数 富量
200万未満	100	114	11,400	0.105	0.019	0.105	0.019
200万〜	250	167	41,750	0.154	0.069	0.259	0.088
300万〜	350	163	57,050	0.150	0.094	**0.410**	**0.181**
400万〜	450	135	60,750	0.125	0.100	0.534	0.282
500万〜	550	115	63,250	0.106	0.104	0.640	0.386
600万〜	650	88	57,200	0.081	0.094	0.721	0.480
700万〜	750	72	54,000	0.066	0.089	0.788	0.569
800万〜	850	58	49,300	0.054	0.081	0.841	0.650
900万〜	950	53	50,350	0.049	0.083	0.890	0.733
1000万〜	1100	59	64,900	0.054	0.107	0.945	0.840
1200万〜	1350	35	47,250	0.032	0.078	0.977	0.918
1500万〜	2000	25	50,000	0.023	0.082	1.000	1.000
合計		1,084	607,200	1.000	1.000	**	**

図4-1　日本の世帯年収分布
18歳以上の回答による。
「Family and Changing Gender Roles IV - ISSP 2012」より作成。

するのがよいかと思います。(図4-1)日本を例に、計算のプロセスを説明いたしましょう。

日本では、1084人の国民が、自分が属する世帯の年収を答えています。左端の人数はその分布ですが、年収200万円台の世帯で暮らす者が167人と最多です。中間ではなく、低い層に山があります。貧困単身世帯などが増えているためでしょう。

人数の右隣の富量とは、それぞれの階級が得た富の総量です。各階級の世帯年収を中間の値(階級値)とみなすと、年収200万円台の世帯の167人は、167×250万=4億1750万円の富をゲットしたわけです。12の階級の富量を合算すると、60億7200万円となります。

さて、この巨額の富が各階級にどう配分されているかですが、真ん中の相対度数をみると、結構偏っていることが分かります。年収300万未満の世帯の人間には、全富の8・8%しか届いていません。この層は281人で、人数の上では4分の1を占めるにもかかわらずです。逆に、人数では1割ほどでしかない年収1000万超の富裕層が、富全体の26・7%をせしめています。

人数と富量の分布のズレは、右端の累積相対度数をみるとクリアーです。太字の数字をみると分かるように、全体の4割を占める年収400万未満の層は、18・1%の富しか受け取っていない。残りの8割の富は、それより上の階層に持っていかれているわけです。

表にある、人数と富量の分布の隔たりが大きいほど、国民の富の格差が大きい社会ということになります。それは、右端の累積相対度数をグラフにすることで「視覚化」されます。**図4-2**は、横軸に人数、縦軸に富量の累積相対度数をとった座標上に、12の年収階級をプロットし折れ線でつないだものです。これをローレンツ曲線といいます。

きれいな弓なりの曲線ですが、この曲線の底が深いほど、人数と富量のズレが大きい、つまり富の格差が大きい、ということになります。われわれが求めようとしているジニ係数は、この曲線と対角線で囲まれた面積(網掛け)を2倍した値です。

人数と富の分布が等しい完全平等の場合、ローレンツ曲線は対角線に重なりますので、ジニ係数は0・0となります。反対に極限の不平等状態の場合は、網掛けの面積は四角形の半分になりますから、ジニ係数は、0・5×2=1・0となります。したがって、ジニ係数は0・0～1・0の範囲に分布し、現存する社会はこの間のどこかに位置します。

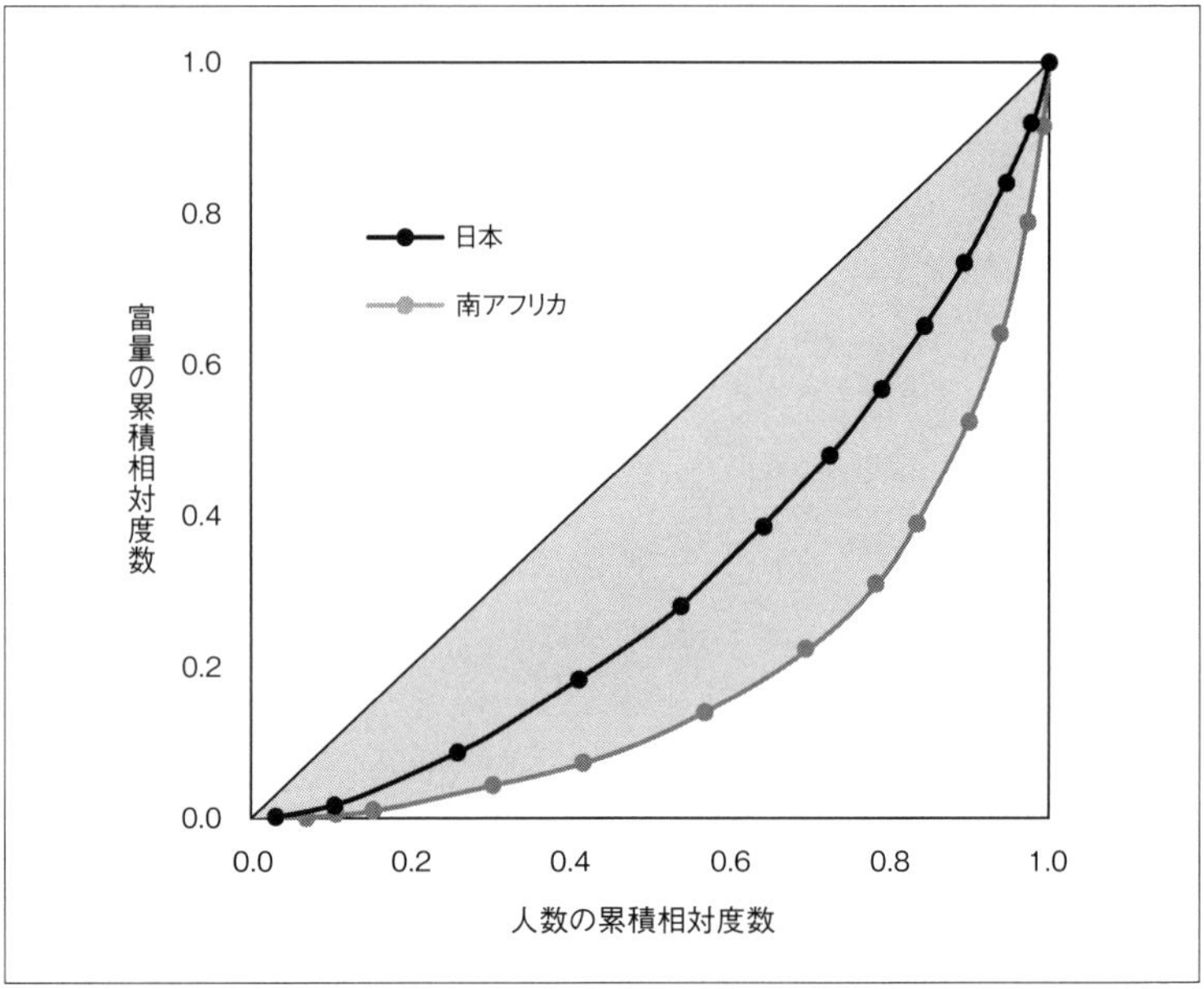

図4-2　世帯年収のローレンツ曲線
「Family and Changing Gender Roles IV - ISSP 2012」より作成。

この図から、日本の曲線と対角線で囲まれた面積を求めると、0・1767となります。よって、日本のジニ係数は、これを2倍して0・3534となります。世帯年収でみた、国民の富の格差のレベルです。

これをどう評価するかですが、一般にジニ係数が0・4を超えると、社会が不安定化するといわれます。日本はこのラインには達していませんが、今後はどうなるやら。2020年にオリンピックが開催される頃は、高齢化や孤族化がもっと進み、この危険水域に届いてしまうかもしれません。そうなったら、この年に来日する多くの外国人を驚かせることになるで

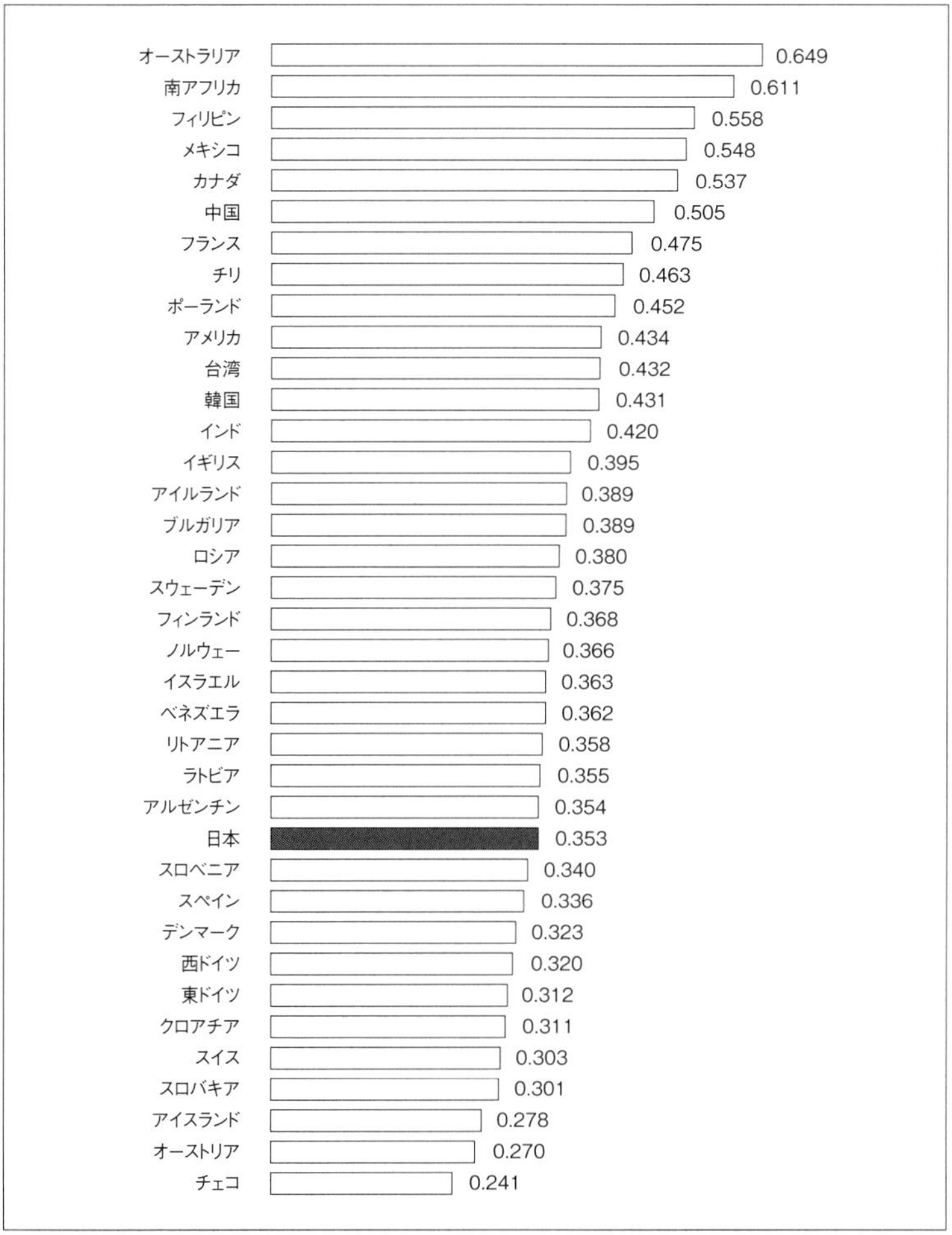

図4-3　世帯年収のジニ係数（37か国）
「Family and Changing Gender Roles IV - ISSP 2012」より作成。

しょう。「日本は格差が小さく、安全な国ではなかったのか」と。

ちなみに、南アフリカのジニ係数は0・611にもなります。図をみればわかるように、この国のローレンツ曲線は底が深くなっています。一部の富裕層が、国全体の富の大部分を占有している、ということです。この社会では、凶悪犯罪が日常的に起きているといいますが、「そうだろうな」と頷かされます。

では、同じやり方で計算した、37か国のジニ係数をみていただきましょう。ISSPの第4回「家族とジェンダー役割に関する調査」の対象は38か国ですが、トルコだけは、世帯年収のデータがないようです。図4-3は、ジニ係数が高い順に並べたランキング図です。

トップは、オーストラリアで0・649です。この国の事情は存じませぬが、2位は先ほどみた南アフリカ、3位はフィリピン、4位はメキシコと、発展途上国が続きます。これらの社会では富の格差がべらぼうに大きいことは、いろいろな旅行記からも教えられます。

人口大国の中国は6位、その次はフランス、アメリカは10位です。危険水準の0・4を超えているのは、インドまでの13か国となっています。

日本の0・353は、37か国の中では「中の下」というところ。東欧の旧共産圏の社会では、ジニ係数は小さくなっています。国民皆平等の社会主義の遺産でしょうか。

世帯の年収分布から、各国の富の格差の程度を「見える化」してみました。それぞれの社会の性格が見えてきます。参考資料として、ご覧いただければと思います。

格差社会

勉強時間格差

近年、あらゆる面で格差が拡大しているといいますが、教育に関わる格差を総称して「教育格差」といいます。第1章でみた、家庭環境の差に由来する学力格差などはその典型です。健康格差、体力格差といった現象も見受けられます（拙稿「子どもの体力・健康と家庭の経済力の相関関係」『体育科教育』大修館、2015年5月号）。

ここで取り上げようと思うのは、勉強時間の格差です。子どもの本分は勉強ですが、する子としない子の分化（segregation）が大きくなってきている。こういう声をよく聞きます。

苅谷剛彦教授が『階層化日本と教育危機』（有信堂）という著作において、意欲格差（インセンティブ・ディバイド）という現象を指摘したのは2001年、今世紀の初頭です。それから15年経過しましたが、この現象はどうなっているのか。

私は、子どもの勉強時間の分布に注目することとしました。これは、文科省の『全国学力・学習状況調査』に載っています。このデータから、勉強をする子としない子の分化、勉学時間格差の様相を数値で可視化してみようと思います。

なお、全国データをみるだけでは面白くないので、地域差という視点も据えましょう。上記

	実数		相対度数		累積相対度数	
	児童数	勉学時間	児童数	勉学時間	児童数	勉学時間
ゼロ(0)	14,632	0	**0.200**	**0.000**	0.200	0.000
1時間未満(30)	26,619	798,570	0.364	0.148	0.564	0.148
1時間〜(90)	16,645	1,498,050	0.228	0.277	0.792	0.425
2時間〜(150)	6,709	1,006,350	0.092	0.186	0.884	0.611
3時間〜(210)	3,105	652,050	0.042	0.121	0.926	0.731
4時間以上(270)	5,383	1,453,410	**0.074**	**0.269**	1.000	1.000
合計	73,093	5,408,430	1.000	1.000	**	**

図5-1　公立小学校6年生の休日1日あたりの勉強時間分布(大阪)
通塾によるものも含む。
文科省『全国学力・学習状況調査』(2015年)より作成。

調査では、都道府県別の勉強時間分布も明らかにされています。2015年度調査の資料にあたって、公立小学校6年生の勉強時間分布を県別に採取しました。

小6児童の勉強時間分布は、県によって多様です。全県を観察すると、とりわけ大阪の分布の特異性が目立っています。**図5-1**は、大阪の公立小学校6年生について、休日1日あたりの勉強時間分布を示したものです。

有効回答を寄せた7万3093人の分布ですが、半分が1時間未満、ゼロ勉強も2割います。その一方で、4時間以上のガリ勉君も7・4%います(児童数の相対度数を参照)。

図の提示は省きますが、東北の秋田は、中間の階級が厚い分布です。対して、大阪は両端の分化が相対的に大きくなっています。すなわち勉学時間格差が大きい、ということになります。

ジニ係数という指標で、その程度を「見える化」してみましょう。上表の6つの階級に属する児童数の分布と、各々の勉強時間量のそれがどれほどズレているかに着眼するものです。

各階級の勉強時間は、中間の値（階級値）で代表させます。1時間台の児童は、中間の1・5時間（90分）と仮定します。一番上の4時間以上の群は、ひとまず4・5時間（270分）とみなしましょう。

これによると、勉強時間1時間台の階級の勉強時間総量は、90分×1万6645人＝149万8050分となります。6つの階級のトータルは、540万8430時間です。

注目するのは、この勉学時間の分布と児童数分布がどれほどズレているかです。中央の相対度数をみると、勉強時間ゼロの階級は、児童数では2割いますが、勉強時間総量は当然ゼロ。一方、児童数では7・4%しかいないマックスの階級が、勉強時間では全体の26・9%をも占めています。

こうした偏りは、右欄の累積相対度数をみるともっとクリアーです。この累積相対度数をグラフにすることで、児童数の分布と勉学時間量の分布のズレが可視化されます。図5-2は、横軸に児童数、縦軸に勉強時間量の累積相対度数をとった座標上に、6つの階級をプロットし線でつないだものです。これをローレンツ曲線といいます。

弓なりの曲線ですが、このカーブの底が深いほど、児童数と勉強時間の分布の隔たりが大きいことになります。勉強をする子としない子の分化、勉強時間の格差が大きいことを意味します。

ここで求めようとしているジニ係数とは、この曲線の深さを表現するもので、図の網掛けの面積を2倍して出されます。算出された、大阪の小6児童の勉強時間ジニ係数（休日）は0・

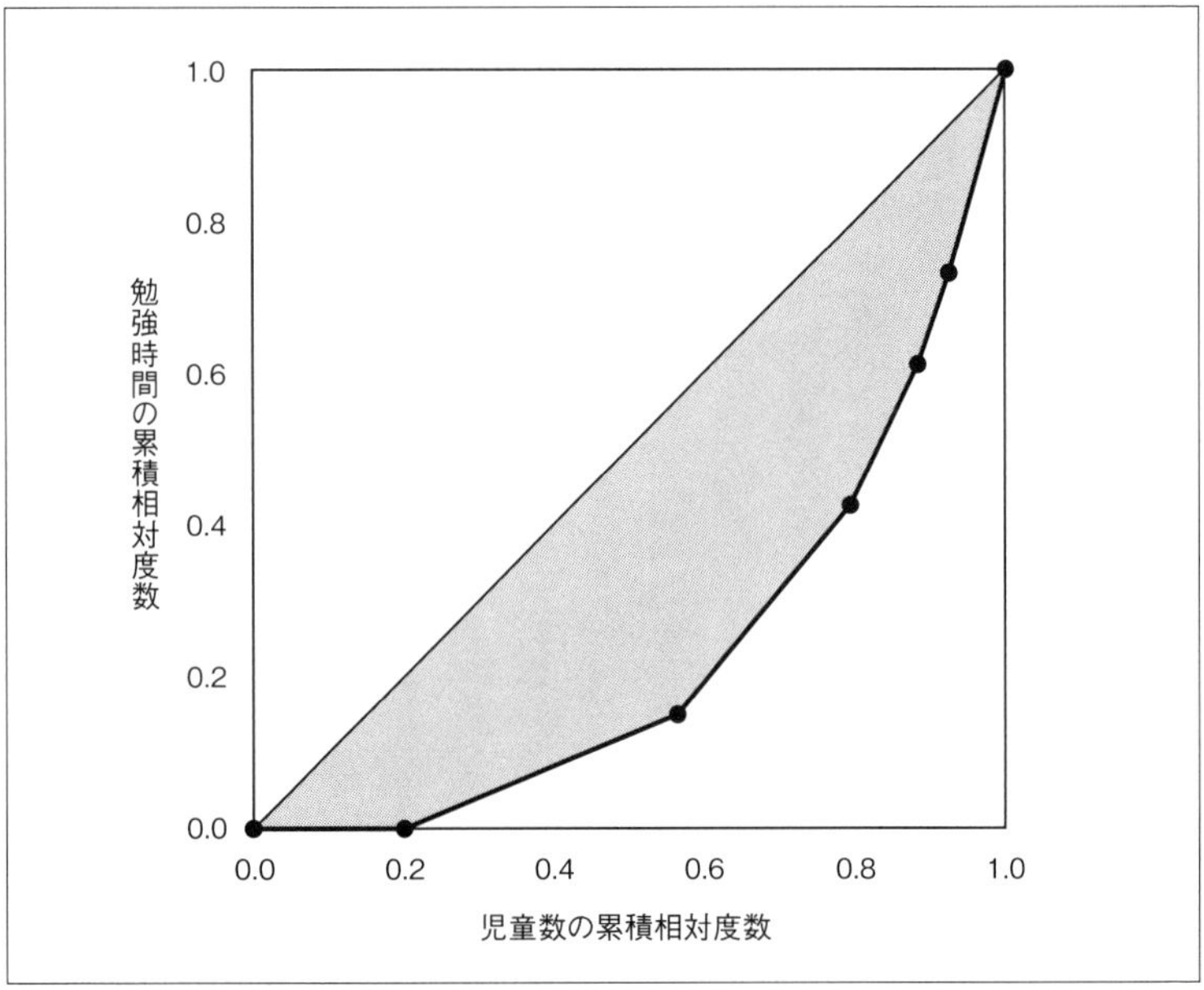

図5-2　公立小学校6年生の休日の勉強時間のローレンツ曲線（大阪）
文科省『全国学力・学習状況調査』（2015年）より作成。

536です。

ジニ係数は０・０〜１・０の範囲をとりますが、一般に０・４を超えると、値は高いと判定されます。大阪の休日の勉強時間ジニ係数は、この水準を超えています。この西の大都市では、子どもの勉強時間格差が大きいようです。

これは絶対水準の評価ですが、他県と比した相対水準はどうでしょう。同じやり方で、全県の小6児童の勉強時間ジニ係数を計算しました。休日だけでなく、平日のそれも出してみました。**図5-3**は、係数が高い順に並べたランキング表です。

平日・休日ともトップは大阪です。子どもの勉強時間格差が最も

平日		休日	
大阪府	**0.409**	**大阪府**	**0.536**
神奈川県	**0.399**	**京都府**	**0.506**
愛知県	**0.378**	**神奈川県**	**0.498**
奈良県	**0.378**	**和歌山県**	**0.497**
京都府	**0.371**	**奈良県**	**0.488**
徳島県	0.369	三重県	0.487
和歌山県	0.367	兵庫県	0.483
兵庫県	0.364	愛知県	0.479
東京都	0.364	東京都	0.477
千葉県	0.363	高知県	0.459
三重県	0.356	広島県	0.453
高知県	0.352	福岡県	0.451
北海道	0.351	滋賀県	0.451
福岡県	0.347	千葉県	0.448
滋賀県	0.346	埼玉県	0.444
埼玉県	0.343	徳島県	0.444
佐賀県	0.337	岡山県	0.440
沖縄県	0.331	佐賀県	0.437
香川県	0.329	福井県	0.425
山梨県	0.326	静岡県	0.420
長野県	0.325	北海道	0.418
熊本県	0.325	山梨県	0.417
広島県	0.324	香川県	0.414
岡山県	0.316	群馬県	0.413

平日		休日	
大分県	0.315	山口県	0.408
鹿児島県	0.314	宮城県	0.399
福井県	0.312	愛媛県	0.395
群馬県	0.308	大分県	0.392
鳥取県	0.307	沖縄県	0.390
山口県	0.303	鹿児島県	0.387
宮城県	0.300	長野県	0.386
長崎県	0.297	長崎県	0.381
愛媛県	0.294	石川県	0.380
栃木県	0.294	熊本県	0.377
静岡県	0.293	栃木県	0.372
茨城県	0.291	岐阜県	0.366
宮崎県	0.288	鳥取県	0.360
富山県	0.282	富山県	0.359
青森県	0.279	茨城県	0.352
島根県	0.276	島根県	0.350
岐阜県	0.272	福島県	0.348
福島県	0.265	宮崎県	0.345
石川県	**0.259**	**青森県**	**0.336**
山形県	**0.245**	**新潟県**	**0.325**
岩手県	**0.232**	**山形県**	**0.319**
秋田県	**0.228**	**岩手県**	**0.315**
新潟県	**0.223**	**秋田県**	**0.262**
全国	0.346	全国	0.445

図5-3　公立小学校6年生の勉強時間ジニ係数
文科省『全国学力・学習状況調査』（2015年）より作成。

大きい、する子としない子の分化が最も激しい地域ということになります。上位は、都市部が多いですね。おそらくは、塾通いをする子としない子の差でしょう。平日より休日で、それが顕著に出ています。

一方、差が小さいのは東北や北陸の県です。これらの県の勉強時間分布は中央が厚いノーマルカーブなので、ジニ係数も小さく出ます。学力トップの秋田はその典型です。

想像がつくでしょうが、上記の勉強時間ジニ係数は、全体の学力（教科の平均正答率）とマイナスの相関関係にあります。勉強時間格差が小さい県ほど、全体の学力が高い傾向です。全体の底上げを図ったほうがよい、ということでしょう。

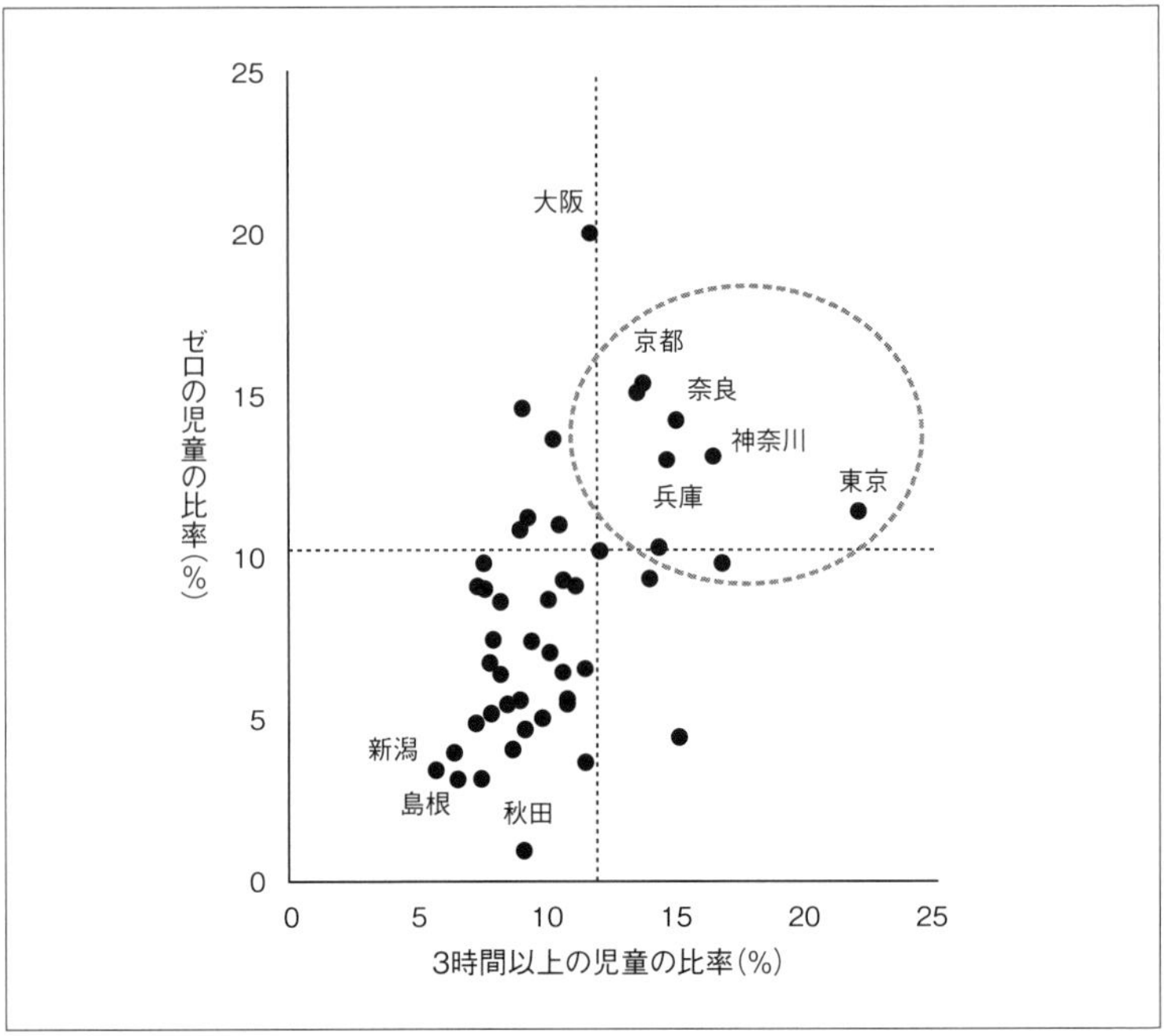

図5-4　公立小学校6年生の休日の勉強時間
点線は全国値である。
文科省『全国学力・学習状況調査』（2015年）より作成。

まあ、上記のジニ係数のような面倒な指標を計算せずとも、勉強をする子とし
ない子、つまり両端の比重を出してグラフにすれば、ここで言わんとすることは分かります。図5-4がそれです。

右上はガリ勉君とゼロ勉君の両方が多い、つまり勉強時間格差の大きい県ということになります。先ほどの表のジニ係数が高い県と一致します。左下は、その反対です。普通に考えるなら、ドットの配置は右下がりになると想定されるのですが、現実はそうではあり

ません。上が多いほど下も多い。こういう構造になっています。

データで実証できませんが、勉強時間が少ない群には、不利な家庭環境の子どもが多いのではと思われます。それが、第1章でみたような「学力格差」につながってしまっていると。こういう「格差」の問題が潜んでいることを常に念頭に置きながら、全ての子どもに勉学の習慣をつけさせるように努めるのは、学校の責任です。

秋田県はそれを最も具現しているモデルケースであり、このことが「子どもの学力、全国でトップ」という偉業につながっているとみられます。

格差社会

都道府県別の子どもの生活保護受給率

子どもの貧困が社会問題化していますが、山形大学の戸室健作教授が子どもの貧困率を都道府県別に明らかにし、大きな注目を集めました（「都道府県別の貧困率、ワーキングプア率、子どもの貧困率、捕捉率の検討」『山形大学人文学部研究年報』13号、２０１６年）。年収が中央値の半分に満たない世帯で暮らす子どもの割合です。

総務省『就業構造基本調査』のオーダーメイド集計を依頼するなど、かなり手の込んだ作業をされていますので、私のような凡人には「再現」が叶いません。しかるに、県によって所得水準や物価も違いますので、県別の貧困率は読み方に注意がいるかなとも思います。この指標もいいですが、生活保護を受けている子どもがどれほどいるか、という指標はどうでしょう。

生活保護の認定基準は、地域の物価等を勘案して決められています。東京と沖縄は同じではありません。生活苦の状態にある子どもの量を測るには、こうした公的扶助の受給率に注目するのも、一つの手かと思います（これとても、各県の保護行政の影響は免れませんが）。

分子となる、子どもの生活保護受給者数は、厚労省『被保護者調査』から知ることができます。最新の２０１５年調査によると、同年7月末時点における、15歳未満の生活保護受給者は

19万2529人です。生活保護世帯で暮らす、15歳未満の子どもは全国でおよそ20万人弱。

2015年の『国勢調査』によると、同年10月時点の15歳未満人口は1588万6810人。上記の生活保護受給者数をこの数で除すと、1・21%という比率になります。これが、最新の子どもの生活保護受給者率です。この値は、今世紀初頭の2000年では0・69%でした。今世紀以降、子どもの生保受給率は1・8倍に増えています。子どもの貧困化が「見える化」されます。

では、この指標を都道府県別に出してみましょう。**図6-1**は、数値が高い順に47都道府県を並べたランキング表です。

子どもの生活保護受給率を県別に出すと、2・95%から0・07%までのレインヂがあります。トップは北海道で、34人に1人。2位は大阪、3位は京都と続いています。下位の県には、中部や北陸の県が多くなっています。親族間の相互扶助など、子どもの生活の安定を支える条件がしっかりしているといわれますが、そういうことの影響でしょうか。

生活保護受給者率による、県別の子どもの貧困量の可視化ですが、いかがでしょうか。貧困とはある程度の生活の制約を伴いますが、自活の能力がなく、生活の全面を家庭に依存せざるを得ない子どもにあっては、発達や人間形成に少なからぬ影響が及ぶと思われます。

提示は省きますが、**図6-1**の子どもの生活保護受給者率をマップにすると、少年非行の発生率のそれと似ていることに気づきます。

相関をとってみましょう。2015年の非行少年出現率は、同年中に警察に検挙・補導され

北海道	**2.95**	愛媛県	0.87
大阪府	**2.71**	秋田県	0.81
京都府	**2.31**	和歌山県	0.76
高知県	**2.06**	滋賀県	0.71
福岡県	**1.95**	愛知県	0.69
長崎県	1.55	岩手県	0.69
兵庫県	1.52	三重県	0.68
広島県	1.42	山口県	0.67
神奈川県	1.38	島根県	0.64
東京都	1.36	栃木県	0.63
沖縄県	1.31	新潟県	0.58
鹿児島県	1.29	静岡県	0.51
奈良県	1.28	茨城県	0.49
徳島県	1.19	山梨県	0.43
岡山県	1.14	福島県	0.43
鳥取県	1.00	佐賀県	0.41
埼玉県	0.97	群馬県	0.39
宮崎県	0.95	山形県	0.30
熊本県	0.94	**長野県**	**0.29**
青森県	0.93	**福井県**	**0.27**
宮城県	0.92	**岐阜県**	**0.25**
千葉県	0.91	**石川県**	**0.22**
香川県	0.89	**富山県**	**0.07**
大分県	0.88	全国	1.21

図6-1　子どもの生活保護受給者率（%）
厚労省『被保護者調査』（2015年度）、総務省『国勢調査』（2015年）より作成。

た犯罪少年・触法少年（主要刑法犯による）の数を、同年10月時点の10代人口で除して出します。分子には10歳未満の少年も含まれますが、それはごく少数ですので、ベースを10代としてよいでしょう。

２０１５年の非行少年出現率の全国値は、４万８６８０人／１１６０万７７０５人＝０・42％となります。分子の出所は、２０１５年の警察庁『犯罪統計書』です。同じやり方で２０１５年の非行少年出現率を県別に計算し、**図６‐１**の生活保護率との相関をとってみ

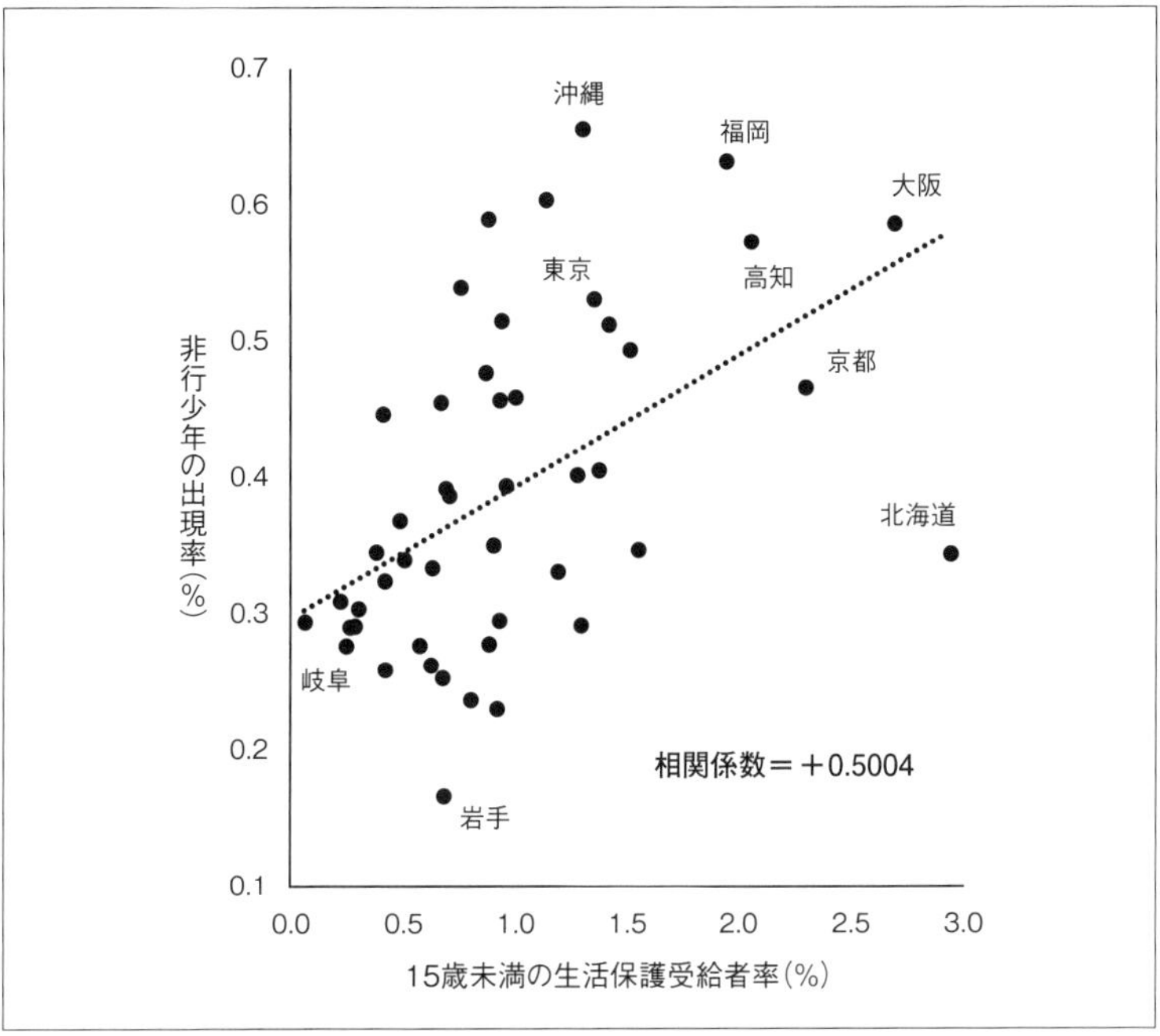

図6-2　貧困と非行の相関(2015年)
縦軸の計算式＝少年の刑法犯の検挙・補導人員数／10代人口
厚労省、警察庁の統計より作成。

ると、図6-2のようになります。

　各県の非行少年出現率は、子どもの生活保護受給者率とプラスの相関関係にあります。後者が高い県ほど、前者も高い傾向。相関係数は+0・5004であり、1%水準で有意です。

　マクロ統計でみた貧困と逸脱の相関関係ですが、前者から後者への因果の関係も想定されます。子どもですので、生活困窮による盗みといった「生活型」の非行は稀でしょう。それよりも、周囲と比した相対貧困による剝奪感、自我の傷つきによる生活態度の不安定化要素が大きいかと思います。

思春期にもなれば、やれスマホだとか、仲間との交際にもカネがかかるようになりますが、それが叶わないとつまはじきにされる……。多感な年齢の子どもの自我（自尊心）を傷つけるのに十分です。「豊かさの中の（小数の）貧困」という状況は重い。

ちなみに、いじめ被害や不登校の発生率は、家庭の経済水準と相関していることがうかがわれます。70ページのグラフによると、年収が低い家庭の子どもほど、いじめの被害率や不登校の発生率が高いことがうかがえます。

認めたくはないですが、これが現実です。いわゆる「スクール・カースト」の決定要因としても、家庭の経済状況は大きいでしょう。想像ですが、所得水準が高い大都市では、こうした傾向はもっとクリアーであると思われます。

話が逸れましたが、図6-2でみた「貧困と逸脱の相関」を、都道府県レベルのマクロ統計でしか検討できないことにもどかしさを覚えます。子どもの貧困が社会問題化している状況です。『全国学力・学習状況調査』において、家庭環境の変数を若干盛り込み、個人単位での分析ができるようになればと思います。

そこから生み出された実証データが、子どもの貧困対策を押し進めるエビデンスになることでしょう。

世帯構造内の貧困分布

最後に「貧困」です。今世紀になって、この2文字をメディア等で見かけることが多くなりました。豊かな先進国の日本でも、この問題が頭をもたげてきている、ということです。「貧困率」という統計指標をご存知でしょうか。字のごとく、貧困状態にある人が国民全体の何%かです。ここでいう貧困とは、衣食住にも事欠くといった絶対貧困ではなく、当該社会の生活水準からした、相対的な意味合いのものです。

具体的には、年収が中央値の半分に満たない世帯の割合をいいます。最新の厚労省『国民生活基礎調査』のデータを使って、計算してみましょう。2015年の調査対象となった6706世帯の年収分布は、**図7-1**のようになります。調査の前年（2014年）の世帯年収分布です。

最も多いのは、年収250万以上300万未満の世帯となっています。単身世帯や高齢世帯も含む全世帯の分布ですので、こんなものでしょう。

この分布から相対的貧困率を出すのですが、まずは、貧困世帯を割り出すための貧困線(poverty line)を求めないといけません。貧困線とは、中央値の半分のことです。このライン

	世帯数	相対度数	累積相対度数
50万円未満	68	1.0	1.0
50〜100	363	5.4	6.4
100〜150	433	6.5	12.9
150〜200	481	7.2	20.1
200〜250	446	6.7	26.7
250〜300	492	7.3	34.0
300〜350	476	7.1	41.1
350〜400	402	6.0	47.1
400〜450	328	4.9	52.0
450〜500	328	4.9	56.9
500〜550	327	4.9	61.8
550〜600	262	3.9	65.7
600〜650	271	4.0	69.7
650〜700	217	3.2	73.0
700〜750	225	3.4	76.3
750〜800	200	3.0	79.3
800〜850	169	2.5	81.8
850〜900	143	2.1	84.0
900〜950	140	2.1	86.1
950〜1000	119	1.8	87.8
1000〜1100	191	2.8	90.7
1100〜1200	162	2.4	93.1
1200〜1500	261	3.9	97.0
1500〜2000	138	2.1	99.0
2000万円以上	64	1.0	100.0
合計	6,706	100.0	**

図7-1　世帯の年収分布
厚労省『国民生活基礎調査』(2015年)より作成。

を下回る世帯が、貧困状態の世帯と判定されます。

中央値（Median）とは、データを高い順に並べたとき、ちょうど真ん中にくる値ですね。右端の累積相対度数から、年収400～450万のどこか、ということになります。按分比例の考えを使って、これを求めてみましょう。以下の2ステップです。

①（50・0－47・1）／（52・0－47・1）＝0・5854

②400＋（50×0・5854）＝429・3万円

よって貧困線は、この半分の214・6万円ということになります。年収がこの線に満たない世帯が、貧困世帯ということになります。ひとまず、年収214・5万円までの世帯としましょう。この場合、該当世帯の量は、以下のようにして推し量られます。

A　年収200万未満の世帯＝68＋363＋433＋481＝1345世帯

B　年収200～214・5万の世帯＝446×｛（214・5－200・0）／50｝＝129世帯

A＋B＝1474世帯

したがって、この貧困世帯が全世帯に占める割合（相対的貧困率）は、1474／6706＝22・0％となります。およそ5分の1、これが世帯単位でみた最新の貧困率です。

これは世帯全体でみた貧困率ですが、世帯のタイプによって、値は大きく変異します。当然、単独世帯では、貧困率はうんと高くなるでしょう。原資料では、世帯構造別の年収分布も公表されています。これを使って、先ほどと同じやり方で、世帯タイプ別の貧困率を計算してみました。

図７‐２は、結果を図示したものです。ヨコの幅を使って、各世帯タイプの量も表現しています。このような図法を「モザイク図」といいます。網掛けが、貧困世帯の領分です。

どうでしょう。予想通り、単独世帯の貧困率は高くなっています。ジェンダーの差も出ていて、女性の単独世帯では69・０％、７割近くが貧困状態に置かれています。夫と死別した高齢女性が多いでしょうが、若年単身女性の貧困は、最近よく指摘されます。その表れかもしれません。

ひとり親と未婚の子の世帯も貧困率は高く、４分の１を超えています。ちなみに、子が学校段階のひとり親世帯に限ったら、貧困率は半分を超えます。２０１２年の値は54・６％で、世界一です（内閣府『子供・若者白書』２０１５年）。わが国は、ひとり親世帯の貧困化が最も進んだ社会ということになります。

２人親の標準世帯を前提に、諸々の社会制度が組み立てられているためでしょう。本書でも度々書きましたが、国全体は豊かであっても、こうした少数の層に強い圧力がかかる構造になっていることを、忘れるべきではありません。

18歳未満の子がいる世帯に限定して、上記と同じ図を作ってみたらどうなるでしょう。子どもの貧困対策に際して、重点を置くべき層が見えてくると思います。現状の可視化。このことがまずもって求められるのは、どの社会問題についてもいえることです。

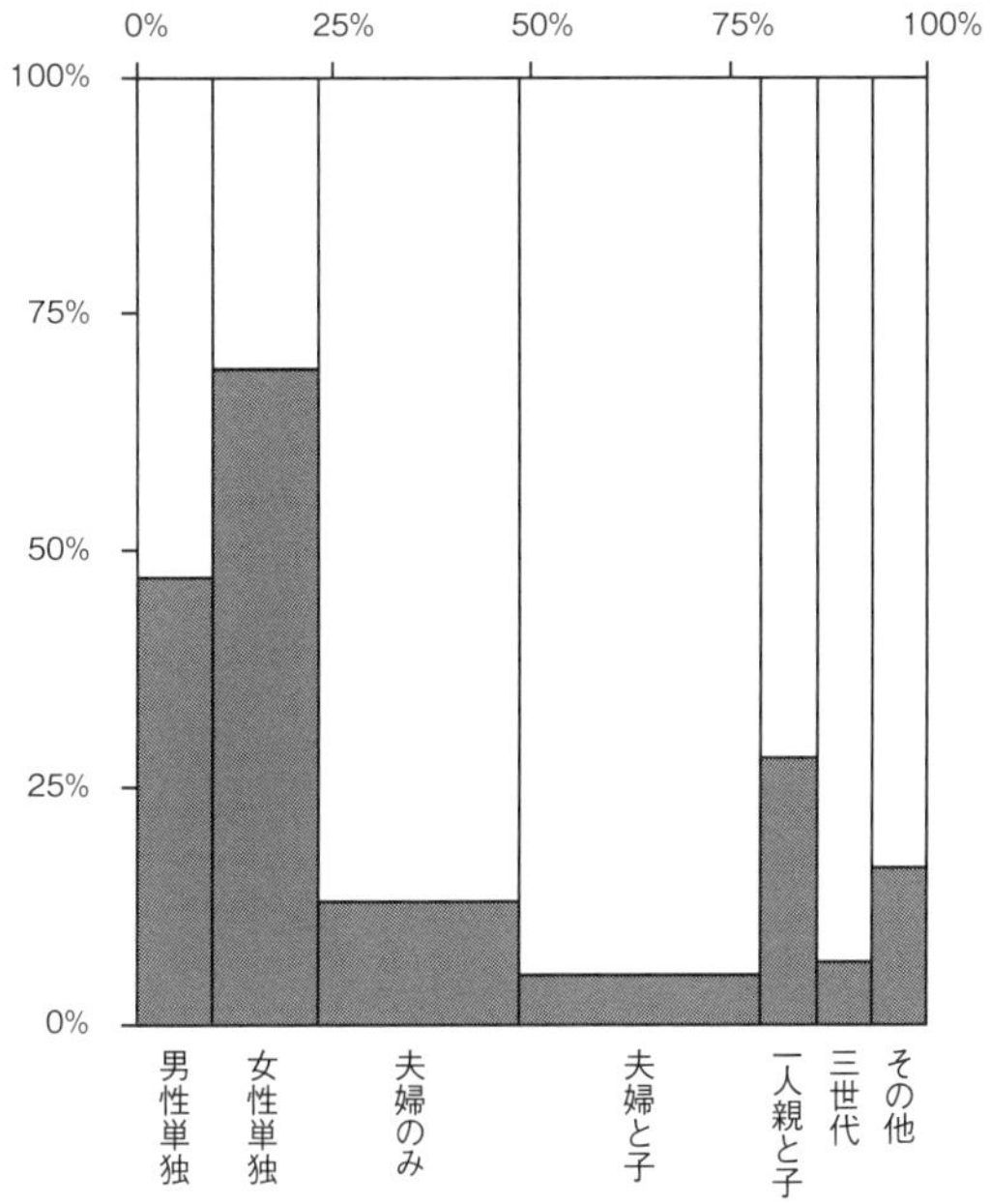

図7-2　世帯構造別の貧困率
合計6706世帯のデータである。子どもは、未婚の子どもをさす（年齢制限はなし）。
厚労省『国民生活基礎調査』（2015年）より作成。

あとがき

まえがきでも申しましたが、本書は私の個人ブログ「データえっせい」(http://tmaita77.blogspot.jp/) から記事をピックアップして編集したものです。ブログを見てくださっていた、晶文社の安藤聡氏の提案により、企画がスタートしました。

私が全体のプロット(骨格)を作り、それに基づいて安藤氏に記事を選んでいただきました。こういう作業は他人にやってもらったほうがいいようで、記事のリストを見た時、「よく考えられているなあ」と感心しました。1300本もの記事から72本の記事を精選するのは、かなり大変だっただろうと思います。貧乏性で欲張りの私なら、「あれもこれも」とガツガツ詰め込んでいたところです。ベテラン編集者の職人芸だな、と感じました。

このようなお膳立てがありましたので、執筆作業はスムーズかつ楽しく進みました。むろん、ブログの記事を全コピペして終わりというような手抜きはしていません。データを最新のものに差し替え、一冊の書物として筋が通るよう、文章もかなりリライトしました。主観評価ですが、満足のいく作品に仕上がったと思っています。

2010年12月に上記の個人ブログを始めて、6年半ほどになります。今はインターネットがありますので、自分の研究成果を自前でどんどん発信することができます。昔は、研究者の論文発表の主な媒体は大学紀要でしたが、これがまた読まれない。一般の図書館に置かれるわけがなく、自校の大学図書館でも地下室などに追いやられています。

ブログの場合、分量の制限もありませんし、紙ならコストがかかるカラーの図版なども載せ放題。15世紀の印刷術の発明はグーテンベルク革命といわれますが、インターネットの出現はそれに次ぐ「ポスト・グーテンベルク革命」です（潮木守一・名古屋大学名誉教授）。研究者は、この文明の恩恵を積極的に利用すべきでしょう。

それは、一般の人も同じです。日本の青少年は、デジタル機器で創作物を発信する頻度が世界で最も低くなっています（拙稿「ネットでコンテンツの消費はするが、発信はほとんどしない日本の子どもたち」ニューズウィーク日本版、２０１７年2月22日）。何とも残念なことです。自身の創作物を発信し、他者からフィードバックをもらい、高めていく。これからの時代で重要な資質となる、創造性を鍛えるのに持ってこいです。インターネットは正しく使えば、ものすごい教育効果を発揮します。それを促すのは大人の役割です。

これからもブログを使って、データ分析の記事を発信していく所存です。何年かしたら、また今回のような形で書籍にできたらなと思います。最後になりましたが、お世話になった安藤聡氏に感謝の意を表します。

２０１７年6月9日

舞田敏彦

著者について

舞田敏彦（まいた・としひこ）

1976年生まれ。教育社会学者。東京学芸大学大学院博士課程修了。博士（教育学）。専攻は教育社会学、社会病理学、社会統計学。著書に『教育の使命と実態――データからみた教育社会学試論』『47都道府県の子どもたち――あなたの県の子どもを診断する』『47都道府県の青年たち――わが県の明日を担う青年のすがた』（共に武蔵野大学出版会）など。
ブログ「データえっせい」主宰（http://tmaita77.blogspot.jp/）。

犀の教室
Liberal Arts Lab

データで読《よ》む 教育《きょういく》の論点《ろんてん》

2017年8月10日　初版

著　者　舞田敏彦

発行者　株式会社晶文社
東京都千代田区神田神保町1-11 〒101-0051
電　話　03-3518-4940（代表）・4942（編集）
URL　http://www.shobunsha.co.jp

印刷・製本　中央精版印刷株式会社

ISBN978-4-7949-7032-9 Printed in Japan

ポケットマスターピース05

ディケンズ

Charles Dickens

辻原 登=編

編集協力=猪熊恵子

集英社文庫ヘリテージシリーズ

❶

❸

❷

❶若き日のチャールズ・ディケンズ（ダニエル・マクリース画、1839年）❷二人の娘とディケンズ（1863年）

❸妻キャサリン・ホガース・ディケンズ（サミュエル・ローレンス画、1838年）

❺

❻

❹

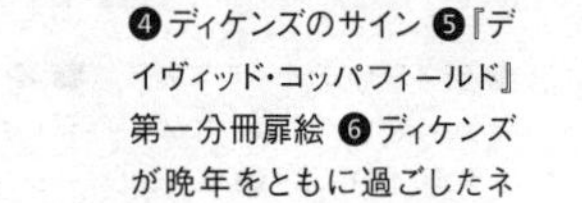

❹ディケンズのサイン ❺『デイヴィッド・コッパフィールド』第一分冊扉絵 ❻ディケンズが晩年をともに過ごしたネリー・ターナン（1858年）

❼「空っぽの椅子」(ルーク・ファイルズ画、1870年):ディケンズの死後に描かれた晩年の書斎と仕事机 ❽『我らが共通の友』執筆中のディケンズが遭遇したステープルハースト鉄道事故(《イラステレイテッド・ロンドン・ニュース》1865年)

❼

❽

05｜ディケンズ｜目次

デイヴィッド・コッパフィールド　抄

登場人物紹介

※登場人物は今回の抄録箇所に関係するものに限った。

デイヴィッド・コッパフィールド　本作品の語り手にして主人公。作品の冒頭で七歳の設定。生まれる前に父親を亡くしており、召使ペゴティと母親クレアラの手で育てられるが、母の再婚によって人生が一変する。寄宿学校セイレム・ハウスに送られ、親友ジェイムズ・スティアフォースと出会うが、母の死によって学校を退学せざるを得なくなり、紳士の息子としての体面を失って自活の道を歩む。ベッツィー伯母との再会によって、この危機から救われる。

クレアラ・コッパフィールド（クレアラ・マードストン）　デイヴィッドの母親。年の離れた夫と結婚し、デイヴィッドを身ごもるが、我が子の誕生を待たず夫に先立たれる。その容姿は少女のように可憐《かれん》で美しいが、精神面でも子供のように世慣れない。エドワード・マードストンと再婚することで、息子デイヴィッドの穏やかで幸せな生活を間接的に奪ってしまう。エドワードとの間に息子をもうけるが、出産後まもなく、その子とともに他界する。

ベッツィー・トロットウッド（ベッツィー伯母）　デイヴィッドの父親の伯母であり、デイヴィッド誕生の当日にクレアラのもとを訪れ、その奇矯な振る舞いで気弱なクレアラを震え上がらせる。しかしその厳めしい外見とは裏腹に、優しい心根の持ち主であり、両親を亡くして孤児となったデイヴィッドを養育する。別れた夫との間に因縁があり、男性一般に対する不信感があるのか、デイヴィッド誕生の際にも女児を熱望した。

クレアラ・ペゴティ（うちのペゴティ、僕ん家《ち》のペゴティ）　デイヴィッドの家（ブランダストンにある「カラスの森」）で働く、ふくよかで愛情深い乳母。デイヴィッドのことを心の底から愛し慈しみ、母クレアラを亡くしたデイヴィッドにとって、母親とは違った意味で特別な愛おしさを感じる相手。

ダニエル・ペゴティ（ペゴティさん）　クレアラ・ペゴティの兄。ヤーマスで暮らす無骨な漁師だが、愛情細やかで、孤児となったハムとエムリを引き取って面倒を見てやり、漁師仲間の未亡人であるガミッジ夫人にも救いの手を差し伸べる。目に入れても痛くないほどエムリを可愛がり、彼女が姿を消してのちはヤーマスの家を離れ、放浪の旅を続けてエムリを探し求める。

ハム・ペゴティ ダニエル・ペゴティに引き取られた孤児で、小さかったエムリが年頃になるまで見守り、やがて婚約する。しかしスティアフォースの登場によって、人生の行路を大きく狂わされる。

リトル・エムリ（チビのエムリ、エミリ） 可憐な花のような美少女で、孤児だったところをダニエル・ペゴティに引き取られる。ダニエルのことを心の底から慕っており、いつか自分が貴婦人になって伯父さんにいろいろなものを贈りたいと思っている。その後美しく成長し、ハムと婚約するが、身分違いの魅力的な男性スティアフォースと出会ったことで、道を踏み外す。

ガミッジ夫人 ダニエル・ペゴティの漁師仲間の未亡人で、ペゴティ家に身を寄せているが、なにかとメソメソして文句ばかり言っている。しかしエムリの駆け落ちを知って自暴自棄になったダニエルを前にして、これまでの自分のあり方を改め、思いやり深く彼を慰める。

エドワード・マードストン クレアラ・コッパフィールドの二番目の夫。クレアラの美しさに惚《ほ》れ込んでいるが、その性格は峻厳にして冷酷であり、義理の息子デイヴィッドに対しても精神的、肉体的虐待を加える。

「カラスの森」を訪れる
ベッツィー伯母さん
(第1章、フィズ画、以下同)

ヤーマスのペゴティ家
(第3章)

ジェーン・マードストン　エドワード・マードストンの姉で、全身鋼鉄の装身具に身を包んだ、ものものしい中年の独身女性。エドワードとともにデイヴィッドをいじめぬき、クレアラから家計の切り盛りに関する一切の権限を取り上げる。

チリップ先生　赤ん坊デイヴィッドの誕生に立ち会った医師。きわめて穏やかな気の小さい男性で、ベッツィーの舌鋒《ぜっぽう》鋭い攻撃にあってタジタジとなる。

バーキス　デイヴィッドがヤーマスに赴く際、また寄宿学校セイレム・ハウスに行く際に乗った荷馬車の御者。デイヴィッドから、クレアラ・ペゴティが料理上手であることを聞くと、「バーキスはその気だぜ」というメッセージをデイヴィッド経由で送り、のちに彼女と結婚する。お金に細かい締まり屋で、自分の全財産を入れた箱を常に荷馬車に括《くく》りつけて持ち歩くが、その箱は「ブラックボーイさん」から預かったものだ、という言い訳をする。

オーマー氏　デイヴィッドが母と（義理の）弟の葬式に参列するための喪服を仕立てた優しい弔い洋品店の店主。喘息《ぜんそく》持ちで、常に息を切らしている。デイヴィッドがブランダストンに里帰りする際には必ず立ち寄り、世間話をする仲で、チビのエムリもこの店でマーサとともに働いている。店の中庭からは棺《ひつぎ》に釘《くぎ》を打つ音が物悲しく響き続け、いつもデイヴィッド

ヤーマス再訪（第 21 章）

バーキス氏の死（第 30 章）

の心を哀しく惹きつける。

ジェイムズ・スティアフォース　寄宿学校セイレム・ハウスで出会ったデイヴィッドよりも年上のスマートな青年。その家柄の良さ、容姿の美しさと快活な立ち居振る舞いで、周囲の人々を惹きつけずにはおかない。デイヴィッドのことをデイジー（雛菊《ひなぎく》）と呼んで可愛がり、学校生活のさまざまな面で面倒を見てくれる。しかし表面的なスマートさとは裏腹に、我儘《わがまま》で他人を軽んじるところがある。

ローザ・ダートル　ジェイムズのいとこで、スティアフォース夫人と同居して夫人の用を足している。小さい頃にジェイムズに負わされた怪我が、口元に傷跡となって残る。彼に対して屈折した恋愛感情を持ち、常日頃からジェイムズを焚《た》き付けるような皮肉を言ったり、彼に近づく女性たちを悪しざまに罵《ののし》ったりする。

スティアフォース夫人　ジェイムズの母で、出来の良い息子を溺愛し、まともに躾けることをしない。エムリとの一件についても、きわめて自己中心的な視点からしか眺めようとせず、息子は被害者だと言い張る。

マーサ・エンデル　エムリより二つほど年長だが、学校に一緒に通った仲で、オーマー氏の店でも机を並べて仕事をしていた。男に誘惑されて身を持ち崩す。その姿がのちのエムリを暗示するものとなる。

第一章　僕は生まれる

果たして僕は本当に、自分の人生のヒーロー[*1]としてふさわしいのか、それとも他の誰かにその座を譲り渡してしまうのか、それはこの先のページを読めばわかる。とにかく僕の人生の物語を、人生のちょうどはじまりからはじめることにして、ひとまず、僕[*2]が生まれたのは金曜日の真夜中十二時きっかりだった（そう教わってきたし、それを信じることにしている）って書いてみよう。聞いた話では、時計が十二時を打ったのと僕が産声《うぶごえ》をあげたのは、まったくの同時だったらしい。

金曜日の十二時とくれば、産婆はもちろんのこと、この僕とちゃんと知り合いになる何か月も前から、やたら興味を示してはヤイのヤイの言っていたご近所の訳知り顔のおばさんたちも、みんなが口を揃《そろ》えてこう言った。第一に、この子は不幸な一生を送るだろう、第二に、この子は亡霊や精霊が見える特殊な能力を授かるだろう、って。そしておばさん連中が信じていたところによれば、こんなありがたい星回りは二つとも、金曜の未明に生まれた不幸な子供なら男も女も関係なく、必ずしょい込む宿命ってやつらしかった。

第一の点について、ここでわざわざなにか言う必要もないだろう。この予言が当たったのか外れたのか、この先の僕の物語がなにより雄弁に語ってくれるはずだ。第二の点については、物心つく前にその能力を使い果たしてしまったっていうのでなければ、今のところまだそれらしき兆候はないってことだけ言っておこう。だけどこの能力に恵まれなかったからって、愚痴《ぐち》るつもりなんかまったくない。仮にいま他の誰かがその能力に恵まれているんだとしたら、どうぞこれからもそのままでお願いしたいって心から祈っている。

僕は羊膜[*3]をかぶって生まれたので、この羊膜、格安十五ギニーで売ります、って新聞広告が打たれた。たまたま当時、船乗り稼業の連中が金に困っていたのか、それともバカげたジンクスを信じるくらいならライフジャケットを着たほうがましだって連中ばかりだったせいか、僕にはわからない。わかるのは、打った広告に応えた入札はたったの一つ、それも証券仲介業に携わる法廷代理人さんで、二ポンド分は現金払い、残りはシェリー酒で勘定をつけたい、これ以上高いなら水難除《よ》けのお守りなど御免こうむるって言われたことだけだ。結局、打つだけ損で広告は引っ込められた――だってちょうどその頃、うちは母さんの自家製シェリー酒を市場に売りに出していたくらいだったから――それから十年して、僕の羊膜は近隣のお祭りで籤引《くじび》きの景品になった。参加者は五十人、めいめいが半クラウンずつ出し合って、当たればお品はたったの五シリングってわけだ。僕もその場に居合わせたけど、自分の身体の一部が景品扱いされるのを見て、なんともむず痒《がゆ》くて居心地がわるかったのを覚えている。たしか手提げ袋をさげたお婆さんが見事にご当選だったはずだけど、そのお婆さん、どうにも気乗りしないご様子で手提げ袋から当該五シリングを取り出したまではよかったが、それが全部半ペンス硬貨ばっかりで、しかも二ペンス半足りないときていた——そのうえ延々時間をかけて何回も勘定しなおしてやったのだけれど、お婆さんにはからっきしわからなかった。そんなお婆さんが、一度たりとも水の事故に遭わず、得意満面、九十二年の生涯をベッドの上で閉じたってことは、そこら一帯で末代まで語り継がれるだろう。だけどお婆さん、生まれてこのかた橋を渡るとき以外は水の上に立ったことがないってのが、なによりご自慢のお方だった。それから紅茶片手に(これが彼女の大好物で)死ぬまでプリプリ怒ってたのは、世界中「ほっつきまわって」るような不心得な船乗り連中は、まったくとんでもない親不孝者だってことだった。でもそんなけしからん船乗り稼業のおかげであれこれ便利なものが手に入るんだし、ほら紅茶だってそうかもしれませんよって言ってみても、結局は時間の無駄だった。言えば言うほどお婆さんはそりゃもうきっぱり、これなら効き目満点と本能的に知っている決め台詞《ゼリフ》で返してくるのだった。「ほら、あたしたちも変な話でほっつきまわるなんてやめにしなきゃ」って。

それじゃ僕も、とりあえずほっつきまわるのをやめて、自分の誕生物語に戻ろう。

僕はサフォーク州のブランダストンで生まれた。またはスコットランド風の言い方をすれば、「だいたいそこらへん」で生まれた。僕が生まれるより前に父さんは死んだ。父さんの目がこの世の光を見られなくなって六か月ほどしたところで、赤ん坊の僕の目が開いてこの世を見回した。今思い返してみても、父さんが僕に会ったことがないだなんて、ちょっと変な気がする。それにぼんやりした思い出を手繰《たぐ》ると、もっと変な気がすることもあったんだ。[*4]幼かった僕は、父さんってものを、なにか教会墓地の白い墓石の仲間みたいなものだと思っていて、暗い夜になると決まってなんとも言えず父さんが可哀そうでたまらない気持ちになった。だってこうして僕らはぬくぬくと暖炉と蠟燭《ろうそく》の灯《とも》るちっちゃな居間に集まってるのに、父さん一人、あんな寂しいとこでポツネンと寝ているだなんて、しかもその父さんを閉め出すみたいにかんぬきを下ろしてカギまで掛けるだなんて——まるで血も涙もないじゃないかって思ったんだ。

　父さんの伯母さんにあたる人、つまり僕にとっては大伯母さんにあたる人で、これからおいおい詳しく説明していくけど、とにかくこの人、僕ら一家の大黒柱と呼ぶにふさわしい御仁だった。このミス・トロットウッド、あ、僕の気弱な母さんはだいたいミス・ベッツィーって呼んでいたけど、それだって母さんがこのおそろしい伯母さんに対する恐怖心をなんとか押さえつけ（もちろんそんなことは滅多になかった）、勇気を振り絞って名前を呼ぶときだけだった。とにかくこの伯母さん、年下のずいぶんハンサムな男と結婚したはいいが、このハンサムってのが、世に言うところの「ハンサム、それは顔ではなく心の美」って意味の「ハンサム」じゃなかった——だって、伯母さんを殴るらしいって噂《うわさ》があっちこっちで流れたみたいだから。一度なんか金のことで大揉めに揉めた挙句、なにがなんでも伯母さんを三階の窓から突き落としてやるって、とっさにあれこれ算段したこともあるとか。性格の不一致というのがこうまで明らかになってみれば、さすがの伯母さんも金をやって手を切ろうと肚《はら》をくったらしく、双方合意のもとに二人は別れた。僕の一族に伝わる根も葉もない噂によると、男はその金を持ってインドに行って、バブーン［ヒヒ］をしたがえ象に乗っているところを目撃されたらしい。だけど僕は、バブーンじゃなくてバブー［インド紳士］の聞き間違いだろうと思う——じゃなかったら、ビーガム［インド貴婦人］かもしれないけど。とにかく十年も経ったところで、インドからイギリスに風の便りが届いて、どうやら男は死んだらしいってことだった。伯母さんがこの知らせを聞いてどう思ったのか、それは誰にもわからなかった。だって伯母さんは男と別れるとすぐ旧姓に戻って、どこか遠い海辺の村にコテージを買って召使を一人雇うと、気楽な独り身暮らしをはじめたっきり、その後は世捨て人に徹して鄙《ひな》びた村でひっそり暮らしてるってことだったから。

　どうも僕の父さんは昔、この伯母さんのお気に入りだったらしい。だけど伯母さんは、父さんの結婚相手が「ただのお人形さん」だってことにすっかり腹を立てた。伯母さんは母さんを見たことがなかったけれど、まだ二十歳足らずの小娘だってことは知っていた。それ以来、父さんとミス・ベッツィーは二度と会わなかった。結婚したとき、父さんは母さんの倍くらいの歳だったし、身体もひどく弱かった。そして一年後にはあっけなく死んでしまって、それから半年経ったところで、さっきも言った通り、僕がこの世に誕生したわけだ。

　きわめて重大かつ意味深いあの金曜の午後（こんな言い方でよかったら）までに起こって

いたことっていうのは、だいたいこんなところだ。もちろん、当時の僕がこういうことをちゃんと理解していた、なんて言うつもりはないし、この先書くことだってもちろん、自分の目で見て耳で聞いてしっかり覚えているなんて言うつもりもない。

　母さんは暖炉のそばに座っていたけれど、身体の具合もすぐれなければ気分もまったくすぐれず、涙に曇る目で暖炉の火を見つめては、自分のことや、父親なしに生まれてくるはずの、まだ見ぬ我が子を想っていた。二階の箪笥《たんす》の引き出しを開ければ、祝福のピンが何ダースも刺さった針刺し[*5]があるっていうのに、その子を迎える世間さまのほうは、赤子の到来にまったく冷たい顔だった。こんなふうにして母さんは、よく晴れた風の強い三月の午後、しょげかえった顔をして、物憂げに、目の前に迫ったお産を生き延びられるかしらって思い詰めながら、暖炉のそばに座っていた。その母さんが涙に曇る目を拭って向かいの窓のほうを見ると、ちょうど庭を横切ってこちらにやってくる見知らぬ女の人が目に入った。

　母さんはもういっぺんその姿をしかと見ると、これはミス・ベッツィーに違いないと確信めいた予感を抱いた。暮れる夕日が庭の垣根越しに照らし出したこの見知らぬ女性は、しゃちこばった体勢で、眉ひとつ動かさず落ち着き払った顔をして、そう、まさにミス・ベッツィーそのものといった様子で、ドアのほうへ近づいてきた。

　家の前に立つともう一つ、やっぱり伯母さんに違いないって証拠を見せてくれた。父さんは伯母さんのことを、普通の人とは違った振る舞いの人だってよく言ってたらしい。実際この人は、ドアのところでベルを鳴らす代わりに、さっきの窓のところまで来て、鼻先をガラスにぴったり押し付けると、中をじろじろのぞき込んだ。あんまり強くぎゅうぎゅう押し付けるものだから、母さん曰《いわ》く、完全にぺしゃんこになって血の気も失せた真っ白な鼻になってたって。

これで母さんはすっかり縮み上がってしまった。だから、あの金曜日に赤ん坊の僕が生まれたのは、ひとえにこのミス・ベッツィーのおかげだって、僕は心から信じている。

母さんはアタフタと椅子から立ち上がると、後ろに回って部屋の隅に身を寄せた。ミス・ベッツィーはまるでダッチ・クロック[*6]についているサラセン人の首みたいに、母さんのいないほうの隅っこから舐《な》めるようにゆっくりじろじろと部屋を眺めまわし、やがて母さんの姿を捉えた。すると伯母さん、あたしゃいつだってみんなにヘイコラされるのに慣れっこなのよって言うみたいにギュッと顔をしかめると、ほら玄関のとこに来てドアを開けなさいよと身ぶりで命じた。母さんは出迎えに行った。

「デイヴィッド・コッパフィールド夫人、だね」ミス・ベッツィーは言った。この「だね」という強調は、母さんの着ている喪服と大きなお腹に向けられたものらしかった。

母さんは小さな声で「はい」と答えた。

「ミス・トロットウッドだよ」その客人は言った。「名前くらい聞いてるだろう。ねえ?」

もちろんうかがってますわ、母さんは答えた。そう言ったあとで、ただ聞いてるだけで、あんまり嬉《うれ》しく思ってなさそうな口ぶりだったかしらって不安になった。

「それじゃあ話は早いね」ミス・ベッツィーは言った。母さんはお辞儀をして、どうぞお入りくださいと言った。

二人はさっきまで母さんがいた居間に入った。廊下の反対側にあるお客様用の上等な居間は、暖炉に火が入っていなかった。実際、その暖炉は父さんのお葬式以来、一度も使われていなかった。二人とも腰を下ろしたものの、ミス・ベッツィーがうんともすんとも言わないので、母さんはしばらく堪《こら》えに堪えた挙句、とうとう泣き出してしまった。「おやま！　これ、これ、これ！」ミス・ベッツィーは慌てて言った。「泣くなんておよしよ。ほら、ほら！」

母さんはそれでも涙が止まらず、結局気が済むまでおいおい泣いた。

「帽子を取ってごらん、そして顔を見せてちょうだいよ」ミス・ベッツィーは言った。

この変てこな要求を突っぱねるなんて、仮にそうしたくても母さんには到底無理だった。それほど心底、伯母さんに震えあがっていた。だから言われた通り、緊張のあまり震える手で帽子を取ると、はずみで髪の毛が（母さんの髪は本当に豊かで綺麗《きれい》だった）全部ほどけて顔の周りにふわっと広がった。

「あらまあ、なんてこと！」ミス・ベッツィーは叫んだ。「あんた、まだほんのねんねの赤ちゃんじゃないの！」

母さんはたしかに若かったし、そのうえ歳よりずっと若く見えるほうだった。母さんはまるで、その若さが自分の罪だっていうみたいにぐったりうなだれて、可哀そうにシクシク泣きながら言った。たしかに私、まだほんの子供みたいなのにもう未亡人なんです、それにもしこの先、生き延びることができたって、子供みたいな母親にしかなれないんです。それからふと口をつぐむと、なぜかミス・ベッツィーが自分の髪に触れたような、それも優しく触れたような気がした。だけどそんな密《ひそ》かな期待を胸におそるおそる顔をあげると、当の伯母さんはドレスの裾をたくし上げ、片足の膝の上で両手を組み、そのまま両足を暖炉のフェンスに載せて、渋い顔で火を見ていた。

「それにしても、いったいなんだって」出し抜けにミス・ベッツィーは言った。「ルーカリー(カラスの森)なんだい?」

「この家のことですか?」母さんは尋ねた。

「だからなんでルーカリーなの、って聞いてるんだよ」とミス・ベッツィー。「あんたたち夫婦のうち、せめて片っぽだけでも世間ってものを知ってたら、クッカリー(調理場)とかのがまだしも良かったと思うけど」

「主人が選んでつけた名前です」母さんは答えた。「主人がこの家を買ったとき、このあたりにはたくさんカラスがいるんだろうなって思ったんですって」

ちょうどこのとき、夕暮れ時の風がぴゅーっと強く吹いて、庭のはずれの高い楡《にれ》の木立をザワザワ言わせたので、母さんもミス・ベッツィーも思わずそっちに目を向けた。楡の木々はまるで秘密を囁《ささや》き合う巨人みたいに、身体を寄せ合って枝を重ねていたけれど、束《つか》の間《ま》そうしていたと思うとすぐにまた、打ち明けられた秘密があまりにおそろしくて心乱れるっていうみたいに、大きな枝を無闇に振り回して暴れ騒いだ。そのせいで高い枝にぶら下がったまま風雨に晒《さら》されたボロボロのカラスの古巣は、嵐の海で揺れる難破船みたいに激しく上下した。

「鳥なんかどこにいるって?」ミス・ベッツィーは聞いた。

「えっと——」母さんはなにか他のことに気を取られていた。

「カラスだよ——どこへ行っちゃったっていうの?」

「私たちがここに住み始めたときから一羽もいないんです」母さんが言った。「私たち——いえ、あの、少なくとも主人は、ここら一帯をずいぶん立派なカラスの森だと思ったらしいんです。でも、あの木にかかっている巣はどれもずいぶん古くって、カラスたちはだいぶ前にいなくなってしまっていたみたいなんですの」

「どこもかしこもそこらじゅう、デイヴィッド・コッパフィールド、ってとこだね!」ミス・ベッツィーは叫んだ。「頭のてっぺんから爪の先まで! 本当は一羽もいやしないのに、ただ巣があるってだけでカラスがいるに違いないと当てこんだりして、家にルーカリー(カラスの森)なんて名を付けて。まったく!」

「主人は」母さんは言い返した。「もう亡くなって、この世にはいないんです。亡くなった主人のこと悪く言うんでしたら——」

可哀そうに、僕の母さん、きっと一瞬、伯母さんに摑《つか》みかかって叩《たた》いてやろうと思ったに違いない。けれどそんな一撃、伯母さんなら片手ではたき落としてしまっただろう。たとえその晩、母さんが不意打ちの訪問に怯《おび》えることなく、入念に伯母さんを迎え撃つ準備をしていたとしても。結局、母さんは椅子から立ち上がるのが精一杯で、その勢いもどこへやら、へなへなとまた腰を下ろすとそのまま気を失った。

母さんの意識が戻ったとき、いや、ミス・ベッツィーの介抱で意識が戻ったとき、と言うべきか、とにかくどっちが正しかったにしても、母さんは伯母さんが窓のところに立っているのに気が付いた。すでに夕闇の薄明かりは消え、真っ暗になっていた。お互いに相手の姿はぼんやりとしか見えなかったし、それさえも暖炉の火なしでは無理というくらいの暗さだった。

「で？」ちょっと外の景色を見ていただけよっていう素振りをしながらミス・ベッツィーは椅子に戻ると言った。「いつが予定日なの、その――」

「身体中がブルブル震えて」母さんはおろおろした声で言った。「なにが起こってるんだかわからないんです。ああ私、もう死んでしまうんだわ！」

「おやおや、そんなわけないだろうよ」とミス・ベッツィー。「ほら、お紅茶でもおあがんなさいな」

「ああ、ああ、お紅茶を飲んだら少しは良くなるかしら？」母さんはもう、どうしようもなくて破れかぶれな調子で叫んだ。

「もちろん良くなるさ」ミス・ベッツィーは言った。「そんなのただの気のせい、ってやつだよ。それで、娘さんのことはなんて呼んでいるんだい？」

「子供が女の子かどうか、まだわからないんです」母さんは無邪気に答えた。

「ねんねの赤ちゃんに神様のお恵みを！」ミス・ベッツィーは声を上げた。これは図らずも二階の箪笥に収まっている針刺しに書かれた二番目のお祝い文句とまったく一緒だったのだけど、言葉を向けた先は僕じゃなくて母さんだった。「私が言ってるのはね、お腹の赤ん坊じゃなくて、召使の娘のほうだよ」

「ペゴティ、と言います」母さんが言った。

「ペゴティだって！」ミス・ベッツィーは憤懣《ふんまん》やるかたない様子で繰り返した。「あんたねえ、いやしくもキリスト教会に行って洗礼を受けた人間が、ペゴティなんて名を授かったとか、お言いじゃないだろうね？」

「ペゴティが名字なんです」母さんは消え入りそうな声で言った。

「下の名前がたまたま私と同じだったので、主人が名字のほうで呼んでいて」

「おいで！　ペゴティ！」ミス・ベッツィーは居間の扉を開けて叫んだ。「お紅茶を持ってきなさい！　奥様の具合がちょっと良くないんだよ！　ぐずぐずするんじゃないよ」

ミス・ベッツィーはまるでこの家が建ったときからずっと、なにもかも取り仕切ってきたみたいな堂々たる様子でこの命令を発し、そのまま廊下に顔を突き出して、聞きなれない声に驚いたペゴティが蠟燭を手にあたふたとやって来るのを見届けてから、再び扉を閉め、前と同じように椅子に腰を下ろした。足を暖炉のフェンスに掛け、ドレスの裾をたくしあげ、両手を組み合わせて片方の膝に載せた。

「お腹の赤ん坊は女の子って言ったね」ミス・ベッツィーは言った。「私もたしかに女の子に違いないと思うよ。絶対女の子だろうって気がする。ねえ、あんた、この娘が生まれた瞬間から――」

「男の子かもしれません」母さんは思い切って口を挟んだ。

「言っただろ、私は女の子に違いないって気がするんだよ」ミス・ベッツィーは言い返した。「口答えするんじゃないの。この娘が生まれてきた瞬間から、ねえあんた、私が友達になってあげようじゃないか。名付け親になってやろうと思ってね、それでベッツィー・トロットウッド・コッパフィールドって名前にしようと思うんだけど、どうかね。こっちのベッツィー・トロットウッドには、人生に間違いなんてひとつも起こっちゃならないからね。こっちのベッツィーの愛情を弄ぶなんて、そんなのとんでもないことだよ。こっちのベッツィーは、まっとうに育てて、ろくでもない奴にのぼせ上がったりしないように、ちゃあんと守ってやんなくちゃ。そのあたりは全部、この私が面倒を見てやらなくちゃねえ」

ミス・ベッツィーは話の切れ目ごとに、頭をピクピクとひきつらせた。まるでその姿は、遠い昔の過ちが体内でうずき、ふとしたはずみで口から出てきそうになるのを、必死で抑えつけようとしているみたいだった。いや、少なくとも、暖炉のにぶい明かりに照らされた伯母さんを見ていた母さんの目には、そんなふうに映ったらしい。もちろん母さんは、伯母さんが怖くてすっかり縮み上がっていたし、どうしようもなく具合が悪くてしょげ返っておろおろするばかりだったから、伯母さんを観察するどころか、言われたことになんて答えてよいかもわからない始末だったんだけど。

「それで、デイヴィッドはあんたに優しくしてくれたかい？」しばらく黙っていたミス・ベッツィーは、次第に頭のピクピクが治まってくると母さんに言った。「二人で一緒にいて幸せだったかね？」

「ええ、とても幸せでした」母さんは言った。「主人は私にはもったいないくらい優しくしてくれましたし」

「なんてこったい、それじゃさんざん甘やかして駄目にしちゃったってことかい？」とミス・ベッツィー。

「こうして一人ぼっちになって、自分だけの力でこの辛《つら》い世の中を生きていかなくちゃいけないんですもの、そう、やっぱり主人は私を甘やかして駄目にしてしまったんですわ」母さんは泣いた。

「まあまあ、もう泣くのはおよし！」ミス・ベッツィーは言った。「あんたたち二人、あんまり釣り合いが取れてたってわけでもないんだねえ、そりゃまあ、ぴったり釣り合った二人なんてのが、そもそもいるもんかどうかわからないけど――。だからまあそのへんを聞いたわけ。それで、あんたはたしか、身寄りがないんだったね？」

「はい」

「それで、家庭教師《ガヴァネス》だったって？」

「とあるお宅で、子守り兼家庭教師のようなことをしていたんです、そこに主人が遊びにきたんですわ。主人はとても優しくって、私のことをあれこれ気にかけてくれて、なんだかんだと面倒を見てくれて、とうとう結婚を申し込んでくれたんです。だから私はそれを受けて。で、結婚したんです」母さんは飾り気のない言葉で語った。

「あらまあ！　なんて赤ちゃんだろうね！」ミス・ベッツィーは相変わらず渋い顔で暖炉の火を睨《にら》んだまま考え込むように言った。「それであんた、なにかできることはあるの？」

「それは、どういうことでしょう？」母さんはおどおどと尋ねた。

「家の切り盛りなんかは、たとえばどうなのよ？」ミス・ベッツィーが言った。

「ちゃんとできるわけではありませんの」母さんは答えた。「もっといろいろできたらいいんですけど。でも主人が教えてくれて――」

(「その主人ってのがどれだけわかってたもんだか！」) ミス・ベッツィーは相手に聞こえぬようにこっそり言った。

「――私、もちろん、自分でもいろいろ勉強しようと思ってましたし、主人も本当に根気よく教えてくれましたから、それはもう、今頃は一人前の奥さんになってただろうと思うんです、主人が死んでしまうなんて、あんなおそろしいことさえ――」母さんはここでまた言葉を切り、それ以上続けることができなかった。

「よし！　よし！」とミス・ベッツィー。

「――家計簿だって欠かさずつけて、毎晩主人と一緒に勘定が合ってるか計算もしてたんです」叫ぶようにこれだけ言うと、母さんは打ちひしがれてワッと泣き出してしまい、もう言葉にならなかった。

「よし！　よし！」とミス・ベッツィー。「もう泣くんじゃないよ」

「――それに私たち、家計のことで喧嘩《けんか》なんて、いっぺんもなかったんです、もちろん、君の数字の3と5は見分けがつきにくいなとか、7とか9の終わりにちょろっと尻尾《しっぽ》みたいなハネを書くのは感心しないな、なんて言われたこともありますけど、本当にそのくらいだわ」

母さんはこう言うと、またもやワッと泣き出した。

「そんなにワアワア泣いてばかりいたら具合を悪くするよ」ミス・ベッツィーが言った。「そしたらあんた一人の問題じゃなくて、私が名付け親になってやるちっちゃな女の子の具合だって悪くなるんだから。さあさあ、そんなに泣くのはおよし！」

この言葉は母さんに落ち着きを取り戻させるのに少し効果を発揮したが、それよりずっと効果抜群だったのは、母さん自身どんどん気分が悪くなってきて、泣く気力もないってことだった。その後、シンと静まりかえった部屋には、暖炉のフェンスに足を掛けて座るミス・ベッツィーの「フン！」という声だけがときどき響いた。

「たしか、デイヴィッドは自分のお金で年金投資をしていたはずだけど」しばらくして伯母さんは言った。「あんたのために、お金のことはどうしてくれたんだい？」

「主人は」母さんは言葉に詰まりながら言った。「本当に思いやり深くて優しい人で、年金の一部が私のほうに回るようにしてくれました」

「いくら？」とミス・ベッツィーが聞いた。

「年に百五十ポンドですわ」母さんが言った。

「まあ、もっと最悪な状況ってのもありえたわけだし」伯母さんは言った。

これはまさにその瞬間にぴったりの言葉だった。母さんの具合はまさに最悪な状況ってやつで、ちょうどお茶のお盆と蠟燭を手に入ってきたペゴティは一目でその様子を察すると――もっとも伯母さんだって、部屋がもう少し明るければもっと早くに気が付いていたはず――、大急ぎで母さんを二階の寝室に運んだ。それからすぐさま甥《おい》のハム・ペゴティに(こんな危急のときもあろうかと母さんには内緒で、ここ数日家にこっそり待機させていたのだ)、医者と産婆を呼んでくるよう言いつけた。

さて医者と産婆の援軍部隊は数分違いで家に結集したが、到着するや、いかめしい出立ちの見知らぬ婦人を見てすっかり肝を潰してしまった。というのもそのご婦人、ボンネットを左腕にぐるぐると巻き付け、宝石商が商品の梱包用に使う綿を耳に突っ込んで栓をしたまま、暖炉の前に座っていたのだ。ペゴティにもさっぱり誰だかわからないし、母さんも説明できる状態ではなかったので、伯母さんは居間に鎮座する大いなる謎だった。宝石商の綿をどっさりポケットに入れ、それを両耳に突っ込んで耳栓代わりにしているというのに、深遠で謎めいた存在感は少しも減ずるところがなかった。

二階に行っていたお医者さんが下りてきて、どうやら何時間かはこの見知らぬご婦人と二人きり、顔を突き合わせているしかないと判断したのだろう、できるだけ失礼のないように愛想よく振舞おうとした。このお医者さん、世の男性のうちでも最も従順で、小柄な男性のうちでも最も気の小さい人物だった。そこで、なるべくスペースを取らないように、部屋の出入りの際には横歩きで移動した。ハムレットの亡霊もかくやというほど静かに歩き、その動きは当の亡霊すらかなわぬほどゆっくりだった。自分を謙遜し、相手に謙譲の意を示すため、その首はいつもどちらかの側に傾いていた。犬相手でさえ、きつい言葉をかけられる人ではなかった、と言っても過言ではない。ましてその犬が猛り狂っていようものならなおさらだった。そんな猛犬に対してでも、優しい言葉だったらほんの一言、せめて半言、いやせめて言葉のさわりだけ、かけられたかもしれない。なにせ彼の話しぶりときたら、歩調と変わらずとにかく鈍かったから。いずれにしても、犬に対してさえ、声を荒らげたり、ましてカッとするところなど、まったく想像できないような人だった。

そんなわけでチリップ先生[*7]は例によって首を傾《かし》げたまま、伯母さんのほうを穏やかに見つめて軽く会釈し、その耳に詰まった綿栓に話題を向けようと、自分の左耳にそっと手を当てて話し始めた。

「すると、そのあたりがお悪いのですかな?」

「なんだって?」

まるでコルクを引き抜くようにしてスポンッと片方の耳から綿栓を引き抜き、伯母さんは答えた。

チリップ先生はこの唐突な返答にすっかり肝を潰してしまい、なんとか度を失わずに持ちこたえたのは神様のお恵みと言うしかなかった——先生自身、後日母さんにそう言ったのだ。

それでも、彼は優しく繰り返した。

「お耳のあたりがお悪いのですかな?」

「たわけたことを!」伯母さんは言うと、また一息に栓を耳に突っ込んだ。

こうあしらわれてはチリップ先生もどうしようもなく、ただ腰を下ろしておずおずと伯母さんのほうを見るよりほかなかった。一方の伯母さんも腰を下ろして暖炉の火を見つめ、チリップ先生がもう一度二階に呼ばれて行くまでじっとしていた。十五分ほどしてから、先生はまた戻ってきた。

「で?」伯母さんは先生に近いほうの耳から栓を抜くと尋ねた。

「で、奥さま」チリップ先生は答えた。「なんというか、非常にゆるゆると進んでおります」

「へーー、えーーーえ、そう」侮蔑に満ちた合いの手に、思い切り抑揚をつけて発音すると、伯母さんはまた前と同様、耳栓をした。

いやはや——いやはや、本当に——チリップ先生が後になって母さんに語ったところでは、彼はもう卒倒寸前だった。純粋に医師としての職業的見地から言っても、まさに卒倒寸前だった。それでもなんとか気を取り直し、二時間もの間、じっと座って伯母さんのほうを見ていたけれど、伯母さんは伯母さんでヒタと暖炉の火を見つめたまま、先生が再び呼ばれて行くまでじっとしていた。またしばらくして先生は居間に戻った。

「で?」伯母さんはさっきと同じほうの耳栓を抜くと尋ねた。

「で、奥さま」チリップ先生は答えた。「なんというか、非常にゆるゆると進んでおります」

「ふーー、うーーーーん、そう」伯母さんは言った。こうまでひどい侮辱をあからさまにぶつけられては、さすがの先生も到底耐えられなかった。実際、あれは私を怒らせるためにわざとやったんだと思います、と後日先生は語った。こんな仕打ちを受けるくらいなら、明かり一つない真っ暗闇でピューピュー隙間風に吹かれることになっても、外の階段に座っていよう、そう思った先生は居間から出て行ったが、やがてまた呼ばれて二階に行った。

ハム・ペゴティはこの頃国民学校*8に通っており、教理問答には口が裂けても嘘《うそ》を言わぬよう叩きこまれていたから、その証言は信頼がおけるものと考えてよい。その彼が翌日報告したところでは、最後に先生を見てから一時間ほどして、居間の扉からふと中を覗《のぞ》くと、折悪しく、イライラと部屋中を歩き回っていたミス・ベッツィーに見つかり、逃げる間もなくむんずと捕えられた。ハム曰く、その頃には足音や声が時折二階から聞こえてきて、耳栓をしていても聞こえてしまったんだと思います、だからちょうど物音がピークに達したところで、もうどうにも堪らないイライラの捌《は》け口《ぐち》にするために、俺をとっ捕まえたんだと思います、とのこと。そんなわけで、哀れハムは伯母さんに襟首《えりくび》を摑まれたまま、(まるで阿片《アヘン》チンキでも飲み過ぎたみたいに)ひたすら部屋の中を引きずり回される羽目になり、伯母さんはその間じゅう、ハムを揺さぶったり、髪の毛をくしゃくしゃにしたり、小突き回したり、まるで自分の耳と間違えているみたいにして彼の耳を塞いでみたり――その他にもありとあらゆる狼藉《ろうぜき》を働いて彼をいたぶった。これはその日の十二時半頃、苦行から解放された直後のハムを目撃した叔母ペゴティの証言によっても、部分的に裏付けられている。なにしろそのときのハムときたら、生まれたての僕と変わらないくらい真っ赤だったというのだから。チリップ先生は平生いつでもそうだったけれど、その日のような緊急事態ではなおさら、感じの悪い態度を取ることのできない人だった。自分の役目を終えるやすぐに階下の居間へと静かに戻り、伯母さんに向かって慇懃《いんぎん》そのものの調子で言った。

「奥さま、このたびは本当におめでとうございます」

「なにがだい？」伯母さんは噛《か》みつくように言った。

チリップ先生はその怖ろしい剣幕にひるんでまた言葉に詰まった。まあまあひとつ穏やかに、と言うように、軽く会釈をすると少し微笑《ほほえ》んで見せた。

「いったいぜんたい、この男ときたらどうなってるんだい？」伯母さんはイライラして叫んだ。「口もきけないってのかい？」

「どうぞ落ち着いてください、奥さま」チリップ先生は、普段から穏やかな声をいよいよ穏やかにして言った。

「もうご心配なさるようなことはなにもないのですから。どうぞ落ち着いてください」

後になって考えてみても、ここで伯母さんが先生をブンブン振り回すような振る舞いに及ばず、振り回した勢いで先生の口から無理やり話を聞き出そうとしなかったのは、本当に奇跡と言っていい。伯母さんはただ、自分の頭をブンブン振り回すにとどめたが、それでも先生を縮み上がらせるには十分だった。

「いや、まあ、どうぞ落ち着いてください」チリップ先生はなんとか気を取り直すとまた言った。「このたびは本当におめでとうございます。すべて終わりましたよ。首尾よく終わりました」

チリップ先生がシドロモドロでたっぷり五分ほどかけてこのお祝いを述べる間、伯母さんは舐めるようにじっと先生を見ていた。

「それで、あの娘《こ》はどんな様子ですか？」伯母さんはボンネットを片腕に括りつけたまま、腕組みをして言った。

「ええと、そうですね、まもなく元気になられることと思いますよ」チリップ先生は返した。「ご主人を亡くされてお気落としでしょうが、なにしろ若いお母さんですし、まもなく元気になられるでしょう。今すぐお会いになっても構いませんよ、奥さま。そうしてさしあげたら、お母さんも元気づかれるでしょうし」

「それで、あの娘のほうはどうなの？　あの娘のほうは？」

チリップ先生は、いつもより念入りに首を傾げてから、まるで可愛い小鳥みたいな顔で伯母さんのほうを見つめた。

「赤ん坊のことよ。あの娘《こ》はどうなの？」伯母さんは聞いた。

「奥さま」とチリップ先生。「てっきり奥さまはご存じかと思っておりましたが。男のお子さんですよ」

伯母さんは一言も口をきかずにボンネットの紐を引っ掴むと、まるでチリップ先生の頭に狙いを定めて一発お見舞いしてやるといった具合で、投石機みたいにブンと振り回してから、そのまま斜に被って出て行って、それきり二度と帰ってこなかった。伯母さんはまるで、プリプリ怒った妖精みたいにふっと消えてしまった。いや、赤ん坊の僕がいつか目にするだろうって予言された亡霊の一人みたいに、ふっと姿を消してしまった。そしてそれきり二度と戻ってこなかった。

そう、二度と。僕は揺り籠に横たわり、母さんはベッドに横たわっていた。けれど、ベッツィー・トロットウッド・コッパフィールドは、この僕がつい今しがた旅立ってきた魑魅《ちみ》魍《もう》魎《りよう》の世界、夢と幻だけが住まう場所に永遠に留まったまま、ついに生まれ出ることはなかった。僕らの部屋の窓に灯された明かりは、僕と同じようにこの世にやってきた旅人たちの亡骸《なきがら》を、それから、こんもりと盛られた小山の上を、静かに照らしていた。そこには、今は灰と塵に帰したあの人が眠っていた。そう、その人がいなければ僕が命を得ることもなかっただろう、僕の父さんが。*9

第二章　僕は観察する

ずっと昔を振り返って、はるかかなたに霞む子供時代の記憶を手繰れば、なによりはじめにはっきりと目の前に浮かぶのは、少女のようにすらっとして綺麗な髪をした母さんと、それからなんとも言えない体型をしたペゴティだ。ペゴティときたら、それはもう顔の上半分は全部黒ずんで見えるほど真っ黒な目をしていて、それに引き換えほっぺたと腕はものすごく固くて真っ赤だったから、鳥が飛んできて、リンゴよかこっちのほうがおいしそうだと突っつくんじゃないかって心配するくらいだった。

僕の記憶の中の二人は、お互いに少し離れたところで、床にかがむような、膝をつくような姿勢をしているせいか、とても小さく見える。そして僕は、二人の間をよちよち歩いている。ペゴティはよく、小さな僕に人差し指を差し出してくれたものだった。その感触は今でもはっきり覚えているし、針仕事のせいで指先がガサガサで、まるでナツメグ用のおろし金みたいだなあって思ったのもよく覚えている。だけど、果たしてこれが本物の記憶なのかどうか、もう僕にもわからない。

ひょっとするとこれは、僕の作った幻想なのかもしれない。でも僕らはみな誰だって、普通に考えたらありえないくらいずっと昔のことまで、覚えているものじゃないだろうか。それに、年のゆかぬ小さな子ほど、細かいところを精緻に把握する素晴らしい観察眼に恵まれているものじゃないだろうか。実際、観察力の鋭い大人というのは、大きくなるにしたがってその能力を身に付けていくのではなくって、幼少期の鋭い観察眼を失うことなくそのまま成長したっていうほうが当たっているだろう。だからこそそんな大人たちは、みずみずしくて、思いやりにあふれ、豊かな感受性に恵まれていることが多い。それも当然、子供の頃の素質をそのまま持っているせいだと思う。

こんなふうに長々書くと、まるで「ほっつきまわって」とりとめのない話をしているみたいに思われるかもしれないけれど、こんな結論に至ったのも、ひとつには僕自身の経験に根差しているってことが言いたいのだ。もしこの先の物語の内容から、幼少期の僕が観察力の鋭い子だったらしいとか、大人になった僕が自分の過去をとてもよく記憶しているらしいとかっていう印象を与えるとしたら、なるほど僕は間違いなく、観察力と記憶力の両方に優れた人間ってことになるだろう。

さっきも言った通り、ずっと昔を振り返って、はるかかなたに霞む子供時代の記憶を手繰ると、もやもやした背景からはっきりと浮かび上がってくる最初の像が、母さんとペゴティの二人だ。他に覚えていることといったらなんだろう。うーん、なんだろうか。

雲の中から姿を現すのは僕たちの家だ——僕にとっては目新しいものなんかじゃなく、むしろとても懐かしくて、記憶の一番底辺にある家。一階にはペゴティがいるキッチンがあって、そこから裏庭に出られる。庭の真ん中には棒が一本立っていて、ハトの巣箱が取りつけてあったけど、中にはハトなんか一羽もいない。庭の端には大きな犬小屋があったけど、やっぱり犬なんかどこにもいない。かわりに、たっくさんのニワトリがいて、どいつもこいつも僕にはおそろしくデカく見えるんだけど、揃いも揃って威圧的で凶暴な顔をして庭中ほっつき回っている。おまけに杭の上に登って時を作る雄鶏《おんどり》が一羽いる。キッチンの窓越しに僕がのぞいていると、奴も僕には格別のご興味がおありのご様子。なんといってもひどく獰猛《どうもう》な雄鶏だけに、僕はもうそれだけで震え上がってしまう。それに、僕が通用門の外へ行くたびに後ろから長い首をうんと伸ばしてピタパタとついてくるガチョウどもときたら、僕の夢の中にまで姿を見せる。そう、まるで野獣に囲まれた男がライオンの夢を見るようにして、僕はガチョウの夢を見る。

ここに長い廊下が走っていて——ほら、ずっと向こうまで見渡せる、すごい眺めだ！——ペゴティのいるキッチンから正面玄関まで続いている。廊下のはずれには暗い物置部屋があって、夜に通るときは一足で駆け抜けなくちゃいけない。わずかな蠟燭の明かりだけが灯された、誰もいないその部屋のドアの隙間からは、カビくさい臭いが漂ってくるし（一息に吸い込めば、石鹸《せっけん》やピクルス、コショウ、蠟燭、珈琲《コーヒー》の匂いが一気に嗅《か》げるって寸法だ）、棚の盥《たらい》や瓶や古い茶箪笥の陰には、いったいどんな得体の知れない輩《やから》が隠れているかわかったものじゃない。それから居間が二つ、一つは母さんと僕とペゴティが夕べを過ごす部屋だけど——なにしろペゴティは、仕事が片付いて他に誰もいないときは完全に僕ら家族の一員なのだ——、もう一つは日曜日に使う上等の居間だ。立派な部屋だけど、いつもの居間のほうがずっとくつろげる。なんだか僕には、この上等の居間がいつも辛気臭《しんきくさ》く思えて仕方なかった、これは多分——もういつだったか忘れてしまったけれど、多分ずっとずっと前に——、ペゴティが父さんのお葬式のこととか、黒い服を着て参列した人たちのこととかを、話してくれたせいだと思う。ある日曜の夜、母さんがペゴティと僕にそこで本を読んでくれるけれど、その本ときたらラザロ[*1]が死から蘇ったところを書いたものだ。僕はそれにすっかり震え上がってしまうものだから、母さんとペゴティは結局、寝た僕をベッドから起こして寝室の窓から外の静かな教会墓地を見せてやらなきゃならない羽目になる。ほら、亡くなった人たちはみんな、ああしてありがたいお月さまの光に照らされて、安らかにお墓の中で眠っているのよって具合に。

僕が知るかぎり、この教会墓地に生える芝生ほど青々しているものはない。ここにある木の影ほど暗い影はないし、墓石のまわりの静けさは他の静けさとは比べものにならない。ヒツジたちはあたりの草を食《は》んでいる。僕は朝早くから、母さんの部屋の脇の小部屋に置かれた自分の小さなベッドに膝をついて、その様子を見ている。そして日時計の上に赤い光が差すのを見ると、心の中で一人考える。「日時計も、また朝になって時を作るのが嬉しいのかな」って。

ほら、ここは僕ら一家の座る教会の席だ。なんて背もたれの高い椅子だろう！　近くの窓からは僕らの家が見えるけれど、ペゴティったらそれをいいことに朝のお説教の間じゅう、何度も何度も家のほうを見ている。そうやって、家が強盗に入られていないか、火事になっていないか、いつだってちゃんと確認しておきたいたちなのだ。だけどペゴティったら、自分はよそ見をするくせに、僕が同じことをするとそりゃもう腹を立てて、椅子の上に立ちあがりかけた僕に向かって、ほら、牧師さんのほうをちゃんと見るんですよ、って思い切り顔をしかめてみせる。だけどずっと牧師さんのほうばかり見ているわけにもいかない――だって僕は、あの白い上っ張りを着ていないときの牧師さんを知っているし、なんでこいつはこんなにジロジロ見てくるんだろうって思われたら大変だし、それにもしかしたらお説教を途中でやめて僕にそう聞いてくるかもしれない――そうしたらどうしよう？　あくびするなんて畏れ多いけれど、でもなにかしなくちゃいられない。母さんのほうを見ても僕に気付かないふりをする。廊下にいる男の子のほうを見ると、あっかんべーを返してくる。教会の入り口の扉から差し込んでくる光を見ていると、向こうのほうに迷える羊が——僕が言いたいのは罪びとのことじゃなくって、単なる羊のことだけど——、半ば本気で教会に入ってこようとしているらしいのが見える。これ以上羊のほうを見ていたら、思わずなにか叫んでしまいそうな気がしてくる。そうしたら僕は一体どうなるだろう！　今度は壁に掛かった巨大な額石を見て、この教区の亡きボジャーズさんについて考えてみる。*2 ひどく苦しんで、長患いの末、とうとうお医者さんにも手の施しようがないってわかったとき、奥さんはどんな気持ちだったのかな。やっぱりチリップ先生を呼んだのかな。でも、さすがの先生もどうしようもなかったのかな。もしそうならチリップ先生は、どうにも毎週そのことを思い出さなきゃならなくって、どんな気持ちかな。よそゆきの白いネクタイをしたチリップ先生から、僕は説教壇へと目を移し、あそこで遊べたらどんなに楽しいだろうな、あそこなら恰好《かっこう》の城になるし、誰か一人下から階段を攻め上がって来ることにして、そいつの頭の上に房飾りのついたヴェルヴェットのクッションを投げつけてやったら、そりゃもう素敵だな、なんて考える。そうしているうちに、僕はしだいに目を開いていられなくなる。そして、牧師さんが真心こめて、なんとも眠くなる歌を歌ってくれるのを聞いているうちに、なにも聞こえなくなり、バターンと大きな音をたてて椅子からひっくり返り、ペゴティによって半死半生の状態で連れ出される。

さあ今度は、僕らの家を外から見てみよう。寝室の格子窓は爽やかな外気を入れるために開け放たれている。古いボロボロのカラスの巣は前庭のはずれの楡の木にぶらさがったままだ。僕は今、からっぽのハトの巣箱と犬小屋のある裏庭を通り抜けて、家の裏手の果樹園に来ている——高い塀に囲われ、南京錠と門扉で守られた、まさにチョウチョの楽園といったところだ。たわわに実った果物は、よそでは見たこともないくらいまんまるくはちきれんばかりに熟している。母さんがいくつかもいで籠に入れる間、僕はそばに立って、こっそりグースベリーの実を飲み込んで、なるべく口を動かさずに素知らぬ顔を決め込んでいる。強い風がさっと吹いて、夏を一瞬で吹き飛ばしてしまう。僕らは冬の薄暗い夕暮れ、居間でダンスを踊っている。母さんが息を切らして肘掛椅子に座り込むと、金色の巻き毛を指にクルクルと巻きつけ、お腹にきゅっと力を入れてへこませる。母さんがそうやって自分を素敵に見せるのが好きだってことも、それから自分がとっても綺麗なのを、実際ずいぶん得意に思ってるってことも、僕は他の誰よりよく知っている。

これが僕の一番小さな頃の記憶だ。それから、周囲を観察しながら導き出した僕の人生最初の哲学——こんな大層な言い方をしてよければだけど——は、僕も母さんもペゴティのことをちょっとおっかないと思っていて、たいていのことはペゴティの指図に従うようにしていた、ってことだ。

ペゴティと僕はある晩、居間の暖炉のそばに二人っきりで座っていた。僕はクロコダイルの本をペゴティに読んでやっていた。僕の滑舌《かつぜつ》があんまり良すぎたせいなのか、じゃなければ、可哀そうにペゴティがあんまり夢中で聞きすぎたせいなのか、とにかく読み終わってみたら、どうやらペゴティのもやもやとした印象のなかで「クロコダイル」は野菜の一種だってことになってしまった。僕は読み疲れて、死ぬほど眠たかった。でもその晩は特別素敵なお許しをもらっていて、母さんが近所のお宅で夕食を招《よ》ばれて帰ってくるまで、起きて待っていてもいいって言われていたから、自分の持ち場を離れて（そうとも、そこが僕の持ち場だった）おめおめベッドに行くくらいなら、そのまま死んだほうがましだってくらいの気持ちだった。だけど僕はいよいよ眠くなってきて、そのうちペゴティが膨れ上がって信じられないくらい大きく見えてきた。そこで、両手の人差し指を両のまぶたに当ててカッと開き、そのままの姿勢でペゴティが椅子に座って針仕事をするのを辛抱強く見つめていた。糸の滑りを良くするための小さな蠟燭のかけらを眺めてみた——どこから見ても皺《しわ》くちゃのそいつは、なんて老いぼれて見えたことか！——それから一ヤード巻尺が住んでいる小さな藁《わら》ぶき屋根のお家を眺めて、てっぺんにセント・ポール大聖堂（ドーム屋根はピンク色に塗られていた）の絵が描いてある、スライド式の蓋がついた裁縫箱もじっと見た。ペゴティの指にはまった真鍮《しんちゅう》の指貫《ゆびぬき》を見て、それからペゴティ自身に目をやって、あぁ、綺麗だなあと思った。僕はあんまり眠くって、なにかをじっと見ていなければ一瞬で気を失いそうだった。

「ねえ、ペゴティ」突然、僕は言う。「お前、結婚したことはあるの？」

「まあなんてことを。デイヴィ坊ちゃん」ペゴティは答えた。「いったいぜんたい、どうして結婚なんて思いついたんです？」

あんまりペゴティがびっくりしているので、僕もすっかり目が覚めてしまった。するとペゴティは針仕事をやめ、針を引っ張って糸をぴんとさせたまま、僕のほうを見た。

「ねえお前、結婚したこと、あるの、ないの、ペゴティ?」僕は言う。「だってお前、とっても美人じゃないか、ねえ?」

たしかに母さんとは違うタイプだけど、それでもペゴティはペゴティなりに別のタイプのお手本みたいな美人だって僕は思っていた。上等の居間には赤いヴェルヴェットの足置きがあって、てっぺんには母さんが描いた花束の絵があった。その足置きの台とペゴティの顔の色はどっちがどっちか見分けもつかないくらいに似た色に見えた。もちろん、足置きがツルツルなのに、ペゴティの顔はザラザラだったけど、そんなことはこの際問題じゃなかった。

「わたしが、美人ですって、デイヴィ!」ペゴティは言った。[*3]「あらまあ、そんなとんでもない、坊ちゃん! でも、いったいどうして結婚なんて思いついたんです?」

「わかんないよ! 結婚できるのは一回に一人っきり、それ以上は駄目なんだよね、ペゴティ?」

「もちろんですとも」ペゴティはすばやく、きっぱり返事をする。

「じゃあ、もし誰かと結婚して、その誰かさんが死んじゃったとしたら、そのときは、また他の人と結婚してもかまわないというわけなの、ペゴティ?」

「それはかまいませんけど」ペゴティは言う。「もし、そうしたいなと思ったらの話ですよ。それは人それぞれの考え方によりますからね」

「じゃあお前の考え方ってのはどうなの、ペゴティ」僕は聞いた。

そう尋ねながら、しげしげと彼女のほうを見た。なぜってペゴティはペゴティで僕をしげしげと見つめてきたから。

「私の考え方、と言ってもねえ」ちょっとためらっているみたいにして僕から目を逸《そ》らすと、ペゴティはまた針仕事に戻って言った。「私はいっぺんも結婚したことがないんですよ、デイヴィ坊ちゃん。それに、これから先も結婚しないと思います。私が結婚についてわかるのはそれだけですよ」

僕は少しの間黙って座っていたけれど、やがて「怒っちゃいないだろうね、ペゴティ、ねえ？」と言った。

実際ペゴティの返事はあまりにつっけんどんだったから、怒っているに違いないと思った。でも本当は全然違っていた。ペゴティは縫い物を脇に置くと（自分の靴下を繕っていた）、両腕をぱっと広げて、僕のふわふわの巻き毛頭を包み込み、思いっきりギュッと抱きしめた。ずいぶん熱烈な抱擁だったと思う。ペゴティはとってもふくよかだったから、ちゃんと服を着た後でちょっとでも運動すると、後ろのボタンがパーンとはじけて飛んでしまうのだった。だからやっぱり、そうやって僕を抱きしめている間、居間の向こう側の壁に向かってボタンが二つ、ピューッと飛んでいったのを思い出す。

「さあさあ、クローキンディルのお話をもう少し聞かせてくださいな、まだ半分も聞かせてもらってませんよ」ペゴティは言った。まだクロコダイルの名前すらよくわかっていないらしい。

ペゴティがどうしてそんなに妙な風なのか、はたまたどうして急にクロコダイル[*4]の話が聞きたくなったのか、僕にはさっぱりわからなかった。それでも、おそろしい化け物の話をまた読み始めると、僕は目がぱっちり冴えてきた。僕らは奴らの産んだ卵を孵化《ふか》させるため、日の当たる砂場に置いた。それからうんと走って逃げた。やっかいな図体のせいで奴らが機敏に方向転換できないのを知っていたから、何度も右に左にくねくねと曲がって翻弄してやった。それから、まるで原住民みたいに奴らを追いかけ、水に入り、うんと尖《とが》った棒きれを怪物の喉元にぐさりと刺してやった。こうしてまたたく間に、僕らはそこらじゅうのクロコダイルを全部血祭りにあげた。少なくとも、僕はやってやった。でもペゴティのほうはちょっと頼りなくって、戦いの間じゅう、なにか考えこんでいるような様子で自分の顔や腕にちくちくと針を刺していただけだった。

僕らがクロコダイルを全部やっつけて、さあ次はアリゲーターだぞ、というところで庭先のベルが鳴った。二人で扉のところまで迎えに行くと、いつにも増して綺麗な母さんがいた。それから、前の週の日曜に教会から家まで僕らを送ってくれた紳士、美しい黒髪と頬ひげの紳士も一緒だった。

母さんは玄関先でしゃがんで僕を抱き上げるとキスをしてくれた。それを見た男の人は、坊やはどんな王さまや貴族より素晴らしい幸運に生まれついたね、と言った――まあ、そんな感じのセリフだったと思う。このあたりは後になっていろいろものがわかるようになってからの記憶で補ってるってことくらい、ちゃんと承知している。

「それ、どういう意味？」僕は母さんの肩越しに尋ねた。

彼は僕の頭をぽんぽんと優しく叩いた。だけど、なんでだろう、僕はなんとなく彼を、というか、よく通る彼の声を、好きになれなかった。僕に触れようとする母さんの手に彼の手が触れたらと思うと——いや、実際その手は母さんに触れたんだ——、すごく悔しくてたまらなかった。僕はしゃにむにその手を振り払った。

「まぁデイヴィッったら！」母さんは僕を叱った。

「おやおや、おチビさん。この子がお母さんにゾッコン惚れ込むのも無理はない！」と男の人は言った。

母さんの顔があんなに美しく赤く染まるのを、後にも先にも見たことがなかった。母さんは、なんて失礼な子なのと言って僕を優しく叱ると、ショール越しにギュッと抱きしめてくれた。それから男の人のほうに向きなおり、わざわざ家まで送ってくださってありがとうございますとお礼を言った。そう言いながら手を差し出した母さんは、男の人がその手に自分の手を重ねて握ると、ちらりと僕のほうを見た。そんな気が、僕はした。

「さあ、〈おやすみなさい〉をしよう、お利口な坊や」男の人はそう言うと、頭を下げて——いや、それだけじゃない、僕は見たんだ！——母さんの小さな手袋にかがみこんで口づけした。

「おやすみなさい！」僕は言った。

「さあさあ！　無二の親友ってのになろうじゃないか！　ほら、握手だよ」その男の人は笑って言った。

僕の右手は母さんの左手と繋《つな》がれていたから、代わりに反対の手を出してやった。

「おやおや、こっちの手じゃないだろ、デイヴィ！」男の人はまた笑った。

僕の、そう、僕のだ、僕の母さんは、僕の右手を前に出したけど、前と同じ理由で、絶対[*5]右手は出してやるもんかって決めていたから、また引っ込めた。やっぱり違うほうの手を差し出すと、彼はその手をしっかり握って、君はまったく勇敢な坊やだよ、と言って帰っていった。

家のドアが閉まる前、庭先に下りた彼がもう一度振り返って僕らのほうをあの不吉な黒い目でチラリと見たときの、あの顔、今でもはっきり目に浮かんでくる。

黙ったまま身じろぎ一つしなかったペゴティは、すぐさま扉にかんぬきをかけ、それから三人そろって居間に行った。母さんはいつもだったら暖炉のそばの肘掛椅子のところに行くのに、このときは部屋の反対側でぐずぐずしたまま、小さな声で歌を口ずさんでいた。

「楽しくお過ごしでよかったですね、奥さま」蠟燭を手にしたペゴティは、部屋の真ん中で、まるで樽《たる》みたいに突っ立ったまま言った。

「そうね、本当にありがとう、ペゴティ。それはそれはとっても素敵な夕べだったわ」母さんははしゃいだ声で言った。

「一人でも新しい方がおられると、いい気分転換になりますからね」ペゴティはちょっと当て付けのように言った。

「そうね、本当に気持ちがパッと明るくなるわね」母さんは答えた。

ペゴティはその間じゅう部屋の真ん中でじっと突っ立ったままだったし、母さんはまた歌い始めていた。僕はつい居眠りをしてしまった。といってもぐっすり眠ったわけでもなかったから、なにを言っているかまではわからなかったけど、二人の話し声が絶えず聞こえていた。この不快なうたた寝からふと目を覚ますと、ペゴティと母さんが二人して涙ながらに、なにか言い合っているところだった。

「あんなお方はコッパフィールドの旦那様だったら、きっとお気に召さなかったでしょうとも」ペゴティは言った。「ええ、ええ、そうです、誓ってそうですとも」

「なんてこと言うのよ」母さんは泣き叫んだ。「あなたのせいで私、頭がどうにかなりそうだわ！　召使からこんなにひどい扱いを受ける哀れな娘が、いったい私の他にいるかしら！　あら私、娘だなんて、どうして自分のことこんな変な呼び方をするのかしら？　ねえ、まるで私が結婚したことがないみたいな言い方よねえ、ペゴティ？」

「もちろん、ご結婚なさってましたとも」ペゴティが言い返した。

「じゃあね、ペゴティ、あなた、よくもまあ」母さんが言った。「よくもまあ、だなんて、私も少し言いすぎかもしれないわね、でもね、ペゴティ、どうしてそんな嫌味ったらしいことを言って、私をいじめたりするの。あなただって、私がこの家を一歩出たら頼りにできるお友達の一人もいないってこと、よく知ってるじゃない」

「だからこそですよ」ペゴティは返した。「だからこそ、余計にいけないんです。そうですとも、絶対にいけません。そう、駄目です、どんなことがあっても、いけません。駄目ったら駄目です」手にした蠟燭を投げ出してしまうんじゃないかと思うくらいの気迫で、ペゴティは必死に言った。

「どうしてそんなひどいことばかり言うのよ」いっそう激しく泣きながら母さんは言った。「そんな言い方、あんまりだわ。まるでもうなにもかもあらかじめ話が決まっていたみたいな言い方をするなんて、いったいどういうつもり？　ねえペゴティ、通りいっぺんの社交辞令を超えたことなんてなんにもないんだって、何度も何度も言ってるじゃない。本当に意地悪ね。気があるって言うわけ。いったい私にどうすることができて？　そりゃ人間なんて弱いものだから、恋にのぼせたりもするでしょうよ、だけどそれも私のせいってことなの？　私にどうすることができて？　ねえ教えてちょうだいな。いっそのこと私が頭を丸刈りにして、顔をべったり黒く塗るとか、それがだめなら火傷《やけど》でもして二目と見られない姿になって、そうすれば気が済むっていうの？　きっとあなたはそれで胸がスッとするんでしょうよ、ペゴティ。ええ、ええ、きっとそうね、そしたらさぞかし喜ぶんでしょうよ」

ペゴティもこうまで散々言われては、さすがにものすごく応えているみたいだった。

「それからこの子のことだって」母さんは僕が座っていた肘掛椅子のところまで来ると、僕を優しく抱きしめて叫んだ。「私の可愛いデイヴィ坊や！　この世で一番大事なのに、宝物みたいに愛しい坊やなのに、まるであなた、私の愛情が足りないとでも言わんばかりじゃないの」

「誰もそんなこと言ってやしませんよ、とんでもないことです」ペゴティは言った。
「いいえ、そう言ったも同然よ！」母さんは言い返した。「本当はちゃんとわかっているくせに。じゃなくちゃ、さっき言ったこと、どう受け取ればいいのよ、冷たい人ね。あなたただってよく知ってるはずよ、この前の四半期の支払いのときだって、ただもうこの子のためを思えばこそ新しい日傘も買わずに済ませたんじゃない。古いほうの緑の日傘なんか、もうそこらじゅうほつれちゃって房かざりだってボロボロだっていうのに。あなただって知ってるじゃないの、ペゴティ、知らないとは言わせないわ」それから向き直って僕のほうを愛おしそうに見ると、頬ずりしながらまた続けた。「ママは悪いママね。そうね、デイヴィ。ママは意地悪で、怒りんぼで、わがままで、本当にいけないママね？　うん、そうだよ、って言ってごらんなさいな。『ママはいけないよ』って言うのよ、坊や。そしたらペゴティがお前を可愛がってくれるわ。ペゴティが可愛がってくれるほうが、ママが可愛がってあげるよりずっとずっといいものね、デイヴィ。ママはお前を全然可愛がってあげていないんだものねえ」

　母さんが言い終わるが早いか、僕らは三人一緒に泣き出してしまった。一番大きな声で泣いたのは僕だと思うけど、とにかく僕らがみんなおいおい泣いたのは間違いない。僕は胸が張り裂けそうで、母さんの優しさにケチをつけられてカッとなり、可哀そうにペゴティのことを〈ケダモノ〉呼ばわりしてしまう始末だった。忠義者のペゴティの奴、さすがにこれにはすっかりしょげてしまい、一つ残らず背中のボタンを飛ばしかねない嘆きようだった。結局、ひとしきり鉄砲玉みたいにボタンを発射したところでどうにか母さんと仲直りが成立し、それから改めて肘掛椅子のところにひざまずくと、僕とも仲直りした。

僕らはみんな、ひどく気落ちしてベッドに入った。しゃくりあげるほど泣いていた僕は、長い間寝付けなかった。そのうちベッドの上で身体が浮くほど大きなしゃっくりが出たと思ったら、布団のところに母さんが座っていて、僕のほうに身体を寄せてくれた。それで僕は母さんの腕に抱かれて眠りに落ち、そのままぐっすり眠った。

あの男の人にまた会ったのが、次の日曜だったか、それとももっとずっと後のことだったか、今でははっきり思い出せない。日付についての記憶があいまいになっている。とにかく、彼は教会で僕らのそばにいて、その後、家までついてきた。そのくせ、たいしてゼラニウムに興味もなさそうだったけど、帰り際になって母さんに、少し花を分けてくださいって頼んでいた。どれでもお好きなものをどうぞって母さんは言ったけど、それではいけませんと彼が言うので——なにがいけないのか僕にはさっぱりだった——母さんが一輪摘み取って手渡した。すると彼は、これからずっとずっとこの花を大切にしますと言った。そんな花、一日か二日ですっかり枯れてしまうのに、そんなこともわからないなんて、こいつどれだけ間抜けなんだろうかって僕は思った。

ペゴティはそれまでと違って僕らと一緒に夕べの時間を過ごさなくなった。母さんはペゴティにとても気を遣っていたし——そう、いつにも増して気を遣っていた——、僕ら三人はこれ以上ないくらい仲良しだった。だけどやっぱり、それまでの僕らとはなにかが違っていて、三人だけで過ごしていてもどこか居心地が悪かった。ふと、ペゴティは母さんが簞笥の綺麗なドレスを全部引っ張り出して着てみるのが嫌なのかなとか、ご近所さんに頻繁に出入りするのが嫌なのかな、とか思うときもあった。だけどどんなに考えても、それがどうしていけないことなのか、僕には合点がゆかなかった。

だんだん僕は黒い頰ひげの男の人に会うことに慣れていった。最初の頃よりも好きになれるなんてことはなかったし、いつだって最初の日と同じような嫉妬を感じた。だけど、こんなふうに嫉妬する気持ちの裏に、子供の本能的な嫌悪感や、誰かに助けてもらわなくたってペゴティと僕だけで母さんを十分守ってやれるんだって気持ち以外に、なにか理由があっただろうか。あったとしても、僕がもう少し大きかったらきっと心に抱いていただろうような、あの理由ではなかった。その手のことは全然頭に浮かばなかった。僕はただ、目の前のことをあるがままに、切れ切れに観察することができただけだった。その切れ切れの断片を拾い集めて大きな網を作り、その網を使って誰かを捕まえるなんて、幼い僕には手に余る芸当だった。

ある秋の朝、僕と母さんが家の前庭に出ていると、マードストンさんが――僕はもう名前を知っていた――馬に乗ってやってきた。手綱《たづな》を絞って母さんに挨拶した彼は、ロウストフトにヨットで来ている友人がいるので、これから会いに行くんです、と言った。それから僕に、もし馬に乗るのが好きだったら、鞍《くら》の前に乗せてあげるから一緒に行かないか、と機嫌よく声をかけた。

　空気は澄み渡って爽やかだったし、馬だって庭の門のあたりでしきりにいないたり蹄《ひづめ》で土を掻《か》いたり、遠乗りしたくてたまらない様子だったから、僕は僕ですっかり行く気になってしまった。それじゃ二階でペゴティにおめかししてもらいなさい、と母さんは言った。その間、マードストンさんは馬から下りて手綱を腕にかけ、野バラの垣根の外側をゆっくり行ったり来たりした。母さんもそれに合わせて、垣根の内側をゆっくり行ったり来たりした。僕は今でもよく覚えている。ペゴティと一緒に、自分の部屋の小さな窓から二人の姿を見ていたこと。二人がぶらぶら歩きながら、お互いを隔てる野バラの垣根にものすごく顔を近づけて、じっと見ていたこと。それから、まるで天使みたいに優しくてご機嫌だったペゴティが、一瞬にして臍《へそ》を曲げて不機嫌になってしまい、逆毛を立てるみたいにして僕の髪を荒っぽく梳《と》かしたこと。

　マードストンさんと僕はすぐ出発して、道路脇の緑の丘の上を早駆けで進んで行った。彼は片腕で軽々と僕を抱きかかえていたけど、いつもと違って僕はそわそわしたりはしなかった。それでも、彼の前でじっと座っているなんて無理だったから、どうしても時々振り返って、その顔を見上げてしまうのだった。彼は薄っぺらな黒い目をして——ああ、あの目をどうやったらうまく表現することができるだろう、まるでのぞき込むだけの深みもないくらい薄っぺらで——、なにかに気を取られているときなど、ふと視線を落としたはずみに一瞬、光の加減だろうか、醜くゆがむような目だった。僕は何度か彼のほうを盗み見て、その目つきにおそれおののきながら、いったいこの人は一心不乱になにを考えているんだろう、と不思議だった。これほど近くから見ると、その髪と髭《ひげ》は思っていたよりずっと黒々として硬そうだった。下あごの部分がすごく角ばっているところとか、毎朝ちゃんと剃《そ》っているんだろうけれど、太くて痛そうな髭が点々と黒く剃り跡を残しているところとかを見ているうちに、なぜか半年ほど前にこのあたりにやってきた旅一座の蠟人形を思い出した。この頬ひげも、まっすぐに伸びた眉毛も、それにつるつるした白い顔、いや黒かったかな、いや茶色かったかもしれない——彼の顔も思い出も、ものすごくこんがらがっているんだ！——、とにかくその顔立ちを見ていると、恐怖心とは裏腹に、なんてハンサムなんだろうと思わずにいられなかった。可哀そうな母さんも、やっぱりそう思っていたに違いない。

僕らが海辺のホテルに着くと、他に誰もいない部屋で二人の紳士が煙草《たばこ》を吸っていた。めいめいが少なくとも四つの椅子を占領して長々と寝そべって、ごわごわの大きなジャケットを羽織っていた。部屋の隅には上着や防水コート、船の旗がぐちゃぐちゃに丸めて積み上げてあった。

二人は僕らが入ってきたのを見ると、けだるそうにむっくり起き上がって言った。「よう、マードストン、くたばっちまったと思ってたぜ」

「そんなに早くくたばるもんか」マードストンさんは言った。

「それでこのガキは？」二人のうちの一人が、僕をむんずとつかんで言った。

「これがデイヴィさ」マードストンさんが返した。

「デイヴィってどこのデイヴィだよ？」と紳士。「デイヴィ・ジョーンズ[*6]か？」

「コッパフィールドさ」とマードストンさん。

「ありゃま！　あの色っぽいコッパフィールド夫人のお荷物ってのがこれかい？」と紳士。

「あの綺麗な若い後家さんの？」

「クイニオン、口のきき方に気をつけろよ。誰かさんはキレ者だぜ」とマードストンさん。

「誰かさんって誰さ？」紳士が笑いながら聞いた。僕もパッと辺りを見回した。誰のことだか知りたかったのだ。

「なあに、シェフィールド[*7]のブルックスさ」マードストンさんは言った。

シェフィールドのブルックス氏のことだとわかると、僕はすっかり安心した。だってはじめは、ひょっとして僕のことなんじゃないかと思ったからだ。

シェフィールドのブルックス氏については、ものすごく面白おかしい評判でもあるらしく、その話題になるたび二人の紳士は腹を抱えて笑っていたし、マードストンさんもずいぶん面白がっていた。ひとしきり笑った後で、クイニオン、と呼ばれた紳士が言った。

「それで、目下計画中の件について、シェフィールドのブルックス氏はいかなる見解をお持ちかね？」

「あぁ、俺の見たとこじゃ、ブルックスの奴、まだあんまり全体像が呑《の》み込めてないみたいだな」とマードストンさんが答えた。「でもまあ、あまり良くは思ってないってとこだ」

この発言で三人はさらに笑い、クイニオンさんは、こりゃベルを鳴らして、ブルックス氏に乾杯するためのシェリー酒でも注文したいくらいだな、と言った。そして、実際その通りにしたのだった。そのお酒が運ばれてくると、彼は僕にもほんのちょっぴり注いでくれて、それからビスケットもくれたけれど、飲もうとすると、ほら、先に立って「シェフィールドのブルックスなんてクソくらえ！」って言いな、と言うのだった。その乾杯の音頭にみんなが大声で歓声をあげ、あんまり楽しそうに笑うものだから、僕までつられて笑ってしまった。するとと大人たちはいっそう楽しげに笑った。とにかく、僕らはみんなものすごく楽しかった。

それから少し崖のあたりをぶらぶらした後、芝生の上に座って、望遠鏡越しに遠くのものを見て——僕は望遠鏡を目に当ててもらっても、なにもわからずじまいだったけど、ちゃんと見えているふりを決め込んだ——、早めの昼食をとろうとホテルに引き上げた。外にいる間じゅう、二人の紳士はひっきりなしに煙草を吸っていた——彼らの着ているごわごわのジャケットにすごい臭いがしみついているところからすると、仕立て屋から持ち帰って以来、その出立ちでひたすら煙草を吸い続けてきたのに違いなかった。それから忘れちゃならないのは、僕らがみんなでヨットに乗ったこと、大人三人が船室に下りていって、なにかの書類仕事に没頭していたことだ。僕が開けっ放しの天窓から下を覗くと、三人は必死になってその書類と格闘していた。その間、僕はとっても気のいいおじさんと二人きりで残された。このおじさんというのが、バカでかい赤毛頭にやたらちっちゃなピカピカの帽子をちょこんと載せて、胸のところにデカデカと大文字で〈雲雀《スカイラーク》〉とプリントされた横縞のシャツかチョッキみたいなものを着ていた。僕はてっきりそれがおじさんの名前だと思った。だっておじさんは船の上で暮らしているから、名前を掛けておく家の表札もなくって、かわりに胸のとこにぶら下げているんだ、って思ったからだ。だけど僕が「スカイラークさん」って呼ぶと、そりゃ俺じゃなくて船の名前だぜ、とおじさんは言った。

一日じゅう、マードストンさんは他の二人より真面目くさって落ち着いて見えた。二人は底抜けにひょうきんで、やたらと調子が良かった。しじゅう冗談ばかり言い合っていたけれど、マードストンさんに向けて言うことはほとんどなかった。他の二人に比べて、マードストンさんのほうがずる賢くて冷たいから、やっぱり二人も僕と同じで遠慮してるのかな、と思った。クイニオンさんがしゃべっている最中に一度か二度、マードストンさんが怒っていないか、ちらちら横目で確認しているのにも気が付いた。それから一度など、パスニッジさん(もう一人の紳士の名前だ)がすっかり調子に乗って舞い上がったときには、クイニオンさんがその片っぽの足をギュッと踏んで、むっつり顔で黙ったまま座っているマードストンのほうを見ろよというように、こっそり目配せしていた。それに、思い返してみればあの日一日、マードストンさんは例のシェフィールドの冗談以外では一回も笑わなかったと思う――しかもよくよく考えてみれば、その冗談の言い出しっぺは彼だった。

夕方まだ早いうちに、僕らは家に帰った。その日はとてもよく晴れた夕べで、僕が家に入ってお茶を飲んでいる間に、母さんとマードストンさんは二人でもう一度野バラの垣根あたりをぶらぶらと歩いた。彼が帰ってしまうと、母さんは僕に、一日どんなふうに過ごしたのか、それから大人たちがどんな話をしてなにをしていたのか、根ほり葉ほり聞いた。三人が母さんのことをなんて言っていたか僕が話してあげると、母さんは笑いながら、そんなくだらないことばかり言ってしようのない人たちねと言った――でも僕には母さんが嬉しがっているのがちゃんとわかった。そう、幼い僕にだって、大人になった今と同じくらい、それだけはよくわかった。僕はついでに、母さんはシェフィールドのブルックスさんって人を知ってる？　と聞いてみたけれど、母さんはいいえ、と言って、きっとナイフやフォークなんかを作ってる人じゃないかしら、と言った。

母さんの顔――そう、思い返してみれば、僕だって知っている理由で、母さんの顔はやつれ果ててしまったし、それにもうこの世にはいないんだ――、それでも母さんの顔は、今この瞬間、鮮やかに目の前に浮かんでくる。街の雑踏の中で目に留まるどんな顔より、ずっとキラキラと目の前に浮かぶあの顔を、死んだ人の顔だなんて言えるだろうか？　母さんがあの夜、僕の頬にふっと息を吹きかけてくれたその感触を、今もこの頬に感じられるっていうのに、あの無垢《むく》で少女のような美しさはもう枯れて消えてしまったなんて、言ってもいいのだろうか？　僕の思い出のなかの母さんは、いつだって美しくて若いままだっていうのに、やつれて変わってしまった、なんて言っていいんだろうか？　僕よりも、いや他の誰よりも若々しい美しさを好んだ母さんが、本当のところやつれて変わってしまったんだとしても、僕の記憶のなかではずっとずっと若くてみずみずしいままなんだから。

僕が今こうして書いている母さんは、あの日の遠出についておしゃべりをしてから、僕が寝室に行った後、おやすみを言いに来てくれたときの母さんだ。僕のベッドの脇にいたずらっぽい様子でひざまずくと、母さんは両手で頬杖をついて笑いながらこう言った。「みなさん、なんて言ってたんですって、デイヴィ？　もういっぺん教えてちょうだい。まったくひどいわよね」

「あの色っぽい……」僕は言いかけた。

それ以上は駄目、というように母さんは僕の唇に手を当てた。

「色っぽい、なんてきっと聞き間違いだわ」母さんは笑いながら言った。「色っぽいわけないじゃないの。デイヴィ、やっぱり聞き間違いよ！」

「そんなことないよ。『あの色っぽいコッパフィールド夫人』って言ってた」僕は頑固に言い張った。「それに『綺麗』って言ってたよ」

「いいえ、きっと聞き間違いよ。綺麗、なんて絶対に嘘。綺麗だなんて、そんなわけないわ」

母さんは言葉を途中でさえぎるようにして、また僕の唇に指を当てると言った。

「ううん、絶対に言ってたよ。『綺麗な若い後家さん』って」

「おふざけばっかり言って、本当にしようのない人たちね」母さんは笑いながら顔を隠すようにして叫んだ。「なんてお馬鹿さんなのかしら。ねえ、デイヴィ――」

「そうかなぁ」

「このこと、ペゴティには内緒よ。きっと怒るわ。母さんだってあの人たちにはひどく腹を立ててるの。とにかくペゴティには言わないほうがいいわ」

僕はもちろん、そうする、と約束した。僕は母さんに、母さんは僕に、何度も何度もキスをして、それから僕はあっという間に眠りに落ちた。

長い時間がたって振り返ってみると、これからお話しするアッと驚くような冒険話をペゴティから持ち掛けられたのは、ちょうどその翌日だったような気がする。でも多分、実際には二か月ほど後のことだったんだと思う。

その日の夕方、僕らは前みたいに一緒にいて（母さんは前みたいに出かけていた）、ペゴティの靴下と一ヤード巻尺も、蠟燭のかけらも、スライド式の蓋のついたセント・ポール大聖堂の裁縫箱も、クロコダイルの本もそばにあった。ペゴティは僕のほうを何度もちらちら見て、そのたびになにか言いたいことがあるみたいに口を開くのだけど、結局言わずじまいだった——それで僕はてっきり、ペゴティの奴、あくびでもしてるんだと思ったし、そうでも思わなくちゃ本気で心配になってたと思う——だけどとうとうペゴティは、なだめすかすみたいな調子で話し始めた。

「デイヴィ坊ちゃん、私と一緒に、ヤーマスまで行って、兄のところで二週間ほど過ごすっていうのはいかがでしょう。素敵なもんじゃありませんか？」

「お兄さんは優しい人かい、ペゴティ」僕は、とりあえず探りを入れるように尋ねた。

「そりゃもう優しいなんてもんじゃありませんよ」ペゴティは両手を広げるようにして、大きな声で答えた。「それに海がありますし、ボートや大きなお船もありますよ。それから、漁師もいますし、浜辺だってあります。それにアムが一緒にお相手をして——」

ペゴティの言うアムっていうのは、前の章で少し触れた甥のハムのことだ。ペゴティの口で発音すると、まるで英語の文法の「Am」みたいに聞こえた。

ペゴティが並べたてる楽しそうなことを聞くうちに、僕はすっかり夢中になってしまって、そりゃ本当に素敵だね、だけど母さんはなんて言うだろうか、と答えた。

「そりゃもう、一ギニー賭けたっていいですよ」ペゴティは僕の顔をしげしげのぞき込みながら言った。「行ってらっしゃい、っておっしゃるでしょうよ。坊ちゃんがそうして欲しけりゃ、お母さんがお戻りになったらすぐに、私から聞いてみましょう。ほら、決まりでしょ！」

「でも僕らが行ってしまったら、母さんはその間どうするのさ？」

この点はちゃんと話し合っておかなくちゃと思って、僕は小さな肘をテーブルに載せて聞いた。「母さん一人っきりじゃ、やっていかれないよ」

ペゴティは藪《やぶ》から棒に、靴下の踵《かかと》のとこに空いた穴はどこだったかしらと探し始めたけれど、結局のところ、それはずいぶんちっちゃな穴で、繕ってやるほどのものじゃなかったらしい。

「ねえったら、ペゴティ。母さん一人っきりじゃ、やっていけやしないよ。ねえ、そうだろ」

「あらまあ、本当に！」ペゴティはそう言うと、とうとう観念して僕のほうに向きなおった。「ご存じないんですか？　お母さまはグレイパーさんのお宅に二週間ほど滞在なさるんですよ。グレイパーさんの奥さまがずいぶんたくさんお客様をお招きになるっていうので」なんだ！　そういうことなら、僕はもちろん喜んで行くことにした。このご機嫌な計画にお許しがおりるかと僕は気が気じゃなくって、グレイパー夫人のところ（同じ人のところにちょうど行っていた）から母さんが帰ってくるのを今や遅しと待ちかまえた。だけど、母さんは僕が拍子抜けするくらい、ほとんど驚いた様子もなく、それは素敵ね、ぜひ行ってらっしゃい、と言ってくれた。その夜のうちにすべては決まり、僕の滞在中の食費と宿泊費の支払いの手はずも整った。

出発の日はまたたくまに訪れた。実際、計画から出発まではほんのわずかな日数しかなかったから、熱烈に待ち焦がれていた僕にさえ、そう、大地震や火山の噴火、そうじゃなければ自然の猛威でおそろしい災害が起こって、ついに出発できなくなってしまうのじゃないかとやきもき心配していた僕にさえ、あっという間に思われた。僕らは朝食後に出発予定の、運送屋の荷馬車に乗って行くことになっていた。僕はもう矢も盾もたまらず、帽子とブーツをつけたまま眠ってもよいというお許しがもらえるものなら、いくら払っても惜しくないくらいの気持ちだった。

こんなふうにさらりと書いているけれど、実のところ、今思い出しても胸がグッと詰まってしまう。あんなにも嬉々《きき》として懐かしの我が家を出て行った僕。家を離れて、そして本当はもう一つ、別のものからも永遠に離れてしまうことを、考えてもみなかった僕。

でも、温かい気持ちで思い出せることだってある。運送屋の荷馬車が門のところで止まり、母さんがキスしてくれたとき、急に母さんを慕う気持ちと、これまで一度も離れたことのない懐かしの我が家への愛情があふれてきて、泣き出してしまった。するとそんな僕を見て、母さんも泣き出してしまい、二人してひしと抱き合って、互いの心臓の鼓動を感じ合ったのは、今思い出しても素敵な光景だと思う。

　素敵な思い出は、まだまだある。いよいよ荷馬車が動き出すと、母さんは門のところまで走ってきて、やっぱり僕にもう一度だけキスしたいから、どうか止まってちょうだい、と御者に頼んだ。あのとき、母さんが夢中で、愛おしくてたまらない様子で、僕の顔に頬をすり寄せてキスしてくれたことを思い出すと、今でも胸がいっぱいになる。

　道に立ちつくしている母さんを残したまま僕らが出発すると、マードストンさんが母さんのそばに来て、ちょっと大騒ぎしすぎなんじゃないか、と言い聞かせているらしかった。僕は荷馬車の幌越しに振り返ってその様子を見ながら、お前の知ったことか、と思ったりした。ペゴティのほうは、幌の反対側からやはり後ろを振り返って、どうやらひどくご不満の態《てい》だった。なぜって、荷馬車のほうに向き直った顔には、はっきりそう書いてあったから。

　僕はしばらくペゴティを見つめたまま、たとえばもし、これこれだったら、といった具合に、いろんな空想をふくらませていた。たとえばもし、ペゴティがこの僕を、まるでお伽《とぎ》噺《ばなし》に出てくる男の子みたいに、どこか知らないところに置き去りにして来るように言いつかった手先だとしたら、僕は果たして、ペゴティが落とす背中のボタンを頼りに無事に家まで帰りつけるものかしら。

第三章　僕は変化を経験する

運送屋の馬というのがこの世でいちばんノロマな奴で、うなだれて足を引きずりながら、荷物を待っている人たちをわざと焦《じ》らそうとしているみたいだった。実際そいつは、焦らされる人たちを思い浮かべては、クックと笑っているような気がするほどだったけど、運送屋に言わせれば、こいつはちょっと咳《せき》が出てね、ってことだった。

運送屋も同じようにうなだれて、馬を御しながらも絶えず片っぽの膝に腕をついてウトウトト眠り込み、そのまま前につんのめるのだった。「馬を御す」って言ったものの、実際には、荷馬車は御されずとも、まったく問題なくヤーマスまで着けそうに思えた。そのくらい、なにもかも馬まかせだった。それに御者のおしゃべりと言ったって、口笛を吹いてみるくらいがせいぜいだった。

ペゴティはこの馬車でロンドンまで行くとしても、道中ずっと豪勢に飲み食いできるくらい、食糧をどっさり入れたバスケットを膝に載せていた。僕らはそれをたっぷり食べて、たっぷり眠った。ペゴティはいつだってバスケットの持ち手にあごを乗せ、絶対に離してなるもんかとばかり、ギュッと握りしめて眠った。そのイビキときたら、か弱い女性があんなに大きなイビキをかけるなんて、実際この耳で聞いたのじゃなかったら到底信じられないくらいだった。

僕らは田舎の小道であっちこっち散々寄り道した。宿屋にベッドの背板を届けたり、他にもいろんなところに寄るのにずいぶん手間取ったので、僕はクタクタになってしまって、ようやくヤーマスが見えたときには本当にホッとした。川の向こう側の、だだっ広くてなにもない荒れ地を見渡して、なんだかフカフカ、ジメジメしたところだなと思った。それに、地理の本に書いてあるみたいに、本当に地球が丸いんだったら、なんでその一部がこんなに真っ平らなんだろうかと不思議に思えて仕方なかった。だけどよく考えてみれば、ヤーマスっていうのは地球のどっちかの極にあたるのかもしれなくて、それなら真っ平らなのも合点がゆく気がした。

もう少し近くまで行くと、辺り一帯、空の下に低く一本、真っすぐ線を引いたみたいにのっぺりと広がっていた。僕はペゴティに、せめて小山か丘みたいなものでもあったら、もうちょっとは良かったのにねえ、というようなことを言った。それに、地面と海面がもうちょっとはっきり分かれていて、街が潮に浸かって、まるでお湯につけたトーストみたいになってるのじゃなけりゃ、もうちょっと素敵だったかもねえ、というようなことも言った。だけどペゴティのほうは、いつにも増してきっぱりと、ものごとはすべてあるがままに受け入れるべきですよ、それにこの私は、自分がヤーマス産のニシンだってこと、誇りを持っておりますとも、と言った。

街に入って(ものすごく奇天烈《きてれつ》な街だった)、魚や松ヤニ、防水コーキングやタールの臭いを嗅ぎながら、あたりをぶらつく水夫や敷石の上をガタゴト往来する荷馬車を見ていると、こんなに賑やかな場所だっていうのに、さっきはずいぶんひどくこき下ろしてしまったような気がしてきた。そのままの気持ちをペゴティに伝えると、それを聞いてなんとも嬉しそうな顔で、ヤーマスはこの世で一番素敵なところだって、世間さまでもよく知られておりますよ（多分この世間さまってのは、ヤーマス産ニシンを名乗る幸運な人たちの集まりを言うんだと思う）、と言うのだった。

「ほら、アムですよ！　本当にまあ信じられないくらい大きくなって！」ペゴティは叫んだ。

たしかに、彼が宿屋で待っていてくれた。そして古くからの知り合いみたいに、僕に向かって、やあ、ご気分はどうですね、と言った。はじめのうちはなんだか、僕はそんなにアムを知らないのに、アムは僕をずいぶんよく知っているような気がした。というのも僕が生まれたあの夜以来、彼は一度もうちに来たことがなかったから、当然ながら彼のほうが僕よりいろいろよく知っていたのだ。だけど家まで背中におぶってもらうと、僕らはすっかり仲良しになった。六フィートもの背丈の屈強な若者に成長した彼は、体格もガッチリ、肩もずんぐり丸かったけど、まるでメソメソ泣いている子供みたいな顔とクリクリした金髪のせいか、羊みたいに気弱に見えた。キャンバス地のジャケットを着て、足を入れなくてもそのまま立つんじゃないかってくらい硬そうなゴワゴワのズボンをはいていた。それから、帽子をかぶっている、というより、まるで古い建物のてっぺんに載っているみたいな、真っ黒いものをちょこんと頭に載せていた。

ハムが僕をおんぶして、小脇に僕らの小さな荷物箱をひとつ持った。ペゴティがもうひとつの小さい箱を持って、そのまま三人でジャガイモ屑や泥のかたまりがちらばった小道を進んで行った。ガス工場や縄綯《なわな》い場《ば》、船大工の仕事場、造船場、船舶解体場やコーキング工たちの作業場、索具倉庫、鍛冶屋《かじや》の炉を次々に通りすぎ、ついでにこうした工場や作業場から吐き出される大量のゴミの間も通り抜けると、ようやく、さっきずいぶん遠くから眺めた真っ平らな荒野に出た。とそのとき、ハムが言った。

「ほら、ここが俺らの家ですぜ、デイヴィ坊ちゃん！」

目を皿のようにして辺りの平野を端から端まで見渡してから、海のほうと川のほうも眺めてみたけれど、家らしきものなんてまったく目に入らなかった。黒い屋形舟みたいな、もう使わなくなったボートみたいなものが、そう遠くないところで陸地高く乗り上げたまま、煙突代わりに鉄の採光筒をにょきっと突き出して、せっせと煙を吐いていた。それ以外には、人の気配を感じさせるものはなに一つ見えなかった。

「あれ、じゃ、ないよね？」僕は言った。「あの、舟っぽいやつ？」

「あれですよ！　デイヴィ坊ちゃん」ハムが返事をした。

その舟に住むだなんて、あんまりロマンチックでうっとりしてしまった。アラジンの宮殿や怪鳥の卵に住めるって言われても、こんなにうっとりした気分にはならなかったことだろう。[*2] 舟の横手には素敵なドアがくりぬかれていて、屋根もちゃんと葺《ふ》いてあったし、小さいけれど窓だってあった。でもなにより抜群に素敵なのは、この家が、かつて何百回も海の上に浮かんだ正真正銘のボートだってこと、陸地で人が住むために作られたんじゃないってことだった。それを考えるともうたまらなかった。もし仮に人が住むために作られたんだったら、こりゃ狭いなとか、不便だなとか、寂しいところにあるもんだな、とか思ったかもしれない。だけどはなからそんなふうに作られてはいないのだから、それだけここは完全無欠な住み家に思えた。

　中はとても清潔で、できる限り片付けてあった。テーブル、ダッチ・クロック、それから引き出し付きの箪笥、その箪笥の上にはお茶のトレイがあって、パラソルをさした貴婦人と軍人みたいな服を着てフラフープを回している子供が散歩している絵が描かれていた。トレイは転がり落ちないように聖書でつっかえがされていたけれど、万が一転げ落ちてしまったら、周りにいっぱい置かれているティーカップやソーサー類、ティーポットが全部、こなごなになってしまっただろう。四方の壁には、聖書の出来事を描いた安物の色彩画がガラスの額縁に入れて飾ってあった。それからというもの、行商人がこの聖書画を売り歩いているのを見るたびに、ペゴティの兄さんの家の中が、即座にそっくり脳裏によみがえるようになった。ひときわ目を引くのは、[*3]赤い服のアブラハムが青い服のイサクを生《い》け贄《にえ》に捧《ささ》げに行く絵と、黄色い服のダニエルが緑のライオンの穴ぐらに投げ込まれる絵だった。暖炉のちっちゃな飾り棚の上には、サンダーランドで建造された小型帆船〈サラ・ジェーン〉の絵が掛かっていて、本物のちっちゃな木片が舵《かじ》のところにくっつけてあった。要するにこれは、木工細工と絵画、双方の粋を凝らした芸術作品と呼ぶにふさわしいもので、きっと世の人ならだれもが喉から手が出るほど欲しがる逸品に違いない、と僕は思った。天井の梁《はり》にはあちこちに鉤《かぎ》が掛かっていたけれど、そのときの僕はまだ、なんのためのものか知る由もなかった。ロッカーや荷物箱なんかは全部、腰掛の代わりとして椅子の足りないのを補っているようだった。

敷居をまたいで室内をチラッと覗くや、僕はたちまちのうちに、こうしたすべてを見て取った――僕の持論からすれば、いかにも子供らしい観察眼ってやつだ――それからペゴティが、小さな扉を開けて僕の寝室を見せてくれた。あれほど完璧で願ったり叶ったりの部屋なんか、ついぞ見たことがなかった――しかもその部屋は舟の船尾部分に設《しつら》えてあった。小窓が開いていて、昔はそこに舵を嵌《は》めていたらしい。僕の背丈にぴったりの、牡蠣《かき》の貝殻で縁取りをした小さな姿見が壁に釘で打ってあった。小さなベッドは僕の身体がもぐりこんだらもういっぱい、という大きさで、テーブルの上におかれた青いマグには海草の束が生《い》けてあった。四方の壁はまるでミルクみたいに真っ白に漆喰《しっくい》で固められ、色とりどりのパッチワークのベッドカバーを見ると目がチカチカするくらいだった。この素敵な家で、特に気になったのは魚の臭いだった。その臭いときたら、ありとあらゆるものに染み込んでしまうので、ハンカチを取り出して鼻を拭くと、あれ、このハンカチ、ずっとロブスターを包んでいたんだっけ、と思うくらいだった。この発見をこっそりペゴティに教えてやると、ペゴティはお返しに、兄さんはロブスターやカニやザリガニの商いをしてるんです、と教えてくれた。後になってから僕は、こうしたハサミだらけの生き物たちがいつでも一旦つかんだが最後、死んでも離すもんかとばかりにがっちり噛み合ったまま、もの凄《すご》い塊になって壺《つぼ》や薬缶《やかん》のある小さな木造小屋に山と積まれているのを目撃した。

白いエプロン姿のとても礼儀正しい女性が、僕らを出迎えてくれた。僕がハムの背中におんぶされて、まだ家まで四分の一マイルほどのところを歩いているときからずっと、ドアのところで深々とお辞儀をしていた。青いビーズの首飾りをした小さな女の子も、同じようにして出迎えてくれたけれど、この子がまたハッとするほど可愛らしかった（というか、そのときの僕にはそう思えた）。その子は僕がキスしようとした途端、逃げて隠れてしまった。それから僕らは豪勢に、マコガレイの煮付けや溶かしバター、ジャガイモなんかの夕食を食べた（おまけに僕は特別、ポークチョップまで付けてもらった）。そうこうするうちに、とても感じのよい顔つきの、ふさふさした髪の男の人が帰ってきた。ペゴティのことを「娘っこ」って呼んで、大胆にもほっぺたにブチュッとやったし、ペゴティもそれに慣れっこみたいだったから、どうやらこの人がペゴティの兄さんに違いない、と思った。まもなく実際その通り、この家の主人のペゴティさんだ、と紹介された。

「お目にかかれて光栄です、坊ちゃん」ペゴティさんは言った。

「あっしらはなんとも野暮な連中ですが、坊ちゃんをお迎えする心意気だけは十分ですからね」

僕はお礼を言って、こんなに素敵なお宅にお邪魔できて本当に光栄です、と言った。

「お母さんはお元気ですか、坊ちゃん」ペゴティさんは言った。「ご機嫌にしておいでですかい」

僕はペゴティさんに、母さんならこの上なくご機嫌で、それからどうぞみなさんにくれぐれもよろしくと言ってましたと伝えたが、後半は僕なりの社交辞令だった。

「お気にかけていただいて、ありがてぇことですよ、本当に」ペゴティさんは言った。

「しかし坊ちゃん、ここで二週間、あれと」妹のほうにあごをしゃくってみせながら「それ「それからハムと、おチビのエムリと一緒に暮らしてもらえるだなんて、本当に光栄ですよ」

こんなふうに、一家の者たちを代表して丁寧に僕にあいさつを済ませると、彼は「冷てぇ水じゃあ、この俺の泥は落ちねぇよ」と言いながら、薬缶に沸かしたお湯で身体を洗いに出て行った。すぐに戻ってきた彼は、見違えるほどこざっぱりして見えた。とはいえあんまり真っ赤っ赤だったから、ロブスターやカニやザリガニみたいに真っ黒な顔で熱い湯に浸かると、真っ赤になって出てくるのかな、と思わずにいられなかった。

お茶も終わり、扉を閉めて室内でぬくぬくと気持ちよくしていると（真っ暗な屋外は冷え込んで霧が立ち込めていた）、この隠れ家は夢にも描けないほど素敵だと思えた。風が海に向かって吹くのを聞き、霧が陰気なのっぺりした荒野の上にひたひたと満ちる様子を思い浮かべ、暖炉の火を見つめながら、あぁ、この家の周りには一軒も家がないんだなぁと考えたり、そういえばこの家、実はボートだったんだっけ、と思い返したりすると、もうまるでお伽噺の世界に飛び込んだ気分だった。チビのエムリは人見知りもおさまり、ちっちゃなロッカーに僕と隣合わせで腰かけていた。それはちょうど僕ら二人にうってつけのサイズで、暖炉の隅にぴたっとはめこむように置かれた、一番低くてちっちゃなやつだった。白いエプロン姿のペゴティさんの奥さんは、暖炉の反対側で編み物をしていた。ペゴティはセント・ポール大聖堂の裁縫箱と蠟燭のかけらを脇に置いて、すっかりくつろいだ様子で縫い物に精を出し、まるで彼女もお道具類もみんな、この家以外の場所に住んだことなんかいっぺんもありませんっていうみたいだった。ハムは初心者の僕を相手にトランプのオール・フォー[*4]のやり方を教えてくれていたけれど、やがて汚いカード片手に、占いってのはどうやるんだったっけ、と考え始め、次々とカードをひっくり返しては、魚の臭いがプンプンする自分の親指の指紋をつけていた。ペゴティさんはパイプをくゆらせていた。それで僕は、肚を割って話をするにはちょうどいい頃合いだと思った。

「ペゴティさん！」僕は言う。

「なんでしょう、坊ちゃん」彼は答える。

「ノアの方舟《はこぶね》みたいなお家に住んでいるから、息子[*5]さんをハムって名付けたんですか？」

どうやらこれを、ペゴティさんはずいぶん深遠な推論だと思ったみたいだったけど、やがて口を開いた。

「いいえ、坊ちゃん。あっしが奴に名前を付けたなんてことはねぇです」

「それじゃ誰が付けたの？」教理問答[*6]その二、といった調子で僕はペゴティさんに言った。

「あぁ、坊ちゃん、そりゃあれの父親ですよ」ペゴティさんは言った。

「僕はてっきりおじさんがお父さんだって！」

「あっしの弟のジョーがあれの父親でして」ペゴティさんは言った。

「死んじゃったんですか？　ペゴティさん」お悔やみのためにちょっと間をあけてから、僕は水を向けた。

「溺れて死にましたです」ペゴティさんが言った。

ペゴティさんがハムの父親でない、というのに僕はびっくり仰天してしまい、もしかしたらここにいる人たちの関係をかなりいろいろ勘違いしているのではないか、と思い始めた。正しい関係を知りたかったから、僕は肚を決めてペゴティさんに洗いざらい聞いてみることにした。

「チビのエムリだけど」と言いながら、僕は彼女のほうを見た。「おじさんの娘じゃないの、ペゴティさん？」

「坊ちゃん、違うんです。あっしの義理の弟のトムが、あれの父親でして」

もう僕は言わずにおれなかった。「――死んじゃったんですか？　ペゴティさん」またもやお悔やみのためにちょっと間をあけてから、僕は水を向けた。

「溺れて死にましたです」ペゴティさんが言った。

もう一度話を始めるのは骨が折れたけれど、まだすべてが明らかになったわけではなかったから、やっぱりどうにかして真相を突き止めなくてはならなかった。そこで僕はまた口を開いた。

「おじさんの子供は一人もいないの、ペゴティさん？」

「おりませんです、坊ちゃん」彼は軽く笑いながら言った。「あっしはひとりものなんですよ」

「独身！」僕は度肝を抜かれ、編み物をしているエプロン姿の女性を指さして言った。「じゃあ、あっちの人は誰なの、ペゴティさん？」

「あれはガミッジ夫人と言いまして」ペゴティさんは言った。

「ガミッジ、って、ペゴティさん？」

だけどこのときペゴティが――つまり僕ん家《ち》の変てこなペゴティのことだけど――、これ以上なにも聞くなというように、躍起になって身ぶりで訴えるので、寝る時間まで僕は腰を下ろして、みんなが黙っているのをただ眺めているより仕方なかった。いよいよ僕の小さな寝室で二人きりになったとき、ペゴティが話してくれたところでは、ハムとエムリはペゴティさんの甥と姪《めい》で、小さい頃、親に先立たれて困っていたときに一人ずつ引き取ってもらった、ってことだった。それからガミッジ夫人のほうは、ペゴティさんの漁師仲間の奥さんだったけど、旦那さんが貧乏のどん底で死んでしまって未亡人になった、ってことだった。ペゴティが言うには、うちの兄さんだってそりゃ貧乏なんですけど、まるで黄金みたいに善良で鋼みたいに真っ正直なんでね、ってことで――これはペゴティ一流の比喩だった。兄さんが声を荒らげたり汚い言葉で罵ったりするのは、こういう優しさにぐちゃぐちゃ横槍を入れられたときだけなんです、っていうのも教えてくれた。だけど、誰か一人でもぐちゃぐちゃ言うのがいると、兄さんは右手でテーブルをバンと叩いて（一度など、それでテーブルを真っ二つにしてしまったんです）、もう二度とそんなこと言うんじゃないぞ、口をつぐんでさっさと消えちまえ、じゃなきゃお前なぞ〈ゴーム〉されることになるわ、というおっかない呪いの言葉を吐くんです、って教えてくれた。〈ゴーム〉される、っていう怖ろしげな動詞の受身形がいったいどんな意味なのか、尋ねてみても、ペゴティはもちろん、誰も見当がつかないらしかった、それでもみんな、〈ゴーム〉っていうのはこの世で一番強力な呪いの言葉だって思っているみたいだった。

この家の主人の優しさに感じ入っていると、ボートの反対側の、ちょうど僕の部屋と同じような小部屋に、女の人たちが入って床に就くらしい音が聞こえてきた。それからペゴティさんとハムが、さっき見た屋根の梁に掛かっている鉤のところに、二人分のハンモックを掛ける音も聞こえてきて、僕はなんとも贅沢至極な気分でうっとりしながら眠気に襲われていた。うつらうつらと眠りに落ちながら、風が海に向かってヒューヒュー吹き下ろし、それがまた真っ平らな荒野を激しく吹き戻してくるのを聞いていると、ひょっとして夜中に高潮がくるんじゃないかとぼんやり不安になった。しかしよく考えてみれば、なんたって僕はボートに乗っているのだ。それになにかあったって、同じ船に乗り合わせる仲間がペゴティさんのような人だなんて、なんとも悪くないじゃないか、と思った。

だけど結局、何事もなく、ただ無事に朝が来ただけだった。部屋の姿見を縁取る牡蠣の貝殻に日の光が差すか差さないかくらいの早くから、僕はもうベッドを飛び出し、チビのエムリを誘って外に出ると浜辺で小石を拾った。

「君はもうりっぱな船乗りなんだろうねえ」僕はエムリに言った。

本当にそんなことを思っていたのかどうかわからないけど、なにか言うのが女性に対する礼儀だろうと思った。それにちょうど、近くの帆船がキラキラ輝きながら彼女の綺麗な瞳にそのまま小さくなって映し出されているのを見て、頭の中にこのセリフが自然と浮かんだのだった。

「ううん」エムリは首を振って応えると、「あたし、海がこわいの」と言った。

「こわいだって！」僕は大胆不敵な面持ちで、どこまでも広がる海原をグイと見やりながら言った。「僕はちっともこわくないや！」

「ああ、でも海っておそろしいの！」エムリは言った。「海がひどく荒れて、知り合いの人たちが死にそうな目にあわされたのを見たし。あたしたちの家くらい大きなボートが粉々になっちゃうとこだって見たことがあるの」

「そのボートっていうのは、ひょっとして、あの」

「父さんが溺れて死んだボートか、ってこと？」エムリは言った。「ううん、違うわ、違うの。そのボートはいっぺんも見たことないの」

「お父さんも？」僕は尋ねた。

チビのエムリは首を横に振った。「覚えてないわ！」

こいつはなんて奇遇だろう！　早速、この僕も父さんを見たことがないんだという話をした。でも、母さんと僕とでいつも二人っきり、これ以上ないくらい仲良くやってきたし、これまでと同じでこれからだって、そうやって暮らしていこうと思ってるのさ、それに、父さんのお墓は家のすぐ近くの教会墓地にあって、木陰になってるんだけど、晴れた朝にはよくその木の枝の下を散歩しながら、鳥たちが綺麗な声で歌うのを聞いたんだって話もした。ただエムリの身の上と僕の身の上にはちょっと違うところもあった。エムリはお父さんを亡くすより前にお母さんを亡くしていて、お父さんのお墓についても、深い海の底にあるっていう以外は、誰も詳しい場所を知らないらしかった。

「それにね」エムリは貝殻や小石を探し回りながら言った。「坊ちゃんのお父さんは紳士だし、お母さんはレディでしょう。あたしの父さんは漁師で、母さんは漁師の娘よ、それにダンおじさんだって漁師だわ」

「ダンっていうのはペゴティさんのことだよね？」僕は言った。

「ダンおじさんよ——あそこの」エムリはボートハウスのほうを見てうなずきながら言った。

「うん。ペゴティさんね。あの人、本当に良い人みたいだねえ」

「良い人？」エムリは言った。「もしあたしがいつかレディになるようなことがあったら、おじさんにはダイヤモンドのボタンがついた空色のコートと南京木綿のズボン、それに赤いヴェルヴェットのチョッキと正装用の三角帽や大きな金時計と銀のパイプ、おまけに箱いっぱいのお金をあげたいって思ってるの」

ペゴティさんならそんなすごい宝物を全部もらうのに十分ふさわしい人だってこと、僕もまったく賛成だ、と言った。正直に言えば、義理堅い姪っ子から贈られた衣装一式を身にまとって、ゆったりくつろいでいるペゴティさんの姿なんか、どうにも想像できなかったし、特に正装用の三角帽なんかはどんなもんだろうかと思わずにいられなかった。でもこういう気持ちは全部、僕一人の胸にしまっておいた。

壮大な計画でも思い描くように、おじさんへの贈り物を一つずつ数えながら、チビのエムリはじっと空を見上げて立っていた。それからまた、僕らは貝殻や小石を探して歩き回った。

「君はレディになりたいの？」僕は言った。

エムリは僕のほうを見ると笑いながらうなずいて、「うん」と言った。

「本当に、心の底からそう思ってる。そしたらあたしたち、みんなで紳士淑女になるのよ。あたしと、おじさんと、それからハムとガミッジさんと。そしたら嵐の日だってなんにも心配いらないわ。つまりあたしたちの家だけなら、ってことだけど。もちろん、気の毒な漁師さんたちのことはやっぱり心配だけど、でもその人たちになにか困ったことがあっても、お金があれば助けてあげられると思うの」

これは僕にもすごくいい考えみたいに思えたし、まんざら実現できないことではないと思った。その未来図をうっとり思い描きながら、そりゃ素敵だねえと言うと、チビのエムリも意を強くしたのか、もじもじしながら言った。

「ほら、坊ちゃんだって海がこわくなったんじゃない？」

そんなことないさと言うのは造作もなかったけれど、もしもあのとき、ちょっと大きめの波がザブーンと寄せてきていたら、とっさに溺れ死んだエムリの親戚を思い出して、僕は間違いなく逃げ回っていただろう。とにかく僕は「こわかないさ」と答えると、「君だってこわいとか言ってるけど、僕にはそんなふうに見えないなあ」と続けた――っていうのも僕らはちょうど、古い桟橋か木の歩道みたいなところをブラブラ歩いているところで、エムリがあんまり端っこのほうを歩くもんだから、そのまま落っこちるんじゃないかとヒヤヒヤしていたのだ。

「こういうのはこわくないの」チビのエムリは言った。「でもね、海が荒れてるときに目を覚ますと、ダンおじさんのことやハムのことを思い出して、震えるほどこわくなるの。助けてっていう二人の叫び声まで聞こえる気がしてね。だから、ねえ、だからなの、本当に本当にレディになりたいのよ。でも、こういうのは全然こわくないの。ちっとも。ほら見て！」

彼女は僕のそばからぱっと駆けだすと、足元から海に向かって突き出したギザギザの丸太の上をひょいひょいと歩き出した。丸太はかなりの高さで海の上に掛かっていたうえ、手すりもなにもついていなかったけれど、そんなことてんでお構いなしだった。この出来事は僕の脳裏に強烈に焼き付けられた。もし僕が絵描きなら、今ここで、あの日のままの情景を寸分たがわず描き出せるだろう、そう、チビのエムリが破滅へむかって飛び出していくところを（僕にはそんなふうに思えた）、そして、遠い遠い海のかなたを見つめる、決して忘れようもないあの眼差しを。

軽やかに、大胆に、フワフワと踊る小さなその姿が、くるりと回って無事に戻ってくるや、ハラハラ心配したり、驚いて大声を出した自分がおかしくって僕は笑った。どっちにしたって、あたりには人っ子一人いなかったから、助けを呼んでも無駄だったと思う。だけど大人になってから考えてみれば、そう、実際そんなことを考えてみたことが何度もあったけど、あの子があんな突拍子もない行動をしたり、狂おしい表情で遥か遠い海のかなたを見つめていたのは、ひょっとして、恵み深い神様があの子を危険へ誘《いざな》っていたからじゃないのか、そう、死んだ父親が、娘可愛さのあまり、あの子を死の世界へ引きずり込もうとしていたからじゃないのか、そしてあの子の命はもしかしたら、あの日を境にぷっつり途絶えていたのじゃないか、目には見えないことがいろいろ重なりあって出来ているこの世の中で、そんなことが起こる可能性だって、きっとあったんじゃないだろうか。何度も考えては、こんなふうに思うこともあった。もしあの子の将来をすべて一目で見通せたなら、一目見るだけで、子供でもすぐにわかるくらいちゃんと見通せたなら、そしてもし、あの子の命が僕の手一つに委ねられていたとしたら、果たして僕は、手を差し伸べてあの子を助けてやるべきだったのか、と。そう、あの朝、僕の目の前で頭の上まですっぽり水に入ってしまったほうが、チビのエムリにとっては良かったんじゃないか、と。そして、そうとも、きっとそのほうが良かったんだ、と思ったことさえあった——長い間じゃないけれど、たしかに一度、そう思ったのだ。

こんなことはまだ、書くべきではなかったかもしれない。きっと書き急ぎすぎたんだろう。でも消さずにこのままにしておく。

僕らは長いことブラブラ歩いて、面白そうだと思ったものを拾っては両手に抱え、岸に取り残されたヒトデをそっと海に返してやって——もっとも、そんなことをされてヒトデが本当に喜んでいたのか、あるいはむしろ迷惑に思っていたのか、今こうして書いていてもよくわからない、そのくらい、ヒトデという生き物についてはなにも知らないのだ——、それからペゴティさんのボートを目指して家路についた。僕らはロブスター小屋の陰で無邪気なキスをして、それから活力と喜びで全身を熱くさせながら、朝ごはんを食べに家に入った。「まるで二羽のマーヴィッシュの雛みてぇですな」ペゴティさんは言った。これは、この地域の方言で言うところの、二羽のツグミの雛みたいに元気だって意味だったから、僕は素敵な褒め言葉として受け取った。

もちろん、僕はチビのエムリと恋に落ちた。大人になってから本気で人を愛したときも、素晴らしく気高い感情に満たされたけれど、あの頃の僕が彼女に抱いた想いだってやっぱり、どんな愛にも負けないくらい誠実で、ひたむきで、純真で、ひたすら二心のないものだった。きっと僕は、めくるめく空想のなかで、あの青い目のちっちゃな少女の上にいろんなものを重ねて、まるで天使みたいにあの子をあがめていたのだろう。もしまだ昼の明るい時間に、エムリがちっちゃな羽を広げて僕の前から飛び立っていったとしても、それもまた当然だと、あの頃の僕なら思っただろう。

ヤーマスのどんよりして古ぼけた平野を慈しむように、僕らは何時間も何時間も歩き回った。時間というものもまた、まだ大人になりきれず、子供のままいつまでも遊び回っているみたいにして、一日、また一日と、日々僕らと戯れながら過ぎて行った。僕はエムリに、君を心から愛してる、だからもし君も同じように愛してるって言ってくれないなら、僕は短剣で自害して果てなくちゃならない、と言った。あの子は、愛してるって言ってくれたし、その気持ちを僕は今も疑うことはない。

身分が違うとか、若すぎるとか、そのほか僕らの未来に待ち受ける障害なんか、チビのエムリと僕は一切気にしなかった。なぜって僕らには未来なんかなかったから。僕らは、今より小さい自分たちが想像できないのと同じで、今より大きくなった自分たちを想像してみることもなかった。ガミッジ夫人とペゴティはそんな僕らをうっとりと眺め、夕暮れ時に二人並んで例の小さなロッカーに腰かけているときなど、愛おしそうに「あら！　なんて素敵なんでしょ！」とささやきあった。ペゴティさんはパイプをふかしながら僕らをにこやかに見守り、ハムはその間じゅうニヤニヤ笑うだけでなにもせずに過ごしていた。大人たちはみんな僕らを見ると、小さな玩具やコロッセオのポケット版を見たときみたいな、なんとも言えず嬉しい気持ちになるみたいだった。

ほどなくわかったのは、ガミッジ夫人という人がペゴティさんのとこに居候している割には、居候らしく愛想よくする、ってわけでもないらしいことだった。ガミッジ夫人はちょっとイライラしやすい性質で、こんなに小さな家のなかでそんなにしょっちゅう泣いてたら他の人だって到底楽しく暮らせないじゃないか、ってくらい、なにかにつけてメソメソ泣いた。もちろん、そんな彼女を僕はとても気の毒な人だとは思ったけど、できればちょっと気が滅入ったのがおさまるまで引っ込んでてくれるような、いい具合の個室でもあればもっと楽しくやれるのになあ、と思わなくもなかった。

ペゴティさんはときどき、〈やる気満々亭〉というパブに出かけた。僕がこれを知ったのは到着してから二日目か三日目の晩のことで、ガミッジ夫人が八時と九時の間くらいにダッチ・クロックを見ながら、あの人、きっとあそこだわ、あたし、あの人があそこに行くだろうって朝からちゃんとわかっていましたとも、と言ったからだった。

ガミッジ夫人はその日一日じゅうふさぎこんでいて、暖炉の火が煙たいと言って昼前にも大泣きしたところだった。「あたしはどうせ一人ぼっちで惨めな人間よ」というのが、暖炉の悶着が起こったときのガミッジ夫人の言葉だった。「そのせいでなんでもかんでも、あたしの思うようにはいかないんだわ」

「ほら、すぐ元通りになりますよ」ペゴティは言った――つまり僕ん家《ち》のペゴティのことだけど――「それにね、寒くて辛いのはあなただけじゃなくてみんな一緒ですよ」

「あたしのほうがもっと応えるんです」ガミッジ夫人は言った。

その日は特別寒くて、身を切られるような強い風が吹いていた。ガミッジ夫人の定位置になっている暖炉の隅は、この家の中で一番あったかくてぬくぬくしているみたいに思えたし、座っている椅子だって、間違いなく一番ふかふかだったのに、その日はとにかく全然お気に召さないらしかった。彼女は寒い寒いとこぼし続け、寒さが腰に「からみついてくる」と言って痛みを訴えた。とうとう涙を流しておいおい泣き始め、駄目押しで「どうせあたしは一人ぼっちで惨めな人間よ」、「そのせいでなんでもかんでも、あたしの思うようにはいかないんだわ」と言った。

「たしかにそりゃとっても寒いですよ」ペゴティは言った。「みんな同じように思ってます」

「あたしのほうが他の人よりもっと応えるんです」

夕食のときもこの調子だった。僕は特別なお客だということで一番にご飯をよそってもらっていたけれど、ガミッジ夫人はいつだって僕のすぐ後だった。魚は小さくて骨ばかりだし、じゃがいもはちょっと焦げていた。たしかに僕らみな、これにはちょっとがっかりした。だけどガミッジ夫人ときたら誰よりもがっかりしてしまうらしく、またもや涙に暮れてさっきの口上を切々とやってのけた。

そんなこんなで、ペゴティさんが九時頃帰宅すると、哀れガミッジ夫人は、なんとも惨めで打ちひしがれた様子で、いつもの場所に座って編み物をしていた。ペゴティは楽しそうに縫い物をしていた。ハムは大きな防水ブーツに継ぎをあてていた。僕は隣にチビのエムリを座らせて、みんなに本を読んであげていた。ガミッジ夫人はお茶の時間以来、哀れっぽいため息をつく以外は、口もきかず顔もあげないままだった。

「やあやあ、みんな」ペゴティさんは自分の椅子に腰かけながら言った。「ご機嫌はいかがなもんだい？」

僕らはみんな、なにか言葉を返したり目と目で挨拶を交わしてペゴティさんを出迎えたけれど、ガミッジ夫人は編み物を見つめたまま頭を振るだけだった。

「どうしちゃったってんだい？」ペゴティさんはパンと手を叩いて言った。

「*7おっきい姉ちゃんやい、元気出せって！」（ペゴティさんの言うおっきい姉ちゃんという

のは、おっかさん、というぐらいの意味だった）

ガミッジ夫人は元気なんて到底出せそうになかった。彼女は古ぼけたシルクの黒いハンカチを取り出すと、涙を拭った。それをポケットにしまおうともせず、出しっぱなしのまま、また溢《あふ》れる涙を拭うと、まだまだ使うのよという具合で手もとに置いた。

「お前さん、どうしたってんだい？」とペゴティさん。

「どうもしないわ。〈やる気満々亭〉に行っていたんでしょう、ダン？」とガミッジ夫人。

「うん、まあね。今夜はちょっと〈やる気満々亭〉で一服してきたよ」とペゴティさん。

「あたしのせいで追い出しちゃったみたいで、悪かったわね」とガミッジ夫人。

「追い出しただって！　追い出される必要なんてないさ」ペゴティさんは心の底からおかしそうに笑った。「自分からちゃっちゃと行くとも」

「そりゃさぞかしちゃっちゃと行くでしょうとも」ガミッジ夫人は、首を振り振り涙を拭って言った。「ええ、ええ、ちゃっちゃと出て行きたいでしょうとも。あたしのせいで、そんなにちゃっちゃと出て行きたくなるなんて、悪かったわねえ」

「あんたのせいで？　あんたのせいなんかじゃないさ！」ペゴティさんは言った。「あんた、そんなふうに思わないでくれよ」

「いいえ、いいえ、そうに決まってるわ」ガミッジ夫人は叫んだ。「あたし、自分の立場くらいわきまえてますとも。どうせあたしは一人ぼっちで惨めな人間よ、それでなんでもかんでも、あたしの思う通りにいかないだけじゃ済まなくって、あたしのほうも人さまの思う通りにいかない人間になっちゃうのよ。そうよ、そうなの。あたしはいろんなことが他の人より応えるもんだから、その分他の人より態度に出やすいの。これぞあたしの不幸ってわけよ」

ずっと話を聞いていると、その不幸はガミッジ夫人だけのものじゃなく、この家の人たちみんなのものでもあるんだがなあ、と思わずにいられなかった。でもペゴティさんはそんなふうに言い返したりせず、ただ、ガミッジさんや、元気を出しな、ともう一度言った。

「ああ、こんなふうになれたらって思うような自分にはなれないのよ」ガミッジ夫人は言った。「そんなのからはまったくほど遠いわよ。わかってるの。こんなになっちゃったのも、辛いことがいっぱいあったせいよ。辛いことがいっぱいあったから、人にも辛い思いばっかりさせちゃうのね。クヨクヨしなけりゃいいんでしょうけど、でもやっぱりあたしには応えるの。図太く構えてなんにも気にしなけりゃいいんでしょうけど、あたしはそんなふうにはできてないんだもの。あたしのせいで、この家の人たちはみんな嫌な思いをするわけね。それは間違いないわ。あなたの妹さんも、それからデイヴィ坊ちゃんも、一日じゅう嫌な気分にさせちゃうのね」

これには僕の心もすっかりほだされてしまい、喉が張り裂けんばかりの声で叫んだ。「そんなことないよ、ガミッジさん！」

「本当だったらこんなこと、許されるわけないんです」ガミッジ夫人は言った。「まるで恩を仇《あだ》で返してるようなものだもの。あたしなんか、救貧院に行って、そこで死んじまえばいいんだわ。どうせあたしは一人ぼっちで惨めな人間で、ここにいたって誰かれ構わず食ってかかることしかできやしない。もしどうしても、なにもかもあたしの思い通りにいかないっていうんなら、それからあたしのほうも人さまの思い通りにはなれないっていうんなら、あたしみたいなのは救貧院でブツクサ言ってたらいいんだわ。ダン、あたしを救貧院に行かせてちょうだい、そこで死んだらなにもかもきれいさっぱり片が付くってもんよ！」

ガミッジ夫人はこれだけ言うと寝床に引き取った。夫人がいなくなってしまうと、ペゴティさんはただただ可哀そうにと思うばかりで、嫌な感情なんてまったく抱いていないらしく、僕らをぐるっと見渡すと、ほら、可哀そうだよなぁという表情で首をこくりこくりとやりながら、ささやくように言った。

「きっと死んだじいさんのことを考えてたんだ！」

ガミッジ夫人が心を寄せるべき〈死んだじいさん〉っていうのが誰のことか、僕にはよくわからなかったけれど、寝床に引き取った僕のところに来てくれたペゴティが、亡くなったガミッジさんのことですよ、と教えてくれた。それから、こんなことがあるといつだって兄さんは、そりゃもう絶対ガミッジの奴を思い出しているのに違いないんだって、ひどくほだされてしまうんです、とも言った。その夜もやっぱり、ペゴティさんがハンモックに横になってからいくらもたたぬうちに、ハム相手に「可哀そうに。きっと、死んだじいさんのことを考えてたにちげえねぇよ！」と言うのが、何度も聞こえた。それからというもの、僕らの滞在中にガミッジ夫人が例によって打ちひしがれると（それも一度や二度ではなかった）、彼は決まって、同じ言葉を繰り返して意を汲《く》んでやり、いつでもその悲しみに同情するのだった。

こんなふうにして、二週間はまたたく間に過ぎていった。潮の干満の時刻で、ペゴティさんの出かける時間や帰ってくる時間が変わったし、ハムの仕事もそうだったけれど、それ以外は毎日が同じだった。手があいていると、ハムはときどき、僕らを連れ出してボートや船を見せてくれたし、ボートに乗せてくれたことも一度か二度あった。なぜだろう、ときとしてほんの些細な思い出の一コマが、他のなによりも強烈にある特定の場所と結びつくことがある。幼い頃を振り返ってみれば、きっと誰にでも思い当たる節があるだろう。僕の場合は、ヤーマスの名前を聞いたり見たりすると決まって、浜辺で過ごしたある日曜の朝を思い出す。教会のベルが鳴り、チビのエムリは僕の肩に身を預け、ハムはぼんやり海に向かって石を投げている。ちょうどそのとき、はるか向こうの海の上で、お日様が*8厚い霧を破って顔を出し、海の上をいく船も、その影も、鮮やかに照らし出す。

とうとう家に帰る日がやってきた。ペゴティさんやガミッジ夫人との別れは、なんとか耐えられた。だけどチビのエムリともう会えないかと思うと、身を切られるように辛かった。荷馬車がいる宿屋まで、僕らは手に手をとって歩いていき、その道々、僕はエムリに必ず手紙を書くよと約束した（のちにこの約束は、「空き室あります」という賃貸アパートの広告よりもデカい字で書いた手紙によって、きちんと果たされた）。別れのときには、二人とも完全に打ちひしがれてしまった。もしも僕の人生で、心にぽっかり穴があいたことがあるとしたら、それはあの日にあいたのだ。

僕はヤーマスにいる間じゅう、またもや我が家のことなどすっかりおろそかにして、ほとんど、というかまったく、思い出すこともなかった。でも、いったん家路につくと、すぐさま幼い良心がまっすぐに家のほうを指して、これまでの恩知らずぶりをチクチク責めてくるようだった。そして別れの哀しさに心が沈むほど、我が家こそ僕の居場所で、母さんこそ僕を慰めてくれる大事な味方だ、という想いが増してくるのだった。

道を行くうち、この気持ちはいよいよ高まっていった。家に近づき、次第に見慣れた景色が辺りに広がると、早く帰りたい、帰って母さんの腕に飛び込みたい、という気持ちがどんどん強くなった。だけどペゴティときたら、僕の気持ちをわかってくれるどころか、そんなに期待したら駄目ですよと（もちろんとっても優しくだけど）言わんばかりだったし、なぜか気もそぞろで、いつものペゴティらしくなかった。

だけどペゴティがどうであれ、荷馬車の馬さえその気になれば、ブランダストンのルーカリーの家は近付いてくるわけで――実際、家が見えてきた。冷たく薄暗い午後、鉛色の空、不気味な雨が降りしきるあの日を、僕は今もはっきり覚えている！

扉が開くと、僕は期待に胸を躍らせ、泣き笑いしながら母さんの姿を探した。だけどそこにいたのは母さんじゃなくて、見知らぬ召使だった。

「あれ、ペゴティ！」僕はへそを曲げて言った。「母さん、まだ帰ってきていないの？」

「いいえ、いいえ、デイヴィ坊ちゃん」ペゴティは言った。「もうお帰りですよ。ちょっと待ってくださいね、デイヴィ坊ちゃん、ええと、ええと、ちょっとお話があるんですよ」

もともと荷馬車から降りるのが下手なのと、すごく取り乱しているのとで、ペゴティったら、まるで花飾りみたいにして馬車からぶらさがっていたけれど、僕は僕ですっかり茫然《ぼうぜん》として変てこな気分だったから、そう注意してやる気にもならなかった。ペゴティはようやくのことで降りると、僕の手を取って、それからその手を引いて、ふらふらとキッチンのほうへ行った。そして扉を閉めた。

「ペゴティ！」僕はすっかり肝を潰して言った。「なにがあったの？」

「いえいえ、なにもありゃしませんよ、可愛いデイヴィ坊ちゃん！」陽気なふうを装ってペゴティは答えた。

「なんかあるんでしょう、僕にはわかるんだから。母さんはどこ？」

「お母さまはどこでしょうねえ、デイヴィ坊ちゃん」ペゴティはオウム返しに繰り返した。

「そうだよ。どうして母さんは門のところまで迎えに来ないの？　どうして僕らはこんなところに引っ込んでなきゃいけないの？　ねえ、ペゴティったら！」僕の目は涙でいっぱいで、もう立っていられず、その場に泣き崩れそうだった。

「あぁ、可愛い坊ちゃん！」ペゴティは僕の身体をつかんで叫んだ。「いったいどうしたんです？　ねえ、言ってごらんなさい、坊ちゃん！」

「母さんも死んじゃったってんじゃないよね！　ねえ母さんは死んだんじゃないよね、ペゴティ？」

ペゴティはびっくりするくらい大声で、とんでもない！　と叫んだ。そして腰を下ろしてからぜえぜえ肩で息をすると、坊ちゃんの言葉にひっくり返るくらい驚いてしまって、と言った。

僕はひっくり返ったのを直してやろうと、というかもう一回ひっくり返して元通りにしようと、ペゴティをぎゅっと抱いてから、その目の前にすっくと立って、心配そうにのぞきこんだ。

「ねえ、坊ちゃん、あのですね、私がもっと早くにお話ししなくちゃいけなかったんです」ペゴティは言った。「でもそのチャンスがなかったんですよ。たぶん、そう、もっと早く言わなくちゃいけなかったんでしょうけど、でもねえ、ぺったりなタイミングがなくってね」（ぺったり、というのは、ペゴティ流の言い回しでぴったりという意味だった）。「どうしてもお話しする気になれなかったんですよ」

「うん、それで？　ペゴティ」僕はいっそう怯えて聞いた。

「デイヴィ坊ちゃん」ペゴティも、震える手でボンネットのリボンをほどきながら、喉の奥が詰まったような声で言った。「どうですかねえ？　坊ちゃんにはお父さまができたんですよ！」

僕はガクガク震えて、真っ青になった。なにか――なにかはわからないし、どんなふうにかもわからなかったけど――あの教会墓地のお墓にまつわるなにかと、よみがえった死者が、ゾワゾワと不気味な風になって、僕に吹き付けてくるようだった。

「新しいお父さまです」ペゴティは言った。

「新しい？」僕は繰り返した。

ペゴティはなにかすごく固いものを無理やり飲みこんだみたいにしてグッと息を止めると、手を差し出して言った。

「さあ、お父さまに会いに行きましょう」

「会いたくない」――「じゃあお母さまに会いに行きましょう」ペゴティは言った。

後ずさりをやめて、僕はすぐに上等の居間に向かったけれど、ペゴティは僕を残して下がってしまった。暖炉の一方の側に母さんが座っていた。反対側にはマードストンさんがいた。母さんは針仕事を放り出してぱっと立ちあがったが、その仕草はどことなく怯えているみたいだった。

「さあ、クレアラ」マードストンさんは言った。「いいね！　自制心だよ。いつだって気をしっかり持つんだ。デイヴィ坊や、元気かい」

僕は彼に手を差し出した。ちょっと間があって、僕は母さんのところに行ってキスをした。母さんもキスしてくれて、肩をポンポンと優しく叩いてくれたけれど、そのまま座って針仕事を続けた。僕は母さんのほうを見られなかったし、彼のほうも見られなかったけれど、彼が僕ら二人を見ているのはよくわかっていた。だから窓のほうを向いて、寒い風に吹かれて頭を垂れている庭木をぼんやり見つめた。

部屋を抜け出す隙を見つけるや、僕はそっと二階へ上がった。元々僕の寝室だったところはすっかり様変わりしていて、ずっと遠くの部屋で寝ることになっていた。僕は階段を下りて、昔のままのものはないかと歩き回ってみたけれど、なにもかもすっかり変わってしまったみたいだった。仕方なく僕は庭に出た。でもやっぱり、おっかなびっくり戻ってくることになった。だって、からっぽだったはずの犬小屋に、大きな犬がいたのだから――裂けそうなほど大きな口をして、あの人そっくりの黒い毛をした犬だった――そいつが僕を見つけるや、猛り狂って小屋から飛び出してきた。

第四章　僕は屈辱を受ける

もし僕のベッドが移された新しい部屋に、感情というものがあって、ちゃんと証言することができるなら、この場で頭を下げて頼んでもいい、あの日の僕がどんなに重苦しい気持ちで部屋に入ったか――ああ、今頃あそこには誰が眠っているのだろう！――、どうか僕のために証言してはくれないか、と。例の犬がやかましく吠え立てるのを聞きながら、僕は階段を上がって部屋に入った。そして、ぼんやりとした奇妙な気持ちで部屋を見回すと、部屋も同じように僕を見つめ返した。それから僕は、小さな両手を組んで椅子に腰かけ、考えた。

なんとも妙なことばかり考えた。部屋の形、天井に走るひび割れ、壁に貼られた壁紙。窓ガラスについた傷のせいで、外の景色にさざ波が立ったりコブができてるみたいに見えるんだなとか、グラグラの三本脚の洗面台を見て、きっとこいつ、自分の脚がさぞかしご不満なんだろうなとか。そのせいで〈死んだじいさん〉のことを考えてはクヨクヨするガミッジ夫人のことを思い出したりもした。その間じゅう、僕はずっと泣いていた。寒くて気が滅入るというのはわかっていたけれど、どうして自分が泣いているのかは考えてもみなかった。惨めな気分に浸っていると、チビのエムリに死ぬほど恋焦がれているのに、その彼女から引き離されてこの家に帰ってみれば、エムリの半分も僕を必要としたり、気にかけたりしてくれる人がいないんだ、と思い始めた。こう考えると、僕はもうみじめでたまらなくなってしまい、布団の隅で丸くなって泣きじゃくり、そのまま寝てしまった。

「ほら、ここよ！」という声と、火照った僕の顔から布団をはがそうとする誰かの手で、僕は目を覚ました。母さんとペゴティが僕の様子を見に来て、どちらかが布団をはがしたのだった。

「デイヴィ」母さんは言った。「どうしたの？」

そんなことを聞かれるなんてすごく変だと思いながら、僕は「なんでもない」と言った。今でも覚えているけれど、唇があんまり震えるせいで、母さんになにもかもばれてしまいそうだったから、それを隠そうと顔をそむけた。

「デイヴィ」母さんは言った。「デイヴィ、ああ、坊や！」

あのとき母さんから坊やと呼ばれて、どんな言葉をかけられるより、強く心を揺さぶられた。僕は布団をかぶって涙を隠し、抱き上げようとする母さんを手で押しのけた。

「これはあなたのせいね、ペゴティ、なんてひどい人なの！」母さんは言った。「そうに決まってるわ。あなた、坊やと私の仲を裂くようなことをして、ううん、坊やと私の大事な人との仲を裂くような真似をして、よくも平気でいられるわねえ。ペゴティ、いったいどういうつもりなの？」

可哀そうにペゴティは、顔と手を天井に向けて、いつも僕が夕飯の後にするお祈りを唱えるみたいにして答えた。「コッパフィールドの奥さま、今のお言葉を神様がお許しくださいますように、そしてどうかそのせいでお心を痛めることがありませんように！」

「これ以上、私を苦しめないでちょうだい」母さんは叫んだ。「新婚ほやほやだっていうのに、いがみあう敵同士だって、少しは優しくしてくれてもいい時期でしょうよ。そうよ、私がちょっと安らぎや幸せを感じたって、どうして責められなくちゃならないの。デイヴィ、お前は悪い子だわ！　そしてペゴティ、あなたは冷酷な人でなしよ。なんて人たちなの！」

わがままでヒステリックな調子で僕とペゴティを順繰りに睨みつけると、母さんは泣き叫んだ。「一番幸せなはずのこの時期に、こんな目にあわなきゃならないなんて、なんて世知辛《せちがら》い世の中なの！」

そのとき、母さんでもペゴティでもない誰かの手に触れられたのを感じて、僕はさっとベッドから下りた。それはマードストンさんの手で、そのまま僕の腕を摑むと言った。

「いったいこの騒ぎはなんだい？　クレアラ、ねえ君、もう忘れてしまったのかい？　しっかりするんだ」

「本当にごめんなさい、エドワード」母さんは言った。「ちゃんとしようと思ったの、でもずいぶんな目にあったものだから」

「そりゃまた！」彼は答えた。「こんな早々に、また困ったことだね、クレアラ」

「私も、こんな時にこんな気持ちにさせられるなんて、ずいぶんな仕打ちだわって言っていたところよ」母さんは口を尖らせて言った。「本当に——ずいぶんだわよ——ねえ？」

彼は母さんを抱き寄せると、耳元で何か囁いて、キスをした。母さんが彼の肩に顔をうずめ、その腕が彼の首元にふれるのを見たとき、僕にはわかった——そう、彼なら従順な母さんを意のままに操れるだろう、と。そして実際、彼がそうしたのだ、ということもわかっている。

「君はもう下に行きなさい、クレアラ」マードストンさんは言った。「デイヴィッドと私も後で一緒に下りていくから」そうして母さんに微笑みながらうなずいて部屋から出してしまうと、ペゴティに厳しい顔を向けて言った。「奥さまのお名前は知っているかね？」

「奥さまにはずいぶん長いことお仕えしております」ペゴティは答えた。「もちろん存じ上げております」

「そうだろうとも」彼は答えた。「だが私が二階に上がってくる途中、お前が奥さまを違う名前で呼んだように聞こえたのでね。あれはもう、私の姓になったんだよ。ちゃんと覚えておいてくれたまえ」

ペゴティは落ち着かない目で僕のほうをちらちら見てから、なにも言わずにお辞儀をすると出て行った。もう下がれという空気を察して、なおもその場に残る口実を思いつけなかったんだろう。二人きりになると、彼は扉を閉めて椅子に腰かけ、僕を摑んで自分の前に立たせてから、じっと僕の目をのぞき込んだ。僕もまた、吸い寄せられるように、じっとその目を見つめ返した。ああして面と向き合ったときのことを思い出すと、今もドキドキと打つ心臓の鼓動が聞こえてくるようだ。

「デイヴィッド」唇を真一文字に薄く結んで彼は言った。「もしも、強情な馬か犬を手なずけようと思ったら、私がどうすると思うね？」

「わかりません」

「殴るんだよ」

話しているときにもすでに息が切れそうだったけれど、口を閉じても息遣いはどんどん荒くなるばかりだった。

「そいつを縮みあがらせてね、ちゃんと言うことをきかせるんだよ。『こいつを絶対思うままにしてみせる』って心に決めてね、たとえそいつの身体じゅうの血を絞り取ってでも、必ず大人しくさせるんだ。おや、顔になにかついているね？」

「泥です」僕は答えた。

それが涙の跡であることぐらい、彼も僕と同じくらい、よく知っていた。だけど、たとえ二十回同じことを聞かれても、そのたびに拳骨でぶんなぐられても、僕は絶対本当のことを言わなかっただろう。涙だって認めてしまったら、僕のちっちゃな心臓はくやしくて粉々になってしまっただろうから。

「ガキのわりにずいぶん知恵が回るんだな」例によって厳めしい顔で微笑みながら、彼は言った。

「それに、私のこともずいぶんよくわかってるようじゃないか。それじゃその顔を洗ってこい。そして一緒に下に行くんだ」

さっきガミッジ夫人みたいだと思った例の洗面台を指差すと、早くしろ、と言うように彼はあごをしゃくった。ちょっとでもぐずぐずしようものなら、なんのためらいもなく殴り倒されるに違いないと思ったし、今でもその確信は揺らいでいない。

「ほら、クレアラ」言われた通りに顔を洗った僕が、腕を摑まれたまま居間に入っていくと、彼は言った。「もうひどい仕打ちを受けることなんかないだろうよ。小さい子の気まぐれなんか、すぐによくなるからね」

ああ、もしもあの頃、一言でも優しい言葉をかけてもらっていたら、僕はもっと真っ当な人間になっていたかもしれない、いや、少なくとも、成長して今とは違う人間になっていただろう。たった一言でいい、励ましてくれて、なにが起きているか説明してくれて、幼さゆえの無知に情けをかけて、おかえり、いいかい、ここがお前の家だよ、って言ってもらっていたら、僕はきっと、上っ面を偽善的に取りつくろうんじゃなく、心の底から彼に忠誠を誓うことだってできたかもしれない。そして彼を恨むんじゃなく、むしろ尊敬すらしたかもしれない。母さんは、萎縮しきって落ち着かない様子で部屋の真ん中に立ち尽くす僕を見て、哀しそうだった。それから椅子のほうへとこっそり歩いて行く僕を、いっそう哀しそうな目で見ていた――きっと幼い僕の歩き方が、もうのびのびしたところを失ってしまったせいだろう――でも、運命の一言はついに口にされず、その時も過ぎてしまった。

僕らは三人きりで食事をした。彼はずいぶん母さんに惚れ込んでいるみたいだったし――残念ながら、だからといって少しでも彼を好きになれるってことでもなかった――、母さんもずいぶん彼に惚れ込んでいるみたいだった。二人の会話を聞くうちに、どうも彼のお姉さんが来て一緒に住む手はずになっていて、今晩到着予定らしいとわかった。それから、直接自分で商売をしているわけではないけれど、曾祖父の代から縁のあるロンドンのワイン商社の株を一部持っているか、またはその会社の年利益の一部をもらう権利を持っているってことも、お姉さんが同じ権利を持っているらしいってこともわかった。こんなことをすべて、あの晩のうちに理解したのか、それとも後になってから知ったのか、今となってはよくわからない。どちらにしてもここで書き記しておこうと思う。

夕食後に三人で暖炉を囲みながら、こっそり部屋から抜け出す危険を冒したりして、この家の主人の怒りを買ったらどうしよう、でもなんとかしてペゴティのところに行けないものか、と思案していると、庭の門のところに馬車が横付けされ、彼が出迎えのために出て行った。母さんもその後を追った。おそるおそるついていくと、居間の扉の暗がりのところで母さんがくるっと振り返り、昔よくしてくれたみたいに僕を優しく抱きしめて、お前、新しいお父さんを好きになってね、そしてちゃんと良い子にするのよ、とささやいた。そうしている間も、まるでいけないことでもしているみたいに焦ってこそこそしていたけれど、それでも母さんは優しかった。それから後ろに手を回して僕の手を握り、庭にいる彼のところに行くまで、そのままにしてくれた。でも、そこで僕の手を離し、彼の腕に手を絡ませた。

やってきたのはミス・マードストンで、なんとも陰気くさい感じの人だった。弟に似てあさ黒く、顔も声もそっくりだった。もじゃもじゃの眉毛は大きな鼻の上で真一文字につながりそうなくらいで、まるで女だてらに髭を生やすわけにもいかないから、代わりに眉毛を生やしてやるぞと言わんばかりだった。凄く硬そうな黒い箱を二つ持ってきていたけれど、どちらの蓋にも硬い真鍮の釘でイニシャルが入れてあった。鋼鉄製の財布からお金を取り出すと御者に支払いを済ませ、腕から重そうな鎖でぶら下げた監獄みたいなカバンの中にその財布をしまい、カバンのほうも財布を飲み込むやいなや、嚙みつくようにしてピシャリと閉まった。ミス・マードストンみたいに全身金属ずくめの女性を見たのは、それがはじめてだった。

たくさんの歓迎の言葉とともに、彼女は居間に通され、新しく家族になった僕の母さんを正式に紹介された。それから彼女は僕のほうを見て言った。

「あちらがあなたのお子さんね？」

母さんは、そうです、と言った。

「一般論ですが」とミス・マードストンは言った。「私は男の子が好きではありません。ご機嫌はいかが、坊ちゃん？」

こんな心躍るご挨拶をもらった僕は、大変元気です、おば様もご機嫌うるわしく、と答えた。だけどそんなのどこ吹く風で、彼女は僕を一刀両断のひと言で切り捨てた。「しつけがなっていませんね！」

素晴らしい滑舌でこの言葉を吐き捨てると、部屋に案内してちょうだいな、と彼女は言った。以来その部屋は、僕の畏敬と恐怖の対象となった。その部屋で、例の黒い二つの箱が開いているところや、鍵がかかっていないところを見た者はいなかった。そして姿見のところには、ミス・マードストンがいつも服を着る際に身体じゅうに装着する鋼鉄製の枷《かせ》や鋲《びょう》が、おっかない様子でずらりとぶら下がっていた（彼女が留守のときに一度か二度、こっそり覗いたことがあるのだ）。

どうやら僕の見たところ、彼女は完全に腰を据えるつもりでやってきて、帰る気など毛頭ないらしかった。翌朝から彼女は、母さんの「手伝い」を始め、一日中貯蔵庫を出たり入ったりして、あらゆるものを並べ替え、ちゃんと整理整頓してあったものを全部ぐちゃぐちゃにしてしまった。ミス・マードストンが、召使たるもの屋敷のどこかに男をかこっているに違いないという疑惑にとりつかれているらしいことは、一目瞭然だった。この間違った思い込みのせいで、それ見よ、曲者ひっ捕えたりとばかりに、信じられないような時間に石炭置き場に踏み込んだり、暗い食器戸棚を開けるときには必ずと言っていいほど凄まじい音を立てるのだった。

ミス・マードストンには、軽やかで陽気なところなど微塵もなかったけれど、早起きという点について言えば、ヒバリと見まごうばかりだった。家じゅうの者がまだ寝静まっている時分に、彼女は一人起き出してきた（そしてきっと、例の「逢引き男」を探していたんだろうと今でも思う）。ペゴティに言わせると、きっと片目を開けたまま寝ているのに違いありませんよ、ってことだった。だけどこれには賛成しかねた。だってペゴティがそう言うから、僕も試しにやってみたけれど、片目を開いたまま眠るなんて到底無理だったから。

やってきた翌朝から早速、一番鶏が鳴くやいなや、彼女は起き出してベルを鳴らした。母さんが朝食に下りてきて紅茶を淹《い》れようとすると、ミス・マードストンは鳥のくちばしで母さんの頬っぺたを突っつくみたいにしてから（どうもこれが彼女なりのキスらしかった）、言った。

「さあ、クレアラ、私が来たからには、できる限りあなたの負担を減らしてあげたいと思うのよ。あなたはあんまり可愛らしくって、難しいことはわからないみたいだから」――母さんは頬を赤らめて笑っただけで、このお釣り書きがまんざらでもないみたいだった。「主婦の面倒ごとには向かないわね。私が代わりに引き受けてあげましょう。その鍵束[*1]を貸してくれたら、ねえ、これからこういう面倒は全部引き受けてあげるわ」

以来ミス・マードストンは、昼のうちは例の小さな監獄カバンにこの鍵束を入れ、夜になると枕の下に入れて眠ったので、母さんは僕と同じで、それに手を触れることもなかった。

だけど母さんだって、自分の権利をなにもかも譲り渡すのに、なんの抵抗も示さなかったわけじゃない。ある晩、ミス・マードストンが家の切り盛りに関わることで、弟と話し合い、それに弟が了解の返事をしたところで、母さんは突然泣き出してしまい、ちょっとくらい私に相談してくださってもいいでしょう、と言った。

「クレアラ！」マードストンさんは厳しい調子で言った。「クレアラ！　こりゃ驚いたな」

「あら、驚いてくださるなんてとっても結構だわ、エドワード！」母さんは叫んだ。「それからしっかりしなさいと言ってくださるのも結構よ、でもね、あなただって、私がしっかりしたら喜ばないでしょうよ」

この〈しっかりする〉というのは、僕の見るところ、マードストン姉弟が拠《よ》り所《どころ》とする座右の銘だった。もしもあの頃の僕が、〈しっかりする〉とはどんな意味かと聞かれたら、ちゃんとした言葉で答えられたかどうかわからない。けれど幼い僕なりに、〈しっかり〉とは〈暴虐の限りを尽くす〉ことで、それに陰鬱で傲慢《ごうまん》で悪魔のような気質（これが姉弟に共通していた）をも意味するということはよくわかっていた。とにかくここで言っておきたいのは、〈しっかり〉が奴らの信条だったということだ。マードストンさんはたしかに〈しっかり〉した人だった。彼の世界では、彼と同等に〈しっかり〉することは許されなかった、なぜなら誰でも、彼の〈しっかりした〉信条の前に屈服する運命にあったから。ミス・マードストンだけは例外だった。彼女なら〈しっかり〉していても許されたが、それはただ彼の近親として、彼よりも少し劣ったレベルで、あくまでも彼を幇助《ほうじょ》する役割においてのみ、〈しっかり〉していることが許された。母さんもまた、もう一人の例外だった。母さんは〈しっかり〉することを許され、そうあるべきだ、とされた。でもそれだって、姉と弟の〈しっかり〉さ加減に耐えられる程度の〈しっかり〉であり、それから、彼ら以上に〈しっかり〉した人など地球上のどこにも存在しないと〈しっかり〉信じていられる程度に〈しっかり〉することが、許されているだけだった。

「こんなのひどいわ」母さんは言った。「だって私の家で……」

「君の家だって？」マードストンさんは繰り返した。「クレアラ！」

「私たちの家で、ということよ」母さんは明らかに怯えた様子で、つっかえつっかえ言った。「私の言いたいこと、あなたならわかってくれるわよね、エドワード。あなたのお家《うち》のことで私が一言も口を挟めないなんて、それはとっても辛いことよ。だって私、あなたと結婚する前から、お家のことはきちんとできていたんだもの、証拠だってあるわ」母さんはこう言いながら、すすり泣いた。「私が誰にも邪魔をされなかった頃には、どんなにきちんとお家のことができてたか、ペゴティに聞いてちょうだい」

「エドワード」ミス・マードストンは言った。「これでもう終わりにしましょう。私は明日出て行きますから」

「ジェーン・マードストン」弟が言った。「黙りなさい！　私のことをまるでわかっていないような口ぶりじゃないか、よくもそんなことが言えるものだね」

「そんな」可哀そうに母さんはひどく厄介な立場に追い込まれて、さめざめ泣きながら言った。「私は誰にも出て行ってほしくないわ。もし誰かが出て行くことになったら、惨めで哀しくってたまらないわ。私がお願いしているのはたいしたことではないの。私、厚かましいほうではないんだもの。ただ、ときどきは相談してくださいな、ってこと。誰だってお手伝いしてくださる方ならとてもありがたいと思っているし、それに相談といったって、ときどき、形だけで構わないのよ。あなた昔、私の世間ずれしていなくて子供っぽいところが好きだって言ってくれたわよね、エドワード。あなたがそう言ったの、ちゃんと覚えてるわ。でも今ではそのせいで私を嫌っているように思えるんだもの、あんまり厳しすぎやしないかしら」

「エドワード」ミス・マードストンはまた口を開いた。「これで終わりにしましょう。私は明日出て行きますから」

「ジェーン・マードストン」マードストンさんの雷が落ちた。「黙れと言っただろうが。いったいどういう料簡《りようけん》でそんなことを言うんだね？」

ミス・マードストンは、牢獄カバンからハンカチを「釈放」してやると、目もとに持っていった。

「クレアラ」彼は母さんのほうを見て言った。「まったく君には驚いたよ！　驚き呆れた、と言おうかね！　たしかに私は、世間ずれしていなくて賢ぶったところのない女性を妻にして、その人格を形成し、そこに〈しっかり〉した気持ちや〈決断力〉をいくばくかでも注ぎ込んでやろうと考えて、満足していたよ。それなのに、このジェーン・マードストンが親切にも私に協力してくれると言って、こうして来てくれたというのに、そのうえ私のためにまるで家政婦のようなことまでしてくれているというのに、それがこんなひどいしっぺ返しを受けるくらいなら――」

「ああ、お願いですから、エドワード」母さんは叫んだ。「私を恩知らずだと言って責めたりしないでちょうだい。全然恩知らずなんかじゃないんですもの。これまでだって一度もそんなふうに言われたことはないの。そりゃたくさん欠点もありますけど、恩知らずっていうのだけは違うんです。ああ、本当に、あなた！」

「さっきから言うように、ジェーン・マードストンが」母さんが黙るまで待ってから、彼は続けた。「ひどいしっぺ返しを受けたりするのを見ると、私の君への気持ちも冷めて、変わってしまうだろうね」

「そんなふうに言わないで、あなた！」母さんは見るも哀れな有りさまで、すがりつくように言った。「どうぞ、お願いですから、エドワード！ そんなふうに言われたら、とても耐えられないわ。私がどんな人間だとしたって、とにかく優しさに欠けてはいないわ。そうよ、本当に優しさに欠けることはないの。自分でそう確信していなかったら、こんなこと言ったりしないわ。ペゴティに聞いてちょうだい。ペゴティは必ず、私のこと、優しいって言うはずよ」

「どんなに弱音を吐いてもね、クレアラ」マードストンさんは言った。「無駄だよ。ただの骨折り損というやつさ」

「お願いだから仲直りさせてちょうだい」母さんは言った。「冷たくされたり意地悪されたりしながら生きていくなんてできないもの。本当にごめんなさい。私には数えきれないくらい欠点があるし、エドワード、あなたがその強いお心で私の欠点を直そうとしてくれるのは、本当にありがたいわ。ジェーン、もう私はなにも文句は言いませんから。あなたが出ていってしまうだなんて、悲しくって胸が張り裂けて——」母さんは打ちひしがれてしまい、それ以上なにも言えなかった。

「ジェーン・マードストン」マードストンさんは姉に向かって言った。「きつい言葉で言い合ったりするのは、我々姉弟にはずいぶん珍しいことだね。けれど今夜珍しく諍《いさか》いになったのは私のせいではない。第三者によってそう仕向けられたんだ。むろん姉さんのせいでもない。姉さんも同じように第三者によって仕向けられたんだ。さあ、このことはもうお互い水に流すことにしよう。それから」こうした悪意に満ちた言葉に続けて、彼はなおも言った。「こんな諍いは幼い子には毒だ。デイヴィッド、寝室に行きなさい！」

僕の目は涙でいっぱいで、扉がどこにあるかもわからないくらいだった。母さんがひどく落ち込んでいるのを見て、可哀そうでたまらなかった。とにかく這《は》うようにして部屋を出ると、そのまま這うようにして真っ暗な自分の寝室に上がり、ペゴティにおやすみを言う元気も、蠟燭をもらう気力もないまま寝てしまった。一時間かそれくらいして、様子を見に来てくれたペゴティは、僕を起こすと、母さんがしょんぼりしたまま寝室に引き取ったこと、マードストン姉弟は二人でまだ下にいることを教えてくれた。

翌朝いつもより少し早めに下りていくと、母さんの声が聞こえてきたので、居間の扉の外で足を止めた。母さんは必死にへりくだってミス・マードストンからお許しをもらおうと懇願していたし、お相手側もそれを認めたので、二人はすっかり元通りになった。それからというもの、母さんはなにに関しても、まず一番にミス・マードストンのほうをそっとうかがうか、でなければ、なにか確実な手立てで彼女の意向を確かめたあとにしか発言しなくなった。それに、ミス・マードストンが度を失ってカッとなると（この点から言っても、彼女はたいして〈しっかり〉していなかったわけだけど）、鍵束を母さんに突っ返してやるというようにバッグに手を伸ばすものだから、母さんは決まって芯から震え上がるのだった。

マードストン家の血に流れるどす黒い汚点は、その信仰心をも黒く染め、峻厳で激情的なものに変えた。かねがね考えていたことだけれど、こうしたおそろしい信仰心も、やはりマードストンさんの信条である〈しっかり〉から必然的に生じた結果ではないだろうか。だから、彼は誰に対しても、もっともらしい口実が見つかる限りにおいて、最も厳しくて最も重い罰を与えずにはおかなかった。いずれにしても、あの凄味のある顔つきの二人と一緒に教会に行くと、いつもその場の空気が凍りついたのを今でも覚えている。さあ、またあのおそろしい日曜がやってくる、そして僕は、まるで最後の告解に引っ立てられていく死刑囚みたいな恰好で、馴染《なじ》みの家族席の一番奥に押し込められる。その僕にぴったりついて入って来るのが、棺桶の覆いで作ったみたいな真っ黒いヴェルヴェットのガウンを着たミス・マードストンだ。それから僕の母さん。その次が母さんの夫。昔と違ってペゴティはもう一緒に来ない。ほら、ミス・マードストンが牧師さんの後についてお祈りを唱えながら、おっかない言葉ばかり、残忍な喜びを込めて、うんと大きな声で唱えている。ほら、彼女の黒い目が教会中をギロリと眺めまわし、まるで集った人たちみんなを罵倒するように、「汝《なんじ》、惨めなる罪びとよ」と唱えている。ほら、僕はほんのたまに母さんのほうをちらっと見るけど、母さんはあの二人に挟まれて、両耳のそばで響く低い雷みたいな声を聞きながら、怯えたように唇を動かしている。ほら、僕は急に、あの善良な老牧師さんは間違っていて、マードストン姉弟のほうが正しいのかもしれない、天国の天使はみな破壊の神の使いかもしれないと思ってこわくなる。そしてほら、僕が指一本、顔の筋一本動かそうものなら、ミス・マードストンに思い切り祈禱書《きとうしょ》で小突かれるから、脇腹のところがズキズキする。

そうだ、それにまた、みんなで家に帰る道すがら、ご近所の人たちが母さんを見て、それから僕のほうを見て、なにかヒソヒソ話しているのに気付く。ほら、三人は連れ立って歩いて行き、僕だけが一人後ろのほうでぐずぐずしながら、ご近所の人たちの視線を追って、そういや母さんの足取りはどうも前みたいに軽やかじゃないし、あのパッと華やかな顔立ちもなんだかやつれてしまったなあと考える。それからふと、あのご近所さんたちの誰か一人くらい、この僕と同じように、昔の母さんと僕が二人して楽しく家に帰ってた頃のこと、思い出したりしているかな、と考える。そうして、寂しくって気が滅入る日曜は一日じゅう、そんなことばかり、ぼんやり考えて過ごす。

それまでに何度か僕を寄宿学校にやる話があった。最初に言い出したのはマードストン姉弟で、母さんはもちろんそれに賛成した。でも具体的なことはなにも決まっていなかった。そうしてその間、僕は家で授業を受けていた。

あの授業を忘れることなどできようか！　名目上すべては母さんの担当になっていたけれ

ど、本当のところはマードストンさんとその姉がいつもそばにいて、僕の授業をだしに、例の間違った〈しっかり〉を母さんに叩き込もうとしていた。あの〈しっかり〉という信条のために、僕ら母子の生活は滅茶苦茶にされたわけだ。思うに、僕が家に置いてもらえたのは母さんの教育のためだったのだろう。母さんと二人で暮らしていた頃の僕は、利発でやる気に満ちていた。[*2]母さんの膝でアルファベットを覚えた日のことを、今もぼんやり覚えている。こうして大人になっても、アルファベットの入門書に出てくる太い黒々とした字を見るたび、文字の形を目にしたときの新鮮な驚きや、OやQやSが他の字に比べてのんびりして優しそうに見えるなという印象を、幼いあの日と同じように鮮やかに感じることができる。嫌だと思ったり、面倒だと思ったりしたことはまったくない。それどころかクロコダイルの本までの道のりは、まるで花園の小道を行くように心地よく、その道中ずっと母さんが優しい言葉と態度で励ましてくれた。だけどその後に始まった厳格な教育は、僕の平和を完全に破壊し、苦難と不幸に満ちた痛ましい日々をもたらした。それは果てしなく長く、おそろしく大量で、とてつもなく難しく――なかにはまったく理解不能なものもあった――、僕はもう途方に暮れるしかなかったし、きっと可哀そうな母さんだって同じだったと思う。

それがどんなだったか思い出して、ある朝の情景を書いてみよう。

僕は朝食を終えると、本と練習帳、それに石板を持って、上等ではないほうの居間に行く。母さんは書きもの机のところで準備をして待っているけれど、母さんなんかよりよほど準備万端なのは、窓辺の安楽椅子に座ったマードストンさんと（一応本を読んでいるふりをしている）、それに母さんのそばに腰かけて鋼鉄の数珠を繋いでいるミス・マードストンのほうだ。この二人を見ただけで、僕はすっかり震え上がってしまい、涙ぐましい努力をして頭に叩き込んだはずの言葉がみんな、地滑りみたいに頭から抜け落ちてどっかへ行ってしまう。いったいぜんたいどこに行ってしまったんだろうって、僕は考える。

僕は最初の本を母さんに渡す。多分、文法か、歴史か、じゃなきゃ地理の本だ。母さんに渡す直前に、もう一度だけ泣きそうな目でページを眺め、それからまだ記憶が新しいうちに、せっつくように暗唱を始める。ある言葉でつっかえる。マードストンさんが顔をあげる。また他の言葉でつっかえる。ミス・マードストンが顔をあげる。僕は赤くなり、半ダースほどの言葉でさんざんつっかえたあと、ついになんにも言えなくなる。母さんはできることなら僕に本を見せてやりたいんだろうけど、到底そんなこともできなくて、小さな声で言うだけだ。

「ああ、デイヴィ、デイヴィ！」

「ほら、クレアラ」マードストンさんは言う。「気をしっかり持って向き合いなさい。『ああ、デイヴィ、デイヴィ！』なんて言っちゃだめだ。まるで子供みたいじゃないか。この子がちゃんと覚えているか、覚えていないか、二つに一つだよ」

「なにも覚えちゃいませんよ」ミス・マードストンが乱暴な口調で割って入る。

「残念ながら覚えていないようですわ」母さんが言う。

「それじゃ、クレアラ」ミス・マードストンが言う。「この子に本を返して、もう一度覚えさせなさいな」

「そうですね、たしかに」母さんが言う。「ジェーン、私もそうしようと思っていたところですのよ。さあデイヴィ、もう一度やってごらんなさい。お利口にしなくちゃだめよ」

僕は最初の忠告に従ってもう一度やってみるけれど、お利口にするという二つ目のほうはどうしてもうまくいかない、なぜって僕はとても頭が悪いから。さっき間違えたのよりも前のところ、ちゃんと言えていたはずのところでつっかえてしまい、思い出そうと口をつぐむ。でももう暗唱のことを考えられない。ミス・マードストンが頭に被ってるネットは何ヤードくらいあるのかとか、マードストンさんのガウンはいくらくらいするのかとか、僕には何の関係もないような、そもそも関係したくもないような、くだらない問題ばかり考えてしまう。すると、もう来るかもう来るかと僕が恐れていたことが起きて、マードストンさんがイライラと身体を動かす。ミス・マードストンも同じだ。母さんはおろおろと二人を見つめ、本を閉じると、これは他の宿題が終わったらもう一度やることにしましょうね、といって脇に置く。

こうして脇に置かれた本はあっという間にうずたかく積もり、雪だるま式に膨らんでいく。雪だるまが大きくなるほど、僕はますます愚かになる。事態はあまりに絶望的で、くだらないことばかり考え続ける泥沼からは抜け出せそうもなく、僕はとうとう、その場を切り抜けようとする気力さえ失って、運命に身を委ねる。僕が間違えるたびごとに、母さんと交わしたあの絶望的な眼差しには、本物の哀愁が漂っている。だけど、この惨めな授業のなかでも一番応えるのは、母さんが（誰も見ていないだろうと思って）唇の動きだけでヒントをくれようとするときだ。その瞬間、まさにこの時をずっと待ち構えていたミス・マードストンは、よく通るきつい声で母さんを注意する。

「クレアラ！」

　母さんはビクッとして頬を赤らめ、弱々しく微笑む。マードストンさんは椅子から立ち上がってそばまで来ると、本を手に取って僕に投げつけるか、さもなければその本で僕の耳をいやというほど殴りつけ、それから肩を引っ摑んで僕を部屋から叩き出す。

　こうして暗唱が終わっても、もっと最悪なことが「算術」という凄惨な姿をとってあらわれる。これはマードストンさんが僕のためにわざわざ問題を考案して口答試験を行うもので、「チーズ屋に行って、一個あたり四ペンス半のダブル・グロスター・チーズを五千個買ったら、払いはいくらだ」という具合に始まる——かたわらのミス・マードストンも、密かにこれを楽しんでいるのがわかる。僕は大量のチーズについて、何の答えも洞察も得られぬまま、夕食時までひたすら考えつづけ、気付けば石板の汚れが身体じゅうの毛穴に浸み込んで、まるで黒人と白人《ムラート》の混血児みたいになっている。そこでやっとパンを一切れ貰《もら》い、このチーズ問答とおさらばするが、それから日が暮れるまで面目は丸つぶれのままだ。

　今、長い年月を経て振り返ってみると、小さな頃の辛い勉強というのはいつだってこんなふうだったように思う。マードストン姉弟さえいなければ、僕だってちゃんとやれただろう。だけど二人の前に出ると、二匹の蛇に睨まれて身をすくませる哀れな雛鳥みたいになるのだった。仮に午前の授業をまともにやりおおせても、ご褒美といえば、昼食くらいのものだった。なにしろミス・マードストンというのは、僕がくつろいでいるのを見るのがどうしても耐えられない性質で、うっかり暇にしているところを見られようものなら、弟の注意を惹くために、あえて母さんに向かって「クレアラ、あらまあ、勉強ほど大事なことはないのよ――あの子になにかやらせなくちゃ」と声を上げるのだった。その一言で、僕はすぐさま新しい課題を頂戴することになり、またもやぺしゃんこにされた。同じくらいの年頃の子と遊ぶなんて、およそ無理な話だった。だってマードストン家の陰鬱な神学によれば、けだし子供なるもの、チビな毒蛇の集まりみたいなもので（かつてキリスト[*3]が弟子たちの真ん中に立たせて、その気高さを褒め称えた幼な子が一人いたことはいたのだが）、寄ると触ると互いに堕落させあうだけだということだったから。

たぶん半年か、それより長いことこんな扱いを受けるうち、当然のごとく僕は、むっつりして陰気で退屈で、そして強情な子供になってしまった。日ごと母さんが遠く手の届かないところへ行ってしまう気がして、いよいよそれに拍車がかかった。あのままではきっと石みたいに血の通わない人間になってしまっていただろうけれど、一つだけ素敵な気晴らしがあった。

それはつまり、こんなことだった。二階の小部屋に父さん[*4]の残してくれた本が少しあって、僕は（自分の部屋がその隣だったのもあって）そこに自由に出入りできたし、家の者で他に興味を示す人もいなかった。このありがたい小部屋から、ロデリック・ランダムやペレグリン・ピックル、ハンフリー・クリンカーにトム・ジョーンズ、ウェイクフィールドの牧師、ドン・キホーテ、ジル・ブラース、ロビンソン・クルーソーなんかが飛び出してきては、素晴らしい友人として僕と一緒に過ごしてくれた。みんな僕の想像力をかきたて、いつか、どこか遠いところへ行ってみたいという希望を与えてくれたけれど――それに『千一夜物語』や『妖精物語』も――、悪い影響を与えることはなかった。たとえこれらの本の中に、あまり感心しない箇所があるとしても、あの頃の僕にはないも同然だった。そんな害悪は僕の目に入らなかった。今思い返してみても、もっと辛いお題目で頭を痛くしたり、へまをしでかしたりする日々の中、こんなたくさんの本を読む時間がよくもあったものだと驚いてしまう。それに、日々のこまごました面倒を乗り切るために（もちろんその頃の僕には大いなる面倒だった）、本の中のお気に入りの登場人物になりきって――実際僕はちゃんとなりきってみせた――、マードストン姉弟のほうはありとあらゆる悪役にあてはめて――こっちも僕がやった――、自分をひたすら慰めていたことを思い返してみると、なんだか不思議な気持ちになる。まるまる一週間、トム・ジョーンズになりきった（もちろん子供版の無垢なトム・ジョーンズだ）。かと思えば、一か月ぶっ通しで、僕なりのロデリック・ランダムになりきってみたことも、ちゃんと覚えている。それから、一緒に本棚に並んでいた二、三冊の旅行記――もう名前は忘れてしまった――も、夢中になってむさぼり読んだ。古い靴型から軸棒を取り出して短剣に見立て、まるでイギリス帝国海軍の某大佐もかくやという恰好で蛮人からの攻撃に備え、身命を賭《と》して大いなる戦果をあげようという気概に満ちて、家の敷地内を来る日も来る日も歩き回ったことだって覚えている。この大佐は、ラテン語の文法書で耳を殴りつけられたくらいではびくともしなかった。僕はびくついた。だけど大佐はいやしくも大佐であり英雄なのだから、死んだ言語も生きた言語も、世界のいかなる言語の文法の脅威にさらされても、びくつくことはなかった。

たった一つそれだけが、変わらぬ僕の慰めだった。今もこのことを思い出すたび、ある夏の夕暮れの景色が心に浮かぶ。他の子供たちは教会墓地で遊んでいるけれど、僕はベッドに腰かけて、そのまま死ぬまで読み続けるとでもいうように熱中している。近所の納屋の一軒一軒、教会の小石の一つ一つが、そして教会墓地のあらゆる場所が、頭の中で目の前の本の世界に結び付き、本の中の有名な場所に変わった。近所の教会の尖塔を登っていく[*5]トム・パイプスを見たことがあるし、ナップサックを背負ったストラップが、僕の家のくぐり戸のところで一休みしているのを見たこともある、それに僕の住む小さな村の居酒屋の広間で、ト[*6]ラニオン提督がピックル氏と親しく会合を開いたことだって、たしかに知っているのだ。

さて幼い頃の僕の物語で、これからお話ししようと思う出来事が起こるまでに、僕がどんな子供だったか、読者のみなさんももう僕と同じくらいよくおわかりだろう。

ある朝、僕が本を持っていつもの居間に入って行くと、心配顔の母さんと、しっかりした顔つきのミス・マードストンと、それから鞭《むち》の先に何かを巻きつけている——柔らかくてよくしなりそうな鞭だった——マードストンさんがいた。僕が入ってくると、彼は巻きつけるのをやめて目の前に構え、ヒュッと一振りした。

「いいかね、クレアラ」マードストンさんは言った。「私もずいぶん鞭で打たれたものだよ」

「そのとおりですよ、本当に」とミス・マードストン。

「そうでしょうね、ジェーン」声を震わせながら、母さんはおろおろして言った。「でも、あの、それがエドワードにとって良かった、って思ってらっしゃるの？」

「それじゃエドワードにとっちゃ悪かった、と言いたいのかい、クレアラ？」マードストンさんが重々しい口調で言った。

「そこが重要なところですよ」姉が言った。

母さんは「そうでしょうね、ジェーン」と言っただけで黙ってしまった。

これはどうやら僕のことを話しているみたいだ、と思って不安になってきたので、ふとこちらを見たマードストンさんのほうを探るように見た。

「さあ、デイヴィッド」彼は言った――そう言いながら、また伏し目がちに視線を落とした――「今日はいつもよりよほど慎重にやるんだぞ」彼はまた鞭を構えて、ヒュッと振った。こうして準備を整えると、おそろしげな顔つきのまま、それを脇に置いて本を取り上げた。

これはしょっぱなから僕の精神状態に揺さぶりをかける恰好の刺激になった。暗唱した言葉は、単語ごととか行ごとなんかではなく、ページごとごっそり抜けていった。僕はなんとかしてそいつらを捕まえようとした。でもなんて言えばいいんだろう、まるで奴らはスケート靴でも履いているみたいに、スイースイーッと僕の頭から逃げていってしまい、どうすることもできなかった。

始まりも悪かったが、進めば進むほど最悪だった。部屋に入ったときには、ずいぶんしっかり予習してきたつもりだったし、今日はいつもよりよくできるんじゃないかと思っていた。だけどそんなの、とんでもない間違いだった。一冊また一冊と不合格の山が積み上がり、その間じゅう、ミス・マードストンは気をしっかり持って僕らを見ていた。そしてとうとう、五千個のチーズのところまでくると（あの日はたしか五千本の鞭でやったはずだ）、母さんはわっと泣き出してしまった。

「クレアラ！」ミス・マードストンは厳しい口調で言った。

「私、なんだか身体の具合が良くないの、ジェーン」母さんが言った。

彼は鞭を手に立ち上がると、険しい顔つきで姉に目配せして、言った。

「なあ、ジェーン、今日みたいにデイヴィッドの奴がさんざん心配をかけて辛い目にあわせているんじゃ、クレアラにしっかり耐えろというほうが無理だろうよ。それじゃあんまり酷だろうな。クレアラはもうずいぶん強くなってしっかりしてきたさ、だけどこれはさすがに無理ってもんだ。デイヴィッド、私と一緒に二階に来るんだ」

彼が僕を扉のほうへ連れていくと、母さんが走ってきた。ミス・マードストンは、「クレアラ！　気はたしかなの？」と言って、間に割りこんだ。そのとき、母さんが耳を塞ぐのが見えて、それからシクシク泣くのが聞こえた。

ゆっくり重々しい足取りで、彼は僕を部屋まで連れていった――悪者に罰を与えるため、仰々しく引っ立てていくことに喜びを感じていたのに違いない――そして部屋に着くや、やにわに僕の頭を脇に挟んでねじり上げた。

「マードストンさん！　おじさん！」僕は叫んだ。「やめて！　お願いだから打《ぶ》たないでください！　一生懸命暗唱しようと思ったんです、でもおじさんとマードストンのおばさんが近くにいると、できないんです！　本当に、できないんです！」

「本当にできない、だって？　デイヴィッド」彼は言った。「それじゃやってみようじゃないか」

彼はまるで万力みたいに僕の頭を抱え込んだけれど、僕は僕でなんとか纏《まと》わりつくようにしてその手を一瞬だけ押さえ、打たないでほしいと哀願した。だけどそれもほんの一瞬で、すぐさまきつい一撃が降ってきた。その刹那《せつな》、僕は抑えつける彼の手を摑み、食いちぎりそうな勢いで思い切りかぶりついた。今思い返してみるだけで、歯にぐっと力が入る。

彼は殴り殺しそうな勢いで僕を殴った。僕らのたてる凄まじい物音に混じって、みんなが階段を駆け上がってきて、扉の外で叫んでいるのが聞こえた――母さんが泣き叫んでいて――それにペゴティの声もした。やがて彼は出て行った。部屋には外側から鍵がかけられた。火照ってひりひりと痛む身体は傷だらけで、そこらじゅうがうずき、やるせない怒りでいっぱいの僕は床の上に伸びていた。

今でもはっきり覚えている。泣きやんで耳を澄ますと、家じゅうが不自然な静けさに満ちていたこと！　今でもはっきり覚えている。身体の痛みと高ぶった心が静まると、ひどい罪悪感にかられたこと！

長い間耳を澄まして座っていたけれど、なんの音も聞こえなかった。這うように床から起き上がり、鏡に顔を映して見ると、自分でもぞっとするくらい腫《は》れあがり、真っ赤で目もあてられなかった。身体を動かすたびに傷口がひどく疼《うず》くので、痛くてまた涙が出た。けれど身体の痛みは心のそれに比べればなんでもなかった。たとえこの世で一番残虐な人殺しだったとしても、あんなに良心が疼くことはなかっただろう。

日も暮れてきたので僕は窓を閉めた（それまでずっと窓枠に頭をもたせかけて泣いたり、うとうとしたり、ぼんやり外を眺めたりしていた）。すると鍵が開いて、ミス・マードストンがパンと肉と牛乳を持って入ってきた。彼女はなにも言わずにこの食事をテーブルの上に置き、〈しっかり〉のお手本みたいな恰好で僕をギロリと睨みつけると、部屋を出て、また鍵を閉めた。

暗くなった後もずいぶん長いこと、他に誰か来てくれるだろうかと思って、じっと座っていた。今晩は誰も来そうにないとわかると、服を脱いでベッドに入った。でも、自分はこの先どうなってしまうのだろうと考え始めたら、おそろしくなった。僕がやったことはやっぱり罪に問われるんだろうか？　僕は捕まって刑務所送りになるんだろうか？　そのうえひょっとしたら、縛り首にされるんだろうか？

翌朝目覚めたときのことを、僕は生涯忘れないだろう。はじめは元気で気分爽快だったけれど、前日のことを思い出すとどんよりした暗い気分に打ちのめされた。まだベッドから出ないうちにミス・マードストンがまたあらわれた。そして、半時間だけ、きっかりそれだけでそれ以上は駄目です、半時間だけなら庭で散歩を許可します、とくどくど言った。そしてこのお許しにすがりなさいよとばかり、ドアを開けたまま出て行った。

僕は言われた通りに散歩した。それから五日にわたる監禁生活の間、毎朝こうして散歩した。もし母さんと二人きりで会うことができたなら、僕はひざまずいて許しを求めただろう。でも僕はずっと、ミス・マードストン以外の誰とも会わなかった――夕方、居間でお祈りするときだけは別だった。みんながいつもの場所に座ったところで、僕はミス・マードストンに連れられて入って行った。幼い罪びとたる僕は、みんなから離れて一人扉のところに立たされた。そして、みんながお祈りの姿勢から顔を上げるよりも前に、牢屋番によって再び連れ出されるのだった。僕に見えるのは、できるだけ僕から離れた場所に座った母さんが僕に顔を見せないようにそっぽを向いていること、それにマードストンさんの手に大きなリネンの包帯がぐるぐる巻きになっていることだけだった。

この五日間がどれほど長く感じられたか、どんな言葉でも言い表せない。記憶のなかでは、まるで何年も続いたように思える。どんな小さな音も聞き漏らすものかと、家じゅうの物音に必死で耳を澄ました。ベルが鳴る音も、扉の開け閉めも、低い話し声も、階段を上り下りする足音も、すべてに耳をそばだてた。家の外から聞こえてくる誰かの笑い声も、囁く声も歌う声も、孤独と屈辱の真っ只中にいる僕の耳には、どんな音より陰鬱に響いた――時の流れはおそろしいほど不規則で、特に夜はひどかった。朝だと思って目を覚ませば、まだみんながベッドにも入らない時間で、長い夜はこれからだと気付くのだった――そして夜じゅうおそろしい悪夢にうなされた——夜が明けて、昼になり、午後が来て、夕闇が迫り、教会墓地では少年たちが遊んでいたけれど、窓辺に姿を見せたら監禁されているのがばれてしまうかもしれないと思って恥ずかしく、部屋の中から彼らを見ていた——自分の声をまったく聞かないというのはなんだか妙な心地だった——飲んだり食べたりするとほんの束の間、元気が湧いてくるような気がするけれど、それも食事が終わるとまたたく間に消えてしまう——ある晩、急に雨が降り出して、爽やかな香りを運んでくれた。雨は僕と教会の間にシトシトとひたすら降り続け、そのまま暮れてゆく夕闇の中で、沈んだ暗い心や恐怖や罪悪感を洗い流してくれるみたいだった——こういう日が何日も何日も、いや、何年も何年も続いたように思えるくらい、あの日々は僕の記憶に強く鮮明に焼き付いている。

監禁生活最後の夜、小さな声で名前を呼ばれて僕は目を覚ました。ハッとベッドに起き上がると、暗闇に手を伸ばして言った。

「ペゴティなのかい?」

返事はすぐにはなかったけれど、やがてもう一度僕の名前を呼ぶ声がした。ひどく気味が悪くておそろしげな声だったから、鍵穴から聞こえてくるらしいと気付かなかったら、おっかなくて卒倒していたかもしれない。

手さぐりで扉のところまで行くと、唇を鍵穴にあてて囁いた。

「ペゴティなのかい、ねえ?」

「そうですとも、私の大事なデイヴィ坊ちゃん」声は答えた。「ネズミのようにお静かに、じゃなきゃネコの奴が聞きつけますから」

ははあ、こりゃミス・マードストンのことだなと思い、なにか差し迫った事情があるんだ、と思った。なにしろ彼女の部屋はすぐ近くだったから。

「ねえペゴティ、母さんはどうしている？　僕のことをずいぶん怒っているかしら？」

ペゴティが扉の向こうで声を殺して泣いているのが聞こえて、僕もやっぱり扉のこちらで泣いた。やがて声が答えた。「いいえ、怒ってなんかおられませんよ」

「僕はこの先どうなるんだろう、ねえ、ペゴティ。お前なにか知っているの？」

「学校です。ロンドンの近くの」ペゴティは答えた。もう一度言って、と僕は言った。なぜって話し終わって鍵穴に唇をつけたまま耳を寄せるのを忘れていて、ペゴティは僕の喉元に向かって話しただけで、ひどくくすぐったい思いをした割に全然聞こえなかったから。

「それはいつなの、ペゴティ？」

「明日です」

「だからマードストンのおばさんが引き出しから僕の洋服を持って行ったんだね？」書き忘れていたけれど、そんなことがあった。

「そうですよ」ペゴティが言った。「荷作りのためです」

「もう母さんには会えないの？」

「会えますとも」ペゴティが言った。「明日の朝」

そのときのペゴティは、唇を鍵穴にぴったりつけて、ありったけの愛情と熱意を込めて僕に話しかけた。そう、これほど真摯《しんし》で感情のこもった言葉の伝え手となった鍵穴など、この世にあるはずがない。まるでそいつは痙攣《けいれん》の発作でも起こしているみたいに、途切れ途切れの言葉をピュッピュッと吐き出してきた。

「デイヴィ坊ちゃん。私ね、最近は坊ちゃんとあまり仲良くできませんでしたね。昔みたいではありませんでしたね。でもね、それは決して、坊ちゃんを愛していないというのじゃないんです。可愛い可愛い坊ちゃん、それはもう前と同じか、前よりももっと大事に思ってますよ。ただ、あまり仲良くしないほうが坊ちゃんのためだと思ったんです。それにもうお一人のためにもね。デイヴィ坊ちゃん、ねえ、聞こえますか？　聞いてらっしゃいますか？」

「う、う、う、うん。ペゴティ！」僕はすすり泣いた。

「坊ちゃん！」ペゴティは溢れんばかりの思いやりを込めて言った。「私が言いたいのはですね、つまりね。ペゴティのことを忘れないでくださいってこと。だってペゴティは坊ちゃんを絶対に忘れませんから。それとデイヴィ坊ちゃんのお母さまのことは、できる限りお世話をしますよってこと。これまで坊ちゃんのお世話をしたみたいにね。そして絶対におそばを離れませんよってこと。もしかしたら、あの方が小さなおツムを預けてくださる日も来るかもしれません。あのおツムを、この愚かでへそ曲がりなお婆ちゃんペゴティの腕にね。それから坊ちゃんには必ずお便りをしますから。もちろん、あんまり学のあるほうじゃありませんけど。それから、それから――」ペゴティは僕にキスができないので、そのままひざまずいて鍵穴にキスをした。

「ありがとう。僕のペゴティ！」僕は言った。「本当にありがとう！　ありがとうよ！　ペゴティ、一つだけ約束してくれる？　ペゴティさんとチビのエムリ、それにガミッジ夫人とハムに手紙を書いて、僕は皆さんが思っているほど悪い子じゃありません、皆さんに心からの愛を送ります、って書いてくれる？　ねえ、特にチビのエムリに心からの愛を送りますって。頼まれてくれるかい、ペゴティ？」

優しいペゴティは約束してくれて、それから僕らは二人とも、熱烈な愛を込めて鍵穴にキスをして――今でも覚えているけど、僕はまるでそれがペゴティの懐かしい顔みたいに思えて、優しく撫でてやったくらいだ――そして別れた。その夜以来、僕の心の中には、ペゴティに対して、なんと言えばよいのかわからない感情が芽生えた。母さんの代わり、というのではなかった。母さんの代わりになれる人なんか、いるはずもなかった。だけど、僕の心にぽっかり空いた穴にペゴティがスッと入って、そのまま穴がピタッと閉じてしまったような感じで、それ以来、僕のペゴティに対する感情は、他の誰に対するものとも違う特別なものになった。これはちょっとした喜劇的な愛情だったのかもしれない。だけどもしあの頃、ペゴティが死んでしまっていたら、僕はいったいどうしていただろう。そんな悲劇を、どうしたら僕は演じ通すことができただろう。

朝になるとミス・マードストンがやってきて、これからお前は学校に行くんだよ、と言った。けれど僕は、そう言われても彼女が思っていたほどビックリすることはなかった。それから、服を着替えたら下の居間に来て朝食をとるように、と言われた。行ってみるとそこには、真っ青な顔に真っ赤な目の母さんがいた。僕はその腕に飛び込み、辛くて張り裂けそうな心を振り絞って許しを求めた。

「ああ、デイヴィ！」母さんは言った。「私の大事な人に怪我をさせるなんて！　良い子になるんですよ。ねえ、良い子にね。許してあげますから。でもね、デイヴィ、お前がそんなに悪い子だなんて、お母さんは本当に悲しい」

僕はどうしようもない悪ガキだと、マードストン姉弟からさんざん吹き込まれたらしく、母さんは僕が家を出て行くことより、むしろそっちのほうを悲しんでいた。これはひどく応えた。別れの朝の食事をなんとか口に入れようとしたけれど、涙がバター付きパンのうえにハラハラとこぼれ、紅茶のカップにもポタポタと落ちた。母さんはときどき僕のほうに顔を向けてくれたけれど、こちらを監視しているミス・マードストンのほうをチラッと見ると、すぐに下を向くか、そっぽを向いてしまうのだった。

「そら、コッパフィールドの坊やの荷物はそこですよ！」馬車の音が門のところで聞こえると、ミス・マードストンが言った。

探してもペゴティはいなかった。扉のところに立っていたのは、ペゴティでも、マードストンさんでもなくて、前に知り合った運送屋だった。荷物が運び出されて荷馬車に積みこまれた。

「クレアラ！」ミス・マードストンが、例の厳しい調子で言った。

「すぐですわ、ジェーン」母さんは言った。「さよなら、デイヴィ。学校に行くのはお前のためなのよ。さよなら、坊や。お休みになったら帰ってこられるから、ちゃんと良い子にするんですよ」

「クレアラ！」ミス・マードストンがまた言った。

「ええ、ええ、わかってますわ、ジェーン」母さんは僕を抱きしめて言った。「お母さんは許してあげますよ、坊や。神様のお恵みがありますように！」

「クレアラ！」ミス・マードストンがまた言った。

ミス・マードストンはご親切にも僕を荷馬車まで送ってくれて、学校までの道々、ちゃんと悔い改めるように、さもなきゃお前、ろくな死に方をしないからね、と言ってくれた。それから僕が荷馬車に乗り込むと、例ののろまな馬が動き始めた。

第五章から第二十章までの梗概

デイヴィッドは運送屋の荷馬車で出発する。ロンドンへの道すがら、御者のバーキスに向かって、ペゴティが料理上手であることを話す。バーキスはデイヴィッドに、「バーキスはその気だぜ」とペゴティに伝えてくれるよう頼む。ロンドンに到着したデイヴィッドは、学校から迎えにきたメル先生に会う。メル先生はデイヴィッドが空腹であることに気付くと、知り合いの老女がいる救貧院に連れていき食事をとらせてくれる。二人は学校（セイレム・ハウス）に向かう。

学校でデイヴィッドは、体罰を与える校長のクリークル、常にその体罰の犠牲となる生徒トラッドルズ、そして生涯の友人スティアフォースらに会う。すべてにおいてスマートなスティアフォースをデイヴィッドは崇拝し、スティアフォースもデイヴィッドを可愛がる。しかし一方で、彼には傲慢で気分屋なところがあり、メル先生の出自が貧しいことを侮辱したうえ、クリークル校長に暴露する。トラッドルズはそんなスティアフォースに男らしく立ち向かうが相手にされない。結局、メル先生は学校を解雇されてしまう。そんな日々のなか、ペゴティ氏とハムがデイヴィッドを訪ねて学校にやってきて、スティアフォースに会う。

休暇に帰省したデイヴィッドは、母クレアラやペゴティと再会し、自分が留守の間に生まれた弟にも会う。しかしマードストン姉弟は相変わらずデイヴィッドに辛くあたり、家族の輪から疎外する。そのためデイヴィッドは一人、部屋で父親の蔵書を読んで過ごす。その後学校に戻った彼は、自分の誕生日に突然クリークル校長に呼び出され、母が亡くなったこと、弟も危篤であることを告げられ、葬儀のために帰宅する。途中、喪服を仕立ててもらうためオーマー氏の店に寄り、深い悲しみのなか、棺桶に釘を打ち込む音に心を奪われる。

母と弟が亡くなると、ペゴティは解雇され、デイヴィッドも家に居場所がなくなる。デイヴィッドは、里に帰るペゴティと一緒にヤーマスに行き、ますます美しくなったエムリと再会する。やがてペゴティは、〈その気〉だったバーキスと結婚して新居を構える。

ヤーマスを離れ、マードストン姉弟のいる家に戻ったデイヴィッドだが、もはやセイレム・ハウスで勉強を続けることは許されず、といって家に残ることも叶《かな》わない。結局、一人で下宿暮らしをしながら、ロンドンのワイン工場で下層階級の子供たちと一緒に働くことを余儀なくされる。ひとかどの人間〈ヒーロー〉として身を立てることはもはや叶わぬ夢と絶望し、自分の将来には何の希望もないと感じる。そんな失意のデイヴィッドをよそに、下宿の大家であるミコーバー氏は、常に逼迫《ひっぱく》した経済状態でありながら驚くほど能天気で、いつも「ツキがまわってくる」のを待っている。が、雪だるま式に膨らんだ借金の返済が滞り、ついに債務者監獄に投獄されてしまう。このためロンドンでの生活に見切りをつけ、ミコーバー夫人の親類を頼ってプリマスの地でやり直すことにしたミコーバー一家は、デイヴィッドに別れを告げる。辛い労働の日々のなか、唯一の友人であったミコーバーを失ったデイヴィッドは深く絶望し、親類である伯母のベッツィーを頼ることに決めて工場を逃げ出す。

ベッツィーのいるドーバーを目指すデイヴィッドだが、全財産をだまし取られてしまい、着ている衣服を売りながら、徒歩で目的地を目指す。まともな服も着ないで、ようやくたどり着いた乞食同然のデイヴィッドを、ベッツィーは不信感とともに迎える。その後ベッツィーはデイヴィッドの処遇を相談するべく、マードストン姉弟をドーバーに呼ぶが、いけ好かない二人の態度にすっかり腹を立てて追い払い、デイヴィッドを自分の手元で育てることに決め、トロットウッドという新しい名前を与える。デイヴィッドは、ベッツィーの家に寄宿する少し頭の弱い紳士、ディック氏とすっかり仲良くなり、彼が自伝執筆に励んでいること、しかしチャールズ一世の処刑という事柄ばかりに気を取られて、なかなか執筆がはかどらないことを知る。

ベッツィーはカンタベリーで、ストロング博士の経営する学校を見学し、デイヴィッドを通わせることに決める。ベッツィーの旧友の弁護士、ウィックフィールド氏の家に下宿するデイヴィッドは、そこで娘のアグネスと事務員のユライア・ヒープに出会う。妻に先立たれたウィックフィールド氏はアグネスの成長を生き甲斐としているが、アルコール依存症的な雰囲気がある。その仕事を手伝うユライアは、自分のことをひたすら「しがない」人間だといっては卑屈にへりくだるが、背後にどす黒く鬱屈した感情を感じ取り、デイヴィッドはひそかに彼を嫌悪する。ある日、デイヴィッドはユライアの家に招待されて赴くが、途中、まったく偶然にもミコーバー氏と再会し、ユライア母子に彼を紹介する。その翌日、街でミコーバー氏とユライアがひどく親し気にしているのを目撃し、心穏やかではない。

こうして少しずつ成長するデイヴィッドは、何人かの女性に恋をしては破れ、そのたびにアグネスの優しさや慰めに触れて心の平穏を取り戻す。やがて十七歳になり、ストロング博士の学校を卒業すると、次の進路についてゆっくり考えるため、しばらくヤーマスに行こうと考える。道中のロンドンで旧友スティアフォースと再会し、彼の自宅に招かれる。そこで息子を溺愛するスティアフォース夫人とミス・ダートル（ローザ）に出会う。ミス・ダートルは、美しい顔だちだが唇に大きな傷があり、幼少期にスティアフォースとの諍いでその傷を負ったのだという。常にとげとげしく険のある物言いばかりする女性で、スティアフォースが、ヤーマスの人たちやペゴティ氏のことを「その手の人たち」と表現したのを聞きとがめ、その言葉尻を捉えて発言の真意を問いただし、下層階級の人間に対する軽蔑的表現だと言う。

第二十一章　チビのエムリ

屋敷にいる召使の一人は僕の見たところ、大学時代からスティアフォースに仕えるようになり、以来いつもそばにいるらしかったが、これがまるで〈ご立派〉が服を着たような男だった。彼ほど〈ご立派〉な風貌の召使など誰もお目にかかったことがないに違いない。無口にして足取りは滑らか、立ち居振る舞いはきわめて静かで、うやうやしく従順だった。必要なときにはいつでもそばにいたし、そうでないときには決してそばに寄らなかった。けれど、なにより目につくのはその〈ご立派〉さだった。顔立ちは柔和とは言い難く、首元もどこかごつごつしていたし、頭も小さく禿《は》げあがって両サイドにだけ短い髪がべったり張り付いていた。話しぶりはもの静かだが、Sの音だけをいやにはっきり、囁くように発音する独特の癖があったので、人並み外れてSばかり口にしているように聞こえた。けれど、どんな奇妙な癖があるにせよ、彼にかかればなにもかも〈ご立派〉だった。鼻が上下逆さについていたって〈ご立派〉に見えただろう。身の回りにはいつも〈ご立派〉な雰囲気を漂わせ、その〈ご立派〉さの中をしずしずと歩いた。良からぬことをしているのではと疑うことなどまったくもって不可能なほど、どこからどう見ても〈ご立派〉だった。こうまで〈ご立派〉ときては、お仕着せを着せようなどと考えることさえ不謹慎だった。彼の名誉を傷つける仕事を言い付けたりするのは、この世でもっとも〈ご立派〉なお方の感情をいたずらに傷つけることに等しかった。そして屋敷の女中たちはみな、その点を本能的にわきまえているらしく、その手の仕事をすべて自分たちでこなし、彼はいつもそのわきで暖炉の火にあたって新聞を読んでいた。

これほど自分を語らない男を、僕は見たことがなかった。けれどそれさえ、他の特徴と同じく、彼の〈ご立派さ〉に華を添えるだけのようだった。下の名前を誰も知らないという事実さえ、〈ご立派さ〉の一部をなすようだった。みんなが知っているリティマーという名字に、四の五の難癖を付けることなどありえなかった。ピーターなら縛り首かもしれないし、トムなら島流しかもしれなかった。けれどリティマーとくれば、それはもう完全無欠な〈ご立派〉さだった。

概して〈ご立派〉なものに向き合うと、人は萎縮してしまうものだと思うのだけど、きっとそのせいだろう、この男の前に出ると僕は決まって、自分がひどく幼いような気分になった。彼がいくつなのか、見当もつかなかった——それだけいっそう〈ご立派〉に思えた。厳かな〈ご立派〉さを身にまとった彼は、五十歳といっても三十歳といっても通っただろう。

朝、僕が起きるよりも早く部屋に入ってきたリティマーは、嫌味ったらしく[*1]髭そり用の水を準備して、服を出してくれた。ベッドのカーテンを開けて僕が部屋を見ると、一月の寒い東風など素知らぬ様子、白い息を吐くこともなく、例によって一点の曇りもない〈ご立派〉な出立ちの彼が控えていて、僕のブーツの右足と左足をダンスの第一ポジション［両足の踵をつけて爪先を開き、「V」の形にしたもの］に揃え、フッと息を吹きかけてコートの埃《ほこり》を払い、まるで赤ん坊を寝かしつけるように優しく置いた。

おはようございます、今何時でしょうか、と僕は聞いた。すると彼は、見たこともないくらいご立派な蝶番《ちょうつがい》付きの懐中時計［文字盤のガラスが割れないように蝶番でカバーがつけられた懐中時計］をポケットから取り出し、パチンと開かないようにバネをそっと親指で押さえ、まるで神の預言が刻まれた[*2]牡蠣の殻でも見るようにのぞき込むと、またそっと蓋を閉めて言った。

恐れ入りますが、八時半でございます。

「あなたさまがよくお休みになられたと聞けば、スティアフォースさまもお喜びになるでしょう」

「ありがとう」僕は言った。「とてもよく眠れました。スティアフォースさんはお元気ですか」

「ありがとうございます。スティアフォースさまは、どうにかまずまずお元気でいらっしゃいます」もう一つの彼の癖は、最上級の言い回しを絶対にしないことだった。いつも冷静に、落ち着いて、まずまずのところ、と言うのだった。

「なにか他にわたくしでお役に立つことなどございましょうか。起床のベルは九時に鳴りまして、ご家族の皆さまは九時半に朝食をとられます」

「大丈夫です、ありがとう」

「恐れ入ります、お礼を申しあげるべきはわたくしのほうです」こう言うと、僕に言い返すような恰好になったことを詫《わ》びるように、ベッドの横を通りざま少し首を傾げ、それからそっと、本当にそっと、ドアを閉めて出て行った。まるで僕が今、まさに心地よく眠り込むところで、その眠りに僕の生命がかかっているみたいだった。

毎朝僕らは、まったく同じ会話を繰り返した。これ以上でも以下でもなかった。スティアフォースと一緒に過ごしたり、スティアフォース夫人からの信頼を勝ち得たり、ミス・ダートルと話をしたりするうちに、なんだか昨日よりずいぶん成長して大人になったような気がするなと思っても、このご立派きわまりない男の前に出ると、結局は元の木阿弥《もくあみ》、我が国の小さな詩人たちが歌うように「ほら[*3]、また少年に戻って」しまうのだった。

リティマーは馬を用意してくれた。そして何でもできるスティアフォースが、僕に乗馬の手ほどきをしてくれた。リティマーはフェンシング用の剣を用意してくれた。そしてスティアフォースが、僕にフェンシングの手ほどきをしてくれた。同じくグローブも用意されたので、僕は同じ先生の指導のもと、ボクシングの練習に励んだ。こうした武術全般にかけて僕がまったくの素人だということを、スティアフォースに知られるのはいっこうに構わなかった。だけどご立派なリティマーに無様なところを晒すのは我慢ならなかった。リティマーにしたって、そんな武術に通じているはずもなかった。実際、そんなことを匂わせる様子は毛筋ほどもなかった。それでも、練習中に彼がそばにいると、なんだか僕はとんでもなく青二才で、駆け出しの小僧みたいな気分にさせられるのだった。

この男について特にうるさく書くのは、当時の僕が彼から強烈な印象を受けたというのもあるし、その後起こった事件に、彼が関わっているせいでもある。

最初の一週間はうっとりするほど楽しかった。あんまり楽しくて夢中だったので、そんな場合の常として、時はあっという間に過ぎていった。それでもスティアフォースという人間を改めてよく知る機会は度々あったし、数え切れないほどたくさんの美点を持つ彼に、いっそう感服することになったから、終わってみればもっとずっと長い間、一緒にいたような気分だった。彼が僕のことをおもちゃみたいにしてからかうのがなんとも粋で、そうされるのがなにより心地良かった。すると昔のことを思い出し、まるで寄宿学校で一緒だった頃のままみたいだな、彼は全然変わっていないじゃないか、と思うのだった。そう思えば、完全無欠なスティアフォースに比べて、僕はずいぶん見劣りがするなとか、それなのに対等の友達同士みたいに振舞っていいものかしらとか、不安になる気持ちも吹っ飛んだ。なにより、彼がそんなに打ち解けて屈託なく愛情たっぷりにからかう相手は僕だけだった。学校にいたときも、他のみんなと違って僕だけを特別扱いしてくれたんだし、やっぱりこれから先も、僕だけは他の友達と違って特別なんだと思うと嬉しかった。彼が一番気を許してくれているのは他の誰でもなくこの僕なんだと思うと、僕の心もまた彼を慕う気持ちで熱くなった。

一緒に田舎に行くと彼が言い出して、出発の日がやってきた。最初はリティマーを連れていこうか迷っていたけれど、最終的に置いていくことに決めた。例のご立派なお方は、すべて御心のままにといった様子で、僕らの旅行鞄をロンドン行きの小さな馬車に積み込み、未来永劫ガタゴト揺られても大丈夫なくらい、慎重にその位置を整えた。それから、僕が慎ましく差し出したお礼のチップを、眉一つ動かさずに受け取った。

僕らはスティアフォース夫人とミス・ダートルにさよならを言った。僕は何度も繰り返しお礼を言ったし、息子のことが可愛くてたまらないお母さんのほうも、とっても優しい言葉をかけてくれた。最後に見たのはリティマーの澱んだ目だったけれど、その目はまるで、あなたさまがまだまだ青二才だってこと、心中密かに、けれど揺るぎなく、わたくしは確信しておりますよ、というようだった。

晴れて懐かしのあの地へと向かうときの気持ちといったら、ここで長々と書くまでもない。僕らは郵便馬車で旅をした。スティアフォースが町を見てどう思うか、これはヤーマスの名誉にかかわる一大事だというくらい気がかりだった僕は、薄暗い通りを馬車に揺られて宿屋に向かう途中、こりゃどうも素敵にヘンテコでなかなかお目にかかれない穴蔵みたいなとこだねえと言ったので、ひどく嬉しかったのを覚えている。僕らは到着するとすぐにベッドに入り（部屋に入る時、古馴染みの〈イルカ〉の部屋［第八章、デイヴィッドが寄宿学校セイレム・ハウスの休暇中、ヤーマスに帰省した際に泊まった部屋］に汚い靴が一足とゲートルが置かれているのが見えた）、翌朝遅く朝食をとった。元気いっぱいのスティアフォースは、僕が起きるより早くから浜辺を一人でぶらついてきたらしく、ここらへんの船乗り連中の半分はもう友達みたいなもんさ、と言うのだった。ずっと遠くのほうに煙突から煙が出ている家を見つけたから、あれがペゴティさんの家に違いないって思ってさ、いっそのこと、つかつか入っていって、ほら僕、チビのデイヴィッドですけど、こんなに大きくなっちまいましたよって言おうかと思ったよ、と話してくれた。

「それでデイジー［デイヴィッドの愛称］」、あちらにはいつ僕を紹介してくれるのさ？」彼は聞いた。「君の指示通りに動くからさ。君の都合で予定を組みたまえよ」

「そうだね、今晩、ちょうどみんなが暖炉の火を囲んでるくらいの時間がいいかなと思ってるんだ、スティアフォース。あの家がなんともほっこりしてるところを見てほしいんだよ、一見の価値があるからねえ」

「そりゃいいや！」スティアフォースが言った。「今晩だね」

「僕らがここに来てるってこと、みんなには知らせないでおきたいんだ」僕は嬉しくなって言った。「ひとつみんなをびっくりさせてやらなくちゃ」

「もちろんそうしよう」スティアフォースが言った。「不意打ちを食わさなくちゃ面白くないからね。原住民の生活ってやつを、原始時代そのままに見せていただこうじゃないか」

「そりゃね、たしかにあの人たちは、『その手の人たち』だけどさ」と僕は言い返した。

「おいおい！　なるほどね！　僕とローザ［ミス・ダートル］のいさかいのことかい？」彼は僕をちらっと見て大きな声をあげた。「あのわからずや女ときたら、この僕だっておっかないくらいさ。まるで子鬼《ゴブリン》みたいだよ。だけどあの女のことはもういいさ。さて、それじゃこれから君はどうするんだい？　例の子守さんに会いにいくのかな？」

「うん、まあね」僕は言った。「まずはペゴティに会わなくっちゃ」

「それじゃ」スティアフォースは時計を見ながら言った。「久々の坊ちゃんを見てエンエン泣いてもらうのに、たっぷり二時間は必要かな。おっと、それじゃ足りないかい？」

僕は笑いながら、なんとかそのくらいあれば大丈夫だと思うけど、君も一緒に来てくれなくちゃ、と答えた。直接会う前からさんざん噂に聞いているせいで、ペゴティはもう君のことを僕と同じくらい偉い人だって思ってるみたいだしね、と言った。

「来いって言われればどこにでも参上しますよ」とスティアフォース。「やれって言われれば何でもいたしますよ。どこに行けばいいのか教えてくれよ、二時間もすれば君のお望み通りの恰好であらわれるさ。涙にくれるロマンチストか道化師か」

ブランダストン周辺で運送業を営むバーキス氏の家までの道順を丁寧に説明すると、スティアフォースもわかったと言うので、僕はそのまま一人で出かけた。外の空気は冷たく爽やかで、地面はカラカラに乾き、さざ波の立つ海の水は澄み渡っていた。日の光は暖かではなかったけれど、たっぷりと降り注ぎ、あらゆるものが溌剌《はつらつ》として生命力に溢れていた。ヤーマスにいると思うと嬉しくて、この僕も溌剌として生命力に溢れ、通りを歩いている人たちを片端からつかまえて握手してまわりたいくらいだった。

当然のことだけど、町は小さく見えた。子供の頃に見た町を、大人になって見てみれば、どこだって同じだと思う。だけどなにもかもはっきり覚えていたし、なにひとつ変わっていないなと思いながら、オーマーさんの店まで歩いていった。昔は「オーマー」とだけ書かれていたところに「オーマー」「とジョーラム」と書き足されていた。だけどそれに続く「織物問屋、仕立て屋、小間物屋、弔い一般装飾品等々商」という部分はやっぱり昔のままだった。

道の向かい側から看板を見ていると、足が自然と入り口のほうに向いたので、そのまま道を渡って中をのぞき込んだ。店の奥には小さな子供を腕に抱いてあやしている綺麗な女の人がいて、エプロンのあたりにもう一人小さいのがひっついていた。すぐにミニー［「オーマー氏の娘」］と子供たちだとわかった。売り場から奥に続くガラス戸は開いていなかった。それでも中庭を隔てた向こうの仕事場から、まるでずっと昔から止むことなく響き続けているみたいに、懐かしいトンカチの調べがかすかに聞こえた［「第九章、母を亡くしたデイヴィッドが、はじめてオーマー洋品店を訪れた際に耳にした、棺桶に釘を打つ「トントントン」という音」］。

「オーマーさんはいらっしゃいますか？」店に入ると僕は聞いた。「いらっしゃるなら、ほんの少しでいいのでお目にかかりたいのですが」

「ええ、はい、お客様。おりますとも」ミニーが言った。「お天気のせいで喘息の具合が良くなくって、店に出られませんで。ジョー、おじいちゃんを呼んでちょうだい！」

ミニーのエプロンをつかんでいたおチビさんは、元気な声で思いっきり叫んだが、あんまり大きな声が出たので自分でも恥ずかしくなってしまったらしく、お母さんのスカートで顔を隠した。母親はその姿をなんとも愛おしそうに見つめていた。やがてゼエゼエと苦しそうな音が近づいてきたと思うと、以前よりもさらに息が切れてはいるものの、見たところあまり老けた様子もないオーマーさんが目の前にあらわれた。

「お客様」オーマーさんが言った。「どのような御用で？」

「よかったら僕と握手してください、オーマーさん」僕は手を出して言った。「いつぞやは本当に親切にしてくださってありがとうございます。お恥ずかしい話、あの頃の僕は、あまりありがたそうにしていなかったかもしれませんが」

「私が？」老人は言った。「そう言っていただくのは嬉しいんですが、いつのことやら、はて、わかりませんな。私でお間違いないんでしょうか」

「もちろんですとも」

「なんだか私は息が切れて仕方ないのとおんなじで、記憶も途切れ途切れになっちまったんでしょうかな」

オーマーさんはそう言うと、首を振りながら僕を見た。「なんと言ってよいかその、お客様のことを覚えておりませんのです」

「馬車まで迎えに来てくださったことや、ここで朝ごはんをごちそうになったことや、それから一緒にブランダストンまで乗って出かけたことなんかも、忘れてしまったんですか？　あなたと、僕と、それからジョーラムさんの奥さんと旦那さんも――いや、あの頃は旦那さんじゃなかったかな」

「おやまあ、こりゃたまげた！」オーマーさんは驚きのあまり発作的に咳き込んでから叫んだ。「まさかそんなこと！　ミニー、お前、覚えているかい？　おやまあ、やっぱりそうだ。お見送りしたのは、ご婦人でしたな？」

「母です」僕が答えた。

「そう――そうでしたな」人差し指で僕のチョッキに触りながら、オーマーさんは言った。「そう、それに小さなお子さんもおられた。お二人お見送りしましたからね。小さなお子さんのほうは、お母さんのお隣に寝かせたんでしたなあ。そうそう、ブランダストンのほうでしたね。ああ、本当にまったく。あれからお達者にしておいででしたか？」

ありがとう、おかげさまで元気にしていました、あなたもお変わりありませんでしたか、と僕は言った。

「ああ、まあボチボチってとこです」オーマーさんは言った。「息がなかなか続かなくってねえ、まあ人間、年が行くほど息が長くなるなんて、聞いたこともありませんからな。あるがままにと思ってやってますし、あるがままでなんとかやっていくしかありませんな。それが一番賢明ってやつじゃありませんかね？」

こう言って笑ったオーマーさんは、またひどい咳の発作に襲われたけれど、娘のミニーのおかげでなんとか持ち直した。カウンターで下の子をあやしながら、そばにぴったりついていてくれたのだ。

「おやまあ！」オーマーさんは言った。「いや、たしかに、たしかに。お二人お見送りしましたなあ。嘘みたいな話だと思われるでしょうけど、あの日の馬車で、うちのミニーとジョーラムの結婚の日取りを決めたんですよ。『旦那、日取り、決めちまいましょう』ってジョーラムの奴が言ってね。『そうよ、お父さん、決めてちょうだい』ってミニーも言ってね。それで今はこうして奴が店を一緒にやってくれてるんですわ。それから、どうです、見てくださいよ。チビもおります！」

ミニーは笑って、おでこのところに結いあげた髪をそっと撫でつけた。父親はさっきまでカウンター脇でよちよち歩きをしていた子供に自分の太った人差し指を出してやって握らせた。

「たしかにお二人でしたな！」オーマーさんは昔を振り返るように、うなずきながら言った。「まったく、お二人でしたなぁ。たった今もジョーラムの奴が銀の鋲付きの灰色の棺桶［子供用の棺を意味する］を作っておりますけどね。まあ大きさっていえば、こんな寸法ではありませんな」――カウンターの上でよちよちしている子供の寸法を取りながら言った――「たっぷり二インチは違いますな――ところで、一杯おやりになりませんかね？」

ありがとうございます、結構です、と僕は言った。

「ええっと」とオーマーさん。「あの運送屋のバーキスんところのかみさん――船乗りのペゴティの妹ですよ——、あれがお宅のご一家と知り合いでしたかね？　奉公にあがっていたんでしたかな」

そうです、と僕が答えると、彼はいたく満足した様子だった。

「こりゃまた、こんだけ記憶が途切れないところをみると、息切れだってましになるかもしれませんな」オーマーさんは言った。「ところで、あのかみさんの親類の娘っ子が、年季契約でうちに来てるんですがね、これがドレスの仕立てにかけちゃ、めっぽうセンスがいいんですな——イングランドの公爵夫人さまでも、あの子のセンスにゃかないません、保証しますよ」

「ひょっとしてチビのエムリのことじゃ？」僕は思わず言った。

「ええ、エムリってんです」とオーマーさん。「それにおチビさんですよ。だけどね、こう言ってよけりゃ、そりゃもうあの子がどんなに別嬪《べっぴん》かって、この町の女の半分が嫉妬に狂うくらいのもんですよ！」

「馬鹿なことばっかり、お父さんたら！」ミニーが叫んだ。

「いやいや」オーマーさんが言った。「お前のことじゃないさ」彼は僕のほうに目配せして見せた。「とにかく、ヤーマスの女の半分は——いや、ここら一帯、五マイル四方って言ってもいいかな——あの娘のことが妬《ねた》ましくってならんのですよ！」

「あの子だって、分《ぶ》をわきまえてりゃいいだけの話でしょう、お父さん」ミニーが言った。「他のひとからあれこれ言われるようなことをしなけりゃいいんです。そしたら誰だって妬みたくても妬めませんよ」

「なんと、妬みたくても妬めないだって！」オーマーさんは言い返した。「したくてもできないって！　それがお前の人生哲学ってやつかい？　女がしようと思ってできないことなんて、しちゃあいけないことなんて、そんなのがあるってのかい？——よりにもよって他の女の器量が良いなんて話になりゃ特にだろ、え？」

　こんなふうにこき下ろしたところで、オーマーさんはそのままくたばってしまうかと思った。それくらいひどく咳き込んでしまい、なんとか息をつこうにも、どうにもあんまりしつこく咳が切れないので、この分じゃオーマーさんの顔はカウンターの下に沈んでしまい、代わりに膝周りに褪《あ》せたリボンの束が付いた黒い半ズボンが、もはやこれまでとばかりにプルプル震えながら顔を出すに違いないと思った。その咳もようやくのことでおさまるにはおさまったけれど、やっぱりぜえぜえ苦しそうにぐったりしてしまい、店の机の腰掛けにへたり込んでしまうほどだった。

「おわかりでしょう」彼は額をぬぐうと、苦しそうに言った。「あのエムリって娘《こ》には、ここでもあんまり友達がおらんのです。友達とか誰かしらに心を許すってことがありませんでね、もちろん恋人なんてとんでもありません。そのせいで悪い噂みたいなもんが広まっちまったんですな、エムリの奴、玉の輿に乗るつもりだとかって。その噂の出どころってのがどうも、あの娘が学校に行ってた時分に、あたしがレディになったら、伯父さんにこんなこともあんなこともしてあげたいとかってのを、ときどき口にしておったようなんですな。ご存じでしょう。伯父さんにはこんな素敵なのやあんな素敵なのを買ってあげるんだ、ってやつですよ」

「たしかに、僕にも昔、そんなふうに話してくれましたよ、オーマーさん」僕もこたえた。「まだ僕ら二人とも、ほんの子供だった頃です」

オーマーさんはうなずいて、あごをごしごしこすった。「そうなんです。それにあの娘ときたら、服なんかほんのちょっとしか持ってないってのに、たんまり持ってる他の娘がみんな揃ってもかなわんくらいにこじゃれた恰好に仕上がるもんですから、それで余計にややこしくなるんですな。そのうえ、まあ人さまの言うところじゃ、あの娘にはちょっと気まぐれなところがあるってんでね。いや、私に言わせてもやっぱり、あの娘は気まぐれでね」オーマーさんは言った。「なんていうか、自分でもどうしたいのかよくわからんかったんでしょうな――ちょっと甘やかされたのもあって――、それで最初のうちは、自分をうまく抑えられなかったんですな。とにかくあの娘の悪い噂っていったって、こんなもんだよな、ミニー」

「ええ、お父さん」とジョーラム夫人は言った。「ひどいと言っても今言った程度よ」

「いっぺんは仕事についたんですが」オーマーさんが続けた。「その仕事ってのが、気むずかしい老婦人のお相手役でしてね、やっぱり二人はそりがあわなくって、それでやめちまったんです。それでとうとう、うちに来て三年間の奉公契約をしたってわけですよ。もうそろそろ二年目が終わるとこですけど、これまで来てくれた誰よりもいい娘です。他の娘の六人分の値打ちがあるかってとこですな！　なあ、ミニー、今のあの娘なら、他の娘六人分の値打ちは優にあるな？」

「ええ、お父さん」とミニーは答えた。「わたしがあの子を悪く言っただなんて、絶対に言わせませんからね！」

「もちろんだとも」オーマーさんは言った。「そりゃもちろんだ。それでね」彼はまた、ひとしきりあごのところをごしごしやってから、付け加えた。「私は息がちょいちょい切れますけどね、話のほうだけダラダラ長いってタイプではありませんからね。とにかくあの娘についちゃ、このくらいにしときましょうか」

こうしてエムリのことを話す間じゅう、二人が声をひそめているので、どうやら近くに本人がいるのに違いないと思った。近くにいるんですかと聞いてみると、オーマーさんはこくりとうなずき、店の扉のほうに向かってまたうなずいた。慌てて、ちょっとのぞいてもいいですか、と聞くと、どうぞどうぞと返事が返ってきた。ガラス越しにエムリが座って仕事をしているのが見えた。この上なく綺麗なチビのエムリは、澄みきった青い目をして、そう、幼い頃、僕の心をのぞきこんだのとまったく同じあの青い目で、かたわらで遊んでいるミニーのもう一人の子供に向かって笑いかけていた。さっき聞いた通り、その美しい顔には意地っぱりな様子がよく出ていた。昔と変わらず、どこか移り気で気取ったところもあった。けれどその美しさからは、誠実でありたい、幸せになりたい、という気持ちしか感じられず、実際、誠実で幸せな人生を送っているらしいことも見て取れた。

中庭の向こうから響いてくるトンカチの懐かしい調べは、ひとときも途切れることなく響き続けてきたかのように——いや！　あの調べが途切れることなど、決してありはしないのだ——そのときも変わらず優しく響いていた。

「どうぞ中に入りなすって」オーマーさんは言った。「あの娘に話しかけてやったらいかがです？　さあ、どうぞお入りになって、あの娘とお話しなさってください！　ささ、どうぞご遠慮なく」

そのときは恥ずかしくて、どうしても無理だった——もしかしたら彼女がどぎまぎしてしまうんじゃないかと不安だったし、僕もどぎまぎしてしまうかもしれないと思って、同じくらい不安だった。だから、彼女の仕事は夕方の何時ごろ終わるのか聞いてから、それに合わせて僕らが訪問することにして、オーマーさんと綺麗なお嬢さんと子供たちにさよならを言い、懐かしのペゴティのもとへ向かった。

ほら、タイル張りのキッチンで、昼食の支度をしているペゴティがいた！　ノックするとすぐに扉を開けてくれて、どんな御用でしょう、と聞いた。僕はにっこり微笑んで彼女のほうを見たけれど、微笑みは返ってこなかった。欠かすことなく手紙を書き続けてきたとはいえ、最後に会ってからもう七年も経っていた。

「バーキスさんはいますか、奥さん」僕はわざとぞんざいな口ぶりで言った。

「はい、おります」ペゴティは返事をした。「でもリューマチの具合が悪くって、臥《ふ》せっております」

「もうブランダストンには行かないんですか？」僕は聞いた。

「調子がよければ行きますけど」彼女は答えた。

「奥さんは行かないんですか？」

彼女は僕をしげしげ見つめて、両手をパッと組み合わせた。

「実はブランダストンにあるお宅のことで、ちょっと伺いたいことがあるんです。ほら、あの――なんだったかな――そう、ルーカリーとかいうお宅のことなんですが」僕は言った。

彼女は一歩後ろに下がると、どうしてよいかわからずに怯えた様子で、それ以上来ないでと言うように両手を突き出した。

「ペゴティ！」僕は叫んだ。

ペゴティも「可愛い坊ちゃん！」と叫び、二人してわっと泣きながら、互いの腕を絡ませてヒシと抱き合った。

なんとまあ、ペゴティは完全にイカレてしまった。僕を抱きしめて笑ったり泣いたりした。それから僕を見て、どんなに誇らしそうにしたことか。どんなに喜んだことか。僕を見たら誇りと喜びでいっぱいになっていたはずの母さんが、もう僕をぎゅっと抱きしめられないと思って、どんなに悲しんだことか。ああ、もう、胸がいっぱいでうまく書けそうにない。そんなペゴティにすっかりほだされてしまうなんて、ちょっと子供じみているんじゃないかなんて、気を揉むこともなかった。あの朝くらい思い切り泣いたり笑ったりしたことは――ペゴティ相手でも――それまで一度もなかった。

「バーキスもさぞかし喜びます」エプロンで涙を拭きながらペゴティは言った。「軟膏なんか塗りたくるより、よっぽどリューマチに効くでしょうしね。ちょっと行って、坊ちゃんがいらしてること言ってきても構いませんか。二階に上がって会ってやってくださいな、坊ちゃん」

もちろん僕もそのつもりだった。だけどペゴティは、口で言うほど簡単に部屋を出て行くことができなかった。なにせ扉のところまで行ったと思うと、こっちを振り返り、結局戻ってきてまた僕を抱きしめて泣いたり笑ったりするのだった。とうとう、手間を省くために、僕が二階までついて行った。そしてペゴティがバーキスさんに事情を簡単に説明する間、部屋の外でしばらく待ってから、中に入って病人と顔を合わせた。

彼は心底、熱烈に僕を歓迎してくれた。リューマチがあんまりひどいせいで握手もできなかったけれど、代わりにナイトキャップのてっぺんについている房を握ってほしいと言うので、僕は心を込めてその房と握手した。僕がベッドの脇に腰かけると、こりゃまた昔みたいに荷馬車に乗っけてブランダストンまで送ってくみたいで、最高に素敵な気分ですな、と言った。ベッドに仰向けになって、まるで首だけになってしまったみたいに、顔以外すっぽり布団にくるまったまま――さながら絵に書いた智天使のように――寝ている彼の姿は、いまだかつて見たこともないくらい珍妙な光景だった。

[*4]「あの荷馬車に書いた名前ってのはなんでしたかね、坊ちゃん？」バーキスさんはリューマチで顔をひきつらせながら、ゆっくり微笑んで言った。

「ああ！　バーキスさん。その点については僕ら、ずいぶん真剣に話し合いましたよねえ？」

「あっしはずいぶん長い間〈その気でいた〉もんですよねえ、坊ちゃん」とバーキスさんは言った。

「それはもうずいぶん長く」と僕。

「そして今も、あっしはまったく後悔しちゃいないんですよ」とバーキスさんは言った。「坊ちゃん、覚えてます？　あれはどんなアップル・パイでも料理でもちゃんと作れるって、坊ちゃんが教えてくれたんですよねえ」

「そりゃもうよく覚えてますよ」僕は答えた。

「ありゃまったくその通りでしたよ」とバーキスさんは言った。「まったくバカ正直ってくらいに本当でした」この点、強く請け合おうにも他にやりようがないというように、彼はナイトキャップの房を揺らしながら言った。「もう税金みたいに、耳をそろえて真っ正直、ってとこですよ。だってこんなに真っ正直なことってなかなかないもんでしょうが」

バーキスさんは僕のほうに向きなおって、ベッドの中でひたすら考え抜いたこの結論に賛同してくれるかい、と尋ねるようだったので、もちろん僕はそうした。

「あんなに本当のことってなかなかないもんですよ」バーキスさんは繰り返した。「あっしみたいに貧乏でも、こうして寝たきりになって考えてみりゃ、それがよーくわかったんですよ。実際、あっしはひどく貧乏なんですがねえ、坊ちゃん」

「それはそれは、バーキスさん」

「本当にあっしは、実際ひどく貧乏なんです」バーキスさんは言った。

ここで、震える右手をゆっくり布団から出すと、ベッドの脇にゆるく括りつけてあった杖をわなわなと手探りで摑んだ。それであちこちを突つきまわし、突つくたびに顔を引きつらせていたけれど、とうとう杖が箱にガツンとあたった。その箱の端は、さっきからずっと僕にも見えていた。と、バーキスさんの顔は落ち着きを取り戻した。

「古着ですよ」バーキスさんは言った。

「おや！　そうですか」と僕。

「金が入ってりゃいいんだが、ねえ坊ちゃん」バーキスさんは言った。

「本当にそうですねえ」と僕。

「ところがどっこい、金なんかちっとも入ってない」そう言うと、これでもかといわんばかりに目をカッと見開いた。

そりゃ、ちっとも入ってないんでしょうねえと僕が言うと、バーキスさんはさっきより少し優しい目で奥さんのほうを見て言った。

「このC・P・バーキスの奴、そりゃもうよく気のつく良い女房でしてね。人さまがC・P・バーキスをあれこれ褒めてくださるにしても、十分それだけの値打ちがある女房ですよ、いや、お釣りが来るくらいだ。お前、今日はお客さん用のご馳走《ちそう》にするんだぞ。なにか美味い食いもんと飲み物だぞ、いいか？」

僕のためにそんなことをしていただかなくても、と言おうとしたけれど、ベッドの向こう側のペゴティが、どうぞ何も言わないでくださいなと懇願するような顔をしているのに気が付いた。だから言わないことにした。

「あっしはどっかそのへんに、ちょっと小銭を置いてたはずなんだが」バーキスさんは言った。「ちょっと疲れちまったな。お前、坊ちゃんとほんのしばらく外してくれたら、俺もひと眠りして、それから探してみようかね」

僕らはこの頼みに応じて部屋を出た。扉を出たところでペゴティは、昔に比べて「ちょっと締まり屋」になったバーキスさんが、いつも同じような言い訳をしては隠し場所から一枚ずつ小銭を出してくるのだと教えてくれた。うめき声を必死で抑えてベッドから這い出し、あの「空っぽ」の箱からお金を出してくるのだ、と。実際、コソ泥[*5]のカササギみたいにお金を抜き取るのは、身体じゅうの節々に応えるらしく、しばらくするとなんとも哀れを誘う低いうめき声が聞こえてきた。これを聞くペゴティは、可哀そうでたまらないという顔をしていたけれど、ちょっとでも気前よくやろうって思うんなら、あの人のためにもいいですし、邪魔をしないでおきましょう、と言った。果たして夫は殉教者さながらの苦しみに耐え、ベッドに這っていってまた横になるまで呻《うめ》き続けた。そして僕らを部屋に呼び入れ、たった今気持ちよく目覚めたという様子で、枕の下から一ギニーを取り出した。僕らに素敵な嘘をついて出し抜いたうえ、あの箱に関わる秘密も守り通したというので、彼はひどくご満悦の態で、おそろしい痛みに耐えただけの報いは十分に得たようだった。

これからスティアフォースが来るよ、とペゴティに話していると、いくらもしないうちに彼があらわれた。僕の親しい友人とくれば、彼女にとっては恩人も同然だったから、どう転んでも心底感謝して愛情深く出迎えてくれたに違いない。だけどスティアフォースは、おおらかで潑剌として上機嫌だった。物腰は柔らかで、外見はハンサムで、気に入った人ならすぐに仲良くなれたし、その気になれば相手の一番興味のあることをサッと見抜いて、うまく調子を合わせる素晴らしい才能に恵まれていた。これにはペゴティも五分と待たずに参ってしまった。僕への振る舞い一つでも、ペゴティの心をつかむには十分だっただろう。そこに数々の美点も加わったから、その夜スティアフォースが家を出る頃には、ペゴティはもう彼をあがめ奉らんばかりだった。

彼は夕食時まで一緒に付き合ってくれた——喜んで付き合ってくれたと言うだけでは、実際どんなに快活で陽気に振舞ったか、半分も表現することができないだろう。光と風がサッと差し込むみたいに、彼はすばやくバーキスさんの部屋に入って行き、まるで晴れ渡ったお天気みたいに部屋中を明るく爽やかにしてしまった。その物腰には、ドタバタしたり、わざとらしかったり、もったいぶったところがまったくなかった。何もかもが言葉にできないくらい軽やかで、これ以外、いやこれ以上なにかするなんて到底無理だと思わずにはいられないくらい、優雅で、自然で、好ましかった。だから今、こうして思い出してみても、うっとりしてしまう。

僕らは小さな居間で愉快に過ごした。そこには、あの頃から誰も手を触れていない『殉教者列伝』が、昔と同じように机の上に広げてあった。おそろしげな絵が描かれたページをパラパラめくってみると、小さい頃は震えあがるほど怖かったことを思い出したけれど、今では全然怖くなかった。それからペゴティが〈坊ちゃんのお部屋〉のことを持ち出して、今晩お泊まりになれるように準備してありますし、坊ちゃんが泊まってくださったら嬉しいんですけど、と言ったとき、僕がちょっとためらってスティアフォースのほうを見ると、彼は一瞬にしてすべてを呑みこんだ。

「もちろんさ」彼は言った。「僕らがここにいる間、君はこの家で寝泊まりすりゃいい。僕はホテルで寝るから」

「だけど君をこんなに遠くまで連れてきておいて、別々に泊まりますというんじゃ、なんだか友達甲斐がないみたいじゃないか、スティアフォース」僕は返した。

「おやおや、天地神明に誓って、君のもともとの居場所はどこだっていうんだい！」彼は言った。「それに比べりゃ、『みたいじゃないか』とかなんとか、そんなことどうだっていいだろう」それで片が付いた。

　スティアフォースは終始にこやかで快活だった。まもなく八時になると、ペゴティさんのボート・ハウスに行こうと家を出た。そして夜が更けるにつれて、さらに輝くばかりににこやかで快活になった。さあみんなを喜ばせてやるぞと心に決めて、果たしてその通り首尾よくやったし、自分でもそう感じたんだろう、いっそう人の気持ちに敏感になって、簡単に相手の気持ちを汲みとってしまうのだった。もっとも彼は、もとからそういうことが得意だったから、たいしていつもと違うわけでもなかったけれど。あの時もそんなふうに思ったし、今でもそう信じて疑っていない。だからもし、こんなことは全部ただのお遊びみたいなもので、束の間気持ちが高揚しただけのこと、深く考えもしないで優越感に浸りながら、彼にとってはどうでもいいような、いつ捨ててもいいようなものをいたずらに手に入れてみようと、気まぐれに時間を潰してはしゃいでいたのさ、なんて言う奴がいたとしたら——もしもあの晩、そんな嘘つきがいたとしたら、僕はどうやって怒りを爆発させたものか、わかったもんじゃない！　古いボートを目指して、彼と肩を並べ冬の暗い砂浜を歩いていく僕の心には、忠誠心とか友情とか、ロマンチックな感情がひたすら膨らんでいくばかりだった、そう、あれ以上膨らむことができたなら、の話だけど。僕らを取り囲むように吹く風の音は、ひどく悲しそうに響いた。ペゴティさんの家の扉をはじめて叩いた夜も、たしかこんな風の日だったけど、それよりもっと悲しげだった。

「ここらは本当にわびしいとこだろ、スティアフォース？」

「暗くなるとまったくおっかないね」彼は言った。「それにあの海、まるで僕らを取って食っちまいそうな様子で荒れてるじゃないか。あっちに明かりが灯ってる、あのボートがそうかい？」

「うん、あれさ」と僕は言った。

「それじゃ、やっぱり僕が今朝見たボートだ。なんて言うんだろう、本能的にあのボートが目に留まってさ」彼は答えた。

僕らはそれ以上なにも言わず、明かりのほうに近付くと、そっと扉のそばに立った。僕は掛け金に手をかけて、ぴったり後ろを付いてきてくれよとスティアフォースに囁くと、中に入った。

外にいるときから中の話し声がかすかに聞こえていたけれど、僕らが入った瞬間、拍手が起こった。見ると、驚いたことに平生は世をはかなんで泣いてばかりいるガミッジ夫人がいた。ただし、いつになくウキウキしているのはガミッジ夫人だけではなかった。ペゴティさんもひどく嬉しそうに頰を赤くして、腹の底から笑いながら、太い両腕を大きく広げ、チビのエムリに向かって、さあこの腕に飛び込んでおいでという恰好をしていた。ハムはうっとりとしてなんとも言えず嬉しそうで、そのうえ、ちょっと眠たそうな様子の恥じらった表情を浮かべていたけれど、それがまたいかにも彼らしくてしっくりきていた。チビのエムリの手を取り、ペゴティさんに紹介するような恰好をしていた。そしてチビのエムリも、顔を赤らめて恥ずかしそうだったけれど、その生き生きとした瞳はペゴティさんが喜んでいるので私も嬉しい、と言うようだった。そうして、まさにハムの元からペゴティさんの腕に飛び込もうとした瞬間、僕らの入ってきたのに気付いてハッとした(僕らの姿を誰より早く目に留めたのは彼女だったから)。そう、暗く寒い夜の浜辺から、暖かくて小さな室内に足を踏み入れた瞬間、僕らの目の前にパッと広がった光景は、ちょうどこんなふうだった。ガミッジ夫人は後ろのほうで、まるで頭がどうかしてしまったみたいに拍手していた。

一幅の絵のような光景は、僕らが入った途端に跡形もなく消え失せて、ひょっとしてすべて幻だったのかしらと思うくらいだった。びっくりしているみんなの輪の真ん中で、ペゴティさんと向い合わせになった僕が、握手しようと手を出したところでハムが叫んだ。

「デイヴィ坊ちゃん！　デイヴィ坊ちゃんじゃありませんか！」

次の瞬間、僕らはもう互いに握手を交わし、元気にしていましたか、お会いできてこんなに嬉しいことはないです、と口々に言いながら、とにかくみんなが一斉におしゃべりをしていた。ペゴティさんは僕らを見てすっかり誇らしくて舞い上がってしまい、なにを言えばいいかも、どうしたらいいのかもわからなくなってしまったらしく、ただ何度も僕と握手をし、それからスティアフォースの手をとって握手、また僕と握手、というのを繰り返し、ついに自分のぼさぼさ頭をくしゃくしゃに逆立たせ、心から楽しそうに得意げに笑ってくれた。そんな彼を見るのはなんとも素敵だった。

「ああ、こんな紳士がお二人——本当にご立派におなりだなあ——、よりにもよって、今晩うちに来てくださったっちゅうのは、まったくまさにゼンダイミモンってやつでしょうよ！」ペゴティさんは言った。「ほらほら、エムリ、こっちへおいで。おいでったら、おチビちゃんや。ほらお前、デイヴィ坊ちゃんのお友達もおいでだよ。何度もお話を聞いたじゃねえか、なあエムリ。デイヴィ坊ちゃんと一緒に、お前のとこに来てくだすったんだよ、おじさんの生きてきたうちで、いやこれから先も含めておじさんが生きてるうちで、ピカイチの今晩にさ！　まったく残りの夜なんざ、ひとまとめにして〈ゴーム〉されちまえばせいせいするわってな具合さ！」

ペゴティさんはほとんど息継ぎもせず、潑剌としてなんとも嬉しそうにこれだけしゃべり倒すと、うっとりした様子で姪の頰にその大きな両手をあて、一ダースほどもキスしてやった。それから、優しく誇らしげに、慈しむようにして広い胸に抱き寄せると、貴婦人みたいに繊細な手つきでポンポンと撫でてやった。エムリはこの抱擁から解かれるや、僕が昔寝室にしていた小部屋めがけて一目散に駆け込んでしまったけれど、ペゴティさんのほうは満悦至極、頰を赤らめ息を切らしながら、僕らのほうに向きなおった。

「まったく、こんな紳士がお二人――本当にすっかりご立派な紳士になられて、まったく紳士そのものですなあ――」ペゴティさんが言った。

「まったく、まったくだ！」とハムも叫んだ。「まったくおじさんの言うとおりですよ！　お二人とも――デイヴィ坊ちゃん――いや、もう立派な大人です――、立派な紳士ですねえ」

「まったく、あなたがたみたいな紳士がね、ご立派になられた紳士が、ですよ」ペゴティさんは繰り返した。「いやもうすっかりこの通り舞い上がっちまってますけど、それがどうしてかってとこをわかってくださったらね、きっと許してくださるもんだと思いますよ。エムリ、ほら！――あっしがこれからお話しするってわかってるんですな」ここでまた、彼は嬉しくてたまらない様子。「だからあっちに逃げこんじまって。ほら、これこれ、おっきい姉ちゃん、ちょっとあの子の面倒をみてやってくれるかい？」

ガミッジ夫人はうなずいて姿を消した。

「まったくこれが」ペゴティさんは僕らと一緒に暖炉のそばに腰を下ろすと言った。「あっしの人生のうちでピカイチの夜じゃないってなら、このあっしはワガママ・ガイ（貝）ってやつでしょうな――それもじっとりべっとりの嫌なガイ（貝）ですよ――いや、これ以上はもう、うまいことは言えませんがね。それでうちのおチビのエムリなんですがね、旦那」彼は声を落としてスティアフォースに言った。「ついさっきまで、ここで恥ずかしそうにしてたあの娘ですがね――」

スティアフォースはただ、うなずいただけだった。だけど続きを聞きたそうな嬉しそうな顔をして、ペゴティさんの浮かれた気分のおすそ分けをくださいなという様子だったので、ペゴティさんのほうもまるで、おっしゃるとおりですよといった調子で答えた。

「そうです、そうです、あれがエムリですよ。いかにも。いやいや、旦那、どうも」

ハムは、そうそう、そう言おうと思ってたんだ、という調子で僕に向かって何度かうなずいた。

「うちのおチビのエムリはねえ」ペゴティさんは言った。「ずっとあっしらのとこにいてくれるんですよ（そりゃまあ、あっしは物知りってやつじゃありませんけどね、それでも思うんです）、あんなにキラキラした目をした娘っ子が家にいるなんて、なかなかありゃしません。あれはうちの娘ではないんですよ、あっしには子供はおりません、だけど、これ以上ないくらい可愛くてたまらんのですよ。おわかりくださるでしょうな！　もう可愛くてたまらんのです！」

「そりゃそうでしょうとも」スティアフォースが答えた。

「おわかりくださると思ってましたよ、旦那」とペゴティさん。「本当にありがとうございます。デイヴィ坊ちゃん、坊ちゃんはあれがどんなだったか、覚えてるでしょう。そして今のあれがどんなか、ご覧になったでしょう。でもお二人ともやっぱり、あれがあっしにとって、どんなに大事だったか、今でもどんなに大事か、そしてこれからもどんなに大事かってのは、到底おわかりにならんでしょうな。あっしはね、こんな荒くれ者ですけども」ペゴティさんは言った。「海のヤマアラシってくらいの荒くれ者ですけどね、あのおチビのエムリのことだけは、誰も想像がつかんくらい大事に思っとるんです、いや、ひょっとしてひょっとすると、オナゴなら想像がつくもんかもしれませんがね。だけどここだけの話」ペゴティさんは声をさらに低くした。「そのオナゴってのは、ガミッジ夫人じゃありませんぜ、そりゃあの人はもう良いとこだらけの人だけど」ペゴティさんは、次の話の前置きとばかりに、また両手で髪の毛をくしゃくしゃに逆立てると、膝に手を落ち着けて続けた。

「ある男がいましてね、そいつはエムリの親父が海で溺れ死んでからってもの、ずっと見守ってきたんですな。赤ん坊のときも、小さな娘っ子のときも、それから大人になってからも。そいつは、まあ見てくれはたいしたもんでもないんですが」ペゴティさんは言った。「だいたいあっしくらいの背恰好でね――荒くれ者ですよ――しょっぱい海の水をいっぱい浴びて――そりゃもう、しょっぱいやつです――けどね、そいつはなんて言っても気立ての優しい男でね、心がちゃんとあるっていうのかねえ」

このとき、ハムは僕らを見てニヤニヤしていたけれど、そんなにニヤニヤするハムを見たのははじめてだった。

「それでこの、めでたい船乗りの奴がどうしたって」お天道様みたいに顔を輝かせて、ペゴティさんが言った。「そいつが、チビのエムリにすっかり参っちまったんです。どこへ行くにもエムリについてまわって、そりゃもうまるで召使みたいなもんです、しまいにゃ、食いもんものどを通らんくらいに思い詰めてね、それでやっとあっしにもわけがわかったんです。ちょうど、ほら、チビのエムリがそろそろ嫁に行っても良い頃だなぁって思っとりましてね。そう、なんにしても、ちゃあんと守ってくれるような、真っ正直な男の嫁さんになってくれるといいんだがなあってね。あっしがこの先長いこと生きれるもんか、それとも早々にくたばっちまうもんか、そりゃもちろんわかりません。けどね、このヤーマス沖の街道［浜辺近くの海面で、船を安全に停泊させておける一帯を指す船乗りの言葉］あたりで、びゅんびゅん風の吹く夜に、もしもあっしの舟がひっくりかえるようなことがあってね、そんで、どうしようもないってくらいの大波に呑まれながら、町の明かりを最後に一目見ることがあってもね、『ああ、あの岸に、鋼みたいに真っ正直な心根の男がいて、うちのエムリを守ってくれる。ありがたいこったよ、あの男さえいてくれりゃ、エムリに悪いことなんか起こりっこねえ』って、そう信じて海の底に沈んでいけるってもんです」

まるでこの世の見納めの町の灯に手を振るように、ペゴティさんは一生懸命右腕をぶんぶん振りまわしていたけれど、ふとハムと目が合うと、互いにうなずき合って話を続けた。

「それでです！　あっしは奴に、エムリに打ち明けてみちゃどうかって言うわけです。奴はもう図体は十分デカいんですが、まるで子供みてえに恥ずかしがり屋なところがあって、そりゃ無理だとか言うわけです。だからあっしが言ってやりましたよ。『なんですって！　あの人が！』ってエムリは言うんです。『いままでずっと、ずっと一緒で、仲良しの、大好きなあの人が！　ああ、伯父さん、あの人と結婚なんて無理よ。あの人は良い人すぎるわよ！』あっしはあれにキスしてやりましてね、これきり言ってやったんですよ、『なあお前、お前はそうやってちゃんと思うまんまのことを言っていいんだからな、お前の将来はお前が決めるんだよ、お前はまったく小鳥みてえに自由なんだからな』って。そして奴のほうにも、いつも通りのことなんですが、あっしは言ってやったんですよ。『俺も叶ったらいいなあと思ってたんだが、ダメだったよ。けどお前たちは、これからだってなんにも変わりゃしないんだ。お前に言っとくが、男らしく、エムリとは今まで通りやってくんだぞ』って。そしたら奴はあっしの手を握って、『そうします』って言いましたですよ。そして実際奴は――本当に立派に男らしく振舞ってねえ――それから二年ってもの、みんななんにも変わらずに、ここで楽しく暮らしとったわけですよ」

話の間じゅう、ペゴティさんの表情は忙しくコロコロ変わっていたが、ここまでくると、さっきと同じように、なんとも言えず誇らしげな笑顔を浮かべて、片方の手を僕の膝に、もう片方の手をスティアフォースの膝に当て（あまりにギュッと力を込めるので、二人とも膝に手の汗が伝わるほどだった）、代わる代わる僕らに話しかけた。

「それがある晩突然――それが例えば今晩ってことかもしれませんなぁ――おチビのエムリが仕事から帰ってきて、そしたらなんだ、奴が一緒じゃねぇか！ そんなこと、別にびっくりするほどのことじゃないっておっしゃるでしょう。それがそうでもねえんです。もちろん奴は、日が落ちると、いやまだ日があるうちから、とにかく明けても暮れても、まるで実の兄さんみたいに、あれの面倒を見てたんですけどね。でもこの晩に限って、船乗りの奴、おチビの手を握って、嬉しそうにあっしに向かって叫んだんですよ。『ほら、どうです！ こいつが俺のちっちゃな嫁さんになるんですよ！』ってね。そしたらエムリも、半分開き直ったみたいにして、それでもやっぱり恥ずかしそうに笑ったり泣いたりしながら、『そうなの、伯父さん！ 許してもらえるかしら』って言うんですよ。許してもらえるか、って！」ペゴティさんは思い出すだけでうっとりしてしまい、頭をぶんぶん振りながら叫んだ。「なんてこったい！ あっしが許さないなんて、そんなまさか！――『許してもらえるかしら、あたし、この頃じゃ、だいぶしっかりしてきたの。だから結婚のことだってちゃんと考えてみたわ。それで、この人の良い奥さんになれるように、できるだけ頑張ってみようって思うの、だってこの人は、こんなに優しくって良い人なんですもの！』これを聞いたガミッジ夫人が、まるでお芝居みてぇに手を叩いてね、そこにちょうどお二人が入ってこられたわけですよ。ほら、もうこれで全部洗いざらい白状しちまいました！」ペゴッティさんは言った。「そこに旦那がたが入ってらしたんですよ。そう、ちょうど今しがたまで、そんなことが起《こ》こっとったわけです。そいでここにいるのがね、あのおチビと結婚する男ですわい、あの娘の年季奉公が明けたらすぐにね」

ここでペゴティさんは喜びのあまり有頂天になってしまい、信頼と友情の証と言わんばかりにゴツンと一発ハムにお見舞いしたので、ハムは当然ながらウッとよろめいた。しかし僕らになにか言わなくてはと思ったのか、つっかえつっかえ、必死に言葉をつないで言った。

「デイヴィ坊ちゃん――坊ちゃんがはじめて来てくれたとき――エムリのやつは坊ちゃんとちょうどおんなじくらいの背丈でしたね――あの頃、俺は、エムリが大きくなったらどんなになるんかなって、思ってたんです。そうやって見てたら、あいつは――ねえ――まるで、花が咲くみたいにして大きくなりましたよ。俺はあいつのためなら、命をくれてやってもいいって思って――デイヴィ坊ちゃん――ああ！　それで本望、命なんて喜んで投げ出します！　俺にとってみりゃ、あいつはまるで――えっと――そう――あいつさえいてくれりゃ、他に欲しいものなんてありゃしません、いや、それじゃ足らないくらいだ――口下手なもんで、もうなんて言っていいか。俺――俺、あいつを心の底から愛してるんです。地の果てまで行ったたって――海の果てまで漕いでったたって――、俺があいつを愛しているよりたくさん、奥さんのこと愛してる旦那なんて、みつかりっこありません。もちろん、世の中いろんな人がいっぱいいるもんだし――そういう人たちなら、俺なんかよりずっと上手く、愛してる、って言えるんだろうけど」

ハムみたいに屈強な若者が、心の底から惚れ込んだ可愛い小さな別嬪さんを愛おしく思うあまり、身体をブルブル震わせているのを見て、胸が熱くなった。ペゴティさんとハムが僕ら二人に、こんなに真っ直ぐに信頼を寄せてくれることにも、胸が熱くなった。二人の話を聞いて、すっかり胸が熱くなってしまった。こんな気持ちが幼い頃の記憶の中でどのくらい美化されたものなのか、もう今はわからない。そもそもヤーマスに来たのだって、チビのエムリに未練があったからなのかどうか、もう今はわからない。とにかく僕にわかるのは、その時はすべてが嬉しくて、本当に胸がいっぱいだったというだけだ。でもそれは言葉にならないくらい儚《はかな》くて、ふとしたはずみに痛みに変わってしまいそうなほど、もろい喜びだった。だからもし、みんなの心の琴線をうまく爪弾《つまび》くのがこの僕の役目だったなら、きっと無様なことにしてしまったに違いない。でも、スティアフォースがその役目を引き受けてくれた。そして素晴らしくうまいこと、その場をさばいてくれたから、ものの数分も経たないうちに僕らはみんな、これ以上ないくらい打ち解けて幸せな気持ちになった。

「ペゴティさん」彼は言った。「あなたは本当にどっから見ても素晴らしいお方ですよ。いや、今晩のような幸せにふさわしいお方です。うん、僕のお墨付きだ！　ハム！　おめでとう！　君もまったく、僕のお墨付きだよ！　デイジー、ほら火を起こして、ちゃんと、しっかり！　ペゴティさん、素敵な姪御さんに戻ってくるように言ってくれなくっちゃ（そのために僕はこの端っこの席を空けたんですからね）、もう僕は帰りますよ。こんな素敵な晩に、一家水入らずの団欒《だんらん》のはずが、誰か一人でも欠けるだなんて――よりによって肝心かなめの人が欠けるだなんて――絶対嫌ですからね。そりゃもう、インド諸島の富を全部やるって言われたって、絶対お断り！」

それでペゴティさんは、昔僕が寝室にしていた部屋に行ってチビのエムリを連れてきた。最初のうち、エムリが出てくるのを渋ったので、ハムも説得に加わった。まもなく二人してエムリを暖炉のそばに連れてくると、彼女はすっかりうろたえて、ひどく恥ずかしそうだった――でも、スティアフォースがとても優しく丁寧に接してくれるのがわかると、すぐに落ち着きを取り戻した。スティアフォースは、エムリをどぎまぎさせるような話題を巧みに避け、ペゴティさん相手にボートや船や潮の干満や魚やらの話題を選んで話しかけ、僕を相手にセイレム・ハウスでペゴティさんに会ったときのことや、このボート・ハウスと家具一式を見てどんなに心躍る気持ちになったかを話した。そんな調子で、屈託なく軽やかに話題を選ぶスティアフォースのおかげで、僕らは次第に楽しい語らいの場に引き込まれ、気付けばなんの遠慮もなく、おしゃべりに夢中になっていた。

エムリは結局、その晩じゅうほとんど口をきかなかった。それでもみんなの顔を見つめ、みんなの話に耳を傾けながら、顔を輝かせる姿は素晴らしく可憐だった。難破船にまつわるおそろしげな話を始めたスティアフォースが（ペゴティさんと話すうち、いつしかそんな話になっていた）、まるでその船を目の前に見ているように鮮やかに語り聞かせると――チビのエムリもまったく同じ光景が見えるみたいに、話の間じゅう、食い入るように彼の顔を見つめていた。暗い話からムードを変えようと、彼は今度は楽しげな冒険譚を語り始め、まるで僕らと一緒に今ここで冒険しているみたいに生き生きと話すので――とうとうチビのエムリも笑い転げた。その可愛らしい笑い声がボートの中に響きわたると、僕らはみんな（もちろんスティアフォースも）、楽しそうな屈託のない声につられて笑った。彼はペゴティさんに、「嵐[*6]がピューッと吹くときにゃ、ほら吹くときにゃ」の歌をひとくさり、いやひと吠え、歌ってくださいよ、とせっついた。それから自分も船乗りの歌を歌ったけれど、あんまり切々と美しく歌い上げるので、本物の風が哀しげに家の周りを取り囲み、静かに聞き入っている僕らのそばで、低くぴゅーぴゅーとうなりながらうっとり聞き惚れているんじゃないかと思うくらいだった。

ガミッジ夫人は〈じいさん〉を亡くして以来ずっと憂鬱病にかかったままで、誰にも治せなかったけれど（ペゴティさんがそう教えてくれた）、スティアフォースにかかれば、それもおさらばだった。彼のおかげで惨めな気持ちになる暇もなくって、そりゃもう魔法にかかったみたいだった、というのが次の日のガミッジ夫人の言いぶりだった。

だからといって、彼がみんなの注意を独り占めしたとか、会話を独占した、というのではなかった。チビのエムリも少しずつ大胆になり、暖炉の向こうから僕に向かって（まだもじもじしていたけれど）小さな頃に一緒に浜辺を散歩した話や小石や貝殻を拾った話をした。僕のほうも、小さな頃の僕がどんなに君に夢中だったか覚えてるかい、と聞いた。それから二人して笑って、赤くなって、まるで遠くを見るようにして、過ぎ去った年月を懐かしみ、振り返ってみれば本当にあったことじゃないみたいだ、と思った。その間じゅうずっと、彼は黙って僕らの話に耳を傾け、なにか考え込むように僕らをじっと見つめていた。このときも、それからその夜の間ずっと、彼女は火の近くのいつもの隅っこで、懐かしい古いロッカーに座っていた――その隣、昔僕がいたところにはハムが座っていた。エムリが壁際ぴったりに身を寄せて、できるだけハムから離れようとしていたのは、彼女流のちょっとした意地悪だったのか、それとも僕らの前で若い娘らしく慎ましやかにしようとしていたからなのかは、よくわからなかった。とにかくその夜じゅう、エムリは壁にぴったりくっついていた。

さよならを言って家を出たのは、もう真夜中近かったと思う。みんなで夕食に魚の干物とビスケットを食べ、オランダ産のジンがなみなみと入った瓶をスティアフォースがポケットから取り出したので、僕ら男連中で（もう「男連中」と言っても恥ずかしくないくらいの歳のはずだ）それを飲み干した。それから僕らは陽気に別れの挨拶をした。みんなは戸口のところに立って、僕らの足元をずっと照らしてくれていたし、エムリはハムの後ろからあの可愛い青い目でこちらを見つめながら、どうぞ気を付けて帰ってね、と優しく言ってくれた。

「本当にゾクゾクするような別嬪さんじゃないか！」スティアフォースは僕の腕を取って言った。「たしかに、こりゃなんともへんてこでおもしろい場所だし、あの人たちはなんともへんてこでおもしろい人たちだ。それにあの人たちと一緒に過ごすのは、なんとも刺激的でワクワクするよ」

「それに僕ら、運が良かったよ」僕は言った。「これから結婚しようって二人を囲んで、みんながあんなに幸せそうにしているところに飛び込むだなんて！　あんなに幸せそうにしている人たち、見たことがないよ。本当にうっとりするほど素敵だったたし、あんなに屈託なく喜ぶ人たちと一緒に幸せを分かち合えたなんて、最高じゃないか！」

「けど、あの娘の相手としちゃあ、あいつはちょっと愚図な感じがしないかい？」スティアフォースが言った。

ハムとも他のみんなとも、さっきまであんなに打ち解けて楽しそうにしていたのに、スティアフォースからこんな冷たい言葉を聞くとは夢にも思わなかったからショックだった。だけど、さっと振り返ってみると、彼の目には笑いが浮かんでいたので、ふっと心が軽くなって言った。

「ああ、スティアフォース！　可哀そうな人たちのことをからかったりして、本当に君ときたら！　ミス・ダートルが相手なら喧嘩もいいだろうし、冗談めかして本当の優しさをごまかそうとしたっていいけど、僕には通じないね。あの人たちのこと、君が心から理解してたってことも、しがない漁師の幸せをまるで自分のことのように感じてたってことも、僕の乳母の愛情に上手《うま》く調子を合わせてくれたってことも、僕にはよくわかってるんだから。あの人たちが感じる喜びや悲しみで、君にとってどうでもいいことなんて、一つもないってこと、よくわかってるさ。だからこそ、やっぱり僕はこれまでより何倍も何倍も、スティアフォース、君を尊敬せずにはおれないよ！」

彼は立ち止まって僕の顔をまじまじと見ながら言った。「デイジー、本気でそんなことを言ってるんだね、なんてお人好しなんだ。僕らがみんな君みたいだったらどんなにいいか！」一次の瞬間、彼はもうヤーマスに戻る道を威勢よく歩きながら、陽気な節回しでペゴティさんの歌を口ずさんでいた。

第二十二章　懐かしい情景、新しい知己

　スティアフォースと僕はヤーマス近郊に二週間以上滞在した。ほとんど二人で一緒に過ごしたことは、いまさら言うまでもない。それでもときどき、数時間、別行動を取ることがあった。彼は海に舟を出すのが好きだったし、僕はそっちにはあまり関心がなかった。だから、彼がお気に入りの遊びに興じようと、ペゴティさんと一緒に沖に漕ぎ出すときには、僕はだいたい浜辺に残った。ペゴティのところの空き部屋で寝泊まりしているせいで、僕にはいろいろ遠慮があったけれど、彼はそんな煩わしさと無縁だった。というのも、ペゴティが四六時中、甲斐甲斐しくバーキスさんの看病をしていることを知っていたから、なんとなく夜遅く帰るのに気が引けたのだ。一方のスティアフォースは宿屋に泊まっていたので、気分次第で好きなようにやっていた。そんなわけで、僕がベッドに入った後の遅い時間に、ペゴティさん行きつけのパブ〈やる気満々亭〉に彼が漁師たちを招いてちょっとした宴会を開いたとか、漁師の服を着て月明かりの夜に海へと漕ぎ出し、朝の満潮時に帰ってきた、とかいう話を小耳に挟むようになった。けれどこの頃になると、きつい舵取りも荒れた海も、目新しく感じられるその他もろもろの刺激と同じで、なにしろ豪胆でじっとしていられない彼にとっては恰好の気晴らしになるんだろうということが、僕にもわかっていた。そんなわけで、彼がそこらじゅうで遊びまわっていること自体、驚くことでもなんでもなかった。

時々別行動を取ったもう一つの理由は、僕のほうがブランダストンに行って幼い頃の懐かしい情景をこの目で見たいという、しごく当然の気持ちを抱いたせいだった。スティアフォースは一度一緒に来てくれたけれど、しごく当然のこととして、それ以上行こうとはしなかった。だから今思い出せる限りでも、少なくとも三日か四日、早めの朝食を取ってから別れ、それぞれ好きなことをしてから、夜遅く夕食時分に落ち合うことがあった。この土地の人たちをすっかり虜《とりこ》にしてしまった彼のことだから、普通の人なら手持ち無沙汰で困るときにも、気分転換の手段には事欠かないだろうとわかっていたけれど、それ以上詳しいことは知らず、一人でどう過ごしているのかは全然わからなかった。

僕のほうは、たった一人昔の思い出をたどりながら、懐かしい道を一歩ずつ踏みしめ、かつて遊んだところを隅から隅までうろついても、まったく飽きることがなかった。記憶のなかで幾度もそうしたように、懐かしの地をふらふらと歩き回った。はるか遠い場所で過ごした幼い頃、心の中でずっとこの場所をさすらったときと同じように、じっとたたずんだ。木の下には父さんと母さんのお墓があったけれど——まだ父さんのお墓だけだったときには、なんとも言えない憐れみを込めて見つめたものだし、綺麗な母さんと赤ちゃんを入れるためにお墓がもう一度開いたときには、そのかたわらで侘《わび》しく立ち尽くしたものだ——、律儀なペゴティが長いこときちんと手入れをして庭のようにしてくれていたので、そのあたりを何時間も歩き回った。教会墓地の小道から少し外れた静かな一角にあるお墓は、小道を歩きながらでも墓石の字が読めるくらいだった。そうして小道を行ったり来たりするうちに、時を告げる教会の鐘の音を耳にして、まるで黄泉《よみ》の国から呼ばれたような気がしてハッとさせられた。こんなときに考えることといったら決まって、この先の人生で自分はいったいどれほどのことができるだろう、いったいなにを成し遂げるだろう、ということばかりだった。あたりにこだまする僕の跫音《あしおと》は他の物音と溶け合うこともなくただ淡々と響き続け、さながら、生きている母さんのそばに空中楼閣を建てるために、こうして帰ってきたよと歌うようだった。

懐かしの家はすっかり変わっていた。ボロボロのミヤマガラスの巣は、とうにカラスたちからも見捨てられ、姿を消していた。木々は昔とは似ても似つかず、枝を刈りこまれ、てっぺんをちょん切られていた。庭は荒れ果て、家の窓は半分近く閉じられていた。住んでいる人がいるにはいたけれど、頭のおかしい紳士が一人と、その世話をする人たちだけだった。その紳士はいつも、僕の部屋の小さな窓辺に腰を下ろして教会墓地を見ていた。あの人はあしてぼんやり考えながら、昔の僕と同じような空想を思い巡らすことがあるのだろうか、バラ色に輝く晴れた日の朝、同じ小さな窓からパジャマ姿で外を覗いた幼い日の僕が、朝日の下で静かに草を食む羊の群れを見つめながら、ぼんやり考えたようなことを、ひょっとして彼も考えているのだろうか、そう僕は思った。

お隣のグレイパーさん夫妻は南アメリカに引っ越してしまい、雨がからっぽの空き家に降り込み、外壁を汚していた。チリップ先生は背が高くて骨ばった鼻の高い女性と再婚していた。二人の間に生まれた皺くちゃの小さな赤ん坊は、あんまり頭が重すぎて首が座らないんじゃないかという様子で、弱々しい両の目はまるで、どうして私この世に生まれてきちゃったのかしらと、ひたすら考えあぐねているようだった。

生まれ育った場所を歩き回るたび、悲しみと喜びが混ざり合った奇妙な感情に襲われて時を忘れ、暮れていく冬の赤い太陽にハッとして、ああもう帰らなくてはと気付かされた。けれどひとたび帰ってみれば、それもスティアフォースと一緒に暖炉の温かい火のそばで夕食を囲みながら楽しく語りあってみれば、思い出はひたすら甘美だった。夜が更けてすっきり片付いた自分の部屋に引き取ってみれば、さきほどよりもぼんやりとした、それでもやはり甘美な我が家の思い出に浸った。そしてクロコダイルの本のページをめくりながら（その本はいつだって小さなテーブルの上にあった）、スティアフォースみたいな友達や、ペゴティみたいな友達がいること、そして母さんを失った代わりに、あんなにも優しくて立派な伯母さんと会えたことを思い返して、感謝の気持ちで満たされた。

この長い散歩からヤーマスに戻るときの一番の近道はフェリーだった。フェリー波止場は町と海の間の低地にあったから、そのまままっすぐ突っ切ってくれれば、ぐるりと街道を通って迂回する必要もなかった。ペゴティさんの家も、そのうらぶれた低地にあって、帰り道から百ヤードも離れていなかったから、いつも寄り道をした。スティアフォースはたいていそこで僕を待っていてくれた。そして僕らは二人、凍えそうな寒さとだんだん濃くなっていく霧をかき分けるようにして、煌《きら》めく町の明かりのほうへ帰るのだった。

ある暗い晩のこと、いつもより遅く帰ってみると——というのも、家に帰る日も近かったから、ブランダストンに最後の別れをしに行ったのだ——、スティアフォースが一人、ペゴティさんの家の暖炉の前に座って、なにか考え込んでいた。一心に考え事をしているせいか、近づいてもまったく気が付かなかった。もちろん、外の砂地で足音はたいていかき消されてしまうから、考え事をしていなくても、やっぱり気付かなかったかもしれない。だけど、家に入っても彼はまだぼんやりしたままだった。すぐ近くまで行ってのぞき込んでみても、ギュッと眉を寄せたまま、ひたすらなにか考え込んでいた。

肩に手を置くと、彼はびくっとして飛び上がった。あんまりひどくびくっとしたので、僕もびっくりしてしまった。

「君、まるで恨み言を言いに来た亡霊みたいにして」彼は怒ったような声で言った。「こんな不意を突くことないじゃないか！」

「だって、どうにかして気付いてもらわなきゃ」僕は言った。「まるで空の星から呼ばれたくらいの不意打ちだったかい？」

「いや」彼は言った。「そうじゃないんだ」

「それじゃどっか下のほうから呼ばれたみたいだったかい？」そう言って、僕は彼のそばに腰を下ろした。

「暖炉の火に映る絵を見てたんだ」彼は答えた。

「だけどそんなふうにしちゃったら、僕には見られないじゃないか」こう言う僕の隣で彼は、燃えさしの薪で火をかき回した。おかげで真っ赤な火花が連なって何度もはじけ、小さな煙突を昇りパチパチと音を上げて空にはぜた。

「あんな絵、見ないほうがいいんだ」彼は言った。「昼でも夜でもない、どっちつかずのこのくらいの時間帯が、僕には耐えられないんだ。君、遅かったじゃないか！　どこに行ってたんだい？」

「いつもの散歩道に別れを言ってきたんだよ」

「僕はずっとここに座ってた」スティアフォースはそう言いながら、部屋をぐるりと見渡した。「そうして考え事をしてたんだ、僕らがここにやってきた晩、あんなに幸せそうだった人たちはみんな——こんな考え事も、この辺の侘しい雰囲気のせいかもしれないけど——散り散りバラバラになって、死んじまったり、思いも寄らない災難にあうのかもしれないってね。デイヴィッド、この二十年、ちゃんと物のわかる父親ってのが、僕にもいてくれたらよかったのに！」

「おいおいスティアフォース、いったいどうしたって言うんだい？」

「もっとちゃんと進むべき道を教えてくれる人がいてくれたらよかったのにって、心の底から思うんだ！」彼は叫んだ。「自分の進む道を、もっとちゃんと考える力が僕にあったらよかったのに、心の底からそう思うんだよ！」

失意に打ちひしがれて叫ぶ彼を見て、僕はすっかり面喰らった。こんな彼らしくもない振る舞いは思いも寄らなかった。

「君のとこの哀れなペゴティとか、あの愚図な甥っ子とかに生まれてたほうが」立ち上がって、気だるそうに暖炉の枠に身体を預け、燃える火のほうに顔を向けて彼は言った。「僕みたいなのに生まれるよりずっといい！　そりゃ僕のほうが二十倍も金持ちで二十倍も頭が切れるかもしれないさ、だけど僕みたいなのに生まれて、このボート・ハウスみたいな悪魔の舟で、自分を呪いながらこの半時間ほどを過ごすより、そっちのほうがずっといい！」

　この豹変《ひょうへん》ぶりにはすっかり面喰らってしまって、最初のうちは頭に手を当てて前かがみになったまま陰気に火を見下ろしている彼を、ただ黙って茫然と見ているだけだった。ようやくのことで、普段の君らしくもないじゃないか、そんなに気分がふさぐなんていったいなにがあったのか頼むから教えてくれ、たいした助言もできないかもしれないけれど、せめて君の気持ちを理解したいんだ、とせっついてみた。だけど言い終わらないうちから彼は笑い出した——はじめは神経質そうに、やがてすぐ、いつもの陽気さを取り戻した。

「おいおい、なんでもないんだよ、デイジー！　なんでもないんだ！」彼は答えた。「ロンドンの宿屋で言っただろ、僕は時々、自分でも自分が手に負えなくなるくらい面倒な人間だって。まるで自分の存在自体が悪夢みたいなものなんだ——今だってその悪夢を見てたのさ。手持ち無沙汰なときに、ふとしたはずみで小さい頃に聞いた話を思い出すことってあるじゃないか。多分僕は、『なんにも怖くなんかないんだ』なんて言ってたら、結局[*1]ライオンに食われちまったあの悪ガキ——まあ犬に食われるよか立派な死にざまだろうけど——と、自分をごっちゃにしてたんだろうな。よくばあさんたちが〈恐怖の幻覚〉とかいうやつが、この僕にも忍び寄ってきて、頭から爪先まですっかりやられちゃったってわけさ。なんだか自分が怖くなっちまってね」

「きっと他に怖いものがないからだろうね」僕は言った。

「そんなことないさ、怖いものなんていくらでもあるかもしれないだろ」彼は答えた。「よし！　まあとにかくもう収まった！　もうビクついたりしないさ、デイヴィッド。だがねえ、君、もう一度言わせてくれよ、やっぱり堅実で物のわかった父親ってものがいてくれたら、僕にとっちゃ（それに他の人にとったって）、どんなにか良かったかと思うのさ！」

彼の顔はいつでも表情豊かだったけれど、この言葉を口にしながら暖炉の火に視線を落としたときの顔は、それまで見たこともないくらい暗くて、思い詰めているようだった。

「そら、もうこの話は終わりだ！」そう言うと、なにかをポンと投げるような恰好をした。「マクベスいわく、『なあに、[*2]消えてしまえばまたもとの俺よ』ってわけさ。さあ夕飯にしようじゃないか？　もしもこの僕が（ほら、マクベスみたいに）、[*3]おそろしく取り乱して祝宴の席を台無しにしちまったっていうんじゃなかったらね、デイジー！」

「けどみんな、いったいどこに行っちゃったんだい！」僕は言った。

「わからないんだ」スティアフォースは言った。「君を探しにフェリーのとこまでぶらぶら出かけて、それからひょいとここに寄ってみたら、誰もいなかったんだよ。それでつい考え事をしちまって、そこを見つかったってわけさ」

ここでバスケットを手に提げたガミッジ夫人があらわれて、誰もいないわけを説明してくれた。潮が満ちてペゴティさんが帰って来る前に、足りないものを急いで買いに出たが、自分が留守の間に店を早く退《ひ》ける予定のチビのエムリがハムと一緒に帰ってくるかもしれないと思い、ドアは開けておいたのだった。スティアフォースはガミッジ夫人に愛想よく挨拶し、おどけて抱きしめてやったりしてすっかりご機嫌にしてしまうと、僕の手を取ってさっとその場を離れた。

彼もガミッジ夫人に負けないくらいすっかりご機嫌になってしまい、いつも通り屈託のない調子で肩を並べて歩きながら、溌剌として話し始めた。

「それでは」彼は陽気に言った。「明日にはこの海賊人生に別れを告げるということでよろしいか？」

「もうそう決めたじゃないか。馬車の座席だっておさえてあるんだし」

「ああ！　そうするより他なさそうだな」スティアフォースは言った。「この海へと漕ぎ出して波に揉まれる以外、いったいこの世でやるべきことなどあろうか、ってくらいの気持ちになってたのになあ。他にすることなんかなかったらいいのになあ」

「もの珍しいうちだけさ」僕は笑いながら言った。

「たしかにそうかもしれないな」彼は返した。「にしても、純真さの塊みたいな優しくも若き我が友人にしては、辛辣《しんらつ》なお言葉じゃないか。そうだな！　僕はたしかに移り気だよ、デイヴィッド。自分でもよくわかってる。けどね、熱いうちは、必死になって鉄を打つんだ。このあたりの海の水先案内人としちゃ、かなりの腕前ってことで通るはずだよ」

「ペゴティさんが君のこと、天才的だって褒めてたよ」僕は言った。

「不世出の海の英雄ってとこかい？」スティアフォースが笑いながら言った。「嘘じゃないよ、それに自分でもそう思うんだろう？　君がいったんやると決めたらなんだって必死にやるってことも、造作なく自分のものにしちゃうってことも、僕はよく知ってるんだ。でも一番びっくりするのはさ、スティアフォース――その才能をそんなふうに気ままに使うだけで満足していられるってことだよ」

「満足、だって？」彼は可笑《おか》しそうに言った。「僕は絶対に満足なんてしないさ、でもね、可愛いデイジー、君のその初々しさだけは別だよ。気まぐれってことにかけちゃ、くるくると回り続けるイクシオン［ラピテース族の王。全能神ゼウスに逆らった罰として、空中で永遠に回り続ける火の輪に鎖でつながれた］の火の輪が現世にあったって、それで身体を縛るなんて芸当、僕にはできないのさ。きっと小さい頃の躾《しつけ》がなってないせいだろうな、だけど今じゃもう、そんなこと気にもならなくなっちまってね――そういや僕がボートを一艘《そう》買ったっていうの、もう話したかな？」

「君は本当にまあ、なんてぶっ飛んでるんだろう、スティアフォース！」僕は思わず立ち止まって――そんな話まったくの初耳だったのだ――叫んだ。「もうこのへんに来ることなんて二度とないかもしれないのに！」

「そんなのわからないよ」彼は言った。「僕はこの場所が気に入っててね。とにかく」僕を急《せ》かすようにさっさと歩きながら言った。「売りに出ていたのを買ったのさ――ペゴティさんの言い方じゃ、大型帆船ってやつだ。実際、そんな感じの見てくれでね――僕がいないときはペゴティさんが管理してくれるんだ」

「それで腑に落ちたよ、スティアフォース！」僕は勝ち誇ったように言った。「自分用に買ったみたいな振りをして、実のところペゴティさんにと思って買ったわけか。君と僕の仲なら、最初からそのくらい察しがついてもよかったね。親愛なる優しいスティアフォース、君の気前の良さには、まったくどんなに感服しても足らないくらいさ」

「ふん！」彼は赤くなって答えた。「言わぬが花ってやつだ」

「言っただろ」僕は大きな声で言った。「あの実直な人たちの感じる喜びや悲しみのうちで、君にとってどうでもいいことなんて一つもないって」

「はいはい」彼は答えた。「たしかにそう言ってた。それじゃそういうことにしておこう、もう十分すぎるくらい話したんだから！」

さっさと済ませたがっている話題に深入りして怒らせるのも嫌だったから、前よりさらに早足で歩きながら、僕はこっそり頭の中でボートのことを考えた。

「あの船の装具はやり直さなくちゃならないんだ」スティアフォースは言った。「だからリティマーを残して後を任せることにしてね。全部できあがったら僕に知らせるように言ってある。リティマーが来てるってこと、もう話したかな？」

「いいや」

「来てるんだ！ ちょうど今朝着いたところだよ、母からの手紙も言付かってきた」

目が合ったとき、こちらを見つめるまなざしはしっかりしていたけれど、その顔は唇まで真っ青だった。お母さんと揉めごとがあったから、暖炉の前に一人座っていたときも塞ぎ込んでいたんじゃないか、僕はそう思った。だから、それとなく尋ねてみた。

「ああ、そんなんじゃないんだ！」首を振って軽く笑いながら言った。「全然違うんだ！うん。奴が来てるんだ、例の召使がね」

「いつも通りかい？」僕が言った。

「いつも通りさ」スティアフォースが答えた。「まるで北極みたいに取っつきにくくて、なんにもしゃべらない。僕の船の命名式にも立ち会うことになってる。もともと〈荒ブレ海燕丸〉っていう名前がついてるんだがね。でもペゴティさんが〈荒ブレ海燕丸〉なんて船に愛着を持ってくれるとも思えないし。僕が新しく名前をつけてやることにしたんだ」

「なんて名前？」と僕は尋ねた。

「〈チビのエムリ〉号さ」

そう言いながら僕のほうをじっと見てきたので、どうやらこれ以上、思いやり深いだのなんだのと褒めそやされるのはたくさんだ、というサインらしいと考えた。僕はこみあげてくる嬉しさを顔に出さずにはいられなかったけれど、口に出して騒ぐことはしなかったから、彼もいつもの笑顔を取り戻し、どこかホッとした様子だった。

「おや、ごらんよ」前のほうを見ていた彼が言った。「本物のチビのエムリのお出ましじゃないか！　それにあいつも一緒だ！　まったくあの男ときたら、本物の騎士だな！　片時もそばを離れないんだから！」

この頃ハムは船大工になり、もともと手先が器用なのに磨きがかかり、腕のいい熟練工になっていた。仕事着を着た彼はなんともお粗末ななりだったけれど、その風貌は男らしく、隣にいる小さな花のような女性を守るのにぴったりに思えた。実際、その顔立ちには飾ったところがなく、誠実で、彼女に対する誇りと愛情がはっきりと表れていたので、どんな男前よりも素敵に見えた。だからこちらに歩いてくる二人を見たとき、容姿の点から言っても二人はぴったりお似合いだなあと思ったのだった。

話しかけようとして僕らが立ち止まると、彼女は恥ずかしそうにハムの腕から手を引き抜き、顔を赤くしてスティアフォースと、それから僕にその手を差し出した。ほんの二言三言話しただけで二人は行ってしまったけれど、もうエムリは彼に手をかけようとしないで、まだ恥ずかしそうにぎこちなく一人で歩いていた。そんなところが僕には全部、なんとも可愛らしくいじらしかったし、スティアフォースもそう思っているみたいだった。そうして僕らはしばらく、夕暮れ時の薄い月明かりに照らされながら遠ざかっていく二人の影を見つめていた。

そのとき突然、若い女が一人――明らかに二人の後をつけていた――、僕らのそばを通り過ぎた。女が近付いてくるのには気付かなかったけれど、すれ違いざま、どこかで見た顔のように感じた。服装は薄着だった。すさんでいて猛々しく挑戦的で、見るからに貧しそうだった。だけどこのときばかりは、そんなものはすべて辺りを吹く風に預けて、とにかくハムたちの後を追うことしか頭にないみたいだった。二人の姿がはるか遠く暗い地平線に呑みこまれると、雲と海と僕らの間を隔てるものは、ただその地平線ばかりとなった。やがて女も同じように、二人との距離を詰めるでもなく、そのはざまに呑みこまれて姿を消した。

「あの娘に付きまとう黒き影、ってやつか」スティアフォースはじっと立ちつくして言った。

「いったいどういうことだろう」

スティアフォースがあんまり低い声で呟くので、まるで別人のようだった。

「物乞いでもしようってんじゃないかな」僕は言った。

「物乞いなら珍しくもなんともない」スティアフォースは言った。「それにしても今夜に限って、物乞いがあんな姿であらわれるなんて、やっぱりちょっと変な気分じゃないか」

「どうしてだい」僕は聞いた。

「どうしてってわけでもないけど」スティアフォースはちょっと間を置いて言った。「実際、そんなことをぼんやり考えていたら、ちょうどあの女が通りかかったからさ。いったいどこからふって湧いてきたものやら！」

「この塀の陰から出てきたんだろうね」ちょうどその塀に沿って伸びる街道に出ながら、僕は言った。

「消えちまった！」彼は肩越しに振り返って言った。「ついでに邪悪なるものも全部消え失せたってわけだ。さあ、夕食にしようじゃないか」

けれど彼はもう一度、はるか遠くにチラチラとゆれる地平線のほうを肩越しに振り返った。そしてなおも振り返った。残り僅かな道を行く間も幾度か、途切れ途切れの言葉で女の存在をいぶかしんでいた。暖炉の火と蠟燭の明かりに照らされて、温かで陽気な夕食のテーブルに着いたところでやっと、女のことを頭から追い払ったようだった。

夕食の席にはリティマーが控えていて、僕にいつも通りの効果を発揮した。スティアフォース夫人とミス・ダートルはお変わりありませんか、と僕が尋ねると、彼はたいそう慇懃に（そしてもちろんご立派に）、はい、お二人はまずまずお元気です、お気遣い痛み入ります、お二人がよろしくとおっしゃっておられました、と言った。これ以上は言わなかったけれど、僕はまるで、面と向かってはっきりこう言われたような気分だった。「あなたはまだお若いですなあ。本当になんともまだまだお若い」

ちょうど夕食を終えようかという頃、それまで部屋の隅から僕らを、いや僕だけを見張っていた（僕にはそんな気がした）リティマーが、テーブルのほうへ一歩二歩進み出てスティアフォースに言った。

「失礼いたします。ミス・モウチャー[*4]が来ております」

「誰だって？」すっかり面喰らってスティアフォースが叫んだ。

「ミス・モウチャーでございます、ご主人さま」

「おいおい、あの女がこんなとこで、いったいなにをしてるって？」スティアフォースは言った。

「どうやらこのあたりの生まれのようでございます。私が聞きましたところでは、毎年、仕事の都合でこちらに来ているとのことで。今日の午後、町でばったりお目にかかりましたのですが、ご主人さまを夕食後にお訪ねしたいとのことで」

「デイジー、噂の巨人女のこと、知ってるかい？」スティアフォースは尋ねた。

僕はしぶしぶ――リティマーの前でこんな弱みを晒すのは屈辱だとさえ感じたけれど――ミス・モウチャーとはまったく面識がない、と白状せざるをえなかった。

「それじゃ是非とも紹介しなくちゃ」スティアフォースは言った。「この世の七不思議の一つだよ。ミス・モウチャーが来たら通してくれ」

僕はこのご婦人のことが知りたくてうずうずしていたけれど、その話題を口にするたび、スティアフォースは決まって笑い転げ、彼女にまつわることには一切答えられないと言い張るものだから、ますますその気持ちは高まった。そんなわけでそれから三十分ほど、僕は期待に胸を膨らませてテーブルクロスが片付けられるのを待ち、暖炉の前に置かれたワインのデカンタを飲みながら座っていた。ようやくドアが開いてリティマーが顔を出し、なにごとにも動じない落ち着き払った例の調子で言った。

「ミス・モウチャーがお越しです！」

扉のほうに目をやっても、なにも見えなかった。それでもじっと目を凝らしたまま、ミス・モウチャーって人は姿を見せるのにずいぶん時間がかかるんだなあと思っていると、扉の前に置かれたソファをよちよち回りこむようにして四十か四十五歳くらいの太った小人が息を切らしながら姿を見せた。これには腰を抜かすほど驚いた。ものすごく巨大な頭と顔、灰色の目はいたずらっぽく光り、異常なほど短い腕は、あんまり短いものだから、スティアフォースに流し目をしながら、自分の獅子鼻《ししばな》に指を一本お茶目っぽく当てようにも短すぎて途中までしか届かず、結局身体を曲げて鼻のほうを指に載せなくてはならないほどだった。あごはいわゆる二重あごというやつで、あまりに肉付きが良すぎてボンネットの紐も蝶結《ちょうむす》びもすっかり呑み込んでしまっていた。首はなかったし、ウエストもなかった。とりたてて脚と呼べそうなものはなかった。仮にウエストが過去に存在したとしても、もはやそこには人類一般に例をみないほどたっぷり肉が付いていた。その先は人類一般の例に漏れず、二本の脚が付いているにはいたけれど、普通の椅子がテーブル並みの高さに思えるほどの寸詰まり状態だった。結局、彼女は持ってきたバッグをその椅子に載せた。服装は締めつけのないゆったりしたものだった。さっきも言った通り、苦労して鼻と人差し指をくっつけると、必然的に頭を片側に倒したような恰好になったけれど、そのまま眼光鋭い目を片方閉じて、なんだってお見通しよといった顔をした。それからちょっとスティアフォースに流し目をくれると、堰《せき》を切ったようにしゃべりはじめた。

「おやまあ！　あたしの色男さん！」巨大な頭を振り振り、嬉しそうにしゃべった。「こんなとこにいたのねえ！　いたずらっ子の坊や、こらこら、だめじゃないの、おうちから遠く離れて、こんなとこで一体なにしてるのかしら。とんでもなくいけないことね、そうでしょ。ああ、あなた見かけによらずやり手の坊ちゃんね、スティアフォース、そうでしょ、それにこのあたしもやっぱりそうよね？　あっはっは、ここらあたりであたしに会うなんて、百ポンド対五ポンドの賭けでもノーってくらい、思いも寄らなかったんじゃなくって？　まったくねえ、これはしたり、あたしはどこにだっているの。ここだってあそこだって、どこにだって神出鬼没、そう、まるで、魔術師がご婦人がたのハンカチの中からでも半クラウン出せるみたいなもんよ。そういやハンカチって言ったら——それにご婦人って言ったら——あなたのお母様にとっちゃあ、もう坊やは目に入れても痛くないってとこでしょうね、まったくねえ、坊や、あたし、[*5]どっちか片っぽの肩越しに誓ってもいいわ。どっちの肩かは内緒よ！」

演説がこのあたりまで来たところで、ミス・モウチャーはボンネットの紐を解いてさっと振り払い、はあはあ息を切らしながら暖炉の前の足置きに腰を下ろした——その姿はさながらマホガニー製の屋根を広げたダイニングテーブルの四阿《あずまや》でくつろいでおりますといった風情だった。

「ああ、[*6]お空のお星様やら、なんやらかんやら！」小さな膝を両方の手でぽんと叩くと、僕のほうをずるそうな目でちらりと見て続けた。「あたしったらもう、すっかりおデブちゃん体型でしょう、ねえ本当なのよ、スティアフォース。階段を上がったりしたら、もうぜえぜえ肩で息をしなきゃいけないくらい苦しくって、一息ごとにバケツ一杯水を飲んでるみたいな気分なの。だけど二階の窓から顔を出してるあたしを見たら、こりゃ素敵なご婦人だって思うんじゃなくって？　どうかしら？」

「どっから見たって、きっとそう思うさ」スティアフォースは答えた。

「あらま、お口がうまいのね、この女たらしさん！」顔を拭いたハンカチを払いのけるようにして一振りすると、この小さな女性は大きな声で言った。「だけど、失礼なのはダメよ！　これはほんとの本気で真面目な話、あたし、先週レディ・ミザーズのお宅にいたの——あの人ったら！　なんて恰好かしら！——それで奥様のことお待ちしてたら、ちょうどそこにミザーズの旦那様が入ってきたんだけど——あの人ったら、なんて人かしら！　なんて恰好かしら！　それにあのカツラ！　だってもうここ十年ってもの、ずっとおんなじのをつけてるのよ！——その恰好で、あたしに向かって例の調子でおべんちゃらを使ってくださるもんだから、こりゃもうさすがのあたしもベルを鳴らして人を呼ばなきゃいけないかしらんと思ったわよ。あっはっは！　まあ感じの良い駄目男なんだけど、ちょっと節操がなさすぎるわね」

「レディ・ミザーズにはなにをしてあげたんだい？」スティアフォースが聞いた。

「そりゃもう大事なことよ、あたしの可愛い坊やちゃん」彼女はまた指で鼻をポンポン叩きながら顔をしかめ、あの世のことさえ知り尽くす子鬼のような目をキラキラさせて言った。「でもあなたの知ったこっちゃないわ！　毛がぱらぱら抜けないようにお薬をあげたり、白髪を染めてあげたり、お顔をちょっと塗ってあげたり、眉毛を整えてあげたり、そんなことが知りたいって言うの？　それならきっと、坊や、いやでもそのうちわかるわよ——あたしが教えてあげようと思えばね！　あたしのひいお爺さんの名前、知ってたかしらねえ？」

「いいや」[*7]とスティアフォース。

「坊や、ミスター・ホラフーキっていうの」ミス・モウチャーは言った。「ひいお爺さんはね、代々続くホラフーキ家の出身で、そこらペテン地方の土地屋敷は全部あたしが相続するの」

ミス・モウチャーのウィンクに匹敵するものなど、ご本人の落ち着き払った態度を除けば、僕は見たことがなかった。相手の話を聞いたり、自分の話に相手がなんと答えるか待つときも、ずるそうに首を傾げて、カササギみたいに片目だけを開けるという離れ業をやってのけた。とにかく僕は、なんやかんやですっかり肝を潰してしまい、恥ずかしながら礼儀作法などすっかり忘れて、穴のあくほどジロジロ彼女を眺めまわした。

この時にはすでに、彼女は椅子をそばに引き寄せ、カバンから(短い腕を肩までズボッと突っ込んで)次々に物を取り出すのに夢中だった。たくさんの小瓶やスポンジ、クシにブラシ、フランネルの端布に小さなカール・アイロン一式、その他小道具類をせっせと取り出すと、すべて一緒くたのかたまりにして椅子の上に積み上げた。と、急にその作業をやめて、スティアフォースにこう言ったので、僕はすっかりどぎまぎしてしまった。

「こちらの方は、どなた?」

「コッパフィールドさんだよ」スティアフォースは言った。「君とお知り合いになりたいんだそうだ」

「あら、じゃあ、お知り合いになりましょうよ! たしかにお知り合いになりたそうな感じであたしのこと見てるなあと思ってたわ!」ミス・モウチャーはカバンを手に持ったまま、僕のほうによちよちと歩み寄り、笑いながら言った。「まるで桃みたいなお顔ね!」そう言いながら、座っている僕のほっぺたをツンと突こうと爪先立ちになった。「なんておいしそうなのかしら！　あたし、桃って大好き。お知り合いになれて光栄よ、コッパフィールドさん、本当に」

あなたとお知り合いになれるなんて僕も光栄です、だから嬉しいのはお互い様ですね、と僕は言った。

「あらまあ、まったく、あたしたちったらなんてお行儀がいいのかしら」

彼女はそう叫びながら、巨大な顔をちっぽけな手で隠そうと、はなから無理な試みに必死になった。「それにしても、この世はまったくヤクザとペテンだらけね！　そうでしょ！」

彼女は僕ら二人に向かってヒソヒソ声でこう言いながら、そのちっぽけな手を顔から離し、腕を肩までズボッとカバンの中に突っ込んだ。

「そりゃまたどういう意味だい、ミス・モウチャー」スティアフォースが言った。

「はっ！　はっ！　はっ！　あたしたち正真正銘、そりゃもう爽やかなペテン師三人組ってところね、そうでしょ、あたしの坊や？」そう言うと、この小さな女性は首を傾げながら、空中に目を泳がせたままカバンの中をまさぐった。そして「これ、見てちょうだい！」となにかを取り出した。「ロシアの公爵さまの爪の切れっぱしよ！　アルファベット公さまって、そう呼んでるの、だって本当のお名前は、まるでアルファベット全部が酔っ払いのグデングデンになって、クチャンクチャンのゴッチャゴチャになったみたいなんだから」

「そのロシアの公爵さまも君のお客様ってわけかい？」スティアフォースが言った。

「そういうことよ、坊や」ミス・モウチャーが言った。「お爪の手入れをさせていただいてるの、週に二度もよ！　お手々の爪だけじゃなくってアンヨもなの！」

「それでたっぷりお給金もはずんでくださるんだろうねえ？」とスティアフォース。

「公爵さまはねえ、坊や――お金を払うんだっておしゃべりするのとおんなじで、鼻[*8]からスポーンと抜けるくらい、そりゃもうたんまりはずんでくださるわ」とミス・モウチャー。「あなたたちみたいな、お髭[*9]を刈り込んだツンツルテンさんたちとは訳が違うのよ。きっと公爵さまの立派な口髭をみたら、あなただって同じように言うわ。もともとは赤毛なんだけど、ちょっと工夫して真っ黒のお髭に変身！　ってわけ」

「もちろん君が工夫してあげるってわけだね」とスティアフォース。

　ミス・モウチャーはもちろんよと言うようにウィンクした。「だからどうしようもなくてあたしをお呼びになるわけよ。もうあたしなしじゃどうにもならないの。染めたお髭はお天気に敏感。ロシアじゃ万事うまくいってたんだけど、ここイギリスじゃあそうはいかない。まったく、公爵さまみたいにポンコツな方って、きっとあなた生まれてこの方見たことないと思うわよ。まるで錆《さ》びた古鉄みたいなの！」

「それでさっきはペテン師なんて呼んだのかい？」スティアフォースが尋ねた。

「あらまあ、あなたって本当に元気潑剌な坊やだこと！」ミス・モウチャーはブンブン頭を振りながら言った。「あたしが言ったのはねえ、人ってのはみんな誰でもペテン師だわねってこと、それを証明するために公爵さまのお爪の切れっぱしを見せてあげたのよ。このお爪はね、そこいらのお行儀のよろしいご家庭の集まりなんかでご披露すると、そりゃあもう、あたしのありとあらゆる芸を全部合わせたより絶大な効き目があるの。だからいつだって持ち歩いてるわ。これを披露するのが一番の自己紹介ってわけ。公爵さまのお爪を手入れしているとくれれば、ミス・モウチャーはそりゃヒトカドの人物に違いないって。若いご婦人たちには、いくつかお爪を分けてあげたりするの。そしたら、あの人たち、アルバムなんかに大事にしまっちゃってね。あっはっは！　あたしに言わせてもらえばね、〈全社会システム〉（議会なんかで演説する人たちが使う難しい言葉ね）っていうのはね、要するに、〈公爵さまのお爪システム〉ってわけよ」ちんちくりんのこの女性は、短い腕で苦労して腕組みらしきものをしながら、巨大な頭でこくりとうなずいた。

スティアフォースは腹の底から笑ったし、僕も笑った。ミス・モウチャーは話の間じゅうずっと頭を振り続け（同じほうにばかり振っていたけれど）、片方の目で空中をぼんやりみつめ、もう片方の目でウィンクをしていた。

「さあ、さあ！」彼女は小さな膝を両手でポンポンと叩きながら言った。「あたしの仕事はこんなことじゃないわ。さあ、スティアフォース、極地探検に出かけましょう、そして全部征服しちゃいましょうよ」

そう言うと彼女は、二、三の小道具と小瓶を一つ選びだし、（驚いたことに）テーブルは頑丈かしらと尋ねた。スティアフォースが大丈夫と答えると、彼女はテーブルに椅子を押しつけ、僕に手を貸してくれるよう頼み、きわめて敏捷《びんしょう》に、まるでステージに上がるようにしてテーブルのてっぺんによじ登った。

「あなたたち、どっちかでもあたしの踵を見ちゃった？」無事に登り終わったところで、彼女が言った。「さあ白状なさい。そしたらこのまますぐにお別れして、あたしはこの世とおさらばするわ！」

「見なかったよ」スティアフォースは言った。

「見ていません」僕も言った。

「よろしい、それじゃあ」ミス・モウチャーは叫んだ。「このまま生きてることにしましょうね。さあ、[*10]アヒルちゃん、アヒルちゃん、アーヒルちゃんッ、ボンドおばさんとこにいらっーしゃーい、殺しーてあげますよっと」

　これはどうやら、さあスティアフォース、私の手に身を委ねなさい、という意味の呪文らしかった。彼は言われた通りテーブルに背を向け、僕にニヤニヤ笑いかけながら腰を下ろすと、頭を預けた。もちろん、目的はみんなで笑い合うことだけだった。ミス・モウチャーが頭の上に覆いかぶさり、ポケットから取り出した大きな虫眼鏡ごしに彼のふさふさした綺麗な茶色の髪を点検するさまは、実際この上なく面白おかしい見物だった。

「まあ色男さん！」ぱぱっと見てからミス・モウチャーは言った。「あたしがいなきゃ、一年もたたないうちに、おツムのてっぺんあたり、お坊さんみたいにツルッパゲになっちゃうとこよ。ほらちょっとじっとして、坊や、ワックスをつけて、あと十年はこのカールが持つようにしちゃいましょうね！」

こう言って彼女は小瓶の中身をフランネルの端布に染み込ませ、同じく小さなブラシにもこの秘薬を振りかけると、両方の道具を手に、信じられないほど猛烈なスピードでスティアフォースの頭頂部をゴシゴシこすり始めた。そしてその間じゅう、片時たりとも休まずしゃべり続けた。

「公爵さまの坊ちゃんで、チャーリー・パイグレーブって方がいるんだけど」彼女は言った。「あなたチャーリーのこと、ご存じ？」回り込んで彼の顔をのぞき込みながら、彼女は言った。

「ちょっとだけね」スティアフォースは言った。

「あの方ったらもう！　頬ひげなんか生やしちゃって！　チャーリーの脚にしたってね、もしもあんなアンヨが二本揃いであるっていうんなら（実際は揃ってないんだけどねえ）、そりゃもう、どなたさまでも到底叶わぬ代物よね。そのチャーリーもね、あたしなしでやっていこうって気を起こしたことがあるの――近衛騎兵隊[*11]にいたころね、信じられる？」

「正気とは思えないね！」スティアフォースは言った。

「そうねえ、そういうもんよねえ。けどね、正気かどうかは別にして、とにかくそんな気を起こしちゃったのよ」ミス・モウチャーは答えた。「で、お手並み拝見、なにをするかと思いきや、香水屋に行ってマダガスカル水[*12]を買おうとしたの！」

「そりゃ本当かい？」スティアフォースは言った。

「本当よ。でも香水屋にはマダガスカル水なんて置いてなかったの」

「そりゃなんだい？ 飲み物かなんか？」とスティアフォース。

「飲み物？」ミス・モウチャーは手を止めて、彼のほっぺたをピシャッと叩いた。「口髭を自分でお手入れする［ペテン師稼業のこと］ためのもんに決まってるじゃないの。その店の女店員がね——もうずいぶん歳の行った女なんだけど——まあグリフィン［鷲《わし》の頭部と羽を持ち、ライオンの胴体と後ろ脚を持つとされる空想上の生き物］っていうほうが近いかしら——マダガスカル水なんて名前、聞いたこともなかったの。『失礼ですが、お客様』グリフィンはチャーリーに言いました。『それは——それはあの——ルージュ[*13]ではございませんわね？』『ルージュだと』チャーリーはグリフィンに言いました。『私がルージュなんぞを使って、やんごとない方々のお耳に入れて恥ずかしいようなことでもするというのか？』『ご無礼、なにとぞお許しくださいませ』グリフィンは言いました。『ルージュのことは、お客様それぞれいろいろなお名前を使われるものですから、てっきりその一つかと思いまして』さあ、坊や」ミス・モウチャーは相変わらず猛烈な勢いでゴシゴシ頭を梳かしながら続けた。「これがさっきも言った、爽やかなペテン師のお話ってわけね。そりゃあたしだってね、その手の方面で商売をしてますけど——まあずいぶん手広くね——いや、ほんのちょっとかしら——とにかく、坊や、もたもたするな、ってことね、——ほら、気にしないで！」

「その方面ってどういう方面だい？ ルージュ的な方面かい？」スティアフォースが言った。

「ねんねの生徒さん、今聞いたこととさっき聞いたこと、ちゃんと合わせて考えなさいな」抜け目ないミス・モウチャーは自分の鼻に触りながら言った。「やおよろずの商人たちの秘伝の道に従うべし、さすれば結果は汝の望むとおり与えられんってね。あたしだってその手の方面でちょっとばかし商売してる、って言ったでしょ。どっかのやんごとなき未亡人さまはね、リップ・クリームってお呼びになるの、ほかの奥様はね、手袋っておっしゃるわ。それからまたほかの奥様のお口に上れば、お裾かがりってなるわけよ。それからそれから扇子っておっしゃる方もいたかしら。なんて名前がついてるにせよね、あたしは、そう、奥様方の呼ぶように呼ぶだけよ。なんでもご入用のものを差し上げますってね、でもあたしたち、お互いになんとかかんとか言いつくろって、お顔のほうもいろいろ取りつくろって、そしたら奥様方もあたしの前だけじゃなくって、応接室にいるお客様方みんなの前で、いろいろ取りつくろってみせてもいいかしらって気になるわけよ。こうしてお仕えしてるとね、皆さん、あたしにおっしゃるの——あの、ゴマカシテクニックをひとつお願いね——それもちょっと厚めに、ぺったり塗って頂戴——『どうかしら、ミス・モウチャー、あたくしの顔、ちゃあんと白くなってる?』ってな具合でね。はっ! はっ! はっ! そりゃあもう、すっきり爽やかじゃなくって、坊や!」

あんまり爽快でうっとり酔いしれたようになったミス・モウチャーは、ダイニング・テーブルの上に立ったままスティアフォースの頭をせっせとこすり、その頭越しに僕にウィンクして寄越した。その光景ときたらまったく、若造の僕にはお目にかかったことのないような奇々怪々の見世物だった。

「ああ! でもその手のことって、この辺りじゃあんまり需要がないのよね。だから結局、ここには長くいられないってわけ。こっちに来てからってもの、綺麗な女なんか一人もお目にかかってないわ！」

「本当かい？」スティアフォースが言った。

「影も形も見えやしない」ミス・モウチャーが言った。

「影や形どころか、生身のお嬢さんを一人、ご紹介できそうに思うがねえ？」スティアフォースは僕のほうに目を向けながら言った。「ねえ、デイジー？」

「もちろんだとも」と僕。

「あら？」小さなお方は僕のほうを鋭くサッと見つめてから、スティアフォースの周囲をちらちらと眺めまわすと叫んだ。「あらあら？」

最初の「あら？」は僕ら二人に、二つ目の「あらあら？」はどうもスティアフォース一人に向けられたものらしかった。しかしどちらにも返事がないとわかると、代わりに空から返事が降ってこないかしら、きっとそのうちなにか浮かんでくるはずねと言うように、また首を傾げて目を上にあげ、スティアフォースの頭の手入れを続けた。

「もしかして、あなたの妹さんとかかしら、コッパフィールドさん？」一呼吸置いてから、前と同じように空を見つめて彼女は聞いた。「ねえったら、ねえ？」

「違うよ」僕が答えるより先に、スティアフォースが言った。「そんなんじゃないさ。それどころか、コッパフィールドさんは昔――いや、僕の大いなる勘違いじゃなけりゃ――その娘に首ったけだったんだからね」

「あら、じゃあ今は違うってわけ?」ミス・モウチャーは言った。「彼ったらすぐに心変わり? なんてまあ、ひどいお方! そこらじゅうのお花の蜜を吸っては、また次のお花にふらりふらり、だけど結局、ご執心のポリーちゃんと相思相愛、ってわけ? それでその娘の[*14]名前はポリーちゃんなの?」

　小人のような敏捷さでつかみ掛からんばかりに質問を浴びせつつ、探るようにこちらをじっと見てくるので、僕は一瞬たじろいだ。

「いや違いますよ、ミス・モウチャー、エミリって娘です」僕は答えた。

「へえ?」前と同様、すぐさま彼女は答えた。「あらあら? あたしったらなんてペチャクチャおしゃべりさんなのかしら、ねえコッパフィールドさん、あたしったらちょっと軽薄すぎるかしら?」

　その言い方も顔つきも、この話題にふさわしいとは思えないようななにかをほのめかしているようだった。だから、それまでの三人のおしゃべりとは明らかに違った厳しい調子で僕は言った。

「彼女は容姿に見合う心の美しさを持った女性ですよ。身の丈にあった身分の、とても立派でお似合いの男と結婚することになっているんです。たしかに僕は、彼女の美しさにあこがれてますけどね、それと同じくらい、分別のあるところも尊敬しているんです」

「よく言った!」スティアフォースが叫んだ。「お耳を拝借、謹聴、謹聴! いやいやデイジー、こうなりゃ、もう当てずっぽうのいい加減なことなんかなんにも言えないくらい、このファティマ[15]の好奇心を満たしてやろうじゃないか。その娘は今、この町の〈オーマー・ジョーラム・ヘイバーダッシャーズ・ミリナーズ・その他もろもろ洋品店〉っていうところで、年季奉公、いや年季契約っていうのかな、で働いているんだ、ミス・モウチャー。ここまではいいかい？〈オーマー・ジョーラム洋品店〉だよ。僕の友人がさっき言ったように、結婚の約束を交わした相手は彼女のいとこだ、その男の名はハム、名字はペゴティ、職業、船大工、同じくこの町の出身だ。その娘は親戚のおじさんと一緒に暮らしてる。名前は不明、名字はペゴティ、職業、船乗り、やっぱりこの町の出身だ。彼女はこの世で一番の美人で、まったくうっとりするようなちっちゃな妖精だよ。僕は——この友人と同じく——彼女に首ったけでね。許婚《いいなずけ》の男を軽んじてるように聞こえなきゃいいけど、なにせその手のことはこの友人があんまりよく思わないからね、とにかくこの結婚は、僕の目から見れば、まったく惜しいとしか言いようがないね。彼女なら、もっといい男と結婚できる。誓って言うけど、あの娘は貴婦人になるように生まれついてるのさ」

ミス・モウチャーは、いまだ空に浮かぶ答えを探すようにして首を傾げ、天を見上げたまま、ステイアフォースがゆっくりハキハキと語って聞かせる話に耳を傾けていた。その話が終わった途端、彼女はいつもの敏捷さを取り戻し、またもや爆発的な勢いでしゃべり散らした。

「あら！　それで話はおしまいってわけ？　そうなの？」小さな鋏《はさみ》をせわしなく動かして髭をきれいに整えると、そのまま顔全体を三六〇度見渡して叫んだ。「大変結構！　大変結構！　そりゃまたずいぶん長いお話なのね。それじゃ最後はやっぱり、『二人はいついつまでも幸せに暮らしました』ってのじゃなくちゃね。あら！　それじゃ例の罰金ゲーム［アルファベットの指定された文字で始まる言葉を次々に並べていくゲーム。答えられなかった者が罰金を払う］はどうなるのかしら？　僕はエ、のつくあの娘が大好き、なぜって彼女、エも言われぬほど魅力的。僕はエ、のつくあの娘が嫌い、なぜって彼女、もうエンゲージ、人さまのものだから。僕はあの娘を〈エンゼン（艶然）亭〉なる看板の店に連れてって、そこで彼女に、エーイ、駆け落ちしようってお願いだ。その娘の名前はエ、エミリ、彼女が住むのはエゾエビス、東のお国。はっ！　はっ！　はっ！　ねえコッパフィールドさん、あたしったらやっぱり軽薄かしら？」

おそろしくずる賢そうに僕のほうをちらりと見ただけで、返事を待とうともせず、息継ぎもそこそこに彼女は続けた。

「よしっ！　どうしようもないならずものが、びっくりするほど爽やかな好男子になれるっていうなら、今のあなたがそれよ、スティアフォース。この世に数あるおツムの中でも、あなたのおツムのことならあたし、なんでもお見通し。ほらちゃんと聞いてたかしら、坊や。このあたしにはお見通し」彼の顔をのぞき込みながら言った。「ほらもう退廷してよろしい、ジェミー［スティアフォースの名前ジェイムズの愛称と、スコットランド方言の「君」の呼称をかけたもの］（お裁きの場でもこう言うじゃない）、コッパフィールドさん、このお椅子に座ってくれる？お手入れしたげましょう」

「どうする、デイジー?」スティアフォースは笑いながら席を立つと言った。「きれいにしてもらうかい?」

「ありがとうございます、ミス・モウチャー。でも今日は――」

「そんなこと言わずに」小さな女性は、まるで鑑定士みたいな目つきで僕を見ながら言った。

「ちょっと眉毛をきれいにしちゃう?」

「ありがとうございます。でもまた別の機会に」僕は言った。

「おでこのほうにもう八分の一インチくらい、眉を上げたらどうかしら?」ミス・モウチャーは言った。「二週間もあればできると思うのよねえ」

「いえ、ありがとうございます。でも今日は結構です」

「あらあ、ほんのちょっとだけ、いいじゃない」彼女は食い下がった。「ダメ? ほら踏み台を持ってきてちょうだい、それじゃ、頰ひげが映えるように、頰骨でもキュッと目立たせるのはどう? さあ!」

この申し出を断りながら、僕はどうしようもなく赤面してしまった、というのも髭の話は痛いところを突くものだったから。しかし幅広いお手入れ術のいずれにも目下のところ僕が関心を示さないとわかると、ミス・モウチャーはまたぞろ小瓶を取り出して片目の前にかざし、その効能を熱く説いてみせた。が、やはり僕がなびかないと見ると、なるべく早いうちにまたやりましょうねと言って、このテーブルから降りるから手を貸して頂戴と頼んだ。こうして手を借りてひょいひょいとずいぶん身軽に下まで降りると、二重あごをたくし込むようにしてボンネットの紐を結びはじめた。

「お代は」スティアフォースが言った。「おいくらかね？」

「[*16]五シリングぽっきり」ミス・モウチャーが答えた。「しみったれみたいに安いでしょ、坊や。ねえ、あたしってやっぱり軽薄かしらね、コッパフィールドさん？」

僕は丁寧に「そんなことありませんよ」と答えた。けれどスティアフォースが渡した半クラウン硬貨を二枚、まるで[*17]パイ売りの子鬼みたいに空中に放り投げてキャッチしてからポケットに放り込み、上からピシャッと叩く姿を見たときは、さすがに軽薄だなと思った。

「ここがお賽銭箱《さいせんばこ》ってわけ！」ミス・モウチャーはまた椅子に立ち上がると、さきほど取り出した雑多な小道具類をバッグにしまいながら言った。「あたしの仕掛けたネズミ取り、全部回収したかしら。大丈夫みたいね。のっぽの[*18]ネッド・ビードウッドみたいなわけにはいかないものね、『誰かさんと結婚させてやるから』っていうので教会に連れていかれたのに、肝心要の花嫁を忘れてきちゃった、ってやつ。はっ！　はっ！　はっ！　ネッドったらどうしようもないならず者だけど、でもいい道化ね。さあ、もうあたし行かなくっちゃ、ええ、わかってるわ、さみしくって胸が張り裂けそうって言うのね。でもね、歯を食いしばって、別れに堪えなくっちゃだめよ。さよなら、コッパフィールドさん、お身体を大切にね、[*19]ノーフォークのお坊ちゃま！　まったくあたし、ずいぶんぺちゃくちゃおしゃべりしちゃったわね。そりゃもう全部、あなたたち二人のせいなんだから！　でも許してあげる！　『[*20]ボブ・サラーバ！』――これね、はじめてフランス語を習ったイギリス人が、ボン・ソワールっていうフランス語のご挨拶のこと、ボブ・サラーバっていう英語の響きに似てるって思ったんですって！　それじゃアヒルちゃんたち、『ボブ・サラーバ！』」

こう言って腕にバッグをかけると、そのバッグをガサガサ鳴らしながら扉のほうへよちよち歩いていった。そこで急に立ち止まると、髪の毛を一房プレゼントしましょうか、と聞いた。この申し出に付け加えるように「あたしったら軽薄かしら？」と言うと、鼻に指をあてて出て行った。

スティアフォースがあんまり笑うので、僕も笑わずにはいられなかった。だけど彼が笑わなかったら、僕一人で笑える気持ちになれたかどうか、自信がない。とにかく、しばらく腹の底から笑いたいだけ笑ってしまうと、スティアフォースは僕に、ミス・モウチャーはかなり顔が広くて、いろいろな人たちにいろいろな形で自分の芸を役立てているんだ、と言った。もちろんただの珍しい見世物みたいにからかう人もいるにはいる、だけどミス・モウチャーは誰よりも抜け目がなくて、なんでも鋭く見抜く力があるし、腕の短さを補ってあまりあるだけ長く見渡す先見の明があるんだ、とも言った。ここだってあそこだって、どこにだって神出鬼没、というあの言葉もまさにその通り、どんな鄙びたところでもピュッと顔を出してはそこら中でお得意様を獲得し、辺りの人たちだいたいすべてと顔見知りになるんだ、とも。性格はどんななのかと聞いてみた。やっぱりあの通りの跳ねっ返りなのか、それとも意外と人並みに道理をわきまえているのか、どっちだいと尋ねた。しかし二度三度と同じような質問を繰り返しても、スティアフォースの注意はあらぬ方に逸れるばかりだったので、もうそれ以上しつこく聞くのはやめにしたか諦めたか、とにかく聞かずじまいだった。彼はその代わり、彼女の熟練の美容の技や儲け話をたっぷり、ものすごい早口で聞かせてくれた。実は[*21]科学的吸引による瀉血法《しゃけつほう》に詳しいから、もしかしたら君もそのうちお世話になるかもね、とも言った。

その夜の僕らの話題はほとんど彼女のことばかりだった。別れ際のスティアフォースは階下へ降りて行く僕に向かって階段の手すり越しに、「ボブ・サラーバ！」と叫んだ。

バーキスさんの家に帰ってみると、驚いたことに家の前でハムが行ったり来たりしていた。聞いていっそう驚いたのが、チビのエムリが中にいるというのだった。それなら一人で通りをうろうろしていないで、どうして君も入らないんだい、と僕は尋ねた。

「ええ、それがねえ、デイヴィ坊ちゃん」なぜかハムはためらいがちに答えた。「エムリは中で、ちょっと人と話をしとるんですわ」

「うん、だったらやっぱり」僕はにっこりして言った。「やっぱり余計に、どうして君も一緒に入って話をしないのさ、ハム」

「ええ、まあ、デイヴィ坊ちゃん、普通ならそうするんですがね」ハムは答えた。「けどね、坊ちゃん、よく聞いてくださいよ」ハムは声を落とすと、ひどく重々しい調子で言った。「話の相手ってのが、エムリが昔仲良くしてた娘なんですわ。昔は仲が良かったけど、今じゃもう、付き合うことは許されんのです」

これを聞いてすぐ、数時間前に二人の後を追って消えた女の影が脳裏に浮かんだ。

「哀れな女ですよ、デイヴィ坊ちゃん」ハムは言った。「町じゅう、どこ行っても踏みつけにされて酷《ひど》い目にあうんですから。町なかでも町はずれでも、どこでも。あんなに人さまから嫌われる娘は、教会墓地の土くれさえも受け入れてくれんでしょう」

「今晩君たちと砂浜で会ったとき、その女を見かけたような気がするよ」

「俺らのこと、付けてましたか？」ハムが尋ねた。「そんなら多分、そうだと思います。あんときは後を付けられるなんて、まったく気付いちゃいなかったんですがね。でもしばらくして、エムリのいるちっちゃな窓辺から明かりが漏れてるのを見つけて、こっそりやってきたんです。ひそひそ声で『エムリ、エムリ、どうかお願いだから、あたしに女の優しい情けをかけてちょうだい、あたしも昔はあんたみたいな頃があったの！』ってね。そりゃもう胸にぐっとくる言葉でしたよ、デイヴィ坊ちゃん！」

「そうだねえ、ハム。それでエムリはどうしたの？」

「エムリはこう言ったんです。『マーサ、あんたなの？　まあマーサ、本当にあんたなの？』って。オーマーさんのとこで長いこと、椅子を並べて仕事をしてた仲ですからねえ」

「それで思い出した！」最初にオーマーさんの店に行った時、エムリと一緒に座っていた娘の顔を思い浮かべて僕は叫んだ。「そう、彼女のことならはっきり覚えてるよ！」

「マーサ・エンデルってんです」ハムは言った。「エムリよりも二つか三つ年上なんですが、一緒に学校にも通った仲です」

「名前ははじめて聞くよ」僕は言った。「ごめん、話を遮るみたいになっちゃったね」

「遮るもなんも、デイヴィ坊ちゃん」ハムは言った。「マーサの言ったことをお話ししたら、もう全部終わりですから。『エムリ、エムリ、どうかお願いだから、あたしに女の優しい情けをかけてちょうだい、あたしも昔はあんたみたいな頃があったの！』って言うんです。エムリと話がしたかったんですよ。でもその場で話をするわけにいきません、だって優しい伯父さんが帰ってきたとこだったし、それに伯父さんはきっと――ねえ、デイヴィ坊ちゃん」ハムは真剣そのものの顔で言った。「あの通り、優しくってあったかい心をした人だけど、それでもきっと、海に沈んだお宝すべてと引き換えだって言われても、二人が隣同士腰かけて話してるのを見るのは、嫌でしょうからね」

ハムの言う通りだと思った。僕も話を聞いた瞬間、ハムと同じように思ったのだ。

「それでエムリは、紙の切れ端に鉛筆で走り書きしてね、窓越しに渡してやって、その手紙をここへ持ってくようにって言ったんですよ。『バーキス叔母さんにこれを見せてね。あたしのこと、そりゃあ可愛がってくれてるから、伯父さんが出かけるまでの間、あんたを火のそばに座らせて暖かくしてくれるはずよ、伯父さんが出かけたらあたしもすぐに行くから』って。そうこうするうち、今こうしてデイヴィ坊ちゃんにお話ししてることを洗いざらい俺に打ち明けてね、ここまでついてきてほしいって言うんです。俺にどうすることができるってんです？　エムリはあの娘と付き合っちゃなんないんです。でもね、頰っぺたに涙が光ってるのに、あいつの頼みを断るなんて、俺にはできねえですよ」

こう言って彼は、毛羽立ったジャケットの胸に手を突っ込むと、ちっちゃな可愛らしい財布を大事そうに取り出した。

「それにね、頬っぺたに涙が光ってても、それでも俺が断れたとしたってね、デイヴィ坊ちゃん」荒れた手にその財布を載せると、優しく形を整えながらハムは言った。「代わりにこれを持ってってって頼まれた日にゃ、いったいどうして断れるわけがありますかね？　なにに使うかなんて、誰だってわかりますよ。こんなおもちゃみたいな財布をねえ」ハムはそう言うと、考え込むようにその小さな財布に目を落とした。「ほとんど金らしい金も入ってねえってのに、俺の可愛いエムリのやつ」

もう一度彼が財布をしまうのを見て、僕はその手を温かく握って振った――そうするほうが、言葉をかけるよりもいいような気がしたから――それから僕らは黙ったまま、ほんの少しの間、通りを行ったり来たりした。するとドアが開き、ペゴティが姿を現して、ハムを手招きして中に入れた。僕は入らないつもりだったけれど、ペゴティが僕の後についてきて、坊ちゃんも一緒にお入りください、と言った。みんなが、これまでも何度か話したことのある例のタイル張りのキッチン部屋にいたのでなかったら、僕はやっぱり考えなおして遠慮しただろう。だけどドアを開けるとすぐそこがキッチンだったから、どうしようかと考える間もなく、僕はみんなの前に突っ立っていた。

娘は――砂浜で見たのと同じ娘だった――暖炉の火のそばにいた。地べたに座り込み、頭と片方の腕を椅子の上に載せていた。その恰好からするに、エムリがついさっきまでその椅子に座って、哀れな娘の頭を膝に載せてやっていたようだった。髪を自分でぐちゃぐちゃにしてしまったのだろう、結われないまま垂れ下がり、そのせいでほとんど顔が見えなかった。それでもまだ若くて色白の娘だった。ペゴティは泣いていたみたいだった。チビのエムリも泣いていた。僕らが最初に入っていったときには、誰ひとり口を開くものもいなかった。シンと静まり返った部屋で、鏡の近くにかけられたダッチ・クロックのチクタク言う音が、いつもの倍くらい大きく聞こえた。

はじめに口を開いたのはエムリだった。

「マーサはね」彼女はハムに向かって言った。「ロンドンに行きたいって」

「なんでロンドンに？」ハムが尋ねた。

彼は二人の間に立って、ぐったりとうなだれる娘のほうに視線を落としていた。娘に対する憐れみに混じって、自分が深く愛してやまないエムリと固い絆《きずな》で結ばれていることへの嫉妬の情がその目に浮かんでいたことを、今でもはっきり覚えている。二人はまるで、病人をいたわるように静かに話した。優しく低いささやきが声になることはほとんどなかったけれど、それでもはっきり聞こえた。

「ここじゃないところがいいの」三番目の声がした——マーサは身じろぎもしなかったが、それが彼女の声だった。「ここじゃなきゃ、誰もあたしを知らないもの。ここじゃ誰だってあたしのことを知ってるわ」

「そこでどうやって暮らすんだい？」ハムが聞いた。

彼女は顔を上げると、一瞬彼のほうを暗い目で見つめた。それからまた身を投げ出すと、まるで高熱に冒された人やピストルに撃たれて苦しむ人が身もだえするようにして、右腕を自分の首にからませた。

「なんとかうまくやっていけると思うの」チビのエムリは言った。「マーサがさっきまでなんて言ってたか、あなた知らないでしょう？　ねえ、叔母さん――この人――この人たち、知ってるの？」

ペゴティは可哀そうでたまらないという顔で首を横に振った。

「あたし、なんとかやってみます」マーサは言った。「どこかよそに行けるように、みなさんが助けてくれたら。ここより悪いようになんかなりようがないんだもの。もしかしたらちょっとは良くなるかもしれない。ああ！」彼女はひどく身体を震わせた。「この辺の通りには、子供の頃からあたしを知ってる人ばっかりなんだもの、お願い、どっかよそへ行きたいの！」

エムリがハムに手を差し出し、ハムがその手に小さなキャンバス地の袋を手渡すのが見えた。彼女はそれを自分の財布だと思ったらしく、そのまま受け取って一、二歩前に進み出た。けれど、違うと気付くと僕のそばに身を引いていたハムのところまで来て、返そうとした。

「全部お前のもんだよ、エムリ」彼がそう言うのが聞こえた。「この世で俺が持ってるもんは、なんもかも全部お前のもんだ、エムリ。お前のためになるんじゃなきゃ、俺には嬉しいことなんてなんにもねえんだよ！」

彼女の目にはまた涙が浮かんだけれど、すぐに踵《きびす》を返してマーサのところへ戻った。エムりがなにをくれてやったのか、僕にはわからない。ただ、エムリがマーサの上に身をかがめ、胸元にお金を置いてやるのは見えた。なにか囁いてから、それで足りる？　と聞いた彼女に、相手は「十分すぎるほどよ」と答え、その手を取って唇に当てた。

やがてマーサは立ち上がり、ショールをかき合わせて顔を隠し、声をあげて泣きながら、ゆっくり戸口へ向かった。敷居を跨《また》ぐ前に、なにか言おうと思ったのか、振り返ろうと思ったのか、一瞬立ち止まった。けれどその唇から言葉が出ることはなかった。ショールに隠れるようにして、低く悲しげに惨めなすすり泣きをしながら、彼女は出て行った。

扉が閉まると、チビのエムリは僕ら三人をサッと見つめ、両手に顔をうずめてむせび泣いた。

「だめだよ、エムリ！」その肩を優しくさすりながらハムが言った。「こらこら、お前！そんなふうに泣いちゃだめだよ、お前！」

「ああ、ハム！」やはり痛々しいくらいに泣きながら彼女は言った。「あたし、こんなじゃなくて、もっといい子にしなくちゃいけないの！　あたし、もっとあなたに感謝しなくっちゃいけないのに、ときどき、それも忘れてしまって！」

「いやいや、そんなことないさ、俺にはわかってるよ」ハムは言った。

「ううん、ううん、違うの！」チビのエムリはむせび泣きながら、かぶりを振ると叫んだ。「あたし、こんなじゃなくて、もっといい子にしなくちゃいけないのに。全然だめなの！全然だめなのよ！」そう叫びながら、まるで胸が張り裂けそうな様子でおいおい泣いた。

「あたし、あなたの愛情を試してばっかり！　そうよ！」彼女は泣いた。「しょっちゅうあなたに口答えしたり、気まぐれなことばかりして、本当はもっともっといい子にしなきゃいけないのに。あなたのほうはそんなこと絶対にしないのに。どうしてあたしったら、いつもあんなことばかりしちゃうの。本当はちゃんと感謝して、あなたを幸せにできるように、それだけ考えてなきゃいけないのに！」

「いつだってそうしてくれてるよ」ハムは言った。「ねえ、エムリ。俺はお前の顔を見るだけで幸せなんだ。お前のことを考えるだけで、もう一日じゅう幸せなんだ」

「ああ！　そんなんじゃだめなの！」彼女は叫んだ。「それはあなたがいい人だからなの。あたしがいい子だからじゃないわ！　ああ、ハム、もしかしてあたしじゃなくて他の誰かを好きになってたら――あたしなんかよりもっとしっかりして、立派で、あなたのことだけ見てくれるような、あたしみたいに気取ったり気まぐれを起こしたりなんか絶対しないような人を好きになってたら、あなた、もっと幸せになれてたかもしれないのに！」

「可哀そうに、あんまり優しいもんだから」ハムは低い声で言った。「マーサのことですっかり気が動転しちまったんだ」

「お願い、叔母さん」エムリはむせび泣いた。「こっちに来てちょうだい、抱きしめてほしいの。ああ、あたし、今夜はとってもみじめなのよ、叔母さん！　ああ、あたしもっといい子じゃなきゃいけないのに、悪い子なの、そうなの！」

ペゴティは慌てて火のそばにある椅子のほうへ行った。エムリはその首に腕を巻きつけると、足元にひざまずいて、真剣な表情でペゴティを見上げた。

「ああ、どうか叔母さん、あたしを助けてちょうだい！　ハム、ねえどうかあたしを助けてちょうだい！　デイヴィッドさん、どうか昔のよしみで、お願いです、助けてくださいな！　あたし、もっといい子になりたいんです。今より何百倍も感謝しなくちゃ。こんないい人の奥さんになれて、穏やかな人生を送れることがどんなにありがたいか、もっとちゃんとかみしめたいんです。ああ、あたし、あたしったら！　あたしの心、心が！」

ペゴティの胸にがっくりと頭を落とすと、この哀れな訴えは止んだ。その声に宿る苦しみも悲しみも取り乱した様子もすべて、大人の女性のようでいて、やはり幼い少女の面影を残していた（しかし他のどんな形よりもこれが一番エムリらしいし、その美しさともしっくり合っているように思えた）。そのままペゴティに赤子のようにあやされながら、彼女は静かに泣いた。

その後、少しずつ落ち着きを取り戻した彼女を、僕らはあの手この手で慰めた。励ますように話しかけ、ちょっとからかってやったりするうちに、ようやく顔をあげて口をきくようになった。だから僕らも相変わらずあれこれと慰めて、まずは彼女がにっこり笑えるように、それから声を出して笑えるように、少し恥じらいながらもしゃんと椅子に座れるようにしてやった。その間ペゴティは、家に帰ったときに伯父さんが可愛い姪っ子の泣き顔に気付いて心配しないようにと、エムリの乱れた巻き毛を直してやり、涙に濡れた目を拭いて、身だしなみをきちんと整えてやった。

その夜の彼女は、僕がそれまで一度も見たことのない行動に出た。未来の夫の頬に無邪気にキスをして、そのがっちりした身体が自分の一番の味方だというように、ぴったり寄り添った。薄い月明かりの中を帰って行く二人の後ろ姿を見たとき、僕はその姿とマーサを比べずにはいられなかった。そのとき、エムリが両手で彼の腕を摑み、いっそうギュッと身を寄せるのが見えた。

第二十三章から第二十九章までの梗概

スティアフォースにはマーサのことを話さないことに決め、そのままロンドンに戻ったデイヴィッドは、ベッツィーに会い、彼女の助言を入れて事務弁護士を目指す。二人が民事法院へと出かける途中、ベッツィーに謎の男が近づき、お金を無心している様子。しかしベッツィーはデイヴィッドに、深く詮索しないよう頼む。その後、デイヴィッドは事務弁護士スペンロー氏の事務所で見習いとして修業することになり、ベッツィーは気前よく一千ポンドという高額な学費を支払ってくれる。ロンドンで一人暮らしを始めるデイヴィッドは、スティアフォースやその友人を下宿に招いて、朝まで酒盛りのどんちゃん騒ぎを繰り広げる。そのうえ酔っぱらった醜態を、たまたまロンドンに来ていたアグネスに晒してしまう。翌朝、自分の行いを恥じたデイヴィッドが謝ると、アグネスはスティアフォースのことを〈邪悪な天使〉と言って気を付けるように忠告する。

ある日スペンロー氏の家に招かれたデイヴィッドは、娘のドーラに一目ぼれする。しかし驚いたことに、ミス・マードストンがドーラのお目付け役兼相談役であると知る。さらに、偶然再会を果たした旧友トラッドルズの下宿に、ミコーバー一家が住んでいることが判明する。トラッドルズ、ミコーバー氏とともに、再会を祝して下宿で食事をしていると、突然リティマーが訪ねて来て、主人スティアフォースの所在を尋ねるが、デイヴィッドは最近会っていないと答える。客がみな帰って一人になったところに、スティアフォースがふらりとやってきて、いまヤーマスから戻ったところだと言い、ペゴティから言付かって来た手紙をデイヴィッドに差し出す。読んでみると、バーキス氏が重態だというので、すぐにもヤーマスに行くことに決めるが、スティアフォースの願いで出発を一日遅らせ、ロンドンのスティアフォース邸に寄る。再会したミス・ダートルから、いつもスティアフォースとなにをしているのかと尋ねられるが、ここ最近は全然一緒に過ごしていないと答える。これを聞いた彼女はひどく驚いた様子を見せる。その夜のスティアフォースは、なぜか様子がおかしい。デイヴィッドに向かって真剣な面持ちで、この先自分たちが会えなくなっても、自分のことはいつまでも悪く思わないでほしい、と頼む。

第三十章　喪失

　僕は夕方にヤーマスに到着すると宿屋へ行った。死という名の偉大な訪問客が（その存在を前にすれば、生きとし生けるものすべてが兜《かぶと》を脱がねばならない）まだペゴティの家に来ていないのなら、あの空き部屋は――僕の部屋だったところだ――きっとこれからしばらく他のことで入り用だろうと考えて、宿屋に行って食事をすると部屋を取った。

　宿屋を出たときにはもう十時だった。ほとんどの店が閉まっていて町には人気《ひとけ》がなかった。オーマー・ジョーラム洋品店まで来ると、もう鎧戸《よろいど》*1が立ててあったが、店の扉は開いたままだった。のぞいてみると居間の扉近くでパイプをふかしているオーマーさんの姿が見えたので、中に入って、お元気でしたかと声をかけた。

「おやまあ、こりゃびっくりだ！」オーマーさんは言った。「どうしておいででしたか？さあ、おかけくださいよ――あの、パイプはお嫌じゃありませんな？」

「そりゃもう」僕は言った。「好きですよ――もちろん、他の人が吸ってる香りをかぐのが、ってことですが」

「ご自分では吸わないんですか？」オーマーさんは笑いながら言った。「そっちのほうがずっとうまいですよ。まあ、お若い方には毒ですな。さあおかけください。私はねえ、喘息持ちなんでパイプが欠かせんのです」

オーマーさんは少し場所を作って椅子を置いてくれた。これですっかり息切れしてしまい、もう一度腰を下ろすと、まるでパイプ薬の処方がなければこのまま息絶えてしまいそうな様子でぜえぜえ言いながら、必死にパイプを吸った。

「バーキスさんの具合が悪いと聞いたんですが、お気の毒なことです」

オーマーさんは神妙な面持ちで僕を見るとうなずいた。

「今夜はどんな具合か、ご存じですか？」僕は聞いた。

「いや、私のほうこそお聞きしたかったんですよ」オーマーさんは言った。「でも、慎みってものがありますからね。手前どもの仕事のわずらわしいところですな。どちらさまか具合が悪くなると、お加減はいかがですって聞くにも気が引けるんですなあ」

そんな苦労があろうとは、思ってもみなかった。とはいえ中に入った途端、棺桶に釘を打つ例の音が聞こえてきて、僕もやっぱり気がふさいでいたのだった。けれどオーマーさんの言葉を聞くと、それもまたなるほどと思い、ご苦労ですねと言った。

「ええ、ええ、わかってくださいますか」うなずきながらオーマーさんは言った。「どうしても聞けないんですよ。ねえ。ご病気になっちまった方は、ひょっとすりゃそのまま治らないかもしれないってのに、そんなときに『オーマー・ジョーラム弔い一般洋品店ですが、お見舞いにあがりました。今朝のお加減はいかがです？』とかねえ――『今日の午後はいかがです？』とか――まあなんにしてもねえ、とにかくそんなこと言ったら、先さまもショックを受けちまいますからねえ」

オーマーさんと僕はうなずきあった。それからオーマーさんはパイプの助けを借りて肺に風を送り込んだ。

「私らみたいな仕事ですとねえ、人さまの体調が気にかかっても、やっぱりそのあたりのことは口に出せないんですなあ」オーマーさんは言った。「かく言うこの私もですよ。バーキスさんが通りかかったら、戸口まで行って挨拶するようになったのは、ここ一年ほどですがねえ、それでももう四十年来の顔見知りですよ。だけど出かけていって『お加減は？』ってのは、やっぱり無理なんですなあ」

それはさぞかし辛かろうと思った僕は、そのままを口に出して言った。

「なにも私が人さまに比べて、自分のソロバンばっかりはじいてるってんじゃないんですよ」オーマーさんは言った。「見てくださいよ！　この私だって、いつ息ができなくなるもんかわかりゃしませんよ、そんな有様だってのに、ソロバンばっかりはじいてるはずもありませんわね。つまりは、来る時が来りゃ、まるでフイゴがぱっくり割れるみたいにしてピタッと息が止まっちまう私がね、儲けのことなんかとやかく思うはずがないんです。それになんたってもう孫までいる爺《じじい》ですよ」オーマーさんは言った。

「まったくおっしゃる通りですよ」僕は言った。

「私はね、なにも自分の商売がどうだと言って愚痴ってるんじゃないんです」オーマーさんは言った。「そうじゃないんです。どんな商売だって良いこともありゃ悪いこともある。ただね、みなさんもっと気を強く持ってほしいって思うんですよ」

オーマーさんは、すっかり満ち足りた嬉しそうな顔で黙ってパイプを何度か吹かすと、またさっきの話に戻った。

「そんなわけで、バーキスさんの具合のことはエムリだけが頼りなんです。あの娘《こ》は私らがどうして知りたがってるのかようくわかってますし、私らがまるで子羊みたいにおとなしくって怖がったり疑ったりする必要なんか全然ないってこと、ようくわかってますから。実は今、ミニーとジョーラムがバーキスさんとこに寄って、エムリに（ちょうど、仕事あがりにちょっと叔母さんの手伝いをするって寄ってるもんですから）、今晩ご病人がどんな具合か聞きに行っとります。二人が帰ってくるまでお待ちくださるんでしたら、詳しいことが聞けると思いますがね。なにかお飲みになりますか？　シュラブ［ラム酒にレモンと砂糖を混ぜて作るリキュール］を水割りでいかがです？　私はシュラブの水割りで一服しようかと思うんですがね」オーマーさんはそう言って自分のグラスを取った。「シュラブはどうやら、気管をしっとりさせるのに良いらしいですから、ぜえぜえ言うのも楽にしてくれるんですよ。けど、まあ哀しいかな」オーマーさんはしゃがれ声で言った。「気管が悪いってわけでもないんですなあ。『もっとたっぷり息、吸わしてくれよ』って娘のミニーによく言うんです。『たっぷり吸えりゃ、気管ってのがどのへんにあるか、わかりそうなもんさ』ってね」

実際、彼は息も絶え絶えだったので、ワハハと笑うのを見るだけでひどくハラハラした。ようやく話しかけても大丈夫そうなくらい持ち直したところで、一緒に飲もうと誘ってくださったのはありがたいのですが、さきほど夕食を済ませたところなので結構ですと言った。

それから、お言葉に甘えて娘さんとそのご主人が戻られるまで待たせてもらいます、と言ってから、チビのエムリはどうしてますかと尋ねた。

「うん、それがねえ」オーマーさんはパイプを口から外して、あごをこすりながら言った。「正直、早く結婚しちゃってくれたら、って思うんですがねえ」

「どうしてです」僕は尋ねた。

「なんていうか、ここのところ落ち着きがなくて」オーマーさんは言った。「前より器量が落ちたってんじゃないんですよ、むしろ前より綺麗になりましたからね――本当です、前よりもっと綺麗ですよ。前より働きが悪いってんでもない、本当にいつも通り、よくやってくれてます。あの子なら、他の娘六人分の値打ちはあろうかと思っとりましたが、今でもたしかに六人分の値打ちのある、良い子なんです。けどね、どうしてだか心ここにあらずって感じなんですなあ。おわかりいただけますか」オーマーさんはもう一度あごをこすると、ちょっとパイプを吸って言った。「心ここにあらず、ってつまり、『グーンとながーく、グッとつよーく、ほらよう、どんどん漕いでくぜー、ワッショイ！』[*2]っていうんですかねえ、まあそういう感じのとこが、傍《はた》から見てりゃエムリには足りないような気がするんですわ」

オーマーさんの顔も態度もひどく熱を帯びていたから、僕のほうも、おっしゃることはわかりますというしるしに深くうなずいて見せた。意を汲んでもらったのに気を良くして、彼は続けた。

「そういうのはみんな、あの子の今の状態が宙ぶらりんなせいだと思うんです。仕事がはけた後に、あの子の伯父さんと私と、それから許婚とで、この点についちゃ何度も話し合ったんですよ。たぶんあの子は、今の宙ぶらりん状態が辛いんだろうと思うんです。あなたも覚えておいででしょうけど、エムリって子はいつも」オーマーさんは優しくうなずきながら言った。「あの子は、人並み外れて情が深い娘っ子でしたからね。ほら諺《ことわざ》に『ノコギリの歯を使っても絹の財布は作れない』ってのがありますね。だけど私にはよくわからんのです。ひょっとして小さいうちから始めたら作れるのかもしれん。だって実際あの子は、あの古ボートの掘立小屋を、石と大理石のお屋敷でも叶わないくらいの立派な家にしちまったんですしね」

「本当におっしゃる通りですよ！」と僕。

「あんなに綺麗でちっちゃな娘が、伯父さんにすがりついてるとこを見るとねえ」オーマーさんは言った。「ギュッと、そりゃもうギュッと、ぴったり、とにかくぴったりしがみついてねえ、あんな姿、毎日見ちゃうとねえ。おわかりでしょう、こうなってみりゃ、なんか苦しいことがあるんだなって思いますわね。それなら、なんだって必要以上にずるずる宙ぶらりん状態を続けなきゃならんのです？」

優しい老人の話をじっと聞いていた僕は、まったく彼の言う通りだと心底思った。

「だからね、あの人らに言ってやったんですよ」オーマーさんは、のんびりした人好きのする調子で続けた。「つまりはこうです。『あんた方、エムリが奉公明けまで身動き取れないなんて考えちゃいけないよ』ってね。『いつだってあんた方の好きな時で決めてくださいよ』

って。『あの子の働きぶりときたら、そりゃもうそこらの子の比じゃなかった。物覚えの早いのだってそりゃもうそこらの子の比じゃなかった。だからオーマー・ジョーラムよろず洋品店は、奉公の残りの日数を書き変えることくらいできますわい。あんた方が望むときにいつでも、あの子をお返ししますよ。もしあの子がそのあとで、家でもできるくらいの細々した手伝いをするっていう、ちょっとした契約をするんならそれで大変結構。それは嫌だってんなら、それももちろん大変結構。どっちにしたってみんながハッピーじゃないですか』ってね。だって——だってほら」オーマーさんはパイプで僕に軽く触れると言った。「私みたいに息も絶え絶えで、もう孫もいる爺がですよ、なにが楽しくって、あんな青い目をした小さいお花みたいな娘っ子を、年季が明けるまでこき使おうってんですか」

「まったくおっしゃる通りですよ」と僕は言った。

「まったくそうなんです！　おっしゃる通り！」とオーマーさんは言った。「それにねえ、あの、従兄《いとこ》さんだったかな——あの子の許婚は従兄さんでしたな——」

「そうです」僕は答えた。「僕もよく知ってます」

「もちろんご存じでしょうとも」とオーマーさん。「うん！　あの従兄さんね、見たところ、仕事もできて、ちゃんと貯えもおありのようですな、あの方が私の申し出に対して、それはもう男らしい態度で、ありがたいことだと言ってくれてねえ（そのときの態度や顔つきや全部からして、私はあの方を高く買っとるんですが）、それですぐにちっちゃな居心地のよさそうなお家《うち》を探してね、まったくあなたや私でも思わず見とれちまうような家ですよ。そのちっちゃな家はもう隅から隅まで、まるでお人形さんの居間みたいな様子で、家具も入って整理整頓も終わって、あとは住むだけって寸法なんです。バーキスさんの病気がこんなに悪くならなけりゃねえ、お気の毒にねえ、二人は今頃とっくに夫婦になってたとこでしょうけどねえ。でもまあそんなこんなで延び延びになってるわけですわ」

「それでエミリーは」と僕は聞いた。「少しは落ち着きましたかね?」

「そうですねえ」彼はまた自分の二重あごをこすりながら言った。「そりゃ普通に考えても、期待薄ってところでしょうなあ。嫁に行くのも伯父さんたちと別れるのも、その他のなんやかんやも、まあこう言ってよけりゃ、あの子にとっちゃすぐのような、ずっと先のような、なんとも言えん感じなんでしょうな。いっそバーキスさんが死んじまえば結婚もすぐでしょうけど、長患いとなりゃ、やっぱり先延ばしになりますわね。どっちにしてもこういうことってあまり先が見通せませんからねえ」

「そうですね」僕は言った。

「そういうわけですから」オーマーさんは先を続けた。「エムリのやつはやっぱりちょっと元気がなくて、ちょっとそわそわしてるんですなあ。多分、前より悪くなった、って言ってもいいんじゃないかと思いますわ。日ごとに伯父さんのことが好きになるみたいで、日ごとに私らみんなと別れるのも辛くなってくるみたいでね。ちょっと優しい言葉でもかけてやりゃ、すぐ目に涙をいっぱい浮かべてね。うちのミニーのとこのチビッ子とエムリが遊んでるところなんかご覧になったら、そうそう忘れられないと思いますよ。まったくねえ、なんともはや！」オーマーさんは考え込むようにして言った。「あのチビッ子のことを、本当に可愛がってくれてねえ」

ちょうどいい機会だし、娘さん夫婦が戻ってきて話が中断する前に、マーサのことをなにか知っているか聞いてみようと思いついた。

「ああ！」かぶりを振ると、すっかり気落ちした様子で彼は言った。「もう駄目です。哀しい話ですよ、どうやってお知りになったかわかりませんが。あの子に悪いところがあったとは到底思えんのです。たとえ娘のミニー相手でも、あの子を悪く言うようなことはしたくありません――そんなことしたらミニーだって、すぐに私に食ってかかるでしょうがね――実際、悪く言ったことなんか一度もないんですよ。私ら誰ひとり、そんなふうに思っちゃあいません」

オーマーさんは僕より先に娘が帰って来た足音を聞き付け、パイプで僕に軽く触れると、ほら気を付けて、という合図に片目を閉じた。すぐに娘夫婦が入ってきた。

二人によるとバーキスさんは「これ以上悪くなりようがない」とのことだった。意識もほとんどなかった。ついさっき帰りがけにチリップ先生がキッチンのところで悲しそうに言うには、内科医学会、外科医学会、それに薬剤師協会のお医者さんたちを総動員したところで助かる見込みはないとのことだった。バーキスさんはすでに、内科医・外科医学会の守備範囲から遠く離れ、薬剤師協会とて、もはや毒を盛るくらいしかできることもなかろうというのだ。

話のついでに、ペゴティさんもバーキス家にいると聞かされた僕は、すぐに行ってみようと思った。オーマーさんとジョーラム夫妻に別れを告げると、バーキスさんの家へと足を向けた。まるでバーキスさんがまったく見ず知らずの別人みたいな気がして、心が重かった。扉をそっとノックすると、ペゴティさんが出てきた。僕を見ても、思っていたほど驚かなかった。下りてきたペゴティもやっぱりあまり驚かなかった。このとき以来、幾度か経験してきたけれど、人は死というおそろしい脅威を前にすると、それ以外の変化や驚きなんて、ほとんど何とも思わなくなるようにできているらしい。

ペゴティさんと握手をして、彼がそっと扉を閉めてくれている間に僕はキッチンへ行った。チビのエミリが火のそばに腰を下ろし、顔の前に手をかざしていた。ハムがそばに立っていた。

僕らは囁くようにひそひそと話した。話をしながらも、上から物音が聞こえてくるのではないかと聞き耳を立てた。この間来たときは考えてもみなかったけれど、バーキスさんがキッチンにいないなんて、ものすごく変な感じがした。

「よく来てくださって、デイヴィ坊ちゃん」ペゴティさんが言った。

「本当に、ご親切に」とハム。

「ほら、エムリ」ペゴティさんが声をあげた。「ごらん！　デイヴィ坊ちゃんが来てくださったよ！　ほらほら、元気をお出し、別嬪さんや！　デイヴィ坊ちゃんにご挨拶はないのかい？」

震える彼女の姿が、今も目に焼き付いている。あのとき触れた手の冷たさを、今も感じることができる。エムリはなにも言わず、ただ僕から後ずさりしただけだった。そして椅子からすっと立って伯父さんの後ろに回り込み、やっぱり黙って震えたまま、彼の胸に身を預けた。

「こいつは本当に優しい娘っ子だもんで」荒れた大きな手で、エムリの綺麗な髪を撫でてやりながら、ペゴティさんは言った。「こんな悲しみには耐えられんのです。若いもんには無理もありませんよ、デイヴィ坊ちゃん――こういう辛い場面ってのもはじめてなんだし、なんせ小鳥みてえに臆病なうちの可愛いエムリにはねえ――まったく当然ってもんです」

彼女は伯父さんのほうにいっそう身を寄せたけれど、うなだれたままなにも言わなかった。

「ほらお前、もう遅いよ」ペゴティさんは言った。「ほらハムが来て、お前を送ってってくれるって。ほれ！　優しいあいつと一緒にお帰り！　うん？　なんだって、エムリ？　え、どうした？」

僕には聞こえなかったけれど、ペゴティさんが身体をかがめて話を聞いてから言った。「伯父さんと一緒にいたい、って？　お前、まさか本気でそんなこと言ってんのかい！　伯父さんと一緒、ってお前、ねんねちゃんだな！　もう今すぐにも旦那になろうって奴が、家まで送ってってくれるってのに？　そんなの誰だってびっくりしちまうよ、こんなちっちゃな娘っ子が、伯父さんみたいな荒くれの海の男にひっついてるとこを見たらねえ」ペゴティさんは誇らしさではち切れんばかりになって、僕ら二人を見ると言った。「こりゃ、海の水にたんまり塩が入ってるのとおんなじで、お前の心にも伯父さんへの愛がたんまりってわけだね、しょうがないねえ、おチビのエムリは！」

「そりゃ、エムリの言うのがもっともですよ、デイヴィ坊ちゃん！」ハムが言った。「ほら、ねえ！　エムリもそうしたいって言ってんだし、それにこんなにビクビクして怯えてるんだし、やっぱりこいつは朝まで残ったほうがいいです。俺も一緒に残らしてください！」

「いかん、いかん」ペゴティさんが言った。「お前は駄目だ――お前みたいな所帯持ちが――いや、もう所帯持ち同然の男が、丸一日仕事を休むだなんて、そりゃいけねえ。看病と仕事、両方やるってのもいけねえな。そんなことできっこねえ。お前は家に帰って寝るんだよ。エムリの面倒はこっちでちゃんと見とくから、なんの心配もいらねえ」

ハムはこの説得に折れて、帰ろうと帽子を取った。彼女にキスをしたときも――彼女に触れるハムを見ると決まって、生まれながらに紳士の心を持った若者だなと思わされた――、エムリはまるで未来の夫を避けるみたいにして、必死で伯父さんにすがりついた。ハムが出て行くと、あたりのシンとした空気を乱さないように僕はそっと扉を閉めた。振り返ると、ペゴティさんがまだエムリに話しかけていた。

「さあ、伯父さんはこれから二階へ行って、デイヴィ坊ちゃんがいらしてるってこと、叔母さんに言ってやらなくちゃいかん、そしたら叔母さんも少しは元気になるだろうて。その間、火のそばに座っておいで、いいね、ほら。氷みたいに冷たいお手々をあっためなきゃいかん。そんなに怖がったり思い詰めたりせんでいい。なに？　お前も一緒に行くって？――よし！　じゃあ一緒においで——ほら！　もしこの伯父さんが家もなんもかんも失って、泥にまみれて寝なきゃいけなくなったとしても、ねえデイヴィ坊ちゃん」相変わらず誇らしさではち切れそうなペゴティさんは言った。「きっとお前は伯父さんについてきてくれるんだろうねえ！　けどもうすぐ、他の奴についてくことになるんだよ——もうすぐ、他の奴にねえ、エムリ！」

それからしばらくして僕も二階に上がり、昔の小部屋の前を通りかかった。そのとき、暗い部屋のなかでエムリが床にぐったり倒れているのが、ふと見えたような気がした。それが本当のことだったのか、それとも部屋に差した影のいたずらだったのか、今となってはもう知るすべもない。

ちっちゃくて綺麗なエムリが、こんなにも死を恐れていることを、僕はキッチンの火の前でぼんやりと考えた——そしてオーマーさんから聞いたことと合わせて考えるに、エムリの様子が普段と違うのは、恐怖のせいだろうと思った——そして、エムリのそんな心の弱さをいじらしく思ったりした。そうしてカチカチと鳴る時計の音を数えながら、あたりの重々しい静けさを痛いほど感じていると、やがてペゴティが下りてきた。ペゴティは僕を抱きしめてから、こんな哀しいときに坊ちゃんにお会いできて、心の底からホッとしましたと言って（彼女が言ったままの言葉だ）、何回もお礼の言葉を口にした。それから、どうぞ二階に上がってくださいと言うと、バーキスはいつだって坊ちゃんのことが大好きでしたし、尊敬していましたよ、と泣いた。意識のはっきりしている間は、しょっちゅう坊ちゃんのことをお話ししてましたし、万が一にも意識が戻るもんなら、やっぱり他の誰より坊ちゃんのお顔を見るのが、あの人を元気にするお薬なんです、と言った。

実際の姿を目にしてみると、その望みはあまりにも薄いようだった。横になってはいるものの、頭と肩がベッドからはみ出した辛そうな体勢で、これまでさんざん痛みと苦労を強いられた例の箱の上に半分寄りかかるような恰好だった。ベッドから這い出して箱を開けることも、魔法の杖を使って箱の安全を確かめることもできなくなると、彼はベッド脇の椅子の上に箱を置いてくれるように頼み、昼も夜もヒシと抱きしめているというのだった。今も片腕が箱にかかっていた。時の流れも浮世の苦労ももはや彼のもとにはなく、箱だけがそばにあった。彼が最後に口にしたのは(まるで言い訳みたいにして)「こりゃ古着ですわい!」というのだった。

「ねえ、バーキス!」ペゴティはつとめて陽気な調子で言った。彼女が夫の上に身をかがめ、ペゴティさんと僕はベッドの足元に立っていた。「私の坊ちゃんが来てくださったのよ――デイヴィ坊ちゃん、私たちを引き合わせてくれた坊ちゃんよ、バーキス! 坊ちゃんづてに伝言をくれたじゃない、ねえ! なにか言うことはないの?」

彼は箱と同じで、口もきかず反応もしなかった。そして彼の寝姿は、箱とほとんど変わらぬほど無機質だった。

「きっと潮と一緒に逝っちまうな」ペゴティさんは口に手を当てて僕に言った。

僕の目は涙で霞んでいたし、ペゴティさんも同じだった。それでも僕は囁くように聞き返した。「潮と一緒に？」

「浜っぺりの人間はね」ペゴティさんは言った。「潮がすっかり引いたときじゃなきゃ、逝けねえんですよ。潮がたっぷり満ちてこなきゃ、生まれてこれねえし――いや、すっかり満ち潮になんなきゃ、ちゃんと生まれたことになんねえってのかな。だから奴も、引き潮と一緒に逝きますよ。干潮になるのが三時半、そっから半時間くらいは潮がゆるみますんで。潮の変わり目まで息がありゃ、次の満潮は持つでしょう。そいでまた次の潮に乗って逝っちまいますよ」

僕らは長い間、じっと付き添っていた――何時間も。この僕という存在が、完全に意識のないバーキスさんに対して、なんとも不思議な影響を及ぼした、なんて言うつもりはない。それでも、彼が朦朧《もうろう》としてうわごとを言いだしたとき、この僕を学校まで送ってやる、と呟《つぶや》いたのは間違いない。

「ああ、気が付いたみたいです」ペゴティは言った。

ペゴティさんは僕に触れ、畏敬の念に満ちた重々しい声で囁いた。「どっちもまもなく引いて逝っちまいますよ」

「ああ、バーキス！」ペゴティは言った。

「C・P・バーキス」彼はかすかな声を出した。「お前みたいないい女、どこさがしてもいないよ！」

「ほら！　デイヴィ坊ちゃんですよ！」ペゴティは言った。目が開いていたのだ。

僕のこと、わかるかい、と聞こうとしたとき、彼は腕を伸ばそうともがきながら、優しい微笑みを浮かべた。そしてはっきりした声でこう言った。
「バーキスはその気ですぜ！」
そして潮が引き、彼はその潮と共にこの世から去った。

第三十一章　大いなる喪失

哀れな運送屋の亡骸がブランダストンへ最後の旅に出るまで、どうか一緒にいてくれないか、というペゴティの願いを叶えてやるのは容易《たやす》いことだった。もうずいぶん前のことになるけれど、ペゴティは貯金をはたいて〈可愛いお嬢さん〉（いつだって母さんのことをそう呼んでいた）が眠る、あの懐かしの教会墓地のお墓のそばに、小さな土地を買っていた。そしてそこに、バーキスと一緒に入ることになっていた。

いつだってペゴティのそばにいて、できることはなんでもしてやったから（といってたいしたこともできなかったけれど）、今思い返してみても、あの時のことで悔いることはまったくない。それくらい、すがすがしくて嬉しい気持ちになる。だけど正直に言えば、バーキスさんの遺言執行をしたり、その文言を説明してやったりするのに、僕個人としても法律に携わる職業人としても、ずいぶん満足感を得たというのもあるだろう。

とにかくも、バーキスさんの遺書なら例の箱を探したらどうか、と真っ先に提案した功績は、まず僕にあると言っていい。しばらく探してみると、果たして遺書は馬の飼葉袋《かいばぶくろ》の下にあった。袋の中には（干し草にまぎれて）鎖と紋章のついた古い金時計も入っていた。これは結婚式の日にバーキスさんが着けていたもので、その日を除いて後にも先にも、誰一人見たことがない代物だった。脚の形をした銀製のタバコ・ストッパー［パイプの中身の煙草が少なくなったときに、ギュッと中に押し込んで止めておくもの］。それにレモンのレプリカ、ミニチュアのカップとソーサーもたくさんあった。これはきっと、幼い頃の僕にプレゼントしてやろうと思って買ってみたものの、やっぱり手放すのが惜しくなったのだろう。ギニー硬貨と半ギニー硬貨を合わせて八十七ギニー半。真っさらな銀行札で二百十ポンド。イングランド銀行株の受け取り状が少し。それに古い蹄鉄《ていてつ》と、曲がったシリング硬貨、樟脳《しょうのう》が少しに、牡蠣のカラも入っていた。牡蠣がピカピカに磨き上げられ、内側が七色に光っていたところからするに、どうもバーキスさんは真珠について漠然とした知識しか持っておらず、そのもやもやした知識では綺麗な真珠を作るに至らなかった、ということらしい。

何十年もの間、バーキスさんは毎日この箱を持って運送屋の仕事に出かけた。人目を引きたくなかったのだろう、この箱は〈ブラックボーイさん〉という人のもので「引き取りに来るまでバーキスが預かっている」という話まででっちあげていた。実際、ご丁寧にこの文言を箱の蓋に書きつけていたけれど、今ではもう読めないくらいかすれていた。

数十年かけて、彼はせっせとお金を貯めていた。遺産は現金だけで三千ポンド近かった。[*1]そのうち千ポンド分の利子は、ペゴティさんが生きている限り彼に贈与される。ペゴティさんの死にあたっては、ペゴティ、チビのエミリ、それに僕、またはその三人の中で生き残っている者で元金を等分分けにする。それ以外の生前所有財産のすべてはペゴティに譲られる。そしてそのペゴティが、残余遺産相続人兼唯一の遺言執行人として定められていた。

この文書をできるだけもったいぶって読み上げたときの僕は、もうすっかり代訴人気取りで、関係各位に対してさまざまな注釈や但し書きをその都度説明して聞かせた。民法の世界ってのも、思っていたよりずっと実のあるものじゃないかとさえ思った。細心の注意を払って遺書のすみずみまで検分し、あらゆる点においてこの遺書の法的有効性が認められる、などと言いながら、余白に鉛筆で印などつけていると、こんなにいろいろ知り尽くしているなんて我ながらなんともやるもんじゃないか、と思うのだった。

この難解な仕事に、僕は没頭した。ペゴティのため、相続したあらゆる資産の書付を作ってやった。それから万事滞りなく運ぶように手配した。ありとあらゆる問題について、彼女の法律顧問兼相談役となってやり、僕も彼女も大いに満足した。そんなこんなで葬儀までの一週間は過ぎて行った。その間、チビのエミリには会わずじまいだったけれど、二週間もすればひっそり結婚式を挙げる手はずだ、というのは聞いていた。

こんな言い方でいいのかわからないけれど、僕は正式に葬儀に参列したわけではない。つまり、鳥をびっくりさせるような黒ずくめの喪服や喪章はつけなかった、ということだ。朝早くにブランダストンまで歩いていき、亡骸がペゴティ兄妹だけに付き添われてやってくるのを、あの教会墓地で出迎えた。僕の家の小さな窓からは、頭のおかしな例の紳士が顔をのぞかせていた。チリップ先生の赤ん坊は、重そうな頭をふりふり、飛び出しそうに大きな目をキョロキョロさせて、乳母の肩越しに牧師さんを見つめていた。オーマーさんは後ろのほうでぜえぜえ息をしていた。それ以外は誰もいなかった。あたりは静まり返っていた。すべてが終わると、みんなで墓地の周りを一時間ほど歩いた。そして僕は、母さんのお墓にかかる木から、若葉を何枚か取った。

ここで、僕に恐怖が忍び寄る。一人とぼとぼと帰って行く遥か遠くの町には、低く雲が垂れ込める。町に近づくのがこわい。あそこで起こったことを、忘れもしない、あの夜に起こったことを、考えるのがこわくてたまらない。もしこのまま書き進めたら、もう一度この場で起こってしまうだろう出来事が、こわくてたまらない。

でも、書いたからといって、これ以上悪くなるということもない。ためらうこの手を止めてみたところで、なにも良くはならないだろう。もう済んでしまったことだ。なにをどうやっても、なかったことにはできない。起こってしまったことを、変えるすべはないのだから。

僕のかつての乳母は遺言関係の用向きで、次の日から僕と一緒にロンドン行きの予定だった。チビのエミリはその日、オーマーさんのところで過ごしていた。夜は懐かしのボート・ハウスに、みんなで集まるはずだった。ハムがいつもの時間にエミリを連れてくる。僕はぶらぶらと一人で歩いて帰る。ペゴティ兄妹は来た時と同じように馬車で帰り、日が暮れる頃、みんなを暖炉の火の前で出迎える。

ペゴティ兄妹と僕は、くぐり戸のところで別れた。そこは幼い頃、空想のストラップが、ロデリック・ランダムのナップザックを背負ったまま、腰を下ろして休んだところだった。僕はそのまままっすぐ帰ることはしないで、ロウストフトのほうへ街道を少し歩いた。やがて踵を返してヤーマスまで戻った。前にも書いたフェリー波止場のところから、二マイルほど外れの小綺麗な酒場で昼食をとった。そうして日は落ちて行き、ヤーマスに着く頃には夕方になっていた。その頃には雨が激しく降り出し、荒れた夜になった。でも雲の陰には月が顔を出していたから、真っ暗というのではなかった。

ほどなくペゴティさんの家が見えてきて、窓から明かりが漏れているのが目に入った。重い砂の上を苦労しながら戸口まで行くと、中に入った。

中は実にくつろいだ感じだった。ペゴティさんは夕方のパイプをふかし終え、やがて夕食の準備も始まった。暖炉の火が赤々と燃え、灰もすっかり綺麗に掃いてあり、ロッカーはいつもの場所でチビのエミリを待っていた。ペゴティもいつもの場所に腰を下ろして、（服が変わっているのを別にすれば）まるでずっとそこにいたみたいだった。そしてすでに、蓋にセント・ポール大聖堂が描かれた裁縫箱も、コテージに入った一ヤード巻尺も、蠟燭のかけらもそばに控えていた。お道具たちのほうもずっと変わらずここにいたみたいに、いつもの場所にあった。ガミッジ夫人はいつもの端っこで、ちょっとクヨクヨしているみたいだった。だからそれもまた、まったくいつもの通り自然だった。

「おやおや、デイヴィ坊ちゃんが一番乗りですな！」ペゴティさんが嬉しそうに言った。

「そのコート、濡れてるんなら脱がなきゃいけませんぜ」

「ありがとう、ペゴティさん」掛けてもらおうとコートを渡しながら、僕は言った。「でもほとんど濡れてませんよ」

「おや、本当だ」ペゴティさんは僕の肩に触れて言った。「まるでおが屑みたいにパリパリだ！　さあ、座ってください、坊ちゃん。いらっしゃい、なんて、坊ちゃん相手に変かもしれませんが、いや本当によく来てくださって」

「ありがとう、ペゴティさん、本当にありがとう。やあ、ペゴティ！」僕はペゴティにキスをしながら言った。「気分はどうだい、おばあちゃん？」

「はっは！」ペゴティさんは僕らのそばに腰を下ろすと、近頃の哀しみから解放されて元来の陽気な性格を取り戻し、手をごしごしともみしだいた。「あっしは、こいつに言うとったんですがね――まったく、お前みたいに心残りのない女もいなかろうよって。死んじまった亭主にはそりゃよく尽くしましたしね、亭主のほうもようくわかってましたよ。それにこいつが尽くした分だけ、亡くなった亭主ってのもこいつによくしてくれましたしね――だから――それで――えっと、まあ万事よしってことですよ！」

　ガミッジ夫人がうめくように泣いた。

「元気出しなよ、おっきな姉ちゃん！」（ペゴティさんは僕らに向かって首を横に振り、明らかに近ごろのドタバタのせいで〈死んだじいさん〉を思い出しちまったんだなと考えているようだった）「クヨクヨすんのはやめなよ！　ほら、自分のためと思って元気を出しな、ほんのちょっとでいいからさ、そしたらほっといてもひとりでに元気が湧いてくるってもんよ！」

「あたしはそんなふうにはできてないのよ、ダニール」ガミッジ夫人は言った。「放っておいたら、ひとりでに惨めで寂しい気持ちになっちゃうのよ」

「まさか、そんなことないさ」ペゴティさんはなだめるように言った。

「いいえ、いいえ、ダニール！」ガミッジ夫人は言った。「あたしはね、お金を遺してもらえるような人たちと一緒に暮らせるような女じゃないの。なにもかも、あたしの思う通りにはいかないことばっかりよ。いっそのこと、あたしなんかお払い箱にしてくれたらいいのに」

「おいおい、あんたがいなけりゃ、もらった金なんてどうすりゃいいんだい？」ペゴティさんはきつく諫《いさ》めるような調子で言った。「あんた、いったいなに言ってるんだい？　これまで以上に、あんたにはここにいてもらいたいってこと、わからんのかね？」

「これまでは、いてほしくなかったってわけね！」ガミッジ夫人は哀れっぽくすすり泣きながら叫んだ。「たった今、そう言ったわね！　こんなに寂しくって惨めでなにもかもお先真っ暗なあたしに、いてほしいなんてわけ、いったいどこにあるのよ！」

こんな心ない解釈が可能な言い方をしてしまった自分自身に、ペゴティさんはいたくショックを受けているようだったが、ペゴティがそっと袖をつかんで首を振ったので、それ以上はなにも言わなかった。それからしばらく、すっかりしょげ返った様子でガミッジ夫人をみつめていたが、やがてダッチ・クロックに目をやると蠟燭の芯を切って窓辺に置いた。

「ほら！」ペゴティさんは嬉しそうに言った。「ほら、ガミッジさん、ごらんよ！」ガミッジ夫人はかすかにうめいた。「いつも通り、明かりを点けようじゃないか！　坊ちゃん、こりゃなんの明かりだって思われるでしょうな。こりゃ、チビのエムリのためなんですわ。日が暮れちまうとここらへんは明かりも人気もないでしょう、あれが帰ってくる時間にあっしが家にいるときゃ、必ず窓んところに明かりを点けてやるんです。ほらね、坊ちゃん」嬉しくてたまらない、というように僕のほうに身をかがめて言った。「こりゃ一石二鳥なんですわ。あれが、エムリのやつのことですが、あれがこの明かりを見りゃ、『ああ、おうちが見えた！』って思うってんでね。それからおんなじようにエムリのやつ、『ああ、伯父さんがおうちにいるわ！』ってわかるんですよ。だってね、あっしが家にいないときゃ、明かりは点せないんですから」

「まったく赤ん坊みたいなんだから！」ペゴティは言った。もっとも、そんなところが愛おしくてたまらないという言い方だった。

「うん」そう言うペゴティさんは、両脚を大きく開いて立ったまま、その脚を上から下へとごしごし手でこすってはすっかり悦に入った様子で、僕と暖炉の火を代わる代わる見た。「ひょっとするとそうかもしれんなぁ。けど見てくれのほうじゃ、まったく赤ん坊どころじゃねえんですがねえ」

「そりゃまあ、ぺったり赤ん坊そのものってわけでもないわねえ」とペゴティが言った。

「まったくなあ」ペゴティさんは笑った。「見てくれは全然なんだけど――考えてみりゃ、そうかもしれんなあ。けどまあ、どっちだっていいってことよ！　そうだ、話は変わりますけどね。あっしらの可愛いエムリが住むことになってる可愛い家をね、見に行ってきたんですがね、まったく――まったくあっしは〈ゴーム〉されちまいましたよ」ここでペゴティさんの声は一気に熱っぽくなった。「あの家ときたら！　もうどう言ったらいいんだか――あのコマコマしたちっちゃなもんが全部、エムリに見えてくるんだから。そのへんのものをちょっと手に取ってみたりしたんですがね、もうそれが全部エムリみたいな気がして、そりゃもうそーっと触るわけですわ。あれのちっちゃなボンネットなんかもそうですがね。一つだって、手荒に扱われたりするのを見るのが耐えられんのですわ、もう絶対耐えられんのです。いやあ、これじゃやっぱり、どデカい海のヤマアラシみたいななりして、赤ん坊みたいなもんかもしれませんなあ」こう言うとペゴティさんはホッと一息ついて、腹の底からガハハと笑った。

ペゴティと僕も、少し控えめだったがやはり一緒になって笑った。

「思うに」ペゴティさんはまた両脚をゴシゴシやると、嬉しくてたまらない顔をして言った。「こんなんなっちまったのも、あれがあっしの膝小僧くらいしかない頃からずっと、さんざん一緒に遊んだせいかもしれませんなあ、二人してトルコ人ごっこやらフランス人ごっこやら、果てはサメの真似事までしてね、そりゃまあ、ありとあらゆる異人の恰好をしてふざけ回ったもんです――それじゃ足らずに、ライオンとかクジラとか、なんやかやりましたわね。だからこんなんなっちまったんですなあ、ほら、この蠟燭だって！」嬉しそうに蠟燭に手を伸ばすと彼は言った。「あれが嫁に行っちまっても、今と変わらずあそこんとこに点してやりますよ（この先どんなすごい幸運が転がり込んできたって、あっしが他の場所で暮らすなんて、まったく、絶対ありえんのです！）。あれがこの家にいないときとか、あっしがあれの家にいないときはね、もう必ず蠟燭を窓辺に置いてやりますよ、それで火の前に座ってさ、ほら、今みたいに、あれがもうすぐ帰ってくるんだ、って気持ちで待つんです。こりゃまた赤ん坊みたいなとこを見せちまいましたね！」ペゴティさんはこう言ってまたガハハと笑った。「海のヤマアラシみたいだってのにねえ！　今こうしててもねえ、蠟燭の明かりがキラキラすんのを見てると、独り言がぽろっと出てくるんですわ。『ああ、あいつもこれを見てるんだ！　エムリが帰ってくるんだ！』ってね。ほらもうまったく海のヤマアラシのなりした赤ん坊でしょう！　まあそれでも悪かねえってね」ペゴティさんはここでガハハ笑いをいったん止めると、両手をパチンと叩いた。「ほら、エムリが帰ってきたんだし！」

帰ってきたのはハムだけだった。僕が来た後で雨がひどく降り出したのだろう、ハムは雨よけの大きなレインハットを、顔が見えないくらい目深に被っていた。

「エムリはどこだ？」ペゴティさんが聞いた。

外にいますよ、というようにハムは少し首を振った。ペゴティさんは窓辺の蠟燭を取ると、芯を切ってテーブルに置き、いそいそと暖炉の火を掻いた。その間じっと身じろぎもしなかったハムが、口を開いた。

「デイヴィ坊ちゃん、ちょっと俺と一緒に外に出てもらえませんか？　エムリと俺、坊ちゃんに見てもらいたいものがあるんです」

僕たちは外に出た。扉のところですれ違いざま、ハムの顔が死人のように真っ青なので、僕はギョッとしておそろしくなった。彼は僕をグイグイ押し出すと、後ろ手で扉を閉めた。あたりには僕ら二人きりだった。

「ハム！　なにがあったんだい？」

「デイヴィ坊ちゃん！――」ああ、胸が張り裂けてしまったみたいに、ハムはぼろぼろ泣き出したのだ！

泣き崩れるハムを見て、僕は身体が痺《しび》れたようになった。あのときなにを思ったのか、なにをおそれていたのか、もうわからない。ただ茫然とハムを見つめることしかできなかった。

「ハム！　可哀そうに、どうしたんだい！　お願いだからなにがあったのか教えておくれよ！」

「あいつが、デイヴィ坊ちゃん――心の底から誇らしくて、俺の生き甲斐だった――そう、あいつのためならいつだって死ねたし、今だってもちろん死んでもいいんだ――あいつが、行っちまったんです！」

「行っちまった？」

「エムリが、逃げちまったんです！　デイヴィ坊ちゃん、ああ、どうして逃げたかって考えりゃ、破滅して汚名を着せられる前に、どうかあいつの（ああ、俺にとっちゃ、代わりになるものがねえくらいに大事なあいつの）命をお召しくださいって、いっそのこと神様にお祈りしたいくらいで！」

今こうしていても、侘しい荒れ地の背景とともに、荒れる空を見上げるハムの顔を、固く握ったままブルブルと震えるその手を、苦しみに打ちひしがれたその姿を、思い出すことができる。そこはずっと夜のままで、あたりに佇むのはハムだけだ。

「坊ちゃんは賢い方だ」ハムは必死で言った。「だからなにが正しくって、どうしたらいいか、わかるんじゃないですか。ねえ、うちへ入ったら、なんて言えばいいですか？　伯父さんに、どうやって打ち明けたらいいんでしょう、デイヴィ坊ちゃん？」

扉が動くのが見えて、僕は反射的に外側から掛け金を押さえ、一瞬だけでも時間を稼ごうとした。だけど遅かった。ペゴティさんが顔を突き出した。僕らを見るなりサッと顔色を変えたときのあの表情を、僕は生涯忘れることができないだろう。たとえこの先、五百年生きたとしても。

さんざん泣き叫ぶ声が聞こえて、女たちがハムにすがりついていたこと、そして僕らがみんな部屋の真ん中で棒立ちになっていたこと、それは覚えている。僕はハムから渡された手紙を手にしていた。ペゴティさんはチョッキもはだけ、胸をあらわにし、くしゃくしゃの髪、紫色の唇、蒼白な顔をして、胸もとに点々と血を垂らしながら（多分口から血が出ていたんだと思う）、僕のほうを見据えていた。

「読んでくだせえ、坊ちゃん」低く震える声で彼は言った。「ゆっくり、お願いします。ちゃんとわかるかどうか、自信がねえから」

死んだように静まり返った部屋で、僕は点々と染みのついた手紙を読んだ。

「あたしの心がまだ汚れを知らないころから、あなたはあたしにはもったいないくらい、愛してくれました。そんなあなたがこの手紙を読む頃には、もうあたしは、遠くに行ってしまっているでしょう」

「遠くに行ってしまっているでしょう」彼はゆっくり繰り返した。「ちょっと待ってくだせえよ！　エムリは遠くに行っちまった。わかりました！」

「あたしは、朝になったら、大好きなおうちを――大好きなおうち――ああ、大好きな、大好きなあたしのおうち！――出て行って」

手紙に書かれた日付は昨夜だった。

「――もうそれきり、帰ってこないと思います、あの方が、あたしをレディにして連れ帰ってくださるのじゃなければ。ずいぶん経って、きっと夜になってから、あたしの代わりにこの手紙が見つかるでしょう。ああ、せめて、胸が張り裂けそうなこの気持ちを、あなたがわかってくれたら！　あなたにはいつもひどいことばかりして、もうぜったい許してもらえないでしょうけど、せめてあたしがどんなに苦しんだか、わかってもらえたら！　でもあたしは、自分のことをあれこれ言う資格なんかない、悪い女です！　ああ、どうかあたしのこと、本当にひどい女だったと思って、あまり悲しまないでちょうだい。ああ、せめて哀れに思って、こんなにも伯父さんを愛おしく思ったことは、これまでだって一度もありませんでしたって、伝えてちょうだい。あなたがいつもあたしに愛情深く、優しくしてくれたこと、どうか忘れてしまってちょうだい――結婚の約束をしたことなんか、どうかもう忘れてしまって――あたしのことはただ、小さい頃に死んでしまって、どこかに埋められているんだって思ってちょうだい。ああ、あたしは神さまの教えに背いてしまうけど、どうか伯父さんにだけはお慈悲を！　伯父さんのこと、こんなに愛しく思ったことはありませんって、きっと伝えてちょうだいね。どうか伯父さんを慰めてあげてください。そして誰か他の女の子を好きになってね、そう、伯父さんにとって昔のあたしの代わりになるような女の子を、あなたを誠実に愛してくれるような女の子を、そしてあなたに本当にふさわしい女の子を。それからあなたは、あたし以外にはなにも恥じるもののない人生を歩んでください。神さまがみんなをお守りくださいますように！　ひざまずいて、あたしはいつもみんなのために祈ります。もしあの方が、あたしをレディにして連れて帰ってくれなくっても、自分のためにお祈りができなくっても、みんなのためにはちゃんとお祈りします。心からの愛を込めて、伯父さんにさよならを言います。あたしの最後の涙も、最後のありがとうも、伯父さんに捧げます！」

これだけだった。

読み終わってからずいぶん長い間、彼は僕をじっと見つめたまま立ちつくしていた。とうとう、僕は勇気を出してその手を取り、どうか落ち着いて、しっかりしてください、と必死で訴えた。彼は身じろぎもしないで「ありがてえことです、坊ちゃん、ありがてえことです！」と言った。

ハムが話しかけた。ハムの辛さが痛いほどわかるのだろう、ペゴティさんはその手を強く握った。だけどそれを別にすれば、相変わらず立ち尽くしたまま、誰にもどうすることもできなかった。

とうとう、まるで悪い夢から覚めたように、彼はゆっくり僕の顔から視線を外し、部屋をぐるりと見渡した。それから低い声で言った。

「男ってのはどいつだ？　名前を教えな」

ハムが僕をチラリと見た。突然、僕は殴られたような衝撃を感じた。

「怪しい奴がいるんだな」ペゴティさんは言った。「誰だ？」

「デイヴィ坊ちゃん！」ハムは必死で言った。「ちょっと外に出ててください、その間に話をしますから、坊ちゃんは聞かないほうがいいんです」

僕はまた激しい衝撃を感じた。へなへなと椅子に崩れ落ちながら、なにか言おうとしたけれど、舌がもつれて言葉にならず、目もかすんでよく見えなかった。

「そいつの名前を言いな！」という声がもう一度聞こえた。

「ちょっと前に」ハムはためらいがちに始めた。「ここらへんで時々、召使っぽい奴がうろうろしてたんです。それから紳士も一人。召使と主人です」

ペゴティさんは相変わらず身じろぎもせずに突っ立っていたが、目だけはハムを見ていた。

「その召使が」ハムは続けた。「昨日の晩、――あの、うちの可哀そうなあいつと――一緒のとこを見られてます。奴は今週かそれよりもっと前から、このへんに隠れてたらしくて。もう帰っちまったと思わせておいて、実は隠れてたんです。デイヴィ坊ちゃん、お願いです、外に出ててください！　お願いですから！」

ペゴティの腕が首に回されるのを感じたけれど、あの時の僕はたとえ家ごと崩れ落ちてきたって、一歩も動けなかっただろう。

「今朝がた、街はずれのノウィッチ街道のとこに、ここらじゃ見かけない二人乗り馬車と馬がいたらしいんです、まだ夜も明けねえくらいの早い時間に」ハムは続けた。「それで例の召使が、その馬車に入ってって、出てきて、また入ってったってんです。二度目に馬車に入ったときにはエムリが一緒だったって。もう一人は馬車ん中にいたんでしょう。それが、男です」

「ああ、頼むから」ペゴティさんはのけぞるようにして、なにかおそろしいものを振り払うとするみたいに、手を出して言った。「頼むから、そいつがスティアフォースだなんて言わんでくれ！」

「デイヴィ坊ちゃん」ハムはしゃがれ声で言った。「坊ちゃんはなにも悪くねえんです――坊ちゃんのせいにしようなんて、俺にはそんなつもりこれっぽっちもねえんですよ――けど、男はスティアフォースなんです。あいつは腐った悪党ですよ！」

ペゴティさんはなにも言わず、涙も流さず、身じろぎひとつしなかったけれど、やがてハッと夢から覚めたように部屋の隅の釘から粗末なコートを外した。

「手を貸してくれ！　あんまり肝が潰れちまって、着られねえんだ」彼はイライラして言った。「ちょっと手を貸して、着せてくんねえか、よし！」誰かが手を貸してやった。「そいじや、そこの帽子を取ってくれ！」

　ハムがどこに行くのかと尋ねた。

「姪っ子を探しに行くのよ。俺のエムリを探しに行くのよ。けどその前に、あのボートに穴開けて沈めてやる。あいつが腹ん中でなに考えてたか、もしこの俺にちょっとでもわかってたら、なにがなんでも、あいつを代わりに沈めてやっただろうになあ！　あいつがもしここにいて」握りしめた右拳を狂ったように振り回しながら、彼は言った。「あいつがここにいてよ、さしで俺と向かい合ってたらよ、こん畜生、なにがなんでも、俺はあいつを海に沈めてやったのに、おう、それが筋ってもんよ！　そうさ、俺は姪っ子を探しに行くのよ」

「どこへ？」ハムが扉の前に立ちはだかるようにして叫んだ。

「そこらじゅうよ！　世界じゅう歩いてでも姪っ子を探すのさ！　ひでえ目にあった可哀そうな姪っ子を探して、連れ戻してやんのよ！　誰も止めるんじゃねえ！　なにがなんでも、俺は姪っ子を探しに行くんだ！」

「だめよ、だめ！」ガミッジ夫人が泣きじゃくりながら二人の間に割って入った、「だめ、だめよ、ダニール、今みたいなままで行っちゃだめ。一人ぼっちで惨めなダニール、ちょっと時間をおいて、それから探しに行きなさいよ、それならなんの問題もないから！　でも今のままで行っちゃだめ！　ねえあんた、ちょっと座って、ダニール、これまでずっと、あたしがあんたにしてきたひどいこと、許すって言ってちょうだいな――こんな苦しみに比べたら、あたしのこれまでの苦労なんか、物の数に入りゃしないわ！　ほら、ちょっとだけ話をしましょ、あの子もハムもまだ身寄りがなくって、あたしも素寒貧の後家さんだったときに、あんたが引き取ってくれたときのこと、話しましょうよ。そしたらダニール、あんたの苦しみも少しは楽になるでしょ」彼女は彼の肩に額を載せると続けた。「そしたらきっと、悲しみに耐える強さも出てくるわよ。だってダニール、あんたイエスさまの約束を知ってるでしょ、『汝ら[*2]、このいと小さきものになしたるは、すなわち我になしたることなり』ってやってくれたよ。ねえ、あんた、このうちじゃ、そうよ、あたしたちみんなをずっとずっと守ってくれたこのうちの中じゃ、イエス様の約束を破ったことなんか、一回もないじゃないの！」

彼はもはや、なされるがままだった。僕のせいで起こった悲劇に対して許しを請うために、この場で土下座して懺悔《ざんげ》したい、そしてスティアフォースを呪ってやりたい、僕もそんな衝動に駆られていた。けれどペゴティさんが男泣きに泣く声を聞くうちに、僕の気持ちももっと柔らかな感情に変わった。悲しみに潰れそうな僕の心も、彼と同じ慰めを見出したのだった、そして僕も泣いた。

［後略］

（猪熊恵子＝訳）

「デイヴィッド・コッパフィールド」訳注

第一章

1―**ヒーロー**　トマス・カーライルによる『英雄崇拝論』の影響もあって、この小説出版当時は「英雄的人物」に対する関心がきわめて高かった。武人のみならず、立派な文人や詩人も「英雄（ヒーロー）」に数えられた。したがって、ディケンズの自伝的主人公であるデイヴィッドが「ヒーロー」となれるか否かは、彼が最終的に小説家として立派に身を立てられるかどうかにかかっている。

2―**僕が生まれたのは金曜日**　ディケンズ自身、一八一二年二月七日の金曜日夜半に生まれており、人生における重要な転機は金曜日に起こると考えていたらしい。イギリスには子供が生まれた曜日によってその子の性格を描写する民謡『月曜の子は（Monday's Child）』があるが、それによれば、「月曜生まれは器量よし、火曜生まれはお上品、水曜生まれは泣き虫で、木曜生まれは旅に出る、金曜生まれは愛嬌たっぷり、土曜生まれはあくせく働く、そして日曜生まれの赤ちゃんは、可愛くてお利口でご機嫌さん」だという。この民謡で、金曜生まれは愛嬌よしとされているが、キリスト教の「十三日の金曜日」の俗説からか、不吉な曜日とされ、赤ん坊の誕生を好まない風潮もあった。

3―**羊膜**　母の胎内で胎児を覆う薄い膜のことで、まれに頭にかぶったまま誕生する赤ん坊がいる。羊水中の赤ん坊を包む羊膜は、当時の船乗りたちから「水難除けのお守り」として重宝がられたため、雑誌などに広告が掲載され、売りに出されることが多かった。このデイヴィッドの「水難除け」のエピソードは、幼少期のエムリとの会話、スティアフォースの最期など、さまざまな「水難」のイメージと結びつく。

4―**幼かった僕は〜気持ちになった**　このあたりの表現はワーズワース「不死のオード」に基づく。

5―**針刺し**　ヴィクトリア朝期には特に初産の女性に針刺しの贈り物をする風習があり、「赤ちゃんに神様のお恵みを」といったメッセージを針刺しの上に大量の針を刺して作るのが一般的だった。生まれる前に贈るとお産を辛くしてしまうというジンクスがあり、赤ん坊の誕生後に贈られることが多かった。

6―**ダッチ（オランダ）・クロック**　実際にはドイツのブラック・フォレスト地方で作られる時計のことで、内部の細工は真鍮製、外側は木製の枠組みに彩色を施した安価なものであった。そのため労働者階級の家庭で多く見られ、第三章、ヤーマスのペゴティ氏の家でも同じ時計の描写が見られる。

7―**チリップ先生**　モデルはおそらく、デヴォンシャー・テラスのディケンズ家で家庭医をつとめていたモーガン氏であろうと言われる。さらにチリップ先生がシェイクスピア『ハムレット』の亡霊さながら、ひそやかに歩く、という描写は、ハムレットに父の亡霊が血も凍る打ち明け話をする、というエピソード（チリップのチルChillは、凍る、凍てつく、という意）を考えあわせれば、愉快なダジャレとして機能する。

8―**国民学校**　「英国国教会の教理を広く国民に浸透させるための教育普及国家委員会」の働きかけによって、イギリス全土に設置されるようになった公立の小学校であり、その理念的な出発点からも明らかな通り、「国教会の教理」を学ぶ教理問答が極めて重要なカリキュラムとされた。

9―**つい今しがた～生まれ出ることはなかった**　『ハムレット』第三幕第一場、「未知の国／そこへ旅立った者は二度と戻らず」より。

第二章

1―**ラザロ**　「ヨハネによる福音書」一一章一―四五節。死後四日経ってから埋葬されたラザロをイエスが復活させたというエピソード。ディケンズ『我らが共通の友』第三章にも、同じくラザロの復活への言及が見られる。

2―**ひどく苦しんで～手の施しようがないってわかった**　この部分は、十九世紀に墓碑銘として多く用いられた文言に基づいている。

「長の年月、私は辛い痛みに耐えた／医師たちの治療もむなしく／死が私に訪れてはじめて、ありがたい神が／私の痛みを和らげてくれた」

3―**あらまあ、そんなとんでもない**　原文でのペゴティのセリフはLawk, no.となっているが、lawkはペゴティの出身地ヤーマス（イースト・アングリア地方）特有の方言で「おやまあ！」の意味。この後ペゴティ氏が口にする「ゴームされる」（第三章）などもすべて、東部地方特有の表現や発音が用いられている。

4―**クロコダイルの話**　おそらく、トマス・デイ『サンドフォードとマートンの物語』（一七八三―八九）に基づくと思われる。

5―**絶対右手は出してやるもんかって決めていた**　利き

手である右手を差し出して握手することは、武器を持っていないことを示す「友好」の握手だとされ、反対にその利き手を隠すようにして左手で握手することは「敵対」関係を示唆しうる。

6／7―デイヴィ・ジョーンズ／シェフィールドのブルックス　ここでデイヴィッドに与えられる二つの「仮名」は興味深い。デイヴィ・ジョーンズは、トバイアス・スモレット『ペレグリン・ピックル』第八章に登場するが、海難事故に遭った者を海の底に引きずりこむ悪霊として船乗りたちから怖れられている。のちにデイヴィッドの親しい人々を襲う海難事故を考えると、このネーミングはきわめて示唆的なものとなる。また「シェフィールドのブルックス」という名の由来は、シェフィールド地方が古くから刃物生産の盛んな場所であることと、「ブルックス」が日本語の「太郎」や「花子」のように英語で頻繁に使用される仮名であることを掛け合わせたもので、「キレ者の誰かさん」であるデイヴィッドをあらわす恰好の記号となる。

第三章

1―ヤーマス産のニシン　ニシンの塩漬けや燻製は、今もヤーマス地方の特産品として知られる。

2―舟の横手には～小さいけれど窓だってあった　こうした「舟の家」は、ノーフォークなどの沿岸地帯で、実際に多く見られたらしい。たとえば舟を上下逆さにして船底を屋根に見立てた家もあったという。

3―赤い服のアブラハムが～絵だった　聖書の逸話を版画にし、彩色を施してから印刷したリトグラフは、当時の下層階級家庭で一般的に見られた室内装飾であった。

4―オール・フォー　十七世紀ごろからイギリスで一般的にプレイされたトランプ・ゲーム。通常二人で行うもので、アメリカではセブン・アップと呼ばれることもある。

5―息子さんをハムって名付けたんですか　ノアには三人の息子がいたが、うちの一人がハムという名であったことから。

6―教理問答その二　教理問答その一は「汝の名は？その名を与えしは誰か？」

7―おっきい姉ちゃん　ここでペゴティ氏は、ガミッジ夫人に Old Mawther と呼びかけている。Mawther とは普通、若い娘に気安く（またはからかい半分に）呼びかけるときの言い方で、ちょうど成人する年頃の女性に使うのが一般的である。

8―**お日様が～鮮やかに照らし出す**　この光の描写には、十九世紀の風景画家ウィリアム・ターナーの絵画の影響がみられる。ターナーは、一八〇七年の『グレート・ヤーマスの青い光』、一八三〇年の『ヤーマスの砂地』など、ヤーマス地方の絵も多く残している。

第四章

1―**鍵束**　ヴィクトリア朝の中産階級家庭において、鍵束はそのまま家の「切り盛りいっさい」を意味する重要なものであり、鍵束を所有することはすなわち、一家の女主人であることを意味した。屋敷では召使によ る盗みが横行していたため、一家の女主人は紅茶の棚やワイン・セラーなどあらゆる場所に鍵をかけ、その鍵束を管理しなくてはならなかったのである。

2―**母さんの膝でアルファベットを覚えた**　このデイヴィッドの経験は、ディケンズ自身の経験に根差している。ディケンズの母は毎日、かなりの時間を割いて幼い息子に読み書きの手ほどきをしていたらしい。

3―**キリストが～褒め称えた幼な子**　「マタイによる福音書」一八章一―四節。弟子たちが、天国で一番偉いのは誰か、と問うたとき、イエスが一人の幼な子を呼び寄せて、弟子たちの真ん中に立たせ、「心を入れ替えてこの幼な子のようになりなさい、さもなくば天国には入ることができないだろう」と言ったことから。

4―**父さんの残してくれた本**　ここでデイヴィッドが没頭する父親の蔵書群は、幼少期のディケンズが読んだ書籍と完全に一致している。

5／6―**トム・パイプス／トラニオン提督**　いずれもトバイアス・スモレット『ペレグリン・ピックル』の登場人物。ヒュー・ストラップは同じくスモレットの『ロデリック・ランダム』の登場人物。トラニオン提督は、主人公ペレグリン・ピックルの父親代わりだが、夕方になると近隣のパブに顔を出す風変わりな退役海軍軍人として描かれる。

第二十一章

1―**髭そり用の水**　主人公の少年が大人になりきれない様子を端的に示すシンボルとして、ディケンズ小説に頻出するモチーフである（髭が生えそろわないために髭そり用の水も必要ないため）。

2―**牡蠣の殻でも見るように**　リティマーの懐中時計が開く様子を、牡蠣が口を開ける様子にたとえている。なにをするにも仰々しいリティマーが、まるでローマの僧侶がご神託を伝える牡蠣の殻を見つめるようにして、ものものしく懐中時計を見る様子を揶揄している。

3—**ほら、また少年に戻って** 《パンチ》誌の最初の編集者であるマーク・レモンの「ああ、また少年の日に戻れたら」という詩。ただしレモンの詩は、少年の日に戻りたいという切ない願いをうたったもので、ここでのデイヴィッドの感情とはかなり異なる。また、直前の「我が国の小さな詩人たち」は《パンチ》誌に寄稿した若手ジャーナリストや文人たちを指すものと思われる。

4—**あの荷馬車に書いた名前ってのはなんでしたかね、坊ちゃん?** 第八章で幼いデイヴィッドからはじめてペゴティの名前を聞いたバーキスが、忘れないように荷馬車の雨よけの内側にClara Peggottyとチョークで書いたエピソードをさす。

5—**コソ泥のカササギみたいにお金を抜き取る** カササギが光るものを好み、コインや鉄くずなどを集めては自分の巣に運ぶ習性があることから。

6—**嵐がピューッと吹くときにゃ、ほら吹くときにゃ** トマス・キャンベル作詞による、当時の流行歌『イングランドの船乗りよ』の一節。

第二十二章

1—**ライオンに食われちまったあの悪ガキ** 十八世紀に出版された子供向けの教訓譚。ヘンリーという怠け者の少年が、他人を罵ったり嘘をつくたび、自分は「なんにも怖くなんかない」と言っていたところ、義に厚く徳の高いライオンが、小さな子供たちに対するみせしめとしてヘンリーを食べてしまった、という物語。

2—**なあに、消えてしまえばまたもとの俺よ** シェイクスピア『マクベス』第三幕第四場、バンクォーの亡霊が晩餐の席に二度目に姿を現し、また消えたところで、マクベスが口にする安堵の言葉。

3—**マクベスみたいに~台無しにしちまった** 『マクベス』第三幕第四場で安堵の言葉を発したマクベスに対して、マクベス夫人が「陽気な気分は消え去り、祝宴の席は台無しになりました、取り乱すにもほどがあります」と答えるセリフ。

4—**ミス・モウチャー** モデルとなったのは、ロンドンのディケンズ邸近くに居を構えていたジェーン・シーモア・ヒル夫人だと言われる。彼女自身、自分がモデルとなっていることにいち早く気付くと、連載中のディケンズに抗議の手紙を送り、顧問弁護士を通じて法的措置に訴えることも辞さない構えを見せた。そのた

めディケンズは物語終盤で、ミス・モウチャーがステ
ィアフォースの過ちを正すというエピソードを作り、
ヒル夫人をなだめようとした。

5―**どっちか片っぽの肩越しに誓ってもいいわ。どっちの肩かは内緒よ**　「左の肩越しに話をする」というのは（左は不吉で不運だとする迷信から）、自分で思っていることと反対のことや皮肉、嫌味を言う、という意味。

6―**お空のお星様やら、なんやらかんやら**　「お星様やガーター勲章」というのは、英語で「こりゃまったく驚いた」という意味を持つ定型表現。ミス・モウチャーはこの表現をさらに茶化して、女王直々に家臣に授けるガーター勲章など恐れ多くて口にできない素振りで、「お星様やら、なんやらかんやら」という表現を用いている。

7―**ミスター・ホラフーキっていうの～ペテン地方の土地屋敷は全部あたしが相続するの**　原文は、It was walker...I inherit all the Hookey estates. Hookey Walker というのは、信じられない！　まさか！　という意味の俗語。

8―**鼻からスポーンと抜けるくらい～はずんでくださるわ**　「鼻から金を払う」とは、「法外な価格要求を易々と呑む」という意味。

9―**お髭を刈り込んだツンツルテンさんたち**　髭を念入りに剃る、とは、お金に細かい、お金に汚い人間を暗に指す言葉。

10―**アヒルちゃん～殺しーてあげますよ**　『ボンドおばさん、夕飯はなあに？』というマザーグースの子守歌から。

「ディリー、ディリー、ディリー（ボンド夫人がアヒルたちに向かって）
おいでおいで、殺してあげる、
だってあんたたち、お腹いっぱいお野菜詰めて、
お客さんたちの
お腹、いっぱいにしなくちゃね」

11―**近衛騎兵隊**　近衛騎兵隊は軍隊の中でも精鋭部隊として知られ、立派な口髭をたくわえていた。

12―**マダガスカル水**　ここではヘア・オイルを指すものと考えられる。ヴィクトリア朝期に男性たちの整髪料として広く用いられた「マカッサール・オイル」から、語呂遊びで付けられた名前。当時、「マカッサール・オイル」を愛用する紳士は多く、彼らが椅子に座ると背もたれがオイルで汚れることから、「マカッサール用当て布」という椅子の頭部カバーが販売されるほど

だった。

13―**ルージュではございませんわね?**　「ルージュ」(rouge)と「ならずもの」(rogue)をかけている。

14―**娘の名前はポリーちゃん**　ジョン・ゲイ『乞食オペラ』(一七二八)に登場する名うての女たらし、マックヒースの歌。「俺の心はどこまでも自由、まるで蜂のようにあっちからこっち、そうさお目当てのポリーちゃんが振り向いてくれるまでは、あの花もこの花も、蜜を吸っては、また時が移らぬうちに次の花、でもほら、こうしてどの花も、俺のお蔭で一体になる」

15―**ファティマ**　シャルル・ペローの童話『青ひげ』に出てくる青ひげの妻。禁じられた扉の向こうに隠されたものへの好奇心が抑えきれず、青ひげの秘密を知ってしまう。しかしファティマはそれまでの妻とは異なり、兄によって青ひげの城から救い出され、代わりに青ひげが死を遂げる。

16―**五シリング**　一クラウン。当時の貧しい労働者たちの一週間分の賃金が十シリングだったことを考えれば、かなりの高額と言える。

17―**パイ売りの子鬼みたいに空中に放り投げて**　街角でパイを売る商人たちは、「二倍払うかタダでもらうか」を賭けて客と勝負することがあったため。

18―**ネッド・ビードウッド**　当時の流行歌か民謡であろうと思われるが、その出典は定かでない。

19―**ノーフォークのお坊ちゃま**　ヤーマスがノーフォーク地方に位置していることから、シェイクスピア『リチャード三世』のノーフォーク卿とデイヴィッドを重ねている。「ノーフォークのお坊ちゃま、あまり調子に乗らぬよう/お前の主人のリチャードは、痛い目を見たのだから」(第五幕第三場)

20―**ボブ・サラーバ**　Bob Swore. フランス語の「こんばんは」にあたる「ボン・ソワ(bon soir)」を、「Bob swore(ボブは悪態をついた)」とかけたダジャレ。

21―**科学的吸引による瀉血法**　十九世紀当時、多くの病気の治療法として用いられた瀉血療法を言う。「科学的」に患者の血をカップに取り、煮沸させることによってその血液内の酸素を取り除く。

第三十章

1―**ほとんどの店が閉まっていて**　店の営業時間や店員の労働時間に関する法律的な規制は、十九世紀当時特に存在しなかった。

2―**ワッショイ**　hurrah ボートの漕ぎ手の合言葉。

第三十一章

1――三千ポンド　当時の三千ポンドはきわめて高額である。第五十九章で法廷弁護人の資格を得たトラッドルズさえ、フィアンセの父に結婚の際に提示した年収が、二百五十ポンドである。

2――汝ら、このいと小さきものになしたるは、すなわち我になしたることなり　「マタイによる福音書」二五章四〇節より。

骨董屋　抄

登場人物紹介

※登場人物は今回の抄録箇所に関係するものに限った。

ネル・トレント（リトル・ネル）　小柄《こがら》で華奢《きゃしゃ》な身体つきに、優美な物腰の十三歳の少女（ヴィクトリア朝期には、十四歳くらいの年齢で嫁ぐ娘もいたことを考えると、少女期の終わり、大人の女性になる直前の年齢設定と思われる）。祖父の賭博により家を失うと、その祖父の手を引いて放浪の旅に出る。どんな苦境においても祖父を愛し慕う気持ちを忘れない、天使のような少女。

ネルの祖父　一人娘の忘れ形見であるネルを溺愛し、彼女の行く末を案じるあまり賭博に手を染める。すべての財産を使い果たしてなお、クウィルプに高利で金を借りてまで賭博を続けたため、借財のかたに骨董屋《こっとうや》を差し押さえられ、ネルとともに放浪の旅に出るが、すでにその精神状態は子供も同然であり、保護者としてネルを守ってやることができない。

キット・ナッブルズ　骨董屋でネルと祖父の使い走りをする少年。無骨で垢抜《あかぬ》けないが、その奇矯な顔だちとコミカルな立ち居振る舞いから、どこにいっても周囲を和ませる。ネルと別れたのちは、縁あってガーランド氏の家で奉公することになるが、やがてブラース兄妹とクウィルプに陥れられ、窃盗のかどで逮捕される。

フレッド・トレント　ネルの兄。放蕩者《ほうとうもの》だった父親の血を引いたため、あらゆる点で妹のネルとは対照的な性格の持ち主であり、祖父には巨額の隠し金があると思い込んで、常に金を無心する。のちに祖父のギャンブル依存を再発させた詐欺師一味（アイザック・リストら）に加わり、あらゆる種類の悪事に手を染めたあげく、おそらくはその悪事が原因で死に至る。

ディック・スウィヴェラー　フレッドと組んでさまざまな悪事に手を染め、一度はネルの祖父の遺産目当てで、ネルとの結婚をもくろむ。クウィルプの紹介でブラース弁護士事務所の事務員として勤めるようになり、ブラース邸の間借り人となる独身紳士の連絡係の役を果たす。最終的には悔い改め、クウィルプとブラースが共謀してキットを陥れようとした件で、侯爵夫人の証言からキットの無実を確信すると、これをガーランド氏らに伝え、キットの窮状を救う。

ダニエル・クウィルプ　小さな身体に巨大な頭部をもつ醜い男。ありとあらゆるいかがわしい商売に手を染め、通称クウィルプ波止場と呼ばれるテムズ川沿いの掘立小屋で、良からぬ仕事に精を出す。ネルの祖父の破産後、骨董屋を差し押さえて我が物とするが、なおも祖父の隠し金の存在を疑って二人の行方を追う。またネルの美しさに目をつけ、妻亡き後に後妻にむかえようとたくらむ。最終的に、キットを陥れようとした悪事が露見し、官憲の手から逃れようとして川に落ち、死を迎える。

トム・スコット クウィルプ波止場でクウィルプの下働きをする水陸両生的小僧。やることがないときには、テムズ川を所在無げに見つめたり、得意の逆立ちをしてクウィルプをからかう。主人から日常的に暴力を振るわれているが、二人の間には奇妙な絆が存在する。

ベッツィー・クウィルプ（クウィルプ夫人） クウィルプの妻で、青い目の小柄で可憐《かれん》な女性。夫を心底からおそれ、口答え一つせず、すべての指示に従順にしたがうが、ネルとの会話を夫に立ち聞きさせた一件については、良心がとがめるからと言って、何度も夫に説明を求めようとする。

ジニウィン夫人（クウィルプ夫人の母） クウィルプの義理の母にして、凶暴な婿の向こうを張って、永続的戦闘状態を繰り広げる女傑。しかしその表面的な威勢の良さとは裏腹に、やはり心の底ではクウィルプを少なからず怖れている。

骨董屋に帰るネル（巻頭扉絵、ジョージ・キャタモール画）

ネルとクウィルプ（第６章、フィズ画）

サンプソン・ブラース　腐敗しきった事務弁護士。骨董屋の財産差し押さえにあたって、クウィルプの法律顧問としてネルとその周辺に関わりを持つ。卑屈で、いつも相手の顔色ばかりうかがい、自分の損得を抜け目なく計算しようとする人間だが、ひどく臆病で、クウィルプのことを心底怖れている。最終的にその臆病さが仇《あだ》となり、キットを陥れた姦計《かんけい》の顛末《てんまつ》を自白する。

サリー・ブラース　兄サンプソン・ブラースの法律事務所で働いているが、その姿恰好は驚くほど兄サンプソンに似ており、とても女性とは思えない。しかし気質においては兄とまったく対照的で、冷酷で怖れ知らずな性格の持ち主。ブラース法律事務所兼自宅で雇う小間使いの少女〈侯爵夫人〉を、ひどく虐待している様子も描かれる。

侯爵夫人（ブラース邸の雑用小間使い）　ブラース法律事務所で使われている小間使いで、日常的にサリー・ブラースから虐待を受け、満足な食事を与えられていないため、その体格は驚くほど貧弱で、身なりもだらしない。あまりに惨めな様子に、事務員として働くディックの目にとまり、やがてディックの暇つぶしの相手をするべく、トランプゲームのクリベッジを始める。〈侯爵夫人〉のニックネームもディックから与えられたもの。

独身紳士（下宿人、弟の紳士）　ブラース邸の空き部屋広告を見て、間借りを希望した人物。

日中はひたすら部屋に閉じこもり、誰も寄せ付けようとせず、大家であるブラース兄妹ともディックという連絡役を介して用を足す。しかし、旅の人形劇一座が道端でパンチ劇を上演すると、決まって部屋を飛び出して観劇し、彼らと親しく話をする。これはのちに、行方知れずのネルと祖父を探すためであったことがわかる。そしてキットへの身の上話のなかで、自分がネルの祖父の弟であること、昔兄弟で同じ女性を好きになったものの、兄のために自らは身を引き、長い間外国で暮らしていたことを明かす。

ガーランド氏　ネルと別れたのちのキットを雇う寛容な老紳士。

エイベル・ガーランド氏　ガーランド氏の息子で、優しいが非常に引っ込み思案で気弱な若い紳士。

バーバラ　ガーランド邸で小間使いとして働く少女。キットとすぐに打ち解け、家族ぐるみで親しく付き合うようになる。

ナッブルズ夫人　キットの母。夫に先立たれ、キット、チビのジェイコブ、赤ん坊という三兄弟を女手ひとつで育てる、愛情深くたくましい女性。

ウィザーデン氏　ガーランド家の公証人であり、ガーランド氏のよき友人でもある。

チャックスター氏　ガーランド家の御者。つねにキットとの折り合いが悪く、素直で純粋なキットのことを偽善的だといって嫌う。

老学士　ネルと祖父が放浪の旅の果てにたどり着いた地で、書物などを収集して研究する静かな生活をしていた人物。実はガーランド氏の弟であり、兄への手紙のなかで偶然ネルと祖父について触れたため、二人の居所が判明することとなった。

学校教師（牧師）　貧しい村の学校で教鞭をとっており、放浪の途中のネルと祖父に宿を提供した。その後、ジャーリー夫人のもとを抜け出したネルが衰弱しきっているところに偶然通りかかり、彼女と祖父の身の上を知る。少女の清らかな心に打たれた学校教師は、自分が牧師として赴く地に二人を同伴し、そこでささやかな仕事を与えて彼らを見守り支える。

ハリー少年（小さな学者）　学校教師の生徒の中で唯一、学問を愛し、ひたむきに学ぼうとする少年。ネルと祖父が宿を借りた際、以前から冒されていた病がもとで世を去る。

ジャーリー夫人　ネルと祖父が放浪の旅路で出会う太った気のいい女性で、旅回り蠟人形《ろうにんぎょう》展示をしている。ネルの美しさと寄る辺ない様子を見て取るや、蠟人形展示の案内役として雇い入れ、生活の面倒を見てくれる。しかし祖父が賭博依存症を再発させ、ジャーリー夫人のお金を盗もうとしていることを知ったネルは、やむなく夫人のもとから姿を消す。

コドリンとショート　旅回りの操り人形師で、各地のお祭りでパンチ劇を上演する。ネルと祖父の放浪の途中で偶然知り合い、のちに独身紳士に二人のことを知らせる。

エドワーズ姉妹　ジャーリー夫人とともに旅回りをしている途中のネルは、蠟人形展示のビラを配りに女子寄宿学校を訪れた際、冷ややかな対応を受けるが、そこで唯一ネルに優しくしてくれたのが姉のアミーリア・エドワーズであった。以来、姉妹の姿を遠くから見つめることが、辛い日々を送るネルにとって唯一の慰めとなる。

第一章

私はたいてい夜に歩く。夏の頃なら、朝早くから家を出て、野原やあぜ道を一日じゅうあてどなく歩いたり、ときに何日も何週間もひたすらさまよい歩くこともある。しかし、そんな田舎歩きを別にすれば、暗くなるより前に外出することはほとんどない。とはいえ、ありがたいかなこの私も、生きとし生けるものの例に漏れず、太陽の光を愛し、その光に照らされた大地の輝きを愛している。

夜歩きの習慣は、知らず知らずのうちに身に付いた。ひとつには夜のほうが私のひ弱な体質にしっくりくるということ、またひとつには通りにあふれる人々の特徴や振る舞いを観察するのに、夜のほうが好都合だということがある。昼日中のまぶしい光や喧騒は、私のようなあてどない散歩とは似つかわしくない。街灯や店のウィンドウの明かりで束《つか》の間《ま》浮かび上がる人々の顔は、昼の光にくまなく照らされたそれよりも、ずっと私の意に適《かな》っている。それに実のところ、昼の光は架空の城郭が今にも完成しようかという刹那《せつな》、ためらいもなく無遠慮に、その幻を打ち砕いてしまう。この点、夜の光は昼のそれよりも懐が深い。

往来する人々の規則的な足音、眠らずに動き続ける街、休むことなく行き交う人々の足元で、固く尖《とが》った石も滑らかに光るほど磨かれていく――狭い路地に暮らす人が、これほどの喧騒に耐えられるとは、驚嘆するばかりだ！　こんな足音に耳を澄ます男が一人、セント・マーティンズ・コート*1のような場所で、病に臥《ふ》せっているところを思い浮かべていただこう。痛みと倦怠《けんたい》の真っただ中で、ふと気付けば、（まるでそうすることが自分の仕事だというように）子供と大人の足音を聞き分け、踵《かかと》の潰れた靴を履く物乞いとブーツを履く洒落者《しゃれもの》の靴音を聞き分け、遅々とした歩みと忙《せわ》しない歩みを聞き分け、あてどなく歩く流れ者の鈍い靴音と期待に胸をふくらませる行楽客の足早な靴音を聞き分けている――思い浮かべてほしいのだ、男の意識から街の喧騒が消えることはついぞなく、止まることのない命の営みが、安らぎのない男の夢のなかに、ドクドクドクと流れ込んでくる。それはまるで、死んでなお意識を失わず、騒がしい墓地に埋葬され、何百年も安息の望みを奪われる責め苦に等しい。

それから、橋の上を（といっても通行料無料の橋［ロンドン橋、ブラック・フライアーズ橋、ウエストミンスター橋の三つ］の上を）ひたすらに行き交う人々を、思い浮かべていただきたい。そこで、多くの者がよく晴れた黄昏時《たそがれどき》にふと足を止め、下を流れる川を物憂げに覗《のぞ》き込んでは、ぼんやりと物思いに耽《ふけ》る。やがてこの川は両岸に緑の土手を臨み、その緑がどんどん広がると、ついに果てしなく広い海に流れ込む――また別の者は、背負った重荷をいったんおろして足を止め、欄干越《らんかんご》しに川を見ながら考える。煙草《たばこ》をくゆらせ、人生をゆるゆるとやり過ごし、気だるげに進む小舟の上で暖かい防水布に身を横たえ、日光を浴びてうたた寝ができるなら、それこそ至上の幸福だ、と。またまったく違う身の上の者は、自分の身体より重い荷を背負ったまま足を止め、遠い昔に人から聞いたか本で読んだか、溺死ならあまり苦しまず、数多《あまた》の自殺方法のうちでも一番手軽で確実に死ねる、という話を思い出す。

それからまた、春か夏、朝焼けに染まるコヴェント・ガーデン*2では、咲き誇る花の甘い香りがあたりを満たす。そして前夜の放蕩の不健康な息吹を吹き飛ばし、屋根裏部屋の窓の外で一晩じゅう、籠《かご》に入れられたままの煤《すす》まみれのツグミをうっとりとさせるのだ! 哀れな鳥よ! あたり一帯に咲く可憐な囚われの花々に通じる心を持つものは、唯一お前だけなのだ。花たちの中には、酔っぱらいの熱を帯びた手から身をよじって逃れ、しおれて力なく道端に横たわる者がいる。また他に、強く握られてふやけたまま、水をもらってしなやかに咲ける日を、少しはまともな連中の目を楽しませる日を、待ち焦がれる者がいる。そしてその脇を通って仕事へ向かう年老いた事務員は、ふと田園風景の幻が胸に去来したのはなぜだろうと、いぶかしむ。

しかし目下の目的は、日々の散歩について語り尽くすことではない。ただ、これからお話しする出来事は、今後も折に触れて幾度か立ち返ることになるが、こんなそぞろ歩きの最中に起こったわけなので、散歩の話も前置きとして言っておきたかったのだ。

ある夜、私はシティの一角をぶらぶらしていた。いつものようにゆっくり歩きながら、あれこれ取りとめもなく思いを巡らせていたが、ものを尋ねる声に足を止めた。なんと言ったかは聞こえなかったが、私になにか尋ねているらしく、しっとりと甘いその声はハッとするほど心地よかった。さっと振り返ってみると、ちょうど肘の触れるあたりに綺麗な少女が立っており、かなり遠くの、いや実際、街のまったく違う方角にあるこれこれの通りまで道案内をしてもらえませんか、と言う。

「ここからはずいぶん遠いですよ、お嬢さん」私は言った。

「知ってます」彼女はおずおずと答えた。「すごく遠いのはわかってるんです、だって今晩、そこから来たんですもの」

「一人で？」少し驚いて私は尋ねた。

「あら、ええ、一人でも平気なんです、だけど今は道がわからなくなってしまって、ちょっと心細くって」

「どうして私に聞こうと思ったのです？　嘘《うそ》でも教えたらどうします？」

「いいえ、絶対にそんなことなさらないわ」少女は言った。「だってこんなにお年寄りだし、すごくゆっくり歩いてらっしゃるもの」

こんな少女の頼みに、澄んだ瞳に涙を浮かべ、私の顔を見上げてほっそりした身体を震わせて懇願するそのひたむきさに、私がどれほど心を打たれたか、うまく言葉にできそうにない。

「いらっしゃい」私は言った。「案内してあげましょう」

まるで赤ん坊の頃から知っているように打ち解けた様子で、彼女は私に手を預け、そのまま連れ立って歩いた。しかし幼い娘のほうが私に歩調を合わせ、私が案内しているというよりも、彼女のほうが先に立って私の世話を焼いているような恰好だった。ときおり私の顔を気遣わしげに盗み見て、念には念を入れ、騙《だま》されていないか確かめようとしているようだったが、そうして見つめるたび(その視線は刺すように鋭かった)私への信頼が増していくのがわかった。

私は私で、負けず劣らず好奇心と興味を掻き立てられた、というのもおそらく、まだほんの子供のように見える一方で、実に小柄で華奢な身体つきから若い娘のような独特の雰囲気が漂っていたからだと思う。もう少し暖かく着込んだほうがよいようだったが、実にきちんとした身じまいで、貧しさやだらしなさは微塵《みじん》も感じられなかった。

「こんな遠くまで一人でお遣いに出したのはいったいどなたです?」

「とっても優しくしてくれる人なの」

「それじゃいったいどんなご用です?」

「それだけは絶対に言えません」少女はきっぱりと答えた。

そう答えたときのたたずまいに思わずハッとした私は、少女をじっと見た。こんな質問をされた時のために前もって準備していたような答え方だったので、そうまでせねばならない用件とはいったいなにか、と驚いたのだ。彼女の鋭い視線は、私の考えを一目で読み取ったらしく、ふと目が合うと、悪いことなんて一つもしてないんですけど、誰にも言ってはいけない秘密なんです、それに実は私もどんな秘密か知らないの、と言い添えた。
誤魔化《ごまか》すとか嘘をつくとかいう様子はまったくなく、本当のことを言っているのに違いないと思わせるような、ひたむきで素直な話し方だった。それからまた、先ほどと同じように歩きはじめ、進むにつれてますます親しげになり、道々楽しそうにおしゃべりに興じた。しかし、家のことはもう話そうとせず、たった一度だけ、ここはまったく知らない道だけど、近道なのかしら、と尋ねただけだった。

こんなふうに歩きながらも、私は少女の謎を解こうと次から次へと想像を膨らませ、いや違う、いや違うと一つずつ退けた。自分の好奇心を満足させるために、少女の素直さや感謝の気持ちを利用しているような気がして、心底恥ずかしくなった。私はこんな小さな子供たちが大好きなのだ。それに、神のもとから地上に降りてきたばかりの幼な子が、私たち大人を好いてくれるとしたら、それは本当に尊いことなのだ。最初はこの少女から頼りにされただけで嬉《うれ》しかったのだから、それにふさわしく振舞わなくては、そして私を信頼するように導いた自然の摂理に応えなくては、と考えた。

とはいえ、夜更けにこんな遠くまでたった一人で子供を遣いに出すような思慮のない人間の顔を拝んでならない理由はなかったし、家の近くまで来たとわかれば、少女に別れを告げられて、その機会もふいになってしまうかもしれなかった。そのため私は、人通りの多い道を避け、わざとわかりにくい道ばかり歩いたので、結局お目当ての通りにさしかかってはじめて、少女にも場所がわかったのだった。喜んで両手を叩《たた》き、私を後に残して飛び跳ねるようにして走って行くと、この幼い友人はある家の玄関先で立ち止まり、登り段のところに佇《たたず》んで、私が追いつくのを待ってからノックした。

扉の一部はガラス張りになっており、シャッターも下りていなかったが、家の中は真っ暗で静まりかえっていたし、今にもノックの返事が返ってくるかとそわそわしていた私は（彼女のほうもすっかりそわそわしていた）、すぐにはそれに気付かなかった。少女が二度三度とノックを繰り返すと、家の中でごそごそ動く音がして、やがてガラス張りの扉の向こうから、仄《ほの》かな光がゆっくりこちらに近づいてくるのが見えた。光の主はそこらじゅうに散乱したものを避《よ》けながら進んでくるので、その時間を利用して、近づいてくる人物の風体も、彼女が縫うように歩いてくる室内の様子も、じっくり観察することができた。

それは白髪交じりの長い髪をした小柄な老人で、その顔立ちも姿形も、頭の上にかざして歩いてくる明かりのおかげではっきりと見て取れた。年のせいでずいぶん面変《おもが》わりしていたものの、小柄でほっそりした身体つきには、少女から感じたのと同じ優美なたたずまいが漂うようだった。深く澄んだ青い目も、たしかに少女のそれと同じだった。しかし老人の顔には深い皺《しわ》が刻まれ、すっかり心労にやつれていたので、目元以外に少女の面影を感じさせるところはなかった。

老人がゆっくりと歩いてくるのは、古ぼけた骨董品が山と積まれた倉庫のような場所だった。骨董品たちはまるで、この街の暗い路地裏に身を潜め、警戒心と不信感をみなぎらせつつ、その埃《ほこり》だらけの宝が人目にふれぬよう隠そうとしているようだった。武器を持ち、亡霊のように立ち尽くす鎖かたびらの鎧《よろい》、修道院の回廊から取って来たような素晴らしい彫刻、さまざまな種類の錆《さび》ついた武具、陶器や木や鉄や象牙のゆがんだ人物像、それに夢の中で織られ、象《かたど》られたようなタペストリーや奇妙な家具。小柄な老人のやつれ果てた表情は、その場所にゾッとするほど似合っていた。おそらくは古い教会や墓地や廃屋を這《は》いずり回って、これらの蒐集品《しゅうしゅうひん》を手ずから集めたのだろう。どれもこれも老人と同じように年を経ていたが、それでいて老人ほど多くの星霜や苦難を経たものは一つもないように思われた。

鍵穴に鍵を差し込んで回すと、老人は不意をつかれたようにギョッとして私を見つめ、それから同じく驚いた顔で、少女のほうを振り返った。扉が開くや少女は、おじいちゃん、と呼びかけ、私と知り合ったいきさつを簡単に話して聞かせた。

「おやおや、お前」老人は少女の髪を撫《な》でながら言った。「道に迷っただって？——お前がいなくなったりしたら、わしはどうしたらいいんだい、ネル！」

「おじいちゃん、あたしだったらどんなことがあったって、絶対、絶対帰って来るわ」少女は力強く答えた。「心配ご無用よ」

老人は少女にキスしてやるとこちらに向きなおり、どうぞお入りくださいと言ったので、そうさせてもらった。扉が閉まり、錠が掛けられた。明かりを持った老人が先に立ち、すでに先刻、扉の外からじっくり観察した場所を抜け、裏の小さな居間へ案内してくれた。居間にはもう一つ、衣裳部屋らしき小部屋に続く扉があり、そちらには、まるで妖精の寝床のように小さなベッドがあった（本当に小さくて、なんとも言えず可愛らしくしつらえてあった)。蠟燭《ろうそく》を手に取った少女が足取りも軽やかにその小部屋に入っていくと、私と老人は二人だけになった。

「お疲れでしょう」老人は火のそばに椅子を置くと言った。「なんとお礼を言ったらいいか」

「今度から、もう少しお孫さんを大事にしてくだされば、それで十分ですよ」私は答えた。

「もっと、大事に！」老人は甲高い声をあげた。「ネリーをもっと、大事に、とは！　ああ、ネルほど愛されている子供が、ほかにいるとでも？」

心底驚いたといった老人の口ぶりに、私は返す言葉もなく当惑した。まして、どことなく弱々しく朦朧《もうろう》とした様子でそう言うので、ますます当惑してしまった。最初は耄碌《もうろく》して惚《ぼ》けているのかとも思ったが、その表情に刻まれた深い心労と、もの思いにやつれた様子からして、やはりそんなはずはないと思い直した。

「つまりは、もう少しあの子を思いやって——」私は言いかけた。

「思いやって、ですと！」彼は私の言葉をさえぎるようにして叫んだ。「私があの子を思いやっていないとは！　ああ、あなたはなにもわかっておられんのです！　ああネリー、ああネリーや！」

この世の誰が、どんな言葉を使って愛を語ろうとも、この骨董屋の主人の「ああ、ネリー、ああ、ネリーや」という四つの言葉が伝える愛の大きさには、きっと及ばないだろう。続けてなにか言うかと待ってみたが、彼は頰杖《ほおづえ》をついたまま暖炉の火をじっと見つめ、頭を二、三度振っただけだった。

そうして黙ったまま座っていると、奥の小部屋の扉が開いて少女が戻ってきた。明るい茶色の髪は首元にふんわりとかかり、急いでこちらに戻ろうとしたせいで頬が赤く染まっていた。そのまますぐにてきぱきと夕食の支度を始めたので、老人は少女が忙しく立ち働く間に、先ほどより念入りに油断なく私を観察している様子だった。驚いたことに、その間じゅう少女はなにもかも一人で切り盛りしていたし、家の中には私たち以外に誰もいないようだった。彼女がちょっと外したすきに、思い切ってこの点について老人に水を向けると、あの子はどんな大人にも劣らず頼りになるし、よく気が付くのです、という答えだった。

「いつも実に嘆かわしく思うのですが」利己的としか思えぬ老人の口ぶりに色をなして、私は言った。「まだ年端《としは》もゆかぬ子供が生活の苦労に晒《さら》されると思うと、いつだって実に嘆かわしく思うのです。そんなことでは、純真な心やあどけない感性を、そう、天の神が子供たちに与えた最も尊い二つの贈り物を、損なってしまう。それに、大人の喜びを知らないうちから、その苦労だけを背負いこませるのですよ」

「どんな苦労もネルの心を損なうことはありません」老人は私のほうをまっすぐ見つめて言った。「あの子の心の泉はそれはそれは深い。それに、貧しい家の子には楽しみなんて、はなからほとんどありませんしね。子供だましの遊びだって、やっぱりそれなりの金がかかるんです」

「しかし、すみません。こんなことを申し上げては失礼かもしれませんが、お見受けしたところ、あなたは決して貧しいというわけではないようですが」私は言った。

「ネルは私の娘ではないんです」老人は言った。「あれの母親が私の娘です。娘は実際、貧しかった。おっしゃる通り、私はどうにか暮らしていますが、貯えなんてまったく、一ペニーだってありゃしませんよ」彼は私の腕に手をかけて身をかがめると、声を潜めて言った。「けれどあの子はいつか金持ちになって、貴婦人になるでしょう。私があれを下働きのように使うからといって、悪く思わんでほしいのです。あの通り、ネルは楽しそうにやってくれてますし、それにあの小さな手で引き受けてくれることを、いまさら他の誰かにやってもらったら、それこそあの子はひどく傷ついてしまう。私の、思いやりが足らんとおっしゃいますか！」彼は突然、心外だというように叫んだ。「ああ、あの子ただ一人のために、私はすべてを捧《ささ》げてきたんです、あの子は私の人生のすべてです。それを神はご存じのはずだ、それなのになにも恵んではくださらない、なにも！」

ここまで話したとき、話題の張本人が部屋に戻ってきたため、老人はテーブルのほうに来るよう私に身ぶりで合図をすると、ふっつりと話をやめ、それきりなにも言わなかった。

食事を始めようとした矢先、さきほど入ってきた扉から、またノックの音がした。ネルは笑い転げながら、あたしの大事なキットじいさんったらやっと帰ってきたわと言ったが、その無邪気で楽しそうな笑い声を聞いていると、こちらまで嬉しくなった。

「まったく、しょうのないネルや！」老人は髪を撫でてやりながら言った。「この子はいつだって、可哀そうなキットのことを笑ってばかりなんですよ」

少女はもう一度、さっきよりももっと楽しそうに笑ったので、私もつられてにっこりしてしまった。小柄な老人は蠟燭を手に扉を開けに行った。戻ってくると、その傍らにキットがいた。

キットというのは、くしゃくしゃ頭で、足を引きずるようにして歩く垢抜けない少年で、口は左右に裂けたみたいに大きく、頰は真っ赤で、鼻はペタンと折りたたまれたような形で、これまで見たことがないほど珍妙な顔だちだった。見慣れぬ人間の存在に気付いた彼は戸口でハッと立ち止まり、ツバがすっかりなくなるくらいツンツルテンになった古帽子を手でくるくる回し、やれこちらの足で立ったかと思えばまたこちらといった具合に、何度も重心を変えながら敷居のところで立ち尽くし、ついぞ見たこともないくらい奇天烈《きてれつ》な薄笑いを浮かべたまま、居間を覗きこんでいた。その姿を見た途端、私は彼に対する感謝の気持ちで一杯になった。彼こそ、少女の日々に笑いをもたらしてくれる人物だと思ったからだ。

「随分遠かっただろう、キット」小柄な老人は言った。

「まあ、ちょい遠めってとこですかね、旦那さま」キットは答えた。

「お屋敷はすぐ見つかったかい？」

「まあ、めちゃ簡単ってわけでもなかったですけどね、旦那さま」キットは言った。

「それじゃ当然、腹ペコで帰って来たってことかい？」

「まあ、言ってみりゃ、ものすっごい腹ペコってやつですわ、旦那さま」というのが答えだった。

こう話す少年は身体を横ざまにして立ち、肩越しに頭を突き出すという、なんとも珍妙な体勢だった。まるでそうして身体ごと突き出さなければ自分の声に追いつけないというようだった。この調子なら、少年はどこに行っても周囲を和ませているのだろうが、やはり少女が彼の奇矯な振る舞いを心底楽しそうに見ている様子はなんとも素晴らしかった。少女にはあまりに不釣り合いなこの侘《わび》しい家で、せめても楽しいことがあるのだと思うと、心がふと軽くなるようで、実に素敵だった。そのうえ、キット本人も少女が笑ってくれるのが嬉しくてたまらず、神妙な顔をしようとむなしく努力を繰り返すものの、やがて大声で笑い出してしまい、ほとんど目をつむったまま口だけガバッと開け、突っ立ってゲラゲラ笑う様子はさらに傑作だった。

老人はまたさきほどと同じようにぼんやりと物思いに耽り、目の前のことには一切お構いなしだった。しかし私は、少女がふと笑うのをやめた刹那、そのキラキラした目に涙を浮かべているのを見逃さなかった。その夜のちょっとしたこわい経験の後で、お気に入りの無骨な少年に会えてホッとしたせいだろう。キットのほうは（その笑い声はいつなんどき泣き声に変わってもおかしくないようなものだった）、分厚いパンと肉とビールのコップを持って部屋の隅へ行き、ガツガツとむさぼるように夕食に取りかかった。

「ああ！」その瞬間、まるで私に話しかけられたみたいに、ため息交じりにこちらを振り返った老人は言った。「私があの子を思いやっていないだなんて、なにもわかっておられんから、そんなことを言われるんです」

「お目にかかってすぐに申し上げたことですから、どうぞあまりお気になさらずに」私は言った。

「そうですな」老人は考え込むように言った。「たしかに。ネルや、こっちへおいで」

少女はさっと椅子から立ち上がると、彼の首に腕を回した。

「わしはお前を愛しているかな、ネル」彼は言った。「なあ、どうだろう。お前を、わしは愛しているかな、ネル、それとも愛していないかね？」

少女はただ老人を優しく抱いただけでこの問いに答え、そのまま彼の胸に頭を預けた。

「どうして泣くんだね？」老人は彼女をぎゅっと抱きしめ、私のほうをちらりと見て言った。「わしがどんなにお前を愛しているか、わかっているから泣くんだね？　こんなふうに聞くなんて、まるでお前の気持ちを疑ってるみたいで悲しいんだね？　よしよし、それじゃあわしらはお互いに、心の底から愛していると言い合うことにしよう」

「本当に、本当におじいちゃんはあたしを愛してくれてるわ」少女は必死に言った。「キットだって、ちゃんとわかってるわよね」

当のキットはまるで手練《てだ》れの手品師みたいに涼しい顔で、一口ごとにナイフの三分の二ほども口の中に突っ込んでパンと肉を貪っていたが、こうして呼びかけられるとその曲芸を一旦中止し、「旦那さまが嬢ちゃんを愛してないなんていう馬鹿はどこにもいませんや」と叫んだ。そのあとすぐに、とてつもなく大きなサンドウィッチをひと呑みにしてしまい、それ以上なにか話すなど到底無理だった。

「この子は今は貧しい身です」老人は少女の頬を優しくトントンと叩きながら言った。「しかし、さきほども言いましたが、いつか必ず、この子は金持ちになります。果てしなく長い時間がかかっても、最後には必ず。どんなに長くかかろうと、いつか、必ず。浪費や放蕩に明け暮れた男どもにだってツキが回ってくるんですから。わしのところに回ってくるのはいったいいつになることやら！」

「あたし、今のままでとっても幸せよ、おじいちゃん」少女は言った。

「これこれ！」老人は言った。「お前にはわかっとらんのだよ、どうしたってわかるはずがないさ！」それからまた、歯と歯の間から搾りだすようにつぶやいた。「必ずその時が来るんだ、そう、もうそれだけは間違いない。それに、遅くなればそれだけ有難味も増すってもんだ」そしてため息をつくと、また前と同じように物思いに耽り、膝の間に少女を抱いたまま周囲に一切注意を払わなくなった。すでに日が変わろうかという時刻だったので、帰ろうとして私が立ち上がると、老人はハッと我に返った。

「待ってください」彼は言った。「さあ、キット、もう夜中だってのに、お前はまだこんなところに！　家にお帰り、家に、そして明日は時間通りに来るんだよ、やらなきゃならんことがあるんだからね、おやすみ。さあ、ネル、キットにおやすみを言って帰ってもらうんだよ！」

「おやすみなさい、キット」はつらつとした瞳を優しく輝かせて、ネルは言った。

「ネル嬢ちゃん、おやすみなさい」少年は答えた。

「それから、こちらの方にお礼を言いなさい」老人は少年の言葉にかぶせるようにして言った。「この方が助けてくれなかったら、今晩わしはかわいい孫娘をなくすところだったかもしれん」

「いや、そんなことはありませんや、旦那さま」とキットは言った。「そんなこと、絶対、絶対ありませんや」

「どうしてだね？」老人は叫んだ。

「俺が必ず嬢ちゃんを見《め》っけてましたよ、旦那さま」とキットは言った。「たとえこの方がいなくたって、必ず俺が見《め》っけてましたね。嬢ちゃんがこの世におられる限り、なにがあったって俺が見《め》っけてさしあげますとも。それも、どこのどちらさんより先にね、旦那さま。あっはっは！」

キットはまた口を大きく開けて目を閉じると、まるでギリシャ神話のステントル［トロイ戦争のときに伝令官を務めた人物。そのため、美声や大きな声の人に「ステントル」の形容が当てられる］のように大声で笑いながらじりじりと扉のほうへと後ずさり、吠《ほ》えるように笑って扉の向こうに消えた。

そうして部屋を出るや、少年はすぐに家へ帰って行った。彼が去ってから、少女がせっせとテーブルを片づけていると、老人が言った。

「私もまだきちんとお礼を言っておりませんでしたな。今晩は本当に良くしてくださったのに。まこと、心からのお礼を申し上げます。ネルも同じ気持ちでおりますし、この子の感謝のほうが私などからの感謝よりもよほど値打ちがありましょう。でも、あなたのご親切に対して、まるで私が恩知らずだとか、ましてこの子を可愛がっていないように誤解されたまま、あなたがお帰りになってしまうのは困ります。掛け値なしに、そんなことはないんですからね」

今晩こちらでご一緒しましたから、もうそれはわかっておりますとも、と私は言った。

「ところで」私は付け足すように言った。「一つお聞きしても?」

「ええ、どうぞ」老人は答えた。「なんでしょう?」

「こちらの小さなお嬢さんは」と私は言った。「本当にお綺麗で利発でおられるようですが、あなたの他に面倒を見てくださる方はどなたもおられないのですか? 話し相手とか、相談相手のような方は?」

「いや」私の顔を気遣わしげに見て彼は答えた。「おりません、でもこの子は、私さえいればいいんです」

「けれど、こわくはありませんか?」私は言った。「こんな小さなお子さんをちゃんと守ってあげられなかったら、どうしようかと? あなたが良かれと思ってやっておられることはわかります、けれどこんな子をお一人で育て上げる自信がおありですか? 私ももう年ですし、まあこれも年寄りの習い性のようなものでしょう、将来ある幼い子供たちのことが心配でならないのです。今晩、お宅でお嬢さんとご一緒させていただいて、やはり心配で心が痛んだのですが、そのあたりをご理解いただけませんかな」

「なるほど」一瞬黙ったあとで、老人は口を開いた。「今の言葉に腹を立てたりするのは、お門違いというもんでしょうな。たしかに、私のほうが子供で、この子のほうが大人みたいな時もよくあります、そんなことはあなたもとっくにお見通しでしょう。とはいえ寝ても覚めても、昼も夜も、病気のときも元気なときも、私はこの子のことだけを思っとるんです。私がどんなにこの子を思っとるか、もしわかってくださったら、きっと私のことをもっと違った目で見てくださるんでしょうがね。そう、そりゃ間違いない。嗚呼《ああ》！　年寄りの私の老い先は、辛《つら》いもんですよ、実に、実に、辛い。けれど将来の大きな目標があるんですから、それを見据えてやっていきますとも」

老人がすっかり興奮してじりじりしているのに気が付いた私は、もうなにも言うまいと思い、来たときに脱いだコートを着ようと振り返った。すると驚いたことに、そこには少女が腕にコートをかけ、手には帽子と杖を持って立っていた。

「それは私のものではないよ、お嬢さん」私は言った。

「ええ」少女は言った。「おじいちゃんのものよ」

「でも、おじいさんはもう、今夜は外出なさらないよ」

「あら、これからお出かけするんです」にっこり笑って少女は言った。

「でもお嬢さん、それじゃあなたはどうするの？」

「あたし！　あたしはもちろんお留守番よ。いつもそうしているもの」

私は驚愕《きようがく》して老人のほうを見たが、彼は服を着替えるのに忙しかった、でなければ忙しそうなふりをしていた。私はもう一度、目の前の少女の華奢で優しげな姿に目を移した。たった一人！　こんな陰鬱《いんうつ》な家で、一晩じゅう、侘しい夜を過ごすとは。

彼女は私の驚いた様子を気に留めるふうもなく、甲斐甲斐《かいがい》しく老人の着替えを手伝い、その身支度が整うと見送りのために蠟燭を手に取った。しかし予想に反して私たちがじっとしたままなので、にっこり笑って振り返り、その場にたたずんで待っていた。老人の顔を見れば、私がためらっている理由はちゃんとわかっているようだったが、ただ首をちょっと傾《かし》げて、先に部屋を出てくださいと合図を寄越すのみで、なにも言おうとはしなかった。私はそれに従うよりほかなかった。

扉のところまで来ると、少女は蠟燭を下に置き、別れを言うために振り返り、キスしてもらおうと顔をあげた。それから老人のほうに駆け寄ると、両腕に彼女を抱いた老人は、神のご加護を、と言葉をかけた。

「ゆっくりお休み、ネル」老人は低い声で言った。「天使様たちがお前のベッドを守ってくださるよ。お祈りを忘れずに、いいね」[*3]

「ええ、もちろんよ」少女はきっぱり答えた。「お祈りってとっても幸せな気分になれるんだもの！」

「そうかそうか、そうだろうな、そうだねえ」老人は言った。「神様がお前をちゃんと守ってくださるからな。わしは夜明け頃には戻るよ」

「ベルは一回だけで十分よ」と少女は答えた。「リンとなるだけで、どんなにぐっすり眠っていてもすぐに起きられるわ」

こうして二人は身体を離した。少女は扉を開け（もうシャッターは下ろされていた。というのも、少年が家を出る際にガタガタと音を立てて閉めるのが聞こえていたのだ）、もう一度、その澄みきった優しい声でさよならを言い（これまでいったい幾度、その綺麗な声を思い返してみたことだろう）、私たちが出るまで扉を押さえてくれた。老人はしばし立ち止り、扉がゆっくり閉まって内側から鍵がかかるのを待っていたが、錠がおりたのを確かめると、やおら歩き始めた。道のはずれまでくると足を止め、困ったような顔をして私を見つめると、この先は全然方向が違いますし、ここらでおいとましましょう、と言った。そして言葉を返す隙も与えずに、年老いた風貌からは想像もつかぬほど敏捷な身のこなしで、さっと立ち去った。もしかしてまだ見張られているだろうか、でなければ少し離れて後をつけられてはいないだろうかと、彼が二度三度、こちらを振り返るのが見えた。夜の闇が彼を包み込み、その姿はあっという間に見えなくなった。

私はその場に取り残されたまま、どうしても歩き出す気になれず、といってこんなところでぐずぐずしてどうしたいかもわからなかった。いま来た通りを物憂げに見ると、やがてそちらへ足を向けた。家の前を何度も往来し、足を止めては扉のところで聞き耳を立てた。あたりは真っ暗で、まるで墓場のような静けさだった。

それでも、そのままぐずぐずして、どうしても立ち去ることができず、少女の身によからぬことが降りかかるのではないかと、火事や強盗、殺人に至るまで、あれやこれやの災難を思い浮かべ、私が立ち去ったら最後、悪いことが起こるに違いないという気分にさえなった。

通りに面したどこかの家でドアか窓の閉まる音がしたので、また骨董屋まで引き返した。道を渡り、音の出所がこの家でないことを確かめようと顔を上げた。いや、家はやはり先ほどと変わらず、真っ暗で寒々しく、人の気配がなかった。

あたりは人影もまばらだった。通りはもの哀しく陰鬱で、まるで私の他に誰もいないようだった。芝居見物の帰りに油を売っていた連中が私の横を足早に通り過ぎた。ときおり千鳥足で家に向かう騒がしい酔っぱらいを避けるのに、脇道に折れたりもした。しかしそんな人通りも多くはなく、やがてぱったり途絶えた。時計が一時を打った。それでも、次こそ最後だと自分に言い聞かせながら、そのたびにあと一度だけ、あと一度だけと言いつくろって何度も道を往来した。

老人の言葉、目つき、身のこなしを思い返すほど、先ほどこの目で見たことの説明がつかないように思われた。彼が夜中に家を空けるのはいかがわしい目的のためではないか、という不安が心に重くのしかかった。そもそも老人の外出に気が付いたのは、少女の無邪気さゆえだったし、あのとき老人は驚きを隠せぬ私の姿をすぐそばで見ていたはずなのに、謎めいた外出について、なにも説明しようとしなかった。こうして思い返すほど、老人のやつれた顔やうわの空の様子、落ち着きのないおどおどした目が、前より一層鮮烈に脳裏に蘇《よみがえ》った。たとえ彼が心底あの子を愛していたとしても、この世のむごい悪事に手を染めないとは限らない。そもそもその愛情というもの自体、ひどく矛盾しているではないか、愛しているのなら、どうしてあの子を一人残して出かけられるというのか。どうしても老人のことを悪く思わずにはいられなかったが、それでも少女に対する彼の愛情に偽りがないことだけは、疑いようがなかった。私たちが交わした会話や、彼女の名前を呼ぶ彼の声を思い出すにつけ、その愛を疑うことはどうしてもできなかった。

「もちろんお留守番よ」あの子はそう言った。「いつもそうしているもの！」夜更けに、しかも毎晩、家を空けてなにをするというのか！　大都会の片隅で、長い間人目につかぬまま行われてきた、おぞましくもおそろしげな事柄について、これまで耳にした不気味な物語を次から次へと思い返してみた。おそろしい話ばかりだったが、今日目の当たりにした謎と通じるものは一つとしてなく、考えれば考えるほど謎はいっそう深い闇に落ちていった。

こんなことばかり考え続け、他のことを考えても、やはり同じ考えに戻ってしまうのだった。そうして私はたっぷり二時間ほども通りを歩き続けた。少女を案ずる気持ちが和らぐことはなかったが、雨がひどく降り始めると、やがて疲れ果ててぐったりしてしまい、近くにいた辻馬車《つじばしゃ》を拾って家路についた。暖炉には赤々とした炎が燃え、ランプは明るく輝き、柱時計はいつも通り私を迎えてくれた。すべては、つい先ほど目にした陰鬱な暗さとは幸せな対照をなし、静かで温かで明るかった。

私は安楽椅子に腰を下ろし、大きなクッションに身を預け、ベッドに横になる少女を思い浮かべた。たった一人で、守る者も世話をする者もなく（ただ天使だけに守られて）それでも静かに眠っている。あんなにも幼く、あんなにも気高く、あんなにも華奢で妖精のような少女が、この長く陰鬱な夜を、まったく似つかわしくない場所で過ごすとは！　どうしてもその思いが頭を離れなかった。

我々は常日頃から、外的な事物の視覚的側面からその印象を決めることにあまりに慣れてしまっているが、本来ならば心象とは、内的思索によってのみもたらされるものだろう。とはいえ、やはり視覚的なきっかけがなければ、なんの印象も持たぬままやり過ごしてしまうことが多い。かく言う私も、あの骨董屋の倉庫に山と積まれた奇妙な品々を見ていなければ、こんなにもとり憑《つ》かれたように少女のことばかり考えたかどうか、さだかではない。山と積まれた骨董品は私の心中で群れをなし、あの少女と結びつき、取り囲み、その状況を目の前に鮮やかに描いて見せた。想像などしてみなくても、少女の姿はいともたやすく思い浮かんだ。その周りをぐるりと囲むものはすべて、彼女とはまったく相《あい》容れず、その姿や年恰好ともあまりに不釣り合いだった。いたずらに空想を掻《か》きたてるものが仮になかったとしたら、奇怪なものも見慣れぬものもないようなありふれた部屋にいるところを想像していたとしたら、彼女の不可思議で孤独な状況に対して、これほど強く心惹《ひ》かれはしなかっただろう。しかし現に少女はあの骨董屋にいて、まるでおとぎ話の世界の住人のようだった。古い品々に囲まれてたたずむ少女は、私の興味をあまりに強く掻きたて（さきほど述べたように）どうしても彼女のことを考えずにはいられなくさせた。

「好奇心に駆られて考えすぎているだけだ、きっと」部屋の中を落ち着きなく行ったり来たりしながら私は言った。「あの子がこの先もグロテスクな骨董品だけに囲まれて、一人ぼっちで暮らしていくだなんて。おそろしげな品々が群れをなして、その中であの子ただ一人が、穢《けが》れを知らず、みずみずしく、若々しい。よりによって——」

私はここで考えるのをやめた。考えれば考えるほど、想像はものすごい勢いで膨らんでいき、知りたくもないような世界が眼前に広がり始めた。所詮、すべてはいたずらな物思いにすぎぬものと自分に言い聞かせ、ベッドに入ってなにもかも忘れようとした。

しかし一晩じゅう、夢うつつか、幾度も渦を巻いて戻ってくる同じ考えにとり憑かれ、何度も脳裏に蘇るイメージに苦しんだ。目の前に浮かぶのは、決まってあの古くて暗い陰鬱な部屋で、そこには気味の悪い鎖かたびらの鎧が静かに立っていた。あたりの木や石からは、ゆがんだ顔が次々に出てきてにやにやと笑いかけてくる。そして木には埃と錆と虫が巣食っている。こんなにも朽ち果てたガラクタと、醜く古びた品々の真ん中で、たった一人あの美しい少女が静かに眠っている。明るく楽しい夢でも見ているかのように、その口元に微笑みを浮かべたまま。

第二章

骨董屋を去った経緯はすでに詳しく述べた通りだが、やはりもう一度行ってみたいという気持ちを抑えることができなかった。その後一週間あまり我慢しようとむなしく努力したものの、結局はその気持ちに負けてしまった。今回は昼の明るいうちに訪問することにしようと、ある午後早く再び足を向けた。

骨董屋の前をいったん通り過ぎてから、何度も通りを往来した。約束なしの訪問のうえ、行ったところで歓迎されないかもしれないと思う者なら誰もが感じる躊躇《ちゅうちょ》のせいで、ふんぎりがつかなかった。しかし店の扉は閉ざされていたし、このまま前の通りをうろうろしているだけでは中の人間に気付いてもらえそうになかったので、ほどなく躊躇《ためら》う気持ちを抑えて骨董屋の倉庫に足を踏み入れた。

奥には老人ともう一人誰かいて、なにやら激しく言い争っているようだったが、興奮して上ずった怒鳴り声の応酬は、私が入った途端にぴたりと止《や》んだ。老人はこちらに急ぎ足でやってくると、これは本当によく来てくださった、と震える声で言った。

「今まさにというところでお越しくださった」そう言うと、老人は一緒にいた男のほうを指差した。「こやつはそのうち、私を殺しますよ。いやもう少し度胸があれば、とうの昔に殺していてもおかしくないんですがね」

「はん！　あんただって、俺を呪い殺せるもんならそうしてるだろうが」もう一人のほうは、私をじろりと睨《にら》みつけ、しかめ面で言い返した。「そんなこと、先刻承知さ！」

「いっそそうできりゃどんなにいいか」弱々しい様子で男のほうに向き直ると、老人は叫んだ。「呪って、祈って、まじないを唱えりゃお前さんが目の前から消えてくれるんなら、本当にどんなにいいか。お前なんかもう見なくて済むならそうしたいさ。死んでくれたらどんなに助かるか」

「そんなこた知ってるさ」相手も応じた。「さっきも言ったろ？　どっこい、呪っても祈っても、まじないを唱えても、残念ながらこの俺を殺すこたぁ絶対にできないのさ、だから実際こうして今もピンピンしてるし、これからだってそうありたいもんさね」

「それなのに、母親のほうが死んでしまうとは！」老人は感に堪えぬ様子で手を握り、天を仰いで叫んだ。「嗚呼、これが天の配剤とは！」

相手のほうは片足をだらしなく椅子に載せて立ち、せせら笑うようにして老人を見ていた。年の頃は二十一かそこら、体格も悪くなく、顔だちも実に整っていたが、その顔に浮かぶ表情は到底人好きがするとは言いがたく、身のこなしや服装と相まって放埒《ほうらつ》で傲慢《ごうまん》な雰囲気を醸し出し、見る者をゾッとさせた。

「天の配剤かなんか知らねえが」若者は言った。「ともかくこうしてここにいるからには、いたいだけいさせてもらうさ。もっとも、誰かほかの人間を呼んで俺をつまみ出すってんなら話は別だがね。だけどあんたにゃそんなのできっこないことくらい、俺はちゃあんとわかってるのさ。とにかく、さっきから何度も言ってるだろ、俺の妹に会わせてもらおうじゃないか」

「お前の妹だと！」老人は苦々しく吐き捨てた。

「はん！　血のつながりはあんたにも変えられんさ」若者は言い返した。「変えられるもんなら、とっくの昔に変えてたろうがね。妹に会いたいんだよ。この家に閉じ込めて、いやらしい秘密で、すっかりあいつのいたいけな心に毒を盛るような真似しやがって、あげく愛してるとかおためごかしで、死ぬまであんたがこき使ってやろうっていう、俺の妹さ。あいつをそうやってこき使ってまで、毎週しみったれの何シリングか節約して、もうどれだけあるかもわからんくらいの大金の山にまた少し足そうって魂胆だろ。妹に会いたいんだよ。是が非でも会わせてもらう」

「これはこれは、毒を盛られた幼心について説教を垂れる道徳家さんとは！　これはこれは、かきあつめた何シリングかを馬鹿にする気前のいい御仁とは！」老人はそう叫んで私のほうに向きなおった。

「こいつはどうしようもない放蕩者でしてね。不幸にも血のつながった親戚だけならいざ知らず、こいつの素行の悪さしか知らんような方たちからも、完全に見放されちまったんですよ。そのうえ嘘つきで」老人は私のほうに身を寄せて低い声で言い添えた。「あの子を私がどれほど大切にしているか百も承知で、他に人がいるとみりゃ、その前で私の愛情さえ貶《おとし》めてやろうって根性です」

「他に人がいるかどうかなんて、どうでもいいんだよ、じいさん」この言葉を聞きとがめた若者が言った。「誰かさんだって、俺のことなんかどうだっていいだろうしな。そちらさんにはせいぜいお節介は控えてもらって、俺のことなんか放っといてほしいもんさ。実は連れを一人外で待たせてるんでね。どうやら長丁場になりそうだ、ここらで失礼して、奴《やつ》を中に入れさせてもらうぜ」

こう言うと彼は戸口のほうまで行って通りを見下ろし、姿の見えない誰かに向かって何度か手招きをしたが、そのイライラした様子からして、外の人間がどうしても招きに応じないらしかった。とうとう通りの反対側に人影が現れ――いかにも偶然通りかかったというような下手な芝居を打った――汚らしいのに気取った恰好をしているせいで悪目立ちする当の人影は、何度も顔をしかめたり頭をぶんぶん振っては、入ってこいという合図に抵抗していたが、ようよう道を横切って店に入った。

「ほら。ディック・スウィヴェラーだ」若者は仲間を部屋に引っ張り込むと言った。「座れよ、スウィヴェラー」

「しかし、じいさんはご機嫌さんなのかい？」スウィヴェラー氏は声を潜めて言った。

「座れって」仲間の男が繰り返した。

スウィヴェラー氏は言われたとおりに腰かけると、へつらうような笑みを浮かべて周囲を見回し、先週は[*1]アヒルの羽にゃ良い天気、でもって今週は[*2]お部屋の埃にゃ良い天気ってやつですなと言った。そうそう、街角のポストんとこに立ってたら、[*3]豚が口にワラ一本くわえて煙草屋から飛び出してくるのを見ましたぜ、あの様子からするに、来週もやっぱりアヒルにゃ良い天気になりましょうな、それでそのまま雨続きってやつでしょう、と言った。なおも言い募るには、私の身なりがちょっとだらしなく見えたらそれはもうお詫《わ》びしますよ、なにせ昨夜は「お天道様が目に入って痛くて」たまらなかったもんですから、と言った。それはつまり、ずいぶん深酒をしてしまったというのを、できるだけ婉曲な言い回しで伝えようとしているらしかった。

「それにしても」スウィヴェラー氏は溜息まじりに言った。「[*4]魂の炎は響きあう心の火口から燃えあがり、友情の翼はその羽を一枚も落とすことなく豊かに広がるのだとしたら、いったいなにを思い煩うことがあるんです！　ロゼのワインで人の心が寛大になるのなら、それに、今この瞬間が人生のどん底だとしたら、なにを悩むことがあるのです！」

「お前がこの場を仕切ることなんかないんだよ」友人のほうが囁《ささや》くように言った。

「フレッド！」鼻先をとんとん叩きながらスウィヴェラー氏は叫んだ。「賢人は一を聞いて十を知る——金なんかなくたって、人は善良で満ち足りた生活が送れるよ、フレッド。もうなにも言わんでくれたまえ。自分の役回りくらい、ちゃーんと心得てるさ。口の堅さにかけちゃ折り紙付きってやつよ。ところでちょっと耳を借りてもいいかい、フレッド——じいさんはご機嫌さんかい？」

「お前の知ったことかよ」友人は答えた。

「そりゃごもっとも、まさにおっしゃる通り」スウィヴェラー氏は答えた。「用心しろ、が合言葉、用心しろ、が行動指針」そう言うと、任しとけ、例のデカい秘密は絶対に口外しないからというようにウィンクをし、腕を組んで椅子に寄りかかってひどく神妙な面持ちで天井を見上げた。

一連の会話から考えるに、スウィヴェラー氏は彼流の比喩表現である「ギラつくお天道様」の影響から、いまだ回復していないと判断してまず間違いなかった。しかし、たとえ彼の話しぶりが、こんな疑惑を呼ばなかったとしても、ごわついた髪、どろんとした目、黄ばんだ顔をみれば、やはりどれも彼にとって不利な証拠となっただろう。身じまいにしても、自ら言う通り、素晴らしくご立派な風体とは言い難かった。どれもひどくしわくちゃなところを見ると、おそらく昨夜はそのままの恰好で床に入ったらしい。ぴったりした茶色の外套《がいとう》は前面にすさまじい数の真鍮《しんちゅう》のボタンを並べていたが、そのわりに背面のボタンは一つきりだったし、派手なチェックのネッカチーフと格子縞《こうしじま》のチョッキに点々とシミのついた白いズボンを合わせ、ひどくくたびれた帽子はツバに空いた穴を隠そうと変な具合に捻《ね》じ曲《ま》げて頭に載せていた。外套の胸には飾りポケットがあり、途方もなく大きくてひどく汚いハンカチの辛うじて一番こぎれいな隅が顔をのぞかせていた。黒ずんだ袖口はできるだけ上着から引っ張りだされ、これみよがしにカフスの上にまくり上げられていた。手袋はしておらず、手に持った黄色い杖の握りには象牙の手形があしらわれ、その手は黒い玉を握り締め、小指に指輪らしきものまで嵌《は》めていた。こうして全身飾り立てた装束で（さらに煙草の煙の強烈な臭気と、全身のギトギトした脂っぽさまで添えて）、スウィヴェラー氏は椅子にふんぞり返り、天井を凝視して、ところどころで自分の声に合わせて音程を調節しながら、ゾッとするほど陰気な歌を切れ切れに歌い聞かせてくれた。が、ふと節の途中で口をつぐみ、前と同じように黙ってしまった。

老人は椅子に腰かけて腕組みをし、自分の孫とその奇怪な友人をかわるがわる眺めていたが、あまりに無力で、やりたい放題やらせておくよりほか、どうすることもできないといった様子だった。若者は友人から即《つ》かず離れずのところでテーブルに寄りかかり、目の前のことなどまったくお構いなしといった様子だった。私は私で、老人が先だってから言葉と目配せで懇願しているのを知りつつも、どうやって仲裁すべきかもわからず、苦し紛れに売り物の骨董品類をさも興味深げに手に取ったりしては、目の前の状況にまったくの無関心を装った。

沈黙は長くは続かなかった。というのもスウィヴェラー氏は、「我が心ははるかスコットランド高地へ」[*5]と歌い、それからまた「我が武勇と忠誠に証を立てる、大いなる偉業のため、我にただ一頭のアラブ馬を」[*6]とひとくさり口ずさむと、天井から視線を下ろし、ふたたび散文調の演説を始めた。

「フレッド」急に思いついたんだが、という調子で歌うのをやめると、前と同じく、周囲の人間にもはっきり聞こえるくらいのひそひそ声でスウィヴェラー氏は言った。「じいさんはご機嫌さんかい？」

「いったいなにが言いたいんだよ？」友人のほうはイライラして答えた。

「いや、なにってわけじゃないんだが、とにかくご機嫌さんかい？」ディックは言った。

「そりゃそうだろうよ。ご機嫌だろうがなかろうが、俺になんの関係があるんだよ」

この答えを受けて、もっとありふれた話題でもいけそうだと意を強くしたらしく、スウィヴェラー氏は我々の注意を引こうと躍起になった。

まずはソーダ水について一席。あれは理屈のうえでは結構なものですが、生姜《しょうが》を混ぜるか、さもなくばブランデーを一滴たらして飲まないと、お腹をすっかり冷やしてしまいます。それに生姜かブランデーなら俄然《がぜん》後者のほうがおすすめですな。もちろんそっちのほうが高くつくのが玉にキズってやつですが。この持論に異を唱える者が一人としていなかったので、彼はさらに意を強くして続けた。けだし人間の毛髪とは、煙草の煙を閉じ込め逃がさぬようにするためのもので、[*7]ウェストミンスター校やイートン校の若い紳士方が、鼻の利く連れ合いに煙草の臭いを嗅ぎ付けられまいと大量にリンゴをかじって口臭を消そうとしても、結局は毛髪についた臭いがもとでバレてしまうのであります。であるからして、「[*8]英国王立学士院」がこの現象に注目し、科学の粋を結集して、藪《やぶ》から棒に毛髪から喫煙が露見せぬような方法を編み出してくれるなら、それこそ人類に偉大な恩恵をもたらす発見として大いなる尊敬を集めるでしょうな。すでに開陳した前説と同様、この論にも異論が出ないようだったので、彼はさらに付け足した。ジャマイカ産のラム酒というのは、もう間違いなくとても上等で芳醇《ほうじゅん》なのですが、飲んだ翌日までずっと残るのですな。こちらについても、あえて疑義を唱えるものがいなかったので、彼はすっかり自信をつけ、いっそう打ち解けた様子で弁舌さわやかになった。

「みなさん、本当にあってはならんことですよ。血の繋《つな》がった者同士が仲違《なかたが》いをして、いがみ合うなんてねえ。いやしくも友情の翼たるもの、その羽を一枚たりと落とすことなく、ますます豊かに栄えるべきものならば、血縁の翼もまた、決して羽をむしられるようなこともなく、常に大きく、ゆったりと広げられねばならんのです。どうして祖父と孫が互いに罵《ののし》り合って突っつき合わねばならんのですか。すべては円満に理解しあえるはずだというのに。ねえ、ひとつ握手でもして全部水に流しちまったらどうです?」彼は言った。

「黙ってろ」友人が言った。

「おや」とスウィヴェラー氏はそれに答えるように言った。「この場を取り仕切る私の邪魔をしないでいただきたいね。みなさん、今現在の状況として、なにが起こっているのか整理してみましょう。こちらにおわすはご機嫌なお年寄りのおじいさま――最高の敬意を込めてそう呼ばせていただきますよ――それからこちらが、荒くれ者のお若いお孫さん。ご機嫌なお年寄りであるおじいさまは、荒くれ者の若いお孫さんに言うわけですな、『私はお前をきちんと育てて教育もつけてやったぞ、フレッド。お前が一人立ちできるように十分なお膳立てはしてやった。けれどお前は、まあ若い者にはよくあることだが、ちょっと道を踏み外したのだ。だからお前にはもう二度とチャンスはやらん、そうとも、もう絶対にやらん』とまあ、こんなところです。荒くれ者の若いお孫さんのほうは、これに答えて言うわけですよ。『あんたはしこたま金を持ってるじゃないか。それに俺のために特別金をかけたってわけじゃない。その代わり、俺の妹のために唸《うな》るほど貯め込んでんだろう、その妹と二人、人目を忍んでこそこそと、なんの楽しみもなく暮らしてるくせにな。そんならどうして血を分けた大人の兄貴のほうに、ほんの少し分けてやるだけの心ってものがないんだよ』ってわけです。しかしご機嫌なお年寄りであるおじいさまのほうは、これに答えてまた言い返すわけですな。お前に嬉々《きき》として金を出してやるなんてまっぴら御免だ、と。けれどねえ、おじいさまくらいご年配の方が、にこにことご機嫌でいるところなんてのは、まったく見ていて素敵で気持ちの良いものですよ、まあとにかくそんなの御免だ、とおっしゃる。それだけじゃありませんな。お前と会ったらこの先必ず、面と向かって睨んで悪態をついて散々罵ってやる、ときたもんだ。してみると問題は簡単なことですよ。つまり、一切合財がこんなふうに良からぬ状態で続くのは、残念至極じゃありませんかってことです。それから、おじいさまのほうにとっては、まあ常識的な額のお金をなにがしかお渡しになって、それでもってみんな愉快に手打ちにいたしましょう、ってほうがなんぼか良くはありませんかね、まあそういうことなんです」

クネクネと手を振ったりかざしたりしながら話を終えると、これ以上一言でも付け加えて、今までの演説を自ら駄目にしては大変というように、スウィヴェラー氏は突然、杖の先を口の中に押し込んだ。

「どうしてお前は、わしに付きまとってこんなに苦しめるんだ、嗚呼、もう」老人は孫のほうに向きなおると言った。「お前の放蕩仲間まで連れてくるなんて、いったいどういう料簡《りようけん》だね？　わしの生活は日々、苦労と辛抱ばかりで、金など全然ありゃせんのだというのを、いったい何度言えばわかるんだ？」

「こっちこそ、いったい何度言わせりゃ気が済むんだ」孫は老人を冷たい目で見ながら言い返した。「俺はそんなんじゃ騙されやしないってことをよ？」

「お前はもう、自分の道を自分で決めたんじゃないか」老人は言った。「その道を行けばいい。ネルとわしが日々の苦労に身をやつすのを放っといてもらえんかね」

「ネルはすぐに年頃になるさ」相手は言った。「あんたに手塩にかけて育てられりゃ、俺がちょくちょく顔見せにこなくっちゃ、遠からず兄貴の顔なんか忘れちまうしな」「せいぜい気をつけるんだな」火を噴きそうにギラギラした目で老人は言った。「あの子に一番思い出してほしいときに、忘れられんようにな。せいぜい気をつけるがいいさ。お前が裸足で通りをさまよい歩く横を、あの子が綺麗な馬車に乗って通り過ぎる日が来ないとも限らんからな」

「ネルがあんたの金をもらったら、そうなるって言いたいのかい？」相手は言いかえした。「貧乏だとか吐《ぬ》かすわりには、ずいぶんな口を利くじゃないか」

「だが、それにしても」老人は声を落とし、まるで心中の思いをそのまま口から吐き出すようにして言った。「わしらはなんて貧しいことか！　日々の暮らしはなんて辛いことか！　あらゆる悪事や過ちと無縁のあの子のためにやっていることなのに、何一つうまくいかないとは！　いや、望みを捨てずに我慢、望みを捨てずに我慢だ！」

こう言う老人の声はあまりに小さく、若者の耳には届かなかった。スウィヴェラー氏のほうはこれを聞きつけ、自分の演説がすさまじい効果を発揮して、老人が心中大いに葛藤している証拠と取ったらしい。というのも、友人を杖で突っつくと、たしかに自分の言葉が老人に「とどめをさした」のだから、利益のうちから手数料はいただくぞと囁いていたのだ。しばらくして勘違いだったことに気が付くと、不機嫌で眠たげな顔になり、さっさと帰ったほうが賢明だというようなことを一度ならず口にした。しかしその時、扉が開いて、あの少女が姿を現した。

第三章

少女の後ろにひたと付いて入ってきたのは、おそろしく険しい目鼻立ちと厳《いか》めしい顔立ちをした初老の男だった。背丈はまるで小人のように小さく、頭と顔は巨人に似つかわしい大きさだった。その黒い目には落ち着きがなく、ずるそうで何事か企んでいるようだった。口と顎《あご》にはごわごわした硬い無精ひげが生え、顔色はどう見ても清潔とか健康的とは言い難かった。しかし、なににもましてそのグロテスクな表情に華を添えるのは、口元に浮かぶゾッとするような笑みだった。とはいえ、それは単なる癖で、愉快だったり満足だったりという感情とはまったく関係がないらしかった。そうして笑うたび、かろうじて抜け残った二、三本の犬歯が口の端から顔をのぞかせ、まるでぜえぜえと喘《あえ》ぐ犬そっくりに見えた。大きな山高帽をかぶり、着古した黒っぽいスーツにだぶだぶの靴を履き、首元には汚れた白いネッカチーフをしていたが、こちらはあまりに丸まってしわくちゃなので筋ばった喉をほとんど隠せていなかった。どうにか生えている僅かな白髪交じりの髪は短く刈り込まれてこめかみの上にピンと逆立ち、横の髪はだらしなくほつれて耳元にかかっていた。ごつごつして固そうな手はひどく汚れ、長い爪は鉤《かぎ》のように曲がって黄ばんでいた。

こうした子細を観察する時間はたっぷりあった。どれもしっかり確認するまでもなく目に留まったし、しばらくの間、誰も口をきこうとはしなかったからだ。少女はおずおずと兄のほうに近づくと、手を重ねた。小人は（こう呼んで差し支えなければ）、その場にいる全員を食い入るように見た。そしてこの垢抜けない客人の訪問を明らかに予想していなかった骨董屋の主人は、すっかり動揺して、困惑しているようだった。

「おや！」目の上に手をかざし、じろじろと若者を眺めまわすと小人は言った。「そちらはお孫さんじゃないかね！」

「違うと言えたらいいんだが」老人は答えた。「実のところ孫に違いない」

「そちらは？」小人はディック・スウィヴェラーを指差して言った。

「孫の友人で、孫と同じく招かれざる客というやつでね」と老人は言った。

「それからそちらは？」小人は踵《きびす》を返すと、まともに私を指差してたずねた。

「先日ネルがお宅から帰るときに道に迷ってしまって、ご親切に家まで送ってくださった方だ」

小人はネルのほうに向きなおり、こらこら駄目じゃないかとか、こりゃ驚いたなとでも言いたげだったが、少女が若者と話していたので、黙ったまま首を傾げて耳をそば立てた。

「なあ、ネリー」若者は大きな声で言った。「あいつらお前に俺のことを憎めって教え込んでいるのかい？」

「いいえ、いいえ、そんなふうに言うのやめてちょうだい。本当に違うの」

「それじゃ、俺を好きになれって？」兄はさげすむように笑いながら食い下がった。

「どっちでもないわ」彼女は答えた。「お兄ちゃんのことで、なにか言われたことなんて一度もないもの、本当よ」

彼は老人を刺すような厳しい目で見ながら言った。「そりゃまた嬉しいこったね。ネル、本当に嬉しいこったよ。ああ、そりゃ信じるさ！」

「でもあたし、お兄ちゃんのことが大好きよ」少女は言った。

「そうかい！」

「本当よ、これからだってずっとそう」真心を込めて少女は繰り返した。「でもねえ、お兄ちゃんが、おじいちゃんを苦しませたり悲しませたりしないで放っておいてくれたら、あたし、もっとお兄ちゃんを好きになれると思うんだけど」

「なるほどね！」若者はそう言うと、ぞんざいにかがみこんでキスをしてやり、それから押しやるようにして突き離した。「さあ、もうお前の説教も終わったんだし、あっちに行きな。ほら、めそめそするんじゃない。さあさ、喧嘩《けんか》別れがいやだってんならこれで仲直りってことにしようじゃないか」

彼はそのままなにも言わず、妹が小部屋に入って扉を閉めるのをじっと見ていた。それから小人のほうに向きなおると、唐突に口火を切った。

「やあ、どこのどなたさんかね」

「私かね？」小人は言い返した。「クウィルプと申しますよ。以後お見知りおきを。たいして長い名前でもないですしな——ダニエル・クウィルプってもんです」

「それじゃそのクウィルプさんよ」相手は続けた。「あんた、そこにいる俺のじいさんに、

「まあまあ、ね」クウィルプ氏は素っ気なく答えた。

「それで、じいさんの謎や秘密の片棒をちょいと担いでるってとこかい？」

「まあちょいとね」クウィルプは、前と変わらず素っ気なく答えた。

「それじゃお宅さん経由で、あそこのじいさんにもう一度だけ言っときたいことがあるんだよ。じいさんがネルをここに閉じ込めてる限り、俺は好きな時に好きなだけここに来るし、好きな時に帰らしてもらう。俺を始末したいと思うんなら、まず先にネルを始末しなくちゃならん。なにが悲しくて化け物みたいに嫌われたり、病原菌みたいに避けられたり怖がられたりしなきゃならん？　さだめし、俺みたいな奴には肉親の情もないって言いたいんだろうよ。俺がじいさんにこれっぽっちも愛情を感じてないのと同じで、ネルのこともまったくなんとも思ってないって言いたいんだろうよ。まあ言いたいように言えばいい。俺は俺で好きなようにここに来て、ネルに忘れられんようにさせてもらう。俺がそうしたいと思ったら、なにがなんでもネルと会うぜ。言いたいことはそれだけだ。今日はこれだけ言っとこうと思って来たんだ。この先五十回でも同じことを言いに来て、同じようにあの子に会って帰るさ。あの子に会えるまで帰らないってさっきも言ったろ。会うだけは会ったから、今日はここらで引き揚げるとするさ。来いよ、ディック」

「待たれよ！」友人が戸口のほうに向かおうとするや、スウィヴェラー氏が叫んだ。「そこのあなた！」

「なんです、なんのご用でござんしょう」あなた、と呼びかけられたクウィルプ氏は答えた。「賑わいに満ちた壮麗なる演壇に幕を下ろし、目も眩《くら》む煌《きら》びやかな広間を辞する前に、ですね、あなた」スウィヴェラー氏は言った。「お許しいただけるなら、ちょっくらお話をさせていただきたいんですよ。今日私がここに来ましたのは、そちらのおじいさまがご機嫌さんな方だと思ったからでございましてね」

[*1]

「どうぞお続けください、あなた」ダニエル・クウィルプは先を促した。弁士が突然話をやめてしまったからである。

「そんなふうに考えたりするにつけ、おのずと湧いてくる感慨みたいなものを抱えて、もう共通の友人として感じるところもありましてね、つまり、突っついたり攻め立てたりいじめたりしてみたところでね、対立しあう者同士の心は広くもならんし、社会的な調和も促進されないいんじゃないか、と思いましてね。ですから、今現在の状況に対して、ズバリこうすべきという方策を、私のほうからご提案させていただいた次第なんです。ねえ、あなた、ほんのちょっと、お耳を拝借させていただいてよござんすかね？」

そう言いながらも、実際には相手の許諾を待つことなく、スウィヴェラー氏は小人のほうへ歩み寄り、その肩に覆いかぶさるようにして耳元に口を寄せ、周りにいる人たちみんなに聞こえるような大声でささやいた。

「ご老人とお話しするときの合言葉はね——オヒネリですよ」

「なんだって？」クウィルプは尋ねた。

「オヒネリ、ちょいとした小金ってことですよ、あなた」スウィヴェラー氏はポケットをぴしゃりと叩くと言った。「寝ぼけてらっしゃるわけじゃないでしょうな？」

小人はこくりとうなずいた。スウィヴェラー氏のほうも、身体を引いてから同じようにこくりとうなずくと、またさらに身体を引いてもう一度こくりとやり、そしてまたやった。こうしてじりじり後ずさりながら、やがて戸口までたどり着くと、ふたたびゴホンと大きな咳《せき》払《ばら》いをして小人の注意を引き付け、あなたと私だけの絶対の秘密ですぞ、ゆめゆめご他言なさらぬようというように、身振り手振りで訴えた。これだけのことをすっかり伝えきるまで真剣な様子でパントマイムを繰り返してから、彼はすでに出て行った友人の後を追って、その場を立ち去った。

「フン！」小人は苦々しい顔で肩をそびやかすと言った。「まったく、親戚なんてろくでもない。俺にはそんなもんが一人もおらんで神に感謝ってとこだな。しかしあんたもたいがい親戚なんていらんだろう」彼は老人のほうを向くと言い添えた。「もっとも葦《あし》みたいに弱ってて、ほとんど耄碌しかかってるってんなら、話は別だがね」

「じゃあどうしろと？」どうすることもできず、自暴自棄な様子で彼は言った。「言うは易し、あざ笑うも易し。だけど実際のところ、わしにどうしろと言うんだね」

「俺があんたなら、どうしたと思うね？」小人は言った。

「そりゃ、力尽くってとこだろうな」

「その通りさね」小人にとってはこの言葉が素敵なお世辞に聞こえるらしく、すっかりご満悦の態で言った。それから汚らしい両手をこすりあわせると、まるで悪魔のようにおそろしい笑いを浮かべて言った。「クウィルプ夫人に聞いてみりゃいい、綺麗で、おとなしくっておしとやかで、本当に人好きのするクウィルプ夫人にな。それで思い出した――あいつを一人で残してきたんだっけ。さだめし心配して、俺が帰ってくるまで一時も心が休まらんことだろうよ。ちょっとでも俺が家を空けると、あいつはいつもそんなふうなんだが、それをちゃんと口に出すことさえできん。俺が水を向けてやって、思ってることはなんでも自由に言ってみろ、俺は絶対怒りゃしないからって請け合ってやらないと、おちおち口もきけんと来てる。あぁ！　まったくクウィルプ夫人ときたら、素晴らしく躾《しつけ》が行き届いてるってやつよ！」

怪物じみた巨大な頭を小さな身体にくっつけたその姿が、両手をゆっくりグルリグルリと揉《も》み合わせる様子は見るだにおそろしく――そんな何気ない動き一つにも、どこか人間離れしたところが感じられた――ゲジゲジの眉を下げ、顎は虚空に突きあげ、なんとも悦に入った様子でこっそり上目づかいにあたりを伺うさまは、まさに子鬼そのもの、いや、子鬼たちこそ、この小人を手本にしているのではと思われた。

「ほら」胸に手を当てて話しながら、小人はじりじりと老人のほうへ近寄った。「万一のことがあっちゃいかんと思って、俺が直接持ってきたぜ、なんせ本物の金だし、ネルが鞄《かばん》に入れて持ち運ぶにゃあ、かさ高いし重たいからな。しかしまあ、じいさん、あんたが死んだらネルもさぞや重たい金を背負い込むんだろうし、早めにこの手のもんにも慣れといたほうがよかろうがな」

「ああ、そうあってくれたら。本当にそうであってほしいもんだ」老人は絞り出すような声で呻《うめ》いた。

「こりゃまた、そうあってほしい、だと！」小人は老人の耳元でオウムのように繰り返した。「じいさんや、そりゃまあ俺だってこの金すべて、どんだけ有利な形で投資されてるもんか知りたいとこさ。しかしあんたは抜け目もないし、秘密は決して洩らさん主義だろうな」

「わしの秘密！」相手はやつれた顔で言った。「そう、あんたの言う通りだよ――わしは――わしは決して――決してこの秘密を洩らさん」

老人はそれ以上なにも言わずに金を受け取ると、のろのろとおぼつかない足取りで踵を返し、身も心も疲れ果てた様子で額に手を当てた。彼がそうして小さな居間のほうへ行き、暖炉の上の鉄製の金庫に金を仕舞って鍵をかけるのを、小人は険しい顔で見つめていた。それからほんのしばらく、なにか考えこんでいたが、いやこうしちゃおられんな、帰るが早いかクウィルプ夫人が卒中でも起こしかねん、と言って帰り支度を始めた。

「それじゃ」と彼は言った。「もう帰らしてもらうから、ネリーによろしく伝えてくれ、それと、もう二度と道に迷ったりせんようにってな。もちろん、あの子が道に迷ってくれたおかげで、思いもよらんご縁に恵まれたわけだがね」そう言うと、私にちょっと会釈をしてからギロリと睨みつけ、そのまま自分の視界に入るものはすべて、たとえどんなに些細《ささい》で目立たぬものでも見逃してなるものかと、あたりを抜け目なく見回して帰って行った。

すでに私も何度も帰ろうとしかけたのだが、そのたびに老人に引き留められていたし、二人きりになってもやはり、まだ帰らないでくれと言って、この前の晩の話をしては礼の言葉を口にするので、こちらも喜んで言われるがまま腰を下ろし、彼が見せてくれる手の込んだ細密画やいくつかの古いメダルを、ためつすがめつ眺めているふうを装った。実際、そこに残るのにたいした説得も必要ではなかった。最初の訪問で掻き立てられた私の好奇心は、減ずるどころか募っていく一方だったのだから。

やがてネルが戻ってきて老人のすぐそばに座ると、テーブルに向かって針仕事を始めた。部屋に飾られた綺麗な花や、緑の枝が影を作る小さなかごに入れられた鳥のおかげで、古く陰鬱なこの家にも新鮮で若々しい息吹が吹き込まれたように感じられたし、その息吹が少女を取り囲んでいる様子も、目に心地よかった。ただ、少女の美しく気品のある姿から目を転じれば、腰を曲げ苦労にやつれた顔の憔悴《しょうすい》しきった老人の姿が目に入るので、そちらも興味深くはあったものの、さほど心地よい景色ではなかった。彼がもっと弱って耄碌したら、この一人ぼっちの少女はいったいどうするのだろうか。頼りない保護者とはいえ、その彼も死んでしまったら――彼女はどうなってしまうのだろう?

こんな思いにそのまま答えるように、老人は少女の両手に手を重ねたまま、きっぱりと言った。

「わしはもっと元気を出さなくちゃならんな、ネル」と彼は言った。「お前には素晴らしい幸運が待っているんだからね――わしは自分のために幸運を求めているんじゃない、ただもうお前のためだよ。でなきゃ、なんの罪もないお前の身に、ひどい災難が降りかかることになる。だからわしは、ただひたすら幸運を信じるしかないんだよ、ちょっと突ついてやりさえすれば、幸運は必ずお前のもとにやってくるんだから！」

　少女は嬉しそうに彼の顔を覗き込んだだけで、なにも言わなかった。

「考えてみれば」彼は言った。「お前はもう何年も――ほんの短い生涯の中の何年も――わしと二人きりで暮らしてきたんだな。思えばずっと、同じ年頃の遊び相手もいなければ、子供らしい遊びも知らずに、なんとも味気ない暮らしをさせてきたもんだ。こうして大きくなるまで、一人ぼっちで、老いぼれのじいさんだけを相手に、寂しく暮らしてきたんだものな。そう思うと、ネル、わしは時々、お前にひどいことをしてしまったような気がするんだよ」

「おじいちゃん！」少女は心底驚いた様子で叫んだ。

「わざとじゃないんだよ――うん、うん」彼は言った。「わしはいつだって、お前がすばらしく陽気で可愛らしい子供たちと一緒に遊ぶ日や、一流の人たちと肩を並べて暮らす日を、ずっとずっと夢見てきたんだ。そしてな、ネル、今も夢見て待っとるんだ、今もだよ、だけどもし、そうなる前にわしが先に死んでしまったら、どうなるだろう、この世の中を生き抜いていけるように、わしはお前になにかしてやっただろうか？　お前はまるであの小鳥と同じ、世の中の苦労に向き合う準備なんかできとらん、そのまま世知辛い世間に揉まれて、いいようにされてしまって――あぁ！　キットが来たようだ。さぁ、ネル、キットのところへお行き、さあさあ行っておいで」

彼女は立ち上がると急いで出て行こうとしたが、つと立ち止まって踵を返し、老人の首に両腕を回して抱きしめてから、また急いで部屋を出て行った――頬を伝う涙を隠そうとして、前よりも急ぎ足で。

「ちょっと一言よろしいですかな」老人は急《せ》いた声で囁いた。「この前の晩に、あなたがおっしゃったことで、ここのところずっと悩んでおったのですが、やはり、すべてはあの子のために良かれと思ってやったことだとしか言いようがない――もし仮に後戻りできたとしたって（実際にはできんのですが）、もうなにもかも遅すぎる――それにまだ、望みを捨てちゃおらんのです。すべてはあの子のためです。私自身は、ひどく貧しい暮らしにずっと耐えてきましたが、あの子だけは、そんな貧しさゆえの苦労から解放してやりたいんですよ。あの子の母親は、私の大事な娘ですが、その貧しさのせいで若くしてこの世を去りました。あの子には、そんな苦労をさせたくないんです。だから私は――あっという間に使い果たしてしまうようなあぶく銭じゃなく、この先ずっと金の苦労とは無縁で生きられるくらいのものを、あの子に残してやりたい。私の言ったことを覚えておいてくれますか？　スズメの涙ほどの金なんかじゃなく、一財産残してやりたいんです――シッ！　今は、いやこの先も、もうこれ以上のことは言えんのです。ほら、あの子が戻ってきましたよ！」

この言葉を耳元で囁く彼はあまりに必死だったし、震える手で私の腕を摑み、張りつめてギラギラした目でこちらを凝視しながら狂おしいほど興奮して話していたから、私はただ呆《あっ》気《け》にとられるばかりだった。これまで見聞きしたことや、彼自身の話のあらましからして、老人は裕福だと考えるのが妥当だった。しかし彼の性格はあまりに理解しがたく、唯一考えられるとしたら、これまでひたすらお金を儲《もう》けることばかり考え続け、いざ一財産築いてしまうと、今度は貧乏になることがおそろしくて一時も心が休まらず、富を失い破滅する恐怖にとり憑かれた惨めな人だ、ということだけだった。こう考えれば、これまで老人が語って聞かせた多くの解せない事柄も腑に落ちるように思われたので、やはり老人はその種の不幸な手合いに違いないという結論に達した。

もちろん、とっさにこう結論づけたわけではなかった。実際、その場では考える暇もなく、すぐに少女が部屋に入ってきて、キットに綴りのレッスンをする支度を始めたのだった。どうやら彼は週に二回このレッスンを受けているらしく、そのうちの一回がちょうどこの晩だったようで、生徒も先生も大いにワクワクして楽しんでいた。どんな様子かと言えば、キットはそばに見知らぬ紳士がいる客間で腰を下ろすことに遠慮してしまい、ずいぶん長い間ぐずぐずしていた――ようやく腰を下ろしたかと思うと、今度はシャツの袖をまくり上げ、肘をぎこちなく曲げて練習帳に顔を近づけ、なんともおそろしい目つきで書かれた文字を睨みつけた――ペンを手に取ったかと思うや、まるで身もだえするような体勢で、えっちらおっちら書き始め、結局髪の先までインクで真っ黒になってしまった――そんな調子でたまたま正しく文字を書けても、また次の文字に取りかかる拍子に、自分の腕で前の字を汚してしまった――こうして一つまた一つとしくじるたび、少女はおかしくてたまらず声を上げて笑い、キットも負けじと大きな声で腹の底から楽しそうにゲラゲラ笑った――とはいえ、先生は生徒を教え導こうとする優しい思いをもって、生徒は必死で先生から学ぼうとする切なる願いを抱いて、授業の最初から最後まで真剣そのものだった――こうした詳細をすべて語り尽くせば、些細な話に途方もない時間と紙面が必要になってしまう。だからここでは、授業が行われ――日も暮れて夜になったこと――老人がふたたび落ち着きなく、じりじりし始めたこと――前と同じ時刻にこっそり家を出て行ったこと――そして少女は今一度、陰鬱な壁に四方を囲まれ、たった一人残されたことを書き記しておくだけにしよう。

私の口から読者の方々に、いろいろな人物をご紹介しながらここまで語り進めてきたが、この先は物語が滑らかに進むように、私は身を引くことにしたい、そして主役と、大事な役回りを演じる人たちに、直接語り演じてもらうことにしよう。

第四章

クウィルプ夫妻はタワーヒルに住んでいた。先ほど述べた通りの用向きで夫君が家を空けている間、夫人はタワーヒルにある自室で一人、夫の不在を嘆いていた。

クウィルプ氏は、特定の商売なり職業を持たず、種々雑多な用を足し、大量の仕事を捌《さば》いていた。テムズ川沿いの汚らしい通りや路地裏に密集する貸家の家賃を取り立て、商船の水夫や下級乗組員に金を前貸しした。東インド会社の取引に関わる大小の投機に相乗りし、税関事務所の鼻先で密輸煙草をふかしたかと思えば、ほとんど連日、固い艶出《つやだ》し帽《ぼう》に丸襟《まるえり》ジャケットのお歴々と王立取引所で待ち合わせた。テムズ川のサリー州側には、通称〈クウィルプ波止場〉と呼ばれるドブネズミだらけの狭くて陰鬱な場所があり、小さな事務所らしき木造の建物が、まるで雲から落ちてきてそのまま大地に突き刺さったみたいに、凄まじく捻じくれたまま、埃にまみれて立っていた。錆びついた錨《いかり》の破片が少しと、大きな鉄製の輪がいくつかあった。腐った木材が積み上げられ、古い銅板は二つ三つの山にされて、ボロボロになってひび割れながら、なおも風雨に晒されていた。このクウィルプ波止場のダニエル・クウィルプは〈船体解体業者〉を名乗っていたが、周囲の様子から察するに、その営業形態が極めて小規模なのか、もしくは極めて小規模になるまで船を解体しているかのいずれかだった。その場所は目につくほどの人の気配もなく、活気もなかった。唯一の住人といえば、粗いごわごわの服を着た水陸両生的な少年一人、その仕事はただ、引き潮と見るや木材の山の上に座って泥の砂州に石を投げ、満ち潮と見るやポケットに手を突っ込んで川の動きやせせらぎを所在なげに眺めるだけだった。

タワーヒルにある小人の家には、クウィルプ夫妻の部屋に加えて、夫人の母親にあてがわれた小さな寝室があった。その母親は夫妻と暮らしはじめてからというもの、ダニエルと永続的戦闘を繰り広げていたが、一方で少なからず彼を恐れていた。事実、その醜い小人はいかなる手段を使ったものか――醜い姿によるものか猛々しい態度によるものか、はたまた生来のずるがしこさによるものか、それはこの際あまり問題ではない――とにかく日々顔を合わせる者たちにほぼ例外なく、こいつを怒らせたら震えあがるほどおそろしい、という印象を強く植え付けた。そしてこのクウィルプに完全に服従しているのが、誰あろうクウィルプ夫人だった――可愛らしく小柄で優しい声をした青い目の夫人は、世に言う「恋は盲目」というのにやられて小人と婚姻関係を結ぶに至ったが、最終的にその決断の愚かさを日々嚙《か》みしめ、身をもって償わねばならぬ仕儀に追い込まれた。

クウィルプ夫人が、居室で夫の不在を嘆いていたことはすでに述べた。たしかに彼女はその部屋にいたが、一人きりではなかった。そばには同じく、すでに述べた年配の母親と、加えて奇妙な偶然から（そしておそらく互いに軽く示し合わせておいた上で）、続々とお茶の時間ぴったりにやってきたご近所のご婦人方が半ダースほどもいた。時刻はおしゃべりにうってつけ、部屋は涼しく、ほの暗く、けだるい空気が流れ、開け放たれた窓に点々と置かれた緑の鉢植えのおかげか、外の埃はいい具合に閉め出され、屋内のティー・テーブルからは外の古めかしいロンドン塔がうまく目隠しされていた。こんな快適な部屋に加えて、新鮮なバターに焼き立てパン、小エビにレタスという素敵な誘惑もあったのだから、ご婦人たちがおしゃべりに興じていつまでも帰りたくなくなるのは、まったく無理もなかった。

さてかくのごとき状況で寄り集まってみれば、ご婦人たちの話題が男性一般に及び、男とはなぜ、か弱い女性に対して、かくも暴虐な振る舞いに及ぶのか、か弱い女性とて、その暴虐に毅然《きぜん》として立ち向かい、自分たちの権利と尊厳を主張する義務があるのだ、という話向きになるのは極めて当然のことだった。次の四つの理由からしても、実に当然である。第一にクウィルプ夫人はまだ若く、残念なことにこれまで夫に好き放題やられてきたのだから、是が非でも夫に抵抗せねばならなかった。第二にクウィルプ夫人の母親はあっぱれなじゃじゃ馬ぶりで鳴らした性格の持ち主で、男の権威に逆らうことにまったくやぶさかでなかった。第三にご婦人方はみな、自分がこの点に関して世間一般の女性たちより格段に上手《うわて》である、ということを示したくて躍起になっていた。そして第四に、寄ると触るとその場にいない人間の悪口を言い合うのが通例だったが、今は全員一堂に会しているため、いつもの調子でやるわけにもいかず、結果的に共通の敵を見つけて攻撃するより他にすることがなかった。

　こうした考察を巡らせるうちに感極まったのか、でっぷり太った一人のご婦人が、大いに心配かつ気がかりだという様子で、クウィルプ氏はお元気なのかしらと尋ねて、議論の火ぶたを切った。これにクウィルプ夫人の母親は嚙みつくように答えた。「あら！　あの男はそりゃもうたいそうお元気です――あいつは並大抵のことじゃ参ったりしませんよ――憎まれ[*1]っ子、世に憚《はばか》るとはこういうことかしら」同席の女性たちはみな一様にため息をつき、悲しそうにかぶりを振ると、殉教者を見るような目でクウィルプ夫人を見つめた。

「ああ！」例の女弁士が言った。「ジニウィン夫人、あなたが助言のひとつもしてやったらどうかしらねえ」――ここで注意しておこう。クウィルプ夫人は、もともとジニウィン嬢、つまりジニウィン夫人の娘だった――「あたしたち女が、同胞の女に対してどんな責務を負っているか、あなたが一番よくご存じでしょうよ」

「たしかに、女の責務ですよ、そう、その通り」ジニウィン夫人は答えた。「この子の父親であるあたくしの哀れな夫が生きていたころはね、彼が一言だってこのあたくしに向かってきつい言葉をかけようものなら――」老夫人は最後まで言い切ることなく、手に持った小エビの頭を親の仇みたいにして捩《ね》じり取った、それはまるで、四の五の言うよりやってみせたほうがよろしかろう、と言うようだった。それを見ていたご婦人方も、ジニウィン夫人の意図を正しく汲《く》み取ったらしく、大いに賛成ですわといった調子ですぐさま返した。「奥さんのお言葉、胸に沁みましたわ。私だってやっぱりそうしてやったと思いますよ」

「でもおたくはそんなことする必要なんかないじゃないの」ジニウィン夫人は言った。「おたくにとっちゃなんとも幸運なことに、あたくしとおんなじで、そんなことしなくちゃならない羽目にはならないでしょう」

「女がただ自分にウソをつかずにいようと思うなら、そんな必要があるかないかなんてどうでもいいんですよ」例のでっぷりした婦人が答えた。

「ベッツィー、聞いたかい？」ジニウィン夫人は諫《いさ》めるように言った。「お前にもまったく同じことを口を酸っぱくして言ってきたじゃないか、そしてそのたんび、いつもこの膝ついて懇願せんばかりにしてきたんだけどね！」

哀れクウィルプ夫人は、まったくどうしてよいかわからぬ様子で、自分を憐れんでいるらしいご婦人方の顔を順繰りに眺め、顔を赤らめてにっこり笑うと、困惑したようにかぶりを振った。これを合図にあたりは騒然となり、はじめは低い声でぶつぶつ言っていたのが、しまいには全員が一度にしゃべり始めて凄《すさ》まじい騒ぎとなった。一同口々に曰《いわ》く、クウィルプ夫人はまだ若いのだから、ずっと物知りな女たちの教えに背くような真似をしてはならない。

ただもう彼女の為と二心《ふたごころ》なく助言する女たちの言葉を受け入れぬとは、なんと馬鹿げた振る舞いか。そんな態度を取るなんて、実に恩知らず一歩手前の行いではないか。仮に自尊心がなかったとしても、他の女たちを尊ぶ気持ちを持たないでどうする、そうやって彼女が夫に服従するせいで、世の他の女たちにも不利益を与えているのだ。もし彼女が他の女たちを尊ぼうとしないのなら、他の女たちだって彼女を大切にしようとする気持ちをいつか必ずなくしてしまうに違いない、そしてそのときになって夫人が自分の行いを後悔するは必定《ひつじょう》、とまくし立てた。こうして散々説教を垂れると、女性たちはみなそれまで以上の精力でもって、お茶や焼き立てパン、新鮮なバターや小エビやレタスに襲いかかった。しかし口では、クウィルプ夫人があまりに聞き分けがないのでまったく心乱れてしまい、もう一口だって喉を通りそうにない、とのたまうのだった。

「あれこれおっしゃるのは簡単なことですけど」無邪気そのものの様子で、クウィルプ夫人は答えた。「もし私が明日死ぬようなことがあったら、クウィルプは誰でも好きな人と結婚できますわ――今だってやろうと思えばできるでしょうし！」

これを聞いて、あたりは憤怒《ふんぬ》の金切り声に満たされた。「好きな人と、結婚する」ですって！　図々しくもクウィルプの奴が、私たちのうち誰か一人と結婚しようなどと考えるなら、どうかその現場を拝ませてもらいたいものだ、と彼女たちは言った。そんなことを露ほども考えるなら、その露も拝ませてもらいたいものだ、と言った。一人のご婦人は（未亡人だった）、もしクウィルプがちらとでも結婚をほのめかそうものなら、その場で刺し殺してやる、と息巻いた。

「ええ、ええ、わかりますわ」クウィルプ夫人はこくりとうなずいて言った。「たった今申し上げたように、あれこれおっしゃるのは簡単なことですもの。でもさっきも申し上げたように、私にはわかるんです——いいえ、ほとんど確信しているといってもいいくらい——やりたいと思ったときにやりたいようにする力が、クウィルプにはあるんです。ですから、ここにいる方たちの中で一番お綺麗な方だって、私が先に死んで、もしその方が独身で、クウィルプが言い寄ろうという気になりさえしたら、もうどうあっても断れないと思いますわ。ねえ！」


この発言に、その場に居合わせたご婦人方はみな昂然と顎を突き出し、「ははん、さてはあなた、私のことをおっしゃってるのね。それならひとつ奴にやらせてみるがいいわ——それで万事片がつくものね」と言わんばかりだった。しかしまた一方で、なぜだかよくわからぬ理由により、みなが前述の未亡人に腹を立て、どうせあの人ったら自分のことだと思ってるのよ、そうに違いないわ、本当にいやらしい女だこと、などとそれぞれ隣の席のご婦人にひそひそ耳打ちをした。

「お母さんならおわかりでしょう」クウィルプ夫人は言った。「私が言っていることが間違ってないって。だってお母さん自身、私がクウィルプと一緒になる前は、同じように言ってたじゃない。ねえそうよね、お母さん？」

この質問によって、満座の尊敬を集める老婦人の立場は若干微妙になった、というのも彼女はたしかに娘をクウィルプに嫁がせるべく、ひどく積極的に動いた人間だったし、誰一人結婚したがらないような男に娘が嫁いだのだと認めてしまえば、自分の家の面目を潰すことにもなりかねなかった。しかしまた一方で、娘婿の魅力を殊更に言い募れば、自分が全精力を傾けてきた男への反抗の旗印を自ら汚してしまうことにもなりかねなかった。こうした相反する思考に板挟みになりながら、ジニウィン夫人は結局、たしかにそうやって口説き落とすのは上手い男だわねと認める一方、だからって女房に好き放題やっていいってことにはならないはずよ、と撥ね付け、それからうまい具合に例の太ったご婦人を口車に乗せて、逸れていた話を元に戻した。

「ああ、ジョージさんがおっしゃったことは、本当に分別もあってごもっともだわね！」老婦人は言った。「女がただ女に対して誠を尽くしさえすればねえ！――けどベッツィーはそうじゃないのよね、それだけ余計に可哀そうで残念なことだわ」

「クウィルプの奴が奥さんに命令するみたいに、どっかの男があたしに命令してごらんなさいよ」ジョージ夫人は言った。「奥さんがクウィルプに服従するみたいにして、あたしが誰かほかの男におめおめと服従するくらいならね、あたしゃ、あたしゃ自害して果てて、それから、これは旦那の仕業ですって告発する手紙のひとつも書いてやるわよ！」

みな口々にこの発言を称賛し、まことにその通りだと言ったところで、また別のご婦人（マイノリーズ通りから来ていた）が口を挟んだ。

「クウィルプさんは、そりゃあ良い男かもしれませんよ」この女性は言った。「だってクウイルプ夫人がそうだとおっしゃるんですし、ジニウィンさんもそうだとおっしゃるんですし、お二人は他の誰よりもおわかりなんですから、やっぱり彼が良い男だっていうのは間違いないんでしょう。でもね、あの男は——世間で言う男前ってわけでもないし、若くもないし、まあそれならちょっと点を甘くしてあげてもいいんだけど——どっちでもないでしょう。それにひきかえこちらの奥さんは、若くってお綺麗で、それに男じゃなくって女だときてる——もうなににもましてこの点は、一番大事なとこですよ」

この最後のフレーズにはたっぷり情が込められていたので、聞いていたご婦人方も同じようにしんみりして、なにやらぶつぶつとつぶやいた。これに気を良くしたのか、その女性は続けて曰く、仮にもそんな夫がこんな妻に対して荒っぽくて理不尽な態度を示すのなら、そのときは——

「仮にも、ですって！」夫人の母親は厳粛なる宣言を発令する準備段階として紅茶のカップを下ろすと、膝の上のパンくずを払いながら割って入った。「仮にもそうだとしたら、ですって！　あの男は歴史上のどんな暴君よりも理不尽ですよ、おかげで娘は、自分の魂さえ自分のものだって言えないくらい、びくついてるんです。あいつの言葉一つ、いいえ、睨み一つで娘はもう震えあがっちゃって、死ぬほど恐れてるんです、だから一言たりとも言い返す意気地もありゃしないんです、本当に一言もね！」

この事実は、お茶会出席者全員が先刻承知済みのことだったし、実際ここ一年ほどの間、あたり近所で開かれるすべてのお茶会において、議題として挙げられては散々議論されてきたテーマだった。にもかかわらず老婦人がその事実を高らかに宣言するや、居合わせた女性たちはみな一斉にその嘆かわしい事実について喧々囂々《けんけんごうごう》語り始め、我こそは他の誰よりも流暢《りゅうちょう》に熱く語らんと躍起になった。ジョージ夫人はそういう事実について以前から人の噂《うわさ》に聞いていたし、自分の耳に直接届くことも少なからずあったし、それに今こうしてここにいるシモンズ夫人もやっぱり優に二十回はそのことについて話してくれたのだったが、それでもいつも自分は「いいえ、ヘンリエッタ・シモンズ、私は自分でちゃんと見たり聞いたりしたんじゃなけりゃ、そんなこと絶対信じませんよ」と言ってきたのだ、と主張した。シモンズ夫人もこの点たしかにその通りだ、と証言したうえで、自ら強力な証拠を付け加えた。マイノリーズ通りから来たご婦人は、自分の夫に対してどんな治療を行い、それがどんな具合に首尾良く行ったかを話して聞かせた。実際その治療の甲斐あって、新婚ひと月の段階ではまったく野生の虎のような兆候を示していた夫が、たちまちのうちに子羊同然のおとなしさになったという。また別のご婦人は、自分がいかに夫と死闘を繰り広げ、最終的に勝利を勝ち得たかについて切々と語り、その戦いの途中、母親と二人の叔母を呼び寄せる必要に迫られたこと、六週間もの間、夜も昼もひたすらに泣き続けたことなどを披露した。三番目のご婦人は、もはやあたりが騒然となって他に誰も聞いてくれるものがなかったので、たまたまその場に居合わせた独身の若い女性の前にドンと腰を据え、もしあなたが自分の心の平安や安寧を大切だとお考えなら、この厳粛な場の空気から多くの教訓を得て、クウィルプ夫人の弱さからも学ぶべきものを学んで、これから先は全神経を集中して、男という手の付けられない生き物をいかに飼いならすべきか、常々考えなくてはなりませんよと説いた。騒がしさが最高潮に差し掛かり、ご婦人方の半分が残りの半分の声を抑えて自分の声を響かせんと、ほとんど金切り声に近い声を張り上げていたちょうどそのとき、ジニウィン夫人はさっと顔色を変え、みなさんどうぞお静かに、といった様子で人差し指をこっそり振った。そう、ちょうどそのとき、その部屋の中で、これらの騒動の原因ときっかけであるダニエル・クウィルプその人が、注意深く目を光らせ耳をそばだてている姿が目に入ったのである。

「ご婦人方、どうぞお続けください、さあさあ」ダニエルは言った。「ほらお前、どうぞ皆さんに夕食まで居てくださるようにお誘いして、それからロブスターと、ちょっとした美味《おい》しいものでも召し上がっていただいたらどうだい」

「私──あの、私──別にみなさんをお茶にお招きしたわけじゃないのよ、クウィルプ」夫人はつっかえつっかえ言った。「ただ、ほんの偶然だったの」

「それじゃますます結構じゃないか、お前。偶然集まっておしゃべりするってのは、いつだって一番楽しいもんじゃないか」そう言いながら、小人は激しく両手をこすりあわせたので、まるで自分の手垢で豆鉄砲に込める豆弾を作ろうとしているようだった。「おやまあ！　まさかお帰りではありますまいね、ご婦人方。いやいや！」

彼の向こうを張る麗しの敵陣は、それぞれボンネットやショールを探すため頭をツンとそらせたが、舌鋒《ぜっぽう》攻撃のほうはただジニウィン夫人に一任していた。自分が先鋒に祭り上げられたことに気付いたジニウィン夫人は、なんとか面目を保とうとむなしくあがいた。

「どうして夕食くらい誘っていけないってことがあろうかね、クウィルプ」と老婦人は言った。「もしもうちの娘がそうしたいと言うんなら、の話だけど」

「もちろんですとも」ダニエルは応じた。「どうぞお誘いください」

「夕食くらい誘ったって、人の道に外れることにゃなるまいね？」とジニウィン夫人は言った。

「もちろんですとも」小人は応じた。「なんの問題があるっていうんです？　身体に悪いってこともないでしょうし。もっとも聞くところじゃ、ロブスター・サラダや手長エビは消化に良くないってことですがね」

「それじゃあんたは、自分の妻が消化不良になったりとか、具合が悪くなったりってのは、やっぱり嫌ってわけ？」ジニウィン夫人は言った。

「世界をそっくり二十もらっても、絶対に嫌ですね」ニヤニヤ笑いながら小人は答えた。「義理のお母さんを一度に二十人もらえると言われたって、お断りです――もちろん、そんなになったらさぞや素敵でしょうけどねえ」

「この娘はあんたの妻なんだよ、クウィルプさん」あんた、そんなことさえ忘れちゃったのかしらねえと言いたげに、あてこすりじみたクスクス笑いをしながら老婦人は言った。「たしかにあんたと結婚してるんです」

「そうですとも。たしかにその通りです」小人も認めた。

「それじゃ娘にだって、自分の好きにする権利ってものがあるでしょうよ、クウィルプ」半ば怒りに燃えながら、半ば子鬼のような娘婿に秘かな恐怖を感じながら、老婦人は身震いして言った。

「権利がある、と！」彼は答えた。「おや！　まさかそんな権利もないとお考えだったのですか？　まさかそんな権利がないとでも、ジニウィン夫人？」

「あたくしはね、クウィルプ、娘にちゃんとその権利があることくらいわかってるし、この娘《こ》があたくしと同じものの考え方をするなら、自分の好きにするだろうと思うんですよ」

「なんでお前はお母さんと同じ考え方をしないんだね？」小人は妻のほうに向きなおると言った。「いつだってお母さんを見習ったらどうだい、ねえお前？　お母さんは女の鑑《かがみ》みたいな人だよ――お前のお父さんが生きてる間は、ずっとそう言ってたんじゃないのかい、そうに違いないと俺は思うがね」

「この娘の父親は幸せな人でしたからね、クウィルプ、そりゃもう誰かさんの二万倍くらいは値打ちのある人でね」ジニウィン夫人は言った。「いや、二十かける百かける百万かける千倍ほどの値打ちかしらね」

「そりゃ是非とも、お目にかかりたかったものですな」小人は言った。「そしたらきっと、面と向かってお幸せですねえと言えたでしょうに。まあしかし、亡くなった今でこそお幸せってやつでしょうな。解き放たれるってのは、幸せなことだったんでしょうなあ、きっとそりゃあもう、長いこと苦しまれたんでしょう？」

老婦人は喘ぐように口を開けたが、声にならなかった。クウィルプは悪意みなぎる目つきのまま、相変わらず小馬鹿にしたように慇懃《いんぎん》な口調で続けた。

「お加減が悪そうですな、ジニウィン夫人。おそらく興奮しすぎて、お疲れになられたんでしょう——おしゃべりが過ぎたのかもしれませんな、お母さんはめっぽうおしゃべりには目がないときてるんですから。さあさ、ベッドに入って、お休みください」

「自分が休もうと思ったら休みますよ、クウィルプ、言われなくてもね」

「さっさとお休みになったほうがいいですよ。さあさ、とっととお休みになって」小人は言った。

老婦人は怒りに満ちた目で彼を見た。が、彼が近寄って来るにつれジリジリと退却に転じ、たじろいでいる間に鼻先でクウィルプにドアをバタンと閉められ、すでに階下でぐずぐずしていた他の客人たちと一緒に、部屋から閉め出された。こうして妻と二人になった小人は、部屋の隅でうつむいて震えながら座っている妻のところへ行き、少し離れて立ったまま腕を組んだなりなにも言わず、じろじろ眺めまわした。

「ああ、お前はなんて素敵なんだろう！」こう言って彼は沈黙を破った。そして、これは言葉の綾なんかじゃないぜ、本当にお前は砂糖菓子みたいにうまそうだと言わんばかりに舌なめずりまでした。「ああ、俺の大事なお宝さん！　本当に食っちまいたいくらい綺麗な女！」

クウィルプ夫人は啜《すす》り泣いた。優しい夫君の性格を知りぬいていた手前、こんなに甘い言葉をかけられては、この世で最も残虐な光景を目にしたかのように震え上がった。小人はおそろしい笑みをたたえて言った。「お前ときたら本当に、きらめく宝石かダイヤモンド、はては真珠か、はたまたルビー、いやいや極彩色の宝石をありったけちりばめた金の小箱だな！　こりゃたいしたお宝だよ！　正真正銘、俺の恋女房ってやつさ！」

哀れな妻は頭のてっぺんから足の先まで震え上がった。懇願するような目で夫の顔を見たが、またうつむいて啜り泣いた。

「こいつがなんともたまらんのは」小人はスキップのような足取りで前に出て言った。足がぐにゃりと曲がっているのと、顔があまりに醜いのと、その身のこなしがおそろしく芝居がかっているのとで、子鬼そっくりに見えた。「なんてったってたまらんのは、実におとなしくて、まったく従順で、これっぽっちも自分の意志ってものを持たんのに、それでいてあんなあてつけがましい母親がいるってことさ！」

周囲百度以内には本人以外誰も近づけぬほどの凄まじい悪意を込めてこの最後の言葉を満足げに吐き出すと、クウィルプ氏は両手を膝に当て、足をじわじわ広げながら屈み込み、頭を片側に倒して捻じりあげ、うつむく妻の瞳と床の間に入り込んだ。

「なあ、お前！」

「はい、あなた」

「俺は眉目秀麗ってやつかね？　頬ひげさえ生やしたら、この世で一番男前になれるもんかね？　それとも今のままでも十分女好きのする男かね？——どうだい、クウィルプ夫人よ？」

クウィルプ夫人はおとなしく答えた。「はい、あなた」そして夫の睨みに身をすくめながらも、おどおどした目で見つめ返した。その間夫は、まるで夢魔［人に悪夢を見せる悪魔。寝ている人の上に座って、その人を窒息させる女の悪魔］と自分の専売特許かと思われるほどの、例の尋常ならざるニヤニヤ笑いを浮かべて彼女をいびり抜いた。気が遠くなるほど長いこと、そうしていびり続けたが、その間じゅう一言も口をきかなかった。この静寂が破られるのは、時折急にスキップをしたり飛び上がったりして、それに驚いた妻がビクッとのけぞって思わず金切り声の悲鳴をあげるときだけだった。それから彼はクックッと喉の奥で笑った。

「なあ、お前」彼はとうとう言った。

「はい、あなた」彼女がおずおずと答えた。

思っていることを口に出して言う代わりに、クウィルプは立ち上がってまた腕組みをすると、前よりもいっそう厳しい目で睨みつけたので、妻はたまらず目をそらして床を見つめた。

「なあ、お前」

「はい、あなた」

「今度また、あの皺くちゃ婆どもの言うことを聞いたりしたら、そのときはお前に嚙みついてやるからな」

この短い脅し文句に添えて、俺さまは本気だぞというようにガルルと唸ってみせた後、とっとと茶の盆を下げてラム酒を持ってこいと言いつけた。どこかの船の貯蔵庫に置かれていたらしい巨大なケース入りの瓶に入った注文の酒が目の前に置かれると、今度は冷たい水と煙草をひと箱持ってこいと言った。その用意も整ったところで、彼は肘掛椅子にどっかり腰かけ、大きな頭と顔を背もたれにグリグリねじこむようにして預けると、小さな足をテーブルに投げ出した。

「さて、お前」彼は言った。「俺は煙草を吹かしたい気分でね。それも一晩じゅう猛烈に吹かしたいんだよ。だけどお前は、そこに座っててくれるかね、ひょっとするとお前に用を言いつけたい気分にならんとも限らん」

妻はいつもの通り「はい、あなた」と返すだけだった。そして[*2]万物の霊長たる小男は、最初の煙草を手に取り、最初の水割りラム酒を作った。日は沈み、星々が顔をのぞかせ、ロンドン塔は本来の色からグレーへと変化し、またグレーから黒へと変わった。部屋は漆黒の闇に包まれ、煙草の先だけが凶暴な深紅の輝きを見せていたが、クウィルプ氏はまったく身じろぎもせず煙草を吹かしては酒を飲み続け、犬のような微笑をその顔に張り付けたまま、気だるげに窓の外を見ていた。ただし、クウィルプ夫人がじっとしていられなくなって、または疲労困憊《こんぱい》して、我知らず身体を動かすようなことがあると、小人の気だるい表情はたちまち一変し、嬉しくてたまらぬ例のニヤニヤ笑いが顔いっぱいに広がるのだった。

第五章

一度にぱちぱちっとまばたきをしてその間に眠ったのだろうか、それとも一晩じゅう目をかっと見開いて座っていたのだろうか。どちらにしてもクウィルプ氏の煙草からは夜っぴて火が消えることもなく、古い煙草が燃え尽きる前に新しい煙草に火を移すといった具合で、一度も蠟燭の火の助けを借りなかったことは紛れもない事実だった。一時間ごとに打つ時計の音を聞いても、眠気はおろか横になりたいという生理的欲求さえ感じないらしく、夜がひと時またひと時と進むごとに、喉の奥でくぐもったクックッという音を出したり、肩をそびやかす様子からして、むしろますます目が冴えてくるようだった。その姿は、腹の底から愉快そうに笑っていても、その笑いにどこか陰険で小ずるいところがある人のそれだった。

やがて夜も明ける頃、哀れクウィルプ夫人は早朝の冷え込みに身体を震わせ、眠れぬ夜を過ごした疲労にぐったりしていたが、それでもおとなしく椅子に腰かけていた。ときおり夫君に向かって、慈悲と赦免を乞うような無言の眼差しを投げ、折を見て咳払いをしては、私はまだお許しをもらえずにもう長い間こうして悔い改めているのですわと、やんわりご注進を試みた。しかし当の小さき夫君のほうは一切お構いなしで、ひたすら煙草を吸ってはラムを飲み続けた。日が高く昇り、街の喧騒や活気が外の街路に満ちてくると、ようやく彼の言葉と態度の端に、彼女の存在を認めているらしい影が差し始めた。とはいえちょうどその時、扉をイライラと叩く音がして、扉の向こう側で固く握られた可愛い拳骨がコンコンやっているのだと気付いたのでなければ、夫君はなおも妻君を無視し続けていたかもしれない。

「ああ、お前！」彼は悪意に満ちた笑みを浮かべて振り返ると言った。「もう朝じゃないか！　扉を開けるんだよ、可愛い俺の奥さん！」

従順な妻が掛け金をはずすと、母親が入ってきた。

ジニウィン夫人は雪崩《なだれ》のように凄まじい勢いで入ってきた。というのも、まだ娘婿は寝ているものと考え、彼の日頃の行いや性格について強硬な意見を申し述べ、溜飲を下げてやろうとやってきたのだった。がしかし、彼がちゃんと服を着たまま起きており、部屋の様子を見るに、昨晩自分が出て行って以来ずっと二人がそのままでいたらしいことに気付くと、はっと立ち止まり、少しどぎまぎした様子を見せた。

醜い小人のタカのように鋭い目は、なに一つ見逃しはしなかった。彼は老婦人の心の動きを細大もらさず見て取ったらしく、ひどく満足げな様子で、ただでさえ醜い顔をいっそう醜くすると、勝ち誇ったようないやらしい微笑みを浮かべ、お母さん、おはようございます、と言った。

「まあ、ベッツィー」老婦人はいった。「お前ずっと――お前まさかずっと――」

「起きていたとでも?」クウィルプがその言葉の後を引き取った。「その通りですとも!」

「一晩じゅう!」ジニウィン夫人は叫んだ。

「ええ、そりゃもう一晩じゅう。ご老人はお耳が少し遠いのですか?」クウィルプはしかめ面と笑いの混ざった顔で言った。「夫婦が夜を一緒に過ごすもんじゃないなんて、いったい誰が言いましたかな? はっはっは! 一晩なんてのはあっという間です」

「この人でなし!」ジニウィン夫人は叫んだ。

「まあまあ」クウィルプはその言葉をわざと取り違えたふりをして言った。「娘さんをそんなになじるものじゃないでしょう。もう結婚した娘さんでしょうに。まあたしかに、時の経つのを忘れさせ、私を横にならせてくれなかったのは、娘さんですけどね、だからといって、そんなふうに叱りつけたりしてまで私の身体を心配してくださることはないんですから。親愛なるご老人にお礼を申し上げますよ。さあ、あなたの健康を願って乾杯！」

「これはこれは誠に恐縮で」母親として、娘婿に拳骨を思いきり食らわせてやりたい気持が強すぎて、やきもきと両手を動かしながら老婦人は言い返した。「ああ！　誠に恐縮ですよ！」

「勿体《もったい》ないお言葉で！」小人は叫んだ。「ねえ、お前」

「はい、あなた」受難者たる妻はおずおずと言った。

「お母さんが朝食の支度をするのを手伝うんだ。俺は今朝、波止場にいかなくちゃならん――早けりゃ早いほどいいからな。ほら、さっさとするんだよ」

ジニウィン夫人は扉の近くの椅子にどっかり腰かけて腕組みをすると、あたくしは絶対にやりませんよという面構えでかすかな抵抗を示した。しかし娘に二言三言、小声でなにかをささやかれ、娘婿からは、おや、ご気分が優れんのですかと優しく聞かれ、それなら隣の部屋に冷たい水がたっぷりあるんですよ、とほのめかされると、こうした抵抗の兆しも無残に消え去り、拗《す》ねたような顔でせっせと朝食の支度に取りかかった。

二人がそうして準備をする間、クウィルプ氏は隣の部屋に引っ込んでコートの襟を後ろに倒し、見るも汚らしい濡れタオルで、ごしごし顔をこすり始めたが、やればやるだけその顔はどす黒くなった。そうして手を動かす間も、注意力と探究心は少しも減ずるところがないらしく、相変わらず鋭く狡猾《こうかつ》な顔つきで、ほんの束の間の身支度の最中も幾度となくその手を止め、隣の部屋でこの俺の話をしているなら、一言たりとも聞き漏らすものかと、聞き耳を立てていた。

「ああ！」しばらく耳をそばだててから言った。「耳の上にタオルがかぶさってるせいで、空耳が聞こえるってわけでもなさそうだな。この俺様は、チビでせむしの悪党かい、はん、怪物だってのかい、そうですかい、ジニウィンさんよ、おお！」

こうして相手の尻尾《しっぽ》を摑んで気を良くした小人は、その顔いっぱいに例の犬のような笑みを浮かべた。思う存分ニタニタやってしまうと、今度は本物の犬のように身体をぶるぶるっと震わせ、ご婦人たちのほうに戻った。

クウィルプ氏は姿見のところへつかつかと行ってネッカチーフを結んでいたが、ちょうどその後ろにいたジニウィン夫人は、横暴極まりない娘婿に拳骨を振り上げてやりたいという衝動に抗《あらが》うことができなかった。ほんの一瞬、拳骨を振り上げ、ついでに脅迫めいた眼差し付きでポーズを取ったが、こともあろうにその瞬間、小人の目が彼女の目と鏡の中でぱちっと合ってその姿を捉えた。鏡を見つめた老婦人は、小人が舌をチロチロ出しながらゾッとするほどグロテスクで醜い表情をするのを見た。次の瞬間、小人はさっぱりした何気ない様子で振り返り、溢《あふ》れんばかりの愛情を込めて聞いた。

「さあ、ご気分はいかがですかな、可愛いおばあちゃん？」

起こったこと自体は些細で滑稽《こっけい》なものだったが、彼の姿はまるで小悪魔そのものだったし、なにもかもお見通しだぞと言わんばかりの刺すような目をするものだから、老婦人のほうはすっかり震え上がり、言葉がまったく出なくなってしまい、驚くほどしとやかな様子で、彼に手を引かれ、朝食のテーブルについた。そこでも彼の悪魔的な印象はいや増すばかりだった。殻つきの卵をそのままむさぼり、頭としっぽが付いたままの巨大なエビを食い散らかし、煙草とレタスを一緒くたに、この世のものとも思えぬほどの勢いでクチャクチャと嚙みしだいた。熱湯の紅茶をまばたき一つせずに飲み干すそばから、フォークとスプーンを嚙んですっかり曲げてしまい、とにかくあまりにおそろしく尋常ならざる所業を数限りなくやってみせたので、二人の女は戦慄して気を失わんばかり、果たしてこの男は本当に人間なのかしらと怖れをなした。これだけすっかりやってしまって、他にも彼の流儀の一部になっている諸諸を全部やりおおせると、ほとほと畏れ入っておとなしくなった二人の女を後に、クウィルプ氏はテムズ川のほとりへ向かった。そして小舟に乗り込み、自分の名を戴く波止場を目指した。

ダニエル・クウィルプが向こう岸へ渡ろうと手漕ぎボートに腰を下ろしたのは、ちょうど満潮の時刻だった。川にはたくさんの艀《はしけ》が気だるそうに浮かび、あるものは舷《げん》を前に、あるものは舳先《へさき》を前に、またあるものは艫《とも》を前にしていた。どれも片意地で頑固な様子で流れに棹《さお》さし、自分より大きな舟にぶちあたったかと思えば、スチームボートの船首下に潜り込み、およそ用もない片隅や引っ込みに突っ込んでいっては、そこらじゅうでまるでクルミの殻みたいにバリバリと音を立てた。両の長いオールを水に突っ込み、ジタバタ動かしては水しぶきをあげるその姿は、のろまな魚が痛みに喘いでいるようだった。停泊している大型船のなかには、水夫たちが総出で甲板に出て、ロープを巻き上げたり帆を広げて乾かしたり、荷物を積み下ろしたりしているものもあった。と思えば、ほとんど人気《ひとけ》もなく、タールまみれの少年が二、三人、それに犬が一匹、わんわん吠えながらデッキを走り回り、舷を這い上がってあたりを見回し、周囲の景色に向かっていっそう激しく吠えているだけのものもあった。森の木々のように乱立するマストの間をゆっくり縫うようにやってくる大きな蒸気船は、息が詰まりそうだといわんばかりに、いかつい櫂《かい》でイライラと小刻みに水面を叩いた。巨体を静かに進めるその姿は、テムズ川の小魚たちの間に姿を見せた海の妖怪さながらだった。両側には石炭輸送ボートが黒く長く列を作った。その間を縫うように巨大な帆船が針路を取り、太陽に帆を煌めかせ、船上にきしむような音を響かせ、四方八方から反響する音をまた受け止めて、ゆっくり出港していった。あたりの水やその水に浮かぶ船はみな、大いに活気づき、踊るように軽快で陽気だった。その水のほとりにそびえる古い灰色のロンドン塔や軒を連ねる建物群は、天を目指して突き立つ多くの教会の尖塔《せんとう》を従えて、冷ややかに水面を見下ろし、騒がしく落ち着きのない川という隣人を軽蔑しているようだった。

傘を持ち歩く手間が省けるのを別にすれば、清々《すがすが》しく晴れた朝の空になんの感慨も抱かないダニエル・クウィルプは、例の波止場脇に小舟を寄せて降りると、狭く曲がりくねった小道を辿《たど》った。そこを通る者たちの水陸両生的性質に影響されたか、その小道は水と泥とをたっぷりちょうど同量ずつ含んでいた。目的の場所に着いてすぐ彼の目に飛び込んできたのは、靴をひっかけただけの足が一揃い、踵を天にニュッと突き立っている光景だった。その奇怪な光景を作り出しているのは、生まれついての変わり者にして、宙返りをこよなく愛する変てこ小僧で、今もこうして逆立ちしたまま、テムズの様子を上下逆さにとっくり観察しているのだった。彼は主人の声を聞くとすぐさま足を地に着けたので、クウィルプ氏のほうは小僧の頭が所定の位置におさまるや、言葉より雄弁なる行動で示さんと、小僧に「パンチをお見舞い」した。

「ねえ、おいらのことは放っといてくださいよ」伸びてくるクウィルプの手を、両肘で代わる代わる受け止めながら小僧は言った。「言っときますが、放っといてくれないんなら、今に旦那のほうが痛い目を見ますぜ」

「この犬め」クウィルプは唸り声をあげた。「そんな口を利く奴は、鉄の棒で殴ってやる。錆びついた釘《くぎ》でガリガリひっかいて、それから目ん玉突っついてやるからな――いいか、覚えとけよ」

この脅しとともに、彼は再びこぶしを握り締め、小僧の肘をうまい具合にかわすと、あちらこちらとひょいひょい逃げまわる小僧の頭をむんずと捕まえ、三発、四発、たっぷりきついのをお見舞いした。そうして我が威を示し、意を遂げてしまうと、殴るのをやめた。

「もうおしまいですかい」少年は最悪の場合に備えて顎を引き、体を離して肘を固めると言った。「それじゃ――」

「じっとしてろ、この犬畜生」クウィルプは言った。「もうおしまいだ、とりあえず気が済むだけは殴ってやったからな。さあ、カギを取んな」

「旦那と同じくらいのチビ公でも殴ったらどうです？」少年はじりじりと近づきながら言った。

「俺と同じくらいのチビ公なんて、いったいどこにいるってんだ、この犬めが！」クウィルプは言い返した。「カギを取るんだよ、さもなきゃカギでお前の脳みそぶちのめすぞ」――実際、こう言いながら、彼はカギの柄で小僧をしたたかに打った。「さあ、とっとと事務所を開けな」

少年は始めのうちこそブツブツ言っていたが、後ろを振り返り、クウィルプがすぐそばでじっと睨んでいることに気付くと、むっつりと押し黙り、言われた通りにした。申し添えておくが、この小僧と小人の間には奇妙な愛情が通い合っていた。[*1]かくのごとき感情がいかにして生まれ、また育まれたものか、一方の側では殴ったり脅しつけたりするたびに愛が増していったものか、もう一方の側でも口答えしたり反抗するごとに愛が膨らんでいったものか、そんなことは差しあたって重要ではない。自分の意に逆らう者のうちで、クウィルプが許してやるのは、誰あろうこの小僧だけだった。小僧は小僧で、逃げようと思えばいつでも逃げられるのに、それでもこうして突っつきまわされるがままおとなしくしているのは、相手がクウィルプなればこそだった。

「さあ」木造の事務所に足を踏み入れると、クウィルプは言った。「お前は波止場の見張りだ。今度逆立ちみたいな真似したら、足をちょん切ってやるからな」

小僧はなにも言わなかったが、クウィルプが事務所に入って扉を閉めるが早いか、すぐさまその場で逆立ちをし、手をついて事務所の裏まで行くと、頭を地面にすりつけ、また反対側まで移動し、同じ芸当を繰り返した。実のところ、この事務所の壁は四面あったのだが、小僧が考えるに、きっとクウィルプなら外を覗いているに違いないということで、窓の開いている側だけは避けた。これは賢明な判断というやつで、小僧の性分を知り抜いている小人は実際、窓枠から少し離れたところで、大きな棍棒《こんぼう》片手に待ち伏せしていたのだった。その棍棒というのが、ゴツゴツ節くれ立って鋸《のこぎり》の歯のようにギザギザしており、あちこちに曲がった釘が打ち込まれた代物だったので、それで殴られようものなら相当痛い目を覚悟せねばならぬところだった。

事務所というのはちっぽけな汚い箱のような部屋で、ほとんど調度らしいものもなく、おんぼろの古机と腰かけが二つ、帽子掛けが一つ、古暦、インクの切れたインク壺、使い物にならないペン一本、それから八日巻きの手巻き時計一つ、これがまた少なくとも十八年このかた一度たりとも動かぬまま、分針は捩じり取られて爪楊枝《つまようじ》代わりにされていた。ダニエル・クウィルプは目深《まぶか》に帽子をかぶると机によじ登り（机は平らだった）、すっかり勝手知ったる様子で短い脚をいっぱいに伸ばすと、気持ちよさそうに寝入った。明らかに、昨夜の不眠を取り戻さんと、ぐっすり、たっぷり、眠るつもりのようだった。

ぐっすり寝たかもしれないが、たっぷり寝るわけにはいかなかった。十五分ほど寝たか寝ないかで、小僧が扉を開け、ボサボサに解かれた麻紐の束みたいな頭をニュッと突き出したのだった。すぐに目が覚める性質のクウィルプは、ガバッと跳ね起きた。

「旦那にお客さんですぜ」小僧が言った。

「誰だ？」

「知りませんよ」

「聞いてこい！」クウィルプは先述の棒っきれを引っ掴み、素晴らしいコントロールで小僧のほうに投げてよこしたが、小僧は幸い、その飛来よりも先に姿を消していた。「名前を聞いてこい、犬畜生」

こんなミサイルの射程範囲内に自ら入るのはもうご免とばかり、小僧は賢明にも自分で名前を聞いてくる代わりに、クウィルプを起こした張本人を直接扉のところに寄こした。

「おやおや、ネリーじゃないか！」クウィルプは叫んだ。

「はい」ボサボサの髪を顔中に垂らし、黄色いハンカチを頭の上までずりあげて起き上がった小人の姿は、直視に堪えぬほどおそろしかったようで、少女は入ってよいものかそのまま帰るべきか決めかねて、おずおずと言った。「あの、私一人なんです」

「お入り」机の上に陣取ったままクウィルプは言った。「お入り。あ、ちょっと待ちな。あっちのほうを覗いて、逆立ちしてるガキがいないか、見てくれんか」

「いいえ」ネルは答えた。「ちゃんと足で立ってます」

「そりゃ本当かね？」クウィルプは言った。「よし。じゃあ入って扉を閉めな。なにか言付《ことづ》かってきたのかい、ネリー？」

少女は手紙を渡した。クウィルプ氏はそのままの体勢で身体をほんの少し横ざまに倒し、頬杖をつくと中身を読み始めた。

第六章

ネルはおずおずとその場にとどまり、クウィルプ氏が手紙を読む間、その表情をうかがっていた。彼女の顔には小人に対する恐怖や不信感が浮かんでいたが、一方でその奇妙な風貌やグロテスクな仕草につい噴き出しそうになっているらしい様子も、はっきりと見て取れた。しかしまた、小人がなんと返事をするものかひどく気にしているのも明らかで、彼の心ひとつで、すげなく拒否されたり難癖を付けられることもありうる、とはっきりわかっているようだった。そんなふうにやきもきする気持ちは、噴き出しそうになる衝動とはあまりに裏腹で、そのおかげもあって、我慢の必要もないくらいぴたりと笑いが抑えられていた。

クウィルプ氏のほうも、手紙を読んで少なからず動揺しているらしい様子をありありと示した。最初の二、三行を読むか読まぬかで、その目は大きく見開かれ、その顔はぞっとするほどおそろしい顰《しか》め面《つら》に変わり、また続きを二、三行と読むうちに、邪悪きわまりない手つきで頭を掻きむしった。とうとう結びまで来ると驚きと狼狽《ろうばい》を禁じ得ない様子で長く陰鬱な口笛を吹いた。手紙を畳んで横に置くと、十本の指の爪という爪をむさぼるように嚙み、またさっと手紙を引っ摑んで読み直した。二度目にとっくり読んでみても、やはりなにからなにまで先ほどと同じで合点がゆかぬらしく、深い物思いに沈んだかと思うと、また我に返って爪をむさぼり、少女のほうをジッと見た。彼女は視線を足元に落とし、見られるがまま、じっと待つしかなかった。

「いやはや、これは！」彼が突然声を張り上げたので、少女はまるで自分の耳元で鉄砲が鳴ったみたいに、ビクッと飛び上がった。「ネリー！」

「はい」

「この手紙になんて書いてあるか、知ってるのかい、ネル？」

「いいえ！」

「たしかに、絶対に、間違いなく、誓って、知らないんだね？」

「はい、本当に知りません」

「命をかけて、ゆめゆめ知りませんと誓えるかね、えぇ？」小人は言った。

「本当に知らないんです」少女は答えた。

「よし！」クウィルプは少女の訴えるような眼差しを見てつぶやいた。「信じてやろう。フン！　もうなくなった、だと？　たったの二十四時間ですっかり！　あの金でいったい、じじいの奴、なにをやらかしたんだ、それがわからん！」

　こうして考え考え、また彼は頭を掻きむしり、爪をバリバリ食い始めた。とこうするうち彼の顔つきはしだいに柔和になり、常人ならおそろしい苦痛に歪《ゆが》む笑みにしか思えぬものの、彼にしてはまずまず、朗らかな微笑と言えなくもない笑みを浮かべた。少女が再び顔を上げると、小人はいつもと違ってひどく機嫌も良く、満足げな様子で彼女をじろじろ眺めまわしていた。

「今日のお前は本当に綺麗だね、ネリー、うっとりするほど綺麗だ。疲れたかい？　ネリー」

「いいえ、早く帰りたいんです、遅くなるとおじいちゃんが心配してしまうから」

「急がなくていい、かわいいネル、全然、まったく、急ぐ必要なんかないさ」クウィルプは言った。「お前、俺の二号さんになるってのはどうさね？　ネリー」

「なにになる、ですって？」

「俺の二号さんだよ、ネリー、二番目ってことさ、二番目のクウィルプ夫人だ」小人は言った。

少女は恐怖に引きつった顔をしたが、言われていることがよく理解できないらしかった。それを見たクウィルプは、もっとわかりやすく説明してやろうと、いそいそ言葉を足した。

「第二のクウィルプ夫人になるんだ。第一のクウィルプ夫人が死んじまったら、そんときにさ。かわいいネルや！」クウィルプは目をギュッと細めて皺くちゃにすると、曲げた人差し指で彼女を自分のほうにおびき寄せる仕草をして言った。「俺の女房になるんだよ、かわいい、桜色の頬をした、赤い唇の嫁さんになるのさ。クウィルプ夫人があと五年生きたとして、いやあと四年くらいでいいか、その頃にはお前、ちょうど俺に似合いの年頃になるだろうて。ハッハッ！　いい子におし、ネリー、ほらほら、うんといい子にするんだよ、そしたらお前はいつか、タワーヒルのクウィルプ夫人になれるかもしれないんだから」

こんな嬉しい将来の展望をしかと受け止め、それによって意を強くするなどとんでもないことで、少女はただどうしようもなくうろたえて彼から離れると、ブルブル身を震わせた。クウィルプ氏は人を恐怖に陥れるだけで喜びが湧いてくる性質なのか、はたまたクウィルプ夫人一号の死と、それに伴うクウィルプ夫人二号の妻の座への昇格を考えるだけで、ゾクゾクするほど嬉しくなるものか、それともなにか企むところがあってこのときばかりは人当り柔らかに機嫌良くしていようと決めたものか、とにかく彼は、震え上がるネルにはまったく気付かぬ振りを決め込み、ただゲラゲラ笑った。

「お前、いますぐ俺と一緒にタワーヒルの家まで来て、現クウィルプ夫人に会ってくれるだろうね」小人は言った。「あいつはお前のことが大好きなんだ、ネル、だがこの俺様のほうがもっとお前を好きだがね。さあ、是非とも俺と一緒に来なくちゃならん」

「本当に、すぐ帰らなくちゃいけないんです」少女は言った。「返事をもらったらすぐに帰るようにって、おじいちゃんに言われてるんです」

「だけどまだ返事をしとらんだろう、ネリー」小人は言い返した。「俺は家に着くまで返事はせんよ。というかできんね。お遣いをちゃんと果たすには、俺と一緒に来なきゃならんというわけさ。わかるかね。そこの帽子を取っておくれ、さあ、すぐ出かけよう」そう言うとクウィルプ氏は、机の縁《へり》ごしに身体をぐるりと回し、短い脚が下に着くと、早速その足で大地を踏みしめ、事務所から外の波止場へ向かった。そこで最初に目にしたのは、さっきまで逆立ちをしていた例の小僧と、ほぼ同じ背恰好の若い紳士がもう一人、むんずと組み合ったまま泥の中を転がり回り、互いにこれでもかと拳骨を食らわしているところだった。「キットだわ！」ネリーは両手をぎゅっと握り合せて叫んだ。「キットったら、一緒にここまでついて来てくれたの！　ああ、やめさせて、クウィルプさん！」

「やめさせてやるとも」クウィルプは叫ぶと、ちっぽけな事務所に飛び込み、太い棍棒を手に出てきた。「さあ、やめさせてやろう。おい、ガキども、やりたいだけやんな！　俺がお前ら二人ともぶちのめしてやるさ。二人とも掛かってこい、二人一緒だ、一気に来い！」

こう挑発すると、小人は手に持った棍棒を振り回し、取っ組みあっている二人の周りを踊るように跳びまわった。そのまま狂ったように二人を踏みつけ、その身体の上で跳ねまわり、鬼の形相でまずはこちら、お次はあちらと、二人の小僧に代わる代わる襲いかかり、決まって彼らの頭に狙いを定め、極悪小人の面目躍如といった強烈なパンチを何度もお見舞いした。この仕事ぶりの強烈なことといったら、さすがの二人にも予想以上だったので、喧嘩の気概もすっかり失せ、慌てて立ち上がると、どうぞご勘弁をと泣きを入れた。

「お前ら、二目と見られない姿にしてやる、この犬どもめ」クウィルプはそう言うと、とどめの一撃で仕留めるべく、どちらか一人でいいから近づこうとむなしく努力した。「錆びついた銅みたいな色になるまで、こてんぱんに打ちのめしてくれる。もうどっちがどっちか見分けがつかなくなるくらい、お前らの顔をぐちゃぐちゃにしてくれるわ」

「おい、その棍棒を捨てろ、さもないとひどい目にあわせるぞ」クウィルプの周りを跳ね回って攻撃を避けながら、彼の懐に入る隙を狙いつつ、小僧が言った。「さあ、その梶棒を捨てるんだ」

「もうちょっとこっちへ来な、そうすりゃこの梶棒を貴様の頭蓋骨めがけて振り下ろして、それから捨ててやるさ、この犬畜生」クウィルプは目をギラつかせて言った。「ほら、来いったら——もう少しこっちだ」

しかし小僧はその誘いには乗らず、主人が少しガードを緩めたところで、ダッと前に出てその武器をむんずと摑み、その手から捩じり取ろうとした。獅子《しし》さながらの剛腕クウィルプは、力いっぱい引っ張る小僧を横目に易々と武器を握ったままだったが、やにわにパッと手を放して小僧を突き離したので、相手は頭から派手に転げてしまった。この奇襲作戦がうまくいったと見るや、もうクウィルプ氏は身体じゅうがムズムズしてくすぐったくてたまらないほど愉快な気分になったらしく、この世でこれほど面白い悪戯《いたずら》はないといわんばかりに、そこらじゅうをのた打ち回って笑い転げた。

「もうご免だぜ」小僧はこくりとうなずくと、頭をさすって言った。「旦那のこと、その辺のサーカス小屋で二束三文の金で見られる見世物よりか醜い小人だなんて、おいらの目の前で吐《ぬ》かす奴がいたってさ、もう拳骨で懲らしめてやるなんざ、どうあったってご免だよ。おいらの言いたいのはそれだけさ」

「貴様、俺がそんなに醜かないとでも言うんかよ。この犬畜生、あぁ?」クウィルプが返した。

「そんなこと誰も言ってねえや！」小僧は答えた。「それじゃ貴様、なんだって、俺の波止場で喧嘩なんておっぱじめたんだ、この悪党」クウィルプが言った。

「だってそいつがそう吐かしやがったからさ」キットのほうを指差しながら小僧は答えた。

「たしかに旦那は醜いけどもよ」

「それじゃどうしてこいつは」キットはわめいた。「ネリー嬢ちゃんはブスだとか、嬢ちゃんと旦那様は、クウィルプの旦那の言う通りにしなきゃなんねえんだとか、そんなこと吐かすんだよ？　なんだってそんなこと吐かしやがる？」

「そんなことを吐かしたとすりゃ、そりゃあこいつが馬鹿なせいさ、そしてお前が言いたいように言ったのは、賢くって抜け目がないからだろうな――よくよく気をつけるんだな、ひょっとするとその賢さが命取りになるかもしれんぞ、キット」こう言うクウィルプの物腰はひどく柔和だったが、目元と口元には物言わぬ悪意がみなぎっていた。「さあさあ、この六ペンスをやろう、キット。いつも本当のことだけを言うんだ、どんなときも、いいかキット、いつも本当のことだけだぞ。この犬畜生、ほら、事務所にカギかけて俺んとこに持って来い」

この命令を受けた小僧は言われた通りにしたが、主人になり代わって勇ましくその名を守ったご褒美とばかり、鍵で鼻のところをしたたかに打たれたので、たまらず目に涙を溜めた。それからクウィルプ氏は、少女とキットを小舟に乗せて出発した。一人残された小僧のほうは、一行が川を渡っていく間じゅう、波止場の縁ギリギリのところでヤイヤイと逆立ちをして踊ってみせることで意趣返しをした。

家にはクウィルプ夫人一人だった。夫が帰るとは夢にも思わず、少し休もうとウトウトしたところに、夫の足音でハッと目を覚ましたのだった。なにか適当な針仕事でもしていたように取り繕う暇もなしに、キットを下に待たせたまま、少女一人を連れた夫が入ってきた。

「ほら、ネリー・トレントだよ、お前」夫は言った。「ワインを一杯、それにビスケットでも出してやんな。長いこと歩いてきたんだしな。さあ、俺はちょっと手紙を書かなきゃならんから、お前が相手をしてやるんだよ」

クウィルプ夫人は、いつもと打って変わって慇懃な夫の振る舞いからして、どうやらなにか企んでいるらしいと感付き、震えながら彼を見つめていたが、身振り手振りでこっちへ来いと言われたので、しおしおと後について隣の部屋に入った。

「これから俺の言うことをよく聞くんだ」声を潜めてクウィルプは言った。「あの娘のじじいについて、なんでもいい、例えば毎日二人でなにをしてるとか、どうやって暮らしてるとか、じじいがあの娘にどんな話をしているとか、そんな他愛もないことを聞き出せないかやってみな。できるもんなら、その辺をちょっと知りたいわけがあるのさ。お前ら女ってのは、男に話すより女同士のほうが気兼ねなしにペラペラしゃべるだろうしな、それにお前はなんたって優しくっておっとりした感じだから、あの娘もお前にならしゃべるかもしれん。わかったな？」

「はい、あなた」

「じゃ、さっさと行きな。なんだってんだ？」

「ねえ、あなた」妻は口ごもりながら言った。「私、あの子が大好きなの——どうにかして、私があの子を騙さないで済むようにできるなら——」

小人は口のなかで惨《むご》たらしい呪いの言葉をつぶやきながら、言うことを聞かぬ妻に、しかるべき懲罰を与えんとして、手近に武器でもないかと見回した。可哀そうに従順な妻のほうは、どうか怒らないでくださいなと息せき切って懇願し、言われた通りにしますから、と約束した。

「わかってるだろうな」クウィルプはその腕をつまんだりつねったりしながら、小声で言った。「うまく取り入って娘の秘密を聞き出しな。お前ならできるさ。いいな、俺はここで聞いててやるから。お前が下手《へた》なことでもしたら、こっちでドアをギイギイ言わせてやる、あんまりギイギイ言わせにゃならんときにゃ、お前、そりゃもうおそろしい目にあうこったろうよ。さあ行きな」

クウィルプ夫人は命じられるがまま部屋を出て行き、優しい夫君のほうは半開きの扉の裏に陣取って、耳をぴたりと寄せ、狡猾そのものの表情で一心に耳をそばだてた。

哀れクウィルプ夫人は、どうやって話を始めたものか、どうやって聞き出したら良いものか、しばらく思案に暮れていた。とうとう扉のほうがもう待ったなしにギイギイ言い始め、うだうだせずにとっとと始めやがれと迫ったので、ようやく彼女も口を開いた。

「ここのところずいぶん頻繁にクウィルプのところに通ってるのねえ、ネル」

「本当にあたしも、まったく同じこと、何度もおじいちゃんに言ってたんです」ネルは無邪気に答えた。

「そしたらおじいさんはなんて？」

「ただため息をついて、気落ちして、なんだかとっても悲しそうで落ち込んでいるみたいなの。あんなおじいちゃんを見たら、きっと奥様だって泣いてしまうわ。あたしも泣いちゃうんだもの、奥様だって泣かないはずないわ。それにしてもあのドア、すごくギイギイいうわねえ！」

「よくああなるの」クウィルプ夫人は扉のほうを落ち着かない目で見ると答えた。「だけどおじいさんのほうはねえ――前からそんなに気が塞《ふさ》ぐような方じゃなかったでしょ？」

「全然そんなことなかったの！」少女は熱っぽく答えた。「今とは全然違ったわ！　あたしたち、とっても幸せだったたし、おじいちゃんはとっても陽気で元気だったのよ！　あの頃から比べてあたしたちがどんなに変わってしまったか、奥様にはきっと想像もつかないくらいよ」

「そんなふうに聞くと、本当に、心からお気の毒に思うわ、ネル！」クウィルプ夫人は言った。そしてこの言葉は彼女の本心だった。

「ありがとうございます」夫人の頬にキスをすると少女は言った。「奥様はいつだって優しくしてくださるから、お話しするのが大好きなの。おじいちゃんのこと、あの可哀そうなキットを別にしたら、誰にも話す気になれなくって。でも、今だってとっても幸せよ。本当なら、もっと幸せだと思わなくちゃいけないんでしょうけど。でもあんなに変わってしまったおじいちゃんを見ると、あたしがときどきどんなに悲しい気持ちになるか、きっと奥様には想像もつかないと思うの」

「おじいさんは必ずまた変わりますよ、ネリー」クウィルプ夫人は言った。「そしてまた元のようなおじいさんになられるわ」

「ああ、本当にそんな日が来たらどんなにか！」少女は涙を流しながら言った。「でも考えてみたら、もうずいぶん長いこと経つの。そもそもおじいちゃんが――あら、なんだかあのドア、動いたみたいに見えたわ！」

「風よ」クウィルプ夫人は弱々しく言った。「おじいさんが、なんて？――」

「おじいちゃんがあんなに物思いにふけったり、しょげたりするようになってから、もうずいぶん経つの。長い夕べの過ごし方も、前とはすっかり変わってしまって」少女は言った。「前は暖炉のところで、あたしが本を読んであげてたの。おじいちゃんは座って聞いてくれて、ときどきは読むのをやめて二人でおしゃべりをするの。おじいちゃんはお母さんのお話をしてくれたわ。お母さんの小さい頃は、見た目も話し方もあたしにそっくりだったって。それからおじいちゃんがお膝に抱いてくれて、お前のお母さんはお墓の中で眠っているんじゃなくて、お空の上の綺麗な楽園に飛んでいったんだよ、そこはもう、誰も死んだり年を取ったりしないところだよ、って教えてくれて――ああ、あの頃は本当に幸せだったのに！」

「ネリー、ネリー！」哀れなクウィルプ夫人は言った。「あなたみたいに小さな子が、そんな悲しそうにしているの、見ていられないわ。どうかお願い、泣かないでちょうだい」

「泣くことなんか、本当にめったにないことなの」ネルは言った。「でもあんまり長い間、誰にも言えなかったし、あたしもちょっと疲れてるのかもしれないわ、だって涙が勝手に目元まで上がってきて、もう我慢できなくなっちゃったんですもの。でも、こういうこと、奥様になならお話ししても構わないわ、だって奥様は誰にも言わないって、あたし知ってるから」

クウィルプ夫人は顔をそむけたままなにも言わなかった。

「あの頃は」少女は言った。「よくおじいちゃんと一緒に原っぱを散歩して、緑の木々の間を歩いたわ。日が暮れて家に戻ってくると、疲れている分だけいっそう家が懐かしくって、我が家ってなんて素敵なんだろう、って話したりしたの。それに夜の家は暗くて、たいして面白いこともないけれど、そんなの構わないじゃない、だってそのおかげでさっきまでの散歩がもっと楽しく思い出せるんだし、その分、次の散歩ももっと楽しみになるんだものって、よく二人で話したの。でも、もう今ではそんな散歩もしなくなって、家だけは前と同じだけど、前よりずっと暗くて、ずっとずっと陰気に思えるわ、ずっと」

ここで少女は言葉を切った。扉が一度ならずギイギイ言ったが、クウィルプ夫人はなにも言わなかった。

「どうか、勘違いしないでね」少女は必死に言葉を継いだ。「前と比べて、おじいちゃんが冷たくなったとか、そんなことは全然ないの。おじいちゃんは日ごと、いっそうあたしのことを大事にしてくれて、昨日より今日、今日より明日、もっともっと優しく、愛情たっぷりに接してくれるの。おじいちゃんがあたしをどんなに好きか、きっと誰にも想像がつかないくらいよ！」

「おじいさんがあなたを心底愛してらっしゃるのは、よくわかりますよ」クウィルプ夫人は言った。

「そうなの、本当にそうなんです！」ネルは泣いた。「あたしがおじいちゃんを好きなのと同じくらい、おじいちゃんもあたしを好いてくれるの。でもあたし、前と比べて一番大きく変わったこと、まだお話ししてなかったわ。これ、絶対に誰にも言わないでくださいね。おじいちゃん、昼間に肘掛椅子で少しだけうたた寝するのを別にしたら、全然眠らないんです。おだって毎晩、それもほとんど一晩じゅう、家を留守にしているんだもの」

「ネリー！」

「しっ！」唇に指を当て、あたりを見回しながら少女は言った。「朝になっておじいちゃんが帰って来るのは、決まっても遅くって日が昇る直前くらいなの、そうすると、あたしが入れてあげるんです。夕べなんかとっても遅くって、もうほとんど明るくなってたわ。おじいちゃんの顔はそれはもう真っ青で、目は血走っていて、歩くのもやっとなくらい、脚がガクガク震えてたの。あたしがもう一度ベッドに入ると、おじいちゃんの呻き声が聞こえてきてね。だからあたし、起き上がっておじいちゃんのところに走っていったの、そしたらおじいちゃん、あたしが来たって気付くより前に、こう言ってたんです、もうこれ以上長く生きるのは辛すぎるって、あの子がいなかったらもう死んでしまいたいくらいだって。あたし、どうしたらいいの！　ああ！　どうしたらいいの！」

こうして少女の心の泉は口を開いた。抱えきれないほどの悲しみと心労に打ちひしがれ、はじめて他人に打ち明けて、それまで張りつめていたものが緩んでしまい、優しく聞いてもらったことで胸がいっぱいになった少女は、頼りない友の腕に顔をうずめ、わっと泣き出した。

ほどなくクウィルプ氏が戻ってくると、泣いているネルを見てひどく驚いた振りをした。その驚き方はきわめて自然で、すばらしく適切だった。というのもこの手の芝居には長年の鍛錬を積んでいた小人のこと、うまくやるのは朝飯前だった。

「ほら、ネルは疲れているんだよ、お前」小人は妻のほうにいやらしい流し目を寄こすと、俺に調子を合わせろよ、という意図を伝えた。「ネルの家から波止場までだって相当な距離なのに、二人の小悪党の取っ組み合いまで見せられてショックだったんだな、それに川の水を見てるうちに、おそろしくなっちまったのかもしれん。とにかく次から次へとあんなことがありゃ、ネルには刺激が強すぎるってもんだ。かわいそうに、ネルや！」

クウィルプ氏は彼女の頭をポンポンと撫でてやったが、はからずもこれが小さな訪問客の気力回復に最高の手立てとなった。他の誰かにポンポンと撫でられたとて、たいした効果もなかったかもしれないが、小人の手に触れられるや少女はさっと身を引き、手の届かないところへ逃げたいという本能的な欲求を感じるのかスックと立ち上がり、もう帰らなくては、と言った。

「だけどもう少しゆっくりしてったほうがいい、女房と俺と三人で一緒に食事でもどうだ」小人は言った。

「いいえ、もう、ゆっくりしすぎたくらいです」涙を拭きながらネルは言った。

「そうか」クウィルプ氏は言った。「帰りたいってんなら帰ったらいいさ、ネリー。ほら手紙の返事だ。今朝頼まれたちょっとした用のほうは、ひょっとすると明後日、俺が直接会いに行くってのと、今朝頼まれたちょっとした用のほうは、お役に立てんってことだけだがな。さよなら、ネリー。さあお前、お嬢さんの面倒をちゃんと見るんだぞ、いいな？」

こうして呼ばれたキットは、言われなくてもそんなことわかってるさとばかりに返事もせず、ネルが泣いているのはクウィルプのせいなのだろうかと疑いながら、その嫌疑だけで十分に復讐《ふくしゅう》に値すると感じるらしく、威嚇《いかく》するような目でクウィルプを睨みつけた。が、すぐに踵を返すと、すでにクウィルプ夫人にさよならを言って歩き出していた小さなご主人の後を追った。

「人からものを聞き出すことにかけちゃ、けっこうなやり手じゃないか、お前？」二人きりになるや、小人は妻に向きなおって言った。

「あれ以上は無理ですわ」妻は静かに言った。

「あれ以上、どうしようがあるって！」クウィルプはせせら笑った。「実際、あそこまでやらんでもよかったかもしれん！　しろと言われたことをするだけじゃ飽き足らず、得意の嘘泣きまでしてみせなきゃ気が済まんのかね、このあばずれ女は？」

「本当にあの子が気の毒でたまらないの、あなた」妻は言った。「たしかにやりすぎだったかもしれないわ。誰も聞いていないと思わせて、あの子にまんまと秘密をしゃべらせたんだもの、本当はあなたが聞いてたっていうのに。なんてことをしてしまったのかしら」

「まんまとしゃべらせた、だと！　そうとも、お前、ずいぶんなことをしたもんだよ！」クウィルプは言った。「俺にドアをギイギイ言わせた日にゃ、どうしてやると言ったかね？　お前にとっちゃ運のいいことだが、娘がうっかり口を滑らしたおかげで、俺様はどうやら尻尾を摑んだようさ。じゃなきゃ、しくじった落とし前はお前に付けてもらうとこだったんだがな」

クウィルプ夫人は、この言葉が徹頭徹尾真実であることを露ほども疑わず、なにも言おうとはしなかった。夫のほうは嬉しくてたまらぬ様子で付け加えた。

「お前、幸運な星の巡りに感謝のひとつもしたらどうだ――お前をクウィルプ夫人にしてくれたのと同じ星さ――俺があのじじいのあとをつけて、また新しい尻尾を摑んでやれるってんだから、ほら、星の巡りに感謝でもしたらどうだい。さあもうこの件についちゃ、金輪際ぺちゃくちゃしゃべるんじゃないぞ。それから今晩の夕食も、あんまり豪勢なのはやめときな。俺は帰ってこられんからな」

こう言うとクウィルプ氏は帽子を被《かぶ》って出かけていった。クウィルプ夫人のほうは、たった今演じた役回りを思い返すにつけ、どうしようもなく気落ちしてしまい、自室に閉じこもって布団に顔をうずめると、我が身の罪深さを大いに嘆いた。もっと冷酷な人間なら、これよりひどい罪を犯したとて、こうまで苦しみはしなかっただろう。というのも多くの場合、人間の良心とはきわめてしなやかで弾力があり、びっくりするほど伸縮性に富んでいて、あらゆる状況に合わせて都合の良い形になってくれるからである。この良心を如才なく使いこなし、暑い季節に一枚ずつフランネルの上着を脱ぐように、少しずつ捨てていき、ついにはまったくおさらばしてしまう御仁もいる。なかには、良心という名の着物を着たり脱いだり、自分の気分に合わせて好きにやる御仁もいる。そしてこの着脱可能な良心というやつが、この世で最も素晴らしく、最も便利な発明品と謳《うた》われ、今や最新流行なのである。

第七章から第四十二章までの梗概

フレッドは、ディックとネルを結婚させて祖父の金を手に入れようと計画を立てる。ディックは当初この計画に気乗りしない様子だが、しだいにその気になっていく。一方クウィルプは、老人が一攫千金《いっかくせんきん》を夢見て夜な夜な賭け事に興じていること、賭け事にのめりこむあまり、すべての財産を使い果たし、借金まみれであることを突き止め、これ以上一切金は貸せないと言う。秘密が露見したのはキットのせいだと思い込んだ老人は激高し、絶望のあまり発作を起こして病に倒れる。ネルはキット宅を訪れ、原因はよくわからないが、祖父がすっかりキットに腹を立てているため、もう二度と骨董屋には来ないようにと悲しげに言う。

祖父の病は重く、熱にうかされて朦朧となり、ネルが必死の看病に当たる。老人の借金の抵当として、骨董屋のすべての財産はクウィルプのものとなる。クウィルプは弁護士であるサンプソン・ブラースとともに骨董屋にやってきて、そのまま居座る。老人は命を取り留め回復に向かうが、熱で頭をやられてしまい、精神的にはもはや子供同然となる。クウィルプは骨董屋にあった物品をすべて競売にかけて売り払う。これ以上クウィルプの影におびえて生きるよりは、物乞いをしながら放浪生活をするほうが幸せだと考え、ネルは老人を連れて夜のうちにそっと骨董屋から逃げ出す。

朝になって二人が逃げたと知ったクウィルプは、老人が財産の一部をどこかに隠しておいたに違いないと考え、腹を立てる。キットも骨董屋に来て、二人の状況を知り心を痛める。そしてネルが可愛がっていた小鳥とその鳥かごを家に持ち帰る。その後、新しい仕事を探すために街頭に立っていたキットは、ある紳士から馬車の馬番という小さな仕事を言いつかる。その紳士（ガーランド氏）はキットに、馬番の礼として六ペンスをやろうとするが小銭がなく、一シリング［十二ペンス］硬貨を手渡すと、残りの六ペンス分は貸しにしてやるから、来週またここに来て同じ仕事をするように、と冗談半分に話す。

ネルと祖父はロンドンを離れ、田舎を目指して放浪の旅に出る。途中、ある教会の墓地で、操り人形師のコドリンとショートに出会う。祖父が操り人形に夢中になってしまったため、一行は一緒に旅をすることになる。目的地はレース会場。レースを見に来る人出を見込んで、多くの旅回り芸人たちが続々とその地に集まってくる。コドリンはネルと祖父が二人きりで放浪の旅をしていることを怪しく思い、どこかの裕福な家庭から逃げ出してきたのだと考える。そのため、二人を探す家族から多額の礼金がもらえるものと当て込み、二人を厳しく監視するようになる。レース会場に着いたところで、ネルと祖父は隙を見て逃げ出す。

一方、キットはガーランド氏との約束をきちんと守り、一週間後に再び同じ場所で残り六ペンス分の仕事をする。ガーランド氏とその友人のウィザーデン氏はこれにいたく感心し、ほどなくキットはガーランド家で奉公することが決まる。キットは奉公の支度金をもらい、また幼い兄弟にもお駄賃をもらうが、この変化を見たクウィルプは金の出処がネルの祖父の隠し金ではないかと疑う。そんなとき、たまたまディックと再会したクウィルプは、酒に酔ったディックから、ネルとの未来の結婚計画の企みを聞き出す。ネルには財産など残されておらず、結婚したところでなんの得にもならないことを知っているクウィルプだが、ディックとフレッドの企みがすべて水泡に帰すのを見るのも面白そうだという腹黒い理由から、ディックたちの企てに手を貸してやろうと申し出る。

ガーランド家に住み込んで奉公を始めたキットは、可愛らしい小間使いバーバラと出会う。同家の御者チャックスター氏は、キットの誠実で実直な人柄を偽善的だと言って嫌い、なにかにつけて否定的な態度を取る。

ネルと祖父の逃避行は続く。道中、粗末な村の学校で一夜の宿を借り、その学校教師と知り合う。ネルは宿代の代わりに教師の身の回りの世話をし、学校の授業風景も見学するが、貧しい村落の子供たちに学習の意欲はまったく見られず、教室は無秩序そのものである。そんななか、教師のお気に入りの生徒ハリーだけは学問を愛し、師を敬愛する心を持っている。しかし彼は病であっけなく天に召されてしまう。

教師に別れを告げて旅を続ける二人は、夕闇が迫るころ、大きな幌馬車で旅をするジャーリー夫人と出会う。ジャーリー夫人は幌馬車に大量の蠟人形を積み、行く先々で蠟人形展示を行っている。ネルの可憐な美しさに目を付けた夫人が一緒に来ないかと誘ってくれたので、ネルは祖父と一緒に馬車に乗り込み、旅回り生活を始める。ある街に到着し、夜の散歩に出たネルは、クウィルプの姿を偶然目撃してしまう。クウィルプの影に怯えながらも、ジャーリー夫人とともに旅を続けるネル。夫人からあてがわれた仕事は、居並ぶ蠟人形を一体ずつ棒で指し、その生涯を語って聞かせる案内役だった。仕事はきついものの、ジャーリー夫人は親切で、ネルも少しずつ日々の生活に慣れていく。

そんなある日、祖父と二人で散歩に出たネルは、ひどい雨に降られてしまう。雨宿りのために飛び込んだ宿屋で、アイザック・リストら悪者一味がカードゲームに興じている。久しぶりに賭け事を見た祖父はギャンブル依存症を再発させ、ネルの手持ちの金をひったくるようにして賭け事に興じる。賭けが終わり、すべてのお金をすった頃にはもはや真夜中に近く、ネルは危急の時のために服に縫い込んでおいた金貨を取り出して両替をし、その宿屋で一泊する。両替の際、背後から視線を感じて不安を覚えるネルだが、さらにおそろしいことに、夜中に誰かが部屋に忍んできて、お釣りのお金を盗んでいく。その盗人が祖父の部屋へ入って行くのに気付いたネルは、祖父を守ろうと後を追うが、実は祖父こそがお金を盗んだ張本人だと知って愕然《がくぜん》とする。

翌朝、ジャーリー夫人のもとに帰る二人。ネルは夫人の言いつけでミス・モンフレザーズの学校に出向き、蠟人形展示のチラシを渡そうとするが、手ひどい仕打ちを受けて追い返される。唯一、身寄りのない給費生であるミス・エドワーズだけが、ネルを気遣って優しくしてくれる。一方、祖父はまた昔のギャンブル依存に逆戻りし、夜な夜な例の宿屋に出かけていっては有り金を使い果たして帰って来るようになる。ネルは心労のため、どんどんやつれていく。ミス・エドワーズの優しさを思い出して唯一の心の慰めを得るが、ある日その彼女が五年ぶりに妹と再会しているところを目撃する。二人の姉妹を物陰からこっそり見つめるネル。

舞台はロンドンに戻る。クウィルプの弁護士、サンプソン・ブラースには妹が一人いる。その妹、サリーにはまるで女性らしいところがなく、男兄弟のように兄の法律稼業を手伝っている。クウィルプは、このブラース邸にディックを連れていき、事務員として雇ってくれるよう頼むと、その場に残して帰って行く。その後、サリーも出かけてしまい、たった一人留守番をしているディックのところに小間使いがやって来る。上の階の空き部屋を借りたい、という紳士が訪ねてきているという。ディックは賃料を高めにふっかけるが、紳士は気にするそぶりもなく、多額の前金を払って荷物を運び込む。

帰宅したサンプソンは、良い条件で部屋を貸せたことに満足するが、やがて下宿人がまったく部屋から出てこないことが心配になり、中で死んでいるのではないかと気を揉む。無理やりディックを送り込んで安否確認をするが、昼寝をしていた下宿人はこれに怒り、今後自分の邪魔をしないようにと言い渡す。この一件がきっかけとなり、ディックは大家ブラース兄妹と下宿人との間の連絡係を務めるようになる。こうして少しずつブラース家での存在感を獲得していくディックは、いつも汚い身なりをしているこの家の小間使いが、サリーから激しく虐待されているらしいのに気付く。

下宿人はほとんど部屋から出ない生活を続けるが、唯一の例外は外の通りで人形使いがパンチ劇を上演するときである。そんなときには、決まって部屋を飛び出して観劇し、その後、人形使いたちを自分の部屋に上げて飲み物をおごってやる。こんな生活を続けるうち、下宿人（以降、独身紳士）はコドリンとショートと知り合い、ネルと祖父の話を耳にし、ひどく興味を惹かれた様子で二人の消息を尋ねる。またキットに出会い、骨董屋から逃げる前の祖父とネルがどんな生活をしていたのか尋ねる。その話の中で、現在の大家であるサンプソン氏が、骨董屋の競売その他を取り仕切る弁護士だったことを知り驚く。一方、ディックはふとした偶然から、キットと独身紳士が一緒のところを目撃して、いぶかしく思う。

キットは四半期に一度の休みをもらい、母や弟のジェイコブ、バーバラやその母とともに芝居見物に行き、その後レストランで牡蠣《かき》を堪能する。二人の母はそれぞれ夫に先立たれた未亡人としての境遇を共有しており、すっかり意気投合する。翌日仕事に戻ったキットは独身紳士から、長い間ネルと祖父を探していたこと、そしてついに二人の足取りを摑んだことを知らされ、自分一人で迎えに行ってもネルや祖父を警戒させてしまうかもしれないから、一緒に同行してほしいと頼まれる。しかしキットは、理由はわからないが、自分はネルの祖父の不興を買っていると答え、自分が行くとかえって邪魔になるかもしれないから、代わりに自分の母を連れていったらどうかと提案する。すぐさま出発したいという独身紳士のために、キットは急ぎ母を迎えにいき、近所の教会（ベテル）で母を見つけるが、そこには、ネルと祖父の消息を探ろうとするクウィルプもいた。

一方、ネルは相変わらず辛い日々を送りながら、エドワーズ姉妹の散歩を遠くから眺めることで、せめてもの心の慰めを得ている。祖父はネルのお金で夜ごと賭博にふけっている。偶然、散歩の帰りに祖父が賭博仲間の連中と一緒のところを目撃したネルは、連中が祖父をそそのかし、ジャーリー夫人の金庫から金を盗んで賭博をするように言っているのを聞いてしまう。そんなことはさせられないと思ったネルは、その夜、こわい夢を見たから逃げ出さなくてはという口実で祖父を急き立て、こっそりジャーリー夫人のところから姿を消す。

第四十三章

気弱になったのも一時のこと、少女はこれまで拠《よ》りどころとしてきた強い信念を再び奮い起した。祖父と二人、屈辱と罪深さから逃れるのだ、そして祖父を守ることができるのは自分ただ一人なのだ、他の誰かが助言や援助の手を差し伸べてくれるわけではないのだから。この一念を深く心に刻み込んだ少女は、祖父の手を引いて先を促し、もう後ろを振り返ろうとはしなかった。

老人のほうは、打ちひしがれ恥じ入った様子で彼女の前にかがみこみ、まるでこの世ならぬ存在に向き合うように、身を小さくして縮こまった。少女も、自らの内にある新たな感情を感じ取り、その感情によって自己の人間性が高められ、これまでは思ってもみなかった強さと自信に満たされるのを感じた。もはや責任を分け合うような状況ではなかった。あらゆる重責が少女の肩にかかり、彼女はこの先たった一人、祖父と自分のために考え、行動しなくてはならなかった。「あたしはおじいちゃんをここまで守ってきたんだもの」彼女は思った。「この先どんな危険や苦難が待ち受けていたって、それを忘れちゃいけないわ」

まるで家族同然に接してくれた友人に対して、一言の釈明もなく、ふっつり行方をくらましてしまったこと——考えてみれば、まるで二人は信頼を裏切った恩知らずも同然ではないか——そのうえあの姉妹とも、もう二度と会えないのだ——、そう思うと、もしこんな状況でなければ、少女の胸は悲しみと後悔でいっぱいになっていただろう。けれど今は、寄るべなくさまようばかりの日々が、この先どうなるだろうと心細く不安でたまらず、他のことを考える余裕などなかった。そしてまさに、その絶望的な状況ゆえに、少女の心は奮い立ち、しゃんとするのだった。

青白い月明かりに照らし出された少女は、その弱い光のなかでいっそう儚《はかな》く映った。その優美な表情には、気高いたたずまいとみずみずしい若さに混じって、心労の影が差していた。キラキラ輝く瞳、神々しい顔、心中の決意と覚悟を物語るように固く結ばれた唇、そしてしゃんと背筋を伸ばしても、あまりに華奢で弱々しい身体、そのすべてが語りえぬ物語を語っていた。しかし語り聞かせる相手とて、ただざわざわとあたりを吹き抜ける風だけだった。風だけが、少女の重荷を取り去り、幼い頃に見たかすかな夢、叶《かな》わぬままに萎《しお》れてしまい、もはや目覚めることなく眠り続けるかすかな夢を、誰かの母親の枕元へ運んでいった。

夜は急速に更け、月は低く落ち、星々は色を失ってかすかな影だけを残し、朝が、夜と変わらず寒々しい朝が、ゆっくりと訪れた。やがて遠い丘の向こうから気高い太陽が顔を出し、幻のような霧を蹴散らし、再びこの世が闇に満たされるまでの間、その亡霊のような存在を地上から消し去った。太陽が空高く昇り、その陽気な光に包まれてあたりが暖かくなると、二人はどこかの運河[*1]にほど近い土手に身を横たえて眠った。

しかしネルは祖父の腕をしっかり握ったまま、彼が深い眠りに落ちてなお、倦《う》むことなくその姿を見守った。とうとう彼女にも疲労の影が忍び寄った。祖父の腕を握る手が解《ほど》けそうになっては、またハッと固く握られ、それからまた解けた。二人は身体を並べて眠った。

ざわざわした声が彼女の夢に入り込み、その眠りを覚ました。ひどく無骨で粗野な男が二人を覗き込むようにして立ち、さらにその仲間らしき男が二人、眠っている間に土手近くまで漕ぎ寄せてきた長くていかついボートから、こちらを見ていた。ボートには櫂も帆もついておらず、代わりに二頭の馬に曳かれていたが、馬たちはすでに身体にまかれたロープを水中にゆるく垂らし、土手の小道で休んでいた。

「おーい！」男が荒っぽく声をかけた。「ここでなにしてんだい、ぇぇ？」

「眠ってただけです」ネルが言った。「一晩じゅう歩いてきたので」

「一晩じゅう歩くにしちゃ、変てこな連れ合いじゃねえか」最初に声をかけた男が言った。「片っぽうはちょい年が行き過ぎてるようだし、もう片っぽうはちょい年が足りなさそうだがな。どこへ行くんだい？」

ネルは返事に詰まり、適当に西のほうを指した。すると男が一つ町の名前を挙げて、行こうってのはそこかい、と尋ねた。それ以上質問されるのを避けようと、ネルは「そうです」と答えた。

「いったいどっから来たんだい？」というのが次の質問だった。こちらは前より答え易く、ネルは友人の学校教師が住んでいる村の名前を答えた。おそらく男たちはその村を知らないだろうし、これ以上いろいろ聞かれることもあるまいと思ったのだった。

「俺はてっきり強盗にあったとか、ひでぇ目にあわされたもんかと思ったよ」男は言った。「それだけのことさ。じゃあな」

さよならと答えながら立ち去ろうとする男を見て心底ホッとしたネルは、彼が馬の一頭にまたがり、ボートが動き出すのを見守った。しかしいくらも行かないうちにボートはまた止まり、男たちがこちらに向かって手招きするのが見えた。

「なにかご用ですか？」ネルは男たちのほうへ駆け寄って聞いた。

「よかったら、一緒に乗ってかねえか」片割れの男が言った。「どうせおんなじとこへ行くんだし」

少女は一瞬躊躇して考えた。祖父と一緒にいた例の男たちが、もっと金を巻き上げてやろうとして追いかけてくるかもしれない、そうしてまたすっかり祖父を取り込んで、自分から引き離してしまうかもしれない。これまでも恐怖に怯えながら、こんな考えが頭に浮かんだことが一度ならずあった。男たちのボートに乗ってしまえば二人の足取りはこの土手あたりで完全に消せるだろう。そう考えた少女は、申し出を受けることにした。ボートはまた土手近くまで漕ぎ寄せられ、あれこれ考える暇もないうちに祖父と彼女はボートに乗り込み、運河を滑るようにゆっくり下っていった。

太陽は輝く水面を優しく照らし出し、川は木立の影を過ぎ、はるかに広がる田園風景を進み、折々に小さな小川と交差し、緑豊かな丘に臨み、作物の実る畑、柵で囲われた農園のあいだを縫うように流れていった。時折、慎ましやかな尖塔、藁《わら》ぶき屋根や切妻屋根の家々を並べた村が、木々の間から顔をのぞかせた。また道すがら、遠くのほうに教会の大きな塔が煙の陰にゆらりとそびえたち、おびただしい数の家々の上に背の高い工場や作業場が建ち並ぶ町が顔を出し、長い間遠景に霞みながら、一行の進みの遅さを示してみせることもあった。一行の旅路はほぼずっと、低地と開けた平野のなかをうねうねと走った。その侘しく単調な旅路を乱すものとてほとんどなく、たまさか遠くに町や村を眺めたり、畑で働く男たちや、一行が下る川の上にかかる橋でうろつきながら、ボートの進みを目で追う男たちがいるくらいだった。

夕方遅く、とある波止場で止まったとき、目的の町に着くには明日までかかるから食べ物がないならここで買うのがいい、と男たちの一人から言われたネルは、すっかり気落ちしてしまった。すでに男たちにいくらか払ってパンを分けてもらっていたため、手持ちはほんの数ペンスしかなかったし、これから見ず知らずの土地に貯えもなしで出かけていくことを思えば、このわずかなお金も細心の注意を払って使わねばならなかった。やっとの思いで小さなパン一つとチーズの切れ端を買うと、ネルはまたボートに戻り、男たちが居酒屋で一杯やるのを三十分ほど待ってから、旅を続けた。

男たちはビールやら酒やらをボートに持ち込むと、仕切りなおしてまたもやしこたま飲んだため、いくらもせぬうちにすっかり酔って荒っぽくなった。ひどく暗くて汚らしい船室に陣取った男たちは、ネルと祖父にも降りて来るよう盛んに誘ったが、ネルはそれを避けて、祖父と二人で外の船べりに座っていた。そこで胸をドキドキさせながら、男どもの荒くれた声を聞いていると、たとえ夜じゅう歩く羽目になっても陸に上がれたらいいのに、とさえ思うのだった。

男たちは実際、ひどく荒っぽくて騒がしく、仲間内ではずいぶん粗雑だったが、かろうじて二人の客人にだけは礼儀正しかった。舵を取る男と船室の男が、どちらが先にネルにビールをやろうと言ったかで諍《いさか》いを始め、果てはおそろしい形相で殴り合った時も、言葉にできないほどの恐怖で震えあがるネルを尻目に、どちらの男も少女に苛立《いらだ》ちをぶつけようとはせず、ただ目の前の敵に怒りをぶちまけ、殴り合ったり罵詈雑言《ばりぞうごん》を浴びせるだけで終わった――ありがたいことに、あまりに汚い言葉で罵り合ったため、少女にはほとんど意味がわからなかった。結局、船室の男のほうが相手を殴り倒して頭から船室に放り込み、まるで殴り合いなどなかったかのような涼しい顔で舵を握ったが、相手のほうもふてぶてしいほど頑丈なのか、はたまたこんな殴り合いに慣れっこなのか、放り込まれたまま脚を高くして眠り込み、五分とたたぬうちに気持ち良さそうなイビキをかきはじめ、どうやらこれで諍いも決着、ということのようだった。

この頃にはまた日が落ち、きちんと着込んでいない少女には、夜の寒さがひときわ応えた。それでも自分の苦しみや痛みを思いわずらう暇はなく、ただ祖父と二人、この先暮らしていくにはどうしたらいいかを忙しく考えていた。前夜、彼女を奮い立たせたのと同じ気持ちが、今も彼女を支え、しゃんとさせてくれた。老人はすぐそばでぐっすり眠っていたし、まるで悪い夢にうかされるように手を染めかけた犯罪も未然に防ぐことができた。それがネルの救いだった。

旅路を行く間、これまでの短い人生で起こった出来事が、いったいどれだけネルの胸に去来しただろう！　これまで考えたことも思い出してみたこともなかった些細な出来事。たった一度目にしただけで、ずっと忘れていた人の顔。耳にしたときには気にも留めなかった言葉。一年も前に見た景色とつい昨日目にした景色が、混じりあい渾然一体《こんぜんいったい》となった。はるか向こうの闇にまぎれる事物の中から、見慣れた場所が立ち現れた。しかし近づいてみればどれもこれも、懐かしの場所とは似ても似つかぬところばかりだった。時折彼女は、どうして今ここにいるのか、これからどこに向かおうというのか、誰と一緒に旅をしているのか、すべてわからなくなるような、奇妙に錯乱した気分に襲われた。いろいろ想像をめぐらすうちに、誰かの話し声や問いかける声が、あまりにはっきり耳に響く気がして、そのたびにハッとして振り返り、思わず返事をしそうになった――一時も休むことなくなにかに怯え、ただひたすら動揺する心を抱えてあてどなくさまよい続けた者ならば、きっと誰もが感じるだろう幻想や虚像に、少女もまたとり憑かれていた。

こうして物思いに耽っていると、ふと甲板の男と目が合った。酔った浮かれ気分から次第にしんみりした気分になった男は、長く吸えるように糸を巻きつけた短いパイプを口から取り出すと、どうかひとつ歌を歌ってくれないかとネルに頼んだ。

「お嬢さん、とっても綺麗な声をしてなさるし、優しそうな目をしてる、それに記憶力もよさそうだ」男は言った。「声と目についちゃ、いまこうして見聞きしてる通りだけど、記憶力のほうは単なる俺の勘だな。だけど俺の勘が間違ったことなんか、いっぺんもねえからよ。ほら、いまここで歌っておくんな」

「歌なんか、私、ひとつも知らないんです」ネルは答えた。

「いやいやそりゃもう、四十七ほども知ってなさるさ」この点についてはいっさい口答えを許さないぞと言うように、男は強い口調で言った。「四十七ってのはお嬢さんのオハコの数さね。そのうちのひとつっきりでいい、一等お得意な奴を聞かせておくんな。ほら、さあさ、歌っておくれよ」

哀れなネルは、この友人を怒らせたらどんなことになるか見当もつかず、そのおそろしさに震えながら、幸せだった昔に覚えたわらべ歌をひとつ、歌った。その響きにうっとり聞き惚《ほ》れた男は、歌が終わるや、先ほどと同じように有無を言わさぬ調子でもう一曲せがみ、今度はありがたくもネルに調子を合わせ、歌詞もつけず音程もめちゃくちゃなまま、そんな欠点などすべて有り余るエネルギーで帳消しだとばかりに銅鑼声《どらごえ》を上げた。この騒ぎでもう一人の男も目を覚まし、よろよろと甲板に出てくると、さきほどまでやり合った相手と握手を交わし、歌こそ俺の誇りにして大いなる喜び、生き甲斐のすべてだと息巻いた。これまでの二回よりさらに有無を言わさぬ調子で三曲目を所望されたネルはやはり、応じないわけにはいかなかった。今回は二人の男の合唱に加え、馬上の三人目もコーラスに加わった。第三の男はその位置の関係から、さきほどの乱闘騒ぎには加われず仕舞いだったが、歌ならば、と他の二人の雄叫《おたけ》びに合わせて声を張り上げ、夜の空気を裂くように震わせた。この調子でほとんど休みなく、同じ曲を何度も何度も歌いながら、心身ともに疲れ果てた少女は夜っぴて男たちの機嫌を取った。川辺の小屋の住人達はぐっすり眠り込んでいたところを、風に乗って流れてくる不協和音の大コーラスで起こされ、布団を頭からかぶって得体の知れぬ音に身を震わせた。

やがて夜が白みはじめた。日が差すが早いか、ひどい雨になった。少女は湿気のこもった船室に耐えられず、昨夜の歌のお礼代わりに、男たちから帆布と防水コートを借りたが、そのおかげでかなり雨を避けられたし、そばにいる祖父も濡れないようにしてやることができた。時がたつにつれ、雨はいっそう激しくなった。正午には激しく叩きつけるように降り、弱まる気配はなかった。

そうして一行はしだいに目的地へ近づいていった。川の水はだんだん粘り気を含んで濁ってきた。目的地のほうからやってくる他の小舟と何度もすれちがった。石炭灰の小道やレンガの掘立小屋をみれば、近くに大きな工業都市があるとわかった。実際、周辺に街路や家々が点在し、遠くのほうの溶鉱炉から煙が上がっているところからして、一行はすでに郊外に差し掛かっているようだった。やがて家々が軒を連ね、建物がひしめくところに出た。家々は工場のエンジンの動きで震え、その音に合わせるようにガタついて小さく揺れた。背の高い煙突が真っ黒な煙をモクモクと吐き出し、付近の家の上に暗い雲を重く垂らし、えも言われぬ陰鬱な雰囲気であたりを満たした。鉄を打つハンマーの音が響き、混み合った街路を行きかう人々の怒号や騒ぎ声がしだいに大きくなり、ついにその音がひとつに混じり合い渾然一体となって、一行の旅の終わりを告げた。

ボートは馴染《なじ》みの波止場に到着した。男たちはすぐに忙しく働き始めた。少女と祖父はお礼を言って、できればこの先どうしたらいいか聞いてみようと、その場でむなしく待っていた。が、やがてそれもあきらめると、混雑した大通りを避けて汚い小道へ足を踏み入れた。そこで二人は、耳を聾《ろう》する喧騒に包まれ、激しく降る雨に打たれたまま、右も左もわからず、ただ困惑し、狼狽して立ち尽くした。もう千年も昔に死んだはずの人間が、黄泉《よみ》の国から蘇り、神の手で突然その地に降ろされたように、二人はただ茫然《ぼうぜん》と立ち尽くした。

第四十四章

群衆の波は止まることも倦むこともなく、ひたすらあちらからこちらへ、こちらからあちらへ、忙しなく行き交っていた。みな自分のことだけで頭がいっぱいだった。損得勘定にソロバンをはじく人々は、荷台の荷物を揺らして行き交う馬車や手押し車の騒音も、ぬかるんだ道で脚をすべらせる馬のいななきも、窓や傘にあたる雨粒のパラパラいう音も、忙しない通行人のざわめきも、気に留めることはなかった。哀れな二人の旅人はただ、雑踏にまぎれることもできず、言葉を失い途方にくれたまま、悲しそうに人々を見つめた。群衆のただ中で感じる孤独はあまりに圧倒的で、あの難破船の水夫[*1]が感じた喉の渇きにしか喩《たと》えようもなかった。逆巻く大海原に激しく揺られながら、四方八方、果てしなく続く海に血走った目を凝らしてみても、焼けつく喉を潤す水一滴見つけることができなかった、あの老水夫。

二人は雨を避けようと、低いアーチの脇道に入り、ほんの少しでも励ましや希望の影を見出せぬものかと、道行く人々を見つめた。ある者は顔をしかめ、ある者は微笑み、ある者はブツブツと独り言を言っていた。今から行く商談の練習をするように、軽くジェスチャーを交えて歩く者もいた。ソロバン勘定や悪だくみに長けた狡猾な面構えの者、不安げで思い詰めた面持ちの者、ぼんやりして覇気《はき》のない者。ある顔には〈得〉の字が刻まれ、ある顔には〈損〉の字が刻まれていた。その場に静かに佇んで、現れては消える数多の顔を眺めていると、その心中が見透かせるようだった。人はみな雑踏にあると、自分の損得ばかりに気を取られ、他人もまた同じだと思い込むあまり、自らの性格や企みをすべて赤裸々に顔に出してしまう。街の繁華街や遊歩道に出かける人々は、他人を見つめ、自らも見られることを意識する、だからそんな場所ではいつもきまって、代わり映えのしない表情を浮かべた人々が倦むことなく往来を繰り返す。しかし週日になれば人の顔はその真の姿を映し出し、常よりも赤裸々に自己をさらけ出す。

圧倒的な孤独を感じ、そんな物思いに耽りながら、少女は目を丸くして行き交う人を見つめ、束の間自分の状況を忘れるほど心を奪われた。しかし寒さと雨、空腹と痛み、不眠、ひどい頭痛を抱え、その頭を横たえる場所さえない少女は、すぐにあてどない夢想から覚めて現実に戻った。気にかけてくれる人も、思い切って声をかけられそうな人も、まったく通りかからなかった。

夕闇が迫ってきた。やがて二人は雨宿りの脇道から這い出すと、人ごみに紛れた。周囲の人波は少しずつ引いていったが、二人の胸に去来する孤独は少しも和らぐことがなく、誰からも顧みられない状況にも変わりはなかった。街灯が点《とも》され、店に光が入ると、その明るさのせいでかえって夜が早く更けるようで、二人はいよいよ惨めだった。寒さと雨に震え、身体の節々が痛み、心底疲れ果てた少女は、もはや這うようにして進むにも、必死に心を奮い立たせねばならなかった。

他にもっと穏やかな田園地帯もあるというのに、なぜこんな騒がしいところに来てしまったのか！　田舎なら、たとえ飢えと渇きに苦しもうと、こうまであさましい喧騒に晒される辛さはなかっただろうに！　この町にいる二人は、苦痛という名の山に積まれた小石の一つに過ぎず、その山を目にすると、二人の絶望と苦悩はいっそう深くなった。

こんな惨めな状況に加えて、少女は祖父からの叱責にも耐えなくてはならなかった。前の住処《すみか》からこうして連れ出されたことに不満をこぼし始めた祖父は、あそこに帰ろう、と言うのだった。もはや一文無しで、なんの慰めもなく、慰めが得られる見込みもないままに、二人は人気のなくなった通りを引き返し、波止場まで戻った。乗ってきたボートを探し、今晩そこで寝かせてもらえないだろうかと考えたのだった。しかしここでも二人の当ては外れた。門はすでに閉ざされ、獰猛《どうもう》な犬たちが二人を見て激しく吠えたてたので、やむなくとって返さなければならなかった。

「今晩は野宿しなくちゃいけないわね、おじいちゃん」最後の望みも絶たれ、また来た道を引き返しながら、少女は弱々しく言った。「明日になったら、なんとか人のお情けにすがって、静かな田舎のほうに行きましょう、つつましくてもいいから仕事をもらって、なんとか食べていかなくっちゃ」

「なんだってわしをこんなところまで連れて来た?」老人は激しく言い募った。「こんなに狭苦しくて、いつ果てるともない道を行くなんて、わしには耐えられん。こないだまでいたとこは静かだったじゃないか。どうしてわしをあそこから引っ張り出すようなことをしたんだ?」

「どうしてって、あんなこわい夢、もう二度と見たくないんだもの」少女は一瞬、凜《りん》とした強さを取り戻したが、それも込み上げてくる涙に負けてしまった。「あたしたち、貧しい人たちと一緒に暮らさなくちゃ、でないとまたあの夢を見てしまうわ。あたしの大好きなおじいちゃん、もうお年で身体も弱ってるのよね、わかってるの。でもあたしをみてちょうだい。おじいちゃんがなにも言わずに頑張ってくれるなら、あたしも絶対弱音は吐きたくない、でもね、あたしだってやっぱりだいぶ辛いの」

「ああ！　可哀そうに、家も失って、行くあてもなく、母親もいないなんて、この子は！」老人は両手を握りしめてこう叫び、少女の顔が苦労にやつれ、衣服が汚れ、その足が傷ついてむくんでいることに、今はじめて気が付いたというようにその姿をじっと見つめた。「よかれと思って必死でやってきたことが、果てはこの子をこんなふうにしてしまったとは！　昔は幸せだったのに、その幸せと財産すべてを、こんなことのために手放してしまったとは！」

「いま、もしどこかの田舎にいたら」休めそうな場所を探して歩きながら、少女はつとめて元気良く言った。「きっと優しい古い木があって、あたしたちを守るみたいにして、緑の枝を大きく広げて、大丈夫、僕が守ってあげるから、僕のことを考えながら、この腕の下でお眠りっていうようにして、木の葉をさらさら言わせてくれるでしょうにねえ。神様、どうか早くそんな田舎に行けますように――明日か、どんなに遅くても明後日には――それまでは、ねえ、おじいちゃん、こんなところに来ちゃったけど、むしろ良かったんだって思うようにしましょうよ。だって、この町の人ごみにまぎれたおかげで、もしこわい人たちが後を追って来たって、ここでふっつり足取りが消えちゃうはずだもの。そう思うと安心よね。ほら、この下に古いお家《うち》の入口があるわ――ずいぶん暗いけど、全然濡れていないし、それにとっても温かいのね、ここまでは風が吹き込んでこないんだわ――あ、あれはなにかしら！」

擦《かす》れたような金切り声を上げて、少女は黒い人影からサッと身を引いた。その人影は、つい今しがた身を横たえようとした暗い片隅から突然出てくると、じっとこちらを見て立っていた。

「もう一回なんか言ってみてくれ」人影は言った。「知ってる声かな?」

「いいえ」怯えながら少女は答えた。「あたしたち、このあたりはまったくはじめてなんですけど、今晩、お宿に泊まるお金がなくって、それで、ここで休ませてもらおうと思っていたんです」

ほど近いところに、ほのかに光るランプがあった。四角い空き地にある明かりはそれきりだったが、それでもあたりのみすぼらしさと侘しさを照らし出すには十分だった。人影は明かりのほうへ二人を手招きした。しかし同時に、自分だけ隠れていたいとか、二人のことばかりジロジロ見たいわけではないというように、自分もランプの光彩のほうへ身を乗り出した。

みすぼらしい服装に身を包んだ煤だらけの男だった。おそらく、煤の黒さと元来の肌の色がかなり違うせいだろうか、男の顔色は実際よりもずっと青白く浮いていた。とはいえ、げっそりこけた頬やきつい目鼻立ち、落ちくぼんだ瞳に加えて、ひたすら苦労の日々を送っているらしい風貌を見るに、男がもともと不健康で青白い顔をしているのは明らかだった。声はしわがれていたが、荒っぽくはなかった。さきほど述べた通りの顔は、長い黒髪に覆われて暗い影が差していたが、そこに浮かぶ表情は狂暴でも残忍でもなかった。

「いったいどうしてこんなとこで休もうなんて思ったんかね?」男は言った。「そもそも」

少女のほうをジッと見つめてさらに続けた。「いったいなんだって、こんな夜更けに寝場所を探す羽目になったんだい?」

「それは」祖父が答えた。「私たちの不幸な身の上ゆえなんです」

「わかんねえのかい」男はいっそう鋭い視線をネルに向けて言った。「この子はずぶぬれじゃねえか。それなのにビショビショの道端で寝るなんて、とんでもねえよ」

「わかっていますとも、ああ、神様、どうかお慈悲を」祖父は言った。「私にはどうしようもないんですよ!」

男はもう一度ネルを見ると、その服に優しく触れた。服からは、雨が小さなしずくとなって、幾筋もポタポタと滴り落ちていた。「温かいとこなら連れてってやれるんだが」少し間があってから男は言った。「温かいだけで他にはなんにもねえけどよ。あっちのほうの俺が住んでる家ってのが、それっぽっちの粗末なとこでね」ついさっき姿を現した家の戸口のほうを指差して、男は言った。「なんもねえけど、せめてここよか安全だし、ここよかましだろうよ。ちょっとゴツゴツしてるし、火に当たれるっていっても、むさくるしいけどな、でもあそこなら一晩じゅう、安心して温かいとこで寝れるさ。もちろん、あんたらがこの俺を信用してくれればの話さ。あっちのほうに赤い光が見えるかい?」

二人が顔をあげると、毒々しいほど赤い光が暗い空に浮かんでいた。どこか遠くのほうで、燃える火がぼんやり反射しているようだった。

「そんなに遠くない」男は言った。「どうだい、行くかい? もとはこんな冷てぇレンガの上で寝る気だったんだし。あすこなら、温かい灰で寝床作ってやるよ——そりゃもう、粗末な灰床だけどさ」

二人の顔色をパッと見ただけで、それ以上返事を待つこともなく、男はネルを腕に抱えると、老人に付いてくるように合図した。

男は幼子を抱くように優しく軽々と少女を抱きかかえ、きびきびと、それでいてしっかりした足取りで、町で最も貧しく惨めな界隈を先に立って歩いた。汚水の溢れる溝や雨水の噴き出す軒樋《のきどい》を避けようともせず、そんな障害など気にならないというように目指すほうへとまっすぐ歩いていった。なにも言わずにそのまま十五分ほど歩き続けただろうか、暗くて狭い道をひたすら行くうちに、先ほど男が指した赤い光も見えなくなった。と突然、目の前の建物の高い煙突から噴き出す炎が三人の目に飛び込んできた。

「ここだよ」男はそう言って少し扉のところで立ち止まり、ネルを降ろしてその手を取った。「怖がんなくていい。お嬢さんに悪さするような奴はだれもいねぇから」

入って行くには、男の言葉を全面的に信頼しなければならなかったし、中を覗き込んでみてもやはり、二人の不安と警戒心は和らぐどころではなかった。天井の高い大きな建物は何本もの鉄柱で支えられ、上には巨大な黒い通気口がいくつも口を開けていた。ハンマーがカンカンいう音と炉がシューシューいう音が、屋根に当たって反響し、真っ赤に焼けた金属が水に突っ込まれてジュッという音や、その他これまで聞いたこともないような奇妙な音と混ざり合っていた。この陰鬱な場所で、多くの男たちが巨人さながらに働いていた。炎と煙のなかで悪霊のように動き回る姿は、ぼんやりと現れては消え、燃え盛る炎に照らされ、その熱さに身を捩じりながら、巨大なハンマーを振るっていた。その一振りは、たとえ狙いを外したものでも、巷《ちまた》の労働者の頭蓋骨を粉々にするだけの強さがありそうだった。別の男たちは、石炭と灰の山に横になり、黒い丸天井を見上げて眠ったり、きつい労働で疲れた身体を休めていた。また別の男たちが白く焼けた炉の扉を開いて石炭をくべてやると、炎は激しく火柱をあげてそれを呑み込み、まるで油のようになめ尽くしてしまった。別の男たちは、燃え盛る金属の巨大な板を凄まじい音を立てて炉から引きずり出していた。出てきた金属板は、もはや内に留めることのできぬ熱をあたりに放出し、野生の獣の目に宿る赤い光のような鈍く深みのある光彩を放った。

この恐るべき光景と凄まじい轟音の中、案内人は二人の先に立って暗い一角へと誘《いざな》った。そこに昼夜休みなく燃える炉があった――いや、少なくとも二人は、男の唇の動きを読むことでそう理解した。というのも、男が話す姿は目に入っても、声はまったく聞こえなかったのだ。そこで火の番をしていた男は、さしあたって見張り役から解放されると、喜んで行ってしまい、後には二人とその友人だけが残された。友人はネルの小さな服を灰の山の上に広げ、外套を吊るして乾かす場所を教えると、横になって眠るようネルと老人に身ぶりで伝えた。男は炉の扉の前に敷かれた粗末なマットに腰を下ろし、両の掌で顎を支え、炎が鉄の裂け目の向こうにチラチラまたたき、白い灰が灼熱《しゃくねつ》の真っ赤な墓場へと落ちていく様子を見つめていた。

寝床は固くて粗末だったが、温かかった。ここまでの旅路で消耗しきっていた少女は、その疲れた耳であたりの轟音を優しい子守唄のように聞きながら、ほどなく眠気に襲われた。老人は隣に身を横たえ、少女は祖父の首に手をかけて夢を見た。

彼女が目を覚ましたのは、まだ夜も明けぬうちだった。長いこと眠っていたのか、ほんの束の間目を閉じただけなのかもわからなかった。見ればネルの身体は男の作業着で包まれ、建物に入ってくる冷たい夜気からも、炉から立ち上る焼けつくような熱からも、しっかり守られていた。男のほうをふと見ると、まったく同じ姿勢のまま、憑かれたように火を覗き込み、まるで呼吸さえ忘れてしまったように身じろぎもしなかった。まどろみながら横になった姿勢で、彼女は長い間、微動だにしない男を見つめていたが、やがて男が座ったまま死んでいるのではないかとこわくなり、そっと起き上がってそばまで行くと思い切って耳元で囁いた。

彼はハッとして彼女を見つめ、さっきまで彼女が眠っていた場所へ視線を移し、目の前の少女と先ほど連れてきた少女が同じだと確かめている様子だったが、やがて彼女の顔を物問いたげに覗き込んだ。

「どこか具合でも悪いのかと思って」彼女は言った。「他の人たちはみんなずっと動き回ってるのに、あなただけ、本当にジッとしてたから」

「みんな俺のことはほっといてくれるんだ」彼は答えた。「俺の性格を知ってるからさ。奴らは俺のこと笑うけど、だからって意地悪く笑いものにするってわけじゃない。ほらあっちをごらん――あいつが俺の友達さ」

「あの火のこと？」少女は聞いた。

「俺とおんなじだけ長いこと生きてるのさ」男は答えた。「俺たち、一晩じゅう、二人でしゃべったり考えごとをしたりするんだ」

少女は驚いて彼のほうをサッと見たが、彼はすでに火のほうに向きなおり、さきほどと同じように物思いに耽っていた。

「この火は、俺にとっちゃ本みたいなもんさ」彼は言った。「俺に読めるのはこの本っきりだけどな。けど、そりゃもうたくさん昔話を聞かせてくれる。それにこいつは、音楽みたいなもんでね、他に千も違う音がしてたって、俺ならこいつの声を聞き分けられる。ゴーッと燃え盛るときにゃ、またいろんな音を聞かせてくれる。それに、絵だって見せてくれるよ。赤く焼けた石炭を見てるだけで、知らねぇ人の顔やいろんな景色が次から次へと浮かんでくるんだ、そりゃもうお嬢さんにはわかんねぇくらいたくさんな。全部俺の思い出なんだろうな。こいつが俺に、今までの人生全部、見せてくれるのさ」

身を屈めてこの言葉に耳を傾けていた少女は、物思いに耽ったまま話す男が、瞳をキラキラ輝かせるさまに思わず目を奪われた。

「うん」男はかすかに微笑んで言った。「こいつは俺がまだほんの赤ん坊で、このあたりでハイハイしながらそのまま寝ちまってた頃から、ずっと変わらずこのまんまなのさ。その頃は、父さんがこいつの番をしててね」

「お母さんはいないの？」少女は聞いた。

「いない、死んだよ。このあたりの女は、そりゃあよく働くのさ。聞いたところじゃ、母さんは働きすぎで死んじまったって。そうやって聞かされて以来、この火がずっと同じ話を何度も何度も俺に言って聞かせるんだ。多分その通りなんだろうな。とにかくずっと、そう信じてきたよ」

「それじゃ、あなたはここで大きくなったのね？」少女は聞いた。

「夏も冬もね」男は答えた。「最初のうちは隠れてたんだけど、すぐみんなに見つかっちまったんだ、でもみんな、俺をここに置いていいって父さんに言ってくれてさ。だから俺の子守はこの火がしてくれた——こいつ、このまんまの火だよ。いっぺんも消えたことがないんだ」

「じゃあこの火が好きなのね？」

「そりゃそうさ。父さんはこいつの前で死んだよ。俺は父さんが——ほらちょうどそこんとこ、今燃え殻がゆらゆらしてるあたりで——ばったり倒れたのを見てた、そう、今でも覚えてるんだ、火の奴、どうして父さんを助けてくれないんだ、って不思議に思ったんだから」

「そのときからずっとここにいるの？」少女は聞いた。

「こいつの番をするようになってからってもの、ずっとな。けど、俺が番をするようになるまでしばらくかかったたな、そうなるまでの間は、もう寒くて気が滅入ったよ。もちろんその時だって、こいつはずっと燃えてたけど。俺が戻ってきたら、小さい頃に一緒に遊んだ時みたいにして、ゴーッと燃えたり火柱立てたりしてくれてね。今の俺を見りゃ、子供の頃がどんなだったか想像もつくんじゃないかい、そりゃ、お嬢さんと俺はずいぶん違ってるけど、こんな俺でもちっちゃな頃があってね、今晩、町でお嬢さんを見かけたとき、父さんに先立たれた俺の小さい時分を思い出してさ、お嬢さんをこの古馴染みの火んとこに連れてきたいって思ったのさ。お嬢さんがこいつのそばで寝てるの見たら、やっぱり昔のことがいろいろよみがえってきてさ。けどお嬢さん、もうちょっと寝たほうがいいな。ほらもう一回横になんな、可哀そうに、ほら横になって」

そう言うと男は、彼女を粗末な寝床に連れて行き、さきほど目を覚ましたときに包まれていた作業着でもう一度すっぽり包むと、自分もまた腰を下ろした。それきり、炉に薪《まき》をくべるだけで後は身じろぎひとつせず、まるで銅像のようにジッとしていた。少女はしばらく男を見つめていたが、すぐに眠気に襲われ、まるでお城の小部屋にしつらえた羽毛のベッドで眠るように、暗く見知らぬ場所の灰の山の上でぐっすり気持ち良く眠った。

再び目を覚ましたとき、壁のはるか高いところに開いた天窓には明るい陽光が輝き、そこから斜めに差し込む光が建物の上半分だけを照らし出し、そのせいで室内は昨晩よりも一層薄暗く思われた。カンカンとハンマーが打つ音もあたりの轟音もひっきりなしに響き続け、煉獄《れんごく》の火のように燃え盛る炎もまた、相変わらず激しく燃えていた。夜から昼への変容さえ、この場所に休息と静寂をもたらすことはほとんどないようだった。

友人の男は自分の朝食を——粗末なコーヒーがほんのわずかと固いパンが少しだけだった

――ネルと祖父に分けてくれ、これからどこへ行くのかと尋ねた。どこか遠くの田舎へ、町はもちろん村からも離れた鄙《ひな》びた田舎へ行きたい、とネルは答え、それからためらいがちに、どの道を行ったら良いかと尋ねた。

「田舎のことはあんまりよく知らねえんだ」彼はかぶりを振って言った。「俺は見ての通り、ずっと炉の前で暮らしてきたようなもんだし、息抜きに出かけるなんてことも滅多になくてね。だけどあっちのほうには、たしかにそんな田舎があるよ」

「ここから遠いの？」ネルは聞いた。

「そりゃあな。こんな町に近けりゃ、どうやったって緑いっぱいの気持ちいい田舎ってわけにもいかんだろ？　田舎までは、こことおんなじような火が燃えてる街道が何マイルも何マイルも続いてる――そりゃもう煤けた得体の知れない街道だよ。夜になったら、おそろしくってお嬢さんなんか震えあがっちまうよ」

「ここまで来たんです、行かなくっちゃ」老人が心配そうな顔で男の話を聞いているのに気付いた少女は、毅然として言った。

「荒くれた奴がいっぱいのとこだよ――道だって、お嬢さんみたいなちっちゃい足には向いてねぇし――陰気で草も生えねえようなとこだよ――それでも行かなきゃなんねぇのかい、お嬢さん？」

「絶対に行かなくっちゃ」押し切るようにネルは言った。「道を教えてくれるなら、どうか教えてくださいな。もしそうじゃないんなら、どうかお願い、あたしたちの行く手を邪魔するようなことはしないでほしいの。あたしたちがどんな危険から逃げてきたか、そうして逃げることがどんなに正しくて大事なことか、もしわかってくれたら、あなただってきっとあたしたちを止めたりしないはずよ。そうよ、絶対止めたりしないわ」

「そりゃお嬢さんがそう言うなら、もちろん止めたりはしねぇよ！」無骨な保護者は必死の面持ちの少女から老人のほうに視線を移したが、老人はうなだれて足元を見ているだけだった。「戸口のとこから、道を教えてやるよ。まあ、俺の知ってる限りだけどな。もっといろいろしてやれたらいいんだけど」

それから彼は、どの街道を通って町を出るか、そこから先はどう行くか教えてくれた。これだけの説明をぐずぐず時間をかけて引き延ばすので、少女は心を込めて男に礼を言うと、身を切る思いでその場を離れ、もう話を聞こうとはしなかった。

しかし、小道を曲がるか曲がらないかのところで、男が後ろから追いかけてきて、彼女の手を取ると、なにか押し付けた——見れば古くて傷だらけで煤まみれのペニー硬貨二枚だった。天使たちなら、悠久の長きにわたって多くの墓石に刻まれたどんな金色の贈り物にも劣らぬまばゆい輝きを、そこに見出しただろう。

そして彼らは別れた。少女は祖父という神からの預かりものを、罪と屈辱からさらに遠ざけるために。炎のもとで働く男は、束の間の客人たちが眠ったその場所に、また新たな意味を見出し、燃える炉の火を見つめては、まだ知らぬ物語を紡ぐために。

第四十五章

これまでの長い旅路を通して、これほど狂おしく、これほど切なく、涙が出るほど、清々しい空気と広々とした田園風景に思い焦がれたことはなかった。そう、あの忘れ得ぬ朝でさえ、懐かしい家を捨て、世知辛い世間の荒波に身を投じ、親しみ慈しんだ、血も通わず物も言わぬ品々をすべて手放したあの朝でさえ――これほど狂おしく、森や丘や畑の凜とした静けさを、求めてはいなかった。今、困窮を極め、飢えの苦しみに悶《もだ》える大きな工場の町で、騒音と埃と煙に四方を囲まれていると、すべての希望を絶たれ、逃げ場がないような気持ちになった。

「まるまる二日!」少女は考えた。「あの人が言ってたわ、こんなところを、あと二日は行かなくちゃならないって。ああ! 生きてどこかの田舎にたどり着けたら! こんなおそろしい場所を抜け出せたなら、たとえそのまま倒れて死んでしまってもかまわない、それだけで、神様のお恵みに心から感謝して安らかに死ねるでしょうに!」

こんな考えを胸に、小川や山々を越えてはるか彼方へ、貧しくても心優しい人が住んでいる場所へ行こう、そこなら、こうして逃げてきたおそろしいものからすべて解き放たれて、畑仕事をこまごま手伝って生活の糧を稼げるかもしれない、少女はそんな漠然とした計画を胸に――あの貧しい男からもらった以外には一銭も持たず、身体の底から湧いてくる気持ちひとつを頼りに、自分は誠実で正しいことをしたのだという想いを噛みしめながら、我が身を奮い立たせて最後の旅路を踏みしめ、勇敢にその道を歩んでいった。

「おじいちゃん、今日はすごくゆっくり歩かなくちゃね」痛々しい様子で道から道へ足を引きずりながら、少女は言った。「足がとっても痛むの、それに昨日の雨に濡れたせいで身体じゅうが痛いわ。あの人もきっと、あたしたちを見てそう思ったんでしょうね、だからこの道をどのくらい行かなきゃいけないか、教えてくれたんだわ」

「あの人から聞くには、ずいぶん辛い道だっていうじゃないか」祖父は泣き言を言うようにして答えた。「他の道を行くわけにはいかんかな？　この道じゃないのを行くわけにはいかんかね？」

「この道をずっと行ったところに」少女はきっぱり言った。「あたしたちが心穏やかに、悪い誘惑にそそのかされることもなく、暮らしていけるところがあるの。そんな場所に向かって続くこの道を進んでいくのよ、たとえ弱い心が思い描く道のりよりも、百倍もおそろしい道が待ってたとしたって、あたしたち、この道から絶対に外れちゃいけないわ。ねえおじいちゃん、そうでしょ、そうよね？」

「そうだな」声にも態度にも煮え切らない様子を滲《にじ》ませながら、老人が言った。「そうだな。行こう。わしも覚悟ができたよ。そうとも、すっかり覚悟ができたよ、ネルや」

少女の歩みは、連れの老人が想像していたより、さらに辛そうだった。関節を裂くような痛みはあまりに耐えがたく、一歩進むごとにいっそうひどくなった。それでも彼女は文句ひとつ言わず、苦痛の表情を浮かべることもなかった。こうして二人の旅人は、とてもゆっくりと、しかし着実に道を進んだ。やがて町を抜けると、かなりの道のりを来たような気分になった。

郊外の赤いレンガの家並みが延々と続き――猫の額のような庭先では、炭塵と工場の煙が干からびた木の葉や蔓延《はびこ》る雑草を黒く染めていた。必死に生きる草花は、窯《かま》と炉から吐き出される熱風にやられて枯れ萎れ、そんな草花があるばかりに、あたりは町の雑踏よりもいっそう不健康で荒《すさ》んだ雰囲気を醸し出した――長く、平坦で、人家もまばらな郊外の道を抜けると、やがて二人は草一本生えない陰鬱な界隈に出た。春の訪れに顔を出す蕾《つぼみ》の気配ひとつなかった。どす黒い街道沿いのあちこちにある、澱んだ汚らしい水たまりに浮かぶわずかな藻を除けば、どんな緑も芽吹かぬような場所だった。

この侘しい界隈を一歩一歩進むにつれ、二人の旅人は暗く陰気な雰囲気に包まれて、すっかり気が滅入った。どちらを向いても見渡す限り、背の高い煙突が地の果てまで延々と並び、どんよりした醜い姿をいくつも果てしなく晒しながら、悪夢に出てくる怪物さながら、口から真っ黒な煙を吐いて疫病をまき散らし、太陽を遮り、あたりの鬱々とした空気をさらに汚していた。道端の灰塚では、二、三枚の粗末な板きれや片流れ屋根だけの粗末なこしらえの中で、不気味な蒸気機関が拷問《ごうもん》にかけられた動物のように身を捩じりながら回転していた。鉄の鎖をじゃらじゃら言わせて高速で回りながら、痛みに耐えかねたように時折きしんで悲鳴を上げる蒸気機関は、その悶絶で大地を震わせた。壊れかけの家があちこちに姿を現した。

家々は大地に崩れ落ちそうになりながら、すでに朽ち果てた他の家の残骸で辛うじて我が身を支え、屋根も窓もなく、煤まみれで打ち捨てられた様子だというのに、なおも人が住んでいるのだった。男も女も子供たちも、衰弱した顔をして、襤褸《ぼろ》をまとい、蒸気機関の世話を焼き、薪をくべ、街道に出て物乞いをするか、半裸のまま、扉のない家から不機嫌そうな顔を出していた。さらに進むと、怒りに燃える怪物が次々に姿を現した。まったく人の手に負えぬ荒々しい様子はまさに怪物そのもの、キイキイ声をあげながらひたすら回転していた。どこまで行っても、前も後ろも左も右も、見渡す限り、永遠に続く煉瓦の煙突が立ち並び、倦むことなく真っ黒な煙を吐き出しては、命ある者もない者も皆ひとしなみに黒く汚し、太陽の顔を隠し、あらゆるおそろしい光景に蓋をするような黒く厚い雲を浮かべた。

しかしこのおそろしい場所に訪れる夜ときたら！——夜、煙は炎に変わった。煙突という煙突は火を噴いた。日中、暗い地下墓所のようだった場所は、今や真っ赤に焼ける炎に照らされ、人影は毒々しいほど赤い口を開く炎の内で、あちらこちらに動き回りながら、しゃがれた声で互いに怒鳴りあった。夜、不気味な機械から出る音は、あたりの暗さと相俟《あいま》って、いっそうおそろしげに響き、すぐそばの人の顔もギラギラと戦めいて映った。職を失った*1人々が徒党を組んで街道を練り歩き、松明《たいまつ》を掲げる頭領の周りを囲んだ。頭領は、自分たちの虐《しいた》げられた生活を激しい言葉で訴え、皆をけしかけて雄叫びと鬨《とき》の声をあげさせた。剣と松明で武装した男たちは猛り狂い、止めようとする女たちの涙ながらの懇願をはねつけ、恐怖と破壊をまき散らすべく飛び出していったが、その破壊とて両刃の剣、むしろ我が身の破滅を招きかねなかった――夜、粗末な棺桶をいっぱいに積んだ荷馬車が音を立てて街道を通った（[*2]伝染病と死がはびこっているのだった）。夜、親のない子が泣き叫び、途方にくれる女たちが金切り声をあげて、棺桶を積んだ馬車の轍《わだち》を追った――夜、パンを求めて叫ぶ声があがり、浮世の苦労を忘れるための酒を求めて叫ぶ声が聞こえた。ある者は涙にくれ、ある者はふらふらと覚束《おぼつか》ない足取りで、またある者は目を血走らせ、皆うつむいて家路をたどった――夜、神がこの世に与えた安らぎや、休息や、深い眠りとは無縁の夜――寄る辺なくさまようあの幼い少女に、かくもおそろしき夜の姿を、誰が語り聞かせられるというのか！

　それでも少女は、空と自分を隔てるものもなく横たわった。もはや自分のためになにかを思いわずらう時も過ぎた少女は、恐れるものもなく、ただ哀れな老人のためにだけ祈った。すっかり衰弱して疲れ果て、不思議なほど心穏やかに、すべてを受け入れる心持ちのまま、少女は我が身の辛さなどまったくかえりみることもなく、どうか祖父を守ってくれるような人が天から遣わされるようにと、ひたすら祈った。これまで来た道のりを思い返し、昨晩身を寄せて眠った炎のほうに顔を向けようと考えた。二人の友人になってくれた、あの貧しい男の名前を聞き忘れてしまったため、祈りのなかで彼のことを思い出したとき、せめて彼が火の番をする方角に顔を向けなければ恩知らずな気がしたのだった。

　その日一日、二人は一ペニー分のパンしか口にしなかった。パンはとても小さかったが、彼女の五感に忍び寄る不思議な静寂は空腹感さえ忘れさせてくれた。彼女はとても穏やかに、静かな微笑を浮かべて横になり、うとうとと眠りに落ちた。眠りらしい眠りではなかったが

——それでもどうにか眠ったのに違いなかった。でなければどうして、あの小さな学者［「第二十五章、ネルが一夜の宿を借りた村の学校の生徒で、病気で天に召された少年」］の楽しい夢を夜通し見ていたような気持ちになれるものか！

朝がきた。いよいよ衰弱し、もはや目もかすみ耳も満足に聞こえなかったが、少女は文句ひとつ言わなかった——隣にいる老人のために耐えようという気持ちがなかったとしても、少女は不満など言わなかっただろう。この侘しい場所から逃れることはもはや無理だと絶望し、自分はひどい病気で、きっともうすぐ死んでしまうのだろうとおぼろに悟っていた。それでも恐怖や不安はなかった。

最後の一ペニーでパンをもう一切れ買ってはじめて、少女はそんな粗末な食事もとれないくらい食欲がないことに気が付いた。祖父はガツガツとパンを貪り、それを少女は嬉しそうに見ていた。

二人の行く手には昨日と同じ光景が広がり、なにも変わらず、なにも良くはならなかった。空気は相変わらず澱んで、息をするのも苦しかった。道にはやはり草一本生えず、先行きは依然として絶望的で、惨めで打ちひしがれた気分もまた昨日と同じだった。あたりの景色はぼやけ、いつしか物音もよく聞こえなくなり、足元の道はいっそうゴツゴツして歩きにくかった。彼女は何度も躓《つまず》いたが、そのまま倒れ込んでしまわぬよう、気力だけで身体を起こした。可哀そうな、いたいけな少女！　足がもつれて動かないのだった。

午後になると、老人はしきりに空腹を訴えた。彼女は道端に並ぶ汚いあばら家の一つに近づくと、扉に手をかけてノックした。

「なんの用だい？」痩せこけた男が扉を開けて言った。

「お慈悲を。パンを一切れ、恵んでもらえませんか？」

「あんたにはあれが見えんのかい？」男は吠えるように、地面に転がった布束らしきものを指さすと言った。「死んだ子さ。三か月前、俺も、他に五百人の男たちも、みんな職を失ったんだ。あいつは三番目の子で、最後に残された子だったよ。あんた、この俺に恵んでやるようなお慈悲とか、分けてやるようなパン切れがあるとでも思うかい？」

後ずさりする少女の目の前で扉はバタンと閉じた。どうしようもない必要に迫られて、少女は程近い別の家の扉をノックしたが、それは軽く手を触れただけで簡単に開いた。

このあばら家には貧しい二つの家族が同居しているらしく、二人の女がそれぞれの子供たちと一緒に、部屋を分けるようにして座っていた。真ん中には、たった今入って来たばかりらしい黒い服を着た厳しい顔つきの男が一人、男の子の腕を摑んで立っていた。

「ほら、お前さん」男は言った。「耳も口もきけないお前さんの息子だよ。この子を返してもらったこと、私に感謝するんだね。この子は今朝がた、盗みを働いたっていうんで私のところに連れてこられたんだ。他の子なら、もう間違いなく厳しいお沙汰が下ってたろうな。だけどこの子の障害についちゃ、可哀そうに思ってやらんこともなかったし、たぶん善悪の区別もつかんのだろうと思ってね、お前さんのとこに、なんとか連れ帰って来たわけさ。今後はもうちょっとちゃんと面倒を見てやることだな」

「それじゃあたしの息子も返してちょうだいよ！」もう一人の女はさっと立ち上がると、男に向かって言った。「あたしの息子も返してよ、おんなじように盗みをしたってだけで、島流しになっちまって！」

「お前さんの子は、耳が聞こえなくて口がきけなかったとでも？」男は傲然として言った。

「そうじゃなかったって言うわけ？」

「そうじゃなかったことくらい、お前さんだって知ってるじゃないか」

「いいえ、あの子だって」女は叫んだ。「生まれたときからずっと、良いことと正しいことにかけちゃ、あの子だってやっぱり、なんにも聞こえなくて言えなくて見えなかったもおんなじよ。この人の子には善悪の区別もつかんかった、って！　じゃあ、あたしの子はどこでそんな区別を習ったっていうの？　ねえ、どこでそんなの教えてくれたのよ？　先生なんてどこにいたっていうの、学校なんてどこにあったっていうの？」

「落ち着きなさい、お前さん」男は言った。「お前さんの子はどこも悪いとこなんかなかったじゃないか」

「そうですとも」母親は叫んだ。「だからこそ、いっそう道を踏み外しやすいんじゃないか。もしあんたがこの子のこと、善悪の区別がつかないってんで許してやるんなら、どうして善悪も教えてもらえなかったあたしの子は許さなかったのよ？　あんたがたお偉いさんなら、神様から音と言葉を奪われたこの子にだって罰を与える資格があるんでしょ？　なんてったって、あたしの子にはなんにも教えてくれなかったくせに、罰だけは与えたじゃないか。いったい何人の坊ややお嬢が――ううん大人の男や女もおんなじよ――あんたがたの前に連れてこられたの、それでもあんたがたはお慈悲ひとつ垂れちゃくれないんだ、心んなかじゃ、みんな耳も聞こえなくて口もきけないのとおんなじくらい、なんにもわかってなくて、だからそのまま間違っちゃうってのに、それでもやっぱり、身も心もひどい罰を受けなきゃなんないのさ。それを尻目にあんたがたお偉いさんは、貧乏人はこれとこれを学ばなくちゃならんとかなんとか言って、お偉いさん同士で喧嘩しあってるってわけ？　ねえ、あんた、公平に裁いてちょうだいな。そいで、あたしの子も返してちょうだい」

「お前さんは、すっかりヤケになっとるね」男は嗅ぎ煙草入れを取り出すと言った。「お気の毒なことだよ」

「そりゃあヤケになってますとも」女は言い返した。「それもこれも、あんたがたのせいさ。ほら、この可哀そうな子たちの食い扶持を稼ぐために、あたしの息子も返してちょうだいな。ねえ、公平に裁いてくださいよ。この子に慈悲を垂れたんなら、おんなじようにあたしの息子も返してちょうだいよ！」

これだけのものを見せられ、これほどのことを聞かされて、少女はそこが施しを乞うような場所でないことをはっきり理解した。彼女は老人を優しく戸口から離すと、また旅を続けた。

望みも気力も、行くほどに尽きていった。しかし歩き続ける力が残っている限り、自分の弱気を言葉にも態度にも出すまいという決意だけは少しも衰えることなく、辛い一日の残された時間を、我が身を鞭打つように少女は進んだ。どうしてもゆっくりしか進めないので、遅れを取り戻すために以前と同じだけの休憩を取ることとさえ控えた。夕闇が迫ってきたが、まだ日が落ち切らない頃――相変わらず荒涼とした風景のなかを進んでいた二人は――忙しない町にたどり着いた。

もはや気も遠くなるほど疲れ果てていたが、通りを行き交う人々はやはり無情だった。ほんのわずかな施しを求めて何軒かの扉を叩き、すげなく断られた二人は、できるだけ早くこの町を抜け、町はずれにまばらに立つ家のどこかで、疲れ果てた二人に慈悲をかけてくれる人はいないかと試してみることにした。

二人は身体を引きずるようにして、町の一番はずれの街路を進んだ。少女は、弱り切った自分の身体がどうにもならなくなる時が、そう遠くないことを感じていた。折しもそのとき、二人と同じ方向に歩く一人の旅人が目に入った。彼は、カバンを背中に紐でくくりつけ、頑丈なステッキに身を預けて歩きながら、もう一方の手にある本を読んでいた。

その足取りは速く、二人より少し先を歩いていたので、追いついて助けを求めるのは容易ではなかった。やがて彼は、本の一節をじっくり読もうと立ち止まった。この一縷《いちる》の望みに意を強くした少女は、老人の先に立ってパッと駆けだすと、見知らぬ旅人に気付かれぬほど静かな足取りで近づき、消え入りそうな声で助けを求めた。

彼は振り返った。少女は両手を叩き、声にならない金切り声をあげると、その足元に崩れ落ちて意識を失った。

第四十六章から第六十六章までの梗概

旅人は以前に宿を借りた学校教師だった。彼はネルがひどく衰弱しているのを見て取ると、すぐさま近くの宿へ赴き、手当を頼む。意識を取り戻したネルは学校教師から、教師兼牧師の職が見つかったため任地に赴くところだった、と聞かされる。これまでの経緯をすべて告白するネル。幼い少女の自己犠牲の精神にすっかり心を打たれた彼は、祖父と一緒に自分の任地についてくるように言い、ネルはその地で教会墓地の近くに立つ廃屋に居を構え、教会の管理人としての仕事を始める。

一方ネルたちを追ってきた独身紳士とキットの母は、ジャーリー夫人のもとに到着する。しかし、すでにネルと祖父が一週間前に消息を絶ったと聞かされて落胆する。ロンドンに帰ろうとする二人は、こっそり後をつけてきたクウィルプと行き合う。ロンドンに戻った母を迎えに来たキットは、クウィルプの姿を目にして憤る。

クウィルプが久しぶりにタワーヒルの自宅に帰ってみると、彼が死んだものと思い込んだジニウィン夫人やサンプソン・ブラースが浮かれ騒いでいた。怒り狂ったクウィルプは妻に向かって、自分も事務所で気楽な一人住まいをして独身気分を謳《おう》歌《か》する、と言って家を出て行く。その後ブラース兄妹と食事をした際、キットが憎らしくてならないという点で意見の一致をみた三人は、どうにかしてキットを陥れることに決める。

学校教師の任地で生活を始めたネルは、自分が病に冒されていることに気付くが、死の気配に怯えることもなく、ハリー少年やエドワーズ姉妹のことを考えながら穏やかな生活を送っている。村の人々や子供たちはそんなネルを、天使の遣わした少女だと言って、敬い慕う。また祖父も静かな生活の中で少しずつ精神の安定を取り戻し、孫娘の衰弱と死の予感にはじめて気付く。その日以来、昼も夜もネルのそばを離れようとはしない。

ロンドンのブラース邸。サンプソン・ブラースは、時間をかけて少しずつキットの警戒心を解き、懐柔していく。一方、事務員として働くディックは、一人で過ごす夕刻の徒然《つれづれ》を紛らわそうと、トランプとクリベッジ・ボードを購入し、小間使いを相手にカード遊びに興じるようになり、二人はしだいに親しくなる。ディックは彼女に〈侯爵夫人〉という名を付ける。

そんなある日、サリーが銀の筆入れを紛失したと言う。またサンプソンは仕事に使う五ポンド紙幣をテーブルに置いておいたのに見当たらないと言う。キットに窃盗の嫌疑がかかり、身体検査をされる。潔白を主張するキットだが、驚いたことに帽子の中から問題の五ポンド紙幣が発見され、投獄される。

キットを陥れる悪巧みがうまくいったことを伝えに、ブラースがクウィルプ波止場を訪れる。そこではクウィルプが巨大な船首像をキットに見立て、狂ったように打擲《ちょうちゃく》を加えている。その二週間後、キットは裁判にかけられ、有罪判決が出る。独身紳士が下宿を引き払ってガーランド邸に引っ越してしまい、ディックの利用価値がなくなったことから、ブラースはディックをクビにする。ディックはブラース邸を出た途端、ひどい病に倒れる。

その後、意識が戻ったディックは、ブラース邸から逃げてきた〈侯爵夫人〉が、自分を献身的に看病してくれたことを知る。また、サンプソンとサリーがキットを陥れるための計画を練っていたのを、〈侯爵夫人〉が盗み聞きしていたと知る。ディックはその事実を手紙にしたため、病み上がりで動けない自分の代わりにガーランド氏に届けてほしい、と〈侯爵夫人〉に頼む。翌朝再び目覚めたディックは、ガーランド氏、その息子エイベル、ウィザーデン氏、独身紳士が自分の病床を囲み、〈侯爵夫人〉の証言を聞きながら今後の算段を相談しているのに気付く。みなでサリーを呼び出し、二人の姦計はすでに露見していることを明かし、諸悪の根源クウィルプを逮捕するため情報提供に協力するならば訴追免除もありうる、という条件を提示する。サリーが黙っているとそこにサンプソンが現れ、すべてをしゃべってしまう。その間にサリーは姿をくらます。サンプソンの自白により、キットの無実が証明され、釈放される。また病から回復したディックは、叔母が死んで年金百五十ポンドが自分に遺されたことを知る。

第六十七章

前章で詳しく語られた事の次第も知らず、炸裂しかけの地雷が足元に埋まっているとは夢にも思わぬクウィルプ氏は（というのも、現在進行中の例の企ては、絶対に彼に気取られぬよう、一貫して超極秘裏に進められていた）、なんの疑いも抱かず、隠れ家に閉じこもり、自分の姦計の顚末にいたくご満悦の態だった。勘定の整理に忙しかったせいで――静かで人気のない隠れ家はこの手の仕事にうってつけだった――、彼は丸二日、根城から一歩も出なかった。こうしてひたすら勘定に追われて三日が経っても、相変わらずバリバリ仕事を続け、ちょっと外に出ようという気さえ起きないようだった。

この日はちょうどブラース氏自白の翌日にあたり、したがってまさにクウィルプの自由が制約され、極めて不快かつ歓迎しがたい事実が彼に突きつけられるはずの日であった。[*1]家の上に垂れ込める暗雲の存在を本能的に嗅ぎ付けるでもなく、小人はいつもの通り、陽気そのものだった。こりゃちょっと仕事に精を出しすぎて身も心も腐っちまうなと思えば、軽くキイキイ声をあげたり、獣のように吠えてみたり、とにかくその手の罪のない憂さ晴らしをすることで、単調な仕事にささやかな変化をつけていた。

いつも通り、そばにはトム・スコット［第五章に登場したクィルプの下働きで「水陸両生的」な小僧］がはべり、ヒキガエルのように暖炉の前に屈みこみ、主人が背を向ける隙をついて、その渋面をおそろしくそっくりに真似してみせた。船首像もそのまま、元の場所に置かれていた。顔は真っ赤な火掻き棒でいやというほど焼きごてを押され、見るも無残な有様、鼻にいたってはてっぺんに三寸釘のお飾りがギリギリとねじ込まれていたが、傷の少ない部分は相変わらず柔和に微笑み、不屈の殉教者さながら、ほら、もっと痛めつけて侮辱してみろよ、と拷問者をけしかけるようだった。

その日は町一番の高台の明るい界隈でもジメジメして暗く、寒く、陰鬱だった。まして沼のようなその低地では、霧は濃く厚い雲となってあらゆる場所を満たした。一ヤードか二ヤード離れたものは、輪郭すら覚束なかった。こうして霧に閉ざされては、川に灯る警報灯や松明など、なんの役にも立たなかった。肝心の川さえ、何マイルも先にあるかと思うほど影も形も見えなかったが、あたりに漂う凍てつくような冷気や湿気によって、また小舟乗りの船頭がときおりオールを漕ぐ手を休め、自分の居場所を確かめるべく困り果てたようにあげる叫び声によって、その存在を示していた。

霧は重く、ぐずぐずと一か所にとどまり、身体のすみずみまで刺すように冷した。毛皮や防水の地厚ウールに包《くる》まっても、その霧から逃れるすべはなかった。寒さに身を縮める旅人たちは、骨の髄まで沁みてくる霧のため、節々を裂くような冷えと痛みに苦しんだ。あたりはなにもかも、その霧にふれた途端、ジメジメとねとついた。温かい炎だけがその霧を跳ね返さんと陽気に燃えて火花を散らした。こんな日には、やはり濃霧のたれこめるヒースや荒れ地で迷った旅人の話でもしながら家で暖炉を囲むのがうってつけだった。そして暖かい炉端のありがたみを身に沁みて感じるのが一番だった。

ご存じの通り、小人は炉端を独占したい性質《たち》だった。機嫌がいいときなど、特に一人きりで暖まるのを好んだ。屋内でぬくぬくする極楽気分もちゃんと心得ていたので、小人はトム・スコットに命じて石炭を小さなストーブに山と積ませ、その日の仕事はもう終わりにして、ひとつ愉快にやろうと考えた。

そのため、彼は新しい蠟燭に火を灯し、暖炉に薪を足した。まるで野蛮な人食い人種のような手つきでビフテキを焼き、あっさりそれを平らげると、巨大なボールいっぱいに熱いパンチを沸かし、パイプに火をつけてから、一晩とっくり過ごすために腰を据えた。

ちょうどこのとき、小屋の扉を低くノックする音が小人の注意を捉えた。二度、三度とノックが繰り返されると、彼は小窓をそっと開いて頭を突き出し、誰だ、と怒鳴った。

「私ですわ、クウィルプ」女の声が答えた。

「私、だと！」小人は叫ぶと、よく見ようとうんと首を伸ばした。「この売女《ばいた》、なにしに来やがった？ 人食い鬼の根城によくもノコノコやってきたな、えぇ？」

「ちょっとお知らせがあって来たんです」伴侶は言った。「どうか怒らないでくださいな」

「そりゃ素敵なお知らせかい、ご機嫌なお知らせかい、男なら誰でも、スキップして指鳴らして喜ぶようなお知らせかい？」小人は言った。「さてはあの親愛なる婆さんが死んだかね？」

「中身は知らないんです、良い知らせか悪い知らせかもわかりませんわ」妻は答えた。

「それじゃババアは生きてるってことか」クウィルプは言った。「どっこも悪いとこがなくてピンシャンしてるってか。まったく、悪い知らせの伝書鳩さん、お家《うち》に帰んな！　ほらとっとと帰んな！」

「私、手紙を預かってきたんです」小柄な妻は言った。

「この窓んとこから投げ込んで、さっさと帰んな！」クウィルプは妻の言葉も終わらぬうちに、吐き捨てるように言った。「じゃなきゃ、この俺が出てってお前を引っ掻いてやろうか」

「ダメよ、ねえお願いだから、クウィルプ、私の話を聞いてくださいな」従順な妻は涙ながらに言った。「お願いですわ！」

「じゃあ言ってみな」小人はニタニタと邪悪な笑みを浮かべて吠えるように言った。「けど、迅速かつ簡潔にだ。ほら、言ってみな」

「今日の午後、この手紙がうちに届いたんです」クウィルプ夫人は震えながら言った。「手紙を持ってきた男の子は差出人のことはなんにも知らなくて、とにかく置いてくるように言われたみたいなんです。それも、すぐに持っていくようにって。なんでも、すごく大事な用の手紙らしいんです――でも、お願いよ」夫が手紙を取ろうと手を出すのを見て、彼女は言った。「後生ですから中に入れてちょうだいな。私、もうどんなに濡れて凍えているか。ここまで来ように も、あんまり霧が濃くって、ひどく道に迷ってしまったの。ねえ、五分で構いませんから、火にあたって服を乾かさせてちょうだい。そしたらもうおっしゃる通り、すぐに帰ります、クウィルプ、誓いますから、すぐに帰ります」

なんとも思いやりのある夫は、しばらくためらっていた。が、よく考えてみれば手紙には返事がいるかもしれず、それなら妻に持ち帰らせることもできるだろうと思い直し、窓を閉めて扉を開けると、中に入れと言った。クウィルプ夫人はいそいそとこの命令に従い、手を暖めようと暖炉の前に屈みこむと、彼に小さな包みを手渡した。

「ビショビショとは素敵じゃないか」クウィルプは手紙をひったくると横目で妻を睨みつけながら言った。「寒くてたまらないなんて、素敵だねえ。道に迷ったなんて、まったく素敵じゃないか。泣き腫らして真っ赤な目をしてるのも、なんとも素敵さ。まったく、その小さな鼻が真っ赤に凍えてるのを見るとゾクゾクするよ」

「あぁ、クウィルプ！」妻はめそめそと泣いた。「なんてひどい人なの！」

「さては奥さん、俺が死んだと思ったか！」クウィルプは顔をしわくちゃにしながら、ゾッとするほどおそろしい渋面を次から次へとしてみせた。「さては奥さん、そっくり遺産をいただいて、好きな男と結婚しようって思ってたわけか！ ハッハッハ！ どうだね？」

哀れな妻はこれだけなじられても一言も言い返すことなく、ひざまずいたまま手を火にかざしてシクシク泣くばかりだったので、クウィルプ氏はひどくご満悦だった。しかし、妻をジロジロ眺めて思う存分くすくす笑いをしていた矢先、トム・スコットも同じく悦に入っているのがふと目に留まった。厚かましくもこの俺の楽しみの分け前に与《あずか》るとはまったく許せんとばかり、小人はすぐさま小僧の襟首を摑んで扉まで引きずっていき、軽く殴りつけてから中庭に蹴りだした。このありがたい配慮へのお返しに、トムはサッと逆立ちをすると窓のところまで近寄り——こんな言い方が許されるのであれば——両靴で中を覗き込んだ。ついでに、まるで上下逆さのバンシー［ケルトに伝わる超自然的存在で、その鳴き声や叫び声は死の前兆とされる］みたいに窓ガラスを両足でガタガタ言わせた。当然、クウィルプ氏も待ったなしで、百発百中の例の火掻き棒を引っ摑み、ヒラリと身をかわしながらジッと時をうかがい、とうとうすさまじく効き目のあるやつを一発二発、この若き友人にお見舞いしてやったので、トムもたまらずサッと姿をくらました。結局その場には彼一人が残され、すっかり静かになった。

「さて！　くだらん仕事もやっつけたことだし」小人は涼しい顔で言った。「手紙でも読むとするさ。ははあん！」彼は宛名書きを見てつぶやいた。「この筆跡は見覚えがあるな。こりゃ、麗しのサリーじゃないか！」

手紙を開くと、法律文書のように整った丸文字で次のように書いてあった。

「サミー［サンプソン・ブラースのこと］はさんざん尋問されて、秘密を漏らしました。もうなにもかも筒抜けです。きっと追手が差し向けられるでしょう、逃げたほうが賢明です。奴らは今のところ、不意打ちを食わせようと静かに事を運んでいます。ぐずぐずしている暇はありません。私はぐずぐずなんかしませんでしたよ。もう完全に姿をくらましました。もし私があなたなら、やっぱり姿をくらますでしょう。以前のB・MのS・Bより［Bevis Marks の Sally Brass の意。サンプソン弁護士事務所がロンドンのビービス・マークスの通りにあったことから］」

五度、六度、この手紙を繰り返し読んでいくうちに、クウィルプの表情に現れた変化を書きとるためには、新しい言語を編み出さねばならない。既存の書き言葉や話し言葉の表現力をはるかに上回るような、力強い言語が必要だった。彼は長い間、一言も話そうとはしなかった。その間じゅう、夫の顔に浮かぶ張りつめた表情を見つめながら、クウィルプ夫人は恐怖に凍りついていた。ついに彼がフーッと息を吐いた。

「――もしあいつがここにいりゃあ。もしあいつが俺の前にいりゃあ――」

「ああ、クウィルプ！」妻は言った。「なにかあったの？　誰のことをそんなに怒ってるの？」

「――川に沈めてやるんだがなぁ」妻の言葉などまったく歯牙《しが》にもかけず、小人は言った。「いや、それじゃあんまり楽な死にザマだ。苦しむのもあっという間だ――けどまあ、こんな近くに川があるんだしな。ああ！　あいつが今ここにいりゃあな！　川っぺりのとこまで、甘い言葉でおだてて連れてってやれんのになあ――ボタン穴のとこグイッと掴んで――冗談のひとつも言ってから――急にドン！　と一突き、川にバッシャーンと放り込んでやるんだが！　聞くとこじゃ、溺れる奴ってのは三度水面に浮かんでくるってな。三度ともきっちり、俺様がこの目で奴の顔拝ませてもらって、ゴボゴボ上がって来るたんびに、嘲《あざけ》り笑ってやれんのになあ――ああ、そうすりゃさぞかし素敵なお祭り騒ぎってとこなのに！」

「クウィルプ！」妻は言葉に詰まりながら、勇気を振り絞って夫の肩に手をかけると言った。「なにか悪いことでも？」

　他人を拷問にかける絵面を想像してほくそえんでいる夫の姿に夫人はすっかり縮み上がっ

てしまい、もはやなにを言っているのか、自分でもほとんどわからぬほどだった。

「あのうすのろの臆病者が！」クウィルプはゆっくり手を擦り合せ、しまいにギュッと両手を握りしめて、つぶやいた。「あれだけ臆病で卑屈なら、それだけ口の堅さは折り紙つきだと思ってたがなあ。ああ、ブラース、ブラース——親愛なる、善良なる、愛情細やかな、忠義に厚くて、感謝に溢れた、素敵な我が友よ、お前が今、俺の目の前にいてくれたらなあ！」

この独り言に聞き耳を立てているように思われてはいけないと、妻は部屋の隅に引っ込んでいたが、またもや勇気を振り絞って夫に近づき、言葉をかけようとした。が、その刹那、彼は扉のところへ飛んでいき、トム・スコットを呼びつけた。つい先だっての優しい忠告を覚えていた少年は、すぐに姿を現したほうが賢明と判断した。

「ほら！」彼を部屋に引きずり込むと、小人は言った。「奥さんを家まで送ってけ。明日はここに来るんじゃねえぞ、もう戸締りしちまうからな。俺からお前に連絡するか、直接会いに行くまで、ここには来るんじゃねえ。わかったか？」

トムはむっつり頷くと、クウィルプ夫人に向かってこっちだ、というように手招きした。

「お前は」小人は妻に向きなおって言った。「俺のことをガタガタ聞きまわったり、探したりしゃべったりするのは、一切合切全部禁止だ。ただな、奥さんよ、俺は絶対死なねえからな、そう聞きゃ、お前もさぞやホッとするってもんだろ。ほら、こいつがお前の面倒を見るさ」

「でも、あなたは？　ねえ、なにがあったんですの？　あなたはどこへ行くの？　これ以上はなにも教えてくださらないの？」

「教えてやるとも」小人は彼女の腕を摑むと言った。「お前がこれ以上ぐずぐずするんなら、口だけじゃなくて身体で教えてやる。もっとも、口でも身体でも教わらんほうが、お前にとっちゃ一番だがな」

「なにかあったの？」妻は泣きながら言った。「ああ！　お願い、教えてちょうだいな」

「そりゃあったともさ」馬鹿にしたように小人は言った。「いや、なんもねえって言ってもいいな。どっちにしたって、お前になんの関係があるってんだ。これからどうするかは、とっくに話してやったろうが。その通りにしなかったり、毛筋一本でも俺の言いつけに背いた日にゃあ、お前、そりゃもうひでぇ目にあうことになるぜ！　ほら、とっとと行きな！」

「行きます、すぐに行きます。でも」妻は言い淀んだ。「その前に一つだけ聞かせてちょうだい。さっきの手紙は、可哀そうなネルに関係があるの？　これだけは聞かせてもらわなくちゃ、クウィルプ――これだけは。前にあの子を騙すようなことをして以来、私が昼も夜もどんなに悲しい気持ちで暮らしてきたか、あなたにはわからないんだわ。私があの子にしたことが、ずいぶんひどいことなのか些細なことなのか、どっちにしても、あなたに言われてやったことなのよ、クウィルプ。あのときだって、良心が咎めて仕方なかったの。ねえ、これだけは教えてくださいな」

ついに堪忍袋の緒《お》が切れた小人は、なにも言わずにくるりと踵を返し、凄まじい形相でお得意の武器を取り上げたので、トム・スコットは渾身の力で奥さんを家から引っ張り出し、これ以上は無理というくらいの猛スピードで逃げ出した。これはなんとも賢明な判断だった。実際、怒りに度を失い、猛り狂ったクウィルプは、近くの小道まで二人を追いかけてきたうえ、そのままどこまでも追いかけてきそうだった。が、幸い濃い霧のお蔭で二人は姿をくらまし、霧だけがその後も刻々と深くなっていった。

「人目につかずにずらかるにゃあ、お誂《あつら》え向きの夜だぜ」走りに走ってすっかり息を切らしたクウィルプは、ゆっくり隠れ家に戻りながら言った。「待てよ。ここはこのままじゃいかんな。これじゃあんまり無防備でお人良しってやつよ」

彼は泥に深く埋まった二つの古い門を凄まじい怪力で閉め、いかつい梁《はり》を渡して閂《かんぬき》代わりにした。それが終わると、目のまわりにまとわりつくモジャモジャの髪を振り払い、門をガタガタと揺すった――びくともせず、しっかりと閉じていた。

「この艀《はしけ》と次の艀の間のフェンスなんざ、あっという間に乗り越えられる」こうして予防策を講じてしまうと、小人は言った。「あそこから家に通じる裏道もあるな。そっから俺様はずらかるとしよう。こんな夜に、こんな素敵な場所であの裏道を見つけるにゃあ、この辺にずいぶん詳しくなきゃ無理だ。とにかくこの門が閉まってるうちは、招かれざる客人たちの心配をする必要もないだろうさ」

(あたりは暗闇に閉ざされ、霧もますます深くなっていたので)手さぐりで這うように進むしかなかったが、それでも彼は隠れ家に帰り着いた。そして火を眺めながらしばらくじっと考えこんでいたが、やがてせっせと出発の準備を始めた。

ブラース嬢の手紙を読んでからというもの、ひたすら歯ぎしりをして独り言を言っていた彼は、二つ三つ、必要なものを掻き集めてポケットに捻じ込む間も、片時も休まずに歯ぎしりをし、ブツブツ言い続けた。

「ああ、サンプソン！」彼はつぶやいた。「善良なる、得がたい我が友よ――お前をギュッと抱きしめてやれたらなあ！　お前をこの手に抱きしめて、肋骨《ろっこつ》全部へし折ってやるくらい、強く抱きしめてやれたらなあ。いやいや、お前をいったんこの手に抱いたら、かならずバリバリにへし折ってやれるとも、そんな俺たちの再会、なんて素敵だろうなあ！　万が一にも俺たちがどっかで行き会うようなことがあったら、サンプソン、俺たちきっと、二度と忘れられないくらいの凄いご挨拶を交わせるのになあ、まったくこりゃ間違いないぜ。今まさにってときによ、サンプソン、なにもかもうまくいってたときに限ってなあ、よりにもよって素敵なタイミングだぜ！　お前さんは本当に思慮深くて、まったく見上げた心の持ち主、立派なもんだぜ。ああ、今この部屋で俺たち二人、顔を突き合わせてるんだったらなあ、まったく肝っ玉の小さい弁護士さんよ、そしたら二人のうちの一人だけでも、さぞかし溜飲が下がるってのになあ！」

ここで彼は話をやめた。パンチのボウルを口まで持っていくと、まるで焼け付く喉を真水で癒すように、熱い酒を思い切りあおった。それからボウルをドンと下ろし、また準備に精を出しながら、一人つぶやいた。

「サリーの奴もなあ」彼は目を血走らせて言った。「あの女、度胸もあるし、こうと決めたら目当てのもんは必ず手に入れるって奴なのに——いったい昼寝でもしてたってのか？　それとも石にでもなっちまってたってか？　サリ！なら、あの野郎を串刺しにできたろうに——それか、ちゃあんと毒でも盛れたろうになぁ。あいつなら、こうなる前にうすうす感づくこともできたんだろうに。ならどうして、もう遅いってときに俺に知らせて寄こしたりするんだよ？　あの野郎がそこに座ってたとき——そこ、ほんのすぐその辺だ——真っ青な顔して、真っ赤な髪して、ヘナヘナ笑いながら座ってやがったとき、あんとき、俺様はなんで奴の腹ん中の考えに気付かなかったんだ？　あの野郎の秘密に気付いてさえいりゃあ、きっとあの晩、あんなに殴りつけたりしなかったんだがなあ。だってあいつを安らかに眠らせてやる薬とか、あいつを焼いて食っちまうような火だとか、そんな方法、いくらもあったんだしなぁ、畜生！」

ここで彼はまたグッと一口、熱い酒をあおった。そして獰猛な表情で火の前に屈みこみ、再びブツブツ言い始めた。

「ここ最近の厄介事や揉め事と一緒で、今回のこいつもまた、あの老いぼれ爺と、爺の秘蔵っ子が発端ってわけだ——ヘナヘナの惨めったらしい乞食どもめ。だけど俺様はまだまだあいつらを苦しめ抜いてやるぜ。それから貴様、優しいキット、正直者のキット、徳に厚くて、善良なキット、貴様もせいぜい用心するこった。この俺を怒らせたら痛い目にあうぜ。たいそうな理由があって、俺は貴様のことが大嫌いでね、貴様、今夜はいい気になってるかもしれんが、必ずオトシマエ付けさせてもらうぜ。――おや、なんだ？」

閉めておいた門を叩く音だった。ドンドンと激しく叩いていた。それから、叩いた当人たちがこちらに聞き耳を立てているのだろうか、音は少しの間止んだ。やがてまたドンドン聞こえてきたが、今度はさらにやかましくて執拗だった。

「もう来やがったか！」小人は言った。「それもすっかり頭に血が上ってんな！　ご期待に添えず、申し訳ないこったぜ。こっちはおかげさまで準備万端さ。サリー、礼を言うぞ！」

彼はこう言うと、蠟燭の火を消した。それから急いで炉の火を弱めようとしたが、ストーブごとひっくり返してしまい、はずみでいくつか燃えさしの薪が転がり出た。そこにちょうど転がって来たストーブが上からドスンとふたをするような恰好になり、部屋は墨を流したような暗闇に満たされた。門のあたりは依然として騒がしかったが、彼は手探りで扉まで行くと、戸外に足を踏み出した。

その刹那、ドンドンと叩く音が止んだ。時刻は八時頃だった。しかしその夜、大地には雲が厚く垂れ込め、あらゆるものに帳《とばり》を降ろしていた。これに比べれば、真夜中の漆黒の闇さえ、真昼の明るさに思えるほどの暗闇だった。まるでぽっかりと口を開ける洞窟に入っていくように、彼はパッと足を踏み出した。それから方角を間違えたと気付くと、また違うほうへ足を向けた。それから方角を見失って立ち尽くした。

「もう一回、奴らがノックしてくれりゃ」クウィルプは周囲の闇に眼を凝らしてつぶやいた。「それで方角がわかるんだが！　そら！　もう一回ガンガンやりやがれ！」

彼は必死で耳を澄ましたが、なにも聞こえなかった。あたりは人気もなく荒涼として、ただ遠くのほうで時折、犬が吠えるだけだった。犬の声はあまりに遠かった——こちらで一頭吠えたと思えば、またあちらで一頭それに応えた——クウィルプ自身も知っての通り、なにせ船の甲板から吠える犬も多いとくれば、その声はなんの道しるべにもならなかった。

「壁か垣根でも見つかりゃ」小人は腕を伸ばしてあたりを探りつつ、そろそろと進みながら言った。「どっちに行きゃあいいか、わかるんだが。まったく、親愛なるお客さんを迎えるにゃ、素晴らしく真っ暗で悪魔みたいな晩だぜ、こりゃあ！　もし俺の願いが叶うもんなら、いっそ二度とお天道様がのぼらなくってもかまわんさ」

この言葉が口をついて出るが早いか、彼は躓いて転んだ——そして次の瞬間、暗く冷たい水の中でもがいていた。

水が耳の中で渦を巻いて暴れ回ったが、それでもまた、門を叩く音が聞こえた——続いて叫び声が聞こえ——声の主が誰かもわかった。もがいて必死で水を打ちながらも、追っ手が道に迷った挙句、元の場所に戻ったらしいとわかった。そして、誰もがただ、指をくわえて彼が溺れるのを眺めていることも。みな、すぐ近くにいるのに、助けようにも助けようがないこと、そして他ならぬ自分自身が、門までかけて彼らを締め出したのだということがわかった。クウィルプはみなの叫び声に応えた——悲鳴のような金切り声は、目の前で踊るおそろしい数の鬼火の前に一陣の風を起こし、炎をチカチカ、ゆらゆらと震えはためかせた。そんなことをしても、なんにもならなかった。強い潮の流れが喉をふさぎ、その身体は凄まじい水の流れにさらわれた。

もう一度、渾身の力を振り絞ってもがき、もう一度、顔をあげて両手で水を打ち、ギラギラした凄まじい目を凝らしてあたりを見回すと、すぐ近くに黒い物体が見えた。船体だった！　ヌルヌル滑る表面に手が触れた。大声でもうひと叫び――けれどその叫びが声になる前に、抗いがたい水の流れが彼を包み呑み込むと、もはや物言わぬ死体となった彼を運び去った。

水はその不気味な獲物を弄《もてあそ》び、たわむれにぬかるんだ小山にぶつけて傷をつけ、泥や生い茂る草の下に隠したかと思うと、固い岩や砂利の上を引きずった。塵[*2]から生まれしものを塵へ返すべく、土手へ打ち寄せる振りをしたかと思えば、すぐにまた深みへと引きずり込み、やがてこの醜い玩具《おもちゃ》にもすっかり飽きてしまったのか、ドサリと沼地に放り出し――そこは鎖に繋がれた海賊たちが、寒い冬の夜々、吊るし首[*3]にされてブランブランと揺れる場所――そのまま朽ち果てるにまかせた。

その場所で、死体はポツンと横たわった。空は炎で赤く染まり、彼を運んできた水の流れは先へ先へと進みながら、怒りに満ちた真っ赤な炎に照らされて燃えるような色を帯びた。打ち捨てられた死体が、つい先ごろまで生きて棲《す》まった場所は、今や燃え上がる廃墟と化した。そのギラギラ輝く赤い炎が、死んだ男の顔を照らしていた。湿気た風に揺られた髪は、まるで死を嘲るようにして――そう、死んだ男がもし生きていたらきっと、こんなふうに嘲ったに違いない――、屍《しかばね》の頭上で揺れ、身体を覆う衣服は夜風で所在無げにはためいた。

第六十八章から第六十九章までの梗概

突然の釈放に驚きつつキットがガーランド邸に帰ると、ネルと祖父が再び見つかったと知らされる。翌朝、独身紳士とともに二人のいる地へ出発するキットは、道中彼の半生について話を聞く。実は彼は、ネルの祖父の十二歳年下の弟だった。二人は昔、同じ女性に恋をしたが、弟は兄のために身を引き、祖国イギリスを離れ、外国へ旅立ったのだった。兄（ネルの祖父）はその女性と結婚して一女をもうけるが、妻はほどなく死んでしまう。忘れ形見となった娘は、父親から溺愛されて育つが、やがて放蕩な男と結婚し、二人の子供を残して死んでしまう。残された二人の子供の兄がフレッドで、妹がネルだった。兄は放蕩者の父の血を引き、ネルは母親ゆずりの美しく優しい少女に成長する。骨董商を営むようになった老人は、孫娘を溺愛し、彼女が母親と同じように貧困ゆえの死に至ることを極度に恐れ、賭博に手を出して一攫千金を夢見たのだった。一方、長い間外国で暮らしていた独身紳士は、兄と再び一緒に住みたいと望んでイギリスに戻る。しかしロンドンの骨董屋まで来てみると、すでに二人は逃亡した後だった。

第七十章

夜が明けてなお、一行は旅の途中だった。家を出て以来、食事をとるためにあちこちで止まり、特に夜は馬の交換に手間取った。それ以外は休みなしで進んだが、天候は相変わらず荒れ模様で、険しい難路をいくつも越えねばならなかった。目的の場所に着く前に、また日が暮れてしまいそうだった。

キットは寒さで身体がコチコチだったが、勇敢に旅を続けた。この冒険の幸せな結末を思い描き、周囲を見回してはあらゆるものに驚嘆して目を丸くしていたおかげで、血の巡りも悪くなく、凍《こご》えそうな寒さを気にする暇もなかった。日が陰るにつれ、キットと一行の焦りは増すばかりだったが、時は容赦なく過ぎていった。冬の短い日はまたたく間に落ち、まだ何マイルも先を残したまま、あたりは再び暗くなった。

夕闇が迫り、風が吹き下ろしてきた。遠くですすり泣くように低く悲しげに鳴る風は街路を這うように進み、両脇のイバラの茂みを密かにざわつかせた。それはまるで、巨大な怪人が自分の巨体には狭すぎる道にはまり込み、歩くたびに衣擦《きぬず》れの音を立てながら、難儀して進んでいくようだった。しかしそんな風も次第におさまり、やがて静かになると、雪が降り始めた。

雪はしんしんとひたすらに落ちて、またたく間に何インチも積もり、あたりを厳《おごそ》かな静けさで満たした。馬車の車輪は音もなく回り、蹄《ひづめ》の金属音もくぐもった鈍い音に変わった。前進を続ける一行の周囲から、少しずつ生気が消え、死にも似た何ものかがその隙間を奪い取っていくようだった。

睫毛《まつげ》に落ちては凍りついて視界を遮る雪を手で避けながら、キットは必死で目を凝らし、町が近いことを知らせる明かりがチラついていないかと探した。そのたび、おぼろげな物影が目に入ったが、どれもはっきりしなかった。高い教会の尖塔が目に入ったかと思えば、それはたちまち木に変わり、納屋になり、かと思えば高くかざされた馬車のランプが地面に投げかけた影になった。馬に乗った人影、歩いている人影、馬車の影が前方にちらつき、狭い路地ですれ違いそうになった。しかしいよいよ近くに寄ってみれば、どれもただの影だった。壁や廃屋、頑丈な切妻屋根の先端が、道の先にのぞくこともあった。しかし一目散に駆けつけてみてもやはり、ただどこまでも続く道があるだけだった。奇妙な曲がり角、橋、小さな池のようなものがあちこちにポッと浮かび上がっては、一行の行く手に疑惑と不安を投げかけた。けれどやはり、彼らはただひたすら同じ道を行くばかりで、なにもかも、通り過ぎざま目を凝らして見つめれば、ぼんやり浮かぶ幻に過ぎなかった。

一行は寂しい郵便宿屋に到着し、キットはゆっくり座席から下りると――手足がかじかんでしまったのだ――この旅の終着点まで、あとどれくらいかと尋ねた。こんな鄙びた場所で、すっかり夜も更けていたので、すでにみな寝入っていたが、十マイル、と答える声が上の窓から聞こえた。その後の十分は、まるで一時間にも思われた。ついにその十分も終わるころ、寒さにガタガタ震える人影が注文の馬を曳いて現れ、またしばらく待たされた後、一行は再び走り出した。

山野を横切る道は最初の三、四マイルを過ぎると穴や荷馬車の轍で凸凹になり、穴という穴がすべて雪で覆われて大量の落とし穴と化し、馬の震える脚をすくうので、並足で進むほかなかった。この頃になるとみな、いてもたってもいられず、のろい馬車に座っていることなど到底無理な話だった。三人とも雪の上に飛び降り、馬車の後について重い足を進めた。道のりは果てしなく、進むにはひどく骨が折れた。めいめい心の中で御者が道を間違えたに違いないと思い始めたとき、すぐ近くで真夜中を告げる教会の鐘が鳴り、馬車は止まった。一行の歩みはひどくのろく静かだったが、それでも雪を踏みしめる音がやんだ瞬間、あたりは圧倒的な静けさに満たされた。まるで、凄まじい轟音が完全なる静寂に呑まれたかのようだった。

「着きましたぜ、旦那」御者はそう言うと馬車から降り、小さな宿屋の扉をノックした。「おーい！　まったく、ここらじゃ十二時過ぎたら真夜中ってやつだな」

ノックは大きな音で何度も繰り返されたが、家の者は起きてこなかった。あたりは相変わらず暗く、シンと静まりかえっていた。一行は少し後じさりして窓を見上げたが、白い家の正面でそこだけが黒く、継ぎ布を当てたように見えた。明かりがつく気配はなかった。もう誰も住んでいないのか、それともみな眠りながらそのまま死んでしまったのか、そんなふうに思われるほど、まったく人の気配がなかった。

一行は声を潜め、めいめいがばらばらに口を開いた。まるで自分たちの声の陰鬱なこだまを乱すまいとするような囁きだった。

「先に進もう」弟の紳士［ネルの祖父の弟、独身紳士のこと］は言った。「この御者を残して家の人を起こさせればいい。ちゃんと間に合ったことを確かめるまでは、どうあってもじっとしていられないんだ。頼むよ、さあ、行こう！」

一行は先に進んだ。後に残された御者はその宿屋で適当な食事と寝床を注文するように言いつけられて、ノックを再開した。キットは小さな包みを抱えて一行に続いた。家から持って出て以来、馬車に吊り下げていたその荷物は——古い鳥かごに入れた例の小鳥——、少女が彼に託してからというもの、ずっと大事に世話をしてきた小鳥だった。この小鳥を見れば、きっと少女が喜ぶだろうと考えたのだった。

道はゆるやかなカーブを描いて下っていった。進むにつれ、さきほど鐘の音を聞いた教会が視界から消え、その周りを囲む小さな村も見えなくなった。また始まったノックの音だけが、あたりの静けさにはっきりと響きわたり、みなの心を掻き乱した。あのノックをやめてくれたらいいのに、せめて一行が戻るまで、静かにしているように言い残してくるべきだった、誰もがそう思った。

冷たい純白の衣をまとった古い教会の塔が再び目の前にそびえたかと思うと、一行はすぐにその脇に出た。神の棲まうその場所は——あたり一面の雪化粧のなかでさえ、灰色がかって見えた。鐘楼にある古式ゆかしい日時計は雪の吹きだまりにほとんど隠れ、それとわからぬほどだった。時間そのものさえ、重たく古くなり、この陰鬱な夜に取って代わる朝など、永遠に来ないように思われた。

すぐ近くに小さな門があったが、そこから墓地を抜ける道が何本か枝分かれしていたので、どれを行ってよいかわからずに、一行はまた立ち止まった。

近くに村の街路らしきものが――高い家や低い家、古い家や新しい家が雑然と混ざり合い、前を向くもの後ろを向くもの、道に切妻を見せるもの、すべて貧しげな家々が不規則に建ち並び、あちこちに道路標識が立てられ、道までせり出して掘立小屋が建つような場所を、街路と呼べるのかどうか――とにかく街路らしきものが見えた。そう遠くない家の窓から、かすかな明かりが漏れているのを見つけると、キットは道を尋ねるために走った。

最初に彼が声をかけると、中の老人がそれに応え、防寒のため布きれを首に巻きつけながら開き窓のところに姿を現し、こんな夜更けになんの用だと尋ねた。

「めっぽうひどい天気のうえに」彼はボヤいた。「こんな夜更けに俺を起こすなんて、なんなんだい。俺の商売は寝床からたたき起こされるようなもんじゃないんだがな。人さまが俺に頼む仕事といやあ、特にこんな冬場は、ただ冷たくしとけってだけなのによ。いったいなんの用だい？」

「あなたがお年でお身体が良くないって知っていたら、起こしたりしなかったんです」キットは言った。

「お年だって！」気分を害した様子で相手は言った。「わしが年だとどうしてわかるね？

坊や、お前さんが思うほどわしは年を食っちゃおらん、そうとも。身体が悪いかどうかなんて、わしよりもっと身体の悪い若者がたくさんおる。そりゃあなんとも残念なことだ――うん、つまりは、わしが年のわりに丈夫でピンピンしとるのが残念だといううんじゃなしに、若い者が弱って苦しんどるのが残念だっちゅうことだ。けどまあ、お前さんに謝らんとな」老人は言った。「さっきはちょっと言い過ぎたかもしれん。夜になるとあまりよく見えんのだよ――年のせいとか病気ってんじゃあないぞ。もともとあんまり目が良くなかったんだから――だからお前さんがこの土地のもんじゃないってことにも気付かんでな」

「寝ているのに起こしてしまってすみません」キットは言った。「でも、あそこの教会墓地の門のとこの旦那方も、この土地の人じゃないんです。ずっと旅をして、たった今着いて、牧師館を探してるんです。道を教えてもらえますか?」

「そりゃ教えてやるともさ」老人は震える声で言った。「来年の夏で、わしが墓掘り男になってちょうど五十年になるんだ。右側の小道が見えるかね、あれを行きなされ――ここの牧師さんに、なんか悪い知らせっていうんじゃなかろうね?」

キットは礼を言い、そうではない、と手短に答えた。それから振り返った途端、子供の声に呼び止められてハッとした。見上げると、近所の家の窓から小さい子供の顔がのぞいていた。

「いったいどうしたの?」子供は必死に叫んだ。「僕の夢が本当になっちゃったの? ねえお願い、そこで起きてるの、誰か知らないけど、お願い、答えて」

「可哀そうに！」キットが返事をするより早く、墓掘り男が言った。「どうしたんだい、坊や？」

「僕の夢が本当になっちゃったの？」聞く者の心を揺さぶらずにはおかない熱っぽさで、子供は叫んだ。「でも、ああ、そんなこと絶対にないはずだもん！　そんな――そんなことがあったりするもんか！」

「この子の言いたいことはだいたい想像がつく」墓掘り男は言った。「もういっぺんベッドにお入り、坊や！」

「ああ！」絶望に打ちひしがれて子供は叫んだ。「そんなこと、絶対ありっこないってわかってたよ。うん、聞かなくっても、そんなはずない、ってちゃんとわかってたんだ！　でも今晩も一晩じゅう、昨日の夜も一晩じゅう、ずっと同じなんだ。全然寝られないんだよ、すぐにあのこわい夢を見ちゃうから」

「とにかくもういっぺん眠ってごらんな」老人はあやすように言った。「そのうち夢のほうからいなくなってくれる」

「違う、そうじゃないんだ、ううん、夢はそのままでいいんだよ――こわい夢だけど、そのままでいいんだ」子供は答えた。「あんなことだって、夢の中だけなら耐えられるよ。だけど、僕哀しくって――本当に、とっても、とっても哀しいんだ」

神様がいてくれるよ、老人がそう言葉をかけると、子供もそれに答えて泣きながらおやすみなさいを言った。そしてキットはまた一人になった。

子供の言ったことの意味はよくわからなかったが、言葉そのものよりもむしろ、いたいけな仕草や物腰にすっかり心を動かされ、キットは急いで一行のもとに戻った。彼らは墓掘り男が指示した道をたどり、まもなく牧師館の前に出た。そこまで来てから振り返ってあたりを見渡すと、遠くの崩れかけの建物に、たった一つ明かりが灯っているのが見えた。

明かりは出窓とおぼしきものから差しており、壁が覆いかぶさるようにして作る深い闇のなかで、まるで星のように輝いていた。一行の頭上に煌めく星たちさながら明るくキラキラとして、頭上の星と同じく寂しげでじっと光るばかりの明かりは、自分は天のランプと友達なのだから、その光とともに自らの火を燃やすのだとでも言うようにまばゆかった。

「あの明かりはなんだろう！」弟の紳士が言った。

「きっと」ガーランド氏が言った。「あの廃屋に住んでいるのでしょう。このあたりにはそれ以外、廃屋らしきものもありませんし」

「だけどあの二人が」弟がせっつくように返した。「こんな遅い時間に起きているはずがない――」

キットはそこでさっと間に割って入り、二人が呼び鈴を鳴らして門のところで待つ間、自分があの明かりまで走っていって、起きている者がいるか確かめて来てもいいでしょうか、と尋ねた。望むとおりのお許しをもらったキットは、鳥かごを手に息せききって飛び出すと、まっすぐその場所へ向かった。

墓と墓の間を抜けて全速力で走り続けるのは容易ではなかった。おそらくキットも、こんな時でなければ、もっとゆっくり走るなり、回り道をするなりしただろう。しかし今はどんな障害ものともせず、まったく速度を緩めることなく、ずんずん進み、あっという間に窓まであと数ヤードというところに出た。

できるだけそっと近寄ると、雪で白んだツタの葉が服に触れるほど身を寄せて聞き耳を立てた。中からは物音ひとつしなかった。教会でさえ、これほどの静寂に包まれてはいなかった。ガラスに頬をつけて、もう一度聞き耳を立てた。いや。やはりあたりは完全に静まり返り、その静けさの中でなら、キットには人の寝息さえ聞き分ける自信があった。

こんな夜更けに、こんな侘しい場所で、明かりが灯っているのに人っ子ひとりいないとは、なんと奇妙なことだろう。

窓の下半分にはカーテンが掛かり、部屋の中を覗くことはできなかった。内側の光に照らされた影がカーテンに映ることもなかった。壁に足を掛けてよじ登り、窓の上半分から覗くのは少し危険に思われた――きっと音がするだろうし、もし本当にあの少女がここに住んでいるのなら、彼女を怯えさせてしまうかもしれない。何度も何度も、彼は必死で聞き耳を立てた。しかしそのたびに、帰ってくるのはただ気が滅入るような沈黙だけだった。

ゆっくりと注意深い足取りでその場を離れ、廃屋を回り込むように歩くと、やがて彼は戸口に出た。扉を叩いてみた。返事はなかった。けれど内側から奇妙な物音が聞こえた。なんの音かはわからなかった。悲嘆にくれる人間の低いすすり泣きにも似ていたが、ひたすら規則的にずっと続いているところをみると、すすり泣きであるはずもなかった。時には歌の調べのようにも聞こえたし、また時には泣き声に変わるようにも思われた——いや、キットの想像が千々に乱れて定まらぬためにいろいろな声色に聞こえるだけで、音そのものはずっと変わらず、果てしなく続いていた。そしてそれは、これまでに聞いたどんな音とも違っていた。その調べの奥底には、おそろしい、ゾッとするような、この世ならぬなにかが潜んでいるようだった。

聞き耳を立てる少年は、霜と雪に凍えていたときよりも一層、身体中の血が冷たく凍てついていくのを感じた。それでも彼は再び扉を叩いた。やはり答えはなく、中ではずっと例の音が続いていた。彼は掛け金にそっと手を掛け、膝を扉にあててぐっと押した。内側の錠はかかっておらず、扉はすぐ彼の身体の重みに負け、掛け金がくるりと回った。古い壁際に火が燃えているのを見て、彼は中に入った。

第七十一章

薪の火が作るぼんやりとした赤い光が——部屋にはランプも蠟燭もなかった——、こちらに背を向けて座り、パチパチと不規則に燃える火の上にかがみ込む人影を照らしていた。その姿は暖を取ろうとする人のそれだった。いや、そうであってそうでなかった。身をかがめて縮こまっていたが、温かな火のぬくもりに手を伸ばそうとはせず、身を切るような外の冷気とそのぬくもりを比べては、肩をすくめて身を震わせる様子もなかった。手足をしっかりと抱え込み、頭をうなだれ、腕を胸の前で組んだまま、手をギュッと握ったその人影は、休むことなく揺り椅子を揺らしていた。その動きに合わせて、先ほどからずっとキットの耳に響く、あの哀しげな音がギイギイと鳴るのだった。

[*1]中に入った途端、後ろで重い扉が大きな音を立てて閉まったので、キットはギクッとした。しかし人影はなにも言わず、振り向くことさえせず、まったく反応も示さず、音など聞こえなかったようだった。身体つきは老人のそれで、真っ白な頭髪は、彼がじっと見つめる朽ち果てた燃えさしと同じ色だった。そして、弱々しい明かりと消えかけた炎、古びた部屋、孤独、打ち捨てられた人生、それに鬱屈した空気、それらすべてが彼のそばでしっくりと溶け合った。灰、埃、朽ち果てしもの！

キットはなにか話しかけようと、自分でもよくわからぬまま言葉を口にした。が、例の低いすすり泣きのような音はひたすら続き――椅子の揺れが止むことはなく――打ちひしがれた人影は身動きひとつしないまま、キットの存在を気に留めることもなかった。

キットが掛け金に手をかけたとき、ちょうど一本の薪が割れ落ちた勢いで、火がパッと燃え上がり、人影を明るく照らし出した。その瞬間、なにかがキットの脳裏をよぎった。彼はさきほど立っていたところまで戻ると、一歩――一歩――また一歩、その人影に近づいた。また一歩。そして、その顔を見た。ああ！　変わり果ててはいたが、それは懐かしい顔だった。

「旦那さま！」彼はそう叫んで片膝をつくと屈みこみ、老人の手を取った。「なつかしい旦那さま！　ねえ、なんか言ってください、俺です！」

老人はゆっくり彼のほうを見た。それからうつろに響く低い声でブツブツとつぶやいた。

「またもう一人！――いったい今夜はどれだけ幻を見ることか！」

「幻なんかじゃありませんよ、旦那さま。ほら、昔、お世話してたじゃありませんか。ね、もうわかったでしょう、旦那さま。ネル嬢ちゃんは――嬢ちゃんはどこです――どこですか？」

「みな同じことばかり言いおる！」老人は叫んだ。「みなそればかり聞く！　幻だ！」

「どこにいるんです？」キットはなおも聞いた。「お願いですから、これだけ――本当にこれだけでいいんです、教えてください、旦那さま！」

「寝ておる――あっちで――そこの部屋だ！」

「神様！　良かった！」

「ああ、神様、か！」老人は繰り返した。「わしだって何度も祈ったさ。来る日も来る日も、夜通し、数え切れないくらい毎晩、あの子が寝ている間じゅう祈ったさ。神様だってご存じのはずだ。あぁ、あの子が今呼んだかな？」

「なにも、聞こえませんでしたけど」

「ほら、聞こえたろ、今度は聞こえるはずだ。まさかお前、あの声が聞こえないとでも？」

キットはハッと身を固くして耳を澄ました。

「ほら、また聞こえたろう？」老人は勝ち誇ったような笑みを浮かべて叫んだ。「あの声を、このわしほどよく知ってる者など他にはおらん！　シッ！　シィーッ！」

　静かに、と身ぶりでキットを制すると、彼は奥の部屋へそっと入っていった。ほんのしばらく姿を消してから（その間も老人が優しくあやすような声でなにか話しているのが聞こえた）、手にランプを持って戻ってきた。

「あの子はまだ眠っとる」彼はささやいた。「お前の言った通りだったよ。あの子が呼んだんじゃないらしい――ひょっとすると夢の中で呼んだのかもしれんがな。これまでだって、あの子はよく夢を見て、わしを呼んだもんさ、なあ、いつもあの子の枕辺で看病してやると、あの子の唇が動くんだ、いや、声は出ないんだが、それでも、ああ、この子はわしの名前を呼んどるんだなあとわかってねえ。ひょっとすると、このランプの明かりが眩《まぶ》しくてあの子が起きてしまうんじゃないかと、こっちに持ってきたんだ」

　キットに話しかけているというより独り言を言っているようだったが、それでもテーブルにランプを置いた途端、ふと思い出したのか好奇心が湧いたのか、彼はもう一度ランプを取り上げてグッとキットの顔に近づけた。しかし近づけ終わらぬうちに、その振る舞いの目的すら忘れてしまったようで、またプイと顔をそむけるとランプを置いた。

「あの子はぐっすり眠っとる」彼は言った。「だが、まあ無理もない。天使様たちが手ずから雪を降らせて地面を覆ってくださったおかげで、どんな足音も聞こえんほど静かだし、あの鳥たちまで死んじまって、もうあの子を眠りから覚ますこともないんだから。いや、あの子は、鳥たちによく餌をあげたもんでね。どんなに寒くて腹がすいてても、わしらが行くと飛んで逃げてしまうくらい臆病なんだが。でも、あの子にだけは違ったよ。絶対逃げないんだなあ！」

彼はまた言葉を切って耳を澄ますと、息を詰めて長い間じっと聞き耳を立てていた。なにも聞こえないとわかると、おもむろに古い洋服ダンスを開き、まるで命あるものに触れるように愛おしそうな手つきで何枚かドレスを取り出し、手で皺を伸ばしてほこりを払った。

「お前はどうして、いつまでもそんなところで横になっとるのかね、ネルや」彼はつぶやいた。

「外には赤スグリの実がたわわに実って、もうお前に摘んでもらうのを待つばかりだっていうのに。お前はどうして、そんなところでいつまでも眠っとるんだね、小さな友達がたくさん戸口のところまで来ては、泣きながら『ネルはどこ？――優しいネルは？』って聞いて――お前に会えないもんだから、またしくしくやってるってのになあ。お前はいつだって小さい子に優しかったなあ。どんなにいたずらで手がつけられんのも、お前の言うことだけは聞いたもんだ――あの子は本当に子供に優しくってねえ、そりゃもう！」

キットには口をきく力もなかった。目には涙が溢れた。

「あの子の小さな普段着のドレスだ――お気に入りの！」老人はそう叫ぶと、ドレスを胸にギュッと押し当て、皺の寄った手でポンポンと叩いた。「目を覚ましたら、これがないと言って寂しがるだろう。みなで悪戯をして、こんなところに隠しちまった。だが、こりゃあの子のもんだからな――どうしても返してやらんと。世界中の金を全部積まれたって、可愛いあの子に意地悪をする気にはなれん。ほらこれをごらん――この靴――こんなに擦り切れて。ついこの間まで、わしと二人で長い道を歩いた記念だって、あの子はこの靴を取っておいてなあ。これを見れば、あの小さな足のどの辺が剝き出しになって地面に当たったもんか、よくわかるだろうが。後から聞かされたところじゃ、どうもあの子は足に石が当たって切り傷になってたって言うんだからな。あの子はそんなこと一言も言わんかった。そう、一言もな、本当に優しい子だ！　後から考えてみりゃ、あの子はいつだって、わしの後ろを歩いてたな、きっと足を引きずってるのを見られんようにと思ったんだろう――それでもあの子は、この手をギュッと握って、まるで先に立って手を引いてくれるみたいだったんだがなあ」

靴を唇にあててから慎重に元の場所に戻すと、彼は独り言のようにつぶやき続けた――そして時折、さきほど入った小部屋のほうを寂しそうに見つめた。

「朝寝坊なんかする子じゃなかったんだがな、まあ、なんと言っても、あの頃はまだ元気だった。今は辛抱してやらなきゃいかん。また元気になったら、きっと前みたいに朝早く起きて、気持ちいい時間に外で散歩もできるだろう。あの子が出かけると、後をつけてみようと思ったもんだがな、あの小さな足じゃ朝露の降りた柔らかい地面の上にちっとも跡がつかんから道しるべにもならんのだよ。誰だ？　扉を閉めなさい。早く！――用心に用心して、外の大理石みたいな冷気が入ってこんように、あの子を温かくしてるっていうのに！」

たしかに扉が開いていた。ガーランド氏とその友人が、二人の人間に付き添われて入ってきた。その二人とは、学校教師と老学士［ガーランド氏の弟。ネルたちの来る前からこの地にずっと住んでおり、兄ガーランド氏への手紙に偶然ネルと祖父のことを書いたため、二人の行方が判明した」だった。前者は手に蠟燭を持っていた。どうやら彼は、消えたランプに油を足すために一旦自分の家に帰っていたところらしく、ちょうどその隙にキットがやって来て一人でいる老人と鉢合わせたらしかった。

馴染みの二人の姿を見ると、老人はまたふっと息を緩め、扉が開いた刹那、声を荒らげた怒りもおさまった――もっとも、こんなにも弱り果てて哀しげな老人に、怒りなどという言葉を使っていいのかどうか――とにかく彼は、前と同じように腰を下ろし、少しずつ元の状態へ戻ってしまい、あたりにはただ、あのぼんやりした哀しい物音だけが響いた。

老人は見知らぬ二人になんの興味も示さなかった。その姿を目で捉えてはいたが、好奇心も関心も湧かないようだった。弟は少し離れて立っていた。老学士は老人のそばまで椅子を寄せると、すぐそばに座った。長い沈黙のあと、彼は思い切って口を開いた。

「また今夜も起きておられるんですね！」彼は優しく言った。「私との約束を、もう少しちゃんと守ってくれなくては。少し休まれたらどうです」

「もう眠いとも思わんのだよ」老人は答えた。「眠りはすべてあの子とともにあるんだから！」

「こんなふうにあなたが寝ずの番をしていると知ったら、あの子はきっととっても悲しみますよ」老学士は言った。「あの子を悲しませたくはないでしょう?」

「それだって、もうよくわからんのだよ、悲しめばあの子が起きてくれるっていうんなら、それもいいのかもしれん。あの子は、もうずいぶん長い間起きてこんからなあ。でもやっぱり、これじゃあんまりせっかちだろうなあ。あの子の眠りは、穏やかで幸せな眠りなんだから——そうだろう？」

「そうですとも」老学士は答えた。「もちろん、もちろん、そうですとも！」

「それなら結構！——そしてあの子が目を覚ましたら——」ここで老人は少し言葉に詰まった。

「もちろん幸せですとも。どんな言葉でも表現できないほどの幸せ、この世の人間には想像もできないほどの幸せが待っていますとも」

老人が立ち上がり、ランプが灯された例の部屋へつま先立ちでそっと歩いていくのを、みなじっと見守った。その静かな部屋で、またなにか言う彼の声が聞こえた。みなは顔を見合わせたが、どの頰も涙に濡れていた。老人が戻ってきて、まだあの子は眠っておる、だけど眠っている間に少し動いたのかもしれん、と声を潜めて言った。手が少しだけ——ほんの少し、本当に少しだけ——しかし動かしたのはまず間違いないから——多分わしの手を探していたんだろう、と言った。以前にもぐっすり眠っているのに、そんなふうに手を動かしたことがあった、そうも言った。言いながら老人はまた、椅子に倒れ込むように座り、頭の上で手をギュッと握り締めると、決して忘れられないような声で呻いた。

哀れな学校教師は老学士に、自分が反対側に回って老人に話しかけてみようと身振りで伝えた。そして二人は、灰色の髪に絡みついた老人の手の縛《いまし》めを優しく解き、その手を包み込むように握ってやった。

「きっと私の言うことなら聞いてくれるでしょう」学校教師は言った。「大丈夫だと思います。私かあなたが一生懸命訴えれば、必ず聞いてくれるはずです。あの子だって、いつもそうしてくれたのですから」

「あの子が聞きたがった声なら、どんな声だって聞きたいさ」老人は叫んだ。「あの子が愛したすべてを、わしは愛してるんだから！」

「もちろんそうでしょう」学校教師は答えた。「よくわかっています。あの子のことを考えてください。あなたと二人で耐えてきた、悲しみと苦しみを、なにもかも思い出してみてください。二人で一緒にくぐり抜けた、いろいろな試練や、ささやかな喜びを全部」

「そうする、そうする。それ以外のことはなにも考えんことにするさ」

「今夜はそれ以外のことはなにも考えないでください——ねえ、あなたの心を優しく包んでくれることだけを思い浮かべて、懐かしい思い出や楽しい時間を思い出させてくれることだけを考えてください。あの子が今ここにいたら、きっとその頃の話をしてくれるはずですよ、だからあの子の名にかけて、私が今、その話をしてあげましょう」

「静かに話してくれてありがたい」老人は言った。「あの子を起こさんようにしなけりゃ。あの子の目をもう一度見て、あの子がもう一度笑うところを見られたらどんなに嬉しいか。もちろん今だって、あの幼い顔で微笑んでくれとるが、でも笑ったまま動かんのだよ。笑みが浮かんだり消えたりするのが見たいんだ。きっと神様の思し召しで、じきに見られるんだろうが。それまではあの子を起こさんようにしなくちゃ」

「眠っているあの子のことを話すのは、もうやめましょう、それよりも、あなたと一緒にはるか遠くを旅した頃のことを話しましょう――それにあなたたちが一緒に逃げ出す前、あの懐かしい家にいたあの子のこと――それから昔、まだ陽気で楽しかった頃のあの子のこと」学校教師は言った。

「あの子はいつだって陽気だったよ――そりゃあもう陽気そのものでな」老人は彼を食い入るように見つめながら言った。「もちろん、あの子は元からおっとりして物静かだったがね、それでもなあ、楽しい子だったよ」

「あなたが教えてくださったところでは」学校教師は先を続けた。「陽気なところも、それ以外の素敵なところも、全部お母さんにそっくりだったとか。あの子のお母さんのことは、覚えておられますか?」

老人は相変わらず彼のほうをじっと見つめていたが、答えを返すことはなかった。

「それじゃ、そのまたお母さんはどうです」老学士が言った。「もうずいぶん昔のことですし、辛いことがあると、時は長く感じられるものです。でもきっと覚えておいででしょう、その女性を亡くしたことで、この子がかけがえのない存在になったんです、この子の優しさや心根を知るよりも前から、その女性があなたの宝物だったんでしょう。ねえ、どうか遠い昔のことを思い出してみてくださいよ――まだ小さかった頃――花のように綺麗なこのお嬢さんとは違って、小さい頃のあなたは、一人ぼっちで過ごしたわけじゃなかった。ねえ、思い出せるはずです。昔むかし、あなたがまだほんの小さな子供だった頃、あなたのことを心から愛した子がいたのを。ねえ、弟さんがいたはずだ、長いこと思い出すことも会うこともなかった、生き別れの弟さんがいたはずです、その弟さんが、あなたが一番辛い今この時に、やっと戻ってきて、あなたを慰めて癒そうと――」

「あなたが昔、そうしてくれたように、私もあなたを慰めたいと思って戻ってきました」弟の紳士は、老人の前にひざまずいて叫んだ。「日々兄さんのお世話をして、兄さんのために心を砕き、兄さんを愛することで、昔の愛情にお返しをしたいと思って。私たち二人の間に広い海が逆巻いていたときさえ、私はいつだって兄さんを思っていた、そしてこれからは、すぐそばでお世話したいんです。別れ別れになっていた長い間ずっと、変わることのない真心で、いつもいつも兄さんを思い描いてきたことを、今こそちゃんと証明したいんです。どうか、たった一言でいい、兄さん、私がわかると言ってください――そうすれば――そうすれば、なにもかもが輝いていた幼い頃、そう、あの頃の私たちはあんまり幼くて世間知らずで、一生ずっと一緒にいられると思っていましたね――あの頃の私たちが互いに抱いていた愛情と信頼さえ遠く及ばないほどの強い絆で、この先の私と兄さんは結ばれるのですから」

老人は一人ひとりの顔を代わる代わる見つめながら、なにか言いたげに口を開いた。けれどその唇から返事が言葉になって出ることはなかった。

「たとえあの頃の絆がどんなに強かったとしても！」弟は続けた。「これから先の私たちの絆に比べれば、なんということはないのです！　私たちの愛と友情は、人生これからという幼少期に始まりました、そしてその人生を十分に生き抜いた今、やはりまだ幼い子供の心のままで、またもう一度始めるのです。満ち足りることを知らず、富や名声や快楽を求めて世界中をさ迷い歩いた多くの人が、人生の終わりに生まれた場所に戻って、死ぬ前にもう一度子供の頃に戻りたいという切ない願いに胸を焦がすものです。私たちが仮に、そんな人たちに比べて不幸な幼少期を送ったとしても、人生の締めくくりはもっと幸せになれるんですよ、幼い頃に一緒に過ごした場所でのんびり暮らそうじゃありませんか。ねえ、青年時代に抱いた大きな希望をひとつたりとも実現できなくとも、ただ帰るだけでいい――故郷を去る時に持って出たものを、ひとつ残らず失ってしまったとしても、互いを思いあう気持ちなら残っているでしょう――人生という海で難破してすべてを失っても、小さい頃の素敵な思い出だけは失いようがないのですから――私たちはまだ、昔と変わらぬ少年のままなのかもしれない。それに」彼は声の調子を変えて付け加えた。「それに、口にするのもおそろしいようなことが、いつか起こらざるを得ないとしても、仮にそうだったとしても――そうならざるを得ないとしても（ああ神様、決して私たちを引き離さないでください！）――それでも、愛しい兄さん、私たちは決して離れたりはしない、どんな辛いことがあっても、共に生きる喜びで心慰められるんです」

こうして弟が言い募る間、老人は少しずつ奥の小部屋へ後じさりしていった。そしてその部屋のほうを指さしながら、唇を震わせて言った。

「あんたがた、みんな一緒になって、わしの心をあの子から引き離そうとするんだな。そんなこと、絶対できっこない——わしの目の黒いうちは絶対だ。あの子のほかに血の繋がった人間も友達も、わしにはおらん——これまでだっておらんかったし——これからだっておらんよ。あの子がわしのすべてなんだ。今さら引き離そうったって遅いよ」

みなを振り払うようにして手を振ると、立ち上がって少女の名を優しく呼びながら老人はまたそっと部屋に入っていった。残された者はみな身を寄せ合い、二言三言、ささやくように言葉を交わしてから——何度も悲しみに詰まり、うまく声にならなかった——後を追った。足音をたてないように、そっと静かに近づいた。ただ、そこかしこですすり泣きが聞こえ、悲しみと悼みのささやきが響いた。

なぜなら、少女は死んでいたからだ。その場所で、彼女の小さなベッドで、静かな眠りについていた。

彼女は死んでしまった。あたりに漂う厳粛な静けさも、故なきことではなかった。

彼女は死んでしまった。これほど美しく静かな眠りが、かつて地上にあっただろうか。苦しみの跡はなく、目を奪われるほど美しかった。たった今、神の手で形作られたばかりのよう、命の息吹を吹き込まれるのを待っているかのようだった。この世を生きて死んだものだとは、到底思えなかった。

少女の寝椅子には、生前好んで訪れた場所から摘み取ってきた冬の木の実や常緑樹の葉がそこかしこに飾られていた。「あたしが死んだら、お日さまの光を愛して、いつもお空の下にあったものを、そばに置いてちょうだいね」彼女はこう言い残したのだった。

彼女は死んでしまった。可愛らしく、優しく、辛抱強く、気高いネルは死んでしまった。

その小鳥は——指で少し突ついただけで壊れてしまいそうな小鳥は——籠のなかで機敏に飛び回っていた。けれど、幼い女主人の強い心臓は、もはや永遠に音を失い、動くことがなかった。

昔の不安や苦痛や疲労の面影は、いったいどこにいったのだろう？ そんなものはみな消えていた。悲しみはすでに彼女の傍らになく、ただ安らぎと完全なる幸福感だけが生まれていた。そしてそれが、静謐な美しさと深い安息の上に象《かたど》られていた。

こんな変化とは裏腹に、昔のままの面影もあった。そう、たしかに。懐かしい家の炉端の火に照らされた、あの優しい面差し。少女は辛く苦しい日々を、まるで夢を見るようにしてくぐり抜けた。夏の夕暮れ、貧しい学校教師の家の扉を叩いた時も、冷たい雨の降る夜に炉の火にあたった時も、そして死にゆく少年の静かな枕辺に座った時も、その優しい、愛らしい顔は変わることなく、いつもそこにあった。いつか我々が天に召されれば、偉大なる天使たちの顔に、これと同じ優しい面差しを見出すことだろう。

老人は少女の力ない腕を取り、その小さな手をギュッと自分の胸に当てて温めた。その手は、彼女がこの世で見せた最後の微笑みとともに、老人に向かって差し出されたのだった——そしてこの手こそ、二人のあてどない逃避行の間じゅう、彼を導き続けたのだった。ときどき、老人はその手を唇に当てた。それからまた胸に押し当て、少し温かくなってきたようだ、とつぶやいた。そう言いながらも、辛そうに、この子を助けてくれと懇願するような目で、周囲の人を見つめた。

彼女は死んでいた、もう誰も助けられないところに、いや、誰の助けもいらないところに行ってしまった。日に日にやつれ衰えていくときでさえ、少女はその古い部屋に生き生きとした息吹を吹き込んだ。庭の世話をし、人の目を楽しませ、物思いに耽っては、静かな物陰で何時間も過ごした。そしてあたりの小道を幾度となく散歩した——すべて、つい昨日のことのようなのに。けれど部屋も、庭も、人も、静かな物陰も、小道も、もう二度と彼女の姿を見ることは叶わなかった。

「神の裁きは」屈みこんで少女の頬に口づけ、溢れる涙をただ流しながら、学校教師は言った。「神の裁きは、この世のみにあるのではない。地上の世界など、彼女の若き魂が天翔《あまか》けていった天上の世界に比べれば、すべて小さきもの。ならばもし、この床の上でただ一言、厳粛なる願いを口にすれば、あの子をここに呼び戻せるとしても、誰があえてそれを口にしようか！」

第七十二章

朝が来て、この悲しむべき出来事を少しは冷静に語りあう気力を取り戻したところで、ネルがどうやってその生涯を終えたのか、みなで聞くことになった。

彼女は二日前に世を去った。終わりの時が近いことを知って、みな彼女のそばにいた。息を引き取ったのは夜が明けるのとほとんど同時だった。その夜、まだ早い時刻には、みなで本を読み聞かせて話をした。しかし夜が更けると、彼女は眠りに落ちた。夢を見ながらつぶやくかすかな言葉からして、老人と一緒に歩いた旅路を夢見ているらしかった。しかし、夢見ているのはおそろしい光景ではなく、道中、二人に助けの手を差し伸べ、親切にしてくれた人たちだった。というのも、幾度となく熱っぽい調子で、「神様のご加護がありますように！」と言っていたのだ。目覚めているときは常に意識がはっきりしていたが、たった一度だけ、どこからともなくきれいな音楽が聞こえてくるようだ、と言った。神だけがその真相をご存じだろう。それは本当だったのかもしれない。

すやすやと静かに眠ったあと、ようやく目を覚ました彼女は、みなにもう一度キスをしてくれるよう頼んだ。それが済むと、優しい微笑みを浮かべて老人を見つめ――これまであんな微笑みを見たことは一度もなかったし、これからも決して忘れることはできない、みな口々にそう言った――、両腕を彼の首に回してしっかり抱いた。彼女が死んでしまったことに、最初は誰も気付かなかった。

彼女は幾度となく例の姉妹「ネルが祖父のギャンブル依存再発に心を痛めていた頃、遠くから眺めては心の慰めとしていたエドワーズ姉妹」のことを口にして、まるで親友のような気がする、と言った。あの二人のことをどんなに想っているか、二人が連れだって夜の川辺を散歩する姿を、どんなに熱心に見つめていたか、伝えることができたらいいのに、そう言った。それから近頃ではよく、可哀そうなキットにもう一度会いたいと言っていた。こんな気持ちをキットに伝えてくれる人がいるといいのにとも言った。けれどそんなときでさえ、キットを思い出したり話題にするときは必ず、昔と同じように澄み切った陽気な笑い声をあげた。

こうしたことを除けば、不平や不満をこぼすことは決してなかった。ただ穏やかな心持ちで、それまでと変わらぬ物腰で――日ごとひたむきに、周囲の人たちに感謝の気持ちを捧げながら――夏の夕暮れの光が消えるように、儚く逝った。

ネルのお気に入りだった子供は、まだ夜も明けきらぬ時分にやってきて、ドライフラワーの贈り物を差し出すと、どうかネルの胸の上に置いてほしいと言った。この子供こそ、前夜に窓のところに出てきて墓掘り男に話しかけたあの坊やだった。雪の上に残った小さな足跡からして、どうやら寝床に入る前にネルの寝室の窓辺あたりをうろついていたらしかった。彼はネルが一人ぼっちにされるのではないかという考えにとり憑かれ、そんなことを考えるだけでもたまらない気持ちになったらしかった。

その子はもう一度、みなに夢の話を語って聞かせた。それは、ネルが昔のままの姿で生き返る夢だった。彼はどうか彼女に一目会わせてほしいと懇願し、騒いだりショックを受けたりしないから心配はいらない、なぜって小さい頃に兄さんを亡くしたときにも、一晩じゅう亡骸《なきがら》に付き添ったし、そうしてすぐそばにいられることが嬉しかったのだから、と言った。みなはその願いを聞き届けてやった。そしてその子は約束通りに振る舞ったので、そのけなげで子供らしい姿は大人たちの模範となった。

その時まで、老人はなにも言わず――ネルにだけは別だった――、枕元から動こうともしなかった。しかし、ネルのお気に入りの子供の姿を見ると、いつになく心を動かされたらしく、そばに来てほしそうにした。それからベッドを指差して、やっと堰《せき》を切ったように泣き崩れたので、近くにいたものはみな、この子供の姿が老人にはなによりの慰めになると考え、二人きりにして部屋を出た。

あどけない語り口でネルの思い出を話しながら、子供は老人の心を癒し、説き伏せて少し眠らせ、あたりを散歩させることに成功し、だいたいなんでも言うことをきかせることができた。そしてとうとう、ネルのこの世の肉体が、この世の人々の眼差しの及ばぬ場所へと旅立つ日がくると、それを老人に気取られぬよう、その子は彼の手を引いて出かけた。

二人は彼女のベッドを飾る木の葉やスグリを集めるために出かけた。その日は日曜日だったので――明るく澄み渡った冬の午後だった――二人が村の街路を行くと、歩いていた人々はみな少し身を引いて道をあけ、優しく挨拶をしてくれた。老人の手をそっと取って軽く振る人、よろめくような足取りで進む老人に帽子を取る人、そして他にも多くの人が、通り過ぎざま「神様のご加護を」と言葉をかけた。

「もし、奥さん！」老人は、幼い道案内の母親が住む粗末な家の前で足を止めると言った。「ここの人たちが、今日は決まって黒い服を着ておられるようだが、どういうことですかな？　どなたも、リボンやクレープ織りの喪章をつけておられるようだし」

母親は、さあよくわかりません、と答えた。「だって奥さん――あんただって黒い服を着ておられるのに！」彼は言った。「昼間に窓を閉めるなんてこともなかったと思うが、今日は閉めておられる。いったいどういうことですかな？」

その女性はもう一度、さあよくわかりません、と答えた。

「帰らんといかんな」せっつくように老人が言った。「こりゃいったいどういうわけか、帰って確かめなくちゃならん」

「だめ、だめだよ」子供は老人を引き留めて叫んだ。「約束したじゃないか。ネルと僕が二人して何度も歩いた、あの懐かしい緑の小道におじいちゃんと行こうって。おじいちゃんだって、僕がネルと一緒に、お庭に飾る花冠を二人で作ってたの、何度も見たことがあるじゃないか。帰るなんてだめだよ！」

「あの子は今どこにいる？」老人は言った。「教えておくれ」

「わからないの？」子供が答えた。「ほんのついさっきまで、一緒にいたじゃないか」

「そうだ、そうだ、お前の言う通りだ。つい、さっき別れてきたんだったな、あの子と――な？」

老人は眉間に手を当て、放心したようにあたりを見回したが、急になにか思いついたようにして、道を渡ると墓掘り男の家に入った。墓掘り男と耳の悪い助手が、暖炉の前に座っていた。二人とも、老人が入ってきたのを見ると立ち上がった。

子供は二人に向かってサッと手で合図した。それは一瞬だったが、老人の表情やその仕草と相まって十分に事足りた。

「あんたがた――あんたがた、今日は誰かを埋めなさるかい？」老人は思い詰めた顔で尋ねた。

「いやいや！　いったい誰を埋めるっていうんですね、旦那？」墓掘り男は答えた。

「いや、まったくだね！　あんたの言う通り、いったい誰を埋めるってんだろう」

「わしらは休みをもらってましてね、旦那」墓掘り男はゆったり答えた。「今日は仕事なんかありませんや」

「よし、それじゃお前の言う通りのとこに行こう」子供のほうに向きなおると老人は言った。「お前さんがた、さっき言ったことはたしかだろうね？　わしを騙そうなんて思っているんじゃなかろうね？　お前さんがたと最後に会ったのはつい最近だが、そっからほんの短い間に、わしはすっかり耄碌してしまってな」

「その子と一緒にお行きなさい」墓掘り男は言った。「天の神様がお守りくださいますように！」

「もう行けるよ」老人はおとなしく言った。「[*1]おいで、坊や、ほら——」こうして老人は手を引かれるまま出て行った。

　そして今、鐘の音が——少女が夜となく昼となく、まるで命ある者の声を聞くように、厳粛な喜びとともに聞いた、あの鐘の音が——[*2]こんなにも若く、こんなにも美しく、こんなにも善良なまま世を去った少女のために、容赦なく弔いの調べを奏でた。やつれた年寄りも、働き盛りの中年も、わが世の春を謳歌する若者も、あどけない子供たちもみな——松葉杖に寄りかかり、強靭《きょうじん》な肉体を誇らしげに示し、将来の溢れる可能性に頬を染め、そして人生の夜明けの時に——少女の墓に集おうと、ぞろぞろやってきた。年寄りはもはや目も霞み、意識も朦朧としていた――老婆たちは、もう十年早く死んでも大往生と言える年だった――聾唖の者、盲目の者、足を引きずる者、麻痺を抱えた者、身体つきや状態は違っても、生きながらにして死んでいるも同然の者たちがみな、うら若き少女の墓が閉じられるのを見届けようとやってきた。いまだ墓の上でうごめき這いまわることができる者がこんなにもいるというのに、少女一人がこうして墓に葬られるとは！

混み合った小路を縫うようにして、みなは彼女を運んでいった。あたりを覆う新雪のごとく穢れを知らぬ少女は、ひらひらと舞い散るようにして、地上での日々を終えた。慈しみ深き天の神が、この安息の地へ彼女を導きたもうた日から、もう幾度となく腰を下ろしたあの戸口の下を、再び彼女は通り過ぎた。古い教会はその静かな陰のうちに、彼女を迎え入れた。

その亡骸は、生前、幾度となく腰を下ろしては物思いに耽った古い一角へと運ばれ、石畳の上にそっと横たえられた。ステンドグラスの窓越しに、日光が降り注いだ――その窓辺では、この夏も木々の枝がさやさやと音を立て、鳥たちが一日じゅう美しい声で歌っていたのだ。日差しのなかで、木々の枝を揺らす風が吹くたび、震えるような、移ろいやすい光が、その墓に降り注ぐだろう。

土は土へと、灰は灰へと、塵は塵へと。[*3] 幼い手が小さな花飾りをいくつも投げ入れ、押し殺したようなすすり泣きがあちこちで聞こえた。なかには――その数は少なくなかった――膝をつく者もあった。誰もみな、ただひたすら誠実に、真摯《しんし》に、悲しみに暮れた。

祈禱《きとう》が終わり会葬者が道を開けると、村人たちは石の扉が閉じる前に墓の中を見ようと群を作った。まさにちょうどその場所で、かつて彼女が腰を下ろし、読んでいた本を膝に落としたまま、うっとり物思いに耽って空を見上げていたことを思い出す者もいた。また別の者は、かくも繊細な少女がどうしてあんなに怖れ知らずでいられるものか、常々不思議だったと語った。なにしろ、たった一人で夜更けに教会に入ることをまったく怖がらないどころか、あたりが静まり返ってからもそこに残るのを好み、古く厚い壁の銃眼越しに差す月明かりだけを頼りに、階段を登って塔に上がるのさえ平気だったのだから。最長老の者たちは、きっとあの子には天使様が見えて、話をすることもできたのだろう、と囁き合った。実際、少女の眼差しや話しぶりに加え、その早すぎる死を思えば、それもまたむべなるかなと言う者がいた。こうして、幾人かずつまとまって墓に寄り、見下ろし、次の者に場所を譲りながら三々五々囁き合って散っていった。やがて墓掘り男と悲しみに暮れる友人たちだけを残して、教会には誰もいなくなった。

残されたみなは、納骨所に覆いが掛けられ、石の扉が閉じられるのを見届けた。次第に夕闇が濃さを増し、その場所の神々しい静けさを乱す音も絶えたとき——月明かりが煌々と照り注ぎ、墓所、墓碑銘、柱、アーチ、そしてなによりも(みなの目にはそう映った)彼女の静かな墓を照らし出したとき——この世にあふれる事物も、人の心を満たす思考も、みな霊魂の不滅をゆるぎなく確信する静謐な時、俗世の希望も恐怖も、その確信を前にして塵芥《ちりあくた》のように消え去る静謐《せいひつ》な時が訪れると——、穏やかで敬虔《けいけん》な気持ちを胸に、みなはその場を去り、神の御手に少女を委ねた。

ああ！　こうした死が我々に与える教訓を心に深く刻むことは難しい。それでも、この教えを拒むことなど、何人たりとも許されはしまい、なぜなら、これこそが、すべての者が学ばねばならぬ教えであり、天上の神がこの世のすべてに適用する真理なのだから。たとえ死神が無垢で幼い者の命を奪ったとて、いたいけな肉体からひとつまたひとつと苦しむ魂が解き放たれ、そのたび、あまたの美徳が慈しみと慰めと愛となって具現化し、この世を巡り巡って地を祝福で満たすのだ。残されて悲しむ者たちが、その緑茂る墓に流す涙の滴ひとつひとつから、善なるものが生まれ出《い》で、より優美なものが現れ来るだろう。破壊の神の足跡からも、その破壊の力を倒さんとする明るい生命力が芽生え、その昏《くら》き道はいつの日か、天に昇る光の道に変わるだろう。

老人が家に戻ったのは、もうかなり遅かった。帰る道すがら、子供はあれこれと言いつくろって老人を自分の家に連れていった。長いこと歩きまわったうえ、ここのところほとんど休んでいなかったこともあって眠気を催した老人は、炉端でぐっすり眠りこんだ。精根尽き果てるほど疲れていた老人を起こさぬよう、家の者は気を配った。眠りは長い間、その手に老人を引き留め、ついに目を覚ましたときにはすでに月がのぼっていた。

いつまでも兄が帰ってこないのを案じた弟は、戸口のところで帰りを待っていたが、ようやく幼い道案内に手を引かれて小道をやってくる老人の姿が見えた。弟は二人を出迎え、老人を優しく促して肩に寄りかからせると、ゆっくりと震える足取りで家まで連れていった。

老人はまっすぐ少女の部屋へ向かった。さっきまであったはずのものがなくなっているのに気付いた老人は、茫然とした表情でみながいる部屋に戻った。そして彼女の名前を呼びながら、学校教師の家へ走っていった。みなはそのすぐ後ろをついていき、見つからない少女をひたすら探す老人を家に連れ帰った。

みなは憐れみと愛情の気持ちに満ちた言葉を尽くし、座って、これから言うことを聞くように、と老人を説得した。語られるべき真実に心の準備をさせようと、ありとあらゆる工夫を凝らし、少女の行く手に待ち受ける幸せな未来を熱烈な言葉で説明してから、とうとう真実を語って聞かせた。その言葉が彼らの唇からこぼれた途端、老人はまるで誰かの手で刺し貫かれたように、その場に崩れ落ちた。

それから何時間もの間、みな老人の死を覚悟した。けれど、悲しみは強靭なのだろうか、老人は回復した。

死に続く空虚を――あのゾッとするような空虚を――まったく知らぬ者が仮にいたとしよう。これまでずっと一緒だった最愛の人の姿をどんなに探しても見つけられぬとき、いかに強靭な精神の持ち主とて襲われずにはいられぬ、なんとも言えない寂寥感《せきりょうかん》――家じゅうの守護天使が死を悼む墓碑銘に変わり、あらゆる部屋が墓場に変わってしまった気がして、血も心も通わぬ事物と思い出の人とを我知らず結び付けてしまうあの気持ち――もし仮にこんな気持ちなど、まったく知らぬと言う者がいたとしよう。そしてその言葉の正しさを、経験によって証明してみせるとしよう。ならばそんな人間には、来る日も来る日も、老人がどれほど嘆き悲しんで日々を過ごしたものか、どれほど必死であたりを歩き回って探し続けたものか、そしてついに慰めを得ることができなかったそのすべてを、想像さえできないだろう。

どれほどの思考力と記憶力が老人に残されていたにせよ、それはすべて少女にまつわるものだった。弟のことはとうとう理解できず、理解したいとも思わないようだった。優しい言葉や思いやりにも、一貫して無頓着だった。みながあれこれといろんなことを話題にしてみても——一つだけ、決して話さないことがあった——老人はしばらくの間じっと耳を傾けてみるものの、ふと顔をそむけると、相変わらずなにかを探すのだった。

老人とみなの心に、いつも引っかかっていたたった一つの話題には、触れるすべもなかった。死んだ！ 老人は決して、その言葉に耐えられなかった。ほんのかすかでも仄めかそうものなら、最初に耳にしたときと同じように発作を起こしてしまっただろう。老人がどんな望みにすがって生きているのか、それは誰にもわからなかった。けれどもう一度、少女を見つけ出そうとしているらしいことは——その望みはあまりに儚く幻のようで、日ごと叶わぬままに過ぎていき、それだけ日ごと老人の心は荒み傷ついた——誰の目にも明らかだった。

最後に悲しいことのあったこの場所から連れ出してみるのはどうか、場所を変えれば気分も変わって少しは元気になるのでは、とみなが考えた。弟はこの手のことに詳しい人間に助言を求め、その道の専門家が老人の診察にやってきた。うち何人かは幾日か滞在し、老人の気が乗る時には会話を交わし、あたり一帯をなにも言わず一人さまよい歩く老人の姿をじっと見守った。診断は、たとえどこに移しても、老人は必ずこの地に戻ろうとするだろう、というものだった。彼の心は、この地を求めてひたすらさまようだろう。どこかに閉じ込めて厳しい監視を付ければ、なんとか留め置くこともできよう。それでもひとたび逃亡の機会があれば、老人は必ずや歩いてこの場所に戻るか、さもなくば道中で息絶えるだろう、と。

　老人を一度は手なずけたあの子供さえ、もはやどうすることもできなかった。気が向けば、子供が横に付いて歩くことを許したし、時にはきちんと気を配り、手をつないでやり、足を止めて頬にキスしたり、頭をポンポンと撫でてやりさえした。しかし気が乗らないときには、頼むからあっちに行っておくれと言って――きつい言い方ではなかったが――そばに寄せつけないのだった。結局、一人でいても幼い友人と一緒でも、どんな代償や犠牲も厭《いと》わず、なにか手立てがあるならば、どうにかして老人を慰め癒してやりたいと思う者たちがそばにいても、老人はいつも同じだった――この世のなにものにも愛や好意を抱くことができない――失意の人だった。

　とうとうある朝早く起き出した彼は、袋を背負い杖を手にし、それから少女の麦わら帽子や昔のこまごました持ち物でいっぱいの小さなバスケットを提げて、出て行ってしまった。みなが遠くまで探しに行こうと準備をしていると、恐怖に震える子供が一人やって来て、ついさっき、当の老人が教会で――少女のお墓の上に座っているのを見た、と言うのだった。

　みなはその場所へ急ぎ、そっと戸口まで行くと、じっとなにかを待っているらしい彼を物陰からこっそり見つめた。そのときは声をかけず、ただそうして一日じゅう見守った。すっかりあたりが暗くなると、老人は立ち上がって家に戻り、「明日にはあの子が来てくれる！」

とつぶやきながら床についた。

翌日になるとまた、夜明けから日没まで老人はそこにたたずんだ。しかし夜になるとやはり、休もうと横になり、「明日にはあの子が来てくれる！」とつぶやいた。

それからというもの、来る日も来る日も、朝から晩まで、老人は墓で少女を待ち続けた。爽やかな田園地帯を行く新たな旅路、広く澄み渡った空の下での休憩、平野や森林のあてどない散策、滅多に人の分け入らぬ小道など、いったいどれほど数多の光景が彼の胸に去来しただろう——あの忘れえぬ声が、さまざまな音色を帯びてどんなに彼の胸に響いただろう——あの華奢な身体にはためくドレスをまとい、風と戯れ陽気に髪を揺れなびかせる彼女の姿を、いったい何度思い描いただろう——過去に実際に起こったことも、老人が起こってほしいと願うことも、すべて——古く埃の積もった静かな教会にたたずむ老人の前には、いったいどれほどの幻が浮かび上がったことだろう！　老人は決して自分の考えを話そうとはしなかったし、どこに行くのか口にすることもなかった。ただみなと共に夜を過ごし、次の夜までにはきっと、あの子と二人連れだって旅立つことになるだろうと考えては、人知れず満足しているらしいことが見て取れた。そして祈りを捧げる老人が、「神よ、あの子が明日には来てくれますように！」とささやくのが聞こえた。

最期の時は、穏やかな春の日に訪れた。彼がいつもの時間に戻ってこなかったので、みなで探しに出かけた。すると墓石の上で横になったまま、息絶えていた。

みなはその亡骸を彼が心から愛した少女の傍らに葬った。二人して幾度となく祈りを捧げ、物思いに耽り、手に手を取ってのんびり歩き回った教会の中で、少女と老人はともに眠りについた。

最終章

目の前をくるくると回りながら物語作家をここまで導いてくれた魔法の糸車[*1]は、もはやその勢いを失い、止まろうとしている。ゴール目前までたどり着いたのだ。追いかけっこはここで終わる。

あとは我々とともに物語の道のりを歩んできた小さな一団の中でも、主立《おもだ》った人たちのその後をもって、この旅を締めくくることにしよう。

誰よりもまず、謹んで関心を寄せるべきは、手に手を取り合ったツルピカのサンプソン・ブラースとサリーだ。

サンプソン氏は既述の通り、自ら訴え出たはずの法によって逆に拘束され、有無を言わさぬ気迫でその滞在を伸ばすよう命じられたので、結局、かなりの長きにわたって法の庇護のもとにとどまった。その間、彼の身柄を預かる側は、一瞬たりとも目を離さずに常にぴたりと寄り添ったので、サンプソン氏は世間様と交わることもなく、小さな石畳の中庭で軽く運動するのを除けば、外に出ることもなかった。実際、彼を取り巻く人々は、その謙虚で内気な性格をきわめてよくご理解くださり、彼の姿が見えないことには耐えられないというほどの熱のあげようだったが、それでも身元のしっかりした二人の預かり人が、めいめい大枚千五百ポンドの現金を差し出して、彼と友好の契りを結ぶ［保釈金を払って身元引受人となってやること］のであれば、このもてなしから解放してやろうとのお達しを出した——どうやらこれは、いったん娑婆《しゃば》に戻してやったが最後、なにをどうやっても彼は舞い戻るまいと考えてのことらしかった。ブラース氏はこの冗談の妙にいたく感じ入り、その面白みのツボを極限まで拡大解釈し、広い交友録から二人の友人を選び出し（その二人の持ち金は合わせて十五ペンスにちょっと足らないくらいだったが）、そいつらを保釈保証人として差し出した——この保釈保証人というご機嫌な呼び名こそ、彼ともてなし側の双方で合意した通り名だった。二人の保証人は、二十四時間ほどお愛想を聞かされたあとで呆気なく帰され、結局ブラース氏はその場に留まることを承知、そうして居残っているうちに、大審院という名で呼ばれる選り抜きの人々によって結成された倶楽部（彼らもまた冗談を解する人々だった）が、なんともひょうきんな十二人の連中の前に、偽証やらペテンやらのかどで彼を呼び出して審理し、そのひょうきん連中も腹がよじれるほど笑いながら、大喜びでブラース氏は有罪なりとの判決を下した——いや、巷の人々までもが同じ戯れに首を突っ込み、ブラース氏が乗合馬車に乗ってひょうきん連中が雁首《がんくび》を揃える建物へと連行されていく道々、腐った卵や子猫の死骸を挨拶がわりに投げつけ、なんならその場で彼を八つ裂きにしてやろうかという気概を見せつけた。こうして事はいっそう可笑《おか》しな様相を呈し、ブラース氏のほうも当然その冗談の妙を身に沁みて味わうことになった。

このじゃれ合いをさらに推し進めるべく、ブラース氏は弁護士を通じて、自分は身の安全と寛容な措置を約束されればこそ有罪を認めたのだと主張し、判決阻止の動議を提出すると、まんまとペテンにかけられた騙されやすい自分のような人間にこそ、法はお慈悲を垂れてくださるべきと説いた。厳正に議論された結果、この主張は（その他諸々の専門的な主張とあわせて、いや、またそいつらの〈可笑しさ〉についてはこれ以上誇張のしようがないというくらいのものだったが）、裁判官たちが判決を下す際の参照事項となり、サンプソンはその判決を待つ間、またもや前述の場所へ戻された。最終的に上記参照事項のうちのいくつかは彼に有利に働き、またいくつかは不利に働いた。とどのつまり、はるか海の向こうへ一定期間のご旅行を勧告する［島流しを意味する］代わりに、特筆にも値しないほどの些細な制約付きで母国の地に留まるように、とのお沙汰が下った。

この制約というのは、ある一定の年限つきで、国家の歳出で運営される広大な施設の敷地内に、他の紳士方とともに賄い付きで寄宿すべしというもので、そこに棲まう紳士方はみな、灰色に黄色い折り返しのついたなんとも簡素な制服に身を包み、髪はぎりぎりまで短く刈り込み、薄いスープとおかゆを主食に暮らしておられた。加えてブラース氏は、果てしなく続く階段[*2]をひっきりなしに踏み続けるという、他の紳士方の運動の時間にもご一緒するよう命じられ、その運動に不慣れな足がよもやガタガタにならぬよう、片方の足首にはお守り代わりの鉄の装身具を身に着けるよう、有難いお達しまでいただいた。こうした諸々がすべて整うと、ある夜、彼は九人の紳士方と二人の淑女と同乗して、王室御用達の馬車に乗るという栄に浴しつつ、新たな住居へ移された。

この些細な罰に加えて、サンプソンの名は法廷代理人名簿から抹消された。当世風の考えで言えば、この抹消とは多いなる堕落と問責の結果と目されている——事実、愚にもつかぬ連中の名前すら素知らぬ顔で当の代理人名簿に立派に並んでいるのだから、この考えももっともというところだろう。

サリー・ブラースについては、いろいろと食い違う噂が飛び交っていた。ある者は自信たっぷりに、サリーは男装をして波止場に行き、女だてらに船乗りになったと言った。またある者は、人目を憚るように声を潜め、近衛歩兵連隊第二部隊の兵卒に志願したらしい、いつだったか夕暮れ時に、軍服姿のサリーがセント・ジェイムズ・パークの衛兵台のところでマスケット銃にもたれて監視役についているのを見た者がいるらしい、と言った。こうした噂話がいくつも、懲りずに何度も囁き交わされた。しかしどうやら実際のところ、五年ほどの空白期間の後（その五年間、彼女を直接目撃したという証人はついぞ現れなかった）、みすぼらしい人影が二人、セント・ジャイルズ[*3]の暗く汚らしい界隈で、夕闇に紛れてコソコソ這い回り、弱った足を引きずり、腰を曲げ、寒さに震えながら通りから通りへさまよい歩き、人の食べ残しや捨てられた臓物の残りを漁ろうと、道端や犬小屋の中を覗き込んでいるところを一度ならず目撃された、というほうが真相らしい。この人影が目撃されるのは、決まって身を切るように寒くて陰鬱な夜だった。とはつまり、普段はロンドンのいかがわしい界隈や、アーチ下の小道、暗い教会の円天井や地下室などに身を潜める恐ろしい怪物たち（病と悪と飢餓の権化たち）さえ、たわむれに這い出してきかねぬような陰鬱な夜だけだった。そして事情に明るい人々は、この二人こそサンプソンと妹のサリーに違いないと囁きあった。今日《こんにち》なお、なんとも気味の悪い夜になると、以前と変わらぬ忌まわしき姿の二人が、怯えて身を引く通行人たちのすぐ脇をすり抜けていくのが見られるという。

クウィルプの死体が発見されると――すでに死後数日が経過していた――打ち上げられた川辺からほど近い場所で、検死が行われた。世間一般の見方では自殺だったし、彼の死にまつわるあらゆる状況に照らして、いかにもその通りに思われたので、自殺という決定が下った。そしてその死体は、人気のない四つ辻[*4]の真ん中で心臓に杭を打ち込まれて埋葬されることになった。

後に噂されたところでは、このおそろしげで野蛮な儀式は結局執り行われず、遺体は秘かにトム・スコットの手に委ねられたらしい。しかしここでも噂は二分していた。他の者が言うには、トム・スコットが真夜中にやってきて遺体を掘り起こし、未亡人によって指示された場所に運び去ったという。二つの矛盾する噂話も元をたどってみれば、検死現場でトム・スコットが泣きじゃくった、という単純な事実に端を発しているようだった――実際、ありえないと思われるかもしれないが、トムはたしかに涙にくれたのだった。それどころか、陪審員たちをひどい目にあわせてやると息巻いた。結局取り押さえられて法廷から摘み出されると、唯一開いた窓の前で敷居に手をかけて逆立ちし、部屋の明かりを遮る手段に訴えた。しかしとうとう目端の利く教区吏によって、うまい具合にもう一度地に足を付けられた。

主人の死によってこの世にたった一人放り出されると、彼は上下逆さま、手を足にして世の中を渡ってやろうと、とんぼ返りで日々の糧を稼ぎ始めた。しかしこの手の商売でうまくやるには、イギリス生まれという経歴がどうにも邪魔だと気付いた彼は（それさえなければ、彼の逆立ち技はもっぱら評判で人気だった）、たまたま以前に知り合ったイタリア人[*5]の漆喰《しっくい》肖像売りの小僧の名を騙《かた》ることにした。それからというもの、彼は大いに成功をおさめ、万座の喝采を浴びながら、とんぼ返りを打ち続けた。

いたいけなクウィルプ夫人は、たった一度のネルへの不実に良心が咎めて自分を責め続け、そのことを話したり考えたりするたび、必ずさめざめと涙を流した。死んだ夫には親戚がいなかったため、彼女は金持ちになった。夫は遺書を作っていなかったのだ。でなければ彼女は一文無しも同然だったに違いない。最初の結婚は母親にそそのかされて決めてしまったので、次の結婚は自分一人で決めた。そのお眼鏡にかなったのは、うら若く見目麗しい青年だった。この青年は結婚の予備条件として、今後ジニウィン夫人は別居[*6]のうえ年金だけを受け取るべしと取り決めたので、一緒になった若い二人は世間並みの頻度で喧嘩をしながら、死んだ小人の金でご機嫌に暮らした。

ガーランド夫妻とエイベル氏は以前と変わらぬ日々を送っていたが（もちろん、この後まもなく語られる、一家に起こったある変化だけは別だ）、そうこうするうち、エイベル氏が友人の公証人と共同経営契約を結んで事務所を始め、その設立にあたって晩餐会《ばんさんかい》と舞踏会が催され、素晴らしいどんちゃん騒ぎとなった。この舞踏会には、当代きっての恥ずかしがり屋のお嬢さんが一人招かれており、よりにもよってそのお嬢さんにエイベル氏はぞっこん参ってしまった。どうしてそんなことになったのか、互いが互いの気持ちにどうやって気が付いたのか、またはいずれがいずれに向かって、その深遠なる真理の発見を吐露したものか、これは神のみぞ知るところだ。とにかくたしかに言えるのは、時が満ちて二人は結婚したということ。そしてまた同じくたしかなのは、この二人が幸せを絵に描いたようなカップルだったということ。そしてまた同じくたしかなのは、二人はそんな幸せを受けるにふさわしい人たちだということだ。そして嬉しいことに、彼らが新しい家族を持ったということも書き記しておこう。善良さと寛容さの鏡のような一族がその枝葉を伸ばしていくことは、高邁《こうまい》なる精神を有する種族には少なからぬ貢献であり、そしてあらゆる人類にとって、大いに喜ぶべきことなのだから。

小馬「ガーランド家の馬車を曳く小馬。気難しいが、キットにはよくなついている」は、独立独歩の精神と自らの主義主張を貫き、生涯それを守り通した。そしてその生涯は、普通の小馬では考えられぬほどの長きに渡った。実際、彼はポニー族のオールド・パー[*7]の名をほしいままにして、周囲の尊敬を勝ち取った。例の小型四輪馬車を曳いてガーランド氏の邸宅と息子氏の家を何度も往来した。親世代と子世代の関係が深く、その往来もきわめて頻繁だったため、息子の新居にも自分専用の厩《うまや》を構えてもらった小馬は、驚くほど厳粛な身のこなしで、しずしずとその厩に引き上げた。孫たちがその友情を勝ち得るにふさわしい年頃になると、小馬はありがたくも子供たちと一緒に遊んでやるだけの心の余裕を示し、小さな馬場を幼子たちと犬のように駆けずり回った。しかし、すっかり子供たちに気を許し、気安く体を撫でさせ、蹄を見せることとさえ嫌がらず、ときには尻尾にぶら下がらせてやりさえしたが、それでも背中に乗ることや、手綱を捌いて乗ることは、決して許さなかった。そうして小馬は、親しき仲にも礼儀ありという諺《ことわざ》を身を以て教え、自分と子供たちとの間には、決しておろそかにできない種々の決まりごとがあることを示したのだった。

しかし、この小馬は年をとっても細やかな愛情に対してよく心を開いた。というのも、あの老学士が牧師の死を受けて、ガーランド氏と暮らすため身を寄せると、小馬は大いに彼になつき、なんの抵抗も示さぬまま唯々《いい》諾々《だくだく》とその手に手綱を委ねた。その後、死ぬまでの二、三年は仕事もせず、お花畑的環境で悠々と過ごした。そして最後に（まるで癇癪《かんしゃく》持ちの老紳士さながら）主治医を思い切り蹴飛ばして、その生涯を終えた。

スウィヴェラー氏は少しずつ病から回復すると、年金受給生活の栄に浴し、その金で侯爵夫人に新しい服をしこたま仕立てると、熱病に冒された病床で誓った通り、彼女を学校に入れてやった。彼女に似合いの名前はないものか、しばらく悩んだ末に、響きが美しく、育ちが良さそうな上、ミステリアスな雰囲気もあるという理由から、ソフォロニア・スフィンクスという名に白羽の矢を立てた。侯爵夫人はその名を背負い、彼が選り抜いた学校へと、涙ながらに出かけていったが、まもなく同級の生徒たちのなかでぐんぐん頭角を現し、四半期がいくつも過ぎやらぬうちに、上級クラスへ進級した。スウィヴェラー氏の名誉のために、これだけは言っておく必要があるだろう、その後六年ほど、彼女の教育費によって懐事情がかなり逼迫したにもかかわらず、彼はまったく意を挫《くじ》かれる様子もなく、ぐんぐん賢くなっていく彼女の話を、毎月家庭教師の元を訪れて(なんとも厳粛な面持ちで)謹聴しては、払ったお金の元は十分取った、という喜びに浸った。家庭教師の先生のほうも、彼を一風変わった作家先生か文士と考え、文学作品からの引用癖にかけては天才的なお方だと一目置いていた。

簡潔に言えば、スウィヴェラー氏は侯爵夫人を、どんなに少なく見積もっても年の頃は十九——見目麗しく利発で快活な少女になるまで——右記の教育機関の手に委ねた。そこでお次はどうしたものかと、真剣に考え始めた。この問題を胸のうちで考えながら、いつも通りの定期訪問をしたスウィヴェラー氏は、侯爵夫人がたった一人、いつにも増して晴れやかな笑みを浮かべ、生き生きとした様子で、階段を降りてくるのを目にした。そのとき彼の心にふと浮かんだのは(実は初めて浮かんだわけでもなかったが)、もしこの子が俺と結婚してくれるなら、二人してなんて幸せになれるだろう、ということだった! それでリチャードは彼女の気持ちを聞いてみた。それに答えて彼女がなんといったにせよ、ノーという返答でなかったのはたしかだ。結局二人はそのぴったり一週間後、大真面目な顔で結婚式を挙げた。その後のスウィヴェラー氏は、とある素敵なレディーがこの俺の名義で大事に「お取り置き」されてたからね、となにかにつけて得意げに語って聞かせた。

ハムステッド界隈の小さな一戸建てが貸しに出ており、庭には文明社会垂涎《すいぜん》の的である喫煙所付き[*8]という物件だったため、二人はそこを借りることに決めた。新婚旅行から戻ると早速、新居に移った。チャックスター氏［ガーランド家の召使いで、キットと折り合いが悪かった人物］は、毎週日曜になると決まってこの四阿《あずまや》を訪問し、一日じゅう腰を据え――たいてい朝食時からお邪魔して――巷の目新しい出来事や社交界の花形の動静を得意げに語って聞かせた。このチャックスター氏は、その後数年にわたってキットの不倶戴天《ふぐたいてん》の敵であり続けたが、彼曰く、俺はあいつが五ポンドをくすねた犯人だって言われてたときのが、清廉潔白だってお縄を解かれたときよか余程、見上げた野郎だと思って高く買ってたんだ、なんといっても紳士さまから五ポンド盗むなんて、もうそれだけで大胆不敵ってやつだが、実際にはそんなことやっておりませんと来た日にゃ、結局あいつ、ただコソコソしてズルいばっかの奴だったってことさ、などとのたまった。しかしそれでも、チャックスター氏とキットは、少しずつ和解に向かった。とうとう、おおむね奴も悔い改めたようだから、これ以降許してやっても構わんだろうというお沙汰をチャックスター氏が下した。しかしやはり、あのシリング硬貨の一件だけはいつまでも忘れられず、どうあっても許せない禍根《かこん》となって残った。もう一シリング貰おうってんで戻ってきたならそりゃ結構なこったろうが、前に貰いすぎた分のお釣りを返そうってんで戻ってきたなんて、そりゃまったく、キットの道徳性の穢れ以外のなにもんでもないわけで、どんなに悔い改めても心を入れ替えても、その穢れだけはどうにも洗い流せるもんじゃねえ［梗概三五九―三六〇頁を参照］、と言って聞かないのだった。

スウィヴェラー氏はかねてより哲学的で思索的な性質だったが、庭の喫煙所に籠ると、とんでもなく瞑想的になることがあり、そんな折には決まってソフォロニアの出生という深遠っていたが、スウィヴェラー氏は些細な状況証拠をいくつも繋ぎ合せてみるにつけ、きっとブラース嬢ならもっと詳しいことを知っているはずだと考えた。さらに妻の口から、その昔クウィルプと奇妙な形で対面したことがあると聞かされると、ひょっとして当のクウィルプに息があった頃なら、この出生の秘密を解けたのではあるまいかと、憶測を巡らせた。しかし一方、どんなに物思いに耽っても、不安に苛《さいな》まれることは一度もなかった。ソフォロニアはとても陽気で愛情深く、本当につましく生活をしてくれる良い奥方だったし、ディックはディックで（もちろん時にはチャックスター氏と軽く羽目を外すときもあったが、そんなときにも奥方は、叱るどころかどうぞおやりなさいなと優しく受け流す度量があった）、奥方にぞっこん惚れ込んで、まったく尻に敷かれた良い亭主だった。こうして二人は、何百回も何千回も、延々とクリベッジのゲームをやった。もうひとつ、ディックの名誉のために付け加えておこう、この物語では彼女をソフォロニアと呼んでいるが、彼は生涯、妻を侯爵夫人と呼び続けた。そして毎年、彼が病室で意識を取り戻し、彼女の存在に初めて気付いた日がくると、チャックスター氏が夕食に招かれ、一同、愉快に飲めや歌えやのどんちゃん騒ぎを始めるのだった。

賭博師のアイザック・リストとジャウルは、頼りがいのある相棒にして完全無欠の誉れ高きジェイムズ・グローブス氏とともに、相変わらずあっちこっちで大なり小なり金を巻き上げていたが、ついにその手の詐欺商売のかなり大胆な企てをしくじり、三人ちりぢりに逃亡した［ネルの祖父をそそのかして、ギャンブルのための金をジャーリー夫人から盗ませようとした悪者一味］。これがきっかけでそれまでの詐欺師稼業に、しなやかで長い法律の鉄槌《てっつい》から制裁を食らう羽目になった。このしくじりは、元をただせば新入りの仲間が思いもかけず捕まったのがきっかけだった——その新入りこそ、若きフレデリック・トレントだった——、こうして若者は図らずも、自らを罰するついでに詐欺師連中三人にも罰を与える、恰好の道具になった。

この若者はほんのしばらく、海の向こうで暴れ回り、自分の才覚一つを頼みに世の中を渡っていた——こんな才覚も、正しく用いれば人間を他の獣より優れた存在としてくれるはずのものなのに、堕落した形で用いてしまえば、畜生にも劣る人間に成り下がってしまうのだ。ほどなくして彼の死体は、たまさかパリのある病院を訪れた人物によって（それも、多くの溺死体が引き取り手を待つために並べておかれる病院だった）発見された。死に至る前の乱闘によって付いたらしい傷が身体じゅうに見られ、すっかり変わり果てた姿だった。しかしその発見者もまた、母国イギリスの地を踏むまで誰にもこの事実を知らせようとせず、結局死体は引き取り手も見送り手もないままに放置された。

弟は、または独身紳士という呼び名のほうが読者には馴染み深いだろうか、とにかく彼は、貧しい学校教師がわびしい隠居住まいを引き払い、自分の友人として一緒に暮らしてくれるよう望んだ。しかし小さな村の学校教師は、世間の喧騒に身を投じることを嫌い、懐かしい教会の地で粗末な居を守るほうを好んだ。自分の学校とその学校のある場所で、彼女の死を悼む幼い子供を慈しみ、静かな幸せをかみしめながら、彼はそのまま穏やかな生活を続けた。

そして友人から、感謝のしるしに正当な金額――こんな簡易な表現で感謝の形をうまく言い表せているかどうか、心もとない限りだが――を受け取った彼は、もはや決して「貧しい」学校教師ではないのだった。

感謝を捧げた友人のほう――独身紳士でも弟でも、読者のお好きな呼び方を選ばれるように――は、心に深い悲しみを負った。けれど彼は決して、その悲しみによって厭世的になるとか、世を儚んで隠遁生活に入るというのではなかった。むしろ彼は、同胞を愛する者として積極的に世に出た。長い間、彼は老人と少女が旅してまわった足跡をたどり（死ぬ前の少女が語った情報からたどれる限り）、彼らが足を止めたところで足を止め、彼らが苦しんだところでその苦しみに心を寄せ、そして彼らが喜びを感じた場所でともに喜ぶことを生き甲斐とした。二人に親切にしてくれた人たちのことも、決してなおざりにはしなかった。あの学校の二人姉妹――二人とも寄る辺ない身の上で、それゆえにこそネルに寄り添ってくれたあの二人――も、蠟人形一座のジャーリー夫人も、それからコドリンとショートも――独身紳士は全員残らず見つけ出した。そしてもちろん、大丈夫、炉の番をするあの男も、ちゃんと忘れずに見つけ出した。

キットの無実の話が世間に広まった結果、彼はたくさんの友人を得ることになり、将来の勤め口も引く手あまたとなった。当初、キットはガーランド家での勤めを辞めるつもりなど毛頭なかった。しかし当のガーランド氏から、キットの身を案じたうえで真摯な忠告と助言が与えられたので、先々の身の振り方を考えてみるようになった。そうこうするうち、息つく間もなく、ある紳士によって素敵な職があてがわれたが、その紳士というのがかつてはキットを五ポンド盗難のかどで有罪なりと固く信じ、その信念に基づいて行動していた紳士連の一人であった。これと同じ親切な代理人の手によって、キットの母も不自由のない暮らしをあてがわれ、大いに幸せになった。こうしてキット自身がよく言ったように、彼の大いなる不運は、後の人生を大いに富み栄えさせる礎となった。

キットは生涯独身で通したのだろうか、それとも結婚したのだろうか？　もちろん、結婚した。ならばバーバラを除いて、その妻にふさわしい女性などいったい誰がいようものか？　さらに輪をかけて素敵なのは、キットの結婚があまりに素早かったので、ちびのジェイコブ［キットの弟］のふくらはぎ（こちらについてはすでに物語内でお話しした通りだ）が、いまだ幅広[*9]ウール地のパンタロンにおさまるには早すぎるくらいの年頃で、彼は早や叔父さんになってしまった――それに負けず劣らず素敵なことに、当然ながら赤ん坊［ちびのジェイコブの弟］のほうも、その幼さで叔父さんということに相成った。この素敵な晴れの日にキットとバーバラの母親たちがどんなに喜んだか、もはや言葉では語り尽くせない。この点について、そしてその他諸々の点についても、完全に意見の一致をみていることがわかると、二人の母親は一緒に居を構えることに決め、それからというもの、これ以上ないくらい仲の良い友人として暮らした。そしてまた、アストリー劇場［第三十九章で、キットの一家とバーバラの一家が一緒に芝居見物にでかけた劇場］のほうも、御一同様によって四半期ごとに必ず訪《おとな》っていただける栄誉――一階桟敷席だが――に抜かりなく与った！　それから劇場の外壁塗り替え工事のときも、キットの母はその前を通りかかるたび、この塗り替えだってキットの最近のおごりが少なからずお役に立ってるってこと、劇場のマネージャーさんが知ったら、私たちを見てどう思うんでしょうねぇなどと、それは得意げに話すのだった！

キットの子供たちが六つや七つになった頃、その中にバーバラという女の子が一人いた（これがまたなんとも可愛らしいバーバラだった）。当然ながらちっちゃな男の子も一人いて、それがまた、遠い昔にみなで口を酸っぱくして牡蠣っていったいどんなものかを教えてやったちっちゃなジェイコブに瓜二つだった。それからガーランド氏に名付け親になってもらって、じきじきにその名をいただいたエイベル君もいたし、それからそれからスウィヴェラー氏がことのほかご贔屓《ひいき》にしているディック君もいた。子供たちは夜になると、キットの周りに集まって、亡くなった優しいネル嬢ちゃんのお話をもう一度聞かせてちょうだい、とせがんだ。こう言われるとキットも、必ずそのお話をしてやった。子供たちがその話を聞いて涙に暮れ、もっと嬢ちゃんのお話が続けばいいのにと言うと、キットはそれに応えて、ネル嬢ちゃんは他の善良な人たちと同じように、天の神様のもとに行ったんだよ、と教えてやるのだった。そして子供たちに向かって、お前たちも嬢ちゃんみたいに良い子にしてりゃ、きっといつか天の神様のところにいけるだろうよ、そしたら父さんがまだ小さかった頃に嬢ちゃんと仲良くしてもらったみたいに、お前たちも嬢ちゃんとお知り合いになれるよ、と話してやるのだった。それからまた、昔の自分がどんなに貧乏だったか、そして嬢ちゃんがあんまり貧しくって学校にもいけなかった自分に、どんなにたくさんのことを教えてくれたか、それから嬢ちゃんのお祖父さんが決まって、「あの子はキットのことを笑ってばかりおる」と言っていたことも、話してやるのだった。これを聞くと子供たちはごしごしと涙を拭い、嬢ちゃんがどんなに父さんを笑ったかを思い浮かべては、自分たちもおかしくなって笑い、そうするうちにまた陽気な気分になるのだった。

キットはときどき子供たちを連れて、ネルが昔住んでいた界隈を訪れた。しかし新しい建物が次々に建って、その趣をすっかり変えてしまい、もはや同じ場所とは思えなかった。あの懐かしい家は、とっくの昔に取り壊され、代わりに綺麗な広い通りが一本通っていた。はじめのころこそ、キットはステッキで地面に四角を書いてみせ、ここに嬢ちゃんのお家が建っていたのさ、と言った。がしかし、すぐにその場所に自信が持てなくなり、だいたいこのへんだったと思うんだが、こんなにいろいろ変わっちまったもんだから、すっかり混乱しちまうなあ、としか言えなくなった。

[*10]ほんの数年、年月が移ろうだけで、こんな変化がもたらされるのだ、そしてあらゆる物事もみな、こうして移ろいゆくのだろう、まるで人から人へ語り継がれる物語のように。

（猪熊恵子＝訳）

「骨董屋」訳注

第一章

1—**セント・マーティンズ・コート**　ロンドンのセント・マーティンズ・レーンとカッスル・ストリート（現チャリング・クロス）の間に位置する。

2—**コヴェント・ガーデン**　十九世紀、コヴェント・ガーデン地区では、朝早くからさまざまな市場が開き、果物や野菜、花などが売られた。また酒場や売春宿なども多くあった。

3—**天使様たちが〜守ってくださるよ**　この部分は、イギリス讃美歌の父として知られるアイザック・ウォッツの讃美歌集『神の歌』第八版にある「ゆりかごの歌」よりの引用。「よしよし！　可愛い子、横になってお休み／聖なる天使様たちが、お前のベッドをお守りくださるよ！」

第二章

1—**アヒルの羽にゃ良い天気**　アヒルは雨を好む鳥と言われる。

2—**お部屋の埃にゃ良い天気**　埃は雨が少なく、乾燥すると多くなることから、晴天を意味する。

3—**豚が口にワラ一本くわえて**　豚が口にワラをくわえるのは、天候が崩れる前兆とされる。

4—**魂の炎は〜なにを思い煩うことがあるんです！**　当時の流行歌『幸せだったら、なんにも悩むことはない』をもじったセリフ。ディックはこの後も、流行歌のパロディを自在に駆使して話を展開する。

5—**我が心はるかスコットランド高地へ**　『我が心はハイランドにあり』（ロバート・バーンズ作詞）より。

6—**我が武勇と〜アラブ馬を**　やはり当時の流行歌である『アラブの娘』（ウィリアム・マギー作詞、G・A・ホドソン作曲）への言及。

7—**ウェストミンスター校やイートン校**　両校ともオックスフォード大学、ケンブリッジ大学への進学者の多いエリート校として知られる。

8—**英国王立学士院**　一六六〇年に物理科学研究推進を目的として設立された英国学士院は、一六六二年、時の国王チャールズ二世からの認可を得て、英国王立学士院となった。

第三章

1—**賑わいに満ちた〜広間を辞する前に**　H・S・ヴァ

ン・ダイク作詞『軽やかなギターの調べ』より。

第四章

1―**憎まれっ子、世に憚るとはこういうことかしら**　シェイクスピア『リチャード三世』第二幕第四場、「汚い草ほどよく伸びる」にかけたもの。

2―**万物の霊長たる小男**　ロバート・バーンズの詩『二匹の犬』より。

第五章

1―**かくのごとき感情が～愛が増していったものか**　シェイクスピア『ヴェニスの商人』第三幕第二場、「浮気心はどうやって」の歌より。

第四十三章

1―**運河**　この章の舞台として、ディケンズはグランド・ジャンクション運河（現グランド・ユニオン運河）、またはウォリック・バーミンガム運河のいずれかを念頭に置いていたと言われる。したがって、この後に出てくる工業都市の描写も、当時のバーミンガムをモデルにしていると考えられる。

第四十四章

1―**あの難破船の～あの老水夫**　この部分は、サミュエル・テイラー・コールリッジの詩『老水夫行』の「水、水、見渡す限りの水／それでも一滴も飲めはしない」を下敷きにしたものと思われる。

第四十五章

1―**職を失った人々が～囲んだ**　『骨董屋』出版直前の一八三八年には、バーミンガムをはじめとする各地でチャーティスト運動が起こっている。この部分の描写も、当時の世相をそのまま映したものと考えられる。

2―**伝染病**　ここでは腸チフスやコレラのこと。

第六十七章

1―**家の上に垂れ込める暗雲**　『リチャード三世』の冒頭、グロスター卿の独白（「わが一族の上に垂れ込める暗雲」）より。

2―**塵から生まれしものを塵へ返す**　「創世記」三章一九節より、「土から生まれしものは土へ、灰から生まれしものは灰へ、塵から生まれしものは塵へ」

3―**吊るし首にされてブランブランと揺れる場所**　古くから、捕まった海賊はロンドン塔の東にある「ワッピング」という処刑場で縛り首にされる慣習だった。また縛り首の後も、死体は見せしめのため、そのまま鎖に繋がれて吊るされた。この処刑台は一八二七年(『骨董屋』出版の十年以上前)に取り壊されている。

第七十一章

1―**中に入った途端~朽ち果てしもの!**　このキットとネルの祖父の再会シーンは、シェイクスピアの『リア王』と近似しているとされる。忠義の家臣ケント伯と重なるのがキットであり、もはや正気を失ったリア王にネルの祖父の姿が重なる。ネルに起きてほしいと切望する祖父の言葉は、そのまま娘コーディリアに対するリア王の叫びと響き合う。

第七十二章

1―**おいで、坊や、ほら**　このセリフもリア王が道化に向かって第三幕第二場で発する「ほら、小僧」という言葉を彷彿とさせる。

2―**こんなにも若く、こんなにも美しく、こんなにも善良なまま**　ディケンズは『骨董屋』執筆中に、最愛の義妹メアリ・ホガースを亡くしており、そのメアリの面影がネルに投影されたと言われる。事実、ディケンズがメアリの墓に刻んだフレーズは、ここでネルに宛てられた「こんなにも若く、こんなにも美しく、こんなにも善良な」と極めて近似している。

3―**土は土へと~塵は塵へと**　「創世記」三章一九節より。クウィルプの死を描いた第六十七章でも同じ部分からの引用が見られる。

最終章

1―**魔法の糸車**　アリアドネからもらった糸車の糸を頼りに、クレタ島の迷宮から脱出したテセウスのエピソードに基づくと言われる。

2―**階段をひっきりなしに踏み続ける**　十九世紀の監獄で、刑罰の一つとして使われたトレッドミル(踏み車)のこと。

3―**セント・ジャイルズ**　ロンドン中でも悪名高いスラム街にして犯罪頻発地域であり、地理的にはセント・マーティンズ・レーンのちょうど北、セブン・ダイアルズとコヴェント・ガーデンにほど近い地区。

4―**四つ辻の真ん中で~埋葬される**　四つ辻で心臓に杭を打ち込む埋葬方法は、十世紀ごろからキリスト教の教えに背いて自殺を図った人間に対する罰として慣習的に行われてきたもので、一八二三年を最後に行われなくなったという。

5―**イタリア人の漆喰肖像売りの小僧**　十九世紀、行商人や呼び売り商人のなかには、安価な陶器のオーナメントを売り歩くイタリア人少年がいた。

6―**別居のうえ年金だけを受け取るべし**　原文では out-pensioner（院外年金受給者）という語が使われている。もともとは、退役した軍人たちがチェルシーの王立病院に入る代わりに、年金だけを受け取って院外で生活することを示したものだが、ディケンズはこの用語を皮肉な形で用いることで、クウィルプとの「絶え間ない戦闘状態」を解除された退役軍人としてのジニウィン夫人が、家庭の中にも居場所を失い、別居を申し渡されている状態を描写している。

7―**オールド・パー**　本名をトマス・パーといい、ウェストミンスター寺院の墓碑には、一四八三年生まれ一六三五年没と刻まれており、イギリスにおける「長寿」の代名詞的存在。ただし、実際にトマス・パーの遺体を検死したところ、推定七十歳程度で死亡との結果が出ている。

8―**文明社会垂涎の的である喫煙所付きという物件**　当時、淑女の前では喫煙しない、という紳士のマナーがあったため、男性の喫煙用に四阿が作られた。これは一般的に、裕福な家にあるものと考えられていた（つまりスウィヴェラー夫妻が住むには不釣り合いなほど立派である、という意味）。

9―**幅広ウール地のパンタロン**　幅広ウール地は一般に、品位としかるべき立場を象徴するようなフォーマルな衣服に用いられる。

10―**ほんの数年、年月が移ろうだけで～移ろいゆくのだろう**　「詩編」九〇章九―一〇節より、物語と人生の類似を示唆する一節。

「我らは、まるで物語を語り終えるようにして、与えられし命を最後まで生きる。

我らの天命は二十×三に十を加えたもの。

もちろん、強靭な肉体であれば二十×四の年月を生きることもできよう。

しかしその強靭さがもたらすものとて、ただ苦労と悲しみのみやもしれぬ。

それとて、我らが天に召されるときには、たちまちのうちに消えてなくなる」

我らが共通の友[*1] 抄

登場人物紹介

※登場人物は今回の抄録箇所に関係するものに限った。

老ジョン・ハーモン　ごみを集めて財を成した強欲な老人。遺言書に息子ジョン・ハーモンの名を書くが、財産相続の付帯条件として、ある娘との結婚を記す。

ジョン・ハーモン　老ジョン・ハーモンの息子で、父親から絶縁同然の扱いを受けてイギリスを離れるが、父の死と巨額の遺産相続の知らせを受けて帰国する。しかし帰国直後、テムズ川から死体となって発見される。

ジュリアス・ハンドフォード　息子ジョン・ハーモンの遺体を検分に現れた謎の紳士。のちに行方知れずとなる。

ギャッファー（ジェシー）・ヘクサム　テムズ川から死体を引き上げ、身に着けている金品をくすねることで生計を立てている。ジョン・ハーモンの死体を引き上げて話題を呼ぶが、のちに自らテムズ川で死体となって発見される。

ローグ・ライダーフッド　ギャッファーと同じくテムズ川から死体を引き上げる川浚《かわさら》い人。生きた船乗りから金品を強奪したかどで逮捕される。この点をギャッファーに罵《のの》しられたことから、彼を逆恨みし、ジョン・ハーモン殺しの下手人としてギャッファーの名を口にする。

リジー（リズ）・ヘクサム　ギャッファー・ヘクサムの娘。父の「川浚い」の仕事を手伝う。弟の将来を案じ、父に黙って弟を学校にやり、教育をつけてやろうとする心優しい姉。

チャーリー・ヘクサム　リジーの弟。野心的で上昇志向が強く、我が身を犠牲にして尽くしてくれる姉に対しても、自己中心的な態度を見せる。

ユージーン・レイバーン　怠惰な弁護士。ふとしたことからジョン・ハーモン事件を知る。その経緯で知り合ったリジーを気に掛ける。

モーティマー・ライトウッド　パブリック・スクールでユージーンと共に過ごした仲で、やはり無気力で怠惰。ハーモン事件を担当する弁護士として、諸々の案件にあたる。

ニコデマス（ノディ）・ボフィン　老ジョン・ハーモンに仕えた善良で実直な召使。息子ジョン・ハーモンの死により、思いがけず巨額の遺産の相続人となる。

ボフィン夫人　ニコデマス・ボフィンの妻。社交界や華やかな世界にあこがれを抱く「弱さ」はあるものの、心根はあくまでも善良で優しい。亡き主人（老ジョン・ハーモン）に仕えた頃には、その息子（ジョン・ハーモン）を優しく世話してやり、父子ともに世を去った今も、息子ジョン・ハーモンの思い出にひたる。巨額の遺産の使い道として、孤児を引き取って育てることを思いつく。

ベティ・ヒグデン　救貧院で屈辱的な死を迎えることをなによりも恐れる貧しい老婦人。子供や孫たちに先立たれ、唯一の忘れ形見となった孫ジョニーの面倒を見ているが、自身の貧しさと孫の将来を案じて、ボフィン夫妻の手に委ねようと決める。

スロッピー　ベティ・ヒグデンに引き取られた身寄りのない少年で、知能に遅れがあるものの、優しく思いやりに溢《あふ》れる人物。

フランク・ミルヴィー夫妻　ボフィン夫妻が孤児捜索にあたって相談を持ちかける牧師夫妻。

ベラ・ウィルファー　老ジョン・ハーモンの遺書で、息子ジョン・ハーモンと結婚を取り決

川面を見つめる父娘、
リズとジェシー・ヘクサム
（第1章、マーカス・ストーン画、以下同）

賃貸契約を交わす
R・ウィルファーと
その家族（第4章）

められた娘。容姿は美しいが、貧しい生活に不満を募らせるうち、拝金主義的で我儘《わがまま》になる。ボフィン夫妻が老ハーモンの遺産を相続したのち、夫妻と同居するようになるが、時折素直で可愛らしい一面を垣間見せる。

レジナルド・ウィルファー　ベラの父。智天使《ケルビム》のように愛らしく丸っこい容姿そのままに、きわめて善良な心根の持ち主。子だくさんで常に生活に困窮しているうえ、居丈高で厳めしい妻に圧倒されてばかりだが、お気に入りの娘のベラとは仲睦まじい。

ヴェニヤリング夫妻　時代の波に乗ってのし上がった新興成金で、なにもかも新品のものばかりに身の回りを囲まれ、ほとんど見ず知らずの人間と旧知の仲であるかのような振りをして皮相的な社交を繰り返す。小説出版当時の新興成金を揶揄《やゆ》する存在として描かれる。

トウェムロー　貴族と縁戚関係にあるというだけの理由で、新興成金の社交パーティに引っ張り出される存在だが、成金たちの皮相的な関係をうまく読み解くことができないでいる。

バッファーズ、ティッピンズ令夫人、アルフレッド・ラムル、ソフローニア・ラムル　ヴェニヤリング邸のパーティーに招かれる有象無象の輩《やから》たちで、自分たちの利益のために鵜《う》の目鷹《たか》の目の心ない人々。

第一巻　リップからカップまで[*1]

第一章　見張り

時は我々の生きる今このご時世、しかし正確な年号を記す必要はないだろう。秋の日も暮れ迫る頃、二人の人間を乗せた汚らしくいかがわしげなボートがひとつ、鉄のサザーク橋[*1]と石のロンドン橋の間のテムズ川に浮かんでいた。

乗っているのは、白髪まじりのくしゃくしゃ頭に日焼け顔のがっちりした男が一人、それに年の頃は十九か二十の娘が一人、こちらも浅黒い顔で、一目で男の血を引いているとわかるほどよく似ていた。娘はスカルを易々と操ってボートを漕いでいた。男は両手で舵綱《かじづな》をゆるく握り、その手を腰紐《こしひも》に軽く突っ込んだまま、一心になにかを探していた。網も、釣り針も、糸も持っていないところを見ると、漁師ではないらしかった。ボートには、乗客用のクッションもなく、塗装も船名もなく、ただ錆《さび》ついた鉤針《かぎばり》とロープが一巻きあるだけだったから、渡し舟の船頭とも思えなかった。とはいえ、人の荷を運ぶにはあまりに風変わりでちっぽけなボートだったから、艀船頭《はしけせんどう》とか、荷運び船頭にも思えなかった。男がなにを探しているのか、手掛かりはまったくなかった——とにかく、おそろしく真剣に、食い入るような目で、なにかを探していた。一時間ほど前から潮は急速に引き始めていたが、男の目は引き潮の合間に浮かぶ小さな流れや渦を捉えては、ジッと見つめた。そうしながらも男は頭を動かして娘の舵を誘導し、潮の流れに逆らってボートを少しすすめたかと思えば、舳先《へさき》を前にしたまま流れにまかせた。男がジッと川を見つめているのと同じように、娘も男の顔をジッと見つめていた。しかし、ひたむきな娘の眼差しの奥には畏怖と恐れの色があった。

ヘドロと泥にまみれたびしょ濡れのボートは、川の上に浮かぶより川の底を這《は》うほうがお似合いに思われた。そして明らかに、二人[*2]は勝手知ったる日々の仕事をこなしていた。くしゃくしゃの頭に帽子も被《かぶ》らず、肩から肘《ひじ》まで日焼けした腕をむき出しにして、伸び放題のあご髭と頬髯《ほおひげ》を垂らした裸の胸にだらしなくハンカチを結び、まるでボートにこびりついた泥で誂《あつら》えたような服を着た男は、野蛮人さながらだった。それでも、一心に川面《かわも》を見つめる眼差しには、どこか事務的な仕事をこなす人間の慣れがあった。同じく、娘のしなやかな身のこなしにも、腕を返してスカルを操る動作の端々にも、そしてなにより畏怖と恐れの浮かぶその眼差しにも、すべてに慣れがあった。

「流れに呑《の》まれるなよ、リジー。このあたりは潮がはやい。潮にしっかり乗せておくんだ」

娘の腕を信頼しているのだろう、舵に触れようともせず、男は食い入るような目で向こうからやってくる潮の流れを見つめた。同じように娘も、ひたと男を見た。しかしちょうどその時、斜めに差し込む入り日がボートの底を照らし出し——なにかに包まれた人間の輪郭のようなどす黒い染みを浮かび上がらせた。これを見て娘は身震いをした。

「どうした？」向こうからやってくる水の流れにひたと目を凝らしながらも、男はすぐに娘の仕草を見とがめて言った。「なんも浮かんでやしねえぞ」

夕暮れの赤い光は消え、娘の震えも消え、一瞬ボートのほうへ向いた男の眼差しもまた、はるか遠くへと戻った。強い潮の流れがなにかにせき止められている場所を見つけるたび、男はつかの間、ひたと目を凝らした。そのギラギラ輝く目は、係留チェーンやロープに、流れを幅広の矢じり状に切り裂いていく停泊中のボートや小舟に、サザーク橋の橋脚の突起に、汚い水をパシャパシャと打ちながら進んでいく蒸気船の外輪に、そして埠頭沖で束になって浮かんでいる木材の山に、飢えたような視線を投げた。日暮れ時に一時間ほどもそうしていたところで突然、男の手に握られた舵綱がグイと引かれ、船はグッとサリー州側の岸に向いた。

ひたと男を見つめていた娘は、すぐさまスカルを動かしてこれに応えた。ボートは不意に鋭く一突きされたように震えると、たちまちグルリと向きを変え、男の上半身は船尾越しに川のほうへグイと突き出された。

娘は着ていたコートのフードで頭と顔を覆い、フードの前合わせが川下側に来るように顔を後ろに向け、ボートを潮の流れに乗せた。このときまで、ボートはただじっとして同じ場所でゆらゆらと漂っていた。しかし今や両岸の景色はめまぐるしく変わり、濃さを増す闇とロンドン橋に灯《とも》る明るい光を追い越して、やがて両側にうずたかく積まれた船荷を臨むところに出た。

このときになってようやく男の上半身はボートに戻った。男は、濡れて汚れた両腕を舟《ふな》べり越しに突き出して洗った。なにかを右手に握っていたが、それも川の水で洗った。硬貨だった。一度だけ、チリンと音を鳴らしてプッと息を吹きかけ、唾をひと吐きすると――「ツキが逃げねぇようにな」としゃがれ声で言って――そのままポケットに入れた。

「リジー！」

娘はびくっとして男のほうを振り向くと、なにも言わずにボートを漕いだ。その顔は真っ青だった。鉤鼻のうえ、目をギラギラさせ、髪をボサボサに逆立たせている男は、猛り狂ったハゲタカのように見えた。

「そいつを顔からどけな」

娘はフードを取った。

「ほら！　俺にスカルを寄こしな。あとは俺が始末してやるから」

「いや、いやよ。父さん、いや！　そんなの、ほんとに無理なの、父さん！――そっち側に座るなんて絶対に無理！」

場所を変わろうと身を乗り出していた男は、怯《おび》えきった様子で懇願する娘を見て、そのまま元の場所に腰を下ろした。

「いったいそいつが、お前にどんな悪さするってんだ？」

「そんな、そんなんじゃないわ。だけど、どうしてもいやなの」

「お前、さてはこの川を見るのもいやってんだな」

「あたし――あたし、この川があんまり好きじゃないの、父さん」

「ふん、じゃあ、お前の食《く》い扶持《ぶち》は他で稼いでるってのかい。お前の食うもんも飲むもんも、ぜんぶこいつのおかげだっての、知らねえってか！」

これを聞いた娘は、また身体を震わせ、おそろしく真っ青な顔をして、ボートを漕ぐ手をつかの間止めた。しかし男はこれに気付かず、後ろに目をやって――ボートが引きずる物体を見つめた。

「リジー、お前よくも親友同然の川に向かって、そんな恩知らずな口きけるもんだな。お前が赤ん坊だった頃も、石炭艀の近くの川ん中から取ってきた火であったためてやったんじゃねえか。お前がねんねしたバスケットだって、どっかの岸に流れ着いたやつじゃねえか。そのバスケットをのせて、お前用の即席揺りかごにしつらえてやったあの揺り椅子だってよ、どっかの船から流れてきた木材の端っこでこの俺が作ってやったんじゃねえか」

リジーはスカルをつかんでいた右手を放し、その手に口づけをしてから、つと男のほうに優しく差し出した。そしてなにも言わずに、またボートを漕ぎはじめた。と、そこによく似たボートがもう一艘《いっそう》――いや、こちらのほうが多少まともな見た目ではあった――、暗がりから姿を現し、おもむろに横について川を下り始めた。

「またツイてたんかい、ギャッファー[*3]？」もう一艘のボートを操る男は一人きりで、下卑《げび》た流し目をくれながら言った。「お前さんのボートが下ってくるときの後ろの波、見てりゃわかるさ、またツイてたんだな？」

「まあな！」相手はそっけなく言った。「それで、おめえのほうはツイてなかったってか？」

「まあな、相棒」

この時にはもう、川面は優しい金色の月明かりで照らされていた。新しく来た男は半艇身ほどの距離を取って後ろに続き、前のボートが作る波の跡をじっと見ていた。

「やっぱりなあ」男は続けた。「お前さんのボートの影が見えた途端に思ったのさ、ありゃ、ギャッファーじゃねえか、またツイてやがったな、まったくそうにちげえねえ、ちくしょう！ ああ、スカルが引っかかったな、相棒、そんなカリカリしなさんな、やっこさんには触んねえって」これは、ギャッファーのほうがイラついてさっと身体を動かしたことへの返事だった。言った当人は、すぐさまギャッファーに近いほうのスカルを引き上げて舟べりに載せ、相手のボートの舷の厚板に手をかけるとグッと力を込めた。

「やっこさん、俺の見るとこじゃ、もうこれ以上ごめんだってくらいにいたぶられてんなあ、ギャッファー！ 何度も何度も潮の流れにとっつかまって振り回されたってわけか、なあ相棒！ こうやって俺はいっつもツキを逃しちまうんだよなあ！ やっこさん、前の上げ潮んとき、この橋の下で俺がじいっと見張ってたすぐそばを流されてったにちげえねえ。まったく、お前さんときたらまるでハゲタカみてえだな、臭いで嗅ぎ付けられんのかい」

男は低い声でしゃべりながら一度ならずリジーのほうを見たが、娘はすでにフードを被っていた。男は二人とも、ギャッファーのボートの後にできる波の跡に奇怪で禍々《まがまが》しい興をそそられるというように、じっと見入っていた。

「俺たち二人でやりゃ雑作もねえこった。相棒、やっこさん、俺が引き上げてやろうか？」

「いやだね」ギャッファーは言った。その言い方があまりにとげとげしかったので、相手は一瞬あっけに取られたようになったが、すぐに負けじと言い返した。

「――お前さん、なんか悪いもんでも食ったんじゃねえのか、おい、相棒よ？」

「ああ、まあな、食ったっていやぁ食ったさ」とギャッファー。「その胸糞悪い、相棒、って文句を食らいすぎたんだ。俺は貴様の相棒なんかじゃねえよ」

「ギャッファー・ヘクサム郷士殿、いったい、いつからあなたさまは俺の相棒じゃなくなったとおっしゃるので？」

「貴様が盗みでしょっぴかれたときからさ。生きてる人間に盗みを働いたってんでな！」ギャッファーは怒りを爆発させて言った。

「それじゃ、死んだ男に盗みを働いてしょっぴかれてたらどうしたね、ギャッファーさんよ？」

「そんなことありえねえんだよ」

「ありえねえ、だって、ギャッファー？」

「そうさ[*4]。死人が金になんの用があるってんだ？　死人が金なんか持てるとでも言うんかい？　死人はいったい、どこの世界のもんだい？　あの世だろうが。金はいったい、どこの世界のもんだよ？　この世だろうが。死体が金なんか持てるってのか、ええ？　死体が金持ったり、欲しがったり、使ったり、そりゃおいらのもんだぜとか言って金がなくなったら泣くとでも言うんかい？　物事の善悪ってのを、そんなふうにはき違えてる振りなんかされんのは真っ平御免だぜ。けど、生きてる人間から金を盗むなんていけすかねえ野郎なら、まあそんな振りして当然ってとこかもな」

「あれのいきさつについちゃ、お前さんに言っとこうと――」

「いや、聞きたくねえ。いきさつなら、俺が教えてやるよ。船乗りの、そうさ、生きてる船乗りのポケットから金くすねて、ほんのちょっとのお勤めで許してもらって、またノコノコ出てきたって寸法さ。良い目ばっかり見て、貴様にとっちゃツイてたかもしれんが、そんなことやらかしてから、俺んとこに相棒面して顔出すなんて、冗談じゃねえ。たしかに俺たちゃ、昔は一緒に組んでたさ。けどな、もう金輪際、貴様とは組まねえ。失せな、ほら、手ぇ離せよ！」

「ギャッファー！　こんなひでえやり方で、俺のこと――」

「これでもまだ行かねえってんなら、もっとひでえことだってやってやるさ、ボートの足置きで、貴様の指つぶしてやろうか、それか、鉤ざおで貴様の脳みそ突き刺してやろうか。手ぇ放しやがれ、ほら、リジー漕ぎな。帰るぜ。親父に漕がせねえってんならお前が漕ぎな」

リジーはやにわに漕ぎ始め、もう一艘のボートを引き離した。父親は、高尚なる倫理観についての説教を垂れ、不可侵の境地を開いた人間に特有のくつろいだ物腰で、ゆっくりパイプに火をつけて吸いながら、自分のボートが引きずる荷物のほうに目をやった。荷物のほうは大人しく後をついてきたが、ボートの速力が落ちると、なんとも恐ろしい恰好でこちらに飛びかかってきそうになったし、時には身体を捻じ曲げて逃げて行こうとするようにも見えた。もしも経験の浅い新参者なら、そいつの上を行くさざ波を見て、もはや目を開けることのない顔がふと表情を変えたのではないかと、そんな幻想にとらわれて肝を冷やしたかもしれない。だが、ギャッファーは新参者とは程遠く、どんな幻想にもとらわれなかった。

第二章　どこぞから来る男

ヴェニヤリング夫妻は、ロンドンのピカピカの界隈に立つ、ピカピカの家に住む、ピカピカのご夫婦だった。ヴェニヤリング家にかかわるものはなにもかも、おろしたてパリパリの新品だった。家具はみな新品、お友達も新品、召使たちも新品なら、お皿も新品、馬も新品、絵画も新品、それにご夫婦お二人も新品で、生まれたてピカピカの赤ちゃんがいても法的におかしくないギリギリの範囲内で、結婚生活も始まったばかりの新品だった。それに、もしお二人の曾《ひい》おじいさまを連れてきたとしても、きっとそのおじいさまはフランス製のワックスで頭のてっぺんまでツルリと磨き上げたように、全身ツルツルピカピカ、[*1]家具陳列場からマットに包まれたまま新品の状態でお出ましだったろう。

とにかく、ヴェニヤリング邸においては、真新しい紋章付きの玄関ホールの椅子から、真新しい機械装置のついたグランドピアノ、真新しい火災避難装置の設置された二階部分も含めて、すべてがニスとワックスを塗りたくられてピカピカだった。そんなピカピカの家具こそがヴェニヤリング家の特徴であり、表面からは工具店顔負けの[*2]強烈なニスの匂いが漂い、いささかベトつく感もあった。

一家には無垢なる夕食用家具とも呼ぶべき友人がおり、脚には滑りのよいキャスターもついて、用がなければセント・ジェームズのデューク街にある厩舎の上にしまっておける逸品だった。この家具的人物の目から見れば、ヴェニヤリング家とは、まったく深遠なる謎だった。その家具の名はトウェムロー。スニグズワース卿の従弟であるからして、彼には頻々《ひんぴん》とお呼びがかかり、多くのご家庭で一般的に使われるダイニング・テーブルの代わりになれるほどの人物だった。ヴェニヤリング夫妻を例にとってみよう。まずは夕食会の企画立案が行われ、いつものようにトウェムローを筆頭にして、そのテーブルに取り外し可能な羽目板を付けるように招待客を付け足していく。トウェムローという名のテーブルは、トウェムロー本人と半ダースの羽目板から成ることもあれば、本人と一ダースほどの羽目板から成ることもあった。またあるときには、トウェムロー・テーブルは限界ギリギリまで引き出され、二十枚の羽目板をつけることもあった。ヴェニヤリング夫妻は、晩餐《ばんさん》の席では食卓中央で互いに向き合って座るため、左右の対称は崩れることなく守られた。というのも、トウェムローテーブルが長くなればなるほど、トウェムロー本人はテーブル中央からどんどん遠ざかり、部屋の端のサイド・ボードぎりぎりまで追いやられるか、反対側の窓のカーテンすれすれまで追い詰められるのが常だった。

けれど、トウェムローの弱き心が混乱の極みに陥るのは、このためではなかった。いやむしろ、このテーブル法則のほうには次第に慣れ、事態のなんたるかを把握するに至った。彼にとっての底無しの奈落とは、そう、その奈落からは生涯考え続けても解くことのできない茫漠《ぼうばく》たる難問が生まれ来るのだったが、それは果たして、自分がヴェニヤリング夫妻の一番古い友人なのか、それとも一番新しい友人なのかという問いだった。罪のないこの紳士は、右記の問題を思索すべく、何時間も心休まらぬまま、厩舎の上の自室に閉じこもったり、シンシンと冷えて薄暗く、思考をするにはもってこいのセント・ジェームズ広場でたたずんだ。とは、かくのごとし。トウェムローがヴェニヤリング氏と知り合ったのは、あるクラブだった。そのクラブでのヴェニヤリング氏の知り合いは、二人を引き合わせた張本人ただ一人だったが、彼はヴェニヤリングと、このうえなく親しげな様子だった。しかし、二人は二日前に知り合ったばかり。ちょうどその二日前、子牛のフィレ肉調理法考案委員会が行った極悪なる振る舞いに関してたまさか合意を得ることで、両者の魂は結び合わされたものらしかった。この出会いの直後、トウェムローはヴェニヤリング邸での夕食会に招待された。例の男も一緒だった。この夕食会の直後、トウェムローがその男から夕食会の招きを受けて出かけたところ、ヴェニヤリングも一緒だった。その夕食会には、国会議員、技師、国債償還論者、シェイクスピア詩人、ミスター・不平不満、国家公務員などが顔を出していたが、誰もみなヴェニヤリングとは初対面のようだった。が、その夕食会の直後、トウェムローがヴェニヤリング邸での夕食会の招きを受けたところ、「議員も、技師も、国債償還論者も、シェイクスピア詩人も、ミスター・不平不満も、国家公務員も、みなさんご出席なので是非」との旨で、実際足を運んでみれば、件《くだん》のお歴々みな、ヴェニヤリングの無二の親友であり、令夫人方も（みなさまご列席だった）揃いも揃って、ヴェニヤリング夫人がこの上ない愛情とたおやかな信頼を寄せるお相手らしいと判明した。

かくなるうえは、トウェムロー氏は再び自室にこもり、額に手をあてて一人つぶやくのだった。「もうこんなことを考えるのはよそう。誰だってこの難問を前にすれば、脳みそが溶けてしまう」とは言うものの、やはりひたすら考えることをやめられず、結局そのまま、なんの結論も出なかった。

今宵、ヴェニヤリング夫妻は晩餐会を開催する。トウェムローは十一枚の羽目板を付けられる手筈。総勢あわせて十四人。ハト胸の召使が四人、シャツ姿で一列になって玄関ホールに並ぶ。そして追悼者のごとく神妙な面持ちで、五人目の召使がしずしずと階段を上る。その姿はまるで、「ほらまた一人、惨《みじ》めな者が晩餐会にやってくる。人生とは、かくのごときもの！」と言わんばかり。のたまう言葉は「トウェムーローさーまー、お越しぃ！」

ヴェニヤリング夫人は、仲良しのトウェムロー氏を出迎える。ヴェニヤリング氏は、親愛なるトウェムロー氏を出迎える。ヴェニヤリング夫人は言う。トウェムローさんが赤ん坊なんて退屈なもの、お好みじゃないのは百も承知ですの、けれど古いお友達のよしみですわ、どうぞ赤ちゃんに会ってくださいな。「ほら、お前だって我が家のお友達と、もっとお近づきになれるよ！　トゥートゥルーム」これは生まれたて新品の赤ん坊に向かって、なんとも愛おしげに首を振りながら、ヴェニヤリング氏がおっしゃる言葉。「そう、お前の目が見えるようになったらね」とも。それから彼は、親愛なるトウェムロー氏にブーツ[*4]氏とブルーワー氏という友人を二人、ご紹介したいと申し出るが——明らかにどちらがどちらかおわかりではない様子。

しかしここでさらにおぞましい事態が起こる。

「ポズナップゥさーまーご夫妻ぃー！」

「お前」開け放たれたドアの傍らで、ヴェニヤリング氏は夫人に、ほら僕らの親しい友人のことだよ、といった調子でおっしゃる。「ポズナップさんたちがいらしたよ」

あまりにも[*5]、あまりにも、にこやかな大男が一人、異常なほど溌剌《はつらつ》とした様子で奥方を連れて現れるが、すぐさま夫人を置き去りにしてトウェムローのそばに駆け寄る。

「はじめまして。お知り合いになれて光栄です。いやぁなんとも素敵なお住まいですな。遅くなってしまいましたかな？　お招きをいただいて、なんとも痛み入りますよ、いや、まったく！」

この最初の衝撃が襲ったとき、トウェムローはぴったりしたシルクの靴下に、ぴったりした靴という流行遅れの恰好で、[*6]二歩ほど転げつつ後じさりし、背後のソファを飛び越して逃げようとする構え。しかし大男はトウェムローににじり寄り、屈強な力を見せつける。「どうか」遠くにいる妻の視線を捉えようとしながら、大男が言う。「あなたさまに、妻を紹介させていただけますかな。妻も」すでに異常なほど潑剌としているのに、[*7]さらに色褪《いろあ》せぬみずみずしさと永遠の若さを手に入れようとでもするかのように、こうおっしゃる。「妻もお招きいただいて、本当に光栄に思っているのですよ、いや、まったく！」

一方ポズナップ夫人は、あたりにいる女性とてヴェニヤリング夫人ただお一人では、同じ間違いを犯せるはずもなく、ただ夫君のお追従《ついしょう》に援護射撃をせんとおべんちゃらを打ちまくる。哀惜に満ちた表情でトウェムロー氏を眺めやり、感に堪えない様子でヴェニヤリング夫人にまずは一言。ひょっとしてお宅のご主人さま、胆汁症ではありませんこと？ 続けて言い放つ。あらま、赤ちゃんは早や、お父様にそっくりでいらっしゃるのねえ。

世の男子たるもの、誰か別なる男子と取り違えられて、果たして良い気がするものか否か、これは難問である。しかし、ヴェニヤリング氏はちょうどこの夜、ギリシャ神話のアンチノウス［皇帝ハドリアヌスの寵臣で、男性的な美しさの模範と讃えられた人物］さながら、シャツの前立てをぴんと立てておめかししていたというのに（それもついさっき届いたばかりの真新しいキャンブリック地仕立てのシャツだ）、こともあろうに干からびてよぼよぼ、三十は年かさのトウェムローと間違えられては、まったくもって良い気がするどころの騒ぎではない。ヴェニヤリング夫人も右に同じく、トウェムローごとき男の妻と目されるとは失礼千万とご立腹。トウェムロー氏もまた、自分はヴェニヤリングなどよりずっとお育ちが良いと強く自負しているため、この大男、まったくいけすかない馬鹿野郎だなと考える。

この複雑怪奇な状況下で、ヴェニヤリング氏が片手を差し出して大男に近付き、どうしようもないその御仁に対してにこやかにほほ笑むと、お目にかかれて本当にうれしゅうございます、とおっしゃる。例の異常な潑剌さをまたも発揮して、大男もすぐさま答える。

「ありがとうございます。いやはや、お恥ずかしい話、以前どこでお目にかかったものやら、小生すぐには思い出せんのですが、本当にお目もじかなって光栄ですな、いやまったく！」

それから再びトウェムローに飛びかかり、か弱い力をふりしぼってなんとか踏みとどまろうとする彼を、ポズナップ夫人のほうへグイグイ引きずっていって、ほらお前、こちらヴェニヤリングさんだよ、と口にしかかった矢先、他の客人方が到着して自らのとんでもない間違いが明らかになる。するとたちまち、仕切り直してヴェニヤリングたるヴェニヤリングと握手を交わし、トウェムローたるトウェムローとも握手を交わし、後者に向かって、こんなセリフを吐くことで、万事丸く収めてご満悦至極。「とんだお目もじでしたが――しかし実に光栄ですな！　まったくまったく！」

トウェムローはこの恐怖経験をくぐり抜け、ブルーワーがブーツなのか、ブーツがブルーワーなのか、どっちがどっちかよくわからぬという似たような状況もくぐり抜け、そのうえさらに残りの七人の客人のうち、慎重なる四人が、きょろきょろとうろたえながら、いったい誰がヴェニヤリングなのか、まったく見当もつかぬ様子でうろうろするのを目撃し、そこにようやく当のヴェニヤリング氏が現れて、客人らを捕まえてはご挨拶をなさる。この点を検証し分析してみれば、どうやら我こそはヴェニヤリングの最古の知人に相違ないという結論に至るのが定石、脳みそのほうも健常な固さを取り戻せそうだというときに、やにわに現れたのはヴェニヤリングと先だっての大男、まるで双子のようにぴったり寄り添って、温室のドア近くの裏応接室に入っていくのを目撃してしまう。そのうえ、ヴェニヤリング夫人から、あちらの方、わたくしたちの赤ちゃんの名付け親になっていただくんですのよ、と聞かされると、やはり脳みそがどろどろ液状化して、なにもわからなくなってしまう。

「お夕食の支度、調いましてございます！」

かく言うは、例の陰鬱な召使。[*8]「さあ、降りてきて、毒を盛った食事をお食べ、哀れ汝《なんじ》ら人の子よ」と言わんばかり。

トゥェムローは、同伴する女性もあてがわれず、頭に手をあてがっただけで皆の後に続いて階段を下りる。ブーツとブルーワーはその姿を見て、てっきり具合が悪いと思いこみ、「あの人、具合悪そうだね。昼飯抜きかな」などと囁《ささや》きあう。しかし彼はただ、自己の存在というあまりに深遠な謎を前に茫然自失の態《てい》なのだ。

スープで息を吹き返すと、トゥェムローはブーツやブルーワーを相手に『王室目録』[*9]などについて、おっとり口調で語る。晩餐のコースが魚料理に差し掛かったところで、ヴェニヤリング氏から、お従兄《いとこ》さんのスニグズワース卿は、今ロンドンにおられるのか否か、との熱い問いが投げかけられる。いや、ロンドンにはいない、と答える。「スニグズワーシー・パークにいらっしゃるのですか？」ヴェニヤリングは聞く。「そうです、スニグズワーシーに」トウェムローも声を合わせる。ブーツとブルーワーはこれを聞いて、どうやらこの人とは仲良くしておくほうが得策と考える。ヴェニヤリングのほうも明らかに、トウェムローのやつ、なかなか使える代物じゃないか、と得心する。その傍らで例の召使が、陰鬱なる分析化学者[*10]のような顔でテーブルの間を回る。「シャブリはいかがです？」そう言うたび、「原材料をご存じなら、よもやご所望ではありますまい？」と訴えるかのよう。

サイド・ボードの上の大きな鏡は、夕食のテーブルと一座の者たちを映し出す。映し出されるのはヴェニヤリング家の新しい紋章。金色に輝くかと思えばまた銀色、凍て付くように冷たく光ったかと思えば、また溶けてゆらぐような、あらゆる細工を施されたラクダ。十字軍時代にさかのぼるヴェニヤリング家のご先祖様を紋章院が見つけ出してくれた結果、どうやらラクダの絵のついた楯を持っていたらしいと（いや、ふと思い立ったら、そうしていたかもしれないと）判明し、たちまちラクダの隊列が果物や花や蠟燭《ろうそく》を背負い、さらには塩を積もうと跪《ひざまず》く。映し出されるのはヴェニヤリング。年は四十、ウェーブ[*11]がかった髪、色黒で肥満傾向、狡猾《こうかつ》で不可解で、薄靄《うすもや》にかすむようなその姿――まるで、ヴェールをかぶって、見栄えの良い預言者然としていながらも、なにひとつ預言しようとしない、例のお人を思わせる。映し出されるのはヴェニヤリング夫人。色白で鉤鼻に鉤指、金色の髪は、もう少し明るいお色をご希望だっただろうが、宝石と衣装はこのうえなくきらびやか、ひたむきで、お追従がお得意、夫のヴェールの端が自分の顔に掛かっているのをご承知の様子。映し出されるのはポズナップ。旺盛な食欲を示し、頭の両側だけにちょこんと残った髪の毛の束は針金状の小さな金色の翼が二枚ついているようで、髪の毛のようにも見えるし、ヘアブラシのようにも見える。おでこにうっすらと赤い玉のような汗をにじませ、大きくてしわくちゃな襟《えり》は背筋からぐいと立てられている。映し出されるのはポズナップ夫人。オーウェン教授のご夫人であれば理想的、身体じゅう骨だらけ、首と鼻はまるで揺り木馬のそれ、目鼻立ちもごつごつとして、頭には壮麗な飾り物を載せ、そこにポズナップが捧げた黄金の貢物が揺れる。[*12] 映し出されるのはトウェムロー。白髪交じりで干からびて、礼儀正しいが東風には滅法弱く、[*13]〈ヨーロッパ第一の紳士〉たるジョージ四世風の襟とネクタイ。もう何年も前に自分の内側に引っ込もうと必死で奮闘した結果、ほっぺたは極限まで口の中に吸い込まれ、それ以上はどうにもならないという様子。映し出されるのは年かさの割に若作りなご婦人。カラスのような黒髪、白粉《おしろい》を塗りたくればパッと白く映えるお顔——今宵もその通りに白く映え——同じく若作りの紳士の気を引こうと、かなり頑張っておられる様子。その紳士のほうは、顔に占める鼻の割合が大きすぎ、髭《ひげ》は少し赤茶けすぎ、チョッキに入った胴体も大きすぎ、カフスボタンもギラギラと光りすぎ、その目も、ボタンも、話しぶりも、歯並びも、同じくあまりに過剰。映し出されるのはヴェニヤリングの右側に座る麗しの老ティッピンズ令夫人。巨大で淡褐色、奇妙にゆがんだ楕円形の顔は、まるでスプーンに映った顔のよう。頭頂部までの直線を一気に染め上げた髪は、まるでロングウォーク、[*14] 後ろに垂らされた鬘《かつら》の毛へと至る便利な公共の大通りといった風情。反対側に座ったヴェニヤリング夫人に優しくお説教を垂れるのがお好みで、ヴェニヤリング夫人もそうされるのがお好みの様子。やはり映し出される「モーティマー」なる人物は、これまたヴェニヤリング氏の最も古い友人候補の一人。この家によばれたのは今日がはじめてだが、二度と来るまい、とお考えの様子。ヴェニヤリング夫人の左側で絶望的な表情を浮かべ、ティッピンズ令夫人（小さい頃からのお友達）から、ほらここのお宅に来て、皆さんとお話しなさいな、と優しく諭されていたにもかかわらず、一言もしゃべらずにだんまり。映し出されるのはモーティマーの友人、ユージーン。椅子の背に生き埋めにされたように、若作りのご婦人の肩——白粉製の肩章のついた肩——の背後で、例の分析化学者から酒を勧められるたび、シャンパンの聖杯をいただいては、むっつり時間をやりすごしている。最後に、大きな鏡が映し出すのはブーツとブルーワー、それからもう二人、他の客人との有事の際に投入される着ぐるみバッファーズ［バッファーとは、衝撃を和らげる緩衝材のこと］。

ヴェニヤリング家の食事は素晴らしく——さもなくば、新しい顔ぶれが来るはずもなかろう——、万事滞りなく進む。なかでも特筆すべきは、老ティッピンズ令夫人、自分の消化機能を試さんがため、きわめて複雑かつ大胆な一連の実験を進めておられる。仮にその結果を取りまとめた書物が出版されるなら、人類を大いに利するものとなろう。世界中のあらゆる地域から供される食物をすべて積載した、この恐るべき老巡洋艦は、とうとう最後に北極に接岸、そこでアイスクリーム・プレートを平らげる。そして皿が下げられると、甲板から以下のようなお言葉をこぼす。

「聞いて頂戴な、ねえ、ヴェニヤリングさん」

（ここで哀れなトウェムロー、どうやらティッピンズ令夫人が一番古い友人みたいじゃないかと、またもや額に手を伸ばす）

「聞いて頂戴な、ねえ、ヴェニヤリングさん、なんとも奇妙な事件のお話がありますの！　もちろんあたくし、新聞広告みたいに、ちゃあんとした情報の出どころも明かさずに、あたくしの言うことをただ信じろとは申しませんわ。そこのモーティマーが情報元でね、この件についちゃ、なにもかも知ってるのよ」

　モーティマーは重そうな瞼《まぶた》をあげて、わずかに口を開く。しかしその刹那《せつな》、「まったく馬鹿馬鹿しい！」と言わんばかりの笑みがかすかにその顔をよぎり、瞼はまた下に落ち、口は閉じられる。

「さあ、モーティマー」閉じた緑色の扇の柄で左手の節々をこつこつとやりながら、老ティッピンズ令夫人はおっしゃる。その左手ときたら、本当にゴツゴツした節々の宝庫！「ジャマイカから来る男の話、洗いざらい話して頂戴な、いやとは言わせませんよ」

「誓って申し上げますが、ジャマイカから来る男のことなんて聞いたこともありませんな。ああ、〈我が同胞たち〉[*15]なら、話は別ですがね」とモーティマー。

「それじゃトバゴだったかしら」

「いや、トバゴのほうも」

「それなら」とユージーンが割って入る。あまりにも意表を突いたタイミングに、彼のことなどとっくの昔に忘れていた若作りのご婦人が、ハッとして肩章つきの肩を引っ込める。「それならほら、俺たちの友達で、もう長いことライス・プディングとチョウザメのゼラチンばっかり食べてた奴がいたじゃないか、そのうちどっか悪くしちまって、でも医者*16の見立てじゃ、他のとこが悪いってんで、それでマトンの脚を一本平らげたら、結局お陀仏《だぶつ》しちまったってのが」

ユージーン登場という鮮烈な印象が一座を駆け巡る。しかし彼はまた黙り込み、期待はむなしく潰《つい》える。

「ところで、ねえ、ヴェニヤリングの奥さま」ティッピンズ令夫人がおっしゃる。「こんなの、世にも極悪非道な仕打ちじゃありませんこと？　あたくし、忠実で誠実にする、って約束で、いつも愛人を二、三人、連れ歩くんですの。こちらは一番古い愛人第一号なんですのよ、まあ奴隷軍団の頭《かしら》というところね、それがよりにもよって、みなさんの前であたくしとの誓いを踏みにじるなんて！　それから、こっちがもう一人の愛人ですわ。まあ今はたしかに荒削りなシモン*17ってとこですけどね、時がくれば必ず頭角を現すものと並々ならぬ期待をかけておりますの。なのに、そらんじてる子守唄*18も思い出せないような振りをするだなんて、ねえ！　その手の子守唄に、あたくし目がないってのを知っていながら、わざと焦《じ》らすんですわ！」

愛人にまつわるゾッとするような小話はティッピンズ令夫人の十八番《おはこ》である。常に一人二人の愛人を同伴し、愛人たちの名を連ねたリストを所有し、新しい愛人をリストに加え、古い愛人を削除し、あの愛人をブラックリストに降格させたかと思えば、この愛人をブルーリストに昇格させ、愛人たちの数を全部足し合わせ、時に愛人リスト清算に踏み切るのだった。ヴェニヤリング夫人はこのユーモアにうっとり夢中で、ヴェニヤリング氏もまた同様である。そして、このユーモアになお一層の華を添えるのは、ティッピンズ令夫人の喉元にある、ひっかき傷だらけの鶏の足みたいな、黄色くたるんで震える肉。

「今この瞬間、二心あるならずものを追放しますわ、そして今晩を限りに、あたくしのキューピッドリスト（これはね、奥さま、あたくしの愛人台帳の呼び名ですのよ）から除名いたします。けれどあたくし、どこぞから来る男についての話を絶対に聞きたいの、だからねえ奥さま、あたくしの代わりに聞きだしてくださらない」とはヴェニヤリング夫人に向かって。「だって、あたくしの言うことなんか、もうまったく聞こうとしないんですもの。ああ、薄情な男ね！」これはモーティマーに向かって、扇をパタパタさせながら。

「我々はみな、どこぞから来る男について興味津々でありますよ」ヴェニヤリング氏がおっしゃる。

バッファーズ四人組は、一斉に興をそそられ、口々に応じてみせる。

「深い関心を寄せております！」

「大変ワクワクします！」

「ドラマチックでありますなあ！」

「どことも知れぬ場所から来る男、でしょうな！」

それからヴェニヤリング夫人——ティッピンズ令夫人の愛嬌《あいきょう》たっぷりのブリッ子戦略があっという間に伝染してしまい——まるでおねだりをする子供のように両手を合わせると、左側の客人に向かって言う。「イジワルね！　お願いしてるじゃない！　どこぞから来る男のお話、してちょーだいったらぁ！」これを受けてバッファーズの四人組、またもや不可思議なことに一斉に興をそそられ、口々に「いやとは言わせませんぞ！」の合唱。

「誓って申し上げますが」モーティマーはけだるそうに言う。「こうもヨーロッパじゅうの耳目を集めるとは、困惑の極みですな、とにかく、どこぞから来る男の話なんて退屈極まりないと、まあ、皆さま、きっとそうお考えになるでしょうが、仮にそうなったとて、お心の中で令夫人のことを罵倒なさってくださいよ、それなら私も少しは救われるってもんです。[*19]ありふれた土地の名を口にして、ロマンチックなムードをぶちこわしにするのをお許しください、この男の出身というのが、名前は失念しましたが、皆さんよくご存じのワインの名産地でしてね」

ユージーンが「デイ・アンド・マーティン［有名な靴墨工場の名前］じゃないのか」と言う。

「ちがうな」モーティマーは悠然と突っぱねる。「それはポート・ワインの産地だろ。僕が言うのはケープ・ワインの産地さ。けどまあ、こんなのまったく統計[*20]に基づくようなキチッとしたもんでもなくって、ただの荒唐無稽な話さ」

ヴェニヤリング家の晩餐会において特筆すべきは、客人のほとんどがヴェニヤリング夫妻に注意を払わない、ということである。なにか話そうとする者は誰でも、夫妻以外の誰かを選んで話しかけるのが常だった。

「そいつは」モーティマーはユージーンに向かって続ける。「名前をハーモンと言って、*21ゴミを元手に財を築いた、老いぼれ極悪爺《じじい》の一人息子だった」

「*22赤ビロードズボンと鐘で金持ちになったってやつか?」陰気なユージーンが口を挟む。

「それにまあ、梯子《はしご》とバスケットもな。とにかくも、あれこれの手口を使って、男はゴミ処理請負人として財をなし、すっかりゴミだけで出来た丘陵地帯の窪地に住んでたんだ。むら気でガミガミ屋の爺は、ちっぽけな自分の土地に、*23ゴミの山脈をこしらえてね、まるで古い火山みたいなもんさ。で、その地質学上の組成というのが、すべてゴミときてる。石炭ゴミ、野菜のかすに、動物の骨、割れた食器に、選別されたのもされてないのも——とにかくありとあらゆるゴミってやつさ」

ふとヴェニヤリング夫人のことを思い出したのか、ここにきてモーティマーは、続きの半ダースほどの言葉を彼女に投げかけた。が、その注意はまたすぐにフラフラと他にそれ、たわむれにトウェムローに話しかけるも、なんの反応も得られず、バッファーズへと矛先を向け、ここで熱狂的な歓迎を受ける。

「*24この模範的人物の道徳性というのが——これがまあ正しい表現でしょうな——、自分の血を分けた近い親類に向かって、呪いの言葉を吐いては家から叩《たた》きだすことで、無上の喜びを得るらしいのです。まず手始めに(当然のこととして)、その道徳性を最愛の妻に発揮して、それが終わると今度は娘に向かって同様の有難い思し召しを垂れてやったわけです。爺《じい》さんは娘のために夫を選んでやったんですが、これがすべて自分のお眼鏡だけで選び、娘の好みなんかどこ吹く風、そのまま娘の結婚持参金がわりに、どのくらいかはわからない、とにかく凄《すさ》まじい量のゴミをくれてやる、という手筈《てはず》を整えました。事がここまで進んだところで、哀れな娘のほうはご立派なことに、自分はこっそり他の男、小説家や詩人なら〈もうひとりの男〉とでも呼びそうなところですな、とにかく、もっと人好きのする別なる男と婚約しているのであるから、父に言われた男と結婚などしてしまったら、自分の心は塵《ちり》になり、自分の人生はゴミになってしまう、と申し上げたわけです。まあ簡単に言って、そんな結婚に同意したら、自分も父親と同じ商売を父親よりもずっと手広くやることになってしまう、ってことを申し上げた次第。たちまちお優しいお父上は、彼女に呪いの言葉を吐いて、家から叩き出すわけですな、それも寒い冬の日にね」

ここで分析化学者は（明らかにモーティマーの話を低俗きわまりないと考えているらしい）、もったいぶった調子でクラレットを少々、バッファーズ四人組に注《つ》いでやる。件のバッファーズは、またもや不可思議なことに、四人一斉に、その妙《たえ》なる液体をじわじわと体内に浸み渡らせるべく、奇妙に身体をくねらせながら、声をそろえて叫ぶ。「さあ、続きを」

「〈もうひとりの男〉の財政面のことを言えば、それが世の常ってものでしょう、ひどく貧乏でした。そりゃもう、素寒貧《すかんぴん》だった、といっても言いすぎじゃないくらいです。それでも彼は、このうら若き乙女と結婚し、二人して粗末な家に住んだんです。セイヨウスイカズラとニオイエンドウのツルだけが飾りという玄関ポーチの家で、やがて彼女は死んでしまう。明確な死因がなんだったのかは、そのボロ家があった地区の戸籍登録書にあたってみないと、僕ではわかりません。まあ、若いうちからさんざん悲しみと不安に苛《さいな》まれたのが原因の一端なのは明らかですが、そんなことは罫線の入った様式にびっちり書かれた戸籍書類には書かれていないでしょうね。一方、〈もうひとりの男〉の死因については、もう明白です。というのも彼は、若い妻を失った悲しみにすっかり参ってしまって、ようよう妻の死後一年生きながらえるのがやっと、ってところでしたから」

けだるげなモーティマーの仕草には、お上品な皆々さまが、ふとしたはずみにこの物語に心打たれるのなら、自分もまたお上品グループの一員として、今この物語に心打たれてもいいのだが、といった雰囲気が漂う。彼自身はこれを必死で隠そうとしているようだが、その気持ちはたしかにある様子。陰気なユージーンのほうも、心の琴線に触れるものがないでもないらしい。そこでよりにもよって、あのおぞましきティッピンズ令夫人が、もし〈もうひとりの男〉のほうがまだ生きていたら、あたくしの愛人リストの筆頭に置いてあげるのに、とおっしゃるのを聞き——そのうえ、例の若作りのご婦人までが若作りの紳士からひそひそとなにごとか囁かれ、肩章のついた肩をそびやかしながら笑うのを目にしてしまうものだから——、ユージーンの陰鬱さは影を増し、デザートナイフをいたずらにさわる様子もどこか陰惨な色を帯びてくる。

モーティマーは続ける。

「小説家がよく言うように、話をもとに戻しましょう、もっともあの手の小説家の口ぐせがお好きな読者もいないでしょうが。とにかく、どこぞから来る男の話に戻りますがね、姉が父親から家を叩き出されたとき、まだ十四歳だった弟は、ブリュッセル[*25]で安い寄宿学校に入れられていたんです。それで事態を知るまでに、少し時間がかかったというわけ。多分、姉から知らせを聞いたんでしょう、というのも、母親はもう死んでいたわけで。たしかなことはわかりませんがね。とにかく彼はすぐさま学校を逃げ出すと、ロンドンまでやってきた。一週間に五スー［ベルギーの昔の通貨で二十分の一フラン］ぽっちの小遣いで、それも滞ってたってのに、なんとかやりくりしてロンドンまで辿《たど》り着くとは、かなり気骨のある、しっかりした少年だったんでしょう。とにかくロンドンにやってくると、父親をかき口説いて、姉を許してほしいと懇願したんです。ご立派なお父上のほうは、ただちに呪いの言葉という得意の武器を振りかざし、こいつを家から叩き出すわけですな。ショックを受けて震えあがった少年は、逃げ出したその足で人生を賭けてみようと外国行きの船に乗り、最終的にケープ・ワインで有名な雨の少ない土地に姿を現したって寸法です。ケチな事業家でも、農園主でも、家畜の飼育人でも、なんとでもみなさんのご想像の通りの姿でね」

ここまで来たところで玄関ホールあたりでザワザワと音が聞こえ、ダイニング・ルーム[*26]のドアをノックする音がした。分析化学者はドアのところまで行き、姿の見えぬ訪問者のノックを相手に腹立たしげにやりとりを交わした末、やむをえぬ事情とわかると、少し得心した様子で部屋を出て行く。

「彼が母国の地を離れてから十四年という長い年月がたって、つい最近、やっとその居所が知れたわけです」

バッファーズの一人が突然和を乱し、他の三人を驚愕《きようがく》させながら、個としての自己を主張すべく物申す。

「いったいどうやって見つかったのです、そもそもなぜ？」

「ああ！　そうでしたね、言い忘れて申し訳ない。お優しいお父上が死ぬのですよ」

同バッファーは、さきほどの質問が功を奏したことに気を良くして、また口を開く。「して、それはいつ？」

「つい最近です。十カ月か、十二カ月前ですな」

同バッファーが、またもやすばやく尋ねる。「して、死因は？」けれど、ここで陰鬱なショーは終わりを告げる。残りの三人のバッファーズから石のように冷たい目で見られ、生きとし生けるすべての者から、なんの注意も払ってもらえなくなる。

「ご立派なお父上のほうが」モーティマーはまたここで、そういえばこの席にはヴェニヤリングなるものもいたことを、ふと思い出し、はじめて彼のほうを向いて繰り返す。「死ぬのですよ」

これに気を良くしたヴェニヤリングも、重々しい口ぶりで繰り返す。「死ぬのですね」それから腕組みをすると、表情を和らげて話を最後まで聞こうとするが、ふと気が付けばまた荒涼とした世界に置き去りにされている。

「男の遺書が見つかるんですな」モーティマーは、ポズナップ夫人の揺り木馬のような目を捉えて言った。「遺書の日付は息子が出奔した直後のものです。その遺書によると、ゴミ山脈の一番低い一帯と、それに山々の裾野に立てられたちょっとした住み家は、唯一の遺言執行人である年老いた召使に譲り、それ以外のすべての財産――これがまた大した財産ですが――は、息子に譲る、とある。それから彼は、奇怪な儀式と、まじないめいたことをして、二度と自分が蘇《よみがえ》らぬよう、手立てを講じてから埋葬すべし、との指示も加えていたんですが、こっちは私の口からくどくど言う必要もないでしょう。というわけで、これで全部終わりですよ。ただし――最後に一言――*27」というところで、彼の話は途切れた。

分析化学者が戻ると、皆の目が彼に注がれた。これはけっして皆が彼を見たかった、というのではなく、自然界一般に存在する不可思議な法則性のためだ。つまり、誰かがしゃべっているときに、その人から視線を外しても良いチャンスがあるなら、それを捉えずにはいられないという、多くの人間が本来的に持っている性質ゆえのこと。

「まあ、ひとつだけ言うとしたら、息子の相続の条件として、ある娘と結婚することが定められているんです。その娘というのが、遺書が作成されたときには、まだほんの四、五歳だったんですが、今では適齢期のうら若き乙女ですな。尋ね人の広告や捜索の結果、この息子こそ、〈どこぞから来る男〉その人とわかり、いまこの瞬間、そのどこぞから母国へと帰国の途についているわけです。間違いなく、事の成り行きにひどく驚いているでしょう、なぜって帰国したらすぐに、巨万の富を相続して妻を娶《めと》るべしとなっているわけですから」

そのお若い方は、人好きのする素敵な若者ですの？　ポズナップ夫人が尋ねる。これにモーティマーは、なんとも答えようがない。

ポズナップ氏は、その結婚の条件が満たされない場合には、巨万の富は一体どうなるのでしょう？　と尋ねる。モーティマーはこれに対して、遺書の特記事項に書かれてあるように、その場合には息子は全財産を剝奪《はくだつ》され、先ほど述べた老召使にすべてが移譲されます、と答える。さらにまた、別の特記事項では、息子がすでにこの世にない場合、同召使が唯一の遺言相続人として認められるべしとあります、とも。

ヴェニヤリング夫人がテーブル越しに、何枚もの大皿小皿をティッピンズ令夫人の拳《こぶし》方面へと上手《うま》い具合に押しやり、やっとこさイビキをかいて眠っていた夫人を起こすのに成功する。その時、テーブルの客人たちは一斉に、分析化学者が幽霊のようにボウッと突っ立ったまま、折りたたんだ紙をモーティマーに差し出していることに気付く。しかし当のモーティマーだけが気付かない。つかの間、ヴェニヤリング夫人も好奇心に駆られて動きを止める。モーティマーのほうは、化学者がありとあらゆる技を繰り出したにもかかわらず、マデイラ・ワインで平然と滋養回復に努め、万座の注目の的である文書の存在には、まったく気付かぬまま。とうとうティッピンズ令夫人（目を覚ますときには認識障害を起こすこと頻々なるご婦人だ）が、ご自分の今現在の所在をハッと思い出し、周囲の事態を呑み込むや、かくのごとくおっしゃる。「まったく、ドン・ファンよりも不実な男ね。ほら、コメンダトーレ[*28]からの御文《おふみ》を受け取りなさいな」このお言葉と同時に、化学者はモーティマーの鼻先まで手紙をずいと差し出す。モーティマーは振りかえって言う。

「これはなんだね？」

分析化学者は身体をかがめて耳元でなにごとか囁く。

「誰だって？」モーティマーは尋ねる。

分析化学者は再び身体をかがめて耳元で囁く。

モーティマーは目を丸くして彼のほうを見ると、手紙を開く。一度読み、もう一度読み、ひっくり返して、なにも書かれていない裏面をじっと見つめてから、三度目の正直で読み返す。

「この手紙、奇遇も奇遇、驚くほどドンピシャリのタイミングで舞い込んできました」モーティマーは打って変わった面持ちでテーブルを見渡しながら言う。「これぞまさに、先ほど来お話ししていた男の物語を締めくくる知らせです」

「もう結婚したとか？」とは一人が当て推量。

「結婚は断る、とか？」もう一人が当て推量。

「ゴミの中から遺言の補足書き？」さらにもう一人当て推量。

「いいえ、違いますね」モーティマーは言う。「まったく驚くべきことです。みなさん全部はずれですよ。事実は僕の想定より完璧かつ身の毛もよだつものです。例の男が溺れ死んだのです！」

第三章　もうひとりの男

女性陣のスカートがするするとヴェニヤリング邸の階段を上って消えて行くのに続き、モーティマーもダイニング・ルームを後にして、贅《ぜい》を凝らして真新しく装丁された真新しい本が並ぶ書斎へと入り、手紙を持ってきた使いの者を通すように言った。使いの者とは、十五歳くらいの少年。モーティマーが彼を見ると、彼は壁にかかった真新しい巡礼者たちのほうを見た。カンタベリーに向かう一行は、隊列を組んでいるというよりも金縁の額に組み込まれているというほうがふさわしく、田舎の道を進むというよりも木彫り[*1]の畝《うね》を進んでいるようだった。

「これは誰が書いたんだね？」

「俺です」

「誰に言われて書いた？」

「ジェシー・ヘクサム、父です」

「親父さんが死体を発見したということか？」

「そうです」

「親父さんの仕事は？」

少年は答えに詰まり、お前たちのせいで少し厄介なことになったじゃないかと言うように、壁の巡礼者たちを恨めしげに見つめたが、やがてズボンの右足をつまむと顰《ひだ》を寄せながら言った。「川岸で生計を立ててます」

「ここから遠いか？」

「どこがです？」少年は身構え、再びカンタベリー巡礼者の道のりに目をやった。

「親父さんのところまでさ」

「結構な距離ですよ。俺は辻馬車で来たんですが、まだ金は払わずに外で待たしてあります。すぐに払っちまわずに、そのまま乗って帰ったってかまいません。死体のポケットから見つかった紙に旦那の事務所の住所が書いてあったんで、最初はそっちのほうに回ったんですが、俺と同じくらいの年の奴がいるだけだったんで、そいつに聞いてここまで来たんです」

少年は完全に野性的なわけでもなく、かといって完全に洗練されているわけでもなく、両者が奇妙に混じり合っていた。声はしゃがれて荒っぽく、顔立ちも粗野で、発育不良な体格もまた粗野だったが、その割に同じタイプの他の少年に比べれば小ざっぱりしており、大きくて丸文字ではあるものの綺麗《きれい》な字を書いた。並んだ本の背表紙をちらりと眺め、その装丁の下に潜む世界に興味を惹《ひ》かれている様子だった。頁が閉じられたまま、ただ棚に置かれた本を眺める時、文字が読める者と読めない者とは明らかに異なる目つきをする。

「心肺蘇生やなんか試してみたのか、知ってるかい？」モーティマーは帽子を探しながら尋ねた。

「死体の状態がどんなか知ってたら、旦那だってそんなこと聞きゃしないと思いますよ。フ*2

ァラオの大軍が紅海で溺れたときだって、あんなに完璧に溺れ死んでやしませんよ。ラザロ［「ヨハネによる福音書」十一節で、イエスの力で死から蘇った］だって、あの死体の半分も死んじゃいませんね。もしあのくらい死んじまって、それでも蘇ったってんなら、まったくこの世の奇跡中の奇跡ってやつですよ」

「おや！」モーティマーは帽子を頭に載せて振り返ると叫んだ。「紅海についちゃ、ずいぶんよく知ってるみたいじゃないか？　まだ若いのに」

「学校で先生と一緒に読んだんです」と少年。

「ラザロも？」

「はい、ラザロもそうです。けど父さんには絶対に言わないでくださいよ！　その手の話になるとうちじゃ決まって大喧嘩《おおげんか》なんですから。学校に行かせてくれたのは姉さんなんです」

「良いお姉さんだな」

「まあ、悪かないですよ」少年は言った。「けど、姉さんにできることって言ったら、せいぜいアルファベットが読めるくらいですけどね。それだって俺が教えてやったんです」

陰気な顔のユージーンが両手をポケットに突っ込んだままフラリと入って来て後半部分の会話を聞いていたが、少年が姉をバカにしたような発言をしたところで、その顎を荒っぽく摑《つか》み、面構えを見てやろうと自分のほうに向けた。

「勘弁してくださいよ、旦那！」少年は抵抗しながら言った。「そんだけじろじろ見りゃ、もうたくさんでしょ」

ユージーンはなにも言わず、代わりにモーティマーに向かって「よければ僕も一緒に行くが?」と言った。そこで三人は少年が乗ってきた辻馬車で屋敷を後にした。友人二人(パブリックスクールで一緒に過ごした仲だった)が車内で煙草をふかし、使いの少年は御者の隣の荷物箱に腰かけた。

「さてと」モーティマーは馬車に揺られながら口を開いた。「ユージーン、僕はね、チャンセリー[*3]の高等法院の名誉ある事務弁護士名簿に名を連ね、英米法の弁護士になって、もう五年になる。だけど抱えてる案件って言ったら、このロマンチックな事件だけときてる。そりゃまあ、だいたい二週間に一度の割合で、遺産なんてこれっぽっちもないティッピンズ令夫人の遺書作成に、ありがたくも無報酬でご相談に乗ってさしあげてるのは別だがね」

「そして僕ときたら」とユージーン。「七年前に法廷弁護士の資格を取ったっきり、文字通り、なんの仕事もなかったし、この先だって見つかりっこない。実際問題、なんか仕事があったとしたって、どうやりゃいいのかわからんだろうさ」

「最後のとこについちゃ、この僕も」モーティマーが言い返す。「君と比べてちょっとでもましに仕事ができるもんかどうか、まったくもって自信がないね」

「まったく」ユージーンは向かい側の座席に両足を載せると言った。「この仕事にゃ、ほとほと嫌気がさしちまった」

「悪いけど、僕もちょっと足を上げさせてもらっていいかな?」とモーティマー。「いや、ありがとう。僕もまったくこの仕事にはうんざりだよ」

「そもそも僕の場合は無理やり押し付けられたんだ」とは陰気な顔のユージーン。「一族に一人くらいは法廷弁護士がいたほうが便利だってことでね。まったく結構な弁護士さまができあがったわけさ」

「そもそも僕だって無理やり押し付けられたんだ」とはモーティマー。「一族に一人くらいは事務弁護士がいたほうが便利だってことでね。まったく結構な弁護士さまができあがったわけさ」

「僕を含めて四人で、暗い穴蔵みたいなところを弁護士事務所とかいっちゃって、ごたいそうに戸口んとこに四人分の名前をべったりペンキで書いたりして」とユージーン。「四人で一人の小使い事務員を四分の一ずつ分け合って暮らしてる。まるで盗賊王の洞窟にいるカッ[*4]シム・ババみたいな事務員だ。そしてこのカッシムが我が一団中でたった一人の堅気な人間ときてるんだから困ったもんだ」

「僕は」とモーティマー。「おっそろしく高い階段をどんどん登ったてっぺんの事務所で、墓場をはるかに見下ろしながら、ぽつんと一人で仕事だぜ。事務員だってまるまる一人抱えてるけど、奴の仕事ときたらぼんやり墓場を見てるくらいのもんさ。あいつが大人になったらどんな人間になるかなんて、まったく想像もつかないね。あのみすぼらしいミヤマガラスの巣みたいな事務所で、四六時中、あいつがなにを考えてるのか、人さまの役に立つことか、はたまた人さまを毒するようなことか、わかりっこない。一人であんなにとっくり考え込んではっかりじゃ、将来は同胞たる人類を益するような人間になるのか、それとも毒するような人間になるのか。僕の職業的視野に飛び込んでくる関心といったら、たったのこれっぽちさ。ちょっと火を貸してくれるかい。ありがとう」

「そのうえ、阿呆《あほう》な連中に言わせりゃ」ユージーンは後ろの座席にもたれかかり、腕を組むと目を閉じたまま煙草をふかし、少し鼻にかかった声で言った。「とにかく〈エナジー〉が肝心だってんだな。辞書のAからZまで全部の言葉のうち、心底むかつくのがこの〈エナジー〉ってやつさ。言い古された陳腐な迷信とか、オウムのくだらん口真似と変わらん代物だ。馬鹿馬鹿しいにもほどがある。今すぐにでも大通りに飛び出してって、一番最初に目についた金持ち風な男の襟首を摑んでブンブン揺さぶり、『おい貴様、今すぐなんでもいいから、訴訟を起こしてこの俺を弁護士に雇いやがれ、じゃなきゃ貴様を死ぬほどの目にあわせてやるぞ』とか言えってのかね。けど連中はそれが〈エナジー〉だとかほざくんだな」

「まったく同感だよ、ユージーン。とにかく、この僕に素敵なチャンスをくれたまえ、なんでもいいから、やる気満々、エネルギッシュになれそうなもんを拝ませてほしいよ。そしたら僕だって連中にやる気のなんたるかを拝ませてやるさ」

「僕だってさ」とユージーン。

そしておそらくは同夜のうちに、ロンドン郵便局の配達区域内に居住している若者たちが何万人も、同種の希望に燃えた発言を行ったものと考えて差し支えあるまい。

馬車はどんどん走り、そのままロンドン大火記念碑を過ぎ、ロンドン塔を過ぎ、造船所地区からラットクリフ通りに沿って下り、ロザハイズ通りを過ぎた。道徳的汚物と同じく人間性の澱《おり》や汚物もまた、高台から流れ降りて堆積し、自重に堪え切れなくなってどっと堤防を越えて川底に沈むまで、ひたすら動きもなく澱み続ける。そんな澱んだ人間たちの界隈も通りすぎた。岸に乗り上げたような恰好の大型船や、沖に流されていくみたいに見える家々の間を縫うようにして——また家々の窓から覗きこむ帆船の帆や、船の中を覗こうとする家々の窓の間を縫うようにして——、車輪はガタゴト回り、やがて川の流れ以外のなにものにも清められたことのない、薄汚れた界隈で止まった。少年が馬車を降りて扉を開けた。

「あとは歩くしかないんです、旦那。たいした距離じゃありませんから」少年は明らかにユージーンなど物の数に入らないとでも言うかのように、単数形で〈旦那〉と呼びかけた。

「こりゃまた、どうにも辺鄙《へんぴ》なところだな」先に行く少年が角を曲がるのに続いて、そこらの石や岸に流れ着いたゴミで足を滑らせながら、モーティマーが言った。

「父の家です、旦那。明かりが点《つ》いているとこです」

その低い建物はかつて水車小屋だったらしかった。前面上部にある腐りかけの木造突起物が昔の翼板のありかを物語っていたが、それを除けば家の全景は夜の闇にまぎれたまま、ぼんやりしてよく見えなかった。少年が扉の掛け金を外すと、三人はすぐに天井の低い円形の部屋に入った。そこには赤々と火が燃え、立ったままじっと炎に見入っている男と、腰かけて針仕事をしている若い娘がいた。火の正体は粗末な網焼きコンロのようなもので、炉に嵌《は》められてもいなかった。ヒヤシンスの球根形の粗末なランプがひとつ、テーブルの上にある石のボトルに突き刺された恰好で、ゆらゆらと煙をくゆらせていた。部屋の隅には、木の寝棚か寝台のようなものがあり、また別の隅には上に向かう木の階段があったが、あまりにガタガタなうえ急勾配なので、階段というより梯子に近かった。古いスカルとオールが二、三本、壁に立てかけてあり、反対側の壁には小さな食器棚が置かれ、見るもみすぼらしい陶器や調理器具一式がまばらに並べてあった。二階の部屋の床がそのままこの部屋の天井になっていて、漆喰《しっくい》も塗られていなかった。それも、相当古いうえに節だらけで、あちこち継がれたところに梁《はり》が渡してあり、ただでさえ低い部屋をいっそう低く見せていた。天井も、壁も、床も、そこらじゅう、粉や赤鉛のさび汚れ（おそらく水車小屋倉庫として使われたときに付いた汚れだろう）だらけのうえに湿気を含み、完全に朽ち果てた風情を醸し出していた。

「おいでなすったよ、父さん」

赤い火を見つめていた人物が振り返りざまくしゃくしゃくしゃの頭を上げると、ハゲタカを思わせる顔が現れた。

「おたくがモーティマー・ライトウッドさんかい？」

「いかにもモーティマー・ライトウッドだ。お前さんが見つけたものは」モーティマーはいささか怯えたように寝棚のほうをちらりと見ながら言った。「この家のなかに？」

「いや、ここじゃあねえ、だけどすぐ近くだ。俺はなんでもキチッとやるほうでね。見つけたもんについちゃあ、もうサツにも届けて、仏さんはサツが引き取ってるってわけさ。誰もかれも、うだうだしてる奴なんていやしねえ。もうサツじゃ、ビラまで刷り上がってるしね、なんて書いてあるって、そらこの通りだよ」

　男はランプが刺さった石瓶を取り上げると、壁に貼られた紙の近くにかざし、〈死体発見〉[*5]という警察公示を照らした。二人の男は壁に貼られたビラを読み、ギャッファーも明かりをかざしたまま、男たちの様子を観察した。

「不幸なガイシャの所持品は書類のみ、か」ライトウッドは所持品に関わる記載からつと目を離し、発見者に向きなおると言った。

「そう、書類だけ」

　ここで娘は縫物を手にして立ち上がると戸口から出て行った。

「所持金なし[*6]」モーティマーは続けた。「裾ポケットのひとつに三ペンス入ってたっきりか」

「三枚。ペニー銅貨。三ペンス」ギャッファー・ヘクサムは、ちょうど三語で言った。

「ズボンのポケットは空っぽ、裏返しにされていた、と」

　ギャッファー・ヘクサムはうなずいた。「そりゃよくあることでね。潮の流れのせいかどうかはわからんがね。ほら、こっち」同じようなビラに明かりを近付けると、「男のポケットは空っぽ、裏返しにされていた、と。それからこっちも」また別のビラに明かりを近付ける。「女のポケットは空っぽ、裏返しにされていた、と。それからこっちもおんなじ。それにそっちのもな。俺は字が読めねえし、読みてえとも思わねえ。どこに貼ってるかってので、書いてあることくらいわかるのさ。こいつは錨《いかり》を二つと旗を持ってた船乗りで、腕にはG・F・Tって彫ってある。間違いねえか見てくれよ」

「その通りだ」

「それからこっちは、灰色のブーツをはいてた若い女で、服に十字架の模様がついてた。こっちも確認しておくんな」

「その通り」

「こいつは目の上にざっくり切り傷がある野郎。それからこっちはハンカチで身体をしっかり縛ってた若い姉ちゃんと妹。こっちは老いぼれの酔っ払いで、畝織《うねおり》のスリッパ［安物の生地で作られたスリッパ］にナイトキャップをかぶってた。後になってわかったのは、やっこさん、ツケでラム酒をしこたま飲ませてもらえりゃあ川ん中飛び込んでやるさってホラ吹いたところが、人生最初で最後、言葉通りに約束を守っちまったってやつだな。この部屋ん中にゃ、ご覧の通り山ほどビラが貼ってあるが、俺はひとつ残らず全部覚えてるんだぜ。まったくたいした博士さまってとこじゃねえか！」

ランプこそ我が博識の象徴と言わんばかりに男は部屋中のビラに向かって明かりを振ると、テーブルに置き、その明かり越しに来訪者たちを穴のあくほど見つめた。彼が眉をぎゅっと寄せると、ボサボサの頭頂部がグッと上がり、まるでトサカのように逆立つので、ハゲタカ独特の雰囲気が漂った。

「これ全部、お前さん一人で見つけたってわけじゃないんだろう？」ユージーンが聞いた。

これにハゲタカはゆっくりと応じた。「おたくのお名前はなんとおっしゃるんで？」

「こちらは僕の友人で」モーティマー・ライトウッドが割って入った。「ユージーン・レイバーンさんだ」

「ユージーン・レイバーンさんねぇ？　そのユージーン・レイバーンさんがこの俺になにをお尋ねでしたっけ？」

「ここらに貼られたビラの死体全部、一人で見つけたのかって聞いたまでさ」

「それじゃまあ俺のほうも、ほとんど全部って答えるまでさ」

「それでお前さんの見立てじゃ、この仏さんたちの中にゃ暴力沙汰や強盗沙汰がらみがずいぶん多いってわけか？」

「んなこと考えたこともないさ」とギャッファー。「なんしろ俺は、あれこれ見立てたりするような性質《たち》の人間じゃねえ。旦那だって、来る日も来る日も、いろんなもん川から釣り上げて食い扶持稼ぐような暮らししてりゃあ、見立てどころの騒ぎじゃなくなるさ。それじゃ、ぼちぼち案内しようかい？」

うなずいたライトウッドに応えて男が戸口を開けると、ひどく取り乱して真っ青な顔がニュッと現れた——激しく動揺している男の顔だった。

「誰かさんが行方不明かい？」ビクッとして立ち止まるとギャッファー・ヘクサムが言った。「それか、新しいのが見つかったってのかい？　どっちだ？」

「迷ったんだ！」男は気が急《せ》いて息もできないような様子だった。

「迷った？」

「わ、わたしは、その、このあたりははじめてで、道が、よく、わからないんだ。この、このビラに、書いてあるものが見られる場所に、どう、行ったらいいんだろうか？　ひょっとすると、その、知り合いかもしれないんだ」男は息を切らし、ほとんどまともにしゃべることもできなかった。それでもおもむろに、まだ糊のあとも乾き切らずに小屋の壁に貼られているのと同じ、例の刷りたてのビラを一枚、差し出した。おそらくは刷りたてだったせいか、パッと見てだいたいの字面の雰囲気から正確に察したものか、ギャッファーはすぐさま状況を呑み込んだ。

「こっちのライトウッドさんって旦那が、その件でお見えになったとこでね」

「ライトウッドさん？」

一瞬、モーティマーと見知らぬ男は顔を見合わせた。お互いに知らぬ顔だった。

「今しがた」モーティマーはいつも通り、なにごとにも動じない悠長な様子で、気まずい沈黙を破った。「ありがたいことに、私の名を呼んでいただいたようですが？」

「この男の言うのを繰り返しただけです」

「ロンドンには不案内だと？」

「まったくはじめてです」

「それでハーモン氏をお探しだと？」

「いいえ」

「でしたら、おそらくはおいでになるだけ無駄でしょうね、お知り合いの方とは違うと思いますよ。これから一緒に来られますか？」

ついさっき引いていった不潔な潮の名残を感じさせるようなぬかるんだ一帯を路地から路地へ少し歩くと、明るいランプが灯る警察署の小門の前に出た。そこで一行は、夜勤警部補がペンとインクと定規を手に、真っ白に塗られた漆喰壁の事務室で、勇んでなにやら手帳に書きつけているのを目撃した。山頂の修道院に暮らす修行僧もかくやというほど脇目もふらず仕事に没頭する警部補には、酔っ払い女がすぐ裏手の独房でドアに激しく体当たりし、獣のような雄叫びをあげているのも、まったく気にならないようだった。勉学に没頭する隠遁《いんとん》者《しゃ》の風情そのままに、彼はようよう手帳から顔を上げると、ギャッファーに目をやり、「ああ、お前のことならなんでもお見通しさ、調子に乗ってそのうち尻尾《しっぽ》を出すぜ」とでも言いたげな顔で胡散臭《うさんくさ》そうにうなずいてみせた。それからモーティマー・ライトウッド氏とその連れに向かって、すぐに片付けますから、と断った。例の女が扉を叩く音がいよいよ激しくなり、ゾッとするような金切り声で「あの女の臓物を寄越しな」とかなんとか叫んでいたが、そんなことなどまったく素知らぬ顔、やりかけの書類にきっちり、丁寧に罫線を引いた（その様子は静謐《せいひつ》そのもの、まるで祈禱書《きとうしょ》を読みふける僧さながらの落ち着きだった）。

「カンテラを」夜勤警部補は鍵束を手に取ると言った。巡査がうやうやしくそれを差し出した。「では参りましょうか」

彼が束から選んだ鍵で、裏庭の一番端にある涼しい岩屋のようなところを開けると、一行は中に入った。すぐに出てきたが、ユージーン以外に口をきくものもいなかった。彼はモーティマーに向かって「ティッピンズ令夫人と比べりゃ、まあ悪かないほうだろ」と囁いた。

それから一行は白漆喰の修道院的事務室へと戻り――「あの女の臓物を寄越しな」という例の金切り声は、一行が物言わぬ死体を確認する間もずっと大音量で聞こえていた――、そこで〈修道院長殿〉から事件のあらましを聞かされた。死体が川に投げ込まれた経緯《いきさつ》についての手掛かりはありません。この種の手掛かりがないのは、きわめてよくあることです。死体にあった外傷が、死ぬ前のものかを確認するには、死後時間が経過しすぎています。優秀な外科医の見立てでは死ぬ前。また別なる優秀な外科医の見立てでは死後ということです。死んだ男が乗っていた船の乗組員が検死にきて、さきほど身元も確認済みです。同様に、着衣も当人のものに間違いない、との証言がありました。それから他にも、いや、みなさんビラでご存じの通りですな。船を降りてから川で死体となって上がるまでの足取りが、完全に消えているのはなぜか。ふん！　なにか良からぬことに首を突っ込んでおったのでしょう。おそらく罪のない戯《ざ》れ事《ごと》程度と思っておったかもしれませんが、まあ世間知らずというもので、そいつが結果的に命取りになった、というところですかな。検死審問は明日、まず間違いなく死因不明の評決という運びでしょう。

「どうやらお友達はすっかり参ってしまわれたようだ。腰が抜けておられる」あらましを話し終えると、警部補殿が言った。「仏さんを見て、肝がつぶれてしまわれたんでしょうな！」低く抑えた声で、見知らぬ男のほうをじっと探るように見ながら（この時がはじめてではなかった）、警部補殿は言った。

この方は僕の友人ではないんです、とライトウッド氏は釈明した。

「おや、そうですか？」つと耳をそばだてるようにして、警部補殿が言った。「では、どこでお知り合いに？」

ライトウッド氏は詳しい事情を説明した。

警部補殿は事件のあらましを説明し、右記の質問をする間、机に両肘を付き、両手の指を重ね合わせていた。そしてやはりじっと身じろぎもせぬまま、目だけを動かすと声を高めて言った。

「どうやらご気分がすぐれんようですな！　この手のことには慣れておられない、と？」

見知らぬ男は、頭をがっくりと垂らし、煙突の張り出しに身を預けていたが、振り返って答えた。「はい。本当に恐ろしい光景でしたから！」

「お知り合いかもしれないと思って来られた、と伺いましたが？」

「はい」

「それで、知っているお顔でしたか？」

「いいえ。しかしなんとも恐ろしい光景でした。ああ！　本当に恐ろしい、恐ろしい光景でした！」

「お知り合いというのは、どなたで？」警部補殿が言った。「どんな方か教えてください。お役に立てるかもしれませんし」

「いや、いや」見知らぬ男は言った。「探してもまったく無駄ですよ。失礼します」

警部補殿は身じろぎもせず、なんの命令もしなかった。しかし、巡査は小門に背を預けるようにもたれ、左腕を門の上に置いたまま、右手で上司の警部補殿から受け取ったカンテラを――いかにも何気ない様子で――見知らぬ男のほうへ向けた。

「ご友人が行方不明。いや、敵、と申し上げたほうがよろしいか。でなければこんなところまでわざわざお出《い》でにならんでしょう。ならば、こう伺っても差し支えありませんでしょうな、一体どなたです？」とは警部補殿の言葉。

「どうかご勘弁願います。警部さんならきっと、他のご職業の方よりお察しくださるでしょう、身内の諍《いさか》いや不幸を人さまに話すのは誰だっていやなものです。もういよいよ最後の最後、どうにもやむを得ないというときまではね。お仕事柄、私にご質問なさるのはもちろん構いません。ですからどうか、お答えを控えさせていただくこちらの権利についても、どうこうおっしゃらないでいただきたいのです。失礼します」

彼は再び小門のほうへ足を向けたが、そこには例の巡査が物言わぬ銅像のようにして、上司をじっと見つめたまま立っていた。

「少なくとも」警部補殿は言った。「こちらにお名刺を置いていっていただくことには、ご異存ありますまい？」

「もちろん、持っていればそうしたいところですが、あいにく手持ちがないので」彼は顔を赤くすると、すっかりどぎまぎして言った。

「それでは少なくとも」警部補殿は、声も態度もまったく変えずに言った。「こちらにお名前とご住所を書いていただくことには、ご異存ありますまい？」

「もちろんです」

警部補殿はインク壺にペンを浸し、器用な手つきで脇の紙の上に載せると、また前と同じ姿勢に戻った。見知らぬ男は机のところまで来ると、震える手で書いた——身をかがめて書く男の髪の毛一本見逃さぬような目で、警部補殿は横からじっと見ていた。「ジュリアス・ハンドフォード　ウェストミンスター、パレス・ヤード、エクスチェッカー・コーヒーハウス」

「では、こちらにお泊まりで？」

「はい、そうです」

「ということは、どこか地方からお越しで？」

「え？　はい、まあ、地方から来ました」

「ではもう結構です」

巡査は腕をどけて小門を開け、ジュリアス・ハンドフォード氏は出て行った。

「当直！」警部補殿は言った。「この紙を持っていって、奴に気付かれんように尾行しろ。たしかにこの宿に泊まっていることを確認してこい。それから奴のことで嗅ぎつけられることがあれば、なんでも拾ってくるんだ」

巡査は出て行った。警部補殿はまた修道院に籠《こも》る敬虔《けいけん》な修道僧の衣をまとうと、ペンをインク壺に浸し、手帳を開いて記録作業を再開した。二人の友人は、怪しげなジュリアス・ハンドフォード氏その人よりもむしろ、警部補殿のプロフェッショナルの流儀に興をそそられ、彼を見つめていたが、やがて警察署を出る前に、今回の件には怪しいところがあるとお考えか、と尋ねた。

修道僧は言葉少なに「なんとも言えませんな。殺しなら誰だってやれますから。強盗やスリには訓練がいります。ですが殺しは違います。殺しに向かない人間なんておりません。身元確認に来た人間なら、もう何十人も見てきましたが、あんなにショックを受けた男はおりませんでしたな。ひょっとすると神経のほうより腹にグッときたのかもしれませんがね。だとすると、なんとも奇天烈《きてれつ》な腹ですよ。しかしまあ、考えてみれば奇天烈なことだらけです。[*7]『死体は殺人鬼に触れられるとき、再び血を流す』とかいう例の迷信ですがね、残念ながらあんなのはまったくの嘘っぱちです。死体はなに一つ教えちゃくれません。あの女みたいにワアワア騒いでくれりゃいいんですがね、もうまるまる一晩、あの通りわめきっぱなしですよ」（これは「臓物を寄越しな」とバンバン扉を叩く例の女のことだった）「死んでしまったら最後、もう聞き出すことはできんのです」

翌日の検死審問まではすることがなくなったので、二人の友人は連れ立ってその場を後にし、ギャッファー・ヘクサムと息子も別の道を帰っていった。しかし最後の角にさしかかると、ギャッファーは息子に一人で家へ帰るように言い、自分は「ちょっと一杯」引っかけようと、水膨れのように脇道に張り出して立っている赤いカーテンの居酒屋へ足を向けた。

少年がさきほどと同じように掛け金をあげると、姉もやはりさきほどと同じように火の前で針仕事をしていた。弟が入ってきて口を開くと姉は顔をあげた。

「どこ行ってたんだい？　リズ？」

「ちょっと外の暗いほうにね」

「そんなことしなくってもよかったのに。なんにも問題なかったんだし」

「あの紳士方の片っぽね、あたしが家にいた間じゅう一言も口をきかなかったほうね、あたしのこと、じぃっと見てたの。まるであたしの顔にいろいろ書いてあるみたいに、なんもかんもわかっちゃうんじゃないか、って思ったら怖くなってね。けどほら！　心配しないで、チャーリー！　それよりさ、あんたが父さんに向かって、俺ちょっとなら字が書けるよ、とか言ったときには身体[*8]の震えが止まんなかったわよ！」

「ああ！　けど俺、人が読めるかどうか怪しいもんだってくらい、ひどく下手な振りしてぐちゃぐちゃに書いといたよ。しかも俺がえっちらおっちら指でそこらじゅうゴシゴシやって、つっかえつっかえ書いてたから、父さんったら肩越しにのぞきこんでゾクゾクするほど喜んでたじゃないか」

娘は針仕事を脇に置き、椅子を火のそばの弟の椅子に引き寄せると、その肩に優しく腕を回した。

「あんた、学校ではちゃんとやってるんでしょうね、チャーリー？」

「ちゃんとやってるかって？　おいおい。冗談はよしてくれよ。ちゃんとやってないとでも？」

「そうね、チャーリー、そうね。お前が一生懸命、勉強を頑張ってるの、姉さん知ってるわ。

それにあたしもね、チャーリー、ちょっと頑張ってるの。それでちょいちょい工面して、一シリング貯《た》めてはまた一シリングって具合にやってるの（夢の中でお金の勘定をしているうちに目が覚めちゃうことだってあるわ）、そうして貯めたお金で、父さんにはお前がちょっとずつだけど川で稼げるようになってきたって、信じてもらえたらいいなと思って」

「姉さんは父さんのお気に入りだから、なんだって好きなように信じてもらえるさ」

「本当にそうだったらどんなにいいか、チャーリー！　勉強って大切なんだってこと、勉強すれば今よりましな暮らしができるかもしれないってこと、父さんに信じてもらえるもんなら、姉さん死んだってかまわないくらいよ！」

「死ぬだなんて、縁起でもない、やめろよ、リズ」

姉は弟の肩の上に両手を組んで優しくのせ、日に焼けたすべらかな頬をその手に預けると、火をじっと見つめながら物思いに耽《ふけ》るように続けた。

「夕方くらいになるとね、チャーリー、あんたが学校に行ってる時間よ、父さんが——」

「〈六人の愉快な赤帽亭〉に行ってるとき、だろ」少年は、背後の居酒屋のほうに頭をグッとそらすようにして、鋭く言った。

「そう。そんな時に火を見てると、燃える石炭の中になにか見えるような気がしてくるの——ほら、あそこで、今も明るくぼうっと光ってるでしょ」

「あれはガスだよ、あれなら」と弟、「ノアの方舟の時代[*9]に海んなかにあった泥に埋まってた、ちっぽけな森から出てくるやつさ。ほら、ごらんよ。この火搔《ひか》き棒《ぼう》で、ほら、ちょっとグイッとやれば――」

「チャーリー、だめよ。ほら、全部燃えちゃうじゃない。姉さんが言ってるのはね、あそこのそばで、ほんのり、ぼうっと光って、ちらちらしてるとこよ。夕方にあんなのを見てるとね、まるで、絵みたいな景色が広がってくるのよ、チャーリー」

「じゃあ試しにその絵を俺にも見せてくれよ」と弟。「どこをどう見りゃいいのさ」

「ああ！　姉さんの目じゃなきゃ見えないのよ、チャーリー」

「じゃあ面倒なことは抜きにして、姉さんの目で見えるもんを教えてくれよ」

「そうね、見えてくるのはあんたとあたしよ、チャーリー。あんたは母さんのことも覚えてないくらいのちっちゃな赤ん坊でね――」

「母さんのことも覚えてないだなんて、よく言うよ」弟は言った。「だってその頃から俺にはちっちゃな姉さんがいて、母さんの代わりもしてくれたんだしな」

弟が姉の腰に両腕を回して抱きしめると、姉は楽しげな笑い声をあげ、目にうれし涙を浮かべた。

「見えてくるのはあんたとあたしよ、チャーリー。父さんは仕事に出かけててね、あたしたち姉弟は、火事を出したり、窓から落っこったりするといけないってので、家から閉め出されて、ドアの敷居のとこに座ったり、ドアの前の階段に座ったり、川辺に座ったり、そこらじゅうウロウロして、なんとか早く時間が過ぎないもんか、って思ってるの。あんたは重たい赤ん坊でね、チャーリー、だから姉さん、何度も座って休んでたのよ。あたしたち、よく眠たくなっちゃって、そのへんの隅っこで寝ちゃったりしたわね。それにお腹ぺこぺこだったり、ちょっと心細かったりってこともあったけど、でもいっつも一番こたえたのはあの寒さよねえ。覚えてる？　チャーリー？」

「覚えてるさ」弟は姉を二、三回ギュッと抱きしめながら言った。「俺はちっちゃなショールの下にもぐりこんでね、そこが温かくてさ」

「雨が降ることもあったわよね、そしたら二人してボートとかの下に潜り込むのよねえ。それから暗くなると、ガス灯の明かりを頼りに、大通りを歩いてく人たちの顔をじっと見るの。それでようやく父さんが帰ってきて、家まで連れてってくれるのよねえ。長いこと外にいた後で家に帰ると、本当にくつろいでほっとするのよねえ。父さんがあたしの靴を脱がしてくれて、火に当てて足を乾かしてくれて、それからお前が床に入った後も、父さんがパイプを吸ってる間じゅう長いこと、そばに座らせといてくれるのよ。そうしてるとあたし、父さんの手は大きいけど、あたしに触るときには全然荒っぽくしないんだなあとか、父さんの声はしゃがれてるけど、あたしに話しかけるときには全然こわくないんだなあって思うの。そうしてあたしは大きくなって、少しずつ父さんから頼りにしてもらえるようになって、一緒に仕事に出してもらえるようになったの。父さんを怒らせちゃうこともあるけど、ぶたれたことは一度だってないんだから」

これを聞いていた弟のほうは、「父さん、俺のことはぶつくせに！」と言いたげな唸《うな》り声《ごえ》をあげた。

「火の中に見えてくる昔の絵は、こんな感じかしらね、チャーリー」

「それじゃまた面倒なことはなしにして」と弟。「未来占いってやつをやってよ。将来はどんな絵になってるのさ」

「そうねえ。見えてくるのはあたし、相変わらず父さんからぴったり離れず一緒にやってるわ。だって父さんはあたしを愛してるし、あたしも父さんを愛してるから。あたしはやっぱりろくに本も読めないまんまで、それっていうのも、もし勉強なんかしようもんなら、きっと父さん、あたしが父さんを見捨てるつもりだって思うだろうし、そしたらあたしの言うことなんかなんにも聞いてくれなくなっちゃうでしょ。だけどやっぱり、なかなか思い通りに言うことなんか聞いてもらえるわけでもなくって、やめてほしいなって思ってる、父さんのあの恐ろしい仕事だって、やめてちょうだいって言い出せなくて、それでもいつかはそんな時が来るはずっていう希望と期待は捨てずに暮らしてるわけ。だってねえ、今だって、あたしがいるおかげで、父さんに歯止めがかかってるのも事実なわけでしょ。それなのにあたしが父さんを裏切るような真似したら、きっと父さん、復讐《ふくしゆう》の鬼みたいになっちゃうか、がっくりきちゃって、ううん、両方かしらね、とにかくやけくそになって、ひどいことになっちゃうから」

「それじゃ、俺の将来もちょっと占ってくれよ」

「今そうしようと思ってたとこよ、チャーリー」話し始めから身じろぎひとつしないままの姉は、ここではじめて、哀しそうに首を振った。「ここまでの話は全部、あんたの将来を話すための下準備なの。さあ、見えてくるのは——」

「どこに見えるのさ、リズ？」

「あのちらちらする炎のそばの暗いとこよ」

「ほら、あの、ちらちらする炎のそばの暗がりに、誰もかれもが集まってる、ってわけか」弟は姉の目をちらりと見ると、火鉢のほうへ視線を移して言った。細長い脚を付けた火鉢は、まるで不気味な骸骨のようだった。

「ほら、あんたが見えてきた。父さんには内緒で学校で頑張ってるの。そして賞をもらうのよ。どんどん賢くなるの。そうして、ええと、この間教えてくれた、あれ、なんて言うんだったかしら？」

「おいおい、占い師さんはそんなことも知らないのかよ」炎のそばの暗がりもまた万能ではないと知って幾分かホッとした調子で、弟は言った。「見習い教師[*10]のことだろ」

「そう、あんたは、見習い教師になるの、そっからもやっぱり、どんどん賢くなってね、それで知識と立派な心を兼ね備えた博士みたいな偉い人になるの。けどねえ、もうその頃にはとっくにあんたの秘密も父さんに知れちゃって、もう父さんとも姉さんとも別れちゃってるの」

「そんなのでたらめだ！」

「いいえ、本当よ、チャーリー。姉さんにはね、はっきり見えるの。あんたの進む道はあたしや父さんのとは違うの。万一、あんたがその道を行くこと、父さんが許してくれたとしたって（そんなことは絶対ありえないでしょうけどねえ）、あたしたちがいたら、あんたの将来に傷がついちゃうんだもの。でもね、チャーリー、他にも見えるものが――」

「それもやっぱり、はっきり見えるってのかい、リズ？」弟はからかうように聞いた。

「ええ！　そうよ。父さんの人生からお前を切り離して、お前に新しい素敵な門出をさせるのにはね、ずいぶん骨が折れるの。そのために姉さんがいるんじゃない、チャーリー。姉さんが父さんとここに残って、できるだけ真っ正直でいられるように父さんを見守って、今よりかもう少し、父さんに意見が言えるようになるまで待ってね、運が回ってきたりとか、父さんが病気で気弱になったりとか――とにかくなんでもいいから――、そんな時こそ、もっとちゃんとした仕事についてもらえるように父さんを説得できたらいいなって思ってるの」

「リジー、さっきは一冊も本が読めないなんて言ってたけど、この炎のそばの暗がりから、姉さんはいくらでも本を出して読めるんじゃないか」

「でもねえ、本物の本が読めたらどんなにいいかと思うわ。あたし、学がないのは本当に辛いと思ってるの、チャーリー。そのおかげで、あたしと父さんの絆《きずな》が結ばれてるってのじゃなかったら、きっともっと辛いと思うんでしょうね。――シィッ！　父さんの足音だわ！」

すでに真夜中を過ぎていたので、ハゲタカはそのまま寝床に入った。そして翌日の昼間にはまた〈六人の愉快な赤帽亭〉に出向き、証人として検死官判事の前に立つという勝手知ったる役をこなした。

新聞がしかつめらしく報道したところによれば、モーティマー・ライトウッド氏は証人の一人として証言する傍ら、故人の代理人一同を代表して手続きの一切を取り仕切る敏腕事務弁護士として、一人二役をこなした。例の警部補殿も手続きの一切を見守っていたが、目にしたものは自分一人の胸にしまった。ジュリアス・ハンドフォード氏については、申告通りの宿屋に滞在し、宿賃その他の延滞もなし、ほとんど人目につかずひっそり暮らしている、という以外にわかることもなかったので、出頭を命じられることもなく、ただ警部補殿の頭の隅っこの暗がりに留め置かれているだけだった。

死亡したジョン・ハーモンなる人物が英国へ帰国した経緯について、モーティマー・ライトウッド氏が証言するや、事件は巷《ちまた》の関心を集めた。その後数日間、あちこちの晩餐会で、ヴェニヤリング、トウェムロー、ポズナップ、バッファーズ一味が、めいめい我こそはこの事件の詳細に通じる者なりとして名乗りを上げた。しかし、それぞれが語る話はみなあらゆる点で食い違っており、話すうちに自分の話の中でさえ矛盾をきたす始末だった。さらに、ジョブ・ポタソンという船の乗組員と、ジェイコブ・キップルという同船の乗客の宣誓証言が行われ、故ジョン・ハーモン氏は下船時に手提げかばんを携帯しており、マデイラで所有していた小さな土地を取り急ぎ売り払って得た現金が入っていたはずで、その額として、まず七百ポンドは下らないだろうという事実が明らかになるや、事件はいっそう世間の耳目を集めた。加えてジェシー・ヘクサムが、これまでテムズ川から幾多の死体を引きあげてきた輝かしい経歴の持ち主であると知れるや、巷の関心は一層高まった。ジェシーの幸運にすっかり魅了された熱狂的なファンの一人など、〈埋葬の友〉という筆名で（おそらくは葬儀屋なのだろう）、『タイムズ』紙の編集者宛て、十八枚もの郵便切手を用いて五度にわたって「読者欄コラム」の原稿を送りつけてくる始末だった。

提示された証拠に基づき、陪審員たちは以下のような判決をくだした。

ジョン・ハーモン氏の遺体は、テムズ川に浮いているところを発見されたが、遺体の腐乱はかなり進んでおり、損傷の度合いも大きかった。当該ハーモン氏が死に至った経緯は、殺人を疑わざるを得ないが、誰の手によるものか、いかなる方法によるものかについては、なんの証言もあがっていない。しかるに陪審員らは、この謎の解明に貢献した者に報酬を与えるべし、と評決に付記して（警部補殿は、この措置を極めて賢明と考えておられる様子）、内務省に送付した。結果、四十八時間もたたぬうちに百ポンドの賞金がかけられ、直接手を下したか、共犯として殺人に関与した者でない限り、誰でも恩赦を与える等々のお触れが形式に則《のっと》って発布された。

この発布により、警部補殿はいつにもまして勤勉実直に仕事に励み、川岸の土手の段々や脇道にぶらりと突っ立って思索に耽り、あれやこれやの状況を繋ぎ合わせながら、ボートに乗って、あたりをこっそり巡回した。しかし、あれやこれやの状況が容易に結びつくものならば、女を一人と魚を一匹手に入れて人魚を仕立てることだってできる。ただし、警部補殿が頑張って人魚的なものをひねり出してみても、結局のところ、裁判官と陪審員たちにはとうてい信じがたい代物でしかなかった。

一息で潮の流れに乗るようにして世間の耳目を集めたハーモン殺しも――巷ではそう呼ばれた――、流れのままに行ったり来たり、満ちたり引いたり、街から田舎へ、宮廷からあばら家へと流れに流れ、王侯貴族や紳士淑女の間でささやかれたかと思えば、労働者や鍛冶屋《かじや》、船荷の運搬業者たちの口の端にのぼった。そしてとうとう、海が凪《な》ぐようにぴたりと動きを止め、そのまま長い間澱んでいたが、ふとまた海へ出て消えた。

第四章　R・ウィルファー一家

レジナルド・ウィルファーとは、いささか尊大な響きのある名前で、はじめて聞く者なら、田舎の教会にあるピカピカの真鍮板《しんちゆうばん》か、ステンド・グラスに描かれた飾り文字を思い浮かべるだろうし、まず世間一般では、ウィリアム征服王と一緒にフランスから渡ってきたド・ウィルファー家を想起するだろう。というのも、いやしくも家系図学的見地からいえば、〈ド・何某〉家の人々はみな、ひとしなみにウィリアム征服王と一緒に渡ってきた、というのが明々白々たる事実なのである。

しかし、レジナルド・ウィルファー一家は、きわめて凡庸な出自と凡庸な職業のお家柄で、先祖代々、波止場や税金事務所、関税事務所などで細々と生計を立て、現在のR・ウィルファー当主もまた、貧しい一介の事務員だった。限られた給料で養うべき家族は限りなかったので、当該事務員はあまりに貧しく、心に描くちっぽけな夢さえ実現できたためしがなかった。その夢とは、新しいスーツ一式を上下一度にこしらえ、帽子とブーツもあわせて新調してみたいというもの。黒い帽子は、新しいコートを買う頃にはすでに茶色くなり、新しいブーツを買う頃にはすでにズボンの折り目と膝はテカテカ、そのブーツもまた、張り込んで新しいズボンを仕立てる頃にはすっかりボロボロで、結局ぐるりと身体を一周して帽子に戻ってくる頃には、いかにも当世風ピカピカのお帽子は、数多《あまた》の年月を経て朽ち果てた廃墟のようなお洋服の上に、ちょこんと載るのだった。

教会でよく見かける智天使《ケルビム》がそのまま大きくなって服を着ることがあったなら、そっくりウィルファーの肖像画に使えたかもしれない。ぷくぷくの身体、髭のない顔、無垢そのものの表情ゆえに、彼はいつも周囲の人間からぞんざいに扱われ、そうでなくても先輩風を吹かされた。夜の十時頃、貧しいウィルファー家をはじめて訪ねる者なら、この智天使がまだ起きていて、夕食をとっているのを見て仰天するだろう。それほどに、肉付きも骨格も大人とは思えぬ子供っぽさを残していたから、チープサイド［ロンドンのにぎやかな大通り］で昔の学校の先生に出くわしたら、先生のほうはすぐさま鞭打《むちう》ちの刑に処したい誘惑をおさえがたかろう、と思われるほどだった。とにかく先にも言った通り、智天使をそのまま大きくすれば彼の肖像画が出来上がる寸法だったが、それでもちょっと白髪交じりで、顔に苦労の跡が漂い、借金でどうにも首が回らない智天使だった。

引っ込み思案な彼は、レジナルドという名前があまりに野心的で出しゃばりに思えるため、本名を名乗りたがらなかった。サインする時にはただ頭文字のRだけを使い、そのRがなにの略かについては、気心の知れた数少ない友人にだけ絶対他言無用の約束でこっそり打ち明けた。このためミンシング小路の界隈では、Rで始まる形容詞や分詞で架空の名前をでっちあげる、というちょっとした悪ふざけが始まった。そのうちのいくつかは実に言い得て妙、というやつだった。Rusty（サビレジナルド）、Retiring（モジモジナルド）、Ruddy（ドギマギナルド）、Round（マンマルド）、Ripe（プクプクナルド）、Ridiculous（オロカモノルド）、Ruminative（ボンヤリナルド）。これ以外にも、当のご本人にまったく当てはまらないという理由から敢えて選ばれた名前たち。Raging（怒レジナルド）、Rattling（ブツブツ怒リルド）、Roaring（ガオーと吠えナルド）、Raffish（自由奔放ナルド）。しかし、彼はもっぱらラムちゃん（Rumty）で通っていた。これは薬剤市場に関与する陽気な紳士が、当意即妙の思いつきで付けた名で、社交場でのコーラスの出だしとして考案されたが、このコーラスのリードパートを高らかに歌い上げたことで、当該紳士は不動の名声を築くこととなった。その表現力豊かなコーラスの歌詞は以下の通りである。

「ラムちゃん、馬鹿ちゃん、ほら漕げ漕げ、
ばいばい、さよなら、歌っては、ほらワンちゃんみたいにワンワンワン」

こうしてRは仕事上の些細《ささい》な文書においてさえ、常に「ラムちゃん殿」という宛名で呼ばれるようになった。しかし彼のほうは生真面目《きまじめ》に「敬具、R・ウィルファー」というサイン

入りの返事を返した。

彼はチックジー[*1]・ヴェニヤリング・アンド・ストブルズ製薬会社の事務員だった。元々はチックジーとストブルズだけの事務所だったのが、いつの間にやら特派員兼契約代行者だったヴェニヤリングに買収されてしまったのだ。そして当該ヴェニヤリングは、自分が掌握した大いなる権力を誇示するため、巨大な一枚板の窓ガラスとフランス製のニスで磨き上げたマホガニーのついたて、それにギラギラ光る大仰なドア・プレートを事務所に持ち込んだ。

ある晩のこと、R・ウィルファァーは自分のデスクに鍵をかけ、まるでおもちゃのコマでも仕舞うようにして鍵束をポケットに入れると家路に着いた。彼の家はロンドンの北のホロウェイ地区にあり、原っぱと木立がロンドン市街との境界をなしていた。バトル橋とホロウェイ地区の彼の家のあたりとの中間は、言うなれば郊外のサハラ砂漠といった風情のところで、あちこちでタイルやレンガが燃え、骨が煮え、絨毯《じゅうたん》がバンバン叩かれ、ゴミが捨てられ、犬が喧嘩をし、建設業者がゴミの山を築いていた。この砂漠の縁を縫うようにして歩くR・ウィルファァーは、レンガ窯《がま》から上がる光が空にたれこめる霧をいっそう毒々しい色に染め上げているあたりまで来ると、ため息をついて首を振った。

「ああ！」彼は言った。「現実の人生は、夢見たようにはいかないなぁ！」

こうして人生全般への総括を終え、そんな人生を生きるのは決して自分だけではない、という意識をちらつかせながら彼はまた気を取り直し、目的地に向かってきびきびと歩き始めた。

物の道理として、ウィルファー夫人は背が高くゴツゴツした人だった。婚姻によって結ばれる男女は常に対照的でなくてはならない、という例の掟に従って、夫が智天使のようにコロコロしているのだから、妻たる彼女は必然的に荘厳な趣のある女性となった。顎の下で結び目を作った小さなハンカチで頭をすっかりくるんでしまうのが、彼女のお気に入りのスタイルだった。彼女にとってこのヘッド・ギアは、屋内でも常に身につけている手袋と合わせて、不測の有事に備える武具一式かなにかであるらしく（実際気分が沈んだときや財政赤字のときには必ず着用に及んだ）、正装には欠かせないアイテムであるらしかった。したがって夫は、かくも英雄的な装身具を身につけた妻が小さな玄関ホールに蠟燭を置いて、門を開けてやろうとドアの前階段を下りて小さな前庭を歩いてくるのを見ると、どうしようもなく打ちのめされた気分になった。

玄関ドアの調子がおかしいらしく、R・ウィルファーは階段のところで立ち止まり、まじまじ見やってから叫び声をあげた。

「こりゃ、一体？」

「さようでございますの」とウィルファー夫人。「あの者自ら釘抜きを持参しまして、外して持って行きましたの。この先支払いをしてもらえる見込みもないし、ちょうど別の〈女子寄宿学校〉[*2]のドア・プレートの注文が一つ入ったところだから（磨きだけやり直して）そちらさまに持って行ったら三方まるく収まると申しておりましたわ」

「そりゃあそうかもしれんが、お前。で、お前はどう思うんだい？」

「あなたがここの主人でしょう、R・W」と妻。「なんでもあなたのお考えの通りですわ。わたくしの考えなんて取るに足らないものです。いっそのこと、ドアも一緒に持って行っていただけば良かったでしょうか」

「けどお前、ドアなしじゃ、どうにもわしらだってやっていけんじゃないか」

「あら、やっていけませんかしら？」

「お前！　なにを！　やっていけるとでも？」

「あなたのお考えの通りですわ、R・W、わたくしの考えなんて取るに足らないものです」

この従順な言葉とともに、貞淑な妻は夫の数歩前に立って階段を下り、前庭側の小さな部屋に入って行った。キッチン兼居間のような小部屋には、姿形も顔立ちも息を呑むほど美しい十九歳くらいの娘がいたが、顔にも肩のあたりにもイライラした気難しそうな雰囲気がプンプン漂っていた（性別と年齢を考えれば、このご様子ではさぞかし不満タラタラらしかった）。そしてその彼女が、ウィルファー家の末っ子の妹と向き合ってチェスをしていた。ウィルファー家の子供たちを一人ずつ挙げて詳しく語ったり、全部で何人いるか数え上げていたら、それだけでこのページが全部終わってしまう。したがってここでは、ウィルファー家の他の子供たちは、みなそれぞれに「一応、自活した」状態にあり、その数は夥《おびただ》しいものである、とだけ断っておけばよいだろう。あまりに夥しくいるものだから、親孝行の子供たちの一人が父に会いに訪れると、決まってR・ウィルファーはちょっと頭のなかで暗算をして「ああ！　まだもう一人いたもんか！」とこっそり一人言をつぶやき、それからやおら声をあげて「やあジョン」とか「やあスーザン」とか、とにかくその場に合わせて適当な名前を言うのだった。

「さあ、子ブタちゃんたち」とR・W。「今晩のご機嫌はいかがかね？　ちょっと思いついたことがあるんだがねえ、ねえお前」これは手袋をはめた手を重ね、すでに部屋の隅に陣取っていたウィルファー夫人に向かっての言葉。「めでたく二階に借り手もついたからには、お前が生徒さんを教える場所もなくなってしまったわけだし、仮に生徒さんが――」

「牛乳配達の男が、すばらしくご立派なご家庭の若いお嬢さんがお二人、どこか良い学校はないかお探しだからと申しまして、うちの名刺を持って行きましたの」ウィルファー夫人は夫の言葉を遮ると、まるで議会の条例でも読みあげるような石のように平板な調子で言った。「お父様に教えてさしあげて、あれはたしか先週の月曜だったかしら、ベラ」

「でもあれ以来、まったくなんにも言ってこないじゃない、お母ちゃま」ベラ、という姉娘が答えた。

「それにね、お前」夫は続けた。「その二人のお若い方に入っていただく場所がないんだとしたら――」

「お言葉ですが」ウィルファー夫人は再び夫を遮って続けた。「ただのお若い方ではありません。素晴らしくご立派なご家庭のお若いお嬢さまお二人です。ねえ、お父様に教えてあげなさいな、ベラ、牛乳配達の男はそう言っていたわね」

「お前、どっちにしたって同じことだよ」

「いいえ、違いますわ」ウィルファー夫人はさきほどと同じ、議会風の平板口調で言った。「お言葉ですけれども！」

「私が言うのはね、お前、スペースから言えば同じことだ、というんだよ。スペースから言えばね。お若い方が二人いたとしようね、たとえどんなにご立派で地位のある方だろうともさ、もちろんその点、私とて異存はないよ、でもね、そのお若い方二人分のスペースがないんだとしたら、一体どこに住んでもらうって言うんだい？　もうこれ以上言うつもりはないよ。だってこの点だけを考えたって」夫はなだめすかしておだてるように、それでいて論理的に説き伏せるように、付け加えた。「お前なら必ずわかってくれるだろう、なあ、人類同胞の観点から鑑《かんが》みるに、無理だよ、お前」

「わたくしから申し上げることは、なにもありませんわ」ウィルファー夫人は手袋をはめた手で、ゆったりと、これはお手上げだという仕草をしながら答えた。「あなたのお考えの通りでしょう、R・W。わたくしの考えなど取るに足らないことでしょうから」

この時、取れるはずのチェス駒を取り損ねたベラ嬢は、一気に三つも駒を奪われ、そのうえ敵方が一つ位を上げたとあってすっかりヘソを曲げてしまい、ついにはチェス盤をひっくり返して駒を全部テーブルから落としてしまった。妹は膝をついてそれを全部拾った。

「可哀想にねえ、ベラ！」ウィルファー夫人が言った。

「それにラヴィニアも可哀想だねえ、お前？」R・Wが取りなした。

「お言葉ですけれども」とウィルファー夫人。「そんなことはありませんわ！」

この見上げた女性は、気難しくて俗物的な気性がうずきだすと自分の家族を褒めちぎって憂さを晴らす性分で、その威力たるや凄まじいものがあった。したがって今回もその手で憂さ晴らしにかかった。

「いいえ、R・W、ラヴィニアには、ベラが味わった苦労の味がまったくわかっていないのですわ。ベラが経験した試練ときたら、この世に比べるもののないほどの辛さだというのに、ベラは本当に気高く立派に耐えているのですわ。喪服に袖を通したベラをご覧なさいよ、我が家でこんな黒い服を着ているのはこの子だけだというのに、どうしてこの子がそんなことになったのか、あなたは思い出してもくださらないのかしら、そんな状況にもかかわらず、この子がどれほど立派に日々耐え忍んでいるものか、あなた、おわかりにならないのかしら、R・W、それでもあなた、のんきに踏ん反り返って『可哀想なラヴィニア！』なんて、おっしゃれるものかしら」

テーブルの下にしゃがんでいたラヴィニア嬢がここで割って入った。曰く、自分は「お父ちゃまから哀れに思ってもらう」筋合いはないのだし、他の誰からも憐《あわ》れまれる筋合いはない、というのだった。

「そりゃあそうでしょう」母親は言った。「だってお前は、しっかりした立派な心の持ち主ですからね。そして姉さんのセシリアも、ちょっと趣は異なるけれども、同じようにしっかりした勇気ある心の持ち主で、なんというのかしら、本当にひたむきで、うーつーくーしーい心の持ち主よ。セシリアの自己犠牲の精神を見ていると、本当にあの子がどんなに純粋で女らしい心の持ち主か、もう他に比べるものもないくらい、他の誰も敵《かな》わないくらい優しい子だということが、よーくわかりますからね。お母様のポケットに、セシリアからの手紙があるんですよ、今朝届いたばかりの――まだ結婚してたったの三カ月というところなのに、可哀想に！　あの子は！――思いがけず、夫が没落した叔母の面倒を見なくてはならなくなった、というではありませんか。『でも、夫にはきちんと尽くそうと思います、お母さま』セシリアときたら、涙が出るほど健気《けなげ》ではありませんか。『私は別れようとは思いません。あの人が私の夫だということ、忘れては駄目ね。叔母さんが来るなら来るで構いませんわ！』これが泣ける話でなくて、なにが泣けると言うんです。これが女の操でなくて、なにが操だと言うんです！」善良なこの女性は、もうこれ以上なにも言えないというように手袋をはめた手を振ると、頭の上に載せた小さなハンカチを顎の下で一層きつく結び直した。

ベラは敷物の上に座って体を温めようと、茶色の目でじっと火を見つめたまま茶色の巻き毛を一房口にくわえて弄んでいたが、母親の演説を聞くと声をあげて笑った。と思うとすぐに口をとがらせて半泣きになった。

「絶対間違いないのはね」とベラは言った。「お父ちゃまはちっとも可哀想に思わないみたいだけど、あたしはこの世で一番みじめな女よ。お父ちゃまだって、うちの家族がどんなに貧乏か知ってるでしょう」（おそらく彼は知っていた、なぜって知らざるを得ない事情があったのだから！）「そしてあたしが一瞬、お金持ちの世界をちらっとのぞき見ちゃったことも、それがまたたく間に消えてなくなっちゃったことも、どうしてこんなしみったれた喪服を着て、こんなとこにいるのかも――本当に、こんな服大っ嫌い！――、結婚もしてないのに、未亡人みたいななりになっちゃった訳も、お父ちゃまだったら全部わかってるでしょ！　それなのに可哀想だとも思ってくれないのね。いいえ、そう思ってくれるわね！　思ってくれるわよね！」

突然ベラの言い分が変わった原因は、父親の顔だった。娘はすぐにおしゃべりをやめ、まるで絞め殺してしまいそうな体勢で座っている父を椅子から引きずり下ろし、そのままキスをすると、頬っぺたを軽くぽんぽんと叩いた。

「でもあたしのこと、可哀想だと思ってくれなくちゃね。ねえお父ちゃま」

「もちろん、思ってるよ」

「知ってるわ、当然よね。もしあの人たちがあたしを放っといてくれたら、変てこな話なんかしなかったら、そしたらこんなに惨めな気持ちにならずにすんだのに。あのいやらしいライトウッドのやつが、仕事だからとか言って手紙を書いてきて、将来の取り決めがどうだとかなんだとか言うもんだから、結局あたしはジョージ・サンプソンを断っちゃったじゃないのよ」

ここでラヴィニアは、最後のチェス駒を救出してテーブルの上に顔を出し、口を挟んだ。

「姉さんったら、ジョージ・サンプソンのことなんか全然好きじゃなかったんでしょ」

「あら、いつこのあたしがあいつのこと好きだなんて言った？　おバカさん？」そしてまたふくれっ面をすると、巻き毛を噛みながら言った。「ジョージ・サンプソンのほうは、あたしのことを好きで好きで、そりゃもう首ったけだったから、あたしのすることとならなんだってジッと我慢して耐えてたわ」

「たしかに姉さん、相当酷い仕打ちをしたものね」またラヴィニアが口を挟んだ。

「あたし、ひどいことしてない、なんて言った？　おバカさん？　あたしはね、ジョージ・サンプソンごとき男のことで、めそめそ感傷的になろうってんじゃないのよ。ただ、誰もいないよりか、ジョージ・サンプソンみたいなのでもいるだけましだった、って言いたいだけ」

「あら、そんな素振りも見せなかったのにねえ」ラヴィニアはまたもや茶々を入れた。

「あんた、本当に生意気でおバカな小娘だわね」ベラは言った。「じゃなきゃ、そんなねねちゃんみたいなことばっかり言うはずないわ。姉さんにどうして欲しかったって言うの？　あんた、一人前の女になるまで待ってなさいよ、それまではわかりもしないことをあれこれ偉そうに言うんじゃないの。おバカな赤ん坊だってばれるだけよ！」それからまたシクシク泣き出すと、時折自分の巻き毛を嚙んだかと思えば、嚙むのをやめて髪がどのくらい傷んでいるかを眺めてみたりした。「なんてひどいのかしら！　こんな辛いことって、この世にあるものなの！　こんなにバカげたことじゃなきゃ、ここまでクヨクヨしたりしないのに！　まったくバカバカしいったらありゃしない！　見ず知らずの男が突然帰ってきて、気に入ろうが入るまいがとにかくあたしと結婚する手筈だったなんて！　まったく、バカバカしいにもほどがあるわよ、そんな相手と顔を合わすなんて、そりゃもう想像もつかないくらい気まずいもんでしょうね。だって、お互い自分で相手くらい選びたいもんだってこと、絶対気取られちゃならないんですもの。本当にバカげてるわ、だってそんな男、好きになれっこなかったことくらい、もうわかってるんだから——いったいどうしたら好きになれるって言うの、まるで銀のスプーンセットみたいに、遺言で男の相続品にされて、まるで切って日干しにしたオレンジ・チップじゃないのよ。オレンジの花[*3]なんて聞いてあきれるわ！ 言っとくけど、こんなの本当にひどすぎるわ！ そりゃ、こんなバカバカしいことだってなんだって、お金さえもらえたら我慢できたかもしれない。だってあたし、お金が大好きで、お金が欲しいんだもの——本当に、喉から手が出るくらい欲しいの。貧乏なんて大っ嫌い、なのにうちときたら恥ずかしいくらいに貧乏で、人さまにむかつかれるくらいに貧乏で、惨めなくらいに貧乏で、そりゃもうものすごーく貧乏なんだわ。それであたしは今もこうしてこの家にいて、お金だけがなくって、バカバカしいのだけが残ってるの、それにね、泣きっ面に蜂ってやつよ！ こんな真っ黒な服まで着なくちゃならない！ ハーモン殺しが街中で噂になってた頃、みんなして、ありゃ自殺なんじゃないかって噂してたときだって、クラブの無遠慮で図々しい奴らみんな寄ってたかって、奴《やっこ》さんも可哀想に、あんな娘と結婚するくらいなら川で溺れ死んだほうがましだと思ったんじゃないか、なんて冗談を飛ばしてたの、知ってるんだから。そうよ、連中ならその程度の軽口きいたって当然だわ！ こんなの、本当にひどすぎる仕打ちだと思わない？ あたし、このうえなく惨めだって思わない？ いっぺんも結婚したことがないのに、もう未亡人みたいになるだなんて！ そのうえ、結局この先もずっと貧乏なまんま、喪服まで着なくちゃならないなんて、よりにもよって一度も会ったことのない男のためによ、しかも実際会ってたら――お金抜きで一人の人間として会ってたら――絶対嫌いになってた男のために、よ！」

うら若き乙女の悲嘆は、半開きだった部屋の扉をげんこつでノックする音によって中断された。それまでも二度三度とノックしていたのだが、聞こえなかったのだ。

「どなた？」ウィルファー夫人が、議事録朗読調の抑揚のない声で言った。「どうぞ！」

紳士が入ってきたので、ベラ嬢は高い声でキャッと叫んで暖炉前の敷物から飛びのき、それまでさんざん嚙んでいた巻き毛を首回りの定位置にたっぷりと広げた。

「表まで来ましたら、召使の娘がちょうど鍵を鍵穴に差し込んだところでしてね、みなさんお待ちですから、といってここまで案内してくれました。しかし本来なら取り次ぎを頼むべきだったかもしれません」

「お言葉ですけれども」ウィルファー夫人は言った。「そんな必要は全然ございません。こちら、二人の娘たちでございます。R・W、こちらはあなたの家の二階を借りてくださる殿方です。ご親切にも、あなたが家にいらっしゃるときがいいとおっしゃって、今晩来てくださるお約束をしておりましたの」

色の黒い紳士だった。年の頃はせいぜい三十というところ。表情豊かで、好み次第でハンサムといってもいい顔立ち。物腰はなんともぎこちない。堅苦しく、ひどく内向的で、おどおど困惑しきっていた。彼の目は一瞬ベラ嬢に注がれたが、すぐに足元に落ち、そのままこの家の主《あるじ》に向かって話しかけた。

「ウィルファーさん、部屋も気に入りましたし、この界隈も気に入りましたし、お値段も結構ですから、簡単な覚書を交わして支払いを済ませたら交渉成立ということでよろしいですか？　できるだけ早く家具を入れたいのです」

この短い言葉の間も、智天使はどうぞお座りなさいというように、その丸ぽちゃな身体で二度三度、椅子のほうを指差す仕草をした。紳士のほうもようやく腰を下ろし、ためらいがちな様子でテーブルの隅に片手を置き、やはりためらいがちなもう片方の手で帽子のてっぺんをつまみあげると、その帽子を唇に当て、それからぐっと口元に引き寄せた。

「こちらのお方はね、Ｒ・Ｗ」ウィルファー夫人が言った。「うちのお部屋を四半期契約で借りようと言ってくださっているのです。お互い退去勧告や退去申告も四半期前、ということで」

「それでは」家主側は柔らかくゆったりした調子ではあったが、当然の成り行きとして了承してもらえるものと考えて、こう切り出した。「身元保証もいただけますな？」

「私は」一瞬の間を置いてから、紳士が答えた。「身元保証などいらないと思うのですが。正直なところ、少し面倒な気がしますしね。というのも、私はロンドンには知り合いもおりません。ですからもしそちらが、私からはなにも必要ないとおっしゃってくださるなら、私もそちらから身元保証をいただこうとは思いません。それでどちらの側にも公平というものでしょう。いやむしろ、私のほうが余分に信頼を寄せている証拠として、そちらのお望みの金額を前払いしますし、ここに家具を持ち込んで、そのましつらえてしまおうと思っています。仮に、もしそちらが困った状況に陥るようなことがあれば——これは本当に架空の話にすぎないのですが——」

R・ウィルファーは良心が咎《とが》めるのか、頬を赤らめてどぎまぎしていた。ここでウィルファー夫人は、それを救護せんとて部屋の隅から出来《しゅったい》し（彼女はいついかなるときにも玉座たる部屋の一隅に鎮座していた）、低くよく通る声で「けーーっこうでございますわ」と言った。

「——そう、そうですね、そんなことになったら——家具はなにもかも、こちらで処分していただいて結構です」

「わかりました！」R・ウィルファーは陽気に答えた。「お金と物、これが一番の身元保証でしょうな」

「本当にそんなものが一番いいって思ってるの？　お父ちゃま？」ベラ嬢は暖炉の囲いに足を載せて暖を取りながら、振り返りもせず肩越しに低い声で言った。

「まあ、一流の部類に入ると思うがね、お前」

「それじゃもう一つ、ちょっとした保証を付け足すくらい、訳ないように思えるけど」ベラは巻き毛を掻き上げながら言った。

紳士は顔を上げようともせず、体勢を変えることもなかったが、彼女の言葉にじっと耳を澄ましているのは明らかだった。彼はそうしてじっと黙ったまま、家主が自分の提案を承諾し、契約書を書くために筆記具を持ってくるのを座って見ていた。そして家主が書いている間じゅう、じっと黙って座っていた。

契約書が整い、写しが作られ（家主はさながら智天使書記といった具合で、一般に真贋《しんがん》判じ難いとされる、要するに明らかに贋作と思わしき昔の有名画家の作品にそのままおさまりそうな恰好だった）、当事者双方がサインをし、ベラが馬鹿にしきったような顔で証人として立ち会った。当事者とはすなわち、R・ウィルファーとジョン・ロークスミス郷士だった。*4

ベラが自分の名前をサインする段になると、ロークスミス氏はためらいがちな手をテーブルに載せたまま椅子から立ち上がり、ひっそりと、しかし細部までなに一つ見逃さない鋭い目で彼女を見つめた。美しい身体が書類の上に屈みこみ、「どこに書けばいいの？　お父ちゃま？　ここね、この隅っこ？」と言うのを、じっと見つめていた。その美しい茶色の髪が艶っぽい顔を隠すのを、じっと見つめていた。女性の筆跡としては少し大胆すぎるくらいに大きくハネをつけた文字でサインが書かれるのを、じっと見つめていた。そして二人は互いに見つめあった。

「どうも恐縮です、ミス・ウィルファー」

「恐縮ですって？」

「ずいぶんお手間をおかけしましたので」

「自分の名前をサインするのが？　そう、まあたしかにね。でもあたし、家主の娘ですもの」

ここまで終わってしまえば、決済に八ソブリン［一ポンド金貨］を支払い、合意書をポケットに突っ込み、家具と借り主がいつやってくるのか時間を取り決め、さよならを言うくらいしかすることもなかった。ロークスミス氏はこれをどうにかぎこちなくやりおおせると、家主に案内されて出て行った。R・ウィルファーが蠟燭を手にいざ愛《いと》しの家族の胸に飛び込まんと戻ってきたところ、当の家族の胸はひどく掻き乱されていた。

「お父ちゃま」ベラが言った。「あたしたち、殺人鬼に部屋を貸しちゃったわ」

「お父ちゃま」ラヴィニアが言った。「強盗かもしれないわよ」

「あの人、どうしても人の目を見ることができなかったわ！」とベラ。「どっから見てもあんなにおかしな人、会ったことないもの」

「お前たち」父親は言った。「内気な方なんだろうよ、それにきっとお前たちくらいの年頃の娘を二人も前にしたら、余計に内気になってしまうのかもしれないねえ」

「バカげてるわ！　あたしたちくらいの年頃ですって！」ベラは我慢ならない様子で叫んだ。「一体それがあの人とどんな関係があるっていうの？」

「それにね、あたしたち、同じ年頃じゃないわよ。姉さんとあたし、どっちの年のこと？」ラヴィニアが言い募った。

「お前なんか誰も相手にしてないわよ、ラヴィ」ベラがぴしゃりと言った。「そんな口をきくのは百年早いってもんね。お父ちゃま、あたしの言うこと、よく聞いて頂戴な。ロークスミスさんとあたしとは生理的に合わないいし、なんか良からぬ人だと思えて仕方ないの。これじゃ先々ろくなことが起こらないわ！」

「お前、それから娘たちも」智天使的家父長は言った。「ロークスミスさんと私はね、八ソブリン分の契約をすでに交わしたんだよ。それじゃ、先々のために、まずは素敵な夕食でもどうだろうかね。なにを食べるか、お前たちが仲良く決められるっていうんならね」

　これはなんともお誂え向きの素敵な議題変更となった。というのも、ウィルファー家でご馳走が饗されるのは滅法珍しく、いつもなら夜の十時きっかりにオランダ・チーズが出てくるだけで、ベラ嬢が肩をそびやかしてエクボを作り不満の意を示すのが常だった。実際、つつましいオランダ・チーズ野郎のほうも、あまりに変わり映えのしない毎日の食事に忸怩《じくじ》たる思いがあったらしく、日頃から弁解がましい汗をかきながら家族の前に出てくるのだった。子牛肉のカツレツ、子牛の膵臓《すいぞう》、ロブスター等の候補を比較検討のうえ、各々の相対的な利点を議論し合った結果、子牛肉のカツレツに軍配が上がった。フライパンのためとあってはやむを得んとウィルファー夫人は厳粛な面持ちで頭のハンカチと手袋を外し、R・Wは御《おん》自《みずか》ら牛肉を買いに出かけた。そしてすぐさま、パリパリの新鮮なキャベツの葉に包まれ、うれし恥ずかしハムの薄切りを抱きしめた同品を携え戻ってきた。ほどなく、火にかけられたフライパンから素敵な音の競演が始まった。それはまるで、テーブルの上の二本のボトルのふっくらとした丸みに映し出された暖炉の火がチラチラとダンスを踊るように揺れるのに合わせて、手ごろなダンス・ミュージックを奏でているようだった。

　テーブル・クロスはラヴィが広げた。自他共に認める家族の花形娘であるベラは一番ふかふかの安楽椅子に座り、豊かな髪を両手で一心に触りながら、いつもよりたっぷりとウェーブをつけるのに忙しく、時折夕食の準備に口を挟むくらいしかしなかった。曰く、「お母ちゃま、しっかり焼き色をつけて頂戴ね」とか、妹に向かって「お塩の瓶が倒れてるわよ。だらしないじゃないの、この小娘」など。

その間父親のほうは待ち遠しくてならない様子で、ナイフとフォークの前に腰を下ろし、ロークスミス氏の金貨をチリンチリンと鳴らしながら、このうち六ソブリンでちょうど大家さんへの払いが間に合うなあと言ったり、金貨を全部集めて白いテーブルクロスの上に塔のように積み重ねては、じっと見つめていた。

「大家さんなんて大っ嫌い!」ベラが言った。

しかし父の表情が曇ったので、すぐさま寄って行って隣に腰かけ、フォークの柄を器用に動かして父の髪の毛のセットに取りかかった。家族の者の髪の毛をいじるのが、この娘の甘ったれた癖だった——それは多分、自分の髪がすばらしく美しいために、いつも髪ばかりいじっているせいだったのだろう。

「お父ちゃまは自分の家を持つのにふさわしい人だわ。そうじゃなくって、可哀想なお父ちゃま?」

「だとしたら、他にもふさわしい人がいるんじゃないかねえ、お前」

「とにかくあたしはね、他の人より大いに自分の家を必要としてるの」ベラは父親の頬を挟み込むようにしながら、その亜麻色《あまいろ》の髪を掻き上げると言った。「だからあたし、あの業つくばりで、なにもかもかっさらっていく怪物のとこへ、このお金が行っちゃうかと思うと悔しいの。うちはみんな本当に困ってるのに――あの怪物、みんな持ってっちゃうんだわ。そしたらお父ちゃまが、こう言うのよね（いいえ、わかってるのよ、絶対お父ちゃまはこう言いたいのよ）『そりゃ、あまりに道理も義理もないってものだねえ』ってね。そしたらあたし、言うの。『そうよねえ、お父ちゃま、きっとそうなんでしょうねえ、でも道理も義理もわかんなくなるのは、貧乏だからよ、それに貧乏がいやでいやで、心底うんざりしてるからなの。だってあたし、実際そうなんですもの』ってね。さあ、素敵な髪型になってよ、お父ちゃま、いつもこんなふうにセットしたらいいじゃないの！　ほら、カツレツが来たわ！　しっかり焼き色がついてなかったら、あたし食べられないんだからね、どうしたってもう一回、ちょっと焼き直してもらわなくっちゃいけないことになるんだから」

けれどさすがのベラ嬢のお口も満足するくらい十分な焼き色がついていたので、うら若きご令嬢は焼き直しを命じることもなく、このままで苦しゅうないとお召し上がりくださった。ほどなく、二本のボトルの中身もご賞味。一本はスコッチ・エール、もう一本はラム。ラムのほうは、ぐつぐつ沸かしたお湯とレモンの皮に優しく寄り添われ、その芳しい香りを部屋じゅうに充満させた。香りは、とりわけ温かい暖炉の周辺にたっぷり濃縮して溜まったので、あたりを吹く風はきっと、大きなミツバチがブンブン飛ぶみたいにして、ウィルファー家の通風管付近を幾度も回ってから、食欲をそそるほのかな香りを身にまとって、他家のほうへと吹かれていったに違いない。

「お父ちゃま」良い香りのお酒をすすり、ご自慢のくるぶしを暖炉で暖めながら、ベラは言った。「あのハーモン爺さんが、あんなふうにあたしを笑い者にしたことだけど（もちろん爺さんだって笑い者だけど、もう死んじゃったわけだものね）、一体なんだってあんなことしたのかしら？」

「そりゃわからんよ、お前。あの遺書が日の目を見てからというもの、もう何度も何度もお前に言ってきたことだがね、だいたい父さんは、あのご老人とまともに話をしたこともないくらいだからね。仮に気まぐれでうちの一家を驚かそうとしたんなら、その気まぐれは見事に成功ってとこだねえ。だってたしかに、私らはアッと驚かされたんだし」

「それで爺さんがはじめてあたしを見たとき、あたし、地団太《じだんだ》を踏んでキーキー泣き叫んでた、そうなんでしょ？」ベラは先述のくるぶしをじっと見つめながら言った。

「お前はちっちゃな足で地団太を踏んでねえ、ベラ、それにちっちゃな声でキーキー叫んでねえ、それから私をぶつために、自分の頭からちっちゃなボンネットをむしり取ってねえ、それで私をぶとうとしてねえ」こうして思い出に耽ることで、またラムの味が格別になるとでも言うように父は答えた。「私がお前を連れ出したいつぞやの日曜の朝に、そんなふうになってしまってね、なんだか私がお前の思う通りにしなかったってのが悪かったみたいなんだがなあ、そしたら近くの椅子に座っていたあのご老人が言ったのさ。『こりゃすばらしい娘だ。まったく素晴らしい娘さんだよ、将来有望だ！』とね。実際、お前はその通りだったよ、ベラ」

「そのときにハーモン爺さんが、あたしの名前を聞いたのね、お父ちゃま？」

「そのときに、あの人がお前の名前を聞いたんだよ、ベラや、それから私のもね。また違う日曜の朝、私らがそっちのほうを散歩してたら、もう一回姿を見かけたねえ、でも本当に、それっきりなんだ」

　ここでラムとお湯もそれっきりだった。いや、R・Wのほうはぐっと上体を反らし、上下逆さまにしたグラスを鼻と上唇の上に載せる芸当に打って出ることで、お酒がからっぽであることをやんわりほのめかしてみせたのだから、ウィルファー夫人のほうから、あなたもう少しいかがです、と言ってやるのが優しい思いやりというやつだったろう。けれど件のヒロインは一言、「寝る時間です」と告げただけだったので、二本のボトルは下げられ、家族[*5]はめいめい引き取った。夫人はまるで、絵画に描かれた厳格な聖人さながら、もしくは寓話的な扱いを受ける人間界の婦人といった風情で、智天使にエスコートされて出て行った。

「明日のこの時間には」自分たちの部屋に戻り、姉妹が二人っきりになったところで、ラヴィニアが言った。「ロークスミスさんが来てるのねえ、そしてあたしたちはきっと、喉をかっ切られるのを待ってなきゃならないのねえ」

「そんなことよりあんた、蠟燭の前に立って邪魔しないで頂戴」ぴしゃりとベラが言った。「これもやっぱり、貧乏だから仕方なしってことなのかしら！　こんなに綺麗な髪をした乙女が平燭台の蠟燭一本にちっぽけな姿見で自慢の髪の手入れをしなくちゃいけないだなんて、どうなのよ！」

「だけどベラ、お手入れの道具がお粗末だってのに、その髪でジョージ・サンプソンを釣ったんだものねえ」

「なんて下品なおちびさんなの。ジョージ・サンプソンを釣った、ですって！　あんた、自分でどちらさんかを釣れる年頃になるまで、釣ったとか釣らないとか言うんじゃないの」

「多分、もうそんな年になってるわ」ラヴィは髪を振り振りつぶやいた。

「なんですって？」ベラは嚙みつきそうな様子で尋ねた。「なんて言ったの、おバカさん？」

ラヴィは言い直すのも言い返すのもお断り、という様子だったので、ベラはやがてブツブツ独り言を言いながら、髪の手入れに没頭した。貧乏のなにが惨めって、まともに着る服もないし、外に出かける馬車もないことよ。身づくろいをするにも、大きなドレッサーじゃなくて、汚らしい箱の上に座るしかないんだもの、そのうえ、いかがわしげな間借り人も入れなきゃいけないし。事の締めくくりとして、この最後の惨めな項目を、彼女は大いに強調した。仮に以下の事実を知っていたなら、その嘆きはいっそう深刻になっていただろう。とはつまり、ジュリアス・ハンドフォード氏に血を分けた双子の弟がいたとしたら、ジョン・ロークスミス氏こそ、まさにその人だ、ということ。

第五章から第八章までの梗概

片脚が義足の男、サイラス・ウェッグは、ロンドンのキャヴェンディッシュ・スクエアの道端で民謡本を売る露天商である。民謡本を売り込むため適当な節を歌っているところを、偶然ボフィン氏（ゴミで財を築いた老ハーモンに仕え、遺産の受取人となった老召使）に目撃され、素晴らしい文学的素養のある「義足の文学者」だと勘違いされる。ボフィン氏には教育がなく、文字の読み書きもままならないが、ギボンの『ローマ帝国衰亡史』を読み通したいと考えている。そのため、賃金を払うから、毎晩自分の庵《いおり》で朗読してもらえないか、とウェッグに頼む。しかしそのウェッグは、文学者どころか本当は文字もろくに読めず、ギボンの『ローマ帝国』も知らない無教養な男だった。強欲かつ狭量で嫉妬深い彼は親切そうなボフィン氏を金づるだと考え、この契約を二つ返事で受諾し、その日から庵に通うようになる。

ヘクサムから手ひどくあしらわれたライダーフッドは、アビー・ポタソンという女性の営む〈六人の愉快な赤帽亭〉に赴く。そこはヘクサムをはじめ、多くの船乗りや河川で働く男たちが贔屓《ひいき》にする居酒屋である。しかしポタソンもやはりライダーフッドに冷たくあたる。それに対してライダーフッドは、ヘクサムのほうが自分よりずっと罪深いと反論し、これまであれほどヘクサムの「運がついていた」のは、たまたま川に浮かんでいた死体を発見したからではなく、自分で殺した人間を川に放り込んで自分で引き上げたからだと言い、ハーモン殺しの犯人も彼だとほのめかす。この話を聞いたポタソンは、ライダーフッドが出て行った後にリジーを呼び出し、父親にかけられている嫌疑について話す。そして父と離れて暮らすように助言するが、リジーは父が人を殺すことなどありえないと言ってその助言を退ける。とはいえ黒い噂の立った父親と同居することは、弟チャーリーのためにならないと考え、父親が家を留守にしている間に出来る限りの支度をしてチャーリーを家から出す。帰宅して息子の出奔を知ったギャッファー・ヘクサムは激怒する。

ロンドンのクラークンウェルという薄汚い界隈で、本物の人骨を使用した人体模型や動物の剝製を作成し販売するヴィナスという男がいる。そこにウェッグがやってくる。彼の片脚はヴィナスの店に置かれているのだが、ボフィン氏との契約で懐具合が上向きそうだと考え、近いうちに脚を買い戻したいから売らないで取っておいてほしい、と言う。ヴィナスはそれを了解する。

ボフィン氏はモーティマー・ライトウッドの事務所にやってきて、ハーモン殺しの犯人を逮捕するため、自分が相続した財産の十分の一に当たる大金一万ポンドを情報提供者への懸賞金にしたい旨を申し出る。その帰り道、突然ロークスミスという見知らぬ男に呼び止められ、秘書として働かせてほしいと言われる。突然のことで返事のしようがないボフィン氏は、とりあえずまた近いうちにボフィンの庵を訪ねるように、と指示する。

第九章　相談するボフィン夫妻

まっすぐ家路についたボフィン氏は、それ以上邪魔立てされることも足止めを食うこともなく庵に到着し、ボフィン夫人（まるで葬儀用の馬車馬みたいに羽根飾りのついた黒いヴェルヴェットの散歩着を着ていた）に、朝食以降の行動を仔細《しさい》に話して聞かせた。

「こうして、やっぱり振り出しに戻ってだな、お前さん」彼は言った。「うっちゃっておいた例の問題に立ち返るというわけだ。つまりは流行の先端ってやつともっと仲良くなるか、ってやつさね」

「そうね、それじゃあたしの望んでいることを言うわね、ノディ」ボフィン夫人は嬉《うれ》しそうにドレスの皺《しわ》を直しながら言った。「あたし、お仲間がほしいの」

「流行の先端を行くお仲間ってことかいな、お前さん？」

「そうよ！」ボフィン夫人はまるで子供のようにはしゃいで笑いながら大きな声で言った。「そうよ！　まるで蠟人形みたいに、こんなとこでじっとしてるのってたまらないわ。そうでしょ？」

「蠟人形は見物料がかかるもんさ、お前さん」夫は答えた。「だけど（そりゃまあ同じ金を払うんでも、お前さんの蠟人形を見られるんならなんともお得じゃろが）、ここらのご近所さんたちなんか、まったくタダでいつでもお前さんを見られるんだからなあ」

「でも、それじゃダメなのよ」陽気なボフィン夫人は言った。「ご近所さんたちと同じようにあたしたちも働いてた頃は、お互いさま本当にうまくお付き合いしてたわけ。でももうあたしたち、仕事をするのはおしまいにしちゃったんだし、うまくいってたのもおしまい、ってことになっちゃったのよねえ」

「んじゃお前さん、新しい仕事でも始めるってのは？」ボフィン氏はそれとなく言った。

「とんでもないわよ！　あたしたち、すごいお金持ちになったんですもの、そのお金で正しいことをしなくっちゃ。そのお金に見合うような振る舞いをしなくっちゃ」

妻の直観的叡智《えいち》に深い敬意を抱くボフィン氏だったが、それでも少しもの思わしげに答えた。「たしかに、お前さんの言う通りじゃの」

「お金に見合う振る舞いってのをまだひとつもしてないもんだから、結局のとこ、あのお金のご利益《りやく》もないんだわ」ボフィン夫人が言った。

「そうじゃなあ。いまんとこ、なんのご利益もないもんなあ」ボフィン氏は長椅子に腰かけて、相変わらずもの思わしげに言った。「いつかそのうち、なんかご利益があるとええのぅと思っとるんじゃが。そのためにゃ、ばあさん、どうしたらいいとお考えかね？」

ゆったりとした体軀《たいく》にのんびりとした性格を持ち合わせ、いつもにこにこしているボフィン夫人は、膝の上に手を重ね喉元にたっぷり肉の皺を寄せながら、意見を披露した。

「そうねえ、あたしだったらね、まずは素敵な界隈に素敵なお家を持って、身の回りに素敵なものを置いて、それから素敵な生活をして、素敵なお仲間を持つわね。あたしだったらね、贅沢三昧《ぜいたくざんまい》するっていうんじゃなく、身の丈に合った暮らしをして、そして幸せになるわねえ」

「そうじゃな。幸せになるってのは、わしも賛成じゃなあ」ボフィン氏は妻に調子を合わせながらも、やはり相変わらずもの思わしげだった。

「本当に、びっくり仰天だわよねえ！」ボフィン夫人はキャッキャと笑って手を叩きながら、嬉しそうに椅子を揺らして叫んだ。「このあたしが銀色の車輪囲いを付けた黄色の二頭立て馬車［黄色い馬車は当時の最新流行であった］に乗ってるとこ、思い浮かべてみて頂戴な！」

「おっと！　お前さん、そんなことを考えてたんかいな？」

「そうよ！」嬉しそうに奥方は叫んだ。「それで、馬車の後ろには召使を立たせるの、もちろん棒も一本渡さなくちゃね、従者の足が突っつかれないようにねえ！　それから御者は真正面に座らせて、優に大人三人はおさまりそうな大きな座席にどっかり落ち着いてもらうわ。そうそう、椅子の張りは、全部緑と白のラシャよ！　それから栗毛の馬が二頭、頭をふりふり、しずしずと進むんじゃなく、まるでスキップするみたいにしてピョンピョン跳ねて進んでいくの！　そしてあなたとあたしは中の席で、でっかい九ペンス硬貨みたいにしてふんぞり返るのよ！　フフフフフッ！　あっはっはっは！」

　ボフィン夫人はさらに手を叩き、さらに椅子を揺らし、それから足で床をどんどん踏み鳴らすと笑い泣きの涙をぬぐった。

「そんじゃあな、ばあさんや」ボフィン氏もまた同じように、可笑《おか》しくてたまらない様子で笑いながら言った。「この庵についちゃあ、どうしようっちゅうんじゃね？」

「閉じてしまいましょ。でも手放すわけじゃないわ、誰か人を置いて、このままにしておきましょうよ」

「他にはなんかあるかいの？」

「ノディ」夫人は流行最先端の形のソファから立ち上がり、質素な長椅子に腰かけた夫のそばまで来ると柔らかな腕を絡めて言った。「次に考えてるのはね――ここのところ、こればかり考えていたって言ってもいいのよ――あの可哀想なお嬢さんのことなの。あんなにむごい形でがっかりさせちゃってねえ、あなた、結婚も財産も両方ふいになっちゃうだなんて。あのお嬢さんに、なにかしてあげられないかしらって思うんだけど。あたしたちと一緒に住んでもらう、っていうのはどうかしら？　なんかそんなようなこと、できないかしら？」

「わしゃ、そんなことまったく、いやまったく思いつきもせんかったわい！」ボフィン氏は感激のあまり、テーブルをドン！　と叩いて言った。「なんとも、うちのばあさん、まるで〈考える[*1]スチーム・インジン〉ってやつじゃないか。しっかし、ご本人のほうはなんにも考えずに、そのスチーム・インジンを回しとる！　そりゃスチーム・インジンだって、考えて回っとるわけじゃないんじゃろうが！」

　夫の哲学を披露してもらったお礼に、ボフィン夫人は自分に近いほうの夫の耳をピュッとつまむと、母親のようなふんわりした口調で語り出した。「それからもうひとつね、最後よ、これも大事なこと。ちょっと思い付いたことがあってね。あなた、ちっちゃな、かわいいジヨン・ハーモンが学校にあがる前のこと、覚えてるでしょ？　ほら、お庭の向こうのあたしたちの家の暖炉に当たってたでしょ？　あの子ったらもう、お金のご利益なんかどうにも受けられない世界に行っちゃって、お金だけがうちへ舞い込んで来たんだもの、誰か身寄りのない男の子を見つけて、その子を引き取って、ジョンって名をつけて、なにくれとなく面倒を見てやりたいなって、そう思うのよ。そしたらなんとなく気持ちも軽くなるんじゃないか、って気がするわ。ただの気まぐれだって言うかもしれないけど――」

「いいや、わしはそんなことは言わんね」夫は妻の言葉に割って入った。

「そうねえ、あなた、でももし気まぐれだって言われ――」

「そんなこと言うもんなら、わしは鬼みたいな人間じゃろうて」夫はまた割って入った。

「それじゃあなた、賛成してくれるの？　本当に優しくって良い人ね、あなたらしいわ、ねえ！　それじゃもうご機嫌な気分になってきたの、わかるでしょ？」ボフィン夫人はまたもや、頭からつま先まで、ご機嫌満点でウキウキした雰囲気を漂わせ、またもやうっとりしてドレスの皺を伸ばしながら言った。「あなただって、ご機嫌でしょ、あの日の可哀想なジョンの代わりに、新しい子が一人、すごく賢くなって、良い子になって、幸せになれるんだって考えたら、ご機嫌でしょ？　そんな素敵なことが、あの可哀想なジョンのお金でできるんだって考えたら、ますますご機嫌でしょ？」

「そうじゃなあ、それにお前さんがわしのかみさんだってだけで、なんともまたご機嫌じゃないか」夫は言った。「じっさい今までだって、何年も何年も、ずっとそう思ってきたんじゃから、ほんとにご機嫌なことじゃないかい！」この言葉を潮にボフィン夫人の野望はいったん手打ちとなり、二人は流行なんてどこ吹く風というくらいの垢抜けない様子で並んで腰かけていた。

この純真無垢な夫婦は、正しいことをせねばならぬという義務感と、正しいことをしたいという願望を道しるべに、これまでの人生を歩んできた。もちろんそんな二人の胸にも、数多の弱さや不条理が去来したことだろう。あまつさえ妻の胸には、ひょっとすると数多の虚栄心も巣食っていたかもしれない。けれど、働き盛りの二人をボロ雑巾のようにこきつかいながら、それでいて雀の涙ほどの賃金しか与えなかった、あの峻厳で強欲な主人さえ、彼らの真っ正直な心根を見あやまることはなかったし、その心根に敬意を表してもいた。ひねこびた気性のうえ、常日頃から自分自身ともこの夫婦とも、なにかと面倒や諍いを起こしてばかりだったにもかかわらず、主人が二人の誠実さを疑うことだけはなかった。そしてこれこそが、この世で永遠に変わることのない真理である。とはつまり、悪は往々にして自らによって躓《つまず》き自らの行いがもとで死に至るが、善は決して躓かず自らを滅ぼすこともない。[*2]

今は亡き〈ハーモニー監獄〉の牢番は、ひたすらに我欲を追求し続けた日々にあってさえ、この二人の召使が真っ正直で誠実である、とわかっていた。二人が真心と善意から言う言葉に対し、反抗的だと怒ってはさんざん罵ったものの、その罵声《ばせい》はかえって主人の石のような心に数多のひっかき傷を残しただけだった。そして彼は、持てる富のすべてをもってしても、二人を買収することができないのを知っていた。それゆえにこそ、二人に収奪の限りを尽くし、優しい言葉ひとつかけてやらなかったにもかかわらず、遺書には彼らの名を書き込んだのだ。それゆえにこそ、この世の人間は誰一人信じられないと毎日のように言いつのっていたにもかかわらず――そして痛々しいことに、自分と少しでも似たところのある者を例外なく疑ってかかった――、自分が先に死ぬ場合、この二人こそ、大事につけ些事につけ、万事にわたって信頼に足る人物だと確信していた。そう、いつか必ず自分は死ぬという確信と同じくらい強く。

ボフィン夫妻は〈流行最先端〉などまったくどこ吹く風という様子で仲良く隣り合って腰かけ、孤児を見つけるにはどうするのが一番か、話し合いを始めた。かくかくの条件にかなう孤児は、これこれの期日までに、ボフィンの庵まで出願されたし、と新聞に広告を出したらどうか。そうボフィン夫人は言った。しかしボフィン氏は賢明にも、近隣一帯の道という道が孤児であふれて難儀なことになると懸念し、この手立ては良くなかろうと判断した。それではと言って、ボフィン夫人は知り合いの牧師にしかるべき孤児の紹介を頼んではどうか、と言った。ボフィン氏もこちらの案はお気に召したため、すぐにでも二人して牧師様を訪ねてみようということに決まり、それから同じくベラ・ウィルファー嬢にも時を移さずお目もじ願おう、と決めた。こうした訪問は威風堂々正式にやらねばならんということで、ボフィン夫人の馬車が召された。

この馬車はもともと、仕事用に使っていた老いぼれ馬、それも頭が長いハンマーみたいな形をしているのを一頭、やはりガタの来た古い四頭立て馬車にくくりつけたものだった。馬車の荷台は、〈ハーモニー監獄〉に棲む訳知り顔の雌鶏たちから恰好の産卵所と目されていた。馬と馬車が遺産の一部として夫妻に贈られるや、ボフィン氏はもったいなくもトウモロコシのごちそうを馬に振る舞い、馬車には彩色とニスを施してやったところ、氏曰く「なんともシュッとした馬車一式」が出来上がった。加えて、馬にぴったりおあつらえ向きの長いハンマー頭の若い御者を連れてきてみれば、どこから見ても完璧というやつだった。この御者も、もとからゴミ仕事で使っていた男だったが、勤勉実直な近所の仕立屋が縫い上げた経帷子《きょうかたびら》のようなコートとゲートルに身を包み、そこらじゅう重厚感のあるボタンで、しっかり生き埋めにされたような恰好だった。

この従僕の背後で、ボフィン夫妻は馬車の後部座席に陣取った。そこはゆったりして居心地が良かったが、でこぼこの曲がり角を曲がるたび、まるで馬車がしゃっくりをするようにガクンとして前部御者席から外れそうになるので、恰好悪いうえに危険極まりなかった。一行が俺の門から姿を現すや、ご近所の方々はこぞってボフィン夫妻に挨拶をしようと戸口や窓辺から顔を出した。馬車が去っていくのをじっと見つめたまま指をくわえて見ているだけの者もいたが、血気盛んな若者の中には、万歳三唱とばかりに大声で野次る者が少なくなかった。「ノッディ・ボッフィン！　か・ね・も・ち、ボッフィン！」「ゴミ、出せ、カネ、出せ、ボフィン！」素敵な掛け声は他にもいろいろあった。とにかくこの野次が始まると、ハンマー頭の御者はその無礼にカッとなって手綱を絞り、せっかく威風堂々進んでいた馬の進行を阻み、今にも馬車から飛び降りてならずものどもを成敗してくれるという構えを見せた。

が、二人の主人と延々激論の末、渋々その示威行為を思いとどまるのだった。

やがて馬車は庵の一帯を過ぎ、フランク・ミルヴィー牧師の静かな住まいの近くに差し掛かった。フランク・ミルヴィー牧師の住まいはなんともさっぱりしていたが、それもこれも収入のほうがさっぱりなせいだった。牧師は職業柄、四方山話《よもやまばなし》にやってくる迷える婆《ばあ》さんたちを無差別に受け入れており、当然ながらボフィン夫妻の訪問も喜んで受け入れた。金のかかる教育を受けたにもかかわらず惨めな給料しかもらえない彼はまだずいぶん若く、これまたずいぶん若い妻と、半ダースもの幼い子供たちを養っていた。つましい家計を助けるため、古典を教えたり訳したりもしていたが、それでもまだ教区一の暇人よりもさらに暇を持て余し、教区一の金持ちよりもさらに金持ちだとみなから思われているのだった。彼は、人生にまつわる唾棄《だき》すべき不平等や不条理を、なにもかもまったく習慣的に受け入れていた。その受け入れぶりは奴隷に近いくらいだった。だからもし、こんな苦労ばかりの彼の人生をなんとかもう少し上品で優雅なものにしてやろうと試みる僭越《せんえつ》な人間がいたとしても、牧師本人がそれに乗り気になったかどうか、怪しいところだった。

顔つきも物腰もいつも通りゆったり落ち着いた様子で、それでも目の端でボフィン夫人の装束をちらりと見て薄笑いを浮かべたミルヴィー氏は、小さな書斎で――天井からは六人の子供たちが今にも転がり落ちてきそうなほど騒がしく、床からは子羊肉の脚が焼けるにおいが漂ってきた――、誰か身寄りのない子を紹介してほしい、というボフィン夫人の言葉に耳を傾けた。

「たしか」ミルヴィー氏は言った。「お二人には、実のお子さんがいらっしゃらないのですよね？」

そう、おりませんです。

「けれど、まるでおとぎ話の王様とお妃様のように、お子さんが欲しいと思っておられた、と？」

まあ、だいたいそんなところです。

ミルヴィー氏はまたにっこり微笑むと、心中ひそかに「王様やお妃様というのは、いつだって子供を欲しがるんだものなあ」と考えた。もし副牧師だったら、まったく逆の望みを持っていたかもしれないのに、とも考えたようだった。

「おそらく」彼は言葉を続けた。「この問題については、妻に相談するのがいいと思います。あれは本当に頼りになるものですから。よろしければここに呼びましょう」

そこでミルヴィー氏が「マーガレッタや！　おい！」と呼ぶと、ミルヴィー夫人が下りてきた。美しい顔立ちの快活で小柄な女性だったが、気苦労のせいでいささかやつれていた。もうずいぶん長いこと、綺麗なものも素敵な夢も我慢して、その代わり老若男女あまたの教区員たちの学校のこと、スープのこと、フランネルのこと、石炭のこと、とにかく月曜から金曜までの暮らしの悩みや週末の体調不良にいたるまで、ひたすら心配し続けてきたためだった。同じくミルヴィー氏も見上げた克己心でもって懐かしの学び舎《まなや》や竹馬の友のさまざまな思い出を封印し、代わりに貧しい人々やその子供たちとともに人生の辛酸をなめることに甘んじていた。

「ボフィンさんご夫妻だよ、お二人が幸運に恵まれたお噂は聞いているね」

ミルヴィー夫人はまったくわざとらしいところもなく、ただ素直に二人の幸運をお祝いすると、お目にかかれてうれしゅうございます、と言った。しかし、その愛嬌のある顔には素直さだけでなく観察力の鋭さもにじんでおり、明らかに夫の顔の端に浮かぶ薄笑いと似たものが浮かんでいた。

「奥様が小さな男の子を養子にしたいとおっしゃるんだよ、お前」

ミルヴィー夫人がちょっとぎくりとしたので、夫は付け加えた。

「誰か身寄りのない子をね、お前」

「あら！」ミルヴィー夫人は、自分のかわいい子供たちが無事だと知るや、声をあげた。

「それでね、マーガレッタ、グッディさんとこのお孫さんなんかどうだろうか、奥様の欲しがっておられる子にうってつけなんじゃないかと思うんだが」

「あら、でもまあ、フランク！　私、それはちょっとダメだと思うわ！」

「ダメかね？」

「ダメよ！」

にこにこ顔のボフィン夫人は、ここで会話に割って入るのが自分の役目だと思ったらしい。また同時に、断固たる口調で夫の意見を突っぱねる奥方の親身な様子にすっかり魅了されてしまい、奥さま、お目にかかれてうれしゅうございますわ、ところでその子を引き取るのがダメっていうのはまたどうしてなんでしょうか、と尋ねた。

「私がダメっていうのは」ミルヴィー夫人は夫のフランク牧師をちらりと見ながら言った。「きっと主人だってやっぱり同じことを言うと思うんです。その、つまり、あの子からは嗅ぎタバコの臭いがどうやっても取れないと思うんです。だって、あの子のお祖母《ばあ》さんは本当に何オンスも吸って吸って、全部あの子に吹きかけてきたんですもの」

「けどねえ、事が決まれば、あの子はお祖母さんから離れて住むことになるんだよ、マーガレッタ」とミルヴィー氏が言った。

「そうね、フランク、でもね、あのお祖母さんがボフィンさんのお宅に来ないようにするっていうのはできない相談よ。そのうえ食べ物も飲み物もあるとくれば、日を置かずに通ってくるでしょうし。そのお祖母さん、ちょっとやりにくい人でしてね。去年のクリスマス・イブのことを蒸し返したりして、慈愛の精神にもとるだなんて、どうかおっしゃらないでくださいませね、だってあのお祖母さんたら、お紅茶を十一杯も飲んだうえ、飲んでる間じゅう不満たらたらだったんですもの。とにかく、あの人は人さまに感謝する、ってことがわからない人なんですわ、フランク。あなたも覚えてるでしょう、もう私たちがベッドに入った後で、もらった新しいフランネルのペチコートが短すぎるんだとか言って返しに来て、こんな仕打ちにあうなんてあんまりだなんだって家の外でご近所さんたちにさんざん吹聴してたじゃない」

「たしかにねえ」ミルヴィー氏は言った。「やっぱりダメだろうなあ、それじゃ、あのハリソン坊やは――」

「ああ、もうフランク！」夫人は語気荒くたしなめるように叫んだ。

「あの子にはお祖母さんなんていないじゃないか、お前」

「そうね、でもあんなひどいやぶにらみをする子、ボフィン夫人がお気に召すとは到底思えませんけど」

「たしかにそれもそうだなあ」どうにもならず、ミルヴィー氏は疲れた顔で言った。「もし女の子でもいいとおっしゃるなら――」

「あら、フランク、男の子を欲しがっておいでなのでしょう」

「たしかにそれもそうだなあ」ミルヴィー氏は言った。「トム・ボッカーはいい子じゃないか」（考え込むようにして）

「でも、ねえ、フランク」ミルヴィー夫人は一瞬ためらってから言った。「もう十九にもなって、荷馬車を乗り回して街道に水を撒いてるような子がお気に召すかしらねえ」

ミルヴィー氏はボフィン夫人のほうをちらりと見ると、夫人の意向を確かめた。にこやかな微笑を浮かべたまま、夫人が黒いヴェルヴェットのボンネットとリボンを横に振ると、牧師はすっかり意気消沈して言った。「それもたしかにそうだなあ」

「あの」牧師夫妻に多大なる手間をかけてしまいすっかり恐縮したボフィン夫人は言った。「もしこんなにご苦労なさるってはじめからわかっていましたらね――牧師さんも、それから奥さまもね――わざわざやってきて、面倒なことをお願いしたりしなかったんですけれど」

「どうか、そんなふうにおっしゃらないでください！」ミルヴィー夫人は叫んだ。

「そうです、そんなふうにおっしゃらないでください」ミルヴィー氏も声をそろえた。

「私も家内も、いの一番にご相談に来ていただいて本当にうれしく思っておるんです」そうですとも、とミルヴィー夫人。実に親切かつ良心的な二人は、まるで営利目的の孤児施設の経営者が上得意のお客さんに口をきくような調子で話を続けた。「しかしこれは本当に責任重大な問題ですし、実際、なかなか難しい問題ですな」とミルヴィー氏は言った。「だからといって、私も家内も、ご親切にお申し出ていただいたのに、せっかくのチャンスを逃すのはいやなのです。ですからねえ、一日か二日お待ちいただいて、教区の心当たりを探す時間をくださったら——ねえマーガレッタ——救貧院だとか〈幼児学校〉だとか、それからお前の受け持ちの〈教会地区〉も、さらってみることができるだろうね」

「もちろんよ！」小柄な妻はやはり勢い込んで言った。

「この教区には、たしかに孤児がおります」ミルヴィー氏は、いまにも「そりゃもう在庫の品はたくさん」と言い出しかねない様子だった。そのうえ、孤児市場は商売敵だらけだからせっかくの受注のチャンスを失っては大変と言わんばかりの、せっつくような口調で言った。「粘土採掘場のあたりなんかにもおります。ただあの子たちはみんな、親戚や知り合いに雇われて仕事をしているもので、もしかすると物々交換のように交渉するしかないかもしれません。仮に子供の代わりに毛布をくれてやると言っても——まあ本とか薪《まき》でもいいのですが

――、結局それが全部酒に代わってしまうのが時間の問題、というやつでして、どうすることもできないんです」

こうした次第でミルヴィー夫妻は、先に示したような問題点がなるべく少ない子供を探し出し、改めてボフィン夫人に連絡するという手筈になった。と、ボフィン氏はおもむろに、この先無期限で、「二十ポンドかそこいら」預かってもらえまいか、使い道がどうあれ、いちいち報告してもらう必要などまったくないから、引き受けてもらえたら本当にありがたい、とミルヴィー氏に持ちかけた。これを聞いたミルヴィー夫妻は、自分たちの生活の困窮や日々の苦労など存在しないかのように、世間の人々の身に降りかかる貧困の辛さは知っておりますから、このお申し出をありがたくお受けいたしますという意を示した。こうしてその場の人々はみな存分に満足し、互いに相手を大変好ましく思いながら会合を終えた。

「さあ、ばあさんや」ボフィン氏は、ハンマー頭の馬と御者の後ろに再び腰を下ろすと言った。「牧師さんのとこの訪問は、なんとも首尾よく行ったもんじゃな、次はウィルファーさんとこでひとつやってみるかね?」

しかしウィルファー家の門の前で馬車を止めてはみたものの、敷地内に立ち入ることからして困難極まりなく、「ウィルファーさんとこでひとつやってみる」というのは、案ずるよりも生むが難いようだった。ベルを三度引っ張ってみても、家の中からはまったく応答がなかった。が、慌てふためいてドッタンバッタン走り回る音だけは扉の向こうから聞こえた。四度目にグイと引っ張ると――ハンマー頭の若者が積年の恨みを晴らさんとするように、思い切りグイと引いた——まったくの偶然といった様子でボンネットをかぶりパラソルを手にしたラヴィニア嬢が、さて考えごとでもしながらお散歩しようかしらという恰好で現れた。このうら若きご令嬢は、門のところに客人がいると知ってびっくり仰天し、その驚きを存分に身体で表現してみせた。

「ボフィンさまご夫妻ィ〜！」ハンマー頭の御者は、門の横木越しにガオーッと吠えかかりそうな勢いで叫び、そのまま横木をガタガタ揺さぶった。その姿はさながら動物園の檻《おり》に入れられた見世物のようだった。「もう半時間はお待ちでござーるゥ〜」

「どなたさまですって？」ラヴィニア嬢が尋ねた。

「ボフィンさまご夫妻ィ〜ッ！」もはや猛り狂わんばかりに御者が吠えたてた。

ラヴィニア嬢はトントンと戸口の階段を上がり、鍵を持ってトントンと階段を下り、小さな庭をタタタッと横切って門を開けた。「どうぞお入りあそばして」ラヴィニア嬢は高慢な物言いで言った。「召使は留守にしてますの」

ボフィン夫妻はありがたくこの申し出を受け、小さな玄関ホールに入ると、そのままラヴィニア嬢の案内を待った。が、ふと気が付くと、階段の上のほうに脚が三組にょきにょきと生え、必死になって耳を澄ましているのが見えた。ウィルファー夫人とベラ嬢、それにジョージ・サンプソン氏の脚だった。

「ボフィンさまご夫妻、でしたね？」ラヴィニアはまるで脚たちに警戒を呼びかけるような調子で言った。

ウィルファー夫人とベラ嬢、それにジョージ・サンプソン氏の脚は、揃《そろ》って固唾《かたず》を飲んだ。

「そうです、お嬢さん」

「こちらにいらしていただけますかしら――階段を下りてくださいな――母に知らせて参りますから」

ウィルファー夫人の脚とベラ嬢の脚、それにジョージ・サンプソン氏の脚が、先を争ってドタバタと退却した。

食事を急いで片付けたらしい痕跡があちこちに残る家族用の居間で、夫妻はそのまま十五分ほど放置された。片付けた、といっても、客人を迎えるための準備なのか、目隠し遊びをするために物をどかしただけなのかも判然とせぬような有様だった。とにかくそうして二人きりで待っていると、わき腹に刺し込むような痛みを抱えて失神寸前にもかかわらず、いさささかも威厳を損なわないウィルファー夫人が姿を現した。これが客を出迎えるときの夫人のお決まりのスタイルだった。

「失礼でございますが」ウィルファー夫人は最初の挨拶が終わると、すぐさま顎の下に例のハンカチを結わえ付け、手袋をはめた手をゆらゆらと振りながら言った。「ありがたき幸せでございますが、またわざわざご訪問いただきましたのは、どのようなご用向きで？」

「ちゃっちゃと言ってしまえばですな、奥さん」とボフィン氏。「お宅さんはおそらく、ボフィンの名前と財産相続のことはもうご存じでしょうがな」

「ええ、たしかにわたくしは」ウィルファー夫人は威厳をもってうなずきながら言った。

「そのような趣旨のことを聞き及んでおります」

「それじゃズバッと言ってしまいますとな、奥さん」ボフィン氏が言う傍らで、そうそその通りねといった様子でボフィン夫人が終始微笑みながらうなずいていた。「お宅さんら、わしら夫婦をあんまり好いてはおられませんのじゃろな？」

「お言葉ですけれども」とウィルファー夫人。「まごうことなき天なる神の配剤として与えられた災難をボフィンさまご夫妻のせいなどと考えては、あまりに筋の通らぬことでございましょう」気高く英雄的な精神でこの苦労を耐え忍んでいるのだという顔つきも手伝って、このセリフは一層効果的に響いた。

「そりゃまたありがたいことですわな、こりゃまあ」実直なボフィン氏は言った。「家内とわしとはですな、奥さん、なんしろスパッとした性格なもんじゃから、いろいろもったいぶったりするのが苦手でしてな。なんにしろ、まっすぐズバッと言っちまう方法ってのがあるはずですしな。そんなわけで、こうしてお邪魔させていただいたんはですね、お宅のお嬢さんとお知り合いになれたら、そりゃもう光栄で嬉しいんだがと思いましてね、それから、もしお嬢さんがわしらの家を、こちらさんのお宅と同じようにして、ともかく自分の家みたいに思ってくださりゃ、もうわしらは本当に嬉しいんだがってことを、申し上げたいと思った次第なんですわ。つまりですな、わしらは、お宅のお嬢さんに元気を出してもらいたくってね、そいでわしら夫婦がこれから楽しむことは、みんな一緒に楽しめるように、そんなふうにしてあげたいもんだなあと、そう思っとるわけです。わしらは、お嬢さんにピーンとシャーンと元気になってもらって、そいでもってパーッと気を晴らしてもらいたいなあと、こう思っとるわけです」

「まさに、そういうことなんですの！」とは気さくなボフィン夫人。「ねえ！　一緒に楽しくやっていきましょうよ」

ウィルファー夫人は奥方のほうにはよそよそしい一礼を返し、夫君のほうには抑揚のない声で居丈高に言った。

「お言葉ですけれども。宅には娘が何人かおりまして。ご親切にもお心を砕いてくださるのは一体どの娘と理解すればよろしゅうございましょうか？」

「そりゃあ、ねえ、おわかりでしょう？」笑みを絶やさぬボフィン夫人が口を挟んだ。「もちろんベラさんのことですわ」

「あら！」どうにも合点がいかぬ、という険しい顔つきで夫人は言った。「娘のベラなら、家におりますから、当人の口からお返事させましょう」そう言って扉を少し開けた途端、バタバタと逃げて行く物音が聞こえた。その物音も消えやらぬに、ご令室の朗々たる命が飛んだ。「ベラをお呼び！」このお言葉、耳に聞くだけなら、伝令がうやうやしく読み上げる壮麗な布告のようだったが、実際に見るところ、ギラギラした眼差しで厳しく我が子を叱りつけるご母堂さまが生身のうら若き乙女に向かって発したものだった。当の乙女は伝令の必要などないくらいに生身も生身、今にも部屋から出てくるボフィン夫妻に見られては大変と、階段下の小さな物置に必死で隠れようともがいていた。

「宅の主人、R・Wは仕事で」ウィルファー夫人は再び腰を下ろしながら言った。「日中のこの時間帯は、シティ［ロンドンの中心にある金融街］を離れることができませんの。でなければ、このあばら家でお二人をお迎えする光栄に浴しましたのに」

「なんとも居心地の良いお宅ではありませんかな！」ボフィン氏は陽気に言った。

「お言葉ですけれども」ウィルファー夫人はその間違いを正すため、言葉を返した。「この貧しきあばら家は、それと知って住んでおるものです。ですが、どなたさまのお慈悲にもすがらずに暮らしておりますのです」

　この方向性で会話を進めるのはいささか困難と見て取ったのか、ボフィン夫妻はあらぬ方を見つめたまま座っていた。一方ウィルファー夫人のほうも押し黙ったまま座りながら、息を吸ったり吐いたりするたび、歴史上稀《まれ》に見る克己心なくしてはこの呼吸さえままならぬ、という態度を示していた。そうこうするうち、ベラ嬢が現れた。ウィルファー夫人は娘を紹介し、娘にもお客様のご用の向きを説明して聞かせた。

「大変ありがたく存じますわ」ベラ嬢は冷ややかに巻き毛を揺らしながら言った。「けれど、外を出歩くような気分になれるかどうか、自信がありませんの」

「ベラ！」ウィルファー夫人は娘をたしなめた。「ベラ！　お前、この苦しみを乗り越えなくてはいけませんよ」

「そうよ、お母さんのおっしゃる通り、乗り越えなくちゃね、お嬢さん」とボフィン夫人。「だってあたしたち、あなたが来てくださったらどんなに嬉しいか、それにあなた、こうしてお家に閉じこもっているなんて、もったいないくらいお綺麗じゃない」気さくなボフィン夫人はこう言って令嬢にキスをすると、利かん坊なエクボが浮かんだその肩を優しくポンポンと叩いてやった。その傍らでウィルファー夫人は死刑執行前の会見に立ち会う役人よろしく、しゃちこばって座っていた。

「あたしたち、素敵なお家にお引越ししようと思うの」こうしてボフィン夫人は、夫が異を唱えられないのをいいことに、例の引越し問題について妥協を取り付けようというきわめて女性らしい戦略に打って出た。「それから、素敵な馬車もしつらえようと思うのよ、それに乗って、いろんなところに行って、いろんなものを見ましょうよ。だからお嬢さんはね」ベラの隣に腰かけ、その手を優しくポンポンと叩きながら言った。「お嬢さんはね、まずはあたしたちを嫌わないでくれなくっちゃね、だってあたしたちにだって、どうしようもなかったんですもの」

飾り気のない親切心と優しい心根にほだされてしまうのは若い者の常、ベラ嬢もまた例外ではなく、この屈託のない物言いにすっかり心を動かされ、素直にボフィン夫人の頬にキスのお返しをした。がしかし、これは世知にたけたご母堂にとっては到底いただけないやり方だった。というのもご母堂はボフィン夫妻に対して、恩に着る側でなく着せる側の有利な立場を獲得しようと必死だったのである。

「こちら、末娘のラヴィニアと」当のご令嬢が再び姿を現したので、会話の流れを変える良いチャンスとばかりにウィルファー夫人は言った。「我が家の友人でおられる、ジョージ・

サンプソンさんです」

一家のご友人氏は、甘い恋の感情に駆られるあまり、自分以外の他人は誰かれ構わず一家の不倶戴天《ふぐたいてん》の敵と見なす心境にあった。彼はステッキの丸い柄《え》を口に突っ込んで腰を下ろしたが、その姿はまるで、喉元まで出かかっている罵詈雑言《ばりぞうごん》をこのステッキで止めなくては、と言わんばかりだった。そのまま、彼はボフィン夫妻のほうを情け容赦のない眼差しで睨《にら》みつけた。

「もしあたしたちのところに来るときにね、妹さんも連れてきたいっておっしゃるなら」とボフィン夫人。「もちろん大歓迎よ。あなたのいいようにしてくださったら、ねえベラさん、あたしたちにとっても、それだけ一層いいんですから」

「あら、あたしの気持ちなんて、まったくどうでもいいってわけ?」ラヴィニア嬢が叫んだ。

「ラヴィ」姉は低い声で言った。「黙って座ってなさい、おとなしくしてて」

「あら、そんなの無理よ」ラヴィニアはツンとして言った。「あたし、知りもしない人たちからお気にかけていただくようなちっちゃな子供じゃないんだから」

「あんたは十分子供だわよ」

「いいえ、あたしは子供なんかじゃないし、人さまから気にかけてもらうなんて御免だわ、『妹さんも連れていらっしゃいな』ですって!」

「ラヴィニア!」とはウィルファー夫人。「おやめなさい。お母様のいるところでそんな馬鹿げたことを口にするなんて許しませんよ。見ず知らずの人さまが――それがどなたさまでも、この際どうでもいいことです——まるで我が家の子供たちの面倒を見るような口をきくなんて。まったくお前って子は、なにもわかっていないのですね。まさかボフィンさんたちが、我が家の誰かの面倒を見てやろうというのでこの家の敷居をまたいだとでも言うの。もし仮にそうだったとしましょう、それならお母様の身体がちゃんと動く限り、速やかにお引き取り願いますからね。この屋根の下で一瞬たりともぐずぐずしていただくことなどありませんから。本当に馬鹿なことばかり言って、お前はお母様のことをなにもわかっていないのです」

「そりゃ大変結構なことね」ラヴィニアはぶつぶつ不満を言いだしたが、またウィルファー夫人が言った。

「お黙り！　もう許しませんよ。お前はお客様に対する礼儀を知らないのですか？　たとえ婉曲的な言い方であったとしてもですよ、このお二方が我が家の誰ぞの面倒を見てやるつもりであるかのように——この際、誰のことかは問題ではありません——言うのはですよ、あんた方は頭がおかしいから無礼なことばかりするんだ、と罵るのと同じことですよ」

「わしと家内のことは気になさらんでください」ボフィン氏はにこやかに言った。「わしらは構わんのですから」

「お言葉ですけれども、わたくしは構うのですわ」とウィルファー夫人。

ラヴィニア嬢は、軽くふふっと笑って小さな声で言った。「そうね、そりゃそうでしょうとも」

「それゆえわたくしは、この生意気な我が子に対して」ウィルファー夫人は末娘のほうを冷ややかに見つめながら続けたが、肝心の視線は末娘にはなんの効き目もなかった。「もっと公平な目で姉のベラを見るように、肝に銘じてほしいと思います。姉のベラがそれはもう引く手あまたであることを思い出して、肝に銘じてほしいと思います。それから、姉のベラがもしお心遣いを受けるとしたら、あの子に受け入れてもらうお相手側とて、やはりあの子と同じだけの」ここで夫人は憤怒《ふんぬ》に身を震わせた。「め、名誉を手にするのだということを、忘れてはなりません」

しかし、ここでベラ嬢が異を唱え、静かに口を開いた。「あたし、自分のことなら自分の口で言えてよ、ママ。人をダシにしないで頂戴な」

「それから、このあたしをダシにして人さまにあてこすりを言うのも、そりゃあまあ結構なことですけど」手のつけられないじゃじゃ馬娘のラヴィニアは嫌味たっぷりに言った。「けどあたし、これについては、ジョージ・サンプソンの意見も聞いてみたいものだわ」

「サンプソンさんは」件の紳士が口封じの栓を外したのを見たウィルファー夫人が、陰惨な目でひたと睨みつけたので、紳士はまた、慌てて栓をねじ込んだ。それを横目に、夫人はこう言い放った。「サンプソンさんは、我が家の友人として、それに我が家に足繁くいらしてくださるお客様の一人として、そんな誘い水に乗って口を割るようなことはなさいません。お育ちがそれを許さないのですよ」

若者がこうして賞賛の嵐を受けるのを聞いて、誠実なるボフィン夫人はまるで彼に悪いことをしたような気がして良心が咎めたので、夫もあたしも、いつでも喜んでサンプソンさんをお迎えしますから、いらしてくださいね、と言った。この気遣いをありがたく受け取った印として、若者は口封じの栓を突っ込んだまま、「それはどうも、しかし私は昼も夜も忙しくしておりますので」と答えた。

いろいろ悶着《もんちゃく》はあったが、最終的にベラがボフィン夫妻の申し出に対して愛くるしく乗り気な返事をしたことですべては帳消しとなり、優しい夫妻は大方において事の次第に満足した。というわけでボフィン夫人はベラに、なんとか恥ずかしくないくらいまで受け入れの準備が整ったら、すぐにまたお知らせしにお邪魔していいかしら、と言った。ウィルファー夫人はこの取り決めを聞くと、重々しい様子でちょっと頭を傾け、手袋をはめた手をゆらゆら振りながら、良きにはからえ、という意を伝えた。まるでその態度は「汝らの至らぬ点はすべて容赦してくれよう、汝らのことはすべて慈悲深く許してくれよう、哀れなる者たちよ」と言わんばかりだった。

「ところで、奥さん」帰りかけたボフィン氏は振り返って言った。「お宅は下宿人を置いておられますな？」

「紳士がお一人」ウィルファー夫人は下宿人、という品のない言い方を正して言った。「たしかに二階にお住まいでいらっしゃいます」

「その人を〈我らが共通の友〉とでも呼びましょうかな」とはボフィン氏。「してこの〈共通の友〉は、一体どんなお方でしょうかいな？　奥さんはお好きですかな？」

「ロークスミスさんはとてもきっちりしていらして、とても物静かで、申し分のない同居人でいらっしゃいます」

「というのも」ボフィン氏は言った。「わしはまだ一回しか、この〈共通の友〉ってのに会ったことがないもんですからな、あまりよう知らんのです。けどお奥さんのおっしゃる分じゃ、良さそうな方ですな。今おられるんですかな?」

「ロークスミスさんはご在宅でいらっしゃいます」とウィルファー夫人。「現に」窓の向こう側を指差しながら「あそこの庭の門のところに立っておいでですわ。あなたをお待ちなのではと存じますが」

「そうかもしれませんの」とボフィン氏。「わしがここに来たのを見ておったんでしょうな」

ベラはこの短い会話にじっと耳を傾けていた。ボフィン夫人を見送りに門のところまで出ると、そこでも同じく、じっと様子をうかがった。

「ご機嫌はいかがかの? お元気かね?」とボフィン氏。「ほら、これが家内ですわい。こちらは前にもお話ししたロークスミスさんじゃよ、お前」

夫人が挨拶をすると、彼は夫人にさっと手を貸し、馬車の座席に腰を下ろすのを優しく手伝った。

「それじゃあ、今日のところはこれでさよならね、ベラさん」ボフィン夫人は優しい別れの言葉を告げた。「またすぐにお会いしましょ! そのときにはきっとチビのジョン・ハーモンをご紹介できるわね」

馬車の車輪のところで夫人のドレスの裾を直していたロークスミス氏は、これを聞いた途端、ハッと後ろを振り返ってあたりを見回し、それから夫人のほうを見上げた。その顔が蒼白だったので、夫人は思わず叫んだ。

「あらまあ！」そして一瞬間を置いてから「一体どうなさったの？」

「死んだ男をご紹介なさるとは、どういうことでしょうか？」ロークスミス氏は言った。

「あら、養子の話よ。お嬢さんにはさっきお話ししたの。ジョン・ハーモンっていう名前にしようと思ってるのよ！」

「その名前を聞いて、すっかり驚いてしまったものですから」とロークスミス氏。「それに、こんなにお若くてお美しいお嬢さんに、まるで死人を紹介するようなお話しぶりで、なんだか不吉に思いまして」

さて、ベラはこの頃までに、ロークスミス氏が自分を好きなのではないか、と考えるようになっていた。そうと気付いたことで（もはやなんとなく怪しいというよりは絶対間違いないくらいの確信だった）、彼のことがどんどん好きに思えてくるのか、それともますます嫌いになってくるのか、自分でもわからなかった。彼の気持ちに気付いてから、もっと相手のことを知りたいと思うようになったのは、彼への不信感に確たる理由を見出すためなのか、それともその不信感を振り払うためなのか、これもよくわからぬままだった。とにかくベラは、いつも彼のことが気になって仕方がなかったので、今も細心の注意を払って事の成り行きを見守った。

彼女に劣らず、彼にもそれはよくわかっていたし、彼がよくわかっていることは、彼女にもやはりよくわかっていた。そうして二人は庭の門のそばの小道で、馬車を見送った。

「立派な方たちですね、お嬢さん」

「あの方たちのこと、よく御存じなの？」ベラは聞いた。

彼は、ひどいじゃないかというような笑みを浮かべ、彼女のほうは、ひどいことをしたと思い、頬を赤くした。彼女がそんなことを聞いたのは、彼の虚をついて嘘の答えを引き出そうとしたからだった。そして二人とも、それに気付いていた。彼はただ、「お噂は存じ上げています」と言った。

「そうでしょうね、ボフィンさんはあなたに一度しかお会いになってないっておっしゃったもの」

「そうですね、たしかに一度お目にかかりました」

ベラはそわそわと落ち着かず、さきほどの質問を取り消せるものなら取り消したいような様子だった。

「墓場で眠る今は亡き男にあなたを紹介したいという提案を聞いた時、もちろん、あなたのことが気がかりでというのは本当ですが、それでもやはり私の驚き方が尋常でなかったのが引っかかるのですね。たしかに、死人と会うなんてありえないことくらいわかりそうなものですし――実際、ほんの少し考えればわかることだったんですがね。けれど私は、やはりあなたのことが気がかりでして」

じっと考え込むような様子で居間に戻ってきたベラ嬢に、利かん気の強いラヴィニア嬢からお出迎え代わりにキツイ言葉が飛んだ。

「さあ、ベラ！　とうとう姉さんの夢がかなうってわけね――姉さんのボフィンさんたちのおかげで。姉さん、これでお金持ちになれるじゃない――あのボフィンさんたちと一緒にさ。思う存分、男遊びもできようってもんじゃない――あのボフィンさんのお家でさ。でもね、あたしは、なにがあっても姉さんと一緒にボフィンさんとこになんか行きませんからね。姉さんも――姉さんのボフィンさんも――これだけはよーく覚えといてもらわなくちゃ！」

「仮にも」むっつりした顔で口封じの栓を外したジョージ・サンプソンが言った。「ベラさんのボフィン氏が、この僕を招待しようなんて耄碌《もうろく》したことを考えてるとしたら、男同士の問題として、そんな申し出にはそれ相応の覚悟がいるってことを知ってもらいたいもんだね。とにかく彼にはシン――」彼は「身命を賭して」と言いたかった。しかし彼の知力にまったく信頼を置いていないうえ、この男がくどくど言ったところでいつだってなんの役にも立ちはしないと考えていたラヴィニア嬢は、ステッキの栓をグイと口の中に突っ込んでやった。その行いの乱暴さたるや、彼の目から涙が出るほどだった。

さて、ご立派なウィルファー夫人のほうは、さきほどまでのボフィン啓発運動において末娘を都合よくダシにした手前、彼女へのものあたりが若干やわらかになった。そして、後生大事に取っておいた自らの特技のうちでも、最後のやつをご披露にかかった。これはつまり、[*3]観相学者としての並みはずれた能力でもって家族を啓蒙してやることだった。この啓蒙活動が始まるや、凡人の目では生涯見ることができないような陰惨な性格や邪悪な本性が次々と明るみに出されるので、R・Wなどはたちまち震えあがってしまうのだった。そして今まさにウィルファー夫人は、ボフィンたちへの嫉妬に駆られるまま、その特技を余すところなく披瀝《ひれき》した。しかし、時を同じくして夫人の心中では、まさにそのボフィンを得たこと及びボフィンの金や立場を、ボフィンなき貧しき友人たちに向かっていかなる形で自慢してやろうか、と忙しく計画が練られてもいたのだった。

「あの人たちの行儀作法については」とウィルファー夫人。「もうなにも言いますまい。あの人たちの風采についても、ここではなにも言いますまい。それからベラに対する気持ちが私心のないものであるかどうかについても、なにも言いますまい。ですけどね、ボフィン夫人の顔にありありと浮かんでいた、あの狡猾な様子、秘密主義、陰険で奸智《かんち》にたけた深謀遠慮には、ただ身の震える思いがします」

こうして並べたてた恐ろしげな属性が、すべて間違いなくボフィン夫人に備わっている証拠として、ウィルファー夫人はその場でブルルと身を震わせた。

第十章から第十五章までの梗概

舞台はヴェニヤリング邸に戻る。若作りの年増女ソフローニアと、若作りの年増紳士アルフレッド・ラムルが結婚することになり、ヴェニヤリング邸で披露宴が催される。トウェムローは相変わらず、誰がヴェニヤリング夫妻の「もっとも古い友人」なのかわからぬまま戸惑っているが、披露宴はなんとも豪奢《ごうしゃ》で型どおりに執り行われ、人々は上っ面だけの付き合いであるにもかかわらず、いかにも親密そうに振る舞う。虚飾に満ちた結婚式を挙げた二人は、二週間後、新婚旅行に出かけるが、そこで真実が露見する。互いの金を目当てに結婚してみたものの、双方ともに実はほとんど素寒貧だとわかり、絶望して互いを罵り合う。しかし、この先生き残るための唯一の道として、「夫婦」の仮面を付け、自分たちを欺いた社交界のなかで金づるを探して生きて行こう、という卑しい「契約」を結ぶ。

そんなラムル夫妻は、ポズナップ邸のパーティーに招かれる。ポズナップは、自分や自国イギリスの絶対的優位を信じて疑わず、他者・他国をすべて見下して軽蔑する、という浅薄かつ傲慢な人物である。娘のジョージアナは両親にすべてを牛耳られ、「頬を赤らめる」ような不適切な事態が一切起こらない、無味乾燥な日々を送っている。そんな世間知らずの令嬢をターゲットに決めるラムル夫妻。

モーティマーが自分の事務所でユージーンと過ごしていると、ライダーフッドがやって来て、ギャッファー・ヘクサムこそハーモン殺しの犯人だと告発し、一万ポンドの懸賞金をもらう資格があるのは〈正直者〉たる自分だ、と言い張る。この証言を受け、みなで警察署に行き、例の〈修道院長〉たる警部補殿とともに、ギャッファーのもとへ向かう。ギャッファーの帰りを待っていると、彼のボートが「獲物」の死体を結び付けたまま、無人で帰って来る。

ギャッファーのボートに括《くく》りつけられた「獲物」を引き上げると、なんとギャッファー本人だった。彼の手にコインが握られていたこと、いつも彼が手に持っていた引き綱が首に結びついていたことなどから、例によって川で「獲物」の死体を見つけ、そのポケットを漁っていたところで転落し、自分の引き綱に絡まってそのまま事故死したもの、と警部補殿は推測する。

舞台は変わってボフィン邸。ロークスミスがボフィン邸にやって来て山積みになっていた書類仕事を鮮やかに片付けてみせる。これに大喜びしたボフィン夫妻は、彼を秘書として雇うことにする。そしてキャヴェンディッシュ・スクエアにある壮麗かつ貴族的な邸宅を新居として購入した、とロークスミスに話し、その誂え等の雑事を彼の手に委ねる。またウェッグという「義足の文学者」を雇っていることも打ち明け、ロークスミスとウェッグが互いの領域を侵して関係を悪くしたりすることのないよう、ウェッグは庵で管理人として暮らし、ロークスミスは新居に事務所を構えて秘書として仕事をするよう取り決める。

第十六章　健気な保護者と預かりっ子たち

秘書は一刻も無駄にすることなく仕事に取りかかり、その目配りと手さばきはほどなく黄金のゴミ屋［ボフィン氏のこと］の諸事一般に及んだ。主人から与えられた仕事を一つ一つ、上から下まで、隅から隅まで、奥の奥まで、なにもかも掌握しようという固い決意を持って仕事に励む様子は見事と言うほかなく、またすべてを的確にこなしていく能力も素晴らしかった。人づての情報や説明などはなにひとつあてにせず、ただ彼自身に直接打ち明けられた一切について完璧に取り仕切った。

もしも黄金のゴミ屋よりも世知に長けた主人であれば、この秘書の振る舞いがどことなく信用できぬ、と感じたかもしれなかった。よろずの秘書と比べて詮索好きだとか、なににでも首を突っ込むというのではなかったが、とにかく主人の諸事一般、ことごとく完璧に掌握しなければ満足しなかった。（仕事を始めたときの彼の知識からして）すでにハーモンの遺書を保管している事務所に出向いて、中身を読んできたこともすぐに明らかになった。あの件もこの件も相談してみようというボフィン氏の考えを先回りするように、秘書はそれらの事案にあたり、すでに万事承知しております、という態度を示した。秘書としての職務を全うするためには、あらゆる問題について十全に準備をしておくのが当然の義務だと思っているらしく、そのことを隠そうとする素振りもなかった。

これでは——繰り返して言っておこう——、黄金のゴミ屋より世知に長けた主人なら、なんとなく信用のおけぬ奴だと感じてもおかしくはなかった。当の秘書は常に思慮深く、控えめで多くを語らなかった。しかしまるであらゆる事案が我が身に関わることだというように、必死の面持ちで事にあたった。主人に対して偉そうな口をきくとか、金の管理に口を出すとかいうことはまったくなかったし、むしろこの点は明らかにボフィン氏に主導権を委ねたがった。もし仮に彼が自分なりの限られた領域内で権力というものを志向していたとするなら、それは知という名の権力だった。つまり、自らの仕事を完璧に掌握することから生まれる権力だった。

秘書の顔にはいつもなんとも言いがたい影が差していたし、立ち居振る舞いもまたなんとも言えぬ翳《かげ》りをはらんでいた。とはいえ、ウィルファー家の面々とはじめて会った晩に見られたような例のおどおどした感じではなかった。今ではもう狼狽したり困惑したりすることもほとんどなかったが、それでもその物腰にはどこか影があった。あの晩のようにおかしな態度をとる、というのでもなかった。今ではすっかり控えめで品があり、てきぱきして立派なたたずまいだった。しかし、どうしても身体にまとわりついた翳りが消えなかった。過酷な拘禁生活に耐え抜いた人間か、筆舌に尽くしがたい貧困を味わった人間か、さもなければ保身のために罪のない友人を犠牲にした人間の顔からは、死の瞬間まで辛い日々の記憶が消えないという。だとしたら、秘書の顔にさす翳りもそんな記憶の名残だというのだろうか。

秘書は新しい家に自分専用の仮事務所をしつらえ、すべての仕事を滞りなく管理していたが、ただ一つ奇妙な例外があった。ボフィン氏の事務弁護士と会うことだけは明らかに避けていたのである。二、三度、些細な用で弁護士と会わねばならないことがあった時も、秘書はボフィン氏にその仕事を委ねた。弁護士との会見を避けたがるのがあまりにあからさまになると、ついにボフィン氏はどうして気が乗らんのかと問いたださずにはおれなくなった。

「おっしゃる通りです」秘書は認めた。「できれば、お会いしたくないのです」

個人的にライトウッドさんを好かんと言うことかね？

「いえ、ライトウッドさんのことは存じ上げませんので」

それじゃ、なにか裁判沙汰になったことがあるとか？

「人並み程度に」というのが、彼のあっさりした答えだった。

それじゃ、法律稼業の連中に偏見でも持っとるというんかの？

「いいえ。けれど、秘書のお仕事をさせていただくにあたり、旦那様と弁護士さんとの間の仲介だけは勘弁していただけませんでしょうか。もちろん、旦那様がどうしてもとおっしゃるのなら、なんとかご期待に添うこともできましょう。けれど危急の用がない限り、強くお命じにならないでくださるとありがたいのです」

さて目下のところ危急の用があるかと言えば、到底そうとも言えず、ライトウッドの手元にあるのはいまだ逃亡中の殺人犯に関するまったく先の見えない案件と、新居購入にまつわる些事だけだった。この他、弁護士のところに回されてもおかしくない多くの案件は、すべて秘書のもとに留め置かれていた。が、実のところ、これらはライトウッドのところの例の干からびた事務員、ブライト少年の手にかかるより、秘書の手で処理されるほうがずっと迅速で効果的だった。この点については黄金のゴミ屋も十分に理解していた。目下処理せねばならぬ問題も、秘書が自ら出向くほどのこともない些細なもので、だいたいの次第をまとめれば以下のようなことだった。ヘクサムの死によって、正直者が額に汗して働いてもお駄賃なしという仕儀になったので、正直者さんのほうもお駄賃なしなら働くのも御免だぜということで、法律用語で言うところの「石の壁さえ貫く固き宣誓」とともに殺人告発をするのを避け、のらりくらりとトボける構えを見せた。その結果、おぼろげに見え始めた事件解決の新たな光も結局はパチパチとはぜて消えてしまった。しかし、これまでの経緯をあらためて確認しなおしたところ、本件に携わる某氏から、なにもかもお蔵入りしてしまう前に——いったんお蔵に入ったら最後、二度と明るみにはでないだろう——ジュリアス・ハンドフォード氏をもう一度召喚して尋問すべきでは、との提案が出された。ところが当のジュリアス・ハンドフォード氏はどこに行ったものやら影も形も見当たらず、弁護士ライトウッドは依頼人ボフィン氏に対し、ハンドフォード氏捜索のため、新聞に広告を打っても構わないか、と打診してきたのだった。

「お前さん、ライトウッドに手紙を書くのも気乗りせんのかね？ ロークスミス？」

「いいえ、それはまったく問題ありません、旦那様」

「そいじゃ、ちょっと手紙を書いてもらえんかの、なんでもお宅さんの良いように、お好きに広告を出してもらって構いません、とな。そんなことしたところで、名乗り出てくるとも思えんが」

「名乗り出てくるとは思えません」

「けどまあ、なんでもお宅さんの良いように、お好きにやってちょうだい、となあ」

「それでは早速書かせていただきます。私のわがままを寛大にお許しいただきましたこと、お礼申し上げます。こう申し上げたら少しはご理解いただけるかもしれません。私は個人的にライトウッドさんを存じ上げないのですが、ライトウッドさん関連で、若干厄介な問題を抱えておりまして。ライトウッドさんが悪いというのではないのです。彼にはなんの責任もありませんし、私の名前すらご存じないと思います」

ボフィン氏はこの点わかったと首を縦に振り、それで手打ちとした。手紙が書かれ、その翌日には、ジュリアス・ハンドフォード氏求む、との広告が打たれた。ハンドフォード氏は、世の正義の名のもとに事件の審理に応じんがため、正々堂々モーティマー・ライトウッド氏に連絡をとられたし、もしくは彼の所在についてどなたかご存じの方あれば、前述のモーティマー・ライトウッド氏のテンプルの事務所までご一報されたし、その場合には金一封謹呈いたす、との旨。その後六週間というもの来る日も来る日も、この広告がありとあらゆる新聞の一面に掲載された。その後六週間というもの来る日も来る日も、秘書はその広告を目にするたび、主人に向かって言ったと同じ声色で一人つぶやくのだった。――「名乗り出てくるとは思えません！」

彼が最初に取り組んだ仕事のうちでも、ボフィン夫人の求める孤児捜索はきわめて重要な位置を占めていた。秘書として雇われた瞬間から、ボフィン夫人を喜ばせたいという彼の意志は明らかであり、孤児問題が常に夫人の心にあることを知るや、疲れを知らぬ情熱と関心を傾けて事にあたった。

ミルヴィー夫妻はなかなか良い孤児が見つからずに困っていた。良さそうだという子がいても、性別が夫人の希望と違ったり（たいていいつもそうだった）、年が行きすぎていたり、年が足らなかったり、病気がちだったり、汚らしすぎたり、はたまた道端の浮浪生活に馴染みすぎていたり、隙あらば逃亡しそうな気配だったりした。または、金を出して孤児を買い取らなければ、この博愛主義的事業の完遂が見込めそうにない場合もあった。というのも、誰かがある特定の孤児を欲しがっていると知れるや、突如として当該孤児の愛情深き親類が出現し、その子に値段をつけるからだった。こうした孤児市場における子供価格の暴騰に比べれば、ロンドン株式市場の常軌を逸した値動きの記録も物の数ではなかった。朝の九時、里子に出され、泥んこのパイをこねているときには五千パーセント暴落ストップ安の子どもが、（一旦受注のお伺いが入るや）正午前には五千パーセント暴騰のプレミア株となった。この孤児市場は、さまざまに手の込んだやり方で操作されていた。偽物の株券が出回っていた。恥知らずにも親たちは自分たちが死んだことにしてまで、我が子の孤児株を持ち込んできた。まがい物なし、真正の孤児の株は、内々の手続きで市場から引き揚げられた。ミルヴィー夫妻の到来を知らせるために置かれた密偵から、当該夫婦お出ましのご様子との報告が入るや、たちまちのうちに孤児証明書は隠匿され、提出は御免こうむります、もちろんどうしてもご所望とあらば、ブローカーたちのよく言う「ビール一ガロンと引き換え」でなんとかなりましょう、と来るのだった。同じく、孤児株保有者たちは、時によって売り控えを行ったり、急に一ダースほどの孤児株を市場放出させたりするので、まるで〈南海〉[*1]の暴騰よろしく、荒海のように価格が乱高下した。とはいえ、かくも多様な取引の根底にある絶対の法則とはただひとつ、安く買って高く売ることだった。そしてミルヴィー夫妻には、どうしてもこの法則のなんたるかが呑み込めずにいた。

とうとう、魅力的な孤児がブレントフォードにいるとの知らせが、フランク牧師のもとに届いた。かくも素敵な街に、亡くなった両親（彼の教区民だった）のどちらかの祖母が、夫に先立たれた身でどうにか暮らしていた。その祖母ベティ・ヒグデンなる女性は、母のような優しい心でこの孤児を引き取ったが、やはりこのまま面倒を見るほどの余裕がない、とのことだった。

秘書はボフィン夫人に、よろしければ私一人で行ってこの孤児の様子を事前に調べてまいりましょうか、それとも奥様もご一緒に馬車で行かれてご自身の目で確かめられますか、と尋ねた。ボフィン夫人が後者を望んだので、ある朝、二頭立ての四輪馬車を駆り、ハンマー頭の従者を後ろに乗せて二人一緒に出発した。

ベティ・ヒグデン夫人の家は、ぬかるんだブレントフォード界隈のクネクネと入り組んだ裏路地にあり、なかなか見つからなかった。二人は〈三羽のカササギ亭〉という看板のある宿屋で馬車を降り、歩いて家を探した。さんざんあたりの人に尋ね歩いてはわからずじまい、というのを繰り返したところで、ようやく小さな道沿いに立っている非常に狭い田舎家がそれだと教えられた。開け放した戸口には板が一本渡してあったが、いとけない紳士が一人、脇でその板を抱え込むようにして乗り出し、頭の取れた木馬に紐をつけ、釣りざおのようにして道端の泥をこねくり回していた。くるくるとした茶色の巻き毛と大胆不敵な顔つきを見るに、どうやらこの若き釣り人こそ、問題の孤児であるらしいと秘書は判断した。

二人が足を早めて近付くや、なんとも間の悪いことに孤児は泥釣りに熱中するあまり、我が身の状態を忘れてバランスを崩し、板越しに街路に転がり落ちた。ころころと丸っこい孤児はまたたく間に回転を始め、二人が助けようと手を差し伸べる暇もなく、道端の溝に落ちた。すぐさまジョン・ロークスミスの手で溝から救出された孤児だったが、結局ヒグデン夫人との初対面はなんとも気まずい始まりにならざるをえなかった。なぜといって、孤児はロークスミスの手で上下逆さまにされたうえ、その顔は真っ青、いや紫色、知らぬ人が見たら、まるで秘書とボフィン夫人にさらわれたような恰好だったのだ。おまけに戸口に渡された板が罠となって、慌てて出てこようとするヒグデン夫人も、入ろうとするボフィン夫人とロークスミス氏も、みな足を取られそうになり、その場は一層騒然となった。さらには、なんとも哀れっぽい、まるで動物の声のような孤児の泣き声が加わった。

最初のうちは訪問の目的を説明することさえ不可能だった。というのも、孤児が「息をつめてしまった」のだ。おそろしいことに孤児の顔はみるみるしゃちこばって鉛色になり、ウンともスンとも言わなくなってしまった。この恐怖の沈黙に比べれば、先だっての情けない泣き声など、まるでこの世の栄華を誇る歓喜の歌さながらと言ってよかった。ようよう子供が回復するや、ボフィン夫人もようよう自己紹介を始め、ベティ・ヒグデンの家にもまた、ようよう笑顔に満ちた平穏な空気が戻って来た。[*2]

こうしてようやく一同は、巨大な洗濯の皺伸ばし機が幅を利かせた小さな家の内部を見ることになった。皺伸ばし機のハンドルあたりには、ひどく背高のっぽの少年が立っており、ひょろ長い身体に、ひどく小さな頭を載せ、その小さな頭に似合わぬ極めて巨大な口をポカンと開けていた。その開きようといったら、客人たちをじろじろ見るのに両のまなこだけでは足らないので、口もしっかり開けておくと言わんばかりだった。皺伸ばし機の下、隅のほうに置いてある二つの椅子には、まだ年端もゆかぬ子供たちが座っていた。一人は男の子、もう一人は女の子だったが、前述の背高のっぽの少年がじろじろ客人を眺めながら、その合間に皺伸ばし機のハンドルを回すと、まるで幼児殺戮《さつりく》用に設計されたカタパルトよろしく、このハンドルが子供たちの頭を串刺しにしそうなので、見ているだけでハラハラものだった。しかし結局、ハンドルは二人の頭上ぎりぎり一インチのところをかすめて、何事もなく元の位置へと戻るのだった。部屋は清潔でよく整頓されていた。床にはレンガが敷かれ、窓にはダイヤモンド型の枠がはめられ、暖炉にはひだ飾りがかけられ、窓の外には下から上に向かって紐が釘打ちされていた。どうやらこの紐には、季節がめぐり、神の恩恵が与えられた暁には、金時豆[*3]が育つ手筈のようだった。しかし過ぎ去りし季節のなかで神がどんな恩恵を与えてきたにしろ、金目のものがベティ・ヒグデンにもたらされることはなかったらしい。彼女の貧しさは誰の目にも明らかだった。

　このベティ・ヒグデンという人は、決してたじろがぬ強い目的意識と、屈強で健康な身体でもって、長い年月を戦い抜いてきた女性だった。とはいえその長い年月のあいだ、年ごとに新たな苦難に打ちのめされ、消耗しているのも事実だった。けれど、活力みなぎる彼女の目はキラキラと黒く輝き、顔立ちは凜《りん》として、心根は大変優しかった。理路整然とした聡明な女性ではなかったが、神のご加護とはありがたきもの、彼女はその優しさゆえに、いつかきっと天の国でどんな賢人にも劣らぬ尊敬を受けるだろう。

「ああ、その件で！」話が本題に入ると彼女は言った。「たしかにミルヴィー夫人からお手紙をもらってますです、奥さん、それでこのスロッピーに読んでもらったんです。なんともけっこうなお手紙で。あの方は本当に気さくでしてねぇ」

訪問客たちは、背高のっぽの少年のほうにちらりと目をやった。ぽっかり開いた口とあんぐり開いた目でジッと二人を見る少年は、えへん我こそはスロッピーでござる、と言うようだった。

「なぜってあたし、ねえ」とベティ。「手書きの字を読むのが、あんまり得意じゃないもんですからねぇ。もちろん聖書とか、印刷してある字はだいたいわかるんですけど。でもあたし、そりゃぁ新聞[*4]が好きでしてねえ。こう見えてこちらのスロッピーが新聞を読むことにかけちゃ、天下一品なんですよ。〈警察〉欄のとこなんか、いろんな声を使い分けて読んでくれるんです」

訪問客たちはここで再びスロッピーのほうを見るのが礼儀だろうと考えた。当のスロッピーはその視線に応え、突然頭をぐっと後ろにのけぞらせ、口をカッと裂けてしまいそうなくらいに開くと、大声でゲラゲラ笑い出した。これを聞いた二人のいとけない子供たちも、依然として頭部を危険に晒《さら》したまま同じようにゲラゲラ笑ったので、つられてヒグデン夫人も笑い、あの孤児も笑い、そして訪問客たちも笑った。笑いの連鎖に理由などなかったが、なんとも言えず陽気な雰囲気だった。

するとスロッピーは、猛烈に仕事をしたい気分に駆られたらしく、やおら皺伸ばし機に向かうと、きいきいギシギシ凄まじい音を立てながら二人のいたいけな子供の頭上でハンドルを回し始めたので、とうとうヒグデン夫人がやめさせた。

「そんなことしたら、お客さんたちのお話が聞こえなくなっちまうよ、スロッピー。ちょっとおやめ、おやめったら！」

「それで、あなたのお膝にいるかわいい坊やがそうなのかしら？」とボフィン夫人。

「はい、奥さん。この子がジョニーです」

「まぁ、ジョニーっていうの！」ボフィン夫人は秘書のほうを見ながら叫んだ。「もうジョニーっていうんですって！　それじゃ、新しくつけなきゃいけない名前はもう片方だけってことねえ！　なんてかわいい坊やなんでしょ」

子供らしく恥ずかしそうな様子で頰っぺたをギュッとすぼませると、青い目の子供はボフィン夫人のほうをこっそりうかがい、ぽっちゃり皺が寄るほど肉のついた手を老女の口元へ伸ばした。彼女もそれに時々キスしてやった。

「ええ、奥さん、かわいいんですよ。この子は本当に大事なかわいい坊やなんです。最後まで生き残った娘のそのまた娘が産んだ子なんですがねえ。だけどその孫娘も、やっぱり他の子たちとおんなじように神さまのとこへ行っちまいましてねえ」

「そちらはこの子のお兄さんとお姉さんではないの？」とボフィン夫人。「ああ、ちがうんですよ、奥さん。この子たちは、ほら、〈預かりっ子〉ってんです」

「〈預かりっ子〉、ですか？」秘書が尋ねた。

「よそさまからお預かりしてる子ってことです。うちは預かり託児所ってのをやってましてね。皺伸ばし機の仕事もあるもんで、三人がギリギリですけどねえ。でもあたし、子供が大好きなんですよ。それに一週間に四ペンスってのも、馬鹿になりませんしねえ。こっちへおいで、トッドルズとポッドルズや」

トッドルズが男の子、ポッドルズが女の子の名前だった。二人はよちよちと覚束《おぼつか》ない足取りで部屋の向こうから手に手を取ってやってきた。その姿はまるで、あちこちに水が流れるひどく足場の悪い道をエンヤコラと越えてくるようだった。二人はベティ・ヒグデンに頭を撫《な》でてもらうと、孤児を突っつきながら、こいつ、ひっとらえて食っちまうぞとばかりに、芝居がかった様子でくすぐってキャッキャと言わせた。この遊びに興じる三人の子供たちの様子はいかにも楽し気だったので、それにほだされたスロッピーはまた大声でゲラゲラ笑った。このお遊びもそろそろ潮時というところで、ベティ・ヒグデンが二人に向かって「ほら席に戻んなさいよ、トッドルズとポッドルズ」と言うと、最近の雨で小川の水かさが増しているとでも言うように、二人は手に手を取って田野をまたぎ越して行った。

「それで、こちらがスロッピーくん――いや、スロッピーさん、とお呼びすべきかな」秘書は、彼がもう大人なのか少年なのか、はたまた何者なのか、よくわからぬまま言った。

「この子には親がいないんですよ」ベティ・ヒグデンは声を潜めて言った。「父親も母親もわからないんです。道ばたで拾われてねえ。育ったのはあの――」嫌悪感に震えながら「あの、院、なんです」

「救貧院のことですか？」と秘書。*5

ヒグデン夫人は年老いた顔に凜とした表情を浮かべ、いかにも、というふうに重々しくうなずいた。

「その名前を口になさるのもいやなのですね？」

「口にするのもいやって？」老女は叫んだ。「あそこに入るくらいなら殺されたほうがましですよ。かわいいこの子だって、あそこに入るくらいなら、荷物をいっぱい積んだ荷馬車の足元に転がされるほうがましですよ。ここに来てみたら、あたしらみんな死にかけてたなんてことがあったら、そのまんま、すぐにでも火をかけてくださいよ、この家もろとも、灰にしてぱあっと燃やしてくださいよ、死体になったって、あんなところに持ってかれるの、まっぴらですからねえ！」

長年にわたって辛い労働に耐え、貧しい生活に耐えてきた孤独な女性に、これほどの決意が宿るとは。貴族閣下、紳士諸君、そして名誉委員会のお歴々、なんとも刮目《かつもく》すべきことではありませんか！ 我らの尊大な演説の中で、この手の決意をなんと呼び習わしてきたでしょう？ いささか歪《ゆが》んだ英国的自立心なりと？ この言葉、いやこれに類するような言葉が、政治業界の頻出用語でしたな？*6

「新聞に出てる記事をしょっちゅう見とりますですよ」子供を優しく撫でてやりながら、夫人は言った。「神さまがあたしたち貧乏人をお救いくださいますように！　どうにも疲れ果てた人たちが、あすこに行ってみたところで、あっちの端からこっちの端、こっちの隅からあっちの隅って突っつきまわされて、ただヘトヘトになるためだけに歩き回らされるって、新聞が言ってますですよ。寝る場所もなくって、お医者さんにも見てもらえなくって、お薬も、ひとかけらのパンももらえずに、ずっとずっとずっと待たされて、それでもひたすらひたすらひたすら、待って待って待ち続けてるって、書いてありますですよ。あげくにみんな、疲れ果てちまって、すっかりヤケを起こしちまって、そんなになるまで落ちぶれて、それでも結局、なんにもしてもらえないまんまで死んでいくんだって。なにもかも、ちゃあんと新聞で読んどります。読んでるからこそ、このあたしだって人並みの死に目を迎えたいもんだって、そんなはずかしめを受けずに死にたいもんだって、そう思うんですよ」

貴族閣下、紳士諸君、そして名誉委員会のお歴々、かくも恩知らずな人民に正しい道理を説き進むべき道を示してやるなど、いかに立法の叡智を尽くしても、到底かなわぬことだとおっしゃるので？

「ジョニーや」ベティばあさんは子供を優しく撫でてやりながら、話しかけるというよりは嘆くように続けた。「お前のベティばあちゃんはねえ、二十に三をかけてそこに十足すだけじゃ足らなくって、二十を四かけたのに近い年になっちゃったよ。けどねえ、ばあちゃん、人さまから恵んでもらったり、組合のお金を一ペニーでも融通してもらったことなんか、これまでいっぺんだってないんだよ。ばあちゃん、手元にお金があるときはいつだって、税金もちゃんとお支払いしてきたよ、ばあちゃんはねえ、働けるだけ必死で働いたし、それでも食べていけないってときには、ひもじいのも我慢してきたよ。お前は、このばあちゃんが最後の時までピンシャンしとれるように、祈っといておくれよね（だってばあちゃん、年の割にはしっかりしてるほうなんだしねえ、ジョニー）。あの残忍な役人どもの手に落ちる前に、ベッドからパッと起きて、走って、逃げて、どっかの穴倉ん中ででも気失って死ねるようにって、お前、祈っといておくれよね。あいつらのことは新聞で読んだだろ、まっとうな貧乏人を小突いたりつっついたり、困らせたり弱らせたり、馬鹿にしたりはずかしめたりする人たちのことだよ」

貴族閣下、紳士諸君、名誉委員会のお歴々、最も気高き貧者の胸にかくなる感情を生じさせたまうとは、なんとも華々しい成果ではありませんか！　この点について、お手すきの折にご一考いただくのも悪くなかろうと愚考いたしますが、いかがでございましょう？

こうしてなんとか話を終えると、ベティ・ヒグデン夫人の強張《こわば》った顔からは恐怖と嫌悪の色が自然と消え去った。それだけ一層、彼女の想いがどれほど真剣なものか、痛いほど伝わるのだった。

「それで、彼はお仕事を手伝っているのですか？」秘書は、スロッピーくんだかスロッピーさんのほうに、それとなく話を戻して尋ねた。

「はい」ベティは優しい微笑みを浮かべてうなずきながら言った。

「とてもよくやってくれてましてねえ」

「ここに住んでいるのですか？」

「まあ他のとこっていうよりは、ここっていうのがいいんでしょうねえ。あの子は、なんていうか、まあ私生児ってことで、あたしがこの預かり託児所に連れてきたんです。っていうのも偶然教会でこの子を見かけて、なんとかしてやれないもんかと思って、それで託児所で引き取ってもいいですかねって、教区役人のブロッグさんに相談したんです。なんたってあの頃は、ひどく弱ってやせっぽちな子でしたからねえ」

「名前は本名ですか？」

「ああ、ええと、ほんとのことを言っちゃえば、この子には本名なんてのもないんですよねえ。この名前だって、さぞかしびしょ濡れ《スロッピー》の晩に拾われたからなんだって思いますけど」

「気立てのいい子のようですね」

「そりゃもう。実際、これっぽっちも気立ての良くないとこなんてないんですよ。本当にどんなに気立てがいいかって、この子の背丈の上から下までご覧になればすぐにおわかりでしょうよねえ」

スロッピーの身体つきはなんとも不細工だった。縦方向にはノッポすぎたし、横方向にはあんまり薄っぺらで、身体じゅうの角という角は凄まじく切り立った鋭角だった。歩くときにはぎこちないガニ股で、身体じゅうのボタンを見せびらかすために生まれてきたようだった。そのボタンはすべて、自然の道理に反するかのごとく、街ゆく大衆の目にギラギラとまぶしく輝いた。膝小僧、ひじ、手首足首に至るまで、スロッピーの身体は関節だらけだったが、その潤沢な関節資本を最も有効に投資する術など皆目見当もつかぬらしく、いつも誤った商品に手を出しては困った状況に追い込まれているようだった。人生の特別任務軍、ギコチナサ連隊の第一位に名を連ねるのが、誰あろう当のスロッピーだったが、それでも連隊の名に恥じぬよう一身を捧げんとする真摯《しんし》な心根は彼なりに持ち合わせているらしかった。

「それでね」とボフィン夫人。「ジョニーのことですけど」

当のジョニーは顎をグイと引き、拗《す》ねたように唇を尖《とが》らせてベティの膝にもたれたまま、青い目でじっと訪問客のほうをうかがい、肉ひだの寄ったむちむちの腕を顔の上にかざしていた。ベティばあさんはその柔らかな肉付きのいい手をひとつ、皺だらけの右手で取り、同じく皺だらけの左手でとんとんとリズムを刻みながら優しく叩きはじめた。

「はい、奥さん。ジョニーのことですねえ」

「もしあたしを信用して、そのかわいい坊やをおまかせくださるっていうなら」ボフィン夫人はいかにも信用に足る優しい顔つきで言った。「坊やには、とびっきりのおうちに住んでもらってね、とびっきりのお世話をして、とびっきりの教育をして、とびっきりのお友達を選んであげようと思うの。神さまに誓って、本当の母親と同じように坊やのことをかわいがりますから!」

「本当にありがたいことです、奥さん。この子ももうちょっと大きくて物がわかれば、きっとお礼を言えたんでしょうがねえ」自分の手に小さな手を載せて、相変わらずトントンとリズムを刻みながら言った。「たとえあたしがこの先、ほんのちょっとばかりじゃなく、まだまだ生きておれるとしたって、このかわいい坊やの将来を邪魔するようなことだけは絶対したくありませんからねえ。でも、悪く取らんでくださいましね、あたしはこの子が本当に、言葉じゃ言えないくらいかわいいんです、なにしろ、たった一人残された忘れ形見なもんですからねえ」

「悪く取るですって、奥さん？ そんなこと、どうしてできますか。だってこうしてあなたがちゃんと引き取って、こんなに優しくお世話してあげてるんじゃありませんか！」

「あたしは、これまで」ベティは相変わらず、荒れた固い手の上でトントンと軽くリズムを刻みながら言った。「何人もね、本当に何人も、この膝に抱いてきたんです。でもね、この子一人を残して、あとはみんな神さまのとこへ行っちまって。ワガママを言ってるみたいで恥ずかしいんですけどねえ、そんなつもりじゃないんです。引き取ってもらえたら、この子はきっとすごい幸運に恵まれて、あたしが死ぬ頃にはもう立派な紳士さまになってるんでしょうねえ。でもあたし——あたし——どうしちゃったってんでしょうねえ。こんな、こんなじゃダメだって、わかってるんですがねえ。どうか気にしないでくださいよ！」トントンというリズムがやみ、きつく結ばれた意志の強そうな口元は崩れ、凛とした顔立ちはついに気弱な涙に暮れた。

ここで訪問客たちの心を大いに和ませることが起こった。右記のような状況に立ち至った女主人の姿を見るや、情緒豊かなスロッピーが頭を後ろにのけぞらせ口を大きく開けると、ふいごを吹くようにピイピイと声を上げたのだった。この警戒警報音を聞きつけ、なにか事件が起こったものと悟ったトッドルズとポッドルズは二人してすっかり縮み上がり、すさまじい奇声をあげて泣き喚いた。ジョニーはあべこべの方向に身体をねじり、粗末な靴をはいた小さな両の足でボフィン夫人を思い切り蹴りあげ、すっかり絶望しきった態を示した。この見るからに剽軽《ひようきん》な光景のおかげで、修羅場は修羅場にならず、代わりに哀切たっぷりの情景となった。ベティ・ヒグデンはすぐに落ち着きを取り戻し、子供たちみなをまたたく間にしゃんとさせた。それがあまりに素早かったので、スロッピーは趣向を凝らしていろんな調子で吹き散らさんとしていた涙のふいごを取り上げられ、結果的に皺伸ばし機へとそのエネルギーをぶつけることとなり、やるせない気持ちがおさまるまで懺悔《ざんげ》の表情を浮かべて幾度かハンドルを回した。

「ほらほら、よしよし、ねえねえ!」優しいボフィン夫人は、まるで自分が世界一冷酷で無慈悲な女みたいな気分になって言った。「なにもひどい目にあわそうっていうんじゃないのよ。誰も怖がったりすることなんかないのよ、あたしたちみんな、仲良しなんですもの、ねえそうよねえ、ヒグデンさん?」

「もちろん、おっしゃる通りです」とベティ。

「それにねえ、なにも焦《あせ》る必要なんかないんですよ」ボフィン夫人は声を落として言った。「ゆっくり考えてくれたらいいのよ、奥さん!」

「あたしのことなら、なんも心配なさらんでください、奥さん」とベティ。「ジョニーのことについては昨日じっくり考えましたから。さっきはちょっと取り乱しちまいましたけどねえ。でももうあんなことにはなりませんから」

「それじゃあね、ジョニーにも少し考える時間をあげなくちゃねえ」とボフィン夫人。「こんなにかわいい坊やですもの、いろんなことに慣れるには時間が必要よね、それに奥さんがゆっくり考えてくれたら、きっとそれだけこの子も早く慣れてくれると思うのよね、ね、だからそうしてくれないかしら？」

ベティは喜んでこれを了承した。

「さあ」キラキラした目でみなを見回してボフィン夫人は言った。「あたしたち、みんなに幸せになってもらいたいの、悲しませたいんじゃないわ！　だから、これからおいおい、あなたがどのくらい慣れてきたものか、万事どんな様子か、あたしに知らせてもらえるかしら？」

「スロッピーを知らせによこします」とヒグデン夫人。

「それじゃあたしと一緒に来てくれたこちらの方が、スロッピーさんのご足労にちゃんとお礼をしますからねえ」とボフィン夫人。「それからスロッピーさん、うちにいらっしゃるときは、お肉とビール、お野菜にプディングの夕食をたっぷり召しあがるまで帰ってはだめよ」

この知らせは万事一切の見通しをひときわ明るくした。なんともほだされやすいスロッピーは、まずはギョロ目を剝《む》いてニヤニヤ笑い、それからガハハと吠えるような声で笑い出した。トッドルズとポッドルズもそろって続き、ジョニーも負けじとさらに大きな声で笑った。TとPは、またもや芝居がかって大仰な様子で手に手を取り合い、この機に乗じてジョニーのほうへ一気に攻め下らんとばかり、大海原を渡る海賊もかくやという風情で雄々しく進軍した。双方武勇壮麗を極めた戦いがヒグデン夫人の椅子裏の暖炉周辺で展開されたのち、怖れ知らずの二人の海賊たちはまた手に手を取り合い、山高く谷深い水枯れの山岳地帯を越えて自分たちの椅子へと戻って行った。

「さあ、あなたのためにも、なにかできることがあったら、どうか言ってくださらなくっちゃ、ベティさん」ボフィン夫人はいかにも気安く言った。「もし今日でなければ、次のときでもいいんですから、ね」

「わざわざありがとうございます。奥さん。でもあたしは本当になんにもいりませんです。働けますし、根が丈夫にできてますからね。どうしてもってときには二十マイル歩き通すことだってできますし」ベティばあさんは誇らしげに目をキラキラさせて言った。

「そうね、でもなにか、あっても困らないってくらいのこまごましたもので、入用なものがないかしら」とボフィン夫人。「ねえあなた、このあたしだってあなたと同じよ、生まれついての貴婦人なんかじゃないんだもの」

「あたしの目から見れば」ベティはニッコリ笑って言った。「奥さんは生まれながらの貴婦人です、それも本物の。じゃなきゃこの世の中に本物の貴婦人なんかいないってことになりますからねえ。それでもやっぱりあたし、奥さんからなにかいただくわけにはいかないんです。実際これまで、人さまから物をいただいたことはいっぺんだってありません。恩知らずとかそういうんじゃなくって、むしろ自分で働いて稼ぐほうが性《しょう》にあってるんですよ」

「まあ、まあ！」とボフィン夫人。「あたしが言っているのはね、本当に、ちっちゃなこまごましたもののことよ。そうじゃなければこんなこと、ぬけぬけと申し上げたりしないことよ」

ベティは訪問客の優しい心遣いに感謝して、その手に口づけをした。それから相手の目をまっすぐ見つめて立ったまま、さらに言葉をついで自分の思いを伝えようとするその姿は、惚《ほ》れ惚《ぼ》れするほど背筋が伸びていた。その顔つきも、惚れ惚れするほど独立独歩の精神に満ちていた。

「さっきもお話ししましたけどね、例のはずかしめみたいなことが、万が一にもこの子に降りかかってくるんじゃないかって、あたし、いつだってビクビクしてるんです。じゃなきゃ、この子を手放したりしませんよ。たとえ奥さんが引き取ってくださるっていっても、この子と離れるなんて、とても耐えられんかったと思います。だってこの子のこと、あたし、心から、本当に心から、かわいくってたまらんのですからねえ！　もうずいぶん前に死んだ主人にちょっと似てるところがあるなと思うと、ますますこの子がかわいくてねえ。もう死んじまった子供たちのことを思っては、やっぱりこの子がかわいくてねえ。この子を見てるうちに、とっくの昔に過ぎちまった自分の若い頃、希望にあふれてたあの頃を思い出しては、やっぱりこの子がかわいくてねえ。この気持ちをお金にかえるなんてできっこありませんよ。

そんなことしたら、奥さんの優しいお顔を見れなくなっちまいますから。この子は贈り物として差し上げます。あたしはなんにもいりません。いよいよ死ぬってときがきたら、ただ静かにすっと死ねさえしたら、それだけでもう十分なんです。これまで主人や子供や孫が、さっきもお話ししたようなはずかしめを受けないようにって、ずっと見守って、看取ってきました。だからみんな、誰もかれも無事に死んで行きましたです。この上着んとこに」こう言って彼女は、胸のあたりに手を当てた。「あたしを埋めるのにちょうど足るくらいのお金が縫い込んであるんです。どうか、このお金でちゃんと埋めてもらえるように、それだけ見届けてもらえませんかねえ。最後まで、あのむごたらしいはずかしめにあわずに安らかに眠れるように、見届けてもらえませんかねえ。それだけでもう、こまごましてるどころか、この世でたったひとつのあたしの願いを叶えてくれることになるんですからねえ」

ベティ・ヒグデン夫人の客人は、その手をぎゅっと握った。けれどもう、老女の顔が弱々しい泣き顔へ崩れることはなかった。貴族閣下、紳士諸君、そして名誉委員会のお歴々、その顔は我らと変わらぬ落ち着きに満ち、我らと変わらぬ威厳に満ちた表情を浮かべておったのであります。

ここにきてジョニーは、ちょっとでいいからボフィン夫人のお膝にお座りしてはどうか、と甘い言葉でさんざん宥《なだ》めすかされた。しかし彼は頑としてベティ・ヒグデンのスカートから降りようとはしなかったので、幼い二人の〈預かりっ子たち〉が続けざまにボフィン夫人のお膝に上がり、怪我一つなく降りるさまを実演してみせた。するとジョニーも競争心を搔き立てられたのか、ようやく抱っこされるに至った。しかし抱っこされてなお、身も心も激しくベティのスカートを乞い求めているのは明らかだった。なんとも陰鬱な顔つきは心の渇望を物語り、スカートのほうに思い切り差し伸べられた両腕は身体の渇望を物語っていた。とはいえ、ボフィン邸に潜む不思議なおもちゃの数々についていろいろと説明して聞かされるうち、物欲満点の孤児の心もほだされ始め、しかめつらをして拳を口にくわえながらもボフィン夫人のほうを見つめるようになり、しまいに、うんと豪華な衣装を着たお馬さんに車輪がついたのがあるんだけどね、そのお馬さんったら、すっごい才能があって、なんにも言われなくってもケーキ屋さんまでぱっぱか走っていくのよ、と聞かされると、声をあげてケラケラ笑うまでになった。この笑い声が〈預かりっ子〉たちの耳に届くや、さっそく壮麗なる三重唱が響き渡り、万座の者に大いなる喜びを与えた。

こうして会合は万事丸く収まった。ボフィン夫人は喜び、皆、めいめい満ち足りた気持ちになった。一番立派な道を通って〈三羽のカササギ亭〉までお客様を案内するという役目を仰せつかったスロッピーもまた、当然ながら大いにご満悦だった。が、ハンマー頭の若者は、そんな彼をひどく軽蔑したようだった。

かくしてジョニーの件が軌道に乗ると、秘書はボフィン夫人を馬車で庵へと送り、自分はその足で新居に行って夕方まで仕事に励んだ。日が暮れると下宿へ戻ったが、ひょっとしてベラ・ウィルファー嬢に会えるかもしれないとの期待から野原の中を抜ける道を選んだのかどうか、これはたしかではなかった。しかし、彼女が毎日決まってその時間、野原に散歩に出ることはたしかだった。

言い添えておくと、その日、その場所に、たしかにベラ嬢がいたのだった。すでに喪も明けたベラ嬢はありとあらゆる素敵な色を寄せ集めたお洋服をお召しだった。彼女がその彩りに負けぬ美しさに輝いていたことも、そんな美しい彼女と鮮やかなお洋服がいかにもしっくりきていたのも、否定しようのない事実だった。散歩しながら本を読んでいる彼女は、近付いて来るロークスミス氏に気付いている様子はまったくなかったから、彼には気付いていなかったものと考えてしかるべきだろう。

「あら？」彼が目の前で立ち止まると、ベラ嬢は本から顔を上げて言った。「あら！　あなたでしたの」

「はい。美しい夕暮れですね！」

「そうでしょうかしら」ベラは冷ややかにあたりを見回すと言った。「そう言われてみればそうかもしれませんね。そんなこと、考えてもみなかったわ」

「ご本に夢中になっておられて？」

「えーええ、まあ」ベラは気のない様子で、語尾を長く引っ張った返事を寄こした。

「恋愛ものですか、ミス・ウィルファー？」

「あらまあ、違いますわ。そんなもの、読めるもんですか。まあ、どんな本かと言ったら、とりあえずはお金の本、といったところかしら」

「それじゃあ、まずなによりお金が一番大切、とあるわけですか？」

「白状してしまえば」とベラ。「なんて書いてあったか忘れてしまいましたわ。よかったらご自分で読んでみられたら、ロークスミスさん？　もうあたしは読みませんから」

まるで扇をパタパタするようにして本のページを振ってみせる彼女から、秘書は本を受け取ると、そのまま横に並んで歩いた。

「あなたに伝言を言付かっているのです、ミス・ウィルファー」

「伝言ですって、いったい、だーれが！」ベラは、また語尾を長く引っ張った発音で返した。

「ボフィン夫人からです。あと一週間か、長くかかっても二週間あれば、お嬢さんをお迎えする準備がすっかり整いそうです。私からお知らせするように、とのことでしたので」

ベラは彼のほうにくるりと向きなおると、美しくも挑戦的な眉を吊り上げ、瞼を落とした。まるでその顔は、「どうしてよりによってあなたがそんなことを伝えに？」と言うようだった。

「ずっとお伝えしようと思っていたのですが、実は私、ボフィン氏の秘書として働くことになりました」

「あたしは相変わらず、おバカさんですから」ベラ嬢は高慢な調子で言った。「秘書ってなにかもわかりませんの。どんな意味かも知りませんわ」

「なるほど」

彼は彼女の横を歩きながら、その顔をこっそり盗み見た。すると、自分の言ったことにあっさり同意されるとは予想だにしていなかった様子が、ありありと見て取れた。

「それじゃあなたはこれから、ずっとあそこにいらっしゃるわけなの、ロークスミスさん？」それでは大いに困ると言わんばかりの調子で、彼女は尋ねた。

「ずっと？　いいえ、それはありません。ずいぶん頻繁にいるか、ということなら、そういうことになりますが」

「あらまーあ、なんてこと！」ベラ嬢はいやでたまらないといった様子で、またもや語尾を長く伸ばした。

「ですが私は秘書ですし、お嬢さんはお客様ですから、立場としてはまったく違うものになります。お嬢さんは私のことなどほとんど目にすることなくお過ごしになれるでしょう。私は仕事に励みますし、お嬢さんはお楽しみに励まれるでしょうから。私は働いてお給料を稼ぎますが、お嬢さんは楽しいことをして人を惹きつけることだけに集中なされればよろしいでしょう」

「惹きつける、ですって？」ベラはまた眉毛を吊り上げ、瞼を落として言った。「おっしゃることがよくわかりませんわ」

　これには返事を寄越すことなく、ロークスミス氏は続けた。

「失礼ですが、はじめて喪服姿のお嬢さんにお目にかかったとき――」

（「そらごらん！」ベラ嬢は心中ひそかに叫んだ。「あたしがみんなに言った通りじゃないの！　誰だってあんな馬鹿みたいな恰好を見たら変に思うに決まってるわよ」）

「はじめて喪服姿のお嬢さんにお目にかかったときには、ご家族のなかで、どうしてお一人だけ喪服をお召しなのか、不思議に思って戸惑いました。それで、いろいろ考えてみたのですが、悪く思わないでいただきたいのです」

「そりゃあ、あたしだって悪く思いたくなんかありませんけど」ベラは居丈高に言った。「どうお考えになったかなんて、ご自身が一番よくご存じのはずですから」

ロークスミス氏は弁解するように頭を軽く下げると先を続けた。

「私はボフィン氏の諸事一般の扱いを任されておりますから、必然的にこの些細な謎も解けるようになりました。差し出がましいことを申し上げるようですが、お嬢さんの損失の大部分は必ず埋め合わせていただけるものと思います。もちろん金銭面での損失だけですがね、お嬢さん。見ず知らずのお方が亡くなった、という点については、その方が素敵かどうかもわかりませんし、もちろんお嬢さんだっておわかりになりませんから、この際どうでもいいでしょう。けれど、ボフィンさんご夫妻は素晴らしい方で、実に素朴で、お優しくて、あなたにすっかり夢中のようですよ。それに――なんと申し上げればいいのでしょうね――、ご自分たちが巨額の資産を相続してしまった償い、というか、埋め合わせをしたがっておられます、あとはただお嬢さんがそれに応えてさしあげればいいのです」

彼はここでまた、彼女のほうをこっそり盗み見た。その顔に浮かぶ野心的で勝ち誇った表情は、どんなに気のない素振りをしても隠しおおせるものではなかった。

「いろいろあって、偶然にも一つ屋根の下に住むようになった私たちですが、やはり同じようにいろいろあって、ボフィンさんのお宅でも秘書とお嬢さんという新しい関係で、ご一緒することになりましたね。そのご縁に甘えて、こんなふうにいろいろお話しさせていただきましたが、厚かましいと思わないでいただけますか？」秘書は遠慮がちに言った。

「そうね、ロークスミスさん、どう思えばいいのかもわかりませんわ」とはお嬢さんのお言葉。「なにもかもたった今聞かされたばかりのことですし、それにあなたがいろいろ想像をたくましくしすぎて、ありもしないことをお考えなのかもしれませんんでしょ」

「そのうちおわかりになりますよ」

二人が歩いていた野原は、ウィルファー家のちょうど正面だった。思慮深きウィルファー夫人は、窓からふと外を見て、娘が下宿人と話しこんでいるのを目にするや、すぐさま例のほっかむり［第四章、ウィルファー夫人の正装の重要なアイテムの一つとされるハンカチほっかむりのこと］を結わえつけ、ちょっとそこまで軽く散歩に出ることにした。

「ちょうど今、お嬢さんにお話ししていたところなのですが」威風堂々たるご婦人がツカツカとやってくるのに気付いたジョン・ロークスミスは言った。「不思議なご縁で、私はボフィン氏の秘書兼よろず相談役になりまして」

「わたくしは」慢性的居丈高症候群および漠然性の対世間不満症候群のため体調の悪そうなウィルファー夫人は、手袋を振りながら言った。「ボフィンさんと親しくお近づきになる栄に浴してはおりませんから、そんな素晴らしいチャンスを得られた殿方にお祝いを申し上げるにふさわしい立場ではございません」

「私の関係もたいそうなものではないのですが」とはロークスミス。

「お言葉ですけれども」とはウィルファー夫人。「ボフィンさんのご人徳は並々ならぬものかもしれませんし、――ひょっとするとボフィン夫人も、お顔立ちからうかがい知るより、ずっと素晴らしいご人徳を備えておいでかもしれませんけれど――仮にそうだとしても、あなたさまはその秘書として、これ以上望むべくもないほど有能なお方ですし、あなた以上のお方を望むなど正気の沙汰とも思えぬことです」

「なんとも勿体《もったい》ないお言葉をありがとうございます。合わせてお嬢さんには、もう間もなく、市中の新しいお家にお迎えの準備が整う手筈だ、とお伝えしております」

「わたくしは」とウィルファー夫人は大仰に肩をそびやかしながら、手袋をもう一振りした。「娘がボフィン夫人のお申し出をお受けすることを黙って許したわけですから、それにとやかく言おうとは思いません」

　ここでベラ嬢が口答えをした。「バカなことを言うのはやめて頂戴、お母ちゃま」

「お黙り！」とはウィルファー夫人。

「いやよ、お母ちゃま、こんなバカみたいな言い方されるの、我慢ならないわ。とやかく言おうとは思いません、ですって！」

「いいですか」ウィルファー夫人は周囲を圧倒する気高さでもって繰り返した。「わたくしはこれ以上、口を挟もうとは思いません、そういうことです。ボフィン夫人が（あの方のお顔立ちを見れば、たとえラーヴァター[*7]の弟子だって、けっして我慢ならないでしょう）」と言って身を震わせながら、「市中に新しいお宅を構え、そのお宅をさらに飾り立てるために、人を惹きつけてやまない、わたくしの娘の力を使おうとお考えなら、わたくしはただ、あの方が娘の恩恵にすがるのを甘んじて見届けましょう」

「私も、まさに今奥様が言われたのと同じことを申しておりました」ロークスミスは、ベラのほうにちらりと目をやりながら言った。「お嬢さんはあちらのお宅で人を惹きつけることになるでしょう、と」

「お言葉ですけれども」とウィルファー夫人は、ゾッとするほど厳《いか》めしい調子で言った。「まだ、わたくしの話は終わっておりませんの」

「これは大変失礼いたしました」

「わたくしが申し上げたかったのは」ウィルファー夫人は明らかにそれ以上言いたいことなどなかったが、それでも言葉を続けた。「人を惹きつける、というわたくしの言葉は、特に何が言いたいというのでもないのに思わず口をついて出てくるものだ、ということですわ」類まれなるこのご婦人は、自らの啓蒙的見解をもったいなくもお前たちに噛《か》み砕《くだ》いて説明してやるのだ、そして噛み砕いてやる自分はそれだけ名声を得るのだ、といった様子だった。

ベラ嬢はバカにしたように軽く笑って言った。

「惹きつけるとか惹きつけないとか、そんなこと誰も気にしやしないわよ。ロークスミスさん、ボフィン夫人へ、愛を込めて――」

「今の娘の言葉ですけれども！」とウィルファー夫人が金切り声で。「ご挨拶まで、ですわ」

「愛を込めて、よ！」軽く地団太を踏みながらベラが言った。

「いいえ！」ウィルファー夫人は抑揚のない声で言った。「ご挨拶まで、です」

（「それではウィルファー嬢からの愛と、ウィルファー夫人からのご挨拶、ということにいたしましょう」と秘書が妥協案を出した）

「お宅のご準備ができ次第、お邪魔するのをとても楽しみにしております、早ければ早いほど結構です、とお伝えくださいな」

「最後に一言だけ、ベラ」とウィルファー夫人。「我が家へ戻る前に一言。もしお前が恩知らずでないのなら、ボフィンさんご夫妻と対等な立場でお付き合いしていくにあたって、秘書であるロークスミスさんは、お前のお父様の下宿人だってこと、きちんと心に留めなさい。そしてボフィンさんご夫妻に一言お口添えしてあげるのが、物の道理をわきまえた当然の振る舞いですよ」

またたく間に下宿人から一介の秘書に格下げされたことも驚きなら、勿体ぶった調子でわが子に道理を説くウィルファー夫人の恩着せがましい態度も驚くよりほかなかった。母親が階段を下りていくのを、秘書は薄笑いを浮かべて見送った。しかし、その後に続いて娘も下りていくや、突如表情を曇らせた。

「尊大で、愚かで、気まぐれで、金銭ずくで、軽率で、扱いにくくて、手のつけようがないくらいひどい！」彼は苦々しげに言った。

そして階段を上りながら言った。「それでいて、なんと美しい、なんと美しい！」

それから部屋に入り、うろうろと歩き回りながら、やおら口を開いた。「だけどもし、彼女が、あのことに、気付いたら！」

彼女が気付いたのは、こうして秘書が部屋中をうろつくせいで、家がギシギシ言うことだった。そして言った。貧乏が惨めなのは、自分の家に秘書が棲みついて、頭の上の暗がりから、ギシ、ギシ、ギシ、ギシって歩き回る音がするのに、どうしてもつまみだせないってこと。ギシ、ギシ、ギシ、ギシ、って、この暗いなか、まるで幽霊みたいじゃない。

第十七章の梗概

ボフィン夫妻の貴族的な新居には、ヴェニヤリングやポズナップなど、社交界の面々が寄生虫のようにたかってきて、誰もかれもが成り上がった金持ちの二人と親交を取り結ぼうとする。また、さまざまな方面から山のような手紙が押し寄せるが、どれもこれもボフィン夫妻に金を無心するものばかりである。この陰気な沼地のような書類や手紙の山に埋もれながら、秘書ロークスミスは黙々と仕事に励む。

第二巻　類は友を呼ぶ[*1]

第一章　教育的なことについて

若きチャーリー・ヘクサム[*1]が生まれてはじめて書物から知識を得た学校とは――彼と同じ身の上の生徒たちにとっては、うろうろ彷徨《さまよ》い歩く街路こそ、大いなる〈予備校〉だったし、そこでは書物など存在するより昔から子供たちは学ぶべき知識をおのずと学び取り、終生忘れることがなかった――、悪臭を放つ袋小路の、惨めったらしい屋根裏部屋にあった。空気は淀み、雰囲気は陰鬱で、子供の数が多すぎてガヤガヤと騒がしく、早い話がなにもかもしっちゃかめっちゃかだった。生徒の半分は寝ているか、起きていても意識混濁状態だった。残りの半分は、まるでリズムも音も狂いっぱなしで壊れかけのバグパイプをブウブウ吹くみたいにして単調な声でブツブツ音読していたが、それを聞く他の生徒たちはいっそう眠くなるか、さらに意識混濁に陥った。教師たちはただ善意のみに溢れ、しかしその善意をいかに活かすべきか皆目見当もつかぬまま、ひたすら指導に励んでは、この惨憺《さんたん》たる混沌状態を生み出した。

そこは、あらゆる年齢を対象とした男女共学校だった。生徒は男女別に分けられ、年齢ごとに衝立《ついたて》で仕切られた四角い一角に押しこめられた。ただし、学校全体にはなはだしくバカげた綺麗ごとがまかり通っていた、とはつまり、あらゆる生徒は穢《けが》れを知らぬ無垢な子供だ、ということ。御婦人の訪問客などはこの綺麗ごとを大いに良しとしたが、結局は吐き気がするほどバカげた茶番でしかなかった。卑しく低俗な世間の害悪を知り尽くした若い女が、善良な少年少女文庫である『マージャリーちゃんの冒険』を読んで、その魅力にウットリするのが当然、とされた。マージャリーちゃんは水車小屋近くの粗末な田舎家に暮らす女の子、御年わずか五歳にして、五十歳にもなる粉ひきじいさんを手厳しく叱りつけ、物の道理を諄々《じゅんじゅん》と説いて聞かせました。歌いさえずる小鳥たちに自分のお粥《かゆ》を分け与え、新しい南京帽が欲しくても我慢しました。なぜって、蕪《かぶ》だって新しい南京帽なんかかぶっていないし、蕪を食べる羊だってかぶっていないからです。そしてワラ編み仕事にせっせと精を出しながら、家を訪ねる者があれば、時を選ばず、気が滅入《めい》るほど退屈な話を朗々と聞かせてあげました、という次第。それからまた、汚い川浚い人や巨人並みに図体のでかい泥ヒバリ[*2]たちが、『トマス・ツー・ペンスの生涯』を読んで人生を学べ、と諭される茶番もあった。ツーペンスくんは（言葉にできないくらい辛い環境にあっても）、優しくしてくれて目をかけてくれる恩人から十八ペンス盗むなんて絶対にやめよう、と固く心に誓いました。やがて神様のお導きで、どうしたものか、ふと三シリング六ペンスのお金が手に入り、それから生涯、キラキラと輝くような日々を過ごしました（注：恩人のほうには、ろくな運がまわってきませんでした）、という次第。これ以外にも、大ぼら吹きの罪深い人間たちが書いた、似たような筋立ての自伝もいくつかあった。その著者が得意満面に説くところによれば、「諸君、善行を積むべし、とはつまり、善行そのものが大事というのではなく、善行は金になるからなり」とのありがたい教え。逆に、年かさの生徒たちは新約聖書を使って、字を読む練習（読めるようになる日がくれば、の話だ）をした。難しい綴《つづ》りがあれば、もれなくつっかえたし、自分の番が回ってきたところで運悪く難しい綴りに出くわすと、こりゃもうお手上げだ、という顔をした。つまるところ、なにをやっても、神の崇高なる物語の内容など一字たりとも理解できず、結局、聖書など見たことも聞いたこともないのと同じだった。この学校というやつは実際、いつだってすさまじい十羽ひとからげ状態で、マクベスの言う「黒き魂が灰色、赤色、白色の魂どもと、ごっちゃごちゃに、ぐっちゃぐちゃに、しっちゃかめっちゃかに、どうしようもなく混ざり合う」[*3]のが常態化していた。分けても日曜の夜など目もあてられなかった。なぜならその夜、神に見放された小さな子供たちの学習は、ただ善意のみに満ちた教師たちのうちでも最も散文的かつ醜悪な人物によって担当されたからだ。その酷《ひど》さときたら、物心がついた子なら到底耐えられる代物ではなかった。醜悪なる教師は生徒たちを前にして死刑執行長官みたいに仁王立ちになり、傍らには執行長官のアシスタントを務めるお決まりのボランティア少年が控える。授業の途中で飽きてしまったり、ぼうっとなった生徒は、ありがたい平手打ちで頬を撫でられるという、かくも名高いこのシステム、その起源をさかのぼるに一体そもそもの始まりはいつなのか、またその平手打ち儀式の執行をお決まりのボランティア少年が見守るようになった時期はいつからなのか、さらに、神を敬愛する気持ちから、熱狂的意志でもって平手打ち儀式一切を当該少年が取り仕切るようになった、その始まりとはいつなのか、さしあたってこれらは問題ではない。ともかく死刑執行長官は、ひたすらしゃべり散らすのを仕事とし、長官を信奉する助手は眠そうな子供やあくびをする子供、落ち着きのない子供やぐずっている子供のところにすっ飛んで行って、その哀れな顔を平手打ちでしゃんとさせるのが仕事だった。この平手、まるで頬髯に香油でも塗るような具合で、ときに片手のみで執行された。またときには、馬の遮眼帯装着の方法にならったものか、両手執行もあった。かくして年少児のクラスでは、まるまる一時間という悠久の長きにわたって、すさまじい混乱が勃発した。教師は長ったらしく語尾を伸ばして、「皆さぁあああん」と呼びかけ、今日は、そうですね、〈墳墓〉にいたるまでの立派な生き方についてお話をしましょう、と説教を垂れる。この〈墳墓〉という（子供たちにはすっかりお馴染みの）言葉は、説教中に五百回ほども繰り返されるが、いったいどんな意味なのかは、けっして教授されない。そうこうするうち、東奔西走《とうほんせいそう》、あちこちで平手打ちをかましまくるお決まりの少年の姿だけが、〈墳墓〉の無謬《むびゅう》の証左として子供たちの目に焼き付く。火照った顔をして疲れ果てた子供たちは、麻疹《はしか》、発疹、百日咳《ひゃくにちぜき》、高熱、胃腸風邪を互いにうつしあう。病の温床たる学校が生徒たちを一堂に集める目的とは、まさに病気の集団感染のため、といった様相だった。

良識と善意の府たる貧民学校といえども、人並み外れて優秀な子供がひとかどならぬ学習意欲を持って参加すれば、得るものがないでもなかったし、仮に得るものがあったなら、教師顔負けの立派なやり方で、それを他の生徒に披瀝してやることもできた。言い換えるなら、下手な教師よりもちゃんとした知識を身につけることができ、目端の利く子に自分の馬鹿さ加減を看破される心配もなかったのである。こうしてチャーリー・ヘクサムは、混沌のなか[*4]で頭角を現し、混沌のなかで他の生徒たちを教え、そして混沌の貧民学校から、多少ともましな学校へ移ることができた。

「それじゃ、お姉さんに会いに行きたいというんだね、ヘクサムくん」

「はい、いいでしょうか、ヘッドストーン先生」

「私も一緒に行ったほうがいいかもしれないな。お姉さんはどこにお住まいかね」

「それが、まだ仮住まいなんです、ヘッドストーン先生。もし先生さえよければ、姉がちゃんと落ち着いて住むところを決めてから会ってくださるといいんですが」

「いいかね、ヘクサムくん」高等教員資格を持ち俸給を戴く身のブラッドリー・ヘッドストーン氏は、右手の人差し指を少年の上着のボタン穴のひとつに突っ込み、それをじっと見つめながら言った。「お姉さんは、君の良き理解者かね？」

「そうではない、とお考えですか、ヘッドストーン先生？」

「そうではない、とは言っていないはずだが」

「たしかに、そうはおっしゃいませんでした」

ブラッドリー・ヘッドストーンは、また指をじっと見つめ、ボタン穴から引っ張り出してまたしげしげと見つめ、指の端をぱくっと噛んでから、またじっくり観察した。

「わかっていると思うがね、ヘクサムくん、君はもうすぐ我々の仲間になる。遠からず必ず教員採用試験をパスして、我々教師の一員となるだろう。とすると、問題は——」

少年は、この〈問題〉の開陳をじっと待った。が、教師は、指のまた別の端を眺め、ぱくりと噛んでからしげしげと眺めまわしていたので、とうとう少年のほうから切り出した。

「問題は、なんでしょうか、先生」

「放っておいたほうがよくはないか、ということだ」

「姉を放っておくほうがいい、とおっしゃるんですか、ヘッドストーン先生？」

「そうは言っていない、なぜって私にも、まだわからないのだからね。私はただ、君の判断に委ねようと思っているだけだ。考えてみなさい、しっかりとね。君がこの学校で大変よくやっていることは、君自身知っての通りだ」

「でも、なんといっても、この学校に入れてくれたのは姉ですから」少年は、ひどく逡巡《しゅんじゅん》するようにして言った。

「やはり教育が大事だと思って」教師も認めた。「君とは別れようと固く心に決めて、入れてくれたんだろうね。その通りだ」

少年は先ほどと同じ逡巡や葛藤を抱えて、心中二つの思いに引き裂かれているようだった。やがて彼は顔を上げて、教師の顔をまっすぐに見つめると言った。

「一緒に来て、姉と会ってもらえないでしょうか、ヘッドストーン先生。まだ仮住まいですが。一緒に来て、ありのままの姉を見て、先生ご自身で判断してほしいんです」

「しかし本当に」教師は言った。「お姉さんに前もって知らせずに突然うかがって、構わないのかな？」

「姉のリジーなら」少年は誇らしげに言った。「前もって知らせる必要なんてありません、ヘッドストーン先生。姉はいつもありのままで飾ることなく、そのままの姿で平気なんです。取り繕ったりするところは、まったくないんです」

姉に寄せるこうした信頼は、さきほどから二度も甘んじた逡巡よりも少年に似つかわしかった。まったくもって自己中心的であるというのが、この少年に巣食う悪なる性分だとしたら、姉に誠実でありたいと願うのが彼の善なる性分だった。そして今のところ、善なるほうが優勢を占めていた。

「よし、今晩なら予定もないし」と教師は言った。「いつでも君と一緒に出かけられるよ」

「ありがとうございます、ヘッドストーン先生。僕もいつでも構いません」

ブラッドリー・ヘッドストーンは、上品な黒の上着とチョッキ、上品な白のシャツ、上品な礼服用の黒ネクタイと上品な霜降りの長ズボンに身を包み、ポケットには上品な銀時計をのぞかせ、首元にはその時計を留める上品な編み紐を垂らし、全体として非の打ちどころがないほど上品な二十六歳の若者に仕上がっていた。彼が他の衣服に袖を通すことはついぞなかったが、それでもその着こなしはどこかぎこちなく、身体と服がしっくり合っていないようで、日曜の礼服を着た機械工のようだった。彼は教師としての膨大な知識を機械的に習得していた。彼は機械的に暗算をこなし、譜を見て機械的に歌を歌い、さまざまな管楽器を機械的に吹き、教会の大オルガンさえ機械的に弾きこなすことができた。幼い頃から彼の頭脳は、機械的な貯蔵コンテナとしての機能を果たした。彼の心は、広大な卸売倉庫として機能し、あちらの歴史部門小売業者、こちらの地理部門小売業者、東の天文学部門小売業者、西の政治経済部門小売業者など、ありとあらゆる需要に即座に対応できるよう、きちんと整理整頓されていた。もちろん博物学、物理学、数理統計、音楽、初等数学、その他諸々も言うに及ばず、諸処の指定場所[*5]に所蔵されてあった。こうした細かな管理のために、その顔つきは心労にやつれていた。いつも人に質問したり、人から質問されたりするために、その物腰はおのずと疑り深いものになった。いやむしろ、いつなんどき他人を闇打ちしてもおかしくない物腰、と言うほうが適切だろうか。なにかを思い患うようなもの憂げな様子がその顔から消えることはなかった。その顔つきは一種独特で、生まれつき愚鈍で怠慢な人間が刻苦勉励した結果、やっとのことで手に入れた知識を忘れてしまわぬよう、日夜気を張っていなくてはならない、そんな顔だった。心の卸売倉庫から、なにかがなくなっているのではないかと、いつも不安に怯え、いつも在庫を確認せずにはいられないようだった。

極めて多くのものを貯蔵するために、極めて多くの他のものを抑圧せざるを得ず、そのため鬱屈したような物腰が特に目についた。そうでありながら、動物的で獰猛《どうもう》な雰囲気も見て取れた（もちろん、表面下でくすぶってはいたものの）。ブラッドリー・ヘッドストーン少年が、極貧の幼少期、もしも海に活路を求めていたとしたら、乗船員のうちで下働きに甘んじることなどけっしてなかっただろう、そう思わせるなにかがあった。こうした出自は、彼にとって誇らしくもあり、苦々しくもあり、気が塞《ふさ》ぐものでもあり、できることならすべて消し去ってしまいたいものだった。そして実際、彼の幼少期を知る者はほとんどいなかった。どうしようもない混沌《こんとん》のさなかにある貧民学校を幾度か訪れるうち、彼はヘクサム少年に目をつけた。助教師として雇うには申し分なかった。そして、教え導いてやろうとする教師の努力に必ずや報いてくれそうだった。こうした目論見《もくろみ》に加えて、ひょっとすると、もはや口にすることさえできない、自分の極貧の幼少期をふと思い出してみたのかもしれなかった。いずれにせよ、彼はあれこれと手を尽くして少年を自分の学校へ入れ、食費と寮費を賄《まかな》えるように簡単な事務仕事も見つけてやった。ブラッドリー・ヘッドストーンと若きチャーリー・ヘクサムがある秋の夕暮れ時をともに過ごすに至った経緯は、こういうことだった。そう、ハゲタカのような父がテムズの岸で死んでから、すでに丸半年が経過し、季節は秋になっていた。

二つの学校は――というのも、学校は男女共学だったが建物は別だった――テムズ川へゆるやかに下る平地の一角、ケント州とサリー州が境を接し、野菜園の上を鉄道線路が横切るあたりにあった（遠からずこの野菜園も鉄道に踏みつぶされてしまうだろう）。学校の建物は新しかったが、似たような学校が国中に次々と造られていたため、まるでアラジンの宮殿が蒸気機関の助けを借りて、落ち着きなくあちこち移動して回っているかのように思えた。学校の近隣は、おもちゃの街路さながら、支離滅裂な思考回路の子供がブロックの箱をひっくり返し、えっちらおっちら作り上げたみたいなところだった。新しい通りが片側一車線だけこちらに走る。あちらの居酒屋は図体だけは大きいというのに、どの通りにも面さず、ぽつんと立つ。いまだ未完の大通りが、すでにボロボロに朽ち果てており、こちらには教会、あちらには新築の巨大倉庫、またあちらにはボロボロに崩れかけた古い別荘。汚い水路があちこちを流れ、真新しいきゅうりの温室が光を受けて輝く横に、雑草の生い茂る平野、豊かな実りを付ける家庭菜園、レンガの陸橋、アーチの架かる運河。秩序は崩壊し、あたりは薄汚い霧に閉ざされていた。まるで、設計者の子供がテーブルを蹴飛ばして、そのまま寝てしまったみたいだった。

校舎や教師や助教師たちは、みな判を押したように画一的で、今流行の〈単調〉という名の福音から生まれたようにつまらない連中だった。それでも、太古の昔から数多の人々の運勢をあらゆる形で司ってきた〈例のもの〉がないではなかった。〈例のもの〉は、ブラッドリー・ヘッドストーン先生が出かけていくちょうどそのとき、花に水をやっているピーチャー女史という姿を取って現れた。そう、まるで、針の穴のように小さな窓と、教科書のカバーみたいに小さなドアのついた狭い仕事部屋兼居室の前の煤《すす》けた猫の額ほどの庭で、水やりをしていたピーチャー女史、という姿を取って。

小柄で、小綺麗、几帳面で、思慮深く、豊満、これがピーチャー女史だった。その頰は桜色、その声は美しい調べを奏でる。小さな針刺し、小さな裁縫箱、小さな教科書、小さな道具箱、小さな石板と小さな分銅と小さな定規、それに小さな女性、それが全部詰まったのが、女史だった。どんなテーマであっても、ちょうど石板一枚分、一番左側の上から一番右の下までぴったりの分量の小作文が書けたし、その作文法には規則破りなところなど、まったくなかった。もし、ブラッドリー・ヘッドストーン先生から書面で結婚の申し込みを受けたなら、そのテーマでもやはりちょうど石板一枚分、完璧な小作文を書いて返事をしただろう。そしてもちろん答えはイエスだったろう。というのも、彼女は彼を愛していた。彼の首元にいつも寄り添う上品な銀時計の世話を焼く上品な編み紐は、彼女の嫉妬の対象だった。ピーチャー女史とて、できることなら彼の首元にいつも寄り添い、その世話を焼きたかった。もちろん、彼はそれに気が付いていなかった。なぜって彼は、ピーチャー女史を愛していなかったのだから。

ピーチャー女史のささやかな家事を手伝うお気に入りの女生徒は、女史の小さなジョウロに水を足すため、バケツにいっぱいの水を入れておそばに控え、女史の愛がどこに向かっているかをちゃんと慮《おもんぱか》ったうえで、自分もまた若きチャーリー・ヘクサムを愛するべきだという考えを温めていた。したがって、ヘクサム先生とチャーリー少年が小さな門越しに部屋を覗いたとき、二輪のアラセイトウと二輪のニオイアラセイトウの間で、二つの心臓が早鐘のように打ったのだった。

「清々《すがすが》しい夕べですね、ピーチャー先生」と男性教師は言った。

「本当に清々しい夕べですわね、ヘッドストーン先生」ピーチャー女史は言った。「お散歩ですの？」

「ヘクサムくんと二人で少し足を延ばそうと思いまして」

「素敵なお天気ですものね」ピーチャー女史は言った。「長いお散歩にうってつけですわ」

「気晴らしというよりむしろ仕事の用なのですが」男性教師は言った。

ピーチャー女史はジョウロを逆さにして振ると、中に残っていた最後の二、三滴を花にかけた。まるでその二、三滴に特別な秘薬でも入っていて、そうしておけば朝にはジャックと豆の木みたいに天高くぐんぐん伸びているだろう、というようだった。それから、ちょうどチャーリー少年と話していた女生徒を呼ぶと、水を足すように言いつけた。

「さようなら、ピーチャー先生」教師は言った。

「さようなら、ヘッドストーン先生」女史は言った。

発言したいときには辻馬車か乗合馬車を呼ぶように手を高くあげる、という学校規則があった。この女生徒は、その規則をひたすら律儀に守り、家事の手伝いのときさえ規則通りに手をあげるくせがあった。そしてこのときも手を高くあげた。

「なんです、メアリ・アン？」ピーチャー女史は言った。

「あの、先生、ヘクサムさんが言うには、二人一緒に彼のお姉さんに会いに行くそうです」

「あら、それはないと思いますよ」ピーチャー女史は返した。「ヘッドストーン先生がお姉さんにお仕事の用なんて、あるはずがないでしょう」

メアリ・アンは、もう一度手をあげた。

「なんです、メアリ・アン？」

「あの、先生、たぶん、用というのはヘクサムさんの用ではないでしょうか？」

「そうかもしれませんね」ピーチャー女史は言った。「それは考えつきませんでした。どちらにしても、そんなことはたいした問題ではありませんね」

メアリ・アンはまた手をあげた。

「なんです、メアリ・アン？」

「みんなが言うには、お姉さんは大変な美人だそうです」

「まあ、メアリ・アン、メアリ・アンったら！」ピーチャー女史は、少し頬を赤らめて頭を振りながら、気分を害したように言った。「〈みんな〉などという曖昧な言葉を使わないようにしなさいって、『みんなが言うには』などという曖昧な表現をしてはいけませんって、何度注意すればわかるのです？　あなたの言う〈みんな〉とはいったいどういう意味なのですか？　〈みんな〉の品詞はなんです？」

メアリ・アンはまるで試験を受ける生徒のように、左の手を背中から回して右腕をつかむと答えた。

「人称代名詞です」

「何人称ですか？」

「三人称です」

「単複は？」

「複数です」

「それじゃ一体、あなたの〈みんな〉は、何人くらいの人を指すのです、メアリ・アン？

二人？　それともそれ以上？」

「すみません、先生」考えれば考えるほどメアリ・アンはいたたまれなくなってきたようだった。「本当は弟さん本人から聞いただけで、他の人のことはわからないんです」こう言うと、彼女は腕を解いた。

「そんなことだろうと思いました」ピーチャー女史は、また微笑みを浮かべて言った。「それではね、メアリ・アン、今度はちゃんと注意して頂戴。『彼が言うには』というのと、『みんなが言うには』というのは全然違うのですよ、いいですか。それでは、『彼が言うには』と『みんなが言うには』は、どう違いますか？　言ってごらんなさい」

メアリ・アンはすぐさま左の手を背中から回して右腕をつかむと——答えるためには、絶対にこの姿勢が不可欠だった——答えた。「前者は直接話法、現在形、三人称単数で、〈言う〉の能動態です。後者は直接話法、現在形、三人称複数で、〈言う〉の能動態です」

「なぜ能動態なのですか、メアリ・アン？」

「それは、後に目的格の代名詞を取るからです、ピーチャー先生」

「大変結構よ」ピーチャー女史は女生徒を褒めてやった。「これ以上ないくらい結構なお答えでした。また次の機会には、きちんとこの規則を使いこなせるようにね、メアリ・アン」
こう言うとピーチャー女史は花の水やりをやめ、小さな仕事部屋兼居室に戻り、世界の主要な河川や山脈の名前、川幅や深さ、標高をもう一度復習してから、自分の用を足そうと、ドレスの寸法を取り始めた。

ブラッドリー・ヘッドストーンとチャーリー・ヘクサムは無事にウェストミンスター橋のサリー州側までたどり着くと、橋を渡り、ミルバンクのほうへ向かってミドルセックスの川岸を歩いた。このあたりには、チャーチ・ストリートという小さな街路と、スミス・スクエアという袋小路の小さな広場があり、その広場の真ん中にはひどく醜悪な教会がそびえ、四隅それぞれに四つの塔を立てていた。その眺めはさながら、巨大な恐ろしい怪物が仰向けになって両手両足を突きだしたまま石に変えられてしまったようだった。この広場の隅には一本の木が生え、その近くに鍛冶屋の鍛冶場と木材置き場、それに古鉄業者の事務所があった。古鉄業者の前庭には壊れて錆びた給水タンクや巨大な鉄輪が転がっていて、そのまま半ば土に埋もれた恰好だった。それらがいったいなんの役に立つのか、誰も知らず、知ろうとも思わないらしかった。歌に聞く胡散臭い陽気な粉屋よろしく、[*6]「そいつらは人さまのことなんかお構いなしさ、人さまだってそいつらのことなんてお構いなしさ」ということのようだった。

二人はぐるりと一周してみたが、あたりは死んだように静かで物音ひとつせず、まるで町じゅうが阿片《アヘン》チンキを盛られて眠りこんだように不自然なほど静かだった。二人はチャーチ・ストリートとスミス・スクエアの交わるあたり、質素で小さな家々が並ぶ場所で足を留めた。やがてチャーリー・ヘクサムは建ち並ぶ家々のほうへと歩き出し、そのうちの一軒の前で止まった。

「姉はここにいるはずです、先生。父が死んですぐ、ここに移って仮住まいをしたんです」

「それ以来、お姉さんにはどのくらい会っているのかね？」

「ええと、二回っきりです、先生」少年は、先ほどと同じ逡巡を見せながら答えた。「それも、僕の都合っていうよりむしろ姉の都合で、ですけど」

「お姉さんはどうやって生計を立てているんだね？」

「もともと針仕事が得意でしたから、船乗り用の衣類を商う小さな事務所に勤めてるんです」

「お姉さんはずっとこの家で仕事をしているのかね？」

「ときどきはそうですが、基本的に定時の間は事務所の倉庫で仕事をしてると思います、先生。この家です」

少年がノックすると、すぐにカチャリとばねの上がる音がして勢いよくドアが開いた。小さな玄関から続く居間の扉は開いたままで、奥に子供——小人——いや少女だろうか——とにかく小さな誰か——が、古風で小さな肘掛椅子に座っているのが見えた。その前には小さな作業台が置かれていた。

「あたし、立てないのよ」子供は言った。「背中が悪くって、脚が変なふうに曲がってるもんだから。でもこの家の主人はあたしよ」

「誰か他にいるかい？」チャーリー・ヘクサムは、穴のあくほどジロジロと見ながら聞いた。

「今は誰もいないわね」子供は弁舌さわやかに、まるで自分の権威をひけらかすように言った。「この家の主人たるあたしを除けばね。なにか御用かしら、坊ちゃん？」

「姉さんに会いに来たんだ」

「お姉さんのいる坊ちゃんはたくさんいるわよねえ」子供は言い返した。「お名前を頂戴できるかしら、坊ちゃん？」

一風変わった小さな身体も、変わっているとはいえ醜いわけではない小さな顔も、その顔に輝く灰色の瞳も、なにもかもが鋭く、賢そうだった。であればこそ、その受け答えが、当意即妙の鋭さなのも当然と言えた。そう、〈鋭敏〉なる少女から繰り出される言葉はなにもかも定義的に鋭くならざるをえないとでも言うように。

「ヘクサムっていうんだ」

「あら、やっぱり？」この家の主人は言った。「そうかなとは思ってたのよ。お姉さんなら十五分くらいで戻ってくると思うわ。あたし、あなたのお姉さんが大好きなの。大親友なのよ。さあおかけなさいな。それからこちらの紳士のお名前は？」

「僕の学校のヘッドストーン先生だ」

「どうぞおかけになって。あ、すみませんけど、先に表の扉を閉めてくださる？　あたしがやるとあんまりうまくいかないの。背中が悪くって、脚がひどく変な具合に曲がってるもんだから」

　二人は黙って言われた通りにした。小さな主人はラクダの刷毛《はけ》を使って、さまざまな形に切ってある段ボールや薄い板きれを糊や接着剤でペタペタとくっつけていった。作業台の上にハサミやナイフが置いてあるところを見ると、どうやら全部自分で切ったらしい。同じ作業台の上に色とりどりのヴェルヴェットやシルクの端布《はぎれ》、リボンの切れ端が散らかっているところを見ると、段ボール細工に中綿を詰めてから（綿も台に置いてあった）、布切れで綺麗に飾り付けをするようだった。小さな指は素晴らしく器用に動き、口にちょいとくわえた細い布の端っこを二つ、ぴったり寸分たがわず合わせた。そうしながらも、身体じゅうから漂う鋭さの権化とも言える鋭い眼差しを灰色の目の端に浮かべて、訪問客のほうをそっとうかがった。

「あなたたち、どうしたってあたしの商売を当てられっこないわね」チラチラと訪問客に視線を投げながら、主人は言った。

「針刺しを作ってるんだろ」チャーリーは言った。

「他にはなにを作っているでしょうか？」

「ペン拭きかな」ブラッドリー・ヘッドストーンが言った。

「はっ！　はっ！　他には？　あなた、学校の先生だってのにわかんないのね」

「君は」教師は、小さな作業台の隅を指差しながら言った。「藁《わら》を使ってなにか作っているらしいが、なにを作っているかまではわからないな」

「よくできました！」この家の主人は叫んだ。「針刺しやペン拭きは、残った端布を使い切るためだけ。でもね、本業に直接関係してるのは、こっちの藁のほう。ほらもう一回チャンスをあげるわ。藁を使ってなにを作ると思う？」

「ディナー・マットかな？」

「学校の先生だってのに、ディナー・マットが聞いてあきれるわ！　それじゃ罰金遊びでヒントをあげましょう。あたしがBさまを愛するのは、あの方がビ、ビューティフル(Beautiful)、美人さんだから。あたしがBさまを憎むのは、あの方がブ、無礼(Brazen)だから。あの方を〈ブ、[*7]ブルーのイノシシ(Blue Boar)亭〉まで連れてって、ボ、ボンネット(Bonnets)をプレゼント。あの方のお名前はバ、バウンサー(Bouncer)［大ぼら吹き］さま、あの方のお住まいはベドラム(Bedlam)［ベツレヘム精神病院の通称］。さあ、この藁を使って作るものはなんでしょうか？」

「ご婦人のボンネットかな？」

「貴婦人のね」この家の主人は、正解、というふうにうなずいて言った。「お人形の貴婦人よ。あたし、お人形のドレスの仕立屋さんなの」

「実入りのいい商売なのかい？」

この家の主人は肩をすくめるとかぶりを振った。「いいえ、全然お金になんないわ。それなのに、いつだってすっごく時間に追われるの！　先週はお人形を一人お嫁に出したもんだから、徹夜で働かなくちゃならなかったわ。あたし、背中が悪くて脚も変てこな具合に曲がってるから、そんなに無理したら本当は身体に良くないのよね」

二人の客はいよいよ驚いた様子で小さな仕立屋を見つめていたが、やがて教師のほうが言った。「ご立派な貴婦人がそんなに思いやりに欠けるだなんて、お気の毒なことだな」

「あら、いつだってそういうもんよ」この家の主人は、また肩をすくめて言った。「それにお洋服を大事にしないし、同じドレスで一カ月と過ごせやしないの。あたしのご主人はね、お嬢さんを三人お持ちのお人形さんよ。本当にねえ、あのお方ったら、旦那さまをあっという間に破産させちゃうわ！」

この家の主人は、ここでちょっと奇妙な笑いを洩らすと、目の端からもう一度彼らのほうをうかがった。彼女の顎は子鬼の顎のように表情豊かで、訪問客のほうを盗み見るたびにクイッと上がった。まるで、目から顎まで一本のワイヤーでつながれているみたいだった。

「いつもこんなに忙しいのかい？」

「いつもはもっと忙しいわね。今はヒマって言ってもいいくらい。ちょうど一昨日、大口の喪服注文をやっつけたところなの。お客さまのお人形さんのところでカナリヤが死んじゃったもんだから」この家の主人は、ここでまた小さく笑うと、「ああ、浮世の辛さよ」と言うように、こくりこくりとうなずいてみせた。

「一日じゅう、いつも一人なのかい？」ブラッドリー・ヘッドストーンは聞いた。「誰か近所の子供でも——？」

「あら、ガキどものことなんて！」まるでちくっと針で刺されたみたいに、この家の主人は小さく叫び声をあげた。「子供の話なんてやめて頂戴、あたし、子供には耐えられないの。あいつらの悪戯《いたずら》とか行儀の悪さは全部お見通しなんだから」彼女は目の前で拳をぎゅっと握りしめ、怒りに震えて小さなジャブを繰り出しながら言った。

人形の仕立屋さんが他の子供と自分の違いを苦々しく思っていることは、日頃の教師としての経験などなくとも一目瞭然だったろう。そして実際、教師も生徒もこの点を正しく理解した。

「いつだって、そこらじゅう走り回っちゃぁキイキイ喚《わめ》き散らして、いつだって遊び呆けて喧嘩ばかりして、いつだって道路でとび跳ねたり、ゲームっていっちゃぁ道にチョークで落書きしたりして！　ああ！　あたし、あいつらの悪戯とか行儀の悪さについちゃ、よーく知ってるんですからね！」とは、相変わらず小さな拳を振り回しつつ。「それだけじゃないわ。人さまの家の鍵穴から無礼な言葉で野次ったり、人の背中や脚が曲がってるってんで物真似までするんだもの。まったく！　あいつらの悪戯と行儀の悪さは全部お見通しなんだから。あいつらを懲らしめるのにどうしてやりたいもんか、教えてあげましょうか。あの広場の教会の下にはいくつも扉があるの、黒い回廊に続く黒い扉がいくつもね。さて！　そんな扉の一つを開けてね、ガキどもをみんなそこにブチ込んでから、鍵を掛けて、鍵穴ごしにコショウをぷうっと吹き込んでやるのよ」

「コショウなんか吹き込んで、どうしようってんだい？」チャーリー・ヘクサムが聞いた。

「くしゃみをさせようって寸法よ」この家の主人は言った。「涙が出るくらいに。ガキどもがみんなくしゃみをして、目を真っ赤にしたところで、あたしが鍵穴からさんざんコケにしてやるのよ。ちょうどあいつらが、例の悪戯心と行儀の悪さで、この家の鍵穴からあたしをコケにするときみたいにね！」

小さな拳を思い切り目の前で振り回すと、どうやらこの家の主人もスッとしたようだった。彼女はまもなく落ち着きを取り戻し、「いやはや、まったく、子供はごめんだわ。大人をお願いしたいものね」と付け加えた。

この奇妙な人物が何歳なのかは見当もつかなかった。その哀れな身体つきからは、なんの手掛かりも得られず、顔つきも見ようによって幼くもあり、ひどく年を取っているようでもあった。だいたい十二歳、せいぜい十三歳、というところに思えた。

「あたし、昔っからずっと、大人が好きだったわ」彼女は続けた。「それに、いつだって大人とお付き合いしてきたの。大人は常識があって、じっと座っていられるから。跳ねまわったり、悪ふざけしたりしないし！　だから、これからだってお嫁に行くまでずっと、大人の方以外とはお付き合いしないつもり。あたしも遠からずお嫁に行く決心をしなくちゃいけないのよね」

彼女は戸外の足音を聞きつけて耳を澄ました。と、ドアを優しく叩く音が聞こえた。彼女は嬉しそうに笑いながら手元のハンドルを引っ張った。「ほらほら、あたしの大親友ってのはこういう大人の方なのよ！」すると、喪服姿のリジー・ヘクサムが入ってきた。

「チャーリー！　あんたなの！」リジーは弟以外目に入らない様子で、昔と同じように彼をぎゅっと抱きしめた。が、弟のほうは少し恥ずかしそうだった。

「ほらほら、よしよし、リズ、もういいったら、姉さん。ほら！　ヘッドストーン先生が一緒に来てくださったんだよ」

彼女の目と教師の目が合った——教師のほうは明らかに全然違うタイプの女性を予想していたらしかった。とにかくも一言二言、挨拶らしきものが二人の間で交わされた。姉のほうは予期せぬ訪問に少し困惑していたし、教師のほうも居心地が悪そうだった。むろん、彼が居心地よさそうにすることなど皆無だったが。

「俺、姉さんがまだ仮住まいだって、先生にはお話ししたんだよ。けど先生はご親切に一緒に来てくださるってんで、お連れしたんだ。姉さん、とっても元気そうじゃないか！」

ブラッドリーもそう思っているらしかった。

「ああ！　そりゃもう、そりゃもう元気溌剌よねえ！」どんどん暗くなっていく夕暮れ時だというのに、この家の主人はまた仕事を取り上げて叫んだ。「たしかにおっしゃる通りよねえ！　まあどうぞおしゃべりを続けて頂戴な、みなさん。

『一人、二人、三人、
わたしのおともだちー。
どうぞ、わたしは、お構いなくね』」

即興の歌を口ずさみながら、痩せた人差し指でちょんちょんちょんと三回、空を指差した。

「あんたが来てくれるなんて、思ってもみなかったわ。チャーリー」姉は言った。「用があるんなら、手紙かなにかで、学校の近くまで呼び出してくれると思ってたの。だってこの間だってそうしたじゃない。私、学校の近くで弟に会ったんです、先生」とはブラッドリー・ヘッドストーンに向けて。「弟にこっちへ来てもらうより、私が行くほうが手っ取り早いものですから。私、ここと学校の中間あたりで働いていますので」

「お二人は、あまり頻繁にお会いになっておられないようですね」ブラッドリーは相変わらず居心地が悪そうだった。

「はい」姉は少し悲しそうにかぶりを振った。「チャーリーは、いつもよくやってますでしょうか、ヘッドストーン先生？」

「すこぶるよくやっていますよ。明るい将来が開けるものと確信しています」

「それはなによりです。本当にありがとうございます。チャーリー、本当によく頑張ってるのね。（この子のほうで用がない限り）私が会いに行っては、この子の将来のために良くありませんわ。そうお思いになりませんか、ヘッドストーン先生？」

助教師が自分の答えを待っているのはわかっていた、しかもその助教師に、他ならぬ自分の口から姉と距離を取るよう指示したことも承知の上だった。それでも、はじめて当の姉と向き合ってみると、ブラッドリー・ヘッドストーンは上手く言葉が出てこなかった。

「弟さんは、ご存じのとおり、大変忙しいのです。必死で勉強に励まねばなりません。気が散ることが少なければ少ないほど、将来は輝かしいものとなると言わざるをえません。けれど、彼がしかるべき地位を築いた暁《あかつき》には——そうですね、その暁には——話はまた別、ということになりましょう」

リジーはまたかぶりを振ると、静かな微笑みを浮かべて答えた。「私も、いつもその通りのことを、この子に言って聞かせてきたんです。そうでしょう、チャーリー？」

「うん、でも今はそんなことどうだっていいじゃないか」少年は言った。「姉さん、最近どうしてるんだい？」

「とっても順調よ、チャーリー。なにも困っていることはないわ」

「この家には姉さん用の部屋もあるのかい？」

「もちろんよ。二階にね。とっても静かだし、快適で風通しもいいの」

「それに、お客さんがあるときは、いつだってこの部屋を使ってるわ」この家の主人は小さな瘦せた片手の拳をオペラグラスみたいに丸め、例によって目元と顎を奇妙な具合に連動させながら、拳の穴を覗きこむようにして言った。「お客さんがあるときは、いつだってこの部屋よね。そうでしょ、リジー？」

たまたまブラッドリー・ヘッドストーンは、リジー・ヘクサムがかすかに手を動かし、人形の仕立屋を口止めするような仕草をしたのに気が付いた。その瞬間、彼に気付かれたことに人形の仕立屋もたまたま気が付いた。とはつまり、両手を双眼鏡のようにして、その眼鏡越しに彼を覗きながら、おどけたように頭を振って叫んだのだった。「こりゃ！　盗み見してるの見つけたぞ！」

結局はただの偶然だったのかもしれない。しかしこの直後、ブラッドリー・ヘッドストーンはさらに、ボンネットを被ったままのリジーが、なぜかドギマギしながら、もう家の中も暗くなってきたし外に出ましょう、と言い出したのに気が付いた。三人は出て行った。出かけざま、人形の仕立屋にさよならを言った。後に残された仕立屋は腕組みをして椅子に腰かけ、情緒に富んだ甘い声で低く歌を口ずさんでいた。

「私は一人で川沿いを散歩していよう」ブラッドリーは言った。「二人だけで積もる話もあるだろうし」

居心地の悪そうな彼が二人の先に立ち、夕闇に紛れた。すると少年は姉に向かって、不機嫌そうに言った。

「いったい、いつになったら世間さまに恥ずかしくないとこにちゃんと引っ越してくれるんだい、リズ？　もう、とっくに引っ越してたって良さそうなもんだろ」

「今のところで十分なのよ、チャーリー」

「今のところで十分、だって！　ヘッドストーン先生を連れてくるのが、どんなに恥ずかしかったか。姉さん、どうして、あんなチビ魔女みたいなのと知り合ったんだい？」

「はじめは、ただの偶然みたいなもんだったわ、チャーリー。でも今にして思えば、あれはきっと偶然以上のなにかだったに違いないって思うの。だってあの子は——ねえチャーリー、うちの壁に貼ってあったビラを覚えてる？」

「壁に貼ってあったビラなんてクソくらえだよ！　壁のビラなんてもう思い出したくもないね。姉さんも忘れてくれたらどんなにいいか」少年はブツブツ言った。「まあいい。で、ビラがどうしたって？」

「あの子、あのおじいさんの孫なのよ」

「どの老いぼれだよ？」

「畝織のスリッパを履いてナイトキャップをかぶった、ひどい酔っぱらいのおじいさんよ［五二二頁参照］」

聞きたくもないことを聞かされてイラつく気持ちと、もっと聞きたい好奇心とが半分ずつ入り混じった様子の少年は、鼻の頭をごしごし擦《こす》りながら聞いた。「いったいどうしてそんなことがわかったんだよ？　まったく、姉さんもやるもんだな！」

「あの子のお父さんが、あたしの働いてる事務所に勤めてるの。それでわかったのよ、チャーリー。そのお父さんっていうのが、そのまたお父さんによく似て、お酒に負けてしまってね、弱くて惨めで、いっつもブルブル震えてね、今にもバラバラになるんじゃないかってくらい震えて、シラフのとこなんか見たことがないの。それでも仕事にかけちゃ、腕の良い職人さんなのよ。お母さんはもう亡くなってるの。それで、あの可哀想な病気の女の子は、揺りかごに揺られる赤ん坊の頃から、どこもかしこも酔っ払いだらけっていう環境で育ったの。本当に揺りかごなんかに寝かせてもらってたかどうかも怪しいもんなんだけどね、チャーリー」

「そうだとしたって、なんで姉さんが関わり合いにならなきゃいけないんだか、俺にはさっぱりだね」少年は言った。

「あら、わからない？　チャーリー」

少年はふてくされたように川を見つめた。二人はミルバンクに差しかかり、川が二人の左手をぐるりと巻くように流れていた。姉は弟の肩に優しく手で触れると、川のほうを指差した。

「つぐないっていうのかしら——罪滅ぼしっていうのかしら——なんて呼んだっていいわね。でも、あんたなら姉さんの言うことわかるでしょ。ほら、あれが父さんのお墓」

しかし、弟のほうは姉に優しい思いやりなど一切見せなかった。しばらくむっつりと黙りこんでいたが、やがて、ひどい目にあわされたと言わんばかりに話し始めた。

「俺がこうして必死でのし上がろうってときに、姉さんに足を引っ張られるなんて、まったくひどすぎるよ。リズ」

「あたしが？　チャーリー」

「そう、姉さんが、だよ、リズ。どうして済んだことは済んだままにしておけないのさ？　ちょうど今晩、違う話でヘッドストーン先生も言ってたんだ。どうして姉さんには済んだことをすっぱり放っとく、ってことができないんだよ？　これから俺たちがやらなきゃいけないのは、新しい方向をしっかり見て、まっすぐそっちに向かって進むことじゃないのかい？」

「それで一切振り返らない、っていうの？　過去をつぐなうためにも？」

「姉さんときたら、過去の幻にとらわれてばっかりだな」少年は相変わらずふてくされたように言った。「そりゃ、俺たちが暖炉の前に座ってた頃なら、それも悪かなかったさ――ゆらゆら揺れる炎のそばの、くぼみんとこを覗きこんでた頃ならね――けどもう、俺たちは現実の世界を見てるんじゃないか」

「ああ、でもあの頃だって、あたしたち、ちゃんと現実の世界を見てたじゃない、チャーリー！」

「姉さんの言うのも、わからないじゃないよ、けどね、そんなふうに言うなんてどうかと思うよ。俺がこの先偉くなってくときに、姉さんを切り捨てるような真似はしたくないんだ、リズ。俺と一緒に姉さんも偉くしてやりたいんだ。そう思ってるし、そうするつもりなんだよ。姉さんにどんだけ世話になったか、俺だってちゃあんとわかってる。今晩だってヘッドストーン先生に言ってたんだ。『なんていっても学校に入れてくれたのは姉ですから』ってね。ねえ、だったら、俺の足を引っ張っておとしいれるようなこと、やめてくれよ。俺の頼みっていったって、たったこれっぽっちのことで、全然無茶なことでもなんでもないじゃないか」

姉は弟のほうをじっと見つめていたが、やがて静かに口を開いた。

「あたしがここにいるのは自分のためじゃないの、チャーリー。もし自分の思い通りにできるんだったら、できるだけ川から離れて生きていたいんだもの」

「俺だって思い通りにできるもんなら、姉さんにはできるだけ川から離れててほしいさ。もうお互い、こんな川のこと忘れようよ。俺を見習って、姉さんもこのへんでグダグダするのはやめちまいなよ。俺はもう、川とはすっぱりおさらばしたんだ」

「あたし、この川から逃げられないのよ」リジーは額に手をかざして言った。「だって、いまもこうして、この川のそばに住んでるのだって、自分のためじゃないんだし」

「ほらまた始まった、リズ！　幻のことばっかり！　なにがかなしくて酔っ払いの——仕立屋ってのかい、まあなんでもいい、まるでピエロみたいに身体のねじくれた子供か婆さんか、妙ちきりんな奴の家で、一緒に暮らしたりするんだい。あげくに、まるで運命に引き寄せられたみたいな言い方してさ。ほら、ちゃんと現実を見なよ」

姉は弟のためにこそ、苦労に耐え、辛い仕事に励み、十分に現実を見据えてきたのだった。それでもただ、姉は弟の肩に手を置いて——その手つきにも、咎めるような素振りはなかった——二度三度、ポンポンと叩いた。昔から、姉はよくこうしたものだった。幼いわりに自分と変わらぬ重さのある弟を背中におぶってあやしながら、あてどなく歩いた頃から。弟の目に涙が浮かんだ。

「誓って言うよ、リズ」手の甲で涙を拭いながら弟は言った。「俺は良い弟になりたいし、姉さんにちゃんと恩返しもしたいんだ。ただ、とにかく、姉さんの幻ばっかり追いかけるところを、ちょっとでいいから、俺のためだと思って、我慢してもらえないかってことだよ。俺はそのうち学校に赴任するんだし、そしたら姉さんには一緒に住んでもらわなくっちゃ。

そうなったら、結局どっちにしたって、幻ばっかり見るのは我慢してもらわなきゃならないんだから、どうせなら今からやってみたっていいだろ? ほら、姉さんに俺がひどいことしてるわけじゃない、って言ってくれよ」

「ひどいことなんてしてないわ、チャーリー、そんなことない」

「それから、俺が姉さんを傷つけてない、って言ってくれよ」

「そんなことないわ、チャーリー」けれどこの答えは先ほどよりもためらいがちだった。

「傷つけるつもりなんか俺にはなかったってこと、姉さんならわかってくれるよね。そう言ってくれよ。ほら! ヘッドストーン先生があそこに立って堤防ごしに潮の流れを見てる、そろそろ帰らなきゃ。キスしておくれよ。それから、俺には姉さんを傷つけるつもりなんかなかったってこと、ちゃんとわかってるって、そう言ってくれよな」

姉は弟にその通り言ってやった。二人は抱擁を交わし、それから足を早めて教師に追いついた。

「行きましょう」と言う弟に向かって、「いや、我々もお姉さんと同じ道から帰るんだから」と教師は言った。そして、ひどくぎこちなくオドオドした様子で、しゃちこばった腕を差し出した。彼女はその腕に手をかけたが、瞬間的にハッと身を引いた。ふと手が触れた刹那、自分の心中にあるものを見抜かれて怖気《おぞけ》をふるわれたとでも思ったのか、教師はビクッとして振り返った。

「私はもう少しここにおりますし」リジーは言った。「それにお二人は遠くまで歩かなくてはなりませんから、ご一緒しないほうが早いと思います」

すでにヴォクソール橋の近くにさしかかっていたので、二人はテムズ川を渡って向こう岸を歩くことにして彼女と別れた。ブラッドリー・ヘッドストーンは別れ際、彼女に手を差し出し、彼女のほうは弟の世話をしてくれる教師に感謝の言葉を述べた。

教師と生徒は一言もしゃべらずに早足で歩いていった。橋を渡り終えようかというところで、一人の紳士が煙草をくわえ、上着の前を開けたまま、手を後ろに組み、涼しい顔でブラとこちらにやってくるのが見えた。だらしない身のこなしや、人の倍ほども道幅を取ってやってくる気だるげで不遜な態度のせいか、少年はハッと目を留めた。すれ違いざま、少年は彼をじろじろ見つめ、じっと立ち止まってその後ろ姿を見送った。

「そんなにじろじろ見たりして、いったい誰かね？」ブラッドリーは尋ねた。

「ああ！」少年はしかめ面をして、考え込むように言った。「あいつが、例のレイバーンって奴です！」

ブラッドリー・ヘッドストーンは少年が紳士を見たのと同じように、しげしげと少年の顔を見た。

「申し訳ありません、ヘッドストーン先生。でも、なんであいつがこんなところにいるんだろうって、ちょっとびっくりしたものですから」

驚きもおさまったような口ぶりでこれだけ言うと、少年はすぐに歩き始めた。しかし言葉を切った刹那、また肩越しに後ろを振り返り、相変わらず考え込むようなしかめ面をしているのを、教師は見逃さなかった。

「あの人のことをあまり好きではないようだね、ヘクサムくん？」

「あんなやつ大嫌いです」少年は言った。

「どうしてだね？」

「あいつ、はじめて会ったときに、ひどく偉そうに僕の顎を摑んだんです」少年は言った。

「どうして、そんなことに？」

「理由なんかありません。それか――まあどっちにしたって同じことですが――僕が姉についてなにげなく言ったことが気にさわったんでしょう」

「それじゃ、あの人はお姉さんを知っているのか？」

「そのときはまだ知らなかったんです」相変わらず、むっつり考え込むように言った。

「今は知っている、ということかね？」

考え込みすぎてぼんやりしてしまった少年は、ブラッドリー・ヘッドストーンのほうを見つめたまま、肩を並べて黙々と歩き続けた。やがてもう一度同じことを聞かれると、やっとうなずいて答えた。「そうです、先生」

「それじゃ、これからお姉さんに会いに行く、ということかね」

「ありえません！」少年はすぐに答えた。「あいつは姉とそんなに親しいわけじゃありませんから。そんなふうになろうもんなら、俺がとっちめてやる！」

二人は先ほどよりもさらに足早に歩いていたが、しばらく行くと教師が生徒の肘と肩の間あたりをギュッとつかんで言った。

「さっき、たしかあの男のことでなにか言いかけたね。名前はなんと言ったかな？」

「レイバーンです。ユージーン・レイバーン。法廷弁護士とかいうやつですが、仕事なんかなんにもありません。前に住んでいた家に奴がはじめてやってきたのは、まだ父が死ぬ前でした。仕事の用で来たんです。って言っても、奴の仕事じゃありませんけど——奴は仕事なんてした試しがないんですから——奴の友達とかいうのにくっついてきたんです」

「それ以外は？」

「僕の知っている限りは他に一回だけです。父が事故で死んだ時、たまたま奴が発見者の一人だったんです。多分、人さまの顎を摑むような無礼な真似しながらほっつき歩いてたんだろうと思います。とにかくも、奴がその場にいたっていうのはたしかです。それで朝早く、家にいた姉のところに知らせに来て、一緒に来てくれたアビー・ポタソンさんに——ああ、ポタソンさんっていうのはご近所さんなんですが——手伝ってもらって、例のおそろしい知らせを姉に打ち明けたってわけです。午後になって、僕が家に呼び戻されてみると、あいつ、まだふらふらとうろついてたんですが——っていうのも、姉が正気に戻って僕の居場所を言えるようになるまで、どこに使いをやって探させたらいいものかわからなかったんです——そのままスッと帰っていきました」

「それで全部かい？」

「はい、これで全部です、先生」

ブラッドリー・ヘッドストーンはようやく少年の手を離し、一人深く考え込んでいるようだった。二人はまた、前と同じように肩を並べて歩き、そのまま長いことどちらも口をきかなかった。やがてブラッドリーが口を開いた。

「その、君のお姉さん、は」君のお姉さん、という言葉の前と後に、奇妙な一拍を置いて教師は言った。「ほとんど教育を受けていないと言ったね、ヘクサムくん?」

「はい、ほとんど受けていません、先生」

「それじゃ、お父さんの教育嫌いの犠牲になった、というわけか。君のときにも反対なさったのをよく覚えているよ。けれど、君のお姉さん、は、風采から言っても話しぶりから言っても、教育のない人にはとても見えないが」

「リジーは、立派な教育を受けた人に負けないくらい、ちゃんとモノを考えられるんです、ヘッドストーン先生。少し考えすぎって言ってもいいくらいです。昔はよく、家の暖炉の火が姉の本代わりだなんて言ったもんです。いつだって姉は、火を見てはあれこれ想像を膨らませてたんですから——ときどき、もっともらしいことを思いついたりもしてましたけど」

「それは、あまり感心しないね」ブラッドリー・ヘッドストーンは言った。

この返答は、あまりに唐突で、あまりに決然として、あまりに感情的だったので、生徒は少し驚いたようだった。が、それも教師が自分に目をかけてくれている証拠だと取ったらしかった。それに意を強くして彼は言った。

「これまで思い切って打ち明けることができなかったんですけど、ヘッドストーン先生、今日だってご存じの通り、出かける前に先生から言われたときも、素直に認める気にはなれなかったんです。だけど先生のご期待通り、僕がちゃんと頑張ったって、姉のことが周りに知れたときに居心地の悪い思いをするんだって思うと――いや、恥をかく、とは言いません、恥なんて思う必要もないんですから――でもとにかく、あんなに僕によくしてくれた姉のせいで居心地の悪い思いをしなきゃいけないんだって考えると、本当に辛いんです」

「そうだな」ブラッドリー・ヘッドストーンは、はっきりしない口ぶりで答えた。どうやらその点にはほとんど気が回らないらしく、話はあっという間に違うほうへ逸れた。「それに、例えばの話、こんな可能性も考えておかなくちゃならない。例えば、苦労して地位を築いた人間が誰か、君のお姉さん、のことを愛するようになり、果ては、君のお姉さん、と結婚さえしようかと思うようになったら、その男性は、屈辱的な汚点と大いなる罰を引き受けるんだよ。仮に、仮に、その人物が、身分の違いやそのほか、結婚の障害となるものをすべて乗り越えたとしても、お姉さんの幻にとらわれがちなところとか、くよくよ考え込むところが、ちっとも直らないんだとしたら、ね」

「まったくその通りなんです、先生」

「よし、よし」とブラッドリー・ヘッドストーン。「けれど君は単に弟の立場で話をしているにすぎない。私が想定しているケースはもっとずっと深刻だよ。なぜって、彼女を愛して夫になろうとする者は、自分の意志で家族としての縁を結び、その意志をきっぱり表明しなきゃならん。弟ならそうじゃない。君だってよくわかっているだろうが、血の繋がりなんてものは、自分ではどうしようもなかったと言ってしまえばいい。けれど夫になる人間は、自分の意志でどうにかできたはずだ、ということになってしまう」

「おっしゃる通りです、先生。父が死んでリジーが残されたときから、僕も時々考えてたんです。姉さんはあんなに若いし、きっとなんだってその気になれば人並みにやれるんじゃないかって。それにピーチャー先生だってきっと――」

「この件でピーチャー先生のことは考えなくてもいい」ブラッドリー・ヘッドストーンは先ほどと同じように決然たる調子で言葉を挟んだ。

「ヘッドストーン先生、もしご迷惑でなかったら、姉の問題を僕の代わりに考えてみてくださらないでしょうか？」

「よし、ヘクサムくん、いいだろう。考えてみよう。じっくり考えてみることにしよう。よく考えておくよ」

　その後、ほとんど言葉を交わすこともなく道を行く二人の前に、やがて学校の建物が見えてきた。学校では、几帳面なピーチャー女史の居室の針の穴のように小さな窓の一つから、明かりが漏れていた。椅子に腰かけたメアリ・アンがその窓の隅から顔をのぞかせて、外を見張っていた。ピーチャー女史はテーブルに向かい、自分のサイズに合わせて茶色の紙で型紙を取った布地の、小さくてこざっぱりした身頃部分をちくちくと縫っていた（〔重要〕ピーチャー女史とその女生徒とは、針仕事[*8]などという非学問的なる作業に身を入れるよう、政府から積極的推奨を受けていたわけではない)。

メアリ・アンは窓に顔を付けたまま、手を高くあげた。

「なんです、メアリ・アン?」

「ヘッドストーン先生がお戻りです、先生」

一分も経たないうちにメアリ・アンが再び手をあげた。

「どうしました、メアリ・アン?」

「中に入って、扉に鍵をかけました、先生」

ピーチャー女史は、もう休もうと布地を集めて片付けながら、ため息を押し殺した。そして、袖を通したら、ちょうど心臓あたりに来るだろう部分の布地に、鋭く尖った針を、チクリ、と刺した。

第二章　なおも教育的なことについて

この家の主人にして人形の仕立屋、加えて綺麗な針刺しやペン拭きの製作もこなす例のお方が、古風で小さな肘掛椅子に腰かけ、暗い部屋で一人歌を口ずさんでいると、やがてリジーが戻ってきた。他に頼りがいのある人物もいなかったこの家では、この子がまだ年端もいかぬ頃から、家の主人としての立派な風格を身に着けていた。

「ねえ、リジー・ミジー・ウィジー」彼女はふと歌うのをやめて言った。「お外のニュースはどんななの？」

「おうちのニュースはどんななの？」人形の仕立屋の綺麗な長い金髪を優しくもてあそぶようにして撫でつけながら、リジーは聞いた。その髪は、ふさふさと豊かで美しかった。

「『そうじゃなぁ』盲目の男は言いました。『最新ニュースといえば、あたしゃ、あんたの弟さんとは結婚しないってことかのぅ』」

「あら、だめ？」

「だーめっ」彼女は頭と顎をブルブル振って言った。「あの坊やは好みじゃないわ」

「それじゃ、先生のほうはいかが？」

「そうねえ、あの人はもうお目当ての人がいるみたいねえ」

リジーは仕立屋のいびつな両肩にそっと髪をおろしてから、蠟燭に火を灯した。その光に照らされた小さな居間は、古ぼけてはいたが、きちんと整頓されて清潔だった。彼女は蠟燭を人形の仕立屋の目から遠く離れた暖炉の棚に置き、部屋のドアを開け、玄関のドアも開け放ち、小さな低い肘掛椅子に腰かけた少女を椅子ごと外気のほうへ向けてやった。むっとする蒸し暑い夜だったが、雨風のない日には、一日の仕事終わりにこうして椅子を動かすのが二人の決まり事だった。それから彼女が小さな椅子の脇にある別の椅子に腰を下ろし、そっと差し出された仕立屋の手を優しく腕の下に引き入れてやれば、なにもかもいつも通りだった。

「あんたのご寵愛のジェニー・レン[*1]にとって、これぞもっとも甘美なるひとときってやつよ」この家の主人は言った。本名はファニー・クリーヴァーといったが、とうの昔に自分でミス・ジェニー・レンという通り名を名乗っていた。

「今日の仕事の間じゅう、ずっと考えていたんだけど」ジェニーは続けた。「あたしが結婚するまで、いいえ、少なくとも誰かいい人ができるまで、あんたと一緒にいられたらどんなにいいかしら。だって、もしあたしに言い寄る人ができたら、あんたに今してもらってるようなこと、少しは〈彼〉にしてもらわなくっちゃ。もちろん、あんたみたいに優しく髪の毛を梳《と》かすなんてできっこないでしょうし、あんたみたいに優しい抱っこで階段を上り下りするなんてできっこないでしょうし、とにかくなんだって、あんたみたいにはできっこないのよね。でも、あたしの仕事を家に持って帰って来るくらいできるでしょ、不器用なりに、代わりに注文を聞いて来ることくらいできるでしょ。ううん、そうしなくっちゃだめよ。なにがなんでもあたし、〈彼〉をあたしの言うなりにしてみせるの！」

　ジェニー・レンは――幸せなことに――彼女なりの虚栄心を持ち合わせていた。そして、しかるべき時がくれば〈彼〉に数多の試練や苦難の行を課してやる、というその意志は、胸に秘めた他のどんな意志よりも強固だった。

「今この瞬間、〈彼〉がどこにいようと、どこのどちらさまでございましょうと」レン嬢は言った。「あたしはちゃあんと、〈彼〉の悪さもやり口もわかってるのよ、首を洗って待ってるように言わなくちゃね」

「ちょっとそのお方に厳しすぎやしないこと？」彼女の友人は、にっこり笑って髪を撫でてやりながら尋ねた。

「とんでもない」賢人レン嬢は、素晴らしく世知に長けた様子で言った。「ねえリジー、だいたい男ってのはね、いつだってきつくあたってやらなきゃ、女のことなんか構ってはくれないものよ。でもね、あたしが言いたいのは、もしあんたがずっと一緒にいてくれるならいいな、ってことなの。ああ、なんて途方もない〈もし〉かしら、ねえ?」

「でもあたし、出て行くつもりなんかないわ、ジェニー」

「ああ、そんなふうに言うのはやめて頂戴、言ったが最後、すぐに行っちまうわ」

「あたしってそんなに信用ならない?」

「まさか。本物の銀や金よりずっと信用できるわよ」こう言い終わるや、突然ふと言葉を切ったレン嬢は目を細めて顎をしゃくり、すべてお見通しよという顔つきで言った。「なるほどなるほど!

『[*2]そちらにおいではどなたさま?
近衛隊の兵士さま。
そしていかなる御用向き?
ビールを一杯ありがたく』

それさえあれば、他にはなんにもいらないってわけね、まあ!」

玄関のドアの前の道で男の影が立ち止まった。「ユージーン・レイバーンさん、あなたね？」レン嬢は言った。

「人は僕をそう呼ぶね」というのが答えだった。

「いい子にするなら入っていいわ」

「いい子じゃないが、入らせてもらうよ」ユージーンが言った。

彼はジェニー・レンに手を差し出し、その手をリジーに差し出し、そのままリジーのそばでドアにもたれて立った。そして言うには、煙草を吸いながらぶらついていたら（もう全部吸って捨ててしまったらしい）、偶然、帰りがてらお宅の近くまで来たものだから、ちょっと覗いていこうかと思ってね、とのこと。今晩、弟さんに会ったたんじゃないのかな？

「ええ」リジーは少しどぎまぎしながら言った。

弟さんのほうからわざわざご足労くださるとはねえ！　不肖ユージーン・レイバーン、向こうの橋のあたりで、噂のお若い紳士とすれ違ったように思ったもんでね。一緒にいらしたのはどなたかな？

「学校の先生です」

「なるほど、たしかに。そんな感じだったね」

リジーは身じろぎもせずじっと座っていたので、その姿のどこから困惑の気配が漂ってくるものか、よくわからなかった。それでも、困惑していることはあまりに明らかだった。ユージーンは例によってのらりくらりとしていたが、おそらくはリジーが目を伏せているせいまなざしは、平生の彼女からは想像もつかないくらいひたむきだった。じっと見つめるだろうか、つかの間、彼女のほうをじっと見つめたのが傍目《はため》にもわかった。

「なにか知らせがあるってわけじゃないんだがね、リジー」とユージーン。「でもまあ、友人のライトウッド経由でライダーフッドの動向に日頃から目を光らせておくって約束した手前、ちょくちょくこうしてやってきて、僕もちゃんとやってるし、ライトウッドにもちゃんとやらせてるってこと、報告しとこうかと思ってね」

「もちろん、お約束を疑ったことなんかありません」

「だけど実のところ、普通に考えたらこの僕は疑ってかからなきゃならんタイプの人間だよ」ユージーンはそっけなく返した。「せっかく信じてもらってるのに悪いけど」

「どうして疑ってかからなきゃならないの？」鋭敏なレン嬢は尋ねた。

「どうしてかっていうとね、お嬢さん」のらくらユージーンは言った。「この僕がごろつきの悪い犬だからさ」

「それじゃどうして、悔い改めて良いワンちゃんにならないの？」レン嬢は尋ねた。

「どうしてかっていうとね、お嬢さん」とユージーン。「そうしようって気にさせてくれる人がいないからさ。ところで、前に僕が提案したこと、考えてみてくれたかい、リジー？」

そう聞く声は小さかったが、それはただ事が重要だからというだけで、この家の主人を蚊帳《かや》の外にしようというのではなかった。

「考えてみましたけど、レイバーンさん、お受けする決心がつかないんです」

「そりゃまた、くだらんプライドだね！」とユージーン。

「そうじゃないんです、レイバーンさん、そんなのじゃないんです」

「いいや、くだらんプライドさ！」ユージーンは繰り返した。「だって、それ以外のなんだっていうんだい。ほんの些細なことじゃないか。実際、僕にとっちゃ、役にも立たん金だよ。役に立つわけないだろ？　僕に使わせたってろくなことに使わないさ。そのくらい君だってわかってるだろ？　だからちょっとは人さまのお役に立てようって言ってるんじゃないか――実際こんなこと、今までいっぺんもしたことないし、こんなことでもなきゃこの先もずっとないだろうね――君ぐらいの年頃のきちんとした女性に、いくらか（いや、ほんのいくらもないくらいだけど）小金を払ってさ、毎週何曜と何曜って具合で来てもらって、ちょっと教えてもらったらどうか、ってだけじゃないか。それも、君がこんなに身を粉にしてお父さんや弟さんに尽くしていたのじゃなきゃ、とっくに身についてたっておかしくない程度のこと、それだけだよ。そのくらいの教育、あっても損にならないってことくらい、君だってわかってるはずさ。じゃなきゃ、どうして必死になって弟さんに教育をつけてやったんだい。だったら君もやってみればいいじゃないか。そのうえ、お友達のレン嬢だって、ついでに習えるんだ。僕が直接教えてあげようとか、一緒にレッスンに座ってあげようとか――まったくそんなこと、およそ考えられないけど――言ってるわけじゃない。君が授業を受けてるときは、地球の裏側か、地球の外のどっかの星に飛んでくか、そのくらい遠くに離れてるも同然だ。ほら、くだらんプライドだよ、リジー。正しいプライドがあれば、恩知らずな弟さんに恥をかかすこととも、弟さんから恥をかかされることともないんだ。正しいプライドさえあればまるで医者が重病人を見舞うみたいにして、学校教師から訪問されたりしなくて済むんだよ。正しいプライドがあれば、しっかり問題を見極めて教育を受けるんだ。わかってるはずさ、なぜって、君の中にある正しいプライドは、明日にでもそうしたいって思ってるのに、くだらんプライドが邪魔をするばっかりに、僕から援助してもらうのはやっぱりいやだとか思っちまうのさ。よろしい。もうこれ以上言わないよ。くだらんプライドに縛られたって、君のためにも亡くなったお父さんのためにも、ろくなことにはならないってのに」

「父のためにもならないって、それはどうしてでしょうか、レイバーンさん」彼女は心配そうに尋ねた。

「どうしてだって? よく言うよ! 無知で頑迷だったお父さんの負の遺産をそのまま引きずってるってのに。お父さんの過ちを正そうともせずに、受け継ごうとしてるってのに。お父さんが君から奪ってしまった大事なものや、お父さんが君に押しつけてきたむごいやり方を、このままずっとお父さん一人のせいにしてやっていこうって決めてるんだろ」

ついさきほどまで同じ趣旨で弟にお説教を垂れていたリジーにとって、これはなんとも手痛い一言だった。そのうえ、ユージーンがつかの間見せた変化のために、心の痛みはいっそう増した。ひたむきに懇願し、強い信念で説得し、真意を邪推されているかもしれないことに怒り、それでも寛容で誠実な思いやりをもって彼女に応じようとしていることを、彼の顔がありありと示していたからだ。日頃から極めて軽薄で呑気《のんき》なレイバーンのうちに、これほどの配慮があると知るや、リジーは自分の胸のうちに巣食っているものが、それとは対照的にひどく猥雑《わいざつ》だと感じずにはいられなかった。この方よりもずっと身分も低く育ちも卑しい私が、こんなにありがたい無私無欲な申し出をお断りするのはなぜだろう。もしかすると、彼に求められているのではないか、見初められたのではないかと、そんな自惚《うぬぼ》れめいた不安のせいではないのだろうか。純粋な気持ちとまっすぐな生き方だけが頼りの哀れな娘は、こんなふうに考えるだけでもうたまらなかった。自分の虚栄心を疑うにつけ、すっかり打ちひしがれてしまい、まるで極悪非道な悪事を犯したように深く頭を垂れると、さめざめと泣き出した。

「そんなふうに泣いたりしないで」そう言うユージーンは、とても、とても優しかった。「僕が泣かせてしまったのじゃないといいんだけど。僕はただ、ありのままの現状を見てほしかったんだ。もちろん、僕もずいぶん身勝手だったと思うよ、なにしろ、すっかりがっかりしちまってね」

がっかりしてしまった。彼女のためを思って提案してくれたのだ。でなければ、どうしてがっかりなどするものか。

「だけど、胸が張り裂けそうってほどでもないさ」ユージーンは笑った。「こんな気持ち、二日もありゃ忘れちまうよ。でも本当に心底がっかりだな。君やお友達のジェニー嬢にちょっとしたプレゼントをしてあげようって、そう決めてたからね。人の役に立つことを、よりにもよってこの僕がするなんて、なんとも斬新でわくわくしてたのさ。でも、今になってみりゃ、もっとうまいやり方もあったと思うがね。そもそもの始めから、なにもかも君のJちゃんのためっていう建前で持ちかければよかったんだろうね。そしたら僕も〈お恵み深きユージーン閣下〉として、立派に名を上げることができたかもしれない。でもまあ、そんなご立派な閣下としてやっていけるタイプでもないし、それならむしろがっかりするほうが性に合ってるさ」

もし仮にこれが、リジーの心中を見通したいと思っての発言だったなら、なんとも老獪《ろうかい》なやり口だった。もし仮に、単なる偶然が重なってこんな言葉になったのなら、それはなんとも不幸な巡りあわせだった。

「なんにもしていないのに、ひとりでに事が進んでいったんだよ」ユージーンは言った。「ふとしたはずみにボールが転がり込んでくるみたいにしてね！　君もよく知っての通り、一つ二つ事件があって、たまたま僕は君と知り合った。それで、例のほら吹きライダーフッドの野郎に目を光らせるって、たまたま君に約束した。あんな野郎の言うことなんか信じるもんか、っていうことで、ひょっとすると君が一番辛かったときに、ちょっとは慰めてあげることができたかもしれないね。ちょうどあの時、僕は君に言ったね、この僕はどうしようもなく怠け者で無能な弁護士なんだ、って。でもまあ、僕が書記をつとめた事件についちゃいないよりはましだろうし、君のお父さんの汚名を晴らすためにできることなら精一杯やるつもりだって、それから行きがかり上、ライトウッドもそうしてくれるだろうって、そう言ったね。そんなこんなで僕はだんだんと気が大きくなって、さっきも話した、もう一個のほうのお父さんの罪を（こっちは汚名でも濡れ衣でもなくて本物の罪だ）、正してあげられるんじゃないかって、いとも簡単に正してあげられるんじゃないかって、そんな気になったんだ。これだけ言えば僕の気持ちをわかってもらえるかな。本当に、君に辛い思いをさせて心から申し訳ないと思ってるさ。良かれと思ってやったことだなんて、くだくだ言うのがみっともないのはわかってる。でも本当に、心から良かれと思ってやったことなんだ、それだけはわかってほしくてね」

「もちろん、おっしゃる通りだと思います、レイバーンさん」リジーは言った。ユージーンの押しが弱くなるほど、リジーの自責の念は強くなった。

「そう言ってもらえて嬉しいよ。でも、はじめっから、僕の真意をちゃんとわかってくれてたら、きっと断りはしなかったと思うね。そうじゃないかい？」

「ええ――断りはしなかったかもしれませんけど、レイバーンさん」

「よし！　それじゃ、真意を理解してくれた今になって断る理由はないんじゃないのかい？」

「あの、私、あなたとうまくお話しすることができないんです」リジーは、少しどぎまぎして言った。「だって、なにか言うとすぐ、それならこうなってこうなってって、先の先まで言ってしまわれるから」

「それじゃあ、先の先まで全部引き受けりゃいいじゃないか」ユージーンは笑った。「それで、僕のがっかりしたこの気持ちも追い払ってくれよ。リジー・ヘクサム、僕は君を心から尊敬してるし、真の友人だ。それに一応紳士のはしくれだよ。だからここまで来て、まだぐずぐずする理由が本当にわからないんだ」

その言葉とたたずまいには、率直で誠実で、私心のない寛容さが溢れていたから、哀れな娘は折れるほかなかった。そればかりか、彼とはまったく対照的に、自分は自惚れめいた感情でがんじがらめになってきたのではないかと、改めて感じないではおれなかった。

「もう迷ったりしません、レイバーンさん。これまでさんざんためらったりして、どうか悪く思わないでください。私と、それからジェニーのために——ジェニー、あなたの分も私が代わりにお答えしていいわね？」

おチビさんはそれまでずっと両手の上に顎を載せ、椅子の肘掛けに両腕を預けて深く腰かけたまま、二人の会話にじっと耳を傾けていた。その体勢をピクリとも変えぬまま、急に「ええ！」と言ったので、まるで言葉が口から裁断されて出てきたみたいだった。

「私と、それからジェニーのために、ご親切なお申し出をありがたくお受けします」

「決まり！　手打ちだ！」ユージーンはリジーと握手して軽くその手を振り、これまでのいざこざはすべて振り払ってしまおうという仕草をした。「今後は、こんなちょっとしたことで大騒ぎってのは、御免こうむるよ！」

それから彼は、ジェニー・レン相手にふざけ半分で話し始めた。「僕も一つ、ちょっと人形でもこしらえてみようかと思うんだがね、ジェニーちゃん」

「やめたほうがいいんじゃなくて」仕立屋は答えた。

「おや、ダメかい？」

「絶対壊しちゃうわよ。あんたたち子供って絶対だわ」

「だけどそれでこそ、君らの商売が繁盛するってもんじゃないの、レンちゃん」ユージーンはまぜっ返した。「なにかにつけて、世間さまが約束を破ったり、契約を違《たが》えたり、取引をずるけたりするたんびに、僕の商売が繁盛するってのと同じじゃないか」

「そんなの、あたしの知ったことじゃないわ」レン嬢は言い返した。「でもあんたの場合、人形なんかよりペン拭きでもこしらえるほうがよっぽどいいんじゃないの、それでカリカリちゃんと働いて、ペンでも拭いたらいいじゃない」

「おいおい、みんな君を見習って、ちっちゃな働き蜂みたいに働かなきゃならないなら、ハイハイ赤ちゃんの頃からすぐ働きに出なくちゃいけないじゃないか、そんなの良くないぜ！」

「それはつまり」サッと気色《けしき》ばんで、おチビさんは言い返した。「背中や脚に良くないってこと？」

「いや、いや、違うよ」ユージーンは言った。彼は――彼の名誉のために言っておこう――、彼女の障害を弄ぶような発言をしてしまった自分に動揺していた。「商売上、良くない、そう、商売上の話さ。手を使えるようになるが早いか赤ん坊がみんな働き始めたら、人形の仕立屋さんの仕事なんか全部なくなっちゃうじゃないか」

「一理あるわね」レン嬢は答えた。「そのおつむでも、たまにはまともなことが考えられるってわけ」それから少し調子を変えて言った。「考えるっていえばねえ、リジー」話し始めたときからずっと、二人は隣り合わせに肩を並べて座っていた。「夏の頃にね、一人ぼっちで、こうしてひたすら、働いて、働いて、働きまくってるとね、急にふっと花の香りがするのはなんでなのかしらね」

「一小市民の意見としては」ユージーンは面倒臭そうに言った——というのも、この家の主人に若干うんざりしてきたところだった。「花の香りがするのは、花の香りを嗅いでいるからではないんですかね」

「そうじゃないわよ」おチビさんは片腕を椅子の肘掛けに預け、その手に顎を載せると、目の前をぼんやり見つめたまま言った。「この近所は花なんかあるような界隈じゃないの、他のものはともかく花だけは絶対お目にかかれないって言ってもいいくらい。なのに、こうして座って仕事をしてると、まるで果てしなく広がるお花畑にいるみたいに良い香りがしてくるの。バラの香りがしてね、山のようなバラの葉が床じゅう敷き詰められてるような気がするの。落ち葉の香りがしてね、そう、手を伸ばせば、カサカサ鳴る葉っぱに触れられそうな気がするの。白やピンクの五月草が、生垣いっぱいに咲いてるみたいに良い香りがしてね、それだけじゃないわ、あたしが一度も見たことがないようないろんなお花の香りがしてくるの。だってあたし、これまで生きてきてお花なんてほとんど見たことがないんだもの」

「素敵な空想ね、ジェニー！」友人は言った。それから、これはひょっとして身体の不自由な少女のために神が与えたもうたお恵みなのでしょうか、というような目でユージーンのほうをちらりと見た。

「そうなのよ、リジー、花の香りがするって素敵よ。それに、鳥のさえずりも聞こえるの！ ああ！」おチビさんはそう叫ぶと、手を差し伸べて空を見上げた。「あの歌声っていったら！」

その瞬間、彼女の面《おも》ざしと仕草には神々しいほどの美しさがあった。が、やがて考えこむように、その顎はまた手の上に落ちた。

「あたしの鳥さんたちは、他のどんな鳥よりきれいな声で歌うしね、あたしのお花は、他のどんなお花より良い香りがするの。それに、あたしがまだちっちゃな子供だった頃」遥か昔を懐かしむような口ぶりだった。「朝早くから、一緒に遊んだお友達がいたわ。それが他のどんな子とも全然違ってるの。このあたしともちっとも似てないのよ。寒さに凍えることも、不安に怯えることも、ボロの服を着ることも、ぶたれることもない子たちなの。痛い思いなんて、一度もしたことがないのよ。ここら界隈の子たちとは全然違ってね、金切り声であたしを縮み上がらせるとか、あたしをからかうとか、絶対にしないの。それも本当にたくさんいたのよ！ みんな白いドレスを着て、服の裾や頭のとこはキラキラ光る飾りがついててね、あんなの、お人形のお洋服作るときにも真似して付けてみようって思うんだけど、どうにもうまくいかないのよね。ちゃあんとはっきり覚えてるのに。みんなでキラキラ輝いて、斜め[*3]に列を組んでやってきてね、いっせいに言うの。『痛い痛いって言う子はだあれ！ 痛い痛いって言う子はだあれ！』それであたし、名前を言うの、そしたらみんなが言うの。『おいで、一緒に遊ぼうよ!』それからあたしが言うのね、『遊んだことなんかないの! 遊べないのよ!』そしたらみんなしてあたしの周りに集まって、軽々と抱きあげて高い高いしてくれるの。すっごく楽ちんで、素敵なのよ、それから、優しくそっと下ろしてもらってね。そうすると、みんなで声を合わせて言うの。『頑張ってね、また来るから』って。それからはいつだって、あの子たちが来てくれるときは、長くて明るい光の列が見えるより前から、ちゃあんとわかるのよ。だってね、ずうっと向こうのほうから、みんなして呼ぶ声がするんだもの。『痛い痛いって言う子はだあれ! 痛い痛いって言う子はだあれ!』ってね。だから、いつだってあたしも叫ぶの。『ああ、ありがたい天使さま、可哀想なジェニーよ。どうぞお慈悲を。あたしを抱いて、高い高いして頂戴!』ってね」

こうして追憶に浸るにつれ、彼女は片手をそろそろと天に向かって差し伸べ、先ほどと同じように恍惚《こうこつ》とした表情を浮かべた。その姿はとても美しかった。なにかに耳を澄ますように微笑みながら、そのまましばらくじっとたたずんでいたが、やがて、ふとあたりを見回して我に返った。

「哀れな道化だと思ってるんでしょう、レイバーンさん? どうやらあたしのお相手はうんざりってご様子ね。今日は土曜の夜ですもんね、もう引き留めたりしないわよ」

「それはつまり、レンちゃん」ユージーンは、待ってましたとばかりに言った。「もう帰んなさい、ってことかな」

「ええ、土曜の夜だしね」彼女は答えた。「もうすぐうちの子が帰ってくるの。うちの子ったら、本当に手のかかる悪い子でね、ガミガミ、ずうっと叱ってやらなくちゃいけないくらい。そんな子、見られたくないのよね」

「人形のことかい?」ユージーンは意味がわからず、説明を求めるように聞いた。

しかしリジーが、唇の動きだけで「おとう、さん」という二語を伝えるや、すぐさま腰をあげた。そしてすみやかに帰って行った。通りの角まで来ると、新しい煙草に火をつけようと立ち止まり、そしておそらく、他になにをするんだったかと考えてみたのだろう。しかし考えてみたところで、答えはあやふやで捉えどころがなかった。いつだってのらくら者の彼が、なにをするんだったかなんて、誰にもわかるはずがないのだ!

角を曲がったところで、一人の男がぶつかってきて、メソメソと詫《わ》びを入れた。その後ろ姿を見送っていたユージーンは、ついさっき自分が出てきたばかりのドアを開けて男が中へ入って行くのを目にした。

彼が転がるようにして部屋に入って来ると、リジーは立ちあがって出て行こうとした。

「いかないでおくんなさい。ヘクサムさん」くぐもった呂律《ろれつ》の回らない口調で、しおれたように男は言った。「ボロボロの身体になっちまった、こんな哀れな男から逃げたりせんでください。どうか、この哀れな病人のお相手をしてもらえませんかね。なにも、うつったり——うつったりする病気じゃありませんし」

自分の部屋で用事があるから、とつぶやいて、リジーは二階へ上がっていった。

「ジェニーちゃんは、どうしてたね?」男はおどおどと尋ねた。「世界で一番かわいいお嬢ちゃん、悲しい病気の爺さんが心の底から愛してる、かわいいジェニー・レンちゃんはどうしてたね？」

こんな言葉をかけられたこの家の主人は、まるでとりつくしまもなく、連隊に命令する将校みたいに腕をさっと振って言った。「さっさとあっちへ行け！　部屋の隅っこに行くんだ！　いつもの隅っこにほら、早く行け！」

こう言われて、男はなにか言い返したそうな哀れな仕草をした。けれど、この家の主人に逆らうだけの度胸もなく、思い直したように部屋の片隅へ行き、いつもの惨めな椅子に腰を下ろした。

「はあああ！」この家の主人は、小指をぴんと立てて叫んだ。「この悪ガキ！　ああ、どうしていつも言うことを聞かずに悪いことばかりするの！　いったいどういうつもり？」

男は頭のてっぺんから足の先まで、まるで神経が抜けて関節が外れてしまったみたいにガタガタ震えていたが、それでも和睦《わぼく》を結ぼうじゃないかというように、両手をちょんと差し出した。みじめったらしい涙が目に浮かび、頬に点々と浮かぶ赤いシミを濡らした。腫れた鉛色の下唇がみっともない愚図り泣きに震えた。壊れた靴をはき、禿《は》げかかった頭にわずかな白髪をたたえた男は、汚らしい襤褸《ぼろ》のかたまりと化して、そのままどうと床にひれ伏した。良識と呼べそうなものなどとうの昔にすべて失い、父娘の立場を醜くくも逆転させてしまったことさえ気付かぬまま、父親は娘に向かって、お願いだから叱らないでおくれ、と哀れっぽくかき口説いた。

「あたしはね、あんたの悪さもやり口も、よーく知ってるのよ」レン嬢は叫んだ。「どこに行ってたかだってお見通しよ！」（実際、苦もなく見通すことができた）「ああ、恥知らずの爺さんったら！」

男は呼吸しているだけでも見苦しかった。一息吸って吐くごとに、まるで壊れた柱時計のようにぜいぜい言った。

「働いて、働いて、あくせく働いて、それも朝から晩まで休みなく」この家の主人は言い募った。「結局は全部、こんなことのためなの！　いったいどういうつもり？」

グッと力の込もった「いったい」という言葉には、男をみっともないくらい震え上がらせる迫力があった。この家の主人の口調がいよいよ高ぶって、この「いったい」へ向かっていくと――今にもその言葉が出てきそうだと見るが早いか――、男はどうか平《ひら》にご容赦を、とひたすらにひれ伏した。

「あんたなんか、おまわりさんに捕まって牢屋に入れられんのがお似合いよ」この家の主人は言った。「棒で突っつかれて狭い穴倉みたいな牢屋にブチ込まれればいいのよ。ネズミやクモやゴキブリに身体じゅう這い回られてさ。あいつらの悪さだって手口だって、あたしはよーく知ってるのよ。きっとあんたのこと、素敵な具合に、こちょこちょくすぐってくれるでしょうよ。あんた、自分が恥ずかしくない？」

「そりゃ、恥ずかしいよ、お前」父親はどもりながら、やっとのことで言った。

「それじゃあ」例の強烈な一語に訴える準備段階として、気合を入れ、身体をこわばらせ、満身に漲《みなぎ》る力で男を圧倒しながら、この家の主人は言った。「いったい、どういうつもりなのよ？」

「おれじゃ、どうにもできない状況ってのがあってさ」これが、惨めな男の情状酌量の嘆願だった。

「そんなの、このあたしが、代わりにどうにかしてあげようじゃないの」猛々しいほど険を含んだ言い方で、この家の主人は切り返した。「あんたを警察に突き出して、五シリングの罰金刑にしてもらおうかしら、そんなの、あんたに払えっこないわよねえ、あたしだって代わりに払うなんてまっぴらよ。そしたら一生国外追放ってとこかしら。二度と母国の土を踏めないなんて、そりゃもうどんな気分かしらねえ？」

「そんなのいやだよ。なあ、こんな惨めでよぼよぼの病人じゃないか。もうそう長いこと人さまに迷惑かけることもないさ」哀れな男は叫んだ。

「ほらほら！」この家の主人はそう言うと、手近なテーブルを機械的にとんとんと叩きながら、頭と顎を振った。「しなくちゃいけないことなら、おわかりよねえ。さあ、あんたのお金、いますぐ全部出してごらん」

ものわかりのいい男は、ポケットというポケットをまさぐった。

「あんたのお給料、またごっそりスッちまったってとこね、そうなんでしょう！」この家の主人は言った。「さあここにお出し！　残った分ありったけよ！　一文残らず！」

縁のめくれたポケットというポケットから、男は金をかきあつめようと大わらわだった。こっちのポケットを探ればすっからかん、そっちのポケットは空っぽのはずだから素通り、それじゃまた別のポケットは、あれ、ポケットごとなくなってる！

「これで全部なの？」ごちゃまぜのペンスやシリングがじゃらじゃらとテーブルの上に積まれたところで、この家の主人は凄んでみせた。

「もうないんだ」見ての通りと言うようにうなずいて、男は哀れっぽく答えた。

「ちょっと確かめときましょう。しなきゃいけないこと、わかってるわね。全部のポケットを裏返しにしてそのまんまにしときな！」この家の主人は叫んだ。

男は言われた通りにした。それまでだって十分みじめったらしく、うんざりするほど滑稽だったが、ポケットを全部裏返して突っ立っている姿ときたら、なんとも言えないほど情けなかった。

「七シリング八ペンス半ぽっちしかないじゃないの！」小銭の山をきちんと積んで勘定すると、レン嬢は叫んだ。「このごろつきのクソ爺！　晩ご飯抜きよ」

「ああ、そんな、食わしておくれよ」男はシクシク泣いて食い下がった。

「あんたにふさわしいご飯はね」とレン嬢。「猫のご飯の串くらいのもんよ？　もちろん、猫が全部肉を食べちゃったあとの串をなめるだけ。いい、わかった？　わかったら寝なさい」

男は仕方なくよろよろと部屋の隅へ行ったが、そこで再び両手を投げ出してかき口説いた。

「おれじゃ、どうにもできない状況ってのがあってさ」

「さっさとベッドに入んなさいよ！」レン嬢はぴしゃりとやりこめた。「もう話しかけないで。絶対に許さないわよ。今すぐベッドに入んなさい！」

例の〈いったい〉がまた出てきそうだと察知して、彼はしおしおと言われた通りに出て行った。気だるげな身体を引きずるようにして二階へあがる音、ドアが閉まる音、そして、どさりとベッドに身を投げ出す音が聞こえた。ほどなくしてリジーが下りてきた。

「あたしたちも夕飯にしましょ、ジェニー」

「ああ、やりきれないわねえ！　なんか食べなくっちゃ、やってけないわねえ」ジェニーは肩をすくめると言った。

リジーは小さな作業台にクロスを広げ（この家の主人には、そちらのほうが普通のテーブルよりも勝手が良かった）、いつも通りの極めて粗末な食事を載せると、自分用に高い椅子を引き寄せた。

「さあ、食べましょ！　あら、なに考えてるの、ジェニー？」

「あたし」深いもの想いからふと覚めたように、彼女は答えた。「未来の〈彼〉が飲んだくれだったらどうしてくれようか、って思ってたの」

「あら、そんなことありえないわ」リジーは言った。「だって、あんたがちゃんと前もって気を付けるでしょ」

「もちろん、前もってちゃんと気を付けるつもりよ、でも〈彼〉はあたしに嘘をつくかもしれないじゃない。ああ、リジー、あいつらの手口は、よーく知ってるのよ、男なんてみんな嘘つきに決まってるわ」こう言うと小さな拳をブンブン振り回した。「だからね、もしも飲んだくれだってわかったら、ひどい目にあわせてやるの。〈彼〉が寝てる間に、スプーンを焼いて、真っ赤になるまで熱くして、お鍋でお酒をぐつぐつ煮立たせてね、しゅんしゅん湯気をあげるのをスプーンですくって、空いてるほうの手で彼の口を開けて——ううん、ひょっとしたら、おあつらえ向きに口を開いて寝てるかも——一息に喉の奥まで流し込んで、やけどで息もできないようにしてやるの！」

「そんなおそろしいこと、絶対あんたにできやしないわ」リジーが言った。

「そうかしら？　うん、そうね、そうかも。でもそれくらいしてやりたいって思うの！」

「思うだけでも、やっぱりあんたには無理よ」

「してやりたいって気持ちも嘘ってこと？　うん、そうね、あんたの言うほうがきっと正しいんでしょうね。でもね、一つだけ言えるのは、あんたはあたしみたいに酔っ払いに囲まれて育ったわけじゃないでしょ、それにあんたの背中は、あたしのみたくおかしなことにはなってないし、脚だって、あたしのみたくひん曲がっちゃいないわ」

一緒に食事をしながら、リジーはなんとかしてさっきの美しくて善良な状態に相手を戻してやりたいと思った。しかしもう、魔法は解けてしまった。この家の主人は、浮世の恥と苦労にまみれた家を守り、二階にはおぞましいあの酔っ払いがいて、無垢な子供の夢さえも淫《みだ》らな卑しさと堕落の色に染め上げていくのだった。人形の仕立屋は、ただの風変わりなガミガミ女でしかなくなってしまった。俗根性で俗世を渡り、浮世の苦労に身をやつすガミガミ女。

哀れ人形の仕立屋よ！　彼女を守り育むはずの父の手で、いったい幾度こうして引きずり下ろされてきたことか。神の世界へと続く道に迷い導きを求めるたび、いったい幾度こうして誤った道を示されてきたことか！　哀れ、哀れ、小さき人形の仕立屋よ！

第三章から第七章までの梗概

ヴェニヤリング邸では相変わらず中身のない皮相的な社交ゲームが繰り広げられる。ヴェニヤリングは五千ポンドの金を出して選挙区を買収し、国会議員にのし上がる。一方、ラムル夫妻は徐々にジョージアナ・ポズナップと関係を深めていく。夫妻は、ジョージアナの前では愛し合う理想的な夫婦を演じている。そして、フレッジビーという男をジョージアナに引き合わせ、彼がジョージアナに恋をしていると吹き込む。しかしこのフレッジビーという男、実は違法な高利貸しを行うブローカーで、アルフレッド・ラムルと肩を並べる卑劣で強欲な男だった。

舞台は変わって、ユージーンとモーティマーの私室。二人のもとをチャーリー・ヘクサムとブラッドリー・ヘッドストーンが訪ねてくる。チャーリーは、ユージーンが姉リジーのために教師を見つけて教育を施していることに明らかな不快感を示し、姉に付きまとうのをやめろと言う。ブラッドリーもこの発言を後押しするが、ユージーンはブラッドリーの動機がリジーへの恋心にあると看破し、本人に向かってそれをほのめかす。図星をつかれたブラッドリーは激怒して、ユージーンに深い恨みを抱く。

サイラス・ウェッグは、相変わらずボフィン氏相手に出鱈目《でたらめ》な『ローマ帝国衰亡史』の朗読を続けている。そうして貯めた金で、ヴィナスから自分の片脚を買い戻す。そしてヴィナスに、今自分が管理人をしているボフィンの庵の老ハーモンの「ゴミ山」には、さまざまなお宝が眠っている可能性があると打ち明ける。そして、二人で協力してそのお宝を見つけようと持ち掛ける。

第八章　無垢な駆け落ちが決行されるの巻

〈幸運の女神〉の寵児《ちょうじ》にして〈時の神〉の従者たる男、いや、もう少し平たく言えば黄金のゴミ屋ことニコラス・ボフィン郷士は、その壮麗かつ格調高き御殿にて、のんびりゆったりくつろいでいた。といっても、可能な限りにおいてゆったりと。なぜならゴミ屋にとって、この御殿はあんまり大きすぎたし、まるで壮麗かつ格調高きチーズみたいに次から次へと寄生虫が湧いてくるだけのものに思えて仕方なかった。しかし、所有財産にまつわるこうした欠点さえ、財産と一緒に恒久的遺産相続税として引き受けねばならぬのだと思えば、ゴミ屋はやはり得心するのだった。そしてまた、ボフィン夫人が御殿をすっかりお気に召し、ベラ嬢もお喜びであるからには、なおさらこれでよかろうと思うのだった。

ボフィン夫妻にとって件の若き淑女は、まごうことなき掘り出し物だった。その美しさゆえに、行く先々で人々の心を惹きつけずにはおかず、その機転と才気ゆえに、いかなるときも自らの新しい役回りを立派に果たさずにはおかなかった。そんな日々によって彼女の性根が改善されたかといえば、これは人の好みで答えの分かれるところであったろう。しかしまた別のお好みのほう、つまりお洋服とお行儀について言えば、誰の目にも答えは明らかだった。

したがって、ほどなくベラ嬢はボフィン夫人の間違いを正してやるようになった。いやそればかりか、ボフィン夫人が間違いをしでかすのを目にするや、なんともいたたまれない気持ちになり、まるで自分の責任であるかのように感じるのだった。もちろん、あれほど優しい心根と深い思いやりに溢れたボフィン夫人のこと、たとえ「ボフィンさんたら、もう、うっとりするほどお下品なのね」とおっしゃるご立派な訪問客（そうおっしゃるからには、彼らは決して「お下品」でないのに違いない）に囲まれたとて、ひどい過ちを犯すことなどできようはずもなかった。それでも、天国に召されること間違いなしの立派な魂を持ったポズナップ流教育の申し子たちはみな、社交界という薄氷の上で弧を描いて、隊列を組んで、華麗に滑走することが求められた。しかしボフィン夫人ときたらツルリと滑って転んでしまい、そのままベラ嬢の足を引っ掛けてすっ転ばせるものだから（いや、少なくとも、ご令嬢自身はそう感じていた）、この氷上の競演に参加する手錬《てだれ》のスケーターたちの目の前で、ひどくみっともないことになるのだった。

ベラ嬢の年頃なら、ボフィン邸における自分の立場の適切性と安定性について、いちいち思い煩ってみたりしなくて当然だった。そもそも他に比べる家などなかった頃も、自分の家には不平不満の嵐だったのだから、今や新しい家のほうをすっかりお気に召してしまったのも当然で、今さら恩知らずだとか高慢だとかいうほどのことではなかった。

「まったくロークスミスってのはデキる奴じゃよ」ボフィン氏は二、三カ月が過ぎようかという頃、そう言った。「それにしても、やっぱりようわからん男だがなあ」

ベラもロークスミスのことがよくわからなかったので、これはなかなか面白そうな話題だと思った。

「奴はなあ、朝も昼も夜もわしの用事を取り仕切っとるが」とボフィン氏。「そりゃもう、五十人ほどわんさと束になってかかってもあいつの仕事にゃ到底敵わんくらい、一人でテキパキやりよる。けど、なんちゅうかなあ、街道の四つ辻に首吊り棒を渡して括りつけるようなとこがあってな、奴と腕でも組んで一緒に散歩にでも出かけようって気分のときに、ハッと思いとどまらんといかんのだよ」

「どうしてそう思われるんですの？」ベラは尋ねた。

「そうじゃなあ、お嬢さん」とボフィン氏。「奴はこの家で、あんた以外には誰にも会おうとせんのよ。わしのほうでは誰が来たっていつもんとこで一緒にいてほしいと思っとるんだが。でもなあ、それをいやがってなあ」

「もしかしてご自分のこと、お客様より格上だと思っているのかもしれませんわ」ベラ嬢は頭をツンとそらして言った。「それなら放っておくしかありませんわね」

「いや、そうじゃないと思う」ボフィン氏はじっくり考えてから言った。「格上と思っとるわけじゃないと思う」

「それじゃむしろ、格下だと思って遠慮しているのかしら」とベラ。「それなら、まあご自分のことはご自分が一番よくわきまえておいでですわね」

「いいや、お嬢さん。そういうんでもないと思うんじゃ。違うんだなあ」ボフィン氏はじっと考えていたが、かぶりを振って答えた。「ロークスミスは控えめな奴じゃが、自分を格下だと思っとるわけでもないんだろう」

「それじゃあいったいなにを考えてるのかしら？」とベラは聞いた。

「それがわかればなあ！」とボフィン氏。「最初のうち、会おうとせんのはライトウッドだけだと思っとったが、今じゃあ、あんたの他は誰もかれもダメみたいでなあ」

「おやまあ」ベラ嬢は心の中で思った。「そうなの！　そういうことなの！」というのもモーティマー・ライトウッドは二、三度、ボフィン邸での食事に招かれていたし、他の用向きがあって外で会ったこともあった。そして若干、彼女を憎からず思っているらしい雰囲気があった。「このあたしのことでヤキモチを焼くなんて――秘書にしちゃ――いいえ、お父ちゃまの下宿人にしちゃ、ずいぶん粋でご立派なことねえ！」

〈お父ちゃまの娘〉たる彼女が、〈お父ちゃまの下宿人〉たる彼に対して、こうまで蔑《さげす》んで馬鹿にするというのは、いささか奇妙なことだった。しかしこの甘ったれた娘の心には、さらに奇妙で醜い感情が潜んでいた。娘はまず貧しさによって、続いて富によって、性根を腐らせてしまった。しかしこの点については、時の流れとともにおのずと明らかになるだろう。

「さすがにちょっとやりすぎってとこね」ベラ嬢は不遜な態度のまま、じっと考え込んでいた。「〈お父ちゃまの下宿人〉の分際でこのあたしを我が物顔に扱うとか、このあたしにふさわしい殿方を遠ざけようとするなんてねえ！　さすがにちょっとやりすぎってもんよ！　せっかくボフィンさんご夫妻のおかげで素敵な将来が開けてきそうだってときに、たかが秘書、たかが〈お父ちゃまの下宿人〉に、我が物顔で扱われなきゃいけないなんて！」

しかし、当の秘書兼下宿人が自分を好いているらしいと気付いて胸を高鳴らせたのも、さほど遠い昔のことではなかった。それもそのはず！　かの壮麗で格調高きボフィン屋敷も、ボフィン夫人のドレス見立て屋さんとしての稼業も、あの頃はまだ彼女の視界に入っていなかったのだから。

それにしてもこの秘書兼下宿人、ぱっと見は控えめだが、実のところおそろしく出しゃばりだ、というのがベラ嬢の見解だった。あたしたちがお芝居やオペラから帰ってくると、決まって事務室には明かりが点いてるじゃない、それですぐに、手を貸しましょうって馬車のところまで出て来るんだわ。そしたら決まってボフィン夫人がパッと顔を輝かせて（いやになるわよ、まったく）、もう本当に嬉しくってたまらないって顔で（どうかしてるわよ）、あの男に手を貸してもらうのよね！　まさかボフィン夫人ったら、あいつの腹づもりのまんま、うまく事が運べばいいとでも思ってるのかしら！

「お嬢さん、私はこれまで一度も」たまたま客用応接室で二人っきりになると、秘書はこう言った。「ご自宅への伝言を申し付かったことがないのですが。あちらさまに、なにかお伝えすべきことなどあれば、いつでも喜んでお役に立ちましょう」

「いったいなにをおっしゃってるの、ロークスミスさん？」ベラは眠そうな目で気だるげに言った。

「ご自宅とはなにか、ということでしょうか？　私の言うのは、ホロウェイ地区にあるお父様のお宅のことですよ」

こう切り返されては——そのうえ、明々白々の事実を忌憚《きたん》なく申し上げます、といった態度で極めて鮮やかに切り返されたので——彼女も気色ばんでムッとした。そして、とげとげしく答えた。

「いったいどんな伝言や報告をしろとおっしゃるの？」

「お嬢さんのことですから、すでに他のやり方でお伝えなのでしょうが、ちょっとしたご機嫌伺いだとかご挨拶程度のことです」秘書は相変わらず、ゆったりくつろいだ態度で応じた。

「そんなご挨拶をお伝えできれば、嬉しい限りと思った次第です。ご存じの通り、私は毎日、二つのお宅を行き来しておりますので」

「そんなこと、いちいち教えてくださらなくって結構よ」

〈お父ちゃまの下宿人〉に向かってここまで痛烈にやり返すのは、いささかやりすぎだった。男から穏やかな目で見つめられると、ベラもやはり早まったと思わずにいられなかった。

「だってあちらさまだって、あなたのお言葉を借りれば――ええと、ご機嫌伺いのご挨拶だったかしら？――そんなもの、寄越しはしないんじゃなくって」ベラはとっさに、ひどい扱いを受けているのはむしろ自分のほうだ、という言い訳で逃れようとした。

「お嬢さんはどうしてらっしゃるか、みなさまいつも気にかけておられます。ですから私のほうも、できる範囲でささやかなご報告をしております」

「ほんとのことをおっしゃってくださってるといいのだけど」ベラは叫んだ。

「その点については信用していただけますか。人を疑うだなんて、あなたのお人柄に傷がつきます」

「ええ、ええ、疑ってるわけじゃありませんわ。あなたのご批判はごもっともで、あたしは批判されて当然の人間ですものね。本当にごめんなさいね、ロークスミスさん」

「そんなふうにご自分を責めないでください。けれど、そうおっしゃるあなたのお心は実に素晴らしいと思います」真心を込めて、彼は言った。「お許しください。どうしても申し上げずにおれなかったのです。話がそれましたが、おそらくあちらのご家族は、ご自宅のことや先方からのちょっとしたご伝言などを、私がお嬢さんにお伝えしているものと思っておられるようです。けれど、お邪魔したくないと思って、これまでお伝えするのを控えておりました。お嬢さんのほうから、なんのご伝言もありませんでしたから」

「あたし」叱られた子のような顔で彼を見ながら、ベラは言った。「明日、家族に会いに行こうと思ってましたの」

「それは」彼はためらいがちに尋ねた。「私へのお言葉ですか、それともご家族への？」

「どちらでも、お好きなように」

「それでは両方、ということで？　ご伝言としてお伝えしてもよろしいでしょうか？」

「どうぞお好きなように、ロークスミスさん。伝言してあろうがなかろうが、明日、家族に会いに行きますわ」

「それでは、そのようにお伝えしておきます」

もし彼女さえかまわないなら、もう少し会話を続けたいといった様子で、秘書はつかの間、ぐずぐずその場にたたずんでいた。しかし彼女がむっつり黙ったままだったので、部屋を出て行った。一人になったベラ嬢は、さきほどの短いやり取りには極めて興味深い事実が二点ある、と感じた。一つは、こうして一人になってみれば、なんともいえない良心の呵責《かしやく》と自責の念に駆られる、ということ。そしてもう一つは、すでに心に決めていた、と言ってはみたものの、自宅に帰ることなど、これまで考えもしなかったということ。

「いったいあたし、どういうつもりなのかしら、それにあの人だって、どういうつもりなのかしら？」こんな疑問が、彼女の心を駆け巡った。「あたしをどうこうする権利なんて、あの人には全然ないんだし、第一あんな人、好きでもなんでもないっていうのに、どうしてあたし、いちいち言われたことを気にしたりするのかしら？」

ボフィン夫人が、明日のお出かけには四輪馬車を使わなくっちゃと言ってきかなかったので、ベラの帰宅は壮麗なものになった。ウィルファー夫人とラヴィニア嬢は、こうした絢爛《けんらん》なる乗り物でベラが帰宅する可能性がありやなしやとずいぶん考えていたが、窓辺からひそかに外を覗くうち、件の四輪馬車が見えてきたので、これはご近所の方々にヤキモチを焼かせ吠え面をかかせるのに絶好の機会とばかり、玄関の前にできるだけ長いこと馬車を待たせておこう、ということで意見の一致をみた。それから二人は適度な無関心を装ってベラ嬢を出迎えるべく、家族用の居間に戻った。

居間はものすごくちっぽけなうえ、おそろしく貧乏くさく、そこに続く下り階段もひどく狭苦しくてゆがんでいた。ちっぽけな家も、そこらじゅうに置かれた調度品も、壮麗で格調高いボフィン屋敷のそれとは哀れなほど似ても似つかなかった。「ほんとに、どうやったって信じられないわ」ベラは思った。「このあたしが、こんなところで、おめおめと暮らしてたなんて！」

ウィルファー夫人の陰鬱で重苦しいたたずまいに、ラヴィ生来の才気煥発《さいきかんぱつ》なところが加われば、状況は悪くなるしかなかった。ベラはなにかにすがりつきたいくらいの気持ちだったが、すがれるものなどどこにもなかった。

「これはこれは」ウィルファー夫人は、ベラのキスを受けるために頰を差し出したが、スプーンの背だって、もう少しは思いやりと愛情があろうかと思われるほど冷たい頰だった。

「まったく、なんて光栄なんでしょう！　ほら、妹のラヴィは、しばらく見ないうちにずいぶん大きくなったでしょう」

「お母ちゃま」ラヴィニアが口を挟んだ。「お母ちゃまがツンケンするの、あたしは別にかまわないわよ。だって、ベラはそうされて当然なんですもの、お釣りがくるくらいよ。だからって、もう成長期も過ぎたってのに、急に背が伸びたみたいなバカげたおふざけで、あたしまで巻き込むのはやめにして頂戴」

「わたくしは、お嫁に来た後も背が伸びていたわ」ウィルファー夫人は昂然《こうぜん》と言い放った。

「それは結構ね、お母ちゃま」とラヴィ。「だったら、そんなこといちいち言わないほうがいいわ」

この応えを受けて、かの厳めしいご夫人の目は、相手を叱りつけるようにギロリと凄みを利かせた。もしもラヴィほどの跳ねっ返りでなければ震えあがっていただろう。が、当のラヴィはものともしなかった。とりあえず、お母ちゃまには好きなように好きなだけギロギロ睨みを利かせてもらえばいいわというように、素知らぬ顔で姉のほうに歩み寄った。

「あたしがキスしても、汚らわしいとか思ったりしないこと、ベラ？　良かった！　それでどうしてるの、ベラ？　姉さんのボフィンさんたちは、どんなご様子？」

「お黙り！」ウィルファー夫人が叫んだ。「口を慎みなさい！　そんな軽々しい口をたたくことは許しませんよ」

「あれまあ、なんてこと！　それじゃあ言い直すわね、姉さんのスポッフィンズさんたちはどんなご様子？」とラヴィ。「どうやらお母ちゃま、姉さんのボフィンさんたちには、ずいぶんおかんむりみたいだから」

「生意気な娘！　いったいどれだけじゃじゃ馬なのです！」ウィルファー夫人はゾッとするほど厳しい口調で言った。

「じゃじゃ馬だろうがスフィンクスだろうが関係ないわね」ラヴィニアは頭をのけぞらせて、冷たく言い放った。「どっちだって、あたしにとっちゃまったくおんなじだわ。どっちだって、自由自在変幻自在、演じてみせますことよ。けど、ひとつだけ言っとくわ。あたし、お嫁に行ったら、もう背なんか伸びませんから！」

「あらそう？　お前の背はもう伸びない、ということね？」ウィルファー夫人は重々しく言い返した。

「絶対よ、お母ちゃま、そのまんまよ。どうしたって伸ばせないわ」

ウィルファー夫人は昂然として、同時に哀切を湛《たた》えて、手袋を振った。

「はじめから、こうなることとくらいわかっていたのですもの」彼女は言った。「娘の一人は鼻持ちならない成金のためにわたくしを見捨て、もう一人はわたくしをないがしろにする。なんともぴったりな姉妹だこと」

「お母ちゃま」ベラが割って入った。「ボフィンさんご夫妻は、たしかにお金持ちよ、でも鼻持ちならないだなんて、お母ちゃまにそんなこと言う資格はないわ。あの人たちがそんなじゃないってことくらい、お母ちゃまだってわかってるはずよ」

「つまりはね、お母ちゃま」宣戦布告もなしに、ラヴィは敵に襲い掛かった。「わかってなきゃダメなのよ。もしわかってないというなら、それだけ恥をかくってこと。ボフィンさんご夫妻は完璧を絵に描いたような方々なのよ」

「その通りですね」自分を見捨てたはずの娘に対して、ウィルファー夫人は優しい思いやりを示しながら言った。「わたくしたちは、そう考えてしかるべき、ということのようですね。だからこそ、ラヴィニア、わたくしはこの件について、軽々しい口をきいてはなりませんと言っているのです。ボフィン夫人（あの方のお顔立ちを、とやかく言い始めたら、わたくしの心の安寧は常にかき乱されてしまうのです）とあなたのお母様は、親しいお付き合いをする間柄ではないのです。あのご夫婦が我が家のことを、図々しくも『ウィルファーさんのところ』などと呼ぶことがあろうとは、ゆめゆめ考えてはなりません。ですからわたくしも同じように、あの方々を『ボフィンさんのところ』などと呼ぼうとは思いません。いけません、そんなふうに、親しげに、軽々しく、まるで我が家とあちらさまとが同列であるかのように呼ばわってはね、まるで両家の間に親しいお付き合いがあるような誤解を生むではありませんか。実際、そんなお付き合いは影も形もないというのに。わたくしの言うこと、わかりますか？」

かくも高圧的で演説調の問いかけを受けても、ラヴィニア嬢は一顧だにせず、姉に向かって言い募った。

「ねえ、早い話、ベラ姉さんの名無しの権兵衛さんは、いったいどんな様子なのか教えて頂戴よ」

「ここでは、あの方たちのお話はしたくないの」こみ上げる怒りを抑え、片足で床をトントン踏み鳴らしながらベラは言った。「こんなはしたない話のなかで、あの方たちのお名前を出すなんていやよ。本当にご親切で、優しい方たちだもの」

「どうして、そんな言い方になるのでしょうね？」ウィルファー夫人の口調は嫌味たっぷりだった。「どうして、そんなに持って回った言い方になるのでしょうね？　もちろん、そのほうが丁寧だし、かたじけない配慮だとは思いますよ。だけど、いったいどうしてなんでしょうね？　はっきり言ってしまえばどうなのです？　あの方たちは、ご親切で、お優しくて、わたくしたちには勿体ない、と。わたくしたちだって嫌味くらいは理解できますよ。言いつくろったりしないで、はっきり言ってしまえばどうなのです？」

「お母ちゃま」ベラは足を床にトンとついて言った。「お母ちゃまと話してたら聖人君子でもおかしくなってしまうわ。ラヴィだってそう」

「可哀想なラヴィ！」不憫《ふびん》でならぬといった様子で、ウィルファー夫人は叫んだ。「いつだって損な役回りをするのはこの子なのです。可哀想に！」しかしラヴィは相変わらずの変わり身の早さでパッと寝返り、今度はもう一方の敵に襲い掛かった。その敵に向かって、とげとげしい口調で曰く、「あたしに偉そうな保護者ヅラするの、やめて頂戴な、お母ちゃま。自分で自分の面倒くらい見られますから」

「わたくしはただ」手に負えない妹娘より姉娘を相手にしたほうが総じて有利に戦いを展開できそうだと睨んだものか、ウィルファー夫人はベラをじっと見つめて砲門を開いた。「わざわざお前がボフィンさんたちと別れて、この家に帰ってくるだけの時間と労力を割いてくれたということに、ただただ驚嘆しているのですよ。ボフィンさんたちに比べれば、わたくしたちとお前とのつながりなど、物の数にも入らぬというのに、それでもこうして帰ってきてくれたことに、ただただ驚嘆しているのですよ。ボフィンさんたちと競り合って、我が家に軍配が上がったということに、心からお礼を申し上げなくてはなりませんねぇ」(この見上げたご夫人は、ボフィンのボの字を、ことさら忌々しそうに発音した。せめて、ドフィンさんか、モフィンさんか、ポフィンさんくらいなら、もっと心静かに耐え忍ぶこともできただろうと言わんばかりに)。

「お母ちゃま」怒りに震えてベラは言った。「もう我慢できないから、言わせてもらうわ、こんなうちに帰ってくるんじゃなかった。もう、あたしの可哀想なお父ちゃまがいるときじゃなきゃ、二度と帰ってきません。だって、お父ちゃまは立派な人だから、あたしの親切なお友達に嫉妬したり恨みつらみを言ったりしないし、お父ちゃまは繊細で紳士的だから、きっと覚えててくれるはずよ。あたしとボフィンさんたちとのご縁が、どこから始まったかってことも、あたし自身は、なにひとつ悪いことをしてないっていうのに、ずいぶん辛くて苦しい立場に立たされてたってことも。あたしは昔から、いつだって可哀想なお父ちゃまのことが、あなたたちみんな足したより、ずっと大好きだったし、今も、これからだって、ずうっとそうよ!」

もはや可愛いボンネットや優雅なドレスでは心慰められることもなく、ベラはわっと泣き出した。「わたくしのR・W」ウィルファー夫人は、顔をぱっと上げ、虚空に呼びかけるように叫んだ。「もしあなたが今ここにおられたら、妻であり母であるこのわたくしが、あなたの名において悪しざまに罵られるのを聞いて、心引き裂かれる思いがしたことでしょう。でもねR・W、これも運命の女神の采配なのですわ、あなたはそんな目にあうのを免れたのですもの、代わりに妻であるわたくしが、これほどの仕打ちに堪えているとはいえ!」

こう言ってウィルファー夫人もわっと泣き出した。

「ボフィンなんて大嫌いよ!」ラヴィニア嬢が叫んだ。「ボフィンさんのところって呼んじゃダメだなんて、そんなの気にしやしないわ。あたしはあいつらを、ボフィンって呼んでやる! ボフィン、ボフィン、ボフィン! あいつらボフィンのせいで、不幸がやってくるのよ、あいつらボフィンのせいで、ベラとあたしは仲たがいしちゃったんじゃない。あたし、あいつらに、面と向かって言ってやる! あんたたちはおぞましいボフィン、むさくるしいボフィン、くさいボフィン、野蛮なボフィン、ってね。ほらどうよ!」(これはすべてまったくの事実無根だったが、なにぶん若いご令嬢はすっかり興奮状態にあった)そしてこう言うと、ラヴィニアもわっと泣き出した。

前庭の門がガチャリと開く音がしたかと思うと、すぐに秘書が急ぎ足で階段を上ってくるのが目に入った。「わたくしがドアを開けましょう」ウィルファー夫人は諦念の表情で重々しく立ち上がると、頭を軽く振って涙を拭いた。「今はドアの開閉のために雇っている下女もいないのですから。わたくしたちには隠すことなど、なにもありません。もしあの方が、わたくしたちの頬に涙の跡を見つけたとしても、お好きなように解釈なされればよろしい」

こう言うと彼女は、つかつかと大股で出て行った。ほどなく、またつかつかと大股で戻ってくると、例の伝令官みたいな調子で言った。「ロークスミスさんは、ベラ・ウィルファー嬢宛ての荷物を言付かっておられます」

ロークスミス氏は名前を呼ばれると同時に姿を現し、当然ながら、なにか揉めていたらしい状況を見て取った。しかし彼はものの道理をわきまえていたので、なにも気付かぬ様子でベラ嬢に話しかけた。

「旦那さまは今朝、これを馬車に置いておくおつもりだったのです。ささやかな贈り物として、あなたに受け取っていただきたいと――財布ですよ、お嬢さん――そうお考えだったのですが、果たせずじまいで、がっかりしておられたので、私が直接お届けに来た次第です」

ベラはそれを受け取ると、お礼を言った。

「あたしたち、少し言い争いをしてましたの、ロークスミスさん。でも昔からいつもこうでしたから、珍しいことじゃありませんわ。あたしたちが、いつも寄ると触ると仲良く言い合いばっかりしてること、もうご存じでしょう。ちょうど帰ろうと思ってたところでしたの。さよなら、お母ちゃま、さよなら、ラヴィ！」二人にそれぞれキスをすると、ベラ嬢はドアのほうに向きなおった。秘書がその後に続こうとしたところ、ウィルファー夫人がさっと歩み出て、厳めしい声色で言った。「失礼ですけれども！　外で待たせている馬車のところまで我が子を見送るという、母として当然の責務を果たさせていただけますならば、幸甚でございますわ」彼は自分の非礼を詫びて脇に寄った。するとウィルファー夫人は玄関ドアをバンと開け放ち、長い手袋をピンと伸ばしてぐっと嵌め、大きな声で「これ、そこなるボフィン夫人の下僕や！」とのたまった。その姿は壮麗な見物としか言いようがなかった。当の従僕が姿を現すや、夫人は簡潔にして堂々たる命を発した。「ウィルファーお嬢様のお帰りである！」それから、国家反逆罪に問われた罪人を引き渡すロンドン塔の女役人のようにして、娘を引き渡したのだった。かくも絢爛に執り行われた祭事によって、近隣一帯の人々はその後、優に十五分もの間、完全にグウの音も出ぬ有様だった。なんと言っても、令夫人自身が階段の最上段でこの祭礼に酔いしれながら、恍惚たるトランス状態であったため、ご近所連の妬みも、いや増しに増すのだった。

ベラは馬車に乗ると、手の中の小さな包みを開いた。中には可愛らしい財布が入っており、五十ポンドのお札が入っていた。「これで可哀想なお父ちゃまをびっくりさせてあげなくっちゃ」ベラは言った。「あたしが、シティまで持っていってあげようっと！」

チックジー・ヴェニヤリング・アンド・ストブルズ商会がどこにあるか、正確にはわからなかったが、ミンシング小路の近くだというのは知っていたので、その薄汚い界隈へ馬車をやるように命じた。そこから「ボフィン夫人の下僕」を、チックジー・ヴェニヤリング・アンド・ストブルズ商会の事務所まで使いに出し、あるご婦人がR・ウィルファー殿にお目にかかりたくお待ちしておりますので、ご足労いただけませんかと言付けた。このミステリアスな言付けが下僕の口から発せられるや、事務所内は大混乱に陥り、すぐさま若い偵察兵に指令が下り、ラムちゃんの後をつけ、ご婦人の顔を拝んだのち、仔細を報告せよとの命が飛んだ。この偵察兵が息せききって駆け戻り「すっげえ馬車に乗った、目の覚めるようなベッピンさん」だった、という知らせをもたらすと、事務所の混乱はもはや収拾がつかぬものとなった。

ラムちゃんはラムちゃんで、耳裏にペンを挟んだまま、古ぼけた帽子をかぶり、息せききって馬車の扉まで駆けつけたが、そのまま襟首を掴まれて引きずり込まれ、相手が娘だと知る間もあらばこそ、窒息しそうなくらい、ギュッと抱きしめられた。「おお、お前か！」ぜえぜえ息をしながら、やっとのことで彼は言った。「なんてこったい！　お前、本当に[*1]〈麗しの君〉みたいになっちまって！　お母さんと妹たちのことなんか忘れちまったのかと思ってたよ」

「ちょうど、さっき会いに行ってきたところなの、お父ちゃま」

「そうか！　それで——それでお母さんは、どんな様子だったね？」R・Wは心配そうに聞いた。

「ひどく嫌味だったわよ、お父ちゃま、それにラヴィもおんなじ」

「あれは二人とも、たまにそんなふうになっちまうんだなあ」忍耐の権化である智天使は言った。「けどお前、ちゃんと大目に見てやったんだろうねえ、ベラ？」

「いいえ。あたしも嫌味ばっかり。お父ちゃま。あたしたち、みんなして嫌味を言い合ってたのよ。とにかくあたし、お父ちゃまと一緒にご飯を食べに行きたいの、ね、お父ちゃま」

「でも、お前。もう——ええと、こんな立派な馬車の中で言っていいもんかどうか——とにかく、ええと、サビロイ・ソーセージ［香辛料の入ったスパイシーなドライ・ソーセージで、後に出てくる「スモール・ジャーマン」も同種のソーセージを指す］をひとつ、食べちゃったもんだから」R・ウィルファーは、カナリア色の馬車の内張りを見つめながら、サビロイ、というところだけ声を低くして言った。

「あら、そんなの食べてないも同然じゃない、お父ちゃま！」

「そうだなあ。あれだけで、十分満足、お腹いっぱいって人も、なかなかおらんだろうなあ」口の周りを手でこすりながら、彼は言った。「でもなあ、自分じゃどうすることもできん状況ってものが、この私とスモール・ジャーマン・ソーセージのあいだに立ちはだかるっていうなら、男らしく」ここでまた彼は、立派な馬車に遠慮するようにして声を落とし、「サビロイ・ソーセージで、飢えをしのがにゃならんのさ！」

「なんて可哀想で優しいお父ちゃま。ねえお父ちゃま、あたしのお願いを聞いて頂戴な、どうか今日はもう、お仕事のお休みをもらって、あたしと一緒に過ごして頂戴！」

「そうだねえ、それじゃちょっと行って、帰らせてもらえるか聞いてみよう」

「でもほら、ちょっと行く前に」こう言うより前に、すでにベラは、両手で父親の頰を挟み込み、帽子をつまみあげ、昔と同じように、髪の毛をつんつん立たせてやっていた。「あたしに言ってほしいことがあるの。あたし、軽薄で意地悪な娘だけど、お父ちゃまのことを馬鹿にしたことなんか、いっぺんもないんだって。ねえ、そうよねえ？」

「お前、そんなの当たり前じゃないか。もちろんさ。それじゃ、私も言わしてもらっていいかい？」窓越しに外をちらりと見ながら彼はそれとなく言った。「フェンチャーチ通りみたいなとこで、こんなすごい馬車に乗って、こんな〈麗しの君〉に髪の手入れをしてもらうなんて、そりゃもう目立つこと、このうえないんじゃないかねえ？」

ベラは笑って、父親の帽子をもとに戻した。けれど、少年のような父の後ろ姿がちょんちょん飛ぶように走り去っていくのを見つめるうち、あまりのみすぼらしさと、健気にすべてを耐え忍ぶ様子に心を打たれ、思わず両目いっぱいに涙を溜めた。「あの秘書のヤツ、あたしのこと優しいだなんて言って、大嫌い」そっと彼女は独りごちた。「でももしかしたら、半分くらいはその通りなのかしら」

先ほどよりさらに幼くなって、まるで学校帰りの子供みたいな顔の父親が戻ってきた。

「万事、首尾よくいったよ、お前。すぐに休みがもらえた。どうぞどうぞってさ！」

「それじゃお父ちゃま、どこか静かな場所を見つけなくっちゃ。まずは馬車を帰してしまおうと思うんだけど、お父ちゃまにはひとつ、頼みたいご用事があるから、そのあいだ、あたしが一人で待ってられるような静かなところがいいわ」

これはじっくり考えなくてはならなかった。「なんといってもねえ、お前」父親は言った。「お前はもうすっかり〈麗しの君〉になっちゃったわけだし、そりゃもうとびきり静かな場所じゃなくちゃねえ」やがて彼は「タワー・ヒル沿いの、トリニティ・ハウス近くの庭園なんかはどうだろう」と言った。そこまで行ったところでベラは、父と一緒にいます、と鉛筆で走り書きしたメモをボフィン夫人宛てに言付けて馬車を帰した。

「さあ、お父ちゃま、これからあたしの言うことをよーく聞いてね、それから、絶対に言われた通りにするって誓って頂戴」

「誓うとも、お前」

「質問は一切受け付けないわよ。このお財布を受け取って頂戴。なんでも一等上等なものが揃ってる、ここから一番近いお店に行って頂戴。それからお金に糸目を付けずに、一番かっこいいスーツと、一番おしゃれな帽子と、一番ピカピカのブーツ（パテント・レザーのがいいわ、お父ちゃま、いいわね！）を買って、上から下まで着て帰ってきて頂戴」

「でも、だけど、ベラ」

「いいこと、お父ちゃま！」人差し指を父親に向かってぴんと立てると、ベラは楽しそうに言った。「誓うってお約束してくれたじゃない。偽証罪よ」

滑稽で小さな男の目には涙が溢れていたので、ベラはその目に口づけして涙を拭ってやった（けれど彼女の目にも光るものがあった）。そして彼は、またちょんちょんと飛ぶように走っていった。半時間もすると、すっかり見違えるようになって帰ってきたので、ベラはうっとりして父親の周りをぐるぐると二十回近くも回り、やっとのことでじっと止まって腕をからませると、嬉しそうにギュッと力を込めた。

「さあ、お父ちゃま」ベラは父にぴったり身を寄せて言った。「〈麗しの君〉をディナーに連れてってくださいな」

「どこに行こうかね、お前？」

「グリニッジ[*2]へ！」ベラは勇ましく叫んだ。「いいわね、〈麗しの君〉には一番上等なお食事をご馳走してくれなくっちゃ」

ボートを拾おうと川沿いを歩くうち、ふとR・Wがためらいがちに言った。「お前、今、ここにお母さんがいたらなあって思わんかね？」

「いいえ、全然。だって今日は、お父ちゃまを独り占めする日なんだもの。家にいた頃だって、あたし、いつだってお父ちゃまのちっちゃなお気に入りだったでしょ、お父ちゃまだって、あたしのお気に入りだったわ。昔も、ほら、二人してよく逃げ出したじゃない、ねえ、覚えてる？」

「ああ、もちろんだとも、お前！　日曜になると、お母さんはしょっちゅう、なんちゅうか、エヘン、その、例の気分、になりがちだったから」彼は少し咳をして時間を稼いでから、先ほどと同じ、含みのある言い方をした。「そうね。あたし、本当はもっといい子にしなきゃいけなかったのに、めったに、ううん全然、いい子にしてなかったわね、お父ちゃま。本当は、一人で歩かなきゃなんないのに、いつだってお父ちゃまに抱っこしてもらってね。それに、お父ちゃまをお馬さんにして、背中に乗ったりしてねえ、本当なら、椅子に腰かけて新聞でも読んでいたかったでしょうに、そうじゃなくって？」

「ときどきはね、そんなときもあったよ。それにしてもお前、本当にお前ときたら、なんて可愛かったことか。なんともいいお相手だったさ！」

「お相手ですって？　まさに今日、あたし、お父ちゃまのお相手になってあげようと思うのよ」

「お前、そりゃもう、うまくいくこと間違いなしだね。お前の兄さんも姉さんもみんな、まあまあ、私のお相手をしてくれたもんさ。そう、まあまあ良い感じってとこだな。お母さんだって、ずっと長いあいだ私のお相手になってくれてるし、そりゃもう、この世のどんな男でも、その——感心しちまうくらいご立派で——ええと、いつだって——お母さんの言うありとあらゆる格言やら諺《ことわざ》を、ちゃんと心に留めなきゃいかんって——できることなら、お母さんみたいに、立派な人間になれたらいいんだがって——えっと、そうやって思うのが、その——当然だってくらいの——」

「そのお相手を好きだったら、それも当然、という話ね？」とベラ。

「う、うん、まあ、そうだな」この言い方では、いまひとつだと思ったのか、また少し考えて彼は言った。「それかまあ、こう言えば良かろうかね。そのお相手の期待に沿える男なら当然だ、ってね。例えば、そうだな。いつだって、オイッチニオイッチニって行進していたい男がいたとしたら、そいつはきっと、お前のお母さんのこと、これ以上ないくらい素晴らしいお相手だって思うだろうよ。けどそいつがもし、ゆっくり散歩するほうが好きだったり、ときには思うままにステップを踏みたかったりするんなら、やっぱりときどき、お母さんと調子をあわせるのがしんどいなあって思うかもしれん。そう、こんなふうに言ったらもっとわかりやすいかな、ベラ」またちょっと考えてから、彼は言葉をつないだ。「例えばその男が、誰かと一緒にオイッチニとかじゃなくって、なにかの曲に合わせて世の中を渡っていかなくちゃいけないとするよ。そして男に与えられた曲が、サウル[*3]の〈葬送行進曲〉だったとしよう。いやあ。時と場合によっちゃ、これほどしっくりくる曲もないだろうよ。たしかに。けどね、毎日の生活を普通に暮らしてくには、ときどきリズムが狂っちゃうことだってある。仕事でくたくたに疲れて帰ってきて、ご飯を食べてるときなんか、サウルの〈葬送行進曲〉がかかったら、やっぱりちょっと、胃もたれしそうじゃないか。そいつが、ちょっと滑稽な歌を歌ったり、ホーンパイプを踊りながら気晴らしでもしようって気を起こしたりしたときに、どうしてもサウルの〈葬送行進曲〉でやれって言われたら、そんなご機嫌な気まぐれも、やっぱり調子が狂っちゃうかもしれないわけだしねえ」

「可哀想なお父ちゃま！」ベラは父の腕に身を預けながら思った。

「それにしたって、お前ときたら」智天使は一言たりとも愚痴《ぐち》ることなく、優しく言い添えた。「本当に、どこに行っても立派にやれる子だよ。どんなところでも立派にやっていける」

「でもあたし、いつだって、ひどくワガママなところばっかり見せてきた気がするの、お父ちゃま。あたし、いつだって不満たらたらだったし、いつだって気まぐればっかり言って。こんなこと、めったに、ううん、一度だって考えたことなかったわ。でもさっき、馬車の中から、こっちにやってくるお父ちゃまを見てるうち、なんだか自分がとっても悪い子みたいに思えてきたの」

「そんなことあるわけないじゃないか、お前。ほら、そんなふうに言うのはおやめ」

新しい服に身を包んだその日のお父ちゃまは、幸福で饒舌《じようぜつ》だった。平たく言えば、彼の人生で、その日こそおそらく最良の一日だった。サウルの〈葬送行進曲〉にあわせ、悲壮なほど厳めしい人生の伴侶とともに婚礼の祭壇へと歩み寄ったあの日を含めて勘定しても、やっぱりこの日が人生最良だった。

テムズ川を下っていく遠足は、なんとも素晴らしかった。夕食のために通された小さな部屋からは、流れゆく川が見え、それもまた素晴らしかった。なにもかもが素晴らしかった。公園も素晴らしく、パンチも素晴らしく、お魚も素晴らしく、ワインも素晴らしかった。そしてベラは、このお祭り騒ぎのどんな一幕よりも、飛びぬけて素晴らしかった。これ以上ないくらいご機嫌で、お父ちゃまとおしゃべりに興じた。なにがなんでも〈麗しの君〉と呼んでくれ、と言ってきかなかった。お父ちゃまをそそのかして、あれもこれもと注文させた。だって〈麗しの君〉は、あれもこれもご馳走してもらわなくっちゃと言い張るのだった。そして結局、お父ちゃまをすっかり有頂天にさせてしまった。自分はこんなにも魅力的な娘の父親なのだという誇らしい想いでいっぱいにして。

そして〈麗しの君〉は、引き潮と共に海へ帰っていく舟やスチーム・ボートを見つめながら、川原に腰を下ろし、自分とお父ちゃまがありとあらゆる船旅をするところを思い描いた。ねえお父ちゃま、お父ちゃまはあの、横ざまに帆に風を受けて重そうに進んで行く石炭輸送船の船長さんなの、一財産築くため、ニューカッスルまで黒ダイヤを掘り出しに行こうってので、ジグザグに進んでいくところ。ねえ、お父ちゃま、お父ちゃまは、ほら、あの素敵な三本マストのお船で中国へ行って、イギリスにアヘンを持って帰ってくるのよ。それさえあれば、チックジー・ヴェニヤリング・アンド・ストブルズ商会なんか、もうすっぱりおさらばよ、それにね、素敵な愛娘の身を飾るため、シルクやショールをたくさん、気が遠くなるくらいたくさん、持って帰ってくるの。それからね。ジョン・ハーモンが忌まわしい死を遂げたっていうのはぜんぶ夢で、無事、イギリスに帰ってくるの、そしてこの〈麗しの君〉を一目見て、ああ、この人こそ、あたしが添い遂げるべきお相手だって思うの。〈麗しの君〉のほうも彼を見て、ああ、この方こそ、ずっと探し続けていた人だって思うの。それで二人は、小粋な小舟でブドウ園を見にいくの、舟の上にはいっぱい旗がはためいて、甲板ではバンドが音楽を演奏して、主船室にどっかり腰を下ろすは、そう、誰あろう、お父ちゃまよ。ほら、今度はね、ジョン・ハーモンはまたお墓の中に消えちゃって、代わりに巨万の富の商人が（名前はわからないわ）〈麗しの君〉に惚れ込んで、二人は結婚するの。それはもう桁違いのお金持ちだから、川の上を見渡す限り帆を張ってるのも蒸気を上げてるのも、お船は全部彼のもの。そしてお遊び用に、素晴らしく素敵なヨットを持っててね、それも、艦隊でも作れそうなくらいにいっぱいよ、ほら、あそこに見える小っちゃくてこましゃくれたヨット、あの大きな白い帆のやつ、あれを最愛の妻の名にちなんで〈ベラ号〉って名付けるの、まるそして奥方さまは、ご機嫌うるわしければ、しずしずとそのヨットにご乗船なさるの、で現代のクレオパトラね。ほらほら、あそこの軍艦がグレーブズ・エンドに入港するとね、そこに勇気もお金もたっぷりお持ちの（やっぱり名前はわからないけど）将軍さまが乗り込んでらっしゃるわ、勝ち戦に赴くに妻を同伴せぬなどもってのほかとおっしゃってね、その奥方さまこそ、〈麗しの君〉ってわけよ。〈麗しの君〉はね、立派な将軍さまから一兵卒まで、赤の服も青の服も［赤い軍服は一般に英国兵、青い服は水夫を指す］関わりなく、みんなの憧れの的になる運命ってわけ。さてさて、お次はどうかしら。あそこのタグボートに引かれている船が見えて？　そうよ！　あのお船はどこに行くと思う？　あのお船はね、サンゴ礁やらココナッツの木の間を抜けていくの、それもね、お父ちゃまという幸せなお方、ただ一人の貸切よ（もちろんお父ちゃまは、船上でみなから慕い敬われるお方）、そしてね、素敵な匂いのする香木をどっさり積んで帰ろうって寸法なの、それもね、見たこともないくらい綺麗で、聞いたこともないくらい高く売れるやつよ。なにもかも全部、お父ちゃまお一人のものになるの。船荷はきっと一財産になるわ、それはもう、わかりきったこと。そして、そのお船を買い取って香木採取航海専用にあつらえたのは、もちろんかの〈麗しの君〉よ、彼女はなんと、インドの王子さまと結婚してるの。王子さまはナントカカントカってお名前でね、身体じゅうにカシミアのショールをわんさか巻いて、ターバンにはダイヤモンドとエメラルドがもう、キラキラ眩《まぶ》しいくらいたっくさん縫い込んであるの。肌の色はコーヒーみたいに黒くって、ちょっとだけヤキモチ焼きさんなのが玉にキズだけど、それもやっぱり彼女にすっかり首ったけだからよ。こんな調子で、ベラはひたすら陽気にしゃべり続け、それにお父ちゃまもうっとりと聞き惚れた。これほどの恍惚状態なら、インドのスルタンの水桶に頭を突っ込まれても気にしなかったろう。ちょうど窓の下を通る物乞い[*5]の少年たちが、小銭を拾うためならば、泥の中に頭を突っ込むことさえ厭《いと》わぬと同じで。

「あのねえ、お前」お父ちゃまは食事を終えると言った。「うちのほうでは、もうお前は帰って来んものとあきらめてしまっていいんだろうか？」

ベラは首を振った。彼女にもわからなかった。なんとも言いようがないのだった。唯一言えるのは、欲しいものはなんでもお金に糸目を付けずいっぱい買ってもらえるということ、そしてボフィン夫妻と別れるような話をちょっとでもすると、二人とも絶対にダメだと言ってきかないということだけだった。

「それでね、お父ちゃま」ベラは続けた。「告白しなくちゃいけないことがあるの。あたし、この世で一番惨めな、お金目当てのさもしい娘なのよ」

「そんなふうに思ったことは、いっぺんもなかったがねえ、お前」父親はちょっと視線を落としてから、デザートのほうに目を泳がせて言った。

「お父ちゃまの言いたいことはわかるわ、でも違うの。あたし、お金が欲しいからお金持ちになりたいってわけじゃないの、お金で買えるものがなんだって欲しくてたまらないのよ！」

「だけど実際のとこ、誰だってそうじゃないのかね」とR・W。

「だけど、あたしみたいにお金に執着したりしないわよ、お父ちゃま、ああ！」ベラはえくぼを浮かべた頬をきゅっと縮ませ、絞り出すような声をあげた。「あたし、正真正銘、お金の亡者なの！」

悲しそうな目をしたまま、他になんと言ってよいのかわからないといった顔で、R・Wは言った。「そんなふうに思うようになったのは、いつごろからなんだい、お前？」

「まさにそこなのよ、お父ちゃま。そこが一番辛いところなの。家にいた頃はね、貧乏しか知らなかったの、だから、ブツクサ不満ばっかり言ってたけど、結局のとこ、たいして気にしてなかったのよね。あの家でくすぶってて、お金持ちになれたらいいなって思ってた頃はね、お金さえあれば、あんなすごいこともこんな素敵なこともしようって、ぼんやり思ってたわ。でもね、今は違うの、すごい財産相続の話がふいになっちゃって、そのお金が他の人たちの手にあるのを来る日も来る日も目にしてね、あのお金があれば、いったいなにができるのか見せつけられちゃうとね、もうどうしようもなく、お金以外のことはなにも考えられないような、惨めな人間に成り下がっちゃったの」

「考えすぎだよ、お前」

「そんなこと絶対にないわ、絶対よ、お父ちゃま！」なんとも可愛らしい眉毛をきりりと吊り上げ、滑稽なほど怯えた顔つきで、娘は父に頷いてみせた。「どうしようもない事実なの。いつだってあたし、欲深でお金のことばっかり考えて、陰謀を張り巡らしてるの」

「おいおい！　いったいどうやって？」

「教えてあげる。お父ちゃまにだったら、言ってもいいもの。いつだってあたしたち、お互いにお気に入り同士だったわよね。お父ちゃまは普通のおうちのお父さんとは違うわ、なんて言うか、弟みたいなんですもの、優しくって立派で、それなのにコロコロと丸っこくて。それにね」からかうように父の顔を指差して、笑いながらベラは言った。「お父ちゃまはあたしに頭が上がらないんですもの。今日のお出かけは秘密でしょ。あたしの言ったこと誰かにばらしたら、あたしだってばらしちゃうから。グリニッジでご馳走を食べたって、お母ちゃまに言いつけるわよ」

「ああ、冗談抜きで、お前」おろおろと動揺してR・Wは言った。「今日のことは、ばらしたりせんほうがいいと思うがねえ」

「アハハ！」ベラは笑った。「お母ちゃまには知られたくないんだろうと思った！　それじゃ、あたしの秘密も守ってくれるわよね？　それなら、あたしもお父ちゃまの秘密、守ってあげる。でもね、〈麗しの君〉を裏切るようなことがあったら、お父ちゃま、〈麗しの君〉が大蛇になっちゃうわよ。さあ、キスしてもよくってよ。そしたら、あたしはお父ちゃまの髪をちょっとお手入れしてあげる。しばらくあたしがやってあげないあいだに、すっかりボサボサにしちゃったのね」

R・Wは、おとなしく美容師に頭を差し出し、美容師はペラペラとおしゃべりを続けながら、両手の人差し指をクルクルと回して髪の毛の束を器用に巻き付けていった。そして巻き付けるそばから、反対側にグッと引っ張ってパッと離す、という奇妙な調髪作業を繰り返した。そのたびにお客のほうはしかめ面をしたり、目をキュッとつむったりした。

「あたし、心に誓ったのよ、絶対お金持ちになろうってね、お父ちゃま。でもね、人さまのお慈悲にすがるのも、人さまのお金を借りるのも盗むのもいや。だからあたし決めたわ、お金と結婚しようって」

R・Wは、調髪作業中の身で許される限りにおいて、頭をちょいと上げて娘を見つめると、諫めるような口調で言った。「お前って子は、まったく、ベラ！」

「もう決めたの、言ったでしょ、お父ちゃま、お金を手に入れるためには、お金と結婚するしかないんだもの。そんなこんなで、あたしの魅力で虜《とりこ》にできる〈ミスター・お金〉を、年がら年じゅう募集してるの」

「お前って子は、まったく、ベラ！」

「そう、お父ちゃま、これがどうしようもない真実なの。もしこの世の中に、ひたすら悪くみや陰謀を巡らして意地汚いことばっかり考えてるガリガリ亡者がいるとしたら、そんな素敵でご機嫌なお方っていうのが、このあたし。かまやしないわ。あたし、心底貧乏が嫌いなの、だから〈ミスター・お金〉と結婚しちゃえば、貧乏しなくてすむじゃないの。さ、もうすっかり、素敵にふわふわクルクルの髪になったわよ、お父ちゃま、これならウェイターもびっくり仰天でお勘定が済んじゃうわ」

「でも、ベラ、お前、お前みたいな若い娘が、そんなことを言うなんて本当に感心しないよ」

「あら、だからさっきもそう言ったじゃない、お父ちゃまのほうがそんなことないって言ったのよ」明るくあどけない真顔でベラは言った。「ショッキングでしょ？」

「そりゃもう、お前、自分でなにを言っているのか、ちゃあんとわかってて、本気でそうしようなんて考えてるとしたら、さぞかしショッキングだろうよ」

「ねえお父ちゃま、言っておくけど、あたしは正真正銘、大真面目、本気も本気よ。それじゃ、〈愛〉のある結婚のお話でもして頂戴な！」ベラは小馬鹿にしたように言った。しかしその可愛らしい顔立ちや身体つきは、むしろ〈愛〉にぴったりに思えた。「ほら、火を噴くドラゴンの話でもして頂戴！　でもね、貧乏とお金の話もしてね、これぞ、この世の真実なんですもの」

「お前、まったく、こりゃなんともひどすぎやしないか——」父は思わず頭に血が上って大声をあげた。娘はそれを遮って言った。

「お父ちゃま、それじゃ教えて頂戴な。お父ちゃまは〈ミス・お金〉と結婚した？」

「わかりきったことじゃないか、もちろん違うさ」

ベラはサウルの〈葬送行進曲〉を鼻歌まじりに歌いながら、それじゃ結局のとこ、どっちだって一緒じゃない！　と言った。しかし父が厳しい顔をして視線を落とすと、娘はその首に腕を回してキスをし、もう一度にっこりさせてやるのだった。

「最後の一言は、ちょっと言い過ぎたわね、お父ちゃま。軽い冗談のつもりだったの。でも、いいこと！　あたしの秘密は守ってくれなくっちゃ駄目よ、そしたらあたしだって、お父ちゃまの秘密を守ってあげますからね。それだけじゃないわ、あたし、この先お父ちゃまには、絶対隠し事をしないって約束します。だからこれだけは安心していてね。お金目当てのいろんな計画が今後どんなふうに展開していくにしても、お父ちゃまには逐一、重要機密事項としてご報告するわ」

〈麗しの君〉の譲歩を受けて納得するよりほかにないR・Wは、呼び鈴を鳴らして勘定を済ませた。「さあ、残ったお金は」二人きりになると、ベラはお財布をくるくると丸め、可愛らしい拳でテーブルにコンコンと打ちつけてさらに小さくすると、父親の新品のチョッキのポケットに押し込んだ。「全部取っておいてね、おうちのみんなにプレゼントを買うなり、他の勘定を済ませるなり、お父ちゃまの思うようにみんなで山分けするなり、とにかくいいように使って頂戴な。最後にもうひとつだけ、お父ちゃま、このお金はね、欲の皮の突っ張った悪だくみで手に入れたんじゃありませんからね。もしそうだったら、お父ちゃまの秘蔵っ子のガリガリ亡者さんだって、こんなに気前よくパーッと使ったりできないわ！」

こう言うと彼女は、父親の上着の襟元を両手でグッと引っ張り、大金の入ったチョッキのポケットの上から上着を着せかけて、どんどんボタンをかけていったので、父親の身体は上着ごと後ろにそっくり返りそうになった。それから、勝手知ったる手つきで可愛いえくぼをボンネットのリボンにたくしこんで結び、彼をロンドンまで連れ帰った。ボフィン邸の前まで来ると、今度は父親の背を屋敷の扉にぴったりくっつけて立たせ、ちょうど手ごろで便利な取っ手代わりと言わんばかりに彼の両耳を優しく摑み、そのまま思いきりキスをした。勢いあまって、父の後頭部が二回ほど、ゴンゴンと鈍いノックの音を立てた。そうして彼女は、もう一度だけ、さきほどの約束事の念を押し、はしゃいだ様子でさよならを告げた。だがしかし、暗い通りを帰っていく父を見送る彼女の目には、もはやはしゃいだ色はなく、代わりにいっぱいの涙が浮かんでいた。「ああ、なんて可哀想なお父ちゃま！　ああ、なんて可哀想で、みじめったらしくて、苦労ばっかりしてるんだろう、お父ちゃまは！」そう繰り返す彼女の声に、はしゃいだところなど、みじんもなかった。しばらくして気を取り直すと、ドアをノックした。しかしやはり、はしゃいだ気分になどなれそうもなく、ドアの向こうに控える壮麗な調度品が穴のあくほどジイッとこちらを見ているようで、そのうえ、まるで、お前の家にある煤けた家具と私たちとの違いをご覧、と言っているようで、彼女はますます落ち込んだ。そのまま、はしゃぐどころではなく、一人しょげ返って部屋に籠り、遅くまで眠れぬまま身も世もなく泣いた。死んだ老ジョン・ハーモンが、あたしのことなんか遺書に書かずにおいてくれたらよかったのに。死んだ若いほうのジョン・ハーモンが、生きてあたしと結婚してくれてたらよかったのに。「この二つが矛盾してるのはわかってる」ベラは独りごちた。「でも、あたしの人生と運命はいつだって矛盾だらけなんだもの、あたしにどうしろっていうの！」

第九章　あの孤児が遺書を残すの巻

翌朝早くから「陰気な沼地」［第一巻第十七章で、ロークスミスの仕事が陰気な沼地と表現されるところから」で仕事に励んでいた秘書は、スロッピーと名乗る若者が玄関ホールで待っている、との知らせを受けた。この知らせを持ってきた召使は、スロッピー、という名を発する前に一拍、思わせぶりな間を取った。どうしてもその名を言わねばならぬ恥辱を味わっているが、もしあの若造に、もう少しまともな常識とセンスがあって、まっとうな別の名を受け継いでおれば、自分もこんな辱《はずかし》めを受けずに済んだろうにとでも言うようだった。

「奥様がさぞお喜びになるだろう」表情一つ変えず、秘書は言った。「通しなさい」

案内されて入ってきたスロッピー氏は、ドアのすぐ近くで棒立ちになった。身体じゅういたるところに、驚くほど無意味で解《げ》せぬほど多量のボタンがくっついていた。

「よく来てくれたね」ロークスミス氏は笑顔で歓迎の意を示すと言った。「ずっと待っていたんだよ」

スロッピーは、もっと早く来るつもりだったが、例の「孤児」（「うちのジョニー」と呼んだ）がずっと病気だったので、良くなってから報告に来ようと思って待っていたと言った。

「それじゃもう良くなったのかい？」秘書は尋ねた。

「それが、そうじゃねえんです」とスロッピー。

スロッピー氏は首をぶんぶん横に振ってから、たぶんジョニーは〈預かりっ子〉たちから、「奴」をもらったのに違いない、と言った。どういう意味だね、と聞かれて、「奴」ってのはつまり、今ジョニーんとこに来てる「奴」のことで、とにかく肺のあたりに来てる「奴」のことだ、と答えた。もう少し詳しく話してくれないか、と言われると、六ペンス硬貨じゃあ隠れんくらいのおっきな「奴」もおるんです、と言った。「奴」がなんなのか、ちゃんと説明してくれないか、と言われると、「奴」ときたら、もうどうにもならんくらいに真っ赤っ赤なんですわ、と答えた。「けど、旦那、真っ赤っ赤なんが外側だけっちゅうなら」スロッピーはさらに続けた。「そりゃたいしたことねえです。問題は身体ん中に真っ赤っ赤が入っちまったときですわ」

ジョン・ロークスミスは、ちゃんと医者に手当をしてもらったんだろうね、と尋ねた。もちろん、とスロッピーは答え、一度「お医者の店」［十九世紀当時の「薬局」を指す。当時は薬剤師が医師をかねていたことから］に連れていったんです、と言った。それじゃ、お医者の見立てはどうだったのかね？　とロークスミス。しばらくもじもじと考えあぐねてから、急にぱっとなにか思いついたらしく、スロッピーは言った。「お医者によるとブツブツとかの病気にしちゃ、ずいぶん長ったらしい、ナントカって名前」［おそらくはスモールポックス（天然痘）と考えられる］らしいんです、と答える。ロークスミスは、麻疹じゃないのかい、と言う。「いんや」スロッピーは自信満々に「そんなんより、なんぼか長ったらしい名前のやつです、旦那！」（どうやら病名が長ければ長いほど、哀れな幼い病人の面目が立つとでも思っているらしく、こう答えるスロッピー氏は、なんとも誇らしげだった）。

「奥様がお聞きになったら、ご心配なさるだろうな」ロークスミスは言った。

「ヒグデンさんもそう言ってたんです、旦那、そいだから『うちのジョニー』が良くなるといいなあって、良くなるまで知らせんでおこうって」

言った。
「だけど、ちゃんと良くなるんだろうね？」ロークスミスは若者のほうにさっと向き直って
「だといいなあ、と、思っとります」とスロッピー。「なんもかも、『奴』らが身体ん中まで入っちまってるかどうかによるんですが」それから、「奴」についちゃ、ジョニーが〈預かりっ子〉たちからもらったもんだか、それとも〈預かりっ子〉たちのほうがジョニーからもらったもんだか、よくわからんのです、けど、とにかく〈預かりっ子〉たちも家に帰されたし、やっぱり「奴」にやられちまってるんです、と言った。それから続けて、ヒグデンさんは朝から晩まで「うちのジョニー」にかかりっきりで、ずっと膝に乗せてやってるもんだから、洗濯物を皺伸ばし機にかける仕事のほうは、結局全部、俺が引き受けてて、そんなもんだから、ここんところずっとまあ「すっげえ忙し」かったわけで、と説明した。そうして一家の仕事を支えた自分を思い出すうち、彼は恍惚状態となり、作りはパッとしないけれど実直そのものといった顔をキラキラと紅潮させた。
「昨日の晩も」とスロッピー。「ずいぶん遅え時間に、皺伸ばし機のハンドルをキイキイ回してたんです、なんかそのうち『うちのジョニー』がゼイゼイしはじめちまって。はじめはスーッといくんですけど、そのうちガタガタッて震えて具合がおかしくなっちまって、そろそろクルッと回るかってとこで、もうガラガラキイキイ、すんげえ音がしちまって、かと思ったら、またスーッていくんですよ。それからまたガタガタッてな具合で、そのうち、どっちがジョニーのゼイゼイで、どっちが皺伸ばしのガタガタか、わからんくらいになっちまっ

たんですよ。たぶん、『うちのジョニー』だって、どっちかわかってなかったと思います、だって皺伸ばしがキイキイ言うと『ああ、ばあちゃん、僕、苦しい！』って言ってましたしね。そしたらヒグデンさんが、ジョニーをお膝に抱いてやって、それから俺のほうを向いて、『ちょっとやめておやりな、スロッピー』とか言うんです。そいで俺たち、みんなシーンとなって。それからまた『うちのジョニー』が一息ついたとこで、俺もまたハンドルを回しはじめて、そいでまた、みんなでキイキイ、ゼイゼイやってるんです」

こうして話すうち、スロッピーはなにかを一心に見つめながら、ぼんやりした薄笑いを浮かべ、身体をぐにゃりとさせた。それから押し黙ると、また身体にグッと力を込め、溢れる涙を必死でこらえようとした。部屋が暑くてたまらないんだというように、シャツの袖下を使って目元をごしごし拭った。すると顔には、おそろしくギザギザして変てこな形のシミがいっぱいついてしまった。

「これは大変だ」ロークスミスは言った。「すぐ奥様に知らせてこよう。君はここで待っていたまえよ、スロッピー君」

スロッピーは言われるがまま、壁紙の模様を穴のあくほど見つめながら、秘書とボフィン夫人が連れだって現れるまでじっと待っていた。そのボフィン夫人と一緒に（お名前をミス・ベラ・ウィルファーとおっしゃる）若いご令嬢がおいでになったのを見るや、この世のどんな壁紙模様より、こっちのほうがずっと見つめがいがあると思ったようだった。

「ああ、可哀想に、かわいい、かわいいジョン・ハーモンちゃん！」ボフィン夫人は叫んだ。

「そうなんです、奥さん」情にほだされやすいスロッピーも応えた。

「あの子、とても、とても悪いってわけじゃないのよね、ね、そうでしょ？」優しい夫人は心底、心配そうに尋ねた。

本当のことを白状せねばならぬのに、白状すれば自分の気持ちとは裏腹の答えしかできないスロッピーは、頭をぐっと後ろにのけぞらせ、甘美な雄叫《おたけ》びのような声を発してから、フン、と鼻をすすった。

「そんなに悪いの！」ボフィン夫人は叫んだ。「それなのに、ベティ・ヒグデンたら、どうしてもっと早く教えてくれなかったの！」

「きっと、どうしても心配だったんじゃないかと」スロッピーはしどろもどろに答えた。

「あらまあ、いったいなにが心配だったって言うの？」

「きっと、最後の最後んとこで、心配だったんじゃないかと思うんです、奥さん」うやうやしくスロッピーは答えた。「つまり、『うちのジョニー』の明るい未来の邪魔んなるかもしれねえって。病気ってすげえ手ぇかかるし、金もいっぱいかかるし、ヒグデンさんは、そういう子たちがいやな顔されんの、いっぱい見て来てるわけなんで」

「でもあの方なら、絶対」とボフィン夫人。「このあたしに限って、かわいいあの子のために物惜しみするなんて思ったりしないでしょ！」

「へえ、奥さん。でもきっと、ヒグデンさんは（なんちゅうか、これまでの習い性みたいなもんで）、ジョニーの明るい未来の邪魔んなるかもしれねえって、心配だったんじゃないかな。だから、なんにも知らせねえで、自分の手で治してやらなくっちゃって思ったんかも」

スロッピーには、こう言うだけの根拠があった。病気になれば、まるで野生の獣のように身を隠し、人目につかぬ所へ忍んで行って身体を丸くして死を待つ。それこそがベティ・ヒグデンの本能だった。病気の愛しい幼子を腕に抱き、まるで罪人のように人目を避け、無知な優しさと忍耐力の許す限りの世話だけをして、その他のものは一切近付けない。それこそが、この女性の母性愛であり、庇護者としての優しさであり義務だった。貴族閣下、紳士淑女、そして名誉委員会のお歴々。教会暦の週ごとに、新聞紙面をにぎわせる記事、そう、小役人たちの極悪非道な振る舞いについて書かれた、忌まわしい記録の数々を目にしても、我々なら簡単に見過ごすことができましょう。けれど、下々《しもじも》の者たちがあの記事を見過ごせるはずもない。だからこそ、こんなに理不尽で、盲目的で、頑迷な偏見が、そう、我々のような輝かしい立場から見れば驚くほかない偏見が、ずっと根深くくすぶり続けるのです——[*1]神よ、女王を守りたまえ。そして女王の敵どもが司る政治を呪いたまえ——そう、偏見の生まれ出ずるは、火のあるところに煙が立ったとでも言うべきもの!

「可哀想なあの坊やは、このままずっと家にいてはダメよ」ボフィン夫人は言った。「どうしてあげるのが一番いいか教えて頂戴な、ロークスミスさん」

彼はすでに打つべき手を考えていたので、話はあっという間にまとまった。三十分以内にすべて手筈を整えますから、ブレントフォードまでご一緒に参りましょう、と彼は言った。

「どうか、あたしも連れてってくださいな」ベラが言った。そのため、みなで乗っていけるようにと、すぐに馬車の支度が命じられ、その間スロッピーは秘書の執務室で夢のようなご馳走を――お肉にビール、お野菜にプディング――一人たっぷりと堪能した。その結果、彼の身体じゅうにへばりついたボタンは、以前にも増して珍奇で人目を引くものになった。が、ウェストベルトの辺りについた二、三個だけは、しわしわのお腹の肉にたくしこまれて、すっかりなりを潜めていた。

三十分きっかりで馬車の用意も秘書の支度も整った。彼は御者席の横に座り、スロッピー氏は折りたたみ座席に陣取った。そのまま以前と同じく〈三羽のカササギ亭〉まで急いだ。そこで秘書がボフィン夫人とベラ嬢を馬車から下ろし、全員でベティ・ヒグデン邸まで歩いていった。

道すがら、一行は一軒の玩具屋に立ち寄り、堂々たる軍馬を一つ買い求めた。以前の訪問の折、その装備や装飾の一つ一つを細かに説明してやったところ、物欲満点のあの孤児は、すっかり心を許してくれたではないか。それから〈ノアの方舟〉も一つ、加えてピイピイさえずる仕掛けの付いた黄色い鳥を一羽、立派な軍服を着た軍人さんのお人形も一体、こちらはあまりに立派な出で立ちなので、等身大に仕立てれば憲兵隊の将校でさえ、人形とは気付かぬほどの出来だった。これらの贈り物をたずさえて、ベティ・ヒグデン邸の扉の掛け金を上げると、部屋の隅の一番薄暗いところに哀れなジョニーを膝に乗せた彼女が座っていた。

「坊やの具合はいかがかしら、ベティ？」ボフィン夫人は、彼女のそばに腰を下ろしながら言った。

「良くねえです！　良くねえです！」ベティは言った。「ひょっとして、もうあたしのとこからどっかに行っちまって、奥さんのとこにも行けねえんじゃって、そう思い始めてたとこなんです。この子と血の繋がったもんはみんな、『神さまのみさかえ』[*2]のとこ、行っちまったんです。ひょっとしたら、みんなして、この子を呼んでるんじゃないかって——そいで、連れてっちまうんじゃないかって——そんな気がするんですよ」

「ダメよ、ダメ、そんなことないわ」ボフィン夫人が言った。

「だって、じゃなきゃどうして、こんなにちっちゃな手をギュッと握ってるんでしょう、まるで、見えない誰かの指［神の指の意］をギュッと握ってるみたいにして。ねえ見てくださいよ」そう言うとベティは、真っ赤な顔をした子を包んでいたおくるみを開き、胸元でギュッと握られた小さな右手を見せた。「いつだってこうなんです。まるであたしのことなんか目に入らんみたいにして」

「眠っているの？」

「いいえ、起きてます。お前、起きてるね、ジョニー？」

「うん」自分を憐れむような静かな声で、目を閉じたままジョニーは答えた。

「奥さんが来てくれたよ、ジョニー。それにお馬さんもだよ」

ジョニーは、奥さんにはまったくお構いなしだったが、お馬さんにはそうもいかなかった。重い瞼を開いて、その素晴らしい逸品を目にした彼の顔にはゆっくりと笑みが広がり、ちょうだいというように手を伸ばした。しかし手に持つにはいささか大きすぎたので、近くの椅子に置いて、たてがみを触ったり、とっくり眺められるようにしてやった。しかしじき、それもやめてしまった。

ジョニーはただ、目を閉じたまま、なにかつぶやいていた。なんと言っているのかボフィン夫人にはわからなかったので、ベティばあさんが身をかがめてなんとか聞き取ろうと苦心した。もう一回言ってごらん、と言われ、ジョニーは二度、三度と繰り返した。どうやら彼は、お馬さんを見ようと目を開けたとき、みなが思ってもいなかったものを目にしたらしい。もごもご言っていたのは「あの〈別嬪《べっぴん》しゃん〉はだあれ？」ということだった。もちろん、その〈別嬪しゃん〉、いや別嬪さんとは、ベラのことだった。哀れな幼子から、こんな名誉な言葉をいただくとは、それだけでも彼女の胸を熱くするものがあった。そのうえ、つい最近、哀れで小さな父親と〈麗しの君〉の冗談を言い合ったりして、すっかり心がほだされていたことも手伝って、幼子の言葉は一層切なく彼女の胸に迫った。そのため、この子を抱きしめてやろうと、レンガがむき出しの床に跪いた彼女のたたずまいは、とても優しく、とても自然だった。そして幼子もまた、若くて美しいものに惹かれずにはおられない子供特有のあどけなさで、この〈別嬪しゃん〉の身体を優しく受け止めた。

「さあさ、優しいベティ」ここらが良い潮時と見て取って、老女の腕を励ますようにして握りながら、ボフィン夫人は言った。「あたしたち、ここよりもっとちゃんとお手当がしてもらえるようなところに、ジョニーを移してあげようと思って来たのよ」

その瞬間、次の言葉を継ぐ間も与えず、老女は目をギラギラさせながらビクッとして立ち上がり、病気の子供を抱いたままドアまで駆け寄った。「あんたたち全員、離れな！」彼女は半狂乱で叫んだ。「あんたたちの魂胆はわかったよ。あたしはあたしのやりたいようにやらせてもらうからね。いっそすぐにでも、この可愛い子を殺して、あたしも死んでやるさ！」

「落ち着いて、落ち着いて！」ロークスミスがなだめるように言った。「誤解なさっていますよ」

「よーくわかってんだよ。あたしにはわかりすぎるほどわかってるんだ。長い間、ずっとずっと逃げ回ってきたんだから。勘弁しとくれ！　このイングランドに、あたしらを溺れさしてくれる川や海がある限り、そんな憂き目を見るのは絶対にいやだね、この子だっておんなじさ、絶対にいやなんだ！」

恐怖と屈辱、そして我を忘れるほどの戦慄と嫌悪感が彼女のやつれた顔を火照《ほて》らせ、この世ならぬ形相へ変えた。こんな形相は、ただ一人の老女の顔に浮かぶだけでも、震えあがるほどの恐ろしさだったろう。しかし――俗に言うように――貴族閣下、紳士淑女、そしてご立派な委員会のお歴々――こんな表情が、老女一人にとどまらず、多くの同胞たちの顔に、なんとも頻々に「生まれ出ずる」とくれば、その恐ろしさたるや！

「いままでだって、ずうっと追っかけまわされてきたんだ、けどね、この目が黒いうちは、あたしも、あたしの可愛い子たちも、絶対つかまったりしないよ！」ベティばあさんは叫んだ。「あんたがたとは、もうこれっきりってことにさしてもらいますよ。なにしに来たもんだか、もっと早くにわかってたら、あんたたちを入れたりせずに、ドアと窓に錠下ろして、このまんま、うちの中で飢え死にしてやったものを！」

しかし、ボフィン夫人の優しそうな顔を見るや、彼女はふと我に返り、ドアの前にへたりこんだ。そして幼子をあやそうと屈みこみながら、頭を下げてこう言った。「たぶん、怖くてたまらんかったから、勘違いしちまったのかもしれません。もしそうなら、どうか、神さま、お許しください！　この手のことにかけちゃ、本当にすぐ、怖くなっちまうもんでね。それに、心配しっぱなしで、ずうっと看病してるもんですから、ちょっと頭がぼんやりしちまったみたいで」

「ほら、ほら、ほら」ボフィン夫人が言った。「そうね、そうね！　もうなんにも言わなくっていいのよ、ベティ。ただの勘違い、勘違いだわ。誰だって、あなたと同じ立場に置かれたら勘違いもするでしょう、それにきっと、あなたと同じ気持ちになって当然でしょうよ」

「なんてありがたいお方！」老女は手を差し出して言った。

「ほら、ねえ、ベティ」優しく寄り添うような心の赴くまま、差し出された手をそっと取ると、夫人は言った。「あたしが言いたかったのは、つまりね、そう、あたしがもうちょっと賢くって気がきいていたら、はじめから、こんなふうに言ったら良かったのよねえ。あたしたちはね、子供たちしか入れない場所に、ジョニーを移してあげようと思うのよ。[*3]病気の子たちだけのところでね、立派なお医者さまと看護婦さんたちが、子供たちと一緒に暮らしていてね、子供たちとだけおしゃべりをして、子供たちにだけ触れて、子供たちだけを慰めて、病気を治してあげるようなところなの」

「本当に、そんなところがあるんでしょうか？」驚きのあまり目を丸くして老女は尋ねた。

「ベティ、誓って言うわ、本当なの。あなたもこれから一緒に行って、その目で見てちょうだいね。もし、あたしの家のほうが大事な坊やにとって良いっていうんなら、すぐにでも連れて帰りたいところなのだけど、でもね、実際のところ、本当に、そうじゃないのよねえ」

「この子を連れてってください」優しくあやすような夫人の手に心を込めて口づけをすると、ベティは言った。「どこでも、奥さんが良いと思うところに。あたしだって血も涙もない人間じゃないんです。だって、奥さんのお顔とお声が信じられますから。この先もずっと、そのお顔を見てお声を聞ける限り、奥さんのことを信じますから」

この勝利を得るや、ロークスミスは時を移さず、その利を摑みにかかった。というのも、大事な「時」があまりに無駄にされてしまったことを、まざまざと見て取ったからである。馬車を玄関前に着けるようスロッピーを使いに出し、子供はしっかりおくるみで包んでやるように、ベティばあさんはボンネットを着けるように、と言った。それからおもちゃをかき集め、小さな友人に言い聞かせるようにして、君の宝物はみんな一緒に連れていくからね、と言った。すべてはきわめて迅速だったので、馬車が着けられるやいなや、準備万端の一行はまたたく間に目的地へ向かって出発した。スロッピーは一人後に残り、発作的に皺伸ばし機のハンドルを回しては、溢れんばかりの胸の内を慰めていた。

〈こども病院〉に到着すると、勇敢なお馬さんとノアの方舟、黄色い鳥に憲兵隊の軍人さんはみな、小さなご主人と同じく手厚い歓迎を受けた。が、医者はロークスミスを脇に呼んで言った。「もう幾日か早ければ。手遅れです！」

とにもかくにも、一行はこざっぱりした風通しの良い部屋に案内され、そこでジョニーは眠りから（いや、昏睡《こんすい》状態だったのかもしれない）覚めた。そして、小さなしっとりとしたベッドに寝かされ、胸の上に渡された小さな板の上に、ノアの方舟、勇壮なるお馬さん、黄色い鳥が居並び、自分を勇気づけ鼓舞《こぶ》せんとしているのに気が付いた。憲兵隊の軍人さんは居並ぶ連中にきりりと目を光らせ、まるで連隊行進のようなその姿は、まさにお国の誉《ほまれ》だった。ベッドの頭のほうには、見るも美しい色彩画が飾られていた。そこには、ジョニーと瓜二つの子が、いたいけな子供たちを慈しむ天使さまのお膝に抱かれているところが描かれていた。そして、横になったまま辺りを見回してみれば、驚くべき光景が広がっていた。ジョニーは、小さな家族の一員として迎えられていたのだ。そして他の家族もまた一様に、小さなしっとりとしたベッドに横たわっていた（暖炉のそばの小さなテーブルで、小さな肘掛椅子に腰かけて、ドミノ遊びをしている二人の子だけは起きていたけれど）。小さなベッドの上には、やはり一様に小さな板が渡され、その上にはお人形のおうち、おなかから音が出る機械仕掛けの犬のぬいぐるみ（その音は、黄色い鳥のおなかから出てくるさえずりと、ちょっと似ているようでもあった）、ブリキの兵隊さん、ムーア人曲芸師、木製のおままごとセットなど、世にも素敵な宝物が所狭しと並んでいた。

ジョニーが夢見心地で驚嘆の言葉をつぶやくと、枕元にいたお世話係の女性たちが、なんて言ったの？　と聞いてくれた。他の子たちはみんな、僕のお兄ちゃんやお姉ちゃんなの？と。「そうよ」それじゃ神さまのおかげで、みんなでまた一緒に暮らせることになったの？とも。また「そうよ」と。するとどうやら、お兄ちゃんやお姉ちゃんはもう、みんな痛い思いはしなくていいの？　と聞きたい様子。やはりそれにも同じように「そうよ」と答えがあり、もちろんジョニーちゃんだっておんなじよ、とも。

ジョニーはまだ幼かったので、元気なときでもおしゃべりが覚束なかった。病気の今では片言《かたこと》の単語を並べて話すのが精いっぱいだった。それでも、身体を綺麗にしてもらい、ちゃんとお手当をしてもらって、お薬も飲まなくてはならなかった。もちろん、なにもかも、これまでの辛く短い人生からは想像もつかないくらい、とても手際よく、このうえなく優しく処置してもらった。とはいえ、目の前に広がる光景にすっかり驚嘆していたのでなかったら、痛くてたまらず、いやになってしまったに違いない。その光景とは他でもない、胸の上に渡された小さな板の上で、この世に生を受けたすべての生き物が、つがいになって行進を始め、ジョニーの方舟に乗り込んでいく様子だった。先陣を切るのは象、しんがりをつとめるのは、こんなに小さな体ですみません、と言わんばかりのハエだった。片足を骨折して隣のベッドに寝ている小さな弟分は、この光景にすっかり夢中で、そのうっとりした様子は素敵な行進の雰囲気に一層の華を添えた。そして安堵と眠りが訪れた。

「さあ、もう、可愛い坊やをここに置いていっても大丈夫でしょう、ベティ」ボフィン夫人は囁いた。

「はい、奥さん。本当に、喜んで、心底ありがたく思っとります」

それからみなで、代わりばんこにジョニーにキスをすると帰っていった。ベティばあさんが翌朝早く、また来ることになっていた。しかしロークスミス以外には、誰一人、医者のあの言葉を知らなかった。「もう幾日か早ければ。手遅れです!」

だが、ロークスミスにはわかっていた。そして、この言葉を自分の胸にしまっておくことこそ、あの善良な女性、そう、今は亡き、あの哀れなジョン・ハーモンが幼い日に唯一の癒しとして求めた、あの善良な女性のためだとわかっていた。彼はその夜遅く、ジョン・ハーモンの名を受け継ぐ幼子の枕元へ取って返し、その行く末を見届けようと心に決めた。

神の手で家族として引き合わされた幼子たちは、誰もが眠っているわけではなかったが、それでもみな、一様に静かだった。しんと静まり返った夜、軽やかな女性の足音が、あちらのベッドからこちらのベッドへと移ろい、優しく穏やかな微笑みが通り過ぎた。するとその微笑みに向かって、小さな頭がキスを求めてあちこちから上がり、柔らかな光のなかに浮かび上がった——幼い病人たちは、なんとも甘えん坊だった——そして、キスしてもらうと、また安らかな気持ちで横になるのだった。片足を骨折したおちびさんは、寝付けずに泣きべそをかいていた。しかし、しばらくすると気を取り直して方舟でも見ようと、ジョニーのベッドのほうへ顔を向け、そのまま静かに眠りに落ちた。そこらじゅうのベッドの上に、子供たちが眠る直前まで遊んでいた、たくさんのおもちゃがそのまま並んでいた。なにも知らぬ様子のおもちゃたちは、グロテスクで奇怪な雰囲気を漂わせ、まるでそのまま子供たちの夢の世界を映しているかのようだった。

ジョニーの最期を見届けようと、医者もやってきた。彼とロークスミスは、哀しげに幼子を見守りながら並んで佇《たたず》んだ。

「なんだい、ジョニー?」身もだえする哀れな幼子を抱いて、そう聞いたのはロークスミスだった。

「あの子に!」小さな子供は言った。「あれを!」

医者はこの言葉をすぐに察してやり、ジョニーのベッドからお馬さんと方舟と黄色の鳥と憲兵隊の軍人さんを取ると、片足を骨折した隣のおちびさんのベッドに移してやった。

疲れ果てたような、それでいて嬉しそうな微笑みを浮かべた幼子は、小さな身体を休めようと伸びをするような恰好をした。それからロークスミスの腕にすがって身体を起こし、その耳元に唇を寄せて言った。

「別嬪しゃんに、キスを」

自分の持てるすべてのものに、きちんと遺言を残し、この世の仕事のすべてを整えたジョニーは、この言葉とともに世を去った。

第十章から第十二章までの梗概

ジョニーを失って悲しみにくれるボフィン夫妻とベラ、そしてロークスミス。フランク・ミルヴィー牧師夫妻からは、もう一度新しい養子候補を探してもよいという申し出があるが、ボフィン夫人はこれ以上悲しみを増やしたくないと言って、新「ジョン・ハーモン」捜索をやめる。代わりに、スロッピー少年にしかるべき援助をしてやって、彼が社会で一人立ちできるように助けようと決まる。

ブラッドリー・ヘッドストーンは、人形の仕立屋、ジェニー・レンの家に赴き、ジェニーとリジーと話す。ここでもやはり、ユージーンに頼って教育を受けることを批判し、彼と手を切るように言うが、リジーはブラッドリーに対して本能的な嫌悪を感じている。

舞台はまた変わって、ライダーフッドの娘、プレザント・ライダーフッドの店。ライムハウス・ホールという薄汚い界隈で、船乗りの下宿兼質屋のようなものを営んでいる彼女のもとを見知らぬ男が訪ねてきて、自分はここに以前にも一度来たことがあると言う。ライダーフッドは男の身なりを見て、ハーモンの帰国船の船員、ラッドフットのコートを着ていることに気付き、薄気味悪く感じる。また男の話しぶりから、ハーモン殺しのあった夜のことを極めてよく知っていることがわかり、ますます警戒感を抱く。

第十三章　ソロとデュエット

その客が店のドアを開け、ライムハウス・ホールを満たす闇と泥へと足を踏み出すや、あわや店内に吹き戻されるかというほどの強風だった。ドアというドアはバタンバタンと凄まじい音を立て、街灯はチカチカと点滅し、でなければすでに吹き消されていた。店の看板は吹きまくられて枠をがたつかせ、溝の汚水は風にあおられて雨粒のように散った。しかし男は、そんな荒天に構う気配も見せず、むしろ通りに人気《ひとけ》がなくなって好都合と言わんばかりの様子で、周囲をじっと見渡した。「ここまでは、よくわかる」男は独りごちた。「ここに来るのは、あの夜以来だからな、それに、あの夜より以前には、一回も来たことがない。それでも、このあたりまではわかる。あの夜、店から出てどっちに行ったんだろう。たしか、こうして右に曲がったはずだが、そこから先はまったく思い出せない。奴らと一緒に、こっちの横道に逸《そ》れたんだったか、それともあっちの小道へ行ったのか」

両方とも試してみたが、どちらに行っても途方にくれるばかりで、またさきほどと同じ場所にフラフラと舞い戻った。「たしか、上の窓から棹《さお》が出ていて、洗濯物がかかっていたはずだ。それに、汚い居酒屋があったのも覚えている。そこに通じる狭い路地からヴァイオリンの音とダンスのステップがかすかに聞こえていた。だけど、こっちの小道もあっちの横道も、それらしきものが全部揃ってるときたもんだ。他に覚えているのは、塀と暗い戸口、それに、一続きの階段と、部屋」

別の方角にも足を向けたが、結局なにもわからなかった。塀、暗い戸口、一続きの階段、部屋、そんなものはどこにでもあった。そして、途方に暮れる人間の常として、男は何度も何度も円を描いてグルグルと歩き回り、気が付けば元の場所に戻っているのだった。「これじゃまるで、本で読んだ脱獄囚みたいじゃないか」男はつぶやいた。「夜闇にまぎれて逃げる脱獄囚は、大いなる地球の丸い形をなぞるようにして、いつだって丸い軌道を描いて彷徨う。まるでそれが、この世の因果だというように」

ここで彼は、さきほどまでプレザント・ライダーフッド嬢が目にしていた、もじゃもじゃ頭にもじゃもじゃ髭という風采を捨てた。依然として船乗りのオーバーコートに身を包んではいたが、その姿はもはや神のいたずらかと思うほど、行方不明のジュリアス・ハンドフォード氏に似ていた。都合よく周辺の通行人を吹き散らしてくれた例の強風にあおられるまま、人っ子一人いないうら寂しい場所に出るや、ぐちゃぐちゃの頭髪と頰髯をあっという間にコートの胸元にたくしこんだのだった。そしてその刹那、男はあの秘書の顔で、つまりボフィン氏の私設秘書たる面構えで、その場にたたずんでいた。そう、ジョン・ロークスミス氏は、行方不明のジュリアス・ハンドフォード氏に、神のいたずらとしか思えぬほどよく似ていたのである。

「俺の死に場所の手がかりが、なにもない」男は言った。「今となってはそんなこと、別にどうだっていいんだが。だけど、人に見られる危険を冒してここまで来たからには、あの夜の足取りをもう少しつかまなきゃ、甲斐がないってもんじゃないか」こんな奇妙な言葉とともに、男は捜索を諦め、ライムハウス・ホールを抜け、ライムハウス教会沿いの道を歩いて行った。教会墓地の大きな鉄門の前でふと立ち止まると、中を覗き込んだ。亡霊のようにそびえる高い塔が強風に逆らって立っているのを見上げ、経帷子に包まれた死人さながら、点々と白い墓石がちらつく墓地を見渡した。そして、男は時計の鐘が九つ打つのを数えた。

「この世の人間で、こんな気分を味わう奴も、そうそういないだろうな」彼はつぶやいた。

「強風の夜に教会墓地を覗いて、眠ってる死人たちとおんなじくらい、生きてる奴らの世界から爪はじきにされてるような気分だなんて。そのうえ、ここの死人たちとおんなじで、自分もどこか他の墓地に埋葬されてるってんだからな。やっぱりどうしたって、こんなことには馴れないもんだ。世を去った人間の魂が、生者の世界で誰からも気付かれずにさすらったって、この俺みたいにどこにも属さず一人っきりだという気持ちなんか、感じっこないんだ。

だけどこんなことは、さしあたって問題の感傷的な側面にすぎない。もっと現実的な側面だってあるんだし、実際そっちのほうは毎日考えに考えてるってのに、全然答えが出ないときてる。よし、ここはひとつ腹をくくって、家まで歩いて帰る道すがら、こっちの問題をすっかり考え尽くしてやろうじゃないか。世の中の人間なんてみんな——そうとも誰だってこんなものさ——自分にとって始末に負えない難しい問題を避けて通ろうとするもんだし、実際この俺だって、そうやって避けてきた。だけど今日は自分にムチ打って、しっかり考えてみなけりゃならん。もう逃げるのはよせ、ジョン・ハーモン。逃げるんじゃない。考え抜くんだ！

海の向こうにいたとき、俺は巨額の遺産相続話を聞かされた。それで、惨めな思い出しかない母国に舞い戻ってきた。あのときは、親父の金に怖じ気づいてたし、親父の思い出にも怖じ気づいてたし、なにしろ金目当ての嫁さんを無理やり押し付けられるんじゃないかって疑って、そんな結婚を俺に迫ってくる親父の魂胆はなんだって疑って、そのうえ、かく言う俺も、もう立派な金の亡者になり果てちまったんじゃないかって、自分のことも疑っていた。まだ小さい頃の俺や、可哀想な姉さん、あの頃の俺たちの生活の中でたったひとつの温かい拠り所だった、あの二人の誠実な召使に対しても、ひょっとすると感謝の心が薄れてきてるんじゃないかって、やっぱり疑わずにはいられなかった。帰ってはみたものの、ビクビクしっぱなしで、気持ちもどっちつかずで、自分だけじゃなく、そこらじゅうの人間がみんな怖ろしく思えた。親父の金にしたって、ずっと不幸ばっかり生んできたことしか知らなかったわけだしな。さあ、いったんここで落ち着いて、ゆっくり考えてみるんだ、ジョン・ハーモン。全部これで間違いないか？　よし、間違いない。

船で三等航海士をしていたのが、ジョージ・ラッドフットだった。奴のことはまったく知らなかった。奴の名前を知ったのは、たまたま船会社の事務員に『ラッドフットさん』って呼ばれたのがきっかけで、たしか出航の一週間くらい前だった。あの日はそう、荷物の積み込み具合を見るために、船に乗ってみたんだ。甲板にいたら、後ろから近寄ってきた事務員に、ぽんと肩を叩かれて、『ラッドフットさん、見てくださいよ』って、手に持っていた書類を見せられたんだ。俺の名前がラッドフットに知れたのは、その後一日か二日して、まだ船が錨を上げる前だったな、別の事務員が奴の後ろから近付いていって、やっぱりおんなじように肩を叩いて、『ちょっとすみません、ハーモンさん』って話しかけたときだ。俺たちは多分、身体つきとか背恰好が似てたんだろうな、もちろん、それ以外のところはさっぱり似てないし、背恰好だって、二人並んでじっくり比べてみりゃ、たいしてそっくりってわけでもなかったんだろうが。

とにかくこの人違いがもとで、当たりさわりのない軽い挨拶をして奴と知り合いになった。ちょうど暑い盛りだったから、俺は奴の船室の隣、甲板近くの涼しい船室を取ってもらうことにした。するとブリュッセルで通っていた小学校がおんなじだったとわかり、二人ともおんなじようにフランス語を習ってたことがわかり、それから奴にも、この俺の身の上話によく似た感じの——今となっちゃ、あの話がどこまで本当か、もうわからない——ちょっとした身の上話があったわけだ。そのうえ、この俺も昔は船乗りだった。それですっかり親しくなった。それに、奴を含めて船に乗ってる連中はみんな、俺がなんのためにはるばるイギリスまで帰るんだか、風の噂に聞いてただろうから、親しくなるなんてたやすいことだった。結局、俺の精神状態が不安定なことも、未来の妻がどんな人か相手には知られずにたしかめたいって思ってることも、それからボフィン夫人のところにふらりと行ってビックリさせて喜ばせたいって思ってることも、全部奴の知るところとなった。だから二人して、おんなじ船乗りの服をしつらえることにして（奴が俺にロンドンの道案内をしてくれるはずだった）、ベラ・ウィルファーの家の近くまで行って、偶然を装ってなんとか彼女に会ってみよう、そこでどうにかチャンスを摑んで、そっから先は運任せにやってみようじゃないかって計画を立てたんだ。なにもかもダメだったとしても、痛い目をみるわけじゃなし、ただライトウッドのところに出て行くのがちょっと遅れるってだけの話だった。ここまで、全部間違いないだろうか。よし。なにもかも間違いない。

この計画が奴にとって有利だったのは、ちょっとの間、俺が行方不明になるってことだった。たった一日か二日とはいえ、上陸してから少しの間、姿をくらまさなきゃならなかったんだ。じゃなきゃ他人に顔を見られてそれと知られ、いろいろ探られて計画がおじゃんになっちまう。だから俺は、カバン一つ持って船を下りたんだ――船員のポタソンと、乗客のジェイコブ・キップル氏が後になって証言してる通りだ。それから、あそこ、すぐ後ろのライムハウス教会の人目につかないところで、奴を待ってた。

俺はロンドンの港なんて寄りついたことがなかったから、この教会だって、奴が船上から指差した尖塔を目当てにするしかなかった。なにかの役に立つんなら、あの日、川から教会まで一人でどの道を歩いたか、思い出せるかもしれん。だけどそこから二人してライダーフッドの店までどうやって行ったか、それはわからない。何度も曲がったり折れたりした、ってことだけだ。わざとわかりにくい道を選んだに違いない。

だけど今は、事実だけをしっかり考え抜くんだ、憶測を交ぜて、ややこしくしてる場合じゃない。まっすぐ行こうが、くねくね行こうが、そんなことはこの際どうだっていいじゃないか。落ち着くんだ、ジョン・ハーモン。

ライダーフッドのところに行ってから、奴は、俺たち二人で借りられる部屋がありそうな下宿のことを聞く振りをして、あの悪党野郎に一言二言、質問した。あのとき、俺は奴を怪しいと思ったかって？　いいや、まったく。怪しいと思ったのは、証拠の糸口を掴んでからだ。とにかく奴はあのとき、紙に包んだ麻薬みたいなものをライダーフッドから受け取って、俺をその薬で眠らせたんだ。まあ、絶対そうだと言い切れるわけじゃないが。今晩、奴について間違いなく言えることは、あいつがごろつきライダーフッドと長年の悪だくみ仲間だったってことだけだ。傍目にもそれとわかるくらい奴らが親しかったこと、それに今じゃ隠しようもないライダーフッドの正体を考えりゃ、この線でまず間違いない。だけど薬についちゃ、はっきりしているわけじゃない。俺が怪しいとにらんでいることってのも、たったの二つっきりだ。一つ。店を出た後、奴が小さく折りたたんだ紙を、こっちのポケットからあっちのポケットへと移し替えていたのを、はっきり覚えている。店に行く前には、あんなもの触りもしていなかったはずだ。二つ。ライダーフッドの奴は、哀れな船乗りから金品を強奪した件でお縄にかけられた前科者だ、そしてその船乗りも同じ薬で眠らされてた。

間違いなく言えるのは、あの店を出てから、塀と暗い戸口、一続きの階段と部屋のところに来るまで、一マイルと歩いちゃいないってことだ。あの夜は真っ暗で、ひどい雨だった。あのときのことを思い出すにつけ、屋根なしの街路の石畳に叩きつける雨の音が聞こえてくるような気がする。あの部屋からは川が見えた、いや、波止場とか、入り江って言うほうがいいか。とにかく潮は引いていた。あの時点までの時間はわかっているから、時刻も間違いなく引き潮の頃だったはずだ。とにかくコーヒーを待っている間、カーテンを少し開けて(暗い茶色のカーテンだった)外に目をやると、下の家の明かりがまばらに反射してるのが見えて、ああ、引き潮の下から顔を出した泥に明かりが反射してるんだなと思ったんだ。

　奴はキャンバス地のバッグを腕に抱えて、中には奴の服が一揃い入っていた。俺は適当な水兵服でも買うつもりだったから、着替えなんか一枚も持っていなかった。『びしょ濡れじゃないですか、ハーモンさん』——今でも奴の声が聞こえるようだ——『俺はこの分厚い防水コートのおかげで、見ての通りパリッとしてますよ。こっちの俺の服に着替えてください。試しにちょっと着てみりゃ、明日の用向きに使うのだって、旦那が買うつもりだった水兵服とおんなじか、それ以上にぴったりだっておわかりでしょうよ。着替えなさる間に、ちゃちゃっと熱いコーヒーを淹《い》れるように言ってきますから』奴が戻ってきたときには、もう俺の着替えは終わっていた。奴の隣には、まるでお仕着せみたいなリネンのジャケットを着た黒人がいて、湯気のたったコーヒーの盆をテーブルに置いたきり、俺のほうを見ようともしなかった。ここまで、どこか間違ったところがあるだろうか。いや、まったくもって間違いなしだ。まったくな。

　さあ、あの吐き気のする、こんぐらがった記憶へ移ろう。強烈に脳裏に焼き付いているから、まずは事実に違いない。だが途切れ途切れ、まったく覚えがないところもあるし、結局どのくらいの時間が経ったのかもよくわからない。

　コーヒーを少し飲むと、奴がどんどん巨大に膨らんでくるみたいな気がして、はかられた、と思った俺は奴に摑みかかり、ドアの近くで取っ組み合いになった。部屋がぐるぐる回って、目の前で炎がチカチカするみたいな気分だったから、俺はむやみやたらに拳を振ることしかできず、奴はさっと身を引いた。ドッと倒れて、そのままぐったり伸びているところを、足で蹴られてひっくり返された。首根っこを摑まれて部屋の隅まで引きずられた。男たちの話し声が聞こえた。別の足がまた俺を蹴って、ひっくり返された。ふと見ると、俺の服を着た俺みたいな男が一人、ベッドに寝ていた。それからあやふやな意識の中で、何日も、何週間も、何カ月も、何年も、長い長い沈黙が続いたような気がする。ふと、すごい音がして、気が付いたとき、男たちが部屋の中で取っ組み合いの大喧嘩をしていた。俺そっくりの奴がこっぴどく殴られて、そいつの手に俺のカバンがあった。俺も何度も蹴り転がされたし、奴らの下敷きになったりした。それから、殴り合う拳の音が聞こえたけど、なぜだか木こりが木を伐る音みたいだと思った。そのときにはもう、自分の名前がジョン・ハーモンだっていうことも——考えることも——できなかったし、それに実際、もう名前がどうとか、わかりもしなかった。ただ聞こえるのは、木こりが斧をふるっているような拳の音だけで、まるで森の中で寝っ転がってるようなひどい気分だった。

　ここまではまだ大丈夫だろうか。大丈夫だ。だけど〈俺〉っていう言葉で説明するのは、なんか変だ。だってあれはもう、〈俺〉なんかじゃなかった。意識の中に、〈俺〉なんてものはもうなかったんだから。

まるで筒の中をシューッと滑り落ちていくような感覚があった。凄まじい音がして、火花がパチパチッとはぜたところで、俺は急に我に返った。『おい、ジョン・ハーモン、死に物狂いで泳げ、生き延びるんだ』俺は多分、必死でもがきながら、声に出してこう叫んだんだと思う。やがて、覆いかぶさってくるみたいな、おそろしくて得体の知れない感じが、ふっと消えたかと思ったら、川面でバシャバシャともがいているのは、この俺だった。

俺はもう、フラフラで意識も朦朧として、とにかく薬のせいで眠くてたまらなかったから、なすすべもなく引き潮の流れに呑まれて行った。真っ暗な川越しに、両岸に灯る明かりがどんどん流れて行くのが見えた。まるでみんな、さっさと闇の中で俺を見殺しにしようとしてるみたいだった。潮は引いていたが、もう俺には引き潮も満ち潮もなかった。とうとう天の神様のお恵みで、あのおそろしい水の流れから身を離すと、土手沿いに係留されてたボートの並びの一艘に、やっとの思いでつかまったんだ、もう一回、下に引きずり込まれたけど、反対側から息も絶え絶えで顔を出した。

どのくらい長い間、水の中にいたんだろう。心の臓まで冷え切っちまうくらいの長さだったのはわかる、でも時間なんてわからない。だけど、あの寒さは、むしろ俺の味方だった。土手の岩の上で伸びてた俺は、あの夜の冷気と雨のおかげで、なんとか気絶せずにすんだんだからな。土手沿いの居酒屋まで這うようにして行くと、そこの人たちはみんな、俺が酔っぱらったはずみに足を滑らしたもんだと考えた。だって俺はもう、自分がどこにいるかもわからなかったし、呂律もまわらない状態だったから——多分薬のせいで、意識が飛んだだけじゃなくて、言葉も出なくなってたんだ——そのうえ、その夜もやっぱり暗くて雨が降ってたから、俺は前の晩だと勘違いした。でも実際には二十四時間、意識を失ってたんだ。

ここの計算は、何度もやり直してみたから、あの居酒屋で回復するまでに要した時間は二日間、これで多分間違いない。どうかな。うん、そうだ。そこのベッドで寝ていると、ついさっきくぐり抜けてきた危険を利用して、しばらくふっつり姿を消して、ベラの本性をたしかめてやろうって計画がひらめいたんだ。無理やり結婚させられて、親父の富にまつわるおそろしい宿命を——そうとも、行きつく先には不幸しかないような宿命を、二人でひたすら追求していかなきゃならんのかって、おそろしくてたまらなかった。そうだ、可哀想な姉さんと一緒だった小さい頃から、俺はいつだって、こんな恐怖におびえてたんだ。

命拾いして岸に上がったのが、まんまとワナにかかったのとは反対側の川岸だったかどうか、今になってもよくわからないし、この先だってわかりっこないだろう。今この瞬間、川を背にして家に向かっていると、あの場所と俺の間に、ちゃんと川が流れてるってことも嘘みたいな気がしてくるし、海だっていつもの通り、そのままの場所にあるってことも、なんだか現実味がない。だけど、これはあの日のことを徹底的に考え抜くのとは関係のないことだ。これじゃ、あの日から今日まで一足飛びに飛ぶだけだ。

身体に巻きつけてた防水ベルトの金がなきゃ、どうにもやっていけなかっただろう。たいした金じゃなかった。十数万ポンドの遺産相続人としちゃ、四十数ポンドなんてはした金さ！　だけど、それで十分だった。あれがなかったら、自分の名前を明かす以外に手がなかっただろう。あれがなかったら、例のエクスチェッカー・コーヒーハウスに行くことはおろか、ウィルファー夫人に下宿人の希望を出すことだって、無理な話だっただろう。

例の警察署でラッドフットの遺体を見た夜までの十二日ほど、あの宿屋で過ごした。薬の副作用のせいで言い知れぬほどの恐怖を感じていたから、もっとずっと長い時間が経ったみたいに思える。だけど、十二日以上のはずがないってことは、よくわかってる。あのときに受けた苦しみは、時間が経つにつれて少しずつ収まってきて、ふとしたはずみに発作的にこわくなる程度にまで回復した。その発作だって、もうなくなってきたんじゃないだろうか。でもやっぱり、言いたいことが言えなくて、じっと考えたり、無理やり言葉をひねり出したり、言葉に詰まったりすることがある。

ほらまた、最後の最後まで考え抜こうってのを忘れて、ふらふら脱線してるじゃないか。目をそむけたくなるような事の核心までは、まだほど遠いっていうのに。さあ、しっかり考えるんだ！

俺は毎日新聞を細かくチェックしては、自分の行方不明記事を探した。だけど、そんなものはまるでなかった。あの夜、散歩に出かけたら（日中はきまって閉じこもってたからな）、ホワイトホールの看板のところに人だかりができているのに気が付いた。その看板には、この俺が、つまりジョン・ハーモンが、傷だらけの溺死体で発見され、他殺の疑いが濃厚、と書いてあった。それに俺の服装とポケットに入ってた書類、それから死体検分の場所。居ても立ってもいられず、よく考えもしないで、俺はすぐに出かけて行った。そこで見たのは——薬の副作用が一番強烈だったあの頃、ただでさえ言葉にならないほどの恐怖に苦しんでいたっていうのに、その自分が逃れた『死』ってやつが、どんなにおそろしいものかを、一番ゾッとする形で目の前につきつけられたんだ——殺されていたのはラッドフットだったんだが、奴が俺を殺して奪おうとした金、まさにあの金のために何者かの手によって殺されたんだ、それからたぶん俺たち二人とも、流れが深くて強い時間を狙って、同じ場所から同じように、真っ暗な川に突き落とされたんだ。

あの夜、犯人の目星もつかず、死んだ男が俺じゃなくラッドフットだって以外にはなんにもわかっちゃいなかったが、それでももう、偽名を騙《かた》るのはやめて洗いざらい正直に話そうかと思った。でも、翌日になっても決心がつかなかったし、その翌日になっても、やっぱりぐずぐずしていた。そうしていたら、国じゅう寄ってたかって、俺が死んだって決めてかかっているように思えてきた。検死委員会は俺の死を断定、政府も俺の死を公表した。部屋の暖炉のそばで外の話し声にほんの五分も耳を澄ませば、もう俺の死の噂が耳に届くって寸法だった。

こうしてジョン・ハーモンは死に、ジュリアス・ハンドフォードは行方をくらまし、ジョン・ロークスミスが生まれた。そして今夜のジョン・ロークスミスは、こう考えるんだ。もし過去のあやまちを償うことができるなら、そうしようじゃないか、と。ハーモン殺しについて、ライトウッドが話すのを聞いていたら、どうやら考えてもみなかった過ちがあるってことに気付いたんだ。なにがあっても償わなきゃならん過ちがあるってことにな。ジョン・ロークスミスはなにがあっても償うつもりだ、だって、そうする義務があるんだから。

さあ、これでおしまいか？　あの晩から今まで、なにもかも思い返してみたか？　なにひとつ抜かさずに？　よし、大丈夫だ。だがこの先はどうだろう？　未来について考え抜くとは、過去について洗いざらい検分してみるよりも、なるほど時間的には容易《たやす》いかもしれんが、手続き的にはよほど難しい。ジョン・ハーモンは死んだ。果たしてそのジョン・ハーモンが息を吹き返すべきか否か？

イエスだと思うその理由は？　ノーだと思うその理由は？

まずはイエスから考えよう。もはやこの世から遠く離れた場所に行ってしまった男の罪を、世の正義によってきちんと照らし出すため。もしかしたら、あの男の母親はまだこの世に生きているかもしれないのだし。石畳の小道、一続きの階段、窓辺の茶色いカーテン、黒人の召使。こういう証拠の明かりで、正義を照らし出すため。親父の金を相続し、その金でいやしくも俺が愛してしまったあの美しい人を買うため——そうとも、俺にはどうすることもできないんだ。理性なんか問題じゃない。理性に抗《あらが》って彼女を愛してしまったんだ——だけどその彼女はありのままの俺を愛するくらいなら、いっそ乞食を選ぶって言うだろうな。それなのに金をはたいて彼女を買うだなんて、まったくあの老いぼれ爺の使い方と大差ないじゃないか！

それじゃ、ノーのほうも考えよう。なぜジョン・ハーモンが生き返ってはならないのか。なぜなら、はからずもあの愛すべき忠実な老夫婦に遺産を相続させることになってしまったから。その金であの人たちは幸せになったんだし、ちゃんと正しく金を使って、あの金にこびり付いた昔のサビや穢れを洗い流してくれているんだ。それを俺は知ってる。それだけじゃない。あの人たちはもうベラを養女に迎えたも同然だし、これからだって面倒を見てやるはずだ。あの娘だって、優しさも思いやりも十分持ち合わせているんだし、この先も望ましい環境で暮らしていけば、きっとそういう優しさをゆるぎない徳へと変えていけるはずだ。欠点といったって、元をたどれば親父の遺書のせいで奇妙な立場に置かれたってので手が付けられなくなっていたんだし、実際、今は少しずつ良くなってきているじゃないか。そのうえ、彼女の口からああまで言われたっていうのに、今さらジョン・ハーモンだと名乗り出て結婚してみたところで、そんなもの茶番に過ぎないんだ、そしてその忌まわしい茶番を、あの人も俺も、それと気付きながら日々暮らしていかなきゃならん。きっとあの人は、心の中で自分を貶《おとし》め、俺は俺を貶め、そして互いに互いを貶めあうことになるだろう。だってそうじゃないか、仮にジョン・ハーモンが生き返って、あの人と結婚しなかったりしたら、遺産はすべて、あの老夫婦が正式に相続することになるんだから。

生き返ったところで、なんの得がある？　死んでみてわかったんだ。生涯俺を裏切ることのなかった真の友は、死んでもなお、昔とまったく同じように、優しくて、忠実で、誠実だってことが。そして死んだ俺を想っては、俺の名を汚さぬように良いことをしてくれているってことが。死んでみてはじめてわかったんだ。あの老夫婦は、俺の名なんか忘れて、死んだ俺の屍《しかばね》を踏み越えて、安らかで裕福な暮らしを貪欲に追求することだってできたのに、まるで無垢な子供みたいに、いつまでも俺の死を悼んでくれて、哀れで臆病だった子供の頃の俺を愛おしく思い出してくれるんだ。死んでみてわかったんだ。もし生きていたら、妻に娶《めと》っていたはずの女性の口から、おぞましい真実を聞かされたんだから。この俺のことなんか、ちっとも愛していない女性を、まるでトルコのスルタンが奴隷を買うみたいにして、金で買って妻にするはずだったってことを。

生き返ったところで、なんの得がある？　もしあの世の死人がこの世の人間にどう思われてるか知ることができたとしたら、いや、実際知ってるとしたら、あれほど欲にとらわれることのない忠義の心を見せてもらったのは、俺を除いて他にいないだろう。俺にとっちゃ、もうそれで十分じゃないか？　仮に俺がちゃんと帰国していたら、あの誇り高い老夫婦はきっと、俺を抱きしめ、俺の無事を喜んで涙し、心の底から喜んで、すべての遺産を譲ってくれていただろう。だけど俺は帰ってこなかった。だからあの夫婦が、汚れを知らぬまま、俺の代わりに遺産を受け継いだんだ。だったらそれでいいじゃないか、そしてベラにも、このままでいてもらえば、それでいいじゃないか。

それじゃ俺のこの先はどうなる？　今と同じに秘書の仕事を続け、目立たないように、正体がばれないように用心しながら、あの人たちが新しい暮らしに慣れるまで見守ればいい。そして、なんだかんだとおためごかしを言っては群がってくる詐欺師連中が新しいターゲットを他に見つけるまで、静かに暮らしていけばいい。その頃にはきっと、いろいろ面倒なことがあったって、俺の今のやり方に、あの人たちもきっと慣れてくれて（これからだって、毎日根気よく、あの二人にやり方を呑み込んでもらえるように努力すればいい）、きっと俺なしでも、面倒事をうまく片付けられるような体制になってるはずだ。もちろん俺はただ、あの人たちの善意にすがるだけでいい。しかるべき時が来たら俺はただ、昔と同じ人生の道にもう一回戻ればいいんだ、それ以上は、なにも望まない。ジョン・ロークスミスは満ち足りた気持ちで、自分の道をしっかり踏みしめて生きてくさ。そしてジョン・ハーモンが生き返ることなんか、ありえないんだ。

だから、はっきりベラに愛を打ち明けよう。何年も経ってから、あのとき素直に気持ちをぶつけていれば、ありのままの俺を受け入れてくれたかもしれないなんて、そんな弱い気持ちに負けないようにしておかなくちゃ。結果なんて、わかりすぎるくらいわかってる、だとしたって、もう一回、ダメ押しの確認をしておくんだ。さあ、なにもかも最初から最後までこうして考え抜いたからには、ずいぶんすっきり落ち着いた気分だ」

〈生ける屍〉は、自分との対話に没頭するあまり、吹きすさぶ強風にもお構いなし、自分がどこを歩いているのかも上の空で、本能的に風に逆らいながら気の向くままに歩いていった。ふと気が付けば、辻馬車の停留所のあるシティの一角にさしかかっていたので、そのまま自分の下宿まで帰ったものか、先にボフィン邸に赴いたものか決めかねていた。しかし、例のオーバーコートを持ったままだったから、ホロウェイの下宿まで持ち帰るよりはボフィン邸の事務所に置いておくほうが人目につきにくいだろうと判断し、一旦屋敷に寄ってから家に戻ることにした。ウィルファー夫人もラヴィニア嬢も、下宿人の持ち物には鵜の目鷹の目だったからだ。

屋敷に戻ってみると、ボフィン夫妻は外出中で、ウィルファー嬢だけが応接室にいた。あまり気分がすぐれないとのことで一人屋敷に残られましたが、夕刻頃、ロークスミスさんは事務室にいるかとお尋ねでした、とのこと。

「お嬢さんに、さきほどは失礼いたしました、とお伝えしてくれ。それから、ただいま戻りました、と」

ウィルファー嬢からも同じく、どうもお返事ありがとうございます、もし差し支えなければ、ご帰宅前に二階の私の部屋にお寄りくださいませんか、との使いが来た。

差し支えなどなかったので、ロークスミス氏は二階へ上がった。

ああ、なんと美しい娘なのだろう、実に、実に美しい娘だ！　今は亡きジョン・ハーモンの父親が、すべての財産を無条件で息子に譲っていたとしたら、そしてその息子が、自力でこの愛すべき美女を見つけ出していたら！　そしてもし彼女を、ただ愛されるだけでなく愛する心に溢れた女性にできていたなら、どんなに幸せだったことか！

「まあ！　どこかお加減でも悪いのですか、ロークスミスさん？」

「いいえ、どこも悪くありません。私のほうこそ、戻りましたら、お嬢さんのお加減がよくないとうかがいましたが」

「いいえ、なんでもありませんわ。ちょっと頭痛がして――もうすっかり良くなりましたけど――混雑した劇場に行くのがいやで残ったんです。あなたこそ、お顔の色が真っ青だから、お加減でも悪いのかしらと思って」

「そうでしょうか？ 今晩は忙しかったものですから」

彼女は暖炉の前の低い椅子に腰を下ろしていた。そばにはキラキラと輝くテーブル、横には本と刺繍《ししゅう》があった。ああ！ 今は亡きジョン・ハーモンが、この椅子に並んで腰かけ、その腰に腕を回して「僕の帰りがずいぶん遅くて寂しかったかい？ 本当に、君はまるで女神のように綺麗だね！」と言える幸せな特権を持っていたなら！ それは今の侘《わび》しい彼の生活と、どんなに対照的だったろう。

しかし現ジョン・ロークスミスは、亡きジョン・ハーモンとはまったく異なる立場にあるのだから、令嬢から距離を取って控えていた。実際にはほんのわずかだったが、それは二人を大きく隔てる距離だった。

「ロークスミスさん」刺繍を取り上げて四隅を確認しながらベラが言った。「先日はずいぶん失礼な態度を取ってしまいました、機会があれば、あのことについてちょっとお話ししておきたいと思っていたのです。あなたにはあたしのこと、悪く思っていただきたくないのでね」

繊細な乙女心を傷つけられたような、それでいてふてぶてしいような態度で彼女は彼をちらりと見やった。この眼差しを亡きジョン・ハーモンが見ていたなら、すっかり骨抜きにされていただろう。

「お嬢さんを悪く思うだなんて、とんでもない誤解です」

「そうね、あたしのこと、ずいぶん高く買ってくださっているのに違いないわね、ロークスミスさん。なんと言ってもこのあたしは、お金のために懐かしの我が家をないがしろにして見捨ててしまうほどの女なんですものね」

「私がそんなふうに思っていると？」

「だって、前はそう思ってらしたじゃないの」ベラは言い返した。

「私はただ、お嬢さんが——それと気付かぬうちに、ふとしたはずみで——お忘れになっておられたときに、差し出がましいことを申し上げただけです。たったそれだけのことですよ」

「それじゃ、お尋ねしますけど、ロークスミスさん」とベラ。「どうして、そんな差し出がましいことを？　あなたがおっしゃった通りのお言葉ですから、どうかあたしが嫌味な言い方をしているようには思わないでくださいな」

「なぜなら私が心底、深く、本当にどうにもならないほど、あなたに惹かれているからです、お嬢さん。なぜなら、いつだってお嬢さんの一番良いところだけを見ていたいと思うからです。なぜなら——このまま続けましょうか？」

「いいえ、もう結構よ」ベラは真っ赤になって言った。「もう、言い過ぎたくらいです。これ以上はもう結構。あなたに寛容な心と誇りがおありなら、これ以上はおっしゃらないで」伏し目がちで高慢な顔、息遣いが荒くなった拍子に綺麗な茶色い髪が美しい首元で小刻みに震えるさま、これを見たら亡きジョン・ハーモンときっと沈黙を守ったことだろう。

「あなたには」とベラ。「はっきりお話ししておきたいと思っていたのです。だけど、どう言っていいのかわからなくて。今晩ずっとここに座って、あなたにお話ししたい、いやお話ししよう、どうしてもお話ししなくてはって思っていたのです。ちょっとだけお時間をくださいな」

彼は黙ったままだった。彼女はそっぽを向いたままだったが、時折ふと顔を動かして、こちらに向かって話しかけるような素振りをした。そしてついに口を開いた。

「あなたはこの家で、あたしがどんな立場に置かれているか、それにうちでも、どんな立場に置かれているか、よくご存じね。伝言を頼めるような人も周りにいないから、あなたとは直接お話しするしかないの。それなのに、今みたいなことをおっしゃるなんて、寛容なお心も誇りも持ち合わせておられないようね」

「あなたに惹かれ、魅了されることが、寛容な心や誇りの欠如だと?」

「まったくわきまえておられないのね！」ベラは言った。

亡きジョン・ハーモンなら、ずいぶんと高慢で小難しい言葉を使ってなじるものだと思ったかもしれない。

「やっぱり、もう少し続きをお話ししなくてはならないようです」秘書は続けた。「もちろん申し上げたところで、自己弁護と釈明にしかならないでしょうがね。お嬢さん、せめて——せめて私のような者でも——お嬢さんに心底からの愛を告白させていただくことくらい、お許しいただけないでしょうか」

「心底からですって！」感情的になってベラは繰り返した。

「他に言い方がありますか？」

「どうか」さっきはついカッとなったのだ、と言い訳をするように、ベラは言った。「もうなにもお聞きにならないで。もうこれ以上、一切の反問を受け付けないと申し上げてもよろしいかしら？」

「ああ、お嬢さん、それではあんまりというものです。私が言っているのは、さきほど語気強くおっしゃったことについての、お嬢さんの真意だけです。でももう、この点をお聞きするのもやめにしましょう。ただし、先ほどの告白については、自分の気持ちを曲げるつもりはありません。お嬢さんに心底から惹かれているという告白を撤回することはできませんし、事実、そうしようとも思いません」

「お断りしますわ」とベラ。

「そのお答えを予想していなかったとしたら、私の目も耳も、ただの節穴ということになりましょう。ご不快な思いをさせてしまい申し訳ありません。そのお気持ちだけで私への十分な罰となりましょう」

「罰ですって？」とベラ。

「今の私の苦しみが、些細なものだとでも？　いや、すみません。もう反問をするつもりなどなかったのですが」

「そうやって、私の言葉尻を捉えて意地悪をなさるのね」少し自責の念にかられたようにベラは言った。「これじゃまるであたしが——なんていうか、その、さっきは考えなしに、あんな言葉遣いをしてしまいましたけど、ひどい言い方だったなら謝ります。でもあなたは、ちゃんと考えたうえで、あたしが考えなしに言った言葉を蒸し返したりなさるのだもの、やっぱりあたしと同じで、まったく褒められたことではないと思いますわ。とにかくロークスミスさん、どうぞあたしの気持ちを汲《く》んで、この話については金輪際、持ち出さないでくださいな」

「金輪際」彼は繰り返した。

「そうです。そうしていただきたいの」だんだん頭に血が上ってきたベラは言った。「もうこれ以上、あたしのことを追い回すのはやめてください。この家でのお立場を利用して、あたしのこの家での立場を不快きわまりないものにするのはやめてください。これ以上、あたしや、それからボフィンの奥様が見てもはっきりわかるくらい明からさまに、あなたのお門違いな恋愛感情をさらけ出すのはやめてください。どうかお願いしますわ」

「私が、これまでそうしてきた、とおっしゃるのですか？」

「ええ、そう思いますけど」とベラ。「もし、あたしの言うことが違ってるとしたら、どうしたって、あなたが悪いってことにはなりませんものね、ロークスミスさん」

「その点は、お嬢さんのお考え違いだといいのですが。そう言われても仕方のない態度を取ったのだとしたら、本当に申し訳なく思います。けれど、そんなつもりはありません。今後のことは、なにもご心配なさいませんように。すべて終わりましたから」

「そううかがって安心しましたわ」とベラ。「あたしには、この先、もっともっと大きな展望が開けてますもの。それにあなただって、ご自身の将来をふいにすることなんかないでしょう?」

「私の将来!」秘書は言った。「私の、人生!」

その声があまりに奇妙だったので、ベラは思わず彼のほうを見た。するとその顔には奇妙な微笑が浮かんでいた。が、その微笑も、彼がこちらに視線を返した刹那、すぐに消えた。

「どうかお許しを、お嬢さん」目が合うと彼は言った。「いくつか厳しいお言葉をいただきました。きっとお嬢さんには、きちんとした理由があって、そうおっしゃったのだろうと思いますが、その理由というのが私にはいささかわかりかねます。寛容な心も誇りもないと。いったいなにについてですか?」

「もうなにも聞かれたくありません」ベラは高慢な様子で目を伏せて言った。

「もうなにもお聞きしたくはないのです。が、これだけはどうしてもお聞きせずにはおれませんので。どうか優しいお気持ちでお答えいただけませんか。いや、優しくなくとも、どうか公平なお気持ちで」

「ああ、まったく!」カッとなる気持ちを一瞬抑えてから、ベラはキッと目を上げた。「このお家で、ボフィンさんご夫妻のお気に入りであるあなたが、その立場を利用して、それに秘書という仕事上の権力も利用して、私にいやなことをなさるなんて、寛容で誇り高いことだとでも?」

「お嬢さんに、いやなことを?」

「いろいろ手を尽くして、あたしとあなたが結婚するように、じわじわ話を持っていこうとするのが、寛容で誇り高いことだとでも? だってそんな結婚、お断りだって言ったでしょう、ここでもう一度お断りさせていただくわ」

亡きジョン・ハーモンは、よろずのことに辛抱のきく忍耐強い男だっただろう。それでも、こうまで言われては心底ズタズタに傷ついたに違いない。

「秘書のお仕事だって、あたしがこの家に来ることを前もって知ったうえでお引き受けになったのだとしたら、そしてそのお立場を利用して、あたしの弱みにつけこもうとなさったのなら――たしかにそうだ、って証拠はありませんし、そうじゃなければいいと思っています――それが寛容で誇り高いことだっておっしゃるの?」

「卑劣にも、そのうえ残酷にも、あなたの弱みにつけこんで、ということですか」秘書は言った。

「そうです」ベラも同意した。

秘書はしばらく黙っていた。それから「お嬢さんはなにもかも誤解しておられます。とんでもない誤解です。けれど、そう誤解なさるのも、お嬢さんの責任ではありません。もし私に、もう少しまともに扱っていただく資格があったとしても、お嬢さんはなにもご存じないのですから」とだけ言った。

「少なくとも」ベラは、さきほどの怒りがまたぶり返してきたような様子で言った。「あなたは、あたしがこの家に来ることになったいきさつを、なにもかもご存じですわ。だってボフィンさんがおっしゃってたもの、あなたは秘書として万事を取り仕切っておられて、あの遺書だって隅から隅まで一字一句ご存じだって。このあたしが、まるで馬か、犬か、小鳥を譲るみたいにして、遺言書に書きつけられた哀れな女だっていうだけでは、まだ足りないとおっしゃるの？　ようやく街の人から噂されたり笑い者にされたりしなくなった途端に、今度はあなたが心中ひそかにあたしの将来を画策して、あたしを付け狙うっておっしゃるの？こうしてあたしはずっと、知らない人の持ち物みたいに扱われなくちゃならないっておっしゃるの？」

「明らかに」秘書は言った。「お嬢さんはとんでもない誤解をなさっておられるのです」

「それじゃ、本当のところを教えていただきたいものね」とベラは答えた。

「それはおそらく無理だと思います。失礼いたします。もちろんこの家にいる限り、今日のお話はボフィンさんご夫妻に気付かれないよう、注意いたします。ご安心ください。お嬢さんがご不快に思っておられたことも、今後はなんの心配もありません」

「それなら、お話しした甲斐があったというものです、ロークスミスさん。言いづらい話のうえ、あまりうまくお話しできませんでしたけれど、もうこれで終わりですものね。もしあなたを傷つけてしまったとしても、許していただきたいわ。あたし、世間知らずで気が短くて、少し甘やかされて育ったんですもの。でも、見た目ほどひどい人間じゃないのよ、というより、あなたがお考えになっているほど、ひどい人間じゃないの」

自分でも我儘で筋の通らないことを言っているとわかっているような調子で、ベラがこう言うのを聞くと、彼は部屋を辞した。一人残された彼女は、低い椅子に身を投げ出して言った。「〈麗しの君〉がこんなにおそろしい女だったなんて、あたし知らなかったわ！」それから立ち上がって鏡を覗き込み、鏡ごしに自分に呼びかけた。「あなた、すっごいふくれっ面になってるわよ、このおバカさん！」それから部屋の反対側までイライラした足取りで行くと、また戻って来て言った。「お父ちゃまがここにいてくれたらなぁ！そしてお金目当ての業突張《ごうつくば》りな結婚話のことでも、おしゃべりできたらなぁ！でも、いないほうがいいわね、そうよ、可哀想なお父ちゃまがここにいたら、きっとあたし、お父ちゃまの髪の毛を引っぱっちゃうもの」それから彼女は、刺繍を投げ出し、続いて本を投げ出し、椅子に腰を下ろして歌を口ずさんだが、やがて歌も節もないくらいの声になると、その調子外れの歌に一人イライラした。

一方のジョン・ロークスミスは、どうしていただろうか？

彼は自室に引き取り、ジョン・ハーモンを、深く、さらに深く、ずっと深く埋めた。帽子を取り、歩いて屋敷を出て、ホロウェイへ、またはどこか他のところへ向かった――どこだろうと構わなかった――そうして道々、ジョン・ハーモンの墓の上に高く、高く、また高く、土を積んだ。夜が白み始めるまで歩いても、まだ家に着かなかった。そうして一晩じゅう、ジョン・ハーモンの墓の上に、せっせ、せっせと土をすくっては積んだので、夜明けを迎える頃には、ジョン・ハーモンの眠る墓はアルプス山脈ほどの盛り土に覆われた。それでもなお、墓掘り男ロークスミスは飽くことなく土を積み上げ、こんな挽歌を歌っては辛い労働を慰めた。「埋めちまえ！　砕いちまえ！　二度とこの世に戻らぬように！」

［後略］

（猪熊恵子＝訳）

「我らが共通の友」訳注

表題

1―我らが共通の友　ディケンズは連載開始の最初の月刊分冊で、「我らが共通の友」は、第一巻第九章に登場する旨を予告している。そして予告通り、第一巻第九章でボフィン氏がウィルファー夫人に向かって、ロークスミスのことを「我らが共通の友」と評している。この「我らが共通の友」という表現は、他のディケンズ作品でも見られる。例えば『リトル・ドリット』のドイスは、アーサー・クレナムとの会話の中で、ミーグルズ氏のことを「我らが共通の友」と評しているし、フローラ・フィンチングも、リトル・ドリットとの会話の中でクレナムのことを、「私たちの共通のお友達」と評している。

第一巻

表題

1―リップからカップまで　The Cup and the Lip とは、「リップ（唇）からカップまでさえ、一筋縄には行かぬ」という諺の一部。日本語の同様の諺としては、「百里を行くものは九十九里をもって半ばとせよ」がある。どんなことでも、もう一歩と思えば落とし穴があり、当てにしすぎればすべてふいになってしまうというこの諺は、老ハーモンの遺産を当てにしたものの、結局はその望みがふいになってしまった人々の姿に重ねられている。

第一章

1―鉄のサザーク橋と石のロンドン橋　サザーク橋は一八一九年完成、ロンドン橋は一八三一年に建て替えられた。

2―勝手知ったる日々の仕事　彼らの仕事は「川浚い」であり、川から死体や金目のものを浚って引き上げている。

3―ギャッファー　年配の男性や仕事上の先輩に対する尊敬を込めた一般的な呼称だが、ここではgaff（引き上げる）という動作も含めて、彼に似合いの名前となっている。

4―そうさ。死人が、金になんの用があるってんだ？　シェイクスピアの『ヘンリー四世　第一部』に出てくる道化フォールスタッフのセリフ（第五幕第一場）をもじったもの。

第二章

1―**家具陳列場**　原文ではPantechniconという単語が使われている。一八三〇年、ロンドンのベルグレーヴィア、モトコーム通りに開店した、芸術品の総合展示場兼販売場を指す。

2―**強烈なニス～ベトつく感もあった**　一八五一年、ロンドンで開かれた「万国博覧会」以来、家具の表面にヴェニヤを張ったりニスを塗るのが（特に安物の家具に）、一般的な仕上げ加工となった。例えばチャールズ・ノウルズは、十九世紀という時代を「ヴェニヤ時代」（上っ面を取り繕う時代）と評している。

3―**技師～シェイクスピア詩人**　技師とは、当時急成長を遂げた鉄道業の技師のこと。また国債償還論者とは、国の債権を償還すべきか否かについて、『我らが共通の友』出版当時、熱い議論が戦わされていたことを受けたもの。さらにシェイクスピア詩人とは、シェイクスピアの生誕三百年を迎えた一八六四年、イギリス全土でシェイクスピア・リヴァイヴァルが起こり、数多くの粗悪な模造品（シェイクスピア「的」作品群）が発表された点を揶揄している。つまりここでヴェニヤリング家のパーティーに招かれる面々は、みな十九世紀の時流に乗り、社会の前面に出て仕事をしているが、誰もが上っ面だけ（ヴェニヤだけ）で中身がない。

4―**ブーツ氏とブルーワー氏**　ブーツは新米兵士や靴磨き少年を指す言葉、ブルーワーは醸造業者。

5―**あまりにも、あまりにも、にこやかな大男**　シェイクスピア『ハムレット』第一幕第二場「あまりにも、あまりにも固きこの肉さえ」より。

6―**ぴったりしたシルクの靴下に、ぴったりした靴**　一八二〇年代に流行した恰好であり、この話の設定がおそらく一八六〇年代中ごろであると考えると、四十年ほど前の恰好。

7―**さらに色褪せぬみずみずしさ**　ワーズワース「ダーウェント川へ」の一節より。

8―**さあ、降りてきて、毒を盛った食事をお食べ、哀れ汝ら人の子よ**　「哀れ汝ら人の子」とはカインの子孫及び邪《よこしま》な心を持つ者たちを指す聖書の表現（「詩編」九〇篇三節）。

9―**王室目録**　王室一家の日常を記した記録。

10―**召使が～テーブルの間を回る**　当時、食品に含まれる添加物の毒性は、広く人々の関心を引くものであった。例えばアントニー・S・ウォウル著『生命の危機――ヴィクトリア朝英国における一般大衆の健康について』は次のように述べている。「食品に含まれる有害な添加物のリストを見ると、まるで狂気と邪念に満ちた化学者の貯蔵庫リストを見ているような気分になる」ヴェニヤリング邸で饗されたシャブリには、劣化した硫酸銅や鉛のようなものが含まれていた可能性がある。

11―**まるで、ヴェールをかぶって～のお人を思わせる**　トマス・ムーア著の四部構成の散文詩『ララ・ルーク』（一八一七）より、第一部「ホラーサーン（イラン東部）のヴェールの預言者」に登場するモカンナという預言者を指す。ヴェールに隠された怖ろしい形相は、単に異形であるのみならず、人を幻惑する力を持つ、とされる。この四部構成の散文詩への言及は他の章でも見られ、第一巻第十章でもやはり、ヴェニヤリングはモカンナに喩《たと》えられている。

12―**オーウェン教授**　ディケンズと親交のあったリチャード・オーウェン卿（一八〇四―九二）を指す。ヴィクトリア朝を代表する解剖学者として知られ、新聞や雑誌などではOld Bonesの名で称されることもあった。

13―**東風**　健康に良くないとされる不快な風。

14―**ロングウォーク**　ウィンザー城からジョージ三世の騎馬像へ延びる、三マイルのまっすぐな並木道は、一般に「ロングウォーク」と呼ばれる。ここでは、ティッピンズ令夫人の頭の上の「染め上げられた髪の毛の束」を、その並木道になぞらえて茶化している。

15―**我が同胞たち**　「私とて人間、そして汝らの同胞ではないか？」とは、反奴隷協会が掲げた有名なスローガン。

16―**医者の見立てじゃ～お陀仏しちまった**　ユージーンはここで、一八二二年頃に出た押韻詩を下敷きにしている。元の歌は以下の通り。

「トバゴに住んでた爺さんが／食ってたもんは、米粥サゴヤシ／とうとう爺さん、嬉しいことに／医者の言うにはほらどうだい／爺さん、あんた、羊の肉なら、食べても構わんさ」

17―**シモン**　ボッカチオの物語に登場する人物。アガメムノンの娘、イピゲネイアに恋をして、生来の愚かさを克服し、洗練された男性へと成長した。ここでは、ティッピンズ令夫人への恋心ゆえに、ユージーンの荒削りで洗練されない人格が高められることへの期待感が語られている。

18―**そらんじてる子守唄**　注16で触れた押韻詩を、ユージーンが無茶苦茶な形で引用していること。

19―**ありふれた土地の名を口にして**　シェイクスピア

『夏の夜の夢』第五幕第一場、シーシアスのセリフにかけたもの。

20―**統計に基づくようなキチッとしたもん**　ヴィクトリア朝期には、さまざまなものを統計的・数値的な指標から格付けする傾向が強かった。

21―**ゴミを元手に財を築いた**　ヘンリー・メイヒュー著『ロンドン路地裏の生活誌』の「ゴミ収集業者」の項を見ると、ゴミ商売に手を染める者たちは「一般的にかなり富裕な層」であったことがわかる（下巻）。中でも有名なのは、セント・ルークとクラークンウェル界隈でゴミ収集業を営んだヘンリー・ドッドであり、この人物がボフィンのモデルではないかとも言われる。

22―**赤ビロードズボンと鐘**　十九世紀終わりまで、「梯子とバスケット、赤ビロードのズボンと鐘」が、ゴミ収集人の一般的な恰好であった。

23―**ゴミの山脈**　この塵芥の山に結局、なにが隠されていたのかは、小説中を通じて明らかにされないままだが、宗教的な含意があるのは明らかである。「創世記」三章一九節にあるように、「汝、塵より生まれし物、塵へと返るべし」というアダムへの宣託、またイギリス国教会の一般祈禱書の「埋葬」の儀式の際に言及される「塵から塵へ」のフレーズなど。

24―**この模範的人物**　ワーズワース「ティンターン・アビー」の一節より。

25―**ブリュッセルで安い寄宿学校に入れられていた**　十九世紀中盤から後半にかけて、子女の教育費を節約するためヨーロッパ大陸に「留学」させるのは、珍しいことではなかった。ディケンズもまた友人たちの例に倣って、何人かの息子たちをフランスのブーローニュの学校にやっている。

26―**姿の見えぬ訪問者のノックを相手に**　当時流行した降霊術を揶揄的に表現したもの。

27―**――最後に一言――**　ここはオックスフォード版もペンギン版でも、ダッシュの使用等に誤植が見られるが、ディケンズの元原稿にしたがう。

28―**コメンダトーレからの御文**　モーツァルトのオペラ『ドン・ジョバンニ』最終シーンで、コメンダトーレの像がドン・ジョバンニの食事の席に現れ、地獄へと誘う。

第三章

1―**木彫りの畝**　当時人気を博したトマス・ストッチャードの絵画『陣羽織亭へと赴くカンタベリー巡礼の一行』を彫刻にしたもの。

2―**ファラオの大軍**　イスラエルの民が、追って来るエジプト人から逃れた物語は、「出エジプト記」一四章で語られる。

3―**チャンセリーの高等法院**　遺産や遺言信託の執行にまつわる民事裁判を担当する。一方コモン・ロー（英米法）の法廷は、窃盗や殺人などの刑事事件を裁くものである。

4―**カッシム・ババ**　『アラビアン・ナイト』に収録された『アリ・ババと四十人の盗賊』に登場するアリ・ババの裕福な兄。カッシム・ババは、アリ・ババから洞窟の秘密を聞き出し、自らも金欲しさに中へ入るが、洞窟内の金品に夢中になるうち、呪文（ひらけゴマ）を忘れてしまい、そのまま盗賊に見つかって惨殺される。

5―**〈死体発見〉という警察公示**　ディケンズには「死体愛好癖」があったと言われ、たびたび死体安置所（morgue）に足を運び、検死を待つ死体を見ていた。

6―**所持金なし**　前掲『ロンドン路地裏の生活誌』にも、「河川の底引き網漁師たち」（その本職は漁ではなく、川から死体を引き上げて携帯している金品をくすね、溺死体発見の懸賞金を得ることにあった）の項がある。「はしけ船頭たちによって岸に挙げられる死体が、金品を身に着けていたためしがない、というのは周知の事実である。はしけ船頭たちにいかなる形で理を説こうとも、彼らは死人のポケットから金をくすねることが不正な行為であるということが理解できない。彼ら曰く、誰だって死体を見つけりゃ、すぐに金をくすねるし、自分たちがそうしなきゃ、警察がくすねるまでのことだ、という」（下巻）。

7―**『死体は殺人鬼に触れられるとき、再び血を流す』とかいう例の迷信**　シェイクスピア『ヘンリー六世』で、ヘンリー六世を殺めたリチャード三世が、義理の娘のレディ・アンに求婚しようとするシーンで、ヘンリー六世の死体が血を流す、というエピソードがある。

8―**人が読めるかどうか～ぐちゃぐちゃに書いといたよ**　ヘンリー・メイヒューは川浚い人たちの教育への偏見について次のように述べている。「川浚い人には『教育』など必要なかったため、読み書きを学んだりはしなかった。学んだところで、川底の穴や轍のありかを教えてはくれないし、金目のものがどのへんにあるかを教えてくれもしないからだ」（『ロンドン路地裏の生活誌』第二巻）

9―**ノアの方舟の時代に～出てくるやつさ**　チャーリーが作中で何気なく口にするエピソード群はどれも後々、

きわめて重要な意味を持つ。この〈ノアの方舟〉も、第二巻第九章において象徴的な文脈で用いられる。

10―**見習い教師**　Pupil-teacher。ジェイムズ・ケイ・シャトルワースによって一八四六年に導入された教育システムで、若い学生が年少の子供に教えることで賃金を受け取り、勉強を続けられるよう便宜を図るもの。

11―**女を一人と魚を一匹～仕立てることだってできる**　ホラティウス『詩論』の冒頭部分への言及。

第四章

1―**チックジー・ヴェニヤリング・アンド・ストブルズ製薬会社**　ミンシング小路は、薬、香料、染色料などの商いが盛んな界隈である。ここにチックジー・ヴェニヤリング・アンド・ストブルズ製薬会社があることによって、すでに見たヴェニヤリング邸の召使〈分析化学者〉や、食べ物や飲み物に粗悪な添加物が含まれている等のエピソードも、深みを増すことになる。

2―**女子寄宿学校**　ディケンズの母はかつて、落ちぶれていく家名と困窮した経済状況に活路を見出すべく、ガウワー通りの自宅に同様のドア・プレートを掲げ、女子寄宿学校を始めようとしたことがある。しかしウィルファー夫人のそれと同じく、寄宿生は一人も集まらなかった。

3―**オレンジ**　たくさんの実をつけることから、子孫繁栄のシンボルとして、花嫁が結婚式で髪に飾ることが多い。

4―**ジョン・ロークスミス**　Rokesmith（ロークスミス）のRokeとは濃霧や霧という意味で、これにSmithが付くことで「ロークスミス」という人物が持つ、とらえどころのなさや、実態の不安定性が暗示されている。

5―**寓話的な扱いを受ける人間界の婦人**　ルーベンスがフランス王アンリ四世の王妃マリー・ド・メディシスの生涯を描いた二十四枚の連作で、王妃が神々や天使とともに寓話的に描かれる。

第九章

1―**スチーム・インジン**　ジェイムズ・ワットの蒸気機関発明への言及。

2―**悪は往々にして～自らを滅ぼすこともない**　シェイクスピア『ジュリアス・シーザー』第三幕第二場におけるマーク・アントニーのセリフ「悪行は死んでも残る／善行は骨と一緒にうめられる」を逆さにしたもの。

3―**観相学**　十九世紀に大いに流行した学問で、人の顔の相にその性格や人となりが現れる、という考えに基づき、目鼻立ちや骨格から細かく人格を特定していくもの。

第十六章

1―〈南海〉の暴騰　南海泡沫事件を指す。南海会社(The South Sea Company)が一七一一年、トーリー党の大蔵卿ロバート・ハーレーによって設立されると、常軌を逸した投機ブームが起こるが、そのバブル(泡沫)がはじけたことで株価が暴落し、株式市場を大混乱に陥れた。

2―ようよう笑顔に満ちた平穏な空気　シェイクスピア『ジョン王』第三幕第一場。

3―金時豆が育つ手筈のようだった　『ジャックと豆の木』で豆の木に登っていったジャックが巨人のところで富を手にするエピソードを下敷きにしている。

4―新聞が好きでしてねえ　一八六一年、紙税(Paper Tax)廃止により、新聞の値段は一気に下落し、発行部数は飛躍的に増加した。その状況を反映してか、『我らが共通の友』では、登場人物が新聞を読んだり新聞に触れたりするシーンが、ディケンズの他作品と比べて多くある。また、スロッピーが「いろんな声を使い分けて」警察欄を読む、という部分の原文He do the Police in different voicesは、のちにT・S・エリオットの『荒地』(一九二二)のタイトル候補となる。

5―ヒグデン夫人は～重々しくうなずいた　当時の救貧院の内情がきわめて腐敗しきっており、役人たちが貧民を苦しめ抜いていたという事実は、数多くの新聞で書かれ、ラスキンやメイヒューの本でも言及されていた。

6―貴族閣下～のお歴々　当時、『貧民法』の改正にあたっていた権力機構の人間たちすべてを揶揄した表現。

7―ラーヴァター　ジョウアン・カスパー・ラーヴァター(一七四一―一八〇一)。スイスの詩人にして神学者、神秘学者。観相学への貢献によって知られる。

第二巻

表題

1―類は友を呼ぶ　この諺で始まる第二巻では、良縁・悪縁含めて、さまざまな人物間の縁やつながりが前景化する。

第一章

1―チャーリー・ヘクサムが～得た学校　この学校については、十九世紀の小説出版当時、最下層階級の子弟が通った「貧民学校」をモデルとしている。ディケンズは一八四三年のフィールド・レーン貧民学校への訪問に始まり、その後も《ハウスホールド・ワーズ》誌に多くの教育関連記事を寄せるなど、教育問題に深い関心を寄せていた。

2―**泥ヒバリ**　ヘンリー・メイヒューが『ロンドン路地裏の生活誌』の中で、川辺で満潮時に腰まで水に浸かりながら「石炭や鉄くず、ロープや骨、鉛のかけらを漁る」人々に与えた呼称。ギャッファーのように、舟で川に出て死体や金目のものを漁る「川浚い人」や、下水管の中に入ってカトラリーやコインなどを探す者たちとは区別される。

3―**黒き魂が～混ざり合う**　ウィリアム・ダヴェナントによる王政復古期のオペラ『マクベス』(一六七四年版)の第四幕第一場に出てくるヘカテと三人の魔女たちの歌に基づく。

「黒い霊に　白い霊　赤い霊に　灰色の霊、混じり　混ざれ　混ざって」

4―**ましな学校**　主に国家が運営する「国民学校」のこと。こうした学校は一八六〇年代以降、イギリス全土に急速に普及していった。

5―**いつも人に質問したり～疑り深いものになった**　ひたすら問答を繰り返し、機械的に知識を暗記する当時の教育の在り方に対して、ディケンズはきわめて批判的だった。当時、個々の学校への補助金の額は、その学校の生徒の試験成績に比例して配分されるべきとされたため、学校は生徒たちにただ丸暗記を強要し、知識を詰め込むだけの教育に走りがちであった。

6―**そいつらは～お構いなしさ**　『ディーの粉屋』という古い民謡のサビ部分で、「どちらさんのことだって、俺は全然かまやしねえ、そうさ全然　どちらさんも、俺をかまわずいてくれるなら」という一節より。

7―**〈ブルーのイノシシ亭〉**　ハイ・ホルボーンの南側にあった古い宿屋で、一八六四年に取り壊された。

8―**針仕事などという～受けていたわけではない**　当時の女性の責務のひとつとされた針仕事が女性教師たちの仕事の一部として奨励されないことに、ディケンズは否定的であった。

第二章

1―**ジェニー・レン**　この名前には多くの含意がある。まずジェニーという名は、ディケンズがヒロインのリジーの名前の最終候補として悩んだものであり、この点から、ジェニーはリジーの小さな分身であると言える。またレン（Wren）のほうは、可憐な鳥の代名詞的存在として、多くの文学作品に謳われるミソサザイである。リジーの父ヘクサムが、たびたびハゲタカなどの猛禽類に例えられるのに対し、父を失ったリジーが、猛禽類と著しい対照をなすミソサザイと同居することは示唆的である。

2—そちらにおいでは～ありがたく　一七二五～二六年の居酒屋の宣伝歌をもじったもの。

3—斜めに列を組んで　斜めの隊列を組んで現れる、この子供たちは、聖書の挿絵や宗教画のモチーフとして頻繁に用いられるヤコブの〈天国への階段〉のヴィジョンに基づく。

「ヤコブは夢の中で、神から遣わされし天使たちが空に梯子を掲げ、それが天に届くのを見た。そして天使たちが、その梯子を上り下りするのを見た」（「創世記」二八章一二節）

第八章

1—麗しの君　オリバー・ゴールドスミス『ウェイクフィールドの牧師』より。

2—グリニッジ　当時、テムズの川下りの一般的ゴール地点であったグリニッジには、シラス料理で知られる〈船舶亭〉や〈トラファルガー亭〉などがあり、ディケンズもここで友人たちと豪奢な食事を楽しんだという。

3—サウルの〈葬送行進曲〉　バロック期を代表する音楽家、ヘンデルによるオラトリオ（聖譚曲）『サウル』（一七三九）の中の葬送曲。

4—現代のクレオパトラ　シェイクスピアの『ジュリアス・シーザー』で、クレオパトラがアントニーに誘われても自分からは出向かず、むしろアントニーのほうから出向いてくるように、と言ったエピソードがある。

5—インドのスルタンの～気にしなかったろう　ジョゼフ・アディソンが、一七一一年六月十八日に《スペクテイター》誌に掲載した物語に基づく。スルタンが、水の入った桶に頭を突っ込んだ途端、魔法の力で生まれ変わる。そうして新しい人生を生きていると、また海に飛び込んだ瞬間、元のスルタンに戻ってしまう。戻ってみれば、元の世界ではほんの一瞬しか時が過ぎていなかった、という話。これは、ベラが父親に語って聞かせる荒唐無稽な「新しい人生」の数々がいかに儚い夢物語であるかを示している。ジョゼフ・アディソンは幼少期のディケンズが好んだ作家の一人である。

第九章

1―**神よ、～呪いたまえ**　イギリス国歌God Save the King（神よ、王を守りたまえ）の歌詞に基づく。

「神よ、王を守りたまえ　我らが気高き王よ、とこしえにあれ／（中略）／おお、主よ、神よ、立ち上がりたまえ、王の敵を蹴散らし／打ち砕きたまえ、奴らの悪策を惑わし、奴らの奸計をなきものとし……」と続く。

2―**神さまのみさかえ**　『主の祈り』の最後の部分で天の国を指していう言葉。

3―**病気の子たちだけのところ**　一八五二年、イギリス最初の小児専門病院として開かれたグレイト・オーモンド通りの小児病院がモデルとされる。

解説——辻原 登

以前にも喋《しゃべ》ったことだが（『東京大学で世界文学を学ぶ』二〇一三年、集英社文庫に収録）、昔、私が四十歳になるかならぬかの頃、もう一度、十九世紀ヨーロッパ小説にどっぷり浸《つか》ることに決めた。そのとき、二つのルールを課した。一つは、二十世紀という世紀があったことを（そのときは私はまだ二十世紀に生きていたのだが）忘れること。第一次世界大戦も第二次世界大戦も、プルーストもジョイスもカフカもすべて忘れて。

二つ目は、小林秀雄の助言に従うこと。その助言とは、「若し或る名作家を択んだら彼の全集を読め」（「作家志願者への助言」傍点原文ママ）というものだ。

さて、何から始めたかというと、これも小林秀雄の助言に従うことにした。少し長いが、彼の全集でしかみつからぬ文章なので、全文を引用する。タイトルはずばり、「トルストイを読み給え」。

> 若い人々から、何を読んだらいいかと訊《たず》ねられると、僕はいつもトルストイを読み給えと答える。すると必ずその他には何を読んだらいいかと言われる。他に何にも読む必要はない、だまされたと思って「戦争と平和」を読み給えと僕は答える。だが嘗《かつ》て僕の忠告を実行してくれた人がない。実に悲しむべきことである。あんまり本が多過ぎる、だからこそトルストイを、トルストイだけを読み給え。文学に於《おい》て、これだけは心得て置くべし、

事である。

というようなことはない、文学入門書というようなものを信じてはいけない。途方もなく偉い一人の人間の体験の全体性、恒常性というものに先《ま》ず触れて充分に驚くことだけが大事である。

こうして私は先ず「トルストイ全集」からはじめた。スタンダール、バルザック、デュマ、ディケンズ、フローベールといったぐあいである。

その結果、何があったか、何が分かったか？　……いや、何も。しかし、たのしかった。いや、やはりこういうことが分かった。骨身にしみた。……作家にとって、「現実」とは十九世紀小説で、それ以前の物語も二十世紀小説も「文学」なのだ、ということだ。

再び小林秀雄の文章を引く。先の「作家志願者への助言」の最後の条《くだり》だ。「小説を小説だと思って読むな」ではじまる。

文学志望者の最大弱点は、知らず識《し》らずのうちに文学というものにたぶらかされていることだ。文学に志したお蔭《かげ》で、なまの現実の姿が見えなくなるという不思議なことが起る。当人そんなことには気がつかないから、自分は文学の世界から世間を眺めているからこそ、文学が出来るのだと信じている。事実は全く反対なのだ、文学に何んら患らわされない眼が世間を眺めてこそ、文学というものが出来上るのだ。（傍点・辻原）文学に憑《つ》かれた人には、どうしても小説というものが人間の身をもってした単なる表現だ、ただそれだけで充分だ、という正直な覚悟で小説が読めない。巧《うま》いとか拙《まず》いとかいっている。何派だとか何主義だとかいっている。いつまでたっても小説というものの正体がわからない。

私にとって、「文学に何んら患らわされない眼」を養ってくれたのは、四十歳になってからの十九世紀ヨーロッパ小説の耽読《たんどく》だった。

理屈ではなく、私はそのとき、それを感得したような気がするのだ。特にそれを感得させてくれたのが、ディケンズとバルザックの作品だった。

†

ディケンズの小説はいきなり始まる。というより、いきなり主人公が躍り出る。『骨董屋』は語り手「私」の前にいきなりヒロインの少女ネルが現われ、声をかけてくる。『ピックウィック・ペイパーズ』では当のピックウィックが、『クリスマス・キャロル』では、「第一マーレイは生きていない」とのっけから亡霊の登場である。『荒涼館』では最大の主人公であるロンドンを包む汚れた深い霧が……。

一方、ドーヴァー海峡を渡ったパリには、ディケンズより十三歳年上のオノレ・ド・バルザックがいて、海を挟んで共に近代小説の新しい地平を切り開きつつあった。だが、バルザックの小説はなかなか始まらない。むろん、始まってはいるのだが——、『絶対の探求』はフランドルの古い建物について、フランドルの自然とフランドル人についての詳しい説明と描写が数ページにわたってつづく。私（辻原）の偏愛する『暗黒事件』は、一八〇三年十一月十五日午後四時頃のある田舎の情景からじっくり入ってゆく。傑作『ゴリオ爺さん』に至っては、パリの下宿屋「ヴォケー館」に辿《たど》り着くまでの道筋の描写が延々と続き、下宿屋に着き、ついに最初の登場人物が現われたかと思いきや、それはヴォケー夫人の愛猫で、そのあとにゆっくり階段をヴォケー夫人が降りてくるまでにおよそ百三十行（博多かおる訳）が費やされるのだ。

同じ近代小説の巨人二人が、物語の大道を歩み、あまたの傑作のパンテオンを建立したにもかかわらず、この違いはどこから来るのか。確かに詮索は無用で、ただ個性、性癖によるもの、そういうものなのだと納得して、面白がっていればよいのだが、二人の生涯を年譜を頼りに辿ってみると、一つヒントになりそうな事柄に気づいた。それは、ディケンズが自作朗読に情熱を傾けていたということで、イギリス国内はむろん、ヨーロッパ、アメリカまで自作の公開朗読のため出掛け、駆けめぐっていた。

『クリスマス・キャロル』は中篇だが、とにかく彼の小説は長い。それらの作品群を引っ提げて。この朗読の旅が彼の命を縮めたと言われている。

一方、バルザックには朗読のかげはみられない。

本格的な「描写」の成立は、物語が「本」という容器にもられて、声を出さずに目で、要するに黙読法が主流になってからだろう。十九世紀小説は、圧倒的な「描写」の成立と共に発展し、完成する。朗読は衰退する。では、物語から声は消えたのだろうか。
しかし、二十世紀になっても、カフカはつねに作品ごとに朗読会を開いていた。
カフカの小説もいきなり(suddenly)である。
「ある朝、グレーゴル・ザムザがなにか気がかりな夢から目をさますと、自分が寝床の中で一匹の巨大な虫に変っているのを発見した」(『変身』高橋義孝訳)
「Kは夜おそく村に着いた。あたりは深い雪に覆われ、霧と闇につつまれていた」(『城』池内紀訳)
「だれかが誹《そし》ったにちがいない。悪事をはたらいた覚えがないのに、ある朝、ヨーゼフ・Kは逮捕された」(『審判』池内紀訳)

『ゴリオ爺さん』の主人公の青年ラスティニャックが墓地のある丘の高みからパリを見下《みおろ》して、パリに向かって、さあ、今度はパリ、おまえと勝負だ! とうそぶく有名なラストは決して朗読に適しているとは思えない。じっくり黙読して、読者が無言のつぶやきにのせてこそ魅惑のラストとなる。

では、『骨董屋』のラスト、薄幸の少女ネルの死の場面はどうか。ここは黙読よりも朗読のため、声のために書かれているように思える。聞く者の目を涙で曇らせずにおくものか、という強い気持で書かれているのだ。もちろん、声に乗せられずとも、ただ目で追うだけででも我々の目は潤むのだが。

†

『デイヴィッド・コッパフィールド』の第一章の章題は「僕は生まれる」で、ただちに次のように始まる。

果たして僕は本当に、自分の人生のヒーローとしてふさわしいのか、それとも他の誰かにその座を譲り渡してしまうのか、それはこの先のページを読めばわかる。とにかく僕の人生の物語を、人生のちょうどはじまりからはじめることにして、ひとまず、僕が生まれたのは金曜日の真夜中十二時きっかりだった(そう教わってきたし、それを信じることにしている)って書いてみよう。聞いた話では、時計が十二時を打ったのと、僕が産声《うぶごえ》をあげたのは、まったくの同時だったらしい。

物語の冒頭は、主人公の生まれた場面である。第一人称の語り手である〈僕〉が、〈僕〉の誕生の場面から始めるという意表をつく、かつまた人を食った展開だ。つづけて、

僕は羊膜をかぶって生まれたので、この羊膜、格安十五ギニーで売ります、って新聞広告が打たれた。たまたま当時、船乗り稼業の連中が金に困っていたのか、それともバカげ

たジンクスを信じるくらいならライフジャケットを着たほうがましだって連中ばかりだったせいか、僕にはわからない。わかるのは、打った広告に応えた入札はたったの一つ、それも証券仲介業に携わる法廷代理人さんで、二ポンド分は現金払い、残りはシェリー酒で勘定をつけたい、これ以上高いなら水難除《よ》けのお守りなど御免こうむるって言われたことだけだ。結局、打つだけ損で広告は引っ込められた——だってちょうどその頃、うちは母さんの自家製シェリー酒を市場に売りに出していたくらいだったから——それから十年して、僕の羊膜は近隣のお祭りで籤引《くじび》きの景品になった。参加者は五十人、めいめいが半クラウンずつ出し合って、当たればお品はたったの五シリングってわけだ。僕もその場に居合わせたけど、自分の身体の一部が景品扱いされるのを見て、なんともむず痒《がゆ》くて居心地がわるかったのを覚えている。

果たして、〈僕〉は自分の人生のヒーローになれるのだろうか。

†

『デイヴィッド・コッパフィールド』は、ディケンズが最初の長篇小説『ピックウィック・ペイパーズ』を一八三七年（二十五歳）に出版して、一八七〇年、長篇『エドウィン・ドルードの謎』（未完）でその生涯を閉じる、ちょうど中間に位置する作品である。明るく活気があり、諷刺《ふうし》と笑いとペーソスと社会批判にみちた通俗小説群から、後期の濃密で奥深い作品群、『荒涼館』『大いなる遺産』『我らが共通の友』へと移行するに必要な、どうしても書かれなければならなかったスプリング・ボードとしての『デイヴィッド・コッパフィールド』。一介の孤児がどん底から這《は》い上がってゆくサクセスストーリーは、自叙伝ではないが、自叙伝的性格の濃厚なこの小説について、ディケンズは、「……それでも子供に甘い多くの親の例に漏れず、私にも心ひそかに可愛《かわい》い子というものがあります。その子の名前はデイヴィッド・コッパフィールドです」とこの作品の再版序文にしたためている。

†

チャールズ・ディケンズは一八一二年、ポーツマスに八人のきょうだいの第二子に生まれた。父親ジョン・ディケンズは海軍経理局に勤めていたが、怠け癖のある酒好きで、たえず金に困って、いつも借金で首が回らなかった。情深く、気立ての良い人間ではあった。借金が払えなくて、二度も負債者監獄に入れられたことがある。息子のチャールズをまともに学校にやるだけの金がなく、チャールズは小さい頃から弟たちの世話をしたり、靴墨工場で働いたりして家族を支えた。彼が十二歳の時、父親はロンドンにあるマーシャルシー監獄に入れられた。この頃、望めば家族も一緒に獄中で暮らすことができた。母親と弟たちは父親と共に監獄生活を送る。チャールズは一人、下宿住まいを続けながら靴墨工場で苛酷な労働に従事(主に壜洗いや靴墨のボトルにラベルを貼りつける仕事だったそうだが)していた。その後、監獄に近い通りに部屋をみつけ、監獄にいる両親や弟たちと時に食事を共にしながら、毎朝早くから晩遅くまで工場で働きつづけた。「今になってさえ、ぼくに記憶力が残っている限り、忘れようにも忘れることができない思い出と苦痛の経験なのだ」と後に語っている。

このディケンズの少年時代は、私にチェホフの経験を思い起こさせる。アントン・チェホフの祖父は元農奴だった。父親は南ロシアの小さな町で食料雑貨店を営んでいたが、チェホフが十六歳の時、破産し、一家はモスクワへ夜逃げする。しかし、チェホフだけは父の借金の担保として田舎に残され、働きながら中学に通い、三年間、モスクワの一家に仕送りを続けた。その後、彼は上京し、モスクワ大学医学部に入学するが、その頃、家族を養うために七年間で四百以上の短篇を書いた。

ディケンズとチェホフの作品に共通するのは、涙で目を曇らせ、笑いで腹をよじらせ、悲しみで胸を締めつける、その誇張して書く天才（チェホフはそれをしばしば必死に抑えこもうとしているが）、この天才はどこから来るのかと問われれば、彼らの幼少年時代から来るのである。

幼少年期の体験をみくびってはならない。サマセット・モームはそれを疑っているが。「後年、名声も地位も高まり、一般大衆の人気作家であるばかりか、社交界の名士にまでなった彼が、自分で思いこんだほど深刻なものがあったとは、どうも信じられない」（W・S・モーム『世界の十大小説』西川正身訳）

私には、たとえディケンズやチェホフの幼少年期ほどでなくとも、傍目《はため》には恵まれた幼少年期を送ったとみえる人間でも、幼少年期というのは、人生の中で最も嵐の吹き荒《すさ》ぶ、苛酷な時間だと思える。大人が債鬼に追いかけられ、負債者監獄にほうり込まれるどころの話ではない。あてどない弱い体と心が、荒れ狂う海に漂う木の葉のようにさまようのだ。我々はいずれこのことを忘れてしまうだろう。しかし、この幼少年期の記憶を刻明に保持することのできる人間、記憶の闇の中から鮮明に甦《よみがえ》らせることのできる人間だけが偉大な作家になるのだ。

ディケンズは、十五歳で法律事務所の使い走りの仕事に就いた。速記の勉強を始め、打ち込んだおかげで一年半後に裁判所の判決記録係になることができた。二十歳の時に、議会担当の速記者としてでなく、下院で討論を報道する記者の資格を与えられ、「新聞記者席でもっとも早く、もっとも正確に速記できる男」という評価を勝ち得た。この頃、また父親が借金で逮捕され、負債者監獄に入れられる。しかし、ここからデビュー作『ピックウィック・ペイパーズ』の成功までさほど逕庭《けいてい》はない。

†

さて、一介の孤児がどん底から頂点まで登りつめるサクセスストーリー『デイヴィッド・コッパフィールド』だ。

この世で小説と呼ばれるものの中で、この作品の冒頭部、第一章〈僕は生まれる〉、第二章〈僕は観察する〉ほど美しく、人の胸を打つものはあるまい。先に引いた「産声」のパラグラフと羊膜のエピソードに加えて次のようなパラグラフ。

> 僕はサフォーク州のブランダストンで生まれた。またはスコットランド風の言い方をすれば、「だいたいそこらへん」で生まれた。僕が生まれるより前に父さんは死んだ。父さんの目がこの世の光を見られなくなって六か月ほどしたところで、赤ん坊の僕の目が開いてこの世を見回した。今思い返してみても、父さんが僕に会ったことがないだなんて、ちょっと変な気がする。それにぼんやりした思い出を手繰《たぐ》ると、もっと変な気がすることもあったんだ。幼かった僕は、父さんってものを、なにか教会墓地の白い墓石の仲間みたいなものだと思っていて、暗い夜になると決まってなんとも言えず父さんが可哀そうでたまらない気持ちになった。だってこうして僕らはぬくぬくと暖炉と蠟燭《ろうそく》の灯《とも》るちっちゃな居間に集まってるのに、父さん一人、あんな寂しいとこでポツネンと寝ているだなんて、しかもその父さんを閉め出すみたいにかんぬきを下ろしてカギまで掛けるだなんて——まるで血も涙もないじゃないかって思ったんだ。
>
> ある日曜の夜、母さんがペゴティと僕にそこで本を読んでくれるけれど、その本ときたらラザロが死から蘇ったところを書いたものだ。僕はそれにすっかり震え上がってしまうも

のだから、母さんとペゴティは結局、寝た僕をベッドから起こして寝室の窓から外の静かな教会墓地を見せてやらなきゃならない羽目になる。ほら、亡くなった人たちはみんな、ああしてありがたいお月さまの光に照らされて、安らかにお墓の中で眠っているのよって具合に。

本の中で、こういう箇所に出会《でくわ》したらもう冷静ではいられない。〈僕〉がこれから遭遇する苦難を想像するとページを繰る手ももどかしい。愛と友情と憎しみと同情が煮えたぎる坩堝《るつぼ》の中で、物語は喜劇となり悲劇となり、メロドラマともサスペンスともなる。波乱万丈、じつに驚くべき、類のない登場人物たち。「僕の母さん」「ペゴティ」「ベッツィー伯母さん」、母さんを奪って僕を虐待する「ミスター・マードストン」「ダニエル・ペゴティ」「ハム」、僕のヒロイン「リトル・エムリ」、僕のヒーローで友情と裏切りの「スティアフォース」、ディケンズの父親をモデルにした「ミコーバー」(チェスタトンは評伝『チャールズ・ディケンズ』〔金山亮太訳〕の中で、「ミコーバーは巨大な存在である。生きることとはあらゆるものを誇張することだという真実を、彼の存在がはっきりと断言している」と書いている)。そして、偉大な(?)「ミコーバー夫人」。チェスタトンは彼女についてこう書く。「彼女はディケンズが描いたものの中でも最上の部類に属する。破滅状態の只中《ただなか》にいながら腰をおろして微笑《ほほえ》み、事情を詳しく説明する時の彼女の、明晰《めいせき》かつ議論好きな話し方ほど馬鹿げた、と同時に真に迫るものはほかにあるまい」

不気味な卑劣漢「ユライア・ヒープ」、作中最も恐ろしい男、スティアフォースの召使い「リティマー氏」……。

〈僕〉は母さんと別れて、女中のペゴティに連れられてペゴティの実家のあるヤーマスへ旅をする。そこは遠い海辺の淋《さび》しい場所で、ペゴティの家は黒い屋形舟か、年季奉公を終えたような、陸地に乗り上げたボートだった。〈僕〉は、この小さなわびしく狭苦しい舟の家(ここにペゴティの兄や少女エムリやガミッジ夫人、みなし子のハムたちが暮らしている)にアラジンの宮殿や怪鳥の卵よりもっと夢中になる。

お茶も終わり、扉を閉めて室内でぬくぬくと気持ちよくしていると(真っ暗な屋外は冷え込んで霧が立ち込めていた)、この隠れ家は夢にも描けないほど素敵だと思えた。風が海に向かって吹くのを聞き、霧が陰気なのっぺりした荒野の上にひたひたと満ちる様子を思い浮かべ、暖炉の火を見つめながら、あぁ、この家の周りには一軒も家がないんだなぁと考えたり、そういえばこの家、実はボートだったんだっけ、と思い返したりすると、もうまるでお伽噺《とぎばなし》の世界に飛び込んだ気分だった。

これこそすべての少年の心を捉える理想、究極の棲処《すみか》だ。

†

我々は、よく知っている人間しか小説の中に登場させることはできない。よく知っている人間（モデル）とは誰か。それは我々が子供の頃に知り、喜びや悲しみをともなって関係を持った人々である。子供は弱く、言葉を知らず、繊細で、常に不安に慄《おのの》きながら、しかも大人よりも五倍も六倍もゆっくり進む時間の中で生きている。彼らは観察する。大人を観察する。

この本（『デイヴィッド・コッパフィールド』）が実人生そっくりであると言うとき、特にそれは若さについて、いや少年時代について当てはまるのだと明記しておかねばなるまい。登場人物はみな実際よりも少し大きく見えるけれども、それはデイヴィッドが彼らを見上げているからなのだ。そしてこの小説の前半部分は特にびっくりするほど生々しい。その一部などはわれわれがもはや忘れてしまった幼年時代の断片を思わせる。（チェスタトン『チャールズ・ディケンズ』）

そう、子供は大人を、世界を見上げているのだ。認識と経験の域に達しないまま、それらは成長とともにいったん記憶の闇に沈んでゆくが、その闇の中からそれらを再現する。言葉でもって創造する。

子供の目を通して世界が再現される時、そこに生まれるのは子供の世界ではない。成人《おとな》の世界が、つまり現実が、あるいは現実の似姿が創造される。それが小説と呼ばれ、文学と呼ばれる。

文学に何んら患らわされない眼が世間を眺めてこそ、文学というものが出来上るのだ。

（小林秀雄）

†

私は、かつて自作（『冬の旅』）の中で、『デイヴィッド・コッパフィールド』を手にした一人のアメリカ人のトロリーバスの運転手を登場させて、「私はこれを何十回となく読んでいる。四十になったいまも読んでいる。子供の頃の苦しさと悲しみを忘れないためにね。私の聖書さ」と言わせた。

ディケンズは子供の小説をたくさん書いた。『荒涼館』『二都物語』『我らが共通の友』以外はほとんどそうだと言える。

我らが中島敦は、小説『光と風と夢』の中で、スティーヴンソンの言葉として、こう書き留めている。

私は今でも、私の最初の長篇たる・あの少年読物（『宝島』）が嫌いではない。世間は解って呉《く》れないのだ、私が子供であることを。所で、私の中の子供を認める人達は、今度は、私が同時に成人《おとな》だということを理解して呉れないのだ。

成人《おとな》、子供、ということで、もう一つ。英国の下手な小説と、仏蘭西《フランス》の巧い小説に就いて。(仏蘭西人はどうして、あんなに小説が巧いんだろう?) マダム・ボヴァリイは疑もなく傑作だ。オリヴァア・トゥイストは、何という子供じみた家庭小説であることか! しかも、私は思う。成人の小説を書いたフロオベェルよりも、子供の物語を残したディッケンズの方が、成人《おとな》なのではないか、と。

†

我々は、「夏の夕暮れの光が消えるように、儚《はかな》く逝った」薄幸の少女ネル(『骨董屋』)に涙を流し、跳梁《ちようりよう》する悪と貧困、虚栄と憎悪、悲痛な恋と変身・分身の劇がめくるめくように展開する『我らが共通の友』に十九世紀小説の最高の達成をみて、胸を躍らせる。スリルありサスペンスあり、ミステリーあり、数えきれないばかりの人物たちと事件《エピソード》がやがてジグソーパズルが形をなすようにして、壮大な勧善懲悪のカタルシスを伴って幕を閉じる。「偉大なドラマはその中になにがしかのメロドラマティックな要素を含むし、最上のメロドラマはドラマの偉大さを帯びるものだ」(T・S・エリオット)

ドストエフスキーはディケンズに傾倒し、流刑地シベリアに持って行ったのは聖書とディケンズの小説だった。彼はつねにディケンズのような小説を書こうとしていた。しかし、二人の畢生《ひっせい》の大作、『カラマーゾフの兄弟』と『我らが共通の友』を較《くら》べた時、世上の評価とは違って、私には、ドストエフスキーの作品は、無神論者ディケンズの作品を越えることはできなかったと思えるのだが……。

作品解題

『デイヴィッド・コッパフィールド』 *David Copperfield* (1849-1850)

『デイヴィッド・コッパフィールド』は、一八四九年五月から一八五〇年十一月にかけて、月刊分冊形式で出版された中期ディケンズの代表的作品である。

本書では第三十一章までを抄録したが、その後の展開についてまずは簡単にまとめておきたい。スティアフォースとエムリの駆け落ちにショックを受けるデイヴィッドは、ベッツィー伯母の資産が投資の失敗でほとんどなくなってしまった、という衝撃的な報告を受ける。デイヴィッドは伯母を助けるべく、ストロング博士の辞書編纂の手伝いをしたり、独学で速記を習得したりと、それまでの気ままな生活から一変して忙しい日々を送る。そしてかねてから想いを寄せていたドーラと結婚するが、世慣れぬ二人の新婚生活はおままごとのように現実味がない。子供が生まれれば変化もあるかと期待するデイヴィッドだが、ドーラは身ごもった子供を流産してしまい、病に冒され、手厚い看病もむなしく他界してしまう。これに激しいショックを受けたデイヴィッドをアグネス（ベッツィー伯母の古い友人ウィックフィールド氏の娘）が優しく支える。またペゴティ氏はついにエムリの行方を突き止めて再会し、妹のクレアラやマーサらと共にオーストラリアへの移住を決意する。一方、嵐の夜にヤーマス沖で難破した船に乗っていたスティアフォースはそのまま帰らぬ人となり、相手がスティアフォースだとは知らぬまま難破者を救助しようと海に飛び込んだハムもまた、その夜に命を落とす。

大事な人々を多く失ったデイヴィッドは、傷心をいやすべく大陸旅行に出かけ、スイスで執筆活動に精を出し、やがて作家としての名声を確かなものとする。そして祖国から離れた地でアグネスから送られてくる手紙を読むうち、彼女が長い間自分を密《ひそ》かに愛し支え続けてきてくれたこと、自分もまた同じ気持ちであることに気付く。その後デイヴィッドはイギリスに帰国してアグネスと結婚する。

このように主人公デイヴィッドが自らの生い立ちから作家として身を立てるまでを語る本作は、ディケンズ自身の自伝的要素を多くはらんでいる。実際、『デイヴィッド・コッパフィールド』執筆にあたって、ディケンズは自らの過去を書き溜めた断片的な原稿を、そのまま幼いデイヴィッドの経験へとずらしている。たとえば、デイヴィッドが亡き父の蔵書を読みふけるエピソード（第四章）は、ディケンズの幼少期の読書経験と完全に一致している。マードストン・グリンビー商会に働きに出され、紳士の息子としての体面を失うエピソード（第十一章）は、父親の借金のため、ロンドンのウォレン靴墨工場でラベル貼りの仕事をさせられたディケンズ少年の屈辱と哀しみを映し出している。また、そこで知り合うミコーバー氏のモデルは父親のジョン・ディケンズであるとされる。同じく、デイヴィッドのドーラへの恋は、十八歳のディケンズ青年が裕福な銀行家の娘マライア・ビードネルへの叶わぬ恋に身を焦がした経験に基づいている。

幼少期のトラウマ経験、情熱的初恋など、アイデンティティの根幹に関わる重要な出来事を共有する主人公デイヴィッドと作家ディケンズは、当然ながら同一視されることが多い。ジョン・フォースターによる『ディケンズ伝』（一八七二―七四年）は、そのさきがけとも言えるもので、主人公デイヴィッドのイニシャル（D・C）が、作家ディケンズのイニシャル（C・D）の裏返しであることを指摘し、その点に無自覚だったディケンズが「宿命的だ」ともらしたエピソードを披露しながら、両者の結びつきをドラマチックに描き出している。加えて、この作品の執筆を終えることは自分の身体の一部を放出するような気分だ、と述べたディケンズ自身の言葉などを考えあわせると、『デイヴィッド・コッパフィールド』とは、どこまでがフィクションでどこまでがディケンズ本人の自伝テクストなのか、その線引きがきわめて難しい作品であると言える。

その難しさに拍車をかけるように、本作の語りは現在時制と過去時制の間を揺れ動いている。サリンジャーによる『ライ麦畑でつかまえて』の冒頭、十六歳の主人公ホールデン・コールフィールドは、自分がどこで生まれたのか、幼少期がどんなだったかというような「デイヴィッド・コッパフィールド式のくだらない」話をするつもりはない、として、伝統的自伝形式を打破する構えを見せる。しかし、本家『デイヴィッド・コッパフィールド』は実のところ、どこで生まれたのかという過去時制ではなく、特徴的な現在時制で始まる。第一章の「僕は生まれる」というタイトルは、これから始まる主人公の自伝が、過去に起こった出来事を振り返る回想録ではなく、むしろ語りの行為とともに主人公が肉体性を獲得していくような、同時進行の物語であることを示している。実際、ペゴティや母に慈しまれて育った幸せな幼少期を語る第二章「僕は観察する」では、幼いデイヴィッドの経験が現在時制でみずみずしく描写され、読者はその語りに寄り添うことで、主人公の幼少期をその場で目撃する証人となる。しかし一方で、子供向けのクロコダイルの本さえ満足に読めない幼いデイヴィッドと、その情景を鮮やかに描き出す語り手デイヴィッドの間に大きな隔たりがあることもまた明らかであり、この現在時制のみずみずしい語りが、単層的な幼い語り手のそれではなく、壮年期の語り手の懐古的視点と、幼年期の語り手の実況中継的語りとを複雑に混ぜ合わせたものであることに気付かざるを得ない。

同様に、主人公デイヴィッドに投影されるディケンズ自身のエピソードも、過去の経験のみならず、話の展開と絡みあうような現在進行形の出来事を数多く含んでいる。たとえば、作品執筆を開始する直前、全体の構想を練っていたディケンズは、主人公が数々の困難に遭い、間違いを犯しながらも次第に成長していくようなヘンリー・フィールディング型の物語を念頭に置いていた。いみじくも同時期（一八四九年一月）に誕生したディケンズ家の八人目の子供（六男）は、それにちなんでヘンリー・フィールディング・ディケンズと名付けられている。またベッツィー伯母が、デイヴィッドをストロング博士の学校に入れるくだり（第十六章）を描いていたディケンズは、一番年長の息子チャールズを名門パブリック・スクールであるイートン校に入学させようとしていた。さらに、ドーラが衰弱し命を落とすくだり（第五十三章）を描いていた頃に生まれた九人目の子供（三女）には、ドーラ・アニー・ディケンズという名前を与えている。つまりディケンズとデイヴィッドとの関係は、作家の過去が主人公の経験にずらされる、という単純なモデルではなく、互いに有機的に結び付き、フィクションの内と外が複雑な糸で結びあわされている、と言えるだろう。

そうであってみれば、作品『デイヴィッド・コッパフィールド』が、ディケンズの過去を映し出すだけでなく、その未来をも占う性格を持っていたのも、ある種の「宿命」だったのかもしれない。作品内で命を落としたドーラから名前をもらった娘、ドーラ・アニー・ディケンズは、作品完成から五か月後の一八五一年四月、何の前触れもなく痙攣《けいれん》発作に襲われ、一歳に満たない幼さで世を去ってしまう。温泉療養中でロンドンの自宅を離れていた妻キャサリンにこの事実を伝えるため、ディケンズは親友フォースターに手紙を託している。妻のショックを慮《おもんばか》った手紙の文面は、思いやりに満ちているが、一方で感情に流されることなく冷静にこの悲劇に耐えるように、という文言からは、峻厳な横顔も垣間見える。そもそも、我が子の死を直接知らせることなく、友人づてに伝えるという行為自体、夫婦間の溝を静かに物語っているのかもしれない。実際、七年後の一八五八年、ディケンズ夫妻は離婚する。この事実から翻って、デイヴィッドのドーラとの別離やアグネスとの再婚に過剰な意味を見出そうとすることは、もちろん適切ではないだろう。しかしそれでも、ディケンズの過去・現在・未来と、デイヴィッドのそれとは不可思議に絡み合っていると言える。

フィクション内外におけるドーラの死や、妻との離婚騒動について考えるとき、ディケンズ作品における女性表象、というテーマに触れないわけにはいかない。ディケンズの描く女性は多くの場合、ステレオタイプで、ご都合主義的な男の理想を体現するもの、として批判される。彼の二番目の娘ケイトは、「父はとてもひどい男で、女のことをまるで理解していなかった」とまで切り捨てている。アグネスという天使のような女性がデイヴィッドを心密かに想いながらも、その気持ちを抑えて姉のように振る舞うこと、そのアグネスと結ばれるために邪魔になるドーラが、都合よくテクストから抹消されること、また美しい「ちびのエムリ」が、ハムという正しい伴侶を捨て、紳士スティアフォースと駆け落ちした後に、弄《もてあそ》ばれただけで捨てられる、等々のエピソードを見る限り、たしかにその批判も的外れとは言えないだろう。しかし一方で、ペゴティやローザ・ダートル、ミス・モウチャーなど、典型的ヒロイン以外の女性たちを描くディケンズの筆致をたどってみれば、優しく、生き生きとして、ときに毒々しい女性本来の姿を見出すことも可能である。また翻って、「ちびのエムリ」の描写を追ってみれば、どこかで典型的ヒロインの枠を外れるような、小悪魔的な女性の一面を垣間見《かいまみ》ることもできる。

いずれにしても、中期の傑作『デイヴィッド・コッパフィールド』は、作家の自伝的エピソードに彩られた回想録という枠組みでは到底包摂しきれない豊かな魅力を有している。また初期作品とは異なり、作品執筆の前段階から、全体を通じた構成計画メモが残されている。さらに、毎月およそ三章分を書きあげて分冊形式で発表していく、という忙しいルーティーンと並行して、雑誌《ハウスホールド・ワーズ》を刊行し（一八五〇年三月〜）、寄稿者を募り、その原稿を推敲《すいこう》・査読し、また自らも多くの記事を執筆する、という驚異的な仕事量をこなしていたことも忘れてはならない。そして改めて、作家として最も多産で脂の乗った壮年期のディケンズが、デイヴィッド・コッパフィールドという少年の寄る辺なく幼い心の葛藤や柔らかな心の機微を、これほどまでにみずみずしく描き出してみせたことの素晴らしさを、思い出してみるべきだろう。

『骨董屋《こっとうや》』*The Old Curiosity Shop*（1840-1841）

『骨董屋』は一八四〇年四月から一八四一年二月にかけて、週刊誌《ハンフリー親方の時計》に掲載され、イギリスのみならずアメリカにおいても人気を博した。連載が終盤に差し掛かるころには、雑誌の売り上げは十万部という驚異的な数字を記録し、主人公ネルの行く末が広く話題となった。雑誌最新号を積んでイギリスからやってくる船を迎えようと、ニューヨークの波止場に読者が殺到し、船の甲板に向かって「ネルは生きているか」という絶叫があがったとさえ言われる（ただしこの逸話は事実でないとする見方が強い）。

しかし、そんな爆発的人気を得るまでには、さまざまな困難を経なければならなかった。『骨董屋』を書き始める前に『ピックウィック・ペイパーズ』『オリヴァー・トゥイスト』『ニコラス・ニクルビー』という三つの長編小説を、分冊出版もしくは月刊誌連載で立て続けに発表していたディケンズは、同様の出版形式を継続することで読者が飽きてしまうことを懸念し、また自らも長期間にわたって単一の作品に縛られる煩わしさから解放されたい、と考えた。そこで週刊誌《ハンフリー親方の時計》刊行を思い立つ。ハンフリー親方という身体の不自由な老人の家に数人のメンバーが集って物語クラブを開催し、各々が順繰りに話を披露していくという設定が導入され、多彩なジャンルの短い挿話がオムニバス的に蓄積されていく手はずであった。

しかしながら、このオムニバス構想は新たな長編小説を期待していた読者には不評で、創刊後まもなく雑誌の売り上げが急落してしまう。こうして読者からの否を突き付けられたディケンズは、急遽《きゅうきょ》路線転換を図り、物語クラブで語られた小さな少女のエピソードをネルと祖父の長編物語へと書き換えたのである。その結果、『骨董屋』冒頭を担当した一人称の語り手（ハンフリー親方）が、第三章終わりで唐突に読者に別れの挨拶をし、その後を三人称の語りが引き継ぐ、という不自然な語りのズレが生じた。読者の反応を伺いつつ、即興で物語を展開させていくこのようなスタイルは、初期ディケンズに特徴的である。

興味深いことに、作品中の挿絵に描かれるネルの姿もまた、ディケンズの即興的な筆運びと呼応するかのようにして、一貫した肉体の輪郭を結ぶことがない。第七章でネルの年齢は「十四歳になろうとするところ」とされているが、作品の挿絵を担当したダニエル・マクリース、サミュエル・ウィリアムズ、ジョージ・キャタモール、ハブロット・K・ブラウン（雅号フィズ）の四人の画家たちが描く少女の姿は、十四歳より時に幼く、時に大人び（すぎ）ている。たとえば、巻頭に置かれたキャタモールの扉絵は、比較的おさなく小柄な少女を描いているが、第一章の終わりに置かれたスマイルズの挿絵は、成熟した大人の女性に近い姿を提示する。一方、第六章冒頭、クウィルプ波止場でクウィルプと向き合うネルを描くフィズは、きわめて肉体的で大人びた女性像を提示する（「登場人物紹介」参照）。しかしその後、ふたたびネルは幼い姿へと逆戻りし、第九章冒頭のキャタモールの挿絵では、十四歳よりもずいぶん幼い姿で祖父に寄り添っている。つまりネルは、テクストの展開にしたがって自在にその姿と女性性を変幻させる存在である、と考えてもいい。

その一方で、作品の展開に沿って直線的にネルの女性性の目覚めを読み取るようなフェミニズム批評も存在する。とはいえ、作品を通してネルの姿を見渡してみても、その内面的変容・成長を、明白に跡付けることは難しい。作品冒頭からネルは常に祖父とともにあり、彼女個人の心理的葛藤が描かれることはない。言い換えれば彼女は、祖父への無私の愛の権化として描かれ、骨董屋に置かれれば美しい骨董品のように（第一章）、ジャーリー夫人の蠟人形《ろうにんぎょう》旅一座に入れば（第二十八章）蠟人形よりも美しい人形として、人々の注目を集める。また、祖父とともに物乞いをしながら、荒れ果てた工場地帯を行くときには（第四十五章）、その地の人々の飢えと絶望、諦念をすべて自らの身体に映し出す。したがって彼女の夭折（第七十一章）もまた、宿命的展開と言えるのかもしれない。ガラスの棺におさめられて永遠の美を獲得するお伽噺《とぎばなし》のヒロインのように、ネルはその死によって、あらゆる時の流れや変化から解き放たれ、美そのものとして自己の存在を完成させる。さらに、ディケンズが義妹メアリ・ホガース（『骨董屋』執筆の三年前、十七歳の若さで突然死した）をネルのモデルとしたことを考え合わせれば、死によって永遠の生を手に入れた、この世ならぬヒロイン造形の一端に、作家の義妹への愛と願望を読み取ることも可能である。

そんなネルと対照をなすクウィルプにもやはり、時の流れに洗われることのない、一貫した

「悪」を見出すことができる。悔悛《かいしゅん》や自省とは無縁の醜いこの人物は、善なるすべてのものから超然と隔たることによって、自己の存在を規定している。そして彼もまた、多様なジャンルのフィクション形態を自在にその身に映し出す。戯画化された醜さと妻への虐待、滑稽なまでの暴力性は、パンチ&ジュディの人形劇を思わせるし、妻を退けてネルを後妻に迎える算段をするさまは、シェイクスピアの『リチャード三世』を思わせる（第六章）。また彼の死の描写（第六十七章）と、ウエブスターの『マルフィ公爵夫人』との関連を論じる批評もある。

こうしたヒロインとアンチ・ヒーローの周りにも、多くの古典・大衆作品からの影響の糸が張り巡らされている。ディック・スウィヴェラーの振るう長広舌には、当時人気のあった詩歌のフレーズがそこここに埋め込まれているし、ネルと祖父の関係は、しばしば『リア王』のリアとコーディリアのそれに重ねて描写される。また二人の逃避行はジョン・バニヤンの『天路歴程』になぞらえられているし、都会の喧騒《けんそう》に疲弊し、ひたすら田園風景に憧れる二人の姿には、ロマン主義的理想からの影響が見受けられる。こうして縦横無尽に張り巡らされた多彩なフィクションの糸によって、『骨董屋』はその奥行きを増し、ネルの美しさは時を超えた永遠性を獲得し、クウィルプの怖ろしさは、喜劇性と残虐性を二つながら獲得していく。そしてその奥行きに呼応するように、ロンドンの街並みや工場地帯（バーミンガムをモデルとしている）の喧騒が活写され、田園地帯の静謐《せいひつ》な安らぎと対照をなすのである。

このように、プロットの展開を自分の身体に引き受けて映し出すヒロインとアンチ・ヒーロー、その背景を織りなす多彩な作品群への言及、そして読む者の心を打たずにはおかないヒロインのいたいけな姿とその哀しい運命は、若き作家ディケンズの勢いに満ちたペンの力を存分に示すものとなっている。

『我らが共通の友』 *Our Mutual Friend*（1864-1865）

『我らが共通の友』は、一八六四年五月から一八六五年十一月にかけて、月刊分冊形式で出版された、ディケンズ最後の完成長編小説である。

『ピックウィック・ペイパーズ』『オリヴァー・トゥイスト』などの人気作品を一年一作という驚異的なペースで出版し続けた初期や、『ドンビー父子』『デイヴィッド・コッパフィールド』『リトル・ドリット』など長大な作品を立て続けに完成させた中期と比べ、後期ディケンズの創作スピードは格段に落ちている。『我らが共通の友』は前作『大いなる遺産』の完成からおよそ四年の歳月を隔てて構想されたが、すでに五十二歳になっていたディケンズにとって、この大作執筆は決して楽ではなかった。久しぶりの長編作品執筆に万全を期すため、出版前の段階で五分冊もの量を書き上げてストックする、という入念な準備をしたが、その後の筆の進みは芳しくなく、分冊出版開始から一年が経過するころには四分冊のリードを使い果たし、辛うじて読者を一分冊だけ上回る、というきわどいレース展開を余儀なくされた。実際、執筆の遅れを取り戻すため、フォースターとの海辺日帰り旅行をあきらめたり、創作のインスピレーションが湧かないために、泣き言めいた愚痴を手紙にしたためたりしている。

しかしそんな苦労の甲斐《かい》あって、作品はその奥行きを増していく。第一巻第十二章では、「正直者」のライダーフッドがハーモン殺しの下手人としてギャッファーを密告するシーンが描かれるが、その背景をなす舞台ロンドンの描写は、あきらめた海辺の小旅行を贖《あがな》ってあまりある出来栄えとなっている。また創作のインスピレーションが湧かないと言った時期にも、ベラと父のグリニッジへの「駆け落ち」（第二巻第八章）という温かなエピソードを見事に書き上げている。とはいえ苦心の跡はプロット構築にも影響を与えており、ディケンズは創作史上はじめて、他作品の設定を借用している。溺死体から金目のものを奪うというエピソードは、同時代の劇作家ジェイムズ・シェリダン・ノウルズの『娘』からの借用であり、また金の亡者のような後見人に対して娘が否を唱え、貧しい秘書との結婚を宣言することで（この秘書は実は貴族）心根の美しさを示すという筋書きも同様に、ノウルズの『せむし男』からの借用である。

ことほどさように苦心して紡ぎだされた『我らが共通の友』は、その苦心と響き合うように、一貫して暗いトーンに満ちている。冒頭から前景化するテムズ川は、登場人物のさまざまな経験を目撃しながら静かに作品内を流れ続けるが、その水面は暗い陰を宿し、死のイメージと結びついている。ジョン・ハーモン、ギャッファー・ヘクサム、ローグ・ライダーフッド、ブラッドリー・ヘッドストーン、ユージーン・レイバーンらは、次々にテムズの流れに洗われて瀕死の重傷を負うか、そのまま死に至る。もちろん、ユージーンとジョン・ハーモンの死が本当の死ではなく、新しい生の始まりを意味することから、テムズ川に再生のテーマを読み取ることも可能だろう。それでもやはり、再生や浄化の清らかなイメージが作品全体を支配することはなく、お金に翻弄されて自己を見失う人間の浅ましさ、損得勘定や自己顕示欲にとり憑かれた中産階級の醜さのほうが前面に押し出される。言い換えれば、人間の性《さが》に対して楽天的な理想論を描くことのできる初期作品に比べ、『我らが共通の友』は、そのような理想論の成立を許さない現実のゆがみや襞《ひだ》を抉《えぐ》り出す。

したがって、本作で問題化されるのが明確な貧困問題や単純な階級格差などではないこともまた、当然なのかもしれない。ヴェニヤリング邸で開かれる晩餐会《ばんさんかい》の虚飾（第一巻第二章）、独善と欺瞞《ぎまん》に満ちた中産階級の換喩《メトニミー》として機能するポズナップ氏（同第十一章）の造形、ヘッドストーンの階級コンプレックスと抑圧された激情（第二巻第一章）などはすべて、特定の時代の特定の場所に回収される社会問題としてではなく、人が集団を形成し、その集団が資本主義を信奉した時点で背負う、根本的な十字架を浮き彫りにする。

なお、本書では第二巻第十三章までを抄録しているが、この後の展開について簡単にまとめておきたい。リジーはヘッドストーンから求婚されるが、胸に秘めたユージーンへの愛のため、これを断る。一方ボフィン家では、貧しかった頃には優しく実直だったボフィン氏が豹変《ひょうへん》し、異常なほど金銭に執着するようになり、ついにはロークスミスを解雇する。これを見たベラはボフィン氏の変化を悲しく思うとともに、遺産相続の話に目がくらんで金銭のことばかり考えていた自分の醜さを恥じ、ロークスミスへの自分の本当の気持ちに気付いて彼のプロポーズを受け入れる。

同じ頃、テムズ川でユージーンが何者かに襲われ瀕死の重傷を負うが、これがきっかけとなってユージーンとリジーは互いの気持ちを確かめあい、結婚する。ユージーンは身体に障害が残るものの、リジーという伴侶を得たことで、これまでの無気力な人生とは異なる幸せな生活を手に入れる。またロークスミス夫妻には女の子が生まれるが、ある日街で偶然モーティマー・ライトウッドと鉢合わせしたことから、ジョン・ロークスミス＝ジュリアス・ハンドフォード＝ジョン・ハーモンであることが明らかとなり、ジョン・ハーモン（ジョン・ロークスミス）夫妻が巨額の遺産を相続する。ここでボフィン氏は、ロークスミスがハーモンであることに以前から気付いていたこと、ロークスミスとベラが互いの気持ちを確かめあえるように、「豹変」したような芝居を打っていたことを明らかにする。

このように、一見したところディケンズらしい明るさや呑気《のんき》さよりも、閉塞感や暗さを漂わせる『我らが共通の友』は、売れ行きの点から言って、ディケンズ最盛期のそれに遠く及ばなかった（平均二万部程度）。一方で作品全体を概観するとき、三人称の俯瞰的な視点から広大なテクスト空間に張り巡らされた伏線を一つの大作へと織り上げていくディケンズの手腕は、初期の即興的な語りの構成とは著しい対照をなしている。実際、作品完成直後に書いた「あとがき」において、ディケンズは自らを「機織り機の前に座る物語の紡ぎ手」と呼んでいる。ジョン・ハーモンのアイデンティティを巡るサスペンス・プロットに、サイラス・ウェッグやベティ・ヒグデンの糸が交錯し、リジー・ヘクサムとヘッドストーン、ユージーンをめぐる恋愛サスペンスのプロットに、狡猾なライダーフッドと怜悧《れいり》なジェニー・レンのエピソードが撚《よ》り合わされ、ラムル夫妻、ポズナップ家、トウェムロー、ヴェニヤリング夫妻を取り巻く社会ルポルタージュのプロットに、ファッシネーション・フレッジビーの物語が織りなされる。そしてそれぞれに異なるプロットが、作品全体を通して一つにまとめ上げられるのである。

しかしながら、創作晩年の円熟味を感じさせるプロット構成の一方で、初期作品から一貫して批判されるような硬直的価値観が昇華されているとは言い難い。父親とグリニッジに「駆け落ち」し、金目当ての結婚希望を明け透けに告白するようなベラ・ウィルファーの型に嵌《はま》らない魅力は、作品後半部でジョン・ロークスミス（ハーモン）に恋をするや霧散してしまい、献身的に夫に尽くしてひたすらその帰りを待ちわびるステレオタイプの「家庭の天使」に収束する。また父親と弟のため自分を犠牲にしてきたリジー・ヘクサムはユージーンに想いを寄せるが、そのユージーンから告白されてなお、身分の違いを慮って自ら身を引こうとするような古いタイプの女性である。そして身分違いの二人の恋は、ユージーンがヘッドストーンに襲われ、身体的障害を負ってはじめて成就することが許される。つまりベラとリジーという二人のヒロインは、どちらも意中の男性に見初められ、その身の回りの世話をすることで最終的な自己の存在意義を規定するし、異なる階級間の結婚は、上の階級の人間が相対的に結婚市場での価値を下落させてはじめて可能となるのである。

作品全体を支配する暗いトーンや、ハッピーエンドで終わる割にどことなく居心地の悪い印象を与える二組の男女の結婚を、後期ディケンズの私生活に照らして考察するなら、作品の陰はその濃さを増す。『リトル・ドリット』を完成させた一八五七年、四十五歳のディケンズは十八歳の女優ネリー・ターナンと出会い、恋に落ちる。その翌年六月、彼は、二十二年間連れ添い、十人の子供をもうけた妻キャサリンとの離婚に踏み切っている。当代きっての人気作家の離婚劇と不倫騒動は、巷《ちまた》の人々の憶測や噂話で尾ひれが付き、大スキャンダルに発展した。その後、死によって分かたれるまで続いたネリーとの関係は、常に他人の目を怖れ、ヴィクトリア朝の家庭の理想を裏切った背徳感と背中合わせの苦しいものであった。

そして、その苦難を縮図的に示すような事件が、『我らが共通の友』執筆終盤に発生する。一八六五年五月、第十六分冊に取り掛かっていたディケンズは心身ともに疲弊しきって転地の必要性を痛感し、ネリーを伴ってフランスへと移動する。そこで一応の落ち着きを取り戻し、ベラとロークスミスの結婚のくだり（第四巻第四章）をあらかた書き上げたところで、六月九日、鉄道でロンドンに向かう。その道中、死者十名、怪我人四十名という鉄道脱線事故に巻き込まれるのである。ネリーとその母フランシス・ターナンを同伴している事実が周囲に知れることを怖れつつも、ディケンズは非常に冷静に振る舞い、怪我人の救出に手を貸し、その後、高架に寄りかかる形で斜めに転覆した車両に戻って執筆途中の原稿を回収している。とはいえ、この事故が彼に与えた精神的ショックは計り知れず、その後三か月にわたって鉄道に乗ることができず、また三週間にわたって満足に執筆できない状態が続いた。わずかに残っていた一分冊分のストックも底をつき、仕上げた第十六分冊も手書き原稿を活字にしてみれば所定の分冊分量に二ページ半も足りないことが判明するなど、まさに泣きっ面に蜂の日々であった。

もちろん、キャサリンとの離婚やネリーとの関係、鉄道事故の影響など、ディケンズの実人生を彩ったさまざまなドラマを、『我らが共通の友』の作品内エピソードと並置して関連を深読みすることは不適切だろう。しかし初期・中期・後期を通じて、ディケンズという作家の人生とその作品には、不思議な因縁や宿命が存在し、単に実在のモデルが作中登場人物化されるという一方向的なスキームではなく、互いに結びつき影響を与えあっているような、奇妙なバランスが存在している。または、そうした「現実」と「フィクション」が渾然一体となって融合するダイナミズムこそ、ディケンズ作品が持つ大きな魅力の原点なのかもしれない。

（猪熊恵子）

ディケンズ 著作目録

〈原著コレクション〉

- *The New Oxford Illustrated Dickens*, 21 vols., Oxford University Press, Oxford, 1948-1958.

主要中編・長編小説が、出版当時のオリジナルの挿絵とともに収録されたコレクションであり、各巻冒頭には、研究者による解説もある。

- *The Dent Uniform Edition of Dickens' Journalism*, 4 vols., Michael Slater ed., J. M. Dent, London, 1994-2000.

ディケンズは長編小説執筆の傍ら、数多くの雑誌にさまざまな記事を寄稿している。それらを時系列に沿って整理したもので、各々の記事の執筆背景や語注など、十全な解説が施された四巻本コレクション。

- *The Norton Critical Editions*, W. W. Norton, New York.

ノートン・クリティカル・エディションはアメリカのノートン出版が発行する小説シリーズで、ディケンズ作品のなかでは『クリスマス・キャロル』『荒涼館』『デイヴィッド・コッパフィールド』『大いなる遺産』『ハード・タイムズ』『オリヴァー・トゥイスト』が出版されている。このシリーズには、小説テクストに加えて出版当時の書評や、二十世紀の代表的な研究論文なども収録されている。

右記のコレクションのほか、ペンギン・クラシックス版（Penguin Books, London）や、オックスフォード・ワールズ・クラシックス版（Oxford University Press, Oxford）などのペーパーバックでも、主要作品のほとんどが入手可能であり、それぞれに研究者による解説が付されている。

〈翻訳コレクション〉

ディケンズ作品の翻訳はきわめて多数にのぼるため、ここでは比較的最近出版されたもので、書籍の形で手に入りやすいものを中心に挙げる。

【主要作品】

Sketches by Boz（1836）

- 『ボズのスケッチ』藤岡啓介訳、未知谷、二〇一三年。
- 『ボズの素描集』田辺洋子訳、あぽろん社、二〇〇八年。
- 『ボズのスケッチ（短篇小説篇上・下）』藤岡啓介訳、岩波文庫、二〇〇四年。

The Pickwick Papers（1836-1837）

- 『英国紳士サミュエル・ピクウィク氏の冒険』梅宮創造訳、未知谷、二〇〇五年。
- 『ピクウィック・ペーパーズ』全二巻　田辺洋子訳、あぽろん社、二〇〇二年。
- 『ピクウィック・クラブ』全三巻　北川悌二訳、ちくま文庫、一九九〇年。

Oliver Twist（1837-1839）

- 『オリヴァー・トゥイスト』田辺洋子訳、あぽろん社、二〇〇九年。
- 『オリバー・ツイスト』全二巻　北川悌二訳、角川文庫、二〇〇六年。
- 『オリヴァー・ツイスト』照山直子訳、ニュートンプレス、一九九七年。
- 『オリヴァー・トゥイスト』全二巻　小池滋訳、ちくま文庫、一九九〇年。

Nicholas Nickleby（1838-1839）
・『ニコラス・ニクルビー』全二巻　田辺洋子訳、こびあん書房、二〇〇一年。

Master Humphrey's Clock（1840-1841）
・『ハンフリー親方の時計／御伽英国史』（田辺洋子訳、溪水社、二〇一五年）所収。

The Old Curiosity Shop（1840-1841）
・『骨董屋』全二巻　北川悌二訳、ちくま文庫、一九八九年。
・『骨董屋』田辺洋子訳、あぽろん社、二〇〇八年。

Barnaby Rudge（1841）
・『バーナビー・ラッジ』小池滋訳、世界文学全集15、集英社、一九七五年。
・『バーナビ・ラッジ』田辺洋子訳、あぽろん社、二〇〇三年。

American Notes（1842）
・『アメリカ紀行』全二巻　伊藤弘之／下笠徳次／隈元貞広訳、岩波文庫、二〇〇五年。

Martin Chuzzlewit（1843-1844）
・『マーティン・チャズルウィット』全二巻　田辺洋子訳、あぽろん社、二〇〇五年。
・『マーティン・チャズルウィット』全三巻　北川悌二訳、ちくま文庫、一九九三年。

A Christmas Carol（1843）
・『クリスマス・キャロル』池央耿訳、光文社古典新訳文庫、二〇〇六年。
・『クリスマス・キャロル』脇明子訳、岩波少年文庫、二〇〇一年。
・『クリスマス・キャロル』村岡花子訳、世界文学の玉手箱18、河出書房新社、一九九四年。

The Chimes（1844）
・『鐘の音』松村昌家訳、『クリスマス・ブックス』（ちくま文庫、一九九一年）所収。

The Cricket on the Hearth（1845）
・『炉辺のこおろぎ――家庭のおとぎ話』伊藤廣里訳、近代文藝社、二〇〇四年。

Pictures from Italy（1846）
・『イタリアのおもかげ』伊藤弘之／下笠徳次／隈元貞広訳、岩波文庫、二〇一〇年。

The Life of Our Lord（1846-1849）
・『キリスト伝』全二巻　竜口直太郎対訳、評論社、一九八五年。

The Battle of Life（1846）
・『人生の戦い――一つの愛の物語』篠田昭夫訳、成美堂、一九九〇年。

Dombey and Son（1846-1848）
- 『ドンビー父子』全二巻　田辺洋子訳、こびあん書房、二〇〇〇年。

The Haunted Man（1848）
- 『憑かれた男』藤本隆康／篠田昭夫／志鷹道明訳、あぽろん社、一九八二年。

David Copperfield（1849-1850）
- 『デイヴィッド・コパフィールド』全二巻　田辺洋子訳、あぽろん社、二〇〇六年。
- 『デイヴィッド・コパフィールド』全五巻　石塚裕子訳、岩波文庫、二〇〇二―〇三年。
- 『デイヴィッド・コパフィールド』全四巻　中野好夫訳、新潮文庫、一九六七年。

A Child's History of England（1851-1853）
- 『ハンフリー親方の時計／御伽英国史』（田辺洋子訳、溪水社、二〇一五年）所収。

Bleak House（1852-1853）
- 『荒涼館』全二巻　田辺洋子訳、あぽろん社、二〇〇七年。
- 『荒涼館』全四巻　青木雄造／小池滋訳、ちくま文庫、一九八九年。

Hard Times（1854）
- 『ハード・タイムズ』田辺洋子訳、あぽろん社、二〇〇九年。
- 『ハード・タイムズ』田中孝信／山村元彦／竹村義和訳、英宝社、二〇〇〇年。

Little Dorrit（1855-1857）
- 『リトル・ドリット』全二巻　田辺洋子訳、あぽろん社、二〇〇四年。
- 『リトル・ドリット』全四巻　小池滋訳、ちくま文庫、一九九一年。

A Tale of Two Cities（1859）
- 『二都物語』加賀山卓朗訳、新潮文庫、二〇一四年。
- 『二都物語』田辺洋子訳、あぽろん社、二〇一〇年。
- 『二都物語』全二巻　中野好夫訳、新潮文庫、一九六七年。

Great Expectations（1860-1861）
- 『大いなる遺産』全二巻　石塚裕子訳、岩波文庫、二〇一四年。
- 『大いなる遺産』全二巻　佐々木徹訳、河出文庫、二〇一一年。
- 『大いなる遺産』田辺洋子訳、溪水社、二〇一一年。

Our Mutual Friend（1864-1865）
- 『互いの友』全二巻　田辺洋子訳、こびあん書房、一九九六年。
- 『我らが共通の友』全三巻　間二郎訳、ちくま文庫、一九九七年。

The Mystery of Edwin Drood（1870）
- 『エドウィン・ドルードの謎』小池滋訳、白水Uブックス、二〇一四年。

・『エドウィン・ドゥルードの謎』田辺洋子訳、溪水社、二〇一〇年。
・『エドウィン・ドルードの謎』小池滋訳、創元推理文庫、一九八八年。

【編集】

・小池滋／石塚裕子訳『ディケンズ短篇集』岩波文庫、一九八六年。
「墓掘り男をさらった鬼の話」「狂人の手記」「追いつめられて」「信号手」などを収録。
・田辺洋子訳『クリスマス・ブックス』溪水社、二〇一二年。
前期（一八四三―四八年）のクリスマス短編を収録。「クリスマス・キャロル」「鐘の音」「炉端のこおろぎ」など。
・田辺洋子訳『クリスマス・ストーリーズ』溪水社、二〇一一年。
後期（一八五〇―五八年、一八五九―六七年）のクリスマス短編を収録。
・篠田昭夫訳『チャールズ・ディケンズの「クリスマス・ストーリーズ」』溪水社、二〇一一年。
「柊屋」「英国人捕虜の危険」などを収録。

（猪熊恵子＝編）

ディケンズ 主要文献案内

〈事典・用語〉

- *The Stanford Companion to Victorian Fiction*, John Sutherland, Stanford University Press, California, 1989.
  ディケンズが生きたヴィクトリア朝の出版事情や社会問題などに関わる項目を広く集め、アルファベット順に並べたハンドブック。
- *Oxford Reader's Companion to Dickens*, Paul Schlicke ed., Oxford University Press, Oxford, 1999.
  右の手引書よりもかなり一般向けで、ディケンズ作品に出てくる人物や作品名、時代背景などに関する解説がアルファベット順に並べられたハンドブック。
- *Who's Who in Dickens*, Donald Hawes, Routledge, London, 2001.
  ディケンズ作品はとにかく登場人物が多いことで知られるが、その個々人が見事に活写され生き生きと動き回るさまこそ、ディケンズ世界の魅力の真骨頂といえる。とはいえ、全員を覚えておくことは不可能であるため、この登場人物事典はきわめて有用である。一般読者でも英語で登場人物名のスペルを知る楽しさを味わえる。
- *A Companion to Charles Dickens*, David Paroissien ed., Wiley Blackwell, Chichester, 2011.
  一般読者向けというよりは研究者向けで、ディケンズの人生や作品の生まれた時代背景、十九世紀の社会問題その他が網羅的に議論されている。
- 『ディケンズ鑑賞大事典』西條隆雄／植木研介／原英一ほか編著、南雲堂、二〇〇七年。
  ディケンズの生涯、各作品、ジャーナリストとしての活動や当時の出版背景などを章ごとにまとめ、さらにディケンズ批評の歴史や日本の作家への影響など、ディケンズ文学のコンテクストを幅広く扱った事典。

〈書簡・スピーチ・公開朗読〉

- *The Public Readings*, Philip Collins ed., Clarendon Press, Oxford, 1975.

晩年のディケンズは、自作の原稿を朗読用に書き換え、イギリスのみならずアイルランドやアメリカなど、海外でも朗読公演を行った。その際に用いた原稿を収録したもの。特に『オリヴァー・トゥイスト』から取られた「ナンシー撲殺」の朗読は大いに人気を博し、殺害シーンの鬼気迫る朗読に失神する女性も多く出たと言われる。

- 『ディケンズ公開朗読台本』梅宮創造訳、英光社、二〇一〇年。

右記のフィリップ・コリンズ編のオリジナル朗読原稿から、六編を選んで翻訳したもの。『デイヴィッド・コッパフィールド』からも、ちびのエムリの駆け落ちが明らかになるシーンや、ドーラとデイヴィッドの新婚家庭のドタバタ劇などが翻訳されている。

- *The Speeches of Charles Dickens*, K. J. Fieilding ed., Clarendon Press, Oxford, 1960.

ディケンズは、作家としてのみならず、ジャーナリストや慈善家としても精力的に活動し、多くの場でスピーチをしている。そのスピーチを書きおこした原稿を時系列順に収録し、聴衆の反応やスピーチをするに至った経緯などの簡単な解説が付されている。

- *The Letters of Charles Dickens*, 3 vols., Mamie Dickens and Georgina Hogarth ed., Chapman and Hall, London, 1880-1882.

ディケンズの死後、ディケンズの長女メイミーと、義妹ジョージーナ・ホガースによって編まれた書簡集。ジョン・フォースターによる『ディケンズ伝』の補遺として企画され、ディケンズの親友ウィルキー・コリンズも編集を手伝っている。ディケンズの多くの貴重な書簡が世に出るきっかけとなったが、一方で晩年のネリー・ターナンとの不倫関係を示唆するようなものは削除されている。百年以上前の出版で、書籍の形で手に入れるのは難しいが、キンドル版は無料でダウンロードできる。

• *The Letters of Charles Dickens*, 12 vols., Madeline House, Graham Storey, Kathleen Tillotson ed., Clarendon Press, Oxford, 1965-2002.

ディケンズ研究者の執念の結実ともいえる一二巻の書簡集。一巻一巻が広辞苑並みの厚さと重さであり、あらゆる書簡やメモを収録している。完成までに三十七年の年月を要しており、責任編者のグレアム・ストーリーは毎朝、起床後にディケンズの手紙に向かい、転写するのを日課にしていたらしい。

〈伝記・評伝〉

• John Forster, *The Life of Charles Dickens*, 3 vols., Cecil Palmer, London, 1872-1874.

ジェイムズ・ボズウェルによる『サミュエル・ジョンソン伝』、エリザベス・ギャスケルによる『シャーロット・ブロンテの生涯』などと並び称される文人による文人の伝記。生前のディケンズが断片的に書き残していた自伝原稿、フォースターとの会話など、興味深い資料やエピソードが多く盛り込まれ、その後のディケンズ伝の雛形を作るとともに、ディケンズのみならず、伝記作家フォースターの名を歴史に刻むこととなった作品。間二郎、中西敏一による訳本が出版されたが、現在は入手困難。英語のオリジナル版はグーテンベルク版その他、電子テクストで簡単に手に入る。

• G・K・チェスタトン『チャールズ・ディケンズ』（「G・K・チェスタトン著作集」評伝篇二巻）ピーター・ミルワード編、小池滋ほか訳、春秋社、一九九二年。

原書は一九〇六年。登場人物をユーモラスに描く才能、人間の善なる精神が社会の悪に打ち勝つ様子を美しく描き出す才能などを高く評価している。

• エドマンド・ウィルソン『エドマンド・ウィルソン批評集2・文学』佐々木徹ほか訳、みすず書房、二〇〇五年。「ディケンズ――二人のスクルージ」収録。

原著は一九四〇年。チェスタトンの描いたディケンズのイメージとは異なり、過去の失意の経験やヴィクトリア朝社会への失望など、さまざまな負の感情に打ちのめされ苦悩しながらも、その昇華として傑作を生み出す大作家ディケンズの横顔を描き出す。

- Edgar Johnson, *Charles Dickens, His Tragedy and Triumph*, 2 vols., Little, Brown, Boston, 1952.

ディケンズ研究の礎ともいえる評伝であり、ディケンズの作品のみならず、出版時の新聞雑誌他の文献を浩瀚に参照し、客観的かつ冷静な視点からディケンズの光と闇を捉えようとする研究書。

- アンガス・ウィルソン『ディケンズの世界』松村昌家訳、英宝社、一九七九年。

原書は一九七〇年。「悪い仲間」「にれの木」などの短編作品で知られる作家ウィルソンによるディケンズ伝。

- Fred Kaplan, *Dickens: A Biography*, William Morrow, New York, 1988.

一次文献を網羅的に参照しながら、数々の人生の困難な局面で、彼の想像力がいかに磨かれていったかを跡付け、自分の人生を通して自らの小説の世界を演じているかのようなディケンズの姿を描いている。

- Peter Ackroyd, *Dickens*, Sinclair-Stevenson, London, 1990.

ウィリアム・ブレイクやシェイクスピアなどの評伝でも知られるアクロイドのディケンズ伝。一二〇〇頁もの大部だが、一貫して読者を飽きさせることのない鮮やかで生き生きとした筆致が特徴的で、ディケンズにとって「現実」とはむしろフィクション世界を通じて経験されるものであった、という表裏の転換を展開する評伝。

- クレア・トマリン『チャールズ・ディケンズ伝』高儀進訳、白水社、二〇一四年。

原書は二〇一一年。ジェイン・オースティンの伝記や、ディケンズが晩年をともに過ごしたネリー・ターナンの物語（*The Invisible Woman: The Story of Nelly Ternan and Charles Dickens*）を書いた著者によるディケンズ伝。翻訳のある伝記のなかでは最新。

〈研究・論考〉

ディケンズを論じた研究・論考は膨大な数にのぼるため、ここでは日本語で書かれたものや訳本のあるもの、現在も入手可能なもので、特に一般読者にも読みやすいものを中心に挙げる。

・ヘンリー・メイヒュー『ロンドン路地裏の生活誌』上下巻　植松靖夫訳、原書房、二〇一一年。原書は一八四九―六二年。十九世紀のロンドンの路地裏で生活した貧しい人々の日常を詳細に描き出し、発売当時から大いに話題を呼んだ。『我らが共通の友』に出てくる「川浚い人」や「泥ヒバリ」等の項目もある。

・ミハイル・バフチン『小説の言葉』伊東一郎訳、平凡社ライブラリー、一九九六年。原書は一九三四年から三五年。小説の語りは、一個人による単層的な声で紡がれるのではなく、さまざまなポリティクスやイデオロギーに彩られた多くの声（ポリフォニー）が対話的に織りなすものだとした論考で、バフチンはこうしたポリフォニックな語りの好例としてディケンズを挙げている。

・G・M・ヤング『ある時代の肖像――ヴィクトリア朝イングランド』松村昌家／村岡健次訳、ミネルヴァ書房、二〇〇六年。原書は一九三六年。ヴィクトリア朝社会を包括的に論じた古典的名著。『デイヴィッド・コッパフィールド』のリティマーを形容する際に用いられる「リスペクタビリティ」の概念や、ジェントルマン教育なども含まれる。

・F・R・リーヴィス『偉大な伝統』長岩寛／田中純蔵訳、英潮社、一九七二年。原書は一九四八年。イギリス本国で「英文学」という学問の礎を築いた書と言われる。リーヴィスは、ジェイン・オースティン、ジョージ・エリオット、ヘンリー・ジェイムズ、ジョゼフ・コンラッドらをイギリス文学史上の「偉大な」作家としている。一方でディケンズについては、その天才性を認めつつも「偉大な系譜」からは外れる者としており、大衆を楽しませるエンターテイナーと考えている。

・小池滋『英国鉄道物語』晶文社、一九七九年。無類の鉄道好きである著者が、十九世紀イギリスの鉄道事情を解説しつつ、ディケンズやコナン・ドイルなど当時の文学作品や人々の暮らしと鉄道がいかに密接な結びつきを有していたかを説く。

・D・A・ミラー『小説と警察』村山敏勝訳、国文社、一九九六年。
原書は一九八八年。ミシェル・フーコーの『監獄の誕生』や『狂気の歴史』等の権力論をもとに、ディケンズの小説群（特に『荒涼館』など）を分析し、小説が単なる娯楽の読み物としてではなく、人々を支配し、正しく規律を守らせる警邏《けいら》的組織を担うものであったことを議論する。
・ダニエル・プール『ディケンズの毛皮のコート／シャーロットの片思いの手紙』片岡信訳、青土社、一九九九年。
原書は一九九七年。ディケンズが『ピックウィック・ペイパーズ』で一世を風靡して以来、時代の寵児としてどのような日々を過ごしていたのか、また当時の出版諸相に照らして、彼の分冊形式出版がいかに新しい取り組みであったか等を議論する。
・アンドルー・サンダーズ『チャールズ・ディケンズ』田村真奈美訳、彩流社、二〇一五年。
原書は二〇〇三年。ディケンズの生涯を概観してから、同時代作家たちとの比較、功利主義思想や産業革命とディケンズ世界の交錯など、幅広い視点からの分析を提供する。
・斎藤兆史／野崎歓『英仏文学戦記』東京大学出版会、二〇一〇年。
ジェイン・オースティン対スタンダール、ウォルター・スコット対バルザックといったように、英仏の作家が一人ずつ対置されて論じられる。ディケンズの『デイヴィッド・コッパフィールド』はフローベールの『ボヴァリー夫人』と合わせられている。
・マイケル・スレイター『ディケンズの遺産――人間と作品の全体像』佐々木徹訳、原書房、二〇〇五年。
原著は一九九九年。現代を代表するディケンズ研究者が「想像力」「無垢」「家庭」「進歩」などの興味深い切り口から、ディケンズ作品のさまざまな側面を議論したもの。
・清水一嘉『挿絵画家の時代――ヴィクトリア朝の出版文化』大修館書店、二〇〇一年。
ディケンズの主要作品に挿絵を提供したクルックシャンク、シーモア、フィズなどを取り上げ、作家ディケンズと挿絵画家たちが、どのようなパワーバランスのなかで連載を展開していったかを論じたもの。

- 新野緑『小説の迷宮——ディケンズ後期小説を読む』研究社、二〇〇二年。
『ドンビー父子』『デイヴィッド・コッパフィールド』『荒涼館』『二都物語』『我らが共通の友』など、ディケンズの中後期作品を取り上げ、語りの構造やテクスト内の記述を精緻に跡付けながら、書かれた文字が複雑に織りなされていくにつれ、その意味がしだいに溶解／解体していき、どこにも明確な出口のない「迷宮」と化していく様子を議論したもの。

- ロイド・ジョーンズ『ミスター・ピップ』大友りお訳、白水社、二〇〇九年。
原書は二〇〇六年。イギリスで最も権威ある文学賞といわれるブッカー賞の最終候補となった作品で、一九九〇年代のパプアニューギニア、ブーゲンヴィル島を舞台とし、島で唯一の白人ミスター・ワッツが、ディケンズの『大いなる遺産』を子供たちに朗読するところから、物語が展開する。

- アレックス・ワーナー／トニー・ウィリアムズ『写真で見るヴィクトリア朝ロンドンの都市と生活』原書房、二〇一三年。
原書は二〇一一年。ヘンリー・メイヒューの『ロンドン路地裏の生活誌』と合わせて参照すると、ヴィクトリア朝期の人々の生活ぶりを鮮やかに想像することができる。

- 山本史郎『東大の教室で『赤毛のアン』を読む　増補版』東京大学出版会、二〇一四年。
第七章でディケンズの『大いなる遺産』を取り上げ、原文を引用し、訳文をつけ、東大生の質問などを会話形式で織り交ぜながら作品を分析したもの。

〈専門誌〉

- *The Dickensian*, Dickens Fellowship, 1905-
イギリスの Dickens Fellowship が発行する年刊誌。一九〇五年の発刊以来、百年以上の歴史を誇り、二〇一五年の最新刊で一一一巻を数える。Fellowship という団体の性質を反映し、ディケンズを専門的に「研究」するというよりも、読者として「楽しむ」ことに主眼が置かれており、ディケンズ作品の劇化の批評、映画作品の論評、最新研究書の書評など、幅広いジャンルにわたる現代の「ディケンズ」のありようを紹介するものとなっている。

• *Dickens Studies Annual: Essays on Victorian Fiction*, AMS Press, New York, 1970-

ディケンズ没後百年を機に創刊された専門誌で、ほぼ一年に一冊のペース（創刊当初は二年に一冊）で発行され、現在までに四六巻を数える。ディケンズのみならず、十九世紀の他の作家（ブロンテ、サッカレー、ギャスケル等）に関する論考も掲載するなど、ヴィクトリア朝期の文学に関する幅広いトピックを扱う。

• ディケンズ・フェロウシップ『年報』一九七八年—

日本のディケンズ・フェロウシップが発行する年刊誌で、一九七八年創刊。二〇一五年に第三八号（最新刊）発行。イギリスの *The Dickensian* と同じく、読者対象を研究者に絞らず、ディケンズ愛好家も楽しめるよう幅広いディケンズ関連書籍の書評や映画評が掲載される。ディケンズ・フェロウシップの会員でなくとも、フェロウシップのウェブサイトからダウンロード（無料）して読むことが可能（http://www.dickens.jp/bulletin/bulletin.html）。

（猪熊恵子＝編）

ディケンズ 年譜

一八一二年（誕生）　二月七日、イングランド南岸ポーツマスにて、父ジョンと母エリザベスの間に、八人きょうだいの第二子として、チャールズ・ジョン・ハッファム・ディケンズ誕生。第一子の長女ファニーに続く長男であり、母方の祖父の名をもらってチャールズと名付けられる。しかし当の祖父は、孫チャールズ誕生前に五千ポンドの職務上横領で国外追放を受けている。父ジョンは海軍経理局の下級事務員として勤務しており、結婚当時、年収二百ポンドという安定した収入があった。その後も着実に昇給するが、派手に飲んだり騒いだりすることが好きだったため、一家は常に借金に追われる生活を強いられた。こうした苦しい台所事情と父の仕事上の都合から、ディケンズ少年は十四歳になるまでに実に十四回もの転居を経験している。おそらくはこれが原因で、ディケンズは生涯、一つの場所にじっとしていることができず、自宅を留守にして、さまざまな場所を転々としながら執筆することとなる。

一八一七年（五歳）　父の転勤でロンドン南東の町チャタムに移り住む。チャタムと隣町のロチェスターで過ごした牧歌的な日々は、ディケンズにとって光り輝く幼少期の一ページとなった。

一八二一年（九歳）　父の浪費癖により家計が逼迫したため、同じチャタムの小さな家に引っ越す。屋根裏で父の蔵書を読みふけり、『アラビアン・ナイト』などの異国情緒溢れる物語や、トバイアス・スモレット、ヘンリー・フィールディング、ダニエル・デフォーら十八世紀英国作家の作品に魅了される。この経験は『デイヴィッド・コッパフィールド』の主人公の経験として、そのまま写し取られている。またデイヴィッドと同様、ディケンズも家庭で母から教育を受けていたが、母が弟や妹の世話で忙しくなったため、近所の牧師の息子ウィリアム・ジャイルズの学校に通い始める。ジャイルズはディケンズの才能を認めて熱心に指導し、のちにディケンズが『ピックウィック・ペイパーズ』で名をあげると、「比類なきディケンズ」という刻印を入れた嗅ぎタバコ入れを贈っている。ディケンズはその後、生涯にわたって友人宛ての手紙などで、この「比類なきディケンズ」の名を好んで使用している。

一八二二年（十歳）

父の転勤で一家はロンドンに移る。ディケンズは一人チャタムに残り、ジャイルズの学校を終えてから一家の後を追う形でロンドンに行く。

一八二四年（十二歳）

二月、十二歳の誕生日を迎えた直後、苦しい家計を助けるため、ストランド街のウォレン靴墨工場に働きに出される。週六日間、一日十時間にわたって、靴墨のボトルにラベルを貼りつづけるという過酷な労働環境に置かれる。また同じ二月、借金返済の滞った父が負債者監獄であるマーシャルシーに投獄され、ディケンズ少年の屈辱感は耐えがたいものとなる。この頃の負債者監獄では、賃料さえ払えば囚人でも家族と同居することが許されていたため、父ジョンは一家を伴って監獄に移る。ディケンズ少年は週末になると、下宿していたカムデン・タウンからマーシャルシーまで、十五キロ近い道のりを歩いて家族に会いに通った。四月末に父方の祖母の他界による遺産が入ると、五月末父は負債を清算して監獄から釈放される。しかし両親はすぐに息子を靴墨工場から呼び戻さなかった。

一八二五年（十三歳）

靴墨工場での仕事を始めて一年が経過し、工場はストランド街からコヴェント・ガーデン近郊へと移転していた。仕事内容は変わらなかったが、街頭側の窓辺で仕事をしていたため、ディケンズ少年の巧妙な手さばきに通行人が足を止めて見入ることもしばしばだった。この「見世物」状態に怒った父は工場をやめさせることにするが、母はこれに異を唱えた。

一八二七年（十五歳）　結局父の意向が通り、ようやくディケンズは辛い労働から解放される。しかし両親からきちんと庇護を受けられなかったことに少年の心は深く傷つく。工場をやめたのち、ロンドンのウェリントン・ハウス・アカデミーという私立学校へ通う。

三月、またもや父の借財が膨らみ、家賃不払いのため、一家は借家を追い出される。ウェリントン・ハウス・アカデミーを去ったディケンズは、法律事務所の事務員となり、自活への一歩を踏み出す。しかし法律の道に身を投じる気になれず、父にならって速記の勉強を始める。また、ロンドンの町を歩き回り、芝居小屋通いをするようになる。

一八二八年（十六歳）　法律事務所を退職し、民法博士会館のフリーランスの法廷速記者となる。

一八三〇年（十八歳）　十八歳の誕生日、大英博物館付属図書室の閲覧券の交付を受け、以降仕事の合間に通い詰めて本を読む。五月、二つ年上の裕福な銀行家の娘、マライア・ビードネルに熱烈な恋をするが、家柄の釣り合いが取れないことから彼女の両親の賛成を得られず、またマライア自身の移り気な態度にさんざん翻弄される。

一八三二年（二十歳）　俳優を志し、コヴェント・ガーデンの劇場でオーディションを受けることにするが、ひどい風邪のため翌年に延期する。同時期、《ミラー・オブ・パーラメント》誌の議会速記者として、迅速で正確な仕事ぶりで名を上げる。また続いて《トゥルー・サン》紙の通信員として忙しくイギリス全土を飛び回る。この生活の中で俳優への道をあきらめる。

一八三三年（二十一歳）　二月、成人を迎えた誕生日に、マライアへの報われぬ恋心を断ち切ろうと決意する。また記者として忙しく働くかたわら、はじめて「ポプラ小路の晩餐会」を、月刊誌《マンスリー・マガジン》に投稿し、十二月号に掲載される。

一八三四年（二十二歳）　ロンドンの街角の風物を描いた短い作品を、さまざまな雑誌で次々に発表する。八月、《マンスリー・マガジン》に掲載された「下宿屋」の第二部で、はじめて「ボズ」のペンネームを使用する。これは弟オーガスタスのニックネームから借用したものである。

一八三五年（二十三歳）
新たに創刊される夕刊紙《イブニング・クロニクル》の編集長、ジョージ・ホガースから依頼を受け、一月三十一日の創刊号に「ロンドンのスケッチ（一）辻馬車停留所編」を寄稿する。その後七か月にわたって十四編のスケッチを不定期に寄稿し、ホガース家にも足しげく通う。三月、ホガース家の長女キャサリンと愛し合うようになる。スコットランドの著名な音楽批評家であり、ウォルター・スコットとの交流もあったジョージ・ホガースからの庇護は、駆け出し作家ディケンズにとって、あらゆる意味で重要な意味を持っていた。またマライアとの情熱的な恋とは対照的なキャサリンとの穏やかな愛は、社会的にも人間的にも身を固めつつあったディケンズにとって、きわめて相応しいものであった。二人はすぐに婚約するが、依然として議会速記者の仕事も続けていたディケンズは、婚約者をロンドンに残し、イギリス全土を飛び回る忙しい生活を続ける。

一八三六年（二十四歳）
二月八日、誕生日の翌日、『ボズのスケッチ』が二巻本（一ギニー）で出版されて人気を呼び、批評家からも好評を博す。同月、チャップマン&ホール社から、当時の売れっ子画家ロバート・シーモアの絵に文章を付す形の作品執筆を打診される。これに対してディケンズは大胆にも、シーモアの絵に自分が文章を付けるのではなく、自分の文章にシーモアが絵を付けるという形式を望み、その意を貫く形で『ピックウィック・ペイパーズ』出版が決定する。これは、毎月一冊（三十二ページ、一万二千語ほど）一シリングで出版し、二十冊で作品を完成させる、という計画で、親しみやすい価格設定と月賦支払い形式により、多様な読者層を抱き込もうとする試みだった。四月から出版が始まったが、当初は売れ行きもはかばかしくなく、画家シーモアの突然の自殺（理由はわかっていない）なども重なって、波乱の幕開けとなった。しかし、シーモアの後任としてハブロット・K・ブラウン（雅号フィズ）が選ばれ、第四分冊でピックウィック氏の召使となるサム・ウェラーが登場すると、作品は爆発的人気を博す。四月二日、かねてより婚約していたキャサリン・ホガースと結婚。十二月、『ピックウィック・ペイパーズ』執筆の傍ら、『ボズのスケッチ』第二シリーズを出版。同月、創作生活と私生活の両面にわたってディケンズを生涯支えることになる友人、ジョン・フォースターと出会う。同月三十一日、新月刊誌《ベントリーズ・ミセラニー》が刊行され、初代編集長に就任する。

一八三七年（二十五歳）
一月六日、第一子の男児チャールズ誕生。翌二月より《ベントリーズ・ミセラニー》誌上で、『オリヴァー・トゥイスト』連載を開始。作品はすぐに大変な人気を呼ぶ。なお、悪役のユダヤ人フェイギンの名は、ディケンズが靴墨工場で働いていた頃、親切にしてくれた仕事仲間の少年の名から取られている。五月、妻キャサリンの妹メアリ・ホガースが十七歳の若さで急死する。義妹を深く愛していたディケンズは、『ピックウィック・ペイパーズ』と『オリヴァー・トゥイスト』の分冊出版を一回休まざるを得ないほどの衝撃を受ける。彼女への想いは、その後さまざまな作品中に描き出される美しいヒロインの夭折というエピソードで具現化する。妻キャサリンもこのショックがもとで第二子を流産。

一八三八年（二十六歳）
一月、挿絵画家フィズを伴ってヨークシャーの寄宿学校を視察に出かける。この取材旅行をもとに、イギリスの学校内部の腐敗を暴く『ニコラス・ニクルビー』を四月から月刊分冊形式で発表。主人公ニコラスとケイト兄妹の苦境にまったく気付かない母親ニクルビー夫人は、ディケンズ自身の母をモデルにしていると言われる。三月、第二子となる長女メアリ誕生。

一八三九年（二十七歳）
十月、第三子となる次女ケイト誕生。十二月、リージェンツ・パークに近いデヴォンシャー・テラスに引っ越す。

一八四〇年（二十八歳）　立て続けに長編小説を出版し続けるルーティーンに変化をつけるべく、自ら週刊誌を刊行することを思い立つ。四月四日、《ハンフリー親方の時計》を創刊。十八世紀の《タトラー》などにならい、多彩なジャンルの話をオムニバス的に収録しようと計画するも、売れ行きが芳しくなく断念する。四月二十五日号より『骨董屋』の連載を開始。作品は大人気を博し、主人公ネルが衰弱するにつれ、彼女を殺さないでほしいという手紙がディケンズのもとに殺到する。

一八四一年（二十九歳）　二月六日号で『骨董屋』の連載が終了し、翌週の二月十三日号から『バーナビー・ラッジ』の連載が始まる。この作品は『ピックウィック・ペイパーズ』以前に着想され、ディケンズのデビュー作となるはずだったが、出版社と金銭面その他で折り合いがつかず、棚上げとなっていた。一七八〇年にロンドンで起こった反カトリック派の暴動（ゴードン暴動）を題材とした歴史小説であるが、ミステリーの要素も色濃く盛り込まれている。二月、第四子となる次男、ウォルター・サベッジ・ランドー誕生。

一八四二年（三十歳）　一月から六月にかけて、妻キャサリンを伴ってアメリカ周遊に赴く（子供たちはイギリスに残る）が、人気作家を一目見ようとアメリカ大衆がディケンズを取り囲み、ホテルに押し掛け、大量の手紙を送り付け、種々雑多な催しに招待する。この旅でディケンズは、世界的人気作家としての有名税がいかほどのものか思い知ることとなった。また、当時のアメリカがイギリスと国際著作権協定を締結しておらず、ディケンズ作品の海賊版がアメリカに流布していたため、ディケンズは国際著作権の重要性をアメリカ大衆に訴える。しかしこの訴えは、大衆の金を搾取して貴族的な特権を享受しようとする自己中心的なものとして、アメリカの新聞で激しくたたかれる。こうした苦い経験をもとに、帰国後の十月、『アメリカ紀行』を発表する。この旅行記で描かれる奴隷制やアメリカ人の Spitting（あたり構わず痰を吐き散らす行為）が、アメリカ読者の反感を買う。

一八四三年（三十一歳）
一月から長編小説『マーティン・チャズルウィット』を月刊分冊形式で発表するも、最盛期の人気を得るに至らず、売れ行き回復のために主人公マーティンを急遽アメリカに行かせる、という路線変更をはかる。こうした場当たり的創作のため、イギリスパートとアメリカパートが作品内で有機的に結びついていない、という批判に晒される。一方で、主人公マーティンの向こうを張る偽善的なアンチ・ヒーロー、ペックスニフや、看護師のセアラ・ギャンプなどの人物造形は素晴らしく、『マーティン・チャズルウィット』は晩年の公開朗読でも人気の演目となった。年末、中編小説『クリスマス・キャロル』を発表。以降、クリスマスの時期になると、慈善の精神を称揚する中編作品を出版することが慣例となる。

一八四四年（三十二歳）
一月、第五子となる三男、フランシス・ジェフリー誕生。『ボズのスケッチ』以来八年間、驚異的なペースで休みなく長編を出版し続けてきたディケンズは、いったん休息を取ることを決める。『マーティン・チャズルウィット』の最終冊を仕上げたのち、七月初め、家族を伴ってイタリアに出発、二週間かけてジェノバに到着する。その地で第二のクリスマス・ストーリー『鐘の音』を執筆。十一月、作品が完成するとジェノバを出発し、いったんイギリスに帰国。月末にロンドン着。翌日、著名な俳優で友人のウィリアム・マクリーディに原稿を朗読して聞かせたところ、彼が感激のあまり涙を流したことに意を強くし、のちの公開朗読のモデルを着想する。十二月十六日、『鐘の音』出版。同月、イタリアに戻る。

一八四五年（三十三歳）
イタリアで新年を迎えたディケンズは、ジェノバ在住のスイス人銀行家デ・ラ・ルーの妻エミールと知り合う。彼女が神経衰弱由来の幻覚に悩まされているのを知り、ディケンズはかねてより傾倒していた催眠術治療を試みる。二月、キャサリンを伴ってローマ経由でナポリを訪れた際にも、遠隔催眠により治療を続行する。妻キャサリンは、ディケンズがデ・ラ・ルー夫人の治療に執着することに不快感を示し、精神的に不安定になる。六月九日、一家は一年近くにわたるイタリア生活を終えて、帰国の途に着く。十月、第六子となる四男、アルフレッド・ドルセイ・テニソン誕生。十二月、三作目のクリスマス・ストーリーとなる『炉端のコオロギ』が発表される。

一八四六年（三十四歳）　ブラッドベリー&エヴァンス社からの依頼を受け、新しい日刊紙《デイリー・ニュース》の編集長に就任。一月二十一日に創刊するが、諸々のトラブルが原因で、わずか三週間で職を辞する。しかし編集長辞職後も寄稿は続行し、創刊号から三月二日号までイタリア旅行記を連載。完成後、本の形にまとめられ、五月『イタリアのおもかげ』と題して出版される。同月三十一日、ロンドンを発ってスイスに赴き、ローザンヌに滞在。すぐにその地で、新たな長編小説『ドンビー父子』の執筆に取り掛かる。十月から月刊分冊形式で出版開始。作品全体に関する執筆前の準備メモが残されており、初期の即興的な創作方法を脱却し、全体の構想を念頭に執筆するスタイルの契機となった作品とされる。十一月、スイスからパリに移り、その地でクリスマス・ストーリーの第四作『人生の戦い』を完成させ、発表。

一八四七年（三十五歳）　四月、第七子となる五男、シドニー・スミス・ハルディマンド誕生。十一月、大富豪の友人、アンジェラ・バーデット・クーツの協力を得て、ロンドン郊外のシェファーズ・ブッシュに、元娼婦などの女性たちを受け入れ社会復帰させるための慈善更生施設、ユーレイニア・コテージを設立。

一八四八年（三十六歳）　引き続きパリに滞在し、『ドンビー父子』の執筆を進める。年末には五作目のクリスマス・ストーリー『憑かれた男』を発表。

一八四九年（三十七歳）一月、第八子となる六男、ヘンリー・フィールディング誕生。五月、自伝色の濃い『デイヴィッド・コッパフィールド』の月刊分冊出版開始。これより三年ほど前から断片的に書き溜めていた自らの幼少期の経験をフィクションの世界へ移行させる。七月、一家でワイト島に出かけ、その地で執筆を続ける。同時期、長男のチャールズを名門パブリック・スクールのイートン校へ入学させる。十月、新雑誌刊行のための構想を固め、十二月、ブラッドベリー＆エヴァンス社から宣伝ビラの配布を始める。

一八五〇年（三十八歳）三月、長年思い描いた週刊誌《ハウスホールド・ワーズ》をついに刊行。編集、推敲、寄稿者の選別からリクルートに至るまで、あらゆることをディケンズ一人で取り仕切る。社会問題、国際事情、科学、フィクションなど多彩なジャンルの記事を盛り込み、幅広い読者層を対象とした。この雑誌により、ギャスケル夫人やウィルキー・コリンズなど、同時代の作家たちと知り合い、親しく交わることとなる。八月、第九子となる三女、ドーラ・アニー誕生。

一八五一年（三十九歳）二月、ロンドンのメリルボーンにあるタヴィストック・ハウスに引っ越す。《ハウスホールド・ワーズ》に『子供のための英国史』を不定期に連載しはじめる。四月、生まれて八か月で、三女ドーラ・アニーが急死。

一八五二年（四十歳）三月から『荒涼館』の月刊分冊出版開始。この頃から、作品全体に暗いムードが漂うようになる。また、従来のように個人の人生に焦点を当てるのではなく、社会全体の腐敗や停滞を巨視的視点から描くスタイルへとシフトしていく。同月、ディケンズ夫妻最後の子供となる第十子、七男のエドワード・ブルワー・リットン誕生。

一八五三年（四十一歳）『荒涼館』を仕上げ、《ハウスホールド・ワーズ》の経営と編集を指揮するかたわら、ブー一八五四年（四十二歳）　四月、イギリスの工業都市でのストライキを題材にした長編小説『ハード・タイムズ』を《ハウスホールド・ワーズ》誌に連載開始。

ローニュ、パリ、ローザンヌなど、ヨーロッパ各地を転々とする。また、科学知識の普及を図る団体〈バーミンガム&ミッドランド協会〉で、一般聴衆向けに自分のクリスマス・ストーリーを朗読し、寄付を募る。この朗読会で聴衆を魅了したディケンズは、有料で公開朗読を行うことを考え始める。

一八五五年（四十三歳）　十二月から長編小説『リトル・ドリット』を月刊分冊で出版開始。ここでもマーシャルシー監獄が描かれ、ディケンズの幼少期の思い出が強迫観念的に顔を出しているとされる。また同時期、若い頃に熱烈に恋焦がれたマライア・ビードネルと再会するが、彼女の容姿があまりに変容してしまったことに幻滅する。この経験も『リトル・ドリット』内に織り込まれている。

一八五六年（四十四歳）　三月、ロチェスター近郊にあるギャッズ・ヒル・プレイスと呼ばれる屋敷を購入する。チャタムで過ごした幼少期、ディケンズは父と一緒にこの家を見に出かけたことがあった。その際、お前も頑張って働けばいつかこんな立派な家に住めるよ、と言われており、図らずも父のこの言葉を自ら証明した形となった。ペン一本で身を立て成功した証を手に入れたディケンズだが、すでに妻との関係は冷え込んでおり、屋敷の購入はあくまでも投資目的で、温かい家庭の景色が新居で展開することはなかった。

一八五七年（四十五歳）　一月、自宅のタヴィストック・ハウスで、ウィルキー・コリンズ作の戯曲『フローズン・ディープ』（一八五六）を素人演劇で上演する。六月、『リトル・ドリット』完成。同月、劇作家で友人のウィリアム・ダグラス・ジェロルドが他界し、彼の未亡人と子供たちが経済的に困窮したため、七月から複数回にわたって同劇を上演して寄付を募る。その過程で、素人演劇の枠を超えプロの女優を起用。これがきっかけで、十八歳のネリー・ターナンと出会い、強く惹かれる。同時期、ギャッズ・ヒル・プレイスに移り住み、ロンドンに残る妻と事実上の別居状態に入る。

一八五八年（四十六歳）

妻との関係が修復しがたいものとなり、六月に離婚。妻キャサリンは年間四百ポンドの収入を保証されたものの、子供たちと同居することも叶わず、一人放り出される形となった。長男チャールズだけは、父ディケンズの意に背き、母と一緒に暮らすことを選択。人気作家の離婚は大いに世間を騒がせ、ディケンズと義妹ジョージーナの不倫関係さえ噂される。この状況に憤ったディケンズは、《ハウスホールド・ワーズ》に声明文を掲載し、事実無根の噂を否定する。しかしこれは、雑誌を私的な言説の場として利用すべきでないと主張したブラッドベリー&エヴァンス社の反対を押し切る形での発表となる。また、フォースターやクーツら、夫妻の共通の友人たちも、家庭内トラブルを公の場に晒し、前妻キャサリンを貶めるような文章を雑誌に掲載することに対して、一様に批判的だった。いずれにしても、九人の子供たちと前妻、加えてネリーの生活すべてがディケンズ一人の肩にのしかかる形となり、これ以降、有料で自作を聴衆に朗読する「公開朗読」にのめり込んでいく。

一八五九年（四十七歳）

前年の騒動を受けて、ブラッドベリー&エヴァンス社との関係が悪化し、五月二十八日号をもって《ハウスホールド・ワーズ》を終刊する。それに先立って、四月三十日、新しい週刊誌《オール・ザ・イヤー・ラウンド》をチャップマン&ホール社から刊行。この雑誌の創刊号から、フランス革命期を舞台にした長編小説『二都物語』を連載する。従来の作品では、主人公が想いを寄せる女性とハッピーエンドを迎えることがほとんどであったのに対し、これ以降、ネリーとの関係を暗示するものか、愛する女性と添い遂げられないプロット構成が多く見られるようになる。また大家族を一人で養わなくてはならない重圧は大きく、夏には短編「追いつめられて」をアメリカの雑誌《ニューヨーク・レッジャー》に寄稿。千ポンドという驚くべき原稿料を受け取る。

一八六〇年（四十八歳）　十二月から《オール・ザ・イヤー・ラウンド》に、新作長編小説『大いなる遺産』を連載。

一八六四年（五十二歳）　五月、久しぶりの長編作品となる『我らが共通の友』を月刊分冊で出版開始。公開朗読の疲労や年齢的な衰えからか、以前と同じ執筆ペースを守ることが難しくなる。また、計ったようにピッタリのページ数で分冊を仕上げていた昔の勘が鈍り、原稿枚数が足りず、出版直前に慌てることも少なくなかった。

一八六五年（五十三歳）　人目を忍んでネリーとの関係を続ける。五月、長編執筆のストレスその他で追い詰められたディケンズは転地の必要性を感じ、ネリーとその母を伴いフランスへ赴く。帰路に着いた六月九日、ロンドン行きの列車が南イングランドのステープルハーストで脱線し、鉄橋から落下するという事故に遭う。ディケンズ自身に怪我はなかったが、多くの死傷者を出す惨事に巻き込まれた精神的ショックは大きく、その後しばらくペンを取れず、列車に乗ることもできなかった。

一八六七年（五十五歳）　フォースターら近しい友人から、体力を消耗し健康を害する危険のある公開朗読をやめるよう再三にわたって忠告されるも、ディケンズはこれを入れず、一月から五月にかけてイングランド各地とアイルランドを回り、ほとんど休みなしで朗読公演をするという過密スケジュールをこなす。さらに、十一月からアメリカに公開朗読ツアーに出かける（ネリーを同伴しようと考えるも、人目につくことを怖れて断念）。翌四月までの五か月間で、一万九千ポンドもの大金を荒稼ぎする。

一八六九年（五十七歳）　公開朗読にますます傾倒するようになり、それと呼応して健康状態が加速度的に悪化。四月に医師から朗読公演続行を禁じられ、もう一度執筆業に専念しようと決心する。夏頃から新しい長編小説の構想を練り始める。

一八七〇年（五十八歳）

一月から三月にかけて、公開朗読のお別れ公演をロンドンで行う。四月、新作長編小説『エドウィン・ドルードの謎』を月刊分冊で出版開始。六月八日、ギャッズヒルの自宅で一日中執筆した後、夕食の席で気分が悪くなり立ち上がった途端に倒れる。翌九日に他界。ウェストミンスター寺院の詩人コーナーに埋葬される。この時点で遺されていた『エドウィン・ドルードの謎』の原稿は九月まで発表され続けたが、最終的に謎は謎のまま残されることとなった。

（猪熊恵子＝編）

執筆者紹介

辻原 登

（つじはら・のぼる）1945年和歌山県生まれ。小説家。90年『村の名前』（文藝春秋、のち文春文庫）で芥川賞、99年『翔べ麒麟』（読売新聞社、のち文春文庫、角川文庫）で読売文学賞、2000年『遊動亭円木』（文藝春秋、のち文春文庫）で谷崎潤一郎賞、10年『許されざる者』（毎日新聞社、のち集英社文庫）で毎日芸術賞。他に『父、断章』『韃靼の馬』『寂しい丘で狩りをする』『冬の旅』『東大で文学を学ぶ——ドストエフスキーから谷崎潤一郎まで』など。

猪熊恵子

（いのくま・けいこ）1979年愛知県生まれ。東京大学大学院人文社会系研究科欧米系文化研究専攻博士課程満期退学。現在、東京医科歯科大学教養部准教授。専門はイギリス十九世紀文学（主にディケンズ、ブロンテ）、文学作品における語り手の表象および語り手の「音声」の研究。共著に『ディケンズ文学における暴力とその変奏』（大阪教育図書）など。

読者のみなさまへ

『ポケットマスターピース』シリーズの一部の収録作品においては、身体的なハンディキャップや疾病、人種、民族、身分、職業などに関して、今日の人権意識に照らせば不適切と思われる表現や差別的な用語が散見されます。これらについては、著者が故人であるという制約もさることながら、作品の歴史性および文学的な価値を重視し、あえて発表時の原文に忠実な訳を心がけました。

偏見や差別は、常にその社会や時代を反映し、現在においてもいまだ存在しています。あらゆる文学作品も、書かれた時代の制約から自由ではありません。現代の人々が享受する平等の信念は、過去の多くの人々の尽力によって築きあげられてきたものであることを心に留めながら、作品が描かれた当時に差別があった時代背景を正しく知り、深く考えることが、古典的作品を読む意義のひとつであると私たちは考えます。ご理解くださいますようお願い申し上げます。

（編集部）

ブックデザイン／鈴木成一デザイン室

集英社文庫ヘリテージシリーズ

ポケットマスターピース05
ディケンズ

2016年2月25日　第1刷　　定価はカバーに表示してあります。

編　者　辻原《つじはら》　登《のぼる》
発行者　村田登志江
発行所　株式会社　集英社
東京都千代田区一ツ橋2-5-10　〒101-8050
電話　【編集部】03-3230-6094
【読者係】03-3230-6080
【販売部】03-3230-6393(書店専用)
印　刷　凸版印刷株式会社
製　本　凸版印刷株式会社

フォーマットデザイン　アリヤマデザインストア　　マークデザイン　居山浩二

Printed in Japan
ISBN978-4-08-761038-3 C0197